मन्नू भंडारी

3 अप्रैल, 1931 को भानपुरा, मध्य प्रदेश में जन्मीं मन्नू भंडारी को लेखन-संस्कार पिता श्री सुखसम्पतराय से विरासत में मिले। स्नातकोत्तर के उपरान्त लेखन के साथ-साथ वर्षों दिल्ली विश्वविद्यालय के मिरांडा हाउस में हिन्दी का अध्यापन किया। विक्रम विश्वविद्यालय, उज्जैन में 'प्रेमचन्द सृजनपीठ' की अध्यक्ष भी रहीं। 'आपका बंटी' और 'महाभोज' उनकी चर्चित औपन्यासिक कृतियाँ हैं। अन्य उपन्यास हैं—'एक इंच मुस्कान' (राजेन्द्र यादव के साथ) तथा 'स्वामी'। ये सभी उपन्यास 'सम्पूर्ण उपन्यास' शीर्षक से एक जिल्द में भी उपलब्ध हैं। उनके कहानी-संग्रह हैं—'एक प्लेट सैलाब', 'मैं हार गई', 'तीन निगाहों की एक तस्वीर', 'यही सच है', 'प्रतिनिधि कहानियाँ' तथा सभी कहानियों का समग्र 'सम्पूर्ण कहानियाँ'। 'एक कहानी यह भी' उनकी आत्मकथ्यात्मक पुस्तक है जिसे उन्होंने अपनी लेखकीय आत्मकथा कहा है। 'निर्मला' और 'रजनीगंधा' उनकी पटकथा पुस्तकें हैं। 'महाभोज', 'बिना दीवारों के घर', 'उजली नगरी चतुर राजा' नाट्य-कृतियाँ तथा बच्चों के लिए पुस्तकों में प्रमुख हैं—'आसमाता' (उपन्यास), 'आँखों देखा झूठ', 'कलवा' (कहानी) आदि। उन्हें 'व्यास सम्मान', 'शिखर सम्मान', 'शब्द साधक शिखर सम्मान' आदि से सम्मानित किया जा चुका है।

निधन : 15 नवम्बर, 2021

सम्पूर्ण कहानियाँ

मन्नू भंडारी

राधाकृष्ण पेपरबैक्स

पहला पुस्तकालय संस्करण
राधाकृष्ण प्रकाशन प्राइवेट लिमिटेड द्वारा
2008 में प्रकाशित

राधाकृष्ण पेपरबैक्स में
पहला संस्करण : 2023
तीसरा संस्करण : 2025

राधाकृष्ण पेपरबैक्स : उत्कृष्ट साहित्य के जनसुलभ संस्करण

राधाकृष्ण प्रकाशन प्राइवेट लिमिटेड
जी-17, जगतपुरी, दिल्ली-110 051
द्वारा प्रकाशित

शाखाएँ : अशोक राजपथ, साइंस कॉलेज के सामने, पटना-800 006
पहली मंजिल, दरबारी बिल्डिंग, महात्मा गांधी मार्ग, प्रयागराज-211 001
1, अनमोल सोराबजी सन्तुक लेन, धोबी तलाव, मरीन लाइंस, मुम्बई-400 002

वेबसाइट : www.radhakrishnaprakashan.com
ई-मेल : info@radhakrishnaprakashan.com

बी.के. ऑफसेट
नवीन शाहदरा, दिल्ली-110 032
द्वारा मुद्रित

मूल्य : ₹599

SAMPOORNA KAHANIYAN
by Mannu Bhandari

ISBN : 978-81-19092-18-5

नानी - नानी कहो कहानी
कैसा राजा, कैसी रानी ?
मायरा - माही सुनो कहानी
नहीं, सुनो नहीं, अब पढ़ो कहानी
और राजा-रानी की नहीं, नानी की कहानी।

बड़ी होकर तुम चाहे कुछ भी बन जाना पर मेरी इस एकमात्र विरासत को पढ़ना ज़रूर। इसी आग्रह के साथ **मायरा-माही** *को बहुत-बहुत प्यार के साथ*

—नानी

मेरी कथा-यात्रा

अपनी कथा-यात्रा के आरम्भिक बिन्दु की बात सोचते ही आँखों के आगे वह माहौल सजग हो जाता है जिसमें मैंने अपनी पहली कहानी लिखी थी। एम.ए. पास करते ही मैंने कलकत्ता के बालीगंज शिक्षा सदन में पढ़ाने का काम शुरू कर दिया था। स्कूल के अतिरिक्त उन दिनों मैं कलकत्ते की प्रसिद्ध नाट्य-संस्था 'अनामिका' की गतिविधियों के साथ भी जुड़ी हुई थी। हिन्दी नाटकों के मंचन और अन्य सांस्कृतिक गतिविधियों के कारण अनामिका ने बहुत ख्याति अर्जित की थी और उसके कार्यक्रम बराबर चलते रहते थे। भाई-बहनों में जिसके भी घर रही वहाँ सुविधाएँ तो सब उपलब्ध थीं, ज़िम्मेदारी कोई नहीं इसलिए मन हमेशा कुछ-न-कुछ करने को छटपटाया करता था। मेरे कलकत्ता जाने के काफी पहले से श्री भँवरमल जी सिंधी के नेतृत्व में मारवाड़ियों के बीच समाज-सुधार का एक बड़ा क्रान्तिकारी आन्दोलन शुरू हुआ था जिसमें बड़ी बहन सुशीला काफी ख्याति अर्जित कर चुकी थी। उसकी विभिन्न गतिविधियाँ अभी भी चलती रहती थीं यानी कि पूरे माहौल में एक जीवन्तता...कुछ विशिष्ट करने की ललक भरी सक्रियता। अगर कुछ नहीं थी तो साहित्यिक आबोहवा। यों पढ़ने का शौक घर में और मित्रों में सबको था...खूब पढ़ते भी थे, बहस-चर्चा भी होती थी, पर कुल मिलाकर वह मन-बहलाव और समय-गुज़ारू होती थी। ऐसे में बिना किसी की प्रेरणा और प्रोत्साहन के मैंने अपनी पहली कहानी 'मैं हार गई' कैसे लिखी, मैं खुद नहीं जानती। लिख तो ली पर समझ ही नहीं आया कि किससे इस पर सलाह और सुझाव माँगू। परिचय के दायरे में कोई था ही नहीं। सेंगरजी (मोहन सिंह सेंगर) उस समय 'नया समाज' का सम्पादन कर रहे थे और उनकी अधिकतर शामें बहनजी-जीजाजी के साथ ही गुज़रती थीं। लेकिन जाने कैसा संकोच और दुविधा थी कि इस पर कभी बात करने की हिम्मत ही नहीं हुई। लेकिन लिखी हुई कहानी चैन भी नहीं लेने दे रही थी। आखिर सारे संकोच को दूर कर मैंने उसे 'कहानी' पत्रिका में भेज दिया श्यामू संन्यासी के पास और साँस रोककर उत्तर की प्रतीक्षा करने लगी। कई दिन बीत गए पर उत्तर नहीं आया तो इतनी हिम्मत भी नहीं हुई कि रिमाइंडर भेजकर पूछ ही लूँ कि कहानी के बारे में उन्होंने क्या सोचा ! नहीं सोचा होता तो वे खुद ही जवाब देते। जिसे कूड़े की टोकरी में डाल दिया होगा उसके लिए कोई क्या जवाब देगा भला ? और मैं कहानी की बात को भूलने लगी...क़रीब-क़रीब भूल भी गई थी कि तभी भैरव प्रसाद गुप्त का उत्तर मिला—उत्तर क्या, प्रशंसा में लिपटी स्वीकृति मिली और अगले ही अंक में कहानी।

पत्रिका में छपी अपनी पहली कहानी को देखना भीतर तक थरथरा देनेवाले रोमांचक अनुभव से गुज़रना था। वैसा थ्रिल, वैसा रोमांच तो उसके बाद मैंने कभी महसूस ही नहीं

किया, जबकि कहीं बड़े-बड़े और महत्त्वपूर्ण अवसर आए। अपनी कहानी पर बनी पहली फ़िल्म 'रजनीगंधा' उसके 'सिल्वर जुबली' समारोह में शिरकत...'धर्मयुग' में धारावाहिक रूप में छपते समय उपन्यास 'आपका बंटी' पर पाठकों की गुदगुदाती व्यापक प्रतिक्रियाएँ... 'महाभोज' का अविस्मरणीय मंचन और सभी अखबारों में उसकी 'रिव्यूज'...लेकिन नहीं, वैसा अनुभव फिर कभी नहीं हुआ।

आज सोचती हूँ तो आश्चर्य होता है कि कैसे कहानी जब तक पन्नों पर लिखी रही थी, न जाने कितने अगर-मगर, दुविधा-संकोच, झिझक मन को घेरे रहे थे...विश्वास ही नहीं होता था कि जो कुछ लिखा है वह किसी लायक भी है, लेकिन छपकर आते ही मन आत्मविश्वास से भर उठा। मुझे लगने लगा जैसे मेरी कहानी ही नहीं, मैं स्वीकृत हुई हूँ, मेरा अपना वजूद स्वीकृत हुआ है--अपनी एक अलग विशिष्ट पहचान बनता हुआ वजूद।

स्वीकृति की सान पर चढ़कर ही शायद आत्मविश्वास को ऐसी धार मिलती है।

कई बार खयाल आता कि यदि मेरी पहली कहानी बिना छपे ही लौट आती तो क्या लिखने का यह सिलसिला जारी रहता या वहीं समाप्त हो जाता...क्योंकि पीछे मुड़कर देखती हूँ तो याद नहीं आता कि उस समय लिखने को लेकर बहुत जोश, बेचैनी या बेताबी जैसा कुछ था। जोश का सिलसिला तो शुरू हुआ था कहानी के छपने, भैरवजी के प्रोत्साहन और पाठकों की प्रतिक्रिया से। पर वह भी मात्र जोश था...मन में घुमड़ती बातों को व्यक्त करने...कहानी में पिरोने की ललक से भरा हुआ। उसके पीछे कोई गम्भीर सोच, वैचारिकता या दायित्व-बोध जैसा तो शायद ही कुछ था। पर बिना किसी व्यवधान के दो-तीन कहानियाँ छपने और पाठकों की व्यापक प्रतिक्रिया (अधिकतर प्रशंसात्मक ही) मिलने का परिणाम यह हुआ कि अब बिना किसी झिझक-संकोच और थोड़े आत्मविश्वास के साथ कहानियाँ लिखने का सिलसिला शुरू हो गया। यहाँ एक बात ज़रूर कहना चाहूँगी कि कहानी पत्रिका में छपी शुरू की दो कहानियों के साथ मेरा चित्र नहीं छपा था और नाम स्पष्ट रूप से लिंग-बोधक नहीं था सो अधिकतर पत्र तो 'प्रिय भाई' सम्बोधन से ही आए...खूब हँसी आई, पर एक सन्तोष भी हुआ कि यह प्रशंसा लड़की होने के नाते रिआयती बिल्कुल नहीं है...विशुद्ध कहानी की है। चित्र छपने पर ही यह ग़लतफ़हमी दूर हुई थी। तब एक-एक बैठक में कहानियाँ लिखी थीं, बिल्कुल सहज भाव से। कलात्मक, शिल्प, बिम्ब, प्रतीक, तराश—ये सारी बातें मेरी समझ के दायरे के बाहर थीं...दायरे में था तो उल्लास-भरा वह उत्साह और गहरी पहचानवाले वे पात्र, जिनके जीवन की व्यथा-विडम्बना मुझे लिखने के लिए प्रेरित करती थी और जिसे कहानी में पिरोकर उँडेल देने को मैं व्यग्र रहती थी। शुरू की कहानियाँ इसी आवेश में लिखी गई हैं, बल्कि कहूँ कि उगली गई हैं।

सात-आठ कहानियाँ लिख लेने के बाद मेरा परिचय राजेन्द्र यादव से हुआ और दो-चार मुलाकातों के बाद ही यह परिचय मित्रता में बदल गया, उस समय जिसका मुख्य आधार था लेखन। राजेन्द्र मेरी कहानियों को सुनते और उन पर सलाह-सुझाव देते पर मेरे गले उनकी कुछ बातें ही उतर पातीं, अधिकतर को पचा पाना तो मेरे बूते के बाहर था। मेरी कहानियाँ होती थीं—सीधी, सहज और पारदर्शी (चाहें तो सपाट और बचकानी के खाने में भी डाल

सकते हैं) और राजेन्द्र के सुझाव होते थे बड़े पेंचदार और गुट्ठल। लेकिन मुझमें भी अब इतनी समझ तो जरूर आ गई थी कि मैं अपनी कहानियों पर उनसे जमकर बहस कर लेती थी। जो भी हो, राजेन्द्र के सुझाव हों या ये बहसें, इन्होंने मुझे कभी हताश नहीं किया बल्कि प्रोत्साहित ही किया और मैं अपनी समझ के हिसाब से कहानियाँ लिखती रही—छपती रही।

1957 ई. में 'मैं हार गई' नाम से ही राजकमल प्रकाशन से मेरा पहला कहानी संग्रह प्रकाशित हुआ। 'कहानी' जैसी प्रतिष्ठित पत्रिका में अपनी पहली कहानी का छपना और राजकमल जैसे प्रतिष्ठित प्रकाशन से अपना पहला कहानी-संग्रह प्रकाशित होना—इस उपलब्धि का अहसास भी उस समय उतना नहीं हुआ था, पीछे मुड़कर देखने पर जितना आज लगता है। सन्' 1957 में ही अमृतराय जी ने कुछ और लेखकों के सहयोग से इलाहाबाद में बहुत बड़े स्तर पर प्रगतिशील लेखकों का एक सम्मेलन आयोजित किया था जिसमें सभी पीढ़ियों के साहित्यकारों ने शिरकत की थी। उसका निमन्त्रण पाकर मैं तो बेहद पुलकित और उत्साहित, पर यह भी सच है कि यदि राजेन्द्र का साथ न मिलता तो अकेले जाने का साहस मैं शायद ही जुटा पाती। कहानियाँ लिखने, छपने और एक संग्रह आ जाने के बावजूद अपने को कहानीकारों में शामिल कर सकूँ...साहित्यकारों के ऐसे सम्मेलन में भाग ले सकूँ, ऐसा हौसला तो नहीं था। वहाँ पहली बार मोहन राकेश, कमलेश्वर, रेणु, अमरकान्त और नामवर जी से मुलाकात हुई थी। कमलेश्वर जी को उस आयोजन में भूत की तरह काम करते देखा था। महादेवी जी और हजारीप्रसाद द्विवेदी जी के अद्भुत और अविस्मरणीय भाषण सुने। इन सब लोगों का जोश-खरोश देखा। अलग-अलग गोष्ठियों में इनकी बातें-बहसें सुनीं। लौटने के कुछ समय बाद राकेश जी व कमलेश्वर जी से पत्र-व्यवहार शुरू हो गया था। कमलेश्वर जी ने अपने नए-नए खोले 'श्रमजीवी प्रकाशन' के लिए पुस्तक माँगी तो तुरन्त उन्हें अपने दूसरे संकलन 'तीन निगाहों की एक तसवीर' की पांडुलिपि सौंप दी और 1958 ई. में मेरा दूसरा संकलन भी छप गया। इसके साथ ही मुझे लगने लगा कि मैं इन लोगों की जमात में शामिल हो गई हूँ—मेरे भीतर एक नई दुनिया आकार लेने लगी, जिसके सम्बन्ध और सरोकार दूर-दूर तक फैले हुए थे।

राजेन्द्र की मित्रता धीरे-धीरे अब दूसरी दिशा में मुड़ गई जिसने हमें नवम्बर, 1959 में विवाह के मुहाने पर ला छोड़ा। पूरा माहौल ही बदल गया। एक ओर जहाँ पुस्तकें, पत्रिकाएँ, साहित्यकारों से मेल-मिलाप, बात-बहस लिखने के लिए बहुत प्रेरक लग रहे थे, वहीं दूसरी ओर नौकरी के साथ घर-बाहर की सारी जिम्मेदारी—जिनसे आज तक मैं बिल्कुल मुक्त ही रही थी। राजेन्द्र के साथ सम्बन्धों का तालमेल, शादी के बाद जिसका रूप ही बदल गया था—बाधक भी लग रहे थे। जो भी हो, लिखने का क्रम जैसे-तैसे चल ही रहा था क्योंकि लिखना उन दिनों मेरे लिए इतना कष्टसाध्य नहीं था।

कलकत्ता से प्रकाशित होनेवाली मासिक पत्रिका 'ज्ञानोदय' में कुछ दिनों पहले एक प्रयोगात्मक उपन्यास छपा था—'ग्यारह सपनों का देश', जिसे दस लेखकों ने लिखा था और जो बुरी तरह फ्लॉप हुआ था। श्री लक्ष्मीचन्द्र जैन एक प्रस्ताव लेकर आए कि क्यों न मैं और राजेन्द्र मिलकर 'ज्ञानोदय' के लिए एक नया प्रयोगात्मक उपन्यास लिखें, जिसका एक अध्याय राजेन्द्र लिखेंगे तो दूसरा मैं, फिर तीसरा राजेन्द्र लिखेंगे। दोनों लेखक एक ही जगह हैं इसलिए कहानी को मनमाने ढंग से तोड़ने-मरोड़ने, झटके देने की गुंजाइश नहीं रहेगी।

बातचीत करके कथा की मोटी रूप-रेखा भी पहले से तय की जा सकती है। इस प्रयोग को लेकर वे काफी आश्वस्त थे...कुछ बात-बहस के बाद राजेन्द्र भी आश्वस्त हो गए...दुविधा थी तो सिर्फ मेरे मन में। मैं नहीं जानती कि वह दुविधा प्रयोग को लेकर थी या कि आत्मविश्वासहीनता से उपजे अपने असनर्थताबोध को लेकर। जो भी हो, अन्ततः मैं भी तैयार हुई और जनवरी, 1961 से लेकर दिसम्बर, 1961 तक 'ज्ञानोदय' में 'एक इंच मुस्कान' नाम से हमारा प्रयोगात्मक उपन्यास धारावाहिक रूप से छपा। पहली किस्त लिखकर राजेन्द्र ने इसका आरम्भ किया था तो अन्तिम किस्त लिखकर मैंने इसका समापन। पर इस पूरे साल में इस उपन्यास की छह किस्तें लिखने और एक बच्चे को जन्म देने के अतिरिक्त मैं और कुछ नहीं कर पाई। ये किस्तें भी मैंने कैसे लिखीं सो या तो मैं जानती हूँ या 'ज्ञनोदय' के सम्पादक—शरद देवड़ा। खैर, उपन्यास के बीच में ही बच्ची को जन्म देने के बावजूद जैसे-तैसे करके यह जिम्मेदारी तो मैंने निभा ही दी। सन्तोष था तो केवल इतना कि उपन्यास पर प्रतिक्रियाएँ काफी अनुकूल मिल रही थीं। और पूरा होने पर इस प्रयोग को मात्र सफल ही नहीं माना गया, सराहा भी गया। और आज 40 साल बाद भी इससे मिलनेवाली रॉयल्टी बताती है कि अभी भी इसकी बिक्री ठीक-ठाक ही हो जाती है।

1962 ई. में भैरवप्रसाद गुप्त के 'नई कहानियाँ' से त्यागपत्र देने के बाद (कुछ साल पहले ही भैरव जी 'कहानी' पत्रिका से 'नई कहानियाँ' में आ गए थे) मुझे ओमप्रकाश जी का एक पत्र मिला, जिसमें उन्होंने लिखा था कि जब तक उन्हें कोई योग्य और सक्षम सम्पादक नहीं मिल जाता तब तक वे दो-तीन अंकों का सम्पादन अतिथि सम्पादक से करवाएँगे और उनका अनुरोध था कि पहले अंक का सम्पादन मैं करूँ। दो संकलन छप जाने और कथाकारों की जमात में पूरी तरह स्वीकृत-सम्मिलित कर लिए जाने के बाद भी एकाएक इस जिम्मेदारी को लेने का साहस मैं नहीं जुटा पा रही थी। पता नहीं, सम्पादन मैं कर भी पाऊँगी कि नहीं...मेरे अनुरोध पर कोई कहानी भेजेगा कि नहीं...कहानियाँ आ भी गईं तो अच्छी कहानियों का चुनाव मैं सही ढंग से कर भी पाऊँगी कि नहीं...अनेक शंकाओं से ग्रस्त मेरे मन को स्वीकृति देने में थोड़ा समय लगा पर अन्ततः स्वीकृति दी और फिर दनादन सब लेखकों को कहानी भेजने के लिए पत्र लिखे। अधिकतर प्रमुख लेखकों की पहले सकारात्मक प्रतिक्रियाएँ मिलीं और फिर धीरे-धीरे कहानियाँ आनी शुरू हुईं। कहानियाँ भी काफी अच्छे स्तर की आई थीं। मेरे हिसाब से राजेन्द्र की सर्वश्रेष्ठ कहानी 'टूटना' इसी अंक में प्रकाशित हुई थी। अंक अच्छा ही निकला था और इसने मेरे आत्मविश्वास को ही नहीं बढ़ाया बल्कि कहानी के प्रति मुझे कुछ अधिक गम्भीर, कुछ अधिक सचेत भी बनाया।

धीरे-धीरे अब यह समझ में आने लगा कि शीर्षक से लेकर जो कुछ कहना है, वहाँ तक की यात्रा, स्थितियों के अनेक पहलुओं और पात्रों के व्यक्तित्व की अनेक परतों को उनकी सारी बारीकियों के साथ पकड़कर उतने ही संयत, सन्तुलित और सांकेतिक ढंग से उजागर करना ही कहानी लिखना है। लेकिन इस समझ के साथ ही सारे संकट भी आ खड़े हुए। पहले पात्र मेरे साथ-साथ चलते थे पर बाद में तो जैसे सामने आकर खड़े हो जाते—चुनौती देते, ललकारते-से कि पकड़ो, मेरे व्यक्तित्व के किन पक्षों और पहलुओं को पकड़ सकती हो। पहले घटनाएँ अपने आप क्रम से जुड़ती चलती थी...एक के बाद एक सहज, अनायास पर आज एक परत पकड़ो तो चार परतें और आ उघड़ती हैं—नई संवेदना,

नई समझ, नए विश्लेषण की माँग करती हुई। अब इकहरे पात्रों की जगह अन्तर्द्वन्द्व में जीते पात्र ही आकर्षित करने लगे। विचारों और संस्कारों के द्वन्द्व के बीच अधर में लटकी 'त्रिशंकु' की माँ हो या मातृत्व और स्त्रीत्व के द्वन्द्व के त्रास को झेलती 'आपका बंटी' की शकुन। आदर्श और यथार्थ, स्वप्न और वास्तविकता के बीच टूटती-चरमराती 'क्षय' की कुंती हो या 'तीसरा हिस्सा' के शेरा बाबू—ऐसे पात्रों के व्यक्तित्व को बिना भावुक हुए तटस्थ भाव से चित्रित करना केवल आकर्षक ही नहीं, चुनौतीपूर्ण भी लगने लगा और लेखन के लिए अनिवार्य भी लेकिन इस बोध ने लेखन को एक कष्टसाध्य कर्म तो बना ही दिया। अब जोश, उमंग और उत्साह से कहानियाँ 'उगलने' का सिलसिला बन्द हुआ...और उसकी जगह कहानियाँ 'लिखने' का सिलसिला आरम्भ हुआ जिसका आधार होता था—विचार, विवेक और अन्तर्दृष्टि। इसने कहानी लिखने की गति पर ऐसा अंकुश लगाया कि अब एक-एक बैठक में कहानी लिखना सम्भव ही नहीं रहा। कोई घटना, कोई चरित्र या कोई विचार मन को कहानी लिखने के लिए प्रेरित करता तो उस यथार्थ को सृजन की मंजिल तक पहुँचाने के लिए न जाने कितनी सीढ़ियाँ चढ़नी पड़ती। छोटे-से दायरे के उस यथार्थ को किसी बड़े सन्दर्भ के साथ जोड़ने के लिए न जाने कितने मोड़ लेने पड़ते...मन की न जाने किन-किन भावनाओं को जगाना-सुलाना पड़ता...भाषा-शैली के प्रति भी कैसी सजगता रखनी पड़ती।

आश्चर्य तो मुझे तब हुआ जब मैंने पाया कि अपनी आरम्भिक कहानियाँ जिनमें से कुछ को मैंने एक-एक बैठक में 'उगला' था...जिनमें न भाषा का वैसा निखार है, न शैली की वह सजगता और न ही संवेदना की वह गहराई...उनके मूल में भी मेरे जाने-अनजाने रचना की प्रक्रिया तो यही काम कर रही थी। क्या यही कारण नहीं है कि कलकत्ता रहते हुए सात-आठ साल होने के बावजूद जब मैंने लिखना शुरू किया तो मेरी आरम्भिक कहानियों के सारे पात्र अजमेर के उस ब्रह्मपुरी मोहल्ले से ही उभरकर सामने आए, जहाँ मैंने अपना बचपन और किशोरावस्था गुजारी थी ? 'अकेली' कहानी की सोमा बुआ, 'नशा' की आनन्दी, 'मजबूरी' की दादी जैसे करुण पात्र हों या फिर 'दीवार, बच्चे और बारिश' की विद्रोही तेवरवाली नायिका—सब ब्रह्मपुरी के जीते-जागते लोग हैं...जिन्हें मैंने मात्र देखा भर ही नहीं था, बल्कि जिनके साथ मैं कहीं गहरे से जुड़ी हुई थी। लिखने का सिलसिला शुरू होते ही नए सन्दर्भ और नए अर्थ लेकर ये सब अपनी पूरी जीवन्तता के साथ मेरे इर्द-गिर्द मँडराने लगे। सोफिया कॉलेज की एक सुनी हुई घटना कि कैसे एक नन ने क्लास में कीट्स की कोई कविता पढ़ाते हुए एक लड़की को बाँहों में भरकर चूम लिया 'ईसा के घर इंसान' में बदल गई थी, तो पड़ोस में रहनेवाले कवि सरसयोगी की रस ले-लेकर सुनाई गई अपनी ही कथा 'कील और कसक' में। स्वयं एक सफल जीवन जीने और सारे बच्चों को सही ढर्रे से लगा देने की परम तृप्ति से ओतप्रोत 'छत बनानेवाले' के ताऊजी मेरे अविवाहित जीवन पर तरस खाते और पिताजी की जीवन-पद्धति की धज्जियाँ बिखेरते वैसे ही रौब-दाब और तेवर के साथ मेरे सामने आ खड़े हुए थे, जैसा मैंने उन्हें देखा था।

घटना और रचना के बीच अन्तराल का यह सिलसिला आगे भी चलता रहा और बाद में तो जैसे मेरे लेखन की अनिवार्यता बन गया। कोई भी घटना, पात्र, स्थिति या 'आइडिया' 'क्लिक' करते ही डायरी के पन्ने के साथ-साथ मन के किसी पन्ने पर भी अँक जाता है। थोड़ा समय गुजरने के बाद 'रॉ-मैटीरियल' के इस गोदामघर में से बहुत कुछ तो धुल-पुँछ

जाता है, अप्रासंगिक और निरर्थक लगता है, लेकिन बहुत कुछ ऐसा भी होता है जो समय के साथ-साथ भीतर और भीतर उतरता चलता है और उसमें पता नहीं कौन-से रसायन मिलते रहते हैं कि 'वह' धीर-धीरे 'मैं' में तब्दील होने लगता है और फिर यह भीतरी 'मैं' बाहर के न जाने कितने अनेक 'मैं' के साथ जुड़ता चलता है...। ये सारे बाहरी 'मैं' उस भीतरी 'मैं' में निरन्तर कुछ न कुछ जोड़ते-घटाते चलते हैं। बाहर-भीतर की यह यात्रा...'मैं' और 'वह' के एक दूसरे में तब्दील होने की यह प्रक्रिया कब और कैसे घटित होती है, इसका कोई स्पष्ट बोध तो मुझे भी नहीं रहता। बोध तो उस समय होता है, जब अनेक 'मैं' का यह बोझ मेरी रचनात्मकता को बुरी तरह कुरेद-उकसाकर एक रचना को जन्म देता है। वह तैयार रचना अपने मूलरूप से (जिसका आधार कोई वास्तविक घटना या व्यक्ति ही होता है) इतनी भिन्न हो चुकी होती है कि कभी-कभी तो मेरे अपने लिए भी पहचानना मुश्किल हो जाता है। मूल घटना तो अक्सर 'स्टार्टिंग प्वाइंट' भर का काम करती है।

समय के अन्तराल की यह अनिवार्यता एक स्तर पर मेरी सीमा भी हो सकती है। कानपुर में पंखे से लटककर तीन बहनों ने आत्महत्या कर ली...''कैसी दिल दहला देनेवाली घटना और महिला होने के बावजूद तुम्हारी क़लम से एक कहानी तक नहीं फूटी...बिल्कुल असंवेदनशील हो तुम।'' किसी ने बड़ी भर्त्सना की थी। आए दिन दिल दहला देनेवाली घटनाओं से अख़बार भरे रहते हैं...बहुत कुछ तो आँखों के नीचे भी होता रहता है, फिर भी कहानी नहीं लिखी जाती तो क्या यह मेरी सीमा नहीं है...? शायद हो। लेकिन कहानी को अख़बारी खबरों से अलगाकर रखना मेरी मजबूरी भी तो हो सकती है।

अपनी इसी रचना-प्रक्रिया के दौरान कुछ बातें अनायास ही मेरे सामने उजागर होकर उभरीं। अपने भीतरी 'मैं' के अनेक-अनेक बाहरी 'मैं' के साथ जुड़ते चले जाने की चाहना में मुझे कुछ हद तक इस प्रश्न का उत्तर भी मिला कि मैं क्यों लिखती हूँ ? जब से लिखना आरम्भ किया, तब से न जाने कितनी बार इस प्रश्न का सामना हुआ, पर कभी भी कोई सन्तोषजनक उत्तर मैं अपने को नहीं दे पाई तो दूसरों को क्या देती ? इस सारी प्रक्रिया ने मुझे उत्तर के जिस सिरे पर ला खड़ा किया, वही एकमात्र या अन्तिम है, ऐसा दावा तो मैं आज भी नहीं कर सकती, लेकिन यह भी एक महत्त्वपूर्ण पहलू तो है ही। किसी भी रचना के छपते ही इस इच्छा का जगना कि अधिक से अधिक लोग इसे पढ़ें, केवल पढ़ें ही नहीं, बल्कि इससे जुड़ें भी—संवेदना के स्तर पर उसके भागीदार भी बनें यानी कि एक की कथा-व्यथा अनेक की बन सके, बने...केवल मेरे ही क्यों, अधिकांश लेखकों के लिखने के मूल में एक और अनेक के बीच सेतु बनने की यह कामना ही निहित नहीं रहती ? हालाँकि यह भी जानती हूँ कि यह पाठक-पिपासा आपको आसानी से 'लोकप्रिय साहित्य', चाहें तो व्यावसायिक भी कह लें, के विवादास्पद मुहाने पर ले जाकर खड़ा कर सकती है। एक वर्ग है हमारे यहाँ पाठक-निरपेक्ष लेखकों का, जिसकी मान्यता है कि पाठकों की सीमित संख्या ही रचना की उत्कृष्टता का पैमाना है...हल्की और चलताऊ रचनाओं को ही बड़ा पाठक वर्ग मिलता है। इस दृष्टि से तो प्रेमचन्द की रचनाओं को सबसे पहले ख़ारिज कर देना चाहिए। उनकी लोकप्रियता, दूर-दराज़ गाँवों तक फैला-पसरा उनका व्यापक पाठक वर्ग, हर पीढ़ी के कथाकारों के एक बड़े समुदाय की उनके साथ जुड़ने की ललक—ये सब किस बात के सूचक हैं ? मैं नहीं सोचती कि लोकप्रियता कभी भी रचना का मानक बन सकती है। असली मानक

तो होता है रचनाकार का दायित्व-बोध, उसके सरोकार, उसकी जीवन-दृष्टि और उसकी कलात्मक निपुणता। यहाँ कलात्मक निपुणता को मैं पूरे बलाघात के साथ ज़रूर रेखांकित करना चाहूँगी, क्योंकि यही आपके गहरे से गहरे यथार्थ-बोध को संवेदना के धरातल तक ले जाती है। आपके अनुभव को 'रचना' की ऊँचाइयाँ तल ले जाती है। जो भी हो, मेरे अपने लिए पाठक की बहुत अहमियत है। वह पाठक कौन है, कैसा है, कहाँ है, इसका कोई अहसास रचना करते समय मुझे नहीं होता, न ही अदृश्य पाठक मेरे लेखन की दिशा निर्धारित करता है--बिल्कुल नहीं। उसकी भूमिका तो रचना छपने के बाद शुरू होती है। उसने रचना को कैसे ग्रहण किया...मेरे पात्रों के साथ, उसकी अपनी संवेदना के साथ उसकी संवेदना एकमेक हुई या नहीं, जिन स्थितियों और समस्याओं को मैंने उठाया, उन्होंने उसे झकझोरा या नहीं...कुछ सोचने को मजबूर किया या नहीं...इसे ही कसौटी मानती हूँ मैं अपनी रचना की सफलता-सार्थकता की।

कहानी के सन्दर्भ में जो भी जैसी भी समझ मेरी बढ़ी, उसने तो कहानी लिखने की गति पर अंकुश लगाया ही, बाहरी परिस्थितियाँ भी कुछ ऐसी बनती गईं कि लिखने के लिए समय—मानसिक निश्चिंतता से भरा समय—निकाल पाना मेरे लिए कठिन से कठिनतर होता चला गया। घर के साथ बच्ची की बढ़ती जिम्मेदारी...नौ साल तक स्कूल में पढ़ाने के बाद कॉलेज में मिला काम—जिसके लिए मुझे पूरी तैयारी करनी पड़ती थी...इनमें से न तो किसी को उपेक्षा की जा सकती थी और न ही किसी को स्थगित। स्थगित अगर कुछ होता रहा तो लेखन। फिर सन 1964 में कलकत्ता छोड़कर दिल्ली आना। नया शहर, नया घर और नया कॉलेज (मिरांडा हाउस) और मुझे कुछ भी रास नहीं आ रहा था। शुरू में तो कुछ समय तक मैं बहुत ही उखड़ा-बिखरा महसूस करती रही, जैसे मैं अपनी धुरी से उखड़ गई हूँ। लिखने की तो बात ही जैसे धुल-पुँछ गई। पर समय के साथ-साथ जिन्दगी फिर सम पर आने लगी। राकेश जी, कमलेश्वरजी और सत्येन दा (सत्येन शरत्) के साथ की बैठकें--चाहे कॉफी हाउस में होतीं या घर में...उनके साथ होनेवाली बातों-बहसों से धीरे-धीरे मेरे मन की आबोहवा बदलने लगी। समय के साथ-साथ जहाँ मेरे परिचय का दायरा बढ़ता गया, वहीं मेरी गतिविधियों का भी। परिणाम यह हुआ कि मेरे अनुभव के भंडार में इजाफा होने लगा और इसी अनुभव-भंडार में से कभी कोई घटना, तो कोई व्यक्ति पककर-पचकर मुझे लिखने के लिए प्रेरित ही नहीं, प्रोत्साहित भी करने लगा। और कहानियाँ लिखने का मेरा रुका हुआ सिलसिला फिर चल पड़ा। दूसरे संकलन के पूरे आठ साल बाद 'यही सच है' नाम से मेरा तीसरा संकलन प्रकाशित हुआ। अन्तराल चाहे आठ साल का रहा हो पर इसमें कोई सन्देह नहीं कि कहानी की बढ़ी हुई समझ, साहित्यकारों के बीच निरन्तर उठते-बैठते रहने से नजरिए में आए परिवर्तन के कारण इस संकलन की कहानियों के स्तर में निश्चय ही थोड़ी परिपक्वता आई। 'यही सच है' की कहानियाँ अधिक सधी हुई और अधिक मँजी हुई हैं। इकहरे की जगह द्वन्द्वग्रस्त पात्र...संवेदना की गहराई...भाषा-शैली का निखार—यह राय मेरी नहीं, पाठकों और समीक्षकों की है। दो साल बाद ही प्रकाशित होनेवाले अपने चौथे संकलन 'एक प्लेट सैलाब' में मैंने कहानियों के इस स्तर को कायम रखा।

सन् 1970 तक मेरे चार कहानी-संग्रह और एक नाटक 'बिना दीवारों के घर' प्रकाशित हो चुके थे। नाटक के तीन-चार प्रदर्शन देखने के बाद मुझे उसमें कई कमियाँ महसूस हो

रही थीं, इसलिए मैंने प्रकाशक से आग्रह करके उसका पुनर्प्रकाशन रुकवा दिया। इरादा था कि इसे एक बार फिर से लिखूँगी पर उस समय वह सम्भव नहीं हुआ। उन दिनों तो मन रह-रहकर उपन्यास की ओर दौड़ रहा था। तीन अलग-अलग परिवारों की असामान्य स्थितियों में पल रहे बच्चों की विभिन्न मानसिक स्थितियाँ (जिनका उल्लेख मैंने बंटी की जन्मपत्री में किया है) मुझे केवल अपनी ओर खींच ही नहीं रही थी बल्कि लगातार उनका दबाव मुझपर बढ़ता जा रहा था। और बढ़ते-बढ़ते स्थिति यहाँ तक पहुँच गई कि वे सारे बंटी अपने-अपने परिवार की सीमाओं को तोड़कर गड्ड-मड्ड होकर एक सामाजिक समस्या के रूप में मेरे सामने खड़े हो गए। अब इस समस्या से उभरी चुनौती को कलमबद्ध करने से मैं अपने को रोक नहीं पा रही थी। और इस तरह 'आपका बंटी' की शुरुआत हुई। पहले 'धर्मयुग' में धारावाहिक रूप से छपने पर पत्रों ने और बाद में पुस्तक रूप में आने पर समीक्षाओं और इस पर केन्द्रित चर्चाओं ने मुझे आत्मविश्वास से भर दिया। पर बाद में एक बात जरूर मुझे परेशान करती रही कि समीक्षा हो या चर्चा, सबके केन्द्र में बंटी ही इस कदर छाया रहा कि शकुन तो एकदम हाशिए में जा पड़ी, जबकि मेरे हिसाब से वह भी उपन्यास का एक बहुत ही महत्त्वपूर्ण चरित्र है। अभी तक मात्र सम्बन्धों से अपनी पहचान बनाए रखनेवाली व्यक्तित्वहीन स्त्री को अपनी स्वतन्त्र अस्मिता...अपना स्वतन्त्र व्यक्तित्व बनाते ही सबसे पहली टक्कर सम्बन्धों से ही मिलती है। फिर चाहे वह माँ के रूप में हो या पत्नी के रूप में या बेटी के रूप में। मातृत्व और व्यक्तित्व का यह द्वन्द्व ही शकुन के चरित्र की कुंजी है। जब उसका मातृत्व पक्ष प्रबल होता है तो उसका अतृप्त उपेक्षित व्यक्ति-पक्ष प्रश्नवाचक बनकर उसे मथने लगता है। और जब उसका व्यक्तिपक्ष प्रबल होता है तो उसका मातृत्व तिलमिलाने लगता है। पर शकुन के जीवन की सबसे बड़ी त्रासदी तो यह है कि व्यक्तित्व-मातृत्व के इस द्वन्द्व में न वह पूरी तरह शकुन बनकर जी सकी...न पूरी तरह माँ। और क्या यह केवल शकुन की त्रासदी ही है ? आज भी अपने व्यक्तित्व के दम पर अपने सम्बन्धों से टकरानेवाली हजार-हजार औरतों की त्रासदी क्या यही नहीं है ?

अब एक नए क्षेत्र में प्रवेश

फिल्म 'सारा आकाश' की सफलता ने बासु चटर्जी को केवल प्रसन्न और पुलकित ही नहीं किया, नई योजनाओं से लैस भी किया। उन्होंने मुझसे मेरी 'यही सच है' कहानी को फिल्माने की बात की। इसमें कोई सन्देह नहीं कि फिल्म का प्रस्ताव मुझे भी थ्रिलिंग तो बहुत लग रहा था पर संशय था तो केवल इतना कि निहायत आन्तरिक स्तर पर चलनेवाले एक लड़की के अन्तर्द्वन्द्व को (जिसे व्यक्त करने के लिए मुझे भी डायरी फार्म का सहारा लेना पड़ा था) दृश्य-विधा में कैसे प्रस्तुत करेंगे ? पर बासु दा के आग्रह और मेरी आन्तरिक इच्छा के कारण फिल्म तो बनी, पर कोई डिस्ट्रीब्यूटर न मिलने की वजह से एक साल तक वह डिब्बों में ही बन्द पड़ी रही। अन्ततः उसे डिस्ट्रीब्यूटर मिला—और वह केवल रिलीज ही नहीं हुई, बल्कि उसने सिल्वर जुबली भी मनाई।

फिल्म की दिशा में मिली इस पहली सफलता ने ही शायद मेरा हौसला इस कदर बढ़ा दिया था कि फ़िल्म के लिए मैं शरतचन्द्र की कहानी 'स्वामी' का पुनर्लेखन करने का दुस्साहस

भी जुटा सकी। बासुदा ने जब उसे मनचाहे ढंग से काटने-छाँटने, बढ़ाने-घटाने की पूरी छूट ही नहीं दी बल्कि आग्रह किया कि मूल ढाँचा सुरक्षित रखते हुए मैं इसे बिल्कुल नया रूप ही दे दूँ, तो मैं इसके लिए तैयार हो गई क्योंकि इसका वर्तमान रूप उन्हें जँच नहीं रहा था। मुझे भी लगा तो था कि एक अच्छी थीम के साथ शरत्चन्द्र पूरा न्याय नहीं कर सके। बेहद अनिच्छा से की गई शादी के कारण सम्बन्धों की शुरुआत होती है घनश्याम (पति) के प्रति मिनी (पत्नी) की उपेक्षा से। पर कैसे यही उपेक्षा सौतेली माँ और परिवार की ज्यादतियों के कारण पति की पक्षधरता में बदलती हुई पति के आचरण के कारण सम्मान में बदल जाती है...फिर धीरे-धीरे स्नेह में और अन्त में श्रद्धा विगलित विजर्सन में। कार्य-कारण शृंखला के साथ पति-पत्नी के बदलते सम्बन्धों का जो समीकरण प्रस्तुत किया गया है, वही इस कहानी का मूल आधार है... इस कहानी की खूबी। इसमें कोई सन्देह नहीं कि मूल कहानी में मैंने काफी फेरबदल किया है जिसे उपन्यासिका के रूप में छपवाते समय केवल स्वीकार ही नहीं किया बल्कि परिवर्तन के कारणों का स्पष्टीकरण भी दिया है। परिवर्तन का एक बड़ा कारण तो रहा है अपने-अपने समय की सीमा से नियन्त्रित-निर्धारित स्थितियों और पात्रों को देखने का अपना-अपना नजरिया। बस, कष्ट रहा तो केवल एक बात का कि फिल्म में अन्त बासुदा ने मेरी कहानी से हटकर कर दिया। और स्टेशन पर ही मिनी को पति के चरणों में लिटा दिया (पुरुष की चिर आकांक्षा, जिससे वह आज भी मुक्त नहीं हो पाया है)।

फिल्म का असली काम तो बासु चटर्जी का हुआ करता था, सो इस दौरान भी जब-तब कहानियाँ लिखने का मेरा सिलसिला चल ही रहा था। पर मुझे खुद लगने लगा था कि एक ढर्रे की भाव-भीनी कहानियाँ तो बहुत लिख लीं, अब कुछ नई जमीन खोदी जाए। पर प्रयोगात्मक कहानियाँ लिखना मेरे वश की बात नहीं थी और यदि डंडे मार-मारकर अपने वश की बाहर की बात करती तो न वह कहानी रहती, न प्रयोग। गनीमत यही है बल्कि कहूँ तो सन्तोष की बात है कि मैं अपनी सीमा के प्रति हमेशा सचेत रही हूँ...कुछ ज्यादा ही सचेत। सो नए के नाम पर अगर कुछ कर सकी तो केवल इतना कि व्यंग्य का पुट देकर कुछ नई शैली में कुछ कहानियाँ लिखीं—'त्रिशंकु', 'तीसरा हिस्सा' और 'स्त्री सुबोधिनी' इसी तर्ज की कहानियाँ हैं। मैं तो इन कहानियों से सन्तुष्ट हूँ ही (वैसे लेखक तो अपनी हर रचना से सन्तुष्ट ही रहता है), पाठक-समीक्षक की भी अनुकूल प्रतिक्रियाएँ ही मुझे मिली।

जहाँ तक मुझे याद है, सन् 1977 में ही दिल दहला देनेवाली वह घटना घटी थी जिसमें कई हरिजनों को पेड़ों से बाँधकर जिन्दा जला दिया गया था। जब मैंने किसी पत्रिका में (नाम याद नहीं) इस घटना की क्रूरता और बर्बरता की...गाँव के कण-कण में व्याप्त उस दहशत की, जिसने सबके मुँह पर ताले जड़ दिए थे...रोम-रोम को दहला देनेवाला वर्णन पढ़ा तो मैं ऊपर से नीचे तक थरथरा गई। दो दिन तक इस घटना के न जाने कितने चित्र मेरी आँखों के सामने बनते-बिगड़ते रहे। अपनी डायरी में कुछ आँका भी पर उसमें भावुकता का आवेग ही ज्यादा था। यह सारी घटना मुझे लिखने के लिए प्रेरित तो बहुत कर रही थी पर बिना किसी ठोस वैचारिक आधार के मात्र भावुकता के आवेग पर कोई रचना लिखना मेरे लिए

सम्भव ही नहीं था। सो वह आवेग डायरी में ही सिमटा रहा। कुछ महीनों के बाद किसी पत्रिका में पढ़ा कि उस हत्यारे को जेल तो हुई पर उसने पैरोल पर छूटकर चुनाव लड़ा ही नहीं बल्कि वह भारी बहुमत से जीता भी तो एकाएक मेरा ध्यान हमारे यहाँ की चुनाव-प्रक्रिया पर चला गया। साठ-गाँठ, छक्के-पंजे, धन-बल, बाहुबल पर टिकी हमारी इस चुनाव-प्रक्रिया के चलते यदि ऐसे लोग अमानवीय बर्बरताओं के कारण सत्तासीन हों तो आश्चर्य क्या ? और एकाएक मेरे उस भावावेग को जैसे एक वैचारिक पृष्ठभूमि मिल गई और फिर दोनों के मेल से 1979 ई. में जन्मा 'महाभोज'। यहाँ एक बात जरूर स्पष्ट करना चाहूँगी कि विपरीत से विपरीत स्थिति में आशा की एक हल्की-सी किरण मेरे मन के किसी-न-किसी कोने में हमेशा चमकती रही है–फिर वह चाहे निजी जीवन का सन्दर्भ हो, परिवार का, समाज का या पूरे देश का। मेरे इस आशावाद की कोई खिल्ली उड़ाना चाहे तो जरूर उड़ाए पर मेरी तो यही जीवनी-शक्ति है...संकट-समस्याओं से पार पाने का मेरा अपना आधार। सारी प्रतिकूल परिस्थितियों और प्रतिकूल पात्रों के समानान्तर चलते बीसू, बिन्दा और अब सक्सेना, क्या मेरी इसी आशावाद की उपज नहीं ?

उपन्यास छपने के कोई साल डेढ़-साल बाद अरविन्द कुमार ने मुझे सूचना दी कि अमाल-अल्लाना इस उपन्यास को मंचित करना चाहती हैं। मेरी स्वीकृति मिलने पर उन्होंने हम दोनों की एक मुलाकात भी तय कर दी। मिलने पर यों तो दुनिया-जहान की बातें हुई पर अन्त में निर्णय लिया गया कि नाट्य-रूपान्तर तो मैं ही करूँगी (यह उनका आग्रह और मेरी शर्त), पर मंच सम्बन्धी सुझाव अमाल देंगी...नेशनल स्कूल ऑफ ड्रामा की रंग-मंडली इसे प्रस्तुत करेगी और उसके मँजे, सधे अभिनेता अभिनय। बहुत सुखद और प्रेरणादायी स्थिति थी यह मेरे लिए। मैं हफ्ते में दो दिन कॉलेज से सीधी नेशनल स्कूल ऑफ ड्रामा चली जाती और अपना लिखा हुआ सुनाती। कभी-कभी अमाल मेरे लिखे हुए में कुछ सुझाव देतीं–संशोधन करतीं। यदि वे मेरे गले उतर जाते तो मैं सुझाव-संशोधन स्वीकार कर लेती, वरना अपनी लिखी बात के पक्ष में अपना तर्क प्रस्तुत करती। मुझे याद नहीं कि हम लोगों की बात-बहस में कभी ऐसा अटकाव आया हो जिसने नाटक की गति को ही रोक दिया हो। नाट्य-रूपान्तर का काम करीब आठ महीने तक चला था और एक स्थिति के बाद तो इसने टीम-वर्क का रूप ले लिया था। मेरे जाने पर कई अभिनेता भी बैठ जाते और कभी-कभी अपने सुझाव-सहयोग भी देते। अद्‌भुत अनुभव था वह मेरे लिए। उसके विस्तार में न जाकर उससे निकले निचोड़ को जरूर रेखांकित करना चाहूँगी–उपन्यास का नाट्य-रूपान्तर करते समय यदि लेखक और निर्देशक दोनों अपने-अपने अहं को दरकिनार करके बैठें (जैसाकि हमने किया था) तो बहुत अच्छे परिणाम निकल सकते हैं।

अब जब मंचन की बात आई तो 'बिना दीवारों के घर' के पुनर्लेखन-मंचन का उल्लेख भी कर ही दूँ। कॉलेज (मिरांडा हाउस) में 1978 में हिन्दी का नाटक होना था। निर्देशन के लिए आए थे नेशनल स्कूल ऑफ ड्रामा के रामगोपाल बजाज (बज्जू भाई)। हर साल की तरह समस्या थी, नाटक के चुनाव की। और बज्जू भाई ने घोषणा कर दी कि इस बार वे 'बिना दीवारों के घर' का मंचन करेंगे। सुनते ही मैं तो अड़ गई। पुनर्लेखन के चक्कर में कई सालों से मैंने इसका पुनर्प्रकाशन तक रोक रखा है–इस हालत में इसके मंचन की अनुमति कैसे दे सकती हूँ ? बज्जू भाई भी अड़ गए और कहा कि पुनर्लेखन करना है तो

मैं तुरन्त शुरू कर दूँ वरना वे तो उसे इसी रूप में मंचित करेंगे...मेरी अनुमति उन्हें चाहिए ही नहीं। इस दबाव ने मेरे हाथ में कलम थमा दी और मैं लिखने बैठ ही गई। रोज दो-तीन...दो-तीन दृश्य मैं लिखकर देती और वे पात्रों को डिक्टेट करा देते। समय बहुत कम था और एक जुनून की हालत में ही मैं यह काम कर रही थी। मुझे खुद नहीं मालूम कि मैं क्या लिख रही हूँ...कैसा लिख रही हूँ...बस, बज्जू भाई, त्रिपुरारी शर्मा और रवि शर्मा मेरे लिखे को स्वीकार करते जा रहे थे तो लगता था कि ठीक ही होगा। ग्रैंड रिहर्सल के दिन पूरे नाटक को एक साथ मंच पर जो देखा तो इतना जरूर लगा कि मेहनत व्यर्थ नहीं गई। काफी ठीक-ठाक ही बन गया था।

मैंने अपने लिखे दृश्यों को न टाइप करवाया था, न फोटोस्टेट...बस, एक फाइल में ज्यों का त्यों नत्थी करती जा रही थी। सोचा था कि कुछ अन्तराल देकर, बहुत तटस्थ होकर इसे एक बार फिर से पढ़ूँगी और इस मंचन में भी जो तीन-चार कमियाँ महसूस हुईं थीं, उन्हें ठीक करके छपवाने के लिए फाइनल स्क्रिप्ट तैयार करूँगी। मैं तो कुछ कर नहीं पाई...हाँ, छः-सात महीने बाद दीमक को जो करना था, कर गई। फाइल में नत्थी मेरे कागज ऐसे छलनी बने कि लिखना तो दूर उन्हें पढ़ना तक मेरे लिए सम्भव नहीं रहा। और फिर मैंने उसके पुनर्लेखन की बात दिमाग से ही निकाल दी, तो मेरे प्रकाशक ने इस वर्ष (2002) उसके मूल रूप का ही पुनर्प्रकाशन कर दिया।

मैंने चाहे कहानियाँ लिखी हों या उपन्यास या नाटक—भाषा के मामले में शुरू से ही मेरा नजरिया एक जैसा रहा है। शुरू से ही मैं पारदर्शिता को कथा-भाषा की अनिवार्यता मानती आई हूँ। भाषा ऐसी हो कि पाठक को सीधे कथा के साथ जोड़ दे...बीच में अवरोध या व्यवधान बनकर न खड़ी हो। कुछ लोगों की धारणा है कि ऐसी सहज-सरल बकौल उनके सपाट भाषा, गहन संवेदना, गूढ़ अर्थ और भावना के महीन से महीन रेशों को उजागर करने में अक्षम होती है। पर क्या जैनेन्द्रजी की भाषा-शैली इस धारणा को ध्वस्त नहीं कर देती ? हाँ, इतना जरूर कहूँगी कि सरल भाषा लिखना ही सबसे कठिन काम होता है। इस कठिन काम को मैं पूरी तरह साध पाई, ऐसा दावा करने का दुस्साहस तो मैं कर ही नहीं सकती पर इतना जरूर कहूँगी कि प्रयत्न मेरा हमेशा इसी दिशा में रहा है।

जब अपनी सम्पूर्ण कहानियों को एक जिल्द में प्रस्तुत करने का प्रस्ताव आया तो मैंने अपनी कहानियों के रचनाक्रम में कोई उलट-फेर नहीं किया। जिस क्रम से संकलन छपे थे, उनकी कहानियों को उसी क्रम से इसमें रखा है—जिससे पाठक मेरी कथा-यात्रा से गुजरते हुए मेरे रचना-विकास को भी जान सकें। मुझे खुद अपनी आरम्भ की 'उगली' हुई कहानियों का कच्चापन...हर स्तर का कच्चापन देखकर कभी-कभी हँसी भी आती है तो कभी सन्तोष भी होता है कि ऐसी कच्ची-पक्की पगडंडियों से गुजरकर ही मैं इस मुकाम तक पहुँची हूँ (यदि कहीं पहुँची हूँ तो)। हाँ, यह मैं जानती हूँ कि कुछ रचनाकार ऐसे भी हैं जिनकी आरम्भिक रचनाओं में ही बड़ा सधाव और परिपक्वता मिलेगी...ऐसे रचनाकारों की भी कमी नहीं है, जिन्होंने बहुत कम उम्र से ही लिखना शुरू कर दिया था और दो-चार साल की यात्रा के बाद ही उन्होने अपनी रचनाओं को 'स्तरीय रचना' तक पहुँचा दिया। पर मैं ! मैंने तो लिखना भी देर से शुरू किया...उसके बावजूद आरम्भिक रचनाएँ तो ककहरा सीखने की कवायद भर ही रहीं। पर पिछले कुछ सालों से जैसा कष्ट और मानसिक द्वन्द्व मैं झेल रही

हूँ, उसके मूल में इनमें से कोई भी कारण नहीं है। कष्ट का कारण तो है कि जैसे ही मेरी क़लम ने कुछ थोड़ी-सी गति पकड़कर मुझे भीतर से आत्मतोष और बाहर से सफलता-स्वीकृति की पहली सीढ़ी पर चढ़ाया ही था कि एकाएक कागज से मेरी क़लम का रिश्ता टूट गया। आगे बढ़ने की असमर्थता ही तो पीछे मुड़कर देखने को मजबूर कर देती है और पीछे उलटकर जो देखा तो क्या किया इतने वर्षों में ? मेरा पहला कहानी-संग्रह 1957 में छपा था और अन्तिम 1978 में, यानी इक्कीस वर्षों में मात्र पचास कहानियाँ। यह भी नहीं कि इन संकलनों के बीच या बाद में दूसरी विधाओं में बहुत कुछ रच डाला हो। 1961 में सहयोगी उपन्यास 'एक इंच मुस्कान' के छः अध्याय, 1971 में 'आपका बंटी' और 1979 में 'महाभोज' यानी कि मात्र ढाई उपन्यास और 'बिना दीवारों के घर' और 'महाभोज' (उपन्यास का ही नाट्य-रूपान्तर) कुल दो नाटक। टी.वी. और फ़िल्म के लिए किए गए काम को तो मैं अपने रचनात्मक लेखन में शुमार कर ही नहीं सकती...वह है भी नहीं, तो बीस साल का योगदान मात्र इतना ही और पिछले बीस सालों से एकदम सन्नाटा ! दो-चार साल की बात होती तो 'हर लेखक के जीवन में बंजर अवधि के ऐसे दौर आते ही हैं' के तर्क से अपने को समझा-सँभाल लेती, पर इतना लम्बा सन्नाटा ! क्या कहकर समझाऊँ ? शारीरिक अस्वस्थता का बहाना...मानसिक उथल-पुथल का तर्क...समय के प्रवाह में पीछे पड़ जाने से खंडित आत्मविश्वास—इन सबकी आड़ लेकर दूसरों के सामने मैं भले ही सफ़ाई पेश करती रहूँ, पर जानती हूँ कि कितनी खोखली हैं ये सब बातें क्योंकि इनसे कहीं अधिक प्रतिकूल परिस्थितियों में...कहीं अधिक संकट और संघर्ष के दिनों में भी मैं बराबर लिखती आई हूँ। क़लम जब सक्रिय होती है तो बड़े-से-बड़े अवरोध भी कैसे चुटकियों में ध्वस्त हो जाते हैं—पर इसकी निष्क्रियता..उफ़ ! काल्पनिक अवरोधों के अम्बार लगाकर कैसे आपको बिलकुल जड़ ही बना देती है, इस बात की सच्चाई को मुझसे ज्यादा शायद ही किसी ने जाना-भोगा हो, ख़ैर ! अपने लेखन को पुनर्जीवित करने के प्रयास में अन्ततः मेरे माली का एक सूत्र ही मेरा प्रेरणा-स्रोत बना, जिसने मुझे अपनी जड़ों की ओर लौटाकर आत्मकथ्य लिखने की दिशा में प्रेरित ही नहीं, सक्रिय भी कर दिया...पर 1992 में शुरू किया हुआ यह आत्मकथ्य भी अब जाकर किसी तरह किनारे लगा...यानी पूरे दस वर्ष ! बहरहाल अब तो यही उम्मीद करती हूँ कि क़लम में हुई यह थोड़ी-सी हरक़त पूरी तरह सक्रियता में बदले। दुनिया आख़िर उम्मीद पर ही तो क़ायम है।

(यहाँ मैंने अपने आत्मकथ्य में से ही रचना-सम्बन्धी प्रसंगों को काटकर कुछ ऐसे सिलसिलेवार ढंग से प्रस्तुत किया है जिससे पाठकों को मेरी कथा-यात्रा की एक झलक मिल सके।)

–मन्नू भंडारी

कथा क्रम

मैं हार गई

जब कवि-सम्मेलन समाप्त हुआ तो सारा हॉल हँसी-कहकहों और तालियों की गड़गड़ाहट से गूँज रहा था। शायद मैं ही एक ऐसी थी, जिसका रोम-रोम क्रोध से जल रहा था। उस सम्मेलन की अन्तिम कविता थी 'बेटे का भविष्य'। उसका सारांश कुछ इस प्रकार था, एक पिता अपने बेटे के भविष्य का अनुमान लगाने के लिए उसके कमरे में एक अभिनेत्री की तस्वीर, एक शराब की बोतल और एक प्रति गीता की रख देता है और स्वयं छिपकर खड़ा हो जाता है। बेटा आता है और सबसे पहले अभिनेत्री की तस्वीर को उठाता है। उसकी बाछें खिल जाती हैं। बड़ी हसरत से उसे वह सीने से लगाता है, चूमता है और रख देता है। उसके बाद शराब की बोतल से दो-चार घूँट पीता है। थोड़ी देर बाद मुँह पर अत्यन्त गम्भीरता के भाव लाकर, बग़ल में गीता दबाए वह बाहर निकलता है। बाप बेटे की यह करतूत देखकर उसके भविष्य की घोषणा करता है, "यह साला तो आजकल का नेता बनेगा !"

कवि महोदय ने यह पंक्ति पढ़ी ही थी कि हॉल के एक कोने से दूसरे कोने तक हँसी की लहर दौड़ गई। पर नेता की ऐसी फज़ीहत देखकर मेरे तो तन-बदन में आग लग गई। साथ आए हुए मित्र ने व्यंग्य करते हुए कहा, "क्यों, तुम्हें तो वह कविता बिल्कुल पसन्द नहीं आई होगी। तुम्हारे पापा भी तो एक बड़े नेता हैं !"

मैंने गुस्से में जवाब दिया, "पसन्द ! मैंने आज तक इससे भद्दी और भोंडी कविता नहीं सुनी !"

अपने मित्र की व्यंग्य की तिक्तता को मैं खूब अच्छी तरह पहचानती थी। उनका क्रोध बहुत कुछ चिलम न मिलने वालों के आक्रोश के समान ही था। उनके पिता चुनाव में मेरे पिताजी के प्रतिद्वन्द्वी के रूप में खड़े हुए थे और हार गए थे। उस तमाचे को वह अभी तक नहीं भूले थे। आज यह कविता सुनकर उन्हें दिल की जलन निकालने का अवसर मिला। उन्हें लग रहा था, मानो उनके पिता का हारना भी आज सार्थक हो गया। पर मेरे मन में उस समय कुछ और चक्कर चल रहा था।

मैं जली-भुनी जो गाड़ी में बैठी तो सच मानिए, सारे रास्ते यही सोचती रही कि किस प्रकार इन कवि महाशय को करारा-सा जवाब दूँ। मेरे पापाजी के राज में ही नेता की ऐसी छीछालेदर भी कोई चुपचाप सह लेने की बात थी भला ! चाहती तो यही थी कि कविता में ही उनको जवाब दूँ, पर इस ओर कभी कदम नहीं उठाया था। सो निश्चय किया कि कविता नहीं तो कहानी ही सही। अपनी कहानी में मैंने एक ऐसे सर्वगुणसम्पन्न नेता का निर्माण करने की योजना बनाई जिसे पढ़कर कवि महाशय को अपनी हार माननी ही पड़े।

भरी सभा में वह जो नहला मार गए थे, उस पर मैं दहला नहीं, सीधे इक्का ही फटकारना चाहती थी, जिससे बाज़ी हर हालत में मेरी ही रहे।

यही सब सोचते-सोचते मैं कमरे में घुसी, तो दीवार पर लगी बड़े-बड़े नेताओं की तस्वीरों पर नज़र गई। सबके प्रतिभाशाली चेहरे मुझे प्रोत्साहन देने लगे। सब नेताओं के व्यक्तिगत गुणों को एक साथ ही मैं अपने नेता में डाल देना चाहती थी, जिससे वह किसी भी गुण में कम न रहने पाए।

पूरे सप्ताह तक मैं बड़े-बड़े नेताओं की जीवनियाँ पढ़ती रही और अपने नेता का ढाँचा बनाती रही। सुना था और पढ़कर भी महसूस किया कि जैसे कमल कीचड़ में उत्पन्न होता है, वैसे ही महान आत्माएँ ग़रीबों के घर ही उत्पन्न होती हैं। सोच-विचारकर एक शुभ मुहूर्त देखकर मैंने सब गुणों से लैस करके अपने नेता का जन्म, गाँव के एक ग़रीब किसान की झोंपड़ी में करा दिया।

मन की आशाएँ और उमंगें जैसे बढ़ती हैं, वैसे ही मेरा नेता भी बढ़ने लगा। थोड़ा बड़ा हुआ तो गाँव के स्कूल में ही उसकी शिक्षा प्रारम्भ हुई। यद्यपि मैं इस प्रबन्ध से विशेष सन्तुष्ट नहीं थी, पर स्वयं ही मैंने परिस्थिति बना डाली थी कि इसके सिवाय कोई चारा नहीं था। धीरे-धीरे उसने मिडिल पास किया। यहाँ तक आते-आते उसने संसार के सभी महान व्यक्तियों की जीवनियाँ और क्रान्तियों के इतिहास पढ़ डाले। देखिए, आप बीच में ही ये मत पूछ बैठिए कि आठवीं का बच्चा इन सबको कैसे समझ सकता है? यह तो एकदम अस्वाभाविक बात है। इस समय मैं आपके किसी भी प्रश्न का जवाब देने की मनःस्थिति में नहीं हूँ। आप यह न भूले कि यह बालक एक महान भावी नेता है।

हाँ, तो यह सब पढ़कर उसके सीने में बड़े-बड़े अरमान मचलने लगे, बड़े-बड़े सपने साकार होने लगे, बड़ी-बड़ी उमंगें करवटें लेने लगीं। वह जहाँ कहीं भी अत्याचार देखता, मुट्ठियाँ भींच-भींचकर संकल्प करता, उसको दूर करने की बड़ी-बड़ी योजनाएँ बनाता और मुझे उसकी योजना में, उसके संकल्पों में अपनी सफलता हँसती-खेलती नज़र आती। एक बार जान का खतरा मोल लेकर मैंने ज़मींदार के कारिन्दों से भी उसकी मुठभेड़ करा दी, और उसकी विजय पर उससे अधिक हर्ष मुझे हुआ।

तभी अचानक एक घटना घट गई। उसके पिता की अचानक मृत्यु हो गई। दवा-इलाज के लिए घर में पैसा नहीं था। सो उसके पिता ने तड़प-तड़पकर जान दे दी और वह बेचारा कुछ भी न कर सका। पिता की इस बेबसी की मृत्यु का भारी सदमा उसको लगा। उसकी बूढ़ी माँ ने रोते-रोते प्राण तो नहीं, पर आँखों की रोशनी गँवा दी। घर में उसकी एक विधवा बुआ और एक छोटी क्षयग्रस्त बहन और थी। सबके भरण-पोषण का भार उस पर आ पड़ा। आय का कोई साधन था नहीं। थोड़ी-बहुत ज़मीन जो थी, उसे ज़मींदार ने लगान बकाया निकालकर हथिया लिया। उसके पिता की विनम्रता का लिहाज़ करके अभी तक वह चुप बैठा था। अब क्यों मानता ? उसके क्रान्तिकारी बेटे से वह परिचित था। सो अवसर मिलते ही बदला ले लिया। अब मेरे भावी नेता के सामने भारी समस्या थी। वह सलाह लेने मेरे पास आया। मैंने कहा, "अब समय आ गया है। तुम घर-बार और रोटी की चिन्ता छोड़कर देश-सेवा के कार्य में लग जाओ। तुम्हें देश का नव-निर्माण करना है। शोषितों की आवाज़ को बुलन्द करके देश में वर्गहीन समाज की स्थापना करनी है। तुम सब कुछ बड़ी

सफलतापूर्वक कर सकोगे, क्योंकि मैंने तुममें सब आवश्यक गुण भर दिए हैं।''

उसने बहुत ही बुझे हुए स्वर में कहा, ''यह तो सब ठीक है, पर मेरी अन्धी माँ और बीमार बहन का क्या होगा ? मुझे देश प्यारा है, पर ये लोग भी कम प्यारे नहीं।''

मैं झल्ला उठी, ''तुम नेता होने जा रहे हो या कोई मज़ाक है ? जानते नहीं, नेता लोग कभी अपने परिवार के बारे में नहीं सोचते, वे देश के, सम्पूर्ण राष्ट्र के बारे में सोचते हैं। तुम्हें मेरे आदेश के अनुसार चलना होगा। जानते हो, मैं तुम्हारी स्रष्टा हूँ, तुम्हारी विधाता !''

उसने सबकुछ अनसुना करके कहा, ''यह सब तो ठीक है पर मैं अपनी अन्धी बूढ़ी माँ की दर्दभरी आहों की उपेक्षा, किसी भी मूल्य पर नहीं कर सकता। तुम मुझे कहीं नौकरी क्यों नहीं दिला देतीं ? गुज़ारे का साधन हो जाने से मैं बाकी सारा समय सहर्ष देश-सेवा में लगा दूँगा। तुम्हारे सपने सच्चे कर दूँगा। पर पहले मेरे पेट का कुछ प्रबन्ध कर दो।''

मैंने सोचा, क्यों न अपने पिताजी के विभाग में इसे कहीं कोई नौकरी दिलवा दूँ। पर पिताजी की उदार नीति के कारण कोई जगह खाली भी तो रहने पाए ! देखा तो सब जगह भरी हुई थीं। कहीं मेरे चचेरे भाई विराजमान थे, तो कहीं फुफेरे। मतलब यह है कि मैं उसके लिए कोई प्रबन्ध न कर सकी। उसका मुँह तो चीर दिया, पर उसे भरने का प्रबन्ध न कर सकी। हारकर उसने मज़दूरी करना शुरू कर दिया। ज़मींदार की नई हवेली बन रही थी, वह उसी में ईंटें ढोने का काम करने लगा। जैसे-जैसे वह सिर पर ईंटें उठाता, उसके अरमान नीचे को धसकते जाते। मैंने लाख उसे यह काम न करने के लिए कहा, पर वह अपनी माँ-बहन की आड़ लेकर मुझे निरुत्तर कर देता। मुझे उस पर कम क्रोध नहीं था। फिर भी मुझे भरोसा था, क्योंकि बड़ी-बड़ी प्रतिभाओं और गुणों को मैंने उसकी घुट्टी में पिला दिया था। हर परिस्थिति में वे अपना रंग दिखलाएँगे। यह सोचकर ही मैंने उसे उसके भाग्य पर छोड़ दिया और तटस्थ दर्शक की भाँति उसकी प्रत्येक गति-विधि का निरीक्षण करने लगी।

उसकी बीमार बहन की हालत बेहद खराब हो गई। वह उसे बहुत प्यार करता था। उसने एक दिन काम से छुट्टी ली और शहर गया, उसके इलाज के प्रबन्ध की तलाश में। घूम-फिरकर एक बात उसकी समझ में आई कि काफी रुपया हो तो उसकी बहन बच सकती है। रास्ते-भर उसकी रुग्ण बहन के करुण चीत्कार उसके हृदय को बेधते रहे। बार-बार जैसे उसकी बहन चिल्ला-चिल्लाकर कह रही थी, ''भैया, मुझे बचा लो। कहीं से भी रुपए का प्रबन्ध करके मुझे बचा लो। भैया, मैं मरना नहीं चाहती !''...और उसके सामने उसके बाप की मृत्यु का दृश्य घूम गया। गुस्से से उसकी नसें तन गईं। वह गाँव आया और वहाँ के जितने भी सम्पन्न लोग थे, सबसे क़र्ज़ माँगा, मिन्नतें कीं, हाथ जोड़े, पर निराशा के अतिरिक्त उसे कुछ नहीं मिला। इस नाकामयाबी पर उसका विद्रोही मन जैसे भड़क उठा। वह दिन-भर बिना बताए, जाने क्या-क्या संकल्प करता रहा। और आधी रात के करीब दिल में निहायत ही नापाक इरादा लेकर उठा।

मैं काँप गई। वह चोरी करने जा रहा था ! मेरे बनाए नेता का ऐसा पतन ! वह चोरी करे ! छीः-छीः ! और इसके पहले कि चोरी-जैसा जघन्य कार्य करके वह अपनी नैतिकता का हनन करता, मैंने उसका ही खात्मा कर दिया! अपनी लिखी हुई कहानी के पन्नों के टुकड़े-टुकड़े कर दिए।

उसकी तबाही के साथ एक महान नेता के निर्माण करने का मेरा हौसला भी मुझे तबाह

होता नज़र आया। लेकिन इतनी आसानी से मैं हिम्मत हारनेवाली न थी। बड़े धैर्य के साथ मैं अपनी कहानी का विश्लेषण करने बैठी कि आखिर क्यों, सब गुणों से लैस होकर भी मेरा नेता, नेता न बनकर चोर बन गया ? और खोज-बीन करते-करते मैं अपनी असफलता की जड़ तक पहुँच ही गई। ग़रीबी ! ग़रीबी के कारण ही उसके सारे गुण, दुर्गुण बन गए और मेरी मनोकामना अधूरी ही रह गई। जब सही कारण सूझ गया तो उसका निराकरण क्या कठिन था।

एक बार फिर मैंने कलम पकड़ी और नेता बदले हुए रूप और बदली हुई परिस्थितियों में फिर एक बार इस संसार में आ गया। इस बार उसने शहर के करोड़पति सेठ के यहाँ जन्म लिया, जहाँ न उसके सामने पेट भरने का सवाल था, न बीमार बहन के इलाज की समस्या। असीम लाड़-प्यार और धन-वैभव के बीच वह पलने लगा। बढ़िया-से-बढ़िया स्कूल में उसे शिक्षा दी गई। उसकी अलौकिक प्रतिभा देखकर सब चकित रह जाते। वह अत्याचार होते देखकर तिलमिला जाता, जोशीले भाषण देता, गाँवों में जाकर वह बच्चों को पढ़ाता। ग़रीबों के प्रति उसका दिल दया से लबालब-भरा रहता। अमीर होकर भी वह सादगी से जीवन बिताता, सारांश यह कि महान नेता बनने के सभी शुभ लक्षण उसमें नज़र आए। क़दम-क़दम पर वह मेरी सलाह लेता, और मैंने भी उसके भावी जीवन का नक्शा उसके दिमाग में पूरी तरह उतार दिया था, जिससे वह कभी भी पथ-भ्रष्ट न होने पाए।

मैट्रिक पास करके वह कॉलेज गया। जिस कॉलेज में एक समय में केवल राजाओं के पुत्र ही पढ़ा करते थे और आज भी जहाँ रईसी का वातावरण था, उसी कॉलेज में उसके पिता ने उसे भर्ती कराया। लेकिन मेरी सारी सावधानी के बावजूद उन रईसज़ादों की सोहबत अपना रंग दिखाए बिना न रही। वह अब ज़रा आरामतलब हो गया। मेरे सलाह-मशविरों की अब उसे उतनी चिन्ता न रही। घंटों अब वह कॉफी-हाउस में रहने लगा। और एक दिन तो मैंने उसे हाउज़ी खेलते देखा। मेरा दिल धक से कर गया। जुआ ! हाय राम ! यह क्या हो गया ? मैं सँभलकर कुर्सी पर बैठ गई और क़लम को कसकर पकड़ लिया। क़लम को ज़ोर से पकड़कर ही मुझे लगा, मानो मैंने उसकी नकेल को कसकर पकड़ लिया हो। पर उसके तो जैसे अब पर निकल आए थे। जुआ ही उसके नैतिक पतन की अन्तिम सीमा न रही। कुछ दिनों बाद ही मैंने उसे शराब पीते भी देखा। मेरा क्रोध सीमा से बाहर जा चुका था। मैंने उसे अपने पास बुलाया। अपने क्रोध पर जैसे-तैसे क़ाबू रखते हुए मैंने उससे पूछा, "जानते हो, मैंने तुम्हें किसलिए बनाया है ?"

वह भी मानो मेरा सामना करने के लिए पूरी तरह तैयार होकर आया था। बोला, "अपने स्वार्थ की पूर्ति के लिए, अपनी इच्छा पूरी करने के लिए तुमने मुझे बनाया है। पर यह ज़रूरी नहीं कि मैं तुम्हारी इच्छानुसार ही चलूँ, मेरा अपना अस्तित्व भी है, मेरे अपने विचार भी हैं।"

मैं चिल्ला उठी, "जानते हो, तुम किससे बातें कर रहे हो ? मैं तुम्हारी स्रष्टा हूँ, तुम्हारी निर्माता ! मेरी इच्छा से बाहर तुम्हारा कोई स्वतन्त्र अस्तित्व नहीं !"

वह हँस पड़ा, "अरे ! तुमने तो मुझे अपनी क़लम से पैदा किया है, मेरे इन दोस्तों को देखो ! इनकी अम्माओं ने तो इन्हें अपने जिस्म से पैदा किया है। फिर भी वे इनके निजी जीवन में इतना हस्तक्षेप नहीं करतीं, जितना तुम करती हो। तुमने तो मेरी नाक में दम कर

रखा है। ऐसा करो, वैसा मत करो। मानो मैं आदमी नहीं, काठ का उल्लू हूँ। सो बाबा ऐसी नेतागिरी मुझसे निभाए न निभेगी। यह उम्र, दुनिया की रंगीनी और घर की अमीरी ! बिना लुत्फ़ उठाए यों ही जवानी क्यों बर्बाद की जाए ? यह करके क्या नेता नहीं बना जा सकता ?''

और मैं कुछ कहूँ उसके पहले ही वह सीटी बजाता हुआ चला गया।

कल्पना तो कीजिए उस ज़लालत की, जो मुझे सहनी पड़ी ! इच्छा तो यह हुई कि अपने पहलेवाले नेता की तरह इसका भी सफ़ाया कर दूँ। पर सदमा इतना गहरा था कि जोश भी न रहा। इतना सब हो जाने पर भी जाने क्यों, मन में एक क्षीण-सी आशा बनी हुई थी कि शायद वह सीधे रास्ते पर आ जाए। गाँधीजी ने भी तो एक बार बचपन में चोरी की थी, बुरे कर्म किए थे, फिर अपने-आप रास्ते पर आ गए। सम्भव है, इसके हृदय में भी कभी पश्चात्ताप की आग जले और यह अपने-आप सुधर जाए पर अब मैंने उसे आदेश देना बन्द कर दिया और धैर्य के साथ उस दिन की प्रतीक्षा करने लगी, जब वह पश्चाताप की अग्नि में झुलसता हुआ मेरे चरणों में आ गिरेगा और अपने किए के लिए क्षमा माँगेगा !

पर ऐसा शुभ दिन कभी नहीं आया। जो दिन आया, वह कल्पनातीत था। एक बहुत ही सुहावनी साँझ को मैंने देखा कि वह खूब सज-धज रहा है। आज का लिबास कुछ अनोखा ही था। शार्कस्किन के सूट की जगह सिल्क की शेरवानी थी। सिगरेट की जगह पान था। सैंट महक रहा था। बाहर हॉर्न बजा और वह गुनगुनाकर अपने मित्र की गाड़ी में जा बैठा। गाड़ी एक बार के सामने रुकी। और रात तक वे साहबज़ादे पेग-पर-पेग ढालते रहे, भद्दे मज़ाक करते रहे और ठहाके लगाते रहे। रात को नौ बजे उठे, तो पैर लड़खड़ा रहे थे। जैसे-तैसे गाड़ी में बैठे और ड्राइवर से जिस गन्दी जगह चलने को कहा, उसका नाम लिखते भी मुझे लज्जा लगती है !

अपने को बहुत रोकना चाहती थी, फिर भी वह घोर पाप मैं सहन न कर सकी और तय कर लिया कि आज जैसे भी होगा, मैं फ़ैसला कर ही डालूँगी। मैं गुस्से से काँपती हुई उसके पास पहुँची। इस समय उससे बात करने में भी मुझे घृणा हो रही थी, क्रोध से मेरा रोम-रोम जल रहा था ! फिर भी अपने को क़ाबू में रखकर और स्वर को भरसक कोमल बनाकर मैंने उससे कहा, ''एक बार अन्तिम चेतावनी देने के ख़याल से ही मैं इस समय तुम्हारे पास आई हूँ। तुम्हारा यह सर्वनाश देखकर, जानते हो मुझे कितना दुख होता है ? अब भी समय है, सँभल जाओ। सुबह का भूला यदि शाम को घर आ जाए, तो भूला नहीं कहलाता !''

पर इस समय वह शायद मुझसे बात करने की मनःस्थिति में ही नहीं था। उसने पान चबाते हुए कहा, ''अरे जान ! यह क्या तुमने हर समय नेतागिरी का पचड़ा लगा रखा है ? कहाँ तुम्हारी नेतागिरी और कहाँ छमिया का छमाका ! देख लो, तो बस सरूर आ जाए।''

मैंने कान बन्द कर लिए। वह कुछ और भी बोला, पर मैंने सुना नहीं। पर उसने जो आँख मारी, वह दिखाई दी और मुझे लगा, जैसे पृथ्वी घूम रही है। मैंने आँखें बन्द कर लीं और गुस्से से होंठ काट लिए। क्रोध के आवेग में कुछ भी कहते नहीं बना, केवल मुँह से इतना ही निकला, ''दुराचारी ! अशिष्ट ! नारकीय कीड़े !''

उसके मित्र ने जो कुछ कहा, उसकी हल्की-सी ध्वनि मेरे कान में पड़ी। वह जाते-जाते

कह रहा था, "अरे ! ऐसी घोर हिन्दी में फटकारोगी तो वह समझेगा भी नहीं ! ज़रा सरल भाषा बोलो !"

और अधिक सहना मेरे बूते के बाहर की बात थी। मैंने जिस क़लम से उसको उत्पन्न किया था, उसी क़लम से उसका खात्मा भी कर दिया। वह छमिया के यहाँ जाकर बैठनेवाला था कि मैंने उसे रद्दी की टोकरी में डाल दिया। जैसा किया, वैसा पाया !

उसने तो अपने किए का फल पा लिया, पर मैं समस्या का समाधान नहीं पा सकी। इस बार की असफलता ने तो बस मुझे रुला ही दिया। अब तो इतनी हिम्मत भी नहीं रही कि एक बार फिर मध्यम वर्ग में अपना नेता उत्पन्न करके फिर से प्रयास करती। इन दो हत्याओं के भार से ही मेरी गर्दन टूटी जा रही थी, और हत्या का पाप ढोने की न इच्छा थी न शक्ति ही। और अपने सारे अहं को तिलांजलि देकर बहुत ही ईमानदारी से मैं कहती हूँ कि मेरा रोम-रोम महसूस कर रहा था कि कवि भरी सभा में शान के साथ जो नहला फटकार गया था, उस पर इक्का तो क्या, मैं दुग्गी भी न मार सकी। मैं हार गई, बुरी तरह हार गई।

'मैं हार गई' संकलन से

श्मशान

रात के दस बजे होंगे। श्मशान के एक ओर डोम ने बेफ़िक्री से खाट बिछाते हुए कबीर के दोहे की ऊँची तान छेड़ दी, "जेहि घट प्रेम न संचरै, सोई घट जान मसान !"

श्मशान का दिल-भर आया। एक सर्द आह भरकर उसने पहलू में खड़ी पहाड़ी से कहा, "मैं इंसान को जितना प्यार करता हूँ, उतनी ही घृणा उससे पाता हूँ। सभी मनुष्य यही चाहते हैं कि जीते जी उन्हें मेरा मुँह न देखना पड़े। पर वास्तव में मैं इतना बुरा नहीं हूँ। संसार में जब मनुष्य को एक दिन के लिए भी स्थान नहीं रह जाता, तब मैं उसे अपनी गोद में स्थान देता हूँ। चाहे कोई अमीर हो या गरीब, वृद्ध हो या बालक, मैं सबको समान दृष्टि से देखता हूँ। पर इससे क्या होता है ? मेरे पास वह प्रेम नहीं, जो मनुष्य की सबसे बड़ी निधि है। मेरे दिल में मुहब्बत का वह चिराग रोशन नहीं होता, जिसके बल पर मैं उसके दिल में अपने लिए थोड़ा-सा स्थान बना सकता। नहीं जानता खुदा ने मेरे साथ ऐसी बेइंसाफी का सलूक क्यों किया ?"

शहर और श्मशान के बीच खड़ी पहाड़ी मुस्करा दी। उसकी यह व्यंग्यात्मक मुस्कराहट श्मशान के हृदय में चुभ गई। उसने पूछा, "क्या तुम्हारी कभी यह इच्छा नहीं होती कि तुम्हारे पास भी इंसान की तरह प्रेम-भरा दिल होता, जिसमें अपने प्रिय के लिए मर मिटने की तमन्ना मचलती रहती है। कभी-कभी दूर-दूर से हवाएँ आती हैं और लैला-मजनूँ और शीरीं-फ़रहाद की प्रेम-कहानियाँ मुझे सुना जाती हैं तो सच मानना, मैं तड़पकर रह जाता हूँ कि काश ! मैं भी मजनूँ होता और लैला के वियोग में अपने को क़ुर्बान कर देता। प्रिय की प्रतीक्षा में, राह में पलकों के पाँवड़े बिछाकर बैठा रहता। सावन की उठी घटाएँ मेरे मन में हूक उठतीं और बसन्त की सुरमई साँझें मेरे मन में तड़प बनकर रह जातीं। प्रिय का जीवन ही मेरा जीवन होता और उसकी मौत मेरी मौत। पर क्या करूँ, ईश्वर ने तो मुझे श्मशान बनाया है, जिसके हृदय में मुहब्बत नहीं, प्रेम नहीं, स्निग्धता नहीं, सरसता नहीं, केवल धू-धू करती आग की लपटें हैं।"

एक आँख से श्मशान को और दूसरी आँख से शहर को और उसमें बसे इंसानों को देखनेवाली पहाड़ी ने पूछा, "बड़ी तमन्ना है इंसान बनने की ?"

श्मशान ने कहा, "तमन्ना ! मनुष्य के पास जैसा प्रेममय हृदय है, उसे पाने के लिए मैं अपने जैसे सौ जीवन क़ुर्बान कर सकता हूँ।"

पहाड़ी मुस्करा दी।

इतने में ही किसी करुण क्रन्दन ने श्मशान के शुष्क हृदय को दहला दिया। एक छोटी-सी भीड़ किसी शव को लिए चली आ रही थी। उसमें एक सुन्दर नवयुवक फूट-फूटकर

रो रहा था, मानो किसी ने उसका सर्वस्व लूट लिया हो। लाश उतारी गई। वह उस नवयुवक की पत्नी थी। युवक का क्रन्दन श्मशान के हृदय को बेध गया।

सारा क्रिया-कर्म समाप्त कर जैसे-तैसे उस युवक को सँभालकर वे लोग ले गए और श्मशान सोचता रहा, कितना प्यार करता होगा यह अपनी पत्नी को। काश, मैं भी किसी को इतना प्यार कर सकता।

दूसरे दिन साँझ के धुँधले प्रकाश में श्मशान ने देखा, वही युवक आ रहा है। उसके कल के और आज के चेहरे में ज़मीन-आसमान का अन्तर था। एक रात में ही जैसे वह बूढ़ा हो गया था। आँखें सूजकर लाल हो गई थीं। वह पागलों की तरह लड़खड़ाता हुआ और अपनी पत्नी की राख बटोरने लगा। कुछ देर तक वह हिचकियाँ लेता रहा और उसकी आँखों से निरन्तर अश्रु बहते रहे। फिर जैसे भावनाओं का बाँध टूट गया, वह सिर फोड़-फोड़कर रोने लगा और चीखने लगा—"तुम मुझे छोड़कर कहाँ गई सुकेशी ? याद है, कितनी बार तुमने कसमें खाई थीं कि ज़िन्दगी-भर तुम मेरा साथ दोगी पर ? दो वर्षों में ही तुम तो मुझे अकेला छोड़कर चली गई। अब मैं तुम्हारे बिना जीवित नहीं रह सकता। तुम मुझे अपने पास बुला लो, नहीं तो मुझे ही तुम्हारे पास आने का कोई उपाय करना पड़ेगा। तुम नहीं तो मेरे जीवन का कोई अर्थ नहीं, कोई सार नहीं, कोई रस नहीं—तुम्हीं तो मेरा जीवन थीं, मेरी प्रेरणा थीं। अब मैं जीवित रहकर करूँगा ही क्या ? मुझे अपने पास बुला लो, मैं तुम्हारे बिना नहीं रह सकता, नहीं रह सकता, किसी तरह भी नहीं रह सकता। इसी प्रकार वह विलाप करके रोता रहा, सिर फोड़ता रहा और मूक श्मशान अपनी सूखी, पथराई आँखों से इस दृश्य को देखता रहा। इंसान बनने की, प्रेम करने की और अपने प्रिय के वियोग में इसी नवयुवक की भाँति मर मिटने की तमन्ना और अधिक ज़ोर पकड़ती रही। वह यही सोचता रहा, काश ! मैं भी किसी को इसी तरह दिलोजान से प्यार कर सकता !

उसके पहलू में खड़ी पहाड़ी मुस्कराती रही।

रो-धोकर वह व्यक्ति तो चला गया पर श्मशान के हृदय को उसके आँसू गर्म सलाखों की तरह दग्ध करते रहे। उसने पहाड़ी से कहा, "इस व्यक्ति की व्यथा ने मेरे हृदय को मथ डाला ! यों तो यहाँ रोज़ ही ऐसे कितने ही व्यक्ति आते हैं, पर जाने क्यों, इसके दुख में, इसकी वेदना में ऐसा क्या था, जो मैं कभी नहीं भूल सकूँगा। तुम देखना, अब यह जीवित नहीं रहेगा। एक दिन में ही अपनी प्रेयसी के वियोग में जिसने अपने शरीर को आधा बना डाला हो, वह भला कितने दिन इस प्रकार जीवित रह सकेगा ? वह अवश्य ही रो-रोकर प्राण दे देगा, और मैं भी चाहता हूँ कि वह मेरी गोद में आ जाए और मैं दोनों को हमेशा के लिए मिला दूँ !"

सारे दिन वह युवक के शव की प्रतीक्षा करता रहा, पर शव न आया। हाँ, आसमान में जब साँझ का धुँधलका छाने लगा तो वह युवक स्वयं आया और वैसे ही पागलों की तरह प्रलाप करता रहा। तीन-चार दिन तक यह क्रम बना रहा फिर युवक का आना भी बन्द हो गया। पर श्मशान उसे भूल न सका। प्रत्येक शव को वह जाने किस उत्सुकता से देखता, और फिर कुछ खिन्न हो जाता।

एक दिन उसने पहाड़ी से पूछा, "तुम्हें तो शहर का कोना-कोना दिखाई देता है, बता सकती हो, उस युवक का क्या हाल है ?"

पहाड़ी ने मुस्कराते हुए कहा, "नहीं।"

श्मशान ने कहा, "मेरा अन्तःकरण रह-रहकर कह रहा है कि अवश्य ही उसने आत्महत्या कर ली होगी। वह शायद नदी में डूब गया होगा, या किसी ऐसे ही उपाय से उसने अपना अन्त कर लिया होगा कि मैं उसकी लाश को भी नहीं पा सका। मेरी कितनी तमन्ना थी कि मैं उसे उसकी प्रिया के पास पहुँचा देता।"

पहाड़ी ने पूछा, "तुम्हें विश्वास है कि वह मर गया होगा ?"

श्मशान खीझ उठा, "तुम तो बिल्कुल ही पत्थर हो। जिसके हृदय को प्रेम की पीर ने बेध दिया हो, वह कभी जीवित नहीं रह सकता।"

पहाड़ी केवल मुस्करा दी।

दिन आए और चले गए। अपने आँचल में इंसानों को अपने प्रेमियों के वियोग में आँसू बहाते देख श्मशान का मन इंसान के प्रति और अधिक श्रद्धालु होता गया, यह एक क्रम-सा हो गया कि श्मशान इंसान के अलौकिक गुण गाया करता और पहाड़ी मुस्कराया करती।

इसी प्रकार तीन वर्ष बीत गए। तीन वर्ष की लम्बी अवधि भी श्मशान के मन से उस सुन्दर युवक की व्यथा को न पोंछ सकी। वह अक्सर उसकी बात करता। उसके उन आँसुओं की बात करता, जो उसने अपनी प्रेयसी के वियोग में बहाए थे। उसके उस अनुपम प्रेम की बात करता, जिसने उसे अवश्य ही आत्महत्या के लिए बाध्य कर दिया होगा। उसके उस करुण विलाप की बात करता, जो आज भी उसके हृदय को मथे डाल रहा था।

तभी एक दिन फिर उसका हृदय किसी परिचित स्वर की करुण चीत्कारों से दहल उठा। उसने देखा, वही सुन्दर युवक एक छोटी-सी भीड़ के साथ किसी शव को लिए आ रहा है। श्मशान ने सोचा, वह अभी जीवित है। अब इस अभागे पर ईश्वर ने कौन-सा दुःख डाला है।

पर वहाँ पर जो बातचीत हो रही थी, उससे यह समझने में देर न लगी कि यह भी उसकी पत्नी ही थी। सब लोग यही कह रहे थे, "इसके भाग्य में पत्नी का सुख ही नहीं लिखा है। वर्ना पाँच ही वर्ष में यों दो-दो पत्नियाँ न छोड़ जातीं अभी बेचारे की उम्र ही क्या है..."

आज भी युवक का क्रन्दन अत्यन्त करुण था, आज भी उसकी चीत्कारें हृदय को दहला देनेवाली थीं, आज भी उसके आँसू गर्म सलाखों की भाँति हृदय को दग्ध कर देनेवाले थे। उसके पहले दिन के रूप में और आज के रूप में कोई विशेष अन्तर नहीं था। जैसे-तैसे धीरज बँधाकर और पकड़कर लोग उसे ले गए।

श्मशान के मन में वर्षों से मनुष्य के अलौकिक प्रेम की जो धारणा जमी हुई थी, उसको पहली बार हल्का-सा धक्का लगा। सन्ध्या समय वह युवक फिर आया और अपनी पत्नी की राख में लोट-लोटकर विलाप करने लगा, "मैंने स्वप्न में भी नहीं सोचा था कि तुम मुझे इस प्रकार छोड़कर चली जाओगी। यदि मुझे इसी तरह मँझधार में छोड़कर जाना था, तो मेरा साथ ही क्यों दिया ? अब मैं तुम्हारे बिना कैसे जीवित रहूँगा ? तुमने अपनी मधुर मुस्कानों से एक दिन में ही मेरे मन से सुकेशी की व्यथा पोंछ दी थी। मैं मन-प्राण से तुम्हारा हो गया। तुम ही तो मेरा प्राण थीं अब यह निष्प्राण देह कैसे जीवित रहेगी ? कितने दिन जीवित रहेगी ? मुझे अपने पास बुला लो, अब मैं इस संसार में नहीं रह सकूँगा। सुकेशी तो मेरी अनुगामिनी थी इसीलिए शायद मुझे उसका अभाव नहीं खटका, पर तुम तो मेरी सहगामिनी थीं, हम तो दो शरीर एक प्राण थे। जब प्राण ही चले गए तो शरीर का क्या

प्रयोजन !"

इसी प्रकार वह रोज़ आता, घंटों विलाप करता और चला जाता। उसके आँसुओं में कुछ ऐसी शक्ति थी, उसके विलाप में कुछ ऐसी सच्चाई थी कि श्मशान के मन में पहले जो एक हल्की-सी सन्देह की रेखा उभर आई थी, वह भी मिट गई।

एक बार फिर श्मशान उसके शव की प्रतीक्षा करने लगा, और अधिक दृढ़ विश्वास के साथ कि इस बार के धक्के ने अवश्य ही उसके जीवन का अन्त कर दिया होगा। श्मशान बराबर मन में यह साध सँजोए बैठा रहा कि कब वह उस युवक और उसकी पत्नी को अपनी गोद में सदा के लिए मिला दे। ऐसा मिलाप, जिसमें वियोग का भय न हो, बिछुड़ने की आशंका न हो। पर उसका शव न आया। उसके हृदय की लालसा, लालसा ही बनी रही।

फिर वही ढर्रा चल पड़ा। रोज़ ही न जाने कितने शव जलते, मनुष्य रोते, श्मशान मुनष्य के अलौकिक प्रेम के गुण गाता और पहाड़ी मुस्कराती। अन्तर था तो केवल इतना कि श्मशान के स्वर में कुछ उतार आ गया था और पहाड़ी की मुस्कराहट में व्यंग्य कुछ अधिक स्पष्ट और प्रखर हो गया था।

दो वर्ष भी नहीं बीत पाए होंगे कि श्मशान के कानों में फिर वही परिचित स्वर सुनाई पड़ा और उसके आश्चर्य का ठिकाना नहीं रहा, जब उसने देखा कि वह युवक इस बार अपनी तीसरी पत्नी के शव को जलाने आया है। उसने सोचा, शायद बिना प्रेम के ही उसने मजबूरी की हालत में यह विवाह कर लिया हो। पर जब उस युवक का विलाप सुना तो वह भ्रम भी जाता रहा। आज भी उसका क्रन्दन उतना ही करुण था, आज भी उसकी चीत्कार हृदय को दहला देनेवाली थी, आज भी उसके अश्रु गर्म सलाखों की भाँति दग्ध कर देनेवाले थे। उसके पहलेवाले रूप में और आज में कोई अन्तर न था। उसकी बातें भी वही थीं, केवल इतना अन्तर था कि आज उसे अपनी तीसरी पत्नी ही सबसे अधिक गुणी दिखाई दे रही थी। वह दावा कर रहा था कि तीसरी पत्नी से ही उसका सच्चा प्रेम था, पहली दो स्त्रियों का प्रेम बचपना था, नासमझी थी। पहली उसकी अनुगामिनी थी, दूसरी सहगामिनी, तो तीसरी उसकी अग्रगामिनी थी, उसकी पथ-प्रदर्शिका थी, जिसके बिना वह एक क़दम भी आगे नहीं बढ़ सकता है। उसको अब मरना ही होगा, उसके बिना वह एक दिन भी जीवित नहीं रह सकता। वही पुरानी बातें, वही विलाप, वही क्रन्दन, मानो इसका भावना के साथ कोई सम्बन्ध ही न हो, कंठस्थ पाठ की तरह वह उसे दुहरा रहा हो।

मनुष्य के अलौकिक प्रेम की जिस भावना को श्मशान अपने हृदय में बड़े यत्न से सँजोए बैठा था, उसका वही हृदय इस दृश्य से पत्थर हो गया। वह अवाक्, विमूढ़-सा देखता रहा। उसकी दृष्टि पथराई हुई थी, उसमें एक प्रश्न साकार हो उठा था।

पहाड़ी ने उसकी यह हालत देखी तो तरस खाकर बोली, "सचमुच तुम मूर्ख हो ! इतना भी नहीं समझते कि जो इंसान प्रेम करता है, उसे जीवन भी कम प्यारा नहीं। वह प्रेम की स्मृति, कल्पना, और आध्यात्मिक भावना पर ही ज़िन्दा नहीं रहता। जीवन की पूर्णता के लिए वह फिर-फिर प्रेम करता है। जीवित रहने की ललक के चलते ही तो वह हर वियोग झेल लेता है...व्यथा सह लेता है क्योंकि सबसे अधिक प्रेम तो मनुष्य अपने आप से करता है।

'मैं हार गई' संकलन से

अभिनेता

वह बड़ी कामयाब और ग़ज़ब की अभिनेत्री थी, अपनी कला में माहिर।

मगर ठहरिए ! यह तो कहानी की शुरुआत ही ग़लत हो गई। कहानी का नाम रखा, 'अभिनेता' और शुरू किया 'अभिनेत्री' से। लगता है, अपनी जात के लिए जो एक कुदरती कमजोरी मन में है, वह आदत बन गई है। और चूँकि आगे क़दम बढ़ा दिया है सो अब बढ़ूँगी तो आगे ही। हाँ, इस उम्मीद के साथ कि मेरी इस अभिनेत्री की कला और सौन्दर्य पर अपने को दिलोजान से क़ुर्बान करनेवाला कोई अभिनेता आ ही जाएगा, जैसा कि आज की हर कहानी और हर फ़िल्म में हुआ करता है, और ग़लती से दिए मेरे इस शीर्षक को सार्थक कर देगा।

तो किस तरह अपने नन्हे-नन्हे हाथ-पैरों और शरीर के अंग-अंग को थिरकाती, घर के कोने-कोने को अपने जादू-भरे सुरों से गुँजाती एक दिन वह अपने स्कूल और फिर अपने कॉलेज के रंगमंच का 'जीवन' बनी और फिर देखते ही देखते हर चीज़ को पीछे छोड़कर कैसे फ़िल्मी सितारों की क़तार में सबसे आगे आ बैठी, यह एक लम्बी कहानी है—मीठी भी और कड़वी भी। यही कारण है कि आज शोहरत के ऊँचे कंगूरों पर बैठकर वह बीते दिनों की याद कभी नहीं करती। हाँ, आगे की सुनहरी ज़िन्दगी के रंगीन सपने वह ज़रूर देखा करती है।

उन बीते दिनों और बातों के साथ-साथ उसने उन दिनों का अपना नाम भी भुला दिया। अब तो दुनिया ही नहीं, वह खुद भी अपने फ़िल्मी नाम रंजना से ही अपने को जानती-पहचानती है। भगवान ने उसे जितना सौन्दर्य दिया था, उतनी ही कला दी थी। अब आलम यह था कि ये गुण मिलकर चट्टानों में भी जख़्म किए बग़ैर न रहते। कॉलेज की लड़कियाँ और फ़ैशन-परस्त बीवियाँ हज़ार-हज़ार आँखें बनी, यह देखने की बेताब रहतीं कि इस बार रंजना ने बालों का कौन-सा नया तर्ज़ निकाला है, किस कट का ब्लाउज़ पहना, जूड़े में फूल खोंसे हैं या नहीं। और हर नौजवान सिनेमा भले न जाए, होंठों से धीरे-धीरे सीटी बजाते, कहीं खयालों में उतराते हुए, यह साध ज़रूर बसाया करता कि उसकी होनेवाली बीवी में रंजना की यह या वह झलक तो हो ही। सिनेमा के पर्दे पर वह आती नहीं कि ढली-से-ढली उम्र की रंगों में भी एक मादकता लहरा जाती और लोग बहुत-बहुत देर तक अपने को क़ाबू में न ला पाते।

हाँ, मगर एक बात थी। रंजना का यह सारा साज-सिंगार, नाच-गाना, अभिनय अपने काम तक ही रहता। उसका अपना रहन-सहन बिल्कुल ही और था। काम को छोड़ न कहीं जाती, न किसी से मिलती और रहती तो एकदम सादे ढंग से थी। फ़िल्मी लाइन किसी के

लिए भी ख़तरों से खाली नहीं, फिर रंजना के लिए तो कहना ही क्या। मगर रंजना यों फूँक-फूँककर पाँव रखती और ऐसे साफ़ दिल से रहती कि हल्की-से-हल्की गन्दी छींट भी उसे छूने से खुद झिझकती।

इस तरह दौलत की गोद और शोहरत की मीनार जो भी सुख ला सकती थीं, वे रंजना के आँगन में बारहमासी के फूलों की तरह खिले रहते थे। मगर फिर भी रंजना खुश न थी। कुछ था, जो उसे भीतर-ही-भीतर खाए डालता। प्रेम का अभिनय करते-करते उसका जी तड़प जाता कि काश, कोई होता जिससे वह सचमुच प्रेम कर सकती, जिसके सपनों के आसमान में तारों का चँदोवा बनकर छा सकती, जिसके हर सुबह पर ओस की बूँदों-सी चुपचाप बिछ सकती ! मगर ऐसा कौन होता ? ऐसे अनगिनत थे, जो उसे चाहते थे, लेकिन ऐसा कोई नहीं था जिसे वह चाह सके, जिसकी एक झलक उसके दिल की धड़कनें बढ़ा दे, जिसका नाम भी ले दे तो चेहरा गुलाबों से रंग उठे।

एक शाम वह बैठी हुई यों ही कुछ पढ़ रही थी, कि तभी सहसा सजी-धजी कामिनी आ पहुँची और आते ही शोख मुस्कराहट के साथ बोली–"ऐ मेम साहब ! सुनती हो, कल मेरे यहाँ पार्टी है। तुम्हें ज़रूर आना है। कोई बहाना नहीं सुनूँगी। समझी ?"

एक बोझ से दबी हुई-सी हँसी हँसते हुए रंजना ने कहा–"पार्टी ? अरे हाँ, कल तेरी सालगिरह है न ! देख भाई, मैं पार्टी-वार्टी में तो जाती नहीं सो मुझे तो माफ़ करना। हाँ, तेरे लिए एक तेरे मन का तोहफ़ा ज़रूर भेजूँगी !"

"आ-हा !" अदा के साथ कामिनी बोली–"तो आप सोचती हैं हम आपके तोहफ़े के भूखे हैं ! उठा रखिए अपना तोहफ़ा ! बड़ी आईं तोहफ़ा भेजनेवाली ! कहे देती हूँ, ज़रूर आना है तुझे !" और वह चलने लगी।

"अरे बैठ तो, चाय पीकर जाना !"

"ज़रूर ! एक तू ही तो लाट साहब है, जो तेरे यहाँ बैठ जाऊँ, और सबों को बुलाने थोड़े जाना है !"– और चलते-चलते फिर ज़ोर देकर कह गई कि उसे कल ज़रूर आना है।

अगले दिन वक्त पर ढेर से फूलों का गुलदस्ता और नाइलन का एक रूपहली फ्रेंच पर्स लिए हुए वह कामिनी के यहाँ पहुँची।

बड़े प्यार से कामिनी ने उसे लिया। हॉल में वह दाख़िल हुई कि सबकी नज़रें उसी पर जा टिकीं, जैसे वह न जाने क्या हो ! यह बात उसे बेहद नागवर लगती। वे तमाम नज़रें उसे बर्छी जैसी लगतीं, जो सब तरफ़ से उसके आर-पार होने की कोशिश में उसे न वहाँ ठहरने देतीं, न आगे बढ़ने लायक ही छोड़तीं।

हॉल में जितने शरीफ़जादे थे, उसके आते ही खुशी से नहा उठे। मगर महिलाओं में ऐसी कोई न थी, जिसका चेहरा फक़ से बुझ न गया हो। वे अब कुछ भी करें, वहाँ बैठे किसी नौजवान की निगाहों के लिए कशिश नहीं बन सकती थीं। उनकी सजावट और तमाम अदाएँ अब बेकार थीं। शायद ही कोई उनमें से हो, जिसके सीने में इस वक्त ईर्ष्या और गुस्सा न भड़क रहा हो।

किसी तरह हॉल को पार करके रंजना अपेक्षाकृत एक सुनसान कोने की ओर बढ़ चली जिससे वहाँ कुछ देर बैठ सके। कमरे में और सब तो था ही, सामने के कोने में आज एक नफ़ीस लकड़ी की छोटी-सी गोल मेज़ और उसी के साथ चार आरामकुर्सियाँ भी थीं। तीन

खाली थीं, चौथी पर एक साहब बैठे थे और खिड़की के जालीदार पर्दों से टक बाँधे बाहर आसमान की तरफ़ देख रहे थे।

रंजना धीरे-से इधर की कुर्सी पर बैठी मगर जैसे उतने से ही उनकी निगाह के तार पर झटका लगा हो, उन्होंने चौंककर एक लम्हें को इधर देखा और फिर उनकी नज़र ज्यों-के-त्यों हो गई।

तभी रंजना को खोजती कामिनी वहाँ आई और तिनककर बोली—"अरे वाह, यहाँ कोने में आकर क्यों बैठी है ? उधर चल न !"

"नहीं, मैं यहीं ठीक हूँ, बीच में नहीं जाऊँगी।"

"अरे चल ना, नज़र नहीं लगेगी ! कहे तो काजल का टीका लगा दूँ ?" पर जब रंजना उठने को तैयार नहीं हुई तो पास बैठे युवक की ओर देखकर कामिनी बोली, "अच्छा तो लाओ, तुम दोनों का परिचय तो करा दूँ।"

युवक बोला, "मेरा परिचय ही करवा दो कामिनी, इन्हें तो सब जानते हैं।"

"ये हैं दिलीप ओझा, मेरे पापा के मित्र के सुपुत्र। यहाँ बिज़नेस के सिलसिले में आए हैं। जब तक जम नहीं जाता इनका काम, हमारे साथ ही ठहरे हैं। कुछ सनकी-से हैं, ज़रा सँभलकर बात करना।" और हँसती हुई कामिनी चली गई।

पर बात करने का मौक़ा ही नहीं आया। परिचय के उत्तर में शिष्टता के नाते उस युवक ने एक नमस्ते तो ज़रूर किया, लेकिन उसके बाद वह फिर बाहर देखने लगा। ऐसी उपेक्षा रंजना के लिए नई थी। वह समझ नहीं पा रही थी कि बाहर आख़िर ऐसा क्या आकर्षण है, जिसने इनकी नज़रों को यों अटका रखा है ?"

थोड़ी देर बाद दिलीप ने पूछा, "एतराज़ न हो तो मैं ज़रा सिगरेट पी लूँ ?"

"हाँ-हाँ, ज़रूर।"

"धन्यवाद," और उसके बाद धुएँ के छल्ले बनाकर वह उड़ाता रहा और जाने किन ख़यालों में खोया बाहर देखता रहा। उसने एक बार भी रंजना की ओर देखने की कोशिश नहीं की, मानो वह उसकी उपस्थिति ही भूल गया हो।

और रंजना थी कि इस उपेक्षा से बुरी तरह कट रही थी पर किसी तरह भी सामने बैठे व्यक्ति का ध्यान अपनी ओर आकर्षित नहीं कर पा रही थी।

तभी हॉल के बीच में से किसी ने प्रस्ताव रखा कि रंजना जी एक गाना सुनाने की कृपा करें। तालियों की भीषण गड़गड़ाहट से इस प्रस्ताव का अनुमोदन हुआ और कामिनी उसके कन्धों से झूम गई कि आज तो उसे गाना ही पड़ेगा।

यों वह पार्टियों में कभी नहीं गाती थी, मनुहार करके कोई मर जाए तब भी नहीं। पर आज जाने क्या हुआ कि वह तुरन्त गा उठी।

गाना समाप्त होते ही प्रशंसा की लहर एक कोने से दूसरे कोने तक दौड़ गई, पर दिलीप अविचलित भाव से वैसे ही बैठा था, धुएँ के छल्ले छोटे-से बड़े हो-होकर बिखर रहे थे।

रंजना को लगा, उसका गाना भी बेकार हो गया। और अधिक देर बैठे रहना उसके लिए असह्य हो उठा। वह कामिनी से कहकर उठ पड़ी और हॉल की सारी नज़रों की चुभन को महसूस करती हुई झल्लाती-सी वह गाड़ी में आ बैठी।

तीन दिन बाद अनजाने ही वह कामिनी के घर की ओर चल पड़ी। जाने कौन-सा

आकर्षण था, जो उसे उधर खींचे लिए जा रहा था। घर में घुसते ही दिलीप से उसकी मुलाक़ात हुई। नमस्कार के आदान-प्रदान के बाद रंजना ने पूछा, "कामिनी है ?"

"वह तो बाहर गई है। आप बैठिए, वह आती ही होगी।"

बैठने की बात सुनकर ही उसे बड़ी राहत मिली। वह बैठ गई। सामने दिलीप भी बैठ गया। बात चलाई रंजना ने ही, "कैसा लगता है बम्बई का जीवन आपको ?"

"ओफ़ ! बड़ा ही उबा देनेवाला। लगता है, जैसे यहाँ सबकुछ बड़ा आर्टिफ़िशियल है, सबकुछ नकली।"

"ऐसा क्यों लगता है ?"

"अरे लगता क्या है, है ही !" और फिर उसने सिगरेट का एक लम्बा कश खींचा और ढेर सारा धुआँ उगलकर बोला, "यहाँ के लिए नेचुरल भी है यह सब। बम्बई फ़िल्म-इंडस्ट्री का सबसे बड़ा केन्द्र जो है। अभिनय की आदत स्टूडियो की सीमाओं को चीरकर लोगों के जीवन में भी घुल-मिल गई है। जैसे लोग अभिनय ही करते हैं। जीवन का असली रूप देखने को ही नहीं मिलता।"

"बड़ा ऐतराज़ मालूम होता है अभिनय से आपको !"

"आपका यह काम ही है, इसलिए आपके सामने कहना तो नहीं चाहिए, पर सच तो यह है कि मुझे इस काम से बड़ी कोफ़्त होती है।"

"पर यह कोई ज़रूरी तो नहीं कि जो अभिनय का काम करे, उसका जीवन भी नक़ली हो जाए, यह तो आपका ग़लत ख़याल है।"

"सम्भव है ग़लत हो, पर मैं तो ऐसा ही सोचता हूँ।"

तभी कामिनी आ गई और रंजना को देखते ही चहक पड़ी। फिर तीनों में खूब बातें हुईं। उस दिन दिलीप भी काफ़ी बोल रहा था। काफ़ी देर बाद रंजना दोनों को घर आने का निमन्त्रण देकर लौट आई। पहले दिन दिलीप को लेकर उसके मन में जो क्रोध था, वह आज की मुलाक़ात से बहुत कुछ छँट गया।

इसके बाद किस प्रकार रंजना और दिलीप की मुलाक़ातों की संख्या और समय बढ़ता गया और मित्रता घनिष्ठ-से-घनिष्ठतर होती गई, यह लिखने की बात नहीं, कल्पना कर लेने की बात है। अगर आपकी कल्पना शक्ति इतनी प्रखर न हो, तो किसी फ़िल्म का सहारा ले लीजिए। आज की हर आम फ़िल्म में यही होता है कि प्रथम भेंट में नायक और नायिका की भृकुटी तनी रहती है पर देखते-ही-देखते एक चलताऊ रोमानी गाने के साथ नायिका की उस तनी हुई धनुषाकार भृकुटी से कामदेव का एक बाण निकलकर नायक के दिल में एक अदृश्य घाव कर देता है और फिर दोनों ढाई अक्षर के बन्धन में बँध जाते हैं। बस, समझ लीजिए ऐसा ही हाल रंजना और दिलीप का भी हुआ।

दिलीप का बिज़नेस जम गया था। उसने अँधेरी में एक बंगला भी ले लिया था, गाड़ी भी ख़रीद ली थी और रोज़ शाम को पाँच से नौ बजे तक का समय वह रंजना के साथ ही गुज़ारता था।

एक दिन रंजना ने पूछा, "क्यों दिलीप, पहली मुलाक़ात की याद है तुम्हें ? उस दिन तुम्हारे मिज़ाज क्यों नहीं मिल रहे थे ? बड़ा गुस्सा आया था उस दिन तुम पर।"

दिलीप खिलखिलाकर हँस पड़ा।

"जानती हो, मैं लड़कियों की नस-नस पहचानता हूँ। तुम्हें देखते ही तुम्हें पाने की लालसा मन में जाग उठी और इसीलिए मैं मुँह मोड़कर बैठ गया। मैं जानता था कि ज़्यादा रुचि दिखाई नहीं कि तुम कतराकर चल दोगी। लड़की उसी की ओर खिंचती है, जो उसकी उपेक्षा करे। क्यों, ठीक है न ?"

"बड़े घाघ हो तुम !"

"घाघ न होता, तो तुम यों मेरी बग़ल में न बैठी होतीं !" इसके बाद वह कुछ याद करके एकाएक बोल पड़ा, "अरे हाँ, देखो मैं कल देहरादून जा रहा हूँ–बिज़िनेस के सिलसिले में।"

"तुम्हारा बिज़नेस न हुआ, मुसीबत हो गई। महीने में पन्द्रह दिन तो तुम बाहर ही रहते हो। जानते नहीं, तुम नहीं रहते हो तो मेरा मन ज़रा भी नहीं लगता। शाम को आख़िर क्या करूँ ? आजकल मैं नए कॉंट्रैक्ट भी नहीं लेती। तुम्हें चिढ़ है न, सो अब यह सब छोड़ दूँगी।"

'नहीं-नहीं, अभी नहीं ! पहले मेरा बिज़नेरा जग जाने दो, शादी हो जाने दो। इसके बाद सब छोड़ देना। पर हाँ, शादी के बाद यह सब तुम्हें छोड़ ही देना होगा। इस लाइन में तो मैं तुम्हें कभी नहीं रहने दे सकता।"

"तुम कहो, तो मैं ऐसे सौ काम क़ुर्बान कर सकती हूँ !"

दिलीप ने कहा और रंजना ने मान लिया। पर मेरा दिल तो बैठा जा रहा है। दिलीप को अभिनेता बनाने की बात तो दूर रही, यह तो रंजना भी अभिनय का काम छोड़ने को तैयार बैठी है। और मैं सोच रही हूँ कि इन लोगों का यही रवैया रहा तो मेरे शीर्षक का क्या होगा। लगता है, जैसे इन्हें इस बात की ज़रा-भी चिन्ता नहीं है कि किस कहानी के ये नायक और नायिका हैं।

दूसरे दिन दिलीप चला गया। हर तीसरे दिन रंजना के पास उसका खत आ जाता और वह दिन-भर में कम-से-कम आठ-दस बार उसका पाठ कर लेती। दिलीप की अनुपस्थिति में उसके प्यार-भरे ख़त ही बहुत बड़ा सहारा थे।

पन्द्रह दिन बाद दिलीप लौट आया और उसका शाम का प्रोग्राम बदस्तूर चलने लगा।

एक दिन दिलीप ने आकर बताया, "जानती हो, कामिनी तलाक़ देने जा रही है।"

"हाँ, मैं तो बहुत पहले से जानती थी। एक तरह से तो अच्छा ही है, रोज़ की किटकिट से एक बार ही किस्सा ख़त्म।"

"तो तुम भी इस तलाक़बाजी में विश्वास करती हो ?...जानती हो, इसी अशोक के पीछे एक ज़माने में कामिनी पागल थी, आज उससे ऐसी नफ़रत कि तलाक़ पर उतारू हो गई है ! ऐसे छिछले प्रेम की मैं तो कल्पना भी नहीं कर सकता।"

"कमाल करते हो तुम भी। इसमें छिछलेपन की क्या बात हुई भला ? यह तो..."

बीच में ही दिलीप बोल पड़ा, "तुम लाख तर्क कर सकती हो, वे सब मैं भी जानता हूँ, पर मानता नहीं। प्रेम की एकान्तिकता में मेरा बड़ा दृढ़ विश्वास है। तुम चाहे मुझे दक़ियानूस कहो या पुराणपन्थी, पर लैला-मंजनू का प्रेम ही मेरे प्रेम का आदर्श है। कल मान

लो, किसी कारण से मैं तुम्हें नहीं पा सकूँ तो सच कहता हूँ, जान दे दूँ ! तुम्हारे बिना तो मैं अपने जीवन की कल्पना भी नहीं कर सकता !''

कहने को रंजना कुछ भी कहे, पर दिलीप का यह एकान्तिक प्रेम उसे बड़ा ही भला लगा।

इसके कई दिनों बाद दिलीप एक दिन आया तो वह बड़ा ही उदास, बड़ा ही अनमना था। रंजना बार-बार पूछती थी, लेकिन वह टाल जाता था। पर रंजना की ज़िद्द थी कि बात उसे कहनी ही पड़ी, ''रंजना, मुझे बाहर जाना है एक ज़रूरी काम से। बाहर कुछ जगहों में मेरा रुपया अटका हुआ है, पता नहीं क्यों, अभी तक आया ही नहीं। बिना रुपए के मैं जा नहीं सकता, और बिना गए बड़ा नुक़सान हो जाएगा।''

''मैं नहीं जानती थी दिलीप कि तुम मुझे इतना पराया समझते हो। यदि तुम मुझे अपना समझते, तो इतनी-सी बात के लिए यों परेशान होते ?'' और उसकी आँखें छलछला आईं। उसने दराज़ में से चेक-बुक निकाली और दस्तख़त करके एक खाली चेक दिलीप की ओर बढ़ा दिया—''भर लेना, जितना भी तुम्हें चाहिए।''

''तुम्हीं अपने हाथ से भर दो। बारह हज़ार ही तो चाहिए मुझे इस समय।''

''कितने दिन लगेंगे तुम्हें बाहर ?'' पूछा रंजना ने।

''यहाँ से मैं देहरादून जाऊँगा और वहाँ से दिल्ली। इस बार घर जाकर मैं शादी की बात भी तय कर आना चाहता हूँ जिससे लौटते ही हम लोग फिर शादी कर सकते हैं। बस, यही समझ लो कि पन्द्रह दिन की बात है।''

''छः तारीख़ को मेरी सालगिरह है, उसके पहले जरूर आ जाना, समझे ?''

''अरे छः क्या, मैं अधिक-से-अधिक पहली तारीख़ तक पहुँच जाऊँगा। तुम्हारी सालगिरह और मैं न रहूँ !'' और उसने बड़े दुलार से उसकी ठोढ़ी उठाकर हलके से उसके गाल मसल दिए।

वह लाज से लाल हो गई।

जाने के बाद तीन-चार पत्र दिलीप के बड़े नियमित रूप से आए। पर इसके बाद उसकी कोई ख़बर ही नहीं आई। यहाँ तक कि पहली तारीख़ भी आ गई, पर न दिलीप ही लौटकर आया, न उसकी कोई ख़बर ही। रंजना ने कई पत्र लिखे, पर कोई जवाब नहीं। इसी तरह पाँच तारीख़ भी आ पहुँचीं। कल से कई बार रंजना रो चुकी है। पर आँसुओं के ज़ोर से ही यदि पत्र पाना सम्भव होता तो उसे इतनी प्रतीक्षा करने की ज़रूरत ही क्या पड़ती ?

शाम को रंजना ने गाड़ी ली और उसके घर की तरफ़ चल पड़ी। शायद उसके नौकर के पास ही कोई ख़बर आई हो। इसके पहले रंजना केवल एक बार उसके घर आई थी सो घर ढूँढ़ने में ज़रा दिक़्क़त हुई। फिर भी वह पहुँच गई।

नौकर के पास भी कोई ख़बर नहीं थी। रंजना की इच्छा हुई कि वहीं फूट-फूटकर रो पड़े। वह सर थामकर वहीं बैठ गई। सामने राइटिंग टेबल पर दिलीप की एक तस्वीर रखी थी। रंजना उठकर उसके पास चली गई और बहुत देर तक उसे देखती रही। एकाएक उसे ख़याल आया कि क्यों न तार देकर वह उसकी कुशल पूछे। सम्भव है, वह बीमार हो गया हो। तार लिखने के लिए वह मेज़ का ड्राअर खोल कागज़ निकालने ही वाली थी कि ड्राअर में ढेर सारे नीले रंग के पत्रों पर उसकी नज़र अटक गई। अपने कौतूहल को वह रोक नहीं

सकी और पत्र निकालकर पढ़ने लगी। रेखा नाम की लड़की ने वे पत्र देहरादून से लिखे थे और ऊपर से नीचे तक के वे प्रेम-पत्र थे। रंजना का माथा चकरा गया। जल्दी-जल्दी काँपती आँखों से उसने अनेक पत्र पढ़ डाले। सबका क़रीब एक ही मज़मून था, तुमने वायदा किया था कि बिज़नेस के जमते ही विवाह कर लोगे। अब तक तुम्हारा बिज़िनेस ही नहीं जमा ? विवाह कब करोगे ? और इस बात के आगे-पीछे बहुत सारी प्यार-मुहब्बत की बातें लिखी थीं।

रंजना के लिए यह दूसरा धक्का था। उसे रह-रहकर दिलीप की प्यार-भरी बातें याद आ रही थीं, और वह किसी प्रकार अपनी आँखों पर विश्वास नहीं कर पा रही थी, पर वे पत्र थे कि कोंच-कोंचकर उसे उस भयंकर वास्तविकता का परिचय दे रहे थे। रंजना ने ड्राअर को और टटोलना शुरू किया, तो एक सफेद कागज़ उसके हाथ पड़ा। वह पढ़ने लगी :

प्रिय बेटा दिलीप,

यह पत्र मेरी अन्तिम चेतावनी है। इसकी भी तुमने उपेक्षा की तो समझ लो कि मैं स्वयं तुम्हारी पत्नी और बच्ची को लेकर बम्बई पहुँच जाऊँगा। मैंने सुना है कि तुम देहरादून की किसी लड़की के चक्कर में फँसे हुए हो। कितनी लज्जा और शर्म की बात है यह तुम्हारे लिए ! तुमने अपनी इच्छा से विवाह किया—दो वर्ष तक तुम लोगों के सम्बन्ध भी इतने अच्छे रहे फिर एकाएक ही बिना किसी दोष के अपनी निर्दोष पत्नी और मासूम बच्ची को यों दूध की मक्खी की तरह अपने जीवन से निकाल फेंकने में क्या एक बार भी तुम्हारी आत्मा नहीं तिलमिलायी ? पर याद रखो, मेरे जीते-जी ऐसा अनर्थ नहीं हो सकेगा। या तो यह पत्र पाते ही तुम फ़ौरन चले आओ, वर्ना मैं स्वयं आकर तुम्हारी अमानत तुम्हारे हवाले कर दूँगा।

इसके बाद बहुत-सी उपदेश की बातें थीं । अन्त में लिखा था, आज ही मुझे मालूम हुआ है कि तुम वकील साहब से बारह हज़ार रुपए भी उधार ले गए थे और आज तक तुमने उनको एक पाई भी अदा नहीं की। वह जल्दी ही तुम पर कानूनी कार्रवाई करनेवाले हैं। क्यों इस प्रकार ख़ानदान की नाक कटवाने पर तुले हो ? क्या तुम्हें मेरी इज़्ज़त का ज़रा भी ख़याल नहीं ?

इसके बाद आँसुओं में शब्द इतने धुँधले हो गए कि रंजना पढ़ भी नहीं पाई। उसके दिमाग़ में उस समय एक ही बात चक्कर लगा रही थी, इतना बड़ा छल, इतना बड़ा धोखा !

तार लिखने के बजाय एक कागज़ पर उसने लिखा :

दिलीप,

मैं तो केवल रंगमंच पर ही अभिनय करती हूँ, पर तुम्हारा तो सारा जीवन ही अभिनय है। बड़े ऊँचे कलाकार और सधे हुए अभिनेता हो तुम तो मेरे दोस्त !

—रंजना

और टूटा दिल लिए वह डगमगाते क़दमों से लौट आई।

मैं नहीं जानती, उसके बाद रंजना का क्या हुआ, दिलीप का क्या हुआ। मैं तो इसी में खुश हूँ कि मेरी कहानी का शीर्षक सार्थक हो गया।

'मैं हार गई' संकलन से

जीती बाज़ी की हार

कॉलेज में तीन लड़कियाँ आईं। नाम थे आशा, नलिनी और मुरला। अन्य लड़कियों से दूर, तीनों ने अपनी अलग ही दुनिया बना ली। फुर्सत के समय या तो तीनों पुस्तकालय में बैठी रहतीं या पढ़ी हुई पुस्तकों पर बहस करतीं। कवि, लेखक, उपन्यासकार सभी उनकी आलोचना का शिकार बनते और आलोचना भी ऐसी-वैसी नहीं, उसमें मौलिकता रहती थी, उनका अपना-अपना दृष्टिकोण रहता था--जो सुनता, दाद दिए बिना नहीं रहता। वैसे तो सभी विषयों की ओर उनकी रुचि थी, फिर भी साहित्य की ओर कुछ अधिक झुकाव था। पढ़ना-लिखना और बहस करना इसके अतिरिक्त इन बुद्धिजीवी लड़कियों की रुचि और किसी में नहीं थी। साज-शृंगार की ओर से, जो इस उम्र की लड़कियों की रुचि का मुख्य विषय रहता है--ये तीनों कितनी उदासीन थीं, इसका अनुमान उनके बिखरे बालों और कपड़ों से सहज ही लगाया जा सकता था। सिलाई, बुनाई और कढ़ाई--जो लड़कियों का अवकाश बिताने का मुख्य साधन रहा करते, कभी भी उन्हें अपनी ओर आकर्षित नहीं कर सके थे। शादी, सिनेमा, कपड़ों का लेटेस्ट फैशन--जो लड़कियों की चर्चा का मुख्य विषय रहा करते थे, इनसे कोसों दूर थे। कॉलेज में कुछ लड़कियाँ विवाहित भी थीं। वे सदैव अपने-अपने पतियों की रुचि-अरुचि का बखान करती रहती थीं और ग्रामोफोन-रेकॉर्ड की तरह उनके विचारों को ही उगला करती थीं। ऐसी लड़कियों पर इन तीनों को बेहद तरस आता था--ऐसा तरस जिसमें उनके प्रति सहानुभूति की अपेक्षा अपने अहम् की भावना ही अधिक रहती थी। एक पढ़ी-लिखी लड़की किस प्रकार अपने विचारों और व्यक्तित्व को शून्य में बदलकर इस प्रकार पति के रंग-में-रंग सकती है, यह बात इन बुद्धिजीवी और अपने ही व्यक्तित्व के भार से दबी लड़कियों के लिए कल्पनातीत थी। अन्य लड़कियों के हीनता की भावना से भरे जीवन पर सदा ही ये तरस खाया करतीं। शायद शिक्षा का ऐसा दुरुपयोग उन्हें तरस खाने पर मज़बूर कर देता था।

पूरा एक वर्ष व्यतीत हो गया। कॉलेज के जीवन में ये लोग बहुत घुल-मिल तो नहीं पाईं पर इन्होंने ख्याति बहुत प्राप्त कर ली--कुछ अपने असाधारण व्यक्तित्व के कारण, कुछ अपनी विद्वता के कारण। गर्मियों की छुट्टियों में तीनों घूमने चली गईं। तीनों में पत्र-व्यवहार चलता रहा। पत्रों का मुख्य विषय रहता--पढ़ी हुई पुस्तकों की समालोचना। छुट्टियाँ व्यतीत करके तीनों लौट आईं, पर इस बार आशा और मुरला ने देखा कि नलिनी कुछ बदल गई है। बात करते-करते वह शून्य की ओर देखने लगती है तो देखती ही रहती है। अगर किताब खोलकर बैठती है तो बैठी ही रहती है। एक घंटे बाद भी जाकर देखो तो उसकी पृष्ठ संख्या नहीं बदलती। पढ़ने में उसकी तबीयत ही नहीं लगती, मन बस उचटा-उचटा रहता है। और

अन्त में एक दिन उसने बताया कि उसका सम्बन्ध पक्का हो गया है और जल्दी ही उसे शादी भी करनी पड़ेगी। उसके कहने के ढंग से लग रहा था कि उसमें उत्साह की अपेक्षा विवशता अधिक है। मुरला तो मानो आसमान से गिर पड़ी, प्रश्नों की बौछार-सी कर दी। सब उत्तरों का सारांश यही था कि घर का वातावरण देखते हुए वह जानती थी कि शादी उसे करनी ही पड़ेगी और इसीलिए जब उसे अपने अनुकूल पात्र नज़र आया तो स्वीकृति दे दी। अपने अनुकूल पात्र के विषय में उसने बताया कि वह विश्वविद्यालय में प्रोफ़ेसर हैं, स्वतन्त्र प्रकृति के व्यक्ति हैं, और सभी कुछ बस अच्छा ही है।

मुरला को नलिनी का विवश भाव से यह सब मान लेना पसन्द नहीं आया। वातावरण क्या ख़ाक करेगा, अपनी इच्छा न हो तो घर का वातावरण क्या, वह तो दुनिया को बदल दे। नलिनी बिना बी.ए. की परीक्षा दिए ही विवाह करके चली गई। पुस्तकें सब साथ ढोकर ले गई कि पढ़ाई करके वह मार्च में परीक्षा देने ज़रूर आएगी। पर मार्च में उसके स्थान पर उसका एक भूला-भटका-सा पत्र आया कि अवकाश के अभाव में वह तैयारी नहीं कर सकी। अतः वह इस साल परीक्षा नहीं देगी। मुरला और आशा को उसके अमूल्य एक वर्ष की बर्बादी पर बेहद दुख हुआ और आश्चर्य भी कि ऐसी क्या समय की कमी आ पड़ी थी जो वह पढ़ाई नहीं कर सकी। उनके विचार से तो पढ़ाई के लिए सब काम छोड़े जा सकते थे।

पूरे डेढ़ वर्ष बाद नलिनी अपनी पाँच महीने की कन्या को लेकर आई। मुरला और आशा ख़बर मिलते ही उससे मिलने गईं। उस समय वह शायद कहीं बाहर जाने को तैयार खड़ी थी। वेश-भूषा देखकर एक बार तो उन्हें अपनी आँखों पर विश्वास नहीं हुआ, पर अविश्वास करने का कोई कारण भी नहीं था। वह ऊपर से नीचे तक सजी-सँवरी, लिपी-पुती बिल्कुल गुड़िया लग रही थी। नलिनी तो देखते ही दोनों से लिपट गई पर मुरला तो आश्चर्य के मारे अपनी स्वाभाविकता को ही खो बैठी थी। वह सोच रही थी कि जिस नलिनी ने कभी भूलकर भी अच्छी साड़ी नहीं पहनी, अपने को सजाया नहीं, वही यह सजना-सजाना कैसे सीख गई। और शायद मन-ही-मन वह अनुमान भी लगा रही थी उस समय का, जो इस प्रसाधन में उसने व्यर्थ गँवाया होगा।

नलिनी ने उनके हाल-चाल पूछे, कॉलेज के हाल-चाल पूछे, और फिर अपने हाल-चाल का ब्यौरा आरम्भ किया। कितना समय वह घर सँभालती है, कितना समय बच्ची घर देती है, फिर शाम को क्लब जाती है। क्लब के जीवन पर भी उसने प्रकाश डाला। फिर बताया कि वह आजकल केवल किताबी कीड़ा ही नहीं रही, काफ़ी काम की लड़की हो गई है। उसने सिलाई सीख ली है और घर पर ही सिलाई करके काफ़ी किफ़ायत कर लेती है। घर के बाद पति का नम्बर आया तो विद्यार्थियों की समस्याओं पर, आधुनिक शिक्षा-प्रणाली के दोषों पर, अनुशासन की कमी पर एक सधा-सधाया भाषण ठोंक दिया—कुछ इस भाव से मानो उसके पति नहीं, वह स्वयं ही प्रोफ़ेसर हो और रोज़ ही इन समस्याओं का सामना करती हो। साथ ही यह बताने में भी नहीं चूकी कि विद्यार्थियों में उसके पति कितने लोकप्रिय हैं।

पति के बाद बच्ची का नम्बर आया। बच्ची को गोदी में लेकर उसने उसकी अदाओं की, उसकी समझदारी की बातों का जो सिलसिला आरम्भ किया तो वह यह भूल ही गई कि ज़रा यह भी तो देख ले कि सामनेवाले भी उसमें रुचि ले रहे हैं या नहीं। परिणाम यह हुआ कि आशा और मुरला ने उकताहट भरे स्वर में कहा, "अब चलेंगे" और दोनों उसे घर

आने का निमन्त्रण देकर चल दीं।

बाहर निकलते ही आशा ने कहा, "मेरा घर, मेरा पति, मेरी बच्ची ! मानो इसके अतिरिक्त और कुछ है ही नहीं दुनिया में। उस पाँच महीने के मांस के लोथड़े में उसे जाने कहाँ की समझ और होशियारी दिखाई दे रही थी। बुरी तरह 'बोर' कर दिया।" नलिनी जैसी लड़की भी इस तरह बदल सकती है, पुस्तकों से नाता तोड़ परिवार की सीमा में बँध सकती है, यह उनके लिए आश्चर्य ही नहीं, घोर दुख का कारण भी था।

दोनों ने एम.ए. का प्रथम वर्ष समाप्त किया। अब द्वितीय वर्ष की तैयारी थी। इस बार दोनों ने निश्चय किया कि वे युनिवर्सिटी का प्रथम और द्वितीय स्थान अपने हाथ से नहीं जाने देंगी और इसीलिए वे गर्मियों में बाहर भी नहीं गईं। पर दीवाली की छुट्टियों में आशा ने बताया कि उसे एक सप्ताह के लिए मामा के यहाँ जाना ही है। माँ का आग्रह और मामा की मनुहार वह टाल नहीं सकती।

सप्ताह-भर पढ़ने लायक पुस्तकें लेकर वह मामा के यहाँ चली गई। पहुँचने के दूसरे दिन ही मामा ने उसका परिचय वहाँ के एक कवि से करवाया। साहित्यिक रुचि होने के कारण दोनों में जल्दी ही बातों का सिलसिला जम गया। आशा ने महसूस किया कि व्यक्ति प्रभावशाली है, प्रतिभा सम्पन्न है, उसकी बातों में सत्य है, और कहने का ढंग ऐसा कि वह अपनी बात मनवा ही लेता है। कवि महाशय रोज़ सन्ध्या को आते, घंटों बैठते, साहित्य पर लम्बी-लम्बी बहस होती। कविता पाठ होता। उस समय आशा एक-दूसरे ही लोक में होती। आशा ने महसूस किया कि वह कवि की प्रतीक्षा बड़ी उत्सुकता से करती है, देरी होने से कुछ बेचैनी-सी भी महसूस करती है। साथ ही उसने यह भी महसूस किया कि कवि की बातों में, उसके व्यक्तित्व में पुस्तकों की अपेक्षा कुछ अधिक आकर्षण है। वह स्वयम् अपने मनोभाव में भारी परिवर्तन महसूस करने लगी। अब चाहकर भी बिखरे बालों और अस्त-व्यस्त कपड़ों में कवि के सामने नहीं आ पाती। कभी उमंग में वह बालों में फूल भी लगा लिया करती थी। मामा ने लक्ष्य किया तो समझ गए कि लक्षण शुभ हैं। दोनों को काफ़ी निकट लाकर, अपना उद्देश्य पूरा करके उन्होंने आशा को रवाना कर दिया।

एम.ए. की परीक्षा समाप्त करते ही आशा विवाह करके चली गई। मुरला अकेली रह गई। मुरला के जीवन में ऐसा कोई परिवर्तन नहीं आया था। वही घर, वही यूनिवर्सिटी, वही पुस्तकालय। फिर वह अपने जीवन से सन्तुष्ट ही नहीं, पूर्ण रूप से सन्तुष्ट थी। उसे ऐसे परिवर्तन की आवश्यकता भी नहीं थी।

एम.ए. में मुरला सारी यूनिवर्सिटी में प्रथम आई। बधाइयों और प्रशंसाओं का समा बँध गया। अखबारों में उसका नाम छपा, साथ ही यह भी छपा कि देश को ऐसी लड़कियों पर नाज़ है। कुछ युवकों ने विवाह की इच्छा भी प्रकट की, पर उसने साफ़ इन्कार कर दिया। माँ-बाप ने बहुत समझाया कि वह जिससे भी चाहे विवाह कर ले पर उसने साफ़ कह दिया कि वह विवाह को बन्धन समझती है, विवाह के परिणाम बच्चों को उन्नति का बाधक समझती है। सचमुच ही उसके मन में इन सबके लिए कभी लालसा नहीं जागी।

अपनी प्रशंसा से उत्साहित होकर उसने विश्वविद्यालय में शोधकार्य आरम्भ कर दिया। सारे समय वह पुस्तकालय में पुस्तकों से उलझी रहती। पुस्तकें ही उसका सर्वस्व थीं। एक वर्ष में उसने अपनी थीसिस के दो अध्याय पूरे कर लिए। आजकल वह तीसरे अध्याय की

तैयारी में थी। एक दिन हाथ में पुस्तकों का ढेर सँभाले वह पुस्तकालय से घर की ओर जा रही थी कि अचानक आशा का छोटा भाई मिला। उसने बताया कि सामनेवाले अस्पताल में ही आशा के एक लड़का हुआ है। यों आए तो उसे एक महीना हो गया था पर शर्म के मारे उसने किसी को बताया नहीं। मुरला सीधी अस्पताल में पहुँची। इतनी ढेर किताबों के साथ मुरला को देख आशा ने हँसते हुए पूछा, "आओ पंडिता ! और कितने मीर मार लिए ?" मुरला ने कहा, "अरे मीर तो तुम मारो, हम क्या करेंगे !"

इसके बाद बहुत-सी बातें हुईं। मुरला ने अपनी थीसिस के बारे में एक विस्तृत वक्तृता झाड़ी तो आशा ने खेद प्रकट करते हुए कहा कि उसकी पढ़ाई करीब-करीब छूट ही गई थी, अब बच्चे की वजह से शायद एकदम ही छूट जाए। उसके बाद उसने बताया कि उसके पति के कितने काव्य-संग्रह छप चुके और कितनी-कितनी प्रशंसा हुई। प्रकाशकों को कोसने से भी बाज़ न आई। कागज़ न मिलने से कितना काम रुका पड़ा है, यह भी बताया।

तब उसकी नज़र पालने में पड़े बच्चे की ओर गई। उसकी आँखों से वात्सल्य टपक रहा था। उसने कहा कि ज्योतिषी ने बताया है कि उसका बेटा बड़ा होनहार है। उस पाँच दिन के बच्चे को लेकर वह जितना कुछ कह सकती थी, उसने कहा। तभी मुरला को याद आया कि नलिनी की पाँच महीने की बच्ची जिस आशा को मांस का लोथड़ा प्रतीत हो रही थी, उसी आशा को अपना केवल पाँच दिन का बच्चा भी कितना चंचल और होनहार दिखाई दे रहा है।

अन्त में आशा ने कहा--"अच्छा, अब यह बता कि तू शादी कब कर रही है ?"

"वह सब तुम लोगों को ही मुबारक हो। शादी करके मैं अपने व्यक्तित्व को नहीं बेच सकती।" मुरला ने कहा।

"एक समय मैं भी ऐसा ही सोचती थी, पर अब नहीं। यदि तू शादी को व्यक्तित्व बेचना ही समझती है तो इतना मैं भी अवश्य कहूँगी कि जिस क़ीमत पर हम व्यक्तित्व बेचते हैं वह इतनी अवश्य होती है कि सौदा घाटे का नहीं रहता। फिर बच्चे ! अब सोचती हूँ, शायद बच्चों के बिना जीवन अधूरा ही रहता है !" आशा का विभोर कथन था।

मुरला ठठाकर हँस पड़ी--"वाह रे अम्माजी ! तू तो ऐसे बोल रही है जैसे दस-पाँच बच्चों की माँ हो। पाँच दिन से माँ बनी है और मुझे जीवन की पूर्णता-अपूर्णता समझा रही है !"

आशा मुस्कराई, "तू लाख बातें बघार, यह मैं शर्त बदकर कह सकती हूँ कि शादी तुझे करनी ही पड़ेगी और तू करेगी भी। अभी ज़रा बहुत तारीफ़ हो गई है न। उसी जोश में फूली फिर रही है। यह उबाल ठंडा होते ही शादी के लिए जान निकलने लगेगी, समझी !"

"क्यों क़यामत आई है तेरी। जानती है, किससे शर्त लगा रही है ? यह मुरला है मुरला !"--बड़े चुनौती भरे स्वर में कहा मुरला ने।

"मुरला हो चाहे कोई, इतना जानती हूँ कि जिससे शर्त लगा रही हूँ वह सबकुछ होकर भी नारी है। और नारी को एक साथी चाहिए, एक सहारा चाहिए, परिवार चाहिए और चाहिए बच्चे। उच्च-से उच्च शिक्षा भी उसकी इस भावना को नहीं कुचल सकती।" बड़े निर्णायक से स्वर में बोली आशा।

मुरला खीझ गई--"क्या दक़ियानूसी लोगों जैसी बातें करती है। सहारा उसे चाहिए जो अपने को अबला समझे ! मैं सबला हूँ, मुझे किसी का सहारा नहीं चाहिए। बच्चों को तो

मैं अपनी उन्नति का बाधक समझती हूँ। अच्छा छोड़ यह बात—जीत गई तो क्या देगी ?''

आशा ने कहा—''तू जीत नहीं सकेगी मुरला ! और जीत गई तो जो माँगेगी सो दूँगी। तू कुछ भी माँग लेना।''

इसके बाद इधर-उधर की बातें करके मुरला निकली तो उसे जाने कैसा-कैसा लग रहा था। कहने को वह बहुत कुछ कह आई थी, पर वह स्वयम् महसूस कर रही थी कि एक अजीब-सा सूनापन उसके हृदय में भर रहा है। पहली बार उसे पुस्तकों का बोझ कुछ असह्य-सा प्रतीत हुआ। एक अजीब-सी कल्पना उसके मस्तिष्क में दौड़ गई कि उन किताबों के स्थान पर उसके हाथ में भी आशा के बच्चे की तरह एक कोमल गुदगुदा-सा बच्चा हो तो ! पर दूसरे ही क्षण उसने अपनी मूर्खता-पूर्ण भावना को कमज़ोरी कहकर अपने बुद्धि के अंकुश से दबा दिया। घर जाकर उसने देखा कि पड़ोसी की बच्ची उसके कमरे में कागज़ इधर-उधर कर रही है। उसने बिना मतलब उसके एक चाँटा जमा दिया और हाथ पकड़कर कमरे से निकाल बाहर किया। बच्ची इस अप्रत्याशित मार से इतनी सहम गई कि रो भी नहीं पाई, भयभीत-सी भाग गई। मुरला उसे देखती रही—उसे मारकर ही उसे लग रहा था जैसे उसने आशा से शर्त जीत ली।

पन्द्रह वसन्तों ने आँख-मिचौनी की...

मुरला आज भी अविवाहित थी और शिक्षा-विभाग के एक ऊँचे पद पर पहुँच गई थी। वह एक सभा का सभापतित्व करने इलाहाबाद गई कि अचानक उसकी भेंट आशा से हो गई। आशा उसे मय सामान के अपने घर घसीट ले गई। दो दिन मुरला उसके यहाँ रही। उसे आशा का घर, उसके तीनों बच्चे—सभी कुछ बहुत अच्छा लगा। आशा की पाँच वर्ष की छोटी बच्ची दो दिन में ही मुरला से हिल-मिल गई। इन दो दिनों में दुनिया-भर की बातें हुईं पर किसी ने भी उस शर्तवाली बात को नहीं चलाया। तीसरे दिन मुरला जानेवाली थी। उस दिन आशा ने कहा—''मुरला, शर्त की बात तुझे शायद याद होगी। मैं हार गई, अब तू जो चाहे माँग ले, मैं दूँगी। सच पूछे तो अपनी इस हार में भी मुझे प्रसन्नता है।''

मुरला ने हँसते हुए कहा—''देख हार गई ना !'' पर उसके स्वर में विजय का उल्लास न था। ''अच्छा जा, छोड़ा—मुझे कुछ नहीं चाहिए !''

आशा ने कहा—''नहीं, नहीं ! तुझे माँगना ही होगा। जो चाहे सो माँग ले।'' मुरला एक क्षण को खामोश रही, फिर बोली—''अच्छा माँग लूँ, इनकार तो नहीं करेगी ?''

आशा हँसी—''अरे माँग ले ना। बहुत बड़ा दिल पाया है, फिर तू तो यों भी कुछ माँग ले तो मना न करूँ, और अभी तो हारकर बैठी हूँ, किस मुँह से मना करूँगी।''

मुरला ने पास बैठी हुई आशा की सबसे छोटी लड़की को पास खींचकर प्यार करते हुए कहा—''तो अपनी यह बिटिया मुझे दे दे।''

'मैं हार गई' संकलन से

गीत का चुम्बन

कनिका की गाड़ी जब माथुर साहब के बँगले के सामने रुकी तो एक बार उसका मन हुआ, वापस लौट जाए। पता नहीं, कौन-कौन लोग आए होंगे, कैसे वह सबसे बात करेगी ? मौसी भी कभी-कभी बेहद ज़्यादती कर बैठती हैं। माथुर साहब ने बुला ही लिया तो कोई बहाना भी तो बनाया जा सकता था। फिर मैं कहाँ की कलाकार—यों ही थोड़ा-बहुत गा लेती हूँ तो मौसी समझती हैं भारी गवैया हो गई। माथुर साहब ने महज़ जान-पहचान की वजह से बुला लिया, नहीं तो ऐसे समारोह में जहाँ शहर के कवि, साहित्यिक, चित्रकार और गायक जुटेंगे, वहाँ मेरी क्या बिसात भला ? तभी उसे माथुर साहब फाटक की ओर आते दिखाई दिए—अब उतरने के सिवाय कोई चारा नहीं था। साड़ी का पल्ला ठीक किया, दोनों हाथ पीछे ले जाकर एक बार जूड़े को ठीक किया और कनिका उतर पड़ी।

"हलोऽऽ, कौन कुन्नी ! आ गई ? आओ—आओ।" और वे कनिका को लेकर उल्टे पैरों लौट पड़े। शरमाती-झेंपती कनिका उनके पीछे चली तो पर मन अब भी उसका मौसी को बुरी तरह कोस रहा था। हॉल में पार्टी का आयोजन किया गया था और सारी व्यवस्था से लग रहा था कि पार्टी काफ़ी शानदार होगी। काफ़ी लोग जुट चुके थे। कनिका अपने को सबकी नज़रों से बचाती, नीची नज़रें किए सीधे मिसेज़ माथुर के पास पहुँच गई। पीठ थपथपाकर बड़े दुलार से उन्होंने स्वागत किया। फिर पास बैठे हुए एक-दो व्यक्तियों से परिचय करवाया—"ये हैं निखिल चौधरी, हमारे शहर के प्रसिद्ध कवि, और यह है हमारी कनिका, दुलार से जिसे हम कुन्नी कहते हैं। गाती बड़ा अच्छा है, पर इतनी शर्मीली कि क्या बताऊँ !" नमस्कारों का आदान-प्रदान हुआ। किसी दिन निखिल चौधरी के सामने वह यों बैठ सकेगी, इसकी कल्पना भी उसने नहीं की थी। कितने सुन्दर गीत लिखता है यह चौधरी। तभी उसके कानों में आवाज़ पड़ी—"आज तो आप गीत सुनाएँगी ना ?"

"हाँ-हाँ, सुनाएगी क्यों नहीं ? और तुम्हारा ही लिखा हुआ गीत सुनाएगी। तुम्हारे बहुत से गीत गाती है यह, सुनोगे तो लगेगा कि तुम्हारे गीतों में जैसे जान डाल दी है।" कनिका अपनी यह प्रशंसा सुनकर पानी-पानी हुई जा रही थी। तभी चाय सर्व की गई, खाने-पीने का दौर चला। हँसी-मज़ाकों के बीच प्लेटें-पर-प्लेटें साफ़ होने लगीं। खाने-पीने की समाप्ति के साथ ही माथुर साहब ने बड़े ही थोड़े और सधे हुए शब्दों में आज के इस आयोजन का मक़सद ज़ाहिर किया। इसके बाद कवियों ने कविताएँ पढ़ीं, गायकों ने गीत गाए, गज़लें गाईं। कनिका को यह सब बड़ा अच्छा लगा—मौसी पर अभी तक जो आक्रोश था—धीरे-धीरे दूर हो गया। कितना अच्छा हो यदि वह भी ऐसे लोगों में बराबर मिला-जुला करे तो। तभी पास बैठे हुए निखिल ने कहा—"अब तो आप कुछ सुनाइए।" और इसके पहले कि वह कुछ

आनाकानी करती, मिसेज़ माथुर ने खड़े होकर उसका परिचय करवाते हुए घोषणा कर दी कि वह गा रही है। मजबूरन कनिका को गाना पड़ा। उसने निखिल का ही गीत गाया, ऐसा गीत जिसकी कड़ी-कड़ी में दर्द बसा हुआ था और अपने स्वर के भीगेपन से उस दर्द को उसने कई गुना बढ़ा दिया था। अभी तक के गाए हुए गीतों में वही गीत सर्वश्रेष्ठ रहा हो सो बात तो नहीं थी, फिर भी निखिल को वह गीत बहुत अच्छा लगा, क्योंकि वह उसका लिखा हुआ था। उसे लगा कि गीत लिखते समय कभी-कभी वह मन के भावों को व्यक्त करने में शब्दों की बड़ी कमी महसूस करता है, कनिका ने मानो अपने दर्दीले स्वर से उस कमी को पूरा कर दिया। कनिका के गले से निकलकर जैसे उसके गीत ने पूर्णता प्राप्त कर ली।

जब कनिका घर के लिए रवाना हुई तो उसे निखिल से आश्वासन मिल चुका था कि समय मिलते ही वह उसके घर ज़रूर आएगा। और पाँचवें दिन ही निखिल कनिका के ड्राइंग-रूम में मौसी और कनिका के बीच बैठा इस तरह घुल-मिलकर बातें कर रहा था मानो अर्से का जाना-पहिचाना हो। उस दिन वह इतना जान पाया कि बचपन में ही माँ के मर जाने से मौसी ने ही कनिका को पाला है और वे इसे अपने बच्चों से भी अधिक प्यार करती हैं। पहले दिन कनिका जितनी शर्मीली नज़र आ रही थी, वास्तव में उतनी शर्मीली वह थी नहीं। आज वह खूब खुलकर बात कर रही थी, हँस रही थी। कनिका ने बिना अधिक आग्रह और मनुहार के ही कई गीत सुनाए, जिसमें दो गीत निखिल के लिखे हुए भी थे। निखिल ने कहा–

"आप रेडियो पर क्यों नहीं गाती ?"

"हाय राम ! रेडियो पर और मैं !"

"क्यों, खासा अच्छा गाती हैं आप। थोड़ी प्रेक्टिस करें तो और अच्छा गा सकती हैं। लगता है अपने गाने के मामले में आप सीरियस नहीं हैं।"

"अरे बिल्कुल भी नहीं। न कभी प्रेक्टिस करेगी, न कभी किसी के सामने गाएगी, यह तो मैं हूँ कि पीछे पड़ी रहती हूँ।" मौसी कनिका की प्रशंसा से बड़ी प्रफुल्ल हो रही थीं। फिर स्वर से उलहाने का पुट हटाकर उसे और अधिक नरम बनाकर बोलीं–"तो तुम सोचते हो कि यह रेडियो पर गा सकती है ? मैं भी कहती हूँ कि ज़रूर गा सकती है। तुम कोशिश करो न कुछ हो सके तो।"

"इसमें कोशिश की क्या बात है ? आप इसी बुधवार को चलिए, मैं ऑडीशन करवा दूँगा, बस फिर आपके पास कांट्रेक्ट्स आ जाया करेंगे। अच्छे गानेवालों की तो बड़ी माँग है।"

एक दिन की बातचीत से ही निखिल अपने को उस घर में काफ़ी घुला-मिलाकर चला गया। कनिका तीन दिन तक रियाज़ करती रही और बुधवार के लिए उसनें एक भजन और एक गीत तैयार किया। निश्चित समय पर निखिल आया और कनिका को ले गया, और पन्द्रह दिन बाद से ही कनिका के पास कांट्रेक्ट्स आने लगे। इसके बाद निखिल के आग्रह और बढ़ावे से उसने दो-तीन बार सांस्कृतिक समारोह में भी गाया। वे गीत निखिल ने स्वयं चुनकर दिए थे और अपने सामने बिठाकर कई बार पहले गवाए थे। तीन महीने के अन्दर ही कनिका का नाम काफ़ी फैल गया। कनिका और मौसी जानती थीं कि इसका सारा श्रेय

निखिल को ही है। निखिल के कई गीतों को उसने स्वरबद्ध किया, और कनिका की कला से प्रभवित होकर निखिल ने कई नए गीतों की सृष्टि की। दोनों की कला एक-दूसरे का आसरा पाकर जैसे निखर रही थी। जैसे-जैसे दोनों की कला निखर रही थी, दोनों की निकटता भी बढ़ती जा रही थी।

कनिका की एम.ए. की परीक्षा समाप्त हो चुकी थी। आजकल वह छुट्टी के मूड में थी। सूरज ढल चुका था, बाहर लॉन पर बैठी वह शून्य की ओर ताक रही थी। चेहरे से लग रहा था जैसे वह कुछ सोच रही है। तभी अपने कन्धों पर किसी के हाथ का स्पर्श पा वह चौंक गई। घूमकर देखा तो निखिल खड़ा था।

"कहाँ गुम हो गए थे चार-पाँच दिन से ?" स्वर में उलाहना स्पष्ट था।

"अरे, कुछ न पूछो। तीन-चार मित्र आ धमके, बस उन्हीं को लिए घूम रहा था। अभी सबको गाड़ी में बिठाकर सीधा तुम्हारी हाज़िरी में चला आ रहा हूँ।" और निखिल सामनेवाली कुर्सी पर डट गया।

"तुम क्या करती रही इन दिनों ? कितने गानों की ट्यून की ?"

"मुझे क्या ट्यून करने की मशीन समझ रखा है ? बस, सारे दिन गाने ही बनाए जाओ, हाँऽऽ नहीं तो !"

"बिल्कुल ! तुम्हारा तो काम ही यही होना चाहिए। अच्छा, मैं अपने गीतों की नई किताब दे गया था, उसमें से कितने गीत स्वरबद्ध कर लिए ?"

"एक भी नहीं, एक भी नहीं ! न किए और न करने का इरादा ही है। जानते हो, मैं आजकल एकदम छुट्टी के मूड में हूँ, बस उपन्यास पढ़ने दो, गाना-वाना बन्द !"

"सुनूँ ज़रा कौन-कौन से उपन्यास पढ़ डाले ?"

"सात-आठ पढ़ डाले।" और फिर दोनों में पढ़े हुए उपन्यासों पर से होती हुई चर्चा आ लगी स्त्री-पुरुष के सम्बन्धों पर। पढ़े हुए सभी उपन्यासों की विषय-वस्तु भी करीब-करीब यही थी। निखिल इस मामले में काफी उदार दृष्टिकोण रखता था और स्त्री-पुरुष के सभी प्रकार के सम्बन्ध उसकी दृष्टि में जायज़ और नैतिक थे। कनिका का एक ही तर्क था—"बातें हम कितनी ही बड़ी-बड़ी बना लें निखिल दा ! पर व्यवहार में आगे नहीं बढ़ पाते हैं। आप जो यहाँ बैठकर इतनी लम्बी-चौड़ी बातें बघार रहे हैं, मान लो, कल को आपकी बीवी आए और किसी दूसरे पुरुष के साथ वह अपना शारीरिक सम्बन्ध रखे तो बर्दाश्त कर सकेंगे आप ? यों ड्राइंग-रूम में बैठकर बातें बनाना बड़ा सरल होता है। पर वे बातें भर-ही रहती हैं, कोरे सिद्धान्त !"

"बड़ी बुद्धू लड़की हो तुम ! अरे, कोई बात पहले चर्चा का विषय ही तो बनेगी, हम विवाद कर-करके जब उसको पचा लेंगे तभी तो व्यवहार में ला सकेंगे। हर बात व्यावहारिक रूप लेने से पहले तो महज़ चर्चा का विषय रहेगी ही !"

"सो सब हम नहीं जानते, इतना जानते हैं कि स्त्री-पुरुषों के सम्बन्ध में एक मर्यादा अवश्य रहनी चाहिए। यों बैठकर मैं भी चाहे कह दूँ कि क्या है, जो कुछ है सभी नैतिक है, पर जानती हूँ कि बात चाहे कितनी बड़ी कर दूँ, व्यावहारिक रूप से एक क़दम भी आगे नहीं बढ़ा जाएगा !"

"दक़ियानूस जो हो। ज़रा-सी बात तुम्हारी समझ में आ जाए तो सारी समस्या ही न

हल हो जाए। जब तक कोई बात अमल में नहीं आती तभी तक वह हौवा, अनैतिक, नाजायज़, पाप--जो कुछ भी कहो, बनी रहती है। अरे आज से दस साल पहले जिस प्रकार हम बैठकर बात कर रहे हैं, इस प्रकार बात करना ही बड़ा कुकर्म समझा जाता था, क्योंकि उस समय लड़के-लड़की मिलते नहीं थे। आज कुछ नहीं लगता क्योंकि फ़्री मिक्सिंग आज आम बात है। इसी प्रकार और आगे बढ़ जाओ ! शारीरिक सम्बन्ध का जहाँ तक सवाल है, उस पर भी यही चीज़ लागू है। शरीर को झुठलाया तो नहीं जा सकता--उसकी चेतना को तो भुलाया ही जा सकता है उसे पाकर ! विदेशों में सेक्स को लेकर इस प्रकार से टेबूज़ नहीं हैं, क्यों ?''

''अरे चलो, हमें बहस करनी नहीं आती ! आप लोग तो उलटे-सीधे तर्क रखकर ऐसी बात सिद्ध कर देते हैं जिसमें आपका स्वार्थ सिद्ध हो जाए।''

''बहस करना नहीं आता तो सीखो, या फिर बुद्धिमानों की बात मान लिया करो ! और रही स्वार्थ की बात सो सरासर ग़लत। तुम सोचती हो कि ऐसे सम्बन्धों से जो कुछ मिलता है केवल पुरुष को ही मिलता है, स्त्री को कुछ नहीं मिलता ? मैं ऐसी अनेक लड़कियों को जानता हूँ, जो समझ लो कि ज़रा-सा लिफ्ट दो तो बस गले ही पड़ जाएँ।''

''बाज़ारू औरतों की बात कर रहे हो ?''

''बाज़ारू क्यों ? घरेलू, शरीफ़ खानदान की। तुम जानती क्या हो ?''

तभी गाड़ी आकर रुकी और मौसी उतरीं। निखिल और कुन्नी भी मौसी के साथ-साथ अन्दर चले गए। थोड़ी देर तक निखिल इधर-उधर की बातें करता रहा और चला गया। कुन्नी देर तक बिस्तरे पर पड़ी-पड़ी आज की हुई बहस पर विचार करती रही। एक बात उसके दिमाग़ में जमती चली जा रही थी कि जो बात प्रैक्टिस में आती जाती है फिर उस की चेतना भी लुप्त हो जाती है और वह अपने-आप ही नैतिकता की सीमा में चली आती है। उसे याद आया, पहली बार निखिल ने जब उसका हाथ पकड़ लिया था तो उसे बड़ा अटपटा-सा लगा था, पर आज कुछ नहीं लगता। निखिल दुलार से उसके गले में भी हाथ डाल देता है, तब भी उसे कुछ नहीं लगता बल्कि इस बात पर सोचना भी उसे अपनी संकीर्णता लगती है। उसकी विचारधारा ने एक और करवट ली--मान लो निखिल कोई हरकत कर बैठे तो ? तब भी क्या उसे बुरा नहीं लगेगा ? पर निखिल के प्रति उसके विश्वास ने जैसे जवाब दिया--जो चीज़ उसे गवारा न गुज़रे, वह निखिल कभी कर नहीं सकता। इसी उधेड़बुन में पड़े-पड़े जाने कब वह सो गई।

निखिल के दिए हुए एक बहुत ही दर्दनाक गीत को तीन दिन के प्रयत्न के बाद उसने स्वरबद्ध किया था। सवेरे से वह उसी गीत को गुनगुना रही थी और प्रतीक्षा कर रही थी कि कब निखिल आए और वह उसे गीत सुनाकर निहाल कर दे। सन्ध्या को निखिल के आते ही बड़े ज़ोर से बारिश शुरू हो गई। कुन्नी ने कमरे के सारे खिड़की-दरवाज़े बन्द कर दिए, जिससे वर्षा की टिपू-टिपू में उसका स्वर न टूट जाए। बहुत विभोर होकर उसने वह गीत गाया, जैसे अपने प्राणों का समूचा दर्द, सारी व्यथा, सारी कसक उसमें उड़ेलकर रख दी हो। उसके मन के भाव उसके चेहरे पर भी साकार हो उठे थे। उसकी आँखें मुँदी हुई थीं और स्वर में हल्का-सा कम्पन था। निखिल को लगा कि उस गीत को सुनकर वह गश खा जाएगा, पागल हो जाएगा। मन्त्रमुग्ध-सा वह बैठा रहा। गीत समाप्त हो गया पर दोनों

पर जैसे नशा-सा छा गया था। दो क्षण के सन्नाटे के बाद निखिल ने देखा कि कुन्नी वैसी ही बैठी है, मानो अभी भी गा रही हो। अपने आसपास के वातावरण से बेख़बर, गीत में खोई हुई-सी। पहली बार उसे लगा कि वह अपने पर क़ाबू नहीं कर पा रहा है। जाने किस आवेश में वह उठा और सामने बैठी हुई कुन्नी को बाँहों में भरकर चूम लिया। एक झटके के साथ कुन्नी की सारी चेतना लौट आई और छिटककर वह दूर जा खड़ी हुई। उसका रोम-रोम गुस्से से काँपने लगा। जिस निखिल पर उसे इतना विश्वास था, जिसे वह इतना स्नेह करती थी वह...वह ऐसी हरकत करे ! उसका सिर भन्ना गया।

"यह क्या किया तुमने ? बदतमीज़ कहीं के !" और तपाक् से एक चाँटा मार दिया।

सकपकाए-से स्वर में निखिल ने कहा—"नाराज़ हो गईं, इतनी-सी बात से ?"

"तुम्हारे लिए यह ज़रा-सी बात होगी, मेरे लिए नहीं। तुमने मुझे क्या ऐसी-वैसी लड़की ही समझ रखा है ? जानते नहीं, मुझे यह सब ज़रा भी पसन्द नहीं, ज़रा भी नहीं।"

इधर-उधर की दो-एक बातें करके निखिल ने वातावरण के तनाव को कम करने का प्रयत्न किया, पर सब बेकार। कुन्नी का क्रोध बढ़ता ही जा रहा था। निखिल बरसते पानी में लौट गया—कुन्नी ने रोका भी नहीं। जाते हुए निखिल को वह देखती रही, पर भावना-शून्य नज़रों से। एक ही बात उसके दिमाग़ में फिरकी की तरह चक्कर मार रही थी—निखिल ने ऐसा क्यों किया—क्यों किया ऐसा ? कितना विश्वास था उसे निखिल पर। मौसी भी कितना विश्वास करती थीं, नहीं तो यों आज़ादी के साथ घूमने-फिरने देतीं भला ! रात को वह सोने गई तो गुस्से के आवेग के मारे उसे रोना आ गया। तकिए में मुँह छिपाकर वह रोती रही। बार-बार उसे अपने होंठों पर, जिन पर कभी किसी के गर्म श्वास तक का स्पर्श नहीं हुआ था, एक अजीब प्रकार की जलन-सी महसूस होती और वह ज़ोर से अपने होंठ काट लेती। रोते-रोते जाने कब वह सो गई। सवेरे उठी तो मन का विषाद बहुत कुछ धुल चुका था पर खिन्नता अभी भी ज्यों-की-त्यों थी। मन पर जैसे किसी ने बोझ रख दिया हो। वह सदा की तरह प्रसन्न और प्रफुल्ल नहीं हो पा रही थी। बार-बार वह यही सोचती थी कि क्या लड़के और लड़कियों की मित्रता का अन्त इसके अतिरिक्त और कुछ हो ही नहीं सकता ! सन्ध्या होते-होते वह सदा की तरह निखिल की प्रतीक्षा करने लगी। उसने सोच रखा था कि आज वह स्पष्ट रूप से कह देगी कि जो हुआ सो तो हुआ पर आगे से कभी ऐसी हरकत नहीं होनी चाहिए, और जो हुआ उसे वह भूल जाने की चेष्टा करेगी। पर निखिल आया ही नहीं। ज्यों-ज्यों समय बीतता जाता था उसकी बेचैनी बढ़ती जाती थी। बड़ा अनमना-अनमना वह महसूस कर रही थी। निखिल आया क्यों नहीं ? उसे आना तो चाहिए था। शायद कोई काम हो गया हो, उसने अपने मन को तसल्ली दी। पर जब दूसरे दिन भी निखिल नहीं आया तो व्याकुल हो उठी। किसी तरह रात तक तो वह अपने को सँभाले रही, पर रात होते ही उसे लगा कि उसके हृदय में एक बवंडर-सा उठ रहा है। कुछ है, जो उसे मथे डाल रहा है और दिल की वह घुटन, वह व्यथा, आँसुओं के रूप में फूट पड़ी। गुस्सा आज भी उसे आ रहा था पर निखिल के ऊपर नहीं, अपने ऊपर। निखिल न आया तो ठीक ही तो किया, आखिर उसका भी अपना आत्म-सम्मान है। मैंने ही कौन-सी शराफ़त बरती थी उसके साथ। मान लो, उसने कोई बेजा हरकत कर ही दी थी तो मुझे तो इतनी बदतमीज़ी से पेश नहीं आना चाहिए था। कल वह आएगा तो मैं ही माफी माँग लूँगी। किस प्रकार सारी बात वह

करेगी और मामले को साफ़ कर लेगी, यही सब वह सोचती रही। रह-रह कर निखिल के वे सारे उपकार भी याद आते, जिनकी वजह से उसकी शोहरत इतनी फैल गई थी। निखिल नहीं होता तो कौन उसे जानता, कहीं कोने में पड़ी सड़ती रहती।

दूसरे दिन शाम को निखिल आया। वह अपने कमरे में कुर्सी पर बैठी शून्य आँखों से बाहर की ओर देख रही थी। निखिल को देखते ही एक बार वह सबकुछ भूलकर स्वागत के लिए दौड़ पड़ी, पर न निखिल ने उसके गले में हाथ डाला, न ही उसका हाथ पकड़कर दबाया। बहुत ही रूखे ढंग से उसने कहा—"मैं तुमसे माफ़ी माँगने आया हूँ कुन्नी ! उस दिन पता नहीं मुझे क्या हो गया था।"

"बहुत बुरा मान गए मेरी बात का ना ! पर सच कहती हूँ, मैंने बुरा नहीं माना।"

"तुमने क्या माना सो तो उस दिन ही मैं जान गया, अब मुझे खुश करने के लिए अपने को झुठलाओ मत।"

"ओह, मैं तुम्हें कैसे समझाऊँ निखिल दा कि मैं ज़रा भी नाराज़ नहीं हूँ। तुम्हें विश्वास नहीं होता तो लो, तुम्हें छूकर क़सम खा लेती हूँ।" और कुन्नी ने छूने के लिए जैसी ही अपना हाथ बढ़ाया, निखिल ने अपने को पीछे हटाते हुए कहा—"अरे रहने दो। तुम कहती हो तो तुम्हारी बात ही बहुत है।"

कुन्नी का आगे बढ़ा हुआ हाथ यों ही वापस लौट आया। उसके मन को एक ठेस-सी लगी। इधर-उधर की दो-चार बातें करके और अपने मद्रास जाने की सूचना देकर निखिल चलने को हुआ। कुन्नी का मन भर आया। कैसे वह निखिल को रोक ले, उसे प्रसन्न कर ले, उसके मन के विषाद को धो दे—पर वह कुछ भी करती, उसके पहले ही वह कुर्सी से उठ खड़ा हुआ। कुन्नी उसके साथ-साथ चल रही थी। जाने किस आशा से, पर निखिल जो चला तो मुड़कर देखा भी नहीं। कुछ क्षण को कुन्नी खोई-खोई-सी खड़ी रही, जैसे उसका सबकुछ लुट गया हो और फिर कटे वृक्ष की भाँति पलंग पर औंधी गिरकर फूट-फूटकर रोने लगी। उसे यही ग़म था कि निखिल उसके गुस्से को क्यों नहीं समझ पाया। आखिर उसके इतने वर्षों के संस्कार एकदम मिट तो नहीं सकते थे ना, गुस्सा आ गया तो क्या ग़लत था ? फिर जब वह स्वयं इस बात को जानता है कि व्यवहार में आने पर ही किसी चीज़ की चेतना लुप्त होती है, तब उसने मेरे व्यवहार का बुरा क्यों माना ? पहली बार की वैसी ही प्रतिक्रिया क्या स्वाभाविक नहीं थी ? वह फूट-फूटकर रो रही थी और कभी अपने को कोसती थी तो कभी निखिल को। उस रात वह सारे समय करवटें बदलती रही, सिसकियाँ भरती रही। उसके हाथ, उसकी गर्दन, किसी के मधुर स्पर्श के लिए तड़प-तड़प उठते थे। उसके कुँआरे अतृप्त होंठ जाने किस लालसा से बार-बार फड़क उठते थे, जिन्हें वह अपनी जीभ से चाट-चाटकर और दाँतों से काट-काटकर भी किसी प्रकार तृप्त नहीं कर पा रही थी।

सप्ताह-भर बाद उसे निखिल का पत्र मिला। लिफ़ाफ़ा देखकर ही उसका मुर्झाया मन हरा हो गया। उसने काँपते हाथों से पत्र खोला। लिखा था—

प्रिय कुन्नी

यों तो चलने से पहले मैं तुमसे माफ़ी माँग आया था पर यहाँ आने पर फिर पत्र लिखने की इच्छा हो रही है। अपने उस दिन के व्यवहार से मैं बेहद लज्जित हूँ। बात यह है कुन्नी

कि आज तक मैं जितनी भी लड़कियों के सम्पर्क में आया हूँ, सबने मेरी ऐसी हरकतों का स्वागत किया है, बल्कि यों कहूँगा कि मुझे ऐसी हरक़त करने के लिए प्रेरित किया है। मुझे अफ़सोस है कि मैंने तुम्हें भी उन साधारण लड़कियों की कोटि में ही समझ लिया, पर तुमने अपने व्यवहार से सचमुच ही बता दिया कि तुम ऐसी-वैसी लड़की नहीं हो। साधारण लड़कियों से भिन्न हो, उनसे उच्च, उनसे श्रेष्ठ। सच, तुमने मेरी आँखें खोल दीं कि शारीरिक सम्बन्ध के परे भी लड़के-लड़की की मित्रता का कोई और आधार हो सकता है, और इसीलिए मुझे उस दिन का अपना व्यवहार कचोटे जा रहा है। मुझे तुम पर ज़रा भी गुस्सा नहीं, अपने पर ही ग्लानि है। पर इतना याद रखना कि ग़लती इंसान से ही होती है और मैं भी इंसान हूँ।

इतना लिखने के बाद तुम मुझे अवश्य माफ़ कर दोगी।

इसी उम्मीद के साथ
निखिल

आँसू-भरी आँखों के आगे पत्र के शब्द अस्पष्ट से अस्पष्टतर होते चले जा रहे थे और कुन्नी के हाथ काँप रहे थे। वह पत्र शायद पूरा पढ़ भी नहीं पाई और गुस्से में उसने उसके टुकड़े-टुकड़े कर दिए—साधारण लड़कियों से श्रेष्ठ, उच्च ! बेवकूफ़ कहीं का—वह बुदबुदाई और उन टुकड़ों को झटके के साथ फेंककर तकिए में मुँह छिपाकर सिसकती रही, सिसकती रही—

'मैं हार गई' संकलन से

सयानी बुआ

सयानी बुआ का नाम वास्तव में ही सयानी था या उनके सयानेपन को देखकर लोग उन्हें सयानी कहने लगे थे, सो तो मैं आज भी नहीं जानती; पर इतना अवश्य कहूँगी कि जिसने भी उनका यह नाम रखा वह नामकरण-विद्या का अवश्य पारखी रहा होगा।

बचपन में ही वे समय की जितनी पाबन्द थीं, अपना सामान सँभालकर रखने में जितनी पटु थीं, और व्यवस्था की जितनी क़ायल थीं, उसे देखकर चकित हो जाना पड़ता था। कहते हैं, जो पेंसिल वह एक बार खरीदती थीं, वह जब तक इतनी छोटी न हो जाती कि उनकी पकड़ में भी न आए तब तक उससे काम लेती थीं। क्या मजाल कि वह कभी खो जाए या बार-बार नोक टूटकर समय से पहले ही समाप्त हो जाए। जो रबर उन्होंने चौथी कथा में खरीदी थी, उसे नवीं कक्षा में आकर समाप्त किया।

उम्र के साथ-साथ उनकी आवश्यकता से अधिक चतुराई भी प्रौढ़ता धारण करती गई और फिर बुआजी के जीवन में इतनी अधिक घुल-मिल गई कि उसे अलग करके बुआजी की कल्पना ही नहीं की जा सकती थी। उनकी एक-एक बात पिताजी हम लोगों के सामने उदाहरण के रूप में रखते थे जिसे सुनकर हम सभी खैर मनाया करते थे कि भगवान करे, वह ससुराल में ही रहा करें, वर्ना हम जैसे अस्त-व्यस्त और अव्यवस्थित-जनों का तो जीना ही हराम हो जाएगा।

ऐसी ही सयानी बुआ के पास जाकर पढ़ने का प्रस्ताव जब मेरे सामने रखा गया तो कल्पना कीजिए, मुझ पर क्या बीती होगी ? मैंने साफ़ इन्कार कर दिया कि मुझे आगे पढ़ना ही नहीं। पर पिताजी मेरी पढ़ाई के विषय में इतने सतर्क थे कि उन्होंने समझाकर, डाँटकर और प्यार-दुलार से मुझे राज़ी कर लिया। सच में, राज़ी तो क्या कर लिया, समझिए अपनी इच्छा पूरी करने के लिए बाध्य कर दिया। और भगवान् का नाम गुहारते-गुहारते मैंने घर से विदा ली और उनके यहाँ पहुँची।

इसमें सन्देह नहीं कि बुआजी ने बड़ा स्वागत किया। पर बचपन से उनकी ख्याति सुनते-सुनते उनका जो रौद्र रूप मन पर छाया हुआ था, उसमें उनका वह प्यार कहाँ तिरोहित हो गया, मैं जान ही न पाई। हाँ, बुआ के पति, जिन्हें हम भाई साहब कहते थे, बहुत ही अच्छे स्वभाव के व्यक्ति थे। और सबसे अच्छा कोई घर में लगा तो उनकी पाँच वर्ष की पुत्री अन्नू।

पर मैंने देखा कि परिवार के सभी लोगों पर एक विचित्र आतंक-सा छाया हुआ है—सब पर मानो बुआजी का व्यक्तित्व हावी है। सारा काम वहाँ इतनी व्यवस्था से होता जैसे सब मशीनें हों, जो क़ायदे में बँधी, बिना रुकावट अपना काम किए चली जा रही हैं। ठीक पाँच

बजे सब लोग उठ जाते, फिर एक घंटा बाहर मैदान में टहलना होता, उसके बाद चाय-दूध होता। उसके बाद अन्नू को पढ़ने के लिए बैठना होता। भाई साहब भी तब अख़बार और ऑफ़िस की फ़ाइलें आदि देखा करते। नौ बजते ही नहाना शुरू होता। जो कपड़े बुआजी निकाल दें, वही पहनने होते। फिर क़ायदे से आकर मेज़ पर बैठ जाओ और खाकर काम पर जाओ।

घर के इस नीरस और यन्त्रचालित कार्यक्रम में अपने को फ़िट करने में मुझे कितना कष्ट उठाना पड़ा और कितना अपने को काटना-छाँटना पड़ा, यह मेरा अन्तर्यामी ही जानता है। सबसे अधिक तरस आता था अन्नू पर। वह इस नन्ही-सी उमर में ही प्रौढ़ हो गई थी। न बच्चों का-सा उल्लास, न कोई चहचहाहट। एक अज्ञात भय से वह घिरी रहती थी। घर के उस वातावरण में कुछ ही दिनों में मेरी भी सारी हँसी-खुशी मारी गई।

यों बुआजी की गृहस्थी जमे पन्द्रह वर्ष बीत चुके थे, पर उनके घर का सारा सामान देखकर लगता था, मानो सबकुछ अभी कल ही खरीदा हो। गृहस्थी जमाते समय जो काँच और चीनी के बर्तन उन्होंने खरीदे थे, वे आज भी ज्यों-के-त्यों थे, जबकि रोज़ उनका उपयोग होता था। वे सारे बर्तन स्वयं खड़ी होकर साफ़ करवाती थीं। क्या मजाल, कोई एक चीज़ भी तोड़ दे। एक बार नौकर ने सुराही तोड़ दी थी। उस छोटे-से छोकरे को उन्होंने इस कसूर पर बहुत पीटा था। तोड़-फोड़ से तो उन्हें सख़्त नफ़रत थी, यह बात उनकी बर्दाश्त के बाहर थी। उन्हें बड़ा गर्व था अपनी इस सुव्यवस्था का। वे अक्सर भाई साहब से कहा करती थीं कि यदि वे इस घर में न आतीं तो न जाने बेचारे भाई साहब का क्या हाल होता। मैं मन-ही-मन कहा करती थी कि और चाहे जो भी हाल होता, हम सब मिट्टी के पुतले न होकर कम-से-कम इंसान तो अवश्य हुए होते।

बुआजी की अत्यधिक सतर्कता और खाने-पीने के इतने कंट्रोल के बावजूद अन्नू को बुखार आने लगा, सब प्रकार के उपचार करने-कराने पूरा महीना बीत गया, पर उसका बुख़ार न उतरा। बुआजी की परेशानी का पार नहीं, अन्नू एकदम पीली पड़ गई। उसे देखकर मुझे लगता मानो उसके शरीर में ज्वर के कीटाणु नहीं, बुआजी के भय के कीटाणु दौड़ रहे हैं, जो उसे ग्रसते जा रहे हैं। वह उनसे पीड़ित होकर भी भय के मारे कुछ कह तो सकती नहीं थी बस सूखती जा रही है।

आख़िर डॉक्टरों ने कई प्रकार की परीक्षाओं के बाद राय दी कि बच्ची को पहाड़ पर ले जाया जाए, और जितना अधिक उसे प्रसन्न रखा जा सके, रखा जाए। सब कुछ उसके मन के अनुसार हो, यही उसका सही इलाज है। पर सच पूछो तो बेचारी का मन बचा ही कहाँ था ? भाई साहब के सामने एक विकट समस्या थी। बुआजी के रहते यह सम्भव नहीं था, क्योंकि अनजाने ही उनकी इच्छा के सामने किसी और की इच्छा चल ही नहीं सकती थी। भाई साहब ने शायद सारी बात डॉक्टर के सामने रख दी, तभी डॉक्टर ने कहा कि माँ का साथ रहना ठीक नहीं होगा। बुआजी ने सुना तो बहुत आनाकानी की, पर डॉक्टर की राय के विरुद्ध जाने का साहस वे कर नहीं सकीं सो मन मारकर वहीं रहीं।

ज़ोर-शोर से अन्नू के पहाड़ जाने की तैयारी शुरू हुई। पहले दोनों के कपड़ों की लिस्ट बनी, फिर जूतों की, मोज़ों की, गरम कपड़ों की, ओढ़ने-बिछाने के सामान की, बर्तनों की। हर चीज़ रखते समय वह भाई साहब को सख़्त हिदायत कर देती थीं कि एक भी चीज़ खोनी

नहीं चाहिए--"देखो, यह फ्रॉक मत खो देना, सात रुपए मैंने इसकी सिलाई दी है। यह प्याले मत तोड़ देना, वरना पचास रुपए का सेट बिगड़ जाएगा। और हाँ, गिलास को तुम तुच्छ समझते हो, उसकी परवाह ही नहीं करोगे; पर देखो, यह पन्द्रह बरस से मेरे पास है और कहीं खरोंच तक नहीं है, तोड़ दिया तो ठीक न होगा।"

प्रत्येक वस्तु की हिदायत के बाद वह अन्नू पर आईं। वह किस दिन, किस समय क्या खाएगी, उसका मीनू बना दिया। कब कितना घूमेगी, क्या पहनेगी, सब कुछ निश्चित कर दिया। मैं सोच रही थी कि यहाँ बैठे-बैठे ही बुआजी ने इन्हें ऐसा बाँध दिया कि बेचारे अपनी इच्छा के अनुसार क्या ख़ाक करेंगे ! सब कह चुकीं तो ज़रा आर्द्र स्वर में बोलीं, "कुछ अपना भी ख़याल रखना, दूध-फल बराबर खाते रहना।" हिदायतों की इतनी लम्बी सूची के बाद भी उन्हें यही कहना पड़ा, "जाने तुम लोग मेरे बिना कैसे रहोगे, मेरा तो मन ही नहीं मानता। हाँ, बिना भूले रोज़ एक चिट्ठी डाल देना।"

आख़िर वह क्षण भी आ पहुँचा, जब भाई साहब एक नौकर और अन्नू को लेकर चले गए। बुआजी ने अन्नू को खूब प्यार किया, रोईं भी। उनका रोना मेरे लिए नई बात थी। उसी दिन पहली बार लगा कि उसकी भयंकर कठोरता में कहीं कोमलता भी छिपी है। जब तक ताँगा दिखाई देता रहा, वह उसे देखती रहीं, उसके बाद कुछ क्षण निर्जीव-सी होकर पड़ी रहीं। पर दूसरे ही दिन से घर फिर वैसे ही चलने लगा।

भाई साहब का पत्र रोज़ आता था, जिसमें अन्नू की तबीयत के समाचार रहते थे। बुआजी भी रोज़ एक पत्र लिखती थीं, जिसमें अपनी उन मौखिक हिदायतों को लिखित रूप में दोहरा दिया करती थीं। पत्रों की तारीख में अन्तर रहता था। बात शायद सबमें वही रहती थी। मेरे तो मन में आता कि कह दूँ, बुआजी रोज़ पत्र लिखने का कष्ट क्यों करती हैं ? भाई साहब को लिख दीजिए कि एक पत्र गत्ते पर चिपकाकर पलंग के सामने लटका लें और रोज़ सवेरे उठकर पढ़ लिया करें। पर इतना साहस था नहीं कि यह बात कह सकूँ।

क़रीब एक महीने के बाद एक दिन भाई साहब का पत्र नहीं आया। दूसरे दिन भी नहीं आया। बुआजी बड़ी चिन्तित हो उठीं। उस दिन उनका मन किसी भी काम में नहीं लगा। घर की कसी-कसाई व्यवस्था कुछ शिथिल-सी मालूम होने लगी। तीसरा दिन भी निकल गया।

अब तो बुआजी की चिन्ता का पार नहीं रहा। रात को वे मेरे कमरे में आकर सोईं, पर सारी रात दुःस्वप्न देखती रहीं और रोती रहीं। मानो उनका वर्षों से जमा हुआ नारीत्व पिघल पड़ा था और अपने पूरे वेग के साथ बह रहा था। वह बार-बार कहतीं कि उन्होंने स्वप्न में देखा है कि भाई साहब अकेले चले आ रहे हैं, अन्नू साथ नहीं है और उनकी आँखें भी लाल हैं और वह फूट-फूटकर रो पड़तीं। मैं तरह-तरह से उन्हें आश्वासन देती, पर बस वह तो कुछ सुन ही नहीं रही थीं। मेरा मन भी कुछ अन्नू के ख़याल से, कुछ बुआजी की यह दशा देखकर बड़ा दुखी हो रहा था।

तभी नौकर ने भाई साहब का पत्र लाकर दिया। बड़ी व्यग्रता से काँपते हाथों से उन्होंने उसे खोला और पढ़ने लगीं। मैं भी साँस रोककर बुआजी के मुँह की ओर देख रही थी कि एकाएक पत्र फेंककर सिर पीटती बुआजी चीखकर रो पड़ीं। मैं धक् रह गई। आगे कुछ सोचने का साहस ही नहीं होता था। आँखों के आगे अन्नू की भोली-सी, नन्ही-सी तस्वीर घूम गई। तो क्या अब अन्नू सचमुच ही संसार में नहीं है ? यह सब कैसे हो गया ? मैंने

साहस करके भाई साहब का पत्र उठाया। लिखा था--

प्रिय सयानी,

समझ में नहीं आता, किस प्रकार तुम्हें यह पत्र लिखूँ। किस मुँह से तुम्हें यह दुखद समाचार सुनाऊँ। फिर भी रानी, तुम इस चोट को धैर्य-पूर्वक सह लेना। जीवन में दुख की घड़ियाँ भी आती हैं, और उन्हें साहसपूर्वक सहने में ही जीवन की महानता है। यह संसार नश्वर है। जो बना है, वह एक-न-एक दिन मिटेगा ही, शायद इस तथ्य को सामने रखकर हमारे यहाँ कहा है कि संसार की माया से मोह रखना दुख का मूल है। तुम्हारी इतनी हिदायतों के और अपनी सारी सतर्कता के बावजूद मैं उसे नहीं बचा सका, इसे अपने दुर्भाग्य के अतिरिक्त और क्या कहूँ। यह सब कुछ मेरे ही हाथों होना था''...आँसू-भरी आँखों के कारण शब्दों का रूप अस्पष्ट से अस्पष्टतर होता जा रहा था और मेरे हाथ काँप रहे थे। अपने जीवन में यह पहला अवसर था, जब मैं इस प्रकार किसी की मृत्यु का समाचार पढ़ रही थी। मेरी आँखें शब्दों को पार करती हुई जल्दी-जल्दी पत्र के अन्तिम हिस्से पर जा पड़ीं—''धैर्य रखना मेरी रानी, जो कुछ हुआ उसे सहने की और भूलने की कोशिश करना। कल चार बजे तुम्हारे पचास रुपए वाले सेट के दोनों प्याले मेरे हाथ से गिरकर टूट गए। अन्नू अच्छी है। शीघ्र ही हम लोग रवाना होनेवाले हैं।''

एक मिनट तक मैं हत्‌बुद्धि-सी खड़ी रही, समझ ही नहीं पाई यह क्या-से-क्या हो गया। यह दूसरा सदमा था। ज्यों ही कुछ समझी, मैं ज़ोर से हँस पड़ी। किस प्रकार मैंने बुआजी को सत्य से अवगत कराया, वह सब मैं कोशिश करके भी नहीं लिख सकूँगी। पर वास्तविकता जानकर बुआजी भी रोते-रोते हँस पड़ीं। पाँच आने की सुराही तोड़ देने पर नौकर को बुरी तरह पीटनेवाली बुआजी पचास रुपए वाले सेट के प्याले टूट जाने पर भी हँस रही थीं, दिल खोलकर हँस रही थीं, मानो उन्हें स्वर्ग की निधि मिल गई हो।

'मैं हार गई' संकलन से

पंडित गजाधर शास्त्री

गर्मी की छुट्टियाँ समुद्र-किनारे बिताने के इरादे से मैं पुरी चला गया। होटल में पहले से ही अपने लिए एक कमरा सुरक्षित करवा लिया था। अतः किसी प्रकार की असुविधा नहीं हुई। हाँ, संगी-साथी कोई नहीं था, पर वहाँ उसकी कोई आवश्यकता भी महसूस नहीं हुई। सवेरे-शाम का समय तो समुद्र की लहरों के बीच बीत जाता—बाक़ी समय पढ़ने और घूमने में। तीसरे दिन ही मैंने देखा कि पासवाले कमरे में एक नए यात्री आए हैं। लिबास से ही अनुमान लगाया कि हैं कोई हिन्दुस्तानी—मेरा मतलब हिन्दी-भाषी से है। बात यह है कि कलकत्ते में बंगाली लोग हिन्दी-भाषी लोगों को ही हिन्दुस्तानी की संज्ञा देते हैं, मानो बंगाल हिन्दुस्तान के बाहर का कोई प्रान्त हो। सन्ध्या को कमरे के बाहर खड़ा मैं समुद्र की लहरों को निहार रहा था कि वही महाशय आए और बिना किसी संकोच के उन्होंने पूछा, ''आपका शुभ नाम जान सकता हूँ ?'' मैंने बड़ी विनम्रता से अपना नाम बताया और उनका नाम पूछने ही वाला था कि वे बीच में बोल उठे, ''अब अवश्य ही आप जानना चाह रहे होंगे कि मेरा नाम क्या है, मैं कौन हूँ ? तो सुनिए—'' और फिर एक कदम पीछे हटकर, गरदन को थोड़ा मेरी ओर झुकाकर बड़े ही अभिनयात्मक लहजे में कहा, ''इस नाचीज़ को लोग पंडित गजाधर शास्त्री कहते हैं। यों तो हिन्दुस्तान में हज़ारों गजाधर शास्त्री होंगे, पर आप शायद जानना चाहेंगे कि मैं जो आपके सामने खड़ा हूँ, वह मैं, उन हज़ारों में से किस बात में भिन्न हूँ। तभी तो परिचय पूरा होगा ना, क्यों ?''

और मैं उस क्यों का उत्तर दूँ, उसके पहले ही उन्होंने उत्तर दिया, ''तो मैं हूँ कहानी लेखक पं. गजाधर शास्त्री ! यदि हिन्दी-साहित्य से आपका थोड़ा भी परिचय होगा तो आपने गजाधर शास्त्री का नाम अवश्य सुना होगा। वह नाचीज मैं ही हूँ।'' और फिर एक बार बड़ी अदा से उन्होंने सिर झुकाया। मैंने अपनी स्मरण-शक्ति पर पूरा ज़ोर लगाया जिससे यदि यह नाम कहीं दबा-दबाया पड़ा हो तो निकल आए और मैं भी शास्त्रीजी को अपनी साहित्यिक रुचि का थोड़ा-सा परिचय दे दूँ। पर लाख चेष्टा करने पर भी मानस-पटल पर अनेक कहानी लेखकों के डूबते-उतरते नामों में यह नाम नज़र नहीं आया। आख़िर हारकर मैंने कहा, ''देखिए, यों हिन्दी साहित्य तो मेरा अपना विषय ही है, इस ओर रुचि भी है। पर बात यह है कि स्मरणशक्ति ज़रा कमजोर है, इसलिए कुछ याद नहीं कर पा रहा हूँ। आप अपनी किसी प्रकाशित पुस्तक का नाम बताइए, शायद उससे कुछ याद आ जाए।''

उन्होंने हो-हो हँसते हुए कहा, ''साहित्य में अभी नए खिलाड़ी ही मालूम पड़ते हैं आप।''

यों मेरे अपने तीन कहानी-संग्रह प्रकाशित हो चुके थे, पर आज जब इतने बड़े कहानी-लेखक के नाम से भी अपरिचित ही निकला तो मैंने अपना सारा अहं किनारे रखकर

स्वीकार कर लिया कि नया खिलाड़ी ही समझ लीजिए, और उन्होंने ऐसा समझने में किसी प्रकार का भी संकोच नहीं किया।

उसके बाद उन्होंने कहा, "पुस्तक तो देखिए, मेरी अभी कोई छपी नहीं है, पर शीघ्र ही तीन-चार छपनेवाली हैं। आज से सात साल पहले 'रश्मि' में एक कहानी निकली थी, 'अमीरी-ग़रीबी'। अब आपको क्या बताऊँ, इधर वह निकली और उधर मेरी मुसीबत आ गई। हिन्दी की शायद ही कोई ऐसी पत्रिका होगी, जिसके सम्पादक का पत्र न आया हो कि शीघ्र ही अपनी रचना भेजिए। अब मैं नई कहानी क्या लिखूँ, जवाब लिखते-लिखते ही परेशान हो गया। और मैंने देखा कि बच्चे-बच्चे के मुँह पर मेरा नाम हो गया। कहीं निकल जाऊँ, लोग उँगली उठाकर कहते, "यह देखो, अमीरी-ग़रीबी के लेखक पं. गजाधर शास्त्री जा रहे हैं।" आपको शायद आश्चर्य हो रहा होगा कि एक कहानी से इतनी प्रसिद्धि कैसे हो गई भला ? (सच पूछें तो मुझे आश्चर्य की अपेक्षा अविश्वास अधिक हो रहा था।) पर कहूँगा कि आश्चर्य तो तब होता, जब कि उसकी इतनी प्रसिद्धि नहीं होती ! पूछिए तो भला ऐसा क्यों ?" मुझे मजबूरन पूछना पड़ा कि ऐसा क्यों ? और तब उन्होंने ऐनक उतारकर मेरी ओर झुककर उसी लहजे में कहा, "ऐसा यों कि वह कहानी क्या थी, बस समझ लीजिए कि अमीरी-ग़रीबी का जीता-जागता चित्रण था। सच मानिए, इतनी जान थी उस कहानी में, इतनी जान कि शायद अमीरी-ग़रीबी स्वयं उतनी सजीव नहीं होगी। बस यही है, हमारी सफलता का गुण ! लेखक वही सफल हो सकता है, जो अपनी लेखनी से निर्जीव शब्दों में भी जान डाल दे। अब पूछिए भला, जान कैसे डाली जाती है ?"

पर मैं पूछूँ, इतना धैर्य भी उनमें नहीं था और उन्होंने स्वयं ही प्रश्न रखकर उत्तर भी आरम्भ कर दिया, "देखिए, मैं आपको मित्र जानकर बता देता हूँ। हरेक प्रसिद्ध लेखक की प्रसिद्धि का एक कारण होता है, जिसे वह गुप्त रखने का भरसक प्रयत्न करता है। वह नहीं चाहता कि सब लोग उसकी सफलता के रहस्य को जान लें और उससे होड़ लगाने लगें, पर मैं इस प्रश्न को संकीर्णता मानता हूँ। अच्छा है, और लेखक भी हमसे नसीहत लेकर, हमारे अनुभवों का लाभ उठाकर साहित्य को समृद्ध करें तो हर्ष की बात है, सुन्दर बात है, अति सुन्दर ! और इसीलिए मैं हर किसी को अपनी सफलता का रहस्य बता देता हूँ। मैं बता देता हूँ कि वह कौन-सा जादू है जो मेरी कहानी में जान डाल देता है, और कहानी कहानी न बनकर बस कहानी ही बन जाती है।"

मैंने सोचा, कहानी, कहानी न बनकर बस कहानी बन जाती है ! और मेरे मन का भाव मेरे चेहरे पर साकार हो उठा। कुशल कहानी-लेखक को यह भाँपते देर नहीं लगी। बोले, "खा गए न चक्कर ! आप सोच रहे हैं, यह भी कोई बात हुई भला ! पर मेरा मतलब है महाशय।" और मेरी उत्सुकता को चरम सीमा तक ले जाने के लिए वे एक क्षण रुके, पर मेरी उत्सुकता की सुस्ती देखकर फिर स्वयं ही बोले, "मेरा मतलब है महाशय, कि कहानी, कहानी न बनकर श्रेष्ठ कहानी बन जाती है।" मैं उनके इस वाक्य के अनोखेपन को समझूँ, उसके पहले ही हो-हो करके हँसते हुए कहने लगे, "बताइए, है न भाषा का चमत्कार ! पढ़नेवाला एक बार तो यही समझे कि वाह ! वाह ! क्या बात कही है लाख रुपए की—बस जवाब नहीं !" पर मैं उनकी लाख रुपए की बात का मोल समझूँ, इतना समय देना भी उन्हें गवारा नहीं हुआ और वे टूटे हुए सूत्र को जोड़ते हुए बोले, "हाँ, तो मैं बता रहा था कि कैसे अपनी कहानियों

में जान डाल देता हूँ। बस, इसका एक ही रहस्य है, और वह है साधना। साधना कीजिए और आप देखेंगे कि आपकी क़लम से निर्जीव शब्द नहीं झर रहे हैं--वह बस सजीव, फड़कते हुए चित्र उतार रही हैं।''

कोई नई बात नहीं थी। वर्षों से यह पिटी बात सुन रहा था। पर उन्होंने इसी बात को कुछ ऐसे लहजे से कहा, मानो यह गुर उनकी अपनी सूझ हो—एकदम नवीन और मौलिक, जिसके लिए हिन्दी-पाठकों और साहित्यिकों को युग-युग तक उनका आभारी रहना होगा।

इसके बाद उन्होंने खिन्न मन से कहा, ''बड़ा दुख होता है आजकल के लेखकों को देखकर। कोई अनुभव नहीं, अध्ययन नहीं, साधना नहीं, बस प्रतिभा का राग अलाप-अलापकर क़लम चलाते हैं, मानो साहित्य लिखना कोई घास काटना है। हिन्दी साहित्य का भविष्य बस अन्धकारमय ही लगता है।''

एकाएक मुझे याद आया कि इनकी जिस कहानी को लेकर इतनी कथा-वार्ता हो गई वह तो अवश्य इनके पास होगी--आख़िर उसमें ऐसा क्या है, जिसे लिखकर ये अपने को हिन्दी-साहित्य के गगन का सूर्य समझ बैठे हैं। माँगी तो चट अपने कमरे से एक पत्रिका लाकर मेरे हाथ पर रख दी। साथ ही यह भी कहा कि पढ़कर मैं एक सुन्दर-सी आलोचना भी लिख दूँ।

पत्रिका लेकर कमरे में आया। उस पत्रिका का नाम भी मैंने कभी नहीं सुना था। बाद में मालूम हुआ कि चार साल से वह बन्द हो गई है। उसे खोला तो जाना कि वह छात्रोपयोगी पत्रिका थी, जिसमें रचनाएँ भी अधिकतर छात्राओं की थीं। शास्त्रीजी की कहानी भी पढ़ी। और अब उस जानदार कहानी के लिए अपनी निर्जीव क़लम से कुछ न लिखूँ, उसी में ख़ैर है ! नया खिलाड़ी वह पहले ही ठहरा चुके हैं, कुछ उल्टा-सीधा लिख गया तो एकदम नालायक की ही उपाधि दे डालेंगे। इसलिए मैंने पूरी ताक़त से अपनी आत्मा पर अत्याचार करके प्रशंसा करते हुए वह कहानी लौटा दी। प्रशंसा के दो शब्दों को उन्होंने अपनी कल्पना से (जिस पर उन्हें बड़ा नाज़ था) वृहत् रूप दे डाला और अत्यधिक प्रसन्नता और आत्म-विश्वास से बोले, ''हम तो जानते हैं, इस कहानी के लिए दो मत होने की गुंजाइश ही नहीं। सबने एक स्वर से, मुक्तकंठ से इसकी प्रशंसा की है।''

दूसरे दिन सन्ध्या को मैं अपने उसी स्थान पर खड़ा था कि शास्त्रीजी भी आ खड़े हुए। अपनी अविराम प्रशंसा के बीच जाने कैसे वह पूछ बैठे, ''हाँ, आपने भी कभी कुछ लिखा है क्या ?'' मैंने कहा--''हाँ, तीन कहानी-संग्रह छप चुके हैं अभी।'' पर उन्होंने बात पूरी ही नहीं होने दी। बीच में ही पूछ बैठे, ''कैसा स्वागत हुआ पाठकों में ?'' अब आप ही बताइए कि यदि आप में शास्त्रीजी जैसा डेढ़ हाथ का कलेजा न हो तो क्या आप इस प्रश्न का सही-सही उत्तर दे सकते हैं। मुझमें तो वह साहस था नहीं सो यों ही कह दिया, ''स्वागत क्या होगा, किसी को पसन्द आईं तो किसी को नहीं आईं।''

एकाएक उन्होंने दूसरी बात आरम्भ करते हुए पूछा, ''अच्छा, आप किसलिए आए ?'' मैंने कह दिया, ''घूमने।'' ''महज़ घूमने ?'' उन्होंने कुछ आश्चर्य से पूछा। मैंने कहा, ''हाँ, छुट्टियाँ थीं सो घूमने चला आया !'' उन्होंने कुछ ऐसा चेहरा बनाया, मानो मेरी इस बात से किसी बड़ी बात का रहस्य पा लिया हो, फिर बोले, ''अब आप हमसे पूछिए कि आपके कहानी-संग्रहों का स्वागत क्यों नहीं हुआ ?'' मैंने कुछ इस नज़र से उनकी ओर देखा, मानो

पूछ रहा होऊँ कि कहानी-संग्रह की सफलता और पुरी आने का भला क्या सम्बन्ध ? मुझे अधिक प्रतीक्षा नहीं करनी पड़ी, वे स्वयं ही बोल पड़े, "अब देखिए, आप यहाँ आए हैं घूमने और जानते हैं मैं क्यों आया हूँ ? मैं आया हूँ कहानी के लिए मसाला जुटाने। मेरा सारा जीवन ही बस कहानियों के लिए है। आप अपने को जीवन से अलग करके देखते हैं तो बताइए भला, सफलता मिले कहाँ से ? मेरा तो बस समझिए जीवन ही कहानी के लिए है, कहानी ही जीवन के लिए, जीवन ही कहानी है, कहानी ही जीवन है।" उसी दिन बातों के सिलसिले में मैंने यह भी जान लिया था कि छपने के नाम उनकी बस वही एक कहानी छपी है। अब तो बस वे सीधे ग्रन्थ ही छपवाने का इरादा रखते थे, जिससे हिन्दी-साहित्य में एक उथल-पुथल मच जाएगी, ऐसा उनका दृढ़ विश्वास था।

उस दिन सवेरे से ही कुछ तबीयत नासाज़ लग रही थी सो समुद्र में नहाने का इरादा छोड़कर, मैं होटल पर नहा-धोकर तैयार हो गया और अपने उसी प्रिय स्थान पर खड़ा होकर समुद्र की लहरों को निरखने लगा। किनारे पर कितने ही बच्चे, बड़े-बूढ़े और स्त्रियाँ स्नान कर रही थीं। जो तैरना नहीं जानते थे और पानी से डरते थे, वे मल्लाहों का हाथ पकड़-पकड़कर समुद्र में जाते थे। होटल के ठीक सामने एक युवती मल्लाह का हाथ पकड़कर नहा रही थी। कपड़े भीगकर उसके शरीर से चिपट गए थे, पर इस ओर से नितान्त बेख़बर वह लहरों के बीच उछल-उछलकर डुबकियाँ लगा रही थी। एकाएक मेरी नज़र शास्त्रीजी पर पड़ी, जो मुझसे थोड़ी दूर खड़े बड़े सतृष्ण नेत्रों से उसी दृश्य का रसास्वादन कर रहे थे। कुछ देर बाद मेरी ओर सरककर--पर दृष्टि उस ओर गड़ाए-गड़ाए ही बोले, "देखा आपने सामने का दृश्य !" मैं केवल मुस्करा दिया। उन्होंने फिर पूछा, "कुछ विचार आए, कोई बात सूझी ?" मैंने पूछा, "बात ! कैसी बात ?" उस ओर ही नज़र गड़ाए हुए उन्होंने कहा, "अरे, कहानी का प्लॉट। नहीं सूझा ना ! बस यही तो फ़रक है आपमें और हममें। मैं कहता हूँ, आँख खोलकर चलिए तो देखेंगे कि पग-पग पर कहानी के प्लॉट बिखरे पड़े हैं। बस, देखने की दृष्टि चाहिए। अब इस युवती का माँझी के साथ नहाना--यों बात बहुत छोटी है, पर हमारे लिए बहुत बड़ी है। अपनी कल्पना का सहारा देकर हमने छोटी बात को भी पूरी कहानी का प्लॉट बना डाला।" मैं एकटक शास्त्रीजी की ओर देख रहा था, पर उनकी दृष्टि उस युवती पर ऐसी गड़ी हुई थी कि हटने का नाम नहीं लेती थी। वह युवती अब अपना नहाना समाप्त करके वहाँ खुले में ही जैसे-तैसे अपने वस्त्र बदलने की व्यवस्था कर रही थी और शास्त्रीजी की पैनी दृष्टि उस युवती की इस व्यवस्था की शिथिलता का जब-तब लाभ उठाकर अपने को कृतकृत्य कर रही थी। उनकी उस सतृष्ण दृष्टि को देखकर यह अनुमान लगाना सचमुच ही कठिन था कि वे उस युवती में कोई कहानी का प्लॉट ढूँढ़ रहे थे, या उसके शरीर में कुछ ढूँढ़ रहे थे। खैर, चन्द मिनटों में ही वह युवती शहर जाने के लिए मुड़ पड़ी और साथ ही शास्त्रीजी की दृष्टि भी मेरी ओर मुड़ी। बात के टूटे सिलसिले को जोड़ते हुए उन्होंने कहा, "हाँ, तो मैं बात कह रहा था कहानी के प्लॉट की। आपको शायद आश्चर्य हो रहा होगा कि कैसे महाशय ने ज़रा-सी देर में इस छोटी-सी घटना से कहानी का ढाँचा तैयार कर लिया। पर महाशय ! अक्लमन्द को इशारा ही काफ़ी।"

इशारा तो वह मेरे सामने भी थी और वैसे सैकड़ों इशारे सवेरे-शाम समुद्र पर रोज़ ही मौजूद रहते थे, मुझे कहनी की बात नहीं सूझी। सोचने लगा, क्या अपनी अक्ल पर अविश्वास

करूँ ? तभी शास्त्रीजी का स्वर सुनाई दिया, "जानता हूँ, इस समय आपके मन में मेरा प्लॉट जानने की इच्छा उछाले खा रही है।" हालाँकि मेरे मन में ऐसी कोई इच्छा उछाले नहीं खा रही थी, पर जब उन्होंने कह दिया तो मैंने भी मान लिया और उनकी कहानी सुनने को कमर कसकर तैयार भी हो गया।

"देखिए, कोई दूसरा होता तो कभी अपनी कहानी का प्लॉट नहीं बताता—कहीं आप ही लिख बैठें, पर मैंने तो बताया ना, मैं इसे संकीर्ण मनोवृत्ति समझता हूँ। फिर एक बात और भी है, इसी प्लॉट को लेकर आप भी लिखिए, हम भी लिखें। पर जब दोनों साहित्य की हाट में पहुँचेगी तो कुशल आलोचक बता देगा कि इसमें से दूध कौन-सा है, और पानी कौन-सा, क्योंकि प्लॉट ही तो सबकुछ नहीं, भाषा और शैली भी तो आख़िर कोई चीज़ है, और फिर जैसा कि मैं पहले ही अर्ज़ कर चुका हूँ कि मैं तो अपने शब्दों को खून से सींचता हूँ—सो कहानी अपने आप ही कहानी बन जाती है। बस मेरे विचार, मेरी भावना, मेरा साहित्य (जिसके नाम पर मात्र एक कहानी) और मेरा जीवन सब पर्यायवाची शब्द हैं।"

"हाँ, तो प्लॉट की बात कह रहा था। एक युवक माँझी, एक युवती—दोनों हाथ पकड़े हुए दोनों कमसिन। इधर समुद्र की उठती हुई लहरें और उधर उठती जवानी। समुद्र का किनारा, प्रभात का सुहावना समय। बताइए, इस रोमानी वातावरण का क्या परिणाम हो सकता है? बस एक ही परिणाम हो सकता है—" और फिर अपनी उसी अनोखी अदा में खूब झूमकर उन्होंने बताया, "और वह है प्रेम ! हाँ, तो दोनों में प्रेम हो गया। आप तो जानते हैं, प्रेम ऊँच-नीच को नहीं देखता, जाति-भेद को नहीं देखता, अमीरी-गरीबी को नहीं देखता, वह तो बस अन्धा होता है। आपको मालूम है, अँग्रेजों के यहाँ प्रेम के देवता को अन्धा माना है, क्या शानदार भावना है इसके पीछे! हाँ, तो दोनों प्रेम-पाश में बँध गए, पर प्रेम चाहे ऊँच-नीच न माने, समाज तो मानता है ना ! सो उस प्रेम का अन्त आप कीजिए वियोग में। वियोग, चिरकालिक वियोग! प्रेम करके भी वे मिल नहीं पाते, क्योंकि समाज उन्हें मिलने नहीं देता। और फिर आप समाज की इस सड़ी-गली परम्परा पर एक ज़ोरदार कुठाराघात कीजिए, देखिए क्या बनती है कहानी। हाँ, अन्त का भाषण ज़रा ज़ोरदार होना चाहिए।"

मैंने झिझकते हुए कहा, "पर भाषण आने से कहानी के रस में व्याघात नहीं पहुँचेगा ?" मेरे प्रश्न पर वह ऐसा क़हक़हा लगाकर हँसे, मानो मैंने कोई भारी बेवकूफी की बात पूछ डाली हो। हँसी का आवेग ज़रा कम हुआ तो बोले, "आपके इस प्रश्न से ही लग रहा है कि आपमें साधना का अभाव है। अरे साहब, भाषा और शैली फिर किस मर्ज़ की दवा है भला ? मैं नीरस-से-नीरस बात को भी ऐसे रख सकता हूँ कि पढ़ने वालों को कहना ही पड़े कि वाह-वाह ! क्या बात कही है, लाख रुपए की, बस जवाब नहीं !" फिर मेरी ओर झुककर कहा, "आप भाषा की अभिधा, व्यंजना और लक्षणा शक्ति के बारे में जानते हैं ना ?" इस ओर मैंने अपनी अरूचि प्रकट की तो बोले, "अब देखिए, आप ही मेरे लिए कहानी का एक प्लॉट बन गए। मैं कहता हूँ ना कि आँख खोलकर चलिए तो पग-पग पर कहानी के प्लाट और पात्र मिलेंगे।"

मैं एक बार अवाक् रह गया। जब से मिला हूँ, मुश्किल से एक दर्जन वाक्य मैं बोला होऊँगा। (क्योंकि इससे अधिक अवसर उन्होंने मुझे कभी दिया ही नहीं) कभी किसी विषय पर मैंने अपने विचार प्रकट नहीं किए, मैं भला इनकी कहानी का प्लॉट कैसे बन गया। पर

मैं कुछ पूछूँ उसके पहले ही अपनी आदत के अनुसार उन्होंने बोलना शुरू कर दिया, "देखिए, मैं ज़रा खरी-खरी बात कहने का आदी हूँ। उसके बिना तो हम साहित्यिकों का गुज़ारा ही नहीं। इस सत्य बोलने के चक्कर में कभी-कभी बड़ी कीमतें भी अदा करनी पड़ी हैं, पर उससे क्या—अपना धर्म तो छोड़ नहीं देंगे! सो खरी बात का बुरा मत मानिए।" और बिना मेरी ओर से किसी प्रकार का आश्वासन पाए ही उन्होंने खरी-खरी बात सुनाना आरम्भ कर दिया, "आपको मैं अपनी कहानियों में मुख्य पात्र का स्थान तो नहीं दे सकता, पर हाँ, गौण पात्र के रूप में अच्छा चित्रण कर सकता हूँ। आपको एक ऐसे कहानी–लेखक के रूप में सफलतापूर्वक प्रस्तुत किया जा सकता है, जो भाषा की बाराखड़ी भी नहीं जानता और साहित्यिक होने का दम भरता है। अपनी रचनाओं की प्रशंसा न होने पर मुँह लटकाकर पाठकों को दोष देता है, पर अपना दोष नहीं देखता। मूल बात यही रहे।" फिर एक बार हो-हो करके वह ज़ोर से हँस पड़े। मैंने भी खिसियानी-सी हँसी हँसकर उनका साथ दिया।

दूसरे दिन वह स्वयं ही मेरे कमरे में चले आए। उनके हाथ में कुछ काग़ज़ थे। आते ही बोले, "देखिए, मैंने एक कहानी लिखी है। बात यह हुई कि कुछ दिनों पहले मैं अपने एक मित्र के यहाँ गया था। एक दिन रात में एकाएक चोर-चोर का शोर सुनकर उठ पड़ा। देखा, सोलह-सत्रह साल के एक छोकरे को लोग बुरी तरह पीट रहे हैं। मुझे बड़ी दया आई। आप तो जानते ही हैं कि साहित्यकारों का दिल बड़ा कोमल होता है, फिर चोरों और पतितों के प्रति तो यों भी मेरे मन में विशेष सहानुभूति है। और हो भी क्यों न ! मेरे चेहरे पर भी यदि साधारण आदमी की तरह केवल दो आँखें हों तो मैं भी शायद उन्हें जलील समझूँ, पर मेरे तो हृदय में भी दो आँखें हैं, जो असलियत देखती हैं। मैं जानता हूँ, आदमी कभी बुरा नहीं होता। परिस्थितियाँ उसे बुरा बना देती हैं। चोर चोरी करता है तो उसका दोष नहीं, आपका (अपने को वह बेदाग़ बचा गए) दोष है। आप स्वयं तो मौज से रहते हैं और उसे जीवन के आवश्यक साधनों से भी वंचित कर देते हैं। वह चोरी करने को मजबूर हो जाता है। पर इस बात को सर्व-साधारण तो नहीं समझ सकता ना! ख़ैर साहब, समझा-बुझाकर उस बेचारे को छुड़वाया। पर सच मानिए, उस रात मैं सो न सका। उसका दयनीय चेहरा मेरे सामने एक कहानी का प्लॉट बनकर खड़ा हो गया। तब से मैंने संसार-भर का चोर सम्बन्धी साहित्य पढ़ डाला। बिना अध्ययन के विचारों में प्रौढ़ता नहीं आती। अच्छा, अब ज़रा यह कहानी सुनिए।"

मैं जानता था कि अब यह आए हैं तो बिना दो-तीन घंटे के उठेंगे नहीं, और इन दो-तीन घंटों में ये कहानी सुनाएँ या भाषण, मैं सबके लिए तैयार था। कहानी समाप्त करके न उन्होंने मुझसे राय पूछी, न राय ज़ाहिर करने का अवसर ही दिया। बस तपाक् से कह उठे, "कहिए? मच जाएगा हिन्दी-साहित्य में तहलका या नहीं ? मैं तो यह जानता हूँ कि कम लिखो, पर ऐसा लिखो कि पढ़नेवाले को भी कहना ही पड़े कि वाह! वाह! क्या बात कही है, लाख रुपयों की, बस जवाब नहीं ! आपने तीन संग्रह छपवाए— बताइए, उनमें एक भी कहानी है इस टक्कर की ?"

मैं अवाक् उनका मुँह देख रहा था, उनकी धृष्टता पर विस्मय था कि कैसे उन्होंने विक्टर ह्यूगो के 'ला मिज़रेब' का वह चोरी वाला हिस्सा ज्यों-का-त्यों लिख मारा है। बस पादरी की जगह अपने को दे दी थी और उत्तम पुरुष में कहानी लिख मारी थी। मैंने कहा कि यह

तो एकदम विक्टर ह्यूगों के 'ला मिज़रेब' की–" बात बीच में ही काटकर वे बोले, "अरे, उसकी तरह होगी क्यों नहीं ? हमारी अनुभूति क्या कम संवेदनशील है? रात-दिन चोरों और पतितों के दुख से घुला जाता हूँ, तभी तो ह्यूगों की टक्कर की कहानी लिख पाता हूँ। देखा, आपने ही कबूल कर लिया कि मेरी कहानी ह्यूगो जैसी उत्तम है। (हालाँकि उत्तम की बात मैंने कही नहीं थी, वह शायद उन्होंने कल्पना से जोड़ ली) और होगी भी क्यों नहीं, वह तो होनी ही चाहिए। आप कहानी को मेरे जीवन से अलग तो नहीं कर सकते।"

मेरे इतने बड़े आक्षेप को भी जब इतने सहज भाव से उन्होंने अपनी प्रशंसा के ढाँचे में ढाल लिया तो मेरे पास तो कहने को कुछ रह ही नहीं गया।

दूसरे दिन सवेरे पाँच बजे ही देखा कि वे कहीं जाने को तैयार खड़े हैं। पूछने पर मालूम हुआ कि आसपास के दर्शनीय स्थान, जैसे भुवनेश्वर, खण्डगिरि, उदयगिरि आदि देखने जा रहे हैं। शायद कहानी के प्लॉट ढूँढ़ने। साथ ही उन्होंने यह भी बताया कि दूसरे दिन ही वे पुरी से जाने वाले भी हैं। मैंने निश्चिन्तता की साँस ली कि चलो अब तो छुट्टी मिली!

शाम को करीब छः बजे वे लौटे। दिन-भर की यात्रा से उनका स्थूल शरीर त्रस्त जान पड़ता था, इसलिए वे शायद उसी समय खाकर सो भी गए। सात बजे समुद्र से लौटा तो खर्राटे भर रहे थे। कमरे का दरवाज़ा भी बन्द करना भूल गए थे। क़रीब दस बजे होटल का छोकरा आया और जूठे बर्तन उठाकर चला गया। उस समय बाहर वर्षा हो रही थी और पड़ोस के कमरों के यात्री मिलकर वर्षा का कोई गीत गा रहे थे। तभी एकाएक शास्त्रीजी के कमरे से चोर-चोर का शोर होने लगा। साथ ही किसी के रोने की आवाज़ भी आई। एकदम सब अपने-अपनों कमरों से निकलकर भागे। दस बजे कैसी चोरी ? शास्त्रीजी के कमरे में अँधेरा था, पर आवाज़ ही से मैंने अनुमान लगाया कि वे किसी को बेतहाशा पीटे जा रहे हैं और चिल्ला रहे हैं, "समझ क्या रखा है बच्चू ! मैं तेरा खून पी जाऊँगा ! काम-धन्धा करेंगे नहीं और चोरी करेंगे। और तड़-तड़...जाते ही वस्तु-स्थिति को समझने के लिए बत्ती जलाई तो देखा, शास्त्रीजी होटल के छोकरे को बुरी तरह पीट रहे थे, और उसकी नाक से खून बह रहा था। वह जूठे बर्तन लेने गया था। शास्त्रीजी को सोता देख, बत्ती न जलाई और अँधेरे में टकरा गया। सात बजे के सोए शास्त्रीजी को दस बजे ही ऐसा लगा, मानो रात के दो-तीन बज गए हों, सो चोर का सन्देह होना भी वाजिब था। और फिर आप साहित्य में कुछ भी लिखते रहें, पर यदि आपके कमरे में ही कोई चोर घुस आए और उस पर भी आप उसे पीटें नहीं तो लोग आपको कायर न समझने लगें ? खैर, उस समय तो सबकुछ छोड़कर मैं उस छोकरे की मलहम-पट्टी करने के लिए उसे नीचे ले गया। दूसरे दिंन शास्त्रीजी चले गए।

पुरी से लौटे एक महीना हो गया है। नहीं जानता, शास्त्रीजी ने भी मुझे अपनी कहानी में गौण पात्र का स्थान दिया या नहीं, क्योंकि मुख्य पात्र के लायक तो उन्होंने मुझे समझा ही नहीं–पर अनजाने ही वे मेरी कहानी के मुख्य पात्र बन बैठे। महान आत्मा थीं–बिना मुख्य पात्र का स्थान दिए उनके साथ पूरा न्याय भी तो नहीं होता !

'मैं हार गई' संकलन से

दो कलाकार

"ऐ रूनी उठ," और चादर खींचकर, चित्रा ने सोती हुई अरुणा को झकझोरकर उठा दिया।

"क्या है...क्यों परेशान कर रही है ?" आँख मलते हुए तनिक खिझलाहट-भरे स्वर में अरुणा ने पूछा। चित्रा उसका हाथ पकड़कर खींचती हुई ले गई और अपने नए बनाए हुए चित्र के सामने ले जाकर खड़ा करके बोली–"देख, मेरा चित्र पूरा हो गया।"

"ओह ! तो इसे दिखाने के लिए तूने मेरी नींद ख़राब कर दी। बद्तमीज़ कहीं की !"

"इस चित्र को ज़रा आँख खोलकर अच्छी तरह तो देख। न पा गई पहला इनाम तो नाम बदल देना।" चित्र को चारों ओर से घुमाते हुए अरुणा बोली, "किधर से देखूँ, यह तो बता दे ? हज़ार बार तुझसे कहा कि जिसका चित्र बनाए उसका नाम लिख दिया कर जिससे ग़लतफ़हमी न हुआ करे, वरना तू बनाए हाथी और हम समझें उल्लू।" फिर तस्वीर पर आँख गड़ाते हुए बोली, "किसी तरह नहीं समझ पा रही हूँ कि चौरासी लाख योनियों में से आख़िर यह किस जीव की तस्वीर है ?"

"तो आपको यह कोई जीव नज़र आ रहा है ? अरे, ज़रा अच्छी तरह देख और समझने की कोशिश कर।"

"यह क्या ? इसमें तो सड़क, आदमी, ट्राम, बस, मोटर, मकान–सब एक-दूसरे पर चढ़ रहे हैं, मानो सबकी खिचड़ी पकाकर रख दी हो। क्या घनचक्कर बनाया है ?" और उसने वह चित्र रख दिया।

"ज़रा सोचकर बता कि यह किसका प्रतीक है ?"

"तेरी बेवकूफ़ी का। आई है बड़ी प्रतीकवाली।"

"ज़रा-सा दिमाग़ लगाने की कोशिश करेगी तो समझ में आ जाएगा कि यह चित्र आज की दुनिया के कन्फ्यूज़न का प्रतीक है। बस हाँ थोड़ा दिमाग होना ज़रूरी है।" चित्रा ने चुटकी ली तो अरुणा भभक उठी–

"मुझे तो तेरे दिमाग़ के कन्फ्यूज़न का प्रतीक नज़र आ रहा है। बिना मतलब ज़िन्दगी ख़राब कर रही है।" और अरुणा मुँह धोने के लिए बाहर चली गई। लौटी तो देखा तीन-चार बच्चे उसके कमरे के दरवाज़े पर खड़े उसकी प्रतीक्षा कर रहे हैं। आते ही बोले, "दीदी ! सब बच्चे आकर बैठ गए, चलिए।"

"आ गए सब बच्चे ? अच्छा चलो, मैं अभी आई।" बच्चे दौड़ पड़े।

"क्या ये बन्दर पाल रखे हैं तूने भी ?" फिर ज़रा हँसकर चित्रा बोली, "एक दिन तेरी पाठशाला का चित्र बनाना होगा। ज़रा लोगों को दिखाया ही करेंगे कि हमारी एक ऐसी मित्र साहब थीं जो सारे जमादार, दाइयों और चपरासियों के बच्चों को पढ़ा-पढ़ाकर ही अपने को

भारी पंडिता और समाज-सेविका समझती थीं।''

''जा-जा, समझते हैं तो समझते हैं। तू जाकर सारी दुनिया में ढिंढोरा पीटना, हमें कोई शरम है क्या ? तेरी तरह लकीरें खींचकर तो समय बर्बाद नहीं करते।'' और पैर में चप्पल डालकर वह बाहर मैदान में चली गई, जहाँ बिना किसी आयोजन के ही एक छोटी-सी पाठशाला बनी हुई थी।

रात के दस बजे थे। सारे हॉस्टल की बत्तियाँ नियमानुसार बुझ चुकी थीं। ऊपर के एक तल्ले पर अँधेरे में ही खुसुर-फुसुर चल रही थी। रविवार के दिन तो यों ही छुट्टी का मूड रहता है। दूसरे, दिन में काफ़ी नींद निकाल ली जाती थी, सो दस बजे लड़कियों को किसी तरह भी नींद नहीं आती थी। तभी हॉस्टल के फ़ाटक में जलती हुई टॉर्च लिए कोई घुसा। अपने कमरे की खिड़की में से झाँकते हुए सविता ने कहा, ''ठाठ तो हॉस्टल में बस अरुणा ही के हैं, रात नौ बजे लौटो, दस बजे लौटो, कोई बन्धन नहीं। हम लोग तो दस के बाद बत्ती भी नहीं जला सकते।''

''लौट आई अरुणा दी ? आज सवेरे से ही वे बड़ी परेशान थीं। फुलिया दाई का बच्चा बड़ा बीमार था, दोपहर से वे उसी के यहाँ बैठी थीं। पता नहीं, क्या हुआ बेचारे का ?'' शीला ने ठंडी साँस भरते हुए कहा।

''तू बड़ी भक्त है अरुणा दी की !''

''उनके जैसे गुण अपना ले तेरी भी भक्त हो जाऊँगी।''

''मैं कहती हूँ, उन्हें यही सब करना है तो कहीं और रहें, हॉस्टल में रहकर यह जो नवाबी चलाती हैं, सो तो हमसे बर्दाश्त नहीं होती। सारी लड़कियाँ डरती हैं तो कुछ कहती नहीं, पर प्रिंसिपल और वार्डन तक रोब खाती हैं इनका, तभी तो सब प्रकार की छूट दे रखी है।''

''तू भी जिस दिन हाड़ तोड़कर दूसरों के लिए यों परिश्रम करने लग जाएगी न, उस दिन तेरा भी सब रोब खाने लगेंगे। पर तुम्हें तो सजने-सँवरने से ही फुर्सत नहीं मिलती, दूसरों के लिए क्या ख़ाक काम करोगी।''

''अच्छा-अच्छा चल, अपना लैक्चर अपने पास रख।''

अरुणा अपने कमरे में घुसी तो बहुत ही धीरे-से, जिससे चित्रा की नींद न ख़राब हो। पर चित्रा जग ही रही थी। दोपहर से अरुणा बिना खाए-पिए बाहर थी, उसे नींद कैसे आती भला ? मेस से उसका खाना लाकर उसे मेज़ पर ढँककर रख दिया था। अरुणा के आते ही वह उठ बैठी और पूछा, ''बड़ी देर लग गई, क्या हुआ रूनी !''

''वह बच्चा नहीं बचा चित्रा। किसी तरह उसे नहीं बचा सके।'' और उसका स्वर किसी गहरे दुःख में डूब गया।

चित्रा ने माचिस लेकर लैम्प जलाया और स्टोव जलाने लगी खाना गरम करने के लिए। तभी अरुणा ने कहा, ''रहने दे चित्रा, मैं खाऊँगी नहीं, मुझे ज़रा-भी भूख नहीं है।'' और उसकी आँखें फिर छलछला आईं।

बहुत ही स्नेह से अरुणा की पीठ थपथपाते हुए चित्रा ने कहा, ''जो होना था सो हो गया, अब भूखे रहने से क्या होगा, थोड़ा-बहुत खा ले।''

''नहीं चित्रा, अब रहने दे, बस तू लैम्प बुझा दे।''

उसके बाद दो-तीन दिन तक अरुणा बहुत ही उदास रही, लेकिन समय के साथ-साथ

यह ग़म भी जाता रहा, और सब काम ज्यों-का-त्यों चलने लगा।

चार बजते ही कॉलेज से सारी लड़कियाँ लौट आईं, पर अरुणा नहीं लौटी। चित्रा चाय के लिए उसकी प्रतीक्षा कर रही थी। "पता नहीं कहाँ-कहाँ अटक जाती है, बस इसके पीछे बैठे रहा करो।

"अरे, क्यों बड़-बड़ कर रही है। ले मैं आ गई। चल, बना चाय।"

"तेरे मनोज की चिट्ठी आई है।"

"कहाँ, तूने तो पढ़ ही ली होगी फाड़कर।"

"चल हट, ऐसी बोर चिट्ठियाँ पढ़ने का फालतू समय किसके पास है ? तुम्हारी चिट्ठियों में रहता ही क्या है जो कोई पढ़े। बड़े-बड़े आदर्श की बातें, मानो ख़त न हुआ लैक्चर हुआ।"

"अच्छा-अच्छा, तू लिखा करना रसभरी चिट्ठियाँ, हमें तो वह सब आता नहीं।" वह लिफ़ाफ़ा फाड़कर पत्र पढ़ने लगी। जब उसका पत्र समाप्त हो गया तो चित्रा बोली, "आज पिताजी का भी पत्र आया है, लिखा है जैसे ही यहाँ का कोर्स समाप्त हो जाए, मैं विदेश जा सकती हूँ। मैं जानती थी, पिताजी कभी मना नहीं करेंगे।"

"हाँ भाई ! धनी पिता की इकलौती बिटिया ठहरी ! तेरी इच्छा कभी टाली जा सकती है। पर सच कहती हूँ, मुझे तो यह सारी कला इतनी निरर्थक लगती है, इतनी बेमतलब लगती है कि बता नहीं सकती। किस काम की ऐसी कला, जो आदमी को आदमी न रहने दे।"

"तो तू मुझे आदमी नहीं समझती, क्यों ?"

"तुझे दुनिया से कोई मतलब नहीं, दूसरों से कोई मतलब नहीं, बस चौबीस घंटे अपने रंग और तूलियों में डूबी रहती हैं। दुनिया में बड़ी-से-बड़ी घटना घट जाए, पर यदि उनमें तेरे चित्र के लिए कोई आइडिया न हो तो तेरे लिए वह घटना कोई महत्त्व नहीं रखती। बस, हर घड़ी, हर जगह और हर चीज़ में से तू अपने चित्रों के लिए मॉडल खोजा करती है।"

"मेरी इस लगन को देखकर ही तो गुरुजी कहते हैं कि वह समय दूर नहीं, जब हिन्दुस्तान के कोने-कोने में मेरी शोहरत गूँज उठेगी। अमृता शेरगिल की तरह मेरा भी नाम गूँज उठे, बस यही तमन्ना है।"

"कागज़ पर इन निर्जीव चित्रों को बनाने की बजाए दो-चार की ज़िन्दगी क्यों नहीं बना देती, तेरे पास सामर्थ्य है, साधन हैं।"

"वह काम तो तेरे और मनोज के लिए छोड़ दिया है। तुम दोनों ब्याह कर लो और फिर जल्दी से सारी दुनिया का कल्याण करने के लिए झंडा लेकर निकल पड़ना !" और चित्रा हँस पड़ी। फिर बोली–

"अच्छा, यह बता कि तेरे यह सब करने से ही क्या हो जाएगा ? तूने अपनी अनोखी पाठशाला में दस-बीस बच्चे पढ़ा दिए, तो क्या निरक्षरता मिट जाएगी, या झोंपड़ी में दस-बीस औरतों को हुनर सिखाकर कुछ कमाने लायक बना दिया तो उससे गरीबी मिट जाएगी ? अरे, यह सब काम एक के किए होते नहीं। जब तक समाज का सारा ढाँचा नहीं बदलता तब तक कुछ होने का नहीं, और ढाँचा ही बदल गया तो तेरे-मेरे कुछ करने की ज़रूरत नहीं, सब अपने-आप ही हो जाएगी।"

फिर दोनों में कला और जीवन को लेकर लम्बी-लम्बी बहसें होतीं और चित्रा अन्त में

कान पर हाथ धरकर उठ जाती, "अच्छा-अच्छा, बन्द कर यह लेक्चरबाज़ी। बोर कहीं की !" यह पिछले पाँच वर्षों से इसी प्रकार चल रहा था। हर दस-बीस दिन बाद दोनों में अपने-अपने उद्‌देश्यों को लेकर, अपनी-अपनी दिनचर्या को लेकर एक गरमागरम बहस हो ही जाती, पर न वह उसकी बात को लोहा मानती थी, न वह उसकी बात की कायल होती थी।

तीन दिन से मूसलाधार वर्षा हो रही थी। रोज़ अख़बारों में बाढ़ की ख़बरें आती थीं। बाढ़-पीड़ितों की दशा बिगड़ती जा रही थी, और वर्षा थी कि थमने का नाम ही नहीं लेती थी। अरुणा सारे दिन चन्दा इकट्ठा करने में व्यस्त रहती। एक दिन आख़िर चित्रा ने कह ही दिया, "तेरे इम्तिहान सर पर आ रहे हैं, कुछ पढ़ती-लिखती तू है नहीं, सारे दिन बस भटकती रहती है। फेल हो गई तो तेरे ससुर साहब क्या सोचेंगे कि इतना पैसा बेकार ही पानी में बहाया।"

"आज शाम को एक स्वयंसेवकों का दल जा रहा है, प्रिंसिपल से अनुमति ले ली, मैं भी उनके साथ जा रही हूँ।" चित्रा की बात को बिना सुने उसने कहा।

शाम को अरुणा चली गई। पन्द्रह दिन बाद वह लौटी तो उसकी हालत काफ़ी ख़स्ता हो रही थी। सूरत ऐसी निकल आई थी मानो छः महीने से बीमार हो। चित्रा उस समय अपने गुरुदेव के पास गई हुई थी। अरुणा नहा-धोकर, खा-पीकर लेटने लगी, तभी उसकी नज़र चित्रा के नए चित्रों की ओर गई। तीन चित्र बने रखे थे, तीनों बाढ़ के चित्र थे। जो दृश्य वह अपनी आँखों से देखकर आ रही थी, वैसे ही दृश्य यहाँ भी अंकित थे। उसका मन जाने कैसा-कैसा हो आया। वहाँ लोगों के जीने के लाले पड़ रहे हैं और उसमें भी इसे चित्रकारी ही सूझती है। और न जाने कितनी बातें सोचते-सोचते वह सो गई।

शाम को चित्रा तो अरुणा को देखकर बड़ी प्रसन्न हुई। "गनीमत है, तू लौट आई। मैं तो सोच रही थी कि कहीं तू बाढ़-पीड़ितों की सेवा करती ही रह जाए और मैं जाने से पहले तुझसे मिल भी न पाऊँ।"

"क्यों, तेरा जाने का तय हो गया ?"

"हाँ, अगले बुध को मैं घर जाऊँगी और बस एक सप्ताह बाद हिन्दुस्तान की सीमा के बाहर पहुँच जाऊँगी।" उल्लास उसके स्वर में छलका पड़ रहा था।

"सच कह रही है, तू चली जाएगी चित्रा ! छः साल से तेरे साथ रहते-रहते यह बात ही मैं तो भूल गई कि हमको अलग भी होना पड़ेगा। तू चली जाएगी तो मैं कैसे रहूँगी ?"

"अरे, दो महीने बाद शादी कर लेगी, फिर याद भी न रहेगा कि कौन कम्बख़त थी चित्रा ! बड़ी लालसा थी तेरी शादी में आने की, पर अब तो आ नहीं सकूँगी। अच्छी तरह शादी करना, दोनों मिलकर सारे समाज का और सारे संसार का कल्याण करना।"

पर अरुणा के कानों में उसकी कोई भी बात नहीं पड़ रही थी। चित्रा के साथ बिताए हुए पिछले छः सालों के चित्र उसकी आँखों के सामने घूम रहे थे और वह उन्हीं में खोई बैठी रही।

"क्या सोचने लगी रूनी ! मनोज की याद आ गई क्या ?"

"चल हट ! हर समय का मज़ाक अच्छा नहीं लगता।"

उस दिन रात में भी अरुणा अपने और चित्रा के बारे में ही सोचती रही। दोनों के आचार-विचार, रहन-सहन, रुचि आदि में ज़मीन-आसमान का अन्तर था, फिर भी कितना स्नेह था दोनों में। सारा हॉस्टल उनकी मित्रता को ईर्ष्या की नज़र से देखता था। जब उसके बी.ए. के इम्तिहान थे तो चित्रा कितना ख़याल रखती थी उसका। वह अक्सर चित्रा को डाँट दिया करती थी, पर कभी उसने बुरा नहीं माना। यही चित्रा अब चली जाएगी--बहुत-बहुत दूर। ये दो महीने भी कैसे निकालेगी ? और यही सब सोचते-सोचते उसे नींद आ गई।

आज चित्रा को जाना था। हॉस्टल से उसे बड़ी शानदार विदाई मिली थी। अरुणा सवेरे से ही उसका सारा सामान ठीक कर रही थी। एक-एक करके चित्रा सबसे मिल आई। बस गुरुजी के घर की तरफ़ चल पड़ी। तीन बज गए, पर वह लौटी नहीं। अरुणा उसका सारा काम समाप्त करके उसकी राह देख रही थी। और भी कई लड़कियाँ वहाँ जमा थीं, कुछ बार-बार आकर पूछ जाती थीं, चित्रा लौटी या नहीं ? पाँच बजे की गाड़ी से वह जानेवाली है। अरुणा ने सोचा, वह खुद जाकर देख आए कि आख़िर बात क्या हो गई। तभी हड़बड़ाती-सी चित्रा ने प्रवेश किया, "बड़ी देर हो गई ना ! अरे क्या करूँ, बस, कुछ ऐसा हो गया कि रुकना ही पड़ा।"

"आख़िर क्या हो गया ऐसा, जो रुकना ही पड़ा, सुनें तो।" दो-तीन कंठ एक साथ बोले।

"गर्ग-स्टोर के सामने पेड़ के नीचे अक्सर एक भिखारिनी बैठी रहा करती थी ना, लौटी तो देखा कि वह वहीं मरी पड़ी है और उसके दोनों बच्चे उसके सूखे शरीर से चिपककर बुरी तरह रो रहे हैं। जाने क्या था उस सारे दृश्य में कि मैं अपने को रोक नहीं सकी---एक रफ़-सा स्केच बना ही डाला। बस, इसी में इतनी देर हो गई।" चर्चा इसी पर चल पड़ी, "कैसे मर गई, कल तो उसे देखा था।" किसी ने दार्शनिक की मुद्रा में कहा, "अरे, ज़िन्दगी का क्या भरोसा, मौत कहकर थोड़े आती है।" आदि-आदि। पर इस सारी चर्चा से अरुणा कब खिसक गई, कोई जान ही नहीं पाया।

साढ़े चार बजे चित्रा हॉस्टल के फाटक पर आ गई, पर तब तक अरुणा का कहीं पता नहीं था। बहुत सारी लड़कियाँ उसे छोड़ने को स्टेशन आईं, पर चित्रा की आँखें बराबर अरुणा को ढूँढ़ रही थीं। उसे दृढ़ विश्वास था कि वह इस विदाई की बेला में उससे मिलने ज़रूर आएगी। पाँच भी बज गए, रेल चल पड़ी, अनेक रूमालों ने हिल-हिलकर चित्रा को विदाई दी, पर उसकी आँसूभरी आँखें किसी और को ही ढूँढ़ रही थीं--पर अरुणा न आई सो न आई।

विदेश जाकर चित्रा तन-मन से अपने काम में जुट गई। उसकी लगन ने उसकी कला को निखार दिया। विदेशों में उसके चित्रों की धूम मच गई। भिखमंगी और दो अनाथ बच्चों के उस चित्र की प्रशंसा में तो अख़बारों के कॉलम-के-कॉलम भर गए। शोहरत के ऊँचे कगार पर बैठ, चित्रा जैसे अपना पिछला सबकुछ भूल गई। पहले वर्ष तो अरुणा से पत्र-व्यवहार बड़े नियमित रूप से चला, फिर कम होते-होते एकदम बन्द हो गया। पिछले एक साल से तो उसे यह भी नहीं मालूम कि वह कहाँ है। नई कल्पनाएँ और नए-नए विचार उसे नवीन सृजन की प्रेरणा देते और वह उन्हीं में खोई रहती। उसके चित्रों की प्रदर्शनियाँ होतीं। अनेक प्रतियोगिताओं में उसका 'अनाथ' शीर्षकवाला चित्र प्रथम पुरस्कार पा चुका था। जाने क्या

था उस चित्र में, जो देखता, वही चकित रह जाता। दुःख-दारिद्रय और करुणा जैसे साकार हो उठे थे। तीन साल बाद जब वह भारत लौटी तो बड़ा स्वागत हुआ उसका। अख़बारों में उसकी कला पर, उसके जीवन पर अनेक लेख छपे। पिता अपनी इकलौती बिटिया की इस कामयाबी पर गद्गद थे—समझ नहीं पा रहे थे कि उसे कहाँ उठाएँ, कहाँ बिठाएँ। दिल्ली में उसके चित्रों की प्रदर्शनी का विराट् आयोजन किया गया। उद्घाटन करने के लिए उसे ही बुलाया गया था। उस प्रदर्शनी को देखने के लिए जनता उमड़ पड़ी थी, भूरि-भूरि प्रशंसा हो रही थी और चित्रा को लग रहा था, जैसे उसके सपने साकार हो गए।

उस भीड़-भाड़ में अचानक उसकी भेंट अरुणा से हो गई। "रूनी !" कहकर वह भीड़ की उपस्थिति को भूलकर अरुणा के गले से लिपट गई। "तुझे कबसे चित्र देखने का शौक़ हो गया रूनी !"

"चित्रों को नहीं, चित्रा को देखने आई थी। तू तो एकदम भूल ही गई।"

"ये बच्चे किसके हैं ?" दो प्यारे से बच्चे अरुणा से सटे खड़े थे। लड़के की उम्र कोई आठ साल की होगी शायद तो लड़की पाँच के आसपास की होगी।

"मेरे बच्चे हैं, और किसके ! ये तुम्हारी चित्रा मासी हैं, नमस्ते करो अपनी मासी को।" अरुणा ने आदेश दिया।

बच्चों ने बड़ी अदा से नमस्ते किया। पर चित्रा अवाक् होकर कभी उनका और कभी अरुणा का मुँह देख रही थी। वह सारी बात का कुछ तुक नहीं मिला पा रही थी। तभी अरुणा ने टोका, "कैसी मासी है, प्यार तो कर।" और चित्रा ने दोनों के सिर पर हाथ फेरा। प्यार का ज़रा-सा सहारा पाकर लड़की चित्रा की गोदी में जा चढ़ी। अरुणा ने कहा, "तुम्हारी ये मासी बहुत अच्छी तस्वीरें बनाती हैं, ये सारी तस्वीरें इन्हीं की बनाई हुई हैं।"

"सच ?" आश्चर्य से बच्ची बोल पड़ी। "तब तो मासी, तुम ज़रूर ड्राइंग में फर्स्ट आती होओगी। मैं भी अपनी क्लास में फर्स्ट आती हूँ—तुम हमारे घर आओगी तो अपनी कॉपी दिखाऊँगी।" बच्ची के स्वर में मुक़ाबले की भावना थी। चित्रा और अरुणा इस बात पर हँस पड़ीं।

"आप हमें सब तस्वीरें दिखाइए मासी, समझा-समझाकर।" बच्चे ने फ़रमाइश की। चित्रा समझाती तो क्या, यों ही तस्वीरें दिखाने लगी। घूमते-घूमते वे उसी भिखारिनीवाली तस्वीर के सामने आ पहुँचे। चित्रा ने कहा, "यही वह तस्वीर है रूनी, जिसने मुझे इतनी प्रसिद्धि दी।"

"ये बच्चे रो क्यों रहे हैं मासी ?" तस्वीर को ध्यान से देखकर बालिका ने कहा।

"इनकी माँ मर गई, देखती नहीं मरी पड़ी है। इतना भी नहीं समझती !" बालक ने मौका पाते ही अपने बड़प्पन की छाप लगाई।

"ये सचमुच के बच्चे थे मासी ?" बालिका का स्वर करुण-से-करुणतर होता जा रहा था।

"और क्या, सचमुच के बच्चों को देखकर ही तो बनाई थी यह तस्वीर।"

"हाय राम ! इनकी माँ मर गई तो फिर इन बच्चों का क्या हुआ ?" बालक ने पूछा।

"मासी, हमें ऐसी तस्वीर नहीं, अच्छी-अच्छी तस्वीरें दिखाओ, राजा, रानी की, परियों की—" उस तस्वीर को और अधिक देर तक देखना बच्ची के लिए असह्य हो उठा था। तभी

अरुणा के पति आ पहुँचे। परिचय हुआ। साधारण बातचीत के पश्चात् अरुणा ने दोनों बच्चों को उनके हवाले करते हुए कहा, "आप ज़रा बच्चों को प्रदर्शनी दिखाइए, मैं चित्रा को लेकर घर चलती हूँ।"

बच्चे इच्छा न रहते हुए भी पिता के साथ विदा हुए। चित्रा को दोनों बच्चे बड़े ही प्यारे लगे। वह उन्हें एकटक देखती रही। जैसे ही वे आँखों से ओझल हुए उसने पूछा, "सच-सच बता रूनी ! ये प्यारे-प्यारे बच्चे किसके हैं ?"

"कहा तो, मेरे।" अरुणा ने हँसते हुए कहा।

"अरे, बताओ ना ! मुझे ही बेवकूफ़ बनाने चली है।"

एक क्षण रुककर अरुणा ने पूछा, "बता दूँ ?" और फिर उस भिखारिनीवाले चित्र के दोनों बच्चों पर अँगुली रखकर बोली, "ये ही वे दोनों बच्चे हैं।"

"क्याऽऽऽ !" विस्मय से चित्रा की आँखें फैली-की-फैली रह गईं।

"क्या सोच रही है चित्रा ?"

"कुछ नहीं–"मैं...मैं सोच रही थी कि..." पर शब्द शायद उसके विचारों में ही खो गए।

'मैं हार गई' संकलन से

एक कमज़ोर लड़की की कहानी

जैसे ही रूप ने सुना कि उसका स्कूल छुड़वा दिया जाएगा, वह मचल पड़ी—"मैं नहीं छोड़ूँगी स्कूल। मैं साफ़-साफ़ पिताजी से कह दूँगी कि मैं घर में रहकर नहीं पढ़ूँगी। घर में भी कहीं पढ़ाई होती है भला ! बस, चाहे कुछ भी हो जाए, मैं यह बात तो मानूँगी ही नहीं। आजकल कुछ बोलती नहीं हूँ तो इसका मतलब तो यह नहीं कि जिसकी जो मर्ज़ी हो वही करता चले।" वह मुट्ठियाँ भींच-भींचकर संकल्प करती रही और पिता के आने की राह देखती रही। सन्ध्या को जैसे ही पिताजी आए, वह सारा साहस बटोरकर, अपने को खूब दृढ़ बनाकर उनके कमरे की तरफ़ चली। जैसे ही कमरे में घुसी उसके पिताजी बोल पड़े—

"देखो रूप बिटिया, मैंने तुम्हारे लिए एक अच्छे से मास्टरजी की व्यवस्था कर दी है, वे कल से ही तुम्हें पढ़ाने आएँगे। आजकल यों भी स्कूलों में क्या होता-जाता है, सिवाय ऊधम धाड़े के। घर में ही मन लगाकर पढ़ोगी तो दो घंटे में ही चार घंटे की पढ़ाई कर लोगी। और फिर हमारी रूप बिटिया बुद्धिमान भी तो बहुत है, दो साल में ही बस मैट्रिक हो जाएगी। क्यों, ठीक है ना ?"

रूप को लगा कि उसकी सारी दृढ़ता, सारा संकल्प बहा चला जा रहा है। उसके मुँह से केवल इतना ही निकला—"जी ठीक है।" और वह लौट आई। कमरे में आकर वह बहुत रोई, अपने को बहुत कोसा—क्यों नहीं मैंने साफ़-साफ़ कह दिया, क्यों मान गई मैं पिताजी की बात। पर उसके मन की बात उसके मन में ही घुटकर रह गई, उसे कोई जान भी नहीं पाया। दूसरे दिन से ही मास्टरजी पढ़ाने के लिए आने लगे और वह पढ़ने लगी।

आज से तीन साल पहले रूप बड़ी जिद्दी, बड़ी हठीली लड़की थी। तीन साल पहले अचानक हार्ट-फ़ैल हो जाने के कारण उसके सिर से माँ का साया सदा के लिए उठ गया था। साल-भर बीतते-न-बीतते उसके पिताजी ने उसके लिए नई माँ की व्यवस्था तो कर दी, पर उसका मुरझाया मन फिर हरा न हो सका। अपनी माँ के असीम प्यार में रहने के बाद जब एकाएक उसे नई माँ के कठोर नियन्त्रण में रहना पड़ा तो वह इतनी डर गई, इतनी सहम गई कि उसका सारा उल्लास, सारी चंचलता, सारे हौसले मर गए। दस वर्ष की नन्हीं रूप जैसे प्रौढ़ हो गई हो। पर इस प्रौढ़ता में भी कभी-कभी उसका बचपना झाँक जाता था, कभी-कभी ज़िद पकड़कर बैठ जाने की उसकी इच्छा होती थी, लेकिन...

दूसरे दिन से मास्टरजी आने लगे और वह पढ़ने भी लगी पर थोड़े ही दिनों में रमेश बाबू ने इस बात को अच्छी तरह महसूस कर लिया कि रूप का स्कूल छुड़वाकर उन्होंने भारी भूल की। धीरे-धीरे घर का सारा काम एक के बाद एक तारा देवी के कन्धों से सरककर रूप पर आता गया और वह भी बिना विरोध किए चुपचाप सब कुछ ओढ़ती चली गई। चन्द

दिनों में ही वह विद्यार्थी से गृहस्थिन बन गई। सन्ध्या को ऑफ़िस से लौटकर जब वे रूप का क्लान्त चेहरा देखते तो उनका मन मसोस उठता। बहुत सोच-विचार कर उन्होंने आखिर एक दिन तारा देवी से कहा–

"मास्टरजी कह रहे थे कि रूप की पढ़ाई ठीक से नहीं हो रही है।"

"अरे तो पढ़ाई भी कोई रोटी है कि गटागट खा ली। मैं तो पहले ही कहूँ थी कि लड़कियों की बुद्धि घर सँभालने की होती है, तुम ज़बर्दस्ती ही किताबों से मगज़मारी करवाओगे तो और क्या होगा ?"

"जब किसी बात को पूरी तरह समझती नहीं तो यों टाँग मत अड़ाया करो !" स्वर में क्रोध का पुट स्पष्ट था–"मैं सोचता हूँ रूप को उसके मामा के यहाँ भेज दूँ। वे तो बेचारे पहले भी बहुत कह गए थे। बस मैं ही नहीं माना–अब सोचता हूँ भेजना ही ठीक होगा। उनके कोई सन्तान भी नहीं है, दूसरे वहाँ लड़कियों की शिक्षा की अलग व्यवस्था भी है। शहरी जीवन में रहेगी तो कुछ बनेगी...नहीं-नहीं उसे अब भेजना ही होगा, ऐसे चलेगा नहीं।"

कोई और समय होता तो तारा देवी शायद इस प्रस्ताव को कभी नहीं मानती, पर आज रमेश बाबू का रुख कुछ ऐसा था कि विरोध करने का साहस नहीं हुआ। केवल इतना ही कहा–"तुम जानो और तुम्हारा काम जाने।" और वे चली गईं।

जब रूप ने देखा कि उसे मामा के यहाँ भेजा जा रहा है तो उसका मन विद्रोह कर उठा–"मैं नहीं जाऊँगी मामा-वामा के यहाँ। अपना घर क्यों छोड़ूँ, स्कूल भी छुड़वा दिया, इतना काम भी करती हूँ, फिर भी ये लोग मुझे अपने घर नहीं रखना चाहते। इस बार मैं साफ़-साफ़ कह दूँगी कि मैं कहीं भी नहीं जाऊँगी।" जाने क्यों इस बात से उसे ऐसा लगा मानो पिताजी उसे घर से निकालना चाहते हैं और यही भावना उसके मन को कचोट रही थी। "मैं इतनी पराई हो गई, इतनी बुरी हो गई कि घर में भी नहीं रखा जाता। ऐसा ही है तो मुझे मार डालो, पर मैं जाऊँगी नहीं !" और वह शाम तक रोती रही। शाम को पिताजी के आते ही वह साहस बटोरकर उधर चली। जैसे ही दरवाज़े के निकट पहुँची उसने सुना, नई माँ पिताजी से कह रही थीं–"तुम्हारे ही भेजूँ-भेजूँ करने से क्या होता है, तुम्हारी लाड़ली तो सवेरे से आँसू ढुलका रही है।"

पिताजी बोले–"कौन, रूप बेटी ! अरे वह बड़ी समझदार लड़की है, मेरा कहना वह कभी टाल सकती है भला ! आज के ज़माने में ऐसी लड़की बड़े भाग्य से ही मिलती है।" रूप को लगा जैसे उसका सारा विरोध, सारा क्रोध बह गया है। वह जितने जोश के साथ इधर आई थी, उतने ही शिथिल क़दमों से लौट गई।

मामा के बारे में रूप ने सुना तो बहुत था पर होश सँभालने के बाद उन्हें कभी देखा नहीं था। जब वह वहाँ पहुँची तो मामा-मामी के असीम प्यार ने दो दिन में ही जैसे उसे नया जीवन दे दिया। मामा तो बहुत देर तक उसके सिर पर हाथ फेरते रहे और उनकी आँखों से आँसू बहते रहे। मामा को यों रोते देख रूप भी बहुत फूट-फूटकर रोई। मामा-मामी के अतिरिक्त उस घर का तीसरा सदस्य था ललित। बचपन से ही डॉक्टर साहब ने इसे पाला था, और आज तो वह एक प्रकार से उनका पुत्र ही बन गया था। डॉक्टर साहब तो अपने काम में ही बड़े व्यस्त रहते थे सो उन्होंने रूप की पढ़ाई-लिखाई की व्यवस्था का सारा भार ललित पर डाल दिया। शुरू में रूप को ललित के सामने बड़ी झिझक लगती थी–लड़कों के

साथ बात करने की उसे आदत जो नहीं थी, पर उस घर का वातावरण ही इतना उन्मुक्त, इतना स्वच्छन्द था कि अधिक दिनों तक संकोच और झिझक टिक नहीं सकी।

मैट्रिक की परीक्षा देकर भी रूप घर नहीं गई। सारी छुट्टियाँ वहीं बिता दीं। आज उसका रिज़ल्ट निकलनेवाला है। ललित रिज़ल्ट देखने गया हुआ है और उसे लग रहा है जैसे समय ही नहीं गुज़र रहा है। पास तो वह ज़रूर ही हो जाएगी, डिवीज़न भी अच्छा ही मिलेगा, फिर भी जब तक रिज़ल्ट न आ जाए, मन में खटका था। तभी दूर से ललित आता दिखाई दिया, वह दौड़कर फाटक पर पहुँची। ललित ने कहा–"मैं कहता हूँ बोर्डवाले फ़ोर्थ-डिवीज़न की भी व्यवस्था कर देते तो उनका क्या बिगड़ जाता !"

"क्यों, क्या हुआ ?" रूप ने कुछ बुझते-से स्वर में पूछा। पर उसे अपनी असफलता पर विश्वास नहीं हो रहा था।

"होगा क्या, फ़र्स्ट से लेकर थर्ड डिवीज़न तक की सारी लिस्ट टटोल मारी, कहीं आप साहब का नाम ही नहीं।"

"चलो हटो, झूठे कहीं के, ऐसा हो ही नहीं सकता !"

"नहीं साहब, ऐसा कैसे हो सकता है, रूप रानी तो पास होने का पट्टा लिखाकर आई हैं खुदा के घर से। देख रही हो चाची इसका मुग़ालता ! खोपड़ी में गोबर और सपने देखेंगी फ़र्स्ट डिवीज़न के।"

"मेहनत तो बहुत की थी बेचारी ने।" मामी ने कुछ निराश स्वर में कहा।

"अरे तो इसमें घबराने की क्या बात है ? कौन बोर्ड टूटा जाता है या रूप ही मरी जा रही है। आते साल फिर बैठ लेगी। अच्छा है–एक-एक क्लास में दो-तीन साल रहेगी तो जड़ें मज़बूत हो जाएँगी।"

"मैं मान ही नहीं सकती कि मैं फेल हो गई, तुम झूठे ही चिढ़ा रहे हो...मुझे अपनी आँखों से दिखाकर लाओ तो मानूँ।"

"नहीं मानती तो जाकर देख आ। यहाँ तेरे नौकर लगे हैं ना जो दस-दस बार चक्कर खाते फिरें।"

तभी डॉक्टर साहब की कार आती दिखाई पड़ी। गाड़ी से उतरते ही उन्होंने पूछा–"क्या रहा रूप तुम्हारा रिज़ल्ट ?"

रूप रोनी-रोनी-सी हो रही थी, मामी कुछ बोलने ही जा रही थीं कि ललित बोल पड़ा–"जी, फ़र्स्ट डिवीज़न में पास हो गई है।" डॉक्टर साहब के सामने मज़ाक करने का उसका भी साहस नहीं था। सुनते ही रूप ने आँखों-ही-आँखों से उसको डाँटा। मामी बोल पड़ीं–"कैसा है रे तू भी, जब से बेचारी को छेड़ रहा था।" डॉक्टर साहब रूप को खूब शाबासी देकर, उसकी पीठ थपथपाकर अन्दर चले गए। जाते ही रूप ने ललित को लपेटना शुरू किया...

"बड़े आए फ़ोर्थ डिवीज़न वाले ! अपने जैसा कूढ़मगज़ ही सबको समझ रखा है ना !"

"अच्छा ! अच्छा ! ! अब इतरा रही है ! यह तो ग़नीमत समझ कि खून-पसीना एक करके तेरे ऊसर दिमाग़ में भी थोड़ी अक़्ल पैदाकर दी वरना लुढ़कती ही नज़र आती।" तभी डॉक्टर साहब का बुलावा आया और दोनों अन्दर गए।

आज रूप कॉलेज में फ़ॉर्म भरने जानेवाली थी। सवेरे से ही ललित उसे समझा रहा है कि कौन से विषय लेना उसके लिए ठीक रहेगा पर रूप है कि मानती ही नहीं। ललित झल्ला पड़ा, ''समझती कुछ है नहीं, किसी से सुन लिया और अपनी-अपनी लगाए जा रही है।''

रूप भी बिगड़ पड़ी—''जाओ, नहीं समझते हैं तो नहीं सही, पर तुम्हारे विषय कभी नहीं लेंगे। कोई तुम्हारे गुलाम हैं, जो हर बात तुम्हारी ही मानें !''

और जाते-जाते एक बार वह फिर कह गई—''तुम्हारे विषय कभी नहीं लेंगे, कभी नहीं लेंगे, कभी नहीं लेंगे।''

पर जब रूप ने फ़ॉर्म भरा तो सब वही विषय भरे जो ललित ने बताए थे। ललित को जब यह मालूम पड़ा तो जाने कैसा-कैसा लगा उसे। उसने कहा—''क्यों री रूप ! तू अपनी बात पर टिकती क्यों नहीं। विरोध तो बड़े ज़ोर-शोर करेगी, दुनिया-भर की अकड़ दिखाएगी पर करेगी वही जो दूसरे चाहते हैं।''

''क्या करूँ, फिर तुम्हीं कहते कि बड़ी जिद्दी लड़की है।''

ललित को रूप की यह कमज़ोरी अच्छी भी लगती थी, बुरी भी लगती थी।

आज कॉलेज खुलनेवाला था। रूप सवेरे से ही कॉलेज जाने की तैयारी कर रही थी। उसने ज़िन्दगी में पहली बार दो चोटियाँ कीं, उल्टे पल्ले से साड़ी पहिनी, पर्स लिया। जैसे ही ललित की दृष्टि रूप से इस नए रूप पर पड़ी, वह बड़े ज़ोर से हँस पड़ा—''अय हाय ! गाँव की छोरी और पूरब की चाल !''

''अच्छा जाओ, हम तो गाँव के ही सही, तुम तो जैसे सीधे विलायत से ही चले आ रहे हो ना।''

रूप की दोनों चोटियाँ पकड़कर घसीटता हुआ ललित भीतर ले गया—''अरे चाची ! देखो तो ज़रा, अपनी रूप बिटिया का नख़रा तो देखो, कॉलेज जा रही है कॉलेज !''

''हाय रे मार डाला, सारे बाल नोचकर रख दिए।''

''क्या कर रहा है रे ललित ! इतना बड़ा हो गया, अभी तक बचपना नहीं गया।'' चाची ने स्नेह से डाँटते हुए कहा।

''अरे चाची, ज़रा रूप की तारीफ़ तो कर दो, बेचारी यह तो न समझे कि इतना सजना-सँवरना बेकार चला गया !''

''हाँ, तो अच्छी तो लग ही रही है।''

''अच्छी ! कमाल कर दिया चाची तुमने तो ! अरे अच्छी क्या, इन्द्र के अखाड़े की अप्सरा लग रही है अप्सरा !''

इस विशेषण को सुनकर रूप को गुस्से में भी हँसी आ गई। वह समझ नहीं पा रही थी कि कैसे ललित को मज़ा चखाए। और जब कुछ नहीं सूझा तो उसने उठाकर एक लोटा पानी ही उसके ऊपर डाल दिया और खिलखिलाकर हँस पड़ी—''लो और चिढ़ाओ।'' इस हरक़त के लिए ललित तैयार नहीं था। ज्यों ही रूप को पकड़ने के लिए दौड़ा, चाची ने पकड़ लिया—''इतने बड़े-बड़े हो गए पर ज़रा भी शऊर नहीं। सवेरा हुआ नहीं कि लड़ाई शुरू हो गई; अब कोई तुम छोटे-छोटे बच्चे हो भला !''

''अपनी उस लाड़ली को तो कुछ कहती नहीं, सिर पर चढ़ाकर बिगाड़ रखा है बुरी तरह। सारे कपड़े बिगाड़ दिए, बदतमीज़ कहीं की।'' और झल्लाया हुआ वह ऊपर कपड़े

बदलने चला गया। रूप दूर खड़ी-खड़ी हँस रही थी।

उस दिन चाची किसी से मिलने गई थीं और रूप चुपचाप अपने कमरे में बैठी किताब के पन्ने पलट रही थी। तभी ललित ने आकर कहा–"ऐ रूप ! जल्दी से तैयार हो जा, मैं सिनेमा के टिकिट लाया हूँ, बड़ा अच्छा खेल है।"

"मुझे नहीं जाना है सिनेमा।" बिना किताब पर से आँख उठाए ही रूप ने उत्तर दिया।

"क्यों ?"

"यह भी कोई ज़रूरी है कि तुम्हारे हर क्यों और क्या का जवाब ही दिया जाए। बस कह दिया कि नहीं जाना तो नहीं जाना।"

"ठीक है नहीं जाना तो मत जाओ, यहाँ रौब किस पर लगा रही हो। तुम्हारा टिकिट वापस कर देंगे।" और झल्लाया हुआ ललित ऊपर चला गया। थोड़ी देर में ही वह तैयार होकर नीचे उतरा और जैसे दरवाज़े के पास पहुँचा तो देखा रूप तैयार खड़ी है। वह कुछ नहीं बोला, दोनों चुपचाप चलने लगे। आधा रास्ता पार करने के बाद ललित पूछ ही बैठा–

"इतना मिजाज़ क्यों गरम हो रहा था तेरा ?" पर जैसे ही उसने रूप की ओर देखा, उसकी छलछलाई आँखें देखकर वह सहम गया। रास्ते में अधिक छेड़ना उचित न समझ वह चुप हो गया। हॉल में पहुँचे और अँधेरा हुआ कि बहुत ही मुलायम स्वर में ललित ने पूछा–"क्या बात है रूप ?"

"पिताजी की चिट्ठी आई है–लिखा है, एक सप्ताह के लिए चली आओ। तुम्हीं बताओ–अभी जाकर मैं क्या करूँगी भला। जाने मेरा मन कैसा-कैसा हो रहा है ?"

तभी खेल शुरू हो गया। उस समय तो ललित ने बड़ी लापरवाही से कह दिया– "चिन्ता मत कर, सब ठीक हो जाएगा।" लेकिन खेल ख़त्म हुआ तो हॉल से बाहर निकलते ही ललित ने पूछा–

"हाँ, तो क्या लिखा है पिताजी ने ?"

"और तो कुछ नहीं लिखा, बस आने के लिए ही लिखा है।"

"तो तू साफ़ लिख दे कि अभी नहीं आ सकती। कॉलेज की पढ़ाई है कि कोई तमाशा।"

"हाय राम, पिताजी को टूटता जवाब कैसे लिख दूँ ?"

"हाँ ऽ ऽ ! पिताजी को टूटता जवाब कैसे लिख दे, टूटता जवाब देने के लिए तो हम हैं। कुछ भी कहो, और फट से 'नहीं करेंगे' सुन लो।"

"तुम्हारा क्या ?"

"हाँ साब ! हमारा क्या, हम कोई आदमी थोड़े ही हैं। पर सच रूप, तुझ पर बड़ा गुस्सा आता है। तू इतनी डरपोक क्यों है ? घरवालों के सामने तेरी जान निकलती है। देखती नहीं, आजकल की लड़कियाँ कितनी बेधड़क, कितनी निर्भीक होती हैं। दो साल हो गए तुझे यहाँ रहते, पर रही देहातिन-की-देहातिन। मना कर देगी तो पिताजी यही तो सोचेंगे कि लड़की बड़ी ढीठ हो गई है। सोच लेने दे।"

"तुम जानते नहीं ललित, वह मेरे लिए क्या सोचते हैं। ऐसा जवाब दूँगी तो उनको बड़ा धक्का लगेगा।"

"बस, यही तो तेरी कमज़ोरी है। घरवाले ज़रा-सा कह दें, हमारी रूप बिटिया जैसा है

कोई दुनिया में, और फिर रूप बिटिया से चाहे कुएँ में कुदवा लो तो कूद जाएगी। मैं कहता हूँ, अपनी यह आदत छोड़ और ज़रा हिम्मत से काम लेना सीख।''

''मुझसे तो नहीं लिखा जाएगा, पर मैं जाऊँगी भी नहीं।'' और उसका गला भर्रा आया।

''अच्छा, तो अब रो मत। मैं चाचाजी से कहकर चिट्ठी लिखवा दूँगा।'' और सचमुच ही ललित ने रूप के पिताजी को पत्र लिखवा दिया और बात टल गई।

उस दिन सन्ध्या को खूब झमककर पानी बरस रहा था। चाची पकौड़ी बना रही थीं, और रूप और ललित वहीं बैठकर खा रहे थे। ललित एकटक रूप के चेहरे को देख रहा था। ललित को यों घूरते देख रूप बोल पड़ी—''यों घूर-घूरकर क्या देख रहे हो मेरी तरफ़, कभी देखा नहीं है क्या ?''

ललित ने कहा—''सोचता हूँ चाची ! जिसने इसका नाम रूप रखा होगा वह नामकरण विद्या में काफ़ी अनाड़ी रहा होगा। इन देवीजी का नाम रूप हो, इससे बढ़कर नाम की और क्या विडम्बना हो सकती है भला ?''

चट से बोली रूप—''मैं भी सोचती हूँ चाची ! इनका नाम ललित किसने रख दिया भला ! लालित्य तो इनकी खोपड़ी के ऊपर से ही निकल गया है।''

''अच्छा तो आपके भी पर निकल रहे हैं। देख रही हो चाची ! कैसी जीभ चलने लगी है। वह दिन भूल गई जब छुई-मुई-सी देहातिन के वेष में यहाँ आई थी।''

''भूलेंगे क्यों, याद है, पर अपनी तो कहो। क्यों मामी, कैसा हुलिया था इनका, जब तुम इन्हें अनाथाश्रम से लाई थीं ? शायद मुँह की मक्खियाँ...'' वह वाक्य पूरा भी नहीं कर सकी थी कि ललित प्लेट और प्याला वहीं छोड़कर तमककर ऊपर चला गया।

घबराकर चाची बोलीं—''यह तूने क्या कह डाला पगली ! तू जानती नहीं, इस बात से वह कितना दुखी हो जाता है। कितने ही सालों तक तो वह इस घर को किसी तरह भी अपना मानने को तैयार नहीं था, यह तो पिछले पाँच-छः वर्षों से ही वह हमारा बनकर रह रहा है। अब तू ही उसे मनाकर ला, जाते ही माफ़ी माँग लेना।'' और उन्होंने चट कढ़ाही उतार दी !

महज़ मज़ाक में रूप यह सबकुछ कह गई थी। ऐसा परिणाम होगा यह तो सोचा भी नहीं था। ललित के दुख की बात सुनते ही उसका मन भर आया। वह धीरे-धीरे ललित के कमरे की ओर चली। दरवाज़े पर पहुँचकर देखा, ललित मेज़ पर दोनों हाथों के बीच सिर डाले बैठा है। धीरे-धीरे उसके पास पहुँची—बहुत ही मुलायम स्वर में बोली, ''ललित !''

ललित चुप !

''मुझसे बहुत नाराज़ हो ललित ?''

ललित चुप !

''तुम्हारे दिल को चोट पहुँचाने का मेरा ज़रा भी इरादा नहीं था, सच मानना। मैंने यों ही मज़ाक में कह दिया था।''

ललित चुप !

''आगे से ऐसा कभी नहीं होगा ललित ! इस बार माफ़ कर दो।''

ललित चुप !

''एक बार भी माफ़ नहीं कर सकते ललित...तो मैं जाऊँ ?'' और एक गरम बूँद ललित

के हाथ पर चू पड़ी। लेकिन जाने कैसा पागलपन-सा सवार हो गया था ललित पर कि उस ओर बिना ध्यान दिए ही झटके से सिर उठाकर वह चीख उठा—"जा, जा, चली जा ! किसने रोक रखा है तुझे यहाँ पर ! तू तो सनाथ है, क्यों माफ़ी माँगने आई है एक अनाथ लड़के से।" और तड़ाक् से एक पूरे हाथ का चाँटा रूप के गाल पर जमा दिया। दो-तीन क्षण तक कमरे में सन्नाटा छा गया। तब ललित ने बहुत ही मुलायम स्वर में पूछा—"बहुत चोट आ गई रूप ? तू इस समय क्यों आई ? क्यों आई तू इस समय यहाँ।" और उसकी अपनी आँखें भी डबडबा आईं। रूप की आँखों से आँसू बहते रहे और ललित उसकी पीठ थपथपाता रहा, आँसू पोंछता रहा—पर बोला कोई कुछ भी नहीं।

2

तीन वर्ष बीत गए। इन तीन वर्षों में दोनों एक-दूसरे के कितने निकट आ गए थे, इस बात का अहसास ही उन्हें उस दिन हुआ जब ललित के विदेश जाने की बात निश्चित हो गई। बड़े जोश के साथ सारा घर तैयारी में जुट गया। रूप तो सारा काम इस प्रकार कर रही थी मानो वह भी साथ जा रही हो। सारी तैयारी हो गई। जाने के जब केवल तीन दिन रह गए तो साँझ को ललित रूप के पास पहुँचा। आज उसका मन बड़ा उदास हो रहा था...

"रूप !"

"बोलो !"

"आज मन बड़ा भारी-भारी हो रहा है। सोचता हूँ, तीन दिन बाद ही मैं यहाँ से चला जाऊँगा और यहाँ का सब कुछ पीछे ही छूट जाएगा।" कुछ रुककर वह फिर बोला—"इन तीन सालों में तेरे साथ रहते-रहते जिस चीज़ को महसूस नहीं कर पाया, आज इस विदाई की बेला में जैसे वही पूरे वेग से मुझे मथे डाल रही है। पता नहीं तू भी ऐसा महसूस करती है या नहीं, पर सच रूप ! मेरा तो रोम-रोम आज तेरे वियोग की कल्पना से ही दुखी हो रहा है।"

"मुझे तुमने क्या पत्थर का ही समझ रखा है ललित ! जानते नहीं, किस प्रकार मैं अपने को पत्थर बनाए बैठी हूँ, नहीं तो तुम डाँटने लगोगे कि कैसी कमज़ोर लड़की है। अब तुम यों कमज़ोरी दिखाओगे तो मैं क्या करूँगी ललित ?" और उसकी आँखें छलछला आईं। ललित कुछ देर तक उसकी ओर देखता रहा, फिर बोला—"देख, मैं तुझे अपनी रूप सौंपकर जा रहा हूँ, इस विश्वास के साथ कि लौटूँगा तो मुझे इसी हालत में लौटा देगी। ऐसा न हो कि मैं लौटूँ और देखूँ कि तूने रूप को किसी और के घर का शृंगार बना दिया है। तू बड़ी कमज़ोर है, इसी से मन डरता है। बोल रूप ! मेरी धरोहर को रख सकेगी ना ?"

"सब बातें क्या मुँह से ही कहनी होती हैं ललित ! इतना विश्वास रखो, जान रहते तो तुम्हारी सौंपी हुई धरोहर को किसी को हाथ नहीं लगाने दूँगी।"

"जानता हूँ, जानता हूँ रूप, कि तू मेरी है। दुनिया की कोई ताक़त तुझे मुझसे नहीं छीन सकती। पर फिर भी कहे जाता हूँ, यदि कुछ भी ऐसा-वैसा हो गया तो दुनिया के किसी भी कोने से तुझे भगा लाऊँगा, उस समय मुझे कोई नहीं रोक सकेगा।"

"ऐसी नौबत ही नहीं आएगी।" तभी चाची ने दोनों को चाय के लिए बुलाया और

दोनों उठकर चले गए।

ललित चला गया। चाची और रूप खूब रोईं, कुछ दिनों तक घर में भयानक सन्नाटा छाया रहा, फिर धीरे-धीरे सबकुछ वैसे ही चलने लगा। जिस दिन ललित का पहला पत्र आया, पचासों बार उसे पढ़ा गया, जितने लोग आए सबसे कहा गया। फिर धीरे-धीरे पत्रों की बात भी पुरानी पड़ गई। रूप ने अपना सारा ध्यान किताबों में लगा दिया। इस बार भी उसे फ़र्स्ट डिवीज़न में पास होना ही था। ललित के पत्रों में भी तो बराबर यही लिखा रहता था कि खूब पढ़ना, खूब मेहनत करना। रूप को उन पत्रों से बड़ा बल मिलता, बड़ी प्रेरणा मिलती। पर...

प्रिय ललित,

कभी सोचा भी नहीं था कि परसों ही पत्र लिखने के बाद आज फिर आधी रात के भयानक सन्नाटे में तुम्हें पत्र लिखने बैठना पड़ेगा। यह भी नहीं जानती कि जो कुछ लिखना है वह कैसे लिखूँ ! बस इतना समझ लो ललित कि इतने विश्वास के साथ अपनी जिस धरोहर को मेरे पास छोड़ गए थे, मेरे देखते-देखते उसे सब लोग छीने ले रहे हैं और मैं कुछ नहीं कर पा रही हूँ ! तुम तो मेरी सारी दृढ़ता, सारे साहस को लेकर मुझसे कोसों-कोसों दूर बैठे हो, अब किसका सहारा लेकर घरवालों का विरोध करूँ ? तुम्हारे बिना कितनी बेबस, कितनी असहाय मैं अपने को महसूस कर रही हूँ, तुम सोच नहीं सकते ! तुम्हीं बताओ ललित, अब क्या होगा ?

नहीं जानती, पिताजी ने कौन से जन्म का बदला निकाला है ! एक बार मुझसे पूछ तो लिया होता। उस हालत में मैं साफ़-साफ़ कह देती, पर किसी ने मुझसे कुछ पूछने की जरूरत ही नहीं समझी, और शादी की तारीख तक निश्चित कर दी। मेरी इच्छाओं की, मेरे अरमानों की कोई परवाह तक नहीं की। इतनी साध से सपनों का जो सुनहला संसार संजोया था, वह क्या यों ही बिखरकर चूर-चूर हो जाएगा ? नहीं-नहीं, ऐसा नहीं होने दूँगी, तुम कोई रास्ता बताओ, नहीं तो सच कहती हूँ मैं मर जाऊँगी, मैं आत्महत्या कर लूँगी। अपने जीते जी तो इस अन्याय को नहीं होने दूँगी। ज़िन्दगी भर घुट-घुटकर मरने से फाँसी का फन्दा कहीं अच्छा है। बस एक ही गम मन को कचोटे डाल रहा है...तुम्हें पाने की कितनी साध थी मन में, पर मन का चाहा क्या कभी पूरा होता है ?अगले जन्म में विश्वास नहीं करती, पर यदि होता हो तो यही प्रार्थना है कि इस जन्म की मेरी अधूरी साध को पूरी कर देना मेरे ईश्वर !

ललित ! या तो समय रहते मुझे इस अन्याय से बचा लेना या फिर जो कुछ भी कर गुजरूँ उसके लिए क्षमा कर देना !

अच्छा विदा—कौन जाने यही मेरी अन्तिम विदा हो।

तुम्हारी ही
रूप

...,

तुमने तो पत्र लिखने में बहुत देर कर दी ललित ! बहुत देर कर दी। तुम्हारा पत्र मुझे उस समय मिला जब अग्नि को साक्षी देकर मैं सदा के लिए पराई हो चुकी थी। चार दिन पहले ही यह पत्र मिला होता तो सोचती हूँ शायद इसी का सहारा लेकर कुछ कर सकती।

पर आज तो इसका शब्द-शब्द मेरे हृदय को मथे डाल रहा है।

कितने जोश के साथ मैंने लिखा था कि यदि मैं कुछ भी नहीं कर सकी तो आत्महत्या कर लूँगी। मैं मर जाऊँगी, पर मैं मर भी न सकी। तुम भी सोचते होगे कितनी ज़ाहिल लड़की है, पर नहीं जानती कि सब कुछ लुट जाने पर भी किसका मोह प्राणों को यों अटकाए है। शायद मन के किसी अज्ञात कोने में तुमसे दंड पाने की लालसा छिपी बैठी है, जिसने मुझे मरने भी नहीं दिया। तुम्हारे साथ इतना बड़ा विश्वासघात करके, बिना तुमसे उचित दंड पाए यदि मर भी जाती तो विश्वासघात की यह भावना क्या निरन्तर मेरी आत्मा को सालती न रहती ? अब तो जब तक तुम लौटकर नहीं आ जाते और मुझ जैसी ज़ाहिल लड़की को जी भरकर इस कुकर्म की सज़ा नहीं देते, तब तक मैं तुम्हारा आसरा देखती बैठी रहूँगी ! यों तो विधाता ने ही मेरे लिए जो दंड सँजोया है, वह संसार के भयंकर-से-भयंकर दंड से भी कड़ा है, पर विधाता से भी बड़ी अपराधिनी तो मैं तुम्हारी हूँ, सो जब तक तुम्हारे हाथों दंड नहीं पा लेती मानो मरने का अधिकार भी मुझे नहीं है।

मैं तो अपनी कमजोरी का फल भोगूँगी ही, पर इस सारी बात से अकारण ही तुम्हें इतना दुखी होना पड़ा, यह सब सोच-सोचकर ही मन बिंधा जा रहा है। शायद अपात्र को प्यार करने से दुख ही उठाना पड़ता है। अब मुझे भूल जाओ ललित ! स्वप्न में भी मेरा खयाल मत करना। जितनी उमंग और जितने उत्साह के साथ तुम्हारे प्यार को सहेजा, उसी उत्साह के साथ, मन को ज़रा-भी मलिन बनाए बिना मैं तुम्हारी उपेक्षा और भर्त्सना को भी अपने आँचल में समेट लूँगी, इतना विश्वास रखना। मुझ जैसी अनेक रूप तुम्हें मिल जाएँगी।

अब और कुछ नहीं लिखूँगी ललित ! अब लिखने को शेष रह ही क्या गया है भला ? इस पत्र का उत्तर मत देना और यों भी कभी मुझे पत्र मत लिखना। अपने जीवन के पिछले पृष्ठों से रूप का नाम धो-पोंछकर बिल्कुल साफ़ कर देना, जिससे मेरी अपवित्र छाया भी तुम्हारे सुनहले भविष्य को धूमिल न बना सके।

इसी अनुरोध के साथ

रूप

ललित,

पूछती हूँ, मना करने पर भी तुमने पत्र क्यों लिखा ? मेरे इतने से अनुरोध को भी नहीं रख सके ! जानते तो हो, मैं तो यों ही बहुत कमज़ोर हूँ, फिर क्यों मेरी मिट्टी बिगाड़ने पर तुले हो ? तुम भी औरों के साथ मिलकर यों सताने लगोगे तो किसका आसरा लेकर मैं ज़िन्दा रहूँगी, यह तो सोचा होता।

इतने ढेर सारे प्रश्न तुमने पूछ डाले—पर पूछती हूँ, क्या करोगे यह सब जानकर ? जिस लड़की ने तुम्हारे जीवन की सारी खुशियों को यों अकारण ही बर्बाद कर डाला, आज भी उसके दुख-सुख की चिन्ता से तुम त्रस्त हो। यह सब लिखने के बजाए यदि तुमने खूब भर्त्सना की होती, खूब फटकारा होता तो मन की व्यथा कुछ तो घटती, पर तुम्हारा यह स्नेह मुझसे सहा नहीं जा रहा ललित !

इन मेहंदी लगे हाथों से कैसे अपनी बर्बादी की कथा लिखूँ। बस यही समझ लो, ये बहुत अच्छे हैं, और मैं सुखी हूँ। एक छोटा-सा शहर है। और ये इसके नामी वकील हैं। काम में बहुत व्यस्त रहते हैं, यों भी काफी साधु प्रकृति के पुरुष हैं। परिवार का कोई झंझट

नहीं, घर में अकेली ही हूँ। साधनों का कोई अभाव नहीं, पर जिसकी सब साध ही मर गई हो, वह क्या करे इन साधनों को लेकर ? मेरे लिए बहुत-सी पुस्तकें मँगा दी गई हैं, जिससे इस बड़े से घर में अकेली रहकर भी मेरा मन लगा रहे—पर कैसे बताऊँ उन्हें कि जिसका मन ही मर गया, उसके मन लगने न लगने का प्रश्न ही कहाँ उठता है भला !

बस और जो है सब ठीक ही है। ज़िन्दगी को घसीट रही हूँ या ज़िन्दगी मुझे घसीट रही है; कुछ भी समझ लेना, एक ही बात है।

अब भूलकर भी मुझे पत्र मत लिखना। हाथ जोड़कर मैं तुमसे यही प्रार्थना करती हूँ।

....

रूप

3

उस दिन वकील साहब काम से ज़रा जल्दी ही लौट आए। रूप अपने कमरे में खड़ी शून्य दृष्टि से बाहर कुछ देख रही थी। उसकी आँखें लाल हो रही थीं, मानो अभी-अभी रोकर चुप हुई हो। वकील साहब ने रूप को इस हालत में देखा तो बहुत ही मुलायम स्वर में बोले—"तुम्हारा मन शायद यहाँ लगता नहीं, बिल्कुल अकेली जो पड़ गई हो। न हो तो तुम चौधरी साहब की पत्नी के यहाँ चली जाया करो, बड़ी मिलनसार स्त्री हैं, वे तुम्हारा परिचय और लोगों से करवा देंगी। क्या करूँ, मुझे तो ज़रा-भी समय ही नहीं मिलता कि तुम्हें कहीं घुमाने-फिराने ही ले जाया करूँ।"

"जी नहीं, मेरा तो मन खूब लग जाता है, फिर ये किताबें तो हैं।"

"देख रहा हूँ, इधर तुम कुछ दुबली भी हो रही हो, अपनी चिन्ता अपने-आप ही रखा करो, समझीं ?"

"आप व्यर्थ ही चिन्ता कर रहे हैं, मैं बिल्कुल अच्छी हूँ।"

"अच्छा देखो, आज शायद मुझे लौटने में कुछ देर हो जाए तो तुम मेरे लिए बैठी न रहना, खा-पी लेना। इन्तज़ार करने की ज़रा-भी ज़रूरत नहीं है। क्या करूँ, काम को जितना हल्का करने की सोचता हूँ, उतना ही बढ़ता जाता है।"

यह सोचकर कि वकील साहब देर से लौटेंगे, रूप बिना खाए ही पुस्तक पढ़ने बैठ गई, पर तभी उसे वकील साहब का स्वर सुनाई पड़ा—

"अरे, सुनती हो ! यह तुम्हारे मैके से कौन आए हैं ?"

मैके का नाम सुनते ही रूप झपटकर बाहर निकली—देखा, सामने ललित खड़ा था। उसके पैर जहाँ-के-तहाँ रुक गए, नज़रें नीचे झुक गईं। वकील साहब बड़ी जल्दी में थे—"देखो, तुम इनके नहाने-खाने की व्यवस्था करो, मुझे बड़ी जल्दी है। कोशिश तो यही करूँगा कि खाने के समय मैं भी लौट आऊँ, नहीं तो तुम इन्हें अच्छी तरह खिला देना..." और जिस व्यस्तता से वे आए थे, उसी व्यस्तता से चले भी गए।

ललित और रूप दोनों आमने-सामने खड़े थे, दोनों के मन में तूफ़ान मचल रहे थे, पर कोई कुछ बोल नहीं पा रहा था। आखिर ललित ने ही पूछा—"कैसी हो रूप ?"

"अच्छी ही हूँ।" एक छोटा-सा उत्तर देकर वह उसके नहाने-खाने की व्यवस्था करने

चली। नहा-धोकर जब ललित तैयार हो गया तो रूप ने पूछा–"आपके लिए खाना लगा दूँ ?"

"मैं 'आप' कब से हो गया रूप ? इतना परायापन तो न बरतो, नहीं तो यहाँ रहना मुश्किल हो जाएगा ! वकील साहब क्या बहुत देर से आएँगे ?"

"उनका कुछ ठीक नहीं, देर हो सकती है।"

"अच्छा, तो मुझे खाना दे दो।" पर उसने जब सामने एक ही थाली देखी तो पूछा–"और तुम ?"

"मैं बाद में खाऊँगी।"

"वकील साहब के साथ ?"

"नहीं, सबके बाद में"

"पर अकेले तो मुझसे नहीं खाया जाएगा। तुम बैठी रहो और मैं खाऊँ यह कैसे हो सकता है ! ले जाओ थाली, मैं भी पीछे ही खा लूँगा।"

ललित ने सारी बात इस ढंग से कही थी कि रूप की आँखों में सावन-भादों की घटाएँ उमड़ आईं। थाली परोसने के बहाने वह अन्दर चली गई और फिर खूब अच्छी तरह मुँह धोकर बाहर निकली। पर ललित कोई नादान बच्चा नहीं था। दोनों चुपचाप खाने बैठे। रूप की आँखें बार-बार भर आती थीं। आज सवेरे ही उपन्यास की घटना ने उसके हृदय के किसी कोमल स्थल को बुरी तरह कचोट डाला था कि वह किसी प्रकार भी अपने पर क़ाबू नहीं कर पा रही थी, उस पर ललित का आगमन। बिना कारण ही यों बार-बार आँख-भर आने की सफ़ाई देते हुए रूप बोली–

"पता नहीं, मेरी आँखें आजकल बड़ी खराब हो चली हैं, थोड़ी-थोड़ी देर में पानी गिरने लगता है। जिस दिन ज़रा-सा पढ़ लेती हूँ, उस दिन तो हालत और भी ख़राब हो जाती है।"

ललित मुस्कराया–"आँखों के बारे में जो नवीन खोजें हुई हैं, उसका तुम्हें पता है ? एकाएक दिल पर कोई चोट लगने से आँखों से पानी बहने लगता है, आँखों का सीधा सम्बन्ध हृदय से बताया गया है। मेरे आने से तुम्हारे हृदय को भी कहीं..."

जिस आवेग को रूप इतने प्रयत्न से रोके थी वह फूट पड़ा। रूप झपटकर अन्दर चली गई और ललित को लगा, बड़ी बेमौके की बात उसने कह दी।

दो दिन तक ललित ने देखा कि रूप जैसे उससे कन्नी काटती है। वकील साहब तो सवेरे से रात नौ बजे तक बाहर रहते हैं, वह रूप से अनेक बातें कर सकता है, पर वह आती ही नहीं। आख़िर एक दिन उसने रूप को बुलाकर बिठा ही लिया–"बड़ी व्यस्त रहती हो क्या ? बात करने का समय भी नहीं निकाल सकतीं ?"

"नहीं तो।" छोटा-सा उत्तर था रूप का।

"वकील साहब तो बड़े व्यस्त रहते हैं, तुम आख़िर सारे दिन करती क्या हो ?"

"कभी पढ़ लेती हूँ, नहीं तो यों ही इधर-उधर कुछ किया करती हूँ।"

"घर का काम भी तो रहता होगा ना, आख़िर बड़े वकील साहब की पत्नी जो ठहरीं।" एक बार रूप ने ललित की ओर देखा। उन बुझी-बुझी आँखों की दृष्टि में जाने ऐसा क्या था कि ललित का कलेजा बिंध गया, फिर भी वह कहता ही गया, "बड़े शानदार मकान में रहती हो, ढेर सारे नौकर-चाकर, बड़ा-सा बगीचा, फिर परिवार का कोई झंझट नहीं, बस

लगता है ठाठ हैं तुम्हारे तो !"

"दुनिया में एक तुम्हीं तो रह गए हो ताने सुनाने को ? जी भरकर सुना लो, यदि इसी से तुम्हें तसल्ली मिलती हो तो मैं वह सब भी सह लूँगी।" और रूप फफक-फफककर रो पड़ी।

ललित इसके लिए ज़रा-भी तैयार नहीं था। रूप के आँसुओं में ही जैसे उसके मन का सारा आक्रोश बह गया। उसने बहुत ही स्नेह-भरे शब्दों में कहा--"अरे पगली, मैं तो मज़ाक कर रहा था, इसी में रो पड़ी।" फिर एकाएक बहुत ही उदास स्वर में बोला--

"तुम्हारे हृदय को चोट पहुँचाकर मुझे आनन्द मिलेगा, ऐसी बात ही तुम्हारे मन में क्यों आई ? तुम्हें सुखी बनाने के उद्देश्य से ही तो मैं इंग्लैंड गया था। सोचा था, उच्च शिक्षा पाकर अच्छी नौकरी भी पा सकूँगा और फिर तुम्हें रानी की तरह रखूँगा, तुम्हारी छोटी-से-छोटी इच्छा को पूरी करने में अपना सर्वस्व क़ुर्बान कर दूँगा--पर नहीं जानता था कि..."

"बस करो ललित ! क्यों मेरा खून जला रहे हो। वे सब बातें तो अब सपना हो गईं, अब तो मुझे तुम दंड दो। तुम्हारे साथ जैसा विश्वासघात किया, उसकी सज़ा तुम्हारे हाथों से पाना चाहती हूँ।"

ललित खामोश बैठा रहा--रूप सिसकती रही...

"तुम सुखी होतीं तो मैं तो अपने कलेजे पर पत्थर भी रख लेता, पर तुम्हारी हालत देखकर तो मेरा मन मसोस उठता है। इस तरह सिसक-सिसककर कैसे तुम अपनी ज़िन्दगी बिताओगी ? बोलो तो ज़रा।"

"मेरी क़िस्मत में तो रोना ही लिखा है। बचपन में माँ मर गईं, तुम्हारा प्यार मिला तो वह भी छीन लिया गया, तुम्हीं बताओ, अब किस बात पर हँसू।"

"क़िस्मत-विस्मत सब बेकार की बातें हैं। आदमी चाहे तो अपनी क़िस्मत को बदल सकता है।" कुछ देर चुप रहकर ललित फिर बोला--

"मेरी बात मानो तो आज भी तुम सुखी हो सकती हो। जिन बीती बातों को तुम सपना समझ रही हो वे आज भी सच हो सकती हैं।"

रूप की आँखों में प्रश्नवाचक चिह्न साकार हो उठा।

"तुम मेरे साथ भाग चलो रूप ! अभी कुछ नहीं बिगड़ा है।"

रूप की आँखें फटी-की-फटी रह गईं।

"तुम सुन रही हो मैं क्या कह रहा हूँ। मुझे नौकरी मिल गई। मैंने मकान ले लिया है--बहुत मज़े में हम लोग रहेंगे।"

"यह तुम क्या कह रहे हो ललित ? जानते हो, मेरी माँग में किसी और के सुहाग का सिन्दूर है--अग्नि को साक्षी देकर मैं उनकी हो चुकी हूँ।"

"यह सब बकवास है, थोथी बातें हैं। जानती हो, जाते समय मैं कह गया था कि यदि कुछ भी हो गया तो मैं दुनिया के किसी भी कोने से भगाकर ले आऊँगा--समझ लो, मैं इसी उद्देश्य से यहाँ आया हूँ। मेरे पीछे, जो जिसके मन में आया उसने किया, अब जो मेरी मर्ज़ी होगी मैं करूँगा, और तुमको मेरा साथ देना ही होगा रूप, देना ही होगा।" आवेश से ललित का स्वर काँप रहा था।

"यह सब कैसे हो सकता है, कैसी पागलपन की बातें तुम कर रहे हो, पिताजी सुनेंगे तो क्या कहेंगे, सारी दुनिया सुनेगी तो क्या सोचेगी ? ऐसा भी कहीं हुआ है आज तक ?"

"जहन्नुम में गई दुनिया और जहन्नुम में गए तुम्हारे पिताजी ! पिताजी को बिटिया इतनी ही दुलारी होती ना, तो यों कुएँ में न ढकेल देते। तुम्हें पिताजी की भावनाओं का खयाल है, दुनिया-भर का खयाल है, पर मेरे अरमानों, मेरी तमन्नाओं का कुछ खयाल नहीं, मानो मैं आदमी नहीं, मिट्टी का लौंदा होऊँ ? तुम मुझसे दंड चाहती हो ना ? तो समझ लो, मैं यह दंड तुम्हें देना चाहता हूँ, मैं तुम्हें ले जाना चाहता हूँ, भगाकर ले जाना चाहता हूँ।" उसका आवेश बढ़ता जा रहा था।

"नहीं, नहीं ललित ! इतना बड़ा दंड मुझे मत दो, यह सब मुझसे नहीं होगा, मुझसे कभी नहीं होगा।" रूप सिसकती रही।

बड़े स्नेह से रूप के बालों में उँगलियाँ फेरते हुए ललित ने कहा—"समझ से काम ले रूप ! यह ज़िन्दगी यों ही मिट्टी में मिला देने की वस्तु नहीं। फिर तेरे मन की हालत मैं तुझसे अधिक जानता हूँ, क्यों व्यर्थ में अपने को झुठलाने की कोशिश कर रही है। मेरी बात मान जा।"

"नहीं ललित, यह मुझसे किसी तरह भी नहीं होगा..."

बहुत ही बुझे हुए स्वर में ललित बोला—"अच्छा, नहीं होगा तो नहीं सही।" फिर एक क्षण चुप होकर बोला—"बड़ी आस लेकर यहाँ आया था रूप। जाने क्यों, तू जीवन का सबसे बड़ा दाँव हार गई, फिर भी मेरा मन निराश नहीं हुआ था। सोचता था, अपनी रूप को तो जिस क्षण चाहूँगा ले आऊँगा, बड़ा भरोसा था तुझ पर, लगता है, आज सारे आसरे ही टूट गए। अब तुझे अधिक परेशान नहीं करूँगा, मैं लौट जाऊँगा, इतना तो बता दे रूप कि मैं रहूँगा कैसे, कैसे अपने दिन गुज़ारूँगा ?"

"तू चुप क्यों है, बोलती क्यों नहीं ?" और हारे हुए जुआरी की तरह ललित ने सिर अपनी बाँहों में छिपा लिया।

रोते-रोते रूप बोली—"क्या बोलूँ...तुम जो कहोगे, वही करूँगी ललित, वही करूँगी !"

पूरे सप्ताह-भर तक ललित रूप के मन को दृढ़ बनाता रहा। विदेश की स्त्रियों की स्वतन्त्रता की बातें, तलाक, प्रेम और विवाह की बातें बताकर उसने उसे पूरी तरह समझा दिया कि जो कुछ भी वे करने जा रहे हैं, वह किसी भी दृष्टि से अनुचित नहीं है, और रूप ने भी अपने आपको पूरी तरह तैयार कर लिया, खूब दृढ़ बना लिया। भविष्य के सुनहले स्वप्न उसके हौसलों को बढ़ावा देते और ललित की स्नेह-सिक्त बातें इस दमघोट वातावरण को छोड़ भागने की ललक पैदा कर देतीं। सातवें दिन ललित ने कहा—

"अच्छा रूप ! कल रात को हम लोग चल देंगे। मैं सवेरे ही यहाँ से बिदा लेकर धर्मशाला में जा टिकूँगा, तुम रात बारह बजे के क़रीब स्टेशन रोड वाले चबूतरे पर मुझे मिलोगी, समझीं ? डरोगी तो नहीं ना ?"

"डरूँगी क्यों ? सच कहती हूँ ललित ! तुम सामने रहते हो तो जाने कहाँ का ज़ोर आ जाता है। तुम इंग्लैंड न गए होते तो यह इतनी बड़ी ट्रेजेडी ही नहीं होती। तुम्हारे साथ तो मैं दुनिया की बड़ी-से-बड़ी ताक़त से भी लड़ सकती हूँ—जाने तुम्हारी सूरत में ऐसी कौन-सी प्रेरक शक्ति..."

"अच्छा-अच्छा, बड़ी-बड़ी बातें न बना अब। तू कुछ भी कह, मेरा मन न जाने क्यों तुझे लेकर कभी आश्वस्त नहीं हो पाता। तू बड़ी कमज़ोर है।"

"नहीं ललित, तुमसे दूर रहकर ही मैं कमज़ोर रहती हूँ, डरो मत, एक बार कमज़ोरी का फल भुगत चुकी हूँ, उससे जन्म-भर के लिए सबक़ मिल गया। और सच पूछो तो जिस बात को पहले मैं स्वयं नहीं जानती थी, अब जान पाई हूँ। लिखने को मैंने चाहे तुम्हें लिख दिया कि तुमसे दंड पाने की प्रतीक्षा में बैठी रहूँगी, पर सच पूछो तो मन में कोई और ही साध थी। जाने क्यों अनजाने ही मेरा मन यह आशा लगाए बैठा था कि तुम्हारे आते ही जैसे मेरे सारे दुख दूर हो जाएँगे, तुम मुझे इन झूठे बन्धनों से मुक्ति दिला दोगे। सोचती हूँ, यदि तुम आकर यों ही चले जाते तो वह शायद मेरे जीवन की सबसे बड़ी निराशा होती, सबसे बड़ा आघात होता ?"

"तो अब डरेगी तो नहीं ना ! मैं निश्चिन्त हो जाऊँ !"

"अरे ललित के रहते रूप किसी से नहीं डरती।"

दूसरे दिन सवेरे ही ललित वकील साहब और रूप से विदा लेकर, नौकरों-चाकरों को बख़्शीश देकर विदा हो गया। रूप ने बड़े ही स्वाभाविक ढंग से उसे विदा किया।

भविष्य के सपने देखते-देखते ही रूप ने सारा दिन बिता दिया। कभी-कभी मधुर कल्पनाएँ उसके मन को मतवाला बना देतीं तो भी पिताजी, वकील साहब, नई माँ के क्रोधित चेहरे उसके मन को कँपा देते। सन्ध्या को वह उठी और एक अटैची में उसने दो-चार जोड़ी ज़रूरी कपड़े और कुछ रुपए रखे। यों अपने को वह भरसक स्वाभाविक बनाए रखने की कोशिश कर रही थी, फिर भी आज घर की प्रत्येक हरकत को वह बड़ी चौकन्नी होकर देख रही थी। नौकर-चाकर कहीं उसके विषय में ही तो बात नहीं कर रहे हैं। इसी प्रकार नौ बज गए। वकील साहब नहीं लौटे। उसका मन अनेक प्रकार की आशंकाओं से भरने लगा। साढ़े नौ बजे, फिर भी वे नहीं आए। अब तो उसका दिल बुरी तरह धड़कने लगा—'कहीं किसी ने ललित को तो नहीं देख लिया।' यह खयाल आते ही वह ऊपर से नीचे तक काँप उठती। समय के साथ-साथ उसके दिल की धड़कनें बढ़ती गईं। तभी वकील साहब आए। उसने पूछा—"बड़ी देर कर दी आज आपने ?" उसका स्वर काँप-सा रहा था।

"आज एक बड़ा पुराना मित्र मिल गया, उसी से बातें करने में देरी हो गई।"

अपने-आपको स्वाभाविक बनाए रखने के लिए रूप जल्दी-जल्दी खाना परोसने लगी। उसका हाथ काँप रहा था, और वकील साहब बोले चले जा रहे थे—

"बड़ी मुसीबत में था बेचारा। उसकी स्त्री अपने किसी आशिक के साथ भाग गई।" रूप का चेहरा फक़, उसका हाथ जहाँ-का-तहाँ रुक गया।

"मुझसे सलाह लेना चाहते थे कि क्या किया जाए ! मैंने साफ़ कह दिया, क़ानूनी कार्यवाही करो। पर उनका कहना था कि पढ़ी-लिखी लड़की है, क़ानून के ज़ोर से उसे अपना नहीं बनाया जा सकता।"

कपड़े बदलने का काम ख़त्म करके वकील साहब कुर्सी पर आ डटे थे। रूप के पैर बुरी तरह लड़खड़ा रहे थे, और वकील साहब अपनी ही धुन में बोले जा रहे थे—

"मैंने तो साफ़ कह दिया, पढ़ी-लिखी है तो सिर पर बिठाओ ! पढ़ी-लिखी है, पढ़ी-लिखी है ! अरे पढ़ी-लिखी तो तुम भी हो, भागने की बात तो दूर रही; दो साल हो गए, मुझे कभी

याद नहीं पड़ता कि तुमने आँख उठाकर किसी पुरुष से कभी बात भी की हो। यह भी कोई बात हुई भला !"

रात का एक बजा था। रूप की आँखों से एक-एक करके आँसू टपकते जा रहे थे और उसके सूटकेस से एक-एक करके कपड़े बाहर निकलते जा रहे थे।

'मैं हार गई' संकलन से

दीवार, बच्चे और बरसात

"कौन...शन्नो बीबी ? आओ भई, कभी हम बेपढ़े-लिखों के बीच में भी बैठ जाया करो।" और भाभी बड़े स्नेह से पकड़कर मुझे ज़नानी बैठक में ले गईं।

"अरे ये तो शन्नो है, मैंने सोचा भग्गो आ गई। आओ शन्नो बेटा, आओ। शैल तो आज खाना खाते ही चली गई। तीन दिन इस मेह के मारे कहीं जा नहीं सकी थी, सो आज जैसे ही पानी थमा कि निकल गई। तुम पढ़ी-लिखी लड़कियों को तो घर बस जाने काटे हैं।" अम्मा के स्वर में कुछ शिकायत का पुट था।

"शैल बीबी नहीं हैं तो क्या हुआ, हम तो हैं, आज हमारी पंचायत में ही बैठ जाएँगी।" मँझली भाभी ने ऊन का गोला बनाते हुए कहा।

"भग्गो भाभी नहीं आईं अभी तक, बड़ी देर कर दी आज।" रामेश्वर की माँ के स्वर में बेचैनी छलकी पड़ रही थी।

"अब तो भग्गो आएगी तभी सारी बात मालूम होगी। अरे, नहीं हो तो बाहर से किसी बच्चे को दौड़ा दो, जाकर बुला लाएगा।" अम्मा ने आदेश दिया। भाभी बाहर गईं और थोड़ी देर में लौटकर बोलीं, "तुम्हीं कहो अम्मा, मेरी तो कोई बात ही नहीं सुनै है। भूत होकर खेल रहे हैं मरे सबके सब। इस घर के बच्चे क्या हैं, आफ़त-है-आफ़त !"

तभी पान चबाती, पीक से दोनों होंठ रंगे, हाथ में क्रोशिए की अधबुनी बेल लिए भग्गो भाभी ने प्रवेश किया। सबके चेहरे पर उत्साह की नई लहर दौड़ गई। भग्गो भाभी ने आते ही अपनी दस साल की बिटिया को तो बाहर खेलते बच्चों की बटैलियन में भेज दिया और गोद के बच्चे को वहीं बिछी दरी पर सुला दिया। फिर बड़े रहस्यात्मक ढंग से मुस्कराकर पूछा–

"क्यों अम्मा, क्या हाल हैं तुम्हारी ऊपरवाली नई किराएदारिनी के ?"

"अरे उसकी बात छोड़ो, असल बात तो तुम बताओ कि कैसे सब हुआ, तुम्हारे घर के तो एकदम ही सामने रहे थी ?" उत्तर सुनने को सबके हाथ थम गए थे और बेहद जिज्ञासु आँखें भग्गो भाभी के चेहरे पर जा टिकी थीं।

"अरे बाबा, अब एक बात हो तो बताऊँ। जानने को तो मैं राई-रत्ती जानूँ, पर मैं तो कहूँ, ऐसे भिरष्ट लोगों की बात करके कौन मरी अपनी जीभ गन्दी करै।"

"पर उसके तो सास-ससुर का भी कोई टंटा नहीं था, दोनों लोग-लुगाई ही तो रहा करै थे। फिर आदमी भी अच्छा कमावै था, सकल-सूरत का भी अच्छा ही था, फिर क्यों भाग गई मरी ?"

"सोई तो हमारी भी समझ में नहीं आ रहा है।" अम्मा ने कहा।

"मैं तो कहूँ अम्मा ! ये पढ़ी-लिखी लड़कियाँ जो न करैं सो थोड़ा है। शन्नो बीबी बुरा मत मानना, मैं तो सच्ची बात कहूँ हूँ, इस पढ़ाई निगोड़ी ने औरतों का धरम-करम तो सब डुबो दिया।"

"अरे, पढ़ाई बिचारी क्या करै, यह तो अपने-अपने लक्षणों की बात है। पढ़ने को तो हमारी शैल भी पढ़े है, यह शन्नो भी पढ़े है, पर क्या मजाल जो कोई ऐसी-वैसी बात कर दें।" अम्मा को पढ़ी-लिखी लड़कियों की यह आलोचना ज़रा अखर गई थी।

"अब दोस जिसे चाहो दो, हम तो यह जाने हैं अम्मा कि पहले की लड़कियाँ ऐसा नहीं करै थीं। यह तो ख़सम अच्छा था, और नहीं भी हो तो क्या यों छोड़कर भागा जाए ? हद्द कर दीनी उसने तो। हमारे तो रानी बीबी के पास आया-जाया करै थी, मैंने तो तभी अम्मा से कह दीनी थी कि लड़की का चाल-चलन अच्छा नहीं लगै है, रानी बीबी से ज्यादा मेलजोल मत बढ़ाने दो। लड़की की जात को बिगड़ते कित्ती देर लगै है भला !"

भग्गो भाभी का यह पुराण समाप्त ही नहीं हो रहा था और सबका कौतूहल था कि बुरी तरह बढ़ा चला जा रहा था।

"अरे भग्गो, सारी बात खोलकर बतावै ना, हम तो जब से बैठे तेरी राह देख रहे थे।"

"अब क्या बतावै अम्मा, हमारी तो आदत नहीं है दूसरों की बातों में पड़ने की। हमें क्या लेना-देना किसी से ? घर में रहे थी तो कौन मरी हमारे काम आवै थी, और भाग गई तो कौन हमारी नींद हराम हो गई। ये तो पड़ोस में रहै थी और थोड़ा आना-जाना था सो ऐसी बात मुँह से निकल गई, नहीं तो मेरी आदत..."

"अरे छोड़ो ना आदत-आदत लगाई है—नींद हमारी कौन हराम हो रही है ? पर अब एक मोहल्ले में रहे हैं तो सबके दुख-सुख में साझीदार होने का फरज हो ही जावै है। एक घर की नेकनामी और बदनामी सारे मोहल्ले की नेकनामी और बदनामी होवै है। ये तो मरा अब जमाना ही ऐसा आ गया है कि लोगों को अपने सिवा किसी से मतलब ही नहीं, नहीं पहले तो एक घर की इज़्ज़त सारे गाँव की इज़्ज़त हुआ करै थी।"

"उसकी अम्मा तुम्हारे ऊपर ही तो रहे है, जाकर पूछ लो न कि क्यों भागी तुम्हारी लाड़ो ?"

"अब अम्मा काहे बताने लगी ? बेटी पापनी तो भी आपनी।"

"ऊपरवाली तो सवेरे से बस रो-ही-रो रही है—जाने कैसा जी हो रहा होगा बिचारी का।" छोटी भाभी के स्वर में सहानुभूति का पुट था।

"किसी के साथ भागी है या अकेली ? घर से कुछ ले-लाकर गई है क्या ?" बड़ी भाभी ने भग्गो भाभी को खुलवाने का नया ढंग अख्तियार किया।

"अब घर से तो अकेली ही गई है, पर होगा कोई यार-दोस्त, जिसके घर जा बैठेगी। मरी के सत्तर यार आया करैं थे। धेला-पाई कुछ नहीं ले गई, बड़े ठसके से गई है। हाथ-गले का जेवर तक उतार गई और कह गई कि मैं किसी की दबैल होकर नहीं रह सकूँ। खुद कमाकर खा लूँगी।"

"दैया रे, बड़ी हिम्मतवाली निकली।" छोटी भाभी ने आश्चर्य से कहा।

"अरे रहने दे, भौत देखी हैं ऐसी हिम्मतवाली ! किसी से पहले से ही साँठ-गाँठकर रखी होगी, जिसके बूते पर उछल रही होगी। बिना मरद की सह पाए औरत में ऐसी हिम्मत नहीं

आ सकै। क्यों शन्नो बीबी, तुम भी तो पढ़ी-लिखी हो...बोलो, यों घर छोड़कर अकेले कमाकर खा सको हो ?''

''लियाक़त हो तो क्यों नहीं रह सके ? आजकल भौत लड़कियाँ कमाकर खावै हैं कि नहीं ?'' मँझली भाभी ने कहा।

''भाड़ में गई ऐसी लियाक़त। लियाक़त हो तो यों ख़सम को छोड़कर चली जाओ।'' भग्गो भाभी ने हाथ नचाकर कहा।

''पर झगड़ा किस बात पर हुआ था, आख़िर गई क्यों ?'' अम्मा मूल बात तक पहुँचने को बेताब हो रही थीं।

''अब कोई एक बात हो तो बताऊँ, वहाँ तो हर बात में ही झगड़ा हौवे था। असल बात तो यह है कि ज़्यादा पढ़-लिखकर और आज़ादी पा-पाकर छोरियों के दिमाग़ बिगड़ जावै हैं। एक तो ब्याह उसका पच्चीस बरस की उमर में हुआ। भला अब तुम्हीं बताओ, यह भी कोई ब्याह की उमर है ? पच्चीस बरस की उमर में तो तुम जानो, मैं चार बच्चों की माँ हो गई थी। सुनै हैं, पहले तो वह कहा करै थी कि मैं ब्याह करूँगी ही नहीं। बस साइकिल लेकर सारा शहर नापा करै थी। माथा उघाड़कर, दो चोटे लटकाकर न जाने कहाँ-कहाँ के छोरों के बीच ही-ही-ठी-ठी हुआ करै थी, मौज मिले तो कौन मरा ब्याह करेगा ? फिर माँ बहुत रोई बतावें, सारे घरवाले दुखी हो गए तो रानीजी ने ब्याह किया पर ब्याह के बाद वह मौज-मस्ती कहाँ से आवै, जो पहले थी, बस रोज झगड़े होने लगे।''

''पर उसका आदमी तो पढ़ा-लिखा है, फिर शादी भी तो उसने अपनी इच्छा से फिर क्यों टंटा हो गया ?'' यह जिज्ञासा बड़ी भाभी की थी। ''ब्याह के साथ घर के झंझट जो लगे हैं...उसमें कैसे हो सकै है यार-दोस्तों के साथ मौज-मस्ती ?''

''पर ब्याह की भी तो अपनी मौज-मस्ती होवै है।'' छोटी भाभी ने भैया के साथ रंग-रेलियों को आँखों के आगे साकार करते हुए कह तो दिया, फिर अम्मा की उपस्थिति से एकदम झेंप गईं।

''यही तो सारा रोना-धोना है। मेरी तो समझ में ही नहीं आवैं कि वह लड़की मरी कैसी थी ? हमारी रानी बीबी के पास तो बड़ी चिट्ठियाँ लिखा करै थी। यों तो तुम जानो, मैं न तो किसी की बात में बिना मतलब टाँग अड़ाऊँ, न किसी की चिट्ठी-पत्री पढ़ूँ, पर अब वे इधर-उधर पड़ी चिट्ठियाँ आँख के नीचे आ ही जाया करै थीं। मैंने तो सारी बात उन चिट्ठियों से ही जानी। लिखा था—मैं तो ब्याह करके दुखी हो गई। अपने ही आदमी के लिए लिखा था—इसे तो दफ़्तर और मेरे सिवा दुनिया में कुछ सूझे ही नहीं। दिन-भर ऑफिस और रात-भर मैं...न पढ़ने-लिखने का शौक है, न किसी से मिलने-जुलने का और मैं पढ़ूँ-लिखूँ या मिलूँ-जुलूँ, सो भी इन्हें अच्छा नहीं लगे है। बहुत मन मारूँ हूँ पर कभी-कभी तो बस यही मन करे है कि सब छोड़-छाड़कर भाग जाऊँ।''

फिर आवाज़ को धीमी करके और गर्दन को ज़रा आगे की ओर झुकाया कि सबके हाथों की ऊन-सलाइयाँ जहाँ-की-तहाँ थम गईं मानो बात का रहस्य अब खुलनेवाला हो—

''अब तुम्हीं बताओ अम्मा ! दिन-भर काम करके थका-माँदा आदमी रात को घर की औरत के पास नहीं आवेगा तो कहाँ जावेगा भला ? अरे तुम अपने घर के मरद को ही सेजों का सुख नहीं दे सको तो तुम्हें क्या पूजने को ब्याहा है भला ?''

तभी भाभी की नज़र अपनी दस वर्षीय कन्या पर पड़ गई, जो बच्चों के बीच से जाने कब उनके पास आकर बैठ गई थी और बड़े ध्यान से उनकी बात सुन रही थी। एक ज़ोर का तमाचा उसके गाल पर जमाते हुए भाभी बिगड़ पड़ीं, "निगोड़ी, यहाँ छाती-की-छाती पर लदी रहेगी ? बाहर जाकर बच्चों में क्यों नहीं खेले है ? अब जो यहाँ बड़ों की पंचायती में आकर बैठी है तो मार-मारकर मलीदा निकाल दूँगी।"

सहमी-सी लड़की भाग गई।

"पर यह भी कोई नाखुश या दुखी होने की बात हुई भला ? यह तो बड़े भाग की बात है कि तुम्हारा मरद तुम्हारे पास ही आवे है।" और एकाएक ही बड़ी भाभी के मुँह से ठंडी-सी साँस निकल गई।

"अब तुम्हीं जब उसे खुश नहीं करोगी तो वह तो सत्तर जगह मुँह मारता ही फिरेगा—मरद है आख़िर। फिर यों झींकोगी तक़दीर को।"

बात इतनी बढ़ गई थी, पर फिर भी किसी के चेहरे पर सन्तोष नहीं झलक रहा था। सबके हाथ फिर से चलने लगे। सब आश लगाए बैठी थीं कि किसी रोमांचकारी घटना का इतिहास सुनने को मिलेगा, पर भग्गो भाभी की भूमिका बढ़ती ही जा रही थी, जिसे अपने चेहरे के हाव-भाव से, हाथ नचा-नचाकर के भरसक दिलचस्प बनाने की चेष्टा कर रही थीं, पर इस सबसे किसी को तृप्ति नहीं हो रही थी। किसी लड़के के प्रेम-पत्र पकड़े जाते या किसी के साथ उसे एक कमरे में रँगे-हाथों पकड़ लिया जाता, फिर मार-पीट, हो-हल्ला होता, तब तो भागने जैसी कोई बात भी होती। इन कोरी सैद्धान्तिक बातों में किसी को मज़ा नहीं आ रहा था। भग्गो भाभी दिलचस्पी उत्पन्न कर सकने की अपनी असमर्थता को पूरी तरह महसूस कर रही थीं, उसे दूर करने के लिहाज़ से ही आवाज़ को उन्होंने कोई ऐसी अश्लील बात की कि और धीमी करके, सबका ध्यान अपनी ओर खींचकर फुसफुसाकर हँसने लगीं और अम्मा ने झिड़कते हुए कहा, "हद्द करै है भग्गो तू भी ! यहाँ शन्नो बैठी है, कुँआरी लड़की का तो लिहाज़ कर ज़रा !"

"अब कोई कुँआरे रहने से तो नासमझ रहै नहीं। कुँआरी तो तुम ज़िन्दगी-भर रहो तो क्या ज़िन्दगी-भर नासमझ ही बनी रहोगी। शन्नो बीबी की उम्र में मैं दो बच्चों की माँ बन गई थी।" अम्मा या कोई कुछ और कहता उसके पहले ही उन्होंने कथा-सूत्र को आगे बढ़ाते हुए कहा—"अरे भई ! मैं तो एक बात जानूँ कि जिसने सत्तर घाट का पानी पिया हो वह कभी एक घर की नहीं हो सके है। ऐसी औरतों को तो कोठे खोलकर बैठ जाना चाहिए। क्यों किसी बिचारे की गिरस्थी बिगाड़े ? मैं पूछूँ तुम्हें इन सबसे इतनी चिढ़ है तो क्यों सवेरे-सवेरे नहा-धोकर क्रीम-पाउडर मलकर बैठ जाओ। अपना आदमी तो उस समय दफ्तर जावै है। फिर वह सब सिंगार-नखरा किसके लिए करौ ? दिन में यार-दोस्त जो आवै हैं...न जाने क्या-क्या लिखकर तो अखबारों में छपवाया करै थी, फिर जाने किन-किन लोगों की चिट्ठियाँ आया करै थीं। आदमी को तो यह सब ज़रा भी बर्दाश्त नहीं था, पर सुनै कौन ? एक बार रानी बीबी से कह रही थी कि मैं अपने को किसी की इच्छा के झक्कीपन पर सहीद नहीं कर सकती। लो और सुनो, आदमी की इच्छा के मुताबिक चलना ही सहीद होना हो गया। हद्द है भई ! हम तो कहैं, फिर तुम मरद होकर जनमी होतीं। औरत हो तो आदमी के लिए एक बार क्या, सौ बार सहीद होना पड़ेगा। जो कमावै, तुम्हें खिलावै,

उसकी इच्छा चलेगी कि तुम्हारी ? यह तो सच कहूँ, बड़ा सरीफ आदमी है जो गम खींच जाए, कोई दूसरा होता तो कभी की छाती पर सौत ला बिठाता, सारी अकल ठिकाने लग जाती।''

''यह तो रोज़ की बात हुई, पर भागी तो किसी खास वजह से होगी ना ?''

''लो और सुनो ! तो ये सब बेखास बातें हो गईं। लुगाई घर के आदमी की परवा नहीं करै और दूसरों के साथ मटरगस्ती करती फिरै, अखबारों में लिख-लिखकर छपावै, दूसरे मर्दों के साथ चिट्ठी-पत्री करै, अब कब तक किसी से बर्दाश्त होवै ? आख़िर– बर्दाश्त की भी एक हद्द होवै है। फिर एक महीने पहले कहै हैं कि बड़ी लड़ाई हुई दोनों में। वह कहै थी कि एक स्कूल में जगह खाली हुई है सो मैं तो काम करूँगी पढ़ाने का। आदमी ने भी साफ़ कह दी कि लुगाई से नौकरी कराके उसे इज्जत के काँकर नहीं कराने। जिस आदमी में कमाने की लियाकत नहीं होवे, वह अपनी लुगाई को भेजे कमाने के लिए। उन्ने तो बस कह दी कि नौकरी करूँगी, पर आदमी को तो घर की इज्जत का भी खियाल रखना पड़े कि नहीं ! कहैं, खूब लड़ाई हुई दोनों में और तब से ही बस अनबोला था। अब तुम्हीं बताओ अम्मा, ये सब बातें 'आ बैल मुझे मार' वाली हैं कि नहीं। आदमी तुम्हें रानी की तरह रखे तो तुम कहो कि नहीं, हम तो नौकरानी की तरह रहेंगे। औरत का तो काम ही होवे, घर-बार का देखना, बाल-बच्चे रखना, पर बाल-बच्चे भी ऐसी औरतों के कहाँ से होवैं, मरद पास आवै तो तुम्हें चिढ़ छूटे है, जाने मरा काटता होवै।''

तभी बाहर से जोर के धमाके की आवाज़ आई और फिर एक साथ दो-तीन बच्चों के रोने की। भाभी का कथा-स्रोत टूटा और सबके हाथ जहाँ-के-तहाँ रुक गए। बड़ी भाभी हाथ की बिनाई पटककर बाहर को दौड़ी। मैंने और अम्मा ने दरवाज़े से झाँककर देखा कि आँगन की छोटी दीवार पर चढ़-चढ़कर बच्चे उस पर चल रहे थे। दो दिन पहले जेमिनी सर्कस में लड़कियों को तार पर चलते देखा था, उसी की प्रैक्टिस हो रही थी। चलते-चलते मुन्नी का पैर फिसला, बचाव के लिए उसने कुन्नू को पकड़ा और दोनों धड़ाम् से नीचे। भाभी को देखकर बचे हुए बच्चे भी धमाधम नीचे कूद पड़े। चोट खाए बच्चों को दुलार-पुचकार कर और बाकी को फटकार कर भाभी अन्दर आई तो अम्मा ने पूछा, ''दीवार पर से कैसे गिर गए ?''

''गिरेंगे नहीं तो होगा क्या, बारिश के मारे काई से सारी-की-सारी दीवार तो चिकनी हो रही है मरी, पैर फिसल गया !''

अम्मा चिल्लाने लगीं।

''बच्चे क्या हैं तूफ़ान हैं, उस दीवार से सिर फोड़ने क्यों गए थे ? वह तो यों ही इत्ती पुरानी दीवार है, बीस-बीस बच्चों का बोझ ढोने लायक रही नहीं। बच्चे तो सबके होंगे, पर ऐसे उत्पाती बच्चे कहीं नहीं होंगे। दो घड़ी शान्ति से बैठकर बात नहीं करने देंगे मरे।''

''अरे, बच्चे तो सब घरों में उत्पाती ही होवै हैं अम्मा।''

''हाँ, तो एक महीने से अनबोला चल रहा था दोनों में।'' अम्मा ने टूटे हुए सूत्र को जोड़ते हुए पूछा।

''हाँ, सुनैं तो यही थे कि दोनों बोलते नहीं थे। बस वह खाना बना दिया करै थी, खिलाफ़ दिया करै थी, पर दोनों बात नहीं करैं थे। बिचारे आदमी को तो घर नरक लगता

होगा।''

''उसे डर नहीं लगै था अपने मरद से''—चाची ने पूछा।

''अरे, राम भजो ! डरै उसकी बला। पूरी मरद-थी-मरद। सब वही काम करै थी, जो उसके मन में आया करै था। क्या मजाल, जो किसी से दब तो जाए। कल शाम को उसे कही मीटिंग-वीटिंग में जाना था...''

सब सतर्क होकर बैठ गईं और नज़रें भाभी के चेहरे पर जम गईं।

''पाँच बजे रोज़ उसका आदमी आया करे था, उस दिन कुछ हो गया होगा तो देर हो गई, सो ये नईं हुआ बन्दी से कि रुक ही जाए। नास्ता-वास्ता बनाकर ढँककर रख दिया और चली गई। जब आदमी लौटा तो घर में कोई नहीं। उन विचारों के लिए तो यों भी उसका रहना-न-रहना बराबर ही था, फिर भी आदमी थका-माँदा लौटे तो घर में औरत तो रहनी चाहिए कि नहीं। अब तुम जानों, बर्दाश्त की भी एक हद्द होवे है, कल आदमी भी ताव खा गया। रात में जब लौटी तो आदमी ने भी झोंटा पकड़कर दो झापटे रख दिए और कह दिया, ''निकल जा मेरे घर से। जिन यार-दोस्तों में घूमती फिरे है, उन्हीं के घर जाकर बैठ।'' अरे बाबा, फिर तो चंडी माई का रूप ही धर लिया, पर मरी बोल इत्ती धीरे-धीरे रही थी कि कुछ सुनाई ही नहीं दे रहा था। पर मैं देख रही थी कि जीभ कैंची की तरह चल रही थी, बराबर जीभ लड़ाए जा रही थी। गजब की हिम्मत थी मरी में ! सच कहूँ अम्मा, उस आदमी का चिल्लाना सुनकर मैं तो घर में ही थर-थर काँप रही थी। मरद ऐसा गुस्सा करे तो मेरी तो ऊपर की साँस ऊपर नीचे की साँस नीचे रह जाए। यों तो मैं किसी के झगड़ों में पड़ूँ नहीं तुम जानो, मेरी और तो ऐसी आदत ही नहीं, पर अब पड़ोस में ऐसा कांड हो जावे तो पड़ोसी होने के नाते हमारा भी कुछ धरम हो ही जावे। सो भई, मैं भी हिम्मत करके गई। सोचा, कह दूँगी कि पैर पकड़कर माफ़ी माँग लो और आदमी के कहे अनुसार रहो। सो भैया, वह तो मेरे ऊपर ही बरसने लगीं—बोली, 'बहिन जी ! गलती करूँगी तो सौ बार माफ़ी माँग लूगी पर जिसे मैं गलती समझूँ ही नहीं, उसके लिए क्यों माफ़ी माँगूँ ? आज माफ़ी माँग लूँ और कल फिर वह करूँ, इससे क्या फ़ायदा ? हम दोनों का साथ निभ न सके तो साथ रहने से क्या फ़ायदा ? आज इनने भी साफ-साफ कह दीनी, चलो किस्सा खत्म।'' सच अम्मा, मैं तो उसका मुँह ही ताकती रह गई—लोग-लुगाइयों के किस्से कहीं यों खतम हुए हैं।''

फिर ज़रा आवाज़ को धीमी करके कहने लगीं—''अरे, ये सब तो नाटक होगा नाटक। हमारे पुरखे तिरिया-चरित्तर की जो महिमा बखान गए सो झूठी नहीं है। मैं तो कहूँ, पहले से ही किसी से लगी बैठी होगी मरी, बस बहाना चाहिए था। आदमी के मुँह से घर से निकलने की बात निकल गई कि गाँठ बाँध ली। अरे, हमें तो हजार बार कहें कि घर से निकल जाओ सो निकला जावे क्या ? ये तो सब बहाना था ! जाना तो उसे था ही, पर दोष बिचारे मरद पर मढ़कर जाना चाहे थी, सो दुनिया भी अन्धी नहीं है अम्मा कि सच-झूठ न पहिचान सके।''

''गई कहाँ है, कुछ पता लगा ?'' भाभी ने जिज्ञासा प्रकट की।

''जाने कहाँ मरी है...।''

बाहर फिर धमाका हुआ और रोने की मिली-जुली आवाज़ें आने लगीं। बड़ी भाभी गरम

होती हुई बाहर गईं, "ये सत्यानासी बच्चे दो घड़ी चैन से नहीं बैठने देंगे।" पर बाहर जाते ही चिल्लाई—"अरे अम्मा देखो तो, सारी-की-सारी दीवार टूट गई।"

"दीवार टूट गई...कैसेऽऽ ?" अम्मा उठकर बाहर आईं। मैं भी पीछे-पीछे आई। देखा, सामने की उसी काई जमी पुरानी दीवार को फोड़कर एक नन्ही-सी पौध निकल आई थी, जाने कैसे उसी के आस-पास के सारे पत्थर हड़बड़ाकर गिर पड़े। नीचे बैठे बच्चों में से एक-दो को चोट भी आ गई थी। टूटी दीवार को देखकर अम्मा ज़ोर-ज़ोर से चिल्लाने लगीं।

"उसी दिन मैंने कही थी कि इस पौद को उखाड़ फेंको, पर सुनता कौन है मेरी इस घर में। देखो, मरी ज़रा-सी है पर सारी-की-सारी दीवार तोड़कर रख दी।" बच्चों का रोना, अम्मा का चिल्लाना और भाभी का फटकारना सबने मिलकर कोहराम मचा दिया।

तभी पीछे से शैल की आवाज़ आई—"किस सोच में डूबी है शन्नो...दो मिनिट से तेरे पीछे खड़ी आवाज़ दे रही हूँ, तुझे कुछ ख़बर ही नहीं।" मैं एकाएक चौंक गई—बोली, "कुछ नहीं, कुछ भी तो नहीं सोच रही हूँ।" और सच मैं कुछ सोच भी नहीं रही थी। मैं तो केवल उस नन्ही-सी पौध को देख रही थी जिसने इतनी बड़ी दीवार को धड़ाधड़ गिराकर घर में कोहराम मचा दिया था।

'मैं हार गई' संकलन से

कील और कसक

जैसे ही कैलाश ने आकर बताया कि नया मकान मिल गया है, रानी के मन को जैसे ठेस लगी। उसने कहा, "तुम तो किसी बात के पीछे ही पड़ जाते हो। अब दूर मकान लेकर कितनी परेशानी उठानी पड़ेगी, यह भी सोचा है ? रात-दिन तुम्हें प्रेस में रहना पड़ता है, यहाँ थे तो जब चाहा ऊपर चढ़ आए, और मुझे भी तसल्ली रहती थी कि नीचे ही हो। दूर मकान लेकर यह काम कैसे निभेगा।"

"तुम्हीं ने तो अभी चार दिन पहले रो-रोकर घर-भर दिया था कि तुम अब एक घड़ी भी इस मकान में नहीं रहोगी। मेरा क्या है, जैसे भी होगा निभा लूँगा !"

"गुस्से में कह ही दिया तो उसका क्या ? मुझे नहीं बदलना मकान। साल-भर यहाँ रहते-रहते सबसे जान-पहिचान हो गई, अब कहाँ नई जगह जाकर रहूँगी।"

"जान-पहिचान ! सारे दिन तो लड़ती रहती हो, न लाज, न हया। मेरी तो नाक कटवाकर रख दी तुमने, अब तो तुम लाख कहो, मैं एक दिन भी तुम्हें इस घर में नहीं रहने दूँगा।"

रानी रो पड़ी, "मैं तुम्हारे हाथ जोड़ती हूँ, मुझे यहीं रहने दो। अब मुँह भी खोलूँ तो तुम्हारे सिर की क़सम।"

"मैं कह रहा हूँ, उठकर सामान बाँधना शुरू करो। कल जैसे भी हो, हमें नए मकान में चले जाना है।" और कैलाश धड़धड़ाता हुआ नीचे चला गया।

रानी का मन जाने कैसे अवसाद में डूब गया। वह पंखी लेकर चारपाई पर लेट गई। चाहकर भी सामान नहीं बाँधा गया। सामने शेखर का कमरा था। वह उसी ओर देखती रही। परसों जो कुछ कांड हो गया, उसका परिणाम इतना भयंकर निकलेगा, यह जानती तो अपने मन को क़ाबू में कर लेती। शेखर लाख बुरा हो फिर भी...। और उसकी आँखें भीग गईं। आँसू-भरी आँखों के आगे न जाने कितने धुँधले चित्र बिगड़ने लगे।

साल-भर पहले जब वह ब्याहकर इस घर में पहुँची थी तो अरमानों की आँधियाँ उसके मन में मचल रही थीं। चढ़ती जवानी और चाँद को शरमानेवाले रूप ने सुहाग-रात की कल्पना को और अधिक चटकीला रूप दे दिया था। औरतों के बीच वह घिरी बैठी थी, पर मन उसका इस सारे कोलाहल को पार कर, दोपहर की उबा देनेवाली इस नीरस लम्बी घड़ियों को पीछे छोड़, रात के उस मदिर पहर की ओर दौड़-दौड़कर जाता था, जब कोई बड़े दुलार से उसका घूँघट हटाकर, अपने रोम-रोम को आँख बनकर उसके रूप को निहारेगा और प्रशंसा के पुल बाँधकर दो अपरिचित हृदयों की दूरी के अस्तित्व को ही मिटा देगा। यह कल्पना यहाँ बैठे-बैठे भी उसके गालों को सुर्ख बना देती और एक मादक-सी सिहरन उसके सारे शरीर में दौड़

जाती। उसको लगता उसका अंग-अंग जैसे बेक़ाबू हुआ जा रहा है। अपने पति की सूरत के सौ-सौ काल्पनिक नक़्शे उसकी आँखों को आगे दौड़ जाते—कैसे होंगे वे ? और प्रश्न के साथ ही वह कल्पना में डूबने-उतराने लगती। जब बारात चढ़ी तो बड़ा मन हुआ था उसका कि सहेलियों के साथ वह भी छज्जे पर चढ़कर अपने प्रियतम की एक झलक तो देख ले, पर दादी-बुआ के बीच घिरी, वह वहाँ से हिल भी न सकी। उसकी उत्सुक आँखें लौटकर आई हुई सहेलियों पर टिक गईं। पर वह इतना कुछ न जान पाई, जिसका सहारा लेकर मन के कौतूहल को मिटा पाती। हाँ, इतना उसने अवश्य सुना कि पति उसके काले हैं। दादी कह रही थीं, "अरे, मर्दों का क्या रूप देखना ? और फिर रंग का क्या—काला या गोरा ! रानी खाने-पीने की सार रखेगी तो रंग भी निखर आएगा। कमाबै तो तीन सौ है। भाग जाग गए रानी के—बस रानी बनकर ही रहेगी। फिर परिवार का टंटा नहीं, सास है तो गाँव में, बस दोनों मौज करेंगे।" और रानी बनकर मौज करने की इस कल्पना पर ही तो रह-रहकर उसका मन थिरक रहा था।

धीरे-धीरे रस्म-रिवाज, देखना-दिखाना, खाना-पीना, निन्दा-आलोचना का दौर समाप्त हुआ और घड़ी ने दस बजा दिए। अपने कमरे में सजी-सँवरी रानी के मन का बिखरा-बिखरा उल्लास प्रतीक्षा में बदल गया। हल्की-से-हल्की आहट पर भी उसका मन गुदगुदा उठता और नेत्र घूँघट के झीने आवरण को चीरकर कुछ खोजने लगते। क़रीब ग्यारह बजे सास आई, "अरे, अभी तक नहीं आया कैलाश ! हद्‌द करे है ये भी। आज के दिन तो परेस का काम छोड़ दिया होता। बिचित्तर आदमी है, बड़ा ही साधू। अपने सुख-आराम की तो इसे रत्ती-भर भी परवाह नहीं। लाओ, मैं ही बुला लाऊँ।" और वे धीरे-धीरे ज़ीना उतरने लगीं। इस विचित्र आदमी के साधुत्व ने रानी के आक्रोश को इस हद तक बढ़ा दिया था कि उसकी इच्छा हो रही थी कि वह रो ले, पर तभी किसी ने कमरे में प्रवेश किया। रानी की पलकें झपक गईं, इस आशा से कि जल्दी ही कोई हौले से आकर उसका घूँघट हटा देगा और फिर वह अपने लाज भरे चेहरे को छिपाने के लिए बेसुध-सी किसी के सीने का आश्रय ले लेगी। पर तभी एक रूखी कर्कश-सी ध्वनि ने उसकी कल्पना के आवरण को बुरी तरह चीर डाला, "इतनी देर जागने की कोई ज़रूरत नहीं थी, तुम्हें सो जाना चाहिए था। मेरा तो काम ही ऐसा है। आज भी माँ ज़बर्दस्ती बुला लाईं, अब सवेरे तक सारा काम ख़तम न हुआ तो मुसीबत हो जाएगी।" और वह रानी के अस्तित्व को भूलकर सो गया। रानी को लगा, वह अपने पास सोए इस आदमी का मुँह नोच ले, अपने बाल नोच ले, फूट-फूटकर रो पड़े और आँसुओं से सारे घर को और नीचे ही निरन्तर धड़धड़ करनेवाले इस प्रेस को डुबो दे। पर ऐसा कुछ भी नहीं हुआ और ख़ामोशी से आँसू बहाते और सर्द आहें भरते-भरते रानी सो गई।

दूसरे दिन ही घर अपनी असली स्थिति में आ गया। बड़ा कमरा—जो उस घर का सबसे शानदार कमरा था—पड़ोसियों को लौटा दिया गया। विवाह के लिए वह माँग लिया गया था। दो नौकर और एक महाराज जो कल दौड़-दौड़कर काम कर रहे थे, अपना-अपना हिसाब लेकर चलते बने। रह गए घर में तीन प्राणी, एक कमरा, एक छोटी-सी कोठरी और एक छोटी-सी रसोई। घर के नीचे प्रेस था, और ऊपर के तल्ले में मकान मालिक रहते थे। बीच के तल्ले में तीन किराएदार रहते थे। सारा वातावरण काफ़ी घुटा-घुटा था और प्रेस की लगातार धड़धड़ की आवाज़ एक अच्छे-भले आदमी के सिर में दर्द पैदा करने के लिए पर्याप्त

थी। सास खाना बनाने बैठी तो मजबूरन उस धुएँ से घुटी रसोई में रानी को भी जाना पड़ा, एक बार के आग्रह से ही सास चूल्हा छोड़कर दरवाज़े पर बैठकर बहू को घर के रंग-ढंग से परिचित कराने लगीं, सारा काम-काज समझाने लगीं। उस अँधेरे चौके में देखने की सुविधा के विचार से रानी ने घूँघट कम कर दिया था। सास ने सबसे पहले उसी को लेकर आदेश दिया—

"सिर का पल्ला ज़रा नीचे रखा करो बहू—पचास तरह के लोग यहाँ आवै-जावै हैं। फिर कैलाश को बेशर्मी पसन्द भी नहीं।"

"अब तुमसे घर का क्या छिपाना—कैलाश पर बारह हज़ार का कर्जा है। जाने कैसी मनहूस घड़ी में यह कुकर्म हुए उससे। अब तो बेचारा रात-दिन एक करके पैसा कमा रहा है। न खाने की सुध, न पीने की। किसी तरह शादी करने को राज़ी नहीं होवै था, कौन एक प्राणी का खर्च बढ़ाए, पर मैंने ही ज़ोर-ज़बर्दस्ती करके शादी करवा दी। आख़िर कोई खाने-पीने का ख़याल रखनेवाला भी तो हो। मैं तो..."

"खाना बन गया, अम्माजी ?" अम्मा की बात का स्रोत टूट गया। एक अपरिचित को सामने देखकर रानी ने घूँघट और खींच लिया।

"हाँ-हाँ बन गया, आओ बेटा, बैठो। अब मैं तो दो-तीन दिन में गाँव चली जाऊँगी, तुम और तुम्हारी ये भाभी मिलकर कैलाश का ख़याल रखना बेटा ! बड़ा बिचित्तर आदमी है। बहू, एक थाली तो लगा दो। ये सामनेवाले कमरे में रहें और यहीं खावैं हैं।"

रानी ने घूँघट में ही झाँककर देखा, एक सुन्दर आकृति उसी की ओर देख रही है। वह अन्दर-ही-अन्दर सकुचा गई। उसे लगा, सामनेवाले पुरुष की आँखें जैसे उस घूँघट को चीरकर उसके चेहरे को निरख रही हैं। उसने थाली लगाकर सरका दी।

"अम्मा, भाभी से कह दो मुझसे पर्दा न करें। तुम भी नहीं रहोगी और ये यों लाज की छुई-मुई बनी रहेंगी तो मुझसे खाते नहीं बनेगा। तुमने बेटा माना तो ये क्या देवर न मानेंगी ?" रानी को लगा, कोई है—जो उसका चेहरा देखने को व्याकुल है, और एक अव्यक्त-सी इच्छा उसकी रग-रग में समा गई कि वह घूँघट उलटकर अपना चाँद-सा मुखड़ा उसके सामने कर दे। पर वह वैसे ही रोटी बेलती रही।

"वाह ! खाना तो भाभी बहुत बढ़िया बनाती हैं। अरसे से ऐसा स्वादिष्ट खाना नहीं खाया अम्मा !"

रानी का प्रशंसा का भूखा मन पुलक उठा, हाथों की गति बढ़ गई और एक बार उसने संकोच से सामने बैठे व्यक्ति पर उड़ती-सी नज़र डाली। भरा-पूरा स्वस्थ सुन्दर चेहरा और तभी उसके सामने मुँहासों और चेचक के दाग से भरा एक काला-सा चेहरा उभर आया। उसके हाथ फिर शिथिल पड़ गए।

खाना खाकर वह चला गया।

अम्मा बोलीं, "25 रुपया महीना देवै है और दोनों समय खाना खावै है। अकेला जीव है, बड़ा भला। इसे ठीक से खिला दिया करो। कैलास तो सदा ही काम में रहे है सो यह कभी-कदास काम भी कर दिया करेगा !"

दो दिन बाद अम्मा चली गईं। रानी के लिए ज़िन्दगी पहाड़ हो गई। वह अपने कमरे के दरवाज़े पर पड़ी चिक पर खड़ी होकर देखा करती। ठीक सामने शेखर का कमरा था,

ढेर किताबें, सब अस्त-व्यस्त। शेखर को देखकर उसका मन कैसा-कैसा होने लगता। खाना खाने जब वह आता तो बड़ा आग्रह करता घूँघट खोलने का, बड़ी प्रशंसा करता उसके खाने की। धीरे-धीरे कब रानी का घूँघट खुल गया और खाने की प्रशंसा, रूप की प्रशंसा में बदलकर उसके अतृप्त मन को तृप्त करने लगी, वह स्वयं नहीं जान पाई। कैलाश के स्वभाव की रुखाई को वह शेखर की सरसता के सहारे ही बर्दाश्त करने लगी। सवेरे-शाम शेखर बाहर रहता और सारे दिन घर। धीरे-धीरे वह अपने कमरे की अपेक्षा, रानी के कमरे में रहने लगा। वह उसको अपनी कविताएँ सुनाता, कहानियाँ सुनाता। रानी चाहे कुछ समझती या नहीं, पर शेखर की हर बात में बड़ा रस लेती।

उस दिन सवेरे बड़ा शोर मच गया। अचानक नल बन्द हो गए। सब लोग नीचे के नल पर पानी लेने को दौड़ पड़े, क्योंकि नीचे पानी दस बजे तक ही आता था। रानी भी बाल्टी लेकर पानी भरने पहुँची। भरी बाल्टी लिए वह ऊपर चढ़ आई, पर जाने कैसे साड़ी पैर में उलझ गई और वह गिर पड़ी। बाल्टी से उसकी अँगुली कट गई, खून बहने लगा। कैलाश प्रेस जाने के लिए नीचे उतर रहा था। एक तो उसे यों ही देर हो गई थी, दूसरे रानी का इस प्रकार सबके बीच गिर पड़ना देखकर उसे क्रोध आ गया। झल्ला पड़ा वह, "देखकर क्यों नहीं चलती हो। अब जाकर कपड़े बदलो, गीले कपड़े पहिने यहाँ सबके सामने क्यों बैठी हो ?" और वह धड़धड़ाता हुआ उतर गया। उसके जाते ही शेखर आया—हाथ पकड़कर उठाया। खून देखते ही बोला, "अरे, यह क्या ? तुमने तो अँगुली काट ली।" और झट जेब से रूमाल निकाल उसने बड़े दुलार से उसके हाथ में बाँध दिया। प्रेम से बाँधी गई उस गाँठ में अनायास ही रानी का हृदय भी बँध गया।

चौबीसों घंटे प्रेस की मशीनों के बीच काम करते-करते कैलाश स्वयं एक मशीन बन गया था, भावनाहीन, रसहीन। उसे न रानी में दिलचस्पी थी, न घर में। क़र्ज़ का भूत कोड़े लगा-लगाकर उससे काम करवाता था। शहर में प्रदर्शनी हो रही थी, रानी ने कितनी ही बार कैलाश से कहा, "एक दिन मुझे प्रदर्शनी ही दिखा लाओ। देखो ना, पड़ोस की सारी औरतें देख आईं।" "तुम भी किसी के साथ चली जातीं ! मुझे तो समय नहीं है सैर-सपाटों के लिए।"

"वे कोई अकेली जाती हैं, जो चली जाती ! सब अपने-अपने मर्दों के साथ जाती हैं।" फिर कुछ रुककर बोली, "तुम कहो तो शेखर के साथ चली जाऊँ ?"

"दूसरी औरतों के मर्दों के साथ जाते तो तुम्हें अजीब लगता है और शेखर के साथ अकेले जाते शर्म नहीं लगती ?" स्वर में कुछ तीखापन और आँखों में कुछ सन्देह का भाव था, जिसने रानी के हृदय को मथ डाला।

कैलाश के जाते ही वह फूट-फूटकर रोने लगी। विवाह से लेकर आज तक वह अनेक प्रकार से अपने मन को समझाती आई है, पर आज उसका मन बुद्धि और तर्कों के जाल को तोड़कर पूरी शक्ति के साथ विद्रोह कर उठा। तभी उसने बालों पर किसी के स्नेहिल स्पर्श का अनुभव किया, "क्या बात हुई भाभी, रो क्यों रही हो ?"

पर रानी कुछ बता नहीं सकी, बस फूट-फूटकर रोती रही। अपने अपमान, अपनी उपेक्षा की बात किस मुँह से वह कहती। शेखर ने अपनी जेब से अख़बार में लिपटा हुआ कुछ निकाला और बोला, "कल रात प्रदर्शनी देखने गया था—तुम्हारे लिए वहाँ से ये चूड़ियाँ और

बिन्दियाँ खरीद लाया हूँ।'' पर रानी थी कि रोती रही, आँसू जैसे थम ही नहीं रहे थे।

गर्मी बढ़ चली थी। चूल्हे के पास बैठने से रानी के दोनों गाल लाल सुर्ख हो गए थे। वह कमरे में बैठकर, पंखी लेकर पसीना सुखा रही थी। तभी शेखर आया तो उसके गालों की सुर्खी देखकर वह एकटक उधर ही देखता रह गया। दिलोजान से इस दृष्टि का स्वागत करते हुए भी रानी ने कहा, ''यों क्या घूर रहे हो मुझे ?''

शेखर मुस्करा दिया, ''जाने क्यों तुम्हारे गालों को देखकर मुझे गुलाब के उन फूलों की याद आ गई जो रोज़ सवेरे बगीचे में देखता हूँ। जब उन गुलाबों को देखता हूँ, तब भी मुझे अक्सर तुम्हारे गालों की याद आ जाया करती है।''

''चलो, बड़े बेहूदे हो तुम। भले आदमी ऐसी बात नहीं करते, समझे ? लो, अब खाना खा लो।'' और रानी फिर चूल्हे के पास बैठकर रोटी सेंकने लगी।

''भाभी, तुम मेरे लिए रोटी बनाकर रख दिया करो। मेरे खाने का कोई समय ठीक नहीं, नाहक तुम चौका लिए बैठी रहती हो।''

''कौन मेरे पास बड़ा काम है ? यों ही तुम तीन रोटी खाते हो, ठंडी होगी तो शायद एक खाकर ही उठ जाया करोगे।''

दोपहर में जब रानी अपनी पड़ोसिनों के पास बैठती तो उस बिल्डिंग के लोगों की टीका-टिप्पणी ही उनका विषय होता। उस समय शेखर की प्रशंसा के पुल बाँधते-बाँधते रानी अक्सर उस सीमा तक पहुँच जाती थी, जहाँ पहुँचकर वह स्त्रियों के सन्देह का कारण बन जाया करती थी। कैलाश को तो कुछ भी ख़बर नहीं रहती कि ऊपर क्या होता है, पर छोटी-से-छोटी बात में भी किसी बड़े रहस्य का उद्‌घाटन कर डालने को आतुर रहनेवाला स्त्रियों का मन, रानी और शेखर की घनिष्ठता से उदासीन न रह सका। पर बात अभी कानाफूसी तक ही सीमित थी, आम आलोचना का विषय नहीं बन पाई थी। तभी शेखर ने एक दिन आकर बताया, ''मेरी जीजी आ रही हैं। जब तक वे रहेंगी तब तक तो मैं तुम्हें खाना बनाने के कष्ट से मुक्ति दे दूँगा।''

''अरे, अपनों को खिलाने में भी कोई कष्ट होता है ? जीजी बेचारी थोड़े से दिनों के लिए आ रही होंगी और तुम उनसे रोटी सिंकवाओगे ? जीजी भी यहीं खा लेंगी।''

पर शेखर ने बात मानी नहीं, कैलाश इस अतिरिक्त खर्चे को बर्दाश्त न करता और जीजी किसी के घर खाना पसन्द नहीं करतीं। जीजी आईं तो शेखर ने बड़ी तारीफ़ करके, अपनापन दिखाकर रानी का परिचय करवाया। रानी ने बड़े प्रेम और आदर से उनके पैर छुए, स्वागत किया। दोपहर को दोनों बातें करने बैठीं तो जीजी बोलीं, ''इस बार तो मैंने ऐसी लड़की ढूँढ़ी है कि शेखर को हाँ करनी ही होगी। बड़ा परेशान कर डाला हमें तो इस शेखर ने। सत्तर गुण तो एक लड़की में मिलने से रहे, फिर आदमी अपनी औकात भी देखे। पढ़ी-लिखी होगी तो वह तुम्हारे घर क्यों आएगी भला ! वह भी किसी अफ़सर-ओहदेवाले को ढूँढ़ेगी। और रूप की बात कहो तो ऐसी है कि चाँद भी लजा जाए।''

''तो इन्होंने पसन्द कर ली लड़की ?'' रानी के स्वर का उत्साह कुछ उतार पर आ गया था।

''अभी देखी ही कहाँ है ? वह तो बस एक ही रट लगाए है कि मुझे शादी करनी ही नहीं। पर तुम्हीं बताओ, बिना ब्याह और औरत के भी कोई ज़िन्दगी है मरी ?''

"सच पूछो तो जीजी, क्या रखा है ब्याह में भी ? एक बन्धन ही तो है, जी का जंजाल। बिना ब्याह के तो कैसी मस्ती रहती है, नहीं तो पचास झंझट।"

"तुम भी कैसी बातें करो बहू ! खुला बैल सत्तर जगह मुँह मारे है। आदमी अपने खूँटे से बँध जाए तो चित्त भी ठिकाने रहे।"

और शेखर के लिए मनोनीत पत्नी के रूप की, गुणों की प्रशंसा करते-करते जीजी ने सारी दोपहर ही ढाल दी। इधर दिन का प्रकाश साँझ के धुँधलके में डूबता जा रहा था, उधर एक अव्यक्त से विषाद से रानी का मन भारी होता जा रहा था।

दूसरे दिन शेखर अपनी जीजी के साथ लड़की देखने चला गया। तीन दिन बाद लौटा तो जीजी ने आनन्द से गद्गद होकर शेखर की स्वीकृति का समाचार सब लोगों को सुना दिया। साथ ही यह भी बताया कि अब तो वे आते महीने में ब्याह करके ही लौटेंगी। शेखर जब रानी के सामने पड़ा तो रानी ने कहा, "अब तो मुँह मीठा कराओ।"

"क्या बताएँ भाभी, हम तो बस बुरी तरह घायल हो गए। लगता है, ईश्वर ने बड़ी फुर्सत में गढ़ा है उसे। यों बिल्कुल देहातन है, पढ़ी-लिखी भी बिल्कुल नहीं, पर बस, उस रूप से ही मार डाला।" उसके स्वर में उल्लास छलका पड़ रहा था।

रानी तरकारी काटने बैठी तो अँगुली पर ही चाकू चल गया। चूल्हा जलाया तो जाने कैसे हाथ जल गया, पर जैसे उसे जलन महसूस ही नहीं हुई। कैलाश आया तो वह खाना परोसने बैठी। शिथिल हाथों से उसने थाली परोसी और चकले पर रोटी बेलने लगी। तवा चढ़ाना भूल ही गई ओर रोटी बेलकर एकदम चूल्हे में ही डाल दी। कैलाश रानी के इस अनमनेपन को कभी से लक्ष्य कर रहा था, "कहाँ ध्यान है तुम्हारा?" रानी ने अपने-आपको संयत किया। कैलाश खाकर चला गया तो उसने चौका उठा दिया। उस दिन उससे खाना न खाया गया। फिर बिना कारण ही वह पलंग पर गिरकर फूट-फूटकर रोने लगी तो अनजाने ही उसका मन किसी के स्नेहिल स्पर्श की आशा के लिए छटपटाता रहा, पर कोई न आया और रोते-रोते ही रानी न जाने कब सो गई।

शेखर ब्याह करके आ गया। जीजी ने सिर-दर्द का बहाना करके अपने कमरे में ही पड़ी रही। यों अपने कमरे में से वह झाँककर जितना देख सकती थी उसने जरूर देख लिया था। सारी औरतों में नई बहू के रूप की चर्चा हो रही थी। रानी अनमनी-सी लेटी थी, तभी जीजी बहू को लिए हुए वहीं पहुँच गईं। "ये तुम्हारी जिठानी हैं, इनके पैर छुओ !"और बहू ने पैर छू लिए।

"अब तुम्हारी तबियत कैसी है रानी ?"

"ठीक है, बैठो।" और रानी ने बहू का घूँघट उठाकर उसका मुँह देख...सगुन भी दिया पर उसके मुँह से प्रशंसा का एक शब्द भी नहीं निकला।

इधर-उधर की बातें करके, अत्यधिक व्यस्तता का बहाना बनाकर जीजी बहू को लेकर चली गईं। उनके जाते ही रानी अनमनी-सी फिर लेट गई। न जाने क्या था, जो रह-रहकर टीस रहा था, कसक रहा था। थोड़ी देर बाद वह उठी, शीशा उठाकर उसने अपना चेहरा देखा। एक निःश्वास छोड़कर वह फिर लेट गई।

घर-गृहस्थी की बातें समझाकर जीजी चली गईं। नई बहू ने रानी से मित्रता गाँठने की बड़ी चेष्टा की, पर रानी का रूख देखकर साहस न हुआ। उसने पति से कहा, "तुम तो इतनी तारीफ़ करते थे, बड़े मिज़ाज हैं तुम्हारी इन भाभी के तो, जाओ तो सीधे मुँह बात ही नहीं करतीं।"

"कौन, भाभी? नहीं-नहीं, बड़ा अच्छा स्वभाव है उनका।"

"क्या जाने भाई! हम से तो ठीक से नहीं बोलतीं। और उनके आदमी को तो मैं कभी ऊपर देखूँ ही नहीं, कैसे हैं?"

शेखर नहाकर आया था, तैयार हो चुका तो सीधा रानी के कमरे में पहुँचा, "भाभी, क्या बात है, तुम्हें बहू पसन्द नहीं आई? कहती थी, तुम उससे ठीक से बोलती नहीं।"

"नहीं बोलती तो क्या फाँसी पर चढ़ा दोगे? आए चार दिन नहीं हुए और तिरिया चरित्तर शुरू कर दिया!"

"अरे, तुम्हारी क्या शिकायत करेगी, मैंने ही उससे कहा था कि भाभी के पास आया-जाया करो तो मन लगा रहेगा।"

"मैं कोई किसी का मन बहलाने के लिए लौंडी-बाँदी हूँ?"

"तुम नाहक ही बिगड़ रही हो। सच बोलो, तुम्हें पसन्द नहीं आई?"

"मुझे क्या करना पसन्द-नापसन्द करके। रूपवती है तो सिर पर बिठाकर रखो, मुझे क्यों सुना रहे हो बार-बार।"

निहायत ही बदतमीज़ी की बातों से इस बार शेखर झल्ला गया। वह रानी के आक्रोश को समझता था, पर किसी तरह उसे उचित नहीं ठहरा पाता था।

रोज़ शाम को शेखर अपनी बीवी को घुमाने ले जाता। उसने घूँघट काढ़ना छोड़ दिया था, और वह बड़े नखरे से सजकर निकला करती थी। रानी खुलेआम उसकी बेशर्मी की आलोचना करती। कभी छत गन्दी करने के अपराध में, तो कभी पानी ज़्यादा बहाने की शिकायत लेकर वह अक्सर बहू से लड़ लिया करती थी। शुरू में तो बहू संकोचवश चुप रह जाया करती थी, पर आख़िर वह भी देहात की थी, लड़ने-झगड़ने में माहिर। रानी कुछ सुनाती तो सवाया उत्तर पाती। ज्यों-ज्यों नई बहू की शोखियाँ और रूप निखरता जा रहा था, दोनों का झगड़ा और अधिक तूल पकड़ता जा रहा था। अब तो आए दिन दोनों में झगड़ा होता, आस-पास की औरतों को समझाना पड़ता। उस समय रानी बड़े तैश में कहती, "एक साल से इस घर में रह रही हूँ। क्या मजाल जो किसी से भी कहा-सुनी हुई हो। लड़ना-झगड़ना मेरी तो आदत में ही नहीं है, पर नीचों के बीच रहकर नीच ही बनना पड़ता है।" 'नीच' शब्द के आते ही फिर जो वाक् युद्ध होता तो आँसुओं की अजस्र धाराओं में ही उसकी समाप्ति होती। कितनी ही बार शेखर घर में होता, पर न तो वह एक शब्द ही बोलता, न बाहर आता। ऐसी स्थिति में रानी स्वर को सप्तम पर ले जाकर कहती, "भला करने का जमाना नहीं रहा। अरे साल-भर तक रोटियाँ ठोंक-ठोंक कर खिलाईं, उसकी कौन कहे? चार दिन इसे आए नहीं हुए कि सब किए-कराए पर पानी फिर गया। ऐसे नमकहराम भी नहीं देखे होंगे कहीं?" पर शेखर फिर भी खामोश रहता।

एक दिन कैलाश ने कहा, "यह रोज़-रोज़ क्या महाभारत मचा रहता है घर में? कुछ लाज-शरम भी है या नहीं?"

"तो मैं क्या करूँ, कब तक किसी की सहूँ ! वह चार दिन की ब्याही, उसे ही शरम नहीं तो मुझे ही क्या पड़ी है? तुम्हें तो सारा दोष मेरा ही दिखता है।"

दोष किसी का भी हो, तुम्हें मुँह खोलने की ज़रूरत नहीं है।"

पर इस चेतावनी के बाद भी रोज़ के महाभारत में कोई अन्तर न आया। पड़ोस की औरतों का पक्ष अपनी ओर करने के लिए उसके पास एक ही दलील थी कि उसने शेखर को इतने दिन रोटियाँ खिलाईं। और जब पक्ष का बहुमत उसकी ओर हो जाता और सब एकमत होकर कह देती कि शेखर जैसे स्वार्थी आदमी इस दुनिया में ढूँढ़े से भी शायद ही मिले तो रानी तत्काल ही कह देती, "अरे, शेखर तो ऐसा बुरा आदमी नहीं, यह तो जब से इस चुड़ैल का पैर घर में पड़ा है, उसकी भी मति भ्रष्ट हो गई, नहीं तो साल-भर मेरे साथ रहा, क्या मजाल कि कभी ज़रा-भी बेअदबी की हो, पर अब देखो, कैसा बदल गया। बाहर बहू गालियाँ बके तो अन्दर बैठा गटर-गटर सुनता रहे, यह नहीं होवे कि झौंटा पकड़ के दो थौल जमा दे।" इस प्रकार की चख-चख बहू से रोज़ ही हुआ करती, पर परसों वह शेखर से भी उलझ गई। उस दिन हवा प्रायः बन्द थी और उमस ऐसी कि दम घुटा जा रहा था। रानी छत पर खटिया डालकर पंखे से हवा करते हुए जैसे-तैसे अपने झुलसते हुए शरीर को शान्त करने का असफल-सा प्रयास कर रही थीं। तभी शेखर अपने पीछे एक कोयलेवाले को लेकर ऊपर आया और छत के एक कोने की ओर इंगित करके कोयला रखने को कहा। यह सुनते ही रानी भभक उठी।

"छत साझे की है, यहाँ किसी का कोयला गोबर-मिट्टी नहीं रहेगा, मैं अभी से कहे देती हूँ।"

शेखर ख़ामोश रहा। उसने कोयलेवाले का हिसाब साफ़ करने के लिए पैसे निकाले और गिनने लगा।

"कान नहीं हैं क्या ? मैं कह रही हूँ कि छत पर कोयले नहीं रहेंगे। गर्मी के दिन हैं, सब सोते-बैठते हैं। यह कोई कोयले रखने की जगह है भला !"

"छत साझे की है, हम अपने हिस्से में चाहे जो करें, किसी को इससे मतलब ?" और उसने कोयलेवाले का हिसाब साफ़ किया।

रानी का क्रोध जो गर्मी के कारण कब से ही उबल रहा था, इस बात को सुनते ही फट पड़ा।

"मैं कहती हूँ, कोयले यहाँ नहीं रहेंगे।" और उसने जाते हुए कोयलेवाले को आदेश दिया कि बोरी हटा दे। कोयलेवाला बेचारा असमंजस में पड़ गया।

"मेरा मुँह क्या देख रहा है, जाकर बोरी को रसोई में पटक आ। कोयले यहाँ नहीं रहेंगे।"

शेखर इस प्रकार के झगड़ों में शायद कभी भाग नहीं लेता, पर जब रानी ने बोरी में से कोयले निकाल-निकालकर फेंकने आरम्भ किए और अनाप-शनाप बकना शुरू किया तो उसे मजबूरन बोलना पड़ा—

"हट जाओ यहाँ से, अपने हिस्से की छत पर रहो, नहीं तो हाथ पकड़कर निकाल दूँगा।"

अब तो ग़जब हो गया। रानी गले की पूरी ताक़त के साथ चिल्लाने लगी। उसने अपना

हाथ शेखर के शरीर से एक प्रकार से सटा-सा दिया, "ले पकड़, पकड़ तो हाथ। ये हाथ पकड़कर हटावेंगे। अब पकड़ता क्यों नहीं, असल मरद का बच्चा है तो पकड़कर ही दिखा दे।" और वह हाथ को उसके शरीर से सटाए चली जा रही थी। शेखर अन्दर चला गया, पर रानी की चीख़-पुकारों ने सारा अड़ोस-पड़ोस इकट्ठा कर लिया।

"अब क्या भले आदमी इस घर में रह सकेंगे ! अपने घर में एक छिन्नाल बिठा रखी है तो सबको छिन्नाल ही समझ रखा है। पराई औरतों का हाथ पकड़ेंगे !" और वह फूट-फूटकर रोने लगी।

"किसने हाथ पकड़ लिया ?"

"हाथ पकड़ लिया ? किसने हाथ पकड़ लिया ?"

"बड़े आए हाथ पकड़नेवाले, ज़रा पकड़कर तो देखें। अब औरतों की तरह मुँह छिपाकर अन्दर बैठ गए। ज़रा निकलकर हाथ पकड़ें तो सही।" आँसुओं से भीगा होने पर भी स्वर काफ़ी तेज़ था।

ऊपर खड़ी मालकिन भी यह तमाशा देख रही थीं। उन्होंने रानी को बुलावाया। रानी रोती-चीख़ती ऊपर चली गई। "क्या शेखर ने तुम्हारा हाथ पकड़ लिया ?"

"नहीं, हाथ पकड़ तो कैसे ले...कोई तमाशा है ?" और वह फूट-फूटकर रोने लगी।

"तब फिर क्यों ऐसे रो रही हो--कहा-सुनी तो हो ही जाया करती है।"

पर रानी थी कि रोए चली जा रही थी। उसने हाथ शेखर के शरीर से सटा दिया था, फिर भी उसने नहीं पकड़ा, नामर्द कहीं का !

बात कुछ भी न थी, फिर भी सारे घर में यों फैली कि शेखर ने रानी का हाथ पकड़ लिया। कैलाश ने सुना तो आगबबूला हो गया। काम छोड़कर ऊपर आया। रानी को कमरे से खींचकर उसने दो-तीन लात जमा दीं। "एक दिन शान्ति से नहीं रहने देगी यह चुड़ैल। सारे दिन चखचख...मैं कल ही सब काम छोड़कर नया मकान ढूँढ़ लूँगा। इस घर में रहना हराम कर दिया !"

रानी रोती रही। दोष उसका नहीं, फिर भी पिट रही है। उधर शेखर की बहू चाहे कुछ भी करे, शेखर उसे पान-फूल की तरह ही फेरता रहता है। अपने इस दुर्भाग्य पर उसका हृदय बुरी तरह मथा जा रहा था। तभी उसने सुना, शेखर के कमरे से रोने की आवाज़ आ रही थी। स्वर बहू का था--तो आज पड़ गई बहू पर। परम सन्तोष से उसका मन-भर गया और वह पूरी तरह सतर्क होकर उधर की आहट लेने लगी।

"ख़बरदार जो तुम कभी भी भाभी से लड़ीं। दोष चाहे किसी का भी हो, पर तुम बोलीं तो ठीक नहीं होगा, यह मैं अभी से कहे देता हूँ।"

बहू ने भी कुछ कहा पर स्वर सिसकियों में ही खो गए। रानी कुछ समय के लिए गर्मी की तकलीफ़ को भी भूल गई। थोड़ी देर में उसने बहू को कमरे के बाहर देखा। अधिक रोने के कारण आँखें सूज आई थीं। रानी ने मन में सोचा, दो-एक धौल भी पड़े दिखते हैं। अब अक्ल ठिकाने आ जाएगी, सारा गरूर झड़ जाएगा रानी साहब का। सारे दिन रानी का मन प्रसन्न रहा। आख़िर कुछ भी हो, शेखर का मन वह जानती है पर तभी कैलाश ने आकर बताया कि मकान ठीक हो गया है।

और उसकी विचार-धारा ने पलटा खाया। अब उसे यहाँ से जाना ही पड़ेगा। कैसे झक्की

आदमी से पाला पड़ा है। खुद तो सारे दिन मशीनों में जुते रहते हैं, मैं यहाँ चार आदमियों में रहती थी सो भी इन्हें नहीं सुहाया। मैं नहीं जाऊँगी, वह मन-ही-मन बुदबुदा रही थी कि कैलाश ने आकर फटकार दिया--

"यह क्या...तुम यों ही पड़ी हो--उठकर सामान क्यों नहीं बाँधतीं ?" रानी से कुछ न कहा गया। मन मारकर उठी और सामान बाँधने लगी। सब कपड़े बक्सों में बन्द किए। शाम को खाना बनाने के दो-चार बर्तनों को छोड़कर बर्तन बन्द किए। और तो घर में सामान ही क्या था ! कपड़े जमाते समय एकाएक उसके हाथ में अख़बार में लिपटा एक पुलिन्दा आ गया। उसमें लिपटी चूड़ियाँ और चमचमाती बिन्दियों को देखकर अनायास ही उसकी आँखें-भर आईं। एक गहरी निःश्वास छोड़कर वह फिर काम करने लगी। शाम को ही सारा सामान ठेले में लदवाकर कैलाश चला गया। सब सामान जमवाकर रात में वह लौटेगा और दूसरे दिन सवेरे इस घर से वे लोग चले जाएँगे। घर छोड़ने की बात से ही रानी का कलेजा मुँह को आ रहा था। वह रो-रोकर सबसे मिल आई थी। बस, शेखर के यहाँ नहीं गई। वहाँ जाएगी भी नहीं, पर मन उसका बड़ा कर रहा था कि चली जाए।

सवेरा हुआ, ताँगा आया। भीगी आँखों से उसने सबसे विदा ली। सामने बहू खड़ी थी। उसकी आँखें शेखर को ढूँढ़ रही थीं। पर वह दिखा नहीं। बहू को देखते ही उसे लगा, यह कम्बख्त ही सब अनर्थों की जड़ है--उसका क्रोध भभक गया। जाते-जाते भी उसको लक्ष्य करके बरस पड़ी, "अब खूब फैल-फैलकर रहना--सारे दिन नहान-घर में घुसी रहना, सारी छत पर कोयले फैलाकर रखना, कोई तुम्हें कुछ कहने नहीं आएगा। एक दिन चैन से नहीं रहने दिया।" कह वह बहू से रही थी पर बराबर उसकी आँखें कमरे पर पड़ी चिक के पार लगी थीं, जाने वह क्या चाह रही थी। तभी कैलाश का स्वर सुनाई पड़ा, "अरे जल्दी करो, ताँगेवाला चिल्ला रहा है।"

कसकते मन को लेकर रानी उतर पड़ी। आँखें इस समय भी उसकी भरी थीं, और उससे भी ज़्यादा भरा था उसका मन। ताँगे में एक कील निकल रही थी। रानी ने देखा नहीं और जाने कैसे पकड़ा कि कील अँगुली में। हाथ खींचते ही खून बह आया। कैलाश ने देखा तो झल्ला उठा, "कोई काम देखकर नहीं करतीं, और कुछ नहीं तो हाथ काट लिया ?" रानी एकटक अँगुली से बहते खून को देख रही थी और एक अस्पष्ट-सी तस्वीर उसकी आँखों के आगे उभर आई, "अरे, यह क्या, तुमने तो अँगुली काट ली भाभी !" और चट से एक रूमाल बँध गया।

मन का गुब्बार कहीं भयंकर उच्छ्वास में न फूट पड़े, इसलिए उसने ज़ोर से अपनी खून से सनी अँगुली को दाँतों में दबा लिया।

"अब ज़रा-सी लग ही गई तो यों रास्ते में रो क्यों रही हो ? घर चलकर पट्टी बाँध लेना।"

पर रानी रोती ही रही, रोती ही रही...

'मैं हार गई' संकलन से

ईसा के घर इंसान

फाटक के ठीक सामने जेल था।

बरामदे में लेटी मिसेज़ शुक्ला की शून्य नज़रें जेल की ऊँची-ऊँची दीवारों पर टिकी थीं। मैंने हाथ की किताबें कुर्सी पर पटकते हुए कहा–"कहिए, कैसी तबीयत रही आज ?"

एक धीमी-सी मुस्कराहट उनके शुष्क अधरों पर फैल गई। बोलीं–"ठीक ही रही ! सरीन नहीं आई ?"

"मेरे दोनों पीरियड्स खाली थे सो मैं चली आई, सरीन यह पीरियड लेकर आएगी।" दोनों कोहनियों पर जोर देकर उन्होंने उठने का प्रयत्न किया, मैंने सहारा देकर उन्हें तकिए के सहारे बिठा दिया। एक क्षण को उनके ज़र्द चेहरे पर व्यथा की लकीरें उभर आईं। अपने-आपको आरामदेह स्थिति में करते हुए उन्होंने पूछा–"कैसा लग रहा है कॉलेज ? मन लग जायगा ना ?"

"हाँऽ...मन तो लग ही जाएगा। मुझे तो यह जगह ही बहुत पसन्द है। पहाड़ियों से घिरा हुआ यह शहर और एकान्त में बसा यह कॉलेज। जिधर नज़र दौड़ाओ ही हरा-भरा दिखाई देता है।" तभी मेरी नज़र सामने की जेल की दीवारों से टकरा गई। मैंने पूछा–"पर एक बात समझ में नहीं आई। यह कॉलेज जेल के सामने क्यों बनाया ? फाटक से निकलते ही जेल के दर्शन होते हैं तो लगता है, सवेरे-सवेरे मानो खाली घड़ा देख लिया हो; मन जाने कैसा-कैसा हो उठता है।"

रूखे केशों की लटों को अपने शिथिल हाथों से पीछे करते हुए मिसेज़ शुक्ला की कान्तिहीन आँखें जेल की ऊँची-ऊँची दीवारों पर टिकीं। बोलीं–"सरीन जब आई थी तो उसने भी यही बात पूछी थी। पता नहीं क्यों कॉलेज के लिए यह जगह चुनी गई।" फिर उनकी खोई-खोई दृष्टि दीवारों में जाने क्या खोजने लगी। पैरों को कुछ फैलाकर उन्होंने एक बार फिर अपनी स्थिति को ठीक किया, और बोलीं–"तुम लोग जब कॉलेज चली जाती हो तो मैं लेटी-लेटी इन दीवारों को ही देखा करती हूँ, तब मन में लालसा उठती है कि काश ! ये दीवारें किसी तरह हट जातीं या पारदर्शक ही हो जातीं और मैं देख पाती कि उस पार क्या है ! सवेरे-शाम इन दीवारों को बेधकर आती हुई क़ैदियों के पैरों की बेड़ियों की झनकार मेरे मन को मथती रहती है और अनायास ही मन उन कैदियों के जीवन की विचित्र-विचित्र कल्पनाओं से भर जाया करता है। इस अनन्त आकाश के नीचे और विशाल भूमि के ऊपर रहकर भी कितना सीमित, कितना घुटा-घुटा रहता होगा उनका जीवन ! चाँद और सितारों से सजी इस निहायत ही खूबसूरत दुनिया का सौन्दर्य, परिवारवालों का स्नेह और प्यार, ज़िन्दगी में मस्ती और बहारों के अरमान क्या इन्हीं दीवारों से टकराकर चूर-चूर न हो जाया

करते होंगे ? इन सबसे वंचित कितना उबा देनेवाला होता होगा इनका जीवन—न आनन्द, न उल्लास, न रस।" और एक गहरी निःश्वास छोड़कर वे फिर बोलीं—"जाने क्या अपराध किए होंगे इन बेचारों ने, और न जाने किन परिस्थितियों में वे अपराध किए होंगे कि यों सब सुखों से वंचित जेल की सीलन-भरी अँधेरी कोठरियों में जीवित रहने का नाटक करना पड़ रहा है..."

तभी दूधवाली के कर्कश स्वर ने मिसेज़ शुक्ला के भावना-स्रोत को रोक दिया। मैं उठी और दूध का बर्तन लाकर दूध लिया। मिसेज़ शुक्ला बोलीं—"अब चाय का पानी भी रख ही दो, सरीन आएगी तब तक उबल जाएगा।" मैं पानी चढ़ाकर फिर अपनी कुर्सी पर आ बैठी। बोली—"मदर ने आपको पूरी तरह आराम करने के लिए कहा है। आपकी जगह जिन्हें रखा गया है, वे कल से काम पर आने लगेंगी। आज शाम को शायद मदर खुद आपको देखने आएँ।"

"मदर यहाँ की बहुत अच्छी हैं रत्ना ! जब मैं यहाँ आई थी तब जानती हो, सारा स्टाफ नन्स का ही था। मेरे लिए तो यही समस्या थी कि इन नन्स के बीच में रहूँगी कैसे। पर मदर के स्वभाव ने आगा-पीछा सोचने का अवसर ही नहीं दिया, बस यहाँ बाँधकर ही रख लिया। फिर तो सरीन और मिश्रा भी आ गई थीं। मिश्रा गई तो तुम आ गईं।"

"मुझे तो सिस्टर ऐनी और सिस्टर जेन भी बड़ी अच्छी लगीं। हमेशा हँसती रहती हैं। कुछ भी पूछो तो इतने प्यार से समझाती हैं कि बस ! बड़ी अफ़ेक्शनेट हैं। हाँ, ये लूसी और मेरी जाने कैसी हैं ? जब देखो चेहरे पर मुर्दनी छाई रहती है, न किसी से बोलती हैं, न हँसती हैं।"

मिसेज़ शुक्ला ने पीछे से एक तकिया निकालकर गोद में रख लिया और दोनों कोहनियाँ उस पर गड़ाकर बोलीं—"ऐनी और जेन तो अपनी इच्छा से ही सब कुछ छोड़-छाड़कर नन बनी थीं, पर इन बेचारियों ने ज़िन्दगी में चर्च और कॉलेज के सिवाय कुछ देखा ही नहीं। कॉलेज के पीछेवाले चर्च में रहती हैं और कॉलेज में काम करती हैं, बस यही है इनका जीवन ! अब तुम्हीं बताओ, कहाँ से आए मस्ती और शोख़ी।"

"वाह, यह भी कोई बात हुई। सिस्टर जूली को ही लीजिए, वह भी उम्र में इनके ही बराबर होगी, पर चहकती रहती है। बातें करेगी तो ऐसी लच्छेदार कि तबीयत भड़क उठे। हँसेगी तो ऐसे कि सारा स्टाफ़-रूम गूँज जाए, उसका तो अंग-अंग जैसे थिरकता रहता है।"

"वह अभी नई-नई आई है यहाँ, थोड़े दिन रह लेने दो, फिर देखना, वह भी लूसी और मेरी जैसी ही हो जाएगी।" और एक गहरी साँस छोड़कर उन्होंने आँखें मूँद लीं। तभी सरीन हड़बड़ाती-सी आई और बोली—"ग़ज़ब हो गया शुक्ला आज तो ! अब जूली का पता नहीं क्या होगा ?"

"क्यों, क्या हुआ ?" सरीन की घबराहट से एकदम चौंककर शुक्ला ने पूछा।

"जूली फ़ोर्थ इयर का क्लास ले रही थी। कीट्स की कोई कविता समझाते- समझाते जाने क्या हुआ कि उसने एक लड़की को बाँहों में भरकर चूम लिया। सारी क्लास में हल्ला मच गया और पाँच मिनिट बीतते-न-बीतते बात सारे कॉलेज में फैल गई। मदर बड़ी नाराज़ भी हुई और चिन्तित भी। जूली को उसी समय चर्च भेज दिया और वे सीधी फ़ादर के पास गईं।" और फिर बड़े ही रहस्यात्मक ढंग से उन्होंने शुक्ला की ओर देखा।

"लगता है, अब जूली के भी दिन पूरे हुए !" बहुत ही निर्जीव स्वर में शुक्ला बोलीं। मुझे सारी बात ही बड़ी विचित्र लग रही थी। लड़की-लड़की को किस कर ले ! जूली के दिन पूरे हो गए–कैसे दिन ? दोनों के चेहरों की रहस्यमयी मुद्रा...मैं कुछ समझ नहीं पा रही थी। पूछा–

"फ़ादर क्या करेंगे, कुछ सज़ा देंगे ?" मेरा मन जूली के भविष्य की आशंका से जाने कैसा-कैसा हो उठा।

"अभी-अभी तो रत्ना, जूली की ही बात कर रही थी और अभी तुम यह ख़बर ले आईं। सुनते हैं, जूली पहले जिस मिशनरी में थी, वहाँ भी इसने ऐसा ही कुछ किया था, तभी तो उसे यहाँ भेजा गया कि फिर कभी कोई ऐसी-वैसी हरकत करे तो फ़ादर का जादू का डंडा घुमवा दिया जाए।" और शुक्ला के पपड़ी जमे शुष्क अधरों पर फीकी-सी मुस्कराहट फैल गई।

"जादू का डंडा ? बताइए न क्या बात है ? आप लोग तो जैसे पहेलियाँ बुझा रही हैं।" बेताब होकर मैंने पूछा।

"अरे, क्यों इतनी उत्सुक हो रही हो? थोड़े दिन यहाँ रहोगी तो सब समझ जाओगी। यहाँ के फ़ादर एक अलौकिक पुरुष हैं, एकदम दिव्य ! कोई कैसा भी पतित हो या किसी का मन ज़रा भी विकारग्रस्त हो, इनके सम्पर्क में आने से ही उसकी आत्मा की शुद्धि हो जाती है। दूर-दूर तक बड़ा नाम है इन फ़ादर का। बाहर की मिशनरीज़ से कितने ही लोग आते हैं फ़ादर के पास आत्म-शुद्धि के लिए।"

"चलिए, मैं नहीं मानती। मन के विकार भी कोई ठोस चीज़ हैं कि फ़ादर ने निकाल दिए और आत्म-शुद्धि हो गई।" मैंने अविश्वास से कहा। कमरे से चाय के प्याले बनाकर लाती हुई सरीन से शुक्ला बोलीं–

"लो, इन्हें फ़ादर की अलौकिक शक्ति पर विश्वास ही नहीं हो रहा है।"

"इसमें अविश्वास की क्या बात है ? हमारे देश में तो एक-से-एक पहुँचे हुए महात्मा हैं, तुमने कभी नहीं सुना ऐसी महान आत्माओं के बारे में ?"

"सुनने को तो बहुत कुछ सुना है पर मैंने कभी विश्वास नहीं किया।"

"अच्छा, अब जूली को देख लेना, अपने आप विश्वास हो जाएगा। लूसी, जो आज इतनी मनहूस लगती है, यहाँ आई थी तब क्या जूली से कम चपल थी ? फिर देखो ! फ़ादर ने तीन दिन में ही उसका काया पलट कर दिया या नहीं ?" शुक्ला ने सरीन की ओर देखते हुए जैसे चुनौती के स्वर में पूछा।

तभी डॉक्टर साहब आए। मिसेज़ शुक्ला ने इंजेक्शन लगाया और पूछताछ करने लगे। सरीन मुझे गरम पानी की थैली का पानी बदल देने का आदेश देकर नहाने चली गई। इंजेक्शन लगाने के बाद करीब घंटे-भर तक शुक्ला की हालत बहुत खराब रहती थी, मैंने उन्हें गर्म पानी की थैली देकर आराम से लिटा दिया। उनके चेहरे पर पसीने की बूँदें झलक आई थीं, उन्हें पोंछ दिया। वे आँखें बन्द करके चुपचाप लेट गईं।

मन में अनेकानेक प्रश्न चक्कर काट रहे थे और रह-रहकर जूली का हँसता चेहरा आँखों के सामने घूम रहा था। फ़ादर उसके साथ क्या करेंगे ? यह प्रश्न मेरे दिमाग़ को बुरी तरह मथ रहा था। मैंने दूर से फ़ादर को देखा है। ऊपर से नीचे तक सफ़ेद लबादा पहने वह

कभी-कभी चर्च जाते हुए दीख जाया करते थे। इतनी दूर से चेहरा तो दिखाई नहीं देता था, पर चाल-ढाल से बड़ी भव्य मूर्ति लगते थे। मन श्रद्धा से भर उठे, ऐसे। फ़ादर में कौन-सी शक्ति है जो आत्मा की शुद्धि कर देती है, यही बात मेरी समझ में नहीं आ रही थी। अगले दिन जूली नहीं आई। मैंने सिस्टर ऐनी से कुछ पूछना चाहा तो उन्होंने धीरे-से अँगुली मुँह पर रखकर चुप रहने का आदेश कर दिया। मैंने देखा कि लूसी और मेरी इस घटना से काफ़ी सन्तुष्ट-सी नज़र आ रही थीं। कल से उनके खिजलाहट-भरे चेहरों पर हल्के से सन्तोष की झलक नज़र आ रही थीं। दो दिन और इसी प्रकार बीत गए, तीसरे दिन मैं कुछ जल्दी ही कमरे से रवाना होने लगी तो सरीन ने पूछा—"अरे, अभी से चल दी !"

"कुछ कॉपियाँ देखनी हैं, यहाँ लेकर नहीं आई, अब स्टाफ़-रूम में बैठकर ही देख लूँगी। आज नम्बर देने ही हैं।" और मैं चल पड़ी। यों हमारे कमरों और कॉलेज के बीच में भी एक छोटा-सा फाटक था, पर वह अक्सर बन्द ही रहा करता था सो मेन गेट से ही जाना पड़ता था। जैसे ही मैं कॉलेज के फाटक में घुसी, मैंने देखा—जूली चर्च का मैदान पार कर नीची नज़रें किए धीरे-धीरे कॉलेज की तरफ़ आ रही है। एक बार इच्छा हुई कि दौड़कर उसके पास पहुँच जाऊँ, पर जाने क्यों पैर बढ़े ही नहीं। मैं जहाँ-की-तहाँ खड़ी रही। वह मेरे पास आई, पर बिना आँख उठाए, बिना एक भी शब्द बोले वैसी ही शिथिल चाल से गुज़र गई। मैं अवाक्-सी उसका मुँह देखती रही। दो दिन में ही क्या हो गया इस जूली को ? मैं नहीं जानती, फ़ादर ने उसके ऊपर जादू का डंडा घुमाया या उसे जन्तर-मन्तर का पानी पिलाया, पर जूली हँसना भूल गई। उसकी सारी शोखी, सारी हँसी, सारी मस्ती जैसे किसी ने सोख ली हो। उस दिन किसी ने जूली से बात नहीं की, शायद मदर का ऐसा ही आदेश था, पर जूली के इस नए रूप ने मेरे मन में विचित्र-सा भय भर दिया। लगता था जैसे जूली नहीं, उसकी ज़िन्दा लाश घूम रही है। सिस्टर ऐनी ने इतना ज़रूर कहा कि फ़ादर ने उसकी आत्मा को पवित्र कर दिया, उसकी आत्मा के विकार मिट गए; पर मुझे लगता था जैसे जूली की आत्मा ही मिट गई थी, मर गई थी।

अपने कमरे पर आकर मैंने मिसेज़ शुक्ला को सारी बात बताई तो बिना किसी प्रकार का आश्चर्य प्रकट किए वे बोलीं—

"मैं तो पहले ही जानती थी। पता नहीं, कैसी शक्ति है फ़ादर के पास।"

रात में सोई तो बड़ी देर तक दिमाग़ में यही सब चक्कर काटता रहा। कभी लूसी और कभी मेरी की शक्लें आँखों के सामने घूम जातीं। उन्हें देखकर लगता था मानो वे अपने से ही लड़ रही हैं, अपने को ही कुतर रही हैं, एक अजीब खिझलाहट के साथ, एक अजीब आक्रोश के साथ। कॉलेज की बड़ी लड़कियों को हँसी-ठिठोली करते देख उनके दिलों से बराबर ही सर्द आहें निकल जाया करती थीं। उनके जवान दिलों में उमंगों और अरमानों की आँधियाँ नहीं मचलती थीं और उनकी आँखों में वह कान्ति और चमक नहीं थी, जो इस उम्र की खासियत होती है। ऐसा लगता था—इनकी आँखें, आँखें न होकर दो कब्रें हैं जिनमें उनके मासूम दिलों की सारी तमन्नाओं को, सारे अरमानों को मारकर सदा-सदा के लिए दफ़ना दिया हो। पहले ये भी जूली जैसी ही चंचल थीं, तो अब जूली भी हमेशा के लिए ऐसी ही हो जाएगी ? और जूली का आज वाला रूप मेरी आँखों के सामने घूम जाता है। मैंने ज़ोर से तकिए में अपना मुँह छिपा लिया और इन सारे विचारों को दिमाग़ से

निकालकर सोने की कोशिश करने लगी।

मैं नहीं जानती क्या हुआ, पर आँख खोली तो देखा मैं पसीने से तर थी और साँस ज़ोर-ज़ोर से ऊपर-नीचे हो रही थी। मिसेज़ शुक्ला मुझे पकड़े हुए थीं और बार-बार पूछ रही थीं—"क्या सपना देखकर डर गईं ?" एक बार तो भयभीत-सी नज़रों से मैं चारों ओर देखती रही, फिर कमरे की परिचित चीज़ों और मिसेज़ शुक्ला को देखकर आश्वस्त-सी हुई। "क्या हो गया ? क्यों चिल्लाई थीं इतनी ज़ोर से ? कोई सपना देखा था क्या ?"

उन्होंने फिर पूछा।

"हाँ ! मुझे ऐसा लगा कि एक बड़ी-सी सफ़ेद चिड़िया आकर मुझे अपने पंजे में दबोचकर उड़े जा रही है और उसके पंजों के बीच मेरा दम घुटा जा रहा है।"

"चलो, थी तो चिड़िया ही, चिड़ा तो नहीं था, तब कोई बात नहीं। चिड़ियाँ कहीं नहीं ले जाने की, ले जानेवाले तो चिड़े ही होते हैं।" हँसते हुए उन्होंने कहा !

"चलिए, आपको मज़ाक सूझ रहा है, यहाँ डर के मारे जान निकल गई। वह दम घुटने की फ़ीलिंग जैसे अभी भी है।"

मैंने पानी पिया और फिर सो गई।

और फिर वही ढर्रा चल पड़ा। जब कभी बाहर से कोई सिस्टर या ब्रदर आत्म-शुद्धि के लिए फ़ादर के पास आते तो सिस्टर ऐनी मुझे यह ख़बर सुनाया करती थी। मैं बड़ी उत्सुकता से सारा क़िस्सा सुनती और विश्वास से अधिक आश्चर्य करती। सिस्टर ऐनी और जेन को मेरा यह अविश्वास करना अच्छा नहीं लगता था और उसे मिटाने के लिए ही वे और भी ज़ोर-शोर से, घंटों फ़ादर के अलौकिक गुणों का बखान करतीं। मन्दगति से चलती-फिरती फ़ादर की वह सौम्य मूर्ति मेरे लिए श्रद्धा से अधिक कौतूहल और भय का विषय बनी रही।

महीने-भर बाद एक दिन मदर ने मुझे बुलाया और बोलीं—"मैं चाहती हूँ कि नन्स के लिए भी हिन्दी पढ़ाने की कुछ व्यवस्था कर दी जाए। अब हिन्दी जानना तो सबके लिए बहुत ज़रूरी हो उठा है क्योंकि मीडियम भी हिन्दी हो रहा है, नहीं तो सारा स्टाफ़ हमें दूसरा रखना होगा। क्यों ?"

"तो आप सिस्टर्स के लिए भी एक क्लास खोल दीजिए, बहुत ही जल्दी सीख लेंगी। यों बोल तो सभी लेती हैं, लिखना-पढ़ना भी आ जाएगा।"

"इसीलिए तो तुम्हें बुलाया है। शुक्ला तो बीमारी से उठने के बाद काफ़ी कमजोर हो गई है, सो मैं उस पर यह बोझ डालना ठीक नहीं समझती। तुम शाम को एक घंटा चर्च में आकर सिस्टर्स को हिन्दी पढ़ाने का काम ले लो, उसके लिए तुम्हें अलग से पे किया जाएगा।"

चर्च में जाकर पढ़ाना होगा, यह बात सुनते ही एक बार मेरे सामने फ़ादर का चेहरा घूम गया। उनको और दूसरी नन्स को और अधिक निकट से जानने की लालसा को एक राह मिल रही थी। मैं बोल पड़ी—"मुझे कोई एतराज़ नहीं, मैं बड़ी खुशी से यह काम करूँगी।"

"तब पहली तारीख से शुरू कर दो !"

मदर के पास से लौटी तो देखा, सरीन और शुक्ला चाय पर बैठीं मेरा इन्तज़ार कर रही

है। मैंने आकर उन्हें सारी बात बताई तो सरीन हँसकर बोली–"चलो, तुम तो सपने में भी फ़ादर को देखा करती थीं, अब पास से देखना। बहुत कौतूहल है ना फ़ादर को लेकर तुम्हारे मन में।"

"फ़ादर अपनी कॉटेज में ही रहते हैं या चर्च जाते हैं ? सिस्टर्स के कमरों की तरफ़ तो वे शायद कभी जाते नहीं, तुम देखोगी क्या ?" शुक्ला ने कहा।

"अरे, कभी चर्च में आते-जाते ही दीख जाया करेंगे।" सरीन बोली। फिर एकाएक प्रसंग बदलकर कहा–"क्यों शुक्ला, आजकल तुमने एक नई बात मार्क की या नहीं ?"

"क्या ?" मिसेज़ शुक्ला ने पूछा।

"लूसी में कोई चेंज नज़र नहीं आता ? आजकल उसके चेहरे पर पहले जैसी मुर्दनी नहीं छाई रहती। वह अनिमा है ना थर्ड इयर की, उसका भाई आजकल अक्सर कॉलेज में आया करता है, कभी कोई बहाना लेकर तो कभी कोई बहाना लेकर। बिज़िटर्स को अटैंड करने का काम लूसी पर ही है। मैं कई दिनों से नोटिस कर रही हूँ कि जिस दिन वह आता है, लूसी का मूड बड़ा अच्छा रहता है।"

"ख़याल नहीं किया, अब देखेंगे।" शुक्ला ने कहा।

पता नहीं, मिसेज़ शुक्ला ने ख़याल किया या नहीं, पर मैंने इस चीज़ को अच्छी तरह से मार्क किया कि अनिमा का भाई सप्ताह में दो बार आ ही जाता है और काफ़ी देर तक वह उसके पास बैठती है। उसके जाने के बाद भी लूसी का मूड इतना अच्छा रहता है कि कोई हल्का-फुल्का मज़ाक भी कर लो तो बुरा नहीं मानती। पर जाने क्यों लूसी का यह नया रूप देखकर मेरा मन भर उठता। दो महीने पहले की हँसती, थिरकती जूली की तस्वीर आँखों के सामने नाच जाती और मैं सिहर उठती।

पहली तारीख की शाम को मैं चर्च गई। इसके पहले मैंने कभी चर्च की सरहद में पाँव नहीं रखा था। कॉलेज के दाहिनी ओर वाला लम्बा मैदान पार करने पर एक नाला पड़ता था, वही चर्च और कॉलेज की विभाजक रेखा थी। उसे पार करके ही चर्च का मैदान आरम्भ होता था। चर्च के पीछे रैवरेंड फ़ादर और मदर के लिए दो छोटी सुन्दर कॉटेजेज़ बनी हुई थीं और बाईं ओर सिस्टर्स के लिए एक क़तार में कमरे बने हुए थे। कमरों के सामने लम्बा-सा बरामदा था, जाकर देखा कि क्लास के लिए उसी बरामदे में व्यवस्था की गई है। मैं पढ़ाने लगी। चर्च, कॉलेज और हमारे कमरों के सामने कोई तीन फ़ीट ऊँची लम्बी-सी दीवार थी, यों सबके प्रवेश-द्वार अलग-अलग थे, पर चर्च से कॉलेज जाने के लिए सब लोग नाला पार करके ही जाया करते थे। पढ़ाने बैठी तो फाटक की ओर ही मेरा मुँह था और अनायास ही यहाँ भी मेरी नज़रें सामने जेल की ऊँची-ऊँची दीवारों से टकराईं। ज़बर्दस्ती अपनी नज़रों को उस ओर से हटाकर मैंने पढ़ाना आरम्भ किया।

चर्च में सिस्टर्स को पढ़ाते-पढ़ाते मुझे क़रीब एक महीना हो गया था। रोज़ की तरह उस दिन भी जब मैं जाने लगी तो शुक्ला बोलीं–"आज ज़रा जल्दी आ सको तो अच्छा हो रत्ना ! बाज़ार चलेंगे। सरीन से कहा तो बोली कि उसे ज़रूरी नोट्स तैयार करने हैं, अकेले जाते मुझे अच्छा नहीं लगता, तुम आ जाना !"

"ठीक है, मैं जल्दी ही चली आऊँगी। आप तैयार रहिएगा, आते ही चल पड़ेंगे।" और मैं चल दी। चर्च के मैदान में पहुँचते ही किसी स्त्री के चीखने-चिल्लाने की आवाज़ें सुनकर

एक क्षण को मैं स्तब्ध-सी खड़ी हो गई, सोचा जाऊँ या नहीं। पर मन का कौतूहल किसी तरह ठहरने नहीं दे रहा था। जैसे ही बरामदे में पैर रखा, मैं हैरत में आ गई। एक बहुत ही खूबसूरत नन हाथ-पैर पटक-पटककर बुरी तरह चिल्ला रही थी। सारी सिस्टर्स उसे सँभाले हुए थीं, मदर बड़ी बेचैनी से उसे शान्त करने की कोशिश कर रही थीं, पर वह थी कि चिल्लाए चली जा रही थी। तीन-चार सिस्टर्स ने उसे पकड़ रखा था, उसके बावजूद वह बुरी तरह हाथ-पैर पटक रही थी। उसे मैंने जो पास से देखा तो लगा कि ऐसा रूप मैंने आज तक नहीं देखा। संगमरमर की तरह सफ़ेद उसका रंग था और मक्खन की तरह मुलायम देह। चेहरे पर ऐसा लावण्य कि उपमा देते न बने ! और उस लावण्यमय चेहरे पर वे दो नीली आँखें, जैसे समुद्र की गहराइयाँ उतर आई हों। मैं सच कहती हूँ कि यदि कोई एक बार भी उन नीली आँखों को देख ले तो कम-से-कम इस ज़िन्दगी में तो वह उन्हें चाहकर भी न भूल पाए। मेरे घुसते ही उसकी नज़र मेरी ओर घूम गई, मुझे लगा वे नीली आँखें मेरे शरीर को भेदकर मेरे मन को कचोटे डाल रही हैं। और फिर वह एकाएक चिल्ला उठी—"देखो कितनी सुन्दर साड़ी पहन रखी है इसने ! फिर हम क्यों अच्छे कपड़े नहीं पहनें ? हम इंसान नहीं हैं...? मैं नहीं रहूँगी यहाँ, मैं कभी नहीं रहूँगी। देखो मेरे रूप को..." और वह अपने कपड़ों को बुरी तरह फाड़कर इधर-उधर करने लगी। सबने बड़ी मुश्किल से उसे सँभाला। मदर ने उसके कपड़ों को जल्दी से ठीक-ठाक कर दिया। वे बड़ी ही परेशान नज़र आ रही थीं। हाथ रुकने पर भी उसकी जीभ चल रही थी—"मैं अपनी ज़िन्दगी को, अपने इस रूप को चर्च की दीवारों के बीच नष्ट नहीं होने दूँगी। मैं जिन्दा रहना चाहती हूँ, आदमी की तरह ज़िन्दा रहना चाहती हूँ। मैं इस चर्च में घुट-घुटकर नहीं मरूँगी...मैं भाग जाऊँगी, मैं भाग जाऊँगी...।"

तभी बाहर से सिस्टर ऐनी हड़बड़ाती-सी आई—"फ़ादर ने एकदम बुलाया है, चलिए इसे वहीं ले चलिए !" सबने मिलकर उसे ज़बर्दस्ती उठाया। वह चिल्लाती जा रही थी—"मैं फ़ादर को भी दिखा दूँगी कि ज़िन्दगी क्या होती है, यह सब ढोंग है—मैं यहाँ नहीं रहूँगी...आधी से अधिक सिस्टर्स उसे उठाकर ले गईं। जो बची थीं, उनमें से इस घटना के बाद कोई भी इस मूड में नहीं थी कि बैठकर पढ़ती। सो मैं लौट जाने को घूमी तो देखा कि इस सबसे दूर एक खिड़की के सहारे लूसी खड़ी है। उसके चेहरे पर एक विशेष प्रकार की चमक आ गई थी, जैसे मन-ही-मन वह इस सारी घटना से बड़ी प्रसन्न हो।

मन में अपार विस्मय, भय और दुख लेकर मैं लौटी तो शुक्ला बोलीं—"लो, तुम तो अभी से लौट आईं, अभी तो मैं तैयार भी नहीं हुई।"

"आज क्लास ही नहीं हुई।" और मैंने सारी बातें उन्हें बताईं। मैं जितनी इस घटना से विचलित हो रही थी, वे उतनी नहीं हुईं। स्वाभाविक से स्वर में बोलीं—"शायद बाहर से कोई सिस्टर आई होगी ! क्या बताएँ, इन बेचारियों की ज़िन्दगी पर भी बड़ा तरस आता है।"

रात-भर मेरे दिमाग़ में उस नई सिस्टर का खूबसूरत चेहरा और उसका चीखना-चिल्लाना गूँजता रहा। वह फ़ादर के पास भेज दी गई है। अब फ़ादर उसका क्या करेंगे, शायद जूली की तरह उसके हृदय का यह बवंडर भी सदा-सदा के लिए शान्त हो जाएगा और फिर ज़िन्दगी-भर उसका यह चाँद को लजानेवाला रूप चर्च की दीवारों के बीच ही घुट-घुटकर

नष्ट हो जाएगा और वह अपनी इस बर्बादी पर एक ठंडी साँस भी नहीं भर सकेगी। दूसरे दिन स्टाफ़-रूम में घुसते ही सबसे पहले मेरी नज़र लूसी पर पड़ी। बिना पूछे ही बड़े उत्साह से उसने मुझे कल की बात बताई–

"जानती हो, यह जो नई सिस्टर आई है, इसका नाम एंजिला है। कहते हैं यह चर्च से भाग गई थी, पर फिर पकड़ ली गई। इसके बाद पागलों जैसा व्यवहार करती थी, सो इसे फ़ादर के पास भेज दिया। देखा कितनी खूबसूरत है ?" और एक सर्द-सी आह उसके मुँह से निकल गई।

"अब क्या होगा ? फ़ादर आखिर करते क्या हैं ?"

"देखो क्या होता है ? आज तो मदर भी नहीं आईं। कल से वे फ़ादर की कॉटेज़ पर ही हैं। सुनते हैं एंजिला क़ाबू में नहीं आ रही है, उसका पागलपन वैसे ही ज़ारी है। हम लोगों को भी उधर जाने की इजाज़त नहीं है।"

दो दिन तक कॉलेज के वातावरण, विशेषकर स्टाफ़-रूम के वातावरण में एक विचित्र प्रकार का तनाव आ गया। कोई किसी से कुछ नहीं बोलता। बस मैं, शुक्ला और सरीन आपस में ही थोड़ा-बहुत बोल लेते थे, बाकी सारी सिस्टर्स तो ऐसे काम कर रही थीं मानो मौन-व्रत ले रखा हो; जैसे ऑपरेशन-रूम में कोई बहुत बड़ा ऑपरेशन हो रहा हो और बाहर नर्सें व्यस्त, चिन्तित-सी, परेशान इधर-उधर घूम रही हों। उनकी हर बात से ऐसा लग रहा था जैसे कह रही हों—चुप...चुप ! शोर मत करो, ऑपरेशन बिगड़ जाएगा ! मदर थोड़ी देर के लिए कॉलेज आतीं और ज़रूरी काम करके चली जाती थीं। हाँ, लूसी मौक़ा पाकर और एकान्त देखकर चुपचाप यह ख़बर दे देती थी कि एंजिला किसी प्रकार शान्त नहीं हो रही है, फ़ादर और मदर सबकुछ करके हार गए। यह कहते समय लूसी का मन प्रसन्नता से भर उठता था, मानो फ़ादर की नाक़ामयाबी पर उसे परम सन्तोष हो रहा है।

चौथे दिन सवेरे मैं और मिसेज़ शुक्ला घूमने निकले तो देखा, सामने से एंजिला चली आ रही है। मैं देखते ही पहचान गई। बिल्कुल स्वस्थ, स्वाभाविक गति से वह चल रही थी। पास आते ही मैं पूछ बैठी–"सिस्टर एंजिला ! आप कहाँ जा रही हैं ?"

एक क्षण को एंजिला रुकी, मुझे पहचानने का प्रयास-सा करते हुए बोली–"मुझे कोई नहीं रोक सकता, जहाँ मेरा मन होगा, मैं जाऊँगी। मैंने तुम्हारे फ़ादर..." फिर सहसा ओंठ चबाकर बात तोड़कर वह बोली–"अब वे कभी ऐसी फ़ालतू की बातें नहीं करेंगे।" और एक बार अपनी नीली आँखों से उसने भरपूर नज़र मेरे चेहरे पर डाली, सिर को हल्का-सा झटका दिया और एक ओर चली गई। मैं अवाक्-सी उसकी ओर देखती रही।

"यही है एंजिला ?" शुक्ला ने पूछा।

"हाँ, पर यह तो जा रही है, किसी ने इसे रोका नहीं ?"

"फ़ादर का जादू-मन्तर इस पर चला नहीं दीखता है। बड़ी खूबसूरत है। आँखें तो ग़ज़ब की है, बस देखने लायक !"

पर मिसेज़ शुक्ला की बातें मेरे कानों में ही नहीं पहुँच रही थीं। मैं कभी दूर जाती एंजिला को और कभी मौन, शान्त खड़ी चर्च की इमारत को देख रही थी। मेरा मन हो रहा था कि दौड़कर चर्च पहुँच जाऊँ और लूसी को बुलाकर सारी बातें पूछ लूँ। लौटते समय भी मैंने चर्च के मैदानों पर नज़र दौड़ाई, पर वहाँ सभी कुछ शान्त था, जैसे कुछ हुआ ही नहीं

हो। बड़ी मुश्किल से उस दिन दस बजे। समय उस दिन जैसे सरकना ही नहीं चाहता था। दस बजे मैं एक तरफ़ दौड़ पड़ी और स्टाफ़-रूम से लूसी को घसीटकर पीछे लॉन में चली गई। लूसी स्वयं सबकुछ बताने के लिए भरी बैठी थी। लॉन में पहुँचते ही बोली—"एंजिला चली गई, फ़ादर कुछ नहीं कर सके। उनकी खुद की तबीयत बड़ी खराब हो रही है। मदर उनकी देखभाल कर रही हैं। सवेरे तो हम लोग भी वहाँ गए थे। कमरे में तो नहीं जाने दिया हमें, पर बाहर से फ़ादर को देखा था। फ़ादर हम सब पर भी बड़ा रौब जमाया करते थे, एंजिला ने उनका नशा डाउन कर दिया।" फिर दोनों हाथों की मुट्ठियाँ भींचकर उसने मन के छलकते आनन्द पर जैसे क़ाबू पा लिया। "एंजिला को सुधार नहीं सके, अपनी इस असफलता का ग़म उन्हें बुरी तरह साल रहा है, आत्म-ग्लानि से बार-बार उनकी आँखों में आँसू आ रहे हैं, मदर बड़ी परेशान और दुखी हैं, उन्हें बहुत तसल्ली दे रही हैं। बार-बार ईसा मसीह से उनकी शान्ति के लिए प्रार्थना भी कर रही हैं।" और एक बड़ी ही व्यंग्यात्मक मुस्कराहट उसके होंठों पर फैल गई।

इसके तीसरे दिन ही रात में सबकी आँख बचाकर, चर्च की छोटी-छोटी दीवारों को फाँदकर कब और कैसे लूसी भाग गई, कोई जान ही नहीं पाया।

बड़ी विचित्र स्थिति थी उस समय वहाँ की। एंजिला फ़ादर की उस अलौकिक शक्ति को जैसे चुनौती देकर चली गई, जिसके बल पर उन्होंने कितने ही पतितों की आत्मा शुद्ध की थी। फ़ादर इस असफलता पर आत्म-ग्लानि के मारे मरे जा रहे थे। मदर बेहद परेशान थीं। कभी फ़ादर के पास, कभी कॉलेज तो कभी चर्च में दौड़ती फिर रही थीं। तभी लूसी और भाग गई। एक तो चर्च जैसी पवित्र जगह, फिर लड़कियों का कॉलेज, क्या असर पड़ेगा इस घटना का लड़कियों पर !

दो दिन बाद ही चर्च और कॉलेज के चारों ओर की दीवारें ऊँची उठने लगीं और देखते-ही-देखते चारों ओर ऊँची-ऊँची दीवार खिंच गईं।

'मैं हार गई' संकलन से

अंकुश

मिसेज़ चोपड़ा ने क्यूटेयूस का ब्रश अपने लम्बे नुकीले नाखूनों पर फेरते हुए कहा, "आजकल तुम्हें पम्मी में कोई खास चेंज नज़र नहीं आता ?"

फाइल पर आँखें टिकाए-टिकाए ही चोपड़ा ने पूछा, "कैसा चेंज ?"

"यही कि हम लोगों से कतराती है...सारे दिन कमरे में घुसी बैठी रहती है...न कहीं आना, न जाना।"

चोपड़ा हँस पड़े, "यह तो उमर ही ऐसी होती है कि आदमी बाहरी दुनिया से कटकर अपनी ही दुनिया में रहना पसन्द करता है। एडोलेसेंट एज !"

"मुझे तो कुछ और बात भी लगती है। गम्भीर साहब का लड़का आया हुआ है न दो महीने से, तब से देखती हूँ, उस घर के चक्कर बहुत लगने लगे हैं..."

"साहब, तार आया है," नौकर ने बात बीच में ही काटकर बड़े अदब से तार का लिफाफा चोपड़ा के सामने पेश किया।

"तार ! किसका तार आया ?" मिसेज़ चोपड़ा ने तार के लिफाफे को उत्सुकता से देखते हुए पूछा।

"शाम की गाड़ी से पापा आ रहे हैं।" तार को वापस लिफाफे में डालते हुए चोपड़ा ने कहा।

"पापा अभी क्या करने आ रहे हैं ?" भौंहों पर तीन बल चढ़ाते हुए मिसेज़ चोपड़ा ने पूछा।

"यह सब तो इसमें लिखा नहीं है !" और चोपड़ा ने नज़रें फिर फ़ाइल में गड़ा दीं।

"अभी तो आने की कोई बात नहीं थी। कितने दिन ठहरेंगे ?" मिसेज़ चोपड़ा को गुस्सा आ रहा था कि चोपड़ा हर बात को इतने सहज भाव से क्यों लेते हैं ? फिर एकाएक कुछ याद करती हुई बोलीं, और लो, आज से तो कुक भी एक सप्ताह की छुट्टी पर जा रहा है। मैं तो बाबा मर जाऊँगी दोनों समय का खाना बनाते-बनाते।"

उनके मरने की इस धमकी ने भी जब चोपड़ा को ज़रा-सा भी विचलित नहीं किया तो खीझकर बोलीं, "उनको कम से कम लिखकर या ट्रंक करके एक बार पूछ तो लेना चाहिए था कि इस समय आएँ या नहीं ? दूसरों को भी तो कोई सुविधा-असुविधा हो सकती है।"

"कैसी बात कर रही हो ?...यह घर है उनका। ज़रूरी है कि अपने घर में भी आदमी पूछकर आए ?"

शब्द चाहे जो हों, स्वर में गुस्सा कतई नहीं था। इसीलिए मिसेज़ चोपड़ा का हौसला बढ़ा। मनुहार करती-सी बोलीं, "हो सके तो तुम अभी ट्रंक करके मना कर दो न।"

इस बार चोपड़ा ने फ़ाइल बन्द की और नज़रें मिसेज़ चोपड़ा के चेहरे पर टिका दीं। उनकी नज़रें हमेशा शब्दों से अधिक मारक रहती हैं। फिर भी वे अपने को भरसक संयत करके बोले, ''जानती हो, पापा हमेशा ऊँचे से ऊँचे ओहदे पर रहे हैं...पूरे साहबी ठाट-बाट के साथ, लेकिन उनके घर में यदि रात को बारह बजे भी कोई आ जाता था...गाँव-देहात से दूर का मामूली-सा रिश्तेदार...उसे भी वे सिर-आँखों पर लेते थे। ऐसे आदमी को मैं मना कर दूँ ?...और वह भी अपने ही घर में आने के लिए ? होश में तो हो तुम ?''

मिसेज़ चोपड़ा चुप ! बीना की ऐसी चुप्पी का मतलब चोपड़ा खूब अच्छी तरह समझते हैं इसलिए जल्दी ही स्वर को सहज बनाकर, हँसते हुए बोले, ''तुम इतना घबराती क्यों हो ? बाहर के आदमी तो हैं नहीं, घर के ही हैं। उन्हें तो खाने-पीने का भी कोई शौक नहीं। जो भी बना दोगी, प्रेम से खा लेंगे।''

यों शायद मिसेज़ चोपड़ा चुप रह जातीं लेकिन मिस्टर चोपड़ा की यह लापरवाही देख वे फिर खीझ पड़ीं, ''हाँ, तुमने तो बस आराम से बैठे-बैठे कह दिया कि घबराती क्यों हो...करना तो सब मुझे ही पड़ेगा। अभी विनय को आए दो ही दिन हुए हैं। सोचा था, पिकनिक वगैरह करेंगे, उसे घुमाएँगे...क्लब के प्रोग्रामों में जाया करेंगे। बच्चा छह महीने में तो घर आता है, पर अब...'' बात अधूरी छोड़कर गुस्से में उन्होंने इतनी मेहनत से लगाई नेलपॉलिश पोंछ डाली।

मिस्टर चोपड़ा चुपचाप उठे और तैयार होकर मिल चले गए !

डेढ़ बजे लंच के लिए घर आए तो देखा, रोज़ की तरह चेहरे पर स्वागत की मुस्कान लपेटे मिसेज़ चोपड़ा दरवाज़े पर नहीं खड़ी हैं। पता लगा, वे अन्दर काम कर रही हैं तो बिना आवाज़ दिए वे प्रतीक्षा करने लगे। पर जब दो बजे तक भी वे बाहर नहीं आईं तो उन्होंने वहीं से आवाज़ लगाई, ''आज खाना भी मिलेगा या भूखे ही मिल जाना होगा ?''

रूमाल से ललाट का पसीना पोंछती हुई मिसेज़ चोपड़ा निकलीं, ''कोई आराम तो कर नहीं रही थी जो यों झल्ला रहे हो। पापा के लिए कमरा ठीक कर रही थी। पाँच बजे तो गाड़ी पहुँच ही जाती है और खाने के बाद तो मुझसे यह सब होता नहीं।''

मिस्टर चोपड़ा चुपचाप बैठे रहे। सब्जी परोसते-परोसते वे ही बोलीं, ''देखो, मैं तरकारियाँ बना दिया करूँगी, पर तुम ये सोचो कि सारे घर की चपातियाँ भी सेंकूँ, सो मुझसे नहीं होने का। तन्दूर पर आटा भेज दिया करूँगी।...पता नहीं, पापा को पसन्द भी आएगा या नहीं ?....पम्मी से तो कुछ मदद मिलने से रही। उसके तो दिमाग ही आजकल आसमान पर रहते हैं। करना तो सब मुझे अकेले ही होगा !''

मिस्टर चोपड़ा अभी जल्दी में थे सो इस बहस में पड़ना ही नहीं चाहते थे।

''सुनो, न हो तो तुम मिल के कैंटीन से एक कुक का इन्तजाम कर लो...बस, एक सप्ताह के लिए, फिर तो अपना कुक आ ही जाएगा। खाना बनानेवाले का इन्तज़ाम हो जाए तो विनय को थोड़ा-बहुत घुमा-फिरा भी देंगे। कुल पन्द्रह दिनों की तो छुट्टियाँ हैं बेचारे की।'' चिन्ता के मारे उनसे रोटी तक नहीं निगली जा रही थी।

''देखो, कोशिश करूँगा...पर इस समय ज़रा मुश्किल ही होगा। अक्टूबर ही तो यहाँ का सीज़न होता है। रोज ही तो पार्टियाँ और डिनर होते हैं। फिर भी पूछकर देखूँगा !''

''और क्या...मैं भी तो यही सोच रही थी कि यह सप्ताह तो खेल-कूद, हँसी-मज़ाक,

गाना-बजाना, सैर-सपाटे, पिकनिक-पार्टियों में ही निकलेगा--घर में तो खाना बनेगा नहीं, सो कुक को भी छुट्टी दे दी, वरना...''

आज खाना देर से खाया था इसलिए कॉफ़ी और लेटने का प्रोग्राम रद्द करके मिस्टर चोपड़ा तुरन्त ही मिल के लिए निकल गए।

मिसेज़ चोपड़ा को उनका यों घड़ी के काँटे से बँधे-बँधे मिल जाना-आना भी कभी नहीं सुहाया। अरे, मिल में नम्बर दो हैं। समय की ऐसी पाबन्दी तो अर्दली-चपरासी भी नहीं रखते।... पता नहीं वहाँ जाकर कुक के लिए कोशिश भी करेंगे या नहीं ?

आदिवासियों के बीच बसी पेपर-मिल की यह बड़ी-सी बस्ती, जिसके अधिकतर लोग शहर-क़स्बों से आए हुए हैं। वैसे इतने बरसों में यहाँ भी शहर की काफी सुख-सुविधाएँ जुटा ली गई हैं। बच्चों के लिए खूबसूरत पार्क और आदिवासी आयाएँ हैं...स्वीमिंग-पूलयुक्त आलीशान क्लब है...अंग्रेजी मीडियम का एक हायर सेकेंडरी स्कूल भी है लेकिन पिछले कुछ सालों से यहाँ दून स्कूल की लहर आई हुई है, सो जोड़-तोड़ करके जैसे-तैसे अफ़सरों ने अपने बेटे या तो वहाँ पहुँचा दिए हैं या फिर पहुँचाने की मशक्कत में लगे हैं। पुरुषों को तो मिल व्यस्त भी रखती है और काम करने का सन्तोष भी दे देती है लेकिन महिलाओं के पास अपना कहने को तो कुछ नहीं इसलिए पतियों के पद को ही सिर पर ढोए-ढोए वे इतराती-इठलाती रहती हैं। किसी भी पार्टी या क्लब में घुसते ही एक ही नज़र में सबके गहने-कपड़े आँक लेने की दक्षता उन्होंने ज़रूर हासिल कर रखी है, जो कभी उनके मन में ईर्ष्या तो कभी दर्पयुक्त सन्तोष भर देती है। अक्टूबर का महीना इन लोगों का सबसे बड़ा त्योहार होता है। बाहर पढ़नेवाले बच्चे घर आते हैं और आठ-दस दिन तो सिर्फ जश्न का माहौल रहता है। और इसी त्योहार पर पापा आ रहे हैं...और कुक छुट्टी पर...! उनका मन हो रहा है, माथा कूट लें वे अपना।

भारी कदमों से वे भीतर लौटी ही थीं कि तभी फ़ोन की घंटी घनघना उठी, ''कौन, शम्मी !...बोल, क्या ख़बर ?...कौन-सी साड़ी...अरे...हम तो शाम की पार्टी में आ ही नहीं सकेंगे...क्यों...क्या...फ़ादर-इन-लॉ आ रहे हैं शाम को...अब जब तक वे हैं, तब तक तो क्लब-पार्टी सब बन्द ही समझ !...अब यह तो आने पर ही पता लगेगा कि कितने दिन ठहरेंगे !...ग्रीन टॉप्स चाहिए...कौन-सी साड़ी पहन रही है ?...देख, ज़रा कर्नल से बचकर रहना। नज़रों से ही निगल जाएगा...धत् क्या, सच बात कह रही हूँ।...अच्छा, किसी को भेज दे, टॉप्स दे दूँगी...और कुछ भी चाहिए ?...बाऽय !'' रिसीवर पटककर वे पलंग पर लेट गईं। शाम की पार्टी की काल्पनिक तस्वीर ने उनके मन के अवसाद को और अधिक बढ़ा दिया। पड़े-पड़े खिन्न मन से वे हफ्ते भर का मेन्यू बनाने लगीं।

शाम को पापा आए। सिर पर पल्ला डालकर उन्होंने पैर छुए तो उन्होंने आशीर्वाद की झड़ी लगा दी। मिसेज़ चोपड़ा गाड़ी से उतरते हुए सामान को देखकर अनुमान लगाना चाह रही थीं कि पापा का पड़ाव कितने दिनों का होगा। गाड़ी में से फलों के टोकरे और मिठाई के डिब्बों का ढेर निकला तो बोलीं, ''अरे, यह इतना सब आप क्यों लाए ?''

''यह तो कुछ भी नहीं है। विनय भी तो आया हुआ है। पम्मी है, तुम हो, फिर कॉलोनी में बाँटना। कॉलोनी में तो सब घर अपने घर जैसे ही होते हैं। यही तो सुख है यहाँ की ज़िन्दगी का !'' एक बार सामान अच्छी तरह देखकर वे अन्दर चले गए। नौकर ने फटाफट

उनका सामान कमरे में जमा दिया।

चाय का सामान लगाकर मिसेज़ चोपड़ा अन्दर जाने लगीं तो उसे रोकते हुए बोले, "चल कहाँ दी बीना, तुम भी साथ बैठो। मैं यहाँ खाने-पीने नहीं, तुम लोगों के साथ रहने आया हूँ !"

"जी, मैं ज़रा खाने की तैयारी करूँगी। बात यह है कि कुक छुट्टी पर गया है।"

"अच्छा, तो खाना तुम बनाओगी...गुड-गुड ! तुम्हारे हाथ का बना खाना खाए तो अरसा हो गया !...पर देखो, खाना बहुत सादा बनेगा...कोई झंझट नहीं करोगी...और वह भी चाय पीने के बाद !"

मजबूरन मिसेज़ चोपड़ा को बैठना पड़ा।

"बच्चे कब तक लौटेंगे क्लब से ? सच पूछो तो बच्चों को देखने ही चला आया।"

"आठ बजे तक लौटेंगे...वो क्या था न कि मैच था विनय का, वरना आज..." मिस्टर चोपड़ा बच्चों को आज घर न रोकने की सफ़ाई दे रहे थे।

"ठीक है...ठीक है, बच्चों को उनके काम में लगा रहने दो।"

शाम को पम्मी और विनय लौटे तो पम्मी ने तो झुककर प्रणाम किया लेकिन विनय के हाथ जोड़ने के ढंग में अदब कम, लापरवाही ज़्यादा थी। पापा ने उसे अपने पास बुलाया, बाँह में भरकर हँसते हुए कहा, "दून स्कूल ने तुम्हें क्या सिखलाया, यह तो हम बाद में मालूम करेंगे लेकिन बड़ों को प्रणाम कैसे करते हैं, इसे तो भुलवा ही दिया !"

मिसेज़ चोपड़ा के चेहरे पर हल्का-सा तनाव खिंच आया। चोपड़ा ने विनय को झिड़का, "बाबा के पैर छुओ विनय !"

विनय ने पैर छू दिए...पापा ने उसे सीने से चिपका कर प्यार किया।

रात को मेज़ पर खाना लगा।

"अरे, बहूरानी ने तो ढेर सारे पकवान बना डाले !" गद्गद भाव से पापा बोले, "मैं कोई मेहमान थोड़े ही हूँ भाई, घर का ही आदमी हूँ...फिर तुम्हारा कुक भी नहीं है तो इतना सब करने की क्या जरूरत थी ?"

"जो दो-तीन साल में एक बार आए, वह तो मेहमान ही हुआ। आप हमेशा यहाँ रहते तो घर के होते लेकिन आपको शायद अकेले रहना अच्छा लगता है !"

अपनी प्रशंसा में मिसेज़ चोपड़ा के चेहरे पर जो मुस्कान छिटक पड़ी थी, उसी का सहारा लेकर चोपड़ा ने एक वाक्य और जोड़ दिया, "वरना यह कोई उमर है आपकी अकेले रहने की ?" और अपनी बात की प्रतिक्रिया देखने के लिए वह पापा की जगह बीना का चेहरा देखने लगे।

सारे लाड़-प्यार के बावजूद पापा के व्यक्तित्व में एक ऐसी दबंगई है जो शुरू से ही बीना को त्रस्त करती रही है। माँ भी हमेशा उनसे डरकर ही रहीं लेकिन वे जब-तब लड़ भी लेती थीं...बीना केवल डरती है—डरने से ज़्यादा खीजती है, झल्लाती है।

"देखो भाई, उसूल है मेरा...खुद भी स्वतन्त्र रहो और दूसरों को भी स्वतन्त्र रखो। अलग रहता हूँ इसीलिए न साथ रहने की मनुहार हो रही है...अगर साथ रहने लगूँ तो..." और वाक्य

अधूरा छोड़कर ही वे हँसने लगे।

अनकहे शब्दों ने सबको मौन कर दिया।

"अच्छा, पम्मी, तुमने इसमें क्या बनाया है?" बातचीत का माहौल बदलने के लिए उन्होंने पूछा।

"जी, मेरा यह फाइनल इयर है।" कुछ भी न करने की सफ़ाई देते हुए थोड़े झिझक-भरे स्वर में पम्मी ने कहा।

"अरे, पर अभी तो अक्टूबर ही है भाई...और फिर जब कुक भी नहीं है तो माँ के साथ काम में हाथ बटाना चाहिए या नहीं...इट्स योर ड्यूटी।" पापा के स्वर में हमेशा की तरह आदेश का पुट था, बिना इस बात की चिन्ता किए कि सामनेवाला उसे दादा के सहज स्वाभाविक लाड़-भरे अधिकार के साथ में ले भी रहा है या नहीं ? चोपड़ा जानते हैं कि बीना खुद चाहे पम्मी के निखट्टूपने को लेकर सारे दिन झींकती रहे, पर कोई दूसरा कुछ भी कह दे तो उसे बर्दाश्त नहीं होता। इस मामले में वह सौ फीसदी माँ है। इसलिए बात का सिरा चोपड़ा ने सँभाला, "अगस्त में इसे टाइफ़ाइड हो गया था सो क्लास में काफी पिछड़ गई थी। हम लोगों ने ही कह रखा है कि जब तक बराबर नहीं हो जाती, सब तरफ़ से ध्यान हटाकर बस, पढ़ाई में ही लगी रहो।

"टाइफ़ाइड हुआ और तुम लोगों ने मुझे सूचना तक नहीं दी ?"

"अरे आप वहाँ बेकार परेशान होते...फिर कोई सीरियस मामला तो था भी नहीं।"

"और अब बहुत खुश हो रहा हूँ कि घर की बच्ची बीमार हो और मुझे ख़बर तक न मिले...बहुत गलत बात है यह तुम लोगों की !"

"अच्छा, ठीक है, अब से मैं आपको सर्दी-जुकाम की ख़बर भी भेज दिया करूँगा... बस !...अरे आप तो बीना के हाथ का यह पुलाव खाइए..." और हँसते हुए चोपड़ा ने पुलाव की प्लेट पापा के सामने कर दी, यह जानते हुए कि पापा जहाँ ग़लत बातों के लिए डपटने से नहीं चूकते, वहीं अच्छे कामों की तारीफ करने में भी कतई कंजूसी नहीं बरतते।

"खाना तुम सचमुच बहुत अच्छा बनाती हो बीना !"

"तभी तो मैं मनाया करता हूँ कि कुक छुट्टी पर ही रहा करे तो कम-से-कम खाना तो लाजवाब मिले !"

इतनी देर से गुमसुम बैठी बीना के चेहरे पर स्निग्धता में लिपटी मुस्कान फैल गई।

"पम्मी बिटिया, एक दिन आपको भी अपने हाथ का खाना खिलाना पड़ेगा दादाजी को। देखें तो सही कि हमारी बिटिया कैसा बनाती है खाना !"

"तब तो दादाजी, आपको भूखा ही रहना पड़ेगा..." और विनय जोर-जोर से हँसने लगा।

"क्यों, भूखा क्यों रहना पड़ेगा ?"

"बस, इम्तिहान ख़त्म होते ही मैं इसे कुकिंग-क्लास ज्वाइन करवानेवाली हूँ।" बीना ने बात सँभाली।

"अरे, मुझे कोई पकवान थोड़े ही खाने हैं—तुम तो बस दाल-रोटी खिलाओ। बिटिया के हाथ की दाल-रोटी भी पकवान से कम नहीं होती है।"

"दाल-रोटी !" और विनय फिर हँसने लगा, "दीदी के हाथ की तो चाय भी कोई पी

ले तो फिर चाय पीना ही छोड़ दे।"

"यू शटअप !" शब्द कम, लेकिन आँखों से बुरी तरह घुड़का पम्मी ने।

"यह मैं क्या सुन रहा हूँ पम्मी...तुम क्या मामूली-सा खाना भी बनाना नहीं जानती ? बहुत गलत बात है यह...अब तुम कोई इतनी छोटी बच्ची नहीं हो।" पापा का स्वर फिर आदेशात्मक हो गया, "बीना, यह तो तुम्हारी जिम्मेदारी है–तुमने क्या यह भी नहीं सिखाया पम्मी को ?"

बीना के चहेरे की एक-एक रंग को पहचाननेवाले चोपड़ा ने प्रसंग बदलने के लिए बात को तुरन्त इलाहाबाद की ओर मोड़ दिया। वहाँ का घर, बगीचा, नौकर, कुत्ता–मिलने-जुलनेवाले और खाना खतम होने तक पापा को इसी में हिलगा कर रखा।

रात को लेटते ही बीना ने कहा, "मैं तो थक गई बाबा। पाँच बजे से नौ बजे तक गैस के सामने खड़ी रही हूँ लगातार।"

"तो इतनी चीजें क्यों बनाईं ?"

"बना दीं इसीलिए कह रहे हो–नहीं बनाती तो जाने क्या-क्या सुनने को मिलता !"

चोपड़ा तो और भी बहुत कुछ सुनने को तैयार बैठे थे लेकिन तभी फोन की घंटी बजी।

"लो, तुम्हारा ही है।" चोपड़ा ने रिसीवर बीना के हाथ में दे दिया।

"कौन, शम्मी...अच्छा, बता, कैसी रही पार्टी...मजाक क्या, ठीक ही तो कह रही हूँ..." फिर खिलखिलाकर हँसी; लेकिन फिर पता नहीं उधर से क्या पूछा गया कि स्वर में जाने कितनी निराशा, हताशा, व्यथा उभर आई, "क्या मालूम...हमारा ये सीजन तो बेकार ही गया..."

चोपड़ा ने तय कर लिया था कि इस समय वे कुछ नहीं बोलेंगे–सो एक-दो मिनट प्रतीक्षा करने के बाद बीना ने करवट बदली और सो गई।

दूसरे दिन सबेरे चोपड़ा किसी जरूरी काम से बहुत जल्दी ही मिल चले गए तो पापा अपने कमरे में अखबार के साथ अकेले ही चाय पी रहे थे...तभी बाहर से पम्मी के चिल्लाने की आवाज आई, "आया, मेरी ड्रेस अभी तक प्रेस नहीं की...तुम्हें टाइम का कुछ होश भी रहता है या नहीं ? देर नहीं हो रही मुझे...मैं कहती हूँ, छोड़ दो सारे काम, पहले आकर मेरी ड्रेस प्रेस करो...कितनी बार तो समझा दिया कि सात बजे मेरी ड्रेस यहाँ हैंगर में लटकी होनी चाहिए, लेकिन..."

हाथ में प्याला लिए दादाजी को आता देख पम्मी चुप हो गई।

"क्या बात है पम्मी...कपड़े तैयार नहीं हुए ?"

"इसे समय का कभी ध्यान ही नहीं रहता..."

"मेमसाब जो कटलेट वास्ते सब्जियाँ काटने को बोला..." साड़ी से ही हाथ पोंछते हुए दौड़कर आती हुई आया ने जैसे सफ़ाई दी और जल्दी-जल्दी प्रेस चलाने लगी।

नाश्ते की मेज पर आते हुए पापा ने पूछा, "विनय किधर है–दिखाई ही नहीं दिया सवेरे से ?"

बीना ने बहुत डरते-डरते कहा, "वो सो रहा है।...छुट्टियों में आता है तो..."

पापा हँसे, "ठीक है...ठीक है, छुट्टियाँ होती ही मस्ती मारने के लिए हैं।" फिर मेज पर नज़र डालकर कहा, "लो, फिर कटलेट तैयार ! तुम क्यों इतनी झंझट करने में लगी

हो...टोस्ट बनाकर रख देतीं, बस !''

''झंझट कैसी, आप खाइए न !''

और जैसे ही बीना मुड़ने लगी, ''तुम तो साथ बैठो बीना...अकेले बैठकर मैं बिल्कुल नहीं खाऊँगा।''

बीना लौट आई।

कटलेट की गुण-गाथा के बीच पापा ने पूछा, ''तुम्हारे यहाँ कितने नौकर हैं ?''

''एक कुक है–एक आया है और ऊपर का काम करने के लिए यह लड़का है–किशन।'' ड्राइवर और माली तो मिल की तरफ़ से हैं।''

''घर में तीन नौकर ज्यादा नहीं हैं ?''

''ज्यादा ? इतने नौकर तो रखने ही होते हैं–आखिर इनकी पोजीशन...''

''नौकर अपने लिए रखे जाते हैं या पोजीशन के लिए ? इन फालतू के दिखावे के चक्कर में तुम बच्चों का भविष्य नहीं खराब कर रहीं ? सोलह-सत्रह साल की लड़की अपनी ड्रेस तक प्रेस नहीं कर सकती...चाय नहीं बना सकती–आगे चलकर क्या होगा इनका ? कुछ सालों बाद घरेलू नौकर नहीं मिलेंगे...शहरों में तो अभी ही संकट है–तब ? हाथ से काम करने की आदत डलवाओ बच्चों में अभी से...कम से कम अपने छोटे-मोटे काम तो इन्हें खुद करने चाहिए।''

फोन की घंटी ने बीना का उद्धार किया। उधर नीलू की आवाज थी, ''कल पम्मी ने बताया...हाय-हाय, आपकी तो सारी छुट्टियाँ ही बेकार चली जाएँगी...हमारे लायक कुछ काम हो तो बताइए...इस समय क्या कर रही हैं ?'

''नाश्ता खिला रही हूँ और डाँट खा रही हूँ। समझ में नहीं आता कि ये लोग दूसरों की ज़िन्दगी में इतना दखल क्यों देते हैं ? अरे भाई, तुमको जैसे रहना हो, तुम रहो–हम जैसे रह रहे हैं, हमें रहने दो–हम कोई बच्चे हैं जो बात-बात में उपदेश पिलाते रहोगे...देखो, तुम सबको बोल देना कि फ़ोन दोपहर में किया करे, वरना एक भाषण इस पर ही हो जाएगा...'' और बीना वहीं बैठ गई।

दोपहर में चोपड़ा की गाड़ी आकर रुकी तो पापा बगीचे में बागबानी कर रहे थे।

''देखो, तुम्हारी बहुत सारी क्यारियाँ और पौधे मैंने ठीक कर दिए हैं...'' और हाथ झाड़कर चोपड़ा के पीछे-पीछे अन्दर आ गए।

चोपड़ा ने भीतर घुसते ही पहले घर का माहौल सूँघा, बीना के चेहरे का जायजा लिया, फिर खाने की हाँक लगाई।

अखबार की खबरें, मिल की समस्याएँ, मजदूरों की माँगों ने डाइनिंग-टेबल के आसपास थोड़ी सहजता जरूर बिखेरी, पर बात को तो फिर वहीं आना था।

''काका, तुमने विनय को दून स्कूल भेज दिया, अच्छा किया, पर यह भी तो देखो कि वह सीख क्या रहा है ?''

बीना का चेहरा खिंचने लगा।

''क्यों, आपने परीक्षा ले डाली क्या उसकी ?'' चोपड़ा ने हँसते हुए पूछा।

''बच्चों की परीक्षा लेना तुम्हारा काम...मुझे तो जो कुछ कहना है, तुम लोगों से

कहूँगा।"

बीना के चेहरे के आसपास तनाव मँडराने लगा।

दूसरे दिन नाश्ता करके चोपड़ा मिल चले गए तो पापा दो घंटे तक बागबानी करते रहे। धूप की गर्मी ने ही उन्हें वहाँ से उखाड़ा। "किशन बेटे, एक गिलास शिकंजी तो लाओ।" फिर आवाज ज़रा ऊँची करके बोले, "बीना, खाना बिल्कुल सादा बनाना !"

शिकंजी लेकर बीना ही आई तो हँसकर बोले, "मैंने तुम्हारी बहुत सारी क्यारियाँ और पौधे ठीक कर दिए हैं..."

"एक सप्ताह बाद माली लौट आएगा...आप क्यों परेशान हो रहे हैं ?"

"हॉबी है यह तो मेरी...अच्छा, तुम खाली समय में क्या करती हो...समय तो बहुत मिलता होगा तुम्हें...कोई हॉबी ? कुछ तो करना चाहिए तुम्हें—समथिंग यूजफुल। मैं कहता हूँ, बागबानी करो...इससे बढ़िया कोई हॉबी नहीं हो सकती...एक-एक पौधे से बच्चों जैसा लगाव हो जाता है।"

बीना ने खाली गिलास लिया और चुपचाप भीतर चली गई।

दोपहर में खाने की मेज पर फिर तीनों। विनय मैच के लिए क्लब चला गया था तो पम्मी पहले ही खाकर अपने कमरे में। अखबार की खबरें, मिल की समस्याएँ, मजदूरों की माँगों से वातावरण थोड़ा सहज तो जरूर बना रहा लेकिन बात को फिर किसी नुकीले बिन्दु पर आना ही था।

"काका, तुमने विनय को दून स्कूल भेजा...अच्छा किया पर यह भी तो देखो कि वह क्या सीख रहा है।"

बीना का चेहरा खिंचने लगा।

"क्यों, आपने परीक्षा ले डाली क्या उसकी ?" चोपड़ा ने हँसते हुए पूछा।

"सो तो ली...और इसमें कोई शक नहीं, बहुत होशियार है वह पढ़ने में...आइ एम रियली प्राउड ऑफ हिम !"

"तो फिर ?" प्रश्नवाचक चिह्न चोपड़ा और बीना के चेहरे पर लटक आया।

"कभी गौर किया तुम लोगों ने कि वह नौकरों के साथ कैसे बात करता है... ईडियट...बुड़बक...उल्लू...उसे मामूली-सी तहजीब तो सिखाओ !" यह तो तुम लोगों को सिखाना होगा...बीना, बच्चों की ट्रेनिंग की जिम्मेदारी तुम्हारी है..."

बीना उठी और एकदम अन्दर चली गई।

"अरे, बीना को क्या बुरा लग गया ? पर मैंने कोई गलत बात तो नहीं कही !"

"नहीं-नहीं, बस, विनय को लेकर वह ज़रा टची है।"

फिर बात का कोई सिलसिला जमा ही नहीं।

रात को चोपड़ा काफी तैयारी करके ही अपने कमरे में घुसे थे।

"आखिर क्या चाहते हैं पापा...सब नौकरों को निकाल दूँ और फेंटा कसकर घर-धन्धे में जुट जाऊँ...डंडा लेकर सारे दिन बच्चों को कूटती-पीटती रहूँ ? मैंने बच्चों को कुछ सिखाया नहीं...मेरे बच्चे उजड्ड-गँवार हैं तो हैं—बस ! तीन दिन तक कैसे-कैसे प्रोग्राम होते रहे पर

मैं नहीं गई...सोचा, उन्हें बुरा लगेगा और इनाम मिला यह तमगा !"

"पापा परसों की गाड़ी से जा रहे हैं।"...कुछ देर की चुप्पी, "वैसे हम न मानें या हमें बुरा लगे, यह दूसरी बात है वरना उन्होंने जो कहा...खैर, अब तुम सो जाओ।"

पापा गए तो दूसरे दिन ही अफ़सरों की बीवियाँ आईं और मिसेज़ चोपड़ा से अपनी निकटता और अपना सरोकार जताने के लिए उन्होंने घोषणा की कि दो दिन बाद ही एक पिकनिक होगी...मिल खुल जाने के कारण केवल स्त्रियों की...कम-से-कम एक कार्यक्रम तो आपके लिए भी होना ही चाहिए बीनाजी !"

"आप बहुत थकी हुई लग रही हैं मिसेज़ चोपड़ा ?"

"लगूँगी नहीं--जमकर परेड हुई है, ऊपर से खाने को डाँट और पीने को लेक्चर ! बोर करके रख दिया।"

"अच्छा, अब एक दिन आप आराम कीजिए--फिर पिकनिक में आपकी सारी बोरियत दूर कर देंगे।"

"देखिए, पम्मी को जरूर लाइए--मैं उसकी पसन्द की चीज ही बनाकर लाऊँगी।"

"हाँ, पम्मी से गाना भी तो सुनेंगे। उसके गाने के बिना रौनक ही नहीं होगी पिकनिक में।"

"मैं क्या बनाकर लाऊँ ?"

"अरे...आपकी थकान उतारने के लिए पिकनिक कर रहे हैं कि आपको थकाने के लिए ?"

"देखिए, पम्मी को जरूर लाइए..."

अपनी निकटता के नहले पर दहले मारती अफ़सरनियाँ लौटीं तो बीना फिर अपने पूरे कद के साथ मिसेज़ चोपड़ा बन गईं। उन्होंने किशन से कहकर पम्मी को बुलवाया।

"सुनो पम्मी...लेडीज-क्लब की ओर से एक पिकनिक रखी गई हैं परसों !"

"अब तो सारे प्रोग्राम खतम हो गए, अब कैसी पिकनिक ?"

"अरे मैं किसी प्रोग्राम में नहीं जा पाई सो मेरे लिए ही रखी है यह पिकनिक।" एक सन्तोष-भरा दर्प छलक रहा था उनके चेहरे पर।

"अरे वाह ! तो फिर जाइए आप।"

"तुझे भी चलना है--सब लोग बहुत कहकर गई हैं। फिर तुझे क्या परेशानी, स्कूलों की तो छुट्टी है अभी।"

"मैं क्या करूँगी आप लोगों की पिकनिक में जाकर ?"

"पिकनिक में क्या किया जाता है--घूमना-फिरना..."

"आपकी दोस्तों के साथ घूमूँगी मैं ? मुझे नहीं जाना पिकनिक में।" लौटने के लिए पम्मी मुड़ी ही थी कि मिसेज़ चोपड़ा ने डपटा, "चल कहाँ दी... अच्छी तरह कान खोलकर सुन ले, परसों पिकनिक में चलना है...नीलू, तेरी पसन्द की चीज़ बनाकर लाएगी। इतना कहकर गई बेचारी।"

"नीलू आँटी से कहिए, यहीं भिजवा देंगी--मैं खा लूँगी !"

"मैं जितना ग़म खाती जाती हूँ, देखती हूँ उतना ही दिमाग आसमान पर चढ़ता जा

रहा है। मेरी दोस्तों के बीच घूमने में हेठी होती है तेरी ?''

ललाट पर तीन सल डालकर पम्मी होंठों में जो बुदबुदाई, वह सुनाई नहीं दिया।

इसके बाद दूसरे दिन तक मिसेज़ चोपड़ा कभी प्यार से तो कभी फटकार से बराबर पम्मी को आदेश देती ही रहीं कि उसे पिकनिक पर चलना है...कि वह कोई बहाना नहीं सुनेंगी...कि मनमानी करने की कोई सीमा भी होती है। लेकिन पिकनिक वाले दिन सबेरे दूध पीते समय पम्मी ने कहा, ''मम्मी, मैं पिकनिक पर नहीं जाऊँगी...मुझे पढ़ना है।''

मिसेज़ चोपड़ा एकदम भभक पड़ीं, ''क्या कहा, नहीं जाएगी ? अरे कैसी पढ़ाई कर रही है, मैं खूब समझती हूँ। कुछ बोलती नहीं तो यह मत समझना कि कुछ नहीं जानती। ठीक है, नहीं जाना है तो मत चल—मैं भी...'' और फिर गुस्से में वे जाने क्या-क्या कहती चली गईं।

लेकिन नहाते समय उन्होंने तय कर लिया कि वे सारा गुस्सा भी धोकर बहा देंगी... उन्हें अपना मूड खराब नहीं करना है वरना पूरी पिकनिक का मज़ा किरकिरा हो जाएगा। सज-धजकर बस में बैठीं और बस दस क़दम ही आगे चली होगी कि उन्हें याद आया, कैमरा तो लिया ही नहीं। बस रुकवाकर वह लौटीं और जैसे ही अपने कमरे के दरवाज़े तक पहुँची, उन्हें पम्मी की आवाज़ सुनाई दी। वे वहीं ठिठक गईं—

''समझते क्यों नहीं, दादाजी थे तो मम्मी सारे दिन घर में ही रहती थी...कैसे आती ? आज पिकनिक पर गई हैं तो आज जरूर आऊँगी। जानते हो, साथ चलने के लिए डाँट-डाँटकर मेरा भुरकस बना दिया। उनका बस चले तो अपने पल्ले से बाँधकर रखें...पता नहीं क्या समझती हैं अपने आपको। रीयली शी इज बिकमिंग ए हैडेक दीज डेज।''

मिसेज़ चोपड़ा को लगा, जैसे उनके आसपास का सब कुछ घूमने लगा है और उन्होंने किसी तरह दीवाल पकड़कर अपने को थामा।

अकेली

सोमा बुआ बुढ़िया हैं।

सोमा बुआ परित्यक्ता हैं।

सोमा बुआ अकेली हैं।

सोमा बुआ का जवान बेटा क्या जाता रहा, उनकी अपनी जवानी चली गई। पति को पुत्र-वियोग का ऐसा सदमा लगा कि वे पत्नी, घर-बार तजकर तीरथ-वासी हुए और परिवार में कोई ऐसा सदस्य था नहीं जो उनके एकाकीपन को दूर करता। पिछले बीस वर्षों से उनके जीवन की इस एकरसता में किसी प्रकार का कोई व्यवधान उपस्थित नहीं हुआ, कोई परिवर्तन नहीं आया। यों हर साल एक महीने के लिए उनके पति उनके पास आकर रहते थे पर कभी उन्होंने पति की प्रतीक्षा नहीं की, उनकी राह में आँखें नहीं बिछाईं। जब तक पति रहते उनका मन और भी मुरझाया हुआ रहता क्योंकि पति के स्नेह-हीन व्यवहार का अंकुश उनके रोजमर्रा के जीवन की अबाध गति से बहती स्वच्छन्द धारा को कुंठित कर देता। उस समय उनका घूमना-फिरना, मिलना-जुलना बन्द हो जाता और संन्यासीजी महाराज से तो यह भी नहीं होता कि दो मीठे बोल-बोलकर सोमा बुआ को एक ऐसा सम्बल ही पकड़ा दें, जिसका आसरा लेकर वह उनके वियोग के ग्यारह महीने काट दें। इस स्थिति में बुआ को अपनी ज़िन्दगी पास-पड़ोसवालों के भरोसे ही काटनी पड़ती थी। किसी के घर मुंडन हो, छठी हो, जनेऊ हो, शादी हो या ग़मी; बुआ पहुँच जातीं और फिर छाती फाड़कर काम करतीं, मानों वे दूसरे के घर में नहीं अपने ही घर में काम कर रही हों।

आजकल सोमा बुआ के पति आए हुए हैं और अभी-अभी कुछ कहा-सुनी होकर चुकी है। बुआ आँगन में बैठी धूप खा रही हैं, पास रखी कटोरी से तेल लेकर हाथों में मल रही हैं, और बड़बड़ा रही हैं। इस एक महीने में अन्य अवयवों के शिथिल हो जाने के कारण उनकी जीभ ही सबसे अधिक सजीव और सक्रिय हो उठती है। तभी हाथ में एक फटी साड़ी और पापड़ लेकर ऊपर से राधा भाभी उतरीं।

"क्या हो गया बुआ, क्यों बड़बड़ा रही हो ? फिर संन्यासीजी महाराज ने कुछ कह दिया क्या ?"

"अरे मैं कहीं चली जाऊँ सो ही इन्हें नहीं सुहाता। कल चौकवाले किशोरीलाल के बेटे का मुंडन था, सारी बिरादरी का न्यौता था। मैं तो जानती थी कि ये पैसे का ही गरूर है जो मुंडन पर भी सारी बिरादरी को न्यौता है, पर काम उन नई नवेली बहुओं से सँभलेगा नहीं सो जल्दी ही चली गई। हुआ भी वही" और सरककर बुआ ने राधा के हाथ से पापड़ लेकर सुखाने शुरू कर दिए। "एक काम गत से नहीं हो रहा था। अब घर में कोई बड़ा-बूढ़ा

हो तो बतावे, या कभी किया हो तो जानें। गीतवाली औरतें मुंडन पर बन्ना-बन्नी गा रही थीं, मेरा तो हँसते-हँसते पेट फूल गया।'' और उसकी याद से ही कुछ देर पहले का दुख और आक्रोश धुल गया। अपने सहज स्वाभाविक रूप में वे कहने लगीं--भट्‌टी पर देखो तो अजब तमाशा--समोसे कच्चे ही उतार दिए और इतने बना दिए कि दो बार खिला दो और गुलाब जामुन इतने कम कि एक पंगत में भी पूरे न पड़ें। उसी समय खोया मंगाकर नए गुलाब-जामुन बनाए। दोनों बहुएँ और किशोरीलाल तो बिचारे इतना जस मान रहे थे कि क्या बताऊँ ? कहने लगे--''अम्मा ! तुम न होतीं तो आज भद्‌द उड़ जाती। अम्मा ! तुमने लाज रख ली !'' मैंने तो कह दिया कि अरे अपने ही काम नहीं आवेंगे तो कोई बाहर से तो आवेगा नहीं। ये तो आजकल इनका रोटी-पानी का काम रहता है नहीं तो मैं तो सवेरे से ही चली जाती !''

''तो संन्यासी महाराज क्यों बिगड़ पड़े ? उन्हें तुम्हारा आना-जाना अच्छा नहीं लगता बुआ !''

''यों तो मैं कहीं आऊँ-जाऊँ सो ही इन्हें नहीं सुहाता, और फिर कल किशोरी के यहाँ से बुलावा नहीं आया। अरे, मैं तो कहूँ कि घरवालों का कैसा बुलावा ? वे लोग तो मुझे अपनी माँ से कम नहीं समझते, नहीं तो कौन भला यों भट्‌टी और भंडार-घर सौंप दे ? पर उन्हें अब कौन समझावे। कहने लगे, तू जबर्दस्ती दूसरों के घर में टाँग अड़ाती फिरती है।'' और एकाएक उन्हें उस क्रोध-भरी वाणी और कटुवचनों का स्मरण हो आया जिनकी बौछार कुछ देर पहले ही उन पर होकर चुकी थी। याद आते ही फिर उनके आँसू बह चले।

''अरे रोती क्या हो बुआ ! कहना-सुनना तो चलता ही रहता है। संन्यासीजी महाराज एक महीने को तो आकर रहते हैं, सुन लिया करो, और क्या ?''

''सुनने को तो सुनती ही हूँ पर मन तो दुखता ही है कि एक महीने को आते हैं तो भी कभी मीठे बोल नहीं बोलते। मेरा आना-जाना इन्हें सुहाता नहीं सो तू ही बता राधा, ये तो साल में ग्यारह महीने हरिद्वार रहते हैं। इन्हें तो नाते-रिश्तेवालों से कुछ लेना-देना नहीं पर मुझे तो सबसे निभाना पड़ता है। मैं भी सबसे तोड़ताड़ कर बैठ जाऊँ तो कैसे चले। मैं तो इनसे कहती हूँ कि जब पल्ला पकड़ा है तो अन्त समय में भी साथ ही रखो, सो तो इनसे होता नहीं। सारा धरम-करम ये ही लूटेंगे, सारा जस ये ही बटोरेंगे और मैं अकेली पड़ी-पड़ी यहाँ इनके नाम को रोया करूँ। उस पर से कहीं आऊँ-जाऊँ वह भी इनसे बर्दाश्त नहीं होता...'' और बुआ फूट-फूटकर रो पड़ीं। राधा ने आश्वासन देते हुए कहा--''रोओ नहीं बुआ, अरे वे तो इसलिए नाराज़ हुए कि बिना बुलाए तुम चली गईं।''

''बेचारे इतने हंगामे में बुलाना भूल गए तो मैं भी मान करके बैठ जाती ? फिर घरवालों का कैसा बुलाना ? मैं तो अपनेपन की बात जानती हूँ। कोई प्रेम नहीं रखे तो दस बुलावे पर नहीं जाऊँ और प्रेम रखे तो बिना बुलाए भी सिर के बल जाऊँ। मेरा अपना हरखू होता और उसके घर काम होता तो क्या मैं बुलावे के भरोसे बैठी रहती ? मेरे लिए जैसा हरखू वैसा किशोरीलाल ! आज हरखू नहीं है इसी से दूसरों को देख-देखकर मन भरमाती रहती हूँ !'' और वे हिचकियाँ लेने लगीं।

पापड़ों को फैलाकर स्वर को भरसक कोमल बनाकर राधा ने कहा--''तुम भी बुआ बात को कहाँ-से-कहाँ ले गईं ? अब चुप भी होओ ! अच्छा देखो तुम्हारे लिए एक पापड़ भूनकर

लाती हूँ खाकर बताना कैसा है ?'' और वह पापड़ लेकर ऊपर चढ़ गई।

कोई सप्ताह-भर बाद बुआ बड़े प्रसन्न मन से आई और संन्यासीजी से बोली–''सुनते हो, देवरजी के ससुरालवालों की किसी लड़की का सम्बन्ध भागीरथजी के यहाँ हुआ है। वे सब लोग यहीं आकर ब्याह कर रहे हैं। देवरजी के बाद तो उन लोगों से कोई सम्बन्ध ही नहीं रहा, फिर भी हैं तो समधी ही। वे तो तुमको भी बुलाए बिना नहीं मानेंगे। सभधी को आखिर कैसे छोड़ सकते हैं ?'' और बुआ पुलकित होकर हँस पड़ी। संन्यासीजी की मौन उपेक्षा से उनके मन को ठेस तो पहुँची फिर भी वे प्रसन्न थीं। इधर-उधर जाकर वे इस विवाह की प्रगति की खबरें लातीं ! आखिर एक दिन वे यह भी सुन आईं कि उनके समधी यहाँ आ गए। ज़ोर-शोर से तैयारियाँ हो रही हैं। सारी बिरादरी को दावत दी जाएगी–खूब रौनक होनेवाली है। दोनों ही पैसेवाले ठहरे।

''क्या जाने हमारे घर तो बुलावा आएगा या नहीं ? देवरजी को मरे पच्चीस बरस हो गए, उसके बाद से तो कोई सम्बन्ध ही नहीं रखा। रखे भी कौन ? यह काम तो मरदों का होता है, मैं तो मरदवाली होकर भी बेमरद की हूँ।'' और एक ठंडी साँस उनके दिल से निकल गई।

''अरे वाह बुआ ! तुम्हारा नाम कैसे नहीं हो सकता। तुम तो समधिन ठहरीं। देवर चाहे न रहे पर कोई रिश्ता थोड़े ही टूट जाता है !'' दाल पीसती हुई घर की बड़ी बहू बोली।

''है बुआ, नाम है। मैं तो सारी लिस्ट देखकर आई हूँ।'' विधवा ननद बोली। बैठे-ही-बैठे दो क़दम आगे सरककर बुआ ने बड़े उत्साह से पूछा–''तू अपनी आँखों से देखकर आई है नाम ? नाम तो होना ही चाहिए। पर मैंने सोचा कि क्या जाने आजकल के फैशन में पुराने सम्बन्धियों को बुलाना हो, न हो।'' और बुआ बिना दो पल भी रुके वहाँ से चल पड़ीं। अपने घर जाकर सीधे राधा भाभी के कमरे में चढ़ी–''क्यों री राधा, तू तो जानती है कि नई फैशन में लड़की की शादी में क्या दिया जावे है ? समधियों का मामला ठहरा, सो भी पैसेवाले। खाली हाथ जाऊँगी तो अच्छा नहीं लगेगा। मैं तो पुराने जमाने की ठहरी, तू ही बता दे क्या दूँ ? अब कुछ बनाने का समय तो रहा नहीं, दो दिन बाकी हैं सो कुछ बना-बनाया ही खरीद लाना।''

''क्या देना चाहती हो अम्मा ? जेवर, कपड़ा, शृंगारदान या कोई और चाँदी की चीज़ ?''

''मैं तो कुछ भी नहीं समझूँ री। जो कुछ पास है तुझे लाकर दे देती हूँ, जो तू ठीक समझे ले आना। बस, भद्द नहीं उड़नी चाहिए ! अच्छा देखूँ पहले कि रुपए कितने हैं ?'' और वे डगमगाते कदमों से नीचे आईं। दो-तीन कपड़ों की गठरियाँ हटाकर एक छोटा-सा बक्स निकाला। उसका ताला खोला। इधर-उधर करके एक छोटी-सी डिबिया निकाली। बड़े जतन से उसे खोला–उसमें सात रुपए की कुछ रेजगारी पड़ी थी और एक अँगूठी। बुआ का अनुमान था कि रुपए कुछ ज़्यादा होंगे, पर जब सात ही रुपए निकले तो सोच में पड़ गईं। रईस समधियों के घर में इतने से रुपयों से बिन्दी भी नहीं लगेगी। उनकी नज़र अँगूठी पर गई। यह उनके मृत-पुत्र की एकमात्र निशानी उनके पास रह गई थी। बड़े-बड़े आर्थिक

संकटों के समय भी वे उस अँगूठी का मोह नहीं छोड़ सकी थीं। आज भी एक बार उसे उठाते समय उनका दिल धड़क गया, फिर भी उन्होंने पाँच रुपए और एक अँगूठी आँचल में बाँध ली। बक्स को बन्द किया और फिर ऊपर को चलीं, पर इस बार उनके मन का उत्साह कुछ ठंडा पड़ गया था और पैरों की गति शिथिल! राधा के पास जाकर बोली–"रुपए तो नहीं निकले बहू। आएँ भी कहाँ से, मेरे कौन कमानेवाला बैठा है? उस कोठरी का किराया आता है, उसमें दो समय की रोटी निकल जाती है जैसे-तैसे!" और वे रो पड़ीं। राधा ने कहा–"क्या करूँ बुआ, आजकल मेरा भी हाथ तंग है, नहीं तो मैं ही दे देती। अरे, पर तुम देने के चक्कर में पड़ती ही क्यों हो? आजकल तो देने-लेने का रिवाज ही उठ गया है।"

"नहीं रे राधा! समधियों का मामला ठहरा! पच्चीस बरस हो गए तो भी वे नहीं भूले और मैं खाली हाथ जाऊँ? नहीं-नहीं, इससे तो न जाऊँ सो ही अच्छा!"

"तो जाओ ही मत। चलो छुट्टी हुई, इतने लोगों में किसे पता लगेगा कि आईं या नहीं।" राधा ने सारी समस्या का सीधा-सा हल बताते हुए कहा।

"बड़ा बुरा मानेंगे। सारे शहर के लोग जावेंगे और मैं समधिन होकर नहीं जाऊँगी तो यही समझेंगे कि देवरजी मरे तो सम्बन्ध भी तोड़ लिया। नहीं-नहीं, तू यह अँगूठी बेच ही दे।" और उन्होंने आंचल की गाँठ खोलकर एक पुराने जमाने की अँगूठी राधा के हाथ पर रख दी। फिर बड़ी मिन्नत के स्वर में बोली "तू तो बाजार जाती है राधा, इसे बेच देना और जो कुछ ठीक समझे खरीद लेना। बस, शोभा रह जावे इतना ख़याल रखना।"

गली में बुआ ने चूड़ीवाले की आवाज सुनी तो एकाएक ही उनकी नज़र अपने हाथ की भद्दी मटमैली चूड़ियों पर जाकर टिक गई। कल समधियों के यहाँ जाना है, जेवर नहीं है तो कम-से-कम काँच की चूड़ी तो अच्छी पहन ले। पर एक अव्यक्त लाज ने उनके कदमों को रोक दिया, कोई देख लेगा तो। लेकिन दूसरे ही क्षण अपनी इस कमज़ोरी पर विजय-पाती सी वे पीछे के दरवाजे पर पहुँच गई और एक रुपया कलदार खर्च करके लाल-हरी चूड़ियों के बन्द पहन लिए। पर सारे दिन हाथों को साड़ी के आँचल से ढके-ढके फिरीं।

शाम को राधा भाभी ने बुआ को चाँदी की एक सिन्दूर-दानी, एक-साड़ी और एक ब्लाउज का कपड़ा लाकर दे दिया। सबकुछ देख पाकर बुआ बड़ी प्रसन्न हुईं और यह सोच-सोचकर कि जब वे ये सब दे देंगी तो उनकी समधिन पुरानी बातों की दुहाई दे-देकर उनकी मिलनसारिता की कितनी प्रशंसा करेगी, उनका मन पुलकित होने लगा। अँगूठी बेचने का ग़म भी जाता रहा। पासवाले बनिए के यहाँ से एक आने का पीला रंग लाकर रात में उन्होंने साड़ी रँगी। शादी में सफेद साड़ी पहनकर जाना क्या अच्छा लगेगा? रात में सोईं तो मन कल की ओर दौड़ रहा था।

दूसरे दिन नौ बजते-बजते खाने का काम समाप्त कर डाला। अपनी रँगी हुई साड़ी देखी तो कुछ जँची नहीं। फिर ऊपर राधा के पास पहुँची–"क्यों राधा, तू तो रँगी साड़ी पहिनती है तो बड़ी आब रहती है, चमक रहती है, इसमें तो चमक आई नहीं?"

"तुमने कलफ जो नहीं लगाया अम्मा, थोड़ा-सा माँड़ दे देतीं तो अच्छा रहता। अभी दे लो, ठीक हो जाएगी। बुलावा कबका है?"

अरे नए फैशनवालों की मत पूछो, ऐन मौकों पर बुलावा आता है। पाँच बजे का मुहरत

है, दिन में कभी भी आ जावेगा।''

राधा भाभी मन-ही-मन मुस्कुरा उठी।

बुआ ने साड़ी में माँड़ लगाकर सुखा दिया। फिर एक नई थाली निकाली, अपनी जवानी के दिनों में बिना हुआ क्रोशिए का एक छोटा-सा मेजपोश निकाला। थाली में साड़ी, सिन्दूरदानी, एक नारियल और थोड़े-से बताशे सजाए, फिर जाकर राधा को दिखाया। संन्यासी महाराज सवेरे से इस आयोजन को देख रहे थे। उन्होंने कल से लेकर आज तक कोई पच्चीस बार चेतावनी दे दी थी कि यदि कोई बुलाने न आए तो चली मत जाना, नहीं तो ठीक नहीं होगा। हर बार बुआ ने बड़े ही विश्वास के साथ कहा—''मुझे क्या बावली ही समझ रखा है जो बिना बुलाए चली जाऊँगी ? अरे वह पड़ोसवालों की नन्दा अपनी आँखों से बुलावे की लिस्ट में नाम देखकर आई है। और बुलावेंगे क्यों नहीं ? शहरवालों को बुलावेंगे और समधियों को नहीं बुलावेंगे क्या ?''

तीन बजे के करीब बुआ को अनमने भाव से छत पर इधर-उधर घूमते देख राधा भाभी ने आवाज लगाई—''गई नहीं बुआ ?''

एकाएक चौंकते हुए बुआ ने पूछा—''कितने बज गए राधा ?—क्या कहा, तीन ? सरदी में तो दिन का पता ही नहीं लगता है। बजे तीन ही हैं और धूप सारी छत पर से ऐसे सिमट गई मानो शाम हो गई हो।'' फिर एकाएक जैसे ख़याल आया कि वह तो भाभी के प्रश्न का उत्तर नहीं हुआ तो ज़रा ठंडे स्वर में बोली—''मुहरत तो पाँच बजे का है, जाऊँगी तो चार तक जाऊँगी, अभी तो तीन ही बजे हैं।'' बड़ी सावधानी से उन्होंने स्वर में लापरवाही का पुट दिया ! बुआ छत पर से गली में नज़र फैलाए खड़ी थीं, उनके पीछे ही रस्सी पर धोती फैली हुई थी, जिसमें कलफ लगा था और अभरक छिड़का हुआ था। अभरक के बिखरे हुए कण रह-रहकर धूप में चमक जाते थे, ठीक वैसे ही जैसे किसी को भी गली में घुसता देख बुआ का चेहरा चमक उठता था ?

सात बजे के धुँधलके में राधा ने ऊपर से देखा तो छत की दीवार से सटी, गली की ओर मुँह किए एक छाया मूर्ति दिखाई दी। उसका मन-भर आया। बिना कुछ पूछे इतना ही कहा, ''बुआ ! सर्दी में खड़ी-खड़ी यहाँ क्या कर रही हो ? आज खाना नहीं बनेगा क्या, सात तो बज गए ?

जैसे एकाएक नींद में से जागते हुए बुआ ने पूछा—''क्या कहा, सात बज गए ?'' फिर जैसे अपने से ही बोलते हुए पूछा, ''पर सात कैसे बज सकते हैं, मुहरत तो पाँच बजे का था।'' और फिर एकाएक ही सारी स्थिति को समझते हुए, स्वर को भरसक संयत बनाकर बोलीं—''अरे खाने का क्या है अभी बना लूँगी। दो जनों का तो खाना है, क्या खाना और क्या पकाना।''

फिर उन्होंने सूखी साड़ी को उतारा। नीचे जाकर अच्छी तरह उसकी तह की, धीरे-धीरे हाथों से चूड़ियाँ खोली, थाली में सजाया हुआ सारा सामान उठाया और सारी चीज़ें बड़े जतन से अपने एकमात्र सन्दूक में रख दीं।

और फिर बड़े ही बुझे हुए दिल से अँगीठी जलाने बैठीं।

'तीन निगाहों की एक तस्वीर' संकलन से

तीन निगाहों की एक तस्वीर

नैना

सहमे-से हाथ से मैंने दरवाजे की कुंडी खटखटाई। एक-बार भयभीत-सी नज़र आस-पास के घरों पर डाली। गली में उस समय अन्धकार के साथ-साथ नीरवता भी छाई हुई थी। सामने के घर की खिड़की पर गोदी में बच्चा लिए एक औरत खड़ी थी। वेश-भूषा से वह एकदम गृहस्थिन लग रही थी।...नहीं-नहीं, यह मोहल्ला ऐसा-वैसा नहीं हो सकता ! कुछ अधिक विश्वास के साथ एक बार ज़ोर से फिर मैंने कुंडी खटखटाई। गली के लैम्प-पोस्ट का धीमा प्रकाश मकान के 23/8 नम्बर पर सीधा पड़ रहा था। मकान तो यही है, पता नहीं, अन्दर क्या देखने को मिले ? यही सोच रही थी कि दरवाजा खुला और एक बुढ़िया को सामने खड़ा पाया। उसके पान खाए होंठों ने मन को यों आक्रान्त कर दिया कि मैं कुछ पूछना भूल अवाक्-सी उसका मुँह ही देखती रह गई। दीवारों पर भी पान की पीक के दाग नज़र आए। तो क्या माँ ठीक ही कह रही थीं ?

"किसको चाहती हो ?" तभी कानों से यह प्रश्न टकराया।

मेरे होश लौटे, "दर्शना देवी यहीं रहती हैं ?—मैं कानपुर से आई हूँ।" मैंने हकलाते हुए कहा।

"नैना हो क्या ? आओ-आओ, ऊपर आओ ! बीबीजी तो बस कल से तुम्हारा ही नाम रट रही हैं, उनके प्राण शायद तुममें ही अटके हैं ! तुम आ गईं, बहुत अच्छा किया !"

वह और भी जाने क्या-क्या बोले चली जा रही थी, पर मैं बिना कुछ सुने यन्त्रवत् उसके पीछे खिंची चली जा रही थी। मेरे कान ऊपर की आहट लेने को सतर्क थे और नज़र इधर-उधर कुछ ढूँढ़ रही थी, पर न मुझे कुछ सुनाई दे रहा था न दिखाई। मुझे पूरी तरह इस बात का भी होश नहीं कि कब मैं छोटे-से कमरे में एक मृत-प्रायः रोगिणी की शय्या के समीप जा खड़ी हुई।

बुढ़िया ने कहा—"बीबीजी, नैना आ गई है !"

और जब पलंग पर लेटी उस कृशकाय नारी की निस्तेज आँखें मेरे शरीर पर ऊपर से नीचे घूमने लगीं, तो मेरा रोम-रोम काँप उठा।

तो ये हैं मेरी दर्शना मासी ! और तभी मेरी आँखों के सामने आज से कोई सात साल पहले मेरे घर के ड्राइंग-रूम में लटकी, मासी की वह तस्वीर घूम गई, जिसमें मासी नवविवाहिता वधू के रूप में शरमाई-सी मासाजी से सटकर बैठी थीं। पर उस रूप में और इस रूप में तो कोई साम्य नहीं है। यह कैसे हालत हो गई मासी की ?

जाऊँ, उनके पास जाकर बैठूँ, यह सोचकर जैसे-ही क़दम बढ़ाया कि मासी का क्षीण स्वर सुनाई दिया। शून्य आँखों से देखते हुए वह बोलीं--"मैं जानती थी, जीजी कभी नैना को मेरे पास नहीं भेजेंगी। भेज देतीं, तो एक बार उसे प्यार करके मन की निकाल लेती। नैना की जगह यह न जाने किसे भेज दिया है ! अन्त समय में मुझे यों न छलतीं तो उनका क्या बिगड़ जाता ?"

उनकी आँखों से आँसू टपक पड़े और उन्होंने करवट लेकर मेरी ओर पीठ कर ली। मैं जड़वत् जहाँ-की-तहाँ खड़ी रह गई।

बुढ़िया ने मुझे समझाया--"अभी होश में नहीं हैं, तुम उधर चलकर खाओ-पीओ। सवेरे होश आने पर पहचान लेंगी। कल से तुम्हारा ही नाम रट रही थीं।"

पर मेरे पाँव तो जैसे वहीं जम गए थे। बार-बार एक ही बात दिमाग़ में गूँज रही थी, क्या सबने इन्हें छला ही है ? मैंने एक बार कमरे में चारों ओर नज़र डाली। कमरे के धीमे प्रकाश में वहाँ की उदासी और भी बढ़ गई थी। कमरे की अस्त-व्यस्त चीज़ों की आड़ी-टेढ़ी बेडौल छायाएँ दीवार पर पड़ रही थीं, देखकर ही मन भय से भर उठा। उस समय मासी की हालत पर तरस कम और सबको नाराज़ करके यहाँ चले आने की अपनी ज़िद पर पश्चाताप अधिक हो रहा था।

बुढ़िया मुझे दूसरे कमरे में छोड़कर चली गई। जाने कितने-कितने प्रश्न आँधी की तरह मेरे मन में उमड़-घुमड़ रहे थे। माँ की बातें, मासी की हालत, घर का वातावरण, सब मेरे सामने एक अनबूझ पहेली की तरह खड़े थे। मैंने अपनी सतर्क नज़रों से इधर-उधर देखना शुरू किया। एकाएक ही कोने में रखे सितार, तानपूरे और तबले में मेरी दृष्टि उलझ गई। ये चीज़ें कभी देखी न हों, सो बात नहीं, पर यहाँ देखकर मेरे रोएँ खड़े हो गए। जबर्दस्ती दबाई हुई मन की आशंका पूरे वेग से उभर आई। देखते-ही-देखते कमरे के कोने में रखे वे वाद्य-यन्त्र झनझना उठे, तबला ठनकने लगा, घुँघरू झनकने लगे और कहकहों की गूँज से कमरा भर गया। मुझे लगा, मेरा सिर चकरा जाएगा। इस सबके बीच माँ की क्रोध-भरी मूर्ति दिखाई देने लगी, "देख नैना, ! उस छिन्नाल के घर तू मत जा ! वह मर रही है तो मरने दे। मैंने तो सात साल पहले ही उसे मरा समझ लिया था। ज़िद करके तू वहाँ चली गई तो समझ लेना, माँ तेरे लिए मर गई।"

मैं पसीने से तर-बतर हो गई। मैंने अपने को ही समझाते हुए कहा, नहीं-नहीं, मेरी दर्शना मासी ऐसी नहीं हो सकतीं। यह सब ग़लत है। और मैंने उस अदृश्य नाचती नारी के स्थान पर मासी की वही छवि ला बिठाई, जिसमें वह नवविवाहिता वधू बनकर बैठी थीं।

"नैना बेटी, कुछ खा लो," बुढ़िया थाली लिए मेरे सामने खड़ी थी।

"यहाँ अब कोई आएगा तो नहीं ? रात में क्या यहाँ बहुत लोग आते-जाते हैं ?" एक साँस में ही मैं पूछ बैठी।

"रात दिन क्या, यहाँ तो कभी कोई नहीं आता। जब बीबीजी की तबीयत ज़्यादा ख़राब होती है, तो मैं ही वैद्यजी को बुला लाती हूँ।"

मैंने निश्चिन्तता की एक लम्बी साँस ली। इच्छा हुई, इस बुढ़िया से ही सबकुछ पूछ डालूँ, सबकुछ जान लूँ, पर भय के मारे जाने कैसी जड़ता मन में व्याप गई थी कि मैं कुछ पूछ ही नहीं पाई। खाया मुझसे कुछ नहीं गया, चुपचाप लेट गई।

अजनबी घर में अजनबी लोगों के बीच पड़े-पड़े जाने कैसा लग रहा था। सोचा, मैं क्यों चली आई ? घर में सबसे लड़कर, सबको नाराज़ करके यहाँ आने की अपनी ज़िद को जैसे मैं स्वयं ही नहीं समझ पा रही थी। मासी, जिन्हें मैंने अपनी ज़िन्दगी में पहली और आखिरी बार चार वर्ष की उम्र में देखा था और जिनकी मुझे लेशमात्र भी याद नहीं थी, उनका प्रेम मुझे यहाँ खींच लाया, यह बात मन में किसी प्रकार भी टिक नहीं पा रही थी। तब ? शायद यह महज कौतूहल था, जो मुझे यहाँ खींच लाया था।

जब से होश सँभाला, अपनी इस मासी के रूप-गुण का बहुत बखान सुनती आ रही थी मैं। अपने जन्म-दिन पर उपहार पाकर मेरे मन में यह धारणा बहुत दृढ़ हो गई थी कि वह मुझे बहुत प्यार करती हैं। माँ भी बराबर यह कहा करती थीं कि नैना ने दर्शना का मन मोह रखा है। जब मैं छः वर्ष की हुई, तो मासी का विवाह हुआ। पर माँ बताती है कि मैं ऐसी बीमार पड़ी कि कोई भी उनके विवाह में सम्मिलित नहीं हो सका। उसके बाद मासी के विषय में बाते तो मैं बहुत सुनती, पर न माँ मुझे कभी वहाँ भेजती, न मासी को ही कभी बुलातीं। जब बात समझने की अक्ल आई, तो जाना, मासा जी को ऐसा रोग है कि माँ मुझे वहाँ भेज ही नहीं सकती, और मासी, मासाजी को बीमारी की हालत में छोड़कर आ नहीं सकतीं। और धीरे-धीरे यह रोग भी जैसे जीवन के दैनिक कार्यक्रम की तरह बन गया जिसे हमने मासी का दुर्भाग्य समझकर उस पर सोचना भी छोड़ दिया।

आज से क़रीब सात साल पहले का वह दिन मुझे अच्छी तरह याद है, जब मासाजी का एक पत्र पाकर घर में एक अजीब-सी दहशत छा गई थी। माँ बहुत रोई थी, पिताजी के समझाने पर उसने कहा था--इससे तो दर्शना मर जाती तो अच्छा था ! कुल को कलंक तो नहीं लगता।

इसके बाद करीब पन्द्रह दिनों तक कभी मामाजी का पत्र आता तो कभी बड़ी मासी का, और कुछ पूछने पर घर में क्रोध-भरी फटकार के सिवाए मुझे कुछ नहीं मिलता। एक दिन गुस्से में आकर माँ ने ड्राइंगरूम से मासी की तस्वीर भी उठाकर फेंक दी और उसके बाद से तो मासी का नाम तक लेना वर्जित हो गया। मैं उस समय उम्र के उस दौर से गुजर रही थी, जब छोटी-से-छोटी बात भी मन पर बड़ा रहस्य बनकर छा जाती है। पर किसी तरह भी नहीं जान पाई कि आखिर मासी ने ऐसा क्या अपराध कर डाला कि एकाएक ही वह सबके लिए घृणा की पात्री बन गईं ? जानती भी कैसे ? माँ तो मुझे उनके नाम से ही इस प्रकार बचा-बचाकर रखती, मानों उनकी छाया भी मुझपर पड़ गई तो मेरे लोक-परलोक, दोनों ही भ्रष्ट हो जाएँगे ! मैं माँ की इकलौती बिटिया जो थी।

इसके बाद जब मेरे जन्म-दिन पर मासी का उपहार आया तो माँ ने साफ मना कर दिया कि उसके घर की रत्ती-भर चीज़ भी नहीं ली जाएगी। पर मैं अड़ गई तो माँ को झुकना ही पड़ा। जाने क्यों माँ के मुँह से जब-तब 'छिन्नाल' शब्द सुनकर मेरे मन की ममता मासी के प्रति और भी बढ़ गई थी। कभी-कभी घंटों उनकी उस तस्वीर को (जिसे मैंने अपने पास सँभालकर रख लिया था) देखकर मैं यही सोचा करती थी कि सामने बैठी यह सीधी-सादी, भोली-भाली युवती आखिर छिन्नाल कैसे बनी ?

अतीत के इन्हीं बनते-बिगड़ते चित्रों में खोए-खोए कितनी रात मैंने बिता दी, मैं स्वयं नहीं जानती। उसके बाद एकाएक ही जाने कैसा आकर्षण मासी के प्रति जागा कि उठी और

दबे पाँव उनके कमरे में चली गई। सोचा, यदि जग रही होंगी तो उनसे बात करूँगी, कुछ इस तरह कि वह मुझे पहचान जाएँ। मैं उन्हें यह बता देने को व्याकुल हो उठी कि मैं उन्हें बहुत प्यार करती हूँ। सारी दुनिया चाहे उन्हें घृणा करे, पर अन्जान रहकर भी मैं सदा से ही उन्हें बड़ा प्यार करती आई हूँ। मैंने ढूँढ़कर जैसे-तैसे स्विच ऑन किया पर जैसे-ही रोशनी में उनका चेहरा देखा, मुझे लगा जैसे बिजली मेरे शरीर में दौड़ गई हो ! उनकी फटी आँखें और खुला मुँह देखकर मेरी चीख भी जैसे घुटकर अन्दर ही रह गई। उलटे पैरों दौड़कर कैसे मैंने बुढ़िया को जगाया, यह सब मैं स्वयं नहीं जानती। बुढ़िया के रोने के साथ मेरी संज्ञा लौटी तो मैं भी रो पड़ी। वह दुख का रोना था या भय का, सो मैं नहीं जानती। मृत्यु को इतने पास से देखने का मेरा पहला ही मौका था। कैसे दूसरा दिन हुआ और कुछ लोगों ने जुटकर मासी का क्रिया-कर्म किया, मुझे कुछ मालूम नहीं। हाँ, इतना याद है कि निकटतम सम्बन्धी होने के नाते मुझसे भी कुछ-कुछ करवाया गया था और मैं यन्त्रवत किए चली जा रही थी। मासी का शव जब चला गया तो मैं आतंकित सी दूसरे कमरे में बैठी रही। कैसी विचित्र मौत थी ! अजीब-सा सन्नाटा घर में छाया हुआ था और उससे भी अधिक शून्य थे मेरे दिल-दिमाग। बाहर के बरामदे में बैठी बुढ़िया धीरे-धीरे रो रही थी। जाने कैसी विरक्ति मेरे मन में छा गई कि कुछ भी जानने-पूछने की इच्छा नहीं रही। जो अब इस संसार में है ही नहीं, जो अपनी लज्जा और दूसरों की घृणा अपने में ही समेटकर सदा के लिए चली गई, उसके कर्मों का लेखा-जोखा करना किसी तरह भी उचित नहीं लगा।

सन्ध्या को जब मैंने चलने की अनुमति माँगी तो बुढ़िया ने पूछा कि घर के सामान का क्या होगा ? मैं भला क्या बताती ? मेरे सामने चाभियों का गुच्छा फेंकते हुए उसने कहा 'वह बस तुम्हीं को याद करती थीं, इसलिए उनके सामान की अधिकारिणी तुम्हीं हो।' मन का सोया कौतूहल फिर जाग उठा और जाने क्या सोचकर मैंने गुच्छा उठा लिया और उनके तीनों बक्से टटोल मारे। एक बक्से में किताबों, कॉपियों और कागजों के बीच दबी एक फाइल निकली। जाने क्यों, उसे देखते ही मुझे लगा कि इसे खोलते ही नीले-पीले गुलाबी सेंट में महकते वे पत्र निकल पड़ेंगे, जो उनके किसी प्रेमी ने उन्हें लिखे होंगे और जिनके कारण उन्हें इतनी लांछना सहनी पड़ी ! पर जब उसे खोला, तो उसमें किसी पत्रिका में से फाड़े हुए तीन पन्ने थे, एक संगीत का डिप्लोमा था और कुछ पन्ने किसी डायरी से फाड़े हुए लगते थे। उन पन्नों में कहीं दवाइयों के नुस्खे लिखे ये, कहीं धोबी के कपड़े, कहीं घर का हिसाब तो कहीं मासी के अलग-अलग तारीखों के नोट थे। पत्रिका के फटे हुए पन्नों के अन्तिम पृष्ठ पर चारों ओर एक मार्जिन में छोटे-छोटे अक्षरों में लिखे नोट थे। मैंने ध्यान से पढ़ा, एक जगह लिखा था :

"यहाँ तक यह मेरी ही कहानी है। मैं जानती थी कि तुम कहानीकार हो तो अवश्य ही किसी दिन मुझे अपनी कलम से हलाल करोगे, पर इसके बाद का सारा किस्सा ग़लत है, इसलिए मैं उसे फाड़े दे रही हूँ। तुम मनोवैज्ञानिक विश्लेषण देकर, मेरे कुकृत्य पर परदा डालकर सारी दुनिया को धोखा दे रहे हो, पर मैं अच्छी तरह जानती हूँ कि तुम झूठ बोल रहे हो। अपनी कलम के करिश्मे दिखाकर वाह-वाही लूटने की लालसा ने ही तुमसे यह सब लिखवाया है। तुम सोचते हो, तुम्हारी इस दया से मैं कृत-कृत्य हो जाऊँगी। नहीं, मुझे किसी की दया नहीं चाहिए..."

ओह, तो यह मासी के जीवन की कहानी है। हरीश नाम के किसी लेखक की थी वह कहानी। मैं उसे एक सपाटे में पढ़ गई।

हरीश

अविवाहित होना इतना बड़ा अभिशाप है, यह मकान खोजने के सिलसिले में ही महसूस हुआ। आखिर तीन कमरों के एक फ्लैट में एक कमरा मिला। यह पूरा फ्लैट एक दम्पति के पास था। अब आर्थिक संकट में फँसकर उन्होंने एक कमरा किराए पर उठाया था। तीन-चार दिन में ही मैं वहाँ जम गया। भाभी (मकान- मालकिन को मैं भाभी ही कहता था) बड़े अच्छे स्वभाव की महिला थीं। वह मेरा काफी ख़याल रखती थीं। बच्चा उनके कोई था नहीं और पति बीमार थे इसलिए एक कमरे में पड़े रहते थे। क्या रोग था सो तो मैं बहुत दिनों तक नहीं जान पाया।

भाभी का सारा समय अपने बीमार पति की सेवा करने में बीतता था। बड़ी लगन, बड़ी तत्परता से वह उनकी देख-भाल करती थीं। मुझे कभी खाली बैठा देखतीं तो इजाजत लेकर मेरे पास आ बैठतीं। वह जो बातें करतीं उनमें अधिक उनके पति से ही सम्बन्धित होतीं। क्या इलाज चल रहा है, कैसे सब डॉक्टर फेल होते जा रहे हैं, आदि-आदि। उस समय उनके चेहरे पर दुख की घनी छाया उतर आती थी और आँखें अनायास ही भर-भर आती थीं। फिर एकाएक ही वह अपने को सँभालकर कहतीं—दो मिनिट को आई तो अपना दुखड़ा ही ले बैठी, कैसी पागल हूँ !—और बिना बात ही धीमी-सी हँसी उनके होंठों पर फैल जाती।

एक दिन इसी तरह बातें करते-करते मैंने देखा कि वह बार-बार मेरे कुरते के बटनों की ओर देख रही हैं। मैंने अपने सीने की ओर देखा, बटन खुले हुए थे और मेरे सीने के घने काले बाल दिखाई पड़ रहे थे। एक महिला के सामने यों सीना उघारकर बैठने की लज्जा को ढँकते हुए मैंने कहा "ये धोबी बटनों का तो कचूमर निकाल देते हैं।"

"मुझे दे दिया होता, मैं लगा देती ! मुझे इतना पराया क्यों समझते हैं आप ? देखिए, मैं तो बिना किसी संकोच के आपसे बाहर के अनेक काम करवा लिया करती हूँ। सच, आपके आ जाने से बड़ी राहत मिली। मन ऊबता है तो घड़ी-दो-घड़ी बैठकर हँस-बोल लेती हूँ, मन बहल जाता है।"

उसके बाद से मैंने देखा कि जब कभी मेरी अनुपस्थिति में भाभी धोबी से कपड़े लेतीं, बटन हमेशा नदारद। एक बार तो मुझे ऐसा भ्रम हुआ मानों किसी ने बड़ी सफ़ाई से बटन काट दिए हैं पर फिर अपनी इस कल्पना पर आप ही हँसी आई, बटन कौन काटेगा भला ? लापरवाह आदमी, मैं बटन लगवाना भूल जाता और बाहर जाते समय जाकेट चढ़ा लेता। पर भाभी आतीं तो बहुत ढँकने पर भी मेरे सीने के बाल इधर-उधर से झाँका करते और वह उन्हें घूर-घूरकर मुझे संकुचित करती रहतीं।

उस दिन तो मेरी लज्जा का कोई ठिकाना ही नहीं रहा जिस दिन उन्होंने अपने नौकर को इसी बात के लिए बुरी तरह डाँटा कि वह क्यों धोती को मोड़कर घुटने तक चढ़ा लेता है और कमीज के सारे बटन खोलकर, बाँहें उलटकर नंगा सीना और नंगी बाँहें दिखाता फिरता है ? मैंने उस दिन ही भाभी को क्रोध करते देखा था। वह गुस्से से लाल होकर काँप रही थीं और चिल्लाए जा रही थीं—'औरतों वाले घर में काम किया है कभी या नहीं ?

बदतमीज कहीं के ! रहना है तो तमीज से रहो !'

मुझे उनका यह अत्यधिक क्रोध समझ में नहीं आ रहा था। साथ ही यह भी लग रहा था कि वह नौकर की आड़ में मुझको ही तो नहीं डाँट रही हैं। उसी दिन मैंने दर्जी के पास सारे कुर्ते ले जाकर सीप की जगह कपड़े के बटन लगवा लिए।

यों भाभी मेरा बहुत ख़याल रखती थीं पर उन्हें मेरे मित्रों का बहुत आना-जाना पसन्द नहीं था। एक-दो बार तो मैंने यह भी देखा कि मुझे बिना सूचना दिए ही उन्होंने मेरी एक परिचिता को यह कहकर लौटा दिया कि मैं घर पर नहीं हूँ। मुझे बुरा लगा। फिर सोचा, शायद यहाँ लोगों के आने से इनके पति को परेशानी होती होगी। दूसरे दिन जब मेरी एक मित्र आई तो मैंने अपने कमरे का दरवाजा बन्द कर लिया, ताकि बाहर किसी प्रकार की आवाज न जाए। करीब घंटे-भर बाद वापस जाने के लिए जैसे ही मैंने दरवाजा खोला, देखा भाभी दरवाजे पर ही खड़ी थीं। मेरी मित्र की ओर देखती हुई वह ज़ोर-ज़ोर से रोकर चिल्लाने लगीं, "तुम लोगों को इतनी भी लज्जा नहीं कि बगल में एक बीमार आदमी है तो ज़रा हँसी-ठिठोली कम करें ? दरवाजा बन्द करने से ही क्या हो जाता है..."

उस लड़की से क्षमा-याचना करता हुआ मैं उसे नीचे ले गया। लौटा तो सोचा, भाभी से साफ-साफ बात कर लूँगा। भाभी का इस प्रकार दरवाजे पर खड़े होना भी मुझे अच्छा नहीं लगा। लेकिन जैसे ही मैं लौटा, भाभी ने मुझे देखते ही ज़ोर से अपने कमरे का दरवाजा बन्द कर लिया। यह भी एक नई बात थी। यहाँ आने के बाद मैंने कभी उन्हें दरवाजा बन्द करके रहते नहीं देखा था, यहाँ तक कि रात को भी वह दरवाजा खुला ही रखती थीं।

शाम को मैं बाहर चला गया। मन का आक्रोश धुला नहीं था।

रात नौ बजे लौटा तो देखा, भाभी का कमरा वैसे ही बन्द था। मैं उन्हीं के बारे में सोचता-सोचता जाने कब सो गया।

इसके बाद दो दिन तक हमारी कोई बात नहीं हुई। उनके कमरे का दरवाजा भी बन्द ही रहता। जब कभी बाहर निकलतीं तो देखता कि दो दिन में ही चेहरा बड़ा उतर गया है। आँखों से लगता था जैसे बराबर रोती ही रही हैं। तीसरे दिन रात नौ बजे के करीब मैं अपने कमरे में बैठा एक कहानी लिख रहा था कि दरवाजा धकेलकर भाभी भीतर आ घुसीं। उनके लम्बे-लम्बे बाल बिखरे हुए थे और आँखें सुर्ख थीं। उनकी यह करुण और दयनीय स्थिति देखकर मन जाने कैसा हो गया। मैं कुछ कहूँ उसके पहले ही वह हाथों में मुँह छिपा फूट-फूटकर रो पड़ीं, "अब मैं क्या करूं ? आज डाक्टरों ने साफ-साफ कह दिया है कि इन्हें पहाड़ पर नहीं ले जाया गया तो बचना मुश्किल है।"

"आज तो मैंने उन्हें टहलते हुए देखा था और मुझे लगता था कि उनकी तबीयत सुधर रही है। किस डॉक्टर ने कहा ? सब ग़लत है, आप हिम्मत से काम लीजिए।"

"नहीं-नहीं, यह सब झूठी तसल्लियाँ हैं ! आज तो एकाएक ही जैसे मेरा हौसला टूट गया, हिम्मत पस्त हो गई। जिस दिन ब्याह कर आई, उसी दिन से इनकी सेवा कर रही हूँ पर इन्हें अच्छा नहीं कर पाई और अब तो कोई उम्मीद भी नहीं है।" और वह फिर फूट-फूटकर रोने लगीं। रात ग्यारह बजे तक उन्हें तरह-तरह से आश्वासन देता रहा, स्नेहपूर्ण बातों से उनका मन भरमाता रहा। एक बार तो आवेग में आकर उन्होंने अपना सिर मेरे सीने पर टिका दिया, मैंने धीरे-से हटाकर उन्हें हौसला बँधाया। थोड़ी देर बाद उठकर जब

वह गई तो ऐसी निराशा उनके चेहरे पर छाई थी मानो जुआरी अपना सबकुछ हार गया हो। उस दिन सच ही वे बड़ी उद्विग्न थीं, बेहद परेशान। मुझे कुछ भी समझ में नहीं आ रहा था कि मैं क्या करूँ ? लेटा तो नींद नहीं आई। बार-बार भाभी का बेबस, मायूस चेहरा आँखों के आगे उभर आता।

आखिर जब कमरे में दम घुटने लगा तो मैं चुपचाप ऊपर छत पर चला गया, पर दरवाजे पर पहुँचकर ही ठिठक गया। देखा, छत की मुँडेर पर देनों कुहनियाँ टिकाए, भाभी शून्य भाव से सामने देख रही थीं। मन बुरी तरह अकुला उठा। एक बार उचित-अनुचित का ज्ञान भूलकर बड़ी ज़ोर से इच्छा हुई कि इस रोती, बेबस नारी को जाकर अपनी बाँहों में भर लूँ; अपने लिए नहीं, उसके सन्तोष के लिए, उसकी सान्त्वना के लिए लेकिन फिर ख़याल आया, इस आग को भड़काने से लाभ ? मैं चुपचाप नीचे उतर आया। और उन्हीं की बात सोचते-सोचते जाने कब सो गया।

रात शायद आधी से ज़्यादा बीत चुकी थी कि अचानक किसी के स्पर्श से चौंक उठा। आँखें खोलीं तो देखा, भाभी मुझ पर झुकी हुई थीं। पहली बात जो दिमाग़ में आई वह यही कि इनके पति चल बसे। फिर एकाएक अज्ञात भय से काँप उठा। पर भाभी की आँखों में जाने क्या था कि...

कहानी यहीं से फाड़ दी गई थी और चारों तरफ़ नोट लिखे थे।

दर्शना

7-3-47

इनकी हालत दिन-पर-दिन गिरती जा रही है। इनके चिपके हुए गाल, निस्तेज आँखें, कुम्हलाया पीला चेहरा और धँसा सीना देखती हूँ तो लगता है खूब रोऊँ। इन्हें कैसे अच्छा करूँ कि ये हृष्ट-पुष्ट और स्वस्थ हो जाएँ...?

20-8-47

मेरी सारी कोशिशें बेकार जा रही हैं। जब कभी सोचती हूँ कि अब क्या होगा तो आँखों के आगे ऐसा अभेद्य अन्धकार छा जाता है, जिसके परे कुछ दिखाई नहीं देता। मन बड़ा टूटा-सा रहता है। सब ओर निराशा, उदासी ! न दिन को चैन, न रात को नींद ! विचित्र-विचित्र सपने आते हैं। कल के सपने का ही क्या अर्थ हुआ भला ? देखा, छोटी-छोटी पहाड़ियों की चोटियों से जल के झरनें-झर रहे हैं पर फिर भी आस-पास कहीं हरियाली नहीं, रेगिस्तान-ही-रेगिस्तान है। कोई उस जल को पीनेवाला नहीं, कोई फल-फूल उस जल से खिलनेवाला नहीं। विचित्र संयोग था, जल के किनारे निर्जन रेगिस्तान ! जल की इससे बढ़कर और क्या निरर्थकता हो सकती है ? पर यह भी कोई सपना हुआ भला ?...

13-5-48

आज मेडिकल कॉलेज गई थी। मैंने वहाँ हड्डियों का ढाँचा देखा। देखकर ही जाने कैसा विचित्र भय मेरे मन में समा गया। एक दहशत-सी छा गई। मुझे लगा, उस कंकाल ने अपने दोनों हाथ फैलाना शुरू किया और मुझे दबोच लिया ! उसकी पकड़ कसती जा रही थी और

मुझे लग रहा था जैसे कोई मेरे शरीर का रक्त सोखे जा रहा है। उसके बाद शायद मुझे गश आ गया था क्योंकि मुझे कुछ मालूम नहीं कि उसके बाद क्या हुआ ?...डॉक्टर कहते हैं कि मैं इतना परिश्रम न करूँ; नहीं तो मेरी भी हालत ख़राब हो जाएगी। सच ही तो है, मैं बीमार हो गई तो इन्हें कौन देखेगा ? पर इस भय से कैसे मुक्ति पाऊँ ! घर के जिस कोने में भी जाती हूँ, वह कंकाल मुझे दबोचने को चला आता है, जैसे मुझे वह मारकर ही छोड़ेगा !...

6-4-50

इस नौकर को बदलना ही होगा। कितनी बार इससे कहा कि ठीक से कपड़े पहनकर रहा करो, यह सुनता ही नहीं ! सोचती हूँ नौकरानी रख लूँ, पर बाहर के काम की वजह से इसे ही रखना पड़ता है। यों हरीशजी के आने से कुछ सुविधा ज़रूर हो गई है पर उनका क्या, लेखक आदमी हैं। फिर छाती के बटन तो उनके भी टूटे ही रहते हैं। जाने क्यों यह निर्लज्जता मुझसे बर्दाश्त नहीं होती। किसी की उघड़ी छाती देखकर सारे बदन में जैसे काँटे चुभने लगते हैं।

11-10-50

सामनेवाली मेम का यह काला-झबरा कुत्ता कितना प्यारा है ! इसके काले, बड़े-बड़े बाल कैसे सुहावने हैं ! जी चाहता है, अपना मुँह उसके काले बालों में छिपा लूँ। शाम को जब वह घूमकर आता है तो कितने प्यार से मेम का हाथ चाटता है, दोनों टाँगें उसके कन्धें पर रखकर अपना सिर उसकी छाती से लगा लेता है। मेम उसके मुलायम केशों में उँगलियाँ डालकर सहलाया करती है। ये कुत्ते भी कितने स्नेही और ममतामय होते हैं ! कहते हैं, यह मेम इस कुत्ते को अपने बच्चों से भी ज़्यादा प्यार करती है। मन करता है मैं भी एक कुत्ता पाल लूँ, काले-झबरे बालोंवाला। उसके बालों में उँगलियाँ डालकर सहलाऊँ, उसे प्यार करूँ। पर कौन देख-रेख करेगा उसकी ? अभी तो इनके कामों से ही फुर्सत नहीं मिलती।

कितना मन करता है कि नैना को अपने पास बुलाऊँ। पर कैसे लिखूँ ? दीदी भेजेंगी नहीं, भेजें भी कैसे ? इनको टी.बी. है, और उनकी वह अकेली लड़की है। सब कुछ जानती हूँ, उसे बुलाना ठीक नहीं है, फिर भी बड़ी इच्छा होती है कि वह मेरे पास हो, मैं उसे प्यार करूँ, उसके साथ खेलूँ, उसे अपने पास सुलाऊँ। कितनी प्यारी बच्ची है !

8-5-51

आज ऊपर गई तो विचित्र ही दृश्य देखा। सामनेवाली मेम के कुत्ते को जाने क्या रोग हो गया है कि उसके सारे बाल झड़ गए और चमड़ी खाज से भर गई है। सुनते हैं, मेम ने बहुत इलाज करवाया, पर अब डॉक्टरों ने जवाब दे दिया है। मेम एक जमाने में उसे कितना प्यार किया करती थी पर अब उसे अन्दर भी नहीं आने देती। आज मैंने सुना, रोते-रोते उसने अपने नौकर को हुक्म दिया कि उसे बाहर ले जाकर शूट कर दो। कुत्ता निरीह भाव से खड़ा था, मानों वह भी समझता हो कि इस निरर्थक जीवन को ढोने से कोई लाभ नहीं। वह आगे भी नहीं बढ़ा, इस गन्दी बीमारी को लेकर मेम तक जाने का उसे अधिकार नहीं है, यह बात

भी जैसे वह समझता है। ओह ! कुत्ते भी कितने समझदार होते हैं !

पर जो बात कुत्ता समझ रहा है, वह जाने क्यों मेरे गले नहीं उतर पा रही है। जिस कुत्ते को मेम इतना प्यार करती थी, उसे अब शूट करवा दिया जाएगा। क्या यह ठीक है ? कभी लगता है ठीक है, कभी लगता है ग़लत है।

13-5-58

चार दिन से कुत्ते की इस घटना ने मुझे पागल बना रखा है। लगता है, मैं सच ही पागल न हो जाऊँ।

हरीशजी के पास यह लड़की आती है तो जाने क्यों मुझे ज़रा नहीं सुहाती। खैर, मुझे क्या, कोई भी आए-जाए। मैं तो भगवान से यही प्रार्थना करती हूँ कि मुझे सद्‌बुद्धि दे, बल दे ! पर अब तो इतनी थक गई हूँ कि प्रार्थना करने की शक्ति भी जाती रही !

14-5-58

आज इन्होंने मुझे मारा। शादी के बाद आज पहली बार मैंने जाना कि इनके शरीर में अब भी इतना ज़ोर है ! इनकी बीमार लातों ने भी मेरी कमर तोड़ दी तो जब ये टाँगें पुष्ट रही होंगी, कितना ज़ोर रहा होगा इनमें ! हजारों बार ही मैंने गलतियाँ कीं, कितना अच्छा होता उस समय भी ये मुझे मारते, कम-से-कम फिर इतनी बड़ी ग़लती तो नहीं करती। मुझे मार खाने का ज़रा भी ग़म नहीं। काश, इन्होंने पहले मारा होता !

हरीशजी के लिए बहुत दुःख है, मेरे पीछे उन्हें भी व्यर्थ ही अपमानित होना पड़ा।

15-5-58

आज इन्होंने घर से निकल जाने को भी कह दिया। आज सब जगह इन्होंने पत्र भी लिखे हैं—माँ, भैया और दीदी को। जाने क्या-क्या लिखा होगा। जो मौखिक सहानुभूति आज तक मिलती आई थी, वह भी बन्द हो जाएगी। शायद सब मुझसे नफरत ही करने लगें। फिर भी जाने क्यों, मुझे न अपने किए का दुख है, न इस दंड का ! इस सबके बाद मैं स्वयं ही घर छोड़कर निकल जाती। दो दिन आगे या पीछे विधाता जिस दंड का विधान करनेवाला था, वह आज ही हो गया ! पर इनका क्या होगा ? कोई सम्बन्धी यहाँ झाँकना भी पसन्द नहीं करता ! पर जो मनुष्य बिना क्षमता के केवल चाहना-ही-चाहना करता है, उसका अन्त इसके अतिरिक्त और हो ही क्या सकता है ?

20-7-51

आज उनकी मृत्यु का समाचार सुना। समझ नहीं पा रही हूँ, क्या करूँ ? मेरी तो सारी भावनाएँ ही जैसे मर गई हैं। मैं ही जाने क्यों जिन्दा हूँ ?

13-8-51

भाग्य से मुझे संगीत के पंडितजी अच्छे मिल गए। एक जमाने में मुझे गाने-बजाने का कितना शौक था पर सब छूट गया था। उस समय जो मात्र शौक था, उसे अब जीविका का साधन

बनाना पड़ेगा।...यहाँ एक स्कूल में नौकरी मिल गई है। लगता है, जीवन को एक राह मिल गई। सब ओर से बेसहारा होकर भी अब जी लूँगी।

23-11-51

आज नैना का जन्म-दिन है। डरते-डरते मैंने उपहार भेजा था। कौन जाने रखें, न रखें। पर उन्होंने रख लिया। तो क्या समझूँ कि दीदी आज भी मुझे प्यार करती हैं ? यह भावना ही कितनी सुखदाई है कि कोई हमें भी प्यार करता है !

2-6-52

हरीश ने मुझ पर कहानी लिखी। पर लिखकर इतना मनोवैज्ञानिक बनाने की क्या आवश्यकता थी ? यों भी कह देता तो मैं उसे दोष नहीं देती। मूर्ख कहीं का !

'तीन निगाहों की एक तस्वीर' संकलन से

अनथाही गहराइयाँ

स्टाफ-मीटिंग समाप्त करके चेहरे पर मृदु-मुस्कान फैलाकर प्रिंसिपल ने कहा, "यह तो कॉलेज की बातें हुईं, इसके अलावा भी मुझे आज आप लोगों से कुछ कहना है।"

एक साथ कई जिज्ञासु आँखें उनके चेहरे पर जा टिकीं। शायद सबकी जिज्ञासा को बढ़ाने के लिए ही वे एक क्षण रुक गईं फिर सबको अपनी ओर निहारते देखकर बोलीं, "मेरे पास आठ-दस ऐसे विद्यार्थी हैं जो बड़े प्रतिभाशाली हैं, बड़े "ब्राइट" हैं—पर बड़े गरीब, बड़े बेबस। वे पढ़ना चाहते हैं, पर राह नहीं।"

वे एक क्षण को फिर रुकीं, शायद अपनी बात की प्रतिक्रिया देखना चाह रही थीं। सबके चेहरों को चढ़ते-उतरते भावों को देखकर उन्होंने फिर अपनी बात जारी की, "मैं जानती हूँ कि हममें से कोई भी ऐसी स्थिति में नहीं, जो किसी का आर्थिक भार उठा सके; फिर भी कुछ मदद तो हम कर ही सकती हैं। यदि आप लोगों में से हर कोई एक घंटे का समय इन्हें पढ़ाने के लिए दे सके तो कम-से-कम इनकी पढ़ाई जारी रह सकेगी। अपना-अपना विषय सब पढ़ा दिया करें।"

उत्तर सुनने की आशा से उनकी सरसरी नज़र चारों ओर दौड़ पड़ी। सबसे पहले सुनन्दा ने कुर्सी से उठकर अपनी सिल्क की साड़ी का पल्ला ठीक करते हुए कहा, "यह काम करने में मुझे बड़ी खुशी होगी, जहाँ तक हो सकेगा मैं मदद करने को तैयार हूँ।" और फिर बैठते हुए उसने आत्म-गौरव-भरी दृष्टि चारों ओर डाली, मानो कह रही हो, "अपने लिए जीवित रहना भी कोई ज़िन्दगी है !"

"तुमसे तो मुझे यही आशा थी सुनन्दा ! पर दुख इसी बात का है कि हिन्दी जानने वाला केवल एक ही लड़का है, मैं उसे तुम्हारे पास भेज दिया करूँगी; बाकी लड़के तो बंगाली हैं।"

सुनन्दा के अधर दाहिनी ओर को फैल गए कुछ इस भाव से कि एक है तो इसमें मेरा क्या दोष, मैं पूरी तरह तैयार हूँ।

उसी शाम सुनन्दा के सामने एक लम्बा-साँवला और दुबला-सा युवक खड़ा था। उसके चेहरे पर एक मायूसी, एक मुर्दनी छाई हुई थी। सारे शरीर की अपेक्षा आँखों में अधिक तेज था और वे आँखें सुनन्दा के चेहरे पर टिकी हुईं थी—बेधड़क बेझिझक।

"तुम्हारा नाम क्या है ?"

"शिवनाथ।"

"इन्टर कब पास किया ?"

"इसी साल।"

"बी.ए. में विषय क्या लिए हैं ?"

"हिन्दी, हिस्ट्री, इकनॉमिक्स और इंगलिश।"

"रहते कहाँ हो ?"

"सूतापट्टी में।"

"तो इतनी दूर से आया करोगे ? तब तो तुम्हें बड़ा कष्ट होगा आने-जाने में।"

"पढ़ने के लिए आने में कष्ट कैसा ? असली कष्ट तो आपको होगा।"

वह बहुत धीमी आवाज में जवाब दे रहा था पर आँखें सुनन्दा के चेहरे पर ही टिकी थीं। सुनन्दा को जाने कैसा-कैसा लगा। उसने कोमल स्वर में उसे हिन्दी और हिस्ट्री में पूरी तरह मदद करने का आश्वासन दिया और आगे बढ़ने के लिए प्रोत्साहन भी। कृतज्ञता के भाव शिवनाथ के चेहरे पर फैल गए पर एक शब्द भी उसके मुँह से नहीं निकला–केवल उसकी आँखें नम हो उठीं। चलने के पहले उसने रुँधे कंठ से इतना ही पूछा–"कल से किस समय आया करूँ ?"

उसकी मौन कृतज्ञता से सुनन्दा का मन भीग आया, उसने कहा–"इसी समय।"

नमस्कार करके वह चला गया।

"ऊपर पहुँची तो सुनन्दा के भाई ने पूछा–कौन था यह ?"

"हमारा नया शिष्य"–हँसते हुए सुनन्दा ने उत्तर दिया।

"ओहो ! तो अब आप लड़कों को भी पढ़ाएँगी। तू उसकी आधी भी तो नहीं है, क्या रोब जमावेगी उस पर ?"

"अरे जनाब, रोब शरीर से नहीं अक्ल से जमता है, समझे ? शरीर से तो मेरी शिष्याएँ भी–कितनी ही–मुझ से डबल होंगी पर ज़रा जाकर पूछो तो !"

"अच्छा अच्छा, अब लगी शेखी बघारने। इस अदना बुद्धि का ही यह रौब है तो हम जैसे पहुँच जाएँ तो पता नहीं क्या हो तुम्हारे कॉलेज में !"

"होगा क्या, डूब जाएगा–एक साल में ही।" और हँसती हुई वह चली गई।

दूसरे दिन से ही नियमित रूप से पढ़ाई चलने लगी। सुनन्दा चाहती थी कि शिवनाथ सप्ताह में तीन दिन ही आया करे, पर जब वह रोज ही आने लगा तो उससे मना करते नहीं बना। जब सुनन्दा पढ़ाती तो वह एक-टक उसके मुँह की ओर देखता। उसकी इस नज़र से सुनन्दा कभी-कभी परेशान-सी हो जाती। एक युवक उसके सामने बैठकर उसे यों लगातार घूरता रहे, यह उसे कुछ अजीब-सा, असह्य-सा प्रतीत होने लगा। आखिर वही इधर-उधर देखने लगती।

पहले पखवारे तो वह जोश के साथ बड़े नियमित रूप से उसे पढ़ाती रही, फिर रोज-रोज समय देना ज़रा अखरने लगा। उसे और भी कितने ही काम रहते थे, जिनके लिए केवल शाम का समय मिलता। सो सुनन्दा ने कह दिया–"देखो, रोज पढ़ाना तो मेरे लिए सम्भव नहीं होगा, तुम सप्ताह में तीन दिन ही आया करो। चिन्ता मत करना, मैं तुम्हारा सारा कोर्स पढ़ा दूँगी। हिन्दी और हिस्ट्री की ओर से तुम निश्चिन्त रहो।"

यह सुनकर क्षण-भर के लिए उसकी आँखें नीचे झुकीं, फिर धीरे-धीरे उसने सुनन्दा की ओर ताका। इस नज़र से सुनन्दा सिहर-सी गई। उसे धीमी-सी आवाज सुनाई पड़ी–"जैसी आपकी आज्ञा।" वह जाने लगा।

"ज़रा ठहरो, एक बात पूछनी है। तुम ट्यूशन करना चाहोगे ?"

"चाहने से भी मिलेगा कहाँ ?" स्वर बुझा-सा था।

"मैंने एक जगह बात की है। तीसरी और चौथी कक्षा के दो बच्चे हैं, एक घंटा रोज पढ़ा दोगे तो बीस दे देंगे—तुम्हारा खर्च ही निकलेगा।"

"यदि दिलवा दें तो सच आपकी बड़ी कृपा होगी, मैं इस समय बहुत ही कष्ट में हूँ। आप सोच भी नहीं सकतीं, इतने कष्ट में !"

"कृपा की क्या बात है, तुम काम करोगे और वे पैसे देंगे। चलो, यहाँ पास ही हैं, तुम्हें अभी मिला लाती हूँ।"

शिवनाथ की आँखें डबडबा आईं, और उससे ही सुनन्दा ने उसके कष्ट का कुछ अनुमान लगाया। ट्यूशन की बात पक्की करके सुनन्दा को बड़ा सन्तोष हुआ। पढ़ाने में तीन दिन की क्षति, उपार्जन का अवसर जुटाकर पूरी कर दी उसने।

दूसरे दिन स्टाफ-रूम में सब अपने-अपने विद्यार्थियों की बुद्धि और स्वभाव की चर्चा कर रही थीं। कोई बड़ी खुश थी, तो कोई इस बेगार से पीछा छुड़ाने को आकुल। सुधा ने सुनन्दा का कन्धा थपथपाकर पूछा—"क्यों री ! तेरा शिष्य कैसा है ? पर तेरे पास तो एक ही है, यहाँ पाँच-पाँच से मगज मारना पड़ता है।"

"बड़ा तेज है, पर भावुक भी। बस, बात-बात में आँखें भर आती हैं। शायद बहुत तकलीफ में हो। यों मैंने उसे एक ट्यूशन भी दिलवा दिया है। पर पढ़ाती हूँ तो एकटक ऐसे घूरता है मानों मेरी सारी विद्या-बुद्धि सोख लेगा। मुझसे तो उसकी नज़र बर्दाश्त नहीं होती, इधर-उधर देखकर पढ़ाना पड़ता है।"

"तेरे चेहरे से उसे "इन्सपिरेशन" मिलता होगा, यों कुछ और भी..." और वह खिलखिलाकर हँस पड़ी।

"बस आ गई अपनी जात पर ? तेरे दिमाग़ में तो कूड़ा है कूड़ा, एक ही बात सूझती है !"

"एइ शूधा बोहोत पाजी मेये है !" हँसते हुए मिसेज़ मित्र ने 'रिमार्क' कसा।

अब शिवनाथ सुनन्दा के पास सप्ताह में तीन दिन ही आया करता। उसमें से भी सुनन्दा उसे कभी-कभी नहीं पढ़ा पाती। जब सुनन्दा पढ़ाने से इन्कार कर देती तब शिवनाथ की आँखों में जाने कैसी निराशा के बादल-से घुमड़ आते। क्षण-भर वह भरपूर नज़र से उसे देखता, मानों कह रहा हो "क्या किसी तरह भी पढ़ाना नहीं हो सकेगा ?" और फिर धीरे-धीरे लौट जाता। उसके इस व्यवहार से कुछ समय के लिए सुनन्दा का मन भारी-सा हो उठता।

धीरे-धीरे सुनन्दा ने देखा कि शिवनाथ का चेहरा और भी स्याह और दुबला-सा होता जा रहा है। आखिर एक दिन उसने पूछ ही डाला "क्या बात है ? तुम्हारी तबीयत ख़राब रहती है ? बहुत कमज़ोर मालूम होते हो।"

"जी नहीं, ठीक है। इन दिनों ज़रा कुछ अधिक काम करना पड़ता है।"

"तुम्हारे घर में कौन-कौन हैं ?" पहली बार सुनन्दा ने व्यक्तिगत प्रश्न किया।

"बूढ़े बाप है, पर उन्हें लकवा मार गया है। और माँ देख नहीं पातीं। दो छोटी बहनें और तीन भाई हैं।"

"घर का काम कैसे चलता है, कमानेवाला कौन है ?"

"मैं और एक भाई काम करते हैं, बस उसी से गुजर हो जाती है।"

वह ऐसे बोल रहा था जैसे बताना नहीं चाहता हो। मुसीबत है तो उस पर है, वह सह लेगा, सबको क्यों बताता फिरे ?

सुनन्दा ने फिर कुछ नहीं पूछा।

दूसरे दिन सुनन्दा ने दस का एक नोट पकड़ाते हुए कहा—"यह रख लो, शायद तुम्हारे कुछ काम आवे !"

"नहीं, इसकी कोई आवश्यकता नहीं है। मैं यों ही बहुत कमज़ोर हूँ, इतना मत लादिए कि ढो न सकूँ। आपने जो कुछ किया और दिया उसे ही सँभाल सका तो अपने को बड़भागी समझूँगा, और...और"—उसने कमीज की बाँहें आँखों पर रख लीं।

सुनन्दा ने नोट वापस ले लिया। उस दिन पढ़ाई ठीक-ठीक न हो सकी।

सुनन्दा ने लक्ष्य किया कि शिवनाथ पढ़ने के लिए तो तीन ही दिन आता है, पर किसी-न-किसी बहाने वह बचे हुए तीन दिन भी आ ही जाता है। कभी घर, तो कभी कॉलेज में। कभी आकर कोई कॉपी ले जाता है तो कभी नोट्स माँग ले जाता है। पाँच-छह मिनिट से ज़्यादा नहीं ठहरता। एक बार सुनन्दा ने कहा भी—"अरे कॉपी कल ही ले लेते, इसके लिए इतनी दूर आना क्या ज़रूरी था ? बेकार वक्त बर्बाद होता है।"

पर वह बराबर आता ही रहा। घर पर सुनन्दा न मिले तो वह कॉलेज पहुँचता। सुधा तथा और भी दो-तीन लैक्चरर खूब मजाक करतीं—"शिष्य हो तो ऐसा हो—'प्रत्यक्ष गुरु-दर्शन' के बिना चैन नहीं।"

सुनन्दा हँसती और टाल देती। उसे खुद शिवनाथ का रोज-रोज आना अच्छा नहीं लगता था।

एक दिन सुनन्दा बैठी कुछ पढ़ रही थी। आज शिवनाथ के आने का दिन नहीं था पर तभी भैया ने आकर कहा—"वह तुम्हारा भक्त आया है नीचे !"

"कौन ?" भौहें चढ़ाकर सुनन्दा ने पूछा।

"अरे वही शिवनाथ। तुम्हारा परमभक्त !" स्वर से परिहास छलका पड़ता था।

"देखो भैया ! मुझे यह मजाक पसन्द नहीं समझे।" सुनन्दा ने चिढ़ते हुए कहा।

"मजाक ? मजाक कौन कर रहा है, हम तो हकीकत कह रहे हैं। वह तुम्हारा 'भक्त' नहीं तो है क्या ? बेचारे को पढ़ाओ या नहीं, एक बार दर्शन करने आता ही है।"

"अच्छा, है तो है। तुम्हें क्यों ईर्ष्या हो रही है ?"

"तुम्हारे 'भक्त' से हम क्यों ईर्ष्या करेंगे भला ? हाँ, तुम्हारी भाभी के 'भक्त' से ज़रूर ईर्ष्या हो सकती है।" और उन्होंने कनखियों से हॉल ही में आई हुई भाभी की ओर देखा।

भाभी ने भी कुछ उत्तर दिया पर वह घर के एकदम पीछे से गुजरती हुई रेल की सीटी की कर्कश ध्वनि में ही खो गया।

सुनन्दा धड़ाधड़ सीढ़ियाँ उतरकर नीचे जा पहुँची।

"कहो कैसे आए ?"—सुनन्दा की आवाज में शायद ही कभी इतनी बेरुखी रही हो। शिवनाथ क्षणभर चुप रहा जैसे एकाएक उसे कुछ उत्तर नहीं सूझ रहा हो, फिर बोला।

"ज़रा समय हो तो आप मुझे कुछ प्रश्न लिखवा दीजिए। बैठे-बैठे उत्तर ही लिख डालूँगा।"

"पर यह तो तुम कल भी पूछ सकते थे, आज ही तो आखिर सबकुछ नहीं लिख डालोगे? इतनी-सी बात के लिए बेकार इतनी दूर तक क्यों आए? यह तो समय का सदुपयोग नहीं।" सुनन्दा कड़ी पड़ गई।

"आपके यहाँ आने में भी यदि समय नष्ट होता है तो फिर उसका सदुपयोग क्या होगा?" सुनन्दा के चेहरे पर नज़र जमाए हुए ही उसने धीमे से कहा।

सुनन्दा जल उठी। और भी कठोर होकर कहा—"शायद तुम समय का यही सदुपयोग करते हो, किन्तु मैंने जब तुम्हें स्पष्ट रूप से कह दिया है कि सप्ताह में केवल तीन बार ही आया करो तो क्यों जब चाहते हो आ-धमकते हो? जाओ मुझे फुर्सत नहीं है।" कमरे से एक तेज आँधी-सी चली गई—सीढ़ियाँ काँप उठीं।

दूसरे दिन नौकर ने किताब लाकर सुनन्दा को देते हुए कहा—"वह जो लड़का आपसे पढ़ने आता है, वही दे गया है।"

"वह चला गया?"—किताब लेते हुए सुनन्दा ने पूछा—"कुछ कहता था क्या?"

"जी वह तो चुपचाप चला गया। सिर्फ किताब देने के लिए बोला था।"

सुनन्दा समझ गई कि शिवनाथ को कल की डाँट चुभ गई है। कहने के बाद खुद उसे अफसोस हुआ था, पर उस समय न जाने क्यों उसे बस गुस्सा आ ही गया। सोचा था, आज उसे ठीक-ठीक समझा दूँगी लेकिन वह ठहरा ही नहीं। सुनन्दा की काँपती-सी अँगुलियाँ किताब के पृष्ठों से खेल रहीं थीं। तभी किताब के बीच से एक लिफाफ़ा निकल पड़ा। लिफाफे पर पता नहीं लिखा था, चिपका भी नहीं था। सुनन्दा ने पत्र बाहर निकाला :

"मैं बहुत लालची हूँ, तभी तो प्राप्त से सन्तोष नहीं होता! जानता हूँ आपको बहुतेरे काम रहते होंगे, चाहता भी हूँ कि तीन दिन ही आया करूँ, पर जाने कौन मुझे रोज आपके घर खींचकर ले ही आता है—शायद आपका स्नेह! आज आपने रोज-रोज आने को मना कर दिया—अब नहीं आऊँगा, पर अपना स्नेह मुझसे मत छीनिएगा। आपके स्नेह और विश्वास को खोकर मैं शायद एक दिन भी जिन्दा नहीं रह सकता हूँ!

आपका,
शिवनाथ"

सुनन्दा की अनुतप्ति गुस्से में बदल गई—थोथी भावुकता! और यह भी कोई पत्र लिखने का ढंग है भला? ऊपर डैश-डैश करके छोड़ दिया—मेरा कोई नाम नहीं है क्या? या कुछ और ही लिख देता। और इस तरह किताबों में पत्र लिखकर रख देना! यह सब नहीं चलेगा। उसे साफ-साफ कह देना पड़ेगा। ये क्या बेहूदी हरकतें हैं! छोटा बच्चा तो है नहीं, पूरा आदमी है। उसे क्या इतनी भी समझ नहीं?

उसके तीसरे दिन रविवार था। रविवार को सुनन्दा शिवनाथ को दोपहर में पढ़ाया करती थी पर उस दिन वह लेटी तो नींद आ गई। करीब दो बजे शिवनाथ आया। नौकर ने दरवाजा खोला—

"बीबीजी तो सो रही हैं," और बिना उत्तर की प्रतीक्षा किए ही दरवाजा वापस बन्द कर दिया। शिवनाथ को लगा मानो यह सुनन्दा का ही आदेश था। उसका दिल टूट गया।

वह गया नहीं, वहीं खड़ा रहा। मई की दोपहरी, दरवाजे पर छाया नहीं। करीब साढ़े चार बजे बाहर जाने के लिए सुनन्दा ने जैसे ही दरवाजा खोला, देखा शिवनाथ खड़ा है। इस समय उसे देखकर उसका माथा ठनक गया। बोली–"रविवार की शाम को तो मैं कभी फ्री नहीं रहती, फिर इस समय क्यों आए ? दोपहर में आना चाहिए था, इस समय तो मैं एक मिनिट को भी नहीं रुक सकूँगी। यों ही लेट हो चुकी हूँ !" और एक सरसरी निगाह उसने शिवनाथ के कुम्हलाए चेहरे और अपनी कलाई पर डाली और वह चली गई। शिवनाथ कुछ बोल ही नहीं सका।

रात को सुनन्दा लौटी तो नौकर ने कहा–"अरे बीबीजी ! हम तो भूल ही गए। दोपहर दो बजे वह लड़का आया था, आप सो रही थीं सो हमने कह दिया कि अभी तो बीबीजी सो रही हैं।"

"दो बजे ?" कुछ आश्चर्य से सुनन्दा ने पूछा।

"हाँ दो ही बजा होगा।"

"हाय राम ! तो दो बजे से लेकर साढ़े चार तक वह इस गर्मी में बाहर धूप में ही खड़ा रहा क्या ?"

"अरे दो से चार क्या, अब तो बिस्तर डाल दिया है तेरे दर के सामने।"– चुटकी लेते हुए भैया बोले।

"इस मई की धूप में वह यहीं खड़ा रहा होगा।" सुनन्दा को बड़ा अफसोस हो रहा था।"

"हम कहते हैं कि केवल एक भक्त में ही यह माद्दा हो सकता है कि वह कड़कड़ाती धूप को भी चाँदनी समझे।"

सुनन्दा ने भैया की बात अनसुनी करके कहा–"हरखू, तुझे अन्दर तो बिठा देना चाहिए था उसे।"

"हमें क्या मालूम कि वह बाहर ही खड़ा रहेगा, नहीं तो हम बिठा लेते।"

"अरे फिर वापस आया होगा। क्यों ख्वाहमखाह चिन्ताकर रही है ?"

फिर भी सुनन्दा पसीज उठी। कई दिनों से वह बहुत बेरुखी से पेश आ रही है, अब ऐसा नहीं करेगी। पर यह भी कैसा पागलपन ? क्यों खड़ा रहा धूप में ? एकाएक उसके मन में बिजली-सी कौंध गई : कहीं भैया का मजाक ही तो सच नहीं ? धत्त, ऐसा भी कहीं हो सकता है ? पर उसका सारा व्यवहार नॉर्मल नहीं है और "एबनॉर्मल" लोग बड़े खतरनाक होते हैं। बैठे-ठाले अच्छी बला गले पड़ी। यही सब सोचते-सोचते सुनन्दा सो गई।

दूसरे दिन भी शिवनाथ नहीं आया। पूरा सप्ताह बीत गया, पर वह नहीं आया। सुनन्दा को कुछ बेचैनी-सी हुई। कॉलेज में भी किसी के पूछने पर उसने कहा–"आजकल शिवनाथ नहीं आता, पता नहीं क्यों ?"

"तो तुम्हारा भी जी नहीं लगता उसके बिना, क्यों ?" हँसते हुए सुधा ने पूछा।

"हाँ तू आ जाया कर जी लगाने, समझी।"

"क्यों भई, कैसा लड़का है यह शिवनाथ ?" मिसेज़ मिश्रा ने पूछा।

"कैसे से तुम्हारा क्या मतलब ?" सुनन्दा ने पूछा।

"मेरा मतलब चाल-चलन का कैसा है ? हमारे नीचे के फ्लैट में कुछ निहायत आवारा

किस्म के लड़के आए हैं, उनके साथ मैंने उसे अक्सर देखा है। वे सब तो बड़े ओछे किस्म के लड़के हैं भई, इसी से कह रही थी कि उसे सत्संग पर भी लेक्चर पिलाओ जरा।"

"मैंने क्या ठेका ले रखा है उसका जो लेक्चर पिलाऊँ ? इस साल का कोर्स पूरा करा दूँ फिर चाहे बिगड़े या सुधरे--मेरी बला से।" सुनन्दा चिढ़-सी गई।

कोई दस दिन बाद शिवनाथ आया। चेहरा स्याह और बहुत ही कमज़ोर-सा लग रहा था।

"तुम्हारी तबीयत ख़राब हो गई थी क्या ?"

"जी।"

"अभी तुम काफी कमज़ोर लग रहे हो, कुछ और आराम करके आना चाहिए था तुम्हें। दवाई-अवाई ले रहे हो ना ?"

सुनन्दा के चेहरे पर टिकी उसकी आँखें नीचे को झुक गईं और उसने धीरे-से कहा--"जी, ले रहा हूँ।"

पर उसके उत्तर से ही सुनन्दा समझ गई कि वह झूठ बोल रहा है। तभी उसे ख़याल आया जिन्हें शायद रोटी तक आसानी से नसीब नहीं होती हो वे दवाई क्या खाएँगे। वह उठकर ऊपर गई और दस रुपए का एक नोट लाकर उसके सामने रख दिया। वह जानती थी कि वह लेगा नहीं प्रतिवाद करेगा, पर उसने बिना कुछ कहे ही ले लिया। फिर बोला--"आज तो आप शायद नहीं देती तो मुझे आपसे माँगना ही पड़ता, इस दुनिया में मेरा आपके सिवाए है ही कौन ? और अपनों से संकोच करके रहना बड़ा कठिन है, बड़ा दुखदायी भी।"

बिना चाहे ही लादे गए इस अपनेपन को सुनन्दा सहज भाव से ग्रहण नहीं कर सकी, कुछ कठोर हो पड़ी।

"आज पढ़ाई रहने दो, जब एकदम अच्छे हो जाओ तब आना।"

सुनन्दा जितना इस लड़के के बारे में सोचती उतना ही अपने को उलझा हुआ पाती। मिसेज़ मिश्रा उसे कई बार कह चुकी हैं कि वह आवारा लड़कों की सोहबत में रहता है, ज़रा सँभलकर रहना। भैया जब-तब मजाक करते हैं। चाहे मजाक ही हो, पर ऐसी बात आखिर उनके दिमाग़ में आई तो उसका कोई आधार तो होगा। वह देखता भी तो इस तरह है कि सुनन्दा कभी-कभी बेचैन हो जाती है, सिहर उठती है।

कोई एक सप्ताह बाद ही सुनन्दा को बुखार आ गया। जब नौकर ने शिवनाथ को सूचना दी कि बीबीजी को बुखार आ गया है तो वह बड़े असमंजस में पड़ गया। बीमारी की हालत में एक बार भी क्या वह सुनन्दा को देख नहीं सकता ? वह आज तक कभी ऊपर नहीं गया है, पर आज उसके पैर जैसे जबर्दस्ती उसे ऊपर ढकेलकर ले जाने लगे। नौकर ने उसे खड़ा देखा तो फिर कहा--"अरे बाबा ! बीबीजी बीमार हैं, नहीं पढ़ा सकेंगी कुछ दिनों तक। चले जाओ।"

"मैं एक बार उन्हें देखना चाहता हूँ।"

"तो ऊपर चलो !" नौकर के पीछे-पीछे शिवनाथ चला गया। कमरे पर नीले रंग का पर्दा झूल रहा था। नौकर ने भीतर जाकर भाभी को सूचना दी--"वह लड़का बीबीजी से मिलना चाहता है।"

"पर सुनन्दा तो सो रही है।"--कहती हुई भाभी स्वयं बाहर निकल आईं। पर्दा उन्होंने हाथ से एक ओर कर रखा था और वे दरवाजे पर खड़ी थीं। शिवनाथ ने भाभी को नमस्कार किया और झाँक कर देखा--सुनन्दा सो रही थी। वह एकटक उधर ही देखता रहा। भाभी ने कहा--"तीन-चार दिन शायद नहीं पढ़ा सकेंगी, तुम फिर आना।"

"जी, मेरे लायक कोई काम हो तो बता दीजिएगा।"

"अरे ऐसा क्या है, मामूली बुखार है।"

शिवनाथ चला गया। पर तब से वह दोनों समय आने लगा, सुनन्दा को देखता और काम पूछकर चला जाता। सुनन्दा ने मना भी किया कि इस प्रकार वह न आया करे पर वह आता ही रहा। उस दिन शिवनाथ दोपहर में आया। अब वह सीधे ऊपर चला जाया करता था। जाकर उसने पर्दा हटाया तो देखा, कमरे में कोई नहीं है। सुनन्दा दरवाजे की ओर पीठ करके अकेली लेटी है। उसने हल्का-सा खटका किया, पर उत्तर नहीं मिला--शायद सुनन्दा सो रही है।

किसी काम से तभी अचानक भाभी ने आकर देखा कि शिवनाथ सोई हुई सुनन्दा पर झुका है। शिवनाथ भी चौंक गया। वे बोलीं कुछ नहीं, पर उनकी नजरों में क्रोध उतर आया था। सिट-पिटाया-सा शिवनाथ बिना सफ़ाई दिए, बिना कुछ बोले चुपचाप चला गया।

संध्या समय भैया आए तो भाभी ने सारी बात बताई। वे उस समय खामोश रहे। सुनन्दा के कमरे में आकर पूछा--क्यों री, अब तो एकदम अच्छी है न ?"

"कल तो मैं कॉलेज जाऊँगी।"

"ठीक है कल से कॉलेज जाओ, पर अपने उस भक्त को बुलाना अब बन्द करो। मान गए ! पूरा मजनूँ का अवतार है।"

"फिर वही बात !"--सुनन्दा ने खीझ कर कहा।

"तुम तो बुखार में बेखबर रहती थीं, उसकी नजरें देखतीं--यों घूरता था जैसे तुम्हें निगल ही जाएगा।"

"घूरता ही तो था, निगला तो नहीं।"

"अरे निगल ही जाता मेम साहब ! आप हैं किस होश में ? यह तो तुम्हारी भाभी ने बचा लिया।" भैया-भाभी दोनों हँस पड़े। फिर एकाएक गम्भीर होकर भैया बोले--"मजाक की बात हटाओ, हम सच कह रहे हैं अब इसे पढ़ाना बन्द करो। हमें तो यह कोई भला लड़का नहीं लगता। और पढ़ना ही है तो आए, पढ़े और छुट्टी करे। यह 'मारे तेरी गली के सौ-सौ फेरे' वाली बात समझ में नहीं आती।"

और भैया चले गए तो भाभी ने आज की बात सुनन्दा को बता दी। सुनकर सुनन्दा का क्रोध जाग उठा। इस हद तक गुस्ताखी ! ठीक ही तो कहते हैं भैया, पढ़कर अपना रास्ता क्यों नहीं लेता ! दिनों-दिन वह मेरे इतना निकट क्यों आना चाहता है, यह अनधिकार चेष्टा सचमुच ही असह्य है। वह मेरे पलंग पर झुककर करना क्या चाहता था ?

सोचकर ही सुनन्दा एकाएक सिहर उठी। वह साफ-साफ कह देगी कि वह अब नहीं पढ़ा सकती। आसपास के लोग भी क्या समझते होंगे, चौबीसों घंटे मेरे घर के चक्कर लगाया करता है। मेरी अक्ल पर ही पत्थर पड़ गए थे, यह सब बहुत पहले ही मुझे बन्द कर देना चाहिए था। भैया भी बस हल्के-फुल्के ढंग से कहते रहे। जैसे आज कहा, वैसी कड़ाई से उन्हें

पहले ही कह देना चाहिए था कि मत पढ़ाओ, तो मैं भला क्या भैया की बात टाल सकती थी कभी ? मैं तो नासमझ हूँ पर वे तो समझते हैं। सुनन्दा पड़े-पड़े कभी अपनी प्रिंसिपल को कोसती, कभी अपने को, तो कभी अपने भैया को।

पूरे पन्द्रह दिन बाद वह कॉलेज गई। वहाँ के उन्मुक्त वातावरण से उसका आक्रोश बहुत कुछ धुल-पुंछ गया। शाम को लौटी तो काफी प्रसन्न थी। अपने छोटे भतीजे को वह घर के पीछे से गुजरती रेल दिखा-दिखाकर खिला रही थी। जैसे ही रेल की सीटी बजती, बच्चा सुनन्दा से चिपट जाता।

तभी नौकर ने आकर कहा—"शिवनाथ आया है।" एक बार सुनन्दा की इच्छा हुई कि नौकर से ही कहलवा दे कि वह चला जाए और अब कभी न आए, पर फिर कुछ सोचकर स्वयं ही उठी। साड़ी का पल्ला कमर में खोंसकर नीचे उतरी। पर वह कुछ कहती उसके पहले ही सुन पड़ा, "अब आप अच्छी हैं ?"

"हाँ। पर अब से मैं तुम्हे पढ़ा नहीं सकूँगी। कॉलेज के काम के बाद मैं बहुत थक जाती हूँ—इतना 'स्ट्रेन' मुझसे बर्दाश्त नहीं होता !"

"जीऽऽऽ ! तो क्या अब आप मुझे बिल्कुल नहीं पढ़ाया करेंगी ?" जैसे आसमान से गिरते हुए उसने पूछा।

"हाँ, अब नहीं पढ़ा सकूँगी, तुम कोई और प्रबन्ध कर लो !"—चाहती तो थी कुछ खरी-खरी सुना दे, पर उसकी सूरत देखकर बात निकली नहीं। कुछ क्षण रुककर वह बोला—

"क्या दो तीन दिन भी नहीं दे सकेंगी ? अभी नहीं तो जब बिल्कुल स्वस्थ हो जाएँ तब। आपकी बीमारी के समय में मैंने सारा पढ़ा हुआ दोहरा लिया है, कुछ कठिनाइयाँ हैं उन्हें ही हल करवा दीजिए। यह पुस्तक रख लीजिए, इसमें निशान लगे हैं—आप जब कहेंगी मैं तभी आ जाऊँगा।"

सुनन्दा और अधिक कठिन नहीं हो सकी—"ठीक है, परसों आ जाना। मैं पढ़ा दूँगी, पर यह समझ लो कि वह आखिरी दिन होगा। इसके बाद..."कहना वह चाह रही थी कि कभी मत आना; पर कहा—"इसके बाद और पढ़ाना मेरे लिए सम्भव नहीं होगा। पुस्तक परसों ही लेते आना।"

"पुस्तक आप रख लीजिए ना ! देख लेंगी तो आपको अधिक सुविधा होगी।" अनमनी-सी सुनन्दा ने पुस्तक ले ली। ऊपर जाकर पुस्तक उसने एक ओर पटक दी और सोचने लगी—अच्छी मुसीबत गले पड़ गई ! पर यह तय है कि परसों के बाद एक दिन के लिए भी मैं उसे नहीं आने दूँगी, चाहे वह लाख बहाने बनाए। 'नहीं पढ़ाऊँगी' सुनते ही ऐसी ठंडी साँस खींची मानो प्राण ही निकल जावेंगे—बद्तमीज कहीं का ! भैया का कहना ही ठीक है। ऊपर से जितना गरीब और भोला दिखता है, दिल से उतना ही काला है। घूरता कैसे है ! इन लोगों की क्या भलाई करो—हाथ पकड़ते पहुँचा पकड़ते हैं।

तीसरे दिन सब काम से निश्चिंत होकर सुनन्दा ने सोचा शिवनाथ आता ही होगा, लाओ उसकी कठिनाइयाँ ही देख डालूँ। और पुस्तक उठाकर जैसे ही उसने खोला एक लिफ़ाफ़ा निकल आया। सुनन्दा का माथा ठनका। एक बार पहले भी उसने इसी प्रकार किताब में पत्र लिखकर रख दिया था, पर इस बार लिफ़ाफ़ा चिपका हुआ था और बड़ा खूबसूरत और कीमती लिफ़ाफ़ा था।—यों तो बड़ा गरीब बनता है; पर ऐसे लिफ़ाफ़ों में पैसे बिगाड़ने को

मिल जाते हैं। न चाहते हुए भी उसने लिफ़ाफ़ा फाड़कर पत्र निकाला। नीले रंग के कागज पर एक लम्बा-सा पत्र था। मुश्किल से वह आठ-दस पंक्तियाँ पढ़ पाई होगी कि क्रोध से उसका रोम-रोम काँपने लगा। तो यह हिमाकत कमीने की ! तभी कह रहा था कि किताब रख लीजिए। कठिनाई तो बहाना मात्र थी, असल में तो सन्देशा पहुँचाना था।

सुनन्दा ने उस पत्र के टुकड़े-टुकड़े कर दिए, वह बुरी तरह मुठ्ठियाँ भींच-भींचकर दाँत पीस रही थी और उसे लग रहा था जैसे सारा कमरा घूम रहा है। कभी उसे भैया की बात याद आती, कभी मिसेज़ मिश्रा की और कभी सुधा के मजाक ? सच कितनी बड़ी मूर्ख थी वह ? सीधी-सी बात उसकी समझ में नहीं आई। उसका आज तक का व्यवहार क्या एक साधारण विद्यार्थी की तरह था ? फिर क्यों वह उसे बराबर बढ़ावा देती रही। आने दो क़मीने को...और तभी नौकर ने आकर कहा--"शिवनाथ आया है।"

उसी गुस्से में वह नीचे झपट पड़ी और आव देखा न ताव खींचकर पूरे हाथ से तीन-चार तमाचे उसके गाल पर रख दिए--"कमीने, लुच्चे, दूर हो जा यहाँ से, नहीं तो गत बनाकर रख दूँगी। जिस थाली में खाता है, उसी में छेद करते शरम नहीं आई। यह बेहूदगी करने को मैं ही मिली थी तुझे दुनिया में। बड़े प्रेमवीर बनते हैं, पढ़ने का बहाना ले-लेकर कमीनपन"...और आगे आवेश में उससे कुछ कहते नहीं बना, हाथ में पत्र के जो टुकड़े थे उन्हें उसी पर फेंककर बोली--"यह है तेरे पत्र का उत्तर--मोरी का कीड़ा"...और वह उसी गुस्से भी धड़ाधड़ ऊपर चढ़ गई। उसने एक बार फिर कर यह देखने की चेष्टा तक न की कि सामनेवाले व्यक्ति ने उसके क्रोध को किस रूप में ग्रहण किया है। ऊपर जाकर गुस्से का बोझ सँभालने में जब असमर्थ हो उठी तो रो पड़ी। उसे सारी दुनिया से नफरत हो गई। कितनी सद्भावना थी इस लड़के के लिए, उसका यह बदला ! इतना फरेब !!"

दूसरे दिन जब वह कॉलेज गई तो जाते ही मिसेज़ मिश्रा ने बताया--"अरे, सुना तुमने सुनन्दा ! शिवनाथ ने आत्महत्या कर ली। हमारे सामने से जो लोकल ट्रेन गुजरती है न, उसी में कटकर मर गया। क्या बात हो गई, कोई कुछ जान ही न सका। पर बाबा, दृश्य बड़ा भयानक था। वह तो नीचे वाले लड़कों ने पहिचान लिया, नहीं तो पहिचानना ही मुश्किल था।"

सुनन्दा ने तो एक वाक्य के आगे जैसे कुछ सुना ही नहीं। "शिवनाथ ने आत्महत्या कर ली"--इस अकेले वाक्य ने ही उसकी सारी चेतना हर ली। पथराई नज़र से वह एकटक मिसेज़ मिश्रा को देखती रही, पर उसके कानों में इसके आगे की कोई बात नहीं जा रही थी।

प्रश्नों की झड़ियाँ-सी लग गईं, मिसेज़ मिश्रा सबका समाधान कर रही थीं। तभी सुधा ने कहा--"ज़रूर इस सुनन्दा ने बेचारे को निराश कर दिया होगा, तभी मर गया--हाय रे, सुनन्दा का निराश प्रेमी !"

"हमें तो लगता है उन आवारा छोकरों के साथ कुछ ऐसा-वैसा कर बैठा होगा जिससे मरना पड़ा। मरा भी उनके घर के सामने ही। क्या जाने बाबा क्या बात थी !"

सुनन्दा उठी और प्रिंसिपल से कह कर घर चली गई। जाकर उसने भाभी को बताया,

भैया आए तो उन्हें बताया कि शिवनाथ ने आत्महत्या कर ली। घर पर जो भी कोई आता उसे ही बताती—मानों बता-बताकर ही वह अपने मन के बोझ को हल्का कर लेना चाहती थी। पर रह-रहकर कोई उसके अन्तर्मन को कचोट-कचोटकर कहता—"तू ही उसकी हत्यारिन है—तूने ही उसे मारा है।" वह तर्क से अपने मन को शान्त करती—इसमें मेरा क्या दोष है आखिर ! ऐसी बेहूदगी मैं कैसे बर्दाश्त करती ? मैं क्या, कोई भी भली लड़की नहीं बर्दाश्त कर सकती है। इतना ही 'सेन्सिटिव' था तो ऐसा काम क्यों किया ?'

तभी दूर से रेल की सीटी की ध्वनि सुनाई दी। जाने क्यों सुनन्दा को रेल की यह सीटी बहुत ही कर्कश लगी, उसने झटके से कमरे की खिड़की बन्द कर दी। दोनों हाथों से आँखें कसकर बन्द कर लीं और मेज पर सिर टिका लिया। खिड़की बन्द थी, कान बन्द थे, आँखें बन्द थीं, फिर भी वह देख रही थी, बहुत ही स्पष्ट रूप से देख रही थी कि रेल उसके घर के सामने आ पहुँची है और विशालकाय इंजिन के बड़े-बड़े पहिए जैसे खून से सने हैं।

"ओह !" और वह एकाएक बहुत घबरा गई। अपने कमरे से वह भाभी के पास पहुँची—"अच्छा भाभी, अगर मेरी जगह तुम होतीं तो तुम क्या करतीं ?"

"किस में क्या करती ?" भाभी ने कुछ न समझते हुए पूछा।

"यही जो शिवनाथ के साथ हुआ। मैंने तो उसे कहा नहीं कि तू जाकर रेल के नीचे कट जा, मैंने तो उसे अपने यहाँ आने के लिए मना किया था।"

"उसके दिन पूरे हो गए थे, मर गया। तुम उसे लेकर क्यों जबर्दस्ती परेशान हो रही हो। पर सच बेचारा बुरी मौत मरा। मुझे खुद आज उसका बार-बार ख़याल आ रहा है। तुम बीमार थीं तो यहाँ दरवाजे पर आकर कैसा टुकुर-टुकुर ताका करता था।"

सुनन्दा कुछ नहीं बोली।

तरह-तरह के तर्कों से वह अपने को शान्त करने का असफल प्रयास करती रही। उसने कमरे की वह खिड़की एक क्षण को भी नहीं खोली, जिसमें से लोकल ट्रेन दिखाई देती थी। वह अपने को बातों और कामों में आवश्यकता से अधिक व्यस्त रखने लगी। कोई तीन-चार दिन बाद शाम को हरखू ने आकर बताया—"बीबीजी, आपसे कोई मिलने आया है।"

"मुझसे ?" और कौन हो सकता है—यह सोचती हुई वह नीचे उतर गई। एक अपरिचित लड़का तिरछा हैट और रंगीन चश्मा लगाए सामने खड़ा था। सुनन्दा को देखते ही उसने हाथ की सिगरेट नीचे फेंक दी।

"जी, आप ही मिस सुनन्दा हैं ?"

"जी हाँ कहिए ?"—सुनन्दा को लड़के की सारी वेश-भूषा बड़ी विचित्र-सी लग रही थी।

"आप ही शिवनाथ को पढ़ाती थीं न ?"

सुनन्दा धक् ! उसे लगा जैसे सामनेवाला व्यक्ति कोई पुलिस का आदमी है और उसने उसे शिवनाथ की हत्यारिन के रूप में रँगे हाथों पकड़ लिया है। उसके चेहरे का रंग उड़ गया, वह बेहद घबरा उठी। हकलाते हुए बोली—"हाँ, पढ़ाती तो थी, पर...पर...।"

"आपको शायद मालूम होगा कि उसने रेल के नीचे कटकर आत्महत्या कर ली है। अजीब ही भावुक किस्म का लड़का था।"

"तो मैं क्या करूँ ? मैं तो कुछ जानती ही नहीं ?" सुनन्दा एक सपाटे में बोल गई।

"अरे, करने को आप और हम क्या कर सकते हैं, जो होना था सो हो गया।" एक

क्षण रुककर वह बोला—"हमारे पास वह आता था, हमारे कुछ खत-वत लिख दिया करता था, नोट्स आदि उतार दिया करता था। बदले में हम उसे कुछ रुपए-पैसे से मदद कर दिया करते थे। अपनी किताबें पढ़ने को दे दिया करते थे—चला गया बेचारा ? हाँ, मैं आपके पास अपनी किताब लेने आया हूँ। मेरी हिन्दी की किताब वह आपके पास छोड़ गया था—वैसे किताब की कोई बात नहीं, पर...पर..." और फिर कुछ झेंपते हुए कहा—"उसमें मेरा एक पत्र ग़लती से रह गया था, ज़रा पर्सनल किस्म का था" और एक अर्थ-भरी मुस्कुराहट उसके चेहरे पर फैल गई—"असल में मुझे वही चाहिए। बड़ा संकोच हो रहा था आपके यहाँ आने में, पर अब तो शिवनाथ भी नहीं रहा कि फिर ख़त लिख देता, इसी से मज़बूरन आना पड़ा। कृपा कर उसे लौटा दें।"

सुनन्दा बड़ी मुश्किल से ऊपर आई, किताब लाकर वापस दी पर उसने पत्र के विषय में कोई जानकारी ज़ाहिर न की।

और इसके बाद सुनन्दा स्वयं नहीं जानती कि कैसे वह ऊपर आई। बस, भाभी बेहद घबराई-सी उसे झकझोर-झकझोर कर पूछ रही थीं—"क्या हो गया है सुनन्दा, यह क्या कर रही हो ?" पर सुनन्दा को जैसे कुछ भी सुध नहीं थी, उसने काट-काटकर अपने दोनों हाथ लहू-लुहान कर दिए थे और पानी से निकाली हुई मछली की तरह बुरी तरह छटपटा रही थी।

'तीन निगाहों की एक तस्वीर' संकलन से

खोटे सिक्के

"जी, इन्हें कहाँ रखूँ ?"

एक सहमी-सी आवाज पर सब घूम पड़े। देखा एक छोटा लड़का थैली हाथ में लिए भयभीत-सा खड़ा है।

"क्या है इसमें ?" कड़ककर मि. खन्ना ने पूछा ? आवाज में ऊँचे पद का गर्व बोल रहा था।

"जी...जी खोटे सिक्के हैं। वहाँ मेरा बाबा खोटे सिक्के चुन रहा है, उसी ने भेजे हैं।" डर के मारे लड़के के गले से पूरी तरह आवाज भी नहीं निकल रही थी।

"तो इन्हें यहाँ क्यों लाया है–जा उधर ले जा।" झिड़ककर खन्ना साहब ने लड़के को भगा दिया। हर बात को जानने के लिए बेहद उत्सुक छात्राओं के दल में से एक ने पूछा–"टकसाल में खोटे सिक्के कैसे आए ?" स्वर काफी मीठा था। निरन्तर बड़ी-बड़ी मशीनों की कर्कश आवाज सुनने के आदी खन्ना साहब को लगा जैसे किसी ने मिसरी घोलकर कानों में उँडेल दी हो। क्रोध और रौब को एक ओर हटाकर, होठों पर मधुर मुस्कान और आवाज में स्निग्धता लाकर बोले–"देखिए, बहुत सावधानी के बावजूद कभी-कभी बहुत सारे सिक्के बिगड़ ही जाते हैं। जहाँ सिक्के ढलते हैं, अगर उस मशीन में ज़रा-सी भी ख़राबी हो जाती है तो सारे सिक्कों की शेप बिगड़ जाती है और फिर उनकी गिनती खोटे सिक्कों में होने लगती है।"

"टकसालवाले करते क्या हैं इन खोटे सिक्कों का ?" एक ओर से प्रश्न आया।

"चला देते होंगे, और क्या ? देखती नहीं, बाजार में कितने खोटे सिक्के चलते हैं।" बड़े ही शोख ढंग से दूसरी ओर से शंका का समाधान हुआ।

"जी नहीं, खोटे सिक्कों को हम चला नहीं देते, वापस टकसाल में ही खपाते हैं। जो चीज़ हमारी टकसाल में खोटी होती है उसकी जिम्मेदारी तो हमारी है। उसे बाहर क्यों भेजेंगे भला ?" खन्ना साहब ने इस ढंग से कहा मानो बता रहे हों कि देखो हमारी नैतिकता को। हमें क्या इतना गया-गुजरा समझा है कि अपनी ग़लती को दूसरों के सिर मढ़ दें ?

खन्ना साहब टकसाल के उच्च पदाधिकारी हैं। ये गाइड का काम कभी नहीं करते। पर परसों जब उन्हें सूचना मिली कि लखनऊ से किसी कॉलेज की छात्राओं का एक दल कलकत्ते के दार्शनीय स्थानों को देखने के लिए आया है और वे टकसाल देखने की भी अनुमति चाहती हैं तो सहर्ष अनुमति देने के साथ ही दिखाने के लिए भी वे स्वयं ही तैनात हो गए। ठीक ग्यारह बजे बस पर से करीब बीस-बाईस छात्राओं ने दो अध्यापिकाओं के साथ टकसाल में प्रवेश किया। रंग-बिरंगे दुपट्टों और विभिन्न प्रकार के सेंटों की मिली-जुली

सुगन्धि से जैसे एकाएक ही वहाँ मधुमास आ गया। बड़े तपाक से खन्ना साहब ने सबका स्वागत किया और बड़ी नम्रता से अपना परिचय दिया। उससे भी अधिक शालीनता और विनय से परिचय दिया अपने पद-गौरव का। फिर एक बार सतर्क नजरों से सबके चेहरों को पढ़ा कि उस पद का रौब आँखें फाड़-फाड़कर अपने चारों ओर देखतीं, खुसर-फुसर करतीं, एक दूसरी को ठेलतीं उन लड़कियों पर भी पड़ा या नहीं ? इसके बाद टकसाल का संक्षिप्त इतिहास बताते हुए उन्होंने अन्दर प्रवेश किया। एक चपल-सी छात्रा ने अपने स्वभाव से भी अधिक चपल दुपट्टे को काबू में रखने का प्रयास करते हुए कहा–"हमारी तलाशी नहीं ली जाएगी टकसाल में ? सुनते हैं कि यहाँ घुसते और निकलते हुए सबकी तलाशी ली जाती है।"

"आप लोग तो हमारी मेहमान हैं। मेहमानों की भी कोई तलाशी लेता है भला ? वह तो यहाँ काम करनेवाले मज़दूरों की तलाशी ली जाती है।" मुस्कुराकर खन्ना साहब ने कहा।

सबसे पहले वे एक बड़े से हॉल में पहुँचे, जहाँ कई भट्टियाँ बनी हुई थीं। "इन भट्टियों में कच्चे धातु को गलाया जाता है।" यह कहकर जैसे ही खन्ना साहब ने एक भट्टी के मुँह का ढक्कन खोला कि भट्टी के पास झुंड लगाकर खड़ी लड़कियाँ झटका खाकर दो क़दम पीछे हट गईं। आग की एक लहर जैसे सबको झुलसा गई। खन्ना साहब ने बताया : "यह तो साधारण भट्टी है। आपको बिजली की भट्टी भी दिखाऊँगा, उसमें तो आप बिना रंगीन चश्मा चढ़ाए देख भी नहीं सकतीं। लगता है जैसे सूरज सामने उतर आया हो।" इसके बाद उन्होंने सारी प्रक्रिया समझाई कि किस प्रकार कच्चे धातु को गलाकर सिक्को के उपयुक्त बनाया जाता है, और उसके लम्बे-लम्बे बार्स बनाए जाते हैं। बड़े धैर्य और रुचि के साथ वे हाथों का संकेत कर-कर के समझा रहे थे और सारी छात्राएँ उनके चेहरे पर यों नज़र गड़ाए सुन रही थी मानों वहाँ का सारा ज्ञान सोख लेंगी। खन्ना साहब कोई चीज़ उठाते तो बीस-बाईस सिर इस तरह चारों ओर घिर आते मानों, गुड़ की डली पर मक्खियाँ बैठ गई हों। जिस किसी भी हॉल से वे गुजरते, वहाँ काम करनेवालों की गति अपने आप ही बढ़ जाती। वे और अधिक मनोयोग और कुशलता से काम करने लगते। कभी-कभी खन्ना साहब किसी मशीन के पास खड़े हो जाते और रौबीले स्वर में हुक्म देते–"मशीन को चला दो।" झटके से मशीन चलाई जाती और खन्ना साहब उसका सारा ब्योरा समझाते। साथ में आई हुई अधेड़ावस्था की अध्यापिकाएँ शुरू से ही खन्ना साहब की उपेक्षा पा रही थीं। उन्हें खन्ना साहब का लड़कियों में यह आवश्यकता से अधिक दिलचस्पी और आकर्षण अच्छे नहीं लग रहे थे। वे ठेलमेल में कभी जाने-अनजाने में लगे हलके-फुलके धक्कों को भी काफी सन्देह की नज़र से देखकर जब-तब छात्राओं को फटकार देतीं थीं–"तुम लोग सिर पर ही क्यों चढ़ जाती हो ? दूर रहकर क्यों नहीं देखतीं-सुनतीं ? और एक बार छात्राओं के झुंड और खन्ना साहब में सन्तोषजनक दूरी उत्पन्न कर देतीं, पर छात्राओं की अत्यधिक जिज्ञासा और आतुरता, तथा खन्ना साहब की आवश्यकता से अधिक रुचि में वह दूरी कब और कहाँ खो जाती, कोई जान ही नहीं पाता।

घूमते-घूमते वे एक बड़े से हॉल में आए, जहाँ की दैत्याकार मशीनें कान के पर्दे फाड़ देनेवाली आवाज से बेतहाशा दहाड़ रही थीं। खन्ना साहब के शब्द उस भीषण गर्जना से ही खो जाते थे। परिस्थिति का फायदा उठाकर मुँह को अति निकट लाकर वे बता रहे

थे—"यहाँ पर तैयार धातु के बड़े-बड़े बार्स को पतला किया जाता है।" छात्राएँ मशीनों से काफी दूर खड़ी थीं फिर भी उनका शरीर जैसे झुलसा जा रहा था। आग से लाल लम्बी-लम्बी सलाखें पटापट ऊपर से नीचे गिर रही थीं, और नीचे हाथों में बड़ी-बड़ी संडासियाँ लिए मज़दूर उन सलाखों को उसी गति के साथ उठा-उठाकर पास ही पानी की नालियों में पटकते जा रहे थे। नालियों का पानी बुरी तरह खौल रहा था और उनमें से गरम-गरम भाप उठ रही थी। आकार-प्रकार को देखकर ही जाना जा सकता था कि ये सलाखें उठानेवाले जीव मनुष्य हैं, वरना उनके भाव-शून्य चेहरे और मशीन की तरह निरन्तर खटखट चलते हाथों को देखकर मशीन का ही भ्रम होता था। शोख, हसीन और कमसिन छात्राओं की उपस्थिति भी उन मज़दूरों की गति में किसी प्रकार का व्यतिक्रम उपस्थित नहीं कर पाई। वर्षों से निरन्तर मशीनों के बीच काम करते रहने के कारण वे सावनी समाँ और वासन्ती बहारों को शायद भूल चुके थे। उनकी रगों का खून शायद जलकर राख हो गया था। जिन्दा रहने के लिए बड़ी तत्परता से वे मौत से खेल रहे थे। लड़कियों के चेहरे दया और भय से आक्रान्त हो उठे।

"हाय राम, कैसा खतरनाक काम है।" एक ने कहा। दूसरी ने उससे भी अधिक सहानुभूति से कहा—"मैं तो इतनी दूर खड़े-खड़े भी भुर्ता हुई जा रही हूँ, ये पास रहकर कैसे काम करते होंगे ?" एक ने खन्ना साहब से पूछा—"यह तो बड़ा ही खतरनाक काम है, ज़रा-सी चूक में सलाख सीधी टाँग पर ही आ गिरे।"

"जी हाँ, सो तो है ही। बहुत-सी दुर्घटनाएँ होती है। अभी कोई दो महीने पहले ही एक आदमी की दोनों टाँगें कट गईं।"

"त्...त्....सच ? फिर भी ये लोग यह काम करने आते हैं, अपनी जान को जोखिम में डालकर ?" किसी ने पिघलकर पूछा।

"काम करने। अरे, एक ही जगह खाली होती है तो पचासों टूट पड़ते हैं। आप जानती नहीं हमारे देश में इन्सान की जान बड़ी सस्ती है।"

"चलो बाबा यहाँ से। यहाँ तो अब देखा नहीं जाता।" इस वीभत्स दृश्य को देखना उन लोगों के लिए शारीरिक और मानसिक दोनों ही दृष्टियों से असह्य हो रहा था। वहाँ से चलकर उन्होंने एक-एक करके सब देखा कि किस प्रकार ताँबे के इन मोटे-मोटे बारों को पतला किया जाता है, फिर पैसे के आकार के गोल-गोल टुकड़े काटे जाते हैं, उन पर राजकीय मोहर और सन् की छाप पड़ती है, उन्हें साबुन और सोडे के पानी में धोकर साफ किया जाता है। फिर पाँच-सात आदमी बैठकर ढेरियाँ बनाकर अपने सधे हाथों से खोटे सिक्के चुनते हैं, और उन्हें बकौल खन्ना साहब, वापस मिन्ट में ही खपा दिया जाता है। और यह सब देखते-देखते लड़कियों के ताजे ग़मकते चेहरे क्लान्त होकर मुरझा गए। वहाँ पर उन लोगों के लिए चाय और जलपान की व्यवस्था भी थी। दो नौकर खन्ना साहब की आज्ञा की प्रतीक्षा में हाथ बाँधे खड़े थे। नाज नखरों से पली ये लड़कियाँ, जिन्हें कभी गरीबी या अभावों की छाया ने भी नहीं हुआ था, मज़दूरों की उस वीभत्स झाँकी को देखकर बड़ी आतंकित हो उठी थीं। बैठते ही पूछा—"इन मज़दूरों को तनख़्वाह क्या मिलती होगी ?"

"साठ रुपए मासिक।"

"आदमी यों साठ रुपए की खातिर अपनी जान जोखिम में डाल देता है ?" एक ने

अपार आश्चर्य और दहशत से पूछा।

संसार को मात्र किताबों के द्वारा जाननेवाली इन अनुभवहीन छात्राओं की बुद्धि पर खन्ना साहब मुस्कुरा उठे। गद्‌दीदार कुर्सियों पर बैठकर रसगुल्ले और गरमा-गरम समोसे खाती हुई उन छात्राओं का दिल मज़दूरों की दुर्दशा पर करुणा से पसीजा जा रहा था। तभी बाहर से एक औरत के रोने की आवाज से बातों का क्रम टूट गया। खन्ना साहब की भौंहों पर सलवटें उभर आईं। परिस्थिति समझने के लिए वे कुर्सी से उठे ही थे कि एक मैले-कुचैले कपड़े पहने, आँख-नाक से पानी बहाती बुढ़िया भीतर चली आई और खन्ना साहब के पैरों पर गिर पड़ी। घृणा से खन्ना साहब ने पाँव खींच लिए। गुस्सा उनको इतना आ रहा था कि यदि ये कोमल शरीर और उससे भी कोमल दिलवाली लड़कियाँ उस समय वहाँ न बैठी होतीं तो उसके सिर पर कसकर लात जमा देते।

कड़ककर खन्ना साहब ने पूछा, "कौन है तू ? यहाँ कैसे चली आई ?" तभी रोकता-थामता चपरासी आ गया। उसने बताया कि दो महीने पहले जिस मज़दूर की दोनों टाँगें कट गई थीं, यह उसी की स्त्री है। स्त्री रोते-रोते सिर पटक-पटककर हाथ जोड़-जोड़कर कह रही थी—"उसे कोई छोटा-मोटा काम दे दीजिए सरकार, नहीं तो हम भूखों मर जाएँगे। बैठे-बैठे वह खोटे सिक्के चुनने का काम ही कर देगा।"

"दिमाग ख़राब हो गया है। जिसके दोनों टाँगें नहीं है वह क्या खाक काम करेगा ? चलो हटो यहाँ से। मौके-बेमौके सिर खाने आ जाते हैं।"

"अब कहाँ जाएँ सरकार ? बीस साल तक आप लोगों की नौकरी की, आपकी नौकरी में ही टाँग गई, अब कहाँ जाएँ सरकार ? हम पर दया करिए, नहीं तो बाल-बच्चे भूखों मर जाएँगे।"

"नौकरी में टाँग गई तो मुआवजा नहीं मिल गया दो-सौ रुपए ? अब क्या जागीर लिख दूँ उसके नाम ? चपरासी, बाहर निकालो इसे।"

"मेरे आदमी को बेकार कर दिया... अब वह कहाँ जाए...उसे यहीं कोई काम दे दो हजूर...नहीं तो...।" पर वह वाक्य पूरा करती इससे पहले ही चपरासी उसे घसीट ले गया।

लड़कियों के चेहरों पर व्याप्त करुणा को देखकर खन्ना साहब के लिए सफ़ाई पेश करना ज़रूरी हो गया। बोले—"टाँगें कट गईं तो हमने दो-सौ रुपए मुआवजे के दे दिए। और हम कर भी क्या सकते हैं ? यों इन लोगों को यहाँ बिठाना शुरू कर दें तो टकसाल अपंगों का अड्डा ही बन जाए। आए दिन ही तो यहाँ ऐसी दुर्घटनाएँ होती रहती हैं।"

इसके बाद बड़ी कुशलता से उन्होंने बात का प्रसंग बदलकर ऐसे चुटकुले सुनाना शुरू किया कि लड़कियाँ हँस-हँसकर दुहरी होने लगीं।

'तीन निगाहों की एक तस्वीर' संकलन से

घुटन

प्रतिमा ने एकाएक महसूस किया कि हवा एकदम रुक गई है और उमस बढ़ रही है। उसने उठकर बेबी के ऊपर से चादर हटा दी, बेबी पसीने से भीग गई थी ! क्या मौसम है यहाँ का भी, कभी एकदम ठंडक हो जाती है और कभी बुरी तरह उमस हो जाती है। इस पल-पल बदलते मौसम में ही तो बेबी की सेहत ठीक नहीं रहती।

शून्य नजरों से वह आसमान को देखने लगी। नीला स्वच्छ आसमान और बेशुमार छिटके हुए तारे। उसने सोचा लोग तारों-भरे आसमान के सौन्दर्य की बड़ी चर्चा करते हैं, पर जाने क्यों उसे आसमान पर ये तारे ज़रा भी अच्छे नहीं लगते। लगता है जैसे आसमान के मुँह पर घनी चेचक निकल आई हो। दूसरे ही क्षण अपनी इस घिनौनी कल्पना पर वह खुद ही घृणा से भर उठी। उसे लगा उसका सौन्दर्य-बोध धीरे-धीरे मरता जा रहा है। इन चार सालों में ही कितना परिवर्तन आ गया है उसके जीवन में—धीरे-धीरे शायद सभी कुछ मर जाए। उसने आसमान से नज़र हटा ली ! करवट लेकर नीचे लॉन पर देखने लगी। सारी घास सूख गई। अब तो बारिश में ही हरियाली होगी ! जब वह यहाँ आई थी, कितने जतन से अपने बगीचे को सजाती और सँवारती थी, पर अब उसका मन ही नहीं करता कुछ करने को।

"उँऽऽ—ममी—।" फिर कुछ अस्पष्ट-से स्वर ! "यह बेबी नींद में भी बड़बड़ाती है, प्रतिमा ने उठकर उसे थपक दिया। वह सोचने लगी—यह बेबी क्या सोचती होगी दिन में और क्या सपने देखती होगी रात में। बच्चों की दुनिया भी कैसी बेफिक्री की होती है। प्रतिमा कोशिश कर रही है पर सो नहीं पा रही है। सामने के लम्बे-लम्बे युकलिप्टस के दो पेड़ शान्त भाव से खड़े हैं। प्रतिमा को ये पेड़ बहुत पसन्द हैं। उसे याद है—उत्साह के क्षणों में उसका मन इन पेड़ों की डालियों में उलझ जाता है और वह घंटों निकाल देती है। उसने महसूस किया—नहीं, आज भी प्रकृति के प्रति उसकी भावना जीवित है, उसे वह जीवित ही रखेगी, मरने नहीं देगी—

एकाएक सिसकियों की आवाज़ उसे सुनाई पड़ी। पासवाले घर से आ रही थी। अक्सर आधी रात को सिसकी का स्वर वह सुनती है। वह जानती है यह मोना रो रही है। उसका दुख भी वह जानती है, पर क्या कर सकती है वह ! सबकी अपनी-अपनी समस्याएँ हैं, सबका अपना-अपना दुख, कौन किसे सँभाले, कौन किसे तसल्ली दे। पर मोना सच पागल ही है, कौन-सा स्वर्ग पा जाएगी वह शादी करके ? पर उसे कौन समझाए ? उसकी माँ जाने क्यों उसकी शादी नहीं करती। एक बार उसकी इच्छा हुई बीच का दरवाजा खोलकर वह मोना के पास चली जाए, पर उससे लाभ ? उसकी मौखिक सांत्वना उसकी समस्या को नहीं सुलझा

सकती है, तब लाभ ? प्रतिमा लेटी रही, पेड़ की हिलती डालियों को देखती रही, मोना का सिसकना सुनती रही।

कुछ देर में ही प्रतिमा का दम घुटने लगा। वातावरण की घुटन और बढ़ गई थी पर उससे कहीं अधिक घुटन वह अपने मन में महसूस कर रही थी। उसे लगा जैसे उसकी साँस रुक जाएगी, उसका दम घुट जाएगा। यह देखने के लिए कि उसकी साँस तो चल रही है, उसने एक दो बार लम्बी-लम्बी साँस खींची।

"कहीं यों भी दम घुटता है !" अपनी बेवकूफी पर वह आप ही हँस पड़ी। यों घुटता तो मोना शायद कभी की मर गई होती, शायद वह भी मर गई होती।

तीन दिन बाद उसका पति आएगा, पूरे एक साल बाद। फिर भी वह अपने मन में कोई उत्साह नहीं पा रही है। शादी के इन चार वर्षों में याद करने लायक मधुर-क्षण उसके पास नाम मात्र को हैं। उसका पति नेवी में है और दूर-दूर देशों में वह जहाज पर घूमता रहता है। बस साल में एक बार एक महीने के लिए घर आता है। एक बार वह भी उसके साथ गई थी पर एक ही महीने में ज़िद करके लौट आई। उसका पति कहता है कि वह बड़ी दकियानूसी है, नीरस है। अपने दोस्तों के बीच भी वह उसे ड्राई-जिंजर कहा करता था। क्या वह सचमुच ही नीरस है। शायद उसके पति का कहना ही ठीक हो। वह चाहती है कि पति के अनुकूल बने, पर उसे वह सब ज़रा भी अच्छा नहीं लगता है, जो उसके पति को अच्छा लगता है। दोस्तों के बीच बैठकर लड़कियों के अंगों को लेकर अश्लील मजाक करना, पैग-पर-पैग चढ़ाना, यहाँ तक कि आँखों के डोरे सुर्ख हो उठें और जीभ ऐंठकर लड़खड़ाने लगे—और फिर रात में उस सारी मस्ती को, सारे सुरूर को...एकाएक प्रतिमा के बदन से पसीना चूने लगा, उसका गला सूखने लगा। उसने उठकर पानी पिया फिर भी तृप्ति नहीं हुई। गले की खुश्की ज्यों-की-त्यों बनी रही, वातावरण की घुटन और बढ़ गई, प्रतिमा के मन का अवसाद और गहरा हो गया।

दूसरे दिन उठकर उसने चाय बनाई, घर के सारे छोटे-मोटे काम करके बच्ची को तैयार किया, और उसके पासवाले नर्सरी स्कूल में छोड़कर वह अपने स्कूल चली गई ! रोज की तरह बच्चों को पढ़ाया, कुछ को डाँटा, कुछ को पुचकारा, खाली घंटे में कॉपियाँ देखने बैठी तो हर कॉपी को देखने के बाद अनदेखी कॉपियों को एकबार गिनती, कितनी और बाकी हैं।

"क्यों मन अभी से बेचैन हो रहा है प्रतिमा रानी, ये दो दिन काटे नहीं कट रहे हैं क्या ?" एक निर्जीव मुस्कान उसके होंठों पर फैल गई। एकाएक ही उसे लगा कि उसे इंतजार करना ही चाहिए, उसका पति जो आ रहा है, एक साल बाद आ रहा है, और एक महीने के लिए आ रहा है। वह आज ही जाकर घर ठीक करेगी, बगीचा ठीक करेगी, छुट्टी के लिए अर्जी भी दे देगी। एक सप्ताह के लिए वह ज़रूर छुट्टी लेगी आखिर साल-भर बाद उसका पति जो आ रहा है। वह रग-रग में पति की बात को रमा देना चाहती है, पर जाने क्या है जो यह बात मन में टिकती ही नहीं। न मन उस बात को बाँधकर बैठ पाता है, न बात मन को बाँध पाती है। सारे प्रयत्नों के बाद भी बात बिखर-बिखर जाती है। फिर भी घर तो वह साफ करेगी ही !

घर पहुँची तो नौकरानी ने बताया, "अरूप बाबू आए थे। मोना बीबी के यहाँ बैठे हैं और कह गए हैं कि आप आएँ तो उन्हें बुला लें या वहीं चली जाएँ।

"अरूप को मुझसे क्या काम हो सकता है ?" प्रतिमा ने सोचा और उसके चेहरे पर सलवटें पड़ गईं। अरूप मोना का प्रेमी है, मोना भी उसे प्रेम करती है, पर मोना की माँ नहीं चाहती कि मोना उससे ब्याह करे। मोना ब्याह कर लेगी तो उसके छोटे भाई-बहिनों को कौन पालेगा, बूढ़ी की तीस दिन में से उन्तीस दिन रहनेवाली बीमारी का खर्चा कहाँ से आएगा ? एक माँ के लिए यह सब सोचना बड़ा अशोभनीय है, बड़ी नीचता है यह उसकी माँ भी जानती है, पर उससे क्या ? स्वार्थ ही कहो पर व्यावहारिकता यही है कि जब तक छोटी बहिन कमाने लायक नहीं हो जाए, मोना अविवाहित रहे; फिर जब भाई कमाने लायक हो जाए तो छोटी बहिन भी विवाह करले। लड़की की बढ़ती उमर, प्रेम की कोमल भावनाएँ, पेट के आगे इतनी धुँधली पड़ गईं कि माँ की दिनोंदिन कमज़ोर होती आँखों से किसी तरह भी दिखाई नहीं देतीं ! और मोना के ऊपर माँ का व्यक्तित्व कुछ इस प्रकार हावी हो चुका है कि वह चाहकर भी कुछ नहीं कर पाती ! घर की समस्या, भाई-बहनों की समस्या के आगे उसका अपना व्यक्तिगत सौ-सौ बार हार चुका है। वह रात-रात रोती है, दिन-दिन घुलती और घुटती है पर इसके आगे कुछ नहीं। जब अरूप आता है तो वीराने में हरियाली अवश्य छा जाती है, पर बड़ी क्षणिक होती है वह हरियाली, वह तरावट, वह नमी, इसलिए जीवन उसका सूखा-का-सूखा ही रह जाता है।

चाय पीकर प्रतिमा अरूप के पास गई। उसने देखा बहुत धीरे-धीरे वह और मोना बातें कर रहे थे एक बार उसे लगा—आकर उसने अच्छा नहीं किया पर मोना उसे देख चुकी थी। मोना की सदा मायूस रहनेवाली आँखों में एक अनोखी चमक थी, यह शायद अरूप की उपस्थिति का प्रभाव था !

"आपने मुझे बुलाया ?"

"ओह ! प्रतिमाजी, देखिए आप निरंजन अहूजा को जानती हैं ?"

प्रतिमा नाम सुनकर एक बार चौंकी, फिर बोली—"कौन निरंजन ! जो हमारे कॉलेज में पढ़ता था ? कहाँ है वह, आप उसे कैसे जानते हैं ?"

"एक महीने पहले वह ट्रांसफर होकर यहाँ आया, कल पता नहीं बातों-ही-बातों में कैसे आपका ज़िक्र चल पड़ा तो बड़ा खुश हुआ, बड़ा ही खुश हुआ और बोला कि पहले कन्फर्म करके आओ कि यह वही प्रतिमा है न ! अब तो वह आपसे कल ही मिलने आयेगा।"

"ज़रूर लेकर आइए, देखिए ज़रूर ही लेकर आइए,...मैं उससे मिलकर बहुत खुश होऊँगी।" प्रतिमा चल पड़ी।

"प्रतिमाजी, चाय पीकर जाइए न।" मोना ने बुझे हुए स्वर से आग्रह किया।

"मैं पी चुकी चाय।" प्रतिमा लौट पड़ी। वह उन दोनों के बीच व्यवधान बनकर नहीं रहना चाहती थी।

घर आकर प्रतिमा ने सोचा, घर ठीक कर डाला जाए। एक कमरा वह आज कर ले, एक कल कर लेगी, परसों उसके पति आएँ तो उन्हें ऐसा न लगे कि उनके स्वागत की किसी ने तैयारी नहीं की है। सबसे पहले उसने अलमारी खोलकर सारा सामान बाहर निकाला, पर पन्द्रह मिनट भी न हुए होंगे कि प्रतिमा ने महसूस किया जैसे उसका दम घुट रहा है। उसका सारा शरीर पसीने से तर हो गया। हवा एकदम शान्त थी और वातावरण की उमस बहुत बढ़ गई थी। सारा सामान ज्यों-का-त्यों छोड़कर वह बाहर लॉन में कुर्सी डालकर बैठ गई और

पेड़ों की डालियों में उसकी नजरें खो गईं। वह नहीं चाहती थी कि उसका मन पेड़ों की डालियों में अटके या कहीं और। वह इस समय मन-प्राण से अपने पति की बात सोचना चाहती थी, उनके आने के बाद एक महीना कैसे गुजरेगा, इसके अनेक काल्पनिक रोमानी रंगीन चित्रों में अपना मन खोना चाहती थी, पर मन था कि निरंजन में जा अटकता था। निरंजन उसका प्रेमी रहा हो सो बात नहीं, पर फिर भी एकबार उसके माँ-बाप की बड़ी इच्छा हुई थी कि उसका विवाह निरंजन से हो जाए। निरंजन सुन्दर था, होनहार था, और बड़े माँ-बाप का एक मात्र बेटा था—एक लड़की के माँ-बाप इससे अधिक और क्या चाहेंगे। पर जब एकाएक ही अपने माँ-बाप के बड़प्पन को किनारे रख निरंजन छात्रों के आन्दोलन का नेता बन बैठा और उसे दो साल के लिए 'रस्टीकेट' कर दिया गया तो उसके सारे गुण उनकी नजरों का भ्रममात्र बन गए और उन्होंने खुदा का लाख-लाख शुक्र अदा किया कि गैर-जिम्मेदार और आवारा लड़के के हाथों अपनी लड़की सौंपने से बच गए ! उम्र होने पर भी उस समय प्रतिमा को इन बातों में विशेष दिलचस्पी नहीं थी। जब माँ-बाप के विचार उसके प्रति सदय थे तब वह भी उसे पसन्द करती थी, और जब एकाएक ही उनका रुख बदल गया तब माँ-बाप के साथ उसने भी अपने को खुशकिस्मत समझा। यह बनने-बिगड़ने की सारी बात एक महीने के छोटे से अर्से में ही हो गई थी—इसीलिए प्रेम जैसी कोई भावना उनके बीच आ नहीं पाई थी ! जितनी स्वाभाविकता से उसने निरंजन को अपनाया था, उतनी ही आसानी से त्याग भी दिया। उसके बाद इंग्लैंड से लौटे हुए एक इंजीनियर से विवाह हो गया। वह अपने विवाह के समय बहुत खुश थी। उसके बाद चार साल बीत गए...

बेबी पड़ोसवालों की कुतिया का एक छोटा-सा बच्चा हाथों में बुरी तरह दबोचकर प्रतिमा के पास आ गई। प्रतिमा चिल्ला पड़ी...''बेबी, इतनी बुरी तरह पकड़ते हैं बच्चे को ! ढीले हाथ से पकड़ों ग़र्मी के मारे यों ही दम निकला जा रहा है, तूने उसे और दबोच दिया।'' बेबी सहम गई। प्रतिमा को हर काम में नजाकत पसन्द है, 'क्रूडनेस' उसे अच्छी नहीं लगती और फिर इस ग़र्मी में...

उसे ख़याल आया, वह अलमारी का सामान बाहर निकालकर बिखेर आई है। वह उठी, पर निर्जीव और शिथिल थी उसकी चाल; एक मिनिट तक उस बिखरे सामान को देखती रही, पर उसका मन नहीं हुआ कि उसे जमा दे। वह क्या करें कि यह उमस कम हो। सर्दी वह कड़ाके की भी बर्दाश्त कर सकती है पर ग़र्मी में उसका रोम-रोम झुलस जाता है। शायद रात ठंडी हो जाए—तब वह रात में ही कमरा ठीक करेगी ! वह फिर लॉन में जाकर बैठ गई। चारों ओर ऐसी निःस्तब्धता और सन्नाटा छाया हुआ था जैसे इस घुटन में सबका ही दम घुटकर रह गया हो। पेड़ की आड़ी-तिरछी छायाएँ अब लॉन की धुँधली चाँदनी में पड़ रही थीं।

प्रतिमा ने अपने ब्लाउज का नीचे वाला बटन खोल दिया और शरीर को स्त्रियोचित आकार देनेवाले वस्त्र को भी ढीला किया। फिर भी किसी तरह शान्ति नहीं मिली। आज क्या हो गया है उसे ! बाथरूम में जाकर उसने ढेर-सारा पानी सिर पर डाला, पर पानी जैसे उबल रहा था। उसे लगा सब कोई उसकी ही भाँति उबल रहे हैं—घुट रहे हैं, जल रहे हैं, कहीं शीतलता नहीं, शान्ति नहीं। तभी उसकी नज़र पासवाले घर की छत पर गई, मोना दोनों हाथ सीने पर बाँधे घूम रही थी। प्रतिमा का मन अपनी बात से उसकी बात पर चला गया। उसकी बेबसी और अधूरी तमन्नाओं का ख़याल आते ही वह भर आई। वह नहीं समझ

पाती कि ऐसी कौन-सी बेबसी है, कौन-सी मज़बूरी है जो वह अरूप से शादी नहीं कर पाती। कर ले शादी, जो होगा सो देखा जाएगा। पर वह जाने क्यों अपना मनचाहा कर नहीं पाती। सच ही तो है, दुनिया में उँगलियों पर गिनने लायक ही हैं जो अपना मनचाहा कर पाते हैं।

सामने एक कार धूल उड़ाती चली गई। प्रतिमा की आँखों के सामने धूल का एक हल्का धुँधला-सा बादल उठा और धीरे-धीरे विलुप्त हो गया। रात घनी होती चली गई और चाँदनी कुछ अधिक चमकीली। अब पेड़ों की छायाएँ और स्पष्ट हो उठीं--पर कहीं शीतलता का आभास नहीं। आसमान के चेहरे पर फिर घनी चेचक घिर आई ! प्रतिमा का जी मिचलाने लगा। नौकरानी ने लाकर बेबी को सुला दिया। उसने खाने को पूछा तो उसने इंकार कर दिया। मोना अपनी छत पर उसी मुद्रा में बैठी है, दोनों एक दूसरे को देखते हैं, पर कोई किसी से कुछ बोलता नहीं। वातावरण में छाए उस मौत के सन्नाटे को तोड़ने का जैसे किसी में साहस नहीं है। पेड़ भी शान्त भाव से खड़े हैं, बिना हिले-डुले, निस्तब्ध।

रात में करीब दो बजे जाने क्या सोचकर प्रतिमा कमरे में आई, पर घुसते ही उसे लगा जैसे वह भट्टी में आ गई है, उलटे पेरों लौट चली। मोना शायद सो गई थी, क्योंकि छत पर नहीं थी, पर वह कैसे सोए ! तभी उसे ख़याल आया परसों ! वह कल और बाहर लॉन पर सो ले, परसों उसका पति आएगा, वह तो उसे कभी बाहर नहीं सोने देगा। एक साल बाद वह आ रहा है और केवल एक महीने के लिए आ रहा है, केवल एक महीने वह प्रतिमा के पास रहेगा। यह बात उसका भूखा शरीर खूब अच्छी तरह जानता है, सो वह कभी उसे बाहर नहीं सोने देगा। यदि ग़र्मी ऐसी ही रही और उसे कमरे में सोना पड़ा और उसे... उसे...कल्पना मात्र से ही वह पसीने से भीग गई। उसका गला बुरी तरह सूख गया पर उससे यह भी नहीं हो सका कि वह उठकर पानी ही पी ले ! उमस के मारे उसका सिर बुरी तरह चकराने लगा। आँखों के सामने नीले पीले हरे गोले घूमने लगे।

सवेरे के साथ-साथ उसके मन की बेचैनी कुछ दूर हुई। पर यह मौसम को क्या हो गया है ? यों रातें यहाँ काफी ठंडी रहती हैं पर दो दिन से तो जैसे ठंडक का नाम नहीं। रात भर जागने के कारण उसका शरीर टूट रहा था। एक बार इच्छा हुई स्कूल न जाए, पर वह चली गई। सब काम किए, पर जैसे कुछ ज्ञान नहीं कि वह क्या कर रही है। बस कर रही थी, यही बड़ी बात थी। घर लौटी तो ख़याल आया, निरंजन आएगा। उसने कमरे को थोड़ा ठीक-ठाक किया, कुछ खाने का सामान तैयार किया। हाथ मुँह धोकर कपड़े बदले। छः बजे के करीब अरूप निरंजन और उसकी पत्नी को लेकर आया और उन्हें छोड़कर मोना के यहाँ चला गया--प्रतिमा ने रोका भी नहीं। बड़ा उत्साह था प्रतिमा के मन में निरंजन से मिलने का, पर जैसे वह खुलकर मिल नहीं पा रही थी। बैठने के बाद प्रतिमा ने कहा--'दो दिन से क्या ग़र्मी पड़ रही है कि जैसे झुलसाकर रख देगी।' फिर उसे ख़याल आया कि उसे कोई ऐसी बात करनी चाहिए थी शुरू में, जिससे यह प्रकट होता कि वह उनसे मिलकर बहुत खुश हुई है, पर कुछ सूझा ही नहीं। निरंजन ने ही बातें शुरू की, पिछली बातें, कॉलेज की बातें। वह धड़ल्ले के साथ सबकुछ बताए जा रहा था, पर प्रतिमा को जैसे कुछ याद नहीं पड़ रहा था। जैसे उन सब बातों का सम्बन्ध उसके साथ था ही नहीं। वह क्या इतनी बदल गई है ! उसका ध्यान निरंजन की पत्नी पर गया तो पूछ बैठी ''विवाह कब किया, नीरू बाबू ?''

''तीन साल हुए।''

"बच्चे नहीं है।"

"अभी तो बच्चों का प्रोग्राम नहीं है एक साल और—उसके बाद सोचेंगे।" निरंजन अपनी बात पर आप ही हँस पड़ा, पत्नी झेंप गई।

अभी उसकी पत्नी कितनी ताजी लग रही है—प्रतिमा ने सोचा। उसकी आँखों में कुँआरापन झलक रहा था—जैसे बड़े जतन से सहेजकर रखा गया है इस शरीर को। तभी उसे अपने शरीर का ख़याल आया, शादी के चार सालों में ही उसका शरीर ढीला पड़ गया था, सब ओर से गोश्त झूलने लगा था। उसका मन खिन्न हो उठा।

चाय चली, खाना हुआ, पर बातें कुछ जमी नहीं। निरंजन अकेला ही आखिर कब तक सँभालता। थोड़ी देर में वे चले गए। ठंडी, लम्बी साँस खींचकर प्रतिमा फिर आई। पेड़ों की डालियों में उसकी नजरें उलझ गईं। निरंजन का पतला, छरहरा शरीर उसकी आँखों में उभरने लगा। तभी अपेक्षाकृत एक विशाल शरीर ने उसे ढँक लिया। घनी भौंहें, घनी मूछें, कानों पर भी बाल के गुच्छे और उँगलियों के पैरों पर भी ! सीने पर बेबी के सिर से भी ज़्यादा बाल ! पता नहीं क्यों शरीर के सारे अंगों पर बालों का यह बाहुल्य उसे अच्छा नहीं लगता। एकाएक ही उसे लगा जैसे ये सारे बाल काँटे की तरह उसके शरीर में चुभने लगे हैं, वह बुरी तरह कसमसा उठी। उसने उठकर एक ग्लास पानी पिया।

तभी मोना आई। अरूप चला गया था। पास बिछी चारपाई को प्रतिमा की कुर्सी के ज़रा नजदीक खींचकर वह चारों ओर देखने लगी, फिर धीरे-से बोली—"आपसे कुछ कहना है प्रतिमाजी !"

"कहो क्या कहना है ? इस ग़र्मी के मारे तो सच जान निकल रही है।"

"ऐसी खास ग़र्मी तो नहीं है।"

"तुम्हें ग़र्मी नहीं लग रही है—मेरा तो दम घुटा जा रहा है। बोलो, तुम क्या कह रही थीं ?"

मोना और पास सिखक आई। उसने एक बार फिर सशंक नेत्रों से चारों ओर देखा। बात शुरू करने के लिए अपने होंठ फड़फड़ाए, पर शब्द नहीं निकले। वह शायद समझ नहीं पा रही थी कि बात कैसे कहे ? फिर एकाएक बिना किसी भूमिका के वह बोल पड़ी, बोली क्या, जैसे बिना किसी पूर्व योजना के शब्द उसके मुँह से फूट पड़े, "मैं कल रात अरूप के साथ भाग जाऊँगी, मैं अब और यहाँ नहीं रह सकती।"

विस्मय से प्रतिमा की आँखें फटी-की-फटी ही रह गई—"क्याऽऽ ?"

"मैं कल रात को चली जाऊँगी—अम्मा को बहुत दुख होगा, आप ज़रा सभझाना। मैं दूर रहकर भी मदद करूँगी पर अब यहाँ मैं रह नहीं सकूँगी, रही तो शायद घुटकर मर जाऊँगी।"

और बिना प्रतिमा का कोई उत्तर सुने वह उठकर चली गई। शायद किसी प्रकार का प्रतिवाद सहने की उसमें सामर्थ्य नहीं; वह बड़ी कमज़ोर मन की है, कहीं डिग न जाए।

प्रतिमा खोई नजरों से मोना का जाना देखती रही; अब उसे समझ में आया कि क्यों इस भयंकर उमस में भी मोना को आज ग़र्मी नहीं लग रही है।

दूसरे दिन प्रतिमा के पति आए। प्रतिमा ने देखा पिछले साल की अपेक्षा वह अधिक मोटे हो गए हैं। उसने मुस्कुराकर उनका स्वागत किया, बेबी को उन्होंने अपनी बाँहों में इतनी

ज़ोर से भींचा कि वह रो पड़ी और प्रतिमा को लगा उसका दम घुट जाएगा। नन्ही-सी जान बेचारी ! अपने साथ लाई हुई ढेर सारी चीज़ें वह दिखाते रहे। प्रतिमा निर्जीव-सी मुस्कुराहट होठों पर फैलाए उन्हें देखती रही। वही भद्दे मजाक करते रहे और खुद ही हो-हो कर हँसते रहे। खाने के पहले उन्होंने बोतल खोली और दो ग्लासों में ढाली तो प्रतिमा ने कहा–"मैं नहीं पीती, आप दो गिलासों में क्यों ढाल रहे हैं ?"

"आज तो तुम्हें पीना ही होगा डार्लिंग, घर आने की खुशी में, मिलने की खुशी में आज तो मैं पिलाकर ही छोड़ूँगा।"

प्रतिमा की आँखों में भय की छाया डोल उठी। तेज दुर्गन्ध से उसका सिर फटने-सा लगा ! यह ग़र्मी, यह दुर्गन्ध, यह ज़िद और उसके बाद का परिणाम ! कुल मिलाकर प्रतिमा को लगा वह बर्दाश्त नहीं कर सकेगी, वह पागल हो जाएगी। जाने कैसे वह अपनी ज़िद पर डटी रही और उसका पति एक के बाद एक पैग चढ़ाता गया ! एक साल बाद उसका पति घर आया था और उसके सामने बैठकर जाम पर जाम पी रहा था, और उसे शराब से बड़ी नफरत थी, पीनेवालों से बड़ी नफरत थी। पर यह सामने बैठकर जो पी रहा है, उससे वह नफरत नहीं कर सकती, वह उसका पति है, उसका सर्वस्व, जो साल में केवल एक महीने के लिए आता है। एक लम्बी सर्द आह उसके दिल से निकल गई।

रात का एक बजा था। पसीने से लथपथ शरीर को कुछ राहत देने का और कोई उपाय नज़र न आता देख वह बाथरूम जाने का बहाना करके बाहर निकली। वह एक बार खुलकर साँस लेना चाहती थी, स्वच्छ हवा में, जहाँ किसी के पसीने की दुर्गन्ध न हो, किसी के शराबी साँस की घुटा देनेवाली बदबू न हो। बाहर निकलते ही उसे ख़याल आया, आज मोना भाग गई होगी। कौतूहलवश वह चुपचाप छत पर चढ़ गई उनके लॉन में झाँकने के लिए। पर यह क्या ? अम्मा ताला लगाए दरवाजे पर अपनी खाट सटाए सो रही हैं। उनके अगल-बगल मोना के भाई बहिन सो रहे हैं और कुछ हटकर मोना सो रही है। उसकी आँखों पर उसका हाथ रखा है और थोड़ी-थोड़ी देर में उसका बदन सिहर उठता है, शायद वह रो रही है। अम्मा हमेशा कहा करती थीं कि घर में कोई भी घटना हो, उन्हें उसका पूर्वाभास हो जाता है। आज इस बात का प्रमाण भी उन्होंने दे दिया और घटती हुई दुर्घटना को केवल अपने आत्मबल से न होने दिया। तो मोना नहीं जा सकी। बड़ा दुख लगा प्रतिमा को। तभी अपने कंधे पर किसी फौलादी शिकंजे का अहसास हुआ प्रतिमा को और फिर पता नहीं वह कैसे घिसटती हुई नीचे चली आई !

बाहर सबकुछ शान्त था–ऐसा शान्त, ऐसा सन्नाटा जैसे सबकुछ मौन के साए में डूब गया हो। पेड़ों की, दीवालों की आड़ी-तिरछी काली छायाएँ मौनभाव से लॉन पर पड़ी थीं। वातावरण की घुटन अपने चरम को पहुँची हुई थी। और उससे भी अधिक घुटन थी प्रतिमा के मन में, जो पति की ज़रूरत से ज़्यादा मजबूत बाँहों में जकड़ी हुई तड़प रही थी मुक्ति के लिए, और शायद उससे भी ज़्यादा घुटन थी मोना के मन में, जो अपनी खाट पर पड़ी-पड़ी सिसक रही थी और जिसके अलसाए अंग तड़प रहे थे, कसमसा रहे थे किसी की बाँहों में जकड़ जाने के लिए।

'तीन निगाहों की एक तस्वीर' संकलन से

हार

कल से रह-रहकर बचपन में पढ़ी एक कहानी याद आ रही है। ईसाइयों की एक पौराणिक कथा पढ़ी थी कि देवताओं ने शैतान को किसी अपराध के कारण मर्त्यलोक में ढकेल दिया। बहुत गिड़गिड़ाने पर एक शर्त रख दी कि जब मर्त्यलोक के सब प्राणी आकर उसकी मुक्ति की प्रार्थना करेंगे तभी वह शापमुक्त हो सकेगा। बेचारा शैतान दिलोजान से यह कोशिश करता कि संसार के सारे प्राणी उसकी मुक्ति की प्रार्थना करें, पर देवताओं के शाप के साए के नीचे दिन-रात वह लोगों को ईश्वर के खिलाफ़ भड़काया करता और लोग उसकी ओर आकर्षित हो ईश्वर से दूर होते जाते। जितना वह उन्हें ईश्वर के समीप लाना चाहता, उतना ही उन्हें दूर ले जाता और अपनी बेबसी पर मन-ही-मन धुटता, कुढ़ता पर कुछ न कर पाता। लगता है ऐसे ही किसी शाप की छाया मुझ पर भी पड़ी हुई है, नहीं तो कल जो कुछ हो गया वह क्या सम्भव था ? कल से न जाने कितनी बार सोच चुकी हूँ कि इस बात को भूल जाऊँ, घोटकर पी जाऊँ, जिससे कोई जान भी न पाए, पर लगता है कि यदि इसे उगल न दिया तो यह बात ही मुझे पी जाएगी।

और कल की इस स्थिति तक पहुँचने के पहले कितना क्या कर आई हूँ, उसकी भी एक झलक दिखा ही दूँ। मध्यमवर्ग के परिवार की एक लड़की की तरह मेरा बचपन भी हँसते-खेलते, लाड़-दुलार की छाया में बीता। माँ-बाप की इकलौती बिटिया, और ज़िद और हठ जन्म के साथी। घर में लक्ष्मी की असीम कृपा चाहे न रही हो, पर सरस्वती की अपार कृपा-दृष्टि थी और घर का सारा वातावरण ही साधारण परिवार से नितान्त भिन्न था। पिताजी अत्यन्त स्वतन्त्र प्रकृति के बुद्धिजीवी व्यक्ति थे, और स्वच्छन्दता मैंने उनसे विरासत में पाई थी। पिताजी यों किसी भी राजनीतिक दल के सदस्य नहीं थे, पर सभी दलों में बेहद दिलचस्पी रखते, और सबकी बड़ी खरी आलोचना भी करते थे। उनके पास नगर की विभिन्न पार्टियों के प्रमुख लोग रोज ही आया करते थे, घंटों बहसें हुआ करती। जब कभी दो विरोधी दल के लोग आ जुटते तब तो घर बहस का अखाड़ा हो जाया करता था। मैं जब नहीं समझती थी तब भी बराबर ऐसे समय में पिताजी के पास बैठा करती थी और जब समझने लगी तब तो उनकी अनुपस्थिति में भी लोगों को बिठाकर बातचीत, बहस, आलोचना करती थी। खून की गर्मी कहिए या उम्र का दोष...पार्टी की बातें मुझे बहुत अपील करती थीं और धीरे-धीरे मैं जान ही नहीं पाई कि मैं कब...पार्टी की मेम्बर बन गई और उसमें सक्रिय रूप से भाग लेने लगी। पिताजी को मेरे इस कार्य से कोई ऐतराज नहीं था--बस दो बातों के लिए वे सदा सचेत करते रहते थे--एक मैं अपनी पढ़ाई की उपेक्षा न करूँ; दूसरे, किसी भी पार्टी या वाद की सीमाओं से बँधकर अपने को इतना संकीर्ण न बना लूँ कि दिमाग़ के सब

पर्दे ही बन्द हो जाएँ।

उनकी बातों का पालन कहाँ तक कर सकी सो तो खुदा ही जाने, पर इतना जानती हूँ कि जरा जिम्मेवारी का काम मिलने के बाद मुझ पर पार्टी का नशा-सा छा जाता था। बात यह सन '45 के अन्तिम दिनों की है। आजाद-हिन्द-फौज के करिश्मे पढ़-पढ़कर सारी जनता बावली हो रही थी। हड़ताल, जुलूस, सभाओं का बाजार गर्म था। कॉलेज के छात्र-छात्राओं में जोश का ऐसा ज्वार आया था कि बिना मतलब ही ब्लेड से अँगूठे काट-काटकर एक दूसरे के या नेताजी की तस्वीर पर खून का तिलक करते फिरते थे, और महसूस करते थे कि अपने इस हौसले के काम से आजादी की लड़ाई को उन्होंने एक क़दम और आगे बढ़ा दिया है। कॉलेज के अधिकारियों की इच्छा के खिलाफ़ और सख्त हिदायत कर देने के बावजूद एक बड़ी सभा मैदान में हुई। सारी बात तो इस समय ठीक से याद नहीं, पर वक्ता महाशय की किसी बात का मैं बड़े ज़ोरों में विरोध कर उठी। वह मुझे शेर की तरह घूरने लगे और मेरे तर्क का उत्तर (जो कि शायद उनके वश के बाहर की बात थी) दिए बिना ही, मुँह पर अपार घृणा लाकर झिड़कते हुए कहा, "अब लड़कियों से राजनीति के मामले में बहस कौन करे—राजनीति की एबीसीडी भी तो जानती नहीं।"

"हाँ, राजनीति का ठेका तो आप लोगों ने ले रखा है न ? भेड़िया धसान की भाँति काम करते हैं और राजनीति की डींग हाँकते हैं।" मैं बौखला उठी।

खैर, उनका जो कार्यक्रम था वह हुआ और खूब ज़ोर-शोर से हुआ। पर मेरे मन में लड़कियों की राजनीतिक बुद्धि को लेकर जो ताना दिया गया था, वह कुछ ऐसा चुभ गया कि मैं उसे कभी भूल न सकी। राजनीति को ही जीवन का क्षेत्र बनाने का जो संकल्प था वह दृढ़ से दृढ़तर हो गया। पर इस बात को मैंने महसूस किया कि सचमुच लड़कियों की राजनीतिक बुद्धि पर लोग अधिक विश्वास नहीं करते। हमारी पार्टी के कितने ही सदस्य इस बात को घुमा-फिराकर जब-तब मेरे कानों में पहुँचा ही दिया करते थे जिसे सुनकर मेरा खून खौल जाया करता था। जब कभी कोई बड़ी जिम्मेदारी का काम देने की बात चलती तो लड़कियों का नाम उस लिस्ट में से गायब हो जाता। अधिक बहस करो तो कहते, "लड़कियों की नेकनीयती पर सन्देह नहीं, पर जरा भावुक किस्म की होती हैं न, कहीं घर की याद आ जाए और रोने बैठ जाएँ तो सब चौपट हो जाए। इसके अतिरिक्त भी पचास तरह की झंझटें हैं लड़कियों को हर काम में साथ लेकर चलने में।" और यह सब सुनकर लगता कि या तो मैं पार्टी-वार्टी सब छोड़ दूँ या कुछ ऐसा कर गुजरूँ जिससे सदा-सदा के लिए इनका मुँह बन्द हो जाए। पर उस समय तो मैं दोनों में से एक भी काम नहीं कर सकी।

तभी जीवन ने एक और मोड़ लिया। मैंने विवाह करने का निश्चय किया। सभी सोचते थे कि मैं अपनी पार्टी के किसी सदस्य से विवाह करूँगी, पर जब सबने देखा कि मैंने एक विरोधी पार्टी के सदस्य को अपना जीवन-साथी चुना है तो उनके आश्चर्य और कौतूहल का ठिकाना न रहा। पार्टीवालों ने तो ऐतराज भी किया पर मैंने साफ कह दिया कि यह मेरा व्यक्तिगत मामला है, जिसमें मैं पिताजी के अतिरिक्त और किसी को हस्तक्षेप करने का अधिकार नहीं देती। साधारण परिचय से कैसे यह व्यक्ति मेरे जीवन का अभिन्न अंग बन गया था, यह स्वयं एक लम्बी गाथा है, पर बिल्कुल मेरी अपनी। आप इतना-भर जान लें कि विवाह के पहले हमने खूब अच्छी तरह एक-दूसरे को परख लिया था। राजनीतिक विचारों

का कट्टरपन पूरी तरह से एक-दूसरे पर जाहिर कर दिया था, और साथ ही यह भी साफ कर लिया था कि शादी के बाद भी हम बदस्तूर अपनी-अपनी पार्टियों का काम करेंगे और कभी भूलकर भी अपने विचार दूसरे पर लादने की चेष्टा नहीं करेंगे।

पिताजी इस विवाह को लेकर काफी सशंक थे, पर उन्हें दो वर्ष में ही अच्छी तरह आश्वस्त कर दिया कि मैंने यह चुनाव करके भी कोई ग़लती नहीं की। पार्टी के लोग तो यह समझे बैठे थे कि विवाह के बाद ही मैं पति का ग्रामोफोन रिकार्ड बनकर उनकी पार्टी के, उनके विचारों के गुण गाने लगूँगी, पर शादी के बाद भी जब मैं पहले की तरह ही, बल्कि और भी अधिक लगन से अपनी पार्टी का काम करने लगी तो सचमुच ही मैं सबके आश्चर्य का विषय बन गई। हम दोनों पति-पत्नी अपने-अपने विचारों पर इतनी दृढ़ता से विश्वास रखते थे भी। यह सम्बन्ध कि उसमें किसी प्रकार की बाधा उपस्थित नहीं कर सका। हाँ, कभी-कभी घर में बहस ज़रूर हो जाया करती थी पर वह गरमा-गरमी तक पहुँचे उसके पहले ही शेखर उसे मजाक का रूप देकर वातावरण के तनाव को कम कर देते थे। यों हम दोनों में अपार स्नेह था, पर पार्टी की गुप्त बातें हम कभी एक दूसरे को नहीं बताते। इस मामले में हमारी एक सीमा थी, जिसका अतिक्रमण कोई नहीं करता। आश्चर्य तो यह था कि न हमारे काम में किसी प्रकार की शिथिलता आई, न हमारे सम्बन्ध में ही किसी प्रकार की कटुता। दोनों चीज़ें समानान्तर रेखाओं की भाँति अलग चल रही थीं--पर साथ-साथ, और कभी टकराती नहीं थी।

तभी चुनाव आ पहुँचे। आँजादी के बाद का पहला चुनाव। बड़ा जोश था, बड़ी ग़र्मी। साल-भर पहले से ही सभी पार्टियाँ अपना-अपना रंग जमाने की कोशिशों में जुटी हुई थीं। जब व्यक्तियों के चुनने का सवाल आया तो पार्टी से मुझे खड़ा होने के लिए कहा गया। मैंने साफ इंकार कर दिया और कहा कि आप किसी और योग्य व्यक्ति को खड़ा कीजिए, उसे जिताने में मैं अपनी जान लड़ा लूँगी पर खड़ी मैं नहीं होऊँगी। खैर, सबकी राय से अन्त में अजीत मित्रा को टिकिट देने का निश्चय किया और चुनाव की तैयारी ज़ोर-शोर से आरम्भ हो गई। दो दिन बाद ही शेखर ने आकर बताया कि उनकी पार्टी की तरफ़ से वे खड़े हो रहे हैं—सुनकर ही मेरा माथा ठनका। मन का भाव चेहरे पर आ गया तो वे बोले—

"तुम्हें यह बात शायद अच्छी नहीं लगी !"

"नहीं, यह बात तो नहीं; सोच रही थी अभी तक तुम्हारी पार्टी की ही विरोधिनी थी, अब तुम्हारा भी विरोध करना पड़ेगा। तुम हारो यह भी नहीं चाहती, और तुम जीतो यह तो कभी भी नहीं चाहती। कुछ उलटा-सीधा हो जाए और तुम जबर्दस्ती ही बुरा मान जाओ तो ठीक नहीं।"

"अरे बुरा क्या मानना ? फिर यह विरोध कोई मेरा विरोध तो होगा नहीं, क्योंकि मैं अपनी निजी हैसियत से तो खड़ा हो नहीं रहा हूँ। मैं तो पार्टी की ओर से, उसकी हैसियत से खड़ा हो रहा हूँ, सो वह विरोध तो पार्टी का ही होगा। और वह तो तुम शुरू से ही करती आई हो, कोई नई बात इसमें नहीं होगी। फिर बीसवी सदी के हर पढ़े लिखे स्त्री-पुरुष को इस बात की पूरी स्वतन्त्रता है कि वह अपने निजी विचार रखे और उनको अमल में लाने के लिए तहेदिल से कोशिश करे।"

"तुम्हारी ऐसी उदारता देखकर ही तो मैं दिलोजान से तुम पर मर मिटी थी।" और

फिर जान-बूझकर ही हमने बातचीत का विषय बदल दिया।

करने को चाहे हम बड़े-बड़े आदर्शों की बातें कर गए, पर मैंने देखा कि ज्यों-ज्यों चुनाव की गर्मी बढ़ती जाती थीं, त्यों-त्यों मन में कुछ तनाव आता जा रहा था। एक दिन पार्टी के दफ्तर में बैठे-बैठे किसी ने ताना कस दिया कि मुझपर अधिक विश्वास नहीं किया जाए क्योंकि "Blood is thicker than anything else."

पार्टी के प्रति मैं चाहे कितनी ही वफादार होऊँ, आखिर पति तो पति ही है—फिर ऐसा पति, जिस पर मुझे नाज था, जिसकी मैं सदा भूरि-भूरि प्रशंसा किया करती थी। सुना तो आग लग गई। इच्छा तो हुई कोई कड़वी-सी बात कहकर मन का गुबार निकाल लूँ पर वहाँ तो कुछ कर नहीं सकी, गुस्सा निकाला घर आकर शेखर पर—

"कल हम लोगों ने एक बहुत बड़ी सभा का आयोजन किया है, तुम्हारी कसकर धज्जियाँ बिखेरनेवाली हूँ, कान खोलकर सुन लो अभी से, नहीं तो कल फिर भिनभिन करोगे।"

"अरे बाबा, तो कल सभा में धज्जियाँ बिखेरना, अभी से क्यों बिखेर रही हो ?"

दूसरे दिन सचमुच ही उचित-अनुचित का विवेक खोकर अपने पति के खिलाफ़ ऐसा ज़ोरदार भाषण दे दिया कि ताना कसनेवाले मित्र को उसी समय आकर मुझ से क्षमा माँगनी पड़ी। उस भाषण की सफलता ने मेरा हौसला बढ़ा दिया, लोगों पर उसका काफी प्रभाव पड़ा। लोगों के पास सबसे बड़ी दलील यही थी कि हमारी पार्टी में ज़रूर ही कोई अच्छी बात है तभी तो सोने जैसे पति की निन्दा करते भी लड़की हिचकिचाई नहीं। नहीं तो औरत के लिए पति का विरोध करना कोई सरल काम नहीं। अब तो आए दिन सभाएँ होने लगीं—और मैं खुलेआम अपने पति की पार्टी की और कभी स्पष्ट और कभी अस्पष्ट रूप से शेखर की बुराई करने लगी। भाषणों में जोश रहता था, और बोलने का ढंग ऐसा कि सुननेवाला एक बार तो मेरी बात का कायल हो ही जाता था। पार्टी के सभी सदस्य मुक्त-कंठ से मेरी प्रशंसा करते और मैं फूली फिर रही थी। व्यस्त इतनी हो उठी कि घर और पति की सुध लेने का समय ही नहीं रहा। शेखर भी अपने काम में व्यस्त और मैं भी; चार-पाँच दिन तक मिल भी नहीं पाते। जब साथ बैठने का अवसर आता तब भी बातचीत आजकल बन्द-सी ही हो गई थी। उनकी यह बेरुखी मुझे भाती तो नहीं पर मैं परवाह भी नहीं करती थी। मन में कभी कुछ कशमकश भी चलती तो यह कहकर समझा देती कि विचारों का संघर्ष है, यों हम आज भी एक-दूसरे को उतना ही स्नेह करते हैं।

चुनाव के कुल पन्द्रह दिन रह गए। इस कांस्टीट्यूएंसी में दोनों पार्टियों ने अपनी पूरी ताकत लगा दी थी। कोई अनुमान नहीं लगा सकता था कि परिणाम क्या होगा ! टक्कर बहुत ज़ोरदार थी और फिर एक ओर पति और दूसरी ओर पत्नी के होने से सब लोगों के आकर्षण का केन्द्र बन गई थी। हमारी विरोधी पार्टी के पास साधन थे, सुविधा थी। वे लोग पानी की तरह पैसा बहा रहे थे जब कि हमारे कितने ही काम पैसे की वजह से रुके पड़े थे। कार्यकर्त्ताओं की कमी नहीं थी—लोग रात-दिन एक करके खून-पसीना बहाकर काम कर रहे थे, पर पैसा कहाँ से आए ? एक-एक चुनाव के लिए जितना कोटा मिला था वह समाप्त हो चुका था बल्कि उससे अधिक ही खर्च हो चुका था, फिर भी पैसे की आवश्यकता बनी ही थी। आखिर निर्णय किया गया कि सब सदस्य ही सामर्थ्य-भर सहायता करें। यदि सम्भव

हो सका तो पार्टी बाद में अदा कर देगी। मैं घर पहुँची। मेरी निजी सम्पत्ति कुछ भी नहीं थी, शेखर से माँगना भी उचित नहीं था। कोई और रास्ता न देखकर मैंने अपने पिता के यहाँ से मिले जेवरों का बक्स पार्टी के हवाले कर दिया। शेखर को भी यह बात मालूम पड़ी, पर वे बोले कुछ नहीं। यों भी मैं जेवर पहनती नहीं थी। न शौक था, न आवश्यकता। फिर अभी तो जैसे जीने-मरने की बाजी लगी हुई थी, जेवरों की क्या बिसात !

दिन सरकते जा रहे थे और मेरा पागलपन बढ़ता जा रहा था। सवेरे जल्दी ही निकल जाती--घर जाकर लोगों को समझाना, बस्तियों में जाकर लोगों के मन में अपनी पार्टी के लिए सहानुभूति पैदा करना और उन्हें अपने पक्ष में करना, बस यही काम था। शेखर से बात किए भी कई दिन हो गए थे, पर वह सब कुछ मैंने उठाकर ताक पर रख दिया था। आखिर तीन दिन बाकी रह गए। शाम को मैं किसी काम से घर आई। देखा, शेखर भी बैठे हैं। किसी काम में व्यस्त थे। उन्होंने एक क्षण को मेरी ओर आँख उठाकर देखा, फिर बिना एक भी शब्द बोले अपना काम करने लगे। जाने क्यों, मुझे यह उपेक्षा चुभ गई। मैं भी चेहरे पर अत्यन्त लापरवाही का भाव लिए अपने कमरे में चली गई और खट से दरवाजा बन्द करके लेट गई। सवेरे से घूमते-घूमते पैर बुरी तरह दर्द कर रहे थे, उस पर से खाना-पीना भी समय पर नहीं हो पाता था सो आराम करने को जी ललक उठा। लेटी तो शेखर की वह उपेक्षित दृष्टि आँखों के सामने घूम गई। सोचने लगी, चाहे कोई कितना ही उदार हो, आखिर पुरुष-पुरुष ही है। वह बस यही चाहता है कि नारी उसी का अनुसरण करे। कहने को ये बड़ी-बड़ी बातें करते थे, पर जब मौका आया तो सहा नहीं गया--तभी किसी ने दरवाजा खटखटाया। सोचा शेखर ही होंगे, पर खोला तो देखा पार्टी का एक सदस्य खड़ा था। वह जल्दी में था और घुसते ही उसने कहा "सौ रुपए दे सकेंगी आप ?"

"सौ रुपए ? रुपए तो मेरे पास अब बिल्कुल नहीं है। जो कुछ जेवर थे वह भी दे आई।"

कहीं से इंतजाम भी नहीं कर सकतीं ? इतनी ज़रूरत है कि क्या बताऊँ ? रुपए न होने से बड़ी गड़बड़ हो जाएगी।"

तभी मुझे अपने एक हार की याद आई। विवाह के बाद शेखर ने मुझे बड़े दुलार से वह हार लाकर उपहार-स्वरूप दिया था। पति के स्नेह में राने उस हार को निकालते समय एक बार मेरा हाथ काँप गया, पर दूसरे ही क्षण मैंने वह हार उसके हाथ पर रख दिया। हार लेते उसका मन वैसे ही गवाही नहीं दे रहा था, फिर यह सुनकर कि यह मेरे पति का प्रेमोपहार है उसे तुरन्त लौटाते हुए वह बोला, "नहीं-नहीं, तब नहीं, रहने दीजिए और कहीं से देखूँगा।"

"अरे, क्या पागलों जैसी बात करते हैं आप भी। मैं इन थोथी भावुकता की बातों में जरा भी विश्वास नहीं करती !" फिर इस समय तो मेरे मन में शेखर के प्रति आक्रोश भी भरा हुआ था, सो जबर्दस्ती हार देकर उसे विदा किया।

उसके जाते ही शेखर ने बुलाकर पूछा, "वह हार दे दिया तुमने ?"

"हाँ," मैंने तिनककर कहा--"हमारी पार्टी को रुपयों की सख्त ज़रूरत थी।"

"अरे मैं कोई सफ़ाई थोड़े ही माँग रहा हूँ, यों ही पूछ बैठा था।"

उनकी इस नरमाई से गुस्सा और बढ़ गया। मन-ही-मन कहा, सफ़ाई माँगो भी तो यहाँ कौन देने बैठा है ?

दूसरे दिन पार्टी के दफ्तर गई तो चारों ओर मेरी प्रशंसा हो रही थी। कोई और समय होता तो उस प्रशंसा से मन फूल उठता, पर कल से जाने कौन-सा काँटा मेरे मन में रह-रहकर चुभ रहा था और मैं पूरी तरह खुश नहीं हो पा रही थी। मैं कब से शेखर की उपेक्षा करती आ रही थी, पर उस ओर से नितान्त बेखबर होकर बार-बार मुझे उनकी उपेक्षा का ध्यान आ जाता और मन सुलग उठता। बार-बार सोचती, जब परीक्षा का मौका आया तो सारा आदर्शवाद झड़ गया। ये पुरुष होते ही ऐसे हैं—अन्दर से कुछ, ऊपर से कुछ। मैंने तो शादी के पहले ही साफ-साफ कह दिया था कि दुनिया की कोई ताकत मुझे पार्टी से अलग नहीं कर सकेगी। अब पार्टी का काम करती हूँ तो इसमें मुँह फुलाने की क्या बात है ? मैं तो मुँह नहीं फुलाती। यही सब सोचते-सोचते और काम करते-करते रात के साढ़े ग्यारह बज गए। कल तो चुनाव ही था। सोचा, घर जाकर थोड़ी देर सो लिया जाए, क्योंकि दूसरे दिन सवेरे पाँच बजे से ही लोगों को लाने का काम शुरू करना था।

जैसे ही घर में घुसी देखा, शेखर के कमरे की बत्ती जल रही थी और वे अपने परम प्रिय मित्र से बातें कर रहे थे। मन में जाने कैसा कौतूहल हुआ बात सुनने का—शायद किसी रहस्य का ही उद्घाटन हो जाए। यह सोच मैं चुपचाप दरवाजे पर जाकर खड़ी हो गई। रोम-रोम कान बनकर अन्दर की बात सुनने लगा।

"पता नहीं क्यों तुम दो-तीन दिन से बड़े खिन्न दिखाई देते हो। अरे मुझसे शर्त बदलो, जीत तुम्हारी निश्चित है।" मित्र ने कहा।

"इसी का तो ग़म है भाई, मेरी जीत की सम्भावना ही मुझे खिन्न बनाए दे रही है। सोचता हूँ मैं हार भी गया तो उस लज्जा को सह लूँगा। पुरुष हूँ, और सहने का आदी। पर जीत गया तो दीपा का क्या होगा। तुम देखते हो पगली हो गई है इसके पीछे। वह हार का धक्का बर्दाश्त नहीं कर सकेगी और सच पूछो तो इसीलिए चाहता हूँ कि मैं हार जाऊँ।" बड़े हताश और बुझे हुए स्वर में शेखर ने कहा।

"क्या पागलों जैसी बातें कर रहे हो। उनको जब तुम्हारी कोई चिन्ता नहीं, तो तुम क्यों उनकी चिन्ता से यों ग़मगीन हुए बैठे हो ? तुम्हारी निन्दा करने में वह पागलपन की सीमा तक उतर आई थी, यह भी याद है ?"

"मुझे उसके इस पागलपन से ही तो प्यार है शर्मा। जब देखता हूँ कि लड़कियाँ भावुकता को परे रखकर किसी बात पर यों खुले दिमाग़ से सोच सकती हैं तो भारत के सुनहले भविष्य की तस्वीर आँखों में उतर आती है।"

इससे अधिक कुछ भी सुनना मेरे लिए असम्भव हो गया। रात कैसे बीती मेरा खुदा ही जानता है। पाँच बजे में अपने काम पर न जा सकी। ठीक आठ बजे विक्षिप्तावस्था में मैं अपना वोट जाने कैसे अपने पति की पेटी में डाल आई।

मजबूरी

"बेटू को खिलावे जो एक घड़ी,
उसे पिन्हाऊँ मैं सोने की घड़ी।
बेटू को खिलावे जो एक पहर,
उसे दिलाऊँ मैं सोने की मोहर।"

बूढ़ी अम्मा ज़ोर-ज़ोर से यह लोरी गा रही थीं और लाल मिट्टी से कमरा लीप रही थीं। उनके घोंसले जैसे बालों में से एक मोटी-सी लट निकलकर उनके चेहरे पर लटक आई थी, जो उनके हिलते हुए सिर के साथ हिलहिल कर मानो लोरी पर ताल ठोंक रही थी। बरतन मलने के लिए आई हुई नर्बदा ने जो यह देखा तो हैरत में आ गई, बोली—"अम्मा, यह क्या हो रहा है ? कल तो गठिया में जुड़ी पड़ी थीं, दरद के मारे तन बदन की सुध नहीं थी और आज ऐसी सरदी में आँगन लीपने बैठ गईं।"

एक क्षण को अम्मा का हाथ रुका, फिर पुलकित स्वर में वे बोलीं, "अरी नर्बदा, मेरा बेटू आ रहा है कल !" फिर गाने के ही लहजे में बोलीं, "बेटू मेरा आवेगा..."

"ओहो तो रामेसुर लल्ला आ रहे हैं कल !" नर्बदा ने पूछा।

"मैं कह नहीं रही थी कि छुट्टी मिली नहीं कि वह दौड़ा आएगा। अम्मा के मारे तो उसके प्राण सूखते हैं ! इतना बड़ा हो गया फिर भी यहाँ आएगा तो रात में एक बार मेरी गोदी में ज़रूर सोएगा। पर इस बार मैं कह दूँगी कि चल मैं तुझे गोदी में नहीं लूँगी, अब तू गोदी में सोएगा कि बेटू...?" और वे हँस पड़ीं जैसे कोई भारी मजाक कर दिया हो। फिर एकाएक काम का ख़याल आ जाने से बोली, "ले री, मैंने खड़िया भिगो रखी है, जरा बाहर के आँगन को माँड दे। बस ऐसा माँडना कि सब देखते ही रह जाएँ। क्या करूँ आजकल हाथ काँपने लगा है, नहीं तो मैं ही माँड लेती !"

नर्बदा को खड़िया के काम में लगाकर वे फिर गाने लगीं :

"आओ री चिड़िया चून करो
बेटू ऊपर राइ-नून करो
नून करो—नून करो..."

ले मैं तो भूल ही गई—क्या है इसके आगे ! रामेसुर छोटा था तो ढेरों याद थीं, उसके बाद तो छोटा बच्चा ही घर में नहीं रहा सो सब भूल गई। मेरा रामेसुर तो बिना लोरी सुने कभी सोता ही नहीं था, बेटू भी ज़रूर उसी पर होगा। "अब तो दौड़ता-फिरता होगा आँगन में।" और उनकी धुँधली आँखों के आगे जैसे दौड़ते फिरते बेटू के चित्र बनने-बिगड़ने लगे ! उसी कल्पना में खोई-खोई वे बोलती गईं, "पहले बहू लेकर आई थी तब तो दो महीने का

था, बस पालने में पड़ा-पड़ा हाथ पैर मारता था और मैं जाकर खड़ी हो जाती थी तो टुकुर-टुकुर मुझे ही निहारा करता था। सूरत भी एकदम रामेसुर पर ही पड़ी है उसकी। अब तो खुद देख लेना, सारा घर नापता फिरेगा।" और वे हँस पड़ीं। इन सब कल्पनाओं से ही रह-रहकर उनका शरीर रोमांचित हो रहा था।

अम्मा का काम समाप्त हुआ तो मिट्टी में सनी दोनों हथेलियों को जमीन पर पूरे ज़ोर से टिकाते हुए उन्होंने उठने का प्रयत्न किया पर एक सर्द आह-सी उनके मुँह से निकलकर रह गई। वे उठ नहीं पाई तो बड़े ही कातर स्वर में बोलीं, "अरे नर्बदा मुझे जरा उठा दे री, घुटने तो जैसे फिर जुड़ गए।"

"जुड़ेंगे तो सही। ऐसी सर्दी में जब से मिट्टी में सनी बैठी हो ! बेटे-बहू आ रहे हैं तो ऐसी क्या नवाई हो रही है, सभी के घर आते हैं।" और नर्बदा ने अम्मा को सहारा देकर उठाया, उनके हाथ धुलाए और खटिया पर लिटा दिया।

"तू भी कैसी बात करती है नर्बदा। दो बरस बाद मेरा बेटा आ रहा है, और मैं आँगन भी न लीपूँ ?"

"दो बरस बाद आ रहा है तो मैं तो यही कहूँगी कि उनमें मोहमाया नहीं है। तुम यों ही मरी जाती हो उनके पीछे।"

"देख नर्बदा, मेरे रामेसुर के लिए कुछ मत कहना। यह तो मैं ही जानती हूँ कि दो-दो बरस मुझसे दूर रहकर उसके दिन कैसे बीतते होंगे, पर क्या करे, नौकरी तो आखिर नौकरी ही है। मेरे पास आज लाखों का धन होता तो बेटे को यों नौकरी करने परदेस नहीं दुरा देती, पर..." और उनके कुछ क्षण पहले पुलकते चेहरे पर मायूसी छा गई। आँखें अनायास ही डबडबा आईं।

नर्बदा यहाँ बरसों से काम करती है, अम्मा के लिए उसके मन में अपार श्रद्धा है पर बेटे के प्रसंग को लेकर वह जब-तब उनका दिल दुखा दिया करती है। कुछ और खरी-खोटी सुनाने का उसका मन हो रहा था, पर आज अम्मा पर तरस खाकर चुप रह गई। जब तक वह काम करती रही, अम्मा शून्य में ताकती जाने क्या सोचती रहीं, बोली एक शब्द भी नहीं। जब वह जाने लगी तो न चाहकर भी उन्हें कहना पड़ा—"तू जाते समय ग्वाले को कहती जाना कि कल दूध जल्दी दे जाए, और अब से दूध ज़्यादा लगेगा। बच्चेवाले घर में तो दूध पूरा ही रहना चाहिए। जब तक वे लोग यहाँ रहें तब तक तू भी चौका-बरतन करके यहीं रहा करना। घर में पाँच प्राणी रहते हैं तो काम तो निकल ही आता है, फिर बच्चे का साथ रहेगा। देने-लेने की चिन्ता मत करना, मैं रामेसुर को एक कहूँगी तो वह पाँच देगा।"

कुछ तो गठिया के दर्द ने और कुछ नर्बदा की बातों ने अम्मा का उत्साह तोड़ दिया। बहुत से काम उन्होंने सोच रखे थे पर वे कुछ न कर सकीं। बस अपनी खाट पर पड़े-पड़े भूली-बिसरी लोरियाँ याद करके गुनगुनाती रहीं। धीरे-धीरे रात के अन्धकार में उनके मन की मायूसी भी डूब गई और वे भोर होने के पहले ही उठ बैठीं। घुटने का दर्द मन के उत्साह में खो गया, बेटे-पोते से मिलने की उमंग में मौसम की ठंडक भी जैसे जाती रही। सात बजते-बजते तो वे सब घर ही पहुँच जाएँगे। साथ छोटा बच्चा है, दूध तो गरम करके रख ही दूँ। फिर उन दोनों को भी चाय की आदत होगी, ऐसी सर्दी में चाय तैयार नहीं मिलेगी तो अम्मा को क्या कहेंगे भला ? दूसरा चूल्हा भी जला दूँ, नहाने को गरम पानी भी तो

चाहिएगा।

उस कड़कती सर्दी में ठिठुरते-ठिठुरते अम्मा ने बेटे-बहू को गरम करने के सारे आयोजन कर डाले। फिर सोचा—लगे हाथ तरकारी भी काट ही दूँ, नहीं तो वे इधर आएँगे और उधर मैं चूल्हे में सिर देकर बैठ जाऊँगी। बरसों में मेरा बेटा आ रहा है, घड़ी दो घड़ी उससे बात भी नहीं करूँगी ? इनका क्या, ये तो अपने राजी-खुशी पूछकर औषधालय चल देंगे। तरकारी भी कट गई—अब क्या करें ? अम्मा अपने को इतना व्यस्त कर देना चाहती थीं जिससे प्रतीक्षा के बोझिल क्षण महसूस न हों, पर समय जैसे बीत ही नहीं रहा था ! तभी दूर कहीं घोड़ों के घुँघरुओं की आवाज आई और ताँगा अम्मा के घर के सामने रुका। अम्मा पागलों की तरह दरवाजे की ओर दौड़ पड़ीं। रामेसुर की गोद से उन्होंने झपटकर बच्चे को ऐसे छीना मानो किसी चोर-उचक्के के हाथ से वे अपने बच्चे को छीन रही हों और कसकर उसे सीने से चिपका लिया। चरण छूते हुए रामेश्वर की पीठ पर हाथ फेरते हुए दूसरे हाथ के घेरे में उसे भी लपेट लिया। बच्चा एकाएक इतना प्यार और शारीरिक कष्ट पाकर रो उठा और माँ के पास जाने के लिए मचलने लगा। वे उसके आँसू पोंछने लगीं तो उनकी अपनी आँखों से भी आँसू की धारा बहने लगी। पुचकारने पर भी जब बच्चा चुप नहीं हुआ तो बहू की ओर बढ़ाते हुए उन्होंने कहा, "अभी मुझे पहिचानता नहीं। एक बार मुझे पहिचानने लगेगा तो छोड़ेगा नहीं।" उपेक्षित-सी एक ओर खड़ी बहू ने बच्चे को ले लिया।

चाय-पानी हो गया और रामेश्वर नहाने चला गया तो अम्मा ने बहू को अकेले पाकर कहा, "ख़बर तो दी होती बहू कि तुम्हारे महीने चढ़े हैं, कितने महीने हैं ?"

झेंपते हुए बहू ने उत्तर दिया, "यह भी कोई लिखने की बात थी अम्मा !" फिर जरा रुकते-रुकते कहा मानो कहने का साहस बटोर रही हो, "अम्मा, इस बार बेटू को आप ही रखेंगी। जैसे भी हो मैं यहाँ हूँ तब तक उसे अपने से हिला लीजिए। मैं तो इसके मारे ही परेशान थी, दो-दो को तो..."

अम्मा आँखें फाड़-फाड़कर ऐसे देख रही थीं मानो जो कुछ सुन रही हैं उस पर विश्वास करें या नहीं। फिर एकाएक बोल पड़ीं, "तुम क्या कह रही हो बहू, बेटू को मेरे पास छोड़ जाओगी, मेरे पास ! सच ? हे भगवान, तुम्हारी सब साध पूरी हो, तुम बड़भागी होओ। मेरे इस सूने घर में एक बच्चा रहेगा तो मेरा तो जनम सफल हो जाएगा।" फिर वे एकाएक रो पड़ीं, "तुम क्या जानो बहू ! अपने कलेजे के टुकड़े को निकालकर मुम्बई भेज दिया। रामेसुर के बिना यह घर तो मसान जैसा लगता है। ये ठहरे सन्त आदमी, दीन-दुनिया से कोई मतलब नहीं। मैं अकेली ये पहाड़ जैसे दिन कैसे काटती हूँ सो मैं ही जानती हूँ। भगवान तुम्हें दूसरा भी बेटा दें, तुम उसे पाल लेना ! पर देखो, अपनी बात से मुड़ना नहीं...मैं... मैं..." तभी रामेश्वर ने ठिठुरते हुए रसोई में प्रवेश किया, "अम्मा एक अँगीठी जरा इधर रख दो। मुम्बई में रहकर तो सरदी सहने की आदत ही नहीं रही। यहाँ तो नहाते ही जैसे जम गया।"

अम्मा ने अँगीठी रामेश्वर के पास सरका दी। तभी रामेश्वर का ध्यान अम्मा के कपड़ों की ओर गया, "यह क्या अम्मा, तुम कुछ भी गरम कपड़ा नहीं पहने हो ! सरदी खा गई तो बीमार पड़ जाओगी। फिर तुम्हें गठिया की भी तो तकलीफ है, ऐसे कैसे चलेगा। न हो तो बनवा लो कपड़े, मैं रुपए दे दूँगा।"

पर यह सब अनसुना करके अम्मा बोलीं, "देख आज बहू ने कह दिया है कि बेटू अब मेरे पास रहेगा, और अब जो बच्चा होगा वह तुम्हारे पास। तू कहीं टाल मत जाना, बात पक्की हो गई। आज से बेटू मेरा हुआ !"

"अरे हम सभी तो तुम्हारे हैं अम्मा, बोलो नहीं हैं ?" परिहास के स्वर में रामेश्वर बोला।

"हो क्यों नहीं। मेरे नहीं तो और किसके हो। पर बेटू आज से मेरे पास रहेगा।" अम्मा ने कहा।

तभी वैद्यराज जी कुछ खाली शीशियाँ लेकर आए तो अम्मा बोली, "सुनते हो जी, इस बार बेटू यहीं रहेगा। बेचारी बहू खुद अभी बच्ची है, दो-दो को कैसे सँभालेगी ? और फिर पहले बच्चे पर तो यों भी दादी का हक होता है।" उनके हाथों की गति बढ़ गई थी और वे अब उठने-बैठने में जरा भी तकलीफ महसूस नहीं कर रही थीं।

दोपहर को नर्बदा से भी कहा, "बहू के तो फिर बच्चा होनेवाला है, बेचारी दो-दो को कैसे सँभालेगी, सो मुझसे कहने लगी—अम्मा बेटू को तो तुम्हें ही रखना पड़ेगा। उसे कहने में बड़ा संकोच हो रहा था कि मुझे बुढ़ापे में तकलीफ होगी, पर तू ही बता, घर के बच्चे को रखने में कैसी तकलीफ भला ! ऐसे समय में घर के ही लोग काम न आएँगे तो कौन आएँगे भला ?"

इसके बाद घर में जो कोई भी आया उसे यही ख़बर सुनाई गई ! अम्मा इस बात का इतना प्रचार कर देना चाहती थीं कि यदि अब किसी कारण से बहू का मन फिर भी जाए तो शरम के मारे ही वह अपना इरादा न बदल पाए। अम्मा का सारा दिन बेटू को खिलाने में और उसकी नोन-राई करने में ही बीतता ! जाने कैसी-कैसी औरतें घर में आती हैं, तन्दुरुस्त-सुन्दर बच्चे को कड़ी नज़र से देख जाएँ तो लेने के देने पड़ जाएँ। बेटू को लेकर उनके शिथिल और नीरस जीवन में नया उत्साह आ गया था। घुटनों के दर्द के मारे कहाँ तो वे अपने शरीर का बोझ ही नहीं ढो पाती थीं और कहाँ अब वे बेटू को लादे फिरती हैं। शाम को उसके साथ आँख-मिचौनी खेलतीं। बेटू का घोड़ा बनकर आँगन में दौड़ती फिरतीं। बेटू के साथ-साथ उनका भी जैसे बचपन लौट आया था। देखनेवाले अम्मा के पागलपन पर हँसते, पर इसकी उन्हें जरा भी चिन्ता नहीं थीं। रामेश्वर ने टोका, "अम्मा, क्यों उसे लादे फिरती हो, यों ही तुम्हारे घुटनों में दर्द रहता है।" तो बिगड़ पड़ीं, "कैसी बातें करता है रामेसुर, इसमें भी कोई वजन है जो उठाना भारी पड़े। फूल जैसा तो हलका है, खाली-खाली दोनों बेला मिलते टोक दिया। माँ-बाप की नज़र ही सबसे ज़्यादा लगती है बच्चों को, तभी तो बेटू एक दिन ठीक नहीं रहता।"

निश्चित समय पर दूध पिलाना, शीशी में दूध भरना, बाद में उसकी सफ़ाई करना आदि सब काम अम्मा के लिए बिलकुल नए थे। उन्होंने तो रामेश्वर को अपने ढंग से पाला था। जब बच्चा रोया, झट दूध पिला दिया। दूध के लिए भी समय देखना पड़ता है, यह बात उनके लिए एकदम नई थी। दो साल तक तो उन्होंने रामेश्वर को अपना दूध पिलाया था, उसके बाद गिलास से पिलाती थीं। यह शीशी का नखरा उस जमाने में था ही नहीं, और होगा भी तो शहरों में। पर रमा से बड़ी लगन और तत्परता से एक जिज्ञासु विद्यार्थी की तरह उन्होंने यह सब भी सीखा। पति से ज़िद करके औषधालय की दीवार-घड़ी, जो पिछले बीस वर्षों से वहीं लगी थी उतरवाकर घर में लगवाई। उनके एकाकी जीवन में समय का कोई महत्त्व

ही नहीं था। न पति को दफ्तर जाना रहता था, न बच्चों को स्कूल, जो समय पर कोई काम करना पड़े। पर अब एकाएक ही उन्हें घड़ी की आवश्यकता महसूस होने लगी थी। यों उनकी याददाश्त बड़ी कमज़ोर थी, पर दूध के समय उन्होंने जो याद किए तो कभी नहीं भूलीं। शुरू-शुरू में यह सब उन्हें बड़ा अटपटा-सा लगा था फिर भी वे सारा काम बड़ी सतर्कता से करतीं। शीशी से दूध भरते समय उनका बूढ़ा हाथ अक्सर काँप जाया करता था, और दूध बाहर को गिर जाता था। उस समय वे एक असफल विद्यार्थी की तरह सफ़ाई पेश करती थीं–''बहुत जल्दी सीख लूँगी बहू। जरा-सा हाथ काँप गया था, फिर शीशी का मुँह भी तो कितना छोटा है।'' उनका कहने का भाव ऐसा होता मानो वे कर रही हों कि इस छोटी-सी ग़लती के कारण ही कहीं तुम बेटू को ले मत जाना !

बीस दिन बाद जब बहू ने अपनी माँ के घर प्रयाण किया तो बेटू ने न ज़िद की न वह रोया ही। बहू के कड़े नियन्त्रण के बाद दादी के असीम दुलार में रहना, जहाँ कोई बन्धन नहीं, अंकुश नहीं, बेटू को बड़ा अच्छा लगा। बहू चली गई, अम्मा ने निश्चिन्तता की एक साँस ली। महीना बीतते न बीतते ख़बर आई कि बहू के दूसरा भी लड़का हुआ है। अम्मा की छाती पर से जैसे एक भारी बोझ हट गया। संशय का एक काँटा जो रमा के जाने के बाद भी उनके मन में चुभा करता था, वह भी निकल गया। बेटू अब मेरा है, पूरी तरह मेरा है, यह भावना उस दिन जाकर पूरी तरह उनके मन में जम पाई।

जाने से पहले रामेश्वर ने अम्मा और पिताजी के लिए ढेर सारे कपड़े बनवाए थे। अम्मा सारे मोहल्ले की औरतों को दिखाती फिरतीं। जो कोई आता उसी से कहतीं, ''अम्मा के पीछे तो बस रामेसुर पागल है, न आगे की सोचता है न पीछे की। उसका बस चले तो मुझ पर ही सारा घर लुटा दे। लाख मना करती रही, पर एक बात नहीं मानी। अब बुढ़ापे में ये छपी साड़ियाँ पहनकर कहाँ जाऊँगी, पर वह क्यों सुनने लगा ?'' यह सब कहते समय उनके झुर्रियों-भरे चेहरे पर चमक आ जाती, और वे आँखें मूँदकर अपने बेटे के चिरायु होने की कामना करतीं। जब रामेश्वर के जाने का समय आया तो उन्होंने रो-रोकर घर भर दिया। हिचकियाँ लेते हुए बोलीं, ''देख रामेसुर, यह दो-दो बरस तक घर का मुँह न देखनेवाली बात अब नहीं चलेगी। साल में एक बार तो आ ही जाया कर मेरे लाल ? नौकरी की जगह नौकरी है, और माँ-बाप की जगह माँ-बाप ! मेरी तबियत भी ठीक नहीं रहती, किसी दिन भी आँख मुँदी रह गई तो मैं तेरी सूरत को भी तरस जाऊँगी। सो कम-से-कम अपनी इस बुढ़िया माँ को...'' पर आगे वे कुछ नहीं कह सकीं, बस फूट-फूटकर रोने लगीं। आँसू-भरी आँखों से वे रामेश्वर के ताँगे को तब तक देखती रहीं, जब तक वह आँखों से ओझल नहीं हो गया। उसके बाद उन्होंने बराबर बेटू को अपनी छाती से चिपका लिया।

दूसरे साल रामेश्वर नहीं आया, केवल रमा आई, शायद बेटू को देखने। पर बेटू को जो देखा तो उसका माथा ठनक गया। जिस बेटू को वह छोड़ गई थी, और जिसे अब वह देख रही है, दोनो में कोई सामंजस्य ही नहीं था। बात-बात में उसकी ज़िद देखकर रमा का खून खौल जाता। खाना वह दादी अम्मा के हाथ से खाता, और सारे दिन चरता रहता था। रात में सोता तो दादी अम्मा के दोनों अँगूठे पकड़कर सोता' कुछ न कुछ जब तक दादी अम्मा उसे लोरी नहीं सुनाती तब तक उसे नींद नहीं आती थी। सारे दिन दादी अम्मा की धोती का पल्ला पकड़कर उनके पीछे-पीछे घूमा करता, शाम को गली-मुहल्ले के गन्दे-गन्दे बच्चों

के बीच खेलता। उसे देखकर कौन कहेगा कि यह एक पढ़ी-लिखी सभ्य लड़की का बच्चा है। घर के सामने से जो कोई भी फेरीवाला निकलता उससे बेटू को ज़रूर कुछ न कुछ खरीदना होता न दिलवाने से जमीन-आसमान एक कर देता, मचल-मचलकर सारे आँगन में लोटता !

आखिर रमा को जबान खोलनी ही पड़ी, "अम्मा, आपने तो इसे बिगाड़कर धूल कर रखा है, इस तरह कैसे चलेगा ?"

दादी माँ ने हँसते हुए बड़े ही सहज भाव से कहा, "अरे बचपन में कौन ज़िद नहीं करता बहू ! रामेसुर भी ऐसे ही करता था, यह तो सच हूबहू उसी पर पड़ा है। यही तो उमर होती है ज़िद करने की, साल दो साल और कर ले, फिर अपने आप सब कुछ छूट जाएगा !" और वे मुग्ध भाव से गोद में बैठे बेटू के बालों में अँगुलियाँ चलाने लगीं। रमा खून का घूँट पीकर रह गई। रमा की इच्छा हुई बेटू को अपने साथ ले जाए, पर एक साल का पप्पू ही उसे इतना परेशान करता था कि दोनों को एक साथ रखने का साहस नहीं हुआ। मुम्बई जाते ही उसने अम्मा के पास जरा खरी-खरी भाषा में पत्र पहुँचाने आरम्भ कर दिए। जैसे ही वह चार साल का हुआ, रमा ने लिख दिया कि अम्मा अब उसे वहाँ के नर्सरी स्कूल में भर्ती करवा दें, कम-से-कम कुछ तमीज तो सीखेगा ! चिट्ठियाँ पढ़ती तो अम्मा को लगता, बहू का तो दिमाग़ बौरा गया है। रमा के पत्र आते रहे और अम्मा का ढर्रा अपने ढंग से चलता रहा।

दो साल बाद फिर रमा और रामेश्वर अपने तीन साल के पप्पू को लेकर आए। पप्पू ने अंग्रेजी की छोटी-छोटी क़विताएँ याद कर रखी थीं और बड़े अदब के साथ बोलता था। अभी दो महीने पहले ही रमा ने उसे वहाँ के अंग्रेजी स्कूल में भर्ती करवाया था। पर बेटू वैसा ही था, जैसा रमा उसे छोड़ गई थी। उम्र में वह ज़रूर बड़ा हो गया था, बाकी सब कुछ वैसा ही था ! रमा उठते-बैठते रामेश्वर से कहती, "जैसे भी हो इस बार बेटू को लेकर चलना ही होगा। यही हाल रहा तो इसकी ज़िन्दगी चौपट हो जाएगी। यह भी कोई ढंग है भला।"

"अम्मा को बड़ा दुख होगा, फिर बेटू तुम्हारे पास जरा भी तो नहीं आता, वह अम्मा को छोड़कर कैसे रहेगा ? ये सारी बातें सोच लो !" रामेश्वर इस प्रसंग को जैसे टालना चाहते थे।

"अम्मा के दुख की बात मैं मानती हूँ।" रमा ने अपने आवेश को दबाते हुए कहा, "पर जब उन्हें लिखा कि स्कूल में डाल दो तो वह भी तो उनसे नहीं हुआ। जैसे बताती हूँ, वैसे तो रखती नहीं। अब इनके दो दिन के सुख के लिए बच्चे का सारा भविष्य बिगाड़कर रख दूँ ?" उसका गला भर्रा आया था।

रामेश्वर बेचारा बड़े धर्म-संकट में था। उसे पत्नी की बातों में भी सार नज़र आता था और वह अम्मा की भावनाओं को भी ठेस नहीं पहुँचाना चाहता था, सो बिना कुछ निर्णय दिए सारी बात रमा पर छोड़कर वह मुम्बई लौट गया। रमा कभी मिठाई दिलाकर, कभी ताँगे में घुमाकर बेटू को अपने से हिलाने की कोशिश करने लगी। बेटू को ताँगे में घूमने का बेहद शौक था, जो कम ही पूरा होता था। अम्मा को कभी स्वप्न में भी ख़याल नहीं था कि रमा पप्पू के रहते हुए भी बेटू को ले जाने का प्रस्ताव रखेगी। जिस दिन उन्होंने सुना, उनके पैरों तले की जमीन सरक गई। जब रमा ने बेटू को उनके पास छोड़ने का प्रस्ताव रखा था तब

भी एकाएक उन्हें अपने कानों पर विश्वास नहीं हुआ था, ठीक उसी प्रकार ले जाने की बात पर भी उन्हें विश्वास नहीं हो रहा था। फिर भी काँपते स्वर में कहा, "कैसी बात करती हो बहू ! मेरे बिना वह पल-भर भी तो नहीं रहता। इतना बड़ा हो गया, फिर भी जब तक मैं कौर नहीं देती तब तक खाता नहीं, सो एकाएक मुझसे दूर कैसे रहेगा ?"

"नहीं रहेगा तो थोड़े दिन रो लेगा, आखिर उसकी पढ़ाई का सिलसिला भी तो जमाना है अम्मा ! देखो पप्पू स्कूल जाने लगा और यह अभी तुम्हारा पल्ला पकड़े-पकड़े ही घूमता है।"

"अरे पढ़ लेगा बहू, पढ़ लेगा ! उमर आएगी तो पढ़ भी लेगा। यह मत सोचना कि मैं उसे गँवार ही रहने दूँगी। रामेसुर को भी तो मैंने ही पाला-पोसा है, उसे क्या गँवार ही रख दिया ? फिर यह तो मुझे और भी प्यारा है। मूल से ब्याज ज़्यादा प्यारा होता है सो इसे तो मैं खूब पढ़ाऊँगी—तू ज़रा भी चिन्ता मत करना बहू...पर इसे ले जाने की बात की तो मैं..." और वे फफक-फफककर रो पड़ीं।

रमा की आँखों में भी आँसू तो आ गए फिर भी उसने अपने पर काबू पाते हुए और स्वर को भरसक कोमल बनाकर कहा, "मैं आपका दिल नहीं दुखाना चाहती अम्मा, पर आपके इस ज़रूरत से ज़्यादा प्यार ने ही तो इसे बिगाड़कर धूल कर दिया है। एक भी आदत तो इसमें अच्छी नहीं है। यदि आप सचमुच ही इसे प्यार करती हैं और इसका भला चाहती हैं तो इसे मेरे साथ भेज दीजिए, और इसके साथ दुश्मनी ही निभानी है तो रखिए इसे अपने पास।" कहने के बाद ही रमा को लगा जैसे बहुत कड़ी बात वह कह गई है।

"मैं...मैं अपने बेटू के साथ दुश्मनी निभाऊँगी—मैं उसकी दुश्मन हूँ...मैं...मैं, तू मेरे प्यार की परीक्षा लेना चाहती है, पर ऐसी कठिन परीक्षा तो मत ले बहू, इससे तो तू मेरे प्राण ही ले ले !" उनका रोना बदसूर जारी था लेकिन कुछ देर बाद उन्होंने अपने को सँभाला और स्वर संयत करके बोलीं—"ले जा बहू, ले जा। मेरा बेटू फूले-फले, पढ़-लिखकर लायक बने, इससे बढ़कर खुशी की बात मेरे लिए और क्या हो सकती है ? मेरा क्या है, मेरी चार दिन की ज़िन्दगी...उसकी हँसी-खुशी के लिए मैं तेरे बच्चे की ज़िन्दगी नहीं बिगाड़ूँगी। मैं अपढ़ गँवार औरत ठहरी, इसे लायक कहाँ से बनाऊँगी, तू इसे ले जा ! कुछ दिनों को मेरी ज़िन्दगी में हँसी-खुशी आ गई इसी में तेरा बड़ा जस मानूँगी..." और रमा कुछ कहे उसके पहले ही उन्होंने रसोई घर में जाकर भीतर से किवाड़ बन्द कर लिए।

रमा को खुद इस सारी बात से बड़ा दुख हो रहा था, पर बच्चे की बात सोचकर वह निर्णय बदलने में अपने को असमर्थ पा रही थी। यही सोच-सोचकर वह अपने मन को तसल्ली दे रही थी कि समय का मरहम अम्मा के घाव को अपने आप भर देगा।

दो दिन बाद औषधालय के एकमात्र नौकर और दोनों बच्चों को लेकर रमा अपनी माँ के यहाँ चल पड़ी। बेटू को बताया ही नहीं गया कि रमा उसे अपने साथ ले जा रही है। रोज की भाँति ताँगे में घूमने के लालच से वह चला गया। जाते समय कह गया "दादी अम्मा, मैं तेरे लिए मिठाई और गोली लेकर आऊँगा।" दादी अम्मा ने उसे कलेजे से लगा लिया। एक बार उसकी इच्छा हुई कि वह बेटू को बता दे कि रमा उसे हमेशा के लिए उनसे अलग करके ले जा रही है, लेकिन मन कड़ा करके वे चुप रहीं।

उसके बाद जो भी कोई घर आया, अपार आश्चर्य से उसने पूछा, "अरे, बहू बेटू को

ले गई ? तुम तो कहती थीं कि बेटू अब तुम्हारे पास ही रहेगा।" अम्मा को लगा जैसे किसी ने उनके कलेजे पर गरम सलाख दाग दी हो। तिलमिलाकर जवाब देतीं—"कहती तो थी पर अब रखा नहीं जाता। गठिया के मारे मेरा तो उठना-बैठना तक हराम हो रहा है, ऐसी हालत में उसे कैसे रखती...सो मैंने ही कह दिया कि बहू अब पप्पू बड़ा हुआ सो बेटू को भी ले जाओ।"

"अरे अम्मा एक पल तो तुम उसे छोड़ती नहीं थीं, अब रह लोगी उसके बिना ?"

"नहीं रह सकती तो भेजती ही क्यों ? अब यह कोई बच्चे पालने की उमर है भला ! जिसकी थाती उसी को सौंपी। बुढ़ापा है, कुछ भजन-पूजन ही कर लूँ। उसके मारे तो मेरा सबकुछ छूट गया था !" बड़े ही संदिग्ध भाव से अम्मा की इस दलील को औरतें स्वीकार कर पाती थीं। आज अम्मा के पास कोई काम नहीं था करने को, सो खाली आँगन में दर्दीले स्वर से एक लोरी गुनगुना रही थीं। शाम को गुब्बारेवाला आया, बुढ़िया के बाल वाला आया, खिलौने की मिटाई बेचनेवाला आया तो बुझे स्वर में अम्मा ने सबको यही जवाब दिया "जाओ भाई जाओ ! आज तुम्हारा ग्राहक नहीं है। उसे मैंने उसकी अम्मा के साथ भेज दिया। अब यहाँ मत आया करो, कभी मत आया करो, कोई तुम्हारी चीज़ नहीं खरीदेगा !" कहते ही उनका मन तो सुबक उठता पर उनकी आँखों के आँसू जैसे सूख गए थे !

तीसरे दिन औषधालय का नौकर वापस आया तो सबसे पहले ख़बर दी कि दादी अम्मा को याद करते-करते बेटू को बुखार आ गया और वह उसे भरे बुखार में छोड़कर आया है। वह रमा के हाथ से न कुछ खाता है, न दवाई पीता है। अम्मा ने सुना तो ऊपर की साँस ऊपर और नीचे की साँस नीचे रह गई। वे पागलों की भाँति दौड़ती हुई औषधालय पहुँचीं, "अरे सुनते हो, बेटू रो-रोकर बीमार हो गया है। मैं तो पहले ही जानती थी कि वह मेरे बिना रहेगा नहीं, पर बहू को कौन समझाए। अब तो रात की गाड़ी से ही जाकर मुझे उसे लाना होगा वरना वह तो रो-रोकर प्राण दे देगा। हे भगवान, मेरी मति पर भी पत्थर पड़ गए थे जो बहू की बात मान गई !"

अम्मा रोती थीं और कपड़े ठीक करती जाती थीं। नर्बदा आई तो आश्चर्य से बोली, "कहाँ की तैयारी कर रही हो अम्मा ?"

"अरे शिब्बू बहू को छोड़कर लौटा तो बताया कि बेटू ने तो रो-रोकर बुखार चढ़ा लिया। मैं तो भेजकर अपनी तरफ़ से निश्चिन्त हो गई थी, पर वह रह सकता है क्या ? उसके तो प्राण मुझमें कुछ ऐसे पड़ गए थे कि क्या बताऊँ ! कोई अगले जनम का संस्कार ही समझ। अब जाकर लाना पड़ेगा नहीं तो छोरा रो-रोकर प्राण दे देगा।" और गर्व और आनन्द से उनकी छाती फूल गई।

तीसरे दिन ही बेटू को लेकर वे लौट आईं। जिसने देखा उसी ने कहा—"अरे चार दिन में ही बच्चा सूख गया।"

"सूखेगा नहीं...कुछ तो खाया नहीं और एक पल को आँसू नहीं टूटा। मैं तो सोचती थी कि बहू के हवाले करके सुख से पूजा-पाठ करूँगी, पर अब यह रहता भी तो नहीं।"

एक साल उन्होंने इसी प्रकार और निकाल दिया। रमा मुम्बई से आई और फिर बेटू का वही रवैया देखा तो सोचा कि वह उसे सीधे मुम्बई ले जाती तो यह सारा कांड नहीं होता। अम्मा बम्बई तक आ नहीं सकती थीं। सो इस बार फिर एक बार दादी माँ को रुलाकर उनके

मना करने पर भी वह बेटू को लेकर मुम्बई के लिए चल पड़ी। जाने किस आशा से अम्मा ने अपनी सारी जमा-पूँजी खर्च करके शिब्बू को साथ कर दिया। रमा मना करती रही कि अब दोनों बच्चे बड़े हैं, वह सँभाल लेगी पर अम्मा ने शिब्बू को साथ भेज ही दिया।

दूसरे दिन से जो कोई भी आता अम्मा उसी के सामने यह मनौती मानतीं कि किसी प्रकार बेटू रमा के पास हिल जाए तो वह सवा रुपए का परसाद चढ़ाएँगी ! उच्च स्वर से वह रात-दिन रट लगाए रहतीं कि बेटू मुझे किसी तरह भूल जाए। पर सात दिनों के बाद जब शिब्बू लौटकर आया तो वे ऐसे दौड़ पड़ीं मानो वह बेटू को लेकर ही आया हो। झपटकर उन्होंने पूछा, "मेरा बेटू कहाँ है ? मेरा बेटू ठीक है शिब्बू, तुझे मैंने किसलिए भेजा था ?" उनका स्वर बुरी तरह काँप रहा था।

"इस बार तो अम्मा, बहूजी ने बेटू को हिला लिया। वहाँ बहूजी के मकान में बहुत सारे बच्चे हैं, उन सबसे दोस्ती हो गई सो खूब खेलता है। ट्राम, बस, बगीचे, झूले—इन सबमें उसका मन लग गया।" शिब्बू ने बताया तो अम्मा शून्य-पथराई आँखों से उसे ऐसे देख रही थीं मानो कुछ समझ ही नहीं रही हों। शिब्बू कहे चला जा रहा था, "चलो तुम्हारी चिन्ता दूर हुई। मैं तो अम्मा दो दिन इसी मारे ज़्यादा रुक गया कि कहीं रोया तो अपने साथ लेता आऊँगा, पर इस बार बहूजी ने उसे समझा दिया और वह भी समझ गया। अब वहाँ जम जाएगा। अब तो तुम परसाद चढ़ाओ अम्मा और मजे से भजन-पूजन करो।"

एकाएक जैसे अम्मा की चेतना लौट आई, "क्या कहा...बेटू मुझे भूल गया, वहाँ जम गया ? सच, मेरी बड़ी चिन्ता दूर हुई। इस बार भगवान ने मेरी सुन ली। ज़रूर परसाद चढ़ाऊँगी रे, ज़रूरी चढ़ाऊँगी। मेरे बच्चे के जी का कलेश मिटा, मैं परसाद नहीं चढ़ाऊँगी भला !" और फिर गीली आँखों और काँपते हाथों से उन्होंने जेब से सवा रुपया निकालकर शिब्बू को देते हुए कहा, "ले, पेड़े लेता आ, अब परसादी चढ़ाकर बाँट ही दूँ। कौन नर्बदा ? सुना नर्बदा, बेटू मुझे भूल गया—बस भूल ही गया..." और उन्होंने आँचल से भर-भर आती आँखें पोंछी और हँस पड़ीं।

'तीन निगाहों की एक तस्वीर' संकलन से

चश्मे

बरामदे के दरवाजों के आखिरी ताले को झटका देकर जब मिसेज वर्मा आश्वस्त हुईं तो उसी समय भीतर ड्राइंग-रूम की घड़ी ने साढ़े ग्यारह बजे का एक घंटा बजाया। बीच में रखी हुई ड्रेसिंग टेबिल से उन्होंने दूध का गिलास उठाया तो काली-सी परछाईं शीशे में उस समय तक दिखाई देती रही जब तक वे बरामदे की आखिरी सीढ़ी नहीं उतर गईं। लॉन की नमी को उन्होंने चप्पलों के पार भी महसूस किया। कैसी शान्ति थी ! वर्गाकार लॉन के चारों तरफ़ की क्यारियों की फूल और मेंहदी की लाइनें चाँदनी में पड़ती अपनी परछाइयों के साथ ऐसी लगती थीं जैसे किसी ने हरे कैनवास पर चौखटा जड़ दिया हो। बीचोंबीच मसहरी लगी, पास-पास पड़ी दोनों चारपाइयों तक पहुँचते हुए मिसेज वर्मा को ऐसा लगा जैसे वे गहरे हरे पानी के बीच में बने संगमर्मर के दो द्वीपों तक जा रही हों। मिस्टर वर्मा टेबिल-लैम्प लगाए अपनी फाइलों में उलझे थे। काली-काली मोटी कमानियोंवाला चश्मा उनके आधे चेहरे को ढके हुए था। इतना बड़ा चश्मा मिसेज वर्मा को कभी अच्छा नहीं लगा, लेकिन मिस्टर वर्मा का तर्क था कि आँखें बहुत कमज़ोर हैं, और ज़्यादा पावर के मोटे-मोटे काँचों को पतली कमानियाँ सँभाल नहीं सकतीं। प्लेट में रखे हुए ग्लास को टेबिल-लैम्प की बगल में रखते हुए मिसेज वर्मा ने झुँझलाकर कहा—"इतनी अच्छी चाँदनी छिटकी है और तुम हो कि इस समय भी इन फाइलों से ही मगजपच्ची कर रहे हो। परे करो इस फ़ाइल को।"

बिना कोई प्रतिक्रिया दिखाए मिस्टर वर्मा ने व्यस्त-सी—"हूँ !" की और अपनी फाइलों में उलझे रहे। फिर सहसा चौंककर बोले—"बस, जरा ये एक पेज रह गया है, उसके बाद अभी रखता हूँ।"

"तुम्हारा पेज आज तक कभी ख़त्म हुआ भी है जो अभी होगा ?" मिसेज वर्मा ने खट टेबिल-लैम्प का स्विच दबा दिया। पहले तो मिस्टर वर्मा कुछ भी न देख पाए लेकिन फिर मसहरी के चँदोवे के नीचे बच्चू के बगल में बैठी शरारत के साथ मुस्कुराती हुई मिसेज वर्मा का चेहरा उनकी आँखों के आगे स्पष्ट हो गया। गोदी में दोनों हाथ रखे चारपाई की पाटी पर बैठीं हुईं मिसेज वर्मा दोनों पाँव हिला रही थीं। मानों कह रही हों—"पढ़ो, अब कैसे पढ़ते हो ?" मिस्टर वर्मा ने रुपहले अबीर से छाए आसमान को देखते हुए पूछा, "आखिर आज बात क्या है ?" मिसेज वर्मा एकदम बोलीं, "सुनो सुबह 'स्टेट्समैन' में जो ख़बर पढ़ी थी, दिन-भर मेरे दिमाग़ में घूमती रही।"

उँगलियों से माथा टटोलते हुए मिस्टर वर्मा ने अलसाए स्वर में पूछा,—"कौन-सी ख़बर ? मुझे तो याद नहीं है !"

"अरे लो ! सुबह इतनी तो बातें हुई थीं। वही, फाँसी पाए हुए कैदी से एक लड़की

ने शादी कर ली है। मैं दिन-भर सोचती रही--आखिर उसने क्या सोचकर उससे शादी की ? उसके मन में यह बात नहीं आई कि पन्द्रह दिन बाद ही उसे ज़िन्दगी-भर के लिए वैधव्य झेलना पड़ेगा।

सारा आलस्य छोड़कर मिस्टर वर्मा एक झटके के साथ उठ बैठे--''हूँह, बेवकूफी के सिवा और इसमें है क्या। तुम्हारे दिमाग़ को भी अधकचरी भावुकता की बातें ही अपील करती हैं।'' हाथ बढ़ाकर उन्होंने फिर स्विच ऑन कर दिया, और खुली पड़ी हुई फाइल की ओर मुड़े।

अप्रभावित मिसेज वर्मा अपने प्रवाह में कहतीं रही--''अधकचरी भावुकता ? मैं भी तो यही सोचती रही दिनभर कि आखिर कैसी है यह भावुकता जिसके बहाव में पूरी ज़िन्दगी को यों दाँव पर लगा दिया जाए। अच्छा देखो, मैंने इसी पर दोपहर में एक कहानी लिखी। सारी स्थिति को ऐसे ढंग से रखने की कोशिश की है कि तुम भी मान जाओगे।'' और उन्होंने झुककर झट तकिए के नीचे रखे मुड़े हुए कागजों को बाहर निकाल लिया। बोलीं, ''इस कहानी का हीरो आतंकवादी क्रान्तिकारी है।''

लेकिन जब मिसेज वर्मा ने देखा कि मिस्टर वर्मा तो फिर अपनी फाइलों में डूब गए हैं तो उनका मन हल्की झुँझलाहट से भर गया। कहा--''तुम मुझे दस मिनट का समय भी नहीं दे सकते हो ? आखिर कितनी ज़रूरी हैं ये फाइलें ?''

मिसेज वर्मा उठीं और मिस्टर वर्मा के पीछे जाकर शरारती बच्चे की तरह उनका मोटे शीशोंवाला चश्मा उतार लिया, जिसके बिना वर्मा साहब काफी असहाय हो जाते हैं।

''अरे यह क्या कर रही हो ?''

''अब तुम्हें मेरी कहानी सुननी ही पड़ेगी। तुम चाहे इस घटना को महज बेवकूफी कहो, पर मैं दावे के साथ कह सकती हूँ कि मेरी कहानी सुनने के बाद निश्चय ही तुम अपनी राय बदल दोगे।''

वर्मा साहब को लगा जैसे एकाएक उनका जी मिचला रहा है। बड़ी बेचैनी के साथ बोले--

''आज दूध कैसा था ? जी जाने कैसा-कैसा हो रहा है।''

''दूध में तो कुछ भी नहीं था। मैंने भी अभी-अभी पिया, मुझे तो कुछ नहीं हो रहा।'' कहानी सुनाने को अधीर मिसेज वर्मा बोलीं और कहानी लेकर बैठ गईं। बिना चश्मे के मिस्टर वर्मा ने अपनी उँगलियों से अपनी आँखें बन्द कर लीं, फिर अधलेटी मुद्रा में वे कहानी सुनने लगे। उन्होंने आँखें खोलीं तो देखा, चाँदनी की चमक बहुत धुँधली पड़ गई है। उन्हें लगा जैसे धुंध की एक परत सारे वातावरण पर छा गई है और आसपास का सभी कुछ बड़ा धुँधला, बड़ा अस्पष्ट हो उठा है। हाथों में कागज लिए सामने बैठी मिसेज वर्मा की धुँधली आकृति और भी धुँधली हो गई--होती गई और एकदम गायब ही हो गई। मिसेज वर्मा के हल्की झुर्रियोंवाले साँवले चेहरे की जगह एक कमनीय, कमसिन-सा गोरा-चिट्टा चेहरा उभर आया--फूल-सा खिला हुआ।

''कहो गीत पसन्द आया ?'' पुस्तक बन्द करते हुए शैल ने पूछा।

''धत्तेरे की, ऐसी चाँदनी रात में ऐसा नीरस गीत !'' निर्मल ने चिढ़ाते हुए कहा।

"जाओ, आगे से तुम्हें कभी गीत नहीं सुनाएँगे।"

"तो कहा किसने था तुम्हें गीत सुनाने को !"

शैल का फूला हुआ मुँह एकाएक ही कुछ याद आ जाने से खिल पड़ा। गुस्सा भूलकर चोटी को अँगुलियों में लपेटते हुए एक नटखट बच्चे की तरह वह बोली–

"एक ख़बर सुनाऊँ तुम्हें ? देखें तुम कहाँ तक गैस कर सकते हो ?"

"मुझे क्या मालूम तुम क्या सुनाओगी ? मैं क्या कोई ज्योतिषी हूँ।"

"बस हार गए अभी से ?"–और वह खिलखिला पड़ी, "अरे कुछ तो अन्दाज भिड़ाओ, दिमाग़ लगाओ, शुरू में ही हाथ पैर पटक दिए ?"

"सुनाना हो तो सुनाओ, नहीं तो अपने पेट में रखो। हमें नहीं सुनना तुम्हारी बात।"

"कैसे नहीं सुनना है मि. निर्मल वर्मा !" ठुनकते हुए शैल बोली–"सुनना ही पड़ेगा, फिर बात कोई हमारे अकेले की तो है नहीं। तुम्हारी भी तो है..."

"–अच्छा बताएँ–पापा ने अगले साल गर्मियों में शादी तय कर दी है–23 मई।" और उसके गालों में गुलाब खिल आए।

अरे, तुम्हारा ध्यान कहाँ है ?" मिसेज वर्मा ने शून्य में खोए हुए मि. वर्मा की ओर देखकर कहा।

"हूँ !" स्वर जैसे कहीं दूर घाटियों से टकराकर आया।

"देखो, ध्यान से सुनना। इसकी एक-एक बात मार्क करने लायक है।"

"हाँ ! हाँ ! तुम पढ़ो, मैं सुन रहा हूँ–खोए से स्वर में मि. वर्मा बोले।

मिसेज वर्मा ने अपनी कहानी के टूटे हुए सूत्र को जोड़ते हुए कहानी पढ़ना आरम्भ किया–

"मैंने कितनी बार कहा लीला, तुम यहाँ न आया करो ! मैं आज तक नहीं समझ पाया कि मुझ में ऐसा कौन-सा आकर्षण है जो तुम यों सुध-बुध भूलकर अपने को वारे बैठी हो। जिसका हर पल खतरे से भरा हो उस व्यक्ति के जीवन से तुम्हें क्या मिलेगा ? हम लोगों की ज़िन्दगी का क्या ठीक है–आज पुलिस ने घेर लिया, कल फाँसी। कदम-कदम पर खतरा..."

"कैसी बातें करते हो, तुम यदि बड़े से बड़ा खतरा झेल सकते हो तो क्या मैं नहीं झेल सकती ? मुझे इतना पराया समझते हो ?"

"देखो लीला ! मैं बड़े से बड़ा खतरा उठा सकता हूँ, पर नहीं चाहता कि दुःख की एक हल्की-सी लौ भी तुम्हारे तन-मन को झुलसाए–तुम्हारा छोटा-सा दुःख भी शायद मुझसे बर्दाश्त न होगा। इसीसे कहता हूँ–तुम यहाँ मत आया करो–मत आया करो !"

मिस्टर वर्मा को लगा जैसे मिसेज वर्मा के शब्द निस्तब्ध शून्य वातावरण में खोते चले जा रहे हैं। जाने कहाँ से आती हुई ध्वनियाँ उनके कानों से टकराने लगीं।

"तुम यहाँ मत आया करो, शैल, जानती हो मुझे चिकन-पॉक्स है। कहीं तुम्हें भी हो गया तो...?"

"धत् ! पागल कहीं के !...और हो जाए तो हो जाए। इस डर से क्या मैं तुम्हारे पास आना छोड़ दूँ ? मेरा वश चलता तो तुम्हें अपने घर ले जाकर रखती, पर छोटी भमी छूत-छात मानती हैं—इसी से कहने की हिम्मत नहीं होती।"

"छूतछात की बीमारी में परहेज तो रखना ही चाहिए।—अच्छा उठो, मेरे बिस्तर पर तो मत बैठो।"

"मैं तो यहीं बैठूँगी ! मैं तुम्हारी जगह होऊँ और तुम मुझसे ऐसा परहेज करो तो तुमसे बात भी न करूँ।" और वह बड़े प्यार से बालों में अँगुलियाँ डालकर सहलाने लगी। निर्मल के बदन की जलन पर मानो किसी ने ठंडी चीज़ का लेप कर दिया। एक घंटा बिताकर वह गई तो आधी बीमारी अपने साथ लेती गई। दूसरे दिन ढेर सारे फल और फूलों के साथ वह आई और बोली—"तुम्हारे पिताजी की स्वीकृति का पत्र तो आ गया पर वे चाहते हैं कि तुम अच्छे होते ही एक साल की ट्रेनिंग के लिए चले जाओ। बोलो जाओगे ?" उसका उत्तर सुनने के लिए शैल की आँखें निर्मल के चेहरे पर टिक गईं, अनार छीलते हुए उसके हाथ जहाँ-के-तहाँ रुक गए। अपने नेत्रों से शैल के गालों को दुलारते हुए निर्मल ने कहा, "मन नहीं होता तुमसे दूर होने का। यहाँ हूँ तो रोज मिल तो लेते हैं, और तुम्हें कैसे बताऊँ शैल ! यह मुलाकात मेरे जीवन का आवश्यक अंग बन गई है, जिसके बिना अब मैं शायद रह न सकूँ।" अनार के लाल दानों को अपनी गुलाबी उँगलियों से निर्मल के मुँह में डालते हुए शैल ने पूछा, "तब पिताजी को क्या लिखोगे ?"

अनार की प्लेट को अपनी ओर सरकाते हुए निर्मल ने कहा—"लाओ, मैं खुद खा लूँगा"—और वह बैठने का प्रयास करने लगा।

"क्यों, मेरे हाथों से क्या अनार की मिठास जाती रहती है ?"— और प्लेट उसने वापस खींच ली।

"पगली !" निर्मल फिर लेट गया। थोड़ी देर तक बड़े भावपूर्ण नेत्रों से घूमते हुए पंखे को निहारते हुए बोला—"पिताजी के सामने कुछ-न-कुछ बहाना तो बनाना ही होगा शैल, पर मैं यहाँ से कहीं न जाऊँगा।"

मन-ही-मन निहाल होते हुए शैल ने बड़ी अदा से आँखें नचाते हुए कहा—"हाय राम ! इतने बड़े होकर झूठ बोलोगे !" और अपनी ही बात पर वह खिलखिलाकर हँस पड़ी।

बच्चू के चीख पड़ने से मिस्टर वर्मा के कानों में पड़ती हुई खिलखिलाहट की ध्वनि जाने कहाँ खो गई ! खीझकर बोले—"अरे पहले उसे तो चुप कराओ।" उन्हें लगा जैसे कोई बहुत ही सुन्दर स्वप्न वे देख रहे थे, जो इस बच्चे के रोने से ही बिखर गया।

मिसेज वर्मा उठीं। बच्चू को थपककर सुलाते हुए बोलीं—"यह नींद में जाने क्या-क्या देखता है। हर रोज एक-दो बार इसी तरह चीख पड़ता है।"

बच्चे को चुप कराकर मिसेज वर्मा ने कागज उठाया और फिर कहानी पढ़ने बैठ गईं। पर आँखें मूँदे वर्मा साहब अपने मे ही लीन उस बिखरे सपने के टूटे हुए सूत्र को खोज रहे थे। लेकिन बच्चू के रोने में खिलखिलाता हुआ जो चेहरा खो गया, सो खो ही गया। लाख प्रयत्न करने पर भी वह फिर नहीं उभरा। उसकी जगह एक कुम्हलाया हुआ चेहरा उनकी आँखों के आगे घूम गया।

"—यह क्या शैल ! तुम्हे तो बुखार लग रहा है।" शैल के गाल को छूते हुए निर्मल ने कहा।

"जाने क्यों, शाम को रोज ही ऐसा लगता है। बड़ी थकान भी लगती है, पर कभी टेम्प्रेचर लिया नहीं।"

"कितने दिनों से ऐसा रहता है ?"

"करीब महीना-भर होने आया।"

"बड़ी मूर्ख हो तुम !" और ड्रेसिंग टेबिल की दराज में से थर्मामीटर निकालकर उसने शैल के मुँह में लगाया।

इसके बाद डॉक्टर, दवाई, अस्पताल, ऐक्सरे।

ममी निर्मल को समझा रही हैं, "मैं कहूँगी तो शैल और ये दोनों ही सोचेंगे कि मैं सौतेली माँ हूँ सो ऐसा कह रही हूँ, इसलिए तुम उन्हें समझाकर शैल को सेनिटोरियम में भेजने की व्यवस्था करवा दो।"

"पर ममी अभी डॉक्टरों ने निश्चित राय तो दी नहीं है कि टी.बी. ही है। अभी तो उन लोगों को केवल सन्देह मात्र है। इस स्थिति में यदि उसे सैनिटोरियम में भेजा जाएगा तो जरा सोचो, उसके मन पर कितना ख़राब असर पड़ेगा।"—

लेकिन जल्दी ही डॉक्टरों का सन्देह निश्चय में बदल गया और ममी का अनुरोध निर्णय में। पिताजी ने थोड़ी ना-नुकुर की पर शैल ने बिना किसी विरोध के ममी का निर्णय मान लिया और सैनिटोरियम में भर्ती हो गई।

सैनिटोरियम के लम्बे अहाते को पारकर निर्मल पीछेवाले लॉन में पहुँचा। आराम कुर्सी पर बैठी शैल की पीली निस्तेज आँखों में चमक आ गई।

"तुम्हें रोज इतनी दूर आने में तकलीफ होती होगी न ?"

"नहीं तो, जरा भी नहीं।"

"हो, तब भी आया करना। सच कहती हूँ मैं सारा दिन इसी आसरे काटती हूँ कि तुम शाम को आओगे। आ जाते हो तो बड़ा हल्का-हल्का लगने लगता है, मानो मैं बिल्कुल स्वस्थ हूँ।

शैल के बालों में उँगलियाँ चलाते हुए निर्मल ने कहा—"तुम सोचती हो कि मिलने की उत्सुकता केवल तुम्हीं में है। जब से तुम यहाँ आई हो, किसी काम में मन नहीं लगता। शाम हुई न हुई, मैं दौड़ पड़ता हूँ।"—फिर शैल की लम्बी पतली उँगलियों में अपनी उँगलियाँ फसाते हुए निर्मल ने कहा, "जाने क्यों मेरा मन हर घड़ी कहता है कि तुम्हें टी.बी. नहीं हो सकती है ? जिन कारणों से टी.बी. होती है, वह सब तो तुम्हारे जीवन में है नहीं—तुम अच्छा खाती हो, अच्छा पहनती हो, साफ-सुथरी खुली जगह में रहती हो। पापा और मेरा प्यार तुम्हारे जीवन की हर घड़ी को सरस बनाए रहता है," फिर वह अपने आप ही निश्चयात्मक स्वर से बोल पड़ा—"नहीं नहीं ! यह डॉक्टरों का भ्रम मात्र है, तुम्हें टी.बी. हो ही नहीं सकती ! असम्भव, एकदम असम्भव !"

"हो सकने का सवाल नहीं निर्मल, शायद है ही ! मेरी ममी टी.बी. से ही तो मरी थीं। हो सकता है शायद यही कारण हो।"

कुछ सोचते हुए निर्मल ने कहा—"अच्छा !" उसके स्वर में उतार आ गया और बालों

में अठखेलियाँ करती उँगलियाँ एकाएक ही शिथिल हो गईं।

"तब तो इसका मतलब हुआ कि तुम्हारे बच्चों को भी टी.बी. होगी !" बालों में से उँगलियाँ निकालते हुए उसने कहा।

शैल खिलखिलाकर हँस पड़ी—"मेरे ही बच्चे क्यों ? क्या तुम्हारे नहीं होंगे ?—अरे कहो, अपने बच्चे !"

निर्मल ने देखा, उसके चेहरे पर मातृत्व उमड़ आया और आँखें लाज से झुक-झुक गईं—पर जाने क्यों निर्मल इस बात पर न हँस सका और न हमेशा की तरह शैल के इस रूप पर बिखर-बिखर जाने को उसका मन हुआ।

आँखों में आए लाज के उस भाव से अपने सारे चेहरे को गुलाबी रंग से रँगते हुए शैल ने कहा—"देखो आज डॉक्टर आए थे तो मैंने उनसे कह दिया कि 23 मई तक मुझे अच्छा कर ही दीजिए, चाहे मुझे टी.बी. हो या टी.बी. का बाप ! मुझे तब तक अच्छा होना ही है। पूछने लगे—क्या बात है 23 मई को ?"

"अच्छा बताओ तो भला मैं अपने मुँह से अपनी शादी की बात कैसे कहती ? अब तुम जाकर कह देना कि हमारी शादी है। समझे ! कह दोगे न ?"—पर निर्मल का मन जाने कहाँ खोया था। धीरे-से वह कुर्सी के हत्थे से उठा और सामनेवाली कुर्सी पर बैठ गया। निर्मल की उदासीनता की ओर बिना ध्यान दिए शैल अपनी ही धुन में कहती गई, "देखो यहाँ सारे दिन पड़े-पड़े मन नहीं लगता सो मैंने एक साड़ी काढ़ना ही शुरू कर दिया है। हम लोग जब घूमने जाएँगे तो तुम देखना, मैं रोज एक-से-एक बढ़िया साड़ी पहनकर चला करूँगी। लोग-बाग कहेंगे—"वाह साहब, क्या ठाठ हैं तुम्हारी बीवी के"—और उसका मन छः महीने की अवधि लाँघकर एक क्षण में ही उस जगह जा पहुँचा जहाँ के सुनहरे सपने बुनते-बुनते ही शैल के रात-दिन बीता करते थे। पर जाने क्या था कि निर्मल न शैल की इन बातों में ही अपना मन रमा पा रहा था, न अपनी ओर से ही कोई ऐसी हल्की-फुल्की बात कर पा रहा था, जिससे शैल का कुछ कष्ट ही घटे। अवसाद के काले मेघ उसके मन पर धीरे-धीरे घने होते जा रहे थे। वह स्वयं नहीं समझ पा रहा था कि वह कौन-सी मजबूरी है, कैसी बेबसी है जो उसे खुलकर नहीं हँसने देती। विचित्र-विचित्र शंकाएँ उसके मन में उमड़-घुमड़ रही थीं, और उनके नीचे दबा भाव-शून्य नजरों से वह दूर कहीं देख रहा था, मानो उसे शैल की उपस्थिति का अहसास ही न हो।

मिस्टर वर्मा की भावशून्य नजरें दूर के किसी अदृश्य-दृश्य में उलझी देखकर मिसेज वर्मा एक क्षण को रुकीं। पर उनका मौन भी मिस्टर वर्मा के ध्यान को अपनी ओर आकर्षित न कर सका। मिसेज वर्मा अपनी कहानी की इस उपेक्षा पर बुरी तरह खीझ पड़ीं और अपने पैर से उनके पैर को झकझोरते हुए बोलीं—"कहाँ ध्यान है तुम्हारा ? कहानी सुन भी रहे हो या मैं यों ही बकवास किए जा रही हूँ ?"

"एँ ?" अपने बिखरे फैले मन को समेटने का असफल-सा प्रयास करते हुए मिस्टर वर्मा ने मिसेज वर्मा की ओर देखा। उनके हाथ में कहानी के पन्ने देखकर उनकी चेतना लौटी तो सफ़ाई देते हुए बोले, "कहानी ही तो सुन रहा हूँ। रात के इस सन्नाटे में तुम्हारी इस कहानी से मन जाने क्यों भारी-भारी हो आया।"—मिस्टर वर्मा के इस वाक्य को अपनी

कहानी की सफलता मानकर परम तृप्ति के साथ मिसेज वर्मा ने आगे पढ़ना आरम्भ किया।

"लीला भारी कदमों और उससे भी भारी मन लिए जेल में अपने पति से मिलने के लिए जा रही है। उसका रोम-रोम जानता है कि पति से जेल में मुलाकात करने का यह अन्तिम दिन है। वह चाहती है कि वह हँसकर अपने पति को विदा दे, पर लाख प्रयत्न करने पर भी मन का दुःख आँखों में फूटा-फूटा पड़ता है, और उसके क़दम और अधिक भारी, और अधिक शिथिल हो जाते हैं, फिर भी एक अलौकिक सन्तोष और तृप्ति की भावना उसके मन में है कि मरने से पहले वह अपने पति को अपना सब कुछ दे सकी ! अपने को लुटाकर उसने उसे सुखी बनाया, धनी बनाया। जेल का फाटक आ गया—एक क्षण को वह ठिठकी।"

सैनिटोरियम के फाटक पर निर्मल के क़दम रुक गए। जिन कदमों को अपनी सारी शक्ति लगाकर वह यहाँ तक खींच लाया, उन्होंने जैसे अब जवाब दे दिया। डॉक्टरों से हुई लम्बी बातचीत, माँ का भी टी.बी. से मरना, पिता की हताशा...शैल के चेहरे का निरन्तर बढ़ता हुआ पीला मुर्झायापन...ये सब वो जंजीरें थीं जिसने उनके पैरों को जकड़ लिया था। निर्मल जानता है कि फाटक में घुसकर लम्बे अहाते को पार करते ही वह शैल के कमरे के सामने जा पहुँचेगा। शैल—जिससे मिलने के लिए कभी उसके क्षण युग-युग जैसे लम्बे हो जाया करते थे—वही शैल आज उसके इतने समीप है, फिर भी उसके मन में मिलने की कोई उत्सुकता नहीं, आतुरता नहीं। वह हृदय से शैल के पास जाना चाहता है, पर न जाने कौन है जो उसे निरन्तर पीछे की ओर घसीट रहा है। इस कशमकश में वह नहीं जानता, वह क्या करे ! एक ठंडी निःश्वास उसके सीने से निकल जाती है और शैल का जर्द कुम्हलाया हुआ चेहरा उसकी आँखों के आगे घूम जाता है, जिसमें न कोई सौन्दर्य है, न कोई आकर्षण और न इनकी सम्भावना ही—फिर भी वह अहाते की ओर बढ़ता है। सैनिटोरियम के भवन की छत पर लगे हुए क्रॉस में उसकी दृष्टि उलझ जाती है। ओह ! वह वहाँ से नजरें हटा लेता है। जाने क्यों, उसे ईसाइयों का यह पवित्र क्रॉस बड़ा ही मनहूस-सा दिखाई देता है। इसी क्रॉस पर तो कुछ निर्दयी लोगों ने निर्दोष ईसा को टाँगकर उनके प्राण ले लिए थे। वह नीचे अपनी परछाईं को देखते हुए आगे बढ़ता है। शैल के कमरे की निकटता उसकी चाल को और अधिक शिथिल कर देती है। आज पूरे पन्द्रह दिन बाद वह शैल के पास आया है। उसे कुछ-न-कुछ सफ़ाई देनी होगी, पर उसके रीते मन में कोई बात नहीं सूझती। वह दरवाजे पर पहुँचकर देखता है—शैल पलंग पर लेटी है। पन्द्रह दिनों में ही वह जैसे बहुत कमज़ोर हो गई है। शैल ने देखा तो ऐसे स्वर से बोली जिसमें जीवन का कोई लक्षण ही न था—"बाहर ही बैठो निर्मल ! मेरे कमरे में मत आओ। अब तो कफ में बुरी तरह खून निकलने लगा है।" निर्मल दरवाजे पर ही ठिठक गया। बड़ी बेबस निगाहों से उसने एक बार शैल की ओर देखा तो महसूस किया मानो शैल का मौन चीख-चीखकर कह रहा है—"तुम्हें रोकना मेरा फर्ज था, मैंने रोक दिया, पर तुम्हें तो इस तरह नहीं रुकना चाहिए न ? पन्द्रह दिन बाद आए हो, क्या एकबार भी अपनी प्यार-भरी उँगलियों से मेरे बालों को नहीं सहलाओगे ?"

उसका मन होता है कि भीतर चला जाए, शैल को सीने से लगा ले, पर वह जहाँ-का-तहाँ रह जाता है—मौन, निरुत्तर !

शैल की आँखों में आँसू छलछला आते हैं—वह नज़र फेर लेती है। निर्मल का मन बुरी तरह कचोट उठता है। तभी ममी आ जाती हैं। बाहर खड़ी-खड़ी वे तबीयत के समाचार पूछ लेती हैं—उसकी आवश्यकता और सुख-सुविधा की बात पूछ लेती हैं—फिर कहती हैं—"शैल, बिन्नी और पप्पू आए हैं। रो-रोकर घर भर दिया कि दीदी को देखेंगे। हारकर लाना ही पड़ा। बाहर खड़ाकर आई हूँ। तुम जरा खिड़की से सिर निकालकर दिखा दो तो उन्हें तसल्ली हो जाए।"

बच्चों के इस स्नेह की बात सुनकर शैल की आँखों में आँसू ढुलक पड़ते हैं। वह खिड़की से मुँह निकालती है, हाथ हिलाती है। उसके बाद उसका चेहरा भावशून्य हो जाता है। वह न ममी की ओर देखती है, न निर्मल की ओर। ममी फिर आने का आश्वासन देकर चल देतीं हैं। निर्मल अजीब-सी घुटन महसूस करता है। शैल उसे पन्द्रह दिन बाद आने के लिए उलाहने नहीं देती, झगड़ा नहीं करती—मानो उसने परिस्थिति को समझ लिया है और मौन भाव से स्वीकार कर लिया है। बात-बात पर मचलने, रूठने और मुँह फुलानेवाली शैल की यह मौन-स्वीकृति निर्मल से जैसे बर्दाश्त नहीं होती, पर...जब वह सोचता है कि यदि शैल इस लम्बी अनुपस्थिति का कारण पूछ बैठे तो उसके पास क्या उत्तर है ? अपने मन के चोर से वह स्वयं भयभीत है, वह स्वयं उससे अनजान ही बना रहना चाहता है, शैल को बताने की बात तो उठती ही नहीं। उचित सच्चाई के अभाव में शैल के मौन से उसे व्यथा के साथ-साथ कुछ राहत भी मिलती है। शैल की नजरों से अपने-आपको चुराती हुई उसकी नज़र बगलवाली दीवार के कैलेंडर पर जा टिकती है। वह देखता है—कैलेंडर में से फरवरी, मार्च और अप्रैल के पन्ने फाड़कर मई का पन्ना निकालकर रखा गया है, और 23 ता. के चारों ओर लाल पेंसिल से गोला बना रखा हैं उसका मन तड़प उठता है। वह चाहता है—शैल बोले, पर शैल बोलती नहीं। उसका मौन तुड़वाने के लिए अपनी सारी शक्ति बटोरकर निर्मल कहता है—"शैल, पिताजी का पत्र आया है। लगता है ट्रेनिंग के लिए मुझे जाना ही होगा।" शैल सुनती है पर न उसके चेहरे पर कोई विकार उत्पन्न होता है, न उसका मौन ही टूटता है। अपने-आपको बड़ी कुशलता से बचाते हुए निर्मल शैल से कहता है, "तुम सो जाओ शैल, अधिक देर बैठना शायद तुम्हारे लिए ठीक नहीं। अधिक बात करने के लिए भी शायद तुम्हें मना किया गया है। ठीक है, तुम चुप ही रहो। मैं भी चला। और देखो, समय-समय पर अपनी तबीयत के समाचार देते रहना। न हो तो ममी से लिखा भेजना।" फिर अत्यन्त स्नेह से, कोमल स्वर में, बड़े आग्रह से उसने पूछा, "ख़बर भेजोगी न ?" स्वर की इस आर्द्रता ने अनायास ही शैल के हृदय के मौन गुप्त तारों को झनझना दिया। उसकी भावहीन आँखें एक क्षण को निर्मल के चेहरे पर टिकीं ! इन नजरों में जाने ऐसा क्या था कि निर्मल महसूस करता है जैसे वह बहुत बड़ा झूठ कहते हुए पकड़ लिया गया है। पर निर्मल में इतना साहस न था कि वह उसका सामना कर सकता। हाथ हिलाया और जल्दी से मुड़ गया।

आते समय उसके क़दम शिथिल और भारी हो रहे थे, लौटते समय उतनी ही स्फूर्ति के साथ वह चला जा रहा है। वह उस कमरे से काफी दूर आ गया है, फिर भी उसे लगता है जैसे खिड़की में से झाँकते दो आँसू-भरे व्यथित नयन उसकी पीठ में चुभे जा रहे हैं ! वह सीधा रास्ता छोड़कर अकारण ही मुड़ जाता है।

मिस्टर वर्मा के चेहरे पर अपनी कहानी की प्रतिक्रिया देखने की उत्सुकता में मिसेज वर्मा ने मिस्टर वर्मा की ओर देखा। वर्मा साहब की दृष्टि कहानी के पन्नों पर टिकी हुई थी, और उनके ललाट पर दो सल पड़े हुए थे जिसका कारण शायद चश्मे की अनुपस्थिति हो। पति को अपनी कहानी में यों डूबा हुआ देखकर मिसेज वर्मा के चेहरे पर प्रसन्नता की आभा छलक पड़ी, उन्होंने कहा—"देखो, इस पत्र को ध्यान से सुनना। यह लीला का अपने पति के नाम अन्तिम पत्र है।" फिर स्वर में चैलेंज का पुट लाकर बोली, "मैं दावे के साथ कह सकती हूँ कि पत्थर दिलवाला आदमी भी इसे पढ़कर बिना पसीजे नहीं रहेगा"—पर मिस्टर वर्मा के कानों में 'पत्र' शब्द के अतिरिक्त मिसेज वर्मा का और कोई शब्द नहीं पहुँचा। मिसेज वर्मा ने पत्र पढ़ना आरम्भ किया, लेकिन मिस्टर वर्मा की धुँधली आँखों के सामने एक और ही अस्पष्ट-सा पत्र उभर आया। धीरे-धीरे पत्र का एक-एक शब्द स्पष्टतर होता गया—

"प्रिय बेटा निर्मल,

समझ नहीं पा रहा हूँ कि यह पत्र तुम्हें कैसे लिखूँ, पर लिखे बिना रहा भी नहीं जा रहा है। शैल की हालत तो जैसी तुम छोड़कर गए थे, वैसी ही है, पर डॉक्टरों का कहना है कि यदि 23 तारीख को किसी भी तरह शैल की शादी कर दी जाए तो शैल के अच्छे हो जाने की काफी सम्भावना है। इस स्थिति में शैल से विवाह करने की बात कहते हुए भी बड़ा संकोच होता है। किस मुँह से कहूँ, पर बेटी के प्राणों का मोह कहने को मज़बूर कर रहा है। एक दिन शैल का जीवन तुम्हारे हाथों में सौंपने का निश्चय किया था, वह आज भी तुम्हारे ही हाथों में है—चाहे बचा लो, चाहे खो दो। बहुत सोचकर क़दम उठाना मेरे बच्चे ! एक निर्दोष बच्ची और बेबस बाप की आत्मा तुम्हें युग-युग तक दुआएँ देंगी।"

मिस्टर वर्मा को एकाएक ही लगा जैसे उनकी साँस रुक रही है। उन्होंने दोनों हाथों से अपनी आँखें बन्द कर लीं। वह पत्र विलीन हो गया। पर उसकी जगह एक तार उभर आया जिसमें 23 मई को शैल की मृत्यु होने का समाचार था। मिस्टर वर्मा बद-हवास से उठ बैठे और चिल्लाकर बोले—"मेरा चश्मा दो।" मिस्टर वर्मा की इन सारी हरकतों को अपनी कहानी की सफलता का प्रमाण मानकर मुस्कुराते हुए मिसेज वर्मा ने कहा—"बस चार लाइनें और सुन लो।"

"तुम मेरा चश्मा दो।" वर्मा साहब क्रोध से झल्ला उठे। उनका स्वर बुरी तरह भर्राया हुआ था। इस अप्रत्याशित क्रोध को मिसेज वर्मा समझ नहीं पा रही थीं कि तभी वर्मा साहब चीख पड़े—"मैं कहता हूँ मेरा चश्मा दो, नहीं तो मेरा दम घुट जाएगा।" मिसेज वर्मा के हाथ से चश्मा लेकर उन्होंने काँपते हाथों से अपनी आँखों पर चश्मा चढ़ाया तो उन्हें ऐसा लगा मानो किसी अतल समुद्र की गहराई में से, जहाँ केवल अन्धकार था और उनका दम घुट रहा था, वे बाहर निकल आए हैं। निश्चिन्तता की एक लम्बी साँस खींचकर उन्होंने अपने चारों ओर देखा। सामने मिसेज वर्मा श्वेत साड़ी में लिपटी, चेहरे पर आतुरता का भाव लिए बैठी थी। पास ही पलंग पर बच्चू निश्चिन्त भाव से सो रहा था। लॉन के चारों ओर के पेड़ रुपहली चाँदनी में नहाए खड़े थे और उनके अपने छोटे-से सुन्दर बंगले की दीवार से सटा हुआ रातरानी का पेड़ उन्मुक्त भाव से अपना सौरभ बिखेर रहा था।

'तीन निगाहों की एक तस्वीर' संकलन से

नकली हीरे

किसी भी गाड़ी की आवाज़ सुनतीं तो मिसेज़ सरन चौंक उठतीं। उनकी इस अधीरता को लक्ष्य करके पास बैठी मिसेज़ गुजराल ने कहा : ''बड़ी बेचैनी से इन्तज़ार कर रही हो बहन का, क्यों ?''

''नहीं ऽ ऽ तो, बेचैनी कैसी ?'' और फिर अपने को भरसक स्वाभाविक बनाने के लिए सारा ध्यान हाथ की सलाइयों पर केन्द्रित करके, स्वर में ज़रा लापरवाही का पुट देकर बोलीं : ''सोच रही थी, मैं खुद उसे लेने स्टेशन नहीं गई, इस बात का उसे बुरा जरूर लगेगा। पर भई, कुछ भी हो, अपनी 'प्रेस्टीज' और 'पोजीशन' का कुछ तो ख़ायाल रखना ही पड़ता है। अब नौकर, ड्राइवर सबके सामने वह थर्ड-क्लास से उतरती या सेकेंड में से ही उतरती...मुझे तो बड़ा 'ऑकवर्ड' लगता...''

किसी कार की 'घर्र' से उनका वाक्य अधूरा ही रह गया। न चाहते हुए भी उनका ध्यान उधर चला ही गया।

''वह आ रही है, यही बड़ी बात समझिए, नहीं तो एक बार जब सम्बन्धों में तनाव आ जाता है तो...''

गुजराल का इस प्रकार उनकी 'पोजीशन' को अहमियत न देकर बहन के आने को अहमियत देना शायद उन्हें ज़रा भी बर्दाश्त नहीं हुआ, सो बात को बीच में ही काटकर बड़ी ठसक से बोलीं : ''आएगी क्यों नहीं, बुलाने पर तो वह दस बार आएगी और सिर के बल आएगी। सम्बन्ध भी कौन उसने तोड़े थे, वह तो हम लोगों ने ही तोड़ लिये थे। पर जब इन गर्मियों में पापा ने ही उसे अपने यहाँ बुला लिया तो मैंने भी सोचा, लाओ, मैं भी बुला ही लूँ, महीना-बीस दिन सुख में ही काट जाएगी बेचारी।'' सलाइयों पर चलते हाथ थामकर उन्होंने एक बार बड़ी उड़ती सी नज़र गुजराल के चेहरे पर डाली। शायद अपनी बात की प्रतिक्रिया जानने के लिए, और फिर नज़रें अपने ताने-बाने पर जमाती हुई बोलीं : ''पन्द्रह-सोलह साल की उम्र में तो ऐसी बेवकूफ़ी करते लड़कियों को देखा है, पर यों पढ़-लिखकर, समझदार होकर अपनी ज़िन्दगी के साथ खिलवाड़ करते नहीं देखा। बड़े-बड़े रजवाड़ों से तो इसके लिए सम्बन्ध आए थे...उन सबको छोड़कर...पापा को तो इतना 'शॉक' लगा कि बेचारे आधे रह गए।'' और एक ठंडा निःश्वास छोड़कर वे ज़रा रुकीं।

गुजराल में हज़ारों बार की सुनी इस राजे-रजवाड़ोंवाली गाथा को सुनने का धैर्य नहीं था और वह जानती थीं कि यदि रोका नहीं गया तो अभी यह सरन उन सारी रियासतों के नाम और स्थिति का विस्तृत वर्णन भी आरम्भ कर देगी, इसलिए सारी बात पर विराम-चिह्न-सा लगाती हुई कुछ उत्साह-भरे स्वर में वे बोलीं : ''अरे अब कहाँ के राजा-

महाराजा और कहाँ के रजवाड़े ! सब ख़त्म हुए और जात-पाँत को भी अब कौन मानता है ? आजकल तो यह आम बात हो गई है !"

सरन बुरी तरह कट गईं ! "जात-पाँत को तो हम भी नहीं मानते; पर आदमी की 'पोजीशन' भी तो कुछ होती है। कहाँ पापा एक बड़ी 'स्टेट' के 'एक्स-प्राइम-मिनिस्टर' और कहाँ एक फटीचर कॉलेज में पढ़ानेवाला ! पाँच सौ रुपए तो यह अपने जेब-खर्च के लिए लेती थी और अब इतने में सारी गृहस्थी चलानी पड़ती होगी। प्रेम का सारा नशा हवा हो गया होगा, रो रही होगी अपनी क़िस्मत को।"

गुजराल घड़ी देखकर उठती हुई बोलीं : "अब तो आती ही होगी, मैं चली। शाम को हो सके तो क्लब लेकर आना, वहीं मुलाकात करेंगे।" और बिना उत्तर की प्रतीक्षा किए वह मुड़कर पीछे के दरवाज़े से चली गईं।

"सब जलती हैं कम्बख़्त !" सरन बुदबुदाईं। तभी लाल बजरी की सड़क पर तैरती हुई एक बड़ी गाड़ी पोर्टिको में आकर खड़ी हो गई। सरन एक क्षण के लिए जैसे तय ही नहीं कर पाई थीं कि कितनी आत्मीयता से वह बहन से मिलें कि इन्दु स्वयं ही गाड़ी का फाटक खोलकर बिखरे बाल और अस्त-व्यस्त कपड़े लिये दौड़ती हुई आई और 'दीदी' कहकर सरन से लिपट गई।

सरन शायद इस तरह के व्यवहार के लिए कदापि तैयार नहीं थीं। अपने को छुड़ाते हुए बोलीं : "अच्छी तो है...चल-चल...अन्दर चल।" उनका सारा ध्यान आस-पास खड़े नौकर-चाकरों पर और इन्दु की सिलवटों से भरी हैंडलूम की साधारण सी साड़ी पर था, और वे शायद महसूस कर रही थीं कि जिस 'ऑकवर्ड' स्थिति से बचने के लिए वे स्टेशन नहीं गईं, वह यहाँ उपस्थित हो ही गई।

नहा-धोकर गीले बाल अपनी पीठ पर फैलाए जब इन्दु सरन के पास आकर बैठी तो सरन उसे एकटक यों देखती रहीं मानो किसी अपरिचित को देख रही हों। इन्दु के भरे-भरे और कुन्दन जैसे रंगवाले शरीर पर साधारण सी साड़ी लिपटी थी। जेवर के नाम पर गले में केवल एक मंगलसूत्र था। उन्हें लग रहा था, यही रूप क़ीमती वस्त्रों में लिपटता तो कैसा निखर उठता ! इन्दु का मन नहीं करता होगा अच्छे-अच्छे कपड़े पहनने को ? उनका सारा ऐश्वर्य देखकर उसे अपने अभाव क्या और नहीं खलने लगेंगे ? एकाएक ही उनका मन द्रवित हो गया।

"जीजाजी कब तक लौटेंगे दीदी ? सच, मैं तो बड़े बुरे मौक़े पर आई, न बच्चे हैं, न जीजाजी। कितना अर्सा हो गया है सबसे मिले भी !"

"ये कहाँ घर रह पाते हैं ? काम ही इतना बढ़ा लिया है कि मरने तक को फुर्सत नहीं मिलती। अभी-अभी तीन नई मिलें बम्बई में और सेट की हैं। मैं तो कहती हूँ, क्या होगा इन सबका ? जो है वही दो पीढ़ी तक ख़त्म नहीं होने का, पर ये मानें तब न !" फिर एकाएक ही प्रसंग बदलकर बोलीं : "तेरे पतिदेव कैसे हैं ?"

पूछनेवाला ढंग कुछ ऐसा था कि इन्दु बुरा भी मान सकती थी, पर वह बड़ी ही सहज-स्वाभाविक मुस्कान के साथ बोली : "अच्छे हैं !" फिर मौन ! सरन कभी-कभी उड़ती नज़र से इन्दु को देख लेतीं। वह प्रतीक्षा कर रही थीं कि इन्दु कुछ बोलेगी : शायद उसे बहुत कुछ कहना होगा; पर वह खिड़की के पार शून्य में जाने कहाँ नज़रें टिकाए बैठी थी।

थोड़ी देर बाद एकाएक सरन की ओर देखकर बोली; "तुम बड़ी दुबली हो गई हो दीदी ! दो साल से ही तो तुम्हें नहीं देखा; पर बड़ी कमज़ोर-कमज़ोर लग रही हो, क्या बात है ? रंग भी कैसा फीका-फीका सा पड़ गया है !"

"ले, दुबली क्यों होऊँगी ? सारे दिन तो फलों का रस पीती हूँ और टॉनिक खाती हूँ ! हाँ, यहाँ की आबहवा जरूर अच्छी नहीं है।" दोनों फिर चुप हो गईं।

तभी नौकर ने सूचना दी कि खाना तैयार है। लगा, जैसे यही एक आधार मिला। सरन उठीं और पीछे-पीछे इन्दु उठी। एक-एक कमरे में हज़ारों रुपए का फर्नीचर, 'कार्पेट्स' और परदे लगे हुए थे। कहीं सफ़ाई का और कहीं कुछ मरम्मत का आदेश देती सरन रुकती-रुकती जा रही थीं।

"तू तो मेरे यहाँ पहली बार ही आई है !"

"हाँ," इन्दु का संक्षिप्त-सा उत्तर था। सरन बराबर ही महसूस कर रही थीं कि इन्दु आने के बाद से ही कुछ खिन्न-सी हो चली है। बोल कितना कम रही है ! इस उदासी का कारण भी वे जानती हैं, और बहुत चाह भी रही हैं कि अपना ऐश्वर्य उसे न दिखाएँ; पर छिपाएँ भी कहाँ ? और सच तो यह है कि जितनी प्रबल इच्छा छिपाने की हो रही थी, उससे ज़्यादा बताने की हो रही थी।

खाने के कमरे में आए तो अनेक व्यंजनों से भरी मेज़ पर गर्व-भरी दृष्टि डालकर बोलीं : "तुझे जो-जो पसन्द हो, वही बता दे, शाम से वही सब बन जाया करेगा !"

"मैं तो सब खाती हूँ..." प्लेट को अपनी ओर सरकाकर सब्ज़ी लेते हुए इन्दु ने कहा। स्वर की लापरवाही सरन को अच्छी नहीं लगी।

"क्यों, अब वे सब नखरे नहीं रहे क्या ? पहले तो तेरे बड़े मिजाज़ थे खाने के मामले में !"

"वह बचपन की बातें थीं, अब क्या ?" हँसते हुए इन्दु ने कहा। सरन ने ग़ौर किया, हँसती हुई इन्दु कुछ ज़्यादा सुन्दर लगती है।

"तो अब क्या हो गया ? मुझे तो खाने का अभी भी बहुत नखरा है।" फिर जैसे न चाहते हुए भी उनके मुँह से निकल गया : "हाँ, नखरा निभाने के साधन होने चाहिए !" यों कहकर स्वयं लगा कि ज़रा कड़ी बात उन्होंने कह दी; पर बात निकल चुकी थी।

दोनों फिर चुपचाप खाने लगीं।

सन्ध्या को चाय पीने के लिए दोनों बाहर लॉन में आईं। हरी मखमली घास पर सफ़ेद पेंट किया हुआ सिंगापुरी केन का सेट हाथी दाँत की तरह चमक रहा था और बगीचे में चारों ओर खुशहाली जैसे बिखरी पड़ी थी। इसी जगह से कोठी का सबसे सुन्दर 'व्यू' दिखाई देता था। इन्दु चाय बनाने लगी तो उसके हाथ से केटली लेकर सरन स्वयं चाय बनाने लगीं। वह इन्दु का ध्यान किसी भी काम में अटकाकर नहीं रखना चाहती थीं...वह चाह रही थीं, इ दु उनकी कोठी को देखे, उनके बगीचे को देखे, बगीचे की रौनक को देखे।

चाय का पहला घूँट भी नहीं पिया था कि नौकर ने बड़े अदब से एक नीला लिफ़ाफ़ा सामने पेश किया और इन्दु ने इस आश्वस्त भाव से हाथ बढ़ाया मानो वह अच्छी तरह जानती

थी कि यह उसका है। मानो वह उसकी प्रतीक्षा में ही थी।

"यह क्या, आज आई और आज ही चिट्ठी भी आ गई मास्टरजी की !" अपार आश्चर्य से सरन ने पूछा।

इन्दु केवल मुस्कुरा दी। अब यह तो कैसे बताती कि उसके रवाना होने के दो दिन पहले ही यह चिट्ठी पोस्ट कर दी गई थी। बस, उसके गालों के गढ़ों के चारों ओर बड़ी ही आकर्षक सुर्खी फैल गई। लिफ़ाफ़े को उसने बिना खोले ही हाथ में दबा लिया।

मिसेज़ सरन को न चाय पसन्द आई, न चाय के साथ का नाश्ता। खानसामे की जगह पास खड़े बैरे पर ही उन्होंने सारा गुस्सा निकाल दिया।

उनकी मित्र-मंडली में से दो-तीन के टेलीफ़ोन आए कि बहन को लेकर क्लब आओ; पर उन्होंने सबको यही जवाब दिया कि आज वह थकी हुई है, कल लेकर आऊँगी ! आज वे चाह रही थीं कि इन्दु के पास बैठकर कुछ बातें करें। सवेरे से दोनों के बीच जाने कैसा अवरोध आया हुआ है कि कुछ बोल ही नहीं पातीं। साथ खाया, साथ बैठीं भी, पर दोनों चुपचाप। इन्दु जब से आई है शायद अपनी ओर से कुछ बोली ही नहीं, बस कुछ पूछो तो संक्षिप्त सा उत्तर दे देती है। बोलेगी भी क्या बेचारी...महसूस तो करती ही होगी कि बोलने लायक़ वह रही ही कहाँ ? कोई बात नहीं, वे ही बोलेंगी। लाख ग़लती कर बैठे, है तो आख़िर छोटी बहन ही। माँ के मरने के बाद जब तक वह हॉस्टल नहीं चली गई थी, उन्होंने ही उसकी सबसे ज़्यादा देखभाल की थी।

वे इन्दु के कमरे में घुसीं। देखा, दरवाज़े की ओर पीठ किए वह लिखने की मेज़ पर बैठी कुछ लिख रही है। पास पहुँचकर देखा, सामने एक पत्र खुला पड़ा है और वह पैड पर कुछ लिख रही है—शायद, पत्र का उत्तर ! दीदी को आया देख पैड बन्द करती हुई बोली : "आइए दीदी, बैठिए।" सरन पलंग पर बैठ गईं। इन्दु ने अपनी कुर्सी घुमा ली।

कुछ देर तक फिर एक विचित्र-सा मौन छाया रहा।

"इन्दु !" बहुत ही स्नेह-सिक्त स्वर में सरन बोलीं।

इन्दु ने अपनी बड़ी-बड़ी पलकें उठाकर नज़र सरन के चेहरे पर जमा दी।

"सवेरे से तुझसे तो कोई बात ही नहीं हुई। क्या करूँ, इतना बड़ा घर और देखभाल करनेवाली मैं अकेली। जिधर न देखूँ उधर ही अँधेर !"

इन्दु थोड़ा सा मुस्कुरा दी, मानो कह रही हो कि बात न कर पाने की उसे कोई शिकायत नहीं।

"देख रही हूँ, तू भी बहुत बदल गई है। बहुत चुप रहने लगी है। लगता है, जैसे अन्दर-ही-अन्दर कहीं कोई..." आगे सरन से कुछ कहा न गया।

"कौन, मैं ? नहीं तो !" इन्दु ने उत्तर दिया।

"साल-भर तक गुस्से में हम लोगों ने तुझसे सम्बन्ध तोड़ लिये। यही समझ ले, हमारे मंस्कार थे। पर ये खून के सम्बन्ध भी कभी यों टूटते हैं भला ! लेकिन लगता है कि तू अभी भी मान ही किए बैठी है।"

इन्दु सरन को यों देख रही थी मानो समझ ही नहीं रही हो कि यह सब किस बात की भूमिका हो सकती है।

"अपने सुख-दुःख की बात हमसे नहीं कहेगी तो किससे कहेगी ?"

"कैसा सुख-दुःख ? मैं तो बहुत ख़ुश हूँ।" इन्दु ने मुस्कुराते हुए कहा, पर सरन को लगा कि यह मुस्कुराहट भी निर्जीव है। 'ख़ुश' शब्द का भी केवल उच्चारण-भर किया है, मन में कहीं ख़ुशी नहीं है। स्वर को और कोमल बनाकर बोलीं :

"देख, बाहरवालों के सामने तो ढँकना ही पड़ता है, हम भी ढँकते हैं; पर अपनों से कैसा दुराव ?" फिर कुछ रुककर बोली : "पापा ने लिखा था कि पन्द्रह दिनों के लिए उनके पास गई तो मास्टरज़ी ने पाँच दिन में ही बुला लिया। कहीं आने-जाने की छूट भी नहीं देते हैं शायद ?" सरन बड़े ग़ौर से इन्दु की ओर ही देखे जा रही थीं; कहीं तो आकर वह खुले !

इन्दु उसी प्रकार मुस्कुराती हुई बोली : "अरे, वह तो हमारी एक जरूरी मीटिंग थी, इसलिए जाना पड़ा। नहीं तो मुझे सभी प्रकार की छूट है।"

"पैसे की तकलीफ़ भी कम नहीं होगी। कैसे तू घर चलाती होगी, कैसे क्या करती होगी ?" उसके अनालंकृत शरीर पर नज़र दौड़ाते हुए सरन ने कहा : "तू चाहे न मान इन्दु, पर बच्चों का जितना हित माँ-बाप देखते हैं; कौन देख सकता है भला ! हम तीनों बहनों के सम्बन्ध पापा ने किए और भगवान का दिया सभी सुख आज हमारे पास है। वे अनुभवी होते हैं, आदमी की परख उनको होती है; जानते हैं, कहाँ और किसके साथ उनकी सन्तान सुखी रह सकती है..."

"मेम साब, टेलीफ़ोन है।"

"किसका ?"

"सुरजीत मेम साब का। बोला, जरूरी काम है !"

"अच्छा, चलो, आते हैं !" और एक भरपूर नज़र इन्दु के चेहरे पर डालकर वे चली गईं। मन में सन्तोष था, आज अच्छी-खासी भूमिका हो गई, कल तक इन्दु अपने-आप खुल जाएगी।

रात में सोने से पहले उन्होंने एक बार फिर इन्दु के कमरे की ओर झाँका। वह वैसे ही दरवाज़े की ओर पीठ किए कुछ पढ़ या लिख रही थी। "अभी भी पत्र ही चल रहा है क्या ?" बिना इन्दु के कमरे में घुसे वह अपने कमरे में चली गईं और बत्ती बुझाकर सो गईं। रात बड़ी देर तक इन्दु के कमरे से प्रकाश छन-छनकर आता रहा। वे सोचती रहीं, क्या कर रही है वह बैठी-बैठी ? क्या लिखते होंगे ये पत्रों में ? विवाह को इतने वर्ष हो गए, उन्होंने तो कभी पत्र नहीं लिखे।

क्लब जाने के लिए जब सरन और इन्दु गाड़ी में बैठीं तो इन्दु ने शायद पहली बार अपनी ओर से प्रश्न किया : "कैसा क्लब है दीदी...क्या-क्या होता है वहाँ ?" उसका ध्यान सरन के गहनों, भड़कीले वस्त्रों और गहरे मेकअप पर था।

"अरे क्लब क्या, यहाँ का सबसे अच्छा रेस्तराँ हैं। हम आठ-दस फ्रेंड्स चार बजे से छः बजे तक के लिए यहाँ इकट्ठी हो जाती हैं—बस, गपशप, खाना-पीना चलता है। अच्छा समय बीत जाता है !"

लाल-बत्ती हो जाने से गाड़ी खड़ी हुई और मौक़ा पाते ही एक भिखारिन खिड़की में से सिर घुसाकर गिड़गिड़ाने लगी। सरन ने भौंहें चढ़ाकर उसे झिड़का और खिड़की का काँच चढ़ाकर पर्स से 'सेंटेड' रूमाल निकाल नाक पर रख लिया। फिर इन्दु से पूछा : "तुम्हारे

नागपुर की 'सोशल-लाइफ' कैसी है ? क्या 'एक्टिविटीज' रहती हैं तुम लोगों की ?''

''बस, यों ही, कोई ख़ास नहीं।'' फिर वही छोटा सा उत्तर।

'मोकेम्बो' के सामने गाड़ी रुकी तो आगे-आगे सरन और पीछे-पीछे इन्दु उतरी। दरवाज़े पर खड़े वर्दीधारी दरबान ने 'अटेंशन' की स्थिति में खड़े होकर तपाक से सलाम ठोंका और दरवाज़ा खोलकर खड़ा हो गया। साड़ी की पटलियों को ठीक करके सरन दो सीढ़ियाँ चढ़ीं और गर्दन को हल्का सा झटका देकर अन्दर घुस गईं। देखा, अन्दर सारी मजलिस जम चुकी थी, और किसी बात पर बड़े ज़ोर का ठहाका लग रहा था। इनको आते देखकर एकाएक ही चुप हो गईं। सरन को लगा, जैसे बात उन्हीं को लेकर हो रही थी, तभी तो सब यों चुप हो गईं। उस दिन की पार्टी की 'होस्टेस' सुरजीत कौर ने खड़े होकर इन्दु का स्वागत किया...सबकी नज़रें भी उसी पर जमी थीं। सरन ने बड़े औपचारिक ढंग से सबसे परिचय करवाया। बीना और निक्की को देखकर उनका मन कुछ भारी हो आया। वे दोनों बहुत ही कम आती हैं, और जब भी आती हैं, कुछ-न-कुछ ऐसी बात अवश्य हो जाती है कि सरन का मूड बिगड़ जाता है। सरन अच्छी तरह जानती हैं, आज इन्दु की बात सुनकर ही दोनों आई हैं; और एकाएक ही उनका ध्यान इन्दु की साधारण सी नागपुरी साड़ी और अनालंकृत रूप पर चला गया। उन्होंने इन्दु से कितना कहा था कि उनसे लेकर कोई अच्छी साड़ी पहन ले, कुछ जेवर पहन ले, यहाँ सब बड़े-बड़े घर की 'कल्चर्ड' औरतें जमा होंगी; पर वह भी अपनी ज़िद पर अड़ी रही। यह भी उसका अपना 'इनफीरियॉरिटी कॉम्प्लेक्स' है। अच्छा है; अब बने सबके बीच मज़ाक़ की पात्री। उनका क्या है, वे भी सबके साथ मिल जाएँगी ! ग़लती उसने की है तो वे कहाँ-कहाँ से बचाती फिरेंगी ? फिर सबकी ओर उन्होंने नज़र डाली, जिन्होंने काफी मामूली कपड़े पहन रखे थे, वे भी इन्दु की साड़ी से बहुत बढ़िया थे।

सुरजीत ने 'मीनू-कार्ड' इन्दु की ओर बढ़ाते हुए कहा : ''बोलिए, आपके लिए क्या मँगवाया जाए ?''

कार्ड पर सरसरी सी नज़र डालकर इन्दु ने कहा : ''पाइन एप्पल जूस।''

''और सरन, तुम क्या लोगी ?''

''जो तुम खिला-पिला दोगी। हम तो हमेशा 'होस्टेस' की मेहरबानी पर जिन्दा रहते हैं।'' और सरन अपनी ही बात पर हँस पड़ीं। बीना ने काँटे पर आलू-चॉप के टुकड़ों को बड़े कौशल से सँभालते हुए कहा : ''तुम्हें नहीं पता सुरजीत, मिसेज सरन तो सरन साहब की अनुपस्थिति में एकदम वैरागिन हो जाती हैं। कुछ भी खिला-पिला दो बिचारी को।''

''लो, अच्छी याद दिलाई,'' निक्की बोली और पास बैठी बीना के कन्धे को अपने कन्धे का हल्का सा धक्का देकर बोली : ''आपके लिए एक खुशख़बरी है मिसेज़ सरन !''

मिसेज़ सरन एक तो बीना और निक्की की किसी भी बात में शरीक होना नहीं चाहती थीं, दूसरे उनका ध्यान इस समय इन्दु की ओर चला गया था जो गुजराल से हँस-हँसकर बातें कर रही थी। कल से चुप रहनेवाली इन्दु आख़िर गुजराल से क्या बातें कर रही होगी ? पर निक्की थी कि खुशख़बरी सुनाकर ही मानी, और आवाज़ को इतना बुलन्द करके बोली कि अपने ही खाने और अपनी ही बातों में व्यस्त मजलिस के हर व्यक्ति के कानों तक वह पहुँच जाए : ''अनिता आज रात के प्लेन से बम्बई जा रही है, सरन साहब के पास कोई सन्देशा भिजवाना हो तो भिजवा दीजिए।'' और वह होंठों-ही-होंठों में बड़े व्यंग्यात्मक ढंग

से मुस्कुरा दी। सरन ने सभी के चेहरों पर वैसी ही दबी-दबी मुस्कुराहट देखी तो बुरी तरह कट गईं। उतने ही तेज़ स्वर में बोलीं : "खुशख़बरी के लिए धन्यवाद निक्की, पर यहाँ तो ऑफ़िस से हर तीसरे दिन आदमी जाता है। अभी कल ही साहब ने बम्बई से यह साड़ी भेजी है।" पहनी हुई साड़ी की ओर संकेत करके उन्होंने कहा, पर तभी जाने कैसे उनके हाथ के प्याले से थोड़ी सी कॉफी छलककर साड़ी पर गिर पड़ी।

"आए-हाए, साड़ी बिगड़ गई !" प्याले को मेज़ पर रखकर 'नैपकिन' से कॉफ़ी पोंछते हुए वे झल्लाई हुई सी बोलीं।

"लगता है, अच्छे मन से नहीं भेजी है साड़ी, सरन साहब ने। देखो न, आते ही ख़राब हो गई !"

बाथरूम की ओर जाती हुई सरन ने बात सुनी, फिर भी ऐसी बन गईं, मानो कुछ सुना ही नहीं। बस, एक बार उड़ती नज़र से इन्दु की ओर जरूर देखा।

सरन साड़ी धोकर निकलीं तो फिर बैठीं नहीं। सुरजीत की ओर देखकर बोलीं : "आज चलेंगे। इन्दु को कलकत्ता भी घुमाना है, कुछ जगह मिलाना-जुलाना भी है।" फिर इन्दु की ओर देखकर उठने का संकेत किया।

किसी ने रुकने का आग्रह भी नहीं किया। सुरजीत कौर दरवाजे तक छोड़ने आई।

गाड़ी में बैठी तो सरन का मूड बुरी तरह 'ऑफ' हो रहा था। "अपने आपको बड़ा कल्चर्ड समझती है--बदतमीज़ कहीं की ! सबकी सब जलती हैं। हम सब बराबरी के ही तो थे, पर सरन साहब इतना आगे बढ़ गए, मिलों पर मिलें खोलते जा रहे हैं तो यों उल्टी-सीधी बातें करके बदनाम करती हैं।" और भी न जाने क्या-क्या वे बोले चली जा रही थीं; पर शायद उन्हें खुद नहीं मालूम था कि यह सब कहकर वे इन्दु के सामने सफ़ाई पेश कर रही हैं, या अपने मन को तसल्ली दे रही हैं।

घर पहुँचे तो नौकर ने कल की तरह का एक नीला लिफ़ाफ़ा लाकर इन्दु के सामने पेश कर दिया।

"यह क्या, आज फिर चिट्ठी ? तेरे मास्टरजी के पास सारे दिन चिट्ठियाँ लिखने के सिवाय और कोई काम ही नहीं है क्या ?" उसी झल्लाहट में वे कह गईं। इन्दु ने कोई जवाब नहीं दिया, बस चिट्ठी लेकर अपने कमरे में चली गई।

खाना खाने के बाद मिसेज सरन ने कई बार सोचा कि इन्दु के कमरे में जाएँ, कल की अधूरी बातों का सिलसिला जोड़ें; पर गईं नहीं।

तीन दिन और बीत गए। सरन ने इन्दु को कलकत्ते के सारे अच्छे रेस्तराँओं में घुमाया, दर्शनीय स्थान दिखाए--कलकत्ता-क्लब दिखाया। जहाँ-जहाँ सरन ले गईं, इन्दु गई...पर बातचीत दोनों में विशेष नहीं हो पाती। साथ रहकर भी सरन बराबर एक दूरी सी महसूस कर रही थीं। एक विचित्र तनाव सा महसूस कर रही थीं। इन्दु की ओर से तो शायद वैसा कोई प्रयत्न भी नहीं था। खाली समय में वह किताब लेकर अपने कमरे में बैठी रहती।

उस दिन सन्ध्या को लॉन में बैठी दोनों चाय पी रही थीं। इन्दु ने पूछा : "जीजाजी की कोई चिट्ठी नहीं आई दीदी, वे आ कब रहे हैं ? आ जाते तो मैं भी मिल लेती।"

सरन हँसी : "चिट्ठी ! अरे, उन्हें कहाँ फुर्सत है चिट्ठी लिखने की ! हम तो भाई, जब जरूरत हुई, ट्रंक पर बात कर लेते हैं। जितनी देर चाहो कर लो, दस मिनट, पन्द्रह मिनट, आधा घंटा।"

"तो फिर आज बुक कीजिए न ट्रंक। मैं भी एक बार बात ही कर लूँ।"

सरन ने सेक्रेटरी को बुलवाकर आदेश दिया : "रात ग्यारह के बाद बम्बई के लिए ट्रंक बुक कीजिए, साहब से बात करेंगे।"

चाय समाप्त करके वे इन्दु को लेकर अपने जौहरी की दुकान पर पहुँचीं। बड़े तपाक से स्वागत हुआ। सरन ने कुछ नए डिजाइन के अच्छे-अच्छे सेट निकालने को कहा। देखते-ही-देखते सारा काउंटर मख़मली डिब्बों से भर गया।

"ले, इनमें से एक सेट पसन्द कर ले।" सरन ने सामने फैले जगमगाते हुए डिब्बों की ओर संकेत करके कहा। सेठजी एक के बाद एक डिब्बे खोलते ही चले जा रहे थे और उनके मतानुसार हर सेट अपनी तरह का अनोखा सेट था।

"कौन, मैं ?" कुछ आश्चर्य से इन्दु ने पूछा : "मैं तो यह सब पहनती ही नहीं !"

"मैं अपनी ओर से दे रही हूँ, अब पहनना !" सरन ने कहा और ढेर में से एक सेट निकालकर बोलीं : "देख, यह कैसा है ? पहनकर देख, तुझ पर खूब खिलेगा !"

बीच में ही सेठजी बोले : "अरे साहब, इसकी तो बात ही मत पूछिए, पाँच सेट के ऑर्डर तो आए रखे हैं। जो भी देखता है, बिना पसन्द किए नहीं जाता !"

सरन के बढ़े हुए हाथ से सेट लेकर वापस उसे काउंटर पर रखते हुए इन्दु ने कहा : "मैं सचमुच ही नहीं पहनती दीदी, लेकर क्या करूँगी ?" और सरन कुछ कहतीं, उसके पहले ही बोली : "तुम ज़रा यह सब देखो, जितने में मैं सामनेवाली दुकान से होकर आती हूँ," और वह उतरकर सामने की किताबोंवाली दुकान पर चली गई।

सरन ने अपने को बड़ा अपमानित सा महसूस किया। एक क्षण तो वह इन्दु का जाना देखती रहीं, फिर उन जेवरों में खो गईं। बहुत छान-बीन करके उन्होंने एक हीरे का हार पसन्द किया। गले में डालकर आदमकद शीशे के सामने खड़ी होकर हर एंगिल से उन्होंने देखा। इन्दु हाथ में एक 'पैकेट' लिए लौट आई थी—शायद किताबें लेकर आई थी, पर उन्होंने उसे देखकर भी नहीं देखा, न कुछ पूछा ही। इन्दु ने शायद सरन की बेरुखी भाँप ली, शायद उसे यह भी लगा कि इनकार करके वह ज़्यादती कर गई, इसीलिए स्वयं ही आगे आकर बोली : "इसे ले लीजिए, आप पर बड़ा सुन्दर लग रहा है दीदी !" सरन शीशे में पड़ते इन्दु के प्रतिबिम्ब को देखकर ही बोलीं : "सत्तर हज़ार माँग रहे हैं।" फिर दोनों हाथ पीछे ले जाकर 'हुक' खोलती हुई बोलीं : "यहाँ तो मन पर चढ़ने की बात है, चढ़ गया तो ले ही लूँगी।" फिर सेठजी से कहा : "अभी तो 'पैक' करवा दीजिए...फाइनल जवाब दो दिन बाद दूँगी...ज़रा दो-चार लोगों से और पसन्द करवा लूँ।"

"जरूर-जरूर..." हार को वापस केस में जमाते हुए सेठजी बोले : "इसके बारे में दो राय हो ही नहीं सकतीं, आप दो-चार को छोड़ दस को दिखा दीजिए।"

दोनों लौट पड़ीं।

रात बारह के करीब ट्रंक की लाइन मिली। इन्दु सरन के कमरे में ही बैठी थी। बड़ी फुर्ती से सरन ने रिसीवर उठाया : "हलो...हाँ, मैं मिसेज़ सरन...कौन रामसिंह ? साहब को दो, साहब को; हम ज़रा बात करेंगे !" और सरन ने रामसिंह की मोटी किन्तु स्पष्ट आवाज़ में सुना : "साहब तो हुजूर अनिता मेमसाहब के साथ डांस पर गए हैं, आने से हम बोल देगा !"

बात करने को उत्सुक इन्दु ने पूछा : "क्या हुआ, हैं या नहीं ?"

रिसीवर को वापस पटकते हुए सरन ने कहा : "ये तो हैं ही नहीं...अच्छी जान मुसीबत में कर रखी है इन्होंने तो अपनी...। दिन में चैन न रात में !" और एक हल्की सर्द-सी आह निकल गई उनके मुख से। इन्दु चुपचाप अपने कमरे में लौट आई।

दूसरे दिन सवेरे ही इन्दु के पास नागपुर से तार आ गया कि फौरन चली आओ। सरन ने चिढ़कर कहा : "यह भी कोई बात हुई भला ? बहन के पास रहने का हक़ भी तुम्हें नहीं है। पापा के पास भेजा तो यों बुला लिया, यहाँ भेजा तो तार आ गया। जैसे वे ही तेरे सब कुछ हैं, हम कुछ हैं ही नहीं।"

"बात यह है दीदी कि उन्हें..." और इन्दु का चेहरा सुर्ख हो गया और सरन से जाने की अनुमति लेने के लिए वह मुस्कुराई तो गालों के वे गढ़े और गहरे हो गए।

"कुछ बात-वात नहीं है, मैं तार करवा देती हूँ कि अभी नहीं जाएगी !"

"नहीं-नहीं...जाना तो मुझे होगा ही। बात यह है कि...अब तुम्हें क्या बताऊँ !" और इन्दु चुप हो गई। सरन एकटक इन्दु का चेहरा देख रही थीं। उन्हें लगा, वे चाहे लाख मना करें; पर सामने खड़ी मुस्कुराती इन्दु जाकर ही मानेगी।

और सचमुच ही शाम की गाड़ी से इन्दु ने जाने की तैयारी कर ली। सरन ने उसके लिए फर्स्ट-क्लास का टिकट मँगवा दिया और बहुत इनकार करने पर भी फल और मिठाई के टोकरे तैयार करवा दिए।

दोनों पोर्टिको में खड़ी थीं और सामान कार पर रखा जा रहा था। सरन की आँखें नम हो आई थीं। बड़े ही स्नेह-भरे स्वर में वे बोलीं : "देख इन्दु, कभी भी किसी चीज़ की जरूरत हो तो निःसंकोच भाव से लिखना। हम लाख बुरे हों, फिर भी तेरे अपने ही हैं।"

"आप भी कैसी बातें करती हैं दीदी, आप लोगों से नहीं कहूँगी तो किससे कहूँगी भला ? आप लोगों के सिवाय मेरा है ही कौन ?" इस बार इन्दु का स्वर भी भर्रा गया।

इन्दु की छोटी सी अटैची और एक टोकरी को लिये नौकर उतर रहा था कि जाने कैसे उसका पैर फिसल गया और दोनों चीज़ों सहित वह नीचे जाकर चारों-खाने चित हो गया। ड्राइवर ने नौकर को सँभाला, अर्दली ने लुढ़कती हुई टोकरी को। अटैची खुल गई थी और उसका सामान इधर-उधर बिखर गया था। सामान के साथ ही चार-पाँच नीले लिफ़ाफ़े भी फरफराकर इधर-उधर बिखर गए। सरन एकाएक उन लिफ़ाफ़ों को ही देखती रहीं।...इन्दु ने जल्दी से झुककर सारा सामान वापस अटैची में भर दिया और होंठों पर मुस्कुराहट और आँखों में आँसू लिये अन्तिम बार हाथ जोड़कर गाड़ी में बैठ गई।

गाड़ी इन्दु को लेकर चली गई।

जब तक गाड़ी आँखों से ओझल नहीं हो गई तब तक सरन एकटक उस ओर ही देखती रहीं। फिर एक निःश्वास छोड़कर भारी क़दमों से लौट आईं। कुछ देर तक वह निरुद्देश्य सी इस कमरे से उस कमरे में घूमती रहीं। फिर अपने कमरे में आकर सेफ़ खोला तो सामने

ही कलवाला हीरे का हार रखा दिखाई दिया। उन्होंने उसे निकाल लिया और खोलकर देर तक उसे इधर-उधर करके देखती रहीं। एकाएक ही उन्हें लगा, इन हीरों में तो चमक ही नहीं, ये तो नकली हैं। कल जौहरी उनके साथ धोखा कर गया। इतने विश्वास का जौहरी और धोखा ! कल जाने कैसे उन्हें भ्रम हो गया ! उन्होंने फिर एक बार ग़ौर से देखा–नहीं-नहीं, ये हीरे नहीं हो सकते। इतने फीके और मन्दे...बिल्कुल सादे काँच के टुकड़ों की तरह...!

'यही सच है' संकलन से

नशा

"सत्यानाश हो उस हरामी के पिल्ले का, जिसने ऐसी जानलेवा चीज़ बनाई !"...खाली बोतल को हिला-हिलाकर शंकर इस तरह ज़ोर-ज़ोर से चिल्ला रहा था जिससे कि रसोई में काम करती हुई उसकी पत्नी सुन ले। "घर का घर तबाह हो जाए, आदमी की जिन्दगी तबाह हो जाए; पर यह जालिम तरस नहीं खाती ! कैसा मूर्ख होता है आदमी भी, वह समझता है वह इसे पी रहा है; पर असल में यह आदमी को पीती है, आदमी की जान को, आदमी के ख़ून को पीती है...उसके ईमान को पीती है, हाँ-हाँ !" यों ही बकता-बहकता, खाली बोतल का मुग्दर घुमाता हुआ शंकर रसोई के दरवाज़े पर पहुँच गया : "देखा, यह खाली हो गई ?" और बोतल को उल्टी करते हुए बोला : "एकदम खाली ! अब मैं चाहता हूँ कि मैं इसे भरूँ और पिऊँ और यह कम्बख़्त चाहती है कि यह मेरे पेट में भर जाए और मुझे पिए !... पिएँ...दोनों खूब पिएँ !"

आनन्दी सिर झुकाए हुए जौ की मोटी-मोटी रोटियाँ सेंक रही थी। वह सब सुनती है, पर बोलती नहीं। क्या बोले ? बोलने को उसके पास कुछ है भी नहीं, कभी भी तो कुछ नहीं कहा। वाणी कुन्द हुए वर्षों हो गए। वह जानती है, शंकर को कल पीने को नहीं मिला, वह बहुत कष्ट पा रहा है। परसों उसने बहुत चाहा था कि किसी तरह कुछ पीस डाले, पर उठा ही नहीं गया। सारा बदन जैसे जुड़ गया था। इस गठिया ने उसे अपाहिज बना दिया है। कल सारे दिन शंकर बका था, आनन्दी पर दो-तीन लातें भी पड़ी थीं; पर वह पैसा न दे सकी।

"कल रात तो तूने बड़ी देर तक पीसा था, आनन्दी। पिसाई नहीं मिली क्या ?" बिना पिए शायद शंकर को सारी रात नींद नहीं आई, तभी तो उसे मालूम है कि उसने सारी रात पीसा। पर पिसाई, कैसे दे-दे वह पिसाई ? आनन्दी का मन बड़ा बोझिल हो आया। एक हूक-सी उठी मन में। हथेलियों के छाले पिड़ा उठे।...पर शंकर को फिर नींद नहीं आएगी। ये जौ की रोटियाँ उसने बनाई हैं, वह खाएगा नहीं। सारी दोपहरी, सारी रात बकेगा, तड़पेगा, उसे मारेगा। आनन्दी उठी, ताँबे की एक कटोरी में से कुछ पैसे लाकर उसने शंकर के हाथ में रख दिए।

"तेरी-जैसी सती नार का भगवान जरूर भला करेगा आनन्दी ! तेरा बेटा भी एक दिन लौट आएगा, जरूर-जरूर लौट आएगा। ऐसी औरत के साथ तो भगवान भी दुश्मनी नहीं निभा सकता !"

शंकर चला गया तो वह अपनी हथेलियाँ देखने लगी—छालों से भरी हुई हथेलियाँ। टप-टप आँसू टपकने लगे आँखों से। उसके छालों पर हमेशा आँसुओं का ही तो मरहम लगा है।

"हे भगवान, मुझे मौत आ जाए !...कोई मुझे यहाँ से ले जाए !" एक घुटी-घुटी सी आह और उससे भी ज़्यादा घुटी-घुटी आवाज़।

"सुनती है, आनन्दी, तेरे बेटे की चिट्ठी आई है ! अरे, वह जीता-जागता है, बड़ा आदमी हो गया है !" हाथ में चिट्ठी लिए दौड़ता सा शंकर आनन्दी के पास आया : "देख-देख, किशनू की चिट्ठी आई है ! उसने कपड़े की दुकान कर ली है !...ले, देख, देख !"

अवाक् सी आनन्दी शंकर का मुँह देखती रह गई। शंकर के हाथ में बोतल नहीं, काग़ज़ था। गोबर से सने हाथ आनन्दी ने एक बार आगे बढ़ाए, फिर वापस खींच लिए। कहीं पैसे लेने के लिए शंकर उसके साथ मज़ाक़ तो नहीं कर रहा है ? उसकी आँखों में कुछ ऐसा भाव उभर आया, मानो कह रही हो, ऐसा क्रूर मज़ाक़ मत करो मेरे साथ ! तुम्हें पैसे चाहिए तो यों ही माँग लो।

"बुद्धू-जैसी क्या देख रही है ? देख, अपने बेटे की लिखाई पहचानती है या नहीं ?" और पत्र को उसने आनन्दी की आँखों से सटा दिया, "तेरे नाम लिखी है—अपनी माँ के नाम। मुझसे तो वह आज भी गुस्सा है। हरामी कहीं का !"

गाली आनन्दी के सीने में जा लगी।

"सुन, क्या लिखा है," और शंकर ज़ोर-ज़ोर से पत्र पढ़कर सुनाने लगा : "कपड़े की दुकान जम गई तो शादी भी कर ली !...एक छोटा सा पक्का मकान भी बना लिया।...अब तुझे मैं अपने ही साथ रखूँगा। यह सब मैंने तेरे ही लिए किया है, माँ !...मैं तुझे लेने आ रहा हूँ...।"

आनन्दी को लगा, जैसे यह सब शंकर पढ़ नहीं रहा; किशनू बोल रहा है। किशनू की आवाज़ वह कभी भूल सकती है भला ! उसकी आँखों के सामने किशनू का आँसू-भरा चेहरा उभर आया।

"अरे, कल तेरा बेटा आ रहा है—बारह साल बाद। राम चौदह साल बाद आए थे तो अयोध्यावालों ने दीवाली मनाई थी। तू भी दीवाली मना, तेरा राम आ रहा है न !...आज तो दो रुपए माँगू तो भी कम हैं। सच कहता हूँ जो परसों से एक बूँद भी गले के नीचे गई हो तो ! और अब क्या बात है ! तेरे बेटे का मकान है, कपड़े की दुकान है।" कहकर शंकर ने सामने रखी गोबर की ढेरी पर कसकर एक लात मारी। दूर-दूर तक गोबर छिटक गया : "तू अब उपले नहीं थापेगी, समझी ? कुछ नहीं करेगी। चल, दो रुपए दे, निकाल।"

आनन्दी ने चुपचाप हाथ धोए। दो रुपए दिए। दो रात उसने सिलाई की थी, और दिन में उपले थापे थे, सूत काता था, तब जाकर अढ़ाई रुपए मिले थे। आठ आने का धान लाई थी, बाक़ी रुपए...

रुपए हाथ में आते ही शंकर ने जल्दी-जल्दी सिर पर साफ़ा लपेटा और चलने लगा। आनन्दी ने धीरे से कहा : "चिट्ठी तो देते जाओ।"

"ले ये चिट्ठी। अरे, मैं कोई झूठ थोड़े ही बोल रहा हूँ ? कल तेरा बेटा आ रहा है। जा, किसी से पढ़वा ले। सत्यानासी बुलाए बिना नहीं मानी। बदजात कहीं की !" और लम्बे-लम्बे डग भरता वह बाहर निकल गया।

कल किशनू आ रहा है, सचमुच ही किशनू आ रहा है। और जैसे इतनी देर बाद उसे पहली बार बोध हुआ कि उसके जीवन में क्या कुछ घट गया। बारह साल बाद उसका बेटा आ रहा है—एकाएक चबूतरे पर बैठकर ही आनन्दी फूट-फूटकर रो पड़ी। ऊपर से सदा ही शान्त रहनेवाले पर्वत के भीतर का ज्वालामुखी जब फूटता है तो कोई भी शक्ति उस आवेग को रोक नहीं पाती। बारह साल बाद वह कल अपने किशनू को देखेगी ! उसका बेटा, उसका खोया हुआ बेटा वापस आ रहा है !...शंकर आज के दिन भी शराब पीने गया। क्यों नहीं वह सारे मुहल्ले में दौड़ता फिरा ? क्यों नहीं उसने घर-घर जाकर ख़बर दी कि किशनू आ रहा है ? क्यों नहीं उसके पास बैठकर उसने बात की कि किशनू के आने की तैयारी में क्या-क्या किया जाए ?...तैयारी ? उसकी आँखों के सामने ताँबे की खाली कटोरी घूम गई। शंकर के प्रति तीखी घृणा और विरक्ति से उसका मन भर गया।

वह उठी। अपने घर के चारों ओर उसने नज़र डाली। कितना बदल गया है उसका घर इन बारह सालों में ! कच्ची दीवारों में गोटी-मोटी दरारें पड़ गई हैं, आँगन में जहाँ-तहाँ से गोबर की मोटी-मोटी पपड़ियाँ उतर गई हैं। उसने आजकल लीपना-पोतना भी छोड़ ही दिया था। इतना समय ही कहाँ रहता था उसके पास। फिर किसके लिए लीपे-पोते ? किशनू क्या कहेगा यह घर देखकर ? लेकिन एक दिन में अब वह कर भी क्या सकती है ?

साँझ आई और चारों ओर धुँधलका छा गया तो मूँज की ढीली-ढाली खटिया आँगन में डालकर वह लेट गई।

"दीया बाट, बहू खाट !" थककर बड़ी रात गए वह सोने जाती तो भी उसकी सास उसे ताना सुनाया करती थी। आज तो सचमुच ही वह दीया जलते ही खाट पर आ लेटी थी। आज वह रोटी नहीं बनाएगी। सवेरे उसने रोटी नहीं खाई थी, उससे खाई ही नहीं गई। शंकर आकर वही रोटी खा लेगा। पीकर आता है तो उसे गर्म रोटी चाहिए। न मिलने पर वह गुस्से में मार भी बैठता है। फिर भी आनन्दी नहीं उठी। आज और मार ले, कल तो फिर उसका बेटा आ जाएगा। फिर देखे तो, कोई उसको हाथ लगा के !

किशनू ने सारी चिट्ठी माँ के लिए ही लिखी है। अपने कक्का के लिए कुछ भी नहीं लिखा। कुछ भी हो, कम-से-कम चिट्ठी में तो कुछ लिख देता। आख़िर बाप है। पर वह जानती है कि किशनू कितना जिद्दी, कितना गुस्सैल है। तभी तो भाग गया। फिर भी बाप के लिए एक अजीब सी करुणा उसके मन में उभर आई।

शंकर अभी तक नहीं लौटा। पता नहीं, कब लौटेगा ! आज के दिन न पीता तो क्या हो जाता ?

सामने मिट्टी के पक्के चबूतरे पर नज़र गई। सीमेंट के गमले में सूखी, मरियल सी तुलसी की चार-पाँच टहनियाँ इधर-उधर सिर झुकाए दिखाई दे रही थीं, आठ-दस पीले मुरझाए पत्ते हवा में लटक रहे थे, पत्तों पर धूल की परत जमी हुई थी। आनन्दी आजकल तुलसी पर दीया नहीं जलाती। जिस दिन किशनू भागा था, उस दिन से उसने दीया नहीं जलाया। कौन सी कामना बाक़ी रह गई थी, जिसके लिए वह दीया जलाती ? पर इस समय मन हुआ कि एक दीया जलाकर रख दे। आनन्दी ने उठकर पहले तुलसी में पानी दिया, फिर दीया जलाकर रख दिया।

प्रकाश का एक वृत्त रह-रहकर काँपने लगा। अनेक स्मृतियाँ काँपने लगीं—अनेक चित्र

काँपने लगे।

...दस साल की आनन्दी जेवरों से लदी-फँदी इस घर की पुत्रवधू बनकर आई थी। उसकी सास ने उससे चबूतरे पर दीया जलवाया था और कहा था कि अपने सुहाग की मनौती माँग लेना, बहू। रोज़ इस पर दीया जलाना, घर की यह तुलसी कल्प-तरु है।

सुहाग का वह तब अर्थ भी नहीं जानती थी; फिर भी उसने अपने सुहाग की कुशलता की कामना की थी, रोज़ दीया जलाने का संकल्प किया था।

बहू का नयापन दो ही दिन में उतर गया था और उसे पता लग गया था कि इस घर, इन जेवरों और गायों-भैंसों के बीच जो कुछ है वह बहुत ही कष्टकर है। उसे पल-पल में रोना आने लगा।...माँ, कक्का, ददृदा आदि याद आते। वह छिप-छिपकर बिसूरती। सास देख लेती तो ऐसे नोंचती कि मांस निकल आता। किसी काम में कसर रह जाती तो सास ऐसे लतियाती कि वह औंधे मुँह गिरकर तड़फड़ाने लगती।...उसकी बोली बन्द हो गई, बस, आँसू बहते रहते और आँसू बहाते-बहाते एक दिन उसे एक नया ज्ञान हुआ कि यह सास उसके जीवन की कर्णधार नहीं—शंकर उसके जीवन का कर्णधार है। और तब वह उस दिन की राह में समय काटने लगी जब उसका असली कर्णधार उसका भार सँभालेगा। वह दिन तो जल्दी ही आ गया; पर कर्णधार भार सँभालने के बजाय भार बन गया—ऐसा भार, जिसे ढोने के लिए उसे अपने कन्धे बड़े कमज़ोर लगे।

शंकर घर का इकलौता लड़का था। पिता थे नहीं। माँ के पास बेटे के अवगुण देखनेवाली आँखें नहीं थीं। उसे सही रास्ते पर लगानेवाला कोई अंकुश नहीं था। उसे पीने की जो लत पड़ी तो घर का धन ही नहीं गया, आनन्दी की क़िस्मत और बच्चों का भविष्य भी चला गया। माँ के मरने के बाद शंकर बिल्कुल बिलल्ला ही हो गया। दो बच्चे बीमारी में तड़पकर मर गए। बच्चे चले गए, खेत-खलिहान चले गए, गाय-भैंसें चली गईं। रह गए शंकर और किशनू। किशनू को छाती से लगाए-लगाए वह काम करती। न हाथ रुकते, न आँसू। शंकर या तो सोता या नशे में उत्पात मचाता ! वह मार खाती, किशनू मार खाता।

चौदह साल का किशनू एक दिन तैश में आ गया और बाप पर झपट पड़ा : "कक्का ! तुमने माँ के हाथ लगाया तो मैं तुम्हारा ख़ून पी जाऊँगा !...मैं सच कहता हूँ, तुम्हारा ख़ून पी जाऊँगा !" और वह बाप से जूझ गया।

"मैं तेरे हाथ जोड़ती हूँ किशनू, तू हट जा ! तुझे मेरे सिर की सौगन्ध है जो तू कक्का पर हाथ उठाए। तू हट जा, किशनू, हट जा !"

और किशनू हटा तो ऐसा हटा कि बारह साल तक मुँह नहीं दिखाया।

आनन्दी शंकर के पैरों पर गिर-गिरकर रोई, बोली : "मेरे बेटे को ढुँढ़वा दो। मैं उसे लेकर कहीं चली जाऊँगी ! उसके बिना मुझसे जिन्दा नहीं रहा जाएगा ! मैं तुम्हें जिन्दगी-भर पीने को दूँगी, अपना हाड़ गला-गलाकर पीने को दूँगी ! तुम मेरे किशनू को ढूँढ़ दो !"

पर न शंकर ने किशनू को ढूँढा, न आनन्दी मरी। हाँ, हाड़ गला-गलाकर वह पिलाती रही और शंकर पीता रहा।

"माँ, मेरा बटुआ रख लेना ज़रा," बटुआ थमाकर, धोती कन्धे पर डालकर किशनू नहाने

चला गया।

आनन्दी का मन हुआ था, कह दे; मेरे पास बटुआ मत रख किशनू, नहीं तो...पर उससे कुछ भी नहीं कहा गया था।

किशनू घर से अभी निकला भी नहीं था कि शंकर सामने खड़ा था : "निकाल रुपए। तू सोचती है, सारी कमाई तू अकेली ही हड़प लेगी ?...बेटे का पैसा अकेले-अकेले न पचेगा, वह मेरा भी बेटा है। निकाल।"

काँपते हाथ से आनन्दी ने दो रुपए निकालकर दे दिए। अन्दर कितने रुपए हैं, उसने झाँककर भी नहीं देखा। वह किशनू से कह देगी कि उसी ने रुपए निकाले हैं, उसे जरूरत थी। लेकिन शंकर को क्या कभी समझ नहीं आएगी ? वह पीकर आएगा, वैसे ही बकेगा-झकेगा। क्या सोचेगा किशनू ? अभी तक किशनू ने नहीं पूछा था कि कक्का अब भी पीते हैं या छोड़ दी। क्या पूछे, पीनेवालों की सूरत ही बता देती है, पर क्या आज ही वह सब नाटक फिर होना था ? क्यों उसने रुपए दिए ? उसे अपने पर ही क्रोध आने लगा। मना कर देती तो क्या कर लेता ? अब उसे डर ही किस बात का है ? उसका कमाऊ बेटा उसे लेने आ गया है। वह अपने को ही कोसने लगी—उसे रुपए नहीं देने थे। क्यों दे दिए उसने रुपए ?

किशनू खा-पीकर गाँव में लोगों से मिलने निकला, तो बोला : "माँ, ज़रा बटुआ देना।"

काँपते हाथ से आनन्दी ने बटुआ पकड़ा दिया। दो रुपए की बात गले में आकर भी अटक गई। बिना देखे ही बटुआ जेब में रख, किशनू निकल गया। आनन्दी उसे देखती रही—लम्बा-चौड़ा जवान !...कल पड़ी-पड़ी वह सोच रही थी कि बेटे को अपनी दुःख-गाथा सुनाएगी...इतने दिनों का अपना बोझ हल्का करेगी। पर बेटे के सामने तो उसकी जीभ ही जैसे तालू से सट गई। यह किशनू अब बारह साल पहलेवाला किशनू नहीं रह गया था। वह सोच रही थी कि पहले की तरह ही वह उसकी गोद में सो जाएगा और वह एक-एक करके बताएगी कि उसने कितना-कुछ सहा। लेकिन...

"सत्यानाश हो उस हरामी के पिल्ले का, जिसने ऐसी जानलेवा चीज़ बनाई !" नशे में धुत्त, लड़खड़ाता शंकर घुसा तो किशनू अवाक् सा उसका मुँह देखता ही रह गया। उसकी आँखों में ख़ून उतर आया। उसने आनन्दी की ओर देखा। आनन्दी की अपराधी नज़रें झुक गईं। "क्या-क्या लाड़ लड़ रहा है माँ से ?...अरे, अपने बाप को भी तो कुछ दे ! जो कुछ देना है इधर दे, इधर। मैं तेरा बाप हूँ, साले !" लड़खड़ाता हुआ शंकर भीतर चला गया।

"यह पैसा कहाँ से लाते हैं ?"

आनन्दी चुप।

"मैं पूछता हूँ, यह पैसा कहाँ से लाते हैं ?"

आनन्दी की आँखों से टप्-टप् आँसू बहने लगे।

"तू देती है ? तू पीने को देती है ? क्यों ? क्यों देती है तू उसे पैसा ? क्यों तू अपने पैरों में कुल्हाड़ी मार रही है, माँ ?"

सिसकियाँ, दबी-दबी, घुटी-घुटी सिसकियाँ।

"मैं सोच रहा था कि पैसा नहीं रहा होगा तो कक्का रास्ते पर आ गया होगा। पर अभी भी वही हाल है। पिछले बारह सालों से यों ही तू इस निखट्टू को पिला रही है न ?"

"मुझे यहाँ से ले चल, किशनू...यहाँ से ले चल ! मैं अब एक दिन भी इस घर में रहना नहीं चाहती। मैंने बहुत सहा है, अब और नहीं सहा जाता, मुझे यहाँ से ले चल आज ही।" आनन्दी फूट-फूटकर रोने लगी।

किशनू ने कमीज़ की बाँहों से ही आँखें पोंछते हुए कहा : "आज ही तुझे ले चलूँगा, माँ, आज ही। सोचा तो था कि कक्का को भी ले चलूँगा, पर अब नहीं। यह ले जाने लायक़ ही नहीं हैं।"

"कौन साला जाता है तेरे साथ ? निकल जा तू मेरे घर से। दोनों निकल जाओ। कोई बेटा-बेटी नहीं है मेरा। कोई औरत-वौरत नहीं है मेरी। जाओ, सब जाओ।" खटिया पर बैठा-बैठा शंकर अनाप-शनाप बक रहा था।

आनन्दी सारे दिन रोई। उसने अपने फटे-पुराने कपड़ों की गठरी बाँध ली। रो-रोकर सबसे मिल आई। उसका बेटा उसे लेने आ गया। वह जा रही है, अब कभी इस घर में नहीं आएगी। पिछले चालीस साल उसने इसमें काटे हैं। इस घर को और घरवाले को अपना ख़ून पिलाया है। रो-रोकर उसने कामना की है कि हे भगवान, किसी तरह मेरा बेटा लौटा दे, अपने बेटे को लेकर मैं कहीं चली जाऊँ।...आज वह दिन आ गया। फिर भी आनन्दी रो ही रही है।

शाम को शंकर आया तो नशे में धुत्त। कपड़े की बँधी गठरी को लात से एक ओर उछालता हुआ बोला : "मैं एक-एक का ख़ून पी जाऊँगा।...देखूँ कौन माई का लाल ले जाता है मेरी जोरू को !" और उसने आनन्दी को बड़ी बेरहमी से पीटना शुरू कर दिया। एक भरपूर लात पेट में पड़ी तो आनन्दी को गश-सा आ गया। कराहकर इतना ही वह कह सकी : "बचा, बेटे, किशनू, बचा !"

किशनू के नथुने फड़क रहे थे और आँखों के डोरे सुर्ख़ हो उठे थे। एक धक्के में उसने शंकर को दूर पटक दिया और आनन्दी को खाट पर डालता हुआ बोला : "और दे पैसे !...मेहनत-मज़दूरी कर और पिला इस साँड़ को !" किशनू आनन्दी पर ही बरसने लगा।

दर्द से कराहती हुई आनन्दी कह रही थी : "मुझे यहाँ से ले चल, किशनू !"

निकलने की बेला आई, तो रुलाई का आवेग सँभल नहीं रहा था। आस-पास की सभी औरतें विदा करने आई थीं।

"ले जा, भइया, अपनी माँ को। बड़े-बड़े दुःख सहे हैं बेचारी ने।"

"अरे किशनू, इस गाय को ले जा शंकर कसाई के घर से। कसाई भी अच्छा जो एक दिन ही मारकर छुट्टी कर देता है। इससे तो..."

चलने से पहले झिझकते-झिझकते आनन्दी ने कहा : "बेटा, दस रुपए हों तो दे, मानकी की माँ के चुकाने हैं।"

"हाँ-हाँ, ले," दस का एक नोट किशनू ने माँ के हाथ में थमा दिया।

सबकी नज़रें बचाकर आनन्दी उस नोट को ताँबे की कटोरी में डाल आई। फिर घबराते दिल से आकर सबके बीच में मिल गई।

रात के धुँधलके में आनन्दी किशनू के साथ इक्के पर बैठकर चली। धूल उड़ाता इक्का आगे बढ़ गया। घर पीछे छूट गया। पता नहीं, कहाँ बैठकर वह पी रहा होगा।

शहर में बना छोटा सा, साफ़-सुथरा, पक्का मकान। आनन्दी की छोटी-से-छोटी आज्ञा को पूरी करने में सदा तत्पर बेटे-बहू। इससे बड़े सुख की कल्पना भी वह नहीं कर सकती थी।

दुकान से आते ही किशनू पास आकर पूछता : "क्या ख़बर है, माँ ?"

"अच्छी हूँ, बेटा।"

"कुछ भी चाहिए तो माँग लेना। मन ऊबे तो पड़ोसियों के यहाँ चली जाया करो।"

किशनू खाता तो माँ को पास बिठा लेता। बहू गर्म-गर्म फुलकियाँ उतारकर देती जाती। घी महकता रहता। दो तरकारियाँ, दाल, चटनी...और अनायास ही आनन्दी की आँखों में न जाने ऐसा क्या पड़ जाता कि पानी-ही-पानी बहने लगता। वह बार-बार आँखें पोंछती, पर एक चित्र था कि मिटता नहीं, धुँधला नहीं होता, उभर-उभरकर आता...रसोई के अँधेरे कोने में अधजली, अधपकी सूखी रोटियाँ, न घी, न तरकारी, पानी के घूँट के सहारे जैसे-तैसे निगलता हुआ शंकर...

"देखो अम्मा, एक और रोटी नहीं लेते। एकदम करारी करके लाई हूँ। यह भी कोई खाना हुआ भला ?" बहू ठनककर शिकायत करती।

करारी और गर्म रोटी का कितना शौक है शंकर को ! ठंडी रोटी देखकर वह आनन्दी को मार बैठता था।

"कितना तो खा लिया, तुम तो हद कर देती हो। देखो तो माँ, तुम्हारी इस बहू ने कितना मोटा कर दिया है मुझे।"

"कहाँ हो रहा है मोटा ? जवानी में ऐसा शरीर नहीं रहेगा तो बुढ़ापे में क्या करेगा ? सारा दिन काम करके आता है, खिलाएगी नहीं ? कौन औरत होगी जो अपने सुहाग का ख़याल न रखती होगी ! अपने आदमी का..." बाक़ी बातें गले में ही अटक जातीं।

"आज यह क्या हो रहा है, माँ ?"

"कुछ नहीं, यों ही ज़रा सिलाई लेकर बैठ गई।" सिटपिटाते हुए आनन्दी ने कहा।

"तुम बहू से करवा लिया करो, तुम्हारी बहू सिलाई जानती है।"

"मेरी सिलाई नहीं है, बेटा, पड़ोसियों की ले आई हूँ। सारे दिन खाली बैठे-बैठे ऊब जाती हूँ न, इसी से।"

"ओ हो ! यह बात है ! भले लोग हैं, चली जाया करो उधर।"

"दिन में चली जाती हूँ।"

आते-जाते किशनू पूछता ही रहता—माँ, कुछ चाहिए तो नहीं ? माँ, तुम कभी घूमने-फिरने भी चली जाया करो।...माँ तुम्हारा मन तो लग जाता है न ?

बहू दिन में दस चक्कर लगाती—अम्माजी, यह खा लीजिए। अम्मा, आज क्या तरकारी

बनाऊँ ?...लाओ, अम्मा, तुम्हारे सिर में तेल डाल दूँ।

आजकल आनन्दी सारे दिन सिलाई करती है। पड़ोसियों के घर में शादी है, ढेर-सारी सिलाई ले आई है। बहू सोचती है, चलो अच्छा है, अम्मा का मन लगा रहता है। अम्मा ने बड़ी लगन से बहू से क्रोशिये की बेल बनाना सीखा। आनन्दी की लीची-जैसी गिचगिच आँखें और महीन धागे का फन्दा—आँखों पर ज़ोर पड़ता है, पर वह छोड़ती नहीं।

रात में देर तक आँखें गड़ाए हुए क्रोशिया चलाते देख एक दिन किशनू बोला : "माँ, छोटी-मोटी सिलाई कर दिया करो। तुम तो बेगार ही लेकर बैठ गईं पड़ोसियों की। अब क्या तुम्हारी आँखें ऐसी हैं जो यह सब काम करो ?"

तो आनन्दी ने उठाकर रख दिया और बत्ती बुझाकर सो गई। लेकिन आधी रात के क़रीब जब सब सो गए तो वह फिर उठी, दरवाज़ा बन्द किया और बत्ती जलाकर बुनने बैठ गई। अँगुलियाँ उसकी जकड़ रही थीं, पर वह बुनती रही। धीरे-धीरे फ़न्दे में से फन्दा निकलता रहा।

दूसरे दिन आनन्दी को मामूली सी हरारत हो गई। आनन्दी बुख़ार में भी बराबर काम करने की आदी थी, पर किशनू और बहू ने उसे सुला दिया। किशनू नाराज़ भी हुआ : "इस तरह सिलाई-बुनाई करने की क्या जरूरत थी भला ? बैठे-बिठाए बुख़ार बुला लिया।"

"मैं तो अच्छी हूँ, तुम लोगों ने ज़बर्दस्ती मुझे बीमार बना दिया।"

"अच्छा-अच्छा, तुम बिस्तरे से मत उठो। देखो, माँ को उठने मत देना। आऊँगा तो दवा लेता आऊँगा।"

देवी-देवता जैसे हैं उसके बेटे-बहू।

कितना ख़याल रखते हैं उसका ! जाने कौन सा पुण्य किया था उसने, जो उसका बुढ़ापा सुधर गया। एक ठंडी साँस उसके कलेजे से निकल गई—सन्तोष की या विषाद की, वह स्वयं नहीं समझ पाई।

किशनू दवाई लेकर लौटा तो आनन्दी तकिए के सहारे बैठी अपनी अकड़ी हुई उँगलियों को देख रही थी। जब तक हाथ चलते रहे, कुछ पता नहीं लगा था, पर अब तो ज़रा सा हिलाने में भी दर्द होता है। किशनू को देखते ही उसने हाथ चादर के नीचे ढँक लिए।

"क्या ख़बर है माँ, कैसा है बुख़ार ?" और आनन्दी के पास बैठकर उसने उसका हाथ खींचकर बाहर निकाला।

आनन्दी दर्द को पी गई।

"बुख़ार तो इस समय नहीं लगता।" पत्नी को पुकारते हुए किशनू बोला : "अरे, सुनती हो, ज़रा एक गिलास पानी लाना। अम्मा को दवाई देनी है।" और फिर जेब से पुड़िया और शीशी निकालने लगा।

तभी पड़ोसियों का दस साल का लड़का हाथ में काग़ज़ का छोटा सा टुकड़ा लिए हुए घुसा।

"नानीजी, अम्मा ने यह रसीद भेजी है और कहा है कि देख लीजिए, पूरे बीस रुपए पहुँच गए हैं।" रटे हुए वाक्य की तरह वह बोला और काग़ज़ उसने आनन्दी की ओर बढ़ा

दिया।

"रसीद ? बीस रुपए ?" आश्चर्य से किशनू ने कहा और आनन्दी के उठे हुए हाथ को पीछे छोड़कर उसने लड़के के हाथ से रसीद ले ली। वह बीस रुपए के मनीऑर्डर की रसीद ही थी। मनीऑर्डर शंकर के पास भेजा गया था। किशनू ने आनन्दी की ओर देखा।

लड़का लौट रहा था; पर जैसे उसे फिर कुछ याद आ गया हो, वह फिर मुड़ा : "अम्मा ने कहा है, आपका सारा हिसाब हो गया है नानीजी।" और वह दौड़ गया।

आनन्दी की अपराधी नज़रें एक क्षण को किशनू से मिलीं और फिर नीचे को झुक गईं।

"ऐसा ही था तो तू मुझसे कह देती, माँ। रात-दिन जुतकर सिलाई-बुनाई करने की क्या जरूरत थी ?"

आनन्दी की आँखों से टप्-टप् आँसू बह रहे थे।

'यही सच है' संकलन से

इनकम टैक्स और नींद

घड़ी ने आठ के घंटे बजाए तो डॉक्टर दयाल ने दोनों हाथों की उँगलियों को आपस में उलझाकर सारे बदन को झकझोर देनेवाली एक अँगड़ाई ली और फिर एक बड़ी उड़ती सी नज़र सामने की गली में आते-जाते लोगों पर डाली। सोचा, पन्द्रह मिनट और बैठ लें, शायद कोई आ ही जाए। पर जब सवा आठ भी बज गए और कोई नहीं आया तो वे उठे। तेजा जाट को तो आना ही चाहिए था, उसे उन्होंने तीन दिन की दवाई दी थी। आज उसकी बारी थी, पता नहीं शायद बच्ची ठीक हो गई हो। उठकर उन्होंने अपनी पाजामेनुमा पतलून को फटकारा और गोल टोपी सिर पर रख ली। कुर्सी पर पैर रखकर कैनवास के जूते पहने, कोने से छाता उठाया और लोहे की छड़ पर लटकी लालटेन को उतारकर बुझाया तो एकाएक चारों ओर अँधेरा छा गया। अँधेरे में भी बड़े सधे हुए हाथों से उन्होंने टीन का दरवाज़ा बन्द किया, साँकल लगाई और दो बड़े-बड़े ताले लगा दिए। चाबी जेब में रखकर तालों को झटका दे-देकर खींचा, ताले बन्द थे। दो क़दम चलकर उन्होंने पीछे मुड़कर दुकान की ओर देखा। अँधेरा था; फिर भी वे बदरंग दरवाज़े, जिन पर जगह-जगह से वॉर्निश की पपड़ियाँ उतर गई थीं, उनकी आँखों के आगे साकार हो गए। दरवाज़े के ऊपर लटका साइनबोर्ड भी उन्होंने पढ़ लिया—"डॉक्टर दयाल प्रसाद चतुर्वेदी, बाल-रोग-विशेषज्ञ।" उन्होंने शुरू से ही अपने को डॉक्टर दयाल के नाम से परिचित करवाया, डॉ. चतुर्वेदी के नाम से नहीं। उन्हें डर था कि कहीं लोग उन्हें डॉ. चौबे न कहने लग जाएँ। चौड़े रास्ते पर आए तो ख़याल आया, किसी तरह पाँच-सात रुपए महीने में एक कमरा उन्हें इस रास्ते पर मिल जाए, जिसमें बत्ती भी हो तो उनकी प्रेक्टिस फिर धड़ल्ले से चल निकले। यह कमरा तो एकदम गली में पड़ जाता है, आख़िर लोग सामने से गुजरेंगे, तभी तो जानेंगे।

घर पहुँचे तो बड़ी लड़की सरोज ने ख़बर दी : "बाबूजी, लखनऊ से कल महिमा जीजी आ रही हैं, उनका यहाँ कोई सेमिनार है, उसी के लिए।"

"महिमा कौन, बिट्टी ?" दयाल ज़रा चौंके, फिर धीरे-धीरे हाथ-मुँह धोकर, ऊँची-ऊँची धोती और लट्ठे की बंडी पहने मूँज की खाट पर बैठते हुए पूछा : "बचुआ नहीं आया अभी ?"

"नहीं। पता नहीं क्या बात है, तीन-चार दिन से रोज़ ही नौ बजे लौट रहा है। यह आढ़त का सेठ तो इसका तेल निकाल के रख देगा। बड़ा परेशान भी रहता है।" थाली में दाल, अचार और चार मिस्सी रोटियाँ रखते हुए रामेश्वरी ने कहा और थाली स्टूल पर रख दी।

"हूँ," दयाल ने एक गहरा निःश्वास छोड़ा।

"कल लखनऊ से बिट्टी आ रही है। भाई साहब ने इस लड़की की ज़िन्दगी ख़राब करके रख दी। छब्बीस बरस की बिन-ब्याही लड़की घर में बिठाकर रख ली। कितना-कितना समझाया मैंने, पर बाप-बेटी दोनों को बस एक ही ज़िद थी—डॉक्टरी पढ़ेगी। लो साब, हो गई डॉक्टर...अब बस सेमिनार-वेमिनार में ही डोलती फिरो, घर-ठिकाना तो कोई होता नहीं है इनका। पता नहीं साला क्या जमाना आया है !" और गटागट की आवाज़ के साथ उन्होंने एक साँस में ही गिलास खाली करके थाली एक ओर को सरका दी।

"अब हम क्या करें, समझाना अपना काम था। न माने, उनकी मरजी।" डॉक्टर साहब की थाली में ही अपने लिए रोटी-दाल रखते हुए पत्नी ने कहा।

"मेरे भी पीछे पड़े थे कि बचुआ को भी डॉक्टरी में भेजो, डॉक्टरी में भेजो...सो भइया, अपना तो इस ऐलोपैथी में ज़रा भी विश्वास नहीं और फिर घर में सभी डॉक्टर हो जाओ, यह भी कोई बात हुई भला ? वकील बनाना, इंजीनियर बनाना..." और वे एकाएक ही चुप होकर धीरे-धीरे पेट पर हाथ फेरने लगे।

तभी महिम ने प्रवेश किया।

"कौन, बचुआ ? इतनी देरी से कैसे आए ? साढ़े नौ बजनेवाले हैं। तुम्हारा तो सात तक का टाइम है न ?"

"क्या बताऊँ बाबूजी, कुछ ऐसी ही बात हो गई है। बस, बड़ी परेशानी है।"

डॉक्टर साहब एकदम उठ बैठे : "क्या बात है बचुआ, कैसी परेशानी है ?"

"इनकमटैक्स वालों की ओर से जाँच हो रही है। अब ये लोग गोलमाल तो दुनिया-भर का किए रहते हैं। सारा काम मुझे सौंपा गया है कि जैसे भी हो सारे बही-खातों को इस रूप में तैयार करूँ कि कोई आँच न आए। बच गए तो एक हज़ार रुपए देने का वायदा किया है।"

"अच्छा...पर कर सकोगे तुम ?"

"देखिए, कोशिश तो कर रहा हूँ। दो आदमी और साथ हैं।"

"देखो बेटा, होशियारी से करना। कहीं तुम मत फँस जाना। आजकल इन इनकमटैक्स वालों ने तो सारे शहरवालों की नाक में दम कर रखा है।"

"लो बचुआ, पहले खा लो। सवेरे नौ बजे के गए हो। तुम्हारा यह काम तो बड़ा प्राण-लेवा है। मैं तो कहूँ, नौकरी हो तो सरकारी। सामने वकील साहब के बेटे को देखो। सवेरे दस बजे जाना और शाम को पाँच बजे फिर घर में दाख़िल। दोनों जून गरम-गरम खाना खावे है, क्या सेहत बना रखी है !"

"बचुआ, कल बिट्टी आ रही है, महिमा। तुम स्टेशन जा सकोगे ?" दयाल पत्नी की बात को यहीं समाप्त कर देना चाहते थे।

"महिमा ? महिमा कैसे आ रही है ?" कुछ आश्चर्य-मिश्रित प्रसन्नता से महिम ने पूछा।

"पता नहीं उसका कोई सेमिनार है।"

"मैं तो पूरे सात साल बाद उससे मिलूँगा। अब तो वह पूरी डॉक्टर बनी घूमती होगी !"

और फिर एकाएक सब चुप हो गए। दयाल की आँखों के आगे बिट्टी और बचुआ के बचपन के अनेक दिन घूम गए, जब वे साथ-साथ खेला करते थे। उम्र में भी दोनों में केवल दो महीने का अन्तर था। भाई साहब ने नाम भी दोनों के महिम ओर महिमा रख

दिए थे। मैट्रिक तक दोनों साथ ही पढ़े थे। उसके बाद भाई साहब लखनऊ चले गए और फिर तो पिछले दस सालों में मुश्किल से एक-दो बार मिलन हुआ। दो साल पहले महिमा डॉक्टर हो गई और वहीं के सरकारी अस्पताल में हाउस-सर्जन है आजकल।

"बड़े बेमौक़े आ रही है महिमा। मुझे तो सात-आठ दिन तक अभी सिर उठाने की भी फुर्सत नहीं रहेगी।"

खाना समाप्त हुआ तो रामेश्वरी ने बड़े यत्न से एक गिलास में दूध भरा और महिम के पास ले आई।

"यह क्यों लाई ?"

"पी लो बचुआ, इतना काम तुम करते हो और आजकल तो वैसे भी बड़े कमज़ोर हो रहे हो।" महिम ने गिलास ले लिया।

"तुम इस काम से फुर्सत पाओ तो ज़रा मेरठ चले जाना। बल्लभ बाबू ने एक लड़का बताया है। जायचा तो बहुत बढ़िया जुड़ा है। देख लो। सारा मामला जम जावे तो आती सर्दियों में सरोज की शादी कर दूँ, तब तक मैट्रिक भी हो जाएगी।"

इसके बाद थोड़ी देर तक तीनों चुप रहे, फिर महिम उठकर अन्दर चला गया।

महिमा आई तो सबको लगा कि हाँ, सचमुच उसे देखे सात साल बीत गए हैं। जैसी-की-तैसी होकर भी वह कहीं से बहुत बदल गई थी। उसकी हर बात और व्यवहार में एक विचित्र सा आत्मविश्वास झलक पड़ता था। उसने चाचा-चाची के पैर छुए; सरोज, शशि को प्यार किया और फिर पूछा; "महिम कहाँ है ?"

"काम पर गया है। बड़ी जिम्मेवारी का काम सौंप रखा है उसके मालिक ने। कल कह भी रहा था कि बड़े बुरे मौक़े पर आ रही है महिमा। मुझे तो ज़रा भी फुर्सत नहीं रहेगी इस सप्ताह !" रामेश्वरी ने कहा।

"एक सप्ताह के लिए कोई ख़ास काम दिया है उसे, कर लेगा तो एक हज़ार रुपए खड़े कर लेगा।" और फिर दयाल ने एक उड़ती सी नज़र महिमा पर डाली। उसकी सिल्क की साड़ी फरफरा रही थी और अँगूठी में जड़ा हुआ नगीना रह-रहकर चमक उठता था।

"तीन दिन तक जो मन में आए कर ले; फिर तो उसे एक दिन की छुट्टी लेनी ही पड़ेगी। मैं छोड़नेवाली थोड़े ही हूँ चाचाजी। सात साल बाद हम मिलेंगे और वह एक दिन की छुट्टी नहीं लेगा ?" और महिमा हँस पड़ी।

"क्या करे बेटी, वह तो कल से ही महिमा-महिमा कर रहा है, पर समझ लो, पूरी फर्म की जिम्मेदारी उसकी है ? एक तरह से मैनेजर ही है। क्लर्क, किरानी हो तो यह सुख तो रहता है कि आदमी सब जिम्मेदारियों से मुक्त। बड़े पद पर काम करो तो फिर..."

"अरे सरोज, तू इतना शरमा क्यों रही है ? चाची, इसे तो मैट्रिक के बाद लखनऊ भेज दीजिए, वहीं कॉलेज ज्वाइन कर लेगी।"

दयाल हँसे : "लखनऊ क्या बिट्टी, अब तो ससुराल ही भेजेंगे। हम तो भाई मैट्रिक के बाद लड़की को घर रखने में विश्वास नहीं करते। एक बहुत ही अच्छा लड़का है मेरठ में—इंजीनियर है, घर भी खूब अच्छा है। बस, बचुआ ज़रा देख आए तो आती सर्दी में शादी

कर दूँ।"

"अभी से? आप भी चाचाजी कमाल करते हैं।" और फिर लाल-गुलाबी होती सरोज को देखकर पूछा : "क्यों री, आगे पढ़ेगी-लिखेगी नहीं ? अभी से घर-गृहस्थी करने का शौक आ रहा है ?"

"लड़कियों को तो घर-गृहस्थी ही करनी है, जितनी जल्दी सँभालें उतना ही अच्छा।" और फिर एक क्षण रुककर बोले : "भाई साहब तुम्हारे बारे में भी कुछ सोच रहे हैं या नहीं ?

"मेरे बारे में ? उसमें पिताजी क्या करेंगे ? वह तो मैं खुद ही कर लूँगी।" महिमा हँसी; पर दयाल उसके हँसते चेहरे पर कहीं गहरी उदासी की छाया ढूँढ़ने का प्रयत्न करने लगे।

"तू तो हाउस-सर्जन है न ? क्या मिल जाता है ?"

"वहाँ से तो 350 रुपए मिलते हैं, यों मैंने अपनी प्राइवेट प्रेक्टिस भी शुरू कर रखी है। अब तो कुछ-कुछ जम भी गई है।"

"कितना हो जाता है इससे ?"

"यही 300-400 के क़रीब।" बड़ी ही लापरवाही से उसने जवाब दिया। "अब तो मैंने अपना चेम्बर भी ले लिया है, गाड़ी भी ले ली है। आप तो लखनऊ आते ही नहीं, आइए तो ठाठ देखिए अपनी बिट्टी के !"

"कैसे आऊँ बेटा ? अपने मरीज़ों को किसके भरोसे छोड़ूँ ? पता नहीं, तुम लोग कैसे घूम-फिर लेते हो ?" फिर पत्नी की ओर देखकर बोले : "आज तुम मुझे जरूर देर कराओगी, अभी तो तुम्हारा खाना ही शुरू नहीं हुआ। बिट्टी के आने की खुशी में काम-धन्धा ही भूल गईं ?" और वे फीकी सी हँसी हँसे।

"नहीं-नहीं, अभी सब हुआ जाता है। अभी तो एक घंटे की देरी है। तुम्हें और बिट्टी को साथ ही खिला दूँगी। तुम अपनी दुकान चले जाना, बिट्टी अपनी मीटिंग में चली जाएगी।"

दयाल खो-खो करके बड़ी ज़ोर से हँसे : "तेरी चाची को इस जिन्दगी में तो डिस्पेंसरी या चेम्बर बोलना नहीं आएगा। दुकान कहती है, जैसे साली कोई बनिया-पंसारी की दुकान हो। हो...हो...हो..."

नहा-धोकर चाचा-भतीजी दोनों खाने बैठे तो सरोज फुलके सेंक-सेंककर दे रही थी—पतले-पतले और फूले हुए। दो सब्ज़ी, रायता, चटनी, सभी कुछ था थाली में।

"अरे यह क्या, रोज़ का खाना दे दिया, वैसे तो बिट्टी घर की ही है; पर अब तो मेहमान की तरह हो गई है, कुछ तो बनाया होता।" फिर गिलास से पानी लेकर थाली के चारों ओर छिड़कते हुए पूछा : "क्यों बिट्टी, तू भी खाना बना लेती है या नहीं ?"

"यों ही बस, काम-चलाऊ।"

"नो...नो...। बड़ी ग़लत बात है। लड़की चाहे कुछ भी बन जाए; पर घर-गृहस्थी का काम तो उसकी सबसे बड़ी विशेषता है, सबसे बड़ा गुण है। हमारी तो शशि भी ऐसा फर्स्ट-क्लास खाना बनाती है कि बस ! खाना ही क्या, कम-से-कम दस-बारह तरह की मिठाइयाँ बना लेती है; नमकीन तो सब तरह के !" फिर पत्नी को आदेश दिया : "सुनो, आज सरोज-शशि के हाथ से कोई मिठाई बनवाकर खिलाओ बिट्टी को।" और वे जल्दी-जल्दी खाना खाने लगे।

खाना समाप्त हुआ तो उठते हुए बोले : "अच्छा, तो हम तो अब चले। चार बजे तो बिट्टी, तुम लौट आओगी न ? तभी बैठकर बातें होंगी, इस समय तो ज़रा भी देर होने से सारा गड़बड़ हो जाता है। तुम तो खुद जानती हो। यह पेशा ही ऐसा है कि केस हाथ में ले लो तो घर-बार, अपना-पराया सब भूल जाना पड़ता है।" और उन्हें महिम की बात याद आई। "बाबूजी, पतलून पर ऐसी टोपी मत लगाया करिए।" और उन्होंने उसे हाथ में ही रहने दिया, नीचे उतरकर पहन लेंगे।

शाम को दयाल लौटे तो महिमा, सरोज, शशि और रामेश्वरी के साथ गप्पें लड़ा रही थी। दयाल को लगा; महिमा में गरूर-घमंड ज़रा भी नहीं आया। जितना स्नेहपूर्ण व्यवहार इसका पहले था उतना ही अब भी है। इस तरह सबके बीच बैठकर बातें करना उन्हें बहुत भला लगा।

"तो गप्पाष्टिक-मंडली जुड़ी है !" हँसते हुए उन्होंने कहा। फिर पत्नी से पूछा, "इसे कुछ खिलाया-पिलाया भी या बातों से ही पेट भर रही हो ? पूछ लो, क्या-क्या पसन्द है इसे। यह तो चाय-वाय भी पीती होगी।"

"हूँऽ ! पीती हूँ चाचाजी, और पी भी ली। चीनी की जगह आपकी दवाई की गोलियाँ घोल ली थीं मैंने, वह भी तो चीनी ही है।" और वह खिलखिलाकर हँस पड़ी।

"इन शक्कर की गोलियों में जो जादू है न बेटी, सो उस तक तो तुम्हारी डॉक्टरी और सर्जरी भी नहीं पहुँच सकती, समझीं।" और वे अपने कमरे की तरफ़ चले गए।

नहाकर अपना खादी का तौलिया तार पर सुखाते समय उनकी नज़र एक ओर फैले बॉम्बे-ड्राइंग के फरवाले मोटे तौलिए पर पड़ी। वहीं से बोले : "क्यों बिट्टी, तुम्हारी ऐलोपैथी इस विषय में क्या कहती है ? यह कहाँ की सफ़ाई है भाई, कि बिना धोए सात दिन तक उसी तौलिए से बदन पोंछते जाओ ? हमसे तो यह एक दिन भी बर्दाश्त नहीं हो सकता। ये फर के तौलिए तो मैं देख ही नहीं सकता। खादी के तौलिए से इनका कहीं मुक़ाबला हो सकता है भला ! पोंछा और धोकर सुखा दिया। दूसरे दिन देखो तो धुला-धुलाया साफ़। और मैंने तो बड़ी साइज के तौलिए लाकर एक-एक के दो कर दिए, सबके अलग-अलग।" और फिर उन्होंने अपने उस आधे तौलिए की ओर कुछ इस भाव से देखा कि महिमा का फरवाला तौलिया उसके सामने बड़ा फीका और बेमानी हो उठा।

महिमा हँसी : "हमारी ऐलोपैथी की किताबों में बीमारियों के बारे में रहता है चाचाजी, तौलिए, गिलाफ और चद्दरों के बारे में नहीं। होमियोपैथी की किताब की बात मैं नहीं जानती।"

"अरे, देख लिया तेरी ऐलोपैथी को ! अभी तक सुनते ही थे कि इन लोगों में केवल बाहरी टीमटाम होती है, अन्दर से तो पोचे होते हैं, एकदम पोचे। अब के यह भी देख लिया। क्यों जी, तुमको तो याद होगा, वह सेठ साहब के पोतेवाला केस..."

"याद क्यों नहीं ?" पत्नी ने धीरे से कहा।

"सेठ सूरजमल का नाम तो तूने भी सुना होगा। उनका पोता बीमार। सारे यू.पी. के बड़े-बड़े डॉक्टर और सर्जन जुटा दिए, पर किसी की समझ में ही नहीं आया कि आख़िर

है क्या। बस, बच्चा पन्द्रह दिन से बेहोश पड़ा था। आख़िर सेठ साहब मेरे पास आए। अब मेरे लिए यहाँ के मरीज़ों को छोड़कर बाहर जाना इतना मुश्किल, पर नहीं माने साब; आख़िर जाना पड़ा। चालीस रुपए रोज़ पर गए थे, फोर्टी रुपीज पर-डे। कार में ही ले गए।'' और फिर एक बार उन्होंने महिमा की ओर देखा, और उसके चेहरे पर अपनी बात की प्रतिक्रिया पढ़ने का प्रयत्न किया।

''मैंने जाकर देखा तो सिर पीट लिया।'' और उन्होंने अपनी जाँघ पर हथेली की थाप मारी : ''सारा केस बिगाड़ कर रख दिया। मैंने तो सेठ साहब से साफ़ कह दिया कि अब तो आपने बहुत देरी कर दी...अब तो इन डॉक्टरों से ही कहिए कि ठीक करें। बीमारी मुँह पर लिखी रखी है और ये दुनिया-भर के एक्स-रे और एक्जामिनेशन करके भी ग़लत बीमारी का इलाज़ कर रहे हैं। सेठ साहब बेचारे रो पड़े : डॉक्टर साहब, इस महीने में ही बीस हज़ार खर्च कर चुका हूँ। पैसे की आप चिन्ता मत करिए, जैसे भी हो, मेरे बच्चे को बचा लीजिए। अब आप बिगड़ी बात बना दीजिए।'' केस की गम्भीरता की भूमिका बाँधकर डॉक्टर दयाल दो मिनट को रुके। उनकी पत्नी और दोनों लड़कियाँ हज़ारों बार सुने इस क़िस्से को बड़े ध्यान से सुन रही थीं, मानो पहली बार ही सुन रही हों !

''ख़ैर साब, मैंने भी भगवान का नाम लेकर वन थाउजेंड पोटेंसी की एक डोज दी। रात को नौ बजे पहली खुराक़ दी थी और सवेरे पाँच बजे लड़के ने पहली बार आँख खोलकर पानी माँगा। सारे डॉक्टर हैरान, सेठजी ने मेरे पैर पकड़ लिए। यू.पी. का वह सबसे बड़ा सर्जन पूछने लगा : आपने कौन सा अमृत पिला दिया साब ? हमारे तो बीमारी ही समझ में नहीं आ रही है। अब मेरी दवाई वे क्या समझते ? तुम लोगों को तो ये चीनी की गोली लगती हैं। हाँ भाई, ठीक है, हमारे पास बड़ी-बड़ी मशीनें और औजार नहीं हैं, चैम्बर और गाड़ी नहीं है, बस बीमारी की पकड़ है।''

और महिमा को याद आया कि जब तीन साल पहले उसका छोटा भाई आया, तब चाचाजी को यह केस समाप्त किए एक साल हो चुका था; पर इसके सिवाय वे और किसी विषय पर बात नहीं करते थे। बात किसी भी प्रसंग पर चल रही हो, बड़े ही कौशल के साथ वे उसे इससे जोड़ देते थे और फिर दो घंटे तक इतना रस लेकर सुनाते कि बस ! महिमा को लगा, चाचाजी उसी मूड में आ गए हैं, सो उसने सीधा ही ब्रेक लगाया : ''पर वह बच्चा तो मर गया था न ?''

''हाँ, सो तो उन लोगों की बेवकूफ़ी से ही मर गया। उस बच्चे के बाप बड़े विलायती बिचारों के थे। बम्बई से एक जर्मन डॉक्टर पकड़ लाए। सौ रुपए रोज़ पर आया था। बारह दिन में बारह सौ रुपए और बच्चे की जान लेकर चलता बना। हरे राम...हरे राम...! क्या बताएँ, भाई, आज का ज़माना ही ऐसा है कि हर चीज़ को पैसे से नापते हैं। बीस रुपए फीसवाला डॉक्टर है तो जरूर बड़ा होगा; बीस रुपए फीसवाला स्कूल है तो जरूर अच्छा होगा। घर का सरो-सामान बेचकर वहीं जाएँगे, चाहे डॉक्टर के नाम पर घसियारा ही बैठा हो।'' फिर एक क्षण रुके : ''अपना तो भाई, उसूल ही दूसरा है। डॉक्टरी को हम पेशा कम और सेवा-कार्य ज़्यादा मानते हैं। अपने दो रुपए फीस रखो, सभी बीस रख लेंगे तो ग़रीबों की गुज़र कैसे होगी ?'' फिर एकाएक ही पूछा : ''तू कितनी फीस लेती है बिट्टी ?''

''आठ रुपए।''

"ये देखो !" जाँघ पर ज़ोर की एक थाप देते हुए दयाल बोले : "अभी दो साल डॉक्टरी किए हुए, आठ रुपए फीस हो गई। तभी चेम्बर और गाड़ी आ गई। हद है भाई, तुम लोगों की भी।"

"पर चाचाजी, जिस तरह महँगाई बढ़ रही है, उसमें एक साधारण ढंग की आरामदायक जिन्दगी बसर करने के लिए हमें भी तो आख़िर कुछ चाहिए न ?" महिमा ज़रा तैश में आ गई : "और फिर गाड़ी तो डॉक्टर के लिए आराम की नहीं, आवश्यकता की चीज़ है। एक ही राउंड में कितनी विज़िट्स दे आते हैं। बिना गाड़ी से आपका समय बर्बाद नहीं होता है ? आप एक राउंड में कितने मरीज़ों को देख लेते हैं ?"

डॉक्टर दयाल ने उत्तर देने के लिए बात का शुरू वाला हिस्सा पकड़ा : "बहुत रईसी की ज़िन्दगी चाहे न जी हो; पर ऐसी कोई तकलीफ़ भी नहीं देखी। तीन-तीन बच्चों को पढ़ा-लिखाकर तैयार कर दिया। सरोज की शादी का पूरा इन्तजाम है। खाया-पहना भी अच्छा ही।" और उन्होंने एक सरसरी नज़र कमरे के चारों ओर और अपनी बच्चियों के कपड़ों पर डाली। सब कुछ ठीक ही था।

इतने में महिम ने प्रवेश किया।

"अरे, महिम," महिमा उठकर उसके गले से लिपट गई : "बदतमीज कहीं का, ख़बर कर दी थी आने की, फिर भी सारे दिन शकल नहीं दिखाई दी। ठहर जा, तेरी मैनेजरी तो मैं झाड़ूँगी। चार दिन के लिए आए हैं, यह नहीं कि एक दिन छुट्टी ही ले लेता ?"

"अरे डॉक्टरनी बन गई है तो बड़ी इतरा रही है। तेरे लिए छुट्टी ले लूँगा, ऐसी ही लाट साहब हो गई है न ?"

दयाल बड़ी ममता-भरी आँखों से भाई-बहन का यह मिलन देख रहे थे। चाची और लड़कियाँ मुस्कुरा रही थीं। एक क्षण को जैसे सब भूल ही गए कि इन आठ-दस सालों में दोनों परिवार बहुत-बहुत दूर जा पड़े हैं। छत पर हल्का सा अँधेरा छाया हुआ था और दयाल चाह रहे थे कि अँधेरा किसी तरह गहरा हो जाए और महिमा महिम का सूखा-मुर्झाया चेहरा न देखे। पर महिमा ने जैसे अँधेरे में भी उसे देख लिया। पीठ पर धौल जमाते हुए कहा : "क्यों रे मैनेजर, तेरा रौब-वौब मान लेते हैं लोग ? सींकचिया पहलवान तो हो रहा है। मैनेजर है तो उसके लायक़ ज़रा पर्सनेलिटी तो बना।"

महिम समझ गया कि यह मैनेजरवाली बात जरूर बाबूजी ने कही होगी : "तू रोगियों पर अपने शरीर का ही रौब डालती है शायद। ख़ासी मोटी हो रही है। एक महीने में कितने रोगी मारती है ?"

"लो बचुआ, अब हाथ-मुँह धो तो खाना लगाऊँ। फिर सारी रात लड़ते-झगड़ते रहना।"

महिम अपने कपड़े लेने के लिए कमरे की ओर चला तो दयाल भी पीछे-पीछे गए। आवाज धीमी करके बोले : "कुछ सँभल रहा है काम ? बेटा, खूब होशियारी से करना। यह इनकमटैक्सवालों का चक्कर होता बुरा ही है।" फिर ज़रा ठहरकर कुछ अटकते-अटकते बोले : "देखो, महिमा तुम्हारी बराबरी की बहन है, फिर भी अब ज़रा बड़ी हो गई है। सो बहुत घुल-मिलकर बातें मत करना ज़रा...मेरा मतलब हँसो, बोलो, पर यह नहीं कि अपनी सारी-की-सारी बातें बताते रहो या उसकी खोद-खोदकर पूछो। सच बात यह है कि अब हमारे वैसे सम्बन्ध रहे नहीं...तुम समझ गए होगे...यानी..." और वे चुपचाप बाहर चले गए।

पत्नी से जाकर कहा : "बचुआ को इस्तरी किया हुआ कुरता-पाजामा दे देना, समझीं !"

खाने बैठे तो महिमा ने चम्मच माँगा। रामेश्वरी ने वहीं से हाथ बढ़ाकर जर्मन-सिल्वर का एक चम्मच पकड़ा दिया तो दयाल ने डाँट दिया : "अरे, स्टील का चम्मच दो। दर्जनों चम्मच स्टील के पड़े होंगे पर तुम्हें..." और वे चुप हो गए।

"यही ठीक है," और महिमा ने खाना शुरू कर दिया। रामेश्वरी अन्दर जाकर अल्मारी में से स्टील का चम्मच ले आई। पर वह पड़ा ही रहा।

"तुम लोग डॉक्टर भले ही हो जाओ, भले ही चैम्बर खोल लो और गाड़ियाँ रख लो, फ़ीस बीस रुपए रख लो, पर मामूली सफ़ाई तुम लोगों को कभी नहीं आएगी। अब यह काँटे, चम्मच, छुरी की ही बात लो। मैं पूछता हूँ, इसमें कहाँ की सफ़ाई है भला ? एक ही चम्मच सबके मुँह में जाता है...बस, ऐसे ही बीमारियाँ फैलती हैं। वरना अपना हाथ बस अपने ही मुँह में जाए और धोया और साफ़। बचुआ ने भी बड़ी रट लगाई थी, पर भाई, मैंने तो एक नहीं चलने दी।" और उन्होंने दाल का एक सड़ाका खींचा।

महिमा धीरे से मुस्कुरा दी।

"देखो बिट्टी, बुरा मत मानना, तुम्हारी इस ऐलोपैथी ने मानव-जाति का कल्याण कम और नाश ज़्यादा किया है। एक दवाई लो, उसका एक्शन कम, रिएक्शन ज़्यादा होता है। हमारी होमियोपैथी करेगी तो भला ही करेगी, बुरा करने का सवाल उठता ही नहीं। ओनली एक्शन, नो रिएक्शन।" और उन्होंने बड़े आत्मविश्वास और गर्व से महिमा की ओर देखा मानो कह रहे हों : "बोलो, है कोई जवाब इस बात का ?"

"यदि ऐसी बात होती न चाचाजी, तो दुनिया भी आख़िर इतनी पागल नहीं है कि अपना बुरा करनेवाली चीज़ के पीछे ही यों जान झोंके रहती। मेडिकल-साइंस ने इतनी उन्नति आपकी होमियोपैथी के बूते पर तो की नहीं। यह कुछ नहीं, केवल वैद्यों, हकीमों और होमियोपैथी डॉक्टरों का फ्रस्ट्रे..." पर एकाएक अपने तैश पर काबू पाकर वह चुप हो गई।

महिमा ने शब्द अधूरा छोड़ दिया था, पर दयाल ने पकड़ लिया। उछलकर बोले : "अच्छा, हमारा फ्रस्ट्रेशन है तो हमारी दुकान...डिस्पेंसरी में भीड़ यों ही लगी रहती है ? लोग शहर के बड़े-बड़े डॉक्टरों को छोड़कर गली की उस छोटी सी डिस्पेंसरी में यों ही आते हैं ?" तैश के कारण दयाल कुछ हकलाने लगे : "और...और तमाशा तो यह, जब शहर के सारे डॉक्टरों के यहाँ धक्के खाकर निराश हो जाते हैं तब हमारे यहाँ आते हैं...यानी होपलेस केस, फिर कुछ करते ही हैं कि आज तक साख बनी है, भीड़ रहती है।"

हाथ थामकर दयाल महिमा की ओर देखने लगे।

"अरे बाबा, तुम खा तो लो, फिर बहस कर लेना," रामेश्वरी ने टोका। महिमा खुद इस समय महिम से बातचीत करना चाहती थी सो चुप रहकर उसने सारी बहस को समाप्त ही कर दिया।

तीन दिन तक महिम सवेरे सात से रात के आठ-नौ बजे तक काम पर रहता। आता तो दयाल पूछते : "कुछ हो रहा है, कर लोगे कुछ ? देखो बेटा, खूब होशियारी से करना। आजकल चारों तरफ़ यही सुन रहे हैं कि बड़ी पकड़-धकड़ हो रही है।"

"उम्मीद तो पूरी है कि कोई आँच नहीं आएगी। बेचारों की नींद हराम हो रही है। एक सप्ताह से सोए नहीं हैं। बैठे रहते हैं या घूमते रहते हैं। न खाया जाता है न पिया जाता है।"

"सो तो होगा ही बेटा...सो तो होगा ही। इतनी चिन्ता लेकर कोई सो सकता है भला ?"

दूसरे दिन सवेरे बल्लभ बाबू आए तो दयाल ने बड़े गर्व से महिमा का परिचय करवाया। उसकी डॉक्टरी से बिना ज़रा भी प्रभावित हुए उन्होंने सीधे पूछा, "मेरठ जाने का क्या रहा ?"

"बचुआ ज़रा एक जिम्मेवारी के काम में फँस गए हैं, खाली होते ही भेज दूँगा।"

"तुम लोगों से हो लिए शादी-ब्याह। ऐसे कामों में ढील देने से कहीं लड़के रहते हैं ! बचुआ काम में फँसे हैं तो तुम क्यों नहीं चले जाते ?"

"मैं कैसे जा सकता हूँ दाऊ ? पीछे मरीज़ों का क्या होगा ? मेरे लिए निकलना कौन सम्भव है ?"

हथेली पर चूना और सुरती को मलते-मलते दाऊ बोले : "खाक मरीज़..! ऐसे कौन से मरीज़ हैं तुम्हारे जिन्हें छोड़कर नहीं जा सकते ? मुश्किल से चार मरीज़ होंगे। अरे, दयाल, अब यह डॉक्टरी छोड़ो और लड़कियों को पार लगाओ। बचुआ कमाते ही हैं, यों भी तुम्हारी अब क्या आमदनी..."

"पोस्ट-मैन !"

दयाल को लगा, जैसे यह पोस्टमैन नहीं, कोई साक्षात देवदूत आ गया हो। उस ओर झपटे, पर इसी बीच महिम ने पत्र ले लिया था।

"किसका है ?" कुछ अतिरिक्त उत्सुकता दिखाते हुए उन्होंने पूछा। महिम पत्र पढ़ रहा था। दयाल ने दूर से ही पहचान लिया कि टाइप किया हुआ कोई पत्र है।

"यह टाइप की हुई चिट्ठी किसकी है ?"

ज़रा चिन्तित भाव से पत्र को वापस लिफ़ाफ़े में डालते हुए महिम ने कहा : "अजीब मुसीबत है। इनकम-टैक्स ऑफ़िस से आपके नाम आई है। रिटर्न-सबमिट करने को कहा है।"

"देखूँ ?" और उन्होंने अपनी बंडी की जेब से चश्मा निकालकर आँखों पर चढ़ाया : "लो, यह नई मुसीबत और आ गई।" इस समय उनका सारा ध्यान महिम के चेहरे पर था। "कई बार सोचा कि जाकर टैक्स कटवाने लग जाऊँ, पर सुनते हैं, इतनी परेशानी का है सारा हिसाब-किताब कि हिम्मत ही नहीं हुई। अब सारी परेशानी एक साथ ही हो जाएगी। जाएँगे भाई।" पर उनके स्वर में न परेशानी की बू थी, न मुसीबत की; बल्कि कहीं प्रसन्नता और सन्तोष ही छलका पड़ रहा था।

"पर तुम्हारे पास यह इन्क्वायरी क्यों आई ? तुम्हारी प्रेक्टिस तो मुश्किल से सवा सौ-डेढ़ सौ की होगी !" बल्लभ बाबू ने पीक को किसी तरह निचले होंठ में ही सँभाले हुए कहा।

इस बार दयाल हँसे : "अच्छा हो दाऊ, यह बात तुम वहाँ समझा आओ। कह देना, उसके तो मुश्किल से चार मरीज़ हैं, उसकी क्या इनकम है। मैं भी मुसीबत से बचूँ।" फिर

चिट्ठी बल्लभ बाबू की ओर बढ़ाते हुए बोले : "अब यह चिट्ठी तुम्हारे सामने भी है, कोई मैंने तो अपने नाम लिखकर डाल नहीं दी। और उस ऑफ़िस में आख़िर कोई भाँग खाए लोग तो बैठे नहीं रहते हैं कि बैठे-बैठे हर किसी को चिट्ठी ही लिखते रहें। लो, देखो...देखो।"

"इसमें क्या देखना ?" और बल्लभ बाबू पीक थूकने छत पर चले गए।

"अरे भाई, बनिए की दुकान हो या ऐसा-वैसा काम हो तो आदमी छिपा भी ले, डिस्पेंसरी की भीड़ तो छिप नहीं सकती। जिसमें तो आधे लोगों को फ्री देखता हूँ; फिर भी आ ही गई इन्क्वायरी।" बल्लभ बाबू के लौटने से पहले ही उन्होंने महिमा को सुनाकर वाक्य पूरा कर दिया।

महिमा निर्विकार भाव से बैठी थी; पर महिम बहुत परेशान हो उठा था। यह चक्कर कितना विकट होता है, अनुभव उसे अभी हो ही रहा था।

"हम अब चले भाई !" छत से लौटकर बल्लभ बाबू ने बिना कुर्सी पर बैठे सीधे छड़ी उठाई : "और देखो, सम्बन्ध करना हो तो लड़के को देख-भाल लो। इन कामों में देरी ठीक नहीं होती !" और अपनी खाट पर से ज़रा सा उठकर उन्होंने बल्लभ बाबू को विदा दे दी। फिर बड़े सधे से स्वर में बोले : "आई है तो भोगेंगे भाई...आख़िर कब तक धूल झोंकी जा सकती है ? और सच तो यह है कि हम खुद भी ऐसा कोई काम करना नहीं चाहते। अरे कमाते हैं तो सरकार का हिस्सा उसे भी देंगे।" फिर महिमा की ओर देखकर बोले : "क्यों महिमा, तुम लोगों का क्या हिसाब रहता है इनकमटैक्स का ?"

"तनख्वाह का तो अस्पताल में ही कट जाता है, बाक़ी अलग से दे देते हैं।"

"हमसे ही ग़लती हो गई भाई ! ख़ैर, अब सही। अपनी ग़लती के लिए थोड़ी मुसीबत उठा लेंगे।"

तभी सामनेवाली छत पर कोर्ट जाने को तैयार वकील साहब दिखाई दिए तो दयाल भी अपनी छत पर निकल आए : "वकील साहब, इनकमटैक्स वालों ने रिटर्न सबमिट करने को कहा है। कुछ मुसीबत आए तो बचाइए। पड़ोसी का हक़ तो अदा करेंगे न ?"

"आपके पास आई है इन्क्वायरी ?"

"अब देख लीजिए, अभी तो चिट्ठी जेब में ही लिए हूँ। भेजूँ बचुआ के हाथ ?"

"नहीं-नहीं, अभी तो कोर्ट जा रहा हूँ, शाम को देखूँगा। तब तक आप अपना हिसाब-किताब ठीक करिए !"

"चलें भाई, आज दुका...डिस्पेंसरी जल्दी ही चले जाएँ।" और वे आधा तौलिया लेकर नहाने चल दिए।

रात में महिम लौटा तो सोच रहा था, सवेरे पिताजी चाहे परेशान न हुए हों, अब अवश्य परेशान हो रहे होंगे। अभी सेठजी का मामला समाप्त नहीं हुआ कि यह नई मुसीबत आ गई। पिताजी का हिसाब-किताब भी उसे ही ठीक करना होगा। बच तो जाएँगे ही, पर आठ-दस दिन की परेशानी तो हो ही जाएगी। घर में किसी को न देखकर उसने रामेश्वरी से पूछा : "बाबूजी कहाँ हैं ? महिमा और सरोज-शशि ?"

"वे तीनों सिनेमा गई हैं और बाबूजी सो गए।"

"सो गए, अभी से ?" कुछ आश्चर्य और परेशानी से उसने पूछा।

"हाँ !"

उसे एकाएक विश्वास नहीं आया। अन्दर जाकर बत्ती जलाई तो देखा, खाट पर चित्त लेटे दयाल खर्राटे खींच रहे थे। चेहरे पर न कोई परेशानी थी, न दुविधा। वे निश्चिन्त भाव से गहरी नींद में डूबे हुए थे। महिम एक क्षण उनके झुर्रियों-भरे चेहरे को ही देखता रहा। पिताजी परेशान नहीं हैं, उसे इस बात से जैसे बड़ी राहत मिली। महिम को लगा, जैसे पिताजी हफ्ते-भर से सो रहे हैं। उनकी नींद न उचट जाए इसलिए उसने बत्ती बुझा दी। एक क्षण के लिए कमरे की हर वस्तु अँधेरे में डूब गई।

'यही सच है' संकलन से

रानी माँ का चबूतरा

आज रात को जब चबूतरे पर बैठक लगी तो औरतों की चर्चा का विषय पूर्णिमा को होनेवाला आयोजन था। कौन क्या पहनेगी, पूजा की थाली में क्या ले जाएगी, क्या मनौती मानेगी, आदि बातों पर चर्चा हो रही थी कि रामी अपनी छोटी बहन धन्नी को लेकर पहुँची। बूढ़े काका ने अपनी चिलम दूसरे के हाथ में थमाते हुए कहा : "बड़ी देर कर दी रामी। शायद बहन की ख़ातिर में लगी थी।"

"ख़ातिर हम क्या करेंगे काका, बच्चों को सुलाते-सुलाते देर हो गई।" फिर बूढ़ी काकी की ओर घूमकर बोली, "काकी, कल धन्नी को भी रानी माँ के चबूतरे पर दीया जलाने के लिए ले जाना है।"

"यह रानी माँ का चबूतरा क्या है ?" धन्नी ने कुछ कौतूहल से पूछा।

खरबूज़े के सूखे बीज छीलते हुए काकी बोली : "वाह, कल से तुम यहाँ आई हो और रामी ने तुम्हें चबूतरे की बात भी नहीं बताई ? क्या बताएँ बेटी, हम भागवान हैं जो रानी माँ के नगर में बसते हैं। बड़ी भागवंती नारी थी। आज भी मुझे वह दिन याद आता है तो आँखों में आँसू आ जाते हैं," और श्रद्धा से गद्‌गद हो बूढ़ी काकी ने काम को बीच में छोड़कर स्वर्ग में बसनेवाली रानी माँ को प्रणाम किया। बस्तीवालों के लिए यह कथा कोई नई नहीं थी; फिर भी दत्तचित्त होकर उस कथा को ऐसे सुनने लगे जैसे पहली बार ही सुन रहे हों। स्त्रियों का तो ऐसा विश्वास था कि जितनी बार इस कथा को कहेंगी या सुनेंगी, उनका पुण्य बढ़ेगा। हाथों को माथे पर छुआकर फिर अपना छोड़ा हुआ काम सँभाला और काकी बोली :

"यही कोई तीस साल पहले की बात होगी, हमारे नगर-सेठ के बेटे पर शीतला माई का कोप हुआ। पानी की तरह पैसा बहाया; पर शीतला माई तो कोई और ही खेल खेलने आई थीं। वे इन दवाइयों से क्यों शान्त होतीं भला ? सब हार गए, और शीतला माई बच्चे पर ऐसी जमकर बैठीं कि न उसे मरने दें, न जीने दें। माँ तो सेवा करते-करते सूखकर काँटा हो गई। न खाने की सुध, न सोने की। भाग से एक साधू द्वार पर आया। रानी माँ की सूरत देखकर ही सारी बात समझ गया। वह कोई ऐसा-वैसा साधू भी नहीं, शीतला माई का भेजा हुआ साधू ही था। बोला, 'बेटी, तेरा बच्चा मौत के मुँह में है, पर तेरे प्रताप से ही बचेगा। सात दिन तू अन्न-जल का त्याग कर दे, तेरा बच्चा उठ खड़ा होगा।' रानी माँ के प्राण तो पहले ही आँखों में आए थे, उस पर सात दिन अन्न-जल का त्याग ! सबने बहुत समझाया कि साधू की बातों में मत आओ, पर वह नहीं मानी। सात दिन बाद बच्चा तो उठ खड़ा हुआ, पर रानी माँ जाती रहीं।" काकी का गला भर्रा गया, पास बैठी फूलो ने आँचल से आँसू पोंछ डाले। धन्नी ने अभी तक बच्चे की सूरत नहीं देखी थी; उसके मन में जाने

कैसा शूल चुभने लगा। काकी ने सूत्र जोड़ते हुए कहा :

"सारा गाँव इकट्ठा हुआ उस देवी के दर्शन करने को, अरथी ऐसे उठी कि राजा-महाराजाओं की भी क्या उठेगी ! नगर-सेठ ने बहू..."

बीच में ही बात काटकर फूलो बोली : "केसर के छींटे की बात तो कही ही नहीं।" फिर उसने कुछ इस भाव से धन्नी को देखा, मानो कह रही हो, इस घटना की राई-रत्ती बात केवल काकी ही नहीं, वह भी जानती है।

"हाँ बेटी, जब उसकी अरथी उठी तो आसमान से केसर की बूँदें बरसी थीं। और तमाशा देखो, इतनी भीड़ में से क्या मजाल जो एक छींटा भी दूसरे पर पड़ जाए; बस खाली अरथी पर ही पड़ रहे थे छींटे।"

"फिर सेठजी ने अपने बगीचे में रानी माँ की याद में एक चबूतरा बनवाया। हर पूरनमासी को नगर की औरतें वहाँ दीया जलाने जाती हैं, अपने बच्चों के लिए मनौती मनाती हैं।"

रामी ने ज़रा काकी की ओर झुककर फुसफुसाते स्वर में कहा : "धन्नी को भी इसीलिए बुलाया है काकी, कि कल इससे दीया जलवा दूँ। ब्याह को चार साल होने को आए, पर अभी तक कोख नहीं फली। एक-दो साल और बीत गया तो वह किसी और को घर में डाल लेगा।"

"जरूर दीया जलवा, भगवान करेगा तो साल बीतते-न बीतते गोद में बाल-गोपाल खेलने लगेगा। रानी माँ का अशीर्वाद कभी अकारथ नहीं जाने का।"

धन्नी लजा गई, साथ ही उसने यह भी महसूस किया कि यहाँ आकर उसने अच्छा ही किया।

काकी से ज़रा दूर बैठा गोपाल, जो बस्ती का सबसे मसखरा जवान था, बोल उठा : "काकी, मैं तो तुम्हारी रानी माँ का कमाल तब मानूँ जब तुम गुलाबी को रास्ते पर लगा दो।"

"नाम मत ले उस चुड़ैल का मेरे सामने ! वह कोई माँ है ? कसाइन है कसाइन ! नहीं तो रानी माँ के चबूतरे में तो वह ताक़त है कि पत्थर में भी ममता उपज आए। पर वह तो हेकड़ीवाली ऐसी कि कभी उधर मुँह भी नहीं करती। भगवान करे उसका सत्यानाश हो जाए। सारी बस्ती पर किसी दिन पाप ला देगी।"

काका ने स्वर को ज़रा कोमल बनाकर कहा : "क्यों कोस रही है जेठा की माँ ? बेचारी मुसीबत की मारी है।"

"तुम्हारा तो दूध ही झरता रहता है उसके लिए। बड़ी मुसीबत-मारी है !" गुलाबी के प्रति काका की इस सहानुभूति से चिढ़कर काकी बोली : "मुसीबत की मारी है तो सारी बस्ती मदद करने को तैयार है; पर वह तो हेकड़ीवाली ऐसी कि अपना ठेंगा ऊपर रखेगी। अरे, मैं तो कहूँ, जो अपने आदमी को झाड़ू मारकर निकाल दे, वह किसकी सगी होगी ?"

"अब आदमी तो उसका था ही ऐसा कि मारकर निकाल दिया जाए। वह पसीना बहाकर कमाती और वह घर में बैठा दारू पीता। आख़िर उसे दो बच्चे भी तो पालने थे।" काका ने फिर गुलाबी का पक्ष लिया। काकी तैश में आ गई। बात रानी माँ से सरककर गुलाबी पर आ लगी।

"बड़े बच्चे पाल रही है मुँह-झौंसी ! सवेरे उस काल-कोठरी में बन्द करके जाती है तो शाम को आकर खोलती है।"

गुलाबी के बग़ल की कोठरी में रहनेवाली रामी बोली : "काकी, धन्नी तो आज ही कह रही थी कि जीजी मुझे दिला दो एक बच्चा; मैं पाल लूँगी।"

"वह क्यों देने लगी ? वह तो उनको कोठरी में बन्द करके मारेगी..." काकी अपना वाक्य पूरा भी नहीं कर पाई थी कि दूर खड़ी एक छायाकृति पास आई और बोली : "मारूँगी तो अपने बच्चे को मारूँगी, तेरे बच्चे को तो नहीं मारूँगी...तू क्यों मेरे बच्चों की चिन्ता में सूख रही है ? खबरदार जो आगे से नाम लिया मेरे बच्चों का ! बड़ी धरमात्मा बनी बैठी है !"

गुलाबी की उपस्थिति से क्या स्त्री-वर्ग और क्या पुरुष-वर्ग, दोनों ही ज़रा चौंक पड़े। काका ने बात सँभालते हुए कहा : "क्यों बिगड़ रही है गुलाबी ? हम तो तेरे भले की ही बात कह रहे हैं। बन्द करके जाती है, कभी गर्मी में अन्दर-के-अन्दर ही घुटकर मर गए तो ?"

"मर गए तो पाँच पैसे का प्रसाद चढ़ाऊँगी, पर मरें भी तो। मेरी जान को लगे हुए हैं निगोड़े।"

"तू तो प्रसाद चढ़ाएगी, पर सारी बस्ती को तो हत्या लगेगी। हमें क्यों पाप में सान रही है ?"

"आ हाऽऽ, बड़े आए बस्तीवाले ! पहले कोठरी खोलकर जाती थी तो मेरा छोरा सरकते-सरकते मोरी में आकर गिर गया। किसी ने उठाया तक नहीं। बड़े अपने बनते हैं। छोरा भी तो जाने किस माटी का बना हुआ है, सारे दिन मोरी के कीचड़ में सड़ता रहा; पर मरा नहीं; मर जाता तो पाप कटता।" गुलाबी क्रोध में बड़बड़ाती गली के नल पर चली गई।

"कहो काकी, कैसी रही ?" गोपाल ने छेड़ते हुए पूछा।

"कौन मुँह लगे इस चुड़ैल के !" पर काकी का मन इतना खिन्न हो उठा कि वे अपने बीजों की पोटली उठाकर चल दीं। धीरे-धीरे सभी उठ गए और चबूतरे की सभा विसर्जित हो गई।

सवेरे सात बजे की सीटी बजी तो गुलाबी ने एक झटके के साथ अपनी कोठरी का दरवाज़ा बन्द किया। उसे बग़ल की कोठरी में से रामी-धन्नी की फुसफुसाहट सुनाई दी। बिना पूरी बात सुने ही वह भभक उठी : "जितनी बातें बना सको, बना लो चुड़ैलों ! मैं तुम्हारी दबैल नहीं जो डर जाऊँगी।"

रामी ने वहीं बैठे-बैठे हाँक लगाई : "अपने रस्ते लग गुलाबी। किसका हिया फूटा है जो सवेरे-सवेरे तुझ नासपीटी का नाम लेगा ?" गुलाबी कुछ कहती उसके पहले ही उसके दो साल के बच्चे का क्रन्दन कोठरी की दीवारों को चीरकर गली के सुनसान वातावरण में फैलने लगा। झल्लाकर उसने कोठरी खोली और अपनी नौ साल की लड़की मेवा की पीठ पर एक धौल जमाते हुए बोली : "नौ बरस की धींग हो गई, एक बच्चा नहीं रखा जाता। चल, उसे गोदी में उठाकर रख !" और उसी झल्लाहट में उसने कोठरी बन्द कर दी और दौड़ पड़ी। सात की सीटी बज चुकी थी और वह जानती थी कि अब यदि वह सारा रास्ता

दौड़कर ही पार नहीं करेगी तो ठेकेदार वहाँ बैठे अनेक उम्मीदवारों में से किसी को भी काम दे देगा और वह आज की मजदूरी से जाती रहेगी; फिर वह सत्तू नहीं ला सकेगी, दाल नहीं ला सकेगी...उसने गति और बढ़ा दी, उस समय वह भूल गई कि रामी ने उसे नासपीटी कहा है या कि उसका बच्चा रो रहा है।

शाम को वह लौटी तो क्लान्त हाथों से उसने अपनी कोठरी का दरवाज़ा खोला। देखा, मेवा एक कोने में लुढ़की पड़ी सो रही है और दो साल का वह मांस का लोथड़ा मैले में सना हुआ मिमिया रहा था। रोने की ताक़त तो उसमें शायद रही भी नहीं थी। गुलाबी ने एक पूरे हाथ की धौल कोने में सोती हुई छोरी की पीठ पर जमाई : "पड़ी-पड़ी सो रही है चुड़ैल। चल, उठकर चूल्हा जला !" और वह उस मैल में सने बच्चे को उठाकर गली के नल पर चली। बराबर उसके मुँह से गालियाँ बरस रही थीं। चबूतरे पर उस समय काका अकेले बैठे थे, गुलाबी को बड़बड़ाते हुए जाते देखा तो टोक दिया : "किसे कोस रही है गुलाबी ? अरे, कभी तो तू भी हँस-बोल लिया कर।"

"हँस-बोलकर मुझे किसी को रिझाना नहीं है ? बड़े आए हैं सीख देनेवाले ! तुम्हें तो नहीं कोस रही ? कोस रही हूँ उस दारूखोर को जो मेरी जान को ये कीड़े-मकोड़े छोड़ गया।"

"अरे, मैं तो तेरे भले की बात कह रहा हूँ। चार जनों के बीच आकर बैठा कर तो तेरा भी मन बहल जाए, पर तू तो सबको काटने को दौड़ती है।"

"हाँ-हाँ, मैं तो कटखनी हूँ, क्यों मेरे मुँह लगते हो ? ज़्यादा बकवास की तो दो-चार तुम्हें भी सुना दूँगी। बड़े आए हैं दरद दिखानेवाले।" और वह भन्नाती हुई अपनी कोठरी की ओर चल पड़ी। काका ने फिर उसे नहीं टोका।

चूल्हे पर दाल चढ़ाकर, बच्चे को गोदी में लेकर वह सुस्ताने लगी। सारे दिन की क़ैद भोगकर मौक़ा पाते ही मेवा कोठरी से बाहर भाग गई। जब दाल-सत्तू तैयार हो गया तो गुलाबी ने मेवा को खाने के लिए आवाज़ दी। मेवा आई तो उसके हाथों में काँच की हरी चूड़ियाँ चमक रही थीं। गुलाबी की नज़र पड़ते ही उसने पूछा : "ये चूड़ियाँ कहाँ से लाई री ?"

मेवा चुप।

"मैं पूछती हूँ, ये चूड़ियाँ कहाँ से लाई ?"

मेवा चुप।

"सुनाई नहीं देता क्या, बहरी हो गई है ?" और तड़ातड़ चाँटे पड़ गए उसके गाल पर : "चोरी करके लाई है न ? आज सब तो चबूतरे पर दीया जलाने गए हैं, किसी के घर में से चुरा लाई, क्यों ? चोट्टी, हरामजादी !" मुँह से गालियाँ और हाथों से चाँटे पड़ने लगे।

मेवा ने चीख़-चीख़कर सारी गली को सिर पर उठा लिया। तभी दीया जलाकर लौटी हुई रामी-धन्नी आ पहुँचीं : "अरे-अरे, छोरी के प्राण लेगी क्या ?" मेवा को अपनी तरफ़ खींचती हुई रामी बोली।

"मैं इसकी खाल खींचकर रख दूँगी। तू बीच में मत बोल रामी, नहीं तो सच कहती

हूँ, दो हाथ तेरे भी पड़ जाएँगे। मेरी छोरी चोरी करे...चोरी करे...!" और उसका स्वर भिंच गया।

देखते-देखते काफी भीड़ जमा हो गई। ज़रा सा अवसर मिलते ही गुलाबी फिर एक चाँटा जड़ देती। बूढ़े काका मेवा को दूर ले गए, तब गुलाबी चिल्लाई : "छोड़ दो काका, मेरी छोरी को ले गए तो ठीक नहीं होगा। आज तुम बचाने आए हो, कल तुम लोग ही उसे चोट्टी कहते फिरोगे।"

किसी ने स्थिति को सँभालने के लिए कहा : "चोरी नहीं की है उसने, वह तो रामेसुर ने उसे दी है। नाहक मार दिया बच्ची को।"

"दी है, तो क्यों दी है ? हम क्या भिखमंगे हैं जो किसी का दिया पहनेंगे ? आज मेरे घर में कोई मूँछोंवाला नहीं बैठा है तो सब लोग भीख देने चले हैं। थू है उन पर ! बड़े आए हैं दया दिखानेवाले !"

मेवा को काका के पास सुरक्षित समझकर सबने सोचा कि अब इस गुलाबी से बहस करना बेकार है, एक की चार सुनने को मिलेगी, सो सब चुपचाप खिसक गए। धन्नी, जो आज रानी माँ के चबूतरे पर दीया जलाकर जाने कैसी-कैसी आशाएँ मन में सँजोकर आई थी, बोली : "जब यह किसी की बात सुनती ही नहीं, तो तुम लोग क्यों इसके पचड़ों में पड़ती हो जीजी ?"

"लड़ाई-झगड़ा तो चलता ही रहता है। सवेरे नल पर देखा है न, कैसी गाली-गलौज होती है, सिरफुटौवल की नौबत आ जाती है; पर साँझ को सब जैसे के तैसे। चार जने रहते हैं तो कहना-सुनना तो चलता ही रहता है बहन !"

गुलाबी ने काँच की चूड़ियों के टुकड़े बटोरकर अपने लिए जगह बनाई और बच्चे को लेकर सो गई। उस रात उसके यहाँ खाना-पीना नहीं हुआ। काका मेवा को लाकर जब छोड़ गए तब उसे मालूम पड़ गया; पर वह फिर कुछ बोली नहीं। एक बात ही उसके मन में घूम रही थी कि उसकी लड़की ने चोरी की...चोरी की।

पिछले दो दिनों से चबूतरे की बैठक का विषय है, सरकार की ओर से खोला हुआ 'शिशु-सुरक्षा केन्द्र'। काका ने कहा : "भगवान भला करें इस सरकार का। सरकारी स्कूल खोल दिए, जहाँ बच्चे मुफ्त में पढ़ लेते हैं। छोटे बच्चों के लिए यह केन्द्र खोल दिया। अब औरतें भले ही काम करें। पाँच रुपए महीने में दवाई-दारू भी कर देते हैं।"

"हाँ, काका, मैं देखकर आई हूँ। छोटे-छोटे पालने बने हैं, ढेर सारे खिलौने हैं, दाइयाँ हैं; बच्चों को शीशी से दूध पिलाया जाता है, पालनों में सुलाया जाता है। बड़े आराम से रखते हैं।"

धन्नी ने सोचा, उसको बच्चा होगा तब वह यहीं आकर रह जाएगी। उसके गाँव में तो ऐसा होगा नहीं। अपने बच्चे को पालने में सुलाने और शीशी से दूध पिलाने का सपना उसकी आँखों में साकार होने लगा।

गोपाल बोला : "गुलाबी से कहो काका, कि अपने बच्चे को वहाँ भरती करवा दे।"

"तू ही कह न। बड़ा आया है गुलाबी का हितू ! याद नहीं है, जब मेवा को स्कूल में डालने को कहा था तो कैसी गुर्राई थी !"

"तुम लोग तो बावलों जैसी बातें करते हो। मेवा को वह स्कूल में डाल देती तो उसके

छोरे को कौन रखता ?"

"तो अच्छी तरह मना करती। वह तो बस काटने को दौड़ती है।"

"अरे धीरे बोल काकी, नहीं तो अभी कहीं से निकलकर बम गिराने लगेगी। जब उसकी बात करो तभी टपक पड़ती है।"

पर उस दिन गुलाबी नहीं टपकी।

दूसरे दिन जब चबूतरे पर बैठक लगी, तब भी इसी तरह की चर्चा चल रही थी। गुलाबी अपनी लड़की मेवा को ढूँढ़ती हुई आई तो काका ने बात चलाई : "अरे गुलाबी, देख तेरे छोरे के लिए सरकार ने केन्द्र खोल दिया है। वहाँ नाम लिखा दे अपने बच्चे का।"

"सरकार मेरी खसम है न, जो केन्द्र खोल देगी मेरे लिए। ये सब तो पैसेवालों के चोंचले हैं। मेरा कौन मरद कमानेवाला बैठा है जो पाँच रुपए महीने दे दिया करेगा !"

"बस्तीवाले चन्दा कर देंगे री। तू जाकर नाम लिखा आ।"

"किसी के दान-पुन्न पर पलनेवाली नहीं है गुलाबी, थूकती है तुम्हारे चन्दे पर।" और अपनी लड़की को घसीटती हुई गुलाबी वहाँ से चली गई।

"लो और खाओ लड्डू," काकी ने चिढ़ाते हुए कहा : "बिना गुलाबी से दो-चार झिड़कियाँ सुने इन्हें चैन नहीं।"

"आज रामी नहीं आई ?" बात का प्रसंग बदलने के लिए काका ने पूछा।

"धन्नी को विदा करने गई है।" और इधर-उधर की बातें करके सभा समाप्त हुई।

दूसरे दिन गुलाबी ने उठकर अपनी कोठरी की दीवार पर लगाए हुए सुरक्षा-केन्द्र के विज्ञापन को फाड़ फेंका। जहाँ कहीं भी उसे विज्ञापन दिखाई देता, वह उसे फाड़ डालती, लोग देखते तो हँसते।

भरी दुपहरी में गुलाबी रेत की तगारियाँ उठा-उठाकर पकड़ा रही थी। कुछ औरतें एक देहाती गीत गा रही थीं और छत कूट रही थीं। ठेकेदार रह-रहकर कुछ आदेश देता जा रहा था। गुलाबी का ध्यान अपने काम में था, पर अचानक ठेकेदार का स्वर उसके कान में पड़ा। पूरी बात तो वह नहीं सुन पाई, बस इतना सुना : "इसी तरह तो ज़रा से आँधी-पानी से घरों की छतें टूट जाती हैं। ज़रा अच्छी तरह..." उसने आसमान की तरफ़ देखा। कहीं बादल नहीं थे; फिर भी उसका हाथ रुक गया और उसके सामने उसकी कोठरी की टूटी-फूटी छत घूम गई। यदि किसी दिन छत गिर जाए तो...?

"हाथ चला न ?" कड़ककर बग़लवाली औरत ने कहा। वह कब से रेत की तगारी लिये खड़ी थी। एकाएक गुलाबी को होश आया : "चला तो रही हूँ। कौन तेरे बाप की नौकर हूँ जो हुकुम चला रही है ?"

शाम को गुलाबी जब घर लौटी तो ठेकेदार से थोड़ी-सी सीमेंट और चूना माँग लाई। खा-पीकर जब सब सो गए; गुलाबी के घर से खटर-पटर की आवाज शुरू हुई। गली में सोए हुए गोपाल ने पूछा : "आधी रात को क्या कर रही है गुलाबी ?"

"तेरी कबर खोद रही हूँ। जाने कैसे लोग हैं इस बस्ती के कि गुलाबी के काम में टाँग अड़ाए बिना इन ससुरों की रोटी हजम नहीं होती।"

"मर चुड़ैल।" और गोपाल सो गया। उस दिन सारी रात कोठरी में कुछ-न-कुछ काम होता ही रहा।

दूसरे दिन रामी ने आकर चबूतरे की बैठक पर सूचना दी कि गुलाबी काम से लौटी, खाया-पीया और फिर बच्चों को बन्द करके कहीं चली गई। जब रामी ने पूछा तो गुर्राकर बोली : "जा रही हूँ अपने खसम से याराना करने। तू भी चलेगी क्या ?" साथ ही रामी ने यह भी बताया कि इस बात को घंटा-भर हो गया है; पर अभी तक गुलाबी नहीं लौटी। बच्चे दोनों बन्द पड़े हैं। कुछ कौतूहल और कुछ उपेक्षा-मिश्रित क्रोध से सारी बैठक गूँजने लगी। "क्यों गई, कहाँ गई, इस तरह तो बच्चे मर जाएँगे, ये कैसी माँ है" आदि अनेक बातें उठीं और ख़तम हो गईं। जानने की इच्छा सबके मन में थी; पर किसी में साहस नहीं था जो आने पर उससे पूछ सके।

गुलाबी का यह क्रम जब दैनिक हो गया तब तो कौतूहल का निवारण परम आवश्यक हो गया। बिना उस बात को जाने सबका जीना जैसे दूभर हो गया। काका ने अनुमान से कहा : "कहीं, चौका-बरतन का काम करने जाती होगी, और कहाँ जाएगी बेचारी ?"

"तुम्हारे लिए होगी बेचारी।" काकी ने गुर्राते हुए कहा : "हत्यारिन कहीं की ! क्यों जाती है चौका-बरतन करने ? मजदूरी में क्या गुज़र नहीं होती ? मुझे तो इसके लच्छन अच्छे नहीं नज़र आते। बच्चों की जान ले-लेकर धन कमाएगी ?"

"क्यों परनिन्दा करती हो ? उसकी वह जाने।" बाहर से आते हुए गोपाल ने कहा : "काकी, चलो, तुम्हें सिनेमा दिखा लाऊँ।" पर काकी को इस समय यह मज़ाक़ नहीं भाया। वह गुलाबी की ही बात सोच रही थी। उसने धीरे से रामी से कहा : "तू तो उसके पासवाली कोठरी में रहती है। ज़रा नज़र रखा कर न उधर। दस-बारह दिन हो गए और यह पता नहीं लगा कि आख़िर वह चुड़ैल बच्चों को बन्द करके जाती कहाँ है ?"

"कोशिश तो करती हूँ काकी, पर पता ही नहीं लगता। एक दिन तो मन हुआ कि पीछे-पीछे जाऊँ, पर उस मुँह-झौंसी का क्या भरोसा, पलट कर हाथ ही चला दे।"

पन्द्रह दिन और बीत गए, पर कोई नहीं जान सका कि गुलाबी कहाँ जाती है। कुछ तो रहस्य का उद्‌घाटन न होने के कारण और कुछ बच्चों की यातना देखकर सबका आक्रोश बढ़ता जा रहा था। पर गुलाबी से पूछने का साहस किसी को नहीं होता। उस दिन भी बैठक में यही बातें हो रही थीं कि रामी ने आते ही खुशख़बरी सुनाई : "देखा काकी, रानी माँ के चबूतरे पर जलाया दीया कभी अकारथ नहीं जा सकता। धन्नी के गाँव से चिट्ठी आई है, उसका बाँझपन आख़िर दूर हुआ।"

काकी ने श्रद्धावश रानी माँ के आगे हाथ जोड़ दिए। गोपाल जब भी काकी को इस मुद्रा में देखता है, मज़ाक़ करने के लिए उसका मन मचलने लगता है। बोला : "काकी, सारी बस्ती पर तेरा इतना रौब है, तू गुलाबी से दीया नहीं जलवा सकती ? कल पूनो है, दीया जलवा दे तो तेरा रौब मानूँ।"

"वह जाए ही नहीं तो मैं क्या करूँ ?" झल्लाकर काकी ने कहा।

"तू कहे तो मैं कन्धे पर उठाकर ले जाऊँ।" हँसते हुए गोपाल ने कहा।

जाने कब से गुलाबी वहाँ खड़ी थी। यह बात सुनी तो आग बरसाने लगी : "आया है बड़ा गुलाबी को ले जानेवाला ! हाथ तो लगाकर देख ! असल मरद का बच्चा हो तो आ जाना कल।" फिर औरतों को लक्ष्य करके बोली : "तुम्हीं माँ बन-बनकर लाड़ लड़ाओ अपने बच्चों के और दीया जलाओ चबूतरे पर। मैं तो कसाइन हूँ, हत्यारिन हूँ। जब ये नाशपीटे

मर जाएँगे, उस दिन इकट्ठा ही दीया जलाऊँगी। बड़ी सब गुलाबी की चिन्ता कर-करके मरी जा रही हैं चुड़ैल !'' और वह अँधेरे में ही ग़ायब हो गई।

दूसरे दिन जब सब घरों में चबूतरे पर जाने की तैयारियाँ हो रही थीं, गुलाबी अपनी कोठरी में बैठकर बच्चों के लिए सत्तू घोल रही थी। सत्तू घोलकर उसने मेवा के सामने सरका दिया। मेवा ने पूछा : ''तू क्या खाएगी ?''

''मुझे भूख नहीं है, चुपचाप खा ले।''

''कल भी तो तूने कुछ नहीं खाया था माँ ?''

''कह रही हूँ, खा ले चुपचाप, सो नहीं होता। जीभ लड़ाए जा रही है बैठी-बैठी।''

''तू तो आजकल जरा सी ही सत्तू लाती है माँ। अपने लिए नहीं लाती ?''

गुलाबी ने आँसू-भरी आँखों से मेवा की ओर देखा और खींचकर उसे अपनी छाती से चिपका लिया।

दोनों बच्चे जब खाना-पीना समाप्त कर चुके तो गुलाबी ने हँडिया से पैसे निकाले। बड़ी सावधानी से उन्हें आँचल में बाँधा, और जैसे ही मुड़ी तो देखा, रामी दरवाज़े पर खड़ी उधर ही देख रही है। बिना एक शब्द बोले उसने दरवाज़ा बन्द किया और चली गई।

जब सब औरतें वहाँ इकट्ठी हो गईं तो रामी बोली : ''दैया रे, आज गुलाबी ढेर सारे पैसे आँचल में बाँधकर गई है। वापस लौट आए तो समझना।''

''पैसे बाँधकर ?''

''हाँ-हाँ, मैंने अपनी आँखों से देखा है। मुझे तो लगता है, चौका-बरतन की आड़ में कोई और ही लीला चल रही है।''

''कौन उस पर नीयत बिगाड़ेगा, सूखा छुहारा तो है।''

''मरदों का कोई भरोसा नहीं, जो न कर गुज़रें, सो थोड़ा।'' रामी मुस्कुराई।

जब दीया जलाकर औरतें लौटीं तो देखा कि गुलाबी की कोठरी वैसे ही बन्द थी। जल्दी-जल्दी कपड़े उतारकर चबूतरे पर बैठक हुई। सारी बातें बढ़ा-चढ़ाकर बताई गईं : ''रोज़ कब तक लौट आती थी ?'' काका ने पूछा।

''इस समय तक तो लौट आती थी।'' रामी ने कहा।

''आज तो वह नहीं लौटने की, सारी बस्ती का काला मुँह कर गई चुड़ैल।''

''उसके बच्चों को कौन पालेगा अब ?''

''चूल्हे में जाएँ उसके बच्चे। माँ होकर जब उसे ही दरद नहीं आया तो हमें ही क्या पड़ी है ?''

गोपाल ने कहा : ''चाहे जो भी खरच हो जाए, कल ही जाकर रानी माँ के चबूतरे के पास ही गुलाबी का एक चबूतरा बनवाऊँगा। जब वहाँ दीया जलाने जाओ, तो लगे हाथ ही गिन-गिनकर दस जूते इसके चबूतरे पर भी मार आया करना।''

तभी काका ने सबका ध्यान गली के मोड़ की ओर खींचा। चाँदनी के प्रकाश में सबने देखा कि गली के ही दो आदमी गुलाबी के अचेत शरीर को उठाकर ला रहे हैं। चबूतरे की सारी भीड़ उस ओर दौड़ पड़ी।

'क्या हुआ', 'कहाँ थी', 'बेहोश कैसे हो गई'—प्रश्नों की झड़ी सी लग गई। सबको वहीं छोड़कर काकी और रामी ने उसके अचेत शरीर को सँभाला और रामी की कोठरी में लिटा

दिया। काका अन्दर आ गए, बाक़ी भीड़ को बाहर ही रखा।

"पानी के छींटे डालो और हवा करो," काका ने कहा। रामी उठकर पानी लाई और काकी हवा करने लगी, उसका आँचल हटाया तो बोली "हाय राम, इसका पेट तो पीठ से चिपक रहा है ! लगता है, मानो दो-तीन दिन से कुछ खाया ही नहीं है। रामी, थोड़ा सत्तू हो तो घोलकर ला।"

"देख रही हो," काका ने अपनी नज़र गुलाबी के सूखे-मुर्झाए चेहरे पर टिकाए हुए कहा : "एक महीने में क्या से क्या हो गई ! जैसे बुढ़ापा आ गया हो। एक महीने से मैंने इसे पास से ही नहीं देखा था। और देखो, इसके कपड़े ढीले कर दो, उमस भी तो कितनी है !"

काकी ने अँगिया के बन्द ढीले कर दिए तो अँगिया में से काग़ज़ की एक पुड़िया सरककर ज़मीन पर गिर गई। काका ने कहा :

"देखूँ, क्या है ?"

काकी ने पुड़िया पकड़ा दी : काका ने दीये के धीमे प्रकाश में पुड़िया को खोला तो देखा, काँच की छोटी-छोटी हरी चूड़ियाँ और 'शिशु-सुरक्षा केन्द्र' की पाँच रुपए की रसीद थी।

'यही सच है' संकलन से

क्षय

सावित्री के यहाँ से लौटी, तो कुन्ती यों ही बहुत थकी हुई महसूस कर रही थी। उस पर टुन्नी के पत्र ने उसके मन को और भी बुरी तरह मथ दिया। पापा को भी दो बार खाँसी का दौरा उठ चुका था। वह जानती थी कि वे बोलेंगे कुछ नहीं; पर उनका मन कर रहा होगा कि टुन्नी को वापस बुला लें। रात में लेटी तो फिर उसी पत्र को खोलकर पढ़ने लगी :

"दीदी, मेरा मन यहाँ ज़रा भी नहीं लगता। सारे समय पापा की और तुम्हारी याद आती रहती है। स्कूलवालों ने भी मुझे आठवीं में ही भरती किया है। उस दिन तुम मेरे हैडमास्टर साहब के पास चली जातीं तो कितना अच्छा होता, पूरा एक साल बच जाता। तुमने मेरा इतना सा काम भी नहीं किया; दीदी, पूरा एक साल बिगड़वा दिया...।"

क्या सचमुच ही उसने टुन्नी का साल बिगड़वा दिया ? नहीं, नहीं, जो कुछ उसने किया, ठीक ही किया। कोई उसके पास इस तरह की सिफ़ारिश लेकर आए तो ? उसका बस चले तो वह उसे स्कूल के फाटक से ही निकाल बाहर करे। वह शुरू से ही इतना कहती थी कि टुन्नी, पढ़, मेहनत कर। पर उस समय पापा को टुन्नी बच्चा लगता था। अब फेल हो गया तो जान-पहचान का फ़ायदा उठाओ, सिफ़ारिश करो। उसने जो कुछ किया, ठीक ही किया। स्कूलों में यह सब देखकर उसका मन आक्रोश, दुःख और ग्लानि से भर जाता है। पर होता है, और वह देखती भी है।...लेकिन उससे क्या हुआ, वह स्वयं ऐसा कभी नहीं करेगी। जिस दिन पापा ने उससे यह बात कही थी, वह अवाक् सी उनका मुँह देखती रह गई थी, जैसे विश्वास न हो रहा हो कि पापा भी कभी ऐसी बात कह सकते हैं, और वह भी कुन्ती से।...कुन्ती आज जो कुछ भी है, विचारों से, विश्वासों से, पापा की ही तो बनाई हुई है।...लेकिन पापा बदल गए हैं, बहुत बदल गए हैं ! शायद यह बीमारी ही ऐसी होती है कि आदमी को बदलना पड़ता है। कुन्ती स्वयं महसूस करती है कि उसके जिस आदर्शवाद और दृढ़ आत्मविश्वास पर पापा कभी गर्व किया करते थे, उसी पर आज वे शायद दुःख करते हैं। उन्हें लगता है जैसे कुन्ती को बनाने में वे कहीं भूल कर बैठे हैं।...वह अपना मन टटोलने लगी, क्या सचमुच ही कुछ ग़लत विश्वास और ग़लत सिद्धान्त वह पाल बैठी है ?

सामने वॉयलिन पड़ा था। वह उठी और वॉयलिन लेकर छत पर चली गई। जब उसका मन बहुत खिन्न होता है, तो उसे वॉयलिन बजाना बहुत अच्छा लगता है। रात के सन्नाटे में मन का अवसाद जैसे संगीत की स्वर-लहरियों पर उतर-उतरकर चारों ओर बिखरने लगता है। वह आँखें मूँदकर बेसुध-सी वॉयलिन बजाने लगी और उसकी त्रस्त आत्मा, खिन्न मन और शिथिल शरीर धीरे-धीरे थिरकने लगे। वह किसी और ही लोक में पहुँच गई।

खों, खों, खों...पापा की लगातार खाँसी से उसकी तन्मयता टूटी। एकाएक ही अँगुलियाँ

शिथिल हो गईं और वॉयलिन ठोड़ी के नीचे से सरककर छाती पर आ टिका। वह नीचे आई। पापा को आज तीसरी बार दौरा उठा था। उन्हें दवाई दी और पास बैठकर तब तक पीठ सहलाती रही, जब तक वे शान्त होकर लेट नहीं गए।

जब वह अपने कमरे में आकर लेटी तो रात करीब आधी बीत चुकी थी। आज सावित्री के यहाँ उसका पहला दिन था। उसे ख़याल आया, कल जब वह स्कूल जाएगी तो मिसेज़ नाथ उसे देखकर वैसे ही व्यंग्यात्मक ढंग से मुस्कुराएँगी। उनकी इस मुस्कुराहट ने हमेशा ही उसके मन में घृणा पैदा की है। पर उसे लगा, जैसे कल वह इस मुस्कुराहट का सामना नहीं कर सकेगी। उसका उपहास करती, उस पर आरोप लगाती सी मिसेज़ नाथ की मुस्कुराहट अँधेरे में एक बार उसके सामने कौंध गई। कुन्ती ने करवट बदली तो मकान-मालिक के बच्चों के मास्टर का दयनीय, सूखा सा चेहरा उसके सामने उभर आया। एक यह व्यक्ति है, जिसने उसके मन में हमेशा अपने काम के प्रति अरुचि उत्पन्न की है। ओह ! क्या-क्या कल्पनाएँ थीं उसके मन में अध्यापन को लेकर !...लेकिन मिसेज़ नाथ...यह मास्टर...कुन्ती ने फिर करवट बदल ली।

एक महीने में ही घर का जैसे सब कुछ बदल गया है। उसे वह दिन याद आया, जब वह डॉक्टर के यहाँ से पापा की एक्स-रे प्लेट के साथ रिपोर्ट लेकर आई थी कि उन्हें क्षय है। रास्ते-भर वह यही सोचती आई थी कि पापा को रिपोर्ट कैसे देगी ? उस पर उनकी क्या प्रतिक्रिया होगी ? दवाइयों का लम्बा नुस्खा और हिदायतों की लम्बी सूची समस्या के दूसरे पहलू को भी उभार-उभारकर रख रही थी। कैसे वह सब करेगी ? करना तो सब उसी को है। पिछले चार सालों से इस घर के लिए वही तो सब कुछ करती आई है। वही तो पापा की पहली सन्तान है और पापा हमेशा ही कहते थे, वह उनकी लड़की नहीं, लड़का है। शुरू से उसे लड़के की तरह ही पाला...बचपन में वह लड़कों के साथ खेली, लड़कों के साथ पढ़ी और अब लड़कों की तरह ही इस घर को सँभाल रही है। पर अब ?

घर पहुँची तो पापा पलंग पर लेटे हुए थे। उसने चुपचाप वह लिफ़ाफ़ा उनके हाथ में थमा दिया और नौकर को चाय लाने का आदेश देकर अन्दर चली गई। वह प्रतीक्षा कर रही थी कि पापा उसे बुलाएँगे, कुछ कहेंगे, पर उन्होंने नहीं बुलाया। क्या पापा को रिपोर्ट देखकर सदमा लगा ? क्या वे पहले नहीं जानते थे कि उन्हें क्षय है ? फिर ?

चाय पीने वह बाहर जाकर बैठी। शायद अब कोई बात चले ! पर फिर मौन। पापा पैर फैलाकर तकिए के सहारे बैठे शून्य नज़रों से आसमान निहार रहे थे। कुन्ती ने प्याला पकड़ाया तो चाय पीने लगे। ख़ामोशी के ये क्षण कुन्ती को बहुत बोझिल लगे थे। सामने इतनी बड़ी समस्या है और दोनों यों मौन बैठे हैं। स्थिति की गम्भीरता को दोनों ही महसूस कर रहे थे; पर लग रहा था जैसे उसका नाम लेने-भर से वह और विकट हो जाएगी। पापा शायद सोच रहे थे कि दोनों बच्चे कितने असहाय महसूस करने लगेंगे ! और कुन्ती सोच रही थी कि बात करने से ही पापा के मन में ज़ीवन के प्रति कैसी घातक निराशा छा जाएगी ! दोनों बच्चों के अनिश्चित भविष्य की चिन्ता उन्हें कितना व्यथित बना देगी ! पर मौन रहने से ही तो यह सब नहीं सुलझ जाएगा। तब ?

तब केवल बात करने-भर के लिए ही कुन्ती ने टुन्नी को इलाहाबाद भेजने की बात कह दी थी। वह जानती थी कि पापा इसका विरोध करेंगे। अपने बच्चों को वह एक दिन

के लिए भी अपनी आँखों से दूर नहीं कर सकते। फिर टुन्नी छोटा था, अधिक लाड़ला। पर वे कुछ नहीं बोले थे। धीरे से इतना ही कहा था : "भेज देना।" कुन्ती को लगा, जैसे पापा विवश होकर कह रहे हों—मैं कौन होता हूँ कुछ कहनेवाला ? अब तो तुम्हीं सब कुछ हो, जो चाहो करो। मैं क्षय का रोगी...

कुन्ती की आँखें छलछला आई थीं।

थोड़ी देर बाद पापा ने रुकते-रुकते कहा था : "एक बार कोशिश करके इसे चढ़वा तो दे, तेरी हैडमास्टर साहब से अच्छी जान-पहचान है...वहाँ भी जाए तो एक साल तो बच जाए।"

जहर की तरह कुन्ती ने चाय का घूँट निगला था और अपने को भरसक संयत करके बोली थी : "पापा, कम-से-कम स्कूलों को तो इन सारी बातों से भ्रष्ट न करवाओ। टुन्नी मेरा अपना विद्यार्थी होता तब भी मैं उसे कभी न चढ़ाती।" उसके स्वर में आदेश नहीं था, पर दृढ़ता थी और पापा चुप हो गए थे।

पर आज टुन्नी का पत्र जाने क्यों रह-रहकर उसके मन में टीस उठा रहा है ! कुन्ती को लगा, जैसे प्यास से उसका गला सूख रहा है। उसने उठकर पानी पिया। आकर लेटी तो नज़र फिर वॉयलिन पर पहुँच गई। एक बार फिर इच्छा हुई कि वॉयलिन लेकर छत पर चली जाए। पर उसने अपनी आँखें बन्द कर लीं।

सावित्री की ट्यूशन वह निभा सकेगी ? अब तो जैसे भी हो, निभाना ही होगा। वह स्कूल में छः-छः घंटे काम करती है, तब जाकर उसे दो सौ रुपए मिलते हैं और कहाँ डेढ़ घंटे के ही दो सौ ! फिर एक महीने खुशामद की उसकी माँ ने। चार चक्कर तो घर के ही लगाए। पर फिर भी...और उसकी आँखों के सामने मकान-मालिक के मास्टरजी फिर घूम गए...वे मास्टरजी हैं, पर कभी रिक्शा में सामान लदवाकर लाते हैं, तो कभी सेठानी का हिसाब लिखते रहते हैं। हुँः; वह तो जिस दिन भी देखेगी कि उसके सारे परिश्रम के बावजूद सावित्री नहीं सुधर रही है, कुछ भी नहीं सीख रही है; उसी दिन छोड़ देगी, चाहे कितनी ही मुसीबत क्यों न सहनी पड़े। सावित्री को पढ़ाना कोई सरल काम नहीं है। जो आठवीं के भी लायक नहीं है, उसे नवीं में पास करवाना...

एक महीने में ही बैंक से पापा के हज़ार से अधिक रुपए निकल चुके थे। वह नहीं चाहती कि अब और निकलें। पूँजी के नाम पर उनके पास कुल पन्द्रह हज़ार ही तो बचे थे जिनके प्रति उनका मोह उम्र के साथ-ही-साथ बढ़ता जा रहा था। लगता था, जैसे यह रुपया ही उनका एकमात्र सहारा है। उसे वह कभी कुन्ती के ब्याह के लिए बताकर एक उत्तरदायी बाप होने का सन्तोष प्राप्त करते थे, तो कभी टुन्नी की पढ़ाई के लिए बताकर उसके उज्ज्वल भविष्य की कल्पना का सुख लेते थे। उसमें से भी अब खर्च होने लगा। कुन्ती भी क्या करती ? यों तो पापा की पेंशन, अपनी तनख्वाह और गाँव के मकान के किराए से वह अच्छी तरह काम चलाती आ रही थी, पर बीमारी का यह अतिरिक्त खर्च...और बीमारी भी अनिश्चित अवधि तक की...

दूर कहीं मुर्ग़ा बोला। यह क्या सवेरा होने को आया ? तो वह आज बिल्कुल नहीं सो पाई ? कल सवेरे से ही फिर जुट जाना है...बाज़ार, स्कूल, सावित्री, पापा की परिचर्या...उसका सिर भारी होने लगा।

अपना क्लास लेकर कुन्ती स्टाफ़-रूम में पहुँची और चुपचाप कुर्सी पर बैठकर बाहर देखने लगी। बहुत-सी कॉपियाँ देखने को जमा हो गई थीं; पर मन ही नहीं कर रहा था कुछ करने को। सिर बेहद भारी हो रहा था और नींद आँखों में घुल रही थी। तभी मिसेज़ नाथ अपने भारी-भरकम कन्धों पर कॉपियों के दो गट्ठर लादे घुसीं। उसने देखकर भी नहीं देखा। मिसेज़ नाथ भी कुछ नहीं बोलीं, चुपचाप कॉपियाँ देखने बैठ गईं। कुन्ती ने सोचा, क्या इन्हें मालूम नहीं हुआ है कि मैंने सावित्री के यहाँ ट्यूशन कर ली है ? हो सकता है, आज न हुआ हो, पर कल तो होगा ही। तब...?

फड़फड़ाती हुई एक कॉपी फर्श पर गिरी तो कुन्ती ने चौंककर पीछे देखा। मिसेज़ नाथ ने गुस्से में आकर किसी लड़की की कॉपी ही उछाल दी थी और बड़बड़ा रही थीं : "दिमाग में गोबर भरा है और पढ़ने का शौक चर्राया है ! अपने घर बैठो, खाओ-पिओ और मौज करो। न जाने कहाँ-कहाँ से दिमाग़ चाटने आ जाती हैं !..."

कुन्ती फिर बाहर देखने लगी। यों, वह इस एक साल में इन सब बातों की काफी अभ्यस्त हो चुकी थी। फिर भी लड़कियों पर यों झुंझलाना, ऐसे अपशब्द कहना उसे कभी अच्छा नहीं लगता। फिर पढ़ी-लिखी, सभ्य-सुसंस्कृत महिलाओं के मुँह से निकले हुए ऐसे शब्द, जो इतनी छात्राओं की अध्यापिकाएँ हैं, उनकी आदर्श हैं।

उसे याद आया, जब पहली बार उसने इन्हीं मिसेज़ नाथ को डाँटते हुए सुना था, तो आश्चर्य और गुस्से के साथ उसे बेहद हँसी भी आई थी। वे गुस्से से काँपती हुई जोर-ज़ोर से स्केल को मेज़ पर पटककर सामने खड़ी थर-थर काँपती किसी लड़की को कह रही थीं : "कल यदि पाठ याद करके नहीं आई तो इस चलते हुए पंखे में लटका दूँगी !" और कुन्ती को पंखे से लटकी हुई लड़की की कल्पना ने बेहद हँसाया था।

एक वह थी जो अपनी कमजोर छात्राओं को सवेरे जल्दी आकर पढ़ाया करती या देर तक ठहरकर पढ़ाती; स्नेह और सहानुभूतिपूर्ण व्यवहार से उनके खोए आत्मविश्वास को जगाती। पढ़ाई के अतिरिक्त विभिन्न रुचियों के विकास के लिए नई-नई योजनाएँ बनाया करती। इन सबका परिणाम यह हुआ था कि थोड़े ही दिनों में वह अपनी सहकर्मिणियों के बीच व्यंग्य और उपहास की पात्री और छात्राओं की 'परमप्रिय बहनजी' बन गई थी। पर साल-भर बीतते-बीतते उसका भी उत्साह बहुत कम हो गया था। कॉपियाँ देखते समय उसने कई बार अपने परिश्रम की व्यर्थता महसूस की थी। पर फिर भी ऐसे अपशब्द...इस तरह झल्लाना...

"सुना है, सावित्री की माँ ने उसे किसी दूसरे स्कूल में नवीं कक्षा में भरती करवा दिया है और शायद तुमने उसे घर पर पढ़ाना मंजूर कर लिया है ?"

बात कुन्ती से ही कही गई थी; पर कुन्ती ने न मुड़कर उधर देखा, न जवाब ही दिया।

"पैसे के जोर से नवीं कक्षा क्या, मैट्रिक का सर्टिफिकेट भी मिल सकता है। और भई, हमने तो पहले ही कहा था कि ऐसी अच्छी ट्यूशन भाग्य से ही मिलती है। जब सामनेवाला खुशामद कर रहा है तो हमें क्या, सीखे न सीखे, हमारी बला से : हम तो, जितना समय तय हुआ है, पढ़ाकर आ जाते हैं। अच्छा, कुन्ती, कितना लोगी ?"

मिसेज़ नाथ के शब्द कुन्ती को बुरी तरह बेध रहे थे। बिना मुड़े ही उसने जवाब दिया : "मैंने लेन-देन की कोई बात नहीं की। एक महीने में यदि वह कुछ सीखेगी तो पढ़ाऊँगी, नहीं तो छोड़ दूँगी" और उसे लगा कि मिसेज़ नाथ के चेहरे पर फिर वही व्यंग्यात्मक

मुस्कुराहट फैल गई है, मानो वह कह रही हों—अभी नई-नई हो, इसलिए कह रही हो, धीरे-धीरे अपने-आप रास्ते पर आ जाओगी।

क्या सचमुच कुन्ती भी एक दिन मिसेज़ नाथ जैसी हो जाएगी ?...घर जाकर कुन्ती ने चाय पी और सावित्री के यहाँ चलने की तैयारी करने लगी। चाय वह हमेशा पापा के साथ बैठकर ही पीती थी और उनकी तबीयत का हाल भी जान लेती थी। यों नौकर अच्छा है, फिर भी उसने रमा बुआ को लिख दिया है कि वे गाँव से आ जाएँ। उसका तो बहुत सा समय बाहर निकल जाता है। घर का कोई आदमी पापा के पास होना ही चाहिए। वह उठने लगी तो पापा ने कहा : "अभी तो स्कूल से आई है, थोड़ी देर आराम कर ले।"

वह बैठ गई। वह जानती है कि देर कर देने से ट्राम-बस में ऑफ़िस की भीड़ हो जाती है, घुसना असम्भव हो जाता है; फिर भी पापा की बात टालना नहीं चाहती। उसके इस दोहरे परिश्रम से पापा यों ही काफी दुखी हैं। इस सबके लिए वे अपने को ही दोषी समझते हैं। कुन्ती उनके दुःख को किसी प्रकार भी नहीं बढ़ाना चाहती। इस बीमारी ने कितना विवश, कितना निरीह बना दिया है पापा को !

एक महीना पढ़ाकर कुन्ती को लगा कि सावित्री को वह अब न पढ़ा सकेगी। डेढ़ घंटा पढ़ाने के लिए पूरा डेढ़ घंटा और उसे बस में बिगाड़ना पड़ता है। और इस प्रकार स्कूल के बाद पूरे तीन घंटे सावित्री के नाम अर्पण हो जाते हैं। उसके बाद वह इतनी थक जाती है कि किसी पत्रिका की दो पंक्तियाँ भी उससे नहीं पढ़ी जातीं। कल जब वह लेटी थी तो उसने देखा था कि वॉयलिन पर धूल की हल्की-सी परत जम गई है। उसका मन टीस उठा था। उसने धूल पोंछी, पर चाहकर भी बजाने के लिए वह ऊपर न जा सकी थी। बस, एकटक उसे देखती रह गई थी और उसे लग रहा था कि यदि ज़िन्दगी का यही रवैया रहा तो वह शायद फिर कभी वॉयलिन न बजा सकेगी। इस कल्पना से उसकी आँखें छलछला आई थीं। नहीं, नहीं, जो भी होगा वह सहन कर लेगी, पर कल ही सावित्री की माँ से कह देगी कि वह अब पढ़ा न सकेगी। और, सचमुच ही दूसरे दिन कुन्ती ने जाकर सावित्री की माँ से कहा : "देखिए, मैंने अपनी ओर से भरसक प्रयत्न किया, पर लगता है, सावित्री को पढ़ाना मेरे लिए सम्भव न होगा।" सारे रास्ते वह संकल्प-विकल्प करती रही थी, एक महीने के मिले हुए दो सौ रुपयों से घर की आर्थिक स्थिति कितनी सँभल जाएगी, यह भी उसके सामने था; पर फिर भी उसने कह ही दिया।

"यह क्या बहनजी ? आपके भरोसे तो हमने नया स्कूल शुरू करवाया। आपके पास पढ़कर इसका मन कुछ-कुछ लगने लगा था...ऐसा तो मत करिए। एक बार बस किसी तरह दसवीं में पहुँचा दीजिए।"

"मैं बेहद थक जाती हूँ। दूर भी तो बहुत आना पड़ता है। फिर पापा बीमार हैं, उनकी देख-भाल, दवा-दारू करने के लिए भी तो मैं ही हूँ।" पर कुन्ती को स्वयं लगा कि बात के अन्त तक आते-आते उसके स्वर की दृढ़ता जाती रही है।

"दूर तो है," कलाई में हीरे की चूड़ी नचाती हुई सावित्री की माँ बोली : "पर एक साल तो अब आप निभा ही दीजिए !" फिर कुछ रुकते-रुकते बोली : "न हो, मैं गाड़ी का

प्रबन्ध कर दूँगी; और क्या कर सकती हूँ ?"

कुन्ती अवाक्-सी उसका चेहरा देख रही थी...दो सौ रुपए और गाड़ी !

"बात यह है बहनजी, कि सावित्री की बात एक बहुत बड़े घर में चल रही है। उन लोगों की एक ही ज़िद है कि लड़की दसवीं हो जाएगी तो शादी करेंगे। आप किसी-न-किसी तरह दसवीं में पहुँचवा दीजिए, फिर तो सँभाल लेंगे। अब आजकल के लड़कों को भी क्या कहें, और यह सावित्री भी है कि आपके सिवाय किसी से पढ़ने को राजी ही नहीं होती। आप आइए, गाड़ी का प्रबन्ध कर दूँगी।"

उस दिन कुन्ती गाड़ी में बैठकर घर लौटी। जैसे ही गाड़ी कोठी के फाटक में घुसी, उसने देखा, मकान-मालिक के यहाँ वाले मास्टर साहब रिक्शे में सामान लदवाए चले आ रहे हैं। अपने को गाड़ी में पाकर उसका मन गर्व और आत्म-सन्तोष से भर गया। उसने ट्यूशन भी की तो आत्मसम्मान के साथ की। बड़ी कोठी को पार करके वह अपने घर के सामने उतरी। पापा ने सुना, तो वे भी प्रसन्न हुए।

दूसरे दिन, सन्ध्या को जब वह गाड़ी में बैठकर सावित्री के यहाँ जा रही थी, तो उसने पहली बार देखा कि वह रास्ता कितना सुन्दर है। ठसाठस भरी हुई बस में धक्के खाते समय शायद अपने को सँभालने की चिन्ता ही अधिक रहती थी और काम से लौटते हुए, सट-सटाकर खड़े प्राणियों के पसीने की दुर्गन्ध से सिर भन्नाता रहता था। उन सबको पार करके रास्ते का सौन्दर्य देख पाना क्या कोई सरल काम था ? थोड़े दिनों में तो उसे लगने लगा—काश, वह स्कूल भी गाड़ी में ही जा पाती !

टुन्नी का मन अब लग गया था। मामा ने ख़बर दी थी कि वह पढ़ाई में अच्छा चल रहा है। पापा की तबीयत कभी ठीक, कभी ख़राब, यों ही चलती। बोलना उन्होंने एक प्रकार से बन्द ही कर दिया था। उनकी देखभाल के लिए रमा बुआ आ गई थीं। कुन्ती के लिए वही स्कूल, घर, सावित्री...सारा घर जैसे एक ढर्रे पर चल रहा था। मन जब बहुत ऊबता तो रात में ऊपर जाकर घंटों वॉयलिन बजाती, यही तो उसके नीरस जीवन का एक आधार था।

उस दिन कुन्ती सावित्री को पढ़ाकर घर के लिए काम दे रही थी कि माँ ने एक बच्चे के साथ प्रवेश किया : "बहनजी, यह सावित्री का भानजा है। अब से मेरे पास ही रहेगा। इसे कल ही स्कूल में डाला है। सावित्री के बाद थोड़ी देर इसे भी देख लिया करिए !" कुन्ती को बोलने का अवसर दिए बिना ही वह बोले चली जा रही थी : "बड़ा प्यारा बच्चा है, मीठी-मीठी बातें करके आपका मन मोह लेगा। नमस्ते करो, मुन्नू !" और उस बच्चे ने अपने छोटे-छोटे हाथ जोड़ दिए।

कुन्ती न हाँ कह सकी, न ना। अब सावित्री के बाद आधे घंटे के करीब वह बच्चे को भी पढ़ाने लगी। सन्तोष और तसल्ली यही थी कि उसके बाद उसे गाड़ी घर तक छोड़ने आती थी। गाड़ी में बैठकर ठंडी हवा का झोंका उसके बदन को सहलाता और इस अतिरिक्त काम के बोझ को अपने साथ बहा ले जाता।

धीरे-धीरे यह सिलसिला बढ़ता गया। सावित्री के छोटे भाई-बहन में से कोई-न-कोई अब आता ही रहता। कभी किसी को घर का काम पूछना रहता था, तो किसी को टेस्ट की तैयारी

करनी रहती थी। माँ बस इसी बात का ध्यान रखती थी कि सावित्री जब तक पढ़े, कोई बच्चा कमरे में न जा पाए। कभी-कभी तो माँ स्वयं उसके पास आकर बैठती, सावित्री की पढ़ाई की बात पूछती, पापा की तबीयत के बारे में पूछती, घर की और बातें पूछती और फिर कुन्ती के धैर्य की, उसके साहस की तारीफ़ करती हुई चली जाती। शुरू-शुरू में कुन्ती को यह सब बहुत अटपटा लगता था, फिर धीरे-धीरे वह इन सबकी अभ्यस्त हो गई।

रात को जब वह लेटी तो उसे टुन्नी की बड़ी याद आ रही थी। आज स्टाफ-रूम में देखे हुए एक सिनेमा पर बड़ी बातें होती रही थीं। टुन्नी के जाने के बाद कितना नीरस हो गया है उसका जीवन ! बिस्तर पर लेटे हुए पापा और काम में व्यस्त बुआजी। उसके बराबर की और लड़कियाँ कितनी मौज करती हैं ! घूमना-फिरना, सैर-सपाटे, हँसी-मजाक...उसके जीवन में तो यह सब दूर-दूर तक भी नहीं है।...क्या कभी भी नहीं होगा ? क्या उसका सारा जीवन यों ही निकल जाएगा ? जितना रुपया वह कमाती है, उसमें कितने ठाठ से वह रह सकती है ! पर वह तो जानती ही नहीं कि ठाठ क्या होता है, मौज क्या होती है। पापा क्या अब कभी अच्छे नहीं होंगे ?...कितने दिन तक वे इस तरह पड़े रहेंगे ?...टुन्नी होता तो वह कल ही उसके साथ सिनेमा जाती। कब टुन्नी बड़ा होगा और उसके कन्धों का भार हल्का करेगा ? सच, अब तो वह ऊब गई है।

सामने वॉयलिन लटका हुआ था। अब वह बजा नहीं पाती, उसे देखती रहती है। उसे एकटक देखते रहना भी सान्त्वना देता है। कितना कम हो गया है उसका वॉयलिन बजाना ! जब-जब समय मिलता है तो उसकी धूल पोंछ देती है। कभी-कभी तो उसका मन करता है कि स्कूल, घर—सब छोड़कर, अपना वॉयलिन लेकर कहीं चली जाए और इतना बजाए, इतना बजाए कि उसका अस्तित्व ही मिट जाए। वह कुन्ती न रहे, बस संगीत की एक स्वर-लहरी बन जाए, उसी में मिल जाए !

दिसम्बर की छुट्टियों में टुन्नी आया। उसके आने से ही जैसे घर चहक उठा। पापा प्रसन्न, कुन्ती प्रसन्न। घर की एकरसता टूट गई। आते ही उसने फरमाइश की कि क्रिकेट का टेस्ट मैच देखेंगे। अभी भी क्रिकेट के लिए उसका पागलपन जैसे-का-तैसा बना हुआ था। पिछले साल सारे दिन क्रिकेट खेल-खेलकर ही तो फेल हुआ था। पर इस बार कुन्ती ने टिकट का प्रबन्ध करने के लिए ज़मीन-आसमान एक कर डाला। उसकी बड़ी इच्छा थी कि जैसे भी हो, टुन्नी को वह मैच देखने के लिए भेज दे। इसी बहाने वह अपने परिचितों के घर भी हो आई, वरना आजकल तो मिलना-जुलना भी छूट गया था।

पर किसी तरह भी टिकट का प्रबन्ध नहीं हो सका। वह समझ नहीं पा रही थी कि लोगों पर ऐसा पागलपन कैसे सवार हो जाता है इस खेल को लेकर ! किसी चीज़ का नशा भी होता है, यह सब वह जैसे धीरे-धीरे भूलती जा रही थी। उसने टुन्नी को समझा दिया कि कमेंट्री सुनकर ही सन्तोष कर लेना।

सावित्री के यहाँ पढ़ाने गई तो सावित्री ने डरते-डरते कहा : "बहनजी, कल मत आइए, हम मैच देखने जाएँगे।"

"अच्छा, तुम लोगों को टिकट मिल गए ? मेरा छोटा भाई भी आया हुआ है इलाहाबाद

से, पागल हो रहा है; पर किसी तरह टिकट का इन्तजाम नहीं हो सका।''

"माँ से पूछूँ, शायद एकाध ज़्यादा हो।" और सावित्री दौड़ गई।

कुन्ती सोच रही थी, उसे इन लोगों का खयाल क्यों नहीं आया अभी तक ?

माँ आई, टेलीफोन किया और कहा : "आप उसे तैयार रखिए नौ बजे। बच्चे गाड़ी में उधर से ही उसे लेते जाएँगे।"

कुन्ती प्रसन्न हो गई। टुन्नी सुनेगा तो कितना प्रसन्न होगा ! वह जबर्दस्ती इन लोगों से खिंची-खिंची रहती है। कितना अपनापन रखती है बेचारी ! पापा के बारे में भी हमेशा पूछती रहती है, कहती रहती है, किसी भी तरह की जरूरत हो तो कहिएगा। वह व्यवहार में क्यों जरूरत से ज़्यादा रूखी है ?

टुन्नी इलाहाबाद लौट गया। उसी सप्ताह दो बार पापा की तबीयत बहुत ख़राब हुई। कई दवाइयाँ बदलीं, विशेषज्ञ को भी बुलाना पड़ा और न चाहकर भी कुन्ती को फिर बैंक से पाँच सौ रुपए निकालने पड़े। आखिर वह क्या करे ?...अब बचे ही कितने हैं, वे भी समाप्त हो जाएँगे, तब ? कुन्ती को कुछ नहीं सूझता कि तब वह क्या करेगी !

सावित्री के छमाही इम्तिहान का फल निकलनेवाला है। वह पहले से कुछ सुधरी है, पर नवीं में वह पास नहीं हो सकती, यह कुन्ती जानती है। उसने तो पहले भी कहा था, पर माँ को एक ही ज़िद है कि जैसे भी हो, उसे दसवीं में भेजना है। तो वह क्या करे ? वह पूरा परिश्रम करती है, जी-जान लगाकर पढ़ाती है। परीक्षा-फल अच्छा नहीं निकला तो माँ क्या कहेगी ?

वह पहुँची तो पहले माँ से ही मुलाकात हुई : "लीजिए, आपकी ही बात कर रही थी। इस बार मेरा एक काम आपको करना होगा।"

कुन्ती की जिज्ञासु आँखें माँ के चेहरे पर टिक गईं। मेज़ की दराज में से एक थैला निकालकर वह बोली : "उस दिन आपका भाई जैसा स्वेटर पहने था, वैसा एक मेरे लिए भी बना दीजिए। मैं तो यह काम जानती नहीं। उसका स्वेटर मुझे बहुत ही पसन्द आया।" बाहर से किसी के बुलाने पर माँ थैला मेज़ पर छोड़कर चली गई और फिर लौटकर आई ही नहीं।

कुन्ती लौटी तो उसके हाथ में ऊन का थैला था। घर आते ही बुआ ने बताया : "डॉक्टर साहब आए थे, एक नुस्ख़ा दे गए हैं।" उसने बिना देखे ही नुस्ख़ा पर्स में पटक दिया। पापा के पास पहुँची तो वे आँखें बन्द किए सो रहे थे। एक क्षण वह उनके मुरझाए ज़र्द चेहरे को देखती रही, फिर भारी मन से लौट आई। उस रात उसने खाना भी नहीं खाया। चुपचाप पड़ी-पड़ी वॉयलिन को ही देखती रही। फिर आँखें मूँदीं, तो कोरों से आँसू ढुलक पड़े।

आख़िर जिस बात का डर था, वही हुआ। सावित्री छमाही इम्तिहान में फेल हो गई। कुन्ती पहुँची तो देखा, सावित्री रो रही थी और माँ का पारा चढ़ा हुआ था। कुन्ती को देखते ही बोली : "यह देखिए, यह निकला रिजल्ट ! आप तो कहती थीं कि अब सुधर रही है, निकल जाएगी। सभी में तो फेल है ! नहीं, बहनजी, अब तो यह पढ़ाई छुड़ानी ही पड़ेगी... पढ़ना-लिखना इसके बस का नहीं ! फिर वह सगाई की बात भी ख़त्म हुई, अब कौन पानी की तरह रुपया बहाए !"

"देखूँ," कुन्ती ने रिपोर्ट हाथ में लेते हुए कहा : "पेपर्स इतने ख़राब तो नहीं किए थे कि सभी में फेल हो जाती।" पर उसे रिपोर्ट में लाल धब्बों के सिवाय कुछ भी दिखाई नहीं दे रहा था। सावित्री की रिपोर्ट के लाल धब्बे, पापा के कफ में खून के लाल धब्बे...सब जगह बस लाल...लाल...

"मैं तो अभी भी कहती हूँ कि आप एक बार इसके स्कूल जाइए, इसकी टीचरों से मिलिए। स्कूल जाने से बात ही दूसरी हो जाती है। कुछ उम्मीद हो तो पढ़ाई जारी रखें, नहीं तो किस्सा ख़त्म करें।"

और कुन्ती सोच रही थी, उसके घर आकर उसकी खुशामद करनेवाली माँ और यह माँ क्या एक ही हैं ?

"मैं स्कूल जाकर पता लगाऊँगी, बात करूँगी। वार्षिक परीक्षा में तो इसे पास करवाना ही है।"

"अब आप जिम्मा लें, तभी पढ़ाऊँगी ! जैसे भी हो, पास करवा दीजिए !"

कुन्ती जानती है कि ऐसा जिम्मा कोई नहीं ले सकता, और ले तो निभा नहीं सकता। फिर भी उसने कहा कि वह पूरी कोशिश करेगी।

और सचमुच कुन्ती सावित्री के स्कूल गई। सौभाग्य से वहाँ की अध्यापिकाओं में एक पुरानी परिचिता मिल गई। पर वहाँ वह पूछताछ के अतिरिक्त कर ही क्या सकती थी ?

वह सावित्री को और ज़्यादा मेहनत से और अधिक समय देकर पढ़ाने लगी।...अभी सावित्री का पढ़ना बन्द हो जाए तो? इस 'तो' के बारे में तो वह सोच ही नहीं सकती !

गर्मियाँ आईं तो कुन्ती के नीरस, बोझिल, उदास दिन और भी लम्बे हो गए। अब उसे न पापा की बीमारी की चिन्ता थी, न स्कूल के काम में कोई दिलचस्पी थी, और न सावित्री को पढ़ाने में, फिर भी वह मशीन की तरह सब करती थी। अब सावित्री की माँ की कोई भी बात उसे बुरी नहीं लगती। लौटते समय कभी कोई बच्चा साथ हो जाता और माँ आजकल के ज़िद्दी बच्चों को कोसती हुई कह देती : "बहनजी, ज़रा दो मिनट को उतरकर इसे जूता दिलवा दीजिएगा। ये ड्राइवर लोग तो ठगा लाते हैं।...बच्चे भी क्या हैं, बात मुँह से पीछे निकलती है, चीज़ पहले चाहिए !"

कुन्ती दिलवा देती।

अब टुन्नी आ जाएगा। वह बेसब्री से टुन्नी की प्रतीक्षा कर रही थी। उसके आने से स्थिति में किसी तरह का भी अन्तर पड़नेवाला नहीं था, फिर भी वह उसकी प्रतीक्षा कर रही थी। कितनी ही बार उसने पड़े-पड़े सोचा कि टुन्नी के आते ही वह कहेगी : "टुन्नी, ले, अब तू सँभाल। मैं नहीं जानती, तू छोटा है या बड़ा...जो तेरी समझ में आए, कर। मैं कहीं जाती हूँ। पापा का ठेका मैंने अकेले तो नहीं लिया। जब तक मुझमें दम रहा, मैंने सँभाला...अब एक दिन भी मुझसे नहीं सँभलता..." और जब-जब उसने ऐसा सोचा, वह घंटों रोई। पापा से वह क्यों ऊब गई थी ?...क्यों जाने-अनजाने मानने लगी थी कि या तो पापा अच्छे हो जाएँ या फिर...

सावित्री को पास कराने के लिए उसने रात में देर-देर तक जागकर प्रश्नों के उत्तर लिखे और उसे रटवाए। इम्तिहान के दिनों में वह सवेरे-शाम, दोनों समय पढ़ाने गई। इतना सब

करने पर भी पता नहीं वह पास होगी या नहीं ?

अचानक एक दिन पापा को जोर की कै हुई और सारा फर्श खून से भर गया। कुन्ती सकते में आ गई। बुआजी ने रो-रोकर घर भर दिया। डॉक्टर, दवाई, इंजेक्शन, भाग-दौड़...पागलों की तरह कुन्ती ने सब किया। वह खुद नहीं जानती, उसमें इतनी शक्ति कहाँ से आ गई।

विशेषज्ञ के कहने पर पापा अस्पताल में भरती करवा दिए गए। कुन्ती अस्पताल से लौटी तो बुआ ने सारा घर धो रखा था। घर में पैर रखते ही उसे एक विचित्र सी अनुभूति हुई। लगा, जैसे वह उन्हें कुछ दिनों के लिए अस्पताल में नहीं छोड़कर आई है, वरन् हमेशा-हमेशा के लिए कहीं छोड़कर आई है, जैसे वे अब कभी नहीं लौटेंगे...वह सिहर गई।

टुन्नी को तार देकर बुला ले ? नहीं...दो दिन बाद उसकी परीक्षा समाप्त होगी, तभी बुलाएगी। कहीं बीच में ही आ गया तो यह साल फिर ख़राब हो जाएगा। एक साल तो पहले ही ख़राब हो चुका है।

दो दिन बाद ही कुन्ती को सावित्री की माँ से जाकर पाँच सौ रुपए माँगने पड़े। माँ ने रुपए दे दिए। उसने जल्दी से उन्हें लौटाने का आश्वासन दिया। इम्तिहान हो चुके थे, सो, पढ़ाने का काम इतना नहीं था, यों ही इधर-उधर का कुछ करवाकर कुन्ती लौटी, तो माँ ने कहा : "बहनजी, अब तो सावित्री का रिजल्ट निकलनेवाला है। आप एक बार ज़रा स्कूल में देख आइए न ! ऊँच-नीच हो तो अभी कुछ करवा डालिए, रिजल्ट निकलने के बाद बड़ी मुश्किल हो जाती है। अभी जाना चाहें तो गाड़ी नीचे खड़ी है।"

"जी, इस समय तो अस्पताल जाना है। फिर मैं सोचती हूँ, इस बार वह वैसे ही पास हो जाएगी।"

"कोई भरोसा नहीं, बहनजी, कल आप स्कूल के समय आकर चली जाइए। यह सब करवाने का ज़िम्मा अब तो आपका ही है। कुछ देने-लेने की बात भी हो तो कोई चिन्ता नहीं। उस स्कूल में सब चलता है, बस, ज़रा बात करने का ढंग चाहिए।"

"जी, कल जाकर देखूँगी। मैं तो सोचती हूँ कि वह यों ही पास हो जाएगी।"

"सोचिए-साचिए मत, आप चली ही जाइए !" उतरते-उतरते कुन्ती ने सुना।

रात में सोई तो सोच रही थी कि ये पाँच सौ रुपए कैसे चुकाएगी ? मामा को लिख दे कि गाँव का मकान बेच दें ?...मामा को एक बार कम-से-कम आकर देखना तो चाहिए था।...आज कितना असहाय वह अपने को महसूस कर रही थी ! इतनी बड़ी दुनिया में क्या कोई भी ऐसा नहीं है जो उसकी पीठ पर आश्वासन-भरा हाथ रखकर दो शब्द सान्त्वना के ही कह दे ? रोते-रोते उसकी हिचकियाँ बँध गईं। अचानक ही उसके मुँह से निकला : "हे भगवान ! अब तो तू पापा को उठा ले ! मुझसे बर्दाश्त नहीं होता ! मैं टूट चुकी हूँ।..." और फिर उसने दोनों हाथ कसकर मुँह पर रख लिए, मानो मुँह से निकली हुई इस बात को वापस धकेल देना चाहती हो।

सामने वॉयलिन लटका था, उस पर धूल की मोटी सी परत जम गई थी। वॉयलिन बजाना तो उसका कभी का छूट चुका था, जब-तब उसकी धूल पोंछ दिया करती थी, सो वह भी छूट गया। कितने दिनों से उसने धूल नहीं पोंछी। आज भी उससे नहीं उठा जा रहा है। क्या होगा केवल धूल पोंछकर ? अब क्या वह कभी वॉयलिन बजा पाएगी ?

टेलीफोन करके, इधर-उधर से कोशिश करके सावित्री की माँ ने पता लगा लिया कि सावित्री दो विषयों में फेल है। एक विषय में फेल होती तो उसे चढ़ा दिया जाता, पर अब उसे नहीं चढ़ाया जाएगा। एक विषय में जैसे भी हो उसे पास करवाना ही है। कुन्ती जब पहुँची तो माँ ने उसे बैठने भी नहीं दिया : "बहनजी, यह मैंने पता लगा लिया, वरना सावित्री तो फेल हो ही जाती। आपने तो कह दिया, पास हो जाएगी। अब आप तुरन्त ही गाड़ी लेकर जाइए, अपनी पहचानवाली बहनजी से, बड़ी बहनजी से बात करिए, इधर-उधर कोशिश करके पास करवाकर आइए; नहीं तो हमारे इतने रुपयों पर पानी फिर जाएगा, साल ख़राब हुआ सो अलग।"

"किन दो विषयों में फेल हो गई ?"

"वहाँ जाकर पता लगाइए। फेल हुई है, यह तय बात है। आपने जिम्मा लिया था, अब तो पूरा करना ही पड़ेगा। आख़िर..."

कुन्ती से कोशिश करके भी कुछ नहीं बोला गया।

"गाड़ी नीचे ही खड़ी है। देर करने से अब काम नहीं चलेगा। दो दिन बाद तो रिजल्ट ही निकल जाएगा। फिर कितनी मुश्किल होगी कुछ करवाने में ! और हाँ, न हो तो कुछ रुपए लेकर जाइए, ढंग से बात करने से सब कुछ हो जाता है इस स्कूल में...हमने नवीं में भरती करवा ही दिया था, आप अब चढ़वा दीजिए !"

कुन्ती बिना बोले चुपचाप नीचे उतर गई। सबसे पहले वह अपनी परिचिता के पास गई। पर वह समझ ही नहीं पा रही थी, वह क्या कहे, कैसे कहे ? उसकी मित्र काम करते हुए भी इधर-उधर की बातें कर रही थी : "तुम बहुत दुबली दिखाई दे रही हो...पापा कैसे हैं..." आदि-आदि।

कुन्ती स्वयं नहीं जानती, उसने क्या कहा, कैसे कहा। बस, इतना ही उसे याद है कि वह एक अध्यापिका से और मिली थी, प्रधानाध्यापिका से भी मिली थी। उनसे मिलने के लिए काफी देर तक उसे बाहर प्रतीक्षा करनी पड़ी थी। वह बैठी भी रही थी। उसे याद नहीं कि उसे उनसे कुछ आश्वासन भी मिला था या नहीं। उसे यह भी पता नहीं था कि लौटकर माँ से वह क्या कहेगी।

नीचे उतरी तो प्यास से उसका गला बुरी तरह सूख रहा था। मई की गर्मी भी कितनी भयंकर होती है ! उसने चपरासी से पानी माँगा। उधर से एक भारी-भरकम महिला हँसती हुई पेपर्स का बंडल लिए गुज़री। कुन्ती को लगा, यह महिला मिसेज़ नाथ से कितनी मिलती-जुलती है !

चपरासी ने पानी लाकर दिया तो एक साँस में ही वह सारा गिलास खाली कर गई। पता नहीं, जल्दी पीने के कारण या क्यों उसे बड़े ज़ोर की खाँसी आई। वह खाँसती ही चली गई...खों-खों-खों...यहाँ तक कि उसका मुँह लाल हो गया और आँखों से पानी निकलने लगा। एक हाथ से छाती दबाए और दूसरे से रूमाल मुँह पर रखे वह गाड़ी की ओर बढ़ी। खाँसी बन्द हुई, पर फिर भी उसके कानों में जैसे वही आवाज गूँजती रही...खों-खों-खों...

एकाएक कुन्ती को लगा कि उसकी यह खाँसी, यह खोखली-खोखली आवाज, पापा की खाँसी से कितनी मिलती-जुलती है...हूबहू वैसी ही तो है !...सहमकर उसने गाड़ी के शीशे में देखा, कहीं उसके चेहरे पर भी वैसी ही मुर्दनी तो नहीं जो उसके पापा के चेहरे पर है...?

'यही सच है' संकलन से

तीसरा आदमी

पाजामे को मोड़कर उसमें क्लिप लगाते हुए सतीश बोला : "तुमने तो सारा कमरा ही अस्त-व्यस्त कर रखा है, कहीं बैठने तक की तो जगह नहीं है। तुम ठीक-ठाक करो, तब तक मैं ज़रा बाहर ही घूम आता हूँ।"

हाथ में झाड़ू लिये-लिये ही शकुन ने उसे भरपूर नज़रों से देखा : "देख रही हूँ, तुम्हें आलोकजी का आना अच्छा नहीं लग रहा है।" आवाज में हल्की सी तल्ख़ी थी, जिसे भौंहों पर पड़े बल ने और भी स्पष्ट कर दिया था।

"मुझे ? मैंने तो ऐसा कुछ नहीं कहा !" और उसने यों ही स्टैंड के सहारे खड़ी साइकिल के पैडिल पर ज़ोर से पैर मारा, तो पीछे का पहिया ज़ोर से घन्ना उठा।

"सब कुछ कहा ही नहीं जाता है। कुछ बातें होती हैं, जो शब्दों के बिना भी शब्दों से ज़्यादा स्पष्ट होती हैं। फिर मैं कोई बच्ची नहीं, तुम्हारी हर बात को खूब समझती हूँ।" और वह ज़ोर-ज़ोर से झाड़ू मार-मारकर दरी की धूल झाड़ने लगी।

एक क्षण को सतीश की समझ में नहीं आया कि वह क्या कहे, क्या करे ? बड़ी कातर-सी नज़र से उसने शकुन को देखा और फिर साइकिल ठेलता हुआ सीढ़ियाँ उतरकर सड़क पर आ गया।

बाहर आकर एकाएक उसे लगने लगा जैसे आलोक का आना उसे सचमुच ही अच्छा नहीं लग रहा है। दो दिन से मन पर जो हल्की सी खिन्नता छाई हुई है, वह कहीं 'अच्छा न लगना' ही तो है। वह शायद इस भावना को नाम नहीं दे पा रहा था, शकुन ने दे दिया।

शकुन के मन में बड़ा उत्साह है। कल से ही लगी हुई है, सारा घर ठीक करने में। और कल से उसे बड़ा अफ़सोस हो रहा है कि क्यों नहीं उसने बड़ा घर लेने की बात मान ली ? अब इस एक कमरे को ही बड़ा करने के चक्कर में उसने न जाने कितना फालतू सामान हटा दिया है। अपने घर को बिल्कुल नया रूप, नया जीवन देने पर तुली हुई है जैसे !

"नया रूप, नया जीवन ?" कमरे के लिए ये शब्द कितने बेतुके हैं ! उसे इन शब्दों का ख़याल ही क्यों आया ? उसे खुद लगने लगा कि बहुत भीतर कहीं कुछ हो रहा है, जो उसे एबनॉर्मल बनाता जा रहा है। तभी तो उसने कुछ नहीं कहा, फिर भी शकुन भाँप गई।

उसने देखा, वह शुक्ला के घर के सामने आ गया है। चलते समय उसने कुछ भी नहीं सोचा था कि वह कहाँ जाएगा ! बस, घर में बैठने की जगह नहीं थी, सो चल पड़ा था। कुछ देर शुक्ला के यहाँ ही बैठ ले ! उसने पैर ज़मीन पर टिका दिए, पर दो मिनट तक वह तय नहीं कर पाया कि वह शुक्ला के यहाँ जाए या आगे बढ़ जाए। नहीं, उसे कहीं नहीं बैठना है। वह इस समय एकान्त में बैठकर अपने मन में ही झाँकेगा; जो कुछ भी अनुचित,

अस्वाभाविक वहाँ है, उसे जाने-समझेगा। शायद इससे उसकी मानसिक स्थिति कुछ सुधरेगी। वरना यदि वह कल भी इसी तरह ऊटपटाँग व्यवहार करने लगा, तो कितनी भद्दी बात होगी ! फिर यह आनेवाला व्यक्ति लेखक ठहरा, जरूर बड़ी पैनी नज़र होगी उसकी।

उसने साइकिल आनासागर की ओर मोड़ दी। बजरंग-गढ़ पर चढ़ती भीड़ को देखकर उसे ख़याल आया, आज जरूर मंगलवार ही होना चाहिए। होना क्या चाहिए, है ही। तो वह क्या भूलने भी लगा है ? क्या होता जा रहा है उसे ?

सारी बारहदरी पार करके वह उसके अन्तिम सिरे पर आ गया। साइकिल में उसने ताला डाला और तालाब की ओर मुँह करके बैठ गया। सामने पानी में छोटी-छोटी लहरें उठ-बिखर रही थीं। एक लहर उठकर आगे बढ़ती, पर किनारे तक आने से पहले ही दूसरी लहर धक्के से उसे बिखेर देती। वह कुछ देर लहरों का यह खेल ही देखता रहा।

कल आलोकजी आ रहे हैं। आलोकजी—जिन्हें वह जानता नहीं, जिन्हें उसने कभी देखा नहीं। वह शकुन के परिचित हैं और उसी के निमन्त्रण पर आ भी रहे हैं। शकुन ने उसे भी पत्र लिखने के लिए कहा था, दो दिन तक वह तय ही नहीं कर पाया था कि लिखे या नहीं। फिर शकुन एकाएक बिगड़ पड़ी थी, तो उसने उसी समय एक पोस्टकार्ड लिख दिया था, और अब वह आ रहे हैं। यों देखो तो बड़ी साधारण सी बात है, फिर भी उसे लगता था कि कहीं कुछ है अवश्य।

आलोकजी बड़े लेखक हैं। शकुन से ही उसने उनके बड़प्पन की बात सुनी है। बड़े आदमी हैं तो व्यस्त भी जरूर रहते होंगे, फिर आना स्वीकार कैसे कर लिया ? शकुन से भी तो कोई विशेष परिचय नहीं। चार महीने पहले वह दो दिन के लिए जयपुर गई थी अपने भाई साहब के पास, वहीं शायद मिली थी, कुछ समय के लिए। उसके बाद पत्र आते-जाते हैं; कभी-कभी किताबों के पार्सल भी। शकुन की मेज़ पर आलोक की कई पुस्तकें जम गई हैं, जिन्हें वह हमेशा पढ़ती-सराहती रहती है।

पर शकुन कुछ ज़्यादा ही उत्साहित है। उत्साह क्या, आवेग में आई हुई है। शायद इसीलिए कि वही उन्हें जानती भी है और कोई बड़ा आदमी आता है, तो थोड़ा उत्साह-आवेग आ ही जाता है।

उसे याद आया—शकुन को इस घर में तीसरे आदमी की उपस्थिति असह्य हो जाती थी। कमरा एक ही था और जब कोई भी आ जाता, तो उसके सोने के लिए अलग जगह नहीं रह जाती और सोते समय शकुन से अलगाव नहीं सहा जाता। जिस साल शकुन बी. ए. की तैयारी कर रही थी, तो उसने गाँव से माँ को बुलवा लिया था। "घर माँ सँभाल लेंगी, तुम पढ़ने में लगी रहो, वरना यह दूसरी मेहनत तुम्हें मार देगी। कितना काम तुमको करना पड़ता है ! सच, मैं तुम्हारे लिए..." पर शकुन रोती रही थी : "क्यों बेकार की बातें करते हो ? तुम मुझसे चौगुना काम करवा लो, पर रात को तुम्हारी बाँहें नहीं छोड़ सकती। वहाँ आते ही सारी थकान मिट जाती है, अगले दिन के लिए ताज़गी आ जाती है।" और सतीश ने बड़े ढंग से माँ को वापस गाँव भेज दिया था।

एक बार उसका एक बड़ा पुराना मित्र आकर टिक गया था। शकुन शिष्टता की सीमा लाँघकर उसके साथ पेश आई। सतीश को उस बार तो गुस्सा भी आ गया था, पर शकुन की यह दुर्बलता भीतर-ही-भीतर उसे कहीं पुलकित भी करती रहती।

"मैं बी.टी. करके नौकरी कर लूँ, तब तुम दो कमरे का मकान ले लेना और जिसको चाहो बुलाना। यूँ भी अब तो किसी तीसरे आदमी को बुलाएँगे ही...आख़िर कब तक टालेंगे ?"...और वह लजा पड़ी थी।

जिस दिन बी.टी. का रिजल्ट निकला था, वह और शकुन बेहद प्रसन्न थे और उस दिन पहली बार वे किसी तीसरे आदमी को लाने के लिए मनुहार करते रहे थे। तीन साल अपने को जब्त किया...अब और नहीं, अब और नहीं।

वे प्रतीक्षा करते और फिर नए सिरे से निराश हो जाते। जुलाई में शकुन को हायर सेकेंडरी स्कूल में नौकरी मिल गई। दो-तीन महीने अपने नए काम के बीच वह कुछ भूली रही। पर सतीश ने देखा कि धीरे-धीरे यह निराशा उसके भीतर-ही-भीतर कुछ तोड़ती-मरोड़ती चल रही है।

"अरे भाई, खाने पर आओ न, मैं बैठा हूँ।"

"तुम खा लो, मुझे आज खाना नहीं है।"

"क्या बात है, तबीयत तो ठीक है न ?" सतीश ने भीतर लेटी शकुन को दुलारते हुए पूछा।

"हाँ-हाँ, ठीक है। मैंने व्रत रखा है।"

"व्रत !" सतीश ज़ोर से हँस पड़ा। "यह व्रत तुम कब से रखने लगी हो ?"

"अब से मंगल को रखा करूँगी। हनुमानजी का व्रत रखना चाहिए। तुम चाहे मज़ाक उड़ा लो, मैं तो मानती हूँ।"

सतीश एकाएक खिन्न हो आया था। वह अकेला ही खाने बैठा, तो उससे खाया नहीं गया। उस रात उसकी छाती पर सिर रखकर शकुन बहुत-बहुत रोई थी : "मेरा मन नहीं लगता, मुझे बड़ा अकेला-अकेला लगता है।"

सतीश इस बात से दुखी नहीं, शकुन के दुख से जरूर दुखी था, पर कुछ भी उसकी समझ में नहीं आता कि वह क्या करे ? और एक दिन शकुन ने कहा : "सुनो, आज मैं डॉक्टर के पास गई थी।"

"क्यों ?" बड़े आश्चर्य से उसने पूछा।

"इधर कुछ दिनों से मुझे अपनी तबीयत ठीक नहीं लग रही थी, सोचा, दिखा दूँ।"

"मुझे तो तुमने अपनी तबीयत के बारे में कुछ नहीं बताया ?" कुछ अविश्वास से उसने पूछा। शकुन यों अकेली डॉक्टर के पास चली जाय—कुछ नई बात थी।

"बताने जैसा कुछ होता तो बता देती, बस यों ही ज़रा भारीपन सा लगता था।"

"क्या बताया डॉक्टर ने ?" डॉक्टर की बात सुनते ही उसका मन जाने कैसा-कैसा होने लगा था, पर अब आशा की एक हल्की सी लहर दौड़ गई। क्या शकुन कोई ख़बर सुनानेवाली है ?

"कोई ख़ास बात नहीं।" बड़ा उदास स्वर था शकुन का। नहीं, खुश होने जैसी कोई बात नहीं है।

"उसने तुम्हें बुलाया है।" शकुन फिर बोली।

"क्यों ?" और वह ग़ौर से शकुन को देखने लगा। शकुन भी शायद उसकी नज़रों का सामना करना नहीं चाहती थी, मुँह किताब में ही गड़ाए रही।

"क्या हर्ज है, एक बार चले जाओ तो !" हिम्मत बटोरकर शकुन ने कहा।

सतीश को लगा—शकुन का यों अकेले डॉक्टर के पास जाना, उसे भी जाने के लिए कहना—जैसे भीतर-ही-भीतर कुछ घुनता जा रहा है। उसका मन हुआ, कोई तीखी सी बात कह दे, पर कही नहीं गई। कहा केवल इतना ही : "मुझे क्या हुआ है जो डॉक्टर के पास जाऊँगा ? मुझे नहीं जाना है !" और वह प्रतीक्षा करने लगा कि शकुन विरोध करे या ज़िद करे, तो फिर वह कुछ सुनाए। शकुन ने कुछ नहीं कहा।...कहती क्यों नहीं है साफ़-साफ़ ?

"तो शकुन उसे..." भीतर-ही-भीतर उसके कुछ सुलगने लगा। सामने लेटी शकुन उसे बड़ी अपरिचित और पराई सी लगने लगी। यही वह शकुन है जिसे उसने अपने प्राणों से ज़्यादा प्यार किया है...जिसे उसकी बाँहों का सहारा लिए बिना नींद नहीं आती। वही शकुन उस पर सन्देह करती है। उसे...वह...बिना कुछ बोले ही वह बाहर चला गया था। उसे सारी बात पर कभी गुस्सा आता, तो कभी दुःख होता, पर भीतर-ही-भीतर एक हल्का सा भय भी अनजाने ही उसके मन में समाता जा रहा था।

और उस दिन के बाद उस घर की छत के नीचे बिना बोले, बिना कहे बहुत-कुछ घट गया था। शकुन के भीतर कहीं कुछ मर गया था। जिस रात की प्रतीक्षा में सतीश पहले सारा दिन काटता था, बिना थके फाइलों से जूझता रहता था...उसी रात से अब वह डरने लगा।

उसके बाद जब भी दो कमरे का घर लेने की बात आती, बड़े बुझे-बुझे से स्वर में शकुन कहती : "क्या करना है बड़े घर का ? दो जनों के लिए यह कमरा ही काफी है।" हाँ, लकड़ी का पार्टीशन अवश्य लग गया था और बाक़ायदा सोने और बैठने के दो कमरे बना दिए गए थे। शकुन बहुत कंजूस हो चली थी। जब-तब कहती : "कौन लम्बी-चौड़ी आमदनी है ! इसी में से खर्च करना है, इसी में से बचाकर भी रखना है। बुढ़ापे में चार पैसे होंगे तो यही सहारा देंगे, वरना यहाँ कौन..." और सतीश का मन होता था कि इस बे-सिर-पैर की बकवास करने के लिए वह शकुन की जीभ खींच ले, पर भीतर-ही-भीतर दिन-प्रतिदिन बढ़नेवाला वह भय उसे कुछ भी नहीं कहनें देता। क्या कहे वह ?

और सबसे बड़ा परिवर्तन हुआ था कि सारा शरीर सतीश की बाँहों में छोड़कर भी शकुन कहीं और रहती थी। थोड़ी देर बाद वह उसकी बाँहों में से छूटकर करवट लेकर सो जाती : "मुझे नींद आ रही है।" और अपमानित-आहत सतीश करवटें लेता रहता और निश्चय करता कि वह शकुन को बिना बताए कल ही डॉक्टर के पास जाएगा और अपने को दिखा आएगा। यह झूठा लांछन वह क्यों अपने ऊपर ले ?

पर सवेरा आता, तो पता नहीं उसे क्या होता कि डॉक्टर के यहाँ जाने की उसकी हिम्मत नहीं पड़ती। मन के किसी कोने में छिपा हुआ वह भय फैलता जाता और उसके सारे निश्चय डिग जाते। वह साइकिल मोड़ लेता और सीधा ऑफिस ही पहुँच जाता।

संशय और द्वन्द्व से ग्रस्त, शकुन के दुख से दुखी और एक अजान आशंका से त्रस्त सतीश बस एक ही बात महसूस करता कि शकुन उससे दूर होती जा रही है—उसके शरीर से भी और मन से भी। कोई तीसरा प्राणी उनके बीच आ जाता, तो वे कितने पास आ जाते !

उसके अभाव में, उसकी अनुपस्थिति में दिनों-दिन वे दूर-दूर ही होते जा रहे हैं।

पर कोई तीसरा प्राणी नहीं आया। हाँ, खाना बनाने के लिए एक बुढ़िया माँजी को सतीश ने ज़िद करके रख लिया। जब तक उस बड़े अभाव की पूर्ति नहीं हो जाती, वह शकुन के लिए सामर्थ्य-भर दूसरी सुख-सुविधाएँ जुटा देना चाहता था।

...एकाएक घंटों की आवाज के बीच बजरंगगढ़ की आरती का स्वर चारों ओर फैल गया। सतीश भी स्वर-में-स्वर मिलाकर गाने लगा। वह कई बार मंगल को शकुन के साथ बजरंगगढ़ आया है, उसे पूरी आरती याद है।

शकुन ने कमरा ठीक कर लिया होगा, अब चलना चाहिए। उसे एकाएक पछतावा होने लगा कि वह यहाँ क्यों आया ? उसे भी शकुन के साथ कमरा ठीक करवाना चाहिए था। वह भी उतने ही उत्साह से काम करता तो शकुन कितनी प्रसन्न होती ! वह क्या कहीं भी, कभी भी शकुन को प्रसन्न नहीं रख सकेगा ?

पर वह क्या करे ? उसे आज सचमुच कुछ अच्छा नहीं लग रहा है। आज क्या, उसे पिछले तीन-चार महीनों से कुछ भी तो अच्छा नहीं लग रहा। हाँ, शकुन जरूर कुछ प्रसन्न रहने लगी है। लगता है, जैसे उसने इस स्थिति को अपनी नियति मान लिया है। पर क्यों ? दो वर्ष का समय कोई ऐसी अवधि तो नहीं है कि आदमी यों हताश हो जाए। उसके पास ऐसे लोगों की एक लम्बी लिस्ट है जिनके विवाह के पाँच-पाँच, सात-सात साल बाद बच्चे हुए। पर शकुन तो जैसे कुछ भी सुनने-मानने को तैयार ही नहीं है। उसकी इस ज़िद के लिए क्या किया जाए ?

ज़िद ! क्या सचमुच यह ज़िद बिल्कुल ही आधारहीन है ? और यदि है ही, तो क्यों नहीं वही उसे प्रमाणित करके उसे इस त्रास से मुक्ति दे देता ? पर क्या हुआ है उसे जो वह डॉक्टर के पास जाए ? वह बिल्कुल नॉर्मल आदमी है। ऐसा कुछ भी होता, तो क्या उसे पता नहीं लगता ? क्या तीन साल तक शकुन को पता नहीं लगता ? उसने कभी कुछ महसूस नहीं किया, तो फिर यह शंका उसके मन में आई ही क्यों ?

पर वह एक बार चला ही क्यों नहीं जाता ? नहीं, वह शकुन की इस झूठी और बेतुकी ज़िद के सामने अपने को यों अपमानित नहीं होने देगा; पर हर बार ही कहीं बहुत भीतर से एक प्रश्न सा उठता—क्या वह सचमुच शकुन की ज़िद के कारण ही ज़िद किए बैठा है, और कहीं कुछ नहीं है ? किसी आशंका ने तो उसे नहीं रोक रखा है और यही आशंका धीरे-धीरे मन में गाँठ बनती चल रही थी। उसका खुद अपने पर से जैसे विश्वास उठने लगा था। उसे स्वयं शकुन का सन्देह कभी-कभी सच लगने लगता था। एक अपराध-भावना मन में घर करने लगी थी।

और तब उसने सोचा था कि शकुन को प्रसन्न करने के लिए वह सब कुछ करेगा। किसी भी कीमत पर वह उसे प्रसन्न रखेगा, पर बिना कुछ किए ही वह प्रसन्न रहने लगी, तो उसे लगने लगा कि वह कीमत उससे चुकाई नहीं जा रही है, बहुत भारी पड़ रही है।

उसने स्वयं आलोक के पत्र पढ़े हैं। उनमें उसे कहीं कुछ ऐसा नहीं लगा, जिससे वह आहत अनुभव करे—पर हमेशा उसे लगता है कि लिखे हुए शब्दों से परे भी कुछ है जरूर;

वरना इन शब्दों में आख़िर ऐसा है ही क्या जो शकुन यों प्रसन्न रहती है ?

घर लौटने की बात फिर उसके मन में आई। आठ-दस आवारा-से लोगों को छोड़कर भले आदमियों की भीड़ जा चुकी थी। हवा में ठंडक बढ़ती जा रही थी। सतीश ने खड़े होकर बड़े अलसाए भाव से एक ज़ोर की अँगड़ाई ली। सामने पानी के फैले विस्तार में अभी भी छोटी-छोटी लहरें उठ-बिखर रही थीं। तीन तरफ़ पहाड़ियों से घिरा यह तालाब और उठती-बिखरती ये लहरें !

शादी के बाद अक्सर वह शकुन को लेकर यहाँ आया करता था। शकुन तब इंटर पास थी। वे बैठकर आगे की योजना बनाया करते थे और एक सौ दस रुपए में पूरा महीना काटने का बजट भी। उसे याद आया, यहीं शकुन ने उसे अपने पहले प्रेम-प्रसंग की बात भी सुनाई थी और बताया था कि वह कैसे केवल उसकी पलकों को ही चूमा करता था और उस दिन घर लौटते समय वह रास्ते-भर यही सोचता रहा था कि वह अब कभी शकुन की पलकें चूमे या नहीं ? नहीं, वह कभी उसकी पलकें नहीं चूमेगा, वरना उसे अवश्य ही अपने उस प्रेमी की याद आएगी और वह नहीं चाहता, चाहता क्या शायद बर्दाश्त नहीं कर सकता कि शकुन उसके सिवा किसी और की बात सोचे। घर आकर उसने पूछा भी था : "अब भी तुम्हें कभी अपने उस प्रेमी की याद आती है ?"

शकुन हँसी थी : "देखो, औरत यदि किसी से प्रेम करती है, तो उसकी बात ज़बान पर भी नहीं लाती। बात ज़बान पर आ गई, तो समझ लो, प्यार मर गया। वे सब तो निरे बचपने की बातें थीं।" और उसने सतीश के सीने पर सिर रखकर आँखें मूँद ली थीं।

एकाएक सतीश को याद आया—आलोक का पत्र आया था। शकुन पत्र पढ़ती जा रही थी और एक प्यारी-सी मुस्कान उसके चेहरे पर खिलती जा रही थी।

"ऐसा क्या लिख भेजा है लेखकजी ने...बड़ी मुस्कुराहट फूट रही है ?"

"कुछ नहीं, यों ही।"

रात को फिर उसने आलोक का प्रसंग छेड़ा था, तो शकुन एक तरह से झल्ला-सी उठी थी : "क्या बात है, देखती हूँ आलोकजी से परिचय मेरा है, पर छाए वे आप पर रहते हैं।" यह उत्तर उसे भीतर तक चीर गया था।

तो ?...सतीश को लगा, जैसे कोहरे से चारों ओर का वातावरण बड़ा बोझिल-बोझिल हो चला है। सामने का पानी एकाएक यों स्थिर हो गया, मानो उसमें कोई चेतना ही न रह गई हो।

अब यहाँ से चल ही देना चाहिए। साइकिल पर बैठते ही ठंडी हवा का अहसास तो हुआ, पर लगा, वह हल्का या अधिक सहज-स्वाभाविक होकर नहीं लौट रहा है।

घर को सचमुच नया रूप मिल चुका था।

"मैं बहुत थक गई हूँ।" कहकर शकुन करवट लेकर सो गई। पता नहीं, सो गई थी या सोने का बहाना करके पड़ी थी। नहीं, सो ही गई है शायद। उसने शकुन के चेहरे की ओर झुककर ज़रा ग़ौर से देखा। थकान के लक्षण दिखाई दे रहे थे। शकुन को यों सोता देखकर ढेर सा लाड़ उसके मन में उमड़ आया। भीतर-ही-भीतर उमड़ती-ऐंठती अपराध-भावना और ज़्यादा

गहरा गई। मन का भय विश्वास का रूप लेकर गहरे उतरने लगा। सचमुच ही उसके भीतर कहीं कुछ है अवश्य। शकुन के साथ अन्याय ही हो रहा है। उसे कोई अधिकार नहीं, शकुन पर इस तरह सन्देह करने का या आरोप लगाने का।

औरत की यह कितनी स्वाभाविक इच्छा होती है कि वह माँ बने ! मान लो, यह बात प्रमाणित हो जाए कि वह कभी शकुन को माँ नहीं बना सकता है, तो ? जाने कैसा विचार उसके मन में आया कि वह भीतर तक सिहर गया। फिर वह अपने को जैसे तौलने लगा। क्या वह शकुन की इस इच्छा को पूरी करने में सहायक हो सकता है ? क्या वह अपनी इस दुर्बलता के सामने घुटने टेककर ऐसी तटस्थ उदारता ला सकता है कि वह जैसे भी हो, अपनी इच्छा पूरी कर ले ? मान लो, कभी ऐसा कुछ हो जाए, तो क्या वह उस बच्चे को स्वीकार कर सकेगा ? नहीं, शायद शकुन की पलकों की तरह वह उस बच्चे को भी कभी नहीं छू सकेगा। जहाँ पर दूसरे की छाप है, उसे स्वीकार करना उसके लिए असम्भव है। किसी का बच्चा...

उसने झपटकर टेबल-लैम्प का स्विच दबा दिया। कमरे में एक क्षण को घुप्प अँधेरा छा गया, यहाँ तक कि पास लेटी शकुन की आकृति भी अँधेरे में डूबकर रह गई।

धीरे-धीरे फिर सब चीज़ें अपना रूप लेने लगीं। क्षण-भर को जो सब कुछ डूब गया था, फिर दिखाई देने लगा; स्पष्ट, और अधिक स्पष्ट ! सतीश को बड़ी तसल्ली मिली। वह अपने कमरे में ही है और अँधेरे में भी सब कुछ देख सकता है। पहचान सकता है। कहीं कुछ नहीं बदला है, वह भी कैसी आधारहीन और निरर्थक बातों को बढ़ा-चढ़ाकर व्यर्थ ही भयभीत होता रहता है !

बाँहें फैलाकर उसने शकुन को अपने पास खींचकर जोर से भींचना चाहा। शकुन ने हल्का सा विरोध किया : "छोड़ो, बड़ी गर्मी लग रही है।"

फरवरी का महीना बीत ही गया था। सर्दी चाहे न हो, पर गर्मी का तो नाम भी नहीं था। कम्बल ओढ़कर ही सोते थे। उसे जून की वह बात याद आई। एक दिन ऐसे ही भयंकर गर्मी से चिपचिपाते हुए शकुन को उसने अलग कर दिया था, तो दूसरे ही दिन अपनी बचत के सारे पैसे सामने रखकर उसने कहा था : "आज ही एक टेबल-फैन ख़रीदकर लाओ। तुम तो जानते ही हो कि मुझे..." और वह बड़ी तिरछी नज़रों से देखकर हँस पड़ी थी।

उनके घर टेबल-फैन ऐसे ही आया था।

ताँगा चला तो सतीश का मन गहरे अवसाद में डूबने लगा। स्टेशन आते समय मन में विशेष उत्साह और प्रसन्नता चाहे न रही हो, पर ऐसी खिन्नता भी नहीं थी, डूबने-डूबने का यह अहसास भी नहीं था। अब उसकी नज़र पास बैठे आलोक के सीने की चौड़ाई में ही बँधकर रह गई और मन कहीं गहरे डूबने लगा।

"कैसा शहर है अजमेर ?"

"आप खुद ही देख लीजिए, दो-चार दिन तो ठहरिएगा ही ?"

"अरे नहीं साहब, आज रात को ही वापस लौट जाना है। शकुनजी का इतना आग्रह था, फिर आपका कार्ड मिला तो लगा, आना ही पड़ेगा।"

एक बोझ-सा हटा। ऐसे खुले व्यवहार का जन्म किसी रहस्य से तो हो ही नहीं सकता। वह व्यर्थ ही बैठा-बैठा कुढ़ रहा है। यह उसका अपना ही हीन-भाव है और कुछ नहीं।

पर इसकी ये स्वस्थ भुजाएँ, उन पर उभरी मछलियाँ...इसका तो सभी कुछ बहुत स्वस्थ होगा।

सवेरे पता नहीं क्यों एकाएक शकुन ने अपना इरादा ही बदल दिया था : "मैं स्टेशन नहीं जाऊँगी, तुम्हीं जाकर ले आओ !"

कहीं थोड़ा आश्वस्त और सन्तुष्ट सा होते हुए भी उसने कहा था : "अरे वाह ! यह भी कोई बात हुई भला ! इतना आग्रह करके बुलाया है और अब लेने नहीं जाओगी ? शिष्टता भी तो कोई चीज़ होती है आख़िर।"

"तुम तो पहुँच ही जाओगे। घर से कोई भी जाए, क्या फ़र्क पड़ता है ?" सतीश ने ग़ौर से शकुन को देखा। क्या सचमुच शकुन उसे और अपने को एक ही समझती है ? कितने सहज भाव से उसने कह दिया कि कोई भी चला जाए, क्या फर्क पड़ता है, और एक वह है कि दो दिन से पता नहीं क्या-क्या सोच रहा है। उसके मन का तनाव एकाएक ही ढीला हो गया, फिर भी उसने कहा था : "मैं तो पहचानता भी नहीं, चलना तुमको भी चाहिए।"

"तस्वीर तो तुमने भी देखी है, पहचान ही लोगे।"

"ख़ैर, पहचान तो लूँगा ही।" और उसे लगा, वह तस्वीर न भी देखता, तो भी पहचान लेता; और स्टेशन क्या, हज़ारों की भीड़ में भी वह आलोक को पहचान सकता है।

शकुन मुस्कुराई थी। उस समय तो सतीश नहीं भाँप सका, पर अब उसे लगने लगा कि शकुन की उस मुस्कुराहट में कहीं बड़ा तीखा व्यंग्य लिपटा हुआ था...।

"विचित्र संयोग है, पहली बार जयपुर आया था तो शकुनजी से मुलाकात हुई थी, इस बार आया तो उनके घर आना पड़ा।" आलोक हँसा।

यह सारी बात इतने सहज ढंग से कैसे कर लेता है ? इसे क्या नहीं मालूम कि शकुन के निमन्त्रण पर यों चले आने से मैं, शकुन का पति, कुछ ग़लत अर्थ भी तो लगा सकता हूँ ! पर ऐसी बात का बोध तभी होता है जब आदमी के अपने मन में पाप हो। नहीं...नहीं, यह सब मेरा भ्रम है। कहीं भी तो कुछ नहीं है। आलोक से मिलकर आते ही शकुन ने भी तो सब कुछ बता दिया था। सब कुछ तो ठीक है। ग़लत कहीं कुछ है तो उसके अपने भीतर ही है। छिः ! मन के संशय ने उसकी आत्मा को भी कितना दुर्बल बना दिया है !

आलोक शकुन का ही नहीं, उसका भी मेहमान है। शकुन कोई उससे अलग तो है नहीं, वह जबर्दस्ती ही अलगाव को पैदा कर रहा है और व्यर्थ ही कष्ट पा रहा है। कुछ होता तो शकुन उसे यों अकेले स्टेशन भेजती ?

घर आते ही उसने आलोक की अटैची स्वयं उठा ली। आलोक ने हल्का सा विरोध भी किया, पर वह नहीं माना। आख़िर आलोक उन लोगों का मेहमान है। सामने बरामदे में ही शकुन प्रतीक्षा में खड़ी थी...उन्हें देखकर दोनों सीढ़ियाँ उतरकर सड़क पर आ गई।

"देखो, सही आदमी को ही लाया हूँ न ?" तीनों हँस पड़े और उसने सोचा, अब ऐसे ही व्यवहार करेगा। बहुत ही सहज और स्वाभाविक ढंग से। मन एकाएक ही हल्का हो आया।

तीनों भीतर घुसे, तो सजा हुआ कमरा उसे स्वयं बड़ा अच्छा लगा। आख़िर इस घर

का मालिक तो वही है। शकुन कुछ औपचारिक सी बातें पूछ रही थी और वह मन-ही-मन सोच रहा था : "आज वह सबको खूब हँसाएगा। ऐसे-ऐसे चुटकुले सुनाएगा कि बस, लेखक वह चाहे न हो, पर मूड में आ जाए, तो लोगों को ऐसी बढ़िया कम्पनी दे सकता है कि एक बार मिलने के बाद लोग उसे आसानी से भूल नहीं सकते। शकुन को वह आलोक के सामने कतई महसूस नहीं होने देगा कि उसका पति, मात्र एक क्लर्क है—बूदम और डल ! कितने दिन हो गए हैं उसे हँसे और हँसाए !

आलोक दीवार पर लगी उन लोगों की तस्वीर को देख रहा है, जो उन्होंने विवाह के बाद ही खिंचवाई थी।

"यह क्या बहुत पुरानी है, इसमें तो बड़े यंग और स्मार्ट लग रहे हैं, आप लोग !" सतीश को लगा, यह रिमार्क उसने केवल शकुन के लिए दिया है, उसे तो बस यों ही औपचारिकता के नाते शामिल कर लिया है। और एकाएक उसने शकुन की ओर देखा, तो पहली बार इस बात पर ध्यान गया कि बड़े यत्न से उसने अपने उन सब पक्षों को पूरी तरह उभारा है, जहाँ-जहाँ से वह सुन्दर लगती है। पर उससे क्या, यह तो बहुत ही स्वांभाविक है। उसे ऐसी छोटी-छोटी बातों का ध्यान भी क्यों आता है ?

"शकुन, अब तुम गरम चाय पिलाओ तो आलोकजी की थकान भी उतरे और थोड़ी ताजगी और गरमाहट भी आए।" अपने स्वर की स्वाभाविकता उसे स्वयं बड़ी अच्छी लगी।

"मैं सिगरेट पी लूँ ?" होंठों में सिगरेट दबाते हुए आलोक ने अनुमति माँगी।

"मुझे तो अभी भी जैसे विश्वास ही नहीं हो रहा है कि आप कभी हमारे घर आएँगे भी, कि आप आ गए हैं।" बड़े गदगदाते भोलेपन में शकुन बोली।

"लो, कमाल कर दिया। सशरीर सामने बैठकर भी यदि विश्वास न दिला सकूँ तब तो मामला बड़ा मुश्किल है।" आलोक जोर से हँसा।

"मैं सचमुच कितनी खुश हूँ कि आपने मेरा निमन्त्रण स्वीकार कर लिया।"

"मैं तो इस बात से खुश हूँ कि तुमने किसी को निमन्त्रण दिया तो ! आलोकजी, आपको शायद विश्वास नहीं होगा; आप पहले आदमी हैं जिसके आने पर शकुन यों खुश हो रही है, वरना शकुन को इस घर में तीसरे आदमी की उपस्थिति तक बर्दाश्त नहीं होती।"

"चलिए, बेकार बदनाम मत कीजिए।" ठुनककर शकुन बोली। "देखिए आलोकजी, घर के नाम पर कुल यह एक कमरा है हम लोगों के पास। यह पार्टीशन भी डेढ़ साल से लगा है, पहले तो यह भी नहीं था। कोई भी आ जाता तो समझ में नहीं आता कि कहाँ हम सोएँ-बैठें, कहाँ उसे सुलाएँ-बिठाएँ। फिर मुझे एकान्त और प्राइवेसी पसन्द है, अब चाहे कोई कुछ भी कह ले।"

"एकान्त ! प्राइवेसी !"...क्या आलोक इन शब्दों के अर्थ नहीं समझेगा ?

"तब तो मेरे आने से भी आपको कष्ट होगा। वैसे मैं तो आज रात को ही चला जाऊँगा..."

"धत् !" बीच में ही बात काटते हुए शकुन बोली : "कैसी बातें करते हैं आप भी ! आपके आने से कष्ट ! यह तो हमारा सौभाग्य है। हाँ, आपको जरूर कुछ कष्ट हो सकता है। पर हमारी खातिर इसे भी सहिए !" फिर एकाएक पूछा : "क्या आप आज ही चले जाएँगे ?"

"बिल्कुल ! हर हालत में। कल सवेरे मुझे चले ही जाना है।"

बुढ़िया नौकरानी चाय ले आई। सतीश ने देखा, ट्रे बड़े करीने से सजाई गई है। शकुन शायद पहले ही सब कुछ कर आई थी। शकुन के मुँह से बार-बार 'हम-हम' शब्द सुनकर सतीश का आत्मविश्वास जैसे बढ़ सा रहा था। शकुन ने और ठहरने के लिए एक बार भी नहीं कहा। आलोक भी ठहरने को व्यग्र नहीं। सभी कुछ तो बड़ा नॉर्मल है। नहीं, तुच्छता से जन्मे सारे सन्देहों को वह पोंछ देगा।

चाय चलती रही। शकुन बड़ी आत्मीयता-भरी मनुहार से आलोक को खिला रहीं है। आज उसे अपना घर क्लर्क के घर से छोटे अफ़सर के घर के रूप में बदला हुआ लग रहा है। एक नामी लेखक उसके घर में बैठा हुआ है, उसकी पत्नी सजी-सँवरी, कलफ की साड़ी पहने सबको सर्व कर रही है...और इस घर और इस स्त्री का स्वामी वह है, केवल वह। इधर-उधर की गपशप चलती रही। आलोक खुश-मिजाज, हँसमुख और खुले स्वभाव का व्यक्ति है। अभिमान या बड़प्पन का बोध तक नहीं। शकुन ख़ास नहीं बोल रही, केवल सुन रही है। वैसे बोलना उसे ही सबसे ज़्यादा चाहिए। जो भी हो, आख़िर वह है तो उसी का मेहमान।

"तुम ज़रा तरकारी ले आओ !"

"पहले नहा लूँ।"

"नहीं, नहाना बाद में, पहले तरकारी ले आओ।" अधिकार-भरे स्वर में आदेश देती सी शकुन बोली। और सतीश को लगा, जैसे अब वह थोड़ा एकान्त चाहती है, प्राइवेसी !

हवा उल्टी थी या पता नहीं क्यों साइकिल बड़ी भारी चल रही थी और सतीश को पूरा ज़ोर लगाकर पैडिल मारने पड़ रहे थे।

वह लौटा तो शकुन और आलोक आमने-सामने बैठे बातें कर रहे थे। दोनों के बीच सिगरेट का हल्का-सा धुआँ छाया हुआ था। उसे देखते ही शकुन ने अपनी बात अधूरी छोड़ दी। न-मालूम-सा खिंचाव भी उसे शकुन के चेहरे पर दिखाई दिया।

"ले आए ?" ज्यों-के-त्यों बैठे-बैठे ही उसने पूछा। उठकर उसने थैला तक नहीं लिया।

"अब तुम नहा लो। तरकारी उधर माँजी को ही दे देना।"

"हाँ-हाँ, देखिए, आप लोग अपने रुटीन में किसी तरह की गड़बड़ न करिएगा। आप ऑफिस कितने बजे जाते हैं ?"

"दस पर पहुँचना होता है, साढ़े नौ के बाद निकल जाता हूँ।" सतीश ने किसी तरह शब्दों को ठेलकर जवाब दिया।

"और तुम ?"

पन्द्रह मिनट में ही स्थिति 'तुम' पर आ गई ? नहीं, शायद बहुत पहले से ही यह स्थिति चल रही थी।

"मैंने तो आज छुट्टी ले ली है। एक दिन के लिए आप आए हैं, सारा दिन स्कूल में गुजार दूँगी, तो आपसे बात कब करेंगे ?"

"करेंगे !" तो क्या शकुन मुझसे भी छुट्टी लेने के लिए कहेगी ? यदि कहा, तो क्या वह ले लेगा ? लेनी चाहिए उसे ?

नहीं, बहुवचन का प्रयोग तो वह अपने लिए भी कई बार करती है। चाय के समय चुप क्यों बैठी थी ? करती न उस समय बात ! और आलोक अब रुटीन गड़बड़ करने की बात

क्यों नहीं करता ? कुछ देर पहले तक तो छुट्टी की कोई बात भी नहीं थी। और उसे लगा कि फिर सब कुछ गड़बड़ा गया है, बाहर भी और उसके अपने भीतर भी।

वह नहाकर लौटा और पार्टीशन के इधर निःशब्द तैयार होने लगा। कान उसके उधर ही लगे हुए थे।

शायद किसी किताब का जिक्र हो रहा था। बोल आलोक ही रहा था। शकुन को जो बातें करनी हैं, वह करती क्यों नहीं ? शायद वह उसके जाने की राह देख रही है।

ऐसा ही है तो वह इधर ही रहेगा, क्यों व्यर्थ ही उन लोगों के बीच जाकर बैठे ? पर उससे रहा नहीं गया।

"तुम यहाँ बैठो, मैं जरा खाने के लिए माँजी को समझा आऊँ।"

सतीश बैठ गया, पर उसे समझ ही नहीं आया कि वह क्या बात करे ? आलोक ने एक नई सिगरेट सुलगाते हुए कहा : "आपका जो काम है, उसके साथ साहित्य का तो कोई सम्बन्ध बैठता ही नहीं। यह शौक आपको कैसे लगा आख़िर ?"

"शौक कहाँ है ! शकुन कहानी-उपन्यास पढ़ने की शौकीन है, सो बस, खाली समय में मैं भी पढ़ लेता हूँ। साहित्य की कोई ख़ास समझ-वमझ तो है नहीं।" वह कह तो गया, पर फिर उसे लगने लगा कि कहीं कुछ ग़लत हो गया है। एजुकेशन बोर्ड में काम करनेवाला आदमी साहित्य में रुचि नहीं रख सकता या साहित्य नहीं समझ सकता, ऐसा कोई नियम तो है नहीं। कौन कहता है कि वह साहित्य नहीं समझता ? अच्छा हुआ कि शकुन यहाँ नहीं है। अब उसे कोई वजनदार बात पूछनी चाहिए। कुछ सोचकर उसने पूछा : "अच्छा, यह बताइए, आप लोग जो लिखते हैं, उसका आधार वास्तविकता होती है या मात्र कल्पना ? मेरा मतलब जो आप स्वयं भोग चुके होते हैं वही लिखते हैं या..."

"इस विषय में कोई निश्चित नियम तो नहीं है।" सतीश की अधूरी बात का पूरा मतलब समझते हुए आलोक बोला : "अलग-अलग लोगों का अपना अलग-अलग ढंग होता है। अपने बारे में मैं यही कह सकता हूँ कि मेरी वे ही रचनाएँ ज़्यादा सशक्त या सजीव हैं, जिनको मैंने स्वयं भोगकर लिखा है।" फिर एक क्षण ठहरकर बोला : "बड़ा विचित्र प्रॉसेस होता है यह भी। जिन स्थितियों में हम पूरी तरह इनवॉल्व्ड होते हैं, वहाँ भी कभी-कभी बड़ी निर्ममता से काटकर हमें अपने को तटस्थ रखना पड़ता है। और कहीं-कहीं बिना किसी लगाव के भी पूरी तरह इनवॉल्व्ड होने का अभिनय करना पड़ता है। इस मामले में लेखक को बड़ा निर्मम होना पड़ता है। सतीशजी, माँ की मौत पर जब सारा घर बैठकर रो रहा था, बिलख रहा था, मेरा मन सारी स्थिति से अनछुआ रहकर उसी घटना पर कहानी बुन रहा था। दूसरों की बात क्या कहूँ, कभी-कभी मुझे खुद विश्वास नहीं होता कि..."

इससे ज़्यादा वजनदार बात तो उसके दिमाग़ में आ भी नहीं सकती। यह तो बैठकर ज्ञान ही बघारने लगा। उसे लिखने के प्रोसेस में कोई दिलचस्पी नहीं है। अच्छा हुआ, शकुन यहाँ नहीं है, वरना इसके बाद वह क्या पूछता ? आलोक बोले चला जा रहा था :

"कभी-कभी ऐसे व्यक्तियों में कहानी की गन्ध आती है, जिनसे लगाव तो क्या, हमारा विशेष परिचय भी नहीं होता; फिर भी कहानी निकालने के लिए हमें लगाव ओढ़ना पड़ता है...यों समझिए, एक्टिंग करनी पड़ती है। बड़ा ख़तरनाक खेल होता है यह। कभी-कभी तो एक कहानी की दस गुनी कीमत भी अदा करनी पड़ती है।"

तभी शकुन आ गई और सतीश के दिमाग़ में कुछ कौंधते-कौंधते रह गया।

"आलोकजी, आप भी नहा लीजिए। असली थकान तो नहाने से ही जाएगी। मैं गरम पानी रख आई हूँ।"

"नहा लेंगे, जल्दी क्या पड़ी है ! मैं कोई ब्राह्मण तो हूँ नहीं कि नहाकर ही मुँह जूठा करूँगा।"

शकुन हँसी। सतीश को हल्का सा अफ़सोस हुआ कि वह हँस क्यों नहीं सका।

"नहीं, नहा डालिए।" आलोक की अटैची उठाकर सामने टेबल पर रखती हुई शकुन बोली।

यह अपनत्व-भरा अधिकार कहाँ से आ गया ? और फिर उसे लगने लगा, कहीं कुछ है जो उसे मालूम नहीं है। जो कुछ जिस रूप में सामने है, मात्र वही नहीं है, इसके परे कहीं कुछ और भी है...है...

आलोक के जाते ही शकुन ने कहा : "कमीज तो नई पहन लेते, कितनी मुस रही है यह !"

"क्यों ? ठीक है यह ! मैं हमेशा ही कमीज तीन दिन पहनता हूँ, आज ही ऐसी कौन सी ख़ास बात है ?" वह शकुन को जता देना चाहता है कि आलोक उसके लिए कोई विशेष महत्त्व नहीं रखता।

शकुन चुपचाप सतीश का खाना लेने चली गई। रोज़ की तरह वह उसे खिला रही है, पर सतीश को लग रहा है कि शकुन ने हर काम की योजना बना रखी है। सतीश के सामने तो समय बर्बाद ही होता, सो वह समय नहाने में लगवा दिया। इधर सतीश जाएगा और उधर आलोक तैयार !

शकुन ने एक बार भी उससे तो छुट्टी लेने के लिए नहीं कहा, बल्कि शायद वह मन-ही-मन मना रही है कि जल्दी-से-जल्दी सतीश वहाँ से चला जाए। इतनी साफ़ बात है और वह समझ नहीं रहा है।

क्रीम-रंग के अंडी के कुरते में जँचा-जँचाया आलोक घुसा, तो सतीश को अपनी मुसी हुई कमीज़ अखर गई। आज उसे कमीज़ बदल ही लेनी चाहिए थी, शकुन ने ठीक ही कहा था। उसे लगा, क्लर्की करते-करते सचमुच ही वह डल हो गया है शायद। समय पर उसे कोई बात सूझती ही नहीं, बाद में बेवकूफ़ों की तरह अफ़सोस करता रहता है।

"तो आप तो चले ?"

"हाँ, मैं तो अब चला। शकुन है आपके पास।" और उसने देखा, शकुन मुग्ध-भाव से आलोक को देख रही है।

"लौटिएगा कब ?"

"अब तो साढ़े पाँच पर ही मुलाक़ात होगी। शाम को बाहर चलेंगे, और कुछ नहीं तो यहाँ का दौलतबाग़ और आनासागर ही देख लीजिए। शकुन को तो वह जगह बड़ी प्रिय है। शादी के बाद की कुछ शामें तो हमारी वहीं बीतीं। वहाँ जाते ही शकुन को बस हनीमून का-सा मूड आ जाता है आज भी।" और सतीश हँस पड़ा। उसने सोचा, बड़ी मार्के की बात वह कहता जा रहा है। आलोक जान ले कि उन दोनों के बड़े मधुर सम्बन्ध हैं, उसके मन में कोई ऐसी-वैसी बात हो भी तो निकाल दे। "अच्छा साहब, चलें।" और वह बाहर आ गया।

रोज़ की तरह शकुन भी बाहर आई उसे विदा करने, पर सतीश को इस समय भी शकुन के चेहरे पर वही मुग्ध-भाव दिखाई दिया जो आलोक को देखते समय उभर आया था। उसे लगा, वह देख अवश्य उसे रही है; पर मन में कहीं आलोक को ही देख रही है।

एक बजे तक वह जैसे-तैसे अपने को फाइलों में डुबोए रखने का प्रयत्न करता रहा। फिर एकाएक उसे लगा, अब नहीं ठहरा जाएगा। उसने उसी समय एक स्लिप लिखकर बॉस के कमरे में भेज दी कि उसकी तबीयत ठीक नहीं है, सो वह घर जा रहा है; और निकल आया।

घर लौटना ठीक होगा ? दोनों यही तो समझेंगे कि मुझे उन लोगों पर सन्देह है। अगर ऐसी कोई बात नहीं हुई तो कितना ओछा समझेंगे वे लोग ? आत्मग्लानि से उसका मन भर आया। पाँच साल के विवाहित जीवन में उसे ऐसी कोई बात याद नहीं जो शकुन के प्रति उसे शंकालु बना दे। पिछले दो साल से वह खिन्न अवश्य रहती, कुछ दूर-दूर भी रहती है, उसका कारण तो वह स्वयं जानता है। कितना स्वाभाविक है उसका यों खिन्न रहना ! फिर खिन्नता तो दो साल से चल रही है, जबकि आलोक से परिचय कुल चार महीने का है। दोनों बातों को एक साथ जोड़ने की कोई तुक ही नहीं है।

सचमुच यह उसका अपना काम्प्लेक्स ही है, जिसे उसने इतना शंकालु, ओछा और कुछ हद तक कमीना भी बना दिया। अपनी ऐसी हरकतों से तो कभी-कभी उसे स्वयं भी विश्वास होने लगता है कि उसका भय कहीं सच ही है; वरना यह सब क्यों हो ?

उसे रोज़ की तरह ऑफ़िस में काम करना चाहिए था, पर अब ? अब कुछ नहीं। सीधा घर जाएगा और साफ़ कहेगा कि वह भी छुट्टी लेकर आ गया है। आलोकजी आख़िर रोज़-रोज़ तो हमारे घर आने से रहे। फिर वह उनको घुमाने ले जाएगा। पहले वह उन्हें सोनीजी का मन्दिर दिखा देगा, फिर वे लोग आनासागर पर जाकर बैठ जाएँगे। वहीं वह अपने लतीफे सुनाएगा। वे सब तो अभी रह ही गए। वह चुन-चुनकर लतीफे याद करने लगा। कौन-कौन से लतीफे उसके नाम से प्रसिद्ध हो गए थे।

गाड़ी तो रात को दस बजे जाती है। आनासागर से ताँगा लेकर वह उसे कॉफ़ी-हाउस ले जाएगा। बड़े शहरों के मुकाबले में तो यहाँ का कॉफ़ी-हाउस कुछ भी नहीं; फिर भी कम-से-कम यह तो दिखा ही देगा कि वह सिर्फ़ क्लर्क ही नहीं, इस ज़िन्दगी से भी परिचित है। लेखक लोग तो कॉफ़ी-हाउस में ही बैठे रहते हैं। कुछ रुपए ही तो खर्च होंगे, पर शकुन कितनी प्रसन्न होगी ! वह उसके इस आरोप को ग़लत सिद्ध कर देगा कि उसे आलोक का आना अच्छा नहीं लगा। इसमें अच्छा न लगने की बात ही क्या है भला ?

पर घर आया तो पता नहीं क्यों; उसने साइकिल घर से दस क़दम दूर ही रख दी। दबे-पाँव वह सीढ़ियाँ चढ़ा। उसका दिल घबराने लगा था, मानो वह किसी दूसरे के घर में चोरी से घुस रहा हो। कुछ क्षण बरामदे में खड़े रहकर वह आहट लेता रहा—शायद कुछ बातचीत की आवाज़ ही आ रही हो। पर कहीं कुछ नहीं था। दरवाज़ा बन्द था, फिर भी उसने हल्के से धक्का दिया, शायद खुल ही जाए ! नहीं, दरवाज़ा भीतर से बन्द था। अब ? फिर उसने दरवाज़े से कान लगाया। बाहर के कमरे में बैठकर बात कर रहे होते, तब तो बाहर साफ़-साफ़ आवाज़ आती। इसका मतलब है, सोनेवाले हिस्से में बैठे हैं। पर उधर तो शकुन किसी को नहीं आने देती। आलोक शायद 'किसी' की श्रेणी में नहीं आता। तब ?

और एकाएक मन हुआ कि लात मारकर वह दरवाज़ा तोड़ दे और भीतर दोनों को रँगे हाथों पकड़ ले। शकुन को बातें करनी थीं, इसलिए तो छुट्टी ली थी। पर बातों का तो कोई सिलसिला ही नज़र नहीं आता। भीतर क्या हो रहा है आख़िर ! कैसे जाने, कहाँ से जाने ?

इस समय घर का दरवाजा रोज़ ही बन्द रहता है, पर रोज़ शकुन घर पर नहीं रहती है इसलिए। आज इसका भीतर से बन्द होना कोई विशेष अर्थ नहीं रखता ? क्या वह लौट जाए ? नहीं, वह लौटकर नहीं जाएगा। वह दरवाज़ा खटखटाएगा और देखेगा कि खुलने में कितनी देर लगती है। वह चेहरा देखकर ही भाँप लेगा कि भीतर क्या हो रहा था !

वह फिर एक क़दम आगे बढ़ा, दरवाज़ा खटखटाने के लिए हाथ भी उठाया; पर बस, दरवाज़े को धीरे से छूकर रह गया। नहीं, उसे इस तरह अधीर नहीं होना चाहिए। मान लो, कुछ नहीं हुआ तो वह उनकी नज़रों में तो गिरेगा-सो-गिरेगा ही; अपनी नज़रों में कितना गिर जाएगा ! एकदम उसे खिड़की का ख़याल आया। खिड़की भी भीतर से बन्द थी। अच्छा, खिड़की बन्द करने की क्या जरूरत थी ? ऐसी सर्दी तो अब रह नहीं गई। कमरे में हवा आने के लिए यह खिड़की और दरवाज़ा ही तो है बस, दोनों ही बन्द हैं। तो ? उसने सारी खिड़की पर नज़र दौड़ाई...कहीं कोई छेद ही हो, जहाँ से वह भीतर झाँक सके, पर कहीं एक छोटा सा सूराख तक नहीं मिला। फिर उसने दरवाज़े को टटोला। कहीं कुछ नहीं। उसके पहले इस बात का ख़याल क्यों नहीं आया ? एक सूराख ही करके रख देता।

पर वह क्यों इस तरह अपराधी मसहूस कर रहा है ? यह उसका अपना घर है। इसमें वह जब भी चाहे, आ-जा सकता है। आख़िर वह अपने घर में ही तो आया है। अपने घर में आना न चोरी है, न गुनाह। उसे क्या होता जा रहा है कि वह अकारण ही डरने लगता है ? जैसे ही शकुन दरवाज़ा खोलेगी, कह देगा कि वह भी आधे दिन की छुट्टी लेकर आया है।

तभी उसके सामने शकुन का चेहरा घूम गया—आँखों में धिक्कार और भर्त्सना-भरे। मान लो, वह यही कह दे—आख़िर आ गए न ! तुम इसके सिवाय और कर ही क्या सकते हो ?

हाथ फिर निर्जीव हो गया।

कोई तो आवाज़ आए, किसी तरह की। खौलते मन को यह निश्चय तो बँधे कि भीतर की वास्तविक स्थिति क्या है ?

और उसे लगने लगा कि जिस तरह उसने शकुन की पलकें चूमना छोड़ दिया था, वैसे ही अब उसे बाँहों में लेना भी छोड़ देना पड़ेगा...शायद धीरे-धीरे करके उसे पूरी-की-पूरी शकुन को ही छोड़ देना पड़ेगा।

वह संशय में क्यों पड़ा हुआ है ? उस-जैसा बेवकूफ़ आदमी शायद ही दुनिया में हो। सब कुछ आँखों से देखकर ही जाना जाता है ? क्या वह कुछ भी अनुमान करने का माद्दा नहीं रखता ? शकुन आजकल जिस मनःस्थिति में है, उसे वह क्या नहीं जानता ? तो क्या शकुन...

वह नगरा, गुलाब-बाड़ी, आदर्श नगर—जाने कहाँ-कहाँ साइकिल लिये घूमता रहा ! उसे बराबर लग रहा था कि कहीं बहुत बड़ा धोखा उसके साथ किया जा रहा है। उसका मन

हो रहा था कि वह सब पर थूकता चले ! क्या करे अब वह ? कहाँ जाए ? उसका कोई घर नहीं, कोई अपना नहीं। जिस शकुन को पिछले पाँच साल से वह अपने शरीर के अभिन्न अंग की तरह प्यार करता आ रहा है, वह इस समय किसी और की बाँहों में पड़ी मस्ती मार रही होगी...और वह है जो बे-घरबार होकर यों दर-दर भटक रहा है।

और यों ही निरुद्देश्य भटकते-भटकते जब वह पूरी तरह लस्त हो गया तो फिर आनासागर की बारहदरी के उसी कोने पर आकर बैठ गया। उसे लगा, आज उसमें और उन आवारा, बे-घरबार लोगों में कोई फर्क नहीं रह गया है जो रात-दिन यहाँ पड़े रहते हैं। वह भी अब यहीं पड़ा रहेगा। उसे कोई नौकरी नहीं करनी है, कोई काम नहीं करना है। कौन है उसका, जिसके लिए खून-पसीना एक करे ? उसे सबसे नफ़रत होने लगी।

और उसे लगा, वह सचमुच ही पौरुषहीन है। कोई मर्द-बच्चा होता, तो दो लात मारता दरवाज़े के, और झोंटा पकड़कर बाहर कर देता शकुन को और दो झापड़ मारता उस लफंगे को। उसके सारे अस्तित्व को बुरी तरह मथता हुआ आज यह विश्वास पूरी तरह उसके मन में जम गया कि वह पुरुष नहीं है...और उसे लगा, यह बात तो वह बहुत पहले से ही जान गया था, तभी तो कभी उसकी हिम्मत नहीं हुई कि जाकर डॉक्टर को दिखा आए। आज के व्यवहार ने तो पूरी तरह सिद्ध कर दिया। लानत है उस पर। थूः। उसने सामने पानी में थूक दिया। कोई असली मर्द-बच्चा होता तो...उसे अपने-आपसे नफ़रत होने लगी। ठीक ही तो किया शकुन ने। कौन औरत ऐसे नामर्द की पत्नी होकर रहना पसन्द करेगी ?

और फिर वह निढाल होकर लेट गया। उसकी आँखों के कोनों से आँसू बहने लगे। वह मन-ही-मन गालियाँ देने लगा। साला शोहदा कहीं का, कहानी लेने आया है ! शकुन ने उसे जरूर बता दिया होगा। शकुन, किस जन्म का बैर तुमने मुझसे निकाला है ! उस आदमी के सामने मुझे नंगा किया, जिसके सामने मुझे वस्त्रों की सबसे ज़्यादा आवश्यकता थी !

बजरंगगढ़ की आरती फिर गूँज उठी। तो सात बज गए ? वे जरूर भले आदमी बने उसकी राह देख रहे होंगे। अब वह यदि घर चला जाए, तो दोनों कैसा नाटक करेंगे ? शकुन लड़ेगी कि इतनी देर क्यों कर दी ? दो घंटे से इन्तज़ार में बैठा रखा है। सारा प्रोग्राम गड़बड़ कर देते हैं। मन-ही-मन चाहे खुश हो रहे होंगे साले, मस्तियाँ मार रहे होंगे !

आलोक ने तो कहा ही था कि जहाँ हम इनवॉल्व्ड नहीं होते, वहाँ भी कभी-कभी अभिनय करना पड़ता है। पर शकुन ? वह यह अभिनय कहाँ से सीख गई ? उसी ने सिखा दिया होगा, अपना उल्लू सीधा करने के लिए। यह अभिनय तो सभी स्तरों पर चल रहा है, और शायद शुरू से ही चल रहा है। वही बेवकूफ़ है, जो कुछ समझा नहीं। तभी शकुन चार महीने से प्रसन्न रहने लगी थी। वरना बाकी स्थिति ज्यों-की-त्यों है। यह प्रेम तो चार महीने से पक रहा है; वरना दो-चार घंटे में कोई विवाहित स्त्री एक अजनबी के साथ यों कमरा बन्द करके बैठ सकती है ?

क्या-क्या हुआ होगा ? शकुन ने आख़िर क्या सोच रखा है, क्या चाहती है वह ?

और जाने कैसे-कैसे दृश्य उसकी आँखों के सामने घूमने लगे। आज वह घर लौटेगा ही नहीं। आज सालों को जश्न ही मनाने दो; मेरे अपने ही घर में मेरा श्राद्ध करने दो। मैं यहीं पड़ा रहूँगा। किसका घर और किसकी बीवी ?

उसने रूमाल से अपना चेहरा ढँक लिया। यह मुँह किसी को भी दिखाने लायक़ नहीं है।

धीरे-धीरे आरती का स्वर शून्य में डूब गया। केवल आरती के घंटे बजते रहे–टन्...टन्...ट्न !

थोड़ी देर बाद सतीश उठा और साइकिल पर बैठकर चल पड़ा। उसे लग रहा था कि वह थककर चूर-चूर हो गया है और भीतर-ही-भीतर से इस तरह टूट गया है कि उसका सब कुछ एकदम जड़ और सुन्न हो गया है। कुछ भी सोचने-समझने की शक्ति उसमें नहीं रह गई। यहाँ तक कि उसे यह भी नहीं मालूम कि वह कहाँ जा रहा है ? पर थोड़ी देर बाद वह अपने घर के सामने ही था।

ठीक है, वह घर ही जाएगा। यह घर उसका है। जाना ही है तो शकुन जाए, जिसे अब इस घर में अच्छा नहीं लगता, वह क्यों यों मुँह छिपाए-छिपाए फिरता रहे ?

उसे देखते ही शकुन ने भौंहें चढ़ाकर कहा : "कमाल कर दिया तुमने तो, अब आ रहे हो ?" उसके स्वर में शिकायत थी।

"हम लोग तो पाँच बजे से आपकी प्रतीक्षा कर रहे हैं," आलोक का स्वर था।

दोनों साले कपड़े बदलकर जँच-जँचाकर बैठे हैं। बड़ी तीख़ी सी नज़रों से उसने उन्हें देखा, मानो कह रहा हो--क्यों मुझे बेवकूफ़ बना रहे हो ?

"कुछ जरूरी काम आ गया था।" अपराधियों की तरह सतीश के स्वर में क्षमा-याचना का पुट क्यों आ गया है ? असली अपराधी तो वे हैं।

"जिस दिन घर में कुछ होगा, उस दिन जरूर तुम्हारे ऑफ़िस में भी काम आएगा। छोड़ आते कल के लिए। कह देते, मैं आज नहीं ठहर सकता।"

तिरिया चरित्र ? कोई कह सकता है इस शकुन को देखकर कि पति के जाते ही यह औरत...। "चाय दो ज़रा।" किसी तरह शब्दों को ठेलकर उसने कहा। पहले उसने सोचा था, वह किसी से कुछ बोलेगा नहीं, चाय भी नहीं माँगेगा, पर फिर लगा, क्यों नहीं माँगेगा ? जब तक शकुन इस घर में रहेगी, उसे पत्नी की तरह उसके हर आदेश का पालन करना पड़ेगा। देखें, कर तो दे मना चाय को...अभी दिखा देता है वह भी !

हाथ-मुँह धोने के लिए वह अन्दर गया तो उसने शकुन को कहते सुना : "बहुत थक जाते हैं ऑफ़िस के काम से।" शायद सतीश की रुखाई की सफ़ाई दे रही है आलोक को।

"हाँ, वह थक जाता है। वह बहुत कमज़ोर है, दुर्बल, बिल्कुल दुर्बल, नामर्द ! कह दे, सारी दुनिया में ढिंढोरा पीट दे। वह है, जैसा है।"

उसका मन फिर सुलगने लगा। सर्दी हो चली थी; फिर भी वह तौलिया लेकर नहाने घुस गया। गुसलखाने के बाहर से उसे शकुन का स्वर सुनाई दिया : "यह क्या, तुम इस समय नहा रहे हो ठंडे पानी से ? बीमार पड़ोगे क्या ? सुनो तो..." उसने पूरा नल खोल दिया, तो पानी की आवाज़ में शकुन का स्वर डूब गया। बकने दो कम्बख्त को !

एक बार पानी की ठंडक ने उसे भीतर तक कँपा दिया; फिर भी उसे नहाना अच्छा लग रहा था। जलन जैसे ठंडी होती जा रही थी।

काफी देर तक पानी के नीचे रहने के बाद उसने नल बन्द कर दिया। अपना शरीर पोंछकर कुछ देर तक वह यों ही खड़ा रहा, फिर खड़ा-खड़ा अपने ही अंगों से बड़ी अश्लील सी हरकतें करता रहा। पता नहीं, एक विचित्र सा सन्तोष मिल रहा था उसे यह सब करने में ! खोया आत्मविश्वास जैसे लौट रहा था...कौन कह सकता है साला कि वह...?

फिर एकाएक उसका अपना ही मन ग्लानि और वितृष्णा से भर उठा। यह सब क्या होता जा रहा है उसे ? इन लोगों के साथ-साथ क्यों अपना दिमाग़ ख़राब करता जा रहा है ? नहीं, जैसे भी होगा, वह अपने को संयत करेगा।

उसने सोचा, वह बड़े स्वाभाविक ढंग से चाय पिएगा और उससे भी अधिक स्वाभाविक स्वर में कहेगा—"देखिए, मुझे सब कुछ मालूम है। बन्द दरवाज़े ऐसी बातों को छिपाकर नहीं रख सकते ! आप लोग एक्टिंग करने में बहुत माहिर होंगे; पर मेरी आँखें भी कम तेज़ नहीं। शकुन चाहे तो आपके साथ ही जा सकती है। मुझमें इतनी उदारता है कि मैं अपनी पत्नी की राह में बाधा बनकर खड़ा न होऊँ, उसकी इच्छा पूरी करने में सहायक बनूँ।"

ये लोग उसके ही घर में नाटक कर रहे हैं; क्लाइमेक्स वह कर दे।

वह बाल बनाता जा रहा था और पलंग को देखता जा रहा था। कैसे सोएगा अब वह इस पलंग पर ?

पर वह बाहर निकला तो उससे कुछ भी नहीं कहा गया। शकुन चाय बनाने लगी तो आलोक ने कहा : "हम लोग तो वैसे चाय पी चुके हैं, पर आपका साथ देने के लिए एक राउंड और सही !"

"हाँ-हाँ, जरूर ! शाम का सारा प्रोग्राम तो इन्होंने गड़बड़ कर दिया, अब चाय पी-पीकर ही समय काटो।" शकुन के स्वर में हल्का सा आक्रोश था। चाय पी चुके हैं, यह तो बता दिया, और क्या-क्या कर चुके हैं, यह क्यों नहीं बताते ? बताने जैसी बात हो तब न ! फिर उसे लगा, वही क्यों नहीं पूछ लेता कि कहिए, दिन-भर क्या किया ? बड़ा स्वाभाविक-सा प्रश्न है, पर सारी स्थिति स्वाभाविक नहीं है, इसलिए इन्हें यही लगेगा कि मैं शक कर रहा हूँ। और मान लो, इस प्रश्न का एकाएक दोनों को कोई जवाब ही नहीं सूझे और खिसियाए से दोनों एक-दूसरे का मुँह ही देखते रह जाएँ, तब वह क्या करेगा ?

तभी शकुन उठी और भीतर से स्वेटर लाकर देती हुई बोली : "लो, अब कम-से-कम यह तो पहन लो। रात को ठंडे पानी से नहाए हो, अपनी ज़िद के आगे तुम किसी की बात सुनते भी हो कभी ?"

न चाहते हुए भी उसने स्वेटर पहन लिया। चोंचले दिखा रही है।

आठ तो बजनेवाले हैं, चलने-चलाने का तो यहाँ कोई सिलसिला ही नज़र नहीं आ रहा है। दिन-भर में जरूर ही प्रोग्राम बदल गया होगा। बाँहों में भर-भरकर शकुन ने एक दिन और ठहरने के लिए तो तैयार कर ही लिया होगा। कल फिर उसे ऑफ़िस भेज दिया जाएगा और...अभी उसे मालूम पड़ जाएगा कि आलोक आज ठहर रहा है, और वह कुढ़ता रहेगा। दिखाने के लिए भी वह शायद खुश नहीं हो सकेगा। क्यों दिखावा करे वह ? कौन साली उसे कहानी लिखनी है !

"अब तुम ज़रा बैठो...मैं खाना देख आऊँ।"

हाँ, मेरे साथ बैठने में क्या रखा है ?

"शकुनजी तो काफी इंटेलिजेंट हैं..."

हाँ, बहकाओ बच्चू ! मुझे खूब बहकाओ ! यों क्यों नहीं कहते कि शकुनजी काफी... बेवकूफ़ समझ रखा है उसे ?

"बता रही थीं कि शादी होकर आईं तब तो बस यों ही थीं, आपने ही वह रुचि पैदा

की और सुविधाएँ भी दीं।''

''सुनिए,'' शकुन उधर से बुला रही है। सतीश उठकर चला गया।

''देखो; अब आलोकजी को स्टेशन छोड़ने तुम ही चले जाना। मुझे घर ठीक करना है, और कॉपियाँ देखनी हैं। दो दिन से इस चक्कर में कुछ किया नहीं, कल सारे नम्बर देने हैं।''

सतीश ऐसे देखने लगा, जैसे कुछ समझने की चेष्टा कर रहा हो।

''आलोकजी आज जा रहे हैं क्या ?''

''कमाल करते हो तुम भी ! सवेरे ही बात हो गई थी।''

''नहीं, मैंने सोचा शायद तुमने आग्रह करके रोक लिया होगा।'' कुछ आश्वस्त होते हुए उसने कहा।

''अरे बाबा, आ गए सो ही बड़ी बात है। अब उन्हें जरूरी काम है तो क्या करें ?''

''तो स्टेशन तो तुम भी चलो कम-से-कम।''

''देखो, सारे बरतन बिखरे पड़े हैं...खाना ख़त्म होते ही पहले इन्हें जमाऊँगी। माँजी तो खिलाकर चली जाएगी...बाक़ी सब तो मुझे ही करना पड़ेगा। छोटा घर है, ज़रा सा बिखर जाता है तो दिक्कत लगने लगती है। मुझे यों भी बिखरा घर पसन्द नहीं। उसके बाद कॉपियाँ भी तो देखनी हैं।''

''पर...''

''देखो, मैंने इसलिए तुम्हें इधर बुलाकर कह दिया है; वरना वहाँ तुम ज़िद करने लगोगे तो मना करना बड़ा भद्दा लगेगा। कुछ कहना मत, हाँ !''

सतीश और शकुन साथ-साथ ही बाहर आए। सतीश को बात से भी ज़्यादा अच्छा लग रहा था, इस तरह भीतर बुलाकर शकुन का उससे कुछ कहना। आलोक आए हैं तो क्या हुआ, उनका अपना भी तो कोई जीवन है। कोई ऐसी बात भी तो हो ही सकती है, जो भीतर बुलाकर ही कही जाए।

तो आलोक जा रहा है ? शकुन फिर अपनी घर-गृहस्थी और स्कूल की बातों में डूबने लगी है।

खाने बैठे तो शकुन ने उसकी थाली में दो-तीन अतिरिक्त चीज़ें रखते हुए कहा : ''तुम सवेरे ऑफ़िस गए थे तब तक तो बनी नहीं थीं, तुम अब खा लो।''

गाजर का हलवा था, मटर की कचौड़ी थी।

''कुछ तो आप भी लीजिए आलोकजी !'' शकुन मनुहार कर रही थी।

''माफ़ करो बाबा ! स्वस्थ जरूर कुछ ज़्यादा हूँ; पर खाता ज़्यादा नहीं हूँ। सवेरे का खाना ही अभी तो हजम नहीं हुआ।''

''ऐसा तो आपने सवेरे भी कुछ नहीं खाया। मैंने तो अपने हाथों से सब बनाया है।''

तो दिन-भर इसने खाना बनाया ? कहीं ऐसा तो नहीं कि यह बेचारी बैठकर उधर खाना बना रही हो और ये महाशय यहाँ दीवान पर लेटकर सिगरेट फूँक रहे हों ! आवाज़ आती कहाँ से ? पर फिर दरवाज़ा बन्द क्यों था ? हो सकता है, नींद आ गई हो, इसलिए दरवाज़ा बन्द कर दिया हो ! कमरा सड़क पर ही तो पड़ता है। वे भी तो इतवार को जब दोपहर को सोते हैं तो बन्द करके ही सोते हैं। तो यह क्या उसका अपना ही बुना हुआ जाल है, जिसमें फँसकर वह दिन-भर से छटपटा रहा है, उसने ग़ौर से शकुन को देखा। उसके

अंग-प्रत्यंग को वह घूर-घूरकर देखने लगा...कहीं कोई छाप है...कोई लक्षण ? कोई लाल-नीला दाग़ ?

शकुन खिला ज़्यादा रही थी, खा कम रही थी। पर वैसे सब कुछ बड़ा स्वाभाविक था।

"आप आज शाम को आ जाते तो आलोकजी को थोड़ा घुमा-फिरा ही देते। सारे दिन घर में रखकर बोर कर दिया। सोच रहे होंगे, कहाँ आ फँसे !"

"वाह, बोर तो मैं तनिक भी नहीं हुआ। बढ़िया खाना खाया, डटकर गप्पें मारीं। हाँ, सतीशजी के साथ ज़्यादा बैठने का मौक़ा नहीं मिला। और आपका बड़ा प्रिय आनासागर नहीं देखा। सो वह अबकी बार आऊँगा तब जरूर देखूँगा।"

फिर कुछ 'खट्' से बजा सतीश के दिमाग़ में। तो क्या फिर आने का प्रोग्राम बन चुका है ? क्या है यह सब, उसे कुछ भी तो समझ में नहीं आ रहा था। उसे अपनी ही समझ पर बुरी तरह खीज आने लगी। शरीर में तो उसके कुछ गड़बड़ है ही, पर लगता है, दिमाग़ में और भी ज़्यादा गड़बड़ है।

"अब आप ताँगा ले आइए।" लगा, जैसे शकुन जल्दी से आलोक को विदा करके अपने काम में लग जाना चाहती है। या कहीं ऐसा तो नहीं कि उसे भेजकर विदा की असली रस्म पूरी करनी है ? उसके सामने तो औपचारिक-से नमस्कार के सिवाय कुछ हो नहीं सकेगा।

"ताँगा लेने मैं भी साथ चलता हूँ, ज़रा टहलना ही हो जाएगा।"

"टहलना क्या होगा, यहाँ बग़ल में तो ताँगा मिलता है। ये ही ले आएँगे।"

"हाँ, आलोक को कैसे जाने दे सकती है अभी ? मैं तो आपका नौकर लगा हूँ जो ताँगा लेने जाऊँगा ?"

चलते समय शकुन ने कहा : "समझ नहीं पा रही हूँ आलोकजी, आपको किन शब्दों में धन्यवाद दूँ। जब भी जयपुर आएँ तो यहाँ आने का कष्ट अवश्य करिएगा, और इस बार अकेले नहीं, परिवार-सहित आइए। सबसे मिलकर और भी खुशी होगी।"

"इस नई पुस्तक पर अपनी प्रतिक्रिया जरूर भेजना। पाठकों की प्रशंसा ही हमारे लिए तो सबसे बड़ी प्रेरणा होती है; पर इसका यह मतलब नहीं कि तुम केवल प्रशंसा लिख भेजो।" और आलोक हँसता हुआ ताँगे पर बैठ गया। सारा ताँगा नीचे को झुक गया—पता नहीं कितना वजन है कम्बख़्त में !

"स्टेशन से सीधे घर ही आ जाना, इधर-उधर मत चले जाना, माँजी भी चली जाएगी, मुझे बहुत अकेला लगेगा।" और सतीश को लगा, जैसे आलोक के सामने यह कहकर उसने उसे उबार लिया। विदा देती अनमनी सी शकुन उसे बड़ी भोली, बड़ी सरल और बड़ी प्यारी सी लगी। फिर मन में ढेर-ढेर लाड़ उमड़ने लगा।

उसने एक बार फिर सबेरे से अब तक की सारी बातें याद कर डालीं। अगर अपने मन के सन्देह से मुक्त होकर देखे, तो कहीं भी कुछ नहीं है। एक भी तो बात ऐसी नहीं हुई जिसे वह आधार बनाकर यों कष्ट पाए। नहीं, नहीं, यह उसकी ही हीनभावना है जो उसे हर बात के दस-दस अर्थ लगाने को मजबूर कर देती है।

वह आज कितना बड़ा अनर्थ भी कर सकता था। उसे इस बात से बड़ी तसल्ली मिली कि ऐसा कुछ भी होने से पहले ही सद्‌बुद्धि आ गई।

हाँ, आलोक की वह खातिर कर रही थी, बड़े श्रद्धालु भाव से, तो इसमें हुआ ही क्या ?

वह हर काम को पूरी लगन से करती है, आलोक की खातिर की तो लगन से, अपना घर सजाया तो उतनी ही लगन से, और अब फिर सब ठीक-ठाक कर रही होगी।

वह बड़ी तरकीब से आलोक के लिखने के प्रोसेस वाली बात जरूर शकुन को बता देगा कि कैसे ये लेखक लोग बिना किसी लगाव के भी केवल कहानी वसूलने के लिए एक्टिंग करते हैं। कम-से-कम यह हल्का सा संकेत हो जाएगा शकुन के लिए कि यदि आलोक ने कुछ किया भी हो, तो वह उसकी किसी भी बात या व्यवहार को गम्भीरता से न ले। उसका ओछापन भी नहीं दिखेगा और बात भी बन जाएगी। अपनी दूरदर्शिता पर वह स्वयं मुग्ध सा हो गया। कौन कहता है कि वह बेवक़ूफ़ है या डल ? आलोक ने भी स्वीकार किया कि शकुन इंटेलिजेंट है, वह उसके संकेत को अवश्य ही समझ लेगी। और एकाएक उसे लगा, जैसे सवेरे से जिस असह्य बोझ के नीचे वह तिलमिला रहा था, जिस मर्मान्तक पीड़ा से छटपटा रहा था, वह सब एकाएक समाप्त हो गई है।

गाड़ी चली तो बड़े मशीनी ढंग से हाथ हिलाता रहा। उसने भी चलते समय शकुनवाली बात दोहरा दी : "सपरिवार आइए कभी !"

आलोक आया और चला गया, और कहीं कुछ नहीं हुआ। वह घर लौटेगा तो देखेगा कि शकुन उसी व्यस्तता और लगाव से अपना घर ठीक कर रही होगी।

यदि उसका काम पूरा नहीं होगा तो वह कहेगा, "जाओ, तुम आराम करो, बहुत थक गई होगी सवेरे से, लाओ मैं जमा देता हूँ सारे बर्तन-वर्तन।" वह उसकी कॉपियाँ भी दिखवा देगा। वह जरूर विरोध करेगी, "तुम भी तो ऑफ़िस से थककर आए हो, मैं कर लूँगी, तुम आराम करो।"

आज वह शकुन को बहुत प्यार करेगा। कितने दिन हो गए उसे बड़ी आत्मीयता से प्यार किए। उसकी अपनी ही दुर्बलता ने पता नहीं कैसे यह भ्रम उसके मन में पैदा कर दिया था कि उन दोनों के बीच में जैसे कोई है...पर कहीं कोई नहीं है; शकुन आज भी उसी की है, उतनी ही जितनी दो साल पहले थी।

मैं कितना धीरे-धीरे चल रहा हूँ। शकुन अकेली होगी। साइकिल न लाकर भूल ही की। उसने अपनी चाल बढ़ा दी।

घर पहुँचा तो देखा—खाने के बर्तन अभी भी टेबल पर ज्यों-के-त्यों पड़े थे, कॉपियों का बंडल भी दीवान के नीचे जैसे-का-तैसा बँधा पड़ा था। उधर जाकर देखा—शकुन पलंग पर लेटी हुई आलोक का नया उपन्यास पढ़ने में डूबी हुई है। आहट पाकर एकदम चौंक सी उठी : "कौन ?"

"मैं हूँ।"

"ओह, तुम ? मैं तो डर गई थी।" और किताब को तकिए के नीचे सरकाती हुई वह उठकर बैठ गई।

'यही सच है' संकलन से

सज़ा

पप्पा का कार्ड आया है चाचाजी के नाम : ''फ़ैसले की तारीख 16 अप्रैल पड़ी है और इस बार निश्चित रूप से फ़ैसला हो जाएगा, पहले की तरह स्थगित नहीं होगा। यदि छुट्टी मिल सके और असुविधा न हो तो दो दिन के लिए आ जाना।''

मेरे और मुन्नू के लिए एक लाइन तक नहीं लिखी थी। न प्यार, न आने के लिए कुछ। पूरे साल में पप्पा का यह पहला कार्ड था और हमारे विषय में कुछ नहीं लिखा, जैसे उन्हें मालूम ही नहीं हो कि हम भी यहाँ हैं। क्या पप्पा ने अपने को इतना बदल लिया है ? उन्होंने क्या बदल लिया है, शायद समय ने उन्हें बदल दिया है। उन्हें ही क्या, सबको ही बदल दिया। मैं क्या कम बदल गई हूँ ? मुन्नू क्या कम बदला है ? पता नहीं, अम्मा की क्या हालत होगी ! ओह, इन पाँच सालों में क्या कुछ नहीं हो गया !

16 अप्रैल, आज से पाँच दिन बाद। मैं जाऊँगी, जरूर जाऊँगी और मुन्नू को लेकर ही जाऊँगी। कान्ता मामा ने तो हर सुनवाई के बाद यही लिखा है कि इस बार फ़ैसला पक्ष में होगा। हे भगवान्, ऐसा ही हो ! पर रह-रहकर मन काँप जाता है। पहली बार भी तो सब यही कहते थे। तब मैं एकदम नासमझ नहीं थी, फिर भी ज़्यादा नहीं समझती थी। पप्पा और अम्मा तो हमेशा मुझे बच्ची ही समझते थे, इसीलिए शायद बड़ी ही नहीं हो पाती थी। इधर एकदम कितनी बड़ी हो गई हूँ ! क़ानून की बातें समझने लगी हूँ। सात आदमियों का दोनों समय का खाना बना लेती हूँ। खाना ही नहीं, घर का सारा ही तो काम करने लगी हूँ। मेरे साथ स्कूल में जो लड़कियाँ पढ़ती थीं, उनसे करवा लो देखें कोई भी काम ! पर वे क्यों ये सब काम करें ? भगवान् कभी उन्हें ऐसे बुरे दिन न दिखाएँ !

क्या पापा सचमुच छूट जाएँगे ? पिछली बार जब फ़ैसला हुआ था तब दादी, बाबा, चाचा—सब आ गए थे। सब लोग कचहरी गए, पर हमें नहीं ले गए। मुन्नू को छोड़ जाते, वह सचमुच बच्चा था; पर मैं तो बड़ी थी, नवीं का इम्तिहान दे चुकी थी। मुझे पापा के सारे केस की बातें पता थीं, फिर भी मुझे नहीं ले गए थे। मैं और मुन्नू साँस रोककर सबके लौटने की प्रतीक्षा कर रहे थे। मैं खुद बहुत घबरा रही थी; पर मुन्नू को बराबर समझाती जा रही थी। और कोई चाहे मुझे बड़ा न समझता; पर वह तो समझता ही था। बारह बजे दादी और अम्मा ने रोते-रोते घर में प्रवेश किया। बाबा कुर्सी पर बैठकर, हथेलियों में मुँह छिपाकर, फूट-फूटकर रोने लगे : ''हे भगवान्, तेरे राज में इतना अँधेर ! मेरे निर्दोष बेटे को दो साल की सज़ा !'' सबको रोते देख हम दोनों भी खूब रोए।

दो दिन मैं स्कूल नहीं गई। जब गई तो मेरी सभी सहेलियाँ हमदर्दी दिखाने लगीं। पर वह हमदर्दी बिल्कुल नहीं थीं। हमदर्दी क्या ऐसे कहकर दिखाई जाती है : ''हाय-हाय, बेचारी

के पिता को जेल हो गई !" आपस में दबी-दबी जबान में कहतीं : "इतने बड़े लोग भी चोरी करते हैं ? तभी ठाठ थे आशाजी के !" मेरा जी होता, चीख़-चीख़कर सबसे कहूँ कि पप्पा ने कुछ नहीं किया है, बस, इस समय उनके ग्रह बिगड़े हुए हैं। ग्रह जब बिगड़ जाते हैं तब क्या नहीं हो जाता ? रामचन्द्रजी ने कौन चोरी की थी, फिर भी चौदह साल का वनवास काटा या नहीं ? पांडवों ने क्या किया था, फिर भी अज्ञातवास किया या नहीं ? तब ? जब ग्रह बिगड़ते हैं तो राजा को भी सब कुछ भोगना पड़ता है। इतनी सी बात ये लोग क्यों नहीं समझतीं ? अम्मा ने मुझे समझाया कि अभी हमारे बुरे दिन हैं, जो भी आए, चुपचाप सहन कर लो; और मैं समझ गई। तभी तो उन लोगों से कुछ नहीं कहती थी। पर उनको कभी समझ नहीं आया। शायद बुरे दिनों में ही समझ बढ़ती है।

ख़ैर, तभी कान्त मामा आ गए। वह इंग्लैंड से जैसे ही लौटे, सीधे घर आ गए थे। कितना बिगड़े थे बाबा और चाचाजी पर कि यह सब हो कैसे गया ? आज के ज़माने में तो गुनहगार अपने को साफ़ बचाकर ले जाते हैं। लाखों हजम करके मूँछों पर ताव देते घूमते हैं। फाइलें की फाइलें ग़ायब करवा देते हैं। और एक ये हैं कि बिना गड़बड़ किए सज़ा भोगने जा रहे हैं ! बिना अपराध किए भी बाबा अपराधी की भाँति चुपचाप सिर नीचा किए सब सुनते रहे। वह बेचारे कानून के छक्के-पंजे क्या जानें ? जब नहीं सुना जाता तो रो पड़ते। उस समय मुझे कान्त मामा का व्यवहार ज़रा भी अच्छा नहीं लगता था पर कुछ कह भी तो नहीं सकता था कोई। वह हाईकोर्ट में अपील मंजूर करवाने के लिए भाग-दौड़ कर रहे थे। इंग्लैंड से लौटकर कान्त मामा अपने को बहुत समझने लगे थे, वह शायद बहुत-कुछ होकर भी आए थे।

उन्होंने सचमुच अपील मंजूर करवा दी। मैं सोच रही थी, अब पप्पा कितना प्यार करेंगे हमें ! कितने दिनों से घर में मनहूसियत छाई हुई है, वह दूर हो जाएगी। हमारे अच्छे दिन लौट आएँगे। सब लोगों के आ जाने से हमें तो कोई पूछता ही नहीं था। एकाएक जैसे हम कुछ नहीं रहे। मैं फिर भी कुछ समझती थी पर मुन्नू कुछ नहीं समझता, किसी भी चीज़ की ज़िद कर बैठता। मैं उसे समझाती : "भैया, अभी हमारे बुरे ग्रह आए हुए हैं, किसी भी चीज़ की ज़िद नहीं करते।" पर वह ग्रह-व्रह कुछ नहीं मानता और रोए ही चला जाता।

अपील मंजूर होने पर मैंने सोचा था, अब हमारे बुरे दिन टल गए, अब सब कुछ पहले जैसा हो जाएगा। तब मैं नहीं जानती थी कि अपील मंजूर हो जाना मुक़दमा जीतना नहीं होता--मुक़दमे की शुरुआत होती है--असली लड़ाई--असली परीक्षा।

मुझे दस दिन पहले की बात याद आई। तीन साल चलनेवाले मुक़दमे का फ़ैसला सुनाकर दादी, बाबा और अम्मा ने तो घर में घुसते ही रोना-धोना मचा दिया था। पप्पा थोड़ी देर बाद चाचा के साथ ताँगे पर आए थे और आते ही बात करना तो दूर, बिना किसी की ओर देखे, चुपचाप, नीची नज़र किए वह ऊपर चले गए। सब लोग सकते में आ गए। कैसे हो गए हैं पप्पा ! किसी की हिम्मत ही नहीं हुई कि ऊपर जाए। आख़िर दादी ने अम्मा को भेजा। अम्मा थोड़ी देर में ही लौट आईं : "दरवाज़ा ही नहीं खोलते। बहुत खटखटाया तो यही कहा--चली जाओ, मुझे अभी परेशान मत करो।"

यों घरवालों के साथ रोई मैं रोज़ ही थी; पर उस दिन पहली बार मेरा मन रोया था, अपनी पूरी समझ के साथ रोया था। क्या हो गया है मेरे पप्पा को ? पच्चीस दिनों बाद घर

में घुसे और प्यार करना तो दूर रहा, हमारी ओर देखा तक नहीं ! बार-बार मन कहने लगा—वह मेरे पप्पा नहीं हैं। वह ऐसे हो ही नहीं सकते। जेलवालों ने उन्हें बदल दिया। एक अजीब सा भय मन में समाने लगा कि अब शायद पप्पा कभी प्यार नहीं करेंगे। और सचमुच उसके बाद मैंने कभी उनका प्यार नहीं पाया—आज तक नहीं। इस कार्ड में क्या वह एक पंक्ति भी हमारे लिए नहीं लिख सकते थे ? यों मैं उनकी इस उदासीनता और तटस्थता को समझती भी हूँ। शायद वह अब किसी से मोह नहीं रखना चाहते। कहीं फिर सज़ा हो गई तो ?

शाम को सब लोग ऊपर गए। दरवाज़ा तो खोला पप्पा ने; पर बात किसी से नहीं की थी। बस, तकिए में मुँह गड़ाकर पड़े रहे थे। मुझे लग रहा था, जैसे वह रो रहे हैं। पर हमें तुरन्त नीचे भेज दिया गया था। कितना-कितना गुस्सा आया था उस समय ! पप्पा हमारे हैं और ये सब इस तरह कर रहे हैं मानो हम कुछ हैं ही नहीं। पप्पा पर पहला हक़ मेरा है, और वह भी सारी दुनिया में मुझे ही सबसे ज़्यादा प्यार करते हैं। मैं मनाने लगी थी कि ये सब लोग जल्दी-से-जल्दी अलीगढ़ से चले जाएँ तो अच्छा हो। तभी शायद पप्पा हमसे पहले की तरह प्यार करेंगे। सबके सामने शायद उन्हें शर्म आती है। शर्म की बात तो है ही। स्कूल में मुझे क्या कम शर्म आती थी !

अपील मंजूर करवाकर मामा और चाचाजी चले भी गए। दादी और बाबा तो घर के ही हैं, पर पप्पा फिर भी नहीं उतरे। उस रात अम्मा को सोने के लिए ऊपर भेजा। वह सवेरे उठकर आईं तो बोलीं : "माँजी, मुन्नू को आप गाँव लेती जाइए, वहाँ के स्कूल में डाल दीजिए। यहाँ तो अब उसकी फीस जुटाना भी भारी पड़ेगा। आशा का तो इस साल फाइनल है; वरना उसे भी उमेश भैया के पास भेज देती। नीचे का घर अब खाली कर देंगे।" फिर और पता नहीं, क्या-क्या बातें हुईं दोनों में और फिर दोनों खूब रोईं, खूब रोईं। मैं किसी को भी रोता देखती तो बिना कारण जाने ही रोने लगती। फिर उस समय तो रोने का बहुत बड़ा कारण भी था—मुन्नू चला जाएगा ! कैसे रहेगा वह गाँव में ? वहाँ का स्कूल भी कोई स्कूल है ! यहाँ इतने अच्छे स्कूल में पढ़ा। पप्पा वैसे चाहे सारे दिन चुपचाप पड़े रहें पर इस मामले में वह कभी चुप नहीं रहेंगे।

पर पप्पा कुछ नहीं बोले। शायद अम्मा-पप्पा ने साथ बैठकर ही यह सब तय किया था। रो-धोकर मुन्नू भी चला गया। हाँ, जाते समय पप्पा ने उसे सीने से लगाकर बहुत प्यार किया था। मैं पास ही खड़ी रही थी। पप्पा की आँखों से आँसू टपक रहे थे। मेरा बड़ा मन कर रहा था कि मैं आँसू पोंछ दूँ—उनके दुःख को दूर करने के लिए नहीं, पप्पा का प्यार पाने के लिए। मुन्नू दूर जाकर भी पप्पा के कितने पास हो गया; मैं पास रहकर भी शायद हमेशा दूर ही रहूँगी ! पर पप्पा छोड़ने नीचे नहीं आए। कोई स्टेशन भी नहीं गया। जाता ही कौन ? अम्मा अकेली निकलती नहीं, और मैं जाती तो लौटती कैसे ?

मुन्नू के जाते ही हमारा घर सूना ही नहीं हुआ, उसमें बहुत कुछ रद्दोबदल भी हो गया; और फिर मुन्नू ही क्यों, धीरे-धीरे सारा सामान भी चला गया। नीचे का मकान खाली कर दिया। पकाना, खाना और सोना बरसाती में। पास की छोटी सी कोठरी साफ़ करके मुझे पढ़ने के लिए मिली।

पप्पा अब कुछ-कुछ बोलने लगे थे; पर पहलेवाले पप्पा वह बिल्कुल नहीं रह गए थे। बस, सारे दिन चुपचाप लेटे रहते या कुछ पढ़ते रहते। कभी-कभी गोदी में तकिया रखकर कुछ लिखते भी। मेरा बड़ा मन होता था कि देखूँ, वह क्या लिखते हैं, पर कभी हिम्मत ही नहीं हुई। कितनी ही बार पढ़ा था कि दुःख में हिम्मत रखनेवाले ही सच्चे वीर होते हैं। हँसते-हँसते जो सारे दुखों को झेल जाए, वही सच्चा पुरुष है। मेरा मन होता, पप्पा को यह बात समझाऊँ। पर क्या पप्पा यह सब नहीं जानते ? फिर ? इस तरह मुँह छिपाकर तो वह पड़ा रहे जिसने सचमुच चोरी की हो। पप्पा को तो बाहर निकलना चाहिए, घूमना-फिरना चाहिए। इस तरह रहकर तो वह सबके बीच अपने को अपराधी ही साबित कर रहे हैं। पर उन्हें कैसे समझाती ?

अपनी कोठरी में और कोई कष्ट नहीं था; पर भयंकर गर्मी के दिन और पंखा नहीं। रात तो जैसे-तैसे छत पर कट जाती; पर दोपहर में तो छत पर बने ये कमरे भट्ठी की तरह जलते थे। छुट्टियों के दिन बिताए नहीं बीत रहे थे। अपनी किसी सहेली के यहाँ जाने की इच्छा नहीं होती थी। पड़ोस तक में जाना छोड़ रखा था। दुःख में कोई साथी नहीं होता। बस, एक गाँठ बाँध रखी थी कि जब तक ये बुरे ग्रह टल नहीं जाते, तब तक सभी कुछ चुपचाप सहन करना है।

जुलाई में बाबा की चिट्ठी आई। मुन्नू को छठवें में भरती करवा दिया है और वह ख़ुश है। हम सबने भी मान लिया था कि वह ख़ुश ही होगा। ऐसा मान लेने में ही हम सबकी ख़ुशी थी। साथ ही बाबा ने यह भी लिखा था कि शाम को उन्होंने एक दुकान में हिसाब लिखने का काम शुरू कर दिया है। पच्चीस रुपए मिलेंगे, जिन्हें वह पप्पा के पास भेज देंगे। पचास रुपए उमेश चाचाजी भेजेंगे। मेरे सामने बाबा का बूढ़ा शरीर, झुकी कमर और धुन्ध-भरी आँखें घूम गईं। इस बुढ़ापे में वह अब फिर से नौकरी करेंगे ? अम्मा ने बताया कि इन पचहत्तर रुपयों में ही उन्हें घर चलाना है।

तब मुझे भी पहली बार पप्पा पर गुस्सा आया कि क्यों उन्होंने सस्पेंशन के दौरान मिलनेवाली आधी तनख्वाह लेने से इनकार कर दिया ? कितना समझाया था कान्त मामा ने...चाचाजी तो एक तरह से नाराज़ ही हो गए थे पर पप्पा की एक ही ज़िद—जब तक मैं इस आरोप से मुक्त नहीं हो जाता, ऑफ़िस से एक पैसा भी नहीं लूँगा।

मैंने स्कूल की बस छोड़ दी। तीन मील पैदल ही जाती थी। धूप हो या बारिश, चेहरे पर शिकन नहीं लाती थी। कभी-कभी सोचती, पप्पा को सस्पेंड हुए दो साल तीन महीने हुए, इतने दिनों में आख़िर कितना खर्च हुआ कि बैंक का सारा रुपया निकल गया, अम्मा के सारे गहने बिक गए...और भी पता नहीं क्या-क्या चला गया ! वकील लोग शायद बहुत लुटेरे होते हैं। कभी सोचती, इससे तो पप्पा सचमुच ही ऑफिस का रुपया मार लेते तो अच्छा होता। कम-से-कम मुन्नू को तो अपने पास रख सकते, और एक पंखा भी रख लेते। इस उम्र में तो चमड़ी जैसे उबली जाती है। ईमानदारी करके ही कौन बड़ा सुख मिल रहा है !

अम्मा को पता नहीं क्या हो गया था कि भीतर-ही-भीतर सूखती जा रही थीं। कहाँ तो कुछ नहीं करती थीं और कहाँ अब सारा काम हाथ से करने लगीं। पप्पा भी उनकी मदद करते थे, उस समय मुझे बड़ा अच्छा लगता था। उन दिनों अम्मा बहुत चिड़चिड़ी हो गई थीं। एक दिन उन्होंने मुझे ज़रा-सी बात पर पीट दिया। अपनी याद में पहली बार मार खाई थी और वह भी इस उम्र में। शरीर से ज़्यादा मन आहत हुआ। चोट से ज़्यादा इस बात

का दुःख था कि पप्पा बैठे देखते रहे, पर कुछ नहीं कहा। न अम्मा को मना किया, न मुझे ही प्यार किया।

अपनी कोठरी में बैठकर मैं घंटों रोई थी। हे भगवान्, सब दुःख दो; पर मेरे पप्पा को पहले जैसा कर दो। वह पहले की ही तरह काम करेंगे तो मैं सब कुछ सह लूँगी।

सुनवाई की पहली तारीख ही छः महीने बाद की पड़ी थी। कान्त मामा ने कोशिश तो बहुत की थी कि जल्दी-जल्दी सारी सुनवाई हो जाए और फैसला हो जाए; पर क़ानून कान्त मामा की इच्छा से नहीं, अपनी रफ़्तार से चलता है। वकीलों का सारा खर्च मामा ही कर रहे हैं, जरूर मामी से छिपाकर कर रहे होंगे; वरना वह तो एक पैसा भी खर्च न करने दें।

पहली सुनवाई बहुत अच्छी हुई थी। सर्दी में ठिठुरते हुए जब हमने यह ख़बर सुनी थी तो गर्मी की एक लहर ऊपर से नीचे तक दौड़ गई थी।

घर की हालत बद से बदतर होती जा रही थी, ख़ासकर अम्मा की। मुझे तभी लगता था कि कोई ऐसी बीमारी इन्हें लग गई है जो भीतर-ही-भीतर खाए जा रही है। हाइजिन में रोग और उनके लक्षण पढ़ रखे थे और मुझे अम्मा के सारे लक्षण राजयक्ष्मा के-से लगते थे। सर्दी में वह जो ठंड खा गईं तो चार महीने तक खाँसती ही रहीं।

बाबा की चिट्ठी आई : "हिम्मत रखना बेटा, बुरे दिन आते हैं तो सब तरफ़ से आते हैं। पर ये दिन फिरेंगे जरूर। भगवान् के घर देर हो सकती है, अन्धेर नहीं।"

दूसरी सुनवाई अप्रैल में हुई। तारीखें जल्दी मिलती ही नहीं थीं। पप्पा को छूटे साल हो गया था और अभी भी दो सुनवाई और बाक़ी थीं। इतने-इतने दिनों बाद ही यदि सुनवाई हुई तो एक साल और लग जाएगा। मेरा मन काँप-काँप जाता था। लगता था, अब ऐसे दिन नहीं काटे जाते : मुन्नू गाँव में, पप्पा बरसाती में, मैं कोठरी में और अम्मा खाट पर।

कैसे मैंने मैट्रिक का इम्तहान दिया था, मैं ही जानती हूँ। फिर भी सेकेंड डिवीजन में पास हो गई। कोई ख़ुशी मनानेवाला नहीं था। सबके मन ऐसे मर चुके थे कि न किसी बात की ख़ुशी होती थी, न रंज।

जुलाई में नई समस्या आई। गाँव में तो केवल मिडिल स्कूल ही था। मुन्नू का अब क्या हो ? मेरा अब क्या हो ? यहाँ कॉलेज में जाने का तो प्रश्न ही नहीं उठता था। मैं जानती थी कि बच्चों को पढ़ाना तो दूर, पचहत्तर रुपए में साथ रखकर खिलाना भी मुश्किल था। बाबा ने मुन्नू को सीधे उमेश चाचा के पास भेज दिया और ख़बर कर दी। यहाँ की स्थिति वह जानते थे। पप्पा वह पत्र पढ़कर सिहर उठे, अम्मा बहुत रोईं : "मैं छोरे को बे-पढ़ा ही रख लेती, वहाँ क्यों भेज दिया ? एक बार उसे मुझसे मिला तो देते। लीला का स्वभाव कौन नहीं जानता ? मेरा बच्चा सहम-सहमकर मर जाएगा।" दो दिनों तक वह रोती रहीं। पप्पा अपराधी की तरह चुप बैठे रहते। अम्मा क्यों रोती हैं इस तरह ? पप्पा यदि कुछ कर सकते हैं तो क्यों नहीं करते ? दो दिनों बाद वह बोलीं : "मैं सोचती हूँ, आशा को भी वहीं भेज दो। वहीं कॉलेज में भरती हो जाएगी।" मैं समझ ही नहीं पाई कि अम्मा व्यंग्य कर रही हैं या...पर अगले वाक्य ने ही सारी बात साफ़ कर दी : "लीला का स्वभाव तो तुम जानते ही हो। आशा मुन्नू के पास रहेगी तो उसे तसल्ली तो रहेगी। सोने को एक गोद तो रहेगी।" और अम्मा खुद फूट-फूटकर रोने लगी थीं। "उमेश भैया को लिख देना, जो भी वह खर्च करें, हम पर कर्ज ही समझें। मैं उनकी पाई-पाई चुका दूँगी। भगवान् कभी हमारे दिन भी बदलेगा ही, नहीं तो

अपने को बेचकर उनका कर्ज अदा करूँगी। पर मेरे बच्चों पर थोड़ा रहम करें। ये दुखियारे यों ही अनाथ हो रहे हैं, थोड़ा प्यार इन्हें भी दें; थोड़ा लीला को भी समझा दें।''

कान्त मामा अपने किसी काम से दिल्ली आए थे। लौटते समय अलीगढ़ भी उतरे। अम्मा ने उन्हीं के साथ मुझे इलाहाबाद भेज दिया था। कान्त मामा ने एक बार कहा जरूर था : ''कलकत्ता भेज दो, वहाँ पढ़ लेगी।'' पर क्या मैं पढ़ने जा रही थी ? पढ़ना तो बस यों ही था। मुझे तो मुन्नू को तसल्ली देनी थी। वह रोए तो उसे अपनी गोदी में सुलाना था। और उस दिन मैं सचमुच बड़ी हो गई थी—अम्मा की तरह बड़ी। पर घर छोड़ते समय सारे बड़प्पन के बावजूद फूट पड़ी थी। अम्मा की हालत देखकर घर का अधिक काम मैंने सँभाल रखा था। अब क्या होगा ? इस हालत में अम्मा कैसे सब काम करेंगी ? रोज़-रोज़ के बुख़ार ने उन्हें हड्डियों की ठठरी बना दिया था। पर अम्मा को तसल्ली देनेवाले पप्पा हैं, रोने के लिए पप्पा की गोदी है। मुन्नू तो वहाँ अकेला है। अभी मेरी सबसे ज़्यादा ज़रूरत मुन्नू को ही है।

रास्ते में कान्त मामा ने मुझसे पूछा था : ''शारदा को रोज़ बुख़ार रहता है। किसी डॉक्टर को दिखाया या नहीं ?''

''नहीं।'' और मुझे रोना आ गया।

''रोते नहीं, बेटे, अब बहुत जल्दी ही सब ठीक हो जाएगा।''

''पप्पा ने तो कई बार कहा था कि दिखा दो; पर अम्मा मानती ही नहीं। कहती हैं—डॉक्टर झूठमूठ का वहम डाल देते हैं।''

मामा चुप हो गए थे। मामा क्या समझते नहीं : अम्मा इसलिए नहीं दिखाती हैं कि डॉक्टर और दवाई का खर्च कहाँ से आएगा ? वे लोग तो टॉनिक और दूध-फल बता देंगे, आराम करने और खुश रहने को कह देंगे। बोलो, यह सब हो सकेगा पचहत्तर रुपए में ? मुझसे पूछो, इन दिनों में मैंने हिसाब चलाया है। एक-एक चीज़ गिना सकती थी। पर उनसे क्या कहती ? वकीलों का सारा खर्च तो वह कर ही रहे हैं; और वकीलों पर कितना खर्च होता है, क्या मैं जानती नहीं ?

मुन्नू मुझे देखते ही चिपट पड़ा था और रो दिया था। मुझे भी रोना आ गया था। चाची ने कुछ कहा जरूर था; पर अपने ही रोने में हमने सुना नहीं। मुन्नू को गले लगाकर मुझे कैसा लग रहा था, मैं नहीं बता सकती। इतना जरूर लगा कि उसे सचमुच किसी गोदी की जरूरत थी—किसी सहारे की। मैं चाची से बातें कर रही थी। उन्हें मेरा आना अच्छा नहीं लगा था, यह साफ़ था; पर मैं ही कौन अपनी इच्छा से आई हूँ। मुन्नू का रंग काफी साँवला पड़ गया था। चेहरा सूखकर मुरझा गया था और आँखें बड़ी सहमी-सहमी सी लग रही थीं। लगा, बहुत डरकर-दबकर रहता है शायद यहाँ। घर में तो कितना ऊधम करता था ! इतना सा बच्चा, कैसे उसने अपने को बदला होगा, दबाया होगा ? देखा, उसका काम था साल-भर के बिट्टू को खिलाना। सारे दिन वह उसे गोदी में टाँगे-टाँगे फिरता। कब तो वह पढ़ता होगा, कब वह होमवर्क करता होगा !

रात को जब वह सोने मेरे पास आया तो धीरे से बोला : ''दीदी, कल मुझे बुढ़िया के बाल खिलाना। टिल्लू और पम्मी रोज़ खाते हैं, चाची उन्हें पैसे देती हैं और कहती हैं, छिपकर खा लिया करो। पर वे सामने ही खाते हैं। एक दिन टिल्लू मुझे चिढ़ाकर खा रहा था, मैंने उसके बाल छीन लिए। उसने चाची से शिकायत कर दी। चाची ने मुझे बहुत मारा। चाची

बहुत ज़ोर से मारती हैं।'' और वह फिर सिसकने लगा। मैंने उसे प्यार किया और कहा : ''मैं अपने भैया को बाल खिलाऊँगी।'' पर मेरा मन भीतर तक सिसक पड़ा। हम बड़े हैं, हम सब समझते हैं और सह भी सकते हैं; पर यह बेचारा कैसे समझे ? समझ तो गया ही होगा; पर सहे कैसे ?

पहली रात को ही मैंने संकल्प किया—मैं कॉलेज नहीं जाऊँगी। घर का सारा काम मैं करूँगी जिससे चाची को पूरा आराम मिले और उनका गुस्सा ठंडा रहे। चाची कुछ भी कहेंगी तो चूँ तक नहीं करूँगी। वह प्रसन्न रहेंगी तो मुन्नू सुरक्षित रहेगा। मुन्नू को रात में बैठकर पढ़ाया करूँगी।

मैं चाची से भी जल्दी उठकर सबके लिए चाय बना देती। फिर जल्दी से टिल्लू और पम्मी को तैयार कर देती, तब नाश्ता देकर तीनों बच्चों को स्कूल भेज देती। नाश्ते की प्लेट देखने चाची जरूर आतीं। शायद उन्हें यह वहम रहता था कि मैं मुन्नू को कुछ ज़्यादा या अच्छा न खिला दूँ। चाचाजी तारीफ करते : ''तुम तो बड़ी होशियार हो आशा, इतना काम कर लेती हो।'' चाची तुरन्त कहतीं : ''मैं जब इतनी बड़ी थी तो बारह जनों के कुनबे को सँभालती थी। आध-आध मन के पापड़-मँगोड़ी करती थी।'' चुप रहती थी मैं तो। दोनों समय का खाना भी मैंने अपने ही जिम्मे कर रखा था।

रात में सोने जाती तो पैर मेरे झपकते रहते थे। कभी-कभी मुन्नू को अपने पैरों पर खड़ा कर लेती थी। उससे पैरों को तो आराम मिल जाता था, पर मन ? अम्मा कभी-कभी गाँव में काम करवाती थीं तो पप्पा डाँटते थे : ''मैं अपनी आशा को डॉक्टर बनाऊँगा, विदेश भेजूँगा, यह भटियार-खाना करवाकर क्या मुझे अपनी बिटिया की ज़िन्दगी ख़राब करनी है ?'' यही वाक्य हवाओं में तैरता कमरे में घूमता रहता, गूँजता रहता। धीरे-धीरे आदत पड़ गई तो पैरों का दर्द बन्द हो गया और मन भी सुन्न होता चला गया।

मैंने अम्मा को नहीं लिखा कि मैं कॉलेज में भरती नहीं हुई हूँ। लिखने के लिए चाचीजी ने मुझे चार पोस्टकार्ड दिए थे और बताया था कि हर महीने चार कार्ड मिलेंगे। उनमें मैं अपने कुशल-समाचार भेज देती थी, बस।

रात-दिन काम कर-करके मैं चाची के क्रोध को सँभाले रहती। आराम पाकर मुझ पर वह कुछ-कुछ प्रसन्न भी हो गई थीं; पर उनका हाथ जब-तब उठ जाया करता था—अपने बच्चों पर भी, मुन्नू पर भी। उनके बच्चे आदी थे, सो मार खाकर भी हँसते और भाग जाते। फिर वे मार खाते थे तो प्यार भी पाते थे। पर मुन्नू सहम जाता था। भीतर-ही-भीतर सिसकता। बड़ी करुण नज़रों से वह मुझे देखता। पर भीतर से कटकर भी मैं ऐसे अवसरों पर कुछ नहीं बोलती। सोचती, यों मार खा-खाकर मुन्नू या तो बेहद ढीठ हो जाएगा या जड़। पप्पा और अम्मा तो कभी हाथ भी नहीं लगाते थे हमारे। अकेले में मैं उसे प्यार कर लेती। समझाती : ''थोड़े दिनों की बात और है भैया, फिर हम अपने घर चलेंगे, अम्मा और पप्पा के पास, बस।'' पता नहीं, वह समझता भी था या नहीं। पर मेरा मन सबसे ज़्यादा दुखी होता जब चाची गुस्से में कहतीं : ''ऑफ़िस के बीस हज़ार ग़ायब करके गाड़ दिए और हमारा ख़ून चूस रहे हैं ! ये हमारे बड़े हैं ! लानत है ऐसे बड़प्पन पर !'' मैं सोचती, क्या सचमुच चाचाजी यही सोचते हैं कि पप्पा ने रुपए मारे हैं ? यदि आज उनके पास पैसा होता तो क्या हमें यों छोड़ देते ? और अपने सारे पिछले दिन आँखों के आगे घूम जाते। कितना प्यार करते थे पप्पा...कितना !

मैं चाहे कुछ भी लिखूँ; पर क्या वह जानते नहीं कि हम पर यहाँ क्या गुजर रही है ?

31 तारीख को चाचाजी ने चाची के हाथ में तनख्वाह रखी तो चाची ने कहा : "अब भाई साहब को लिख दो कि पचास रुपए नहीं भेज सकेंगे। इस महँगाई के ज़माने में दो पालना ही बहुत भारी पड़ रहा है, फिर हमारे भी तो बच्चे हैं। कौन यहाँ खान गड़ी है !" बात ठीक थी, पर मेरा मन काँप गया। चाचाजी रुपए नहीं भेजेंगे तो क्या होगा ? पच्चीस रुपए महीने में क्या होगा ? इतना तो कमरे का किराया ही चला जाता है।

रोती हुई अम्मा और बिसूरते हुए पप्पा मुझे सारी रात दिखाई दिए। मैं भी उनके साथ बहुत रोई।

अम्मा का कोई पत्र ही नहीं आया बहुत दिनों तक। उठते-बैठते एक ही चिन्ता थी मुझे—अम्मा ने पैसे की क्या व्यवस्था की होगी ? कान्त मामा का भी कोई पत्र नहीं आया। पता नहीं, क्या हाल है उधर का ?

पूरा अगस्त बीत गया। मैं अपने चारों कार्ड डाल चुकी; पर कोई जवाब नहीं आया। क्या हो गया है अम्मा को, लिखती क्यों नहीं ? सितम्बर में कान्त मामा का पत्र आया : "शारदा की तबीयत ख़राब थी, सो उसे यहाँ ले आया। यहाँ उसका इलाज चल रहा है। दिनेशजी ने कमरा बदल लिया है, उनका पता...है। किस्मत के अलावा क्या कहूँ कि तारीख जल्दी नहीं मिलती। तीसरी तारीख इसी महीने के आख़िर में पड़ी है। सुनवाई पर जाऊँगा; तुम घबराना मत। भगवान सब ठीक करेंगे। गर्मियों तक कुछ-न-कुछ अवश्य हो जाएगा।"

तो पप्पा अकेले रह गए ? अम्मा और पप्पा की गोद भी छिन गई जिसमें वे रो सकते थे। पप्पा का यह पता ? अलीगढ़ की गली-गली मुझे मालूम थी ? यह तो मजदूरों की बस्ती है। अँधेरी सीलन-भरी गलियाँ...पास में बहते नाले। पप्पा का खाना कौन बनाता होगा ? उन्होंने तो कभी ऐसे काम नहीं किए। कभी अँगीठी भी जलाते तो अम्मा मना कर देती थीं। तब वह यही कह देते : "शारदा, कौन जाने कि इस बार छूट ही जाऊँगा। सजा हो गई तो पता नहीं क्या-क्या करना पड़ेगा..."

अम्मा बीच में ही डाँट देतीं : "ऐसी बात भी क्यों मुँह से निकालते हो ? भगवान के घर देर हो सकती है, अँधेर नहीं।" यह वाक्य अम्मा ने बाबा से सीखा था और मन्त्र की तरह गाँठ बाँध ली थी।

और मैं भगवान से यही मनाया करती कि हे भगवान, उन्हें सज़ा न हो। पप्पा की तपस्या का फल उन्हें मिले। जो कुछ वह सह रहे हैं, वह क्या तपस्या से कम है ? सीलन-भरी अँधेरी कोठरी में सबसे मुँह छिपाकर रहना, बच्चे कहीं, पत्नी कहीं, अब तो रहम करना। अब उन्हें सज़ा मत देना !

मार्च में चौथी सुनवाई भी हो गई। कान्त मामा की चिट्ठी आई कि फ़ैसला पक्ष में ही होगा। केस की पैरवी बहुत अच्छे ढंग से हुई है। बस, फ़ैसले की तारीख पड़ जाए जल्दी से।

मैं बैठी-बैठी दिन गिनती। पप्पा को सस्पेंड हुए चार साल हो गए। इन चार सालों में क्या कुछ नहीं हुआ ! भगवान, देर तो बहुत की, अब अँधेर मत करना ! यों यह देर भी अँधेर से कम नहीं, पर और अँधेर मत करना !

मुन्नू और टिल्लू अपना-अपना रिजल्ट लेकर आए। टिल्लू सब विषयों में पास था और

मुन्नू एक विषय में फेल होकर प्रमोट हुआ था। चाचाजी ने टिल्लू को प्यार किया, मुन्नू पास खड़ा आँसू-भरी आँखों से टुकुर-टुकुर ताकता रहा। चाची ने कहा : "फेल हो गया न ? पढ़ने-लिखने में मन लगाओ मुन्नू साहब, तब टिल्लू की तरह पास होओगे। सारे दिन बैठे-बैठे टसुए बहाने से पास नहीं हुआ जाता।" आँख के आँसू गालों पर ढुलक गए। कमीज़ की बाँह से उन्हें पोंछता हुआ वह भीतर जाने लगा तो टिल्लू चिढ़ाने लगा : "फेलूराम... फेलूराम !" उस दिन पहली बार मेरे लिए अपने पर बस रखना बहुत कठिन हो गया था। मन हुआ, कह दूँ—"उसे पढ़ने के लिए समय ही कहाँ मिलता है ? सारे दिन तो बिट्टू को खिलाता है। पच्चीस चक्कर बाज़ार के करता है।" पर चुप !

जाते-जाते मुन्नू ने एक बार चिढ़ाते हुए टिल्लू को जरूर जलती आँखों से देखा था। लगा, उठाकर एक हाथ मार देगा; पर न वह लौटा, न कुछ बोला ही। कैसे हो गया है मुन्नू इतना सहनशील ? चुपचाप सहने का उपदेश उसे मैं ही दिया करती थी। पर अब वह यों सह जाता है तो सबसे ज़्यादा कष्ट मुझे ही होता है। पर कोई उपाय भी तो नहीं था।

मुन्नू की छुट्टियाँ हो गईं। सोचती थी कि शायद कान्त मामा या अम्मा का कोई पत्र आएगा कि तुम लोग आ जाओ, पर किसी ने कुछ नहीं लिखा। पप्पा तो कभी कुछ लिखते ही नहीं, अम्मा कभी-कभी दो लाइनें लिख देतीं : "मैं धीरे-धीरे ठीक हो रही हूँ, तुम चिन्ता मत करना। लीला को आशीर्वाद, बच्चों को प्यार। चाची की मदद करना, तंग मत करना।" मुझे हर बार लगता था, कितनी झूठी चिट्ठी लिखती हैं अम्मा !

पर धीरज की अवधि खिंचते-खिंचते एक साल तक पहुँच गई। पिछले मार्च में सुनवाई हुई थी और अब इस साल का अप्रैल है।

अब तो मुझे लगने लगा था कि जैसे जिन्दगी-भर हमें इसी तरह रहना है, बस, इसी तरह। अब मैं कभी कॉलेज में पढ़ने नहीं जाऊँगी। मुन्नू हर साल एक विषय में फेल होकर जैसे-तैसे प्रमोट हुआ करेगा। अम्मा शायद हमेशा बीमार रहकर मामा के यहाँ इलाज ही करवाती रहेंगी। पप्पा वैसे ही सीलन-भरी बदबूदार कोठरी में अपना खाना आप पकाया करेंगे...।

और तभी आज पप्पा की यह चिट्ठी आई—उनके हाथ की लिखी पहली चिट्ठी। मैंने हज़ार बार उसे देखा, पढ़ा, छुआ, जैसे उस कार्ड को छूकर पप्पा की हालत का ज्ञान हो जाएगा।

पप्पा ने हमें बुलाया नहीं। कहने से चाचाजी ले जाएँगे ? पर इस बार जाएँगे जरूर, चाहे कुछ भी हो जाए। कान्त मामा को लिखूँ, वे लेते जाएँगे ?

कल सवेरे दस बजे फ़ैसला है। हम दोनों कान्त मामा के साथ आ गए। धर्मशाला में छोड़कर मामा, पप्पा को लेने चले गए। पूरी उम्मीद थी कि इस बार अम्मा जरूर आएँगी; पर वह नहीं आईं। मामा ने इतना ही कहा : "उसकी हालत लाने जैसी नहीं थी...। फ़ैसला हो जाए तो तुम लोग वहीं चलना।" पता नहीं, अम्मा किस हालत में हैं ! मन बार-बार काँप उठता है। मामा कुछ छिपा रहे हैं। मैंने भी अम्मा से कितना कुछ छिपा रखा है ! आज कौन किसके बारे में सही बात जानता है ? दूसरे को हलका रखने के लिए सब अपने-अपने दुःख से ही भारी हो रहे हैं।

पप्पा आए तो मैं और मुन्नू उनसे लिपट गए हैं। पप्पा ! शायद पप्पा को भी हम लोग

ऐसे ही लग रहे होंगे। कितने-कितने आँसू बह गए हम तीनों के ! कान्त मामा भी रो पड़े।

शाम को दादी-बाबा भी आ गए। रात में मुन्नू दादी से पूछ रहा था : "दादी, अब तो हम पप्पा के पास ही रहेंगे न ? तुम इतनी पूजा करती हो, अपने भगवान से कहो कि हमारे पप्पा को छोड़ दें।"

"हाँ, बेटा, अब तू पप्पा के पास ही रहेगा। रात-दिन भगवान से यही तो कहती हूँ।"

"चाची के पास तो मैं अब कभी नहीं जाऊँगा। टिल्लू अपने को समझता क्या है ? मैं अपने पप्पा के पास रहूँ और फिर आ जाए ! हरेक चीज़ में पछाड़ सकता हूँ–पढ़ने में भी कुश्ती में भी। पहले फर्स्ट भी आया हूँ एक बार क्लास में...क्यों दीदी, आया था न ?"

मेरी आँखें भीग आईं। कितने दिनों बाद मुन्नू को उसके असली रूप में देख रही हूँ ! टिल्लू ने उसे चिढ़ाया था तो इसने कुछ नहीं कहा था, चुपचाप भीतर बैठकर रोया था। शायद जानता था कि टिल्लू को कुछ भी कहने का अर्थ है चाची की मार। पर मुझे कितना बुरा लगा था उस दिन ! कहाँ चली गई मुन्नू की बाल-सुलभ ईर्ष्या और प्रतिस्पर्द्धा की भावना ? क्या इतनी सी उम्र में हम लोग सब कुछ सहने के लिए ही बने हैं ?

मुन्नू दादी की खाट पर ही सो गया। मुझे बिल्कुल भी नींद नहीं आई। कल फ़ैसला है–हम सबकी क़िस्मत का फ़ैसला। कान्त मामा बहुत आश्वस्त हैं; पर पप्पा के चेहरे पर तो कोई भाव ही नहीं !

फ़ैसला हो गया। मैं भी कचहरी गई थी। इस बार किसी ने रोका भी नहीं। वहाँ ख़ास भीड़ नहीं थी। पप्पा में भला घरवालों के सिवा किसे दिलचस्पी हो सकती थी ? पप्पा कठघरे में खड़े थे, हम कुर्सियों पर बैठे जज साहब के आने की प्रतीक्षा कर रहे थे। जज साहब आए तो बाबा ने आँखें मूँद लीं। अम्मा का सिर नीचा था। वह जरूर मन-ही-मन प्रार्थना कर रही होंगी। मैं मुन्नू का हाथ कसकर दबाए बैठी थी और मुझे लग रहा था कि अब और देरी होगी तो मेरी साँस भी घुट जाएगी।

क़ानूनी भाषा में जज साहब ने क्या-क्या कहा, मुझे कुछ समझ में नहीं आया; पर आख़िरी वाक्य समझ में आ गया : "मुज़रिम को रिहा किया जाता है...।" मैं मुन्नू का हाथ हवा में उछालकर एक तरह से चीख़ ही पड़ी : "मुन्नू, पापा रिहा हो गए...रिहा हो गए !" पर एकाएक ही दादी और बाबा फूट-फूटकर रो पड़े। मैं भय से काँप उठी, कहीं मैंने ग़लत तो नहीं सुन लिया ! पिछली बार भी तो ये लोग इसी प्रकार रोते-रोते घर में घुसे थे। पर बाबा का यह वाक्य : "मैं कहता न था बेटे, भगवान के घर में देर है, अन्धेर नहीं, देख...!"

पर पप्पा को क्या हुआ है ? वह ख़ुश क्यों नहीं हो रहे ? उनका भावहीन चेहरा, गढ़े में धँसी हुई निस्तेज, निर्जीव आँखों में से ख़ुशी की चमक क्यों नहीं आ रही ? वह ऐसी पथराई आँखों से बाबा को देख रहे हैं मानो उन्हें बाबा की बात ही समझ में नहीं आ रही हो।

मैं दौड़कर पप्पा से चिपट गई : "पप्पा, आप बरी हो गए ! सुनते हैं, आपको सज़ा नहीं हुई...सज़ा नहीं हुई है आपको !" पर पप्पा फिर भी वैसे ही रहे, मानो उन्हें विश्वास ही नहीं हो रहा है कि उन्हें सज़ा नहीं हुई है।

'यही सच है' संकलन से

यही सच है

कानपुर

सामने आँगन में फैली धूप सिमटकर दीवारों पर चढ़ गई और कन्धे पर बस्ता लटकाए नन्हे-नन्हे बच्चों के झुंड-के-झुंड दिखाई दिए, तो एकाएक ही मुझे समय का आभास हुआ।...घंटा-भर हो गया यहाँ खड़े-खड़े और संजय का अभी तक पता नहीं ! झुँझलाती-सी मैं कमरे में आती हूँ। कोने में रखी मेज़ पर किताबें बिखरी पड़ी हैं, कुछ खुली, कुछ बन्द। एक क्षण मैं उन्हें देखती रहती हूँ, फिर निरुद्देश्य-सी कपड़ों की अलमारी खोलकर सरसरी-सी नज़र से कपड़े देखती हूँ। सब बिखरे पड़े हैं। इतनी देर यों ही व्यर्थ खड़ी रही; इन्हें ही ठीक कर लेती। पर मन नहीं करता और फिर बन्द कर देती हूँ।

नहीं आना था तो व्यर्थ ही मुझे समय क्यों दिया ? फिर यह कोई आज ही की बात है ! हमेशा संजय अपने बताए हुए समय से घंटे-दो घंटे देरी करके आता है, और मैं हूँ कि उसी क्षण से प्रतीक्षा करने लगती हूँ। उसके बाद लाख कोशिश करके भी तो किसी काम में अपना मन नहीं लगा पाती। वह क्यों नहीं समझता कि मेरा समय बहुत अमूल्य है; थीसिस पूरी करने के लिए अब मुझे अपना सारा समय पढ़ाई में ही लगाना चाहिए। पर यह बात उसे कैसे समझाऊँ !

मेज़ पर बैठकर मैं फिर पढ़ने का उपक्रम करने लगती हूँ, पर मन है कि लगता ही नहीं। पर्दे के ज़रा-से हिलने से दिल की धड़कन बढ़ जाती है और बार-बार नज़र घड़ी के सरकते हुए काँटों पर दौड़ जाती है। हर समय यही लगता है, वह आया !...वह आया !...

तभी मेहता साहब की पाँच साल की छोटी बच्ची झिझकती-सी कमरे में आती है : "आंटी, हमें कहानी सुनाओगी ?"

"नहीं, अभी नहीं, पीछे आना !" मैं रुखाई से जवाब देती हूँ। वह भाग जाती है।

ये मिसेज़ मेहता भी एक ही हैं ! यों तो महीनों शायद मेरी सूरत नहीं देखतीं; पर बच्ची को जब-तब मेरा सिर खाने को भेज देती हैं। मेहता साहब तो फिर भी कभी-कभी आठ-दस दिन में खैरियत पूछ ही लेते हैं, पर वे तो बेहद अकड़ू मालूम होती हैं। अच्छा ही है, ज़्यादा दिलचस्पी दिखातीं तो क्या मैं इतनी आज़ादी से घूम-फिर सकती थी ?

खट-खट-खट...वही परिचित पद-ध्वनि ! तो आ गया संजय। मैं बरबस ही अपना सारा ध्यान पुस्तक में केन्द्रित कर लेती हूँ। रजनीगन्धा के ढेर-सारे फूल लिए संजय मुस्कुराता-सा दरवाज़े पर खड़ा है। मैं देखती हूँ, पर मुस्कुराकर स्वागत नहीं करती। हँसता हुआ वह आगे बढ़ता है और फूलों को मेज़ पर पटककर, पीछे से मेरे दोनों कन्धे दबाता हुआ पूछता है : "बहुत नाराज़ हो ?"

रजनीगन्धा की महक से जैसे सारा कमरा महकने लगता है।

"मुझे क्या करना है नाराज़ होकर ?" रुखाई से मैं कहती हूँ। वह कुर्सी सहित मुझे घुमाकर अपने सामने कर लेता है, और बड़े दुलार के साथ ठोड़ी उठाकर कहता : "तुम्हीं बताओ क्या करता ? क्वालिटी में दोस्तों के बीच फँसा था। बहुत कोशिश करके भी उठ नहीं पाया। सबको नाराज़ करके आना अच्छा भी नहीं लगता।"

इच्छा होती है, कह दूँ–"तुम्हें दोस्तों का ख़याल है, उनके बुरा मानने की चिन्ता है, बस मेरी ही नहीं !" पर कुछ कह नहीं पाती, एकटक उसके चेहरे की ओर देखती रहती हूँ...उसके साँवले चेहरे पर पसीने की बूँदें चमक रही हैं। कोई और समय होता तो मैंने अपने आँचल से इन्हें पोंछ दिया होता, पर आज नहीं। वह मन्द-मन्द मुस्कुरा रहा है, उसकी आँखें क्षमा-याचना कर रही हैं, पर मैं क्या करूँ ?...तभी वह अपनी आदत के अनुसार कुर्सी के हत्थे पर बैठकर मेरे गाल सहलाने लगता है। मुझे उसकी इसी बात पर गुस्सा आता है। हमेशा इसी तरह करेगा और फिर दुनिया-भर का लाड़-दुलार दिखलाएगा। वह जानता जो है कि इसके आगे मेरा क्रोध टिक नहीं पाता।...फिर उठकर वह फूलदान के पुराने फूल फेंक देता है, और नए फूल लगाता है। फूल सजाने में वह कितना कुशल है ! एक बार मैंने यों ही कह दिया था कि मुझे रजनीगन्धा के फूल बड़े पसन्द हैं, तो उसने नियम ही बना लिया कि हर चौथे दिन ढेर-सारे फूल लाकर मेरे कमरे में लगा देता है। और अब तो मुझे भी ऐसी आदत हो गई है कि एक दिन भी कमरे में फूल न रहें तो न पढ़ने में मन लगता है, न सोने में। ये फूल जैसे संजय की उपस्थिति का आभास देते रहते हैं।

थोड़ी देर बाद हम घूमने निकल जाते हैं। एकाएक ही मुझे इरा के पत्र की बात याद आती है। जो बात सुनाने के लिए मैं सबेरे से ही आतुर थी, इस गुस्सेबाज़ी में जाने कैसे उसे ही भूल गई !

"सुनो, इरा ने लिखा है कि किसी दिन भी मेरे पास इंटरव्यू का बुलावा आ सकता है, मुझे तैयार रहना चाहिए।"

"कहाँ, कलकत्ता से ?" कुछ याद करते हुए संजय पूछता है, और फिर एकाएक ही उछल पड़ता है, "यदि तुम्हें वह जॉब मिल जाए तो मज़ा आ जाए, दीपा, मज़ा आ जाए !"

हम सड़क पर हैं, नहीं तो अवश्य ही उसने आवेश में आकर कोई हरकत कर डाली होती। जाने क्यों, मुझे उसका इस प्रकार प्रसन्न होना अच्छा नहीं लगता। क्या वह चाहता है कि मैं कलकत्ता चली जाऊँ, उससे दूर ?...

तभी सुनाई देता है : "तुम्हें यह जॉब मिल जाए तो मैं भी अपना तबादला कलकत्ता ही करवा लूँ, हेड ऑफ़िस में। यहाँ की रोज़ की किच-किच से तो मेरा मन ऊब गया है। कितनी ही बार सोचा कि तबादले की कोशिश करूँ, पर तुम्हारे ख़याल ने हमेशा मुझे बाँध लिया। ऑफ़िस में शान्ति हो जाएगी, पर मेरी शामें कितनी वीरान हो जाएँगी !"

उसके स्वर की आर्द्रता ने मुझे छू लिया। एकाएक ही मुझे लगने लगा कि रात बड़ी सुहावनी हो चली है।

हम दूर निकलकर अपनी प्रिय टेकरी पर जाकर बैठ जाते हैं। दूर-दूर तक हल्की-सी चाँदनी फैली हुई है और शहर की तरह यहाँ का वातावरण धुएँ से भरा हुआ नहीं है। वह दोनों पैर फैलाकर बैठ जाता है और घंटों मुझे अपने ऑफ़िस के झगड़े की बात सुनाता है

और फिर कलकत्ता जाकर साथ जीवन बिताने की योजनाएँ बनाता है। मैं कुछ नहीं बोलती, बस एकटक उसे देखती हूँ, देखती रहती हूँ।

जब वह चुप हो जाता है तो बोलती हूँ : "मुझे तो इंटरव्यू में जाते हुए बड़ा डर लगता है। पता नहीं, कैसे-क्या पूछते होंगे ! मेरे लिए तो यह पहला ही मौक़ा है।"

वह खिलखिलाकर हँस पड़ता है।

"तुम भी एक ही मूर्ख हो ! घर से दूर, यहाँ कमरा लेकर अकेली रहती हो, रिसर्च कर रही हो, दुनिया-भर में घूमती-फिरती हो और इंटरव्यू के नाम से डर लगता है। क्यों ?" और गाल पर हल्की-सी चपत जमा देता है। फिर समझाता हुआ कहता है : "और देखो, आजकल ये इंटरव्यू आदि तो सब दिखावा-मात्र होते हैं। वहाँ किसी जान-पहचान वाले से इन्फ्लुएंस डलवाना जाकर !"

"पर कलकत्ता तो मेरे लिए एकदम नई जगह है। वहाँ इरा को छोड़कर मैं किसी को जानती भी नहीं। अब उन लोगों की कोई जान-पहचान हो तो बात दूसरी है," असहाय-सी मैं कहती हूँ।

"और किसी को नहीं जानतीं ?" फिर मेरे चेहरे पर नज़रें गड़ाकर पूछता है : "निशीथ भी तो वहीं है ?"

"होगा, मुझे क्या करना है उससे ?" मैं एकदम ही भन्नाकर जवाब देती हूँ। पता नहीं क्यों, मुझे लग ही रहा था कि अब वह यही बात कहेगा।

"कुछ नहीं करना ?" वह छेड़ने के लहजे में कहता है।

और मैं भभक पड़ती हूँ : "देखो संजय, मैं हज़ार बार तुमसे कह चुकी हूँ कि उसे लेकर मुझसे मज़ाक़ मत किया करो ! मुझे इस तरह का मज़ाक़ ज़रा भी पसन्द नहीं है !"

वह खिलखिलाकर हँस पड़ता है, पर मेरा तो मूड ही खराब हो जाता है।

हम लौट पड़ते हैं। वह मुझे ख़ुश करने के इरादे से मेरे कन्धे पर हाथ रख देता है। मैं झपटकर हाथ हटा देती हूँ : "क्या कर रहे हो ? कोई देख लेगा तो क्या कहेगा ?"

"कौन है यहाँ जो देख लेगा ? और देख लेगा तो देख ले, आप ही कुढ़ेगा।"

"नहीं, हमें पसन्द नहीं है यह बेशर्मी !" और सच ही मुझे रास्ते में ऐसी हरकतें पसन्द नहीं हैं चाहे रास्ता निर्जन ही क्यों न हो; पर है तो रास्ता ही; फिर कानपुर जैसी जगह।

कमरे में लौटकर मैं उसे बैठने को कहती हूँ; पर वह बैठता नहीं; बस, बाँहों में भरकर एक बार चूम लेता है। यह भी जैसे उसका रोज़ का नियम है।

वह चला जाता है। मैं बाहर बालकनी में निकलकर उसे देखती रहती हूँ।...उसका आकार छोटा होते-होते सड़क के मोड़ पर जाकर लुप्त हो जाता है। मैं उधर ही देखती रहती हूँ—निरुद्देश्य-सी खोई-खोई-सी। फिर आकर पढ़ने बैठ जाती हूँ।

रात में सोती हूँ तो देर तक मेरी आँखें मेज़ पर लगे रजनीगन्धा के फूलों को ही निहारती रहती हैं। जाने क्यों, अक्सर मुझे भ्रम हो जाता है कि ये फूल नहीं हैं, मानो संजय की अनेकानेक आँखें हैं, जो मुझे देख रही हैं, सहला रही हैं, दुलरा रही हैं। और अपने को यों असंख्य आँखों से निरन्तर देखे जाने की कल्पना से ही मैं लजा जाती हूँ।

मैंने संजय को भी एक बार यह बात बताई थी, तो वह खूब हँसा था और फिर मेरे गालों को सहलाते हुए उसने कहा था कि मैं पाग़ल हूँ, निरी मूर्खा हूँ !

कौन जाने, शायद उसका कहना ही ठीक हो, शायद मैं पाग़ल ही होऊँ !

कानपुर

मैं जानती हूँ, संजय का मन निशीथ को लेकर जब-तब संशकित हो उठता है; पर मैं उसे कैसे विश्वास दिलाऊँ कि मैं निशीथ से नफ़रत करती हूँ, उसकी याद-मात्र से मेरा मन घृणा से भर उठता है।...फिर अठारह वर्ष की आयु में किया हुआ प्यार भी कोई प्यार होता है भला ! निरा बचपन होता है, महज पाग़लपन ! उसमें आवेश रहता है पर स्थायित्व नहीं, गति रहती है पर गहराई नहीं। जिस वेग से वह आरम्भ होता है, ज़रा-सा झटका लगने पर उसी वेग से टूट भी जाता है।...और उसके बाद आहों, आँसुओं और सिसकियों का एक दौर, सारी दुनिया की निस्सारता और आत्महत्या करने के अनेकानेक संकल्प और फिर एक तीख़ी घृणा। जैसे ही जीवन को दूसरा आधार मिल जाता है, उन सबको भूलने में एक दिन भी नहीं लगता। फिर तो वह सब ऐसी बेवकूफ़ी लगती है, जिस पर बैठकर घंटों हँसने की तबीयत होती है। तब एकाएक ही इस बात का अहसास होता है कि ये सारे आँसू, ये सारी आहें उस प्रेमी के लिए नहीं थीं, वरन् जीवन की उस रिक्तता और शून्यता के लिए थीं, जिसने जीवन को नीरस बनाकर बोझिल कर दिया था।

तभी तो संजय को पाते ही मैं निशीथ को भूल गई। मेरे आँसू हँसी में बदल गए और आहों की जगह किलकारियाँ गूँजने लगीं। पर संजय है कि जब-तब निशीथ की बात को लेकर व्यर्थ ही खिन्न-सा हो उठता है। मेरे कुछ कहने पर वह खिलखिला अवश्य पड़ता है; पर मैं जानती हूँ, वह पूर्ण रूप से आश्वस्त नहीं है।

उसे कैसे बताऊँ कि मेरे प्यार का, मेरी कोमल भावनाओं का, भविष्य की मेरी अनेकानेक योजनाओं का एकमात्र केन्द्र संजय ही है। यह बात दूसरी है कि चाँदनी रात में, किसी निर्जन स्थान में, पेड़-तले बैठकर भी मैं अपनी थीसिस की बात करती हूँ या वह अपने ऑफ़िस की, मित्रों की बातें करता है, या हम किसी और विषय पर बात करने लगते हैं...पर इस सबका यह मतलब तो नहीं कि हम प्रेम नहीं करते ! वह क्यों नहीं समझता कि आज हमारी भावुकता यथार्थ में बदल गई है, सपनों की जगह हम वास्तविकता में जीते हैं ! हमारे प्रेम को परिपक्वता मिल गई है, जिसका आधार पाकर वह अधिक गहरा हो गया है, स्थायी हो गया है।

पर संजय को कैसे समझाऊँ यह सब ? कैसे उसे समझाऊँ कि निशीथ ने मेरा अपमान किया है, ऐसा अपमान, जिसकी कचोट से मैं आज भी तिलमिला जाती हूँ। सम्बन्ध तोड़ने से पहले एक बार तो उसने मुझे बताया होता कि आख़िर मैंने ऐसा कौन-सा अपराध कर डाला था, जिसके कारण उसने मुझे इतना कठोर दंड दे डाला ? सारी दुनिया की भर्त्सना, तिरस्कार, परिहास और दया का विष मुझे पीना पड़ा।...विश्वासघाती ! नीच कहीं का !... और संजय सोचता है कि आज भी मेरे मन में उसके लिए कोई कोमल स्थान है ! छिः ! मैं उससे नफ़रत करती हूँ ! और सच पूछो तो अपने को भाग्यशालिनी समझती हूँ कि मैं एक ऐसे व्यक्ति के चंगुल में फँसने से बच गई, जिसके लिए प्रेम महज एक खिलवाड़ है।

संजय, यह तो सोचो कि यदि ऐसी कोई भी बात होती, तो क्या मैं तुम्हारे आगे, तुम्हारी

हर उचित-अनुचित चेष्टा के आगे, यों आत्मसमर्पण करती ? तुम्हारे चुम्बनों और आलिंगनों में अपने को यों बिखरने देती ? जानते हो, विवाह से पहले कोई भी लड़की किसी को इन सबका अधिकार नहीं देती। पर मैंने दिया। क्या केवल इसीलिए नहीं कि मैं तुम्हें प्यार करती हूँ, बहुत-बहुत प्यार करती हूँ ? विश्वास करो संजय, तुम्हारा-मेरा प्यार ही सच है। निशीथ का प्यार तो मात्र छल था, भ्रम था, झूठ था।

कानपुर

परसों मुझे कलकत्ता जाना है। बड़ा डर लग रहा है। कैसे क्या होगा ? मान लो, इंटरव्यू में बहुत नर्वस हो गई, तो ? संजय को कह रही हूँ कि वह भी साथ चले; पर उसे ऑफ़िस से छुट्टी नहीं मिल सकती। एक तो नया शहर, फिर इंटरव्यू ! अपना कोई साथ होता तो बड़ा सहारा मिल जाता। मैं कमरा लेकर अकेली रहती हूँ, यों अकेली घूम-फिर भी लेती हूँ तो संजय सोचता है, मुझमें बड़ी हिम्मत है, पर सच, बड़ा डर लग रहा है।

बार-बार मैं यह मान लेती हूँ कि मुझे नौकरी मिल गई है और मैं संजय के साथ वहाँ रहने लगी हूँ। कितनी सुन्दर कल्पना है, कितनी मादक ! पर इंटरव्यू का भय मादकता से भरे इस स्वप्नजाल को छिन्न-भिन्न कर देता है...।

काश, संजय भी किसी तरह मेरे साथ चल पाता !

कलकत्ता

गाड़ी जब हावड़ा स्टेशन के प्लेटफॉर्म पर प्रवेश करती है तो जाने कैसी विचित्र आशंका, विचित्र-से भय से मेरा मन भर जाता है। प्लेटफॉर्म पर खड़े असंख्य नर-नारियों में मैं इरा को ढूँढ़ती हूँ। वह कहीं दिखाई नहीं देती। नीचे उतरने के बजाय खिड़की में से ही दूर-दूर तक नज़रें दौड़ाती हूँ।...आख़िर एक कुली को बुलाकर, अपना छोटा-सा सूटकेस और बिस्तर उतारने का आदेश दे, मैं नीचे उतर पड़ती हूँ। उस भीड़ को देखकर मेरी दहशत जैसे और बढ़ जाती है। तभी किसी के हाथ के स्पर्श से मैं बुरी तरह चौंक जाती हूँ। पीछे देखती हूँ तो इरा खड़ी है।

रूमाल से चेहरे का पसीना पोंछते हुए कहती हूँ : "ओफ ! तुझे न देखकर मैं घबरा रही थी कि तुम्हारे घर भी कैसे पहुँचूँगी !"

बाहर आकर हम टैक्सी में बैठते हैं। अभी तक मैं स्वस्थ नहीं हो पाई हूँ। जैसे ही हावड़ा-पुल पर गाड़ी पहुँचती है, हुगली के जल को स्पर्श करती हुई ठंडी हवाएँ तन-मन को एक ताजगी से भर देती हैं। इरा मुझे इस पुल की विशेषता बताती है और मैं विस्मित-सी उस पुल को देखती हूँ, दूर-दूर तक फैले हुगली के विस्तार को देखती हूँ, उसकी छाती पर खड़ी और विहार करती अनेक नौकाओं को देखती हूँ, बड़े-बड़े जहाजों को देखती हूँ...

उसके बाद बहुत ही भीड़-भरी सड़कों पर हमारी टैक्सी रुकती-रुकती चलती है। ऊँची-ऊँची इमारतों और चारों ओर के वातावरण से कुछ विचित्र-सी विराटता का आभास होता है, और इस सबके बीच जैसे मैं अपने को बड़ा खोया-खोया-सा महसूस करती हूँ। कहाँ पटना और कानपुर और कहाँ यह कलकत्ता ! मैंने तो आज तक कभी बहुत बड़े शहर देखे

ही नहीं !

सारी भीड़ को चीरकर हम रैड रोड पर आ जाते हैं। चौड़ी शान्त सड़क। मेरे दोनों ओर लम्बे-चौड़े खुले मैदान।

"क्यों इरा, कौन-कौन लोग होंगे इंटरव्यू में ? मुझे तो बड़ा डर लग रहा है।"

"अरे, सब ठीक हो जाएगा ! तू और डर ? हम जैसे डरें तो कोई बात भी है। जिसने अपना सारा कैरियर अपने-आप बनाया, वह भला इंटरव्यू में डरे !" फिर कुछ देर ठहरकर कहती है : "अच्छा, भैया-भाभी तो पटना ही होंगे ? जाती है कभी उनके पास भी या नहीं ?"

"कानपुर आने के बाद एक बार गई थी। कभी-कभी यों ही पत्र लिख देती हूँ।"

"भई कमाल के लोग हैं ! बहन को भी नहीं निभा सके !"

मुझे यह प्रसंग कतई पसन्द नहीं। मैं नहीं चाहती कि कोई इस विषय पर बात करे। मैं मौन ही रहती हूँ।

इरा का छोटा-सा घर है, सुन्दर ढंग से सजाया हुआ। उसके पति के दौरे पर जाने की बात सुनकर पहले तो मुझे अफ़सोस हुआ था; वे होते तो कुछ मदद ही करते ! पर फिर एकाएक लगा कि उनकी अनुपस्थिति में मैं शायद अधिक स्वतन्त्रता का अनुभव कर सकूँ। उनका बच्चा भी बड़ा प्यारा है।

शाम को इरा मुझे कॉफी-हाउस ले जाती है। अचानक मुझे वहाँ निशीथ दिखाई देता है। मैं सकपकाकर नज़र घुमा लेती हूँ। पर वह हमारी मेज़ पर ही आ पहुँचता है। विवश होकर मुझे उधर देखना पड़ता है, नमस्कार भी करना पड़ता है; इरा का परिचय भी करवाना पड़ता है। इरा पास की कुर्सी पर बैठने का निमन्त्रण दे देती है। मुझे लगता है, मेरी साँस रुक जाएगी।

"कब आईं ?"

"आज सवेरे ही।"

"अभी ठहरोगी ? ठहरी कहाँ हो ?"

जवाब इरा देती है। मैं देख रही हूँ, निशीथ बहुत बदल गया है। उसने कवियों की तरह बाल बढ़ा लिए हैं। यह क्या शौक चर्राया ? उसका रंग स्याह पड़ गया है। वह दुबला भी हो गया है।

विशेष बातचीत नहीं होती और हम लोग उठ पड़ते हैं। इरा को मुन्नू की चिन्ता सता रही थी, और मैं स्वयं भी घर पहुँचने को उतावली हो रही थी। कॉफ़ी-हाउस से धर्मतल्ला तक वह पैदल चलता हुआ हमारे साथ आता है। इरा उससे बात कर रही है, मानो वह इरा का ही मित्र हो ! इरा अपना पता समझा देती है और वह दूसरे दिन नौ बजे आने का वायदा करके चला जाता है।

पूरे तीन साल बाद निशीथ का यों मिलना ! न चाहकर भी जैसे सारा अतीत आँखों के सामने खुल जाता है। बहुत दुबला हो गया है निशीथ !...लगता है, जैसे मन में कहीं कोई गहरी पीड़ा छिपाए बैठा है।

मुझसे अलग होने का दुःख तो नहीं साल रहा है इसे ?

कल्पना चाहे कितनी भी मधुर क्यों न हो, एक तृप्ति-युक्त आनन्द देनेवाली क्यों न हो; पर मैं जानती हूँ, यह झूठ है। यदि ऐसा ही था तो कौन उसे कहने गया था कि तुम

इस सम्बन्ध को तोड़ दो ? उसने अपनी इच्छा से ही तो यह सब किया था।

एकाएक ही मेरा मन कटु हो उठता है। यही तो है वह व्यक्ति जिसने मुझे अपमानित करके सारी दुनिया के सामने छोड़ दिया था, महज उपहास का पात्र बनाकर ! ओह, क्यों नहीं मैंने उसे पहचानने से इनकार कर दिया ? जब वह मेज़ के पास आकर खड़ा हुआ, तो क्यों नहीं मैंने कह दिया कि माफ़ कीजिए, मैं आपको पहचानती नहीं ? ज़रा उसका खिसियाना तो देखती ! वह कल भी आएगा। मुझे उसे साफ़-साफ़ मना कर देना चाहिए था कि मैं उसकी सूरत भी नहीं देखना चाहती, मैं उससे नफ़रत करती हूँ...!

अच्छा है, आए कल ! मैं उसे बता दूँगी कि जल्दी ही मैं संजय से विवाह करनेवाली हूँ। यह भी बता दूँगी कि मैं पिछला सब कुछ भूल चुकी हूँ। यह भी बता दूँगी कि मैं उससे घृणा करती हूँ और उसे जिन्दगी में कभी माफ़ नहीं कर सकती...

यह सब सोचने के साथ-साथ जाने क्यों, मेरे मन में यह बात भी उठ रही थी कि तीन साल हो गए, अभी तक निशीथ ने विवाह क्यों नहीं किया ? करे न करे, मुझे क्या...?

क्या वह आज भी मुझसे कुछ उम्मीद रखता है ? हूँ ! मूर्ख कहीं का !

संजय ! मैंने तुमसे कितना कहा था कि तुम मेरे साथ चलो; पर तुम नहीं आए।...इस समय जबकि मुझे तुम्हारी इतनी-इतनी याद आ रही है, बताओ, मैं क्या करूँ ?

कलकत्ता

नौकरी पाना इतना मुश्किल है, इसका मुझे गुमान तक नहीं था। इरा कहती है कि डेढ़ सौ की नौकरी के लिए खुद मिनिस्टर तक सिफारिश करने पहुँच जाते हैं, फिर यह तो तीन सौ का जॉब है।...निशीथ सवेरे से शाम तक इसी चक्कर में भटका है, यहाँ तक कि उसने अपने ऑफ़िस से भी छुट्टी ले ली है। वह क्यों मेरे काम में इतनी दिलचस्पी ले रहा है ? उसका परिचय बड़े-बड़े लोगों से है और वह कहता है कि जैसे भी होगा, वह काम मुझे दिलाकर ही मानेगा। पर आख़िर क्यों ?

कल मैंने सोचा था कि अपने व्यवहार की रुखाई से मैं स्पष्ट कर दूँगी कि अब वह मेरे पास न आए। पौने नौ बजे के करीब, जब मैं अपने टूटे हुए बाल फेंकने खिड़की पर गई, तो देखा : घर से थोड़ी दूर पर निशीथ टहल रहा है। वही लम्बे बाल, कुरता-पाजामा। तो वह समय से पहले ही आ गया ! संजय होता तो ग्यारह के पहले नहीं पहुँचता, समय पर पहुँचना तो वह जानता ही नहीं।

उसे यों चक्कर काटते देख मेरा मन जाने कैसा हो आया !...और जब वह आया तो मैं चाहकर भी कटु नहीं हो सकी। मैंने उसे कलकत्ता आने का मकसद बताया, तो लगा कि वह बड़ा प्रसन्न हुआ। वहीं बैठे-बैठे फ़ोन करके उसने इस नौकरी के सम्बन्ध में सारी जानकारी प्राप्त कर ली, कैसे क्या करना होगा, उसकी योजना भी बना डाली; बैठे-बैठे फ़ोन से ऑफ़िस को सूचना भी दे दी कि आज वह ऑफ़िस नहीं आएगा।

विचित्र स्थिति मेरी हो रही थी। उसके इस अपनत्व-भरे व्यवहार को मैं स्वीकार भी नहीं कर पाती थी, नकार भी नहीं पाती थी। सारा दिन मैं उसके साथ घूमती रही; पर काम की बात के अतिरिक्त उसने एक भी बात नहीं की। मैंने कई बार चाहा कि संजय की बात बता

दूँ; पर बता नहीं सकी। सोचा, कहीं वह सुनकर यह दिलचस्पी लेना कम न कर दे। उसके आज-भर के प्रयत्नों से ही मुझे काफी उम्मीद हो चली थी। यह नौकरी मेरे लिए कितनी आवश्यक है, मिल जाए तो संजय कितना प्रसन्न होगा, हमारे विवाहित जीवन के आरम्भिक दिन कितने सुख में बीतेंगे !

शाम को हम घर लौटते हैं। मैं उसे बैठने को कहती हूँ; पर वह बैठता नहीं, बस खड़ा ही रहता है। उसके चौड़े ललाट पर पसीने की बूँदें चमक रही हैं। एकाएक ही मुझे लगता है, इस समय संजय होता, तो ? मैं अपने आँचल से उसका पसीना पोंछ देती, और वह.. .क्या बिना बाँहों में भरे, बिना प्यार किए यों ही चला जाता ?

"अच्छा, तो चलता हूँ।"

यन्त्रचलित-से मेरे हाथ जुड़ जाते हैं, वह लौट पड़ता है और मैं ठगी-सी देखती रहती हूँ।

सोते समय मेरी आदत है कि मैं संजय के लाए हुए फूलों को निहारती रहती हूँ। यहाँ वे फूल नहीं हैं तो बड़ा सूना-सूना सा लग रहा है।

पता नहीं संजय, तुम इस समय क्या कर रहे हो ! तीन दिन हो गए, किसी ने बाँहों में भरकर प्यार तक नहीं किया...

कलकत्ता

आज सवेरे मेरा इंटरव्यू हो गया है। मैं शायद बहुत नर्वस हो गई थी और जैसे उत्तर मुझे देने चाहिए, वैसे नहीं दे पाई। पर निशीथ ने आकर बताया कि मेरा चुना जाना क़रीब-क़रीब तय हो गया है। मैं जानती हूँ, यह सब निशीथ की वजह से ही हुआ।

ढलते सूरज की धूप निशीथ के बाएँ गाल पर पड़ रही थी और सामने बैठा निशीथ इतने दिन बाद एक बार फिर मुझे बड़ा प्यारा-सा लगा।

मैंने देखा, मुझसे ज़्यादा वह प्रसन्न है। वह कभी किसी का अहसान नहीं लेता; पर मेरी ख़ातिर उसने न जाने कितने लोगों का अहसान लिया। आख़िर क्यों? क्या वह चाहता है कि मैं कलकत्ता आकर रहूँ उसके साथ, उसके पास ? एक अजीब-सी पुलक से मेरा तन-मन सिहर उठता है। वह ऐसा क्यों चाहता है ? उसका ऐसा चाहना बहुत ग़लत है, बहुत अनुचित है !...मैं अपने मन को समझाती हूँ, ऐसी कोई बात नहीं है, शायद वह केवल मेरे प्रति किए गए अन्याय का प्रतिकार करने के लिए यह सब कर रहा है ! पर क्या वह समझता है कि उसकी मदद से नौकरी पाकर मैं उसे क्षमा कर दूँगी, या जो कुछ उसने किया है, उसे भूल जाऊँगी ? असम्भव ! मैं कल ही उसे संजय की बात बता दूँगी।

"आज तो इस खुशी में पार्टी हो जाए !"

काम की बात के अलावा यह पहला वाक्य मैं उसके मुँह से सुनती हूँ, मैं इरा की ओर देखती हूँ। वह प्रस्ताव का समर्थन करके भी मुन्नू की तबीयत का बहाना लेकर अपने को काट लेती है। अकेले जाना मुझे कुछ अटपटा-सा लगता है। अभी तक तो काम का बहाना लेकर घूम रही थी, पर अब ? फिर भी मैं मना नहीं कर पाती। अन्दर जाकर तैयार होती हूँ। मुझे याद आता है, निशीथ को नीला रंग बहुत पसन्द था, मैं नीली साड़ी ही पहनती

हूँ। बड़े चाव और सतर्कता से अपना प्रसाधन करती हूँ, और बार-बार अपने को टोकती जाती हूँ–किसको रिझाने के लिए यह सब हो रहा है ? क्या यह निरा पागलपन नहीं है ?

सीढ़ियों पर निशीथ हल्की-सी मुस्कुराहट के साथ कहता है : "इस साड़ी में तुम बहुत सुन्दर लग रही हो।"

मेरा चेहरा तमतमा जाता है; कनपटियाँ सुर्ख हो जाती हैं। मैं सचमुच ही इस वाक्य के लिए तैयार नहीं थी। यह सदा चुप रहनेवाला निशीथ बोला भी तो ऐसी बात।

मुझे ऐसी बातें सुनने की ज़रा भी आदत नहीं है। संजय न कभी मेरे कपड़ों पर ध्यान देता है, न ऐसी बातें करता है, जब कि उसे पूरा अधिकार है। और यह बिना अधिकार ऐसी बातें करे ?...

पर जाने क्या है कि मैं उस पर नाराज़ नहीं हो पाती हूँ; बल्कि एक पुलकमय सिहरन महसूस करती हूँ। सच, संजय के मुँह से ऐसा वाक्य सुनने को मेरा मन तरसता रहता है, पर उसने कभी ऐसी बात नहीं की। पिछले ढाई साल से मैं संजय के साथ रह रही हूँ। रोज़ ही शाम को हम घूमने जाते हैं। कितनी ही बार मैंने शृंगार किया, अच्छे कपड़े पहने, पर प्रशंसा का एक शब्द भी उसके मुँह से नहीं सुना। इन बातों पर उसका ध्यान ही नहीं जाता; वह देखकर भी जैसे यह सब नहीं देख पाता। इस वाक्य को सुनने के लिए तरसता हुआ मेरा मन जैसे रस से नहा जाता है। पर निशीथ ने यह बात क्यों कही ? उसे क्या अधिकार है ?

क्या सचमुच ही उसे अधिकार नहीं है ?...नहीं है ?

जाने कैसी मजबूरी है, कैसी विवशता है कि मैं इस बात का जवाब नहीं दे पाती हूँ। निश्चयात्मक दृढ़ता से नहीं कह पाती कि साथ चलते इस व्यक्ति को सचमुच ही मेरे विषय में ऐसी अवांछित बात कहने का कोई अधिकार नहीं है।

हम दोनों टैक्सी में बैठते हैं। मैं सोचती हूँ, आज मैं इसे संजय की बात बता दूँगी।

"स्काई-रूम !" निशीथ टैक्सीवाले को आदेश देता है।

'टुन' की घंटी के साथ मीटर डाउन होता है और टैक्सी हवा से बातें करने लगती है। निशीथ बहुत सतर्कता से कोने में बैठा है, बीच में इतनी जगह छोड़कर कि यदि हिचकोला खाकर भी टैक्सी रुके, तो हमारा स्पर्श न हो। हवा के झोंके से मेरी रेशमी साड़ी का पल्लू उसके समूचे बदन को स्पर्श करता हुआ उसकी गोदी में पड़कर फरफराता है। वह उसे हटाता नहीं है। मुझे लगता है, यह रेशमी, सुवासित पल्लू उसके तन-मन को रस से भिगो रहा है, यह स्पर्श उसे पुलकित कर रहा है, मैं विजय के अकथनीय आह्लाद से भर जाती हूँ।

आज भी मैं संजय की बात नहीं कह पाती। चाहकर भी नहीं कह पाती। अपनी इस विवशता पर मुझे खीज भी आती है, पर मेरा मुँह है कि खुलता ही नहीं। मुझे लगता है कि मैं जैसे कोई बहुत बड़ा अपराध कर रही होऊँ; पर फिर भी मैं कुछ नहीं कह सकी।

यह निशीथ कुछ बोलता क्यों नहीं ? उसका यों कोने में दुबककर निर्विकार भाव से बैठे रहना मुझे कतई अच्छा नहीं लगता। एकाएक ही मुझे संजय की याद आने लगती है। इस समय वह यहाँ होता तो उसका हाथ मेरी कमर में लिपटा होता ! यों सड़क पर ऐसी हरकतें मुझे स्वयं पसन्द नहीं; पर जाने क्यों, किसी की बाँहों की लपेट के लिए मेरा मन ललक उठता है। मैं जानती हूँ कि जब निशीथ बग़ल में बैठा हो, उस समय ऐसी इच्छा करना,

या ऐसी बात सोचना भी कितना अनुचित है। पर मैं क्या करूँ ? जितनी द्रुतगति से टैक्सी चली जा रही है, मुझे लगता है, उतनी ही द्रुतगति से मैं भी बही जा रही हूँ, अनुचित, अवांछित दिशाओं की ओर।

टैक्सी झटका खाकर रुकती है तो मेरी चेतना लौटती है। मैं जल्दी से दाहिनी ओर का फाटक खोलकर कुछ इस हड़बड़ी से नीचे उतर पड़ती हूँ; मानो अन्दर निशीथ मेरे साथ कोई बदतमीजी कर रहा हो।

"अजी, इधर से उतरना चाहिए कभी ?" टैक्सीवाला कहता है मुझे अपनी ग़लती का भान होता है। उधर निशीथ खड़ा है, इधर मैं, बीच में टैक्सी !

पैसे लेकर टैक्सी चली जाती है तो हम दोनों एक-दूसरे के आमने-सामने हो जाते हैं। एकाएक ही मुझे ख़याल आता है कि टैक्सी के पैसे आज तो मुझे ही देने चाहिए थे। पर अब क्या हो सकता था ! चुपचाप हम दोनों अन्दर जाते हैं। आस-पास बहुत कुछ है, चहल-पहल, रौशनी, रौनक। पर मेरे लिए जैसे सबका अस्तित्व ही मिट जाता है। मैं अपने को सबकी नज़रों से ऐसे बचाकर चलती हूँ, मानो मैंने कोई अपराध कर डाला हो, और कोई मुझे पकड़ न ले।

क्या सचमुच ही मुझसे कोई अपराध हो गया है ?

आमने-सामने हम दोनों बैठ जाते हैं। मैं होस्ट हूँ, फिर भी उसका पार्ट वही अदा कर रहा है। वही ऑर्डर देता है। बाहर की हलचल और उससे अधिक मन की हलचल में मैं अपने को खोया-खोया-सा महसूस करती हूँ।

हम दोनों के सामने बैरा कोल्ड-कॉफी के गिलास और खाने का कुछ सामान रख जाता है। मुझे बार-बार लगता है कि निशीथ कुछ कहना चाह रहा है। मैं उसके होंठों की धड़कन तक महसूस करती हूँ। वह जल्दी से कॉफी का स्ट्रॉ मुँह से लगा लेता है।

मूर्ख कहीं का ! वह सोचता है, मैं बेवकूफ़ हूँ। मैं अच्छी तरह जानती हूँ कि इस समय वह क्या सोच रहा है।

तीन दिन साथ रहकर भी हमने उस प्रसंग को नहीं छेड़ा। शायद नौकरी की बात ही हमारे दिमाग़ों पर छाई हुई थी। पर आज...आज अवश्य ही वह बात आएगी ! न आए, यह कितना अस्वाभाविक है ! पर नहीं, स्वाभाविक शायद यही है। तीन साल पहले जो अध्याय सदा के लिए बन्द हो गया, उसे उलटकर देखने का साहस शायद हम दोनों में से किसी में नहीं है। जो सम्बन्ध टूट गए, टूट गए। अब उन पर कौन बात करे ? मैं तो कभी नहीं करूँगी। पर उसे तो करना चाहिए। तोड़ा उसने था, बात भी वही आरम्भ करे। मैं क्यों करूँ, और मुझे क्या पड़ी है ? मैं तो जल्दी ही संजय से विवाह करनेवाली हूँ। क्यों नहीं मैं इसे अभी संजय की बात बता देती ? पर जाने कैसी विवशता है, जाने कैसा मोह है कि मैं मुँह नहीं खोल पाती। एकाएक मुझे लगता है जैसे उसने कुछ कहा...

"आपने कुछ कहा ?"

"नहीं तो !"

मैं खिसिया जाती हूँ।

फिर वही मौन ! खाने में मेरा ज़रा भी मन नहीं लग रहा है; पर यन्त्रचलित-सी मैं खा रही हूँ। शायद वह भी ऐसे ही खा रहा है। मुझे फिर लगता है कि उसके होंठ फड़क रहे

हैं, और स्ट्रॉ पकड़े हुए उँगलियाँ काँप रही हैं। मैं जानती हूँ, वह पूछना चाहता है : दीपा, तुमने मुझे माफ़ तो कर दिया न ?

वह पूछ ही क्यों नहीं लेता ? मान लो, यदि पूछ ही ले, तो क्या मैं कह सकूँगी कि मैं तुम्हें जिन्दगी-भर माफ़ नहीं कर सकती, मैं तुमसे नफ़रत करती हूँ, मैं तुम्हारे साथ घूम-फिर ली, या कॉफी पी ली, तो यह मत समझो कि मैं तुम्हारे विश्वासघात की बात को भूल गई हूँ ?

और एकाएक ही पिछला सब कुछ मेरी आँखों के आगे तैरने लगता है। पर यह क्या ? असह्य अपमानजनित पीड़ा, क्रोध और कटुता क्यों नहीं याद आती ? मेरे सामने तो पटना में गुजारी सुहानी सन्ध्याओं और चाँदनी रातों के वे चित्र उभरकर आते हैं, जब घंटों समीप बैठ, मौन भाव से हम एक-दूसरे को निहारा करते थे। बिना स्पर्श किए भी जाने कैसी मादकता तन-मन को विभोर किए रहती थी, जाने कैसी तन्मयता में हम डूबे रहते थे... एक विचित्र-सी, स्वप्निल दुनिया में !...मैं कुछ बोलना भी चाहती तो वह मेरे मुँह पर उँगली रखकर कहता : "आत्मीयता के ये क्षण अनकहे ही रहने दो, दीपा !"

आज भी तो हम मौन ही हैं, एक-दूसरे के निकट ही हैं। क्या आज भी हम आत्मीयता के उन्हीं क्षणों में गुज़र रहे हैं ? मैं अपनी सारी शक्ति लगाकर चीख़ पड़ना चाहती हूँ, नहीं !...नहीं !...नहीं !...पर कॉफी सिप करने के अतिरिक्त मैं कुछ नहीं कर पाती। मेरा यह विरोध हृदय की न जाने कौन-सी अतल गहराइयों में डूब जाता है !

निशीथ मुझे बिल नहीं देने देता। एक विचित्र-सी भावना मेरे मन में उठती है कि छीना-झपटी में किसी तरह मेरा हाथ इसके हाथ से छू जाए ! मैं अपने स्पर्श से उसके मन के तारों को झनझना देना चाहती हूँ। पर वैसा अवसर नहीं आता। बिल वही देता है, मुझसे तो विरोध भी नहीं किया जाता।

मन में प्रचंड तूफ़ान ! पर फिर भी निर्विकार भाव से मैं टैक्सी में आकर बैठती हूँ... फिर वही मौन, वही दूरी। पर जाने क्या है कि मुझे लगता है कि निशीथ मेरे बहुत निकट आ गया है, बहुत ही निकट ! बार-बार मेरा मन करता है कि क्यों नहीं निशीथ मेरा हाथ पकड़ लेता, क्यों नहीं मेरे कन्धे पर हाथ रख देता ? मैं ज़रा भी बुरा नहीं मानूँगी, ज़रा भी नहीं ! पर वह कुछ भी नहीं करता।

सोते समय रोज़ की तरह मैं आज भी संजय का ध्यान करते हुए ही सोना चाहती हूँ, पर निशीथ है कि बार-बार संजय की आकृति को हटाकर स्वयं आ खड़ा होता है...

कलकत्ता

अपनी मजबूरी पर खीज-खीज जाती हूँ। आज कितना अच्छा मौक़ा था सारी बात बता देने का ! पर मैं जाने कहाँ भटकी थी कि कुछ भी नहीं बता पाई।

शाम को मुझे निशीथ अपने साथ 'लेक' ले गया। पानी के किनारे हम घास पर बैठ गए। कुछ दूर पर काफी भीड़-भाड़ और चहल-पहल थी, पर यह स्थान अपेक्षाकृत शान्त था। सामने लेक के पानी में छोटी-छोटी लहरें उठ रही थीं। चारों ओर के वातावरण का कुछ विचित्र-सा भाव मन पर पड़ रहा था।

"अब तो तुम यहाँ आ जाओगी !" मेरी ओर देखकर उसने कहा।

"हाँ !"

"नौकरी के बाद क्या इरादा है ?"

मैंने देखा, उसकी आँखों में कुछ जानने की आतुरता फैलती जा रही है, शायद कुछ कहने की भी। मुझसे कुछ जानकर वह अपनी बात कहेगा।

"कुछ नहीं !" जाने क्यों मैं यह कह गई। कोई है जो मुझे कचोटे डाल रहा है। क्यों नहीं मैं बता देती कि नौकरी के बाद मैं संजय से विवाह करूँगी, मैं संजय से प्रेम करती हूँ, वह मुझसे प्रेम करता है ? वह बहुत अच्छा है, बहुत ही ! वह मुझे तुम्हारी तरह धोखा नहीं देगा; पर मैं कुछ भी तो नहीं कह पाती। अपनी इस बेबसी पर मेरी आँखें छलछला आती हैं। मैं दूसरी ओर मुँह फेर लेती हूँ।

"तुम्हारे यहाँ आने से मैं बहुत खुश हूँ !"

मेरी साँस जहाँ-की-तहाँ रुक जाती है आगे के शब्द सुनने के लिए; पर शब्द नहीं आते। बड़ी कातर, करुण और याचना-भरी दृष्टि से मैं उसे देखती हूँ, मानो कह रही होऊँ कि तुम कह क्यों नहीं देते निशीथ, कि आज भी तुम मुझे प्यार करते हो, तुम मुझे सदा अपने पास रखना चाहते हो, जो कुछ हो गया है, उसे भूलकर तुम मुझसे विवाह करना चाहते हो? कह दो, निशीथ, कह दो !...यह सुनने के लिए मेरा मन अकुला रहा है, छटपटा रहा है ! मैं बुरा नहीं मानूँगी, ज़रा भी बुरा नहीं मानूँगी। मान ही कैसे सकती हूँ निशीथ ! इतना सब हो जाने के बाद भी शायद मैं तुम्हें प्यार करती हूँ--शायद नहीं, सचमुच ही मैं तुम्हें प्यार करती हूँ !

मैं जानती हूँ--तुम कुछ नहीं कहोगे, सदा के ही मितभाषी जो हो। फिर भी कुछ सुनने की आतुरता लिये मैं तुम्हारी तरफ़ देखती रहती हूँ। पर तुम्हारी नज़र तो लेक के पानी पर जमी हुई है...शान्त, मौन !

आत्मीयता के ये क्षण अनकहे भले ही रह जाएँ पर अनबूझे नहीं रह सकते। तुम चाहे न कहो, पर मैं जानती हूँ, तुम आज भी मुझे प्यार करते हो, बहुत प्यार करते हो ! मेरे कलकत्ता आ जाने के बाद इस टूटे सम्बन्ध को फिर से जोड़ने की बात ही तुम इस समय सोच रहे हो। तुम आज भी मुझे अपना ही समझते हो, तुम जानते हो, आज भी दीपा तुम्हारी है !...और मैं ?

लगता है, इस प्रश्न का उत्तर देने का साहस मुझमें नहीं है। मुझे डर है कि जिस आधार पर मैं तुमसे नफ़रत करती थी, उसी आधार पर कहीं मुझे अपने से नफ़रत न करनी पड़े।

लगता है, रात आधी से भी अधिक ढल गई है।

कानपुर

मन में उत्कट अभिलाषा होते हुए भी निशीथ की आवश्यक मीटिंग की बात सुनकर मैंने कह दिया था कि तुम स्टेशन मत आना। इरा आई थी; पर गाड़ी पर बिठाकर ही चली गई, या कहूँ कि मैंने जबर्दस्ती ही उसे भेज दिया। मैं जानती थी कि लाख मना करने पर भी निशीथ आएगा और विदा के उन अन्तिम क्षणों में मैं उसके साथ अकेली ही रहना चाहती थी। मन में एक दबी-सी आशा थी कि चलते समय ही शायद वह कुछ कह दे।

गाड़ी चलने में जब दस मिनट रह गए तो देखा : बड़ी व्यग्रता से डिब्बों में झाँकता-झाँकता निशीथ आ रहा था।...पागल ! उसे इतना तो समझना चाहिए कि उसकी प्रतीक्षा में मैं यहाँ बाहर खड़ी हूँ !

मैं दौड़कर उसके पास जाती हूँ : "आप क्यों आए ?" पर मुझे उसका आना बड़ा अच्छा लगता है ! वह बहुत थका हुआ लग रहा है। शायद सारा दिन बहुत व्यस्त रहा और दौड़ता-दौड़ता मुझे सी-ऑफ करने यहाँ आ पहुँचा। मन करता है कुछ ऐसा करूँ, जिससे इसकी सारी थकान दूर हो जाए। पर क्या करूँ ? हम डिब्बे के पास आ जाते हैं।

"जगह अच्छी मिल गई ?" वह अन्दर झाँकते हुए पूछता है।

"हाँ !"

"पानी-वानी तो है ?"

"है।"

"बिस्तर फैला लिया ?"

मैं खीज पड़ती हूँ। वह शायद समझ जाता है, सो चुप हो जाता है। हम दोनों एक क्षण को एक-दूसरे की ओर देखते हैं। मैं उसकी आँखों में विचित्र-सी छायाएँ देखती हूँ; मानो कुछ है, जो उसके मन में घुट रहा है, उसे मथ रहा है, पर वह कह नहीं पा रहा है। वह क्यों नहीं कह देता ? क्यों नहीं अपने मन की इस घुटन को हल्का कर लेता ?

"आज भीड़ विशेष नहीं है," चारों ओर नज़र डालकर वह कहता है।

मैं भी एक बार चारों ओर देख लेती हूँ, पर नज़र मेरी बार-बार घड़ी पर ही जा रही है। जैसे-जैसे समय सरक रहा है, मेरा मन किसी गहरे अवसाद में डूब रहा है। मुझे कभी उस पर दया आती है तो कभी खीज। गाड़ी चलने में केवल तीन मिनट बाक़ी रह गए हैं। एक बार फिर हमारी नज़रें मिलती हैं।

"ऊपर चढ़ जाओ, अब गाड़ी चलनेवाली है।"

बड़ी असहाय-सी नज़र से मैं उसे देखती हूँ; मानो कह रही होऊँ, तुम्हीं चढ़ा दो।...और फिर धीरे-धीरे चढ़ जाती हूँ। दरवाज़े पर मैं खड़ी हूँ और वह नीचे प्लेटफॉर्म पर।

"जाकर पहुँचने की ख़बर देना। जैसे ही मुझे इधर कुछ निश्चित रूप से मालूम होगा, तुम्हें सूचना दूँगा।"

मैं कुछ बोलती नहीं, बस उसे देखती रहती हूँ...

सीटी...हरी झंडी...फिर सीटी। मेरी आँखें छलछला आती हैं।

गाड़ी एक हल्के-से झटके के साथ सरकने लगती है। वह गाड़ी के साथ क़दम आगे बढ़ाता है और मेरे हाथ पर धीरे-से अपना हाथ रख देता है। मेरा रोम-रोम सिहर उठता है। मन करता है चिल्ला पड़ूँ—मैं सब समझ गई, निशीथ, सब समझ गई! जो कुछ तुम इन चार दिनों में नहीं कह पाए, वह तुम्हारे इस क्षणिक स्पर्श ने कह दिया। विश्वास करो, यदि तुम मेरे हो तो मैं भी तुम्हारी हूँ; केवल तुम्हारी, एकमात्र तुम्हारी !...पर मैं कुछ कह नहीं पाती। बस, साथ चलते निशीथ को देखती-भर रहती हूँ। गाड़ी के गति पकड़ते ही वह हाथ को ज़रा-सा दबाकर छोड़ देता है। मेरी छलछलाई आँखें मुँद जाती हैं। मुझे लगता है, यह स्पर्श, यह सुख, यह क्षण ही सत्य है, बाक़ी सब झूठ है; अपने को भूलने का, भरमाने का, छलने का असफल प्रयास है।

आँसू-भरी आँखों से मैं प्लेटफॉर्म को पीछे छूटता हुआ देखती हूँ। सारी आकृतियाँ धुँधली-सी दिखाई देती हैं। असंख्य हिलते हुए हाथों के बीच निशीथ के हाथ को, उस हाथ को, जिसने मेरा हाथ पकड़ा था, ढूँढ़ने का असफल-सा प्रयास करती हूँ। गाड़ी प्लेटफॉर्म को पार कर जाती है, और दूर-दूर तक कलकत्ता की जगमगाती बत्तियाँ दिखाई देती हैं। धीरे-धीरे वे सब दूर हो जाती हैं, पीछे छूटती जाती हैं। मुझे लगता है, यह दैत्याकार ट्रेन मुझे मेरे घर से कहीं दूर ले जा रही है—अनदेखी, अनजानी राहों में गुमराह करने के लिए, भटकाने के लिए !

बोझिल मन से मैं अपने फैलाए हुए बिस्तर पर लेट जाती हूँ। आँखें बन्द करते ही सबसे पहले मेरे सामने संजय का चित्र उभरता है...कानपुर जाकर मैं उसे क्या कहूँगी ? इतने दिनों तक उसे छलती आई, अपने को छलती आई, पर अब नहीं।...मैं उसे सारी बात समझा दूँगी। कहूँगी, संजय जिस सम्बन्ध को टूटा हुआ जानकर मैं भूल चुकी थी, उसकी जड़ें हृदय की किन अतल गहराइयों में जमी हुई थीं, इसका अहसास कलकत्ता में निशीथ से मिलकर हुआ। याद आता है, तुम निशीथ को लेकर सदैव ही संदिग्ध रहते थे; पर तब मैं तुम्हें ईर्ष्यालु समझती थी; आज स्वीकार करती हूँ कि तुम जीते, मैं हारी !

सच मानना संजय, ढाई साल मैं स्वयं भ्रम में थी और तुम्हें भी भ्रम में डाल रखा था; पर आज भ्रम के, छलना के सारे ही जाल छिन्न-भिन्न हो गए हैं। मैं आज भी निशीथ को प्यार करती हूँ। और यह जानने के बाद, एक दिन भी तुम्हारे साथ और छल करने का दुस्साहस कैसे करूँ ? आज पहली बार मैंने अपने सम्बन्धों का विश्लेषण किया, तो जैसे सब कुछ ही स्पष्ट हो गया और जब मेरे सामने सब कुछ स्पष्ट हो गया, तो तुमसे कुछ भी नहीं छिपाऊँगी, तुम्हारे सामने मैं चाहूँ तो भी झूठ नहीं बोल सकती।

आज लग रहा है, तुम्हारे प्रति मेरे मन में जो भी भावना है वह प्यार की नहीं, केवल कृतज्ञता की है। तुमने मुझे उस समय सहारा दिया था, जब अपने पिता और निशीथ को खोकर मैं चूर-चूर हो चुकी थी। सारा संसार मुझे वीरान नज़र आने लगा था, उस समय तुमने अपने स्नेहिल स्पर्श से मुझे जिला दिया; मेरा मुरझाया, मरा मन हरा हो उठा; मैं कृतकृत्य हो उठी, और समझने लगी कि मैं तुमसे प्यार करती हूँ। पर प्यार की बेसुध घड़ियाँ, वे विभोर क्षण, तन्मयता के वे पल, जहाँ शब्द चुक जाते हैं, हमारे जीवन में कभी नहीं आए। तुम्हीं बताओ, आए कभी ? तुम्हारे असंख्य आलिंगनों और चुम्बनों के बीच भी, एक क्षण के लिए भी तो मैंने कभी तन-मन की सुध बिसरा देनेवाली पुलक या मादकता का अनुभव नहीं किया।

सोचती हूँ, निशीथ के चले जाने के बाद मेरे जीवन में एक विराट शून्यता आ गई थी, एक खोखलापन आ गया था, तुमने उसकी पूर्ति की। तुम पूरक थे, मैं ग़लती से तुम्हें प्रियतम समझ बैठी।

मुझे क्षमा कर दो संजय और लौट जाओ। तुम्हें मुझ जैसी अनेक दीपाएँ मिल जाएँगी, जो सचमुच ही तुम्हें प्रियतम की तरह प्यार करेंगी। आज एक बात अच्छी तरह जान गई हूँ कि प्रथम प्रेम ही सच्चा प्रेम होता है; बाद में किया हुआ प्रेम तो अपने को भूलने का, भरमाने का प्रयास-मात्र होता है...

इसी तरह की असंख्य बातें मेरे दिमाग़ में आती हैं, जो मैं संजय से कहूँगी। कह सकूँगी

यह सब ? लेकिन कहना तो होगा ही। उसके साथ अब एक दिन भी छल नहीं कर सकती। मन से किसी और की आराधना करके तन से उसकी होने का अभिनय करती रहूँ ? छीः ! नहीं जानती, यही सब सोचते-सोचते मुझे कब नींद आ गई।

लौटकर अपना कमरा खोलती हूँ, तो देखती हूँ, सब कुछ ज्यों-का-त्यों है, सिर्फ़ फूलदान के रजनीगन्धा मुरझा गए हैं। कुछ फूल झरकर ज़मीन पर इधर-उधर भी बिखर गए हैं।

आगे बढ़ती हूँ तो ज़मीन पर पड़ा एक लिफ़ाफ़ा दिखाई देता है। संजय की लिखाई है, खोला तो छोटा-सा पत्र था :

दीपा,

तुमने तो कलकत्ता जाकर कोई सूचना ही नहीं दी। मैं आज ऑफ़िस के काम से कटक जा रहा हूँ। पाँच-छः दिन में लौट आऊँगा। तब तक तुम आ ही जाओगी। जानने को उत्सुक हूँ कि कलकत्ता में क्या हुआ ?

तुम्हारा,
संजय

एक लम्बा निःश्वास निकल जाता है। लगता है, एक बड़ा बोझ हट गया। इस अवधि में तो मैं अपने को अच्छी तरह तैयार कर लूँगी।

नहा-धोकर सबसे पहले मैं निशीथ को पत्र लिखती हूँ। उसकी उपस्थिति से जो हिचक मेरे होंठ बन्द किए हुए थी, दूर रहकर वह अपने-आप ही टूट जाती है। मैं स्पष्ट शब्दों में लिख देती हूँ कि चाहे उसने कुछ नहीं कहा, फिर भी मैं सब कुछ समझ गई हूँ। साथ ही यह भी लिख देती हूँ कि मैं उसकी उस हरकत से बहुत दुखी थी, बहुत नाराज़ भी; पर उसे देखते ही जैसे सारा क्रोध बह गया। इस अपनत्व में क्रोध भला टिक भी कैसे पाता ? लौटी हूँ, तब से न जाने कैसी रंगीनी और मादकता मेरी आँखों के आगे छाई है...!

एक खूबसूरत-से लिफ़ाफ़े में उसे बन्द करके मैं स्वयं पोस्ट करने जाती हूँ।

रात में सोती हूँ तो अनायास ही मेरी नज़र सूने फूलदान पर जाती है। मैं करवट बदलकर सो जाती हूँ।

कानपुर

आज निशीथ को पत्र लिखे पाँचवाँ दिन है। मैं तो कल ही उसके पत्र की राह देख रही थी। पर आज की भी दोनों डाकें निकल गईं। जाने कैसा सूना-सूना, अनमना-अनमना लगता रहा सारा दिन ! किसी भी तो काम में जी नहीं लगता। क्यों नहीं लौटती डाक से ही उत्तर दे दिया उसने ? समझ में नहीं आता, कैसे समय गुजारूँ !

मैं बाहर बालकनी में जाकर खड़ी हो जाती हूँ। एकाएक ख़याल आता है, पिछले ढाई सालों से क़रीब इसी समय, यहीं खड़े होकर मैंने संजय की प्रतीक्षा की है। क्या आज मैं संजय की प्रतीक्षा कर रही हूँ ? या मैं निशीथ के पत्र की प्रतीक्षा कर रही हूँ ? शायद किसी की नहीं, क्योंकि जानती हूँ कि दोनों में से कोई भी नहीं आएगा। फिर ?

निरुद्देश्य-सी कमरे में लौट पड़ती हूँ। शाम का समय मुझसे घर में नहीं काटा जाता। रोज़ ही तो संजय के साथ घूमने निकल जाया करती थी। लगता है; यहीं बैठी रही तो दम ही घुट जाएगा। कमरा बन्द करके मैं अपने को धकेलती-सी सड़क पर ले आती हूँ।...शाम का धुँधलका मन के बोझ को और भी बढ़ा देता है। कहाँ जाऊँ ? लगता है, जैसे मेरी राहें भटक गई हैं, मंज़िल खो गई है। मैं स्वयं नहीं जानती, आख़िर मुझे जाना कहाँ है। फिर भी निरुद्देश्य-सी चलती रहती हूँ। पर आख़िर कब तक यूँ भटकती रहूँ ? हारकर लौट पड़ती हूँ।

आते ही मेहता साहब की बच्ची तार का एक लिफ़ाफ़ा देती है।

धड़कते दिल से मैं उसे खोलती हूँ। इरा का तार था।

'नियुक्ति हो गई है। बधाई !'

इतनी बड़ी ख़ुशख़बरी पाकर भी जाने क्या है कि ख़ुश नहीं हो पाती। यह ख़बर तो निशीथ भेजनेवाला था। एकाएक ही एक विचार मन में आता है : क्या जो कुछ मैं सोच गई, वह निरा भ्रम ही था, मात्र मेरी कल्पना, मेरा अनुमान ? नहीं-नहीं ! उस स्पर्श को मैं भ्रम कैसे मान लूँ, जिसने मेरे तन-मन को डुबो दिया था, जिसके द्वारा उसके हृदय की एक-एक परत मेरे सामने खुल गई थी ?...लेक पर बिताए उन मधुर क्षणों को भ्रम कैसे मान लूँ, जहाँ उसका मौन ही मुखरित होकर सब कुछ कह गया था ? आत्मीयता के वे अनकहे क्षण ! तो फिर उसने पत्र क्यों नहीं लिखा ? क्या कल उसका पत्र आएगा ? क्या आज भी उसे वही हिचक रोके हुए है ?

तभी सामने की घड़ी टन्-टन् करके नौ बजाती है। मैं उसे देखती हूँ। यह संजय की लाई हुई है।...लगता है, जैसे यह घड़ी घंटे सुना-सुनाकर मुझे संजय की याद दिला रही है। फहराते ये हरे पर्दे, यह हरी बुक-रैक, यह टेबल, यह फूलदान, सभी तो संजय के ही लाए हुए हैं। मेज़ पर रखा यह पेन उसने मुझे साल-गिरह पर लाकर दिया था।

अपनी चेतना के इन बिखरे सूत्रों को समेटकर मैं फिर पढ़ने का प्रयास करती हूँ, पर पढ़ नहीं पाती। हारकर मैं पलंग पर लेट जाती हूँ।

सामने के फूलदान का सूनापन मेरे मन के सूनेपन को और अधिक बढ़ा देता है। मैं कसकर आँखें मूँद लेती हूँ।...एक बार फिर मेरी आँखों के आगे लेक का स्वच्छ, नीला जल उभर आता है, जिसमें छोटी-छोटी लहरें उठ रही थीं। उस जल की ओर देखते हुए निशीथ की आकृति उभरकर आती है। वह लाख जल की ओर देखे; पर चेहरे पर अंकित उसके मन की हलचल को मैं आज भी, इतनी दूर रहकर भी महसूस करती हूँ। कुछ न कह पाने की मजबूरी, उसकी विवशता, उसकी घुटन आज भी मेरे सामने साकार हो उठती है। धीरे-धीरे लेक के पानी का विस्तार सिमटता जाता है, और एक छोटी-सी राइटिंग टेबल में बदल जाता है, और मैं देखती हूँ कि एक हाथ में पेन लिए और दूसरे हाथ की उँगलियों को बालों में उलझाए निशीथ बैठा है...वही मजबूरी, वही विवशता, वही घुटन लिए।...वह चाहता है; पर जैसे लिख नहीं पाता। वह कोशिश करता है, पर उसका हाथ बस काँपकर रह जाता है।...ओह ! लगता है, उसकी घुटन मेरा दम घोंटकर रख देगी।...मैं एकाएक ही आँखें खोल देती हूँ। वही फूलदान, पर्दे, मेज़, घड़ी...!

कानपुर

आख़िर आज निशीथ का पत्र आ गया। धड़कते दिल से मैंने उसे खोला। इतना छोटा-सा पत्र !

प्रिय दीपा,

तुम अच्छी तरह पहुँच गईं, यह जानकर प्रसन्नता हुई।

तुम्हें अपनी नियुक्ति का तार तो मिल ही गया होगा। मैंने कल ही इराजी को फ़ोन करके सूचना दे दी थी, और उन्होंने बताया था कि तार दे देंगी। ऑफ़िस की ओर से भी सूचना मिल जाएगी।

इस सफलता के लिए मेरी ओर से हार्दिक बधाई स्वीकार करना। सच, मैं बहुत ख़ुश हूँ कि तुम्हें यह काम मिल गया ! मेहनत सफल हो गई। शेष फिर।

शुभेच्छु,
निशीथ

बस ? धीरे-धीरे पत्र के सारे शब्द आँखों के आगे लुप्त हो जाते हैं, रह जाता है केवल : 'शेष फिर !'

तो अभी उसके पास 'कुछ' लिखने को शेष है ? क्यों नहीं लिख दिया उसने अभी ? क्या लिखेगा वह ?

"दीप !"

मैं मुड़कर दरवाज़े की ओर देखती हूँ। रजनीगन्धा के ढेर सारे फूल लिये मुस्कुराता-सा संजय खड़ा है। एक क्षण मैं संज्ञा-शून्य-सी उसे इस तरह देखती हूँ, मानो पहचानने की कोशिश कर रही होऊँ। वह आगे बढ़ता है, तो मेरी खोई हुई चेतना लौटती है, और विक्षिप्त-सी दौड़कर उससे लिपट जाती हूँ।

"क्या हो गया है तुम्हें, पाग़ल हो गई हो क्या ?"

"तुम कहाँ चले गए थे संजय ?" और मेरा स्वर टूट जाता है। अनायास ही आँखों से आँसू बह चलते हैं।

"क्या हो गया ? कलकत्ता का काम नहीं मिला क्या ?...मारो भी गोली काम को। तुम इतनी परेशान क्यों हो रही हो उसके लिए ?"

पर मुझसे कुछ नहीं बोला जाता। बस, मेरी बाँहों की जकड़ कसती जाती है, कसती जाती है। रजनीगन्धा की महक धीरे-धीरे मेरे तन-मन पर छा जाती है। तभी मैं अपने भाल पर संजय के अधरों का स्पर्श महसूस करती हूँ, और मुझे लगता है, यह स्पर्श, यह सुख, यह क्षण ही सत्य है, वह सब झूठ था, मिथ्या था, भ्रम था...।

और हम दोनों एक-दूसरे के आलिंगन में बँधे रहते हैं—चुम्बित, प्रति-चुम्बित !

'यही सच है' संकलन से

बाँहों का घेरा

कहानी समाप्त करके कम्मो ने पत्रिका बन्द कर दी। ऐसी रोमांटिक कहानी तो उसने अर्से से नहीं पढ़ी थी, पर एकाएक ही उसे लगा जैसे उसके मन का अवसाद गहरा हो आया है–एक अज़ीब-सा शूल चुभने लगा मन में।

दस बज गए पर मित्तल अभी तक नहीं लौटा। सोचा, फ़ोन करके पूछ लें कि कब तक आएँगे। माँजी शोन को लेकर सो चुकी थीं। कम्मो ने बड़े ही शिथिल हाथों से नम्बर मिलाया। बड़ी व्यस्त और घबराहट-भरी आवाज़ सुनाई दी–"ओह, तुम ! अभी ठहरो–" फिर ज़रा अस्पष्ट-सा स्वर सुनाई दिया–"पाँच-सौ गाँठ खरीद लो–पाँच-सौ।" वह जानती है कि मित्तल दोनों कानों पर फ़ोन रखकर बात करता है। "हाँ सुनो भई, रात को मैं नहीं आ सकूँगा। मार्केट बेहद डाँवाडोल हो रहा है, पल-पल में टके टूट रहे हैं–हल्लो–साढ़े तीन का भाव..."

कम्मो ने चोंगा पटक दिया और नौकर से कह दिया कि खाना उठाकर रख दे, वे लोग नहीं खाएँगे। मन का क्षोभ इतना अधिक बढ़ गया था कि उसे पूरी तरह महसूस करने की सामर्थ्य भी उसमें नहीं रही। भाव-ताव, ख़रीदो-बेचो, व्यस्तता–अत्यधिक व्यस्तता–उसने खिड़की का पर्दा एक ओर को सरका दिया। सींखचों के पार आसमान में पूरा-का-पूरा चाँद दिखाई दिया। हल्के बादलों की परत के नीचे चाँद बड़ा निस्तेज-सा लग रहा था। सींखचों के पार का चाँद कम्मो को बन्दी की तरह दिखाई दे रहा था, इस क़ैद ने ही शायद उसकी चमक हर ली। पर्दा वापस खींचकर वह छत पर चली गई। मुंडेर पर खड़े होकर वह कभी आसमान को देखती तो कभी सड़क को। सड़क पर कोलाहल था, पर वह कोलाहल भी उसके मन की शून्यता को नहीं भर पा रहा था।

बादलों का आवरण हट गया तो छत पर चाँदनी छिटक पड़ी। पूरा चाँद आसमान में मुस्करा रहा था। कम्मो को पूरा चाँद कभी अच्छा नहीं लगा। पता नहीं लोगों को इसमें क्या सौंदर्य दिखाई देता है। जो अपने-आप में ही पूर्ण है, जिसे किसी की अपेक्षा नहीं, कितना सन्तुष्ट है वह भी, और जहाँ रस नहीं वहाँ सौंदर्य कैसा ? दूज का चाँद–पतली अर्द्धचन्द्रकार रेखा–मानो किसी को कस लेने के लिए बाँहों का घेरा बनाकर बैठा हो !

कहानी की कुछ पंक्तियाँ उसके मस्तिष्क में कौंध गई–"कोहरे-भरी चाँदनी एक विचित्र कुहुक का आभास देती थी। लम्बे-लम्बे वृक्षों की टहनियों को चीरकर बने हुए चाँदनी के ग़ोरखधन्धे के बीच वह बैठा था, विकल, प्रतीक्षातुर। तभी श्वेत वस्त्रों में लिपटी, खुले केशों की सुरभित लटें लहराती हुई बालो आई–और फिर दोनों यों बँध गए मानो युगों से बिछड़ी-भटकती दो आत्माएँ एक हो उठी हों।"

मन की खिन्नता और शिथिलता के बावजूद कम्मो ने शरीर में एक अज़ीब-सा तनाव महसूस किया। जाने क्या था जो ऊपर-से-नीचे तक सनसना रहा था। वह नीचे उतर आई थी। पंखा खोलकर औंधी लेट गई। तकिये को उसने कसकर अपनी बाँहों में भर लिया।

धीरे-धीरे मन का क्षोभ ग्लानि में बदलने लगा। वह क्यों यह सब सोचती है ? वह विवाहिता है, दो वर्ष के बच्चे की माँ है। यह सब सोचना, यह सब चाहना उसके लिए अनुचित है, पाप है। वह जब पढ़ती थी, डायरी लिखा करती थी। विवाह के बाद भी कुछ महीनों तक यह क्रम चला, पर फिर उसने बन्दकर दिया। जैसी बातें उसके दिमाग़ में उठती थीं, और आज भी उठती हैं, वह सब क्या लिखी जा सकती हैं ? सो लिखना उसने छोड़ दिया, पर बातों का उठना कहाँ छूटा, बल्कि अकेलेपन ने, जीवन के इस रवैये ने उन्हें और अधिक भड़का दिया। ये अनमित्थक भावनाएँ-इच्छाएँ अब रात-दिन उसे मथा करती हैं। किसी को बाँहों में भरकर अपने को उसमें लयकर देने की और उसका सम्पूर्ण पा लेने की अतृप्त दुर्दमनीय चाह, एक अभिशाप की तरह उसके मन पर छाई रहती है।

सालों पीछे छूटा हुआ उसका बचपन उसे याद आने लगा। वह शायद पाँच वर्ष की रही होगी। उसकी सौतेली माँ एक साल की टुन्नी को सारे दिन छाती से लगाए-लगाए घूमती। उसकी हर बात, हर अदा पर निछावर होकर उसे गले से लगा लेती और बाँहों में भर चुम्बनों की बौछार कर देती। कम्मो के अबोध मन में बड़ी लालसा उठती कि माँ ऐसे ही उसे भी प्यार करे। वह सकुचाती-सी माँ के पास जा खड़ी होती। माँ भी प्यार से उसके गाल पर हल्की-सी चपत लगा देती, या बाल सहला देती—बस पिताजी आते तो वे भी टुन्नी को ही प्यार करते। सीने से लगाकर उसे कोई प्यार नहीं करता था। शायद वह अब बड़ी हो गई थी। पर कभी तो वह भी छोटी रही होगी। शायद उसे भी किसी ने ऐसे ही प्यार किया होगा—उसके गालों पर असंख्य चुम्बन बरसाए होंगे। पर उसे ऐसा कुछ भी तो याद नहीं आता ! कितना अच्छा होता, उस सबकी याद उसे होती और वह उस याद के सहारे ही कुछ सन्तोष पा लेती।

स्मृति-पटल पर फिर एक चेहरा उभरता है। मोटे फ्रेम का चश्मा, रूखे-बिखरे बाल, दो भावपूर्ण सतेज आँखें जो हर समय उसे देख-देखकर पुलकित रहा करती थी, उसे उसकी उम्र और सोई भावनाओं के जाग उठने का अहसास कराती रहतीं।

नोट्स और पुस्तकों के आदान-प्रदान को सूत्र बनाकर शैलेन उसके निकट आया था। आरम्भ में औपचारिकता में लिपटी चन्द बातें—धीरे-धीरे औपचारिकता का आवरण हटा। मन की सारी मधुर भावनाएँ अरोक वेग की तरह फूट पड़ीं। अठारह वर्ष की उम्र के प्यार की अछूती कुँवारी भावनाएँ दस-दस पृष्ठों के पत्र में भी बाँधे न बँधती। जितना रस ढलता, उससे दुगुना मन में ही रह जाता। रात में पत्र किताब के बीच में रखकर पढ़ना, बार-बार पढ़ना और फिर उन्हीं कल्पनाओं में विभोर हो जाना।

"कम्मो, तुम्हारे बिना मैं कितना अकेला हूँ, असहाय हूँ। हर क्षण उस दिन की प्रतीक्षा करता हूँ जब तुम्हारी बाँहों के घेरे में बँधकर मेरे सारे सन्ताप दूर हो जाएँगे, जब मैं अपने अस्तित्व को मिटाकर तुममें ही लीन हो जाऊँगा, फिर हम दो न रहेंगे कम्मो, एक हो जाएँगे, बिल्कुल एक। और तब कम्मो लेटे-लेटे ही महसूस करती कि उसका सम्पूर्ण अस्तित्व ही जैसे गलकर बहा जा रहा है—जैसे वह हाड़-माँस की ठोस वस्तु न रहकर तरल हो गई है

और किसी में मिलती जा रही है। उसका सारा शरीर झनझनाता रहता, नसों में बहता रक्त खौलने लगता, फिर भी शरीर और मन पर जैसे चन्दन का लेप होता रहता। इन दिनों जैसी असहाय जलन उसने कभी महसूस नहीं की थी। तब शायद प्रतीक्षा थी, एक आशा थी और अब...?

कितना अर्सा हो गया इस सबको। शैलेन का चेहरा तो धुँधला होते-होते धुल-पूँछ-सा ही गया, पर वह अनुभूति आज भी ज्यों-की-त्यों बनी हुई है। कच्चे मन में उठी हुई वे कामनाएँ अतृप्त रहकर आज भी उतनी ही वेगवान बनी हुई हैं। लाख प्रयत्न करके भी वह उन्हें दबा नहीं पाती—वे ही निरन्तर उसे दबाती रहती हैं और वह है कि बड़ी असहाय-सी, बेबस-सी टीसती रहती है, कराहती रहती है।

घड़ी ने टन-टन करके बारह बजा दिए। कम्मो ने करवट बदली तो देखा चाँदनी काफ़ी चटक हो चली थी। उसका चौंधा उसे अच्छा भी नहीं लगा, उठकर उसने खिड़की बन्द कर दी। सुराही से पानी पिया, पर न मन की जलन शान्त हुई, न शरीर का तनाव। हारी-थकी-सी दोनों हथेलियों से सिर थामकर वह कुर्सी पर ही बैठ गई।

वह क्यों यह सब सोचती है ? कितनी घिनौनी बातें हैं ये सब। शायद ही कोई नारी इस तरह सोचती होगी। अठारह वर्ष का वह प्यार एक आवेग ही तो था। घर में भनक पड़ते ही उसकी शादी तय कर दी गई थी और थोड़े से आँसुओं में उसका सारा प्यार बह गया था। शैलेन की जगह एक दूसरे चेहरे के इर्द-गिर्द उसकी सारी भावनाएँ केन्द्रित हो गई थीं। शादी वाले दिन उसने वे सारे पत्र फाड़ फेंके थे, पर अब उन पत्रों की याद उसे जब-तब फाड़ती रहती है, बेधती रहती है। उसे आश्चर्य तो इस बात पर होता कि उसे शैलेन की याद नहीं आती, बस केवल पत्रों की पंक्तियाँ, उन पंक्तियों से झाँकती हुई भावना और उन भावनाओं को साकार करनेवाले चित्र उभरते हैं—कोहरे-भरी चाँदनी, प्रतीक्षातुर आँखें, आलिंगनातुर बाँहें...और वह घुलती रहती है। उसका मन सिसकता रहता है।

कम्मो सवेरे उठी तो किसी तरह याद नहीं कर पा रही थी कि वह कुर्सी से कब बिस्तर पर आ गई। उसे पता नहीं कब मित्तल आकर सो गया। जैसे ही कम्मो बैठी, उसने सुना—"जाग गई ?" मित्तल शायद सो नहीं रहा था। "रात तो गज़ब हो गया। कइयों के दिवाले निकल गए, कई लखपति बन गए।"

कम्मो ने न किसी तरह की जिज्ञासा दिखाई, न कौतूहल ! "अपना तो समझ लो अच्छा-खासा मुनाफा हो ही गया। बस एक ही चिन्ता है, दो को बहुत बड़ा घाटा हुआ है और उनका सौदा अपनी मार्फ़त था, वे कहीं रुपया खा गए तो ? ऐसे में अक्सर लोग दिवाला निकाल देते हैं। देखो !" अँगड़ाई लेकर मित्तल उठ बैठा। कम्मो सौदा-वौदा, भाव-ताव कुछ नहीं समझती है। जब-जब मित्तल ने उसे समझाने की कोशिश की, उसे हमेशा बेहद ऊब लगी। मित्तल को कम्मो से शिकायत है कि कम्मो उसके काम में दिलचस्पी नहीं लेती। आजकल तो औरतें शेयर-मार्केट में धड़ल्ले से बिज़नेस करती हैं। कम्मो यदि दिलचस्पी ले तो वह अपना बिज़नेस और बढ़ा सकता है, पर उसने कभी दिलचस्पी ही नहीं ली। और कम्मो सोचती मित्तल ही कब उसकी भावनाओं को समझता है, उसके दर्द को समझता है। "चाय जल्दी ही बनवा दो, अभी ही निकलना पड़ेगा।" और तौलिया लेकर मित्तल फुर्ती से बाथ-रूम में घुस गया। अच्छे-खासे मुनाफ़े ने उसके शरीर से रतजगे की थकान को पूरी तरह

सोख लिया था।

मित्तल चला गया, माँजी ठाकुरद्वारे में पूजा करने घुस गईं तो कम्मो अख़बार लेने बाहर बैठक में आई। मुनीमजी शेव कर रहे थे और शोन को बता रहे थे—"हाँ तो बेटा, हम लोग भी चाँद में चलेंगे, वहाँ अपना एक मकान बनवा लेंगे, एक गाड़ी खरीद लेंगे और..."

कम्मो ने होंठ काट लिया। सारी दुनिया के मनहूस इस घर में ही आकर बस गए हैं। चाँद में भी अपना मकान बनाएँगे, फिर वहाँ भी रहा करेंगे।

पता नहीं क्यों चाँद में जाने की बात कम्मो को कभी अच्छी नहीं लगती। न जानने का भी तो एक आकर्षण होता है ! चाँद को जान लिया, मानो चाँद का सारा रोमाँस ही समाप्त कर दिया। उसे लगा थोड़े ही दिनों में दुनिया का सारा रस सूख जाएगा। कितनी ही बार उसे ऐसा लगता था कि एक दिन वह उठेगी तो देखेगी कि घड़े का पानी, गिलास का दूध सब जम गया है। घर में कहीं तरलता नहीं है, सबकुछ ठोस हो गया है, एकदम जड़। क्यों नहीं हो जाता ऐसा ? जिस दिन ऐसा हो जाएगा, वह भी जड़ हो जाएगी, तभी शायद इस यातना से भी मुक्ति मिलेगी।

पोस्टमैन दरवाज़े में घुसा तो एक पैर पैडल पर और एक हवा में झुलाता हुआ पोर्टिको तक चला आया। कम्मो उठकर पोर्टिको में आ गई। दो पत्र थे, एक उसके नाम भी था। वह लिखाई ही पहचान गई—शम्मी का पत्र है। खोला तो देखा शम्मी के साथ ही भाभीजी ने भी कुछ पंक्तियाँ लिख रखी थीं :

"कम्मो,

शम्मी की शादी नवम्बर में तय हो गई है। अभी दशहरे की छुट्टियाँ हैं सो इसे तुम्हारे पास भेज रही हूँ। इसे वहाँ से कपड़े खरीदवा देना और भी घर का ज़रूरी सामान दिलवा देना। सारा काम तुम पर छोड़ती हूँ—

तुम्हारी भाभी।"

अगले महीने ही शम्मी की शादी है। शम्मी का आना कम्मो को अच्छा लगा। यों तीन साल से उसे नहीं देखा, पर जब देखा था उसे शम्मी बहुत पसन्द आई थी, बेहद शौकीन तबीयत की दिल-खुश लड़की। सचमुच दो-तीन दिन से मन पर जो असह्य-सा बोझ वह महसूस कर रही है, उसे शम्मी जैसी लड़की ही शायद दूर कर सके। दूर तो क्या कर सकेगी, पर हाँ, कुछ समय के लिए भूल ज़रूर जाएगी, वरना उसका बोझ—

शम्मी आई तो कम्मो को लगा जैसे उन्नीस साल की उम्र में होनेवाले विवाह ने उसके गालों में गुलाबी कूचियाँ फेर दी हैं। आँखें हैं कि कहीं थिर ही नहीं रहतीं, और होंठों से अकारण ही हँसी फूट-फूट पड़ती है। कम्मो को शम्मी का यह रूप बहुत अच्छा लगा। बड़े दुलार से बोली—

"तू तो एकदम बदल ही गई शम्मी।"

"कहाँ ? वैसी ही तो हूँ।"—और शम्मी हँस दी।

खाने बैठी तो शम्मी ने बताया—"चाचीज़ी, छुट्टियाँ कुल दस दिन की ही हैं—बस इसी में सारा सामान दिला दीजिए। लिस्ट मैंने बना रखी है।"

कम्मो देख रही थी कहीं झेंप-संकोच का नाम नहीं। उत्साह जैसे छलका पड़ रहा था।

"छुट्टी नहीं है तो और ले ले। शादी क्या बार-बार होती है।" कम्मो ने ज़रा छेड़ते हुए कहा।

"आगे तो लेनी ही हैं। दक्षिण जाने का प्रोग्राम बना है। समझ लीजिए महीना-भर तो लग ही जाएगा।"

"ओ हो ! तो प्रोग्राम-व्रोग्राम सब बने रखे हैं। चिट्ठियाँ-पत्रियाँ चलती हैं शायद।" कम्मो के स्वर में अवश्य उल्लास था, पर वह स्वयं महसूस कर रही थी कि उसका मन बुझता जा रहा है।

"कल इन्द्र भी आ रहे हैं। संयोग की बात देखिए कि उन्हें भी ऑफ़िस के काम से आना पड़ रहा है।"

"झूठी कहीं की ? लगता है दोनों ही घुटे हुए ही। भाभी जी को चरका देकर आई और अब संयोग लगा रही है !" कम्मो उसके दुस्साहस पर चकित थी।

"आपकी कसम चाचीज़ी। मैंने अपना प्रोग्राम सवेरे ही डाक से पोस्ट किया और शाम की डाक से यह ख़बर मिली। अम्मा को घिस्सा नहीं दिया, बता दिया कि ये भी आएँगे ! वे तो वहाँ भी आ चुके हैं दो बार !"

तभी माँजी आकर बैठ गईं। उनके पीछे-पीछे हाथ में बैट-बॉल लिए शोन था। अपने बड़े बेटे के परिवार से माँजी की कभी नहीं पटी, फिर भी घर आई पोती से बात तो करनी ही थी। शम्मी शोन को गोदी में उठाकर प्यार करती रही—और सिर्फ़ हूँ-हाँ में माँजी की बातों का जवाब देती रही। कम्मो उठकर अन्दर चली गई।

शम्मी से मिलकर, उसकी बात सुनकर सचमुच ही कम्मो को बहुत अच्छा लगा। लगा जैसे भयंकर उमस के बाद ठंडी नम हवा का एक झोंका आ गया हो, पर इस हवा ने उसके मन की आग को भी भड़का दिया। समय की परतें उतर गईं, और रह-रहकर उसे अपनी शादीवाला दिन याद आने लगा।

शैलेन की याद को धो-पोंछकर उसने कितनी उमंग से अपने विवाहित जीवन में प्रवेश किया था। अपनी सुहागरात का एक अज़ीब-सा चित्र उसके मन पर अंकित हो चुका था—हो सकता है किसी सिनेमा का दृश्य ही उसने मन पर उतार लिया हो, फिर भी वह उसका स्वप्न बन गया था। खिड़कियों और दरवाज़ों पर लटकते हुए मोर-पंखी रंग के पर्दे, दूधिया चादर, मोगरे के फूलों की लटकती हुई झालरें—श्वेत वस्त्रों में लिपटी हुई वह और नीले रंग का ज़ीरो पावर का बल्ब। सब कुछ बड़ा ऐन्द्रजालिक-सा। और फिर उसी इन्द्रजाल की माया के नीचे किसी की बलिष्ठ भुजाओं में कसी हुई वह ! वैसा कुछ भी नहीं हुआ। यों होने को सभी कुछ हुआ, पर कम्मो ने महसूस किया कि मित्तल बहुत जड़ है—बिल्कुल यान्त्रिक। उमंग, उत्साह, प्यार की गर्मी, पागल बना देनेवाली आतुरता, कुछ भी तो नहीं था। उसका मन विरक्ति से भर गया। दो दिन में ही वह पुरानी भी पड़ गई। चढ़ने से पहले ही नशा उतर गया। हर दिन आता और मित्तल की यही जड़ता उसे अधिक खिन्न बनाकर चली जाती। वह चुपचाप रो लेती—पर बेचो-ख़रीदो, हानि-लाभ के बीच जब किसी को उन आँसुओं को देखने की फुर्सत ही नहीं थी तो उन्हें कोई पोंछता तो कैसे !

मित्तल आया तो दो-चार औपचारिक बातें शम्मी से कर लीं। कम्मो ने बताया कल इन्द्र भी आनेवाले हैं तो कह दिया, "अच्छा ?" फिर एक क्षण रुककर पूछा—"किस गाड़ी से

आएँगे ? तुम जाकर ले आना–मैं तो क्या बताऊँ...?"

"कोई ज़रूरत नहीं है कुछ बताने की, मैं लेती आऊँगी।" खीज़कर कम्मो ने कहा। शम्मी चुपचाप सुनती रही।

दोपहर में माँजी शोन को लेकर अपने कमरे में जाकर सो गईं तो शम्मी ने पूछा–"शोन सारे दिन माँजी के ही पास रहता है ?"

"हुआ है तब से उन्हीं के पास रहता है। मैंने तो जाना ही नहीं कि बच्चा पालना कैसा होता है। बिना एक रात भी जागे, दो साल का हो गया। दोनों को एक-दूसरे के बिना चैन नहीं।"

"चलिए, आप पर तो मेहरबानी हैं–वरना हम सब लोगों पर तो दादी शुरू से ही बड़ी नाराज़ रहीं।"

कम्मो के मुँह से एक ठंडी निःश्वास फूट पड़ी। धीरे से बोली–"इनका ऐसा ख़याल है कि जिस दिन मेरी सगाई का शगुन उनके घर में आया, उसी दिन से इनके घर में लक्ष्मी ने वास कर लिया। इसी से बड़ी प्रसन्न हैं। पर किसे बताऊँ..." और फिर वह चुप हो गई।

शम्मी ने प्रसंग बदल दिया। उसे अपने बारे में शायद इतना कुछ कहना था कि और किसी की भावनाओं के सुनने-समझने का अवकाश ही नहीं था। वह विभोर होकर अपने और इन्दु के परिचय, प्रणय और सम्बन्ध की बातें करती रही और कम्मो सोचती रही। यह उन्नीस साल की है और वह चौबीस की–फिर भी वह कितनी बुढ़ा गई है। पर कहाँ, बुढ़ाई कहाँ ? बुढ़ा जाती तो कितना अच्छा होता–और इन्द्रियों की भाँति ये आवेश और आवेग भी शिथिल हो जाते।

सारे दिन ख़रीद-फ़रोख़्त करके इन्दु, शम्मी और कम्मो 'नीरा' में चाय पीने बैठे। कम्मो बराबर ही अपने साथ हो लेने पर पछता रही थी। उनके बीच उसने अपने को एक अनचाहे, अनावश्यक व्यक्ति की तरह ही महसूस किया। उसकी उपस्थिति को भूल, दोनों आपस में ही मगन थे। और व्यर्थता का यह बोध, अपमान की सीमा तक पहुँच गया। जब आपस में कुछ इशारेबाज़ी करके बहुत ही विनय और मिन्नत के स्वर में इन्दु ने कहा, "चाचीज़ी, कल तो मैं चला ही जाऊँगा, दो घंटे के लिए शम्मी के साथ छुट्टी देंगी ?"

"क्या मतलब ? मैं चली जाऊँ ?" भरसक अपने को संयत रखकर उसने पूछा।

"न न, घर मत जाइए, वरना दादी जी जान ही निकाल देंगी।"

शम्मी बोली, फिर कुछ सोचकर कहा, "आप किसी परिचित के यहाँ दो घंटे नहीं बिता सकतीं, फिर सब लोग साथ-साथ घर चले जाएँगे।"

क्रोध और अपमान से कम्मो का चेहरा सूर्ख हो गया। खुद तो रंग-रलियाँ करेंगे और मुझे कोई लौंडी-बाँदी समझ लिया है ? मैं इनकी चाची होती हूँ, निर्लज्ज कहीं के। रंग-रलियाँ ही मनानी हैं तो डरते क्यों हैं ? उसने पर्स में से रुपए निकालकर बिल के साथ पटक दिए और अपने को भरसक संयत करके कहा–"कोई किसी की जान नहीं निकालेगा–तुम लोग घूमकर आओ, मैं जाती हूँ।" और वह लौट पड़ी। बचे हुए रुपयों के लिए भी वह नहीं ठहरी। जाने क्यों, उसे कुछ-कुछ उम्मीद थी कि शम्मी उसे आवाज़ देगी–आख़िर वह उसके लहज़े से समझ तो गई होगी कि वह नाराज़ होकर जा रही है–पर किसी ने आवाज़ नहीं दी। सब ओर से व्यर्थ–सचमुच, किसी को उसकी अपेक्षा नहीं है।

गाड़ी में बैठी तो आँसुओं के पार उसे कुछ भी नहीं दिखाई दे रहा था। घर आकर उसने किसी से कोई बात नहीं की। माँजी शम्मी और इन्दु के रवैये से यों ही बौखलाई हुई थीं, कम्मो को अकेला देखा तो उसी पर बरस पड़ीं—"तू उन दोनों को कहाँ छोड़ आई ? इस घर में लाज-शरम तो रह ही नहीं गई है। इस लड़के ने तो सारे घर को ऐसा बिगाड़ा है कि..."

कम्मो का मन हुआ साफ़ कह दे—वह किसी को नहीं छोड़कर आई। वे ही उसे छोड़कर चले गए। पर चुप रह गई।

"मेरा तो जुकाम के मारे सिर फटा जा रहा है—शोन को बैठकर खिला दे।" और सिर पर कसकर पट्टी बाँधकर वे अपनी खाट पर जाकर बड़बड़ाने लगीं।

शोन ज़िद करने लगा तो कम्मो ने खींचकर उसके गाल पर एक चांटा मार दिया—जिद्दी कहीं का, हर बात में रोना। शोन की चीख़ सुनकर माँजी झपटकर आईं—"हट यहाँ से। अरे खाना खिलाने बैठी और रुला दिया," उन्होंने शोन को गोदी में उठाया और उसकी थाली लेकर अपने कमरे में चली गई।

शोन की बड़ी-बड़ी आँखों में आँसू देखकर कम्मो का मन टीस उठा। अकारण ही मार दिया बेचारे को। उसका मन हुआ जाकर उसे प्यार कर ले।

मित्तल आया तो वह लेटी हुई थी। शम्मी लौट आई थी और इन्दु फिर कहीं चला गया था। सब अपने-अपने कमरे में चुप थे, पर घर में एक तनाव था। कपड़े बदलते हुए मित्तल ने कहा—"माँजी को तो बुखार आ गया—शायद फ्लू है।"

"हूँ," लेटे-लेटे ही कम्मो ने जवाब दिया।

"कल डॉक्टर को फ़ोन करके बुलवा लेना।"

कम्मो चुप।

"और ये शम्मी इन्दु को क्या हुआ है ? माँजी बहुत नाराज़ हो रही थीं। ठीक है नए ज़माने के हैं, फिर भी एक मर्यादा तो होनी ही चाहिए ? नए ज़माने के तो हम भी हैं।" फिर एक क्षण रुककर बोला—"और तुम उन्हें अकेला क्यों छोड़ आईं ? तुम तो बड़ी हो, समझदार हो, कुछ तो ख़याल रखना चाहिए न ?"

कम्मो ने गुस्से में होंठ काट लिया। उसकी आँखें छलछला आईं। मन तो हुआ कोई बेहद कड़वी बात कह दे, पर पी गई। मन की कटुता को व्यक्त करने के लिए शब्द नहीं थे उसके पास।

मित्तल ने कपड़े बदल लिए तो कम्मो ने केवल इतना कहा—"खाना खा लीजिए, मेरा सिर दर्द कर रहा है।"

"क्यों, तुम्हें भी तो फ्लू नहीं हो गया ?" और कम्मो के सिर पर हाथ रखा।

"नहीं, यों ही थकान की वज़ह से," कम्मो ने करवट बदल ली।

सब सो गए थे पर कम्मो को नींद नहीं आ रही थी। कोई ख़ास बात नहीं थी पर फिर भी उसे लग रहा था जैसे किसी ने बड़ी निर्ममता से उसके सारे घावों को कुरेद दिया है। क्यों आए शम्मी और इन्दु ? वह बड़ी है, उसे समझाना चाहिए था—चौबीस साल की उसकी उम्र और सबको वह बुढ़िया दिखाई देने लगी ? कभी उसे शम्मी-इन्दु पर ही क्रोध आता। इतनी ही बेसब्री है तो कर लें शादी। शादी के पहले तो मर्यादा निभानी ही पड़ेगी। पर वह

स्वयं नहीं समझ पा रही थी कि उनके प्रति उसका आक्रोश वास्तविक क्रोध था या ईर्ष्या-जनित क्रोध।

अजीब-सी बेचैनी से विकल होकर कम्मो उठ बैठी। इच्छा हुई छत पर चली जाए--बाहर बिखरी शीतल चाँदनी में मन का सन्ताप धो आए। रात में पागलों की तरह अकेले छत पर टहलना, सूनी नज़रों से आसमान को देखना और अपने से ही लड़ते रहना, यही उसके यौवन का प्रारब्ध था। मित्तल बेख़बर सोया था, घुटनों को छाती में सिकोड़कर। कम्मो को लगा शायद इन्हें सर्दी लग रही है—उसने पास पड़ी चादर उसके पैरों पर डाल दी और स्लीपर पहनकर धीरे-से दरवाज़ा खोला। पीछे के बरामदे में अँधेरा छाया हुआ था। वह दो क़दम आगे ही बढ़ी थी कि ठिठक गई। सीढ़ियों के पास ही गुँथी हुई दो छायाकृतियाँ। वह पीछे हटकर अपने दरवाज़े से सट गई—इतना दुस्साहस ! इन्दु के सीने से शम्मी का मुँह निकला और चार अधर मिले तो मिले ही रह गए—"चार बजे एक बार फिर आना...ज़रूर आना, कल तो मैं चला ही जाऊँगा।" कम्मो ने अस्पष्ट से स्वर सुने। मन की जलन को दुगनी करके वह अपने बिस्तर में घुस गई निर्लज्ज—बेहया...

कम्मो सो नहीं सकी। उसका सारा शरीर ऐंठता रहा और वह रोती रही--दुख से, क्रोध से। एक अज़ीब-सा विचार उसके मन में आया। चार बजे वह चली जाए, पीठ करके खड़ी हो जाए और यदि...छिः' उसने घृणा से अपना ही होंठ काट लिया, पर फिर भी उसके सामने इन्दु की मछलियाँ उभरी बाँहें साकार हो गईं और यह इच्छा मन में टक्कर मारती ही रही। चार बजे उसकी बड़ी इच्छा हुई कि जाए, एक बार देखे तो...। पर पिछले छः वर्षों से वह जिस प्रकार अपने को नियन्त्रित करती आ रही थी, कर गई और पड़ी रही।

दूसरे दिन इन्दु को छोड़कर लौटे तो पाँच बज गए थे। मित्तल स्टेशन से ही मार्केट चला गया और शम्मी अपने कमरे में पलँग पर जाकर लेट गई। वह रात-भर सोई नहीं थी सो हो सकता है नींद ही आ रही हो। सोई कम्मो भी नहीं थी, पर फिर भी उसकी आँखों में नींद नहीं थी। सवेरे से उठी है, तब से न उसे नींद है न भूख-प्यास। बस वह मशीन की तरह काम करती रही है। अम्मा की मालिश, दवाई, इन्दु के साथ जाने का खाना। आज शोन को भी उसी ने तैयार किया, थोड़ा रोया तो सही, पर फिर खेलने लगा।

शाम को अम्मा का बुखार तेज़ हो गया। अम्मा ने कहा—"कम्मो, शोन सो जाए तो अपने कमरे में ले जाना। यह बुखार अच्छा नहीं, कहीं इसे न लग जाए।"

"हूँ," कम्मो ने कहा। मित्तल आया तो अपने हाथ से परोसकर खाना खिला दिया। फिर अम्मा की छाती पर मालिश कर आधा घंटे तक सेंककर उन्हें भी सुला दिया। शम्मी के कमरे में झाँककर देखा, वह सो चुकी थी। एक क्षण चुपचाप उसका चेहरा निहारती रही; फिर हल्के हाथ से उस पर चादर डाल दी, देख लिया कि पानी और गिलास रखा है। तब अपने कमरे में लौट आई। सवेरे से लेकर अब तक वह सारे काम यन्त्रवत् करती रही, मानो वह-वह नहीं है। उसके मन में न कोई व्यथा थी न कोई चाह, पर रात में जैसे ही बिस्तरे पर लेटी कि यह जड़ता गलने लगी, प्रयास करके जमाई गई मन की परतें टूट-टूटकर बिखरने लगीं। फिर वही ललक, वहीं दुर्दमनीय चाह, नसों का तनाव, बदन की ऐंठन। उसकी आँखों से टप-टप आँसू की गरम-गरम बूँदें ढुलक गईं।

याद आया, बचपन में भी वह ऐसे ही बिस्तर पर पड़कर रोया करती थी और माँ का

चेहरा और माँ की बाँहें उसके सामने उभर-उभरकर आती थीं, और उसका मन होता था कि वे बाँहें उसे कस लें, पर उन्होंने उसे कभी नहीं कसा, कम्मो का मन बस टीसता ही रहता था।

पत्र पढ़ती थी और शैलेन का चेहरा उभरता था—शैलेन के शब्द कानों से टकराते थे—'कम्मो, मैं तुम्हारे बिना कितना अकेला हूँ, कितना असहाय। मुझे अपनी बाँहों के घेरे में बाँध लो कम्मो।...' और तब उसका मन होता था, शैलेन को एक छोटे बच्चे की तरह अपनी छाती में दुबका ले और कह दे कि 'तुम असहाय नहीं हो शैलेन, मैं तुम्हारी हूँ, यह कम्मो तुम्हारी ही है।'

पर ये कल्पनाएँ...ये इच्छाएँ कभी उसके जीवन की हक़ीकत नहीं बन सकीं तब उसने अपनी आकांक्षाओं को शादी पर केन्द्रित कर दिया पर शादी के बाद ? कितना बड़ा आघात लगा उसकी कल्पनाओं को। हनीमून की कल्पना—बन्द कमरे में घंटों मौन रहकर एक दूसरे को निहारने की कल्पना। कई बार वह जानबूझकर दस-ग्यारह बजे तक सोने नहीं जाती, सोचती कि घुसते ही मित्तल मुँह फुला लेगा—'कहाँ इतनी देर कर देती हो ? यहाँ राह देखते-देखते मर गए। क्या काम रहता है ऐसा तुम्हें भीतर ?' पर वैसा कुछ नहीं होता। उसे कभी लगा ही नहीं कि मित्तल को उसकी चाहना है। यों आवश्यकताओं की पूर्ति के लिए तो सब कुछ मशीनी ढंग से होता ही था। पर वह तृप्त नहीं हो पाती थी—भावनाओं की मिठास जो नहीं थी।

रात में मित्तल जब सो जाता तो वह पास पड़ी-पड़ी उसे देखा करती और फिर रो पड़ती। एक ही ललक उसके मन को बेधती रहती कि कुछ ऐसा हो जाए कि मित्तल की यह सारी जड़ता, सारी यान्त्रिकता एक झटके से दूर हो जाए और वह पागलों की तरह उसे अपनी भुजाओं में कस ले, अपने सीने में समेट ले और फिर उन्मत्त-सी वह उसके सिर को अपनी छाती में छिपा ले, उसके गले में बाँहें डाल दे—दोनों एक दूसरे को पूर्ण कर दें। पर ऐसा कभी नहीं हुआ और कम्मो के दिल-दिमाग़ पर मित्तल का चेहरा, उसकी बाँहें, उसका सीना छाया रहता और मन में शूल-सा कुछ चुभता रहता।

और आज ? आज उसके सामने न माँ का चेहरा उभर रहा है, न शैलेन का न मित्तल का। सब चेहरे मिट गए, रह गई सिर्फ़ एक चाह—दुर्दमनीय चाह, एक ललक कि कोई हो, कोई भी—जो उसे कस कर अपने में समेट ले, जिसकी आँखों में प्यार हो, अपूर्णता हो, कम्मो को पाने की पिपासा हो और अपने को पूर्ण बनाने के लिए वह कम्मो को इतना भींचे, इतना भींचे कि उसकी हड्डियाँ तक चरमरा जाएँ, उसका दम ही घुट जाए।

चार रात हो गई हैं, वह बिल्कुल नहीं सोई है। यों भी नींद उसे आती ही नहीं—यह जलन और चुभन सोने ही नहीं देती—पर इधर तो वह एक पल भी नहीं सोई है। वह कितना चाहती है कि उसे एक गहरी नींद ही आ जाए—इतनी लम्बी और इतनी गहरी कि कुछ समय के लिए तो यह भारीपन दूर हो जाए। उसने औंधे लेटकर अपना मुँह कसकर तकिए में गड़ा दिया। वह जैसे भी होगा आज सोने का प्रयास करेगी—पर तभी पास लेटा शोन ज़ोर से चीख़कर रो उठा। पता नहीं, उसने सपने में क्या देखा कि डरकर दोनों बाहें फैला दी। उसके भिंचे और रुँधे गले से केवल इतना ही निकल पा रहा था—'माँ—हाऊ—माँ—हाऊ—हा—' कम्मो ने जल्दी से उठकर उसे गोदी में ले लिया। गोद में जाते ही शोन एक बार फिर ज़ोर

से चिल्लाया 'हाऊ–हाऊ' और दोनों बाँहें कम्मो के गले में डालकर कसकर उसकी छाती से चिपक गया। कम्मो प्यार से उसकी पीठ पर हाथ फेरने लगी–'देख शोन, कोई नहीं है–देख तो–' पर वह चिपटा ही जा रहा था। डर के मारे उसने आँखें भी नहीं खोली। किसी तरह वह चुप तो हुआ पर घिघियाया हुआ कम्मो से ही चिपटा रहा। कम्मो सोई तो वैसे ही गले में बाँहें डाले शोन उसकी छाती से लिपटकर ही सोया।

लेटने के थोड़ी देर बाद ही कम्मो की आँख लग गई।

'एक प्लेट सैलाब' संकलन से

संख्या के पार

माँ आई और चली गई। कहते हैं माँ के प्यार और उसकी ममता की कोई बराबरी नहीं कर सकता, पर मैं नहीं जानती कि माँ का प्यार क्या होता है, उसकी ममता कैसी होती है ? मैंने तो बचपन से ही आजी का प्यार पाया है, बाबा का प्यार पाया है, और उसके बाद संसार में मैंने कभी किसी चीज़ की कमी महसूस ही नहीं की—न पैसे की, न प्यार की। सब लोग ईर्ष्या करें—ऐसी पूर्णतः है मेरे जीवन में। जिस दिन से होश सँभाला उसी दिन से देखती आई हूँ कि आजी सबसे ज़्यादा ख़याल घर में मेरा रखती हैं और बाबा सबसे ज़्यादा प्यार मुझे करते है। यह तो बाद में मालूम पड़ा कि बाबा-आजी मेरे माँ-बाप नहीं हैं।

धीरे-धीरे, छिपाए रखने के सारे प्रयत्नों के बावजूद यह सत्य मैं जान गई कि विधवा होने के बाद माँ किसी के साथ भाग गई। पिछले आठ वर्षों से मैं इस बात को जानती हूँ, पर एक दिन भी मैंने अपनी माँ के बारे में जानने की उत्सुकता प्रकट नहीं की। न यह कभी मेरे मन में आया कि माँ कैसी होगी—कहाँ होगी ? बाबा को बेटी के इस कुकृत्य ने बहुत क्रोधी और चिड़चिड़ा बना दिया। कौन जाने उनके दिल के दौरे के पीछे भी यही ठेस हो !

लेकिन कल से मैं भी महसूस कर रही हूँ कि एक भारी परिवर्तन मुझमें हो गया है। कितना अच्छा होता कि कल से लेकर आज तक जो कुछ हुआ वह अनहुआ हो जाता।

आज माँ को देखकर लगा—मेरी शक्ल माँ से कितनी मिलती-जुलती है। मुझे यदि कोई नहीं बताता तब भी शायद मैं पहचान लेती कि यह मेरी माँ हैं। आज समझ रही हूँ कि बाबा मेरी सालगिरह के दिन क्यों रोए थे ? उस दिन मैंने आजी के लाख मना करने पर भी एक ऐसे बक्स में से साड़ी निकालकर पहनी थी जिसे आजी कभी नहीं खोलती थीं। आजी जितना मना करती गईं, मैं भी उतनी ही जिद करती गई और उसे पहनकर ही मानी। पूरी तरह तैयार होकर जब मैं बाबा के पाँव छूने गई तो वे मुझे ऐसे घूर-घूरकर देखने लगे मानो पहले कभी देखा ही नहीं था। मैंने अपने सिर पर उनके हाथ का कम्पन महसूस किया। उठी तो कमरे के जगमगाते प्रकाश में मैंने देखा था कि सफ़ेद भौंहों के नीचे झुर्रियों की कटोरियों में बन्द उनकी निस्तेज आँखों में जल की बूँदें चमक रही हैं। मेरी सालगिरह के दिन आँसू ! आज सोचती हूँ तो लगता है उस दिन मुझे देखकर बाबा को ज़रूर माँ का ख़याल आया होगा ?

टन...टन...करके घड़ी के घंटे बजे तो एकाएक ही मुझे ऐसा अहसास हुआ कि घर में मौत का सन्नाटा छाया हुआ है। जाने कब से इस ख़ामोशी के बीच में पड़ी हूँ मैं। एकाएक ही इच्छा हुई कि बाबा इस सन्नाटे को चीरकर चीखना-चिल्लाना शुरू कर दें—झनझनाकर घर की चीज़ें फेंकने लगें। सच, इस सन्नाटे में तो दिल डूबता जा रहा है। और मुझे ही ऐसा क्या हो गया है ? मैं ही क्यों नहीं दौड़कर बाबा के कमरे में चली जाती हूँ ? मुझे ऐसा क्यों

लग रहा है जैसे अपराध माँ का नहीं, मेरा हो । लगता है, जो अब तक नहीं हुआ वह अब होकर रहेगा। कल से आज तक घर के हर व्यक्ति ने अपनी सहजता ही खो दी है। यह घटना क्या ज़िन्दगी-भर छाया की तरह मेरे पीछे लगी रहेगी ? क्या इन दो घंटों में एक बार भी यह बात मेरे मन में नहीं आई कि इस सारे ऐश्वर्य और असीम लाड़-प्यार के बीच भी मैं कितनी तुच्छ हूँ...कितनी हीन हूँ ? मैं भागी हुई स्त्री की सन्तान हूँ ? नहीं...नहीं...कोई भी ऐसी भावना मेरे मन में नहीं है।

बाबा का क्रोध—सारा शहर थर्राता है उनके क्रोध से। फिर जिसको अपना सर्वस्व दो, वही छलकर जाए तो मन किस बुरी तरह तिलमिला जाता है। उसकी कल्पना सहज ही में की जा सकती है। मन होता है कि अपना और उसका सिर फोड़ दो।

कल कितनी खुश-खुश आ रही थी मैं कॉलेज से। पर घर में घुसी तो विचित्र-सी ख़ामोशी छाई हुई लगी और होंठों में गुनगुनाते गीत की कड़ी आधी ही मेरे होंठों में अटकी रह गई। सामने ही बूढ़ी नौकरानी चन्दा मिली। मैंने पूछा, "क्या बात है चन्दा ?" उसने बिना जवाब दिए मेरे हाथ से किताबे छीन ली और चली गई। लगा जैसे कुछ कहते-कहते रुक गई। पर मैंने देखा उसकी आँखों में आँसू थे। मैं दौड़कर बाबा के कमरे में गई। आँखों पर हाथ रखे चुपचाप लेटे थे और पास में बैठी आजी बुरी तरह रो रही थीं।

मेरे पैर वहीं बँध गए—तो क्या बाबा को फिर से दिल का दौरा पड़ गया ? तीन महीने पहले भी तो सबकुछ ऐसे ही हुआ था। बाबा ऐसे ही पड़े थे। आजी पास में बैठी ऐसे ही रो रही थीं और बाहर नौकर-चाकर रो रहे थे। किसी को बाबा के बचने की उम्मीद नहीं थी, पर बाबा बच गए। बाबा से लिपट जाने के लिए मैं पागलों-सी दौड़ी तो आजी ने इशारे से वहीं रोक दिया। "कैसे हैं बाबा ? क्या हुआ है इनको ?" घबराहट और आशंका से मेरा गला रुंध-सा गया।

"कुछ नहीं हुआ, तू यहाँ से बाहर चली जा अभी।"

याद नहीं पड़ता ऐसा रूखा जवाब मैंने कभी आजी के मुँह से सुना हो। पर स्वर में जाने ऐसा क्या था कि मैं लौट पड़ी। तभी बाबा के ज़ोर-ज़ोर से चिल्लाने की आवाज़ आई। लेकिन अब मेरी हिम्मत नहीं थी कि उस कमरे में लौट जाऊँ। अपने कमरे में बैठा रहना तो मेरे लिए और भी असह्य हो गया। लगा जैसे कुछ बहुत ही असाधारण और अशुभ घर में हो चुका है। बरामदे वाले दरवाज़े से घुसकर मैं चुपचाप बाबा के कमरे से लगे पूजा-घर में चली गई। "वह नहीं आ सकती...इस घर में पाँव भी नहीं रख सकती। सच कहता हूँ, वह आई तो मैं उसकी टाँगें तोड़ दूँगा।" आजी के सिसकने और हिचकियाँ लेने की आवाज़ आ रही थी। वे शायद बराबर रो रही थीं। "तुम लाख रोओ, रोते-रोते मर भी जाओ तब भी वह इस घर में नहीं घुस सकती। उसने इस शहर में घुसने की हिम्मत ही कैसे की ? तुम कहला दो कि वह शहर छोड़कर चली जाए। मेरी इज्ज़त-प्रतिष्ठा, सुख-चैन सब मिट्टी में मिला दिया..."

मैं नहीं समझ पाई कि किसको लेकर बाबा इतने नाराज़ हो रहे हैं ? इतनी दूर रहकर भी बाबा के गुस्से से मेरा बदन थर-थर काँपने लगा। आजी की सिसकियाँ वैसे ही सुनाई

दे रही थीं। "प्रमिला से मिलना तो दूर, मैं उसकी छाया तक उस पर नहीं पड़ने दूँगा। उस दिन कहाँ गई थी माँ की ममता जब वह उस दूध-पीती बच्ची को छोड़कर, सारे कुल की इज़्ज़त पर पानी फेरकर चली गई थी ? पलक मारते ही सारी बात मेरी समझ में आ गई। तो मेरी माँ आई है। वह शायद मुझसे मिलना चाहती है। क्यों आई है माँ ? मुझे किसी से नहीं मिलना। मैं नहीं जानती कि कौन है माँ ? बाबा को दुखी करके मैं कुछ भी नहीं कर सकती...करना चाहती भी नहीं...। धीरे-से मैं अपने में लौट आई।

सन्ध्या तक एक बार भी मैं अपने कमरे से बाहर नहीं निकली। मेरे कमरे की खिड़की बाहर बगीचे में खुलती है। देखा, धीरे-धीरे बाबा चले आ रहे हैं। पीछे-पीछे आजी हैं। दोनों कुर्सियों पर बैठ गए। इस समय तक शायद बाबा शान्त हो चुके थे। लगता है आजी ने शायद माँ को मना करवा दिया। कहाँ ठहरी हैं माँ ? किसके हाथ उन्होंने यह सन्देश भेजा है ? अब वह नहीं आएँगी, यह सोचकर मन कुछ आश्वस्त हुआ। पर तभी एक दुर्दमनीय चाह उठी कि देखूँ तो सही कि माँ कौन है ? कैसी है ?...नहीं...नहीं, ऐसी बात भी मुझे अब नहीं सोचनी चाहिए।

बाबा मौन थे। आजी मौन थीं। दूर क्यारियों में माली घास खोद रहा था। कमरे के भीतर और अधिक घुटन बढ़ गई थी। मेरा बहुत मन हुआ कि मैं भी बाहर बगीचे में उन लोगों के साथ जा बैठूँ। पर अपनी जगह से हिला भी नहीं गया। वहीं खड़ी-खड़ी मैं शून्य नज़रों से बाहर देखती रही।

तभी एक ताँगा फाटक में घुसा और सीधे पीछेवाले दरवाज़े की ओर चला गया, मानो वह घर के नक्शे से परिचित हो। मैंने अच्छी तरह देखा कि चादर ओढ़े एक महिला उस पर बैठी थी। पर उसकी सूरत मैं नहीं देख पाई। हड़बड़ाकर आजी उठीं। मैं समझ गई कि यह आनेवाली महिला ही मेरी माँ है। तो क्या आजी ने उन्हें मना नहीं करवाया ? क्या मना करवाने के बावजूद वे आ गईं। कोई दो मिनट बाद ही बाबा उठे। उनके पाँव लड़खड़ा रहे थे। शायद वह गुस्से या उत्तेजना से काँप रहे थे। कुर्सी की बगल में रखे हुक्के को लात से एक ओर लुढ़काकर दो-चार गमले तहस-नहस कर दिए। मुझे लगा कि अब कुछ ऐसा होगा जो आज तक नहीं हुआ। जिसकी कल्पना भी बड़ी भयावनी है। मैं साँस रोककर उस क्षण की प्रतीक्षा करने लगी। बस, अभी-अभी बाबा बुरी तरह लताड़ते-फटकारते माँ को बाहर निकाल देंगे। वे मुझे देखने की इच्छा प्रकट करेंगी तो उन्हें घसीटकर बाहर कर दिया जाएगा। नहीं, यह सब नहीं होना चाहिए। मेरी आँखों से आँसू निकलने लगे। कब तक उन विचित्र आशंकाओं से आतंकित-सी मैं रोती रही, मुझे नहीं मालूम। होश तब आया जब देखा कि वही ताँगा लौट रहा है।

पहली बार अपनी माँ के दुख, माँ की मजबूरी ने मेरे मन को मथ दिया। मैं उठी, दबे पाँव फिर उसी पूजा-घर में जाकर खड़ी हो गई। कान लगाकर सुनने लगी कि आजी बाबा में क्या बातें हो रही है, अभी क्या हो चुका है ? एक विचित्र-सी भावना मेरे मन में आई—यह छिप-छिपकर सुनना, क्या स्वभाव की विकृति नहीं...किसी दुष्प्रभाव के कारण ही तो मैं ऐसा नहीं कर रही ? क्या यह माँ के अपराध का प्रभाव है ? बिना मिले, मात्र उसके आने से मुझमें यह 'पाप' आ गया ? मन हुआ लौट जाऊँ, पर मेरे पाँव जैसे वहीं जम गए थे। बाबा के कमरे में सभी कुछ शान्त था, मानो वहाँ कोई था ही नहीं। आजी क्या बाबा के पास

लौटी ही नहीं ? शायद वे डर रही होंगी कि माँ को आना नहीं चाहिए था। माँ के जाने से लगा था कि संकट टल गया। पर इस छोटे-से पूजा-घर में खड़े होकर लग रहा था कि असली संकट तो अब है। मैंने रक्षार्थ ईश्वर के आगे हाथ जोड़ दिए।

"निकल जाओ तुम मेरे कमरे से..." तभी बाबा की क्रोध-भरी आवाज़ से मैं पत्ते की तरह थर्रा उठी—"तुमने उसे आने ही क्यों दिया ? इस घर में तुमने उसे घुसने ही क्यों दिया ? क्यों नहीं उसे घसीटकर बाहर कर दिया ?" और उनका स्वर आजी की हिचकियों में डूब गया। आजी फूट-फूटकर रो रही थीं। आँसुओं से भीगे, रुँधे गले से टूट-टूटकर शब्द उनके मुँह से निकल रहे थे, "मेरी बात तो सुन लो...फिर जो तुम्हारी समझ में आए करना...वह तो यों ही बहुत दुखी है। जानते हो, उसके ससुरालवालों ने उसका सौदा कर दिया और उड़ा दिया कि भाग गई...भाग गई...। हाय राम, उन दुष्टों को नरक में भी जगह न मिले...मेरी बेटी की ज़िन्दगी बरबाद कर डाली। कितने सालों से वह यह दुख भोग रही है और तुम हो कि..."

मैं धम् से जमीन पर बैठ गई। नहीं जानती ऐसा क्यों हुआ, पर मुझसे खड़ा नहीं रहा गया..."सब झूठ है...फरेब और बहानेबाज़ी है...मैं किसी की बातों में नहीं आनेवाला..."

"दाने-दाने को मुहताज कर दिया मेरी बच्ची को...देखते तो कलेजा मुँह को आ जाता...कह रही थी कि किसी ने बता दिया कि प्रमिला बड़े दुख में है। सो सबसे लड़-झगड़कर उसे देखने चली आई।"

"कुछ नहीं...उन लोगों ने कुछ लेने-लिवाने के लिए भेजा होगा। कान खोलकर सुन लो, मैं उसे फूटी कौड़ी नहीं दूँगा। प्रमिला पर उसकी छाया भी नहीं पड़ने दूँगा..." और झन्न से कोई चीज़ गिरी। शायद पीतल का फूलदान होगा। देर तक उसकी झन्नाहट कमरे में गूँजती रही।

"एक बार अगर वह प्रमिला को देख ही लेगी तो क्या हो जाएगा...? वह माँ है...तुम उसका दुख क्यों नहीं समझते ?" बहुत ही याचना-भरा आँसुओं में डूबा आजी का स्वर सुनाई दिया। "तुम निकल जाओ, इसी समय कमरे से निकल जाओ। मैं तुम्हारी सूरत भी नहीं देखना चाहता...सब मेरे दुश्मन हैं इस घर में...दाने-दाने को मुहताज है तो भीख माँगे...जैसा किया उसका वैसा ही फल मिलना था। मैं उसे इस घर में नहीं आने दूँगा...कभी नहीं आने दूँगा...तुमने उसे आने ही क्यों दिया ?" बाबा की चीख-पुकार के बीच आजी की हिचकियाँ लगातार सुनाई दे रही थीं। उन्होंने कुछ कहा, लेकिन मैं समझ नहीं पाई। "जाओ !" सारी शक्ति लगाकर बाबा चीखे और उनकी आवाज़ फट गई। ऐसा लगा कि आजी उठकर चली गई। मैं भी निर्जीव कदमों से अपने कमरे में लौट आई और फूट-फूटकर रोने लगी। नहीं जानती माँ का दुख मुझे साल रहा था या बाबा का क्रोध। माँ का सौदा हुआ है...वह बहुत दुखी है...कैसी होगी मेरी माँ...मेरी माँ ?...

उस रात शायद कोई नहीं सोया। आजी सारी रात अपने कमरे में पड़ी रोती रहीं। बाबा के चीखने-चिल्लाने की आवाज़ तो नहीं आई पर कभी-कभी कोई चीज़ ज़रूर झनझनाकर गिरती और घर का सन्नाटा एक बारगी ही काँप कर रह जाता।

दूसरे दिन बिना चाय पिए ही मैं कॉलेज चली गई।

कॉलेज से लौटी तो हॉल में घुसते ही देखा, ज़मीन पर तस्वीरों, फूलदानों, रेकॉर्डों के

टुकड़े पड़े हैं। अन्दर चीनी के प्लेट-प्यालों के टुकड़े मिले। पर ऐसा कोई नहीं मिला जिससे दो शब्द पूछ सकूँ, हालाँकि ये टूटे-फूटे बर्तन ही सबकुछ बोल रहे थे। तो आख़िर आज भी माँ आई, और जो कुछ कल नहीं हुआ वह आज हो ही गया। यह तनाव, यह घुटन तो ख़त्म हो गई। तभी ख़याल आया कि कैसे निकाला होगा माँ को ? अपने बचाव के लिए माँ ने भी कुछ कहा होगा या यों ही चुपचाप चली गई होंगी ? पर यदि वे मुझे ही देखना चाहती थीं तो सवेरे क्यों आईं ? क्या आजी ने उन्हें नहीं बताया कि सवेरे मैं कॉलेज जाती हूँ। मेरी आड़ लेकर कहीं वह सचमुच पैसा लेने ही तो नहीं आईं। और आज भी ऐसे समय आईं जब मैं नहीं थी। एक अव्यक्त घृणा से मेरा तन-मन सिहर उठा।

चन्दा खाना लेकर आई तो थाली लेते हुए पूछा, "माँ क्या आज भी आई थीं चन्दा ?"

"नहीं, मालिक तो नाहक ही नाराज़ हो रहे हैं। बहूजी बेचारी तो रो-रोकर आधी हो गईं। घर की आधी चीज़ें तो मालिक ने तोड़-फोड़ डालीं, अब उन्हें कौन समझाए...? जिस बात को बीते इतने बरस हो गए उसे लेकर यह सब करना क्या अच्छा लगता है ?" इच्छा हुई चन्दा से बहुत कुछ पूछूँ। यह तो उस समय भी थी जब माँ मुझे छोड़कर चली गई थी। पर एक शब्द भी मुँह से नहीं निकला, न खाना ही खाया गया।

घोड़े के घुँघरुओं की आवाज़ सुनकर मैंने बाहर झाँका। लाल बजरी की आधी सड़क पार करके ताँगा फिर भीतरवाले दरवाज़े की ओर जा रहा था। उस पर वही महिला बैठी थी। मुझे तो जैसे साँप सूँघ गया। मैं समझ गई--आज माँ मुझे ही देखने आई हैं।

"बिटिया चलो, बहूजी बुलाती हैं..."चन्दा की आवाज़ से मैं चौंक पड़ी। मैंने उससे कहा, "ज़रा धीरे बोलो चन्दा।" और बिना एक क्षण की देरी किए दबे पाँव उसके पीछे-पीछे चल पड़ी। मानो मैं इस तरह बुलाए जाने की मन-ही-मन प्रतीक्षा कर रही थी। मैं चाहती थी, जितनी जल्दी हो सके यह देखना-दिखाना ख़त्म हो और बाबा को पता लगने से पहले ही माँ चली जाएँ।

भंडार में जाकर देखा--जमीन पर बिछी चटाई पर माँ और आजी आमने-सामने बैठी हैं, और दोनों ही रो रही हैं। मैं घुसी तो माँ एकटक मुझे ही देखती रहीं। मानो उन्हें अपनी आँखों पर विश्वास नहीं हो रहा हो कि मैं इतनी बड़ी हो गई हूँ। फिर सहसा उन्होंने मुझे खींचकर अपने सीने से लगा लिया। इस प्रकार के अप्रत्याशित व्यवहार से मैं अस्त-व्यस्त हो उठी। तभी मैंने बाबा के खड़ाऊँ की खट-खट सुनी तो लगा जैसे शरीर का सारा खून जम गया। मैं झटके से छिटककर इस तरह अलग आ खड़ी हुई मानो कोई अपराध करते हुए रंगे हाथों पकड़ ली गई हूँ। झटपट वहाँ से खिसक जाने की ताक में ही थी कि देखा--बाबा सामने आ खड़े हुए हैं। अपने आप ही मेरी आँखें मुँद गईं और ऊपर की साँस ऊपर और नीचे-की-नीचे अटकी रह गईं। जानती थी अब क्या होनेवाला है और उसे देखने-सुनने का सामर्थ्य मुझमें नहीं था। कल तो बाबा जाने क्या सोचकर जैसे-तैसे गुस्सा पी गए थे, पर आज...?

"सुनती हो ? लो, यह चैक इसे दे दो और कह दो रुपए-पैसे की तकलीफ़ न देखे..." जैसे कहीं बहुत दूर से बोल रहे हों। इस तरह बाबा ने जैसे-तैसे अपनी बात पूरी की और गला रुँध जाने के कारण बिना अपना वाक्य पूरा किए लौट पड़े।

किसी तरह साँस-में-साँस आई तो आँखें खोली। जो कुछ हुआ उस पर विश्वास नहीं

हो रहा था। सामने नीला चेक पड़ा था...एक की संख्या पर चार बिन्दियाँ थीं।

मैं कुछ समझूँ-समझूँ कि तभी माँ उठीं। मेरा सिर छाती से चिपकाकर बालों पर हाथ फेरा और मुट्ठी में बन्द, पसीजा और मिसामिसाया-सा पाँच रुपए का नोट मेरे हाथ में पकड़कर झटके से बाहर चली गईं।

और उस क्षण जब मेरी स्तब्ध और लुप्त चेतना लौटी तो मेरी आँखें भर आईं। मैंने देखा, मेरे सामने दस हजार का चैक पड़ा था और हाथ में पाँच का नोट...आँसू-भरी आँखों के पार मुझे लगा जैसे दोनों के रूप धीरे-धीरे अस्पष्ट से अस्पष्टतर होते चले जा रहे हैं...उस चैक और नोट का रूप-रंग, आकार घुलकर एक हो गया...यहाँ तक कि संख्याएँ भी अनपहचानी हो उठीं और रह गए केवल मेरे गालों से ढुलकते आँसू...बाबा की लौटती खट-खट, और पत्थर बनी बैठी आजी...

'एक प्लेट सैलाब' संकलन से

कमरे, कमरा और कमरे

उस घर में पाँच कमरे थे और किसी कमरे की कोई व्यवस्था नहीं थी। सब कमरों में लोग बैठते थे, सोते थे, खेलते थे और खाते थे। जिस कमरे में खेल जमा हो वहाँ अम्मा पास-पड़ोस की किसी चाची-ताई के साथ आ बैठतीं, तो खेल दूसरे कमरे में चला जाता। अम्मा अधिकतर बीमार रहती थीं, इसलिए घर की जैसी भी व्यवस्था थी वह नीलू को ही सँभालनी पड़ती थी और नीलू को लगता था कि जब तक वह घर में रहती है, वह पाँच कमरों और छठी रसोई में बंटी-बिखरी रहती है। धोबी आता, तो वह हर कमरे से गन्दे कपड़े बटोरती फिरती। पलंगों के नीचे, खूटियों के ऊपर और कुर्सियों की पीठ पर लटके हुए कपड़े उसे मिलते थे और लिखने से पहले एक बार फिर उसे सबके पास जाकर पूछना भी पड़ता था किसी को कुछ देना तो नहीं है। सफ़ाई करवाते समय हर कमरे से नाश्ते की जूठी प्लेटें, खाली दोने या तेल सने कागज़ के टुकड़े निकलते थे और कोई चीज़ गुम हो जाने पर हर कमरे में ढूँढ़ना अनिवार्य हो जाता था। नीलू ने कई बार चाहा और कोशिश भी की कि वह एक कमरा अपने लिए ले ले, एक अम्मा और बाबू का बना दे, एक तीन छोटे भाइयों का, एक खाने का और एक बैठने का। पर वर्षों से चली आई उस व्यवस्था में नीलू की चाहना कभी पूरी नहीं हो सकी। और पाँच कमरों में बँटकर ही उसे अपना हर काम करना पड़ता था और पाँचों कमरों में घूम-घूमकर ही उसे अपनी पढ़ाई करनी पड़ती थी। यह बात बिल्कुल दूसरी है कि उसके बावजूद वह हमेशा टॉप ही करती आई थी।

जब एम.ए. में उसने प्रथम श्रेणी, द्वितीय स्थान प्राप्त किया, तो उसकी खुशी और जश्न भी पाँचों कमरों में ही मनाया गया। एक कमरे में अम्मा के साथ औरतें थीं, तो दूसरे में पिताजी के मित्र। एक कमरे में बच्चे पूरे शोर-शराबे के साथ आइसक्रीम जमा रहे थे, तो एक में उसकी अपनी सहेलियाँ ईर्ष्या और खुशी की मिली-जुली भावना से चहक रही थीं और वह थी कि थोड़ी-थोड़ी देर में हर कमरे में जाती थी, किसी को कुछ देने या किसी से आशीर्वाद या बधाई लेने। सभी कमरों में अपने-अपने ढंग से उसकी योजनाएँ बन रही थीं। बाबू बहुत उल्लसित थे और उनकी छाती गर्व से फूली नहीं समा रही थी। मित्रों के यह कहने पर कि अब उन्हें अच्छा लड़का ढूँढ़कर नीलू का रिश्ता कर देना चाहिए, वे हिक़ारत-भरी नज़र फेकते और कहते, "मेरी बड़ी इच्छा थी कि नीलू को डॉक्टर बनाऊँ, पर साइंस में इसकी बिल्कुल रुचि ही नहीं थी। पर कोई बात नहीं, मैं अभी भी इसे डॉक्टर ही बनाऊँगा।" मित्रों ने बड़ी सद्भावना से ज़माने के बेढंगेपन की ओर संकेत किया, तो बड़ी लापरवाही से बोले, "मेरी नीलू केवल बुद्धि की ही धनी नहीं, किस्मत की भी बड़ी बली है। बीहड़ रास्ते पर भी कदम बढ़ा देगी तो सारा झाड़-झंखाड़ हट जाएगा और राजमार्ग बन जाएगा।"

उधर अम्मा को सलाह दी जा रही थी कि जब तक रिश्ता पक्का हो, नौकरी ज़रूर करवा दो। आजकल तो लड़कियाँ भी धड़ल्ले से कमाने लगी हैं। भगवान ऐसा न करे, पर यदि दो साल रिश्ता न हुआ तो अपने दहेज का खर्चा खुद ही निकाल लेगी।

चुप थी तो केवल बुद्धि की धनी और क़िस्मत की बली नीलू ! पाँच कमरों में बँटी-बिखरी वह। न अपने बारे में कुछ सोच पाती थी, न कोई निर्णय ही ले पाती थी।

आख़िर उसने अपने को उन पाँच कमरों की दीवारों से मुक्त किया तो पहली बार उसे अपने पूरे होने का अहसास हुआ...अपने भीतर जाने कैसी-कैसी सम्भावनाओं का बोध हुआ...लगा कि यदि वह किसी प्रकार अपने को पूरी तरह समेट सके, तो पता नहीं वह क्या-क्या कर सकती है।

और तब उसने खाट पर लेटकर दो निर्णय लिए थे--वह बाहर जाकर नौकरी करेगी और दूसरा कि नौकरी के साथ-साथ वह अपनी पढ़ाई भी ज़ारी रखेगी। उसके भीतर जो 'कुछ' कुलबुलाया करता है, उसे बाहर आने का पूरा-पूरा अवकाश देगी।

दूसरे दिन उसने अपनीं बात बाबू से कही। बाबू ने उसकी बात का समर्थन ही किया और बाबू द्वारा समर्थित उसका निर्णय थोड़ी ही देर में सारे घर में फैल गया। अब सारा घर अख़बारों में विज्ञापन देखता और जिस किसी भी महिला कॉलेज में माँग निकलती वहीं अर्जी दे दी जाती। जून के मध्य तक तीन जगहों से इंटरव्यू का बुलावा आया। सबसे पहली तारीख़ दिल्ली के एक कॉलेज की थी।

वह खुश भी थी और हल्के-से 'नर्वस' भी। बाहर घूमना-फिरना, धड़ल्ले से अंग्रेजी बोलने का उसे अभ्यास नहीं था, पर बाबू का कहना था कि चाहे नीलू कम बोलती हो, लेकिन उसके बात करने का ढंग बहुत ही प्रभावशाली है। उसे नहीं मालूम कि बाबू की यह धारणा-सच्चाई पर टिकी थी या उनके अत्यधिक स्नेह पर।

दो जगहें थीं और इंटरव्यू के लिए सोलह उम्मीदवार आए थे इसलिए नीलू को अपने लिए कोई उम्मीद नज़र नहीं आ रही थी। फिर वह यह भी जानती थी कि आजकल नियुक्तियाँ शैक्षणिक योग्यता पर नहीं होती हैं, उसके लिए दूसरी तरह की योग्यता चाहिए और उस क्षेत्र में वह और बाबू दोनों ही बहुत अयोग्य थे। पर बाबू फिर भी बहुत आश्वस्त थे, क्योंकि वे सबसे ऊपर किस्मत को मानते थे और उनके अनुसार नीलू किस्मत की धनी थी।

बाबू का विश्वास व्यर्थ नहीं गया और नीलू की नियुक्ति हो गई। जिस दिन समाचार आया, उस दिन फिर घर में खुशियाँ मनाई गईं, पर इस बार सबसे ज़्यादा खुश वह स्वयं थी। उसकी अनुपस्थिति में घर की व्यवस्था की चिन्ता ने अम्मा के मन की खुशी को जल्दी ही धुँधला कर दिया और छोटे भाई-बहन इस बात से परेशान होते थे कि दीदी के माथे जितनी छूट और सुविधाएँ भोग लीं अब आगे उनका सिलसिला कैसे बैठेगा ? सिर्फ़ बाबू थे जो किसी स्वार्थ से नहीं, उसके जाने की कल्पना मात्र से दुखी थे। यों उनका सन्तुष्ट गर्व और अहं उस दुख को धोने की कोशिश कर रहा था।

जाने की तैयारियाँ शुरू हो गईं। उसने बाज़ार से अपने लिए बहुत-सा सामान ख़रीदा। फिर घर के हर कमरे से अपना सामान और अपने को बटोरा और तब नीलू दो बक्सों, एक होल्डॉल और एक अटैची में सिमटकर दिल्ली के लिए चल पड़ी। दरवाज़े पर आते-आते बहुत

सँभालने पर भी अम्मा को रोना आ ही गया, तो वह भी रो पड़ी। उसने बड़ी कातर-सी नज़रों से उस घर को देखा, जिसे होश आने के बाद से ही वह सँभालती आ रही थी। अम्मा को छोड़कर बाकी सब स्टेशन आए थे और बाबू दिल्ली तक आए थे।

लड़कियों के होस्टल के साथ ही कुछ कमरे स्टाफ मेम्बर्स के लिए भी बने थे। एक बड़ा कमरा, एक छोटा कमरा और उसके साथ एक बाथरूम। मीरा पटेल की नियुक्ति उसके साथ ही हुई थी और इसी कारण वह उसकी घनिष्ठ मित्र बन गई थी। दोनों ने मिलकर अपने निजी कामकाज के लिए एक आया रख ली थी। और इस तरह पाँच कमरों में बँटी-बिखरी ज़िन्दगी एक कमरे में सिमट आई थी। हर वस्तु का एक निश्चित स्थान था और हर काम का निश्चित समय। खाने का समय होता तो उसे किसी के पास नहीं जाना पड़ता था। मेस का बेयरा उससे पूछने आता था कि वह खाना डाइनिंग हॉल में खाएगी या वहीं लाया जाए। धोबी आने पर आया बाथरूम में रखे लॉण्ड्री-बैग से कपड़े निकालकर दे देती थी और फिर उससे पूछ लेती थी कि और कोई कपड़ा तो नहीं है ? डाक आती थी तो चपरासी उसके कमरे पर पहुँचा जाता था। पढ़ने बैठती तो थोड़ी-थोड़ी देर में किसी की आवाज़ों पर उसे उठना नहीं पड़ता था, थककर या ऊबकर ही उठती थी।

अब वह नीलू से मिस नीलिमा गुप्ता हो गई थी। नाम के इस हल्के से परिवर्तन ने उसके भीतर कहीं बहुत बड़ा परिवर्तन ला दिया था।

अम्मा और बाबू के पत्र आते थे, मिनी और टीटू के भी पत्र आते थे, अपने कॉलेज की सहेलियों के पत्र भी आते थे। वह सबको जवाब देती थी, उतनी ही आत्मीयता और अपनेपन से, पर भीतर-ही-भीतर उसे बराबर यह लगता था कि वह ज़िन्दगी के बिल्कुल ही दूसरे स्तर पर आ गई है और यहाँ आने से उसे बड़ा सन्तोष भी था और थोड़ा गर्व भी।

शाम को वह दिल्ली की सड़कों पर घूमती थी या होस्टल के लम्बे-चौड़े लॉन में बैठकर पढ़ती थी। वह कहीं गहरे तक महसूस करती थी कि सड़कों का विस्तार और लॉन्स का फैलाव उसे तोड़ता-बिखेरता नहीं है।

धीरे-धीरे उसे लगने लगा कि जिन सम्भावनाओं का उसे अहसास होता था, सचमुच वे उसमें हैं। वह बड़ी लगन के साथ उन्हें रास्ता देती गई और सफलता की सीढ़ियाँ चढ़ती गई। पर वह अपने मनोवांछित रास्ते पर जितनी आगे बढ़ती जा रही थी, घर से, घरवालों से अनजाने और अनचाहे उतनी ही दूर होती जा रही थी। पहले की तरह उसने हर छुट्टी में घर जाना बन्द कर दिया। लम्बी छुट्टियों में भी वह केवल पाँच-सात दिनों के लिए ही घर जाती थी और हर बार उसे यह लगता था कि घर और उसके बीच की खाई बढ़ती जा रही है। अब घर जाने के पीछे अपनेपन की भावना कम और कर्त्तव्य भावना ज़्यादा रहती थी।

चार साल में उसने पी-एच.डी. की डिग्री ले ली। उसकी थीसिस की काफ़ी सराहना हुई थी। अब वह यूनिवर्सिटी में होनेवाले सेमिनारों में अक्सर पेपर पढ़ती थी और बहस-चर्चा में खूब भाग लेती थी। उसके लेख प्रतिष्ठित पत्रिकाओं में केवल छपते ही नहीं थे, वरन् उनकी टीका-टिप्पणी और प्रशंसा भी होती थी। वह मात्र प्राध्यापिका ही नहीं थी, उसकी

योग्यता के और पहलू भी सामने आए थे, जिसके कारण वह सामान्य से कुछ विशिष्ट हो गई थी।

पर इस सारी पूर्णता के साथ-ही-साथ अब उसे एक नई अपूर्णता का बोध होने लगा था। मीरा पटेल स्कॉलरशिप लेकर स्टेट्स चली गई थी। पुस्तकों, पत्रिकाओं और फाइलों की भरमार के कारण उसके अपने कमरे की लम्बाई-चौड़ाई बहुत अधिक सिमट गई थी, जिसमें बैठकर उसे बहुत घुटन का अहसास होता था। यही नहीं, कभी-कभी तो उसे यहाँ तक लगता था कि जैसे पूरे कॉलेज की चहारदीवारी उसके कमरे में बदल गई है, जो निरन्तर सिमटती जा रही है। तब वह कोई साथ मिलता तो उसे लेकर या अकेले ही घूमने निकल जाती थी। पर वह चाहे सड़कों पर घूमती, चाहे किसी रेस्तराँ या सिनेमा में बैठती...रात को सारी सड़कें और सारे स्थान उसे वापस उसके कमरे में ही छोड़ जाते। और वह हैरान थी कि जिस अकेले कमरे की उसने इतनी कामना की, जिस कमरे ने उसे कहाँ से कहाँ लाकर खड़ा कर दिया, वही कमरा आज उसकी सीमा बन गया है।

गर्मी की छुट्टियों में स्थिति और भी बुरी हो गई। मीरा की अनुपस्थिति में उसका मन कहीं भी जाने को नहीं हुआ। लड़कियाँ सब अपने घरों को चली गई थीं और बिना लड़कियों के होस्टल के लॉन और अधिक लम्बे-चौड़े हो गए थे, जिनमें सारे दिन सांय-सांय करती लूएँ चला करती थीं। उसका बड़ा मन होता था कि वह अपने कमरे से निकलकर दूसरों के कमरों पर जाए, पर सारे कमरों में ताले लटके हुए थे और खीझकर उसे अपने ही कमरे में लौटना पड़ता था।

ऐसी बात नहीं कि वह अपनी इस खीझ और ऊब का कारण नहीं समझती हो। पर उसे दूर करने का उपाए उसे सचमुम ही समझ में नहीं आता था। उसने अपने चारों ओर नज़र दौड़ाई, पर कोई ऐसा व्यक्ति नहीं दिखाई दिया जिस पर उसकी नज़र ठहरती।

दिन सरकते जाते थे और मन का खालीपन बढ़ता जाता था। पढ़ाने का काम उसे बड़ा बोर और निरर्थक लगने लगा। लगता, जैसे क्लास में बैठकर वह केवल अपने को दोहराती है, और जितनी बार वह अपने को दोहराती है, जड़ता की उतनी ही परतें उसके मन पर जमती जाती है। हाँ, अब वह चौकन्नी ज़रूरी हो गई थी और व्यक्तियों से मिलते समय, उन्हें आँकते समय उसकी नज़र में एक नया नुक्ता और जुड़ गया था।

और आखिर उसके इस नुक्ते में भी एक व्यक्ति अटक ही गया। श्रीनिवास से उसका परिचय जयपुर में हुआ था, पर तब इस तरह की कोई सम्भावना उसके अपने मन में नहीं आई थी। वह इतिहास की कुछ छात्राओं को राजस्थान घुमाने ले गई थी। जयपुर में जहाँ उनके ठहरने की व्यवस्था थी, उसके पास ही श्रीनिवास का बँगला था, सो परिचय हो गया। दूसरे दिन शाम को उसने पन्द्रह लोगों की इस पार्टी को अपने लॉन में चाय पिलाई। बातचीत राजनीति शिक्षा से गुजरती हुई भारतीय संस्कृति और उसके विघटन पर आकर टिकी थी। तब नीलिमा का ध्यान एकाएक अपने साथ की लड़कियों पर गया, जो टूरिस्ट-वेश में भारतीय कम और विदेशी ज़्यादा लग रही थीं। पर वह समझ नहीं पाई कि बात सामान्य तौर पर कही गई थी या किसी विशेष को लक्ष्य करके। व्यक्तिगत जीवन के बारे में वह इतना ही जान पाई थी कि श्रीनिवास विधुर है, और उसकी एक लड़की शान्ति-निकेतन में पढ़ती है।

लौटते समय किसी तरह की कोई बात उसके मन में नहीं थी, सिवाए इस छाप के कि श्रीनिवास एक धनी, शिष्ट और निहायत ही 'सोफेस्टिकेटेड' किस्म का आदमी है। पर दो महीने बाद ही जब वह दिल्ली आकर उससे मिला और बहुत आग्रह से खाने पर आमन्त्रित किया, तो पहली बार उसके मन में कहीं हल्के-से एक सम्भावना का उदय हुआ। लौटते समय तक यह सम्भावना चाह में बदलने लगी थी। उसे लगा था कि श्रीनिवास ही वह व्यक्ति है जो उसे उसके दमघोटू कमरे से बाहर निकाल सकता है।

लौटकर श्रीनिवास ने धन्यवाद का एक औपचारिक पत्र लिखा था, पर नीलिमा को अपने मन की कोरी स्लेट पर यह औपचारिकता भी बड़ी आत्मीय लगी थी। उसने श्रीनिवास को उत्तर दिया था—इस आग्रह के साथ कि जब भी वह दिल्ली आए, उससे ज़रूर मिला करे। तीन महीने में ही श्रीनिवास के तीन चक्कर लगे और तीसरी मुलाक़ात में ही इस सामान्य परिचय को 'विशेष' रूप देने का प्रस्ताव उसके सामने था और उसे बाबू के शब्द याद आ रहे थे...'मेरी नीलू किस्मत की ऐसी धनी है कि बीहड़ रास्ते पर भी कदम बढ़ा दे तो सारा झाड़-झंखाड़ हट जाएगा और वह रास्ता राजमार्ग बन जाएगा'। उसे सचमुच ही राजमार्ग दिखाई देने लगा, जो श्रीनिवास के बँगले पर जाकर समाप्त होता था।

श्रीनिवास जयपुर छोड़कर दिल्ली आ गया और नीलिमा कॉलेज और होस्टल छोड़कर श्रीनिवास के गोल्फ-लिंकवाले फ्लैट में आ गई। उसका पूरा-का-पूरा कमरा लकड़ी के बक्सों में बन्द होकर गोल्फ लिंक आया। इस घर में अति आधुनिक ढंग के सजे-सजाए चार कमरे थे और नीलिमा के सामान के लिए उसमें विशेष गुंजाइश नहीं थी, इसलिए उसे ऊपर की दुछत्ती में चढ़ाकर बन्द कर दिया। दो सीखे-सिखाए चुस्त नौकर नीलिमा की सेवा में थे और श्रीनिवास उसकी छोटी-से-छोटी इच्छा को भी आदेश के रूप में लेता था। लम्बे अरसे से एक कमरे में बन्द नीलिमा अब चारों कमरों में घूमती। बिना किसी काम के खाली-खाली घूमना भी बहुत अच्छा लगता।

श्रीनिवास को अपने काम के सिलसिले में बाहर बहुत घूमना पड़ता था। शुरू में नीलिमा ने भी साथ जाना शुरू किया। दोहरा आकर्षण था—श्रीनिवास के साथ का और नई-नई जगह देखने का, पर जल्दी ही उसने जाना छोड़ दिया क्योंकि श्रीनिवास अपने काम में लगा रहता था और वह अकेली-अकेली बोर होती थी।

श्रीनिवास का काम था कि बढ़ता ही जा रहा था और उसे विश्वसनीय लोगों की आवश्यकता थी। उसने इच्छा प्रकट की कि यदि नीलिमा उसके काम में हाथ बँटाए तो बाहर जाते समय वह अधिक आश्वस्त रह सकता है। नीलिमा महसूस करती थी कि वह श्रीनिवास के जीवन की, उसके हर काम की भागीदार है, सो उसने स्वीकार कर लिया और अब वह घर के चार कमरों से बढ़कर ऑफ़िस के सात कमरों तक फैल गई। श्रीनिवास की अनुपस्थिति में वह नियमित रूप से सवेरे से शाम तक ऑफ़िस में बैठती और जब घर भी आती तो ऑफ़िस साथ ही आता था। विशेष रुचि न होने पर भी वह इस काम को पूरी मेहनत से करती थी, पर बिना रुचि की मेहनत उसे जल्दी ही थका देती थी।

रविवार को उसका मन होता था कि सब तरफ़ से काटकर वह अपने को अपने कमरे में बन्द कर ले। श्रीनिवास नहीं होता था तो वह कर भी लेती थी। पत्रिकाएँ पढ़ती थी और न जाने कितने विचार उसके मन में उतरते थे, पर रविवार के बीतते ही ढेर सारे काम उसके

सामने फैल जाते। एक बार उसमें उलझने के बाद उसे फिर किसी बात का ख़याल ही नहीं रहता।

ऐसे ही एक रविवार को एक अमरीकी पत्रिका के पन्ने पलटते हुए उसे मीरा पटेल का एक लेख दिखाई दिया। उसे याद आया कि यह विषय तो उसी का चुना हुआ था और उसने स्वयं इस विषय पर बहुत-सा काम भी किया था। मीरा को तब भी यह विषय बहुत पसन्द आया था। नीलिमा की नज़र ऊपर उस दुछत्ती की ओर उठी, जिसके बौने से दरवाज़े पर ताला झूल रहा था। वह याद करने लगी कि जिन फाइलों में इस विषय से सम्बन्धित सामग्री है, वो किस बॉक्स में बन्द होगी। आज वह ज़रूर उस बॉक्स को निकालेगी।

शाम को उसने नौकर से बाँस की सीढ़ी लगवाई। उस सीढ़ी पर चढ़ते हुए उसे थोड़ा डर ज़रूर लगा, फिर भी ऊपर पहुँच गई। उसने नौकर को बुलवाया और दो बाक्स खुलवाए। उनमें से कुछ पुस्तकें, पत्रिकाएँ और फाइलें लेकर वह नीचे उतरी। उसने उन्हें सारे पलंग पर फैला लिया। अपने ही लिखे हुए पन्ने उसे बड़े अपरिचित से लग रहे थे और उसे जैसे विश्वास ही नहीं हो रहा था कि यह सब उसी ने लिखा है। रात बड़ी देर तक वह पढ़ती रही और उसने सोचा कि एक बार फिर वह कुछ समय के लिए अपने को सब ओर से काटकर इसी काम में लगाएगी और जुटकर इन्हें 'रिवाइज' करके छपने भेज देगी। बहुत दिनों बाद उसे यों अपने-आपमें सिमट आने की अनुभूति बहुत सुखद लग रही थी। और वह अतिरिक्त रूप से उल्लसित थी।

दूसरे दिन शाम को ऑफ़िस से लौटकर नीलिमा फिर अपने कागज़-पन्नों में डूब गई। आठ बजे के क़रीब नौकर ने याद दिलाया कि श्रीनिवास का प्लेन नौ बजे आनेवाला है तो वह झटके से उठी। सारे कागज़ समेटकर उसने साइड-टेबिल पर रखे और उन पर पेपरवेट रख दिया। फिर वह पाँच मिनट में तैयार होकर पालम की ओर चल दी।

रात ग्यारह बजे के क़रीब नीलिमा श्रीनिवास की बाँह का तकिया बनाए हुए लेटी थी। श्रीनिवास बहुत उल्लसित था। नीलिमा ने यहाँ का काम बहुत अच्छी तरह सँभाल लिया था और इस बार वह काम बढ़ाने की अनेक सम्भावनाओं को साथ लेकर आया था। बड़े गद्‌गद-से स्वर में अपनी सारी योजनाएँ बताते हुए उसने कहा, "नीलू, तुम्हारे बाबू ठीक ही कहते थे। जब से तुम आई हो, मैं धूल भी हाथ में लेता हूँ तो सोना हो जाती है। इस बार यह प्लांट लग गया तो सचमुच सोना ही उगलेगा।"

ऊपर पूरी तेज़ी के साथ पंखा चल रहा था, बगल में श्रीनिवास के खर्राटों की हल्की-सी आवाज़ आ रही थी और इन दोनों की मिली-जुली आवाज़ों में पेपरवेट के नीचे फरफराते कागज़ों की आवाज़ डूब-सी गई थी।

'एक प्लेट सैलाब' संकलन से

एक प्लेट सैलाब

मई की साँझ !

साढ़े छह बजे हैं। कुछ देर पहले जो धूप चारों ओर फैली पड़ी थी, अब फीकी पड़कर इमारतों की छतों पर सिमट आई है, मानो निरन्तर समाप्त होते अपने अस्तित्व को बचाए रखने के लिए उसने कसकर कगारों को पकड़ लिया हो।

आग बरसाती हुई हवा धूल और पसीने की बदबू से बहुत बोझिल हो आई है। पाँच बजे तक जितने भी लोग ऑफ़िस की बड़ी-बड़ी इमारतों में बन्द थे, इस समय बरसाती नदी की तरह सड़कों पर फैल गए हैं। रीगल के सामनेवाले फुटपाथ पर चलनेवालों और हॉकर्स का मिला-जुला शोर चारों ओर गूँज रहा है। गजरे बेचनेवालों के पास से गुजरने पर सुगन्ध-भरी तरावट का अहसास होता है, इसीलिए न खरीदने पर भी लोगों को उनके पास खड़ा होना या उनके पास से गुजरना अच्छा लगता है।

टी-हाउस भरा हुआ है। उनका अपना ही शोर काफ़ी है, फिर बाहर का सारा शोर-शराबा बिना किसी रुकावट के खुले दरवाज़ों के भीतर आ रहा है। छतों पर फुल स्पीड में घूमते पंखे भी जैसे आग बरसा रहे हैं। एक क्षण को आँख मूँद लो तो आपको पता ही नहीं लगेगा कि आप टी-हाउस में हैं या फ़ुटपाथ पर। वही गरमी, वही शोर।

गे लॉर्ड भी भरा हुआ है। पुरुष अपने एयर-कंडिशंड चेम्बरों से थककर और औरतें अपने-अपने घरों से ऊबकर मन बहलाने के लिए यहाँ आ बैठे हैं। यहाँ न गरमी है, न भन्नाता हुआ शोर। चारों ओर हल्का शीतल दूधिया आलोक फैल रहा है और विभिन्न सेंटों की मादक कॉकटेल हवा में तैर रही है। टेबलों पर उठते हुए फुसफुसाते-से स्वर संगीत में ही डूब जाते हैं।

गहरा मेकअप किए डायस पर जो लड़की गा रही है, उसने अपनी स्कर्ट की बेल्ट खूब कसकर बाँध रखी है, जिससे उसकी पतली कमर और भी पतली दिखाई दे रही है और उसकी तुलना में छातियों का उभार कुछ और मुखर हो उठा है। एक हाथ से उसने माइक का डंडा पकड़ रखा है और जूते की टो से वह ताल दे रही है। उसके होंठों से लिपिस्टिक भी लिपटी है और मुस्कान भी। गाने के साथ-साथ उसका सारा शरीर एक विशेष अदा के साथ झूम रहा है। पास में दोनों हाथों से झुनझुने से बजाता जो व्यक्ति सारे शरीर को लचका-लचकाकर ताल दे रहा है, वह नीग्रो है। बीच-बीच में जब वह उसकी ओर देखती है तो आँखें मिलते ही दोनों ऐसे हँस पड़ते हैं मानो दोनों के बीच कहीं 'कुछ' है। पर कुछ दिन पहले जब एक एंग्लो-इंडियन उसके साथ बजाता था, तब भी यह ऐसे ही हँसती थी, तब भी इसकी आँखें ऐसे ही चमकती थीं। इसकी हँसी और इसकी आँखों की चमक का इसके मन के साथ कोई

सम्बन्ध नहीं है। वे अलग ही चलती हैं।

डायस की बग़लवाली टेबल पर एक युवक और युवती बैठे हैं। दोनों के सामने पाइन-एप्पल जूस के गिलास रखे हैं। युवती का गिलास आधे से अधिक खाली हो गया है, पर युवक ने शायद एक-दो सिप ही लिए हैं। वह केवल स्ट्रॉं हिला रहा है।

युवती दुबली और गोरी है। उसके बाल कटे हुए हैं। सामने आ जाने पर सिर को झटका देकर वह उन्हें पीछे कर देती है। उसकी कलफ़ लगी साड़ी का पल्ला इतना छोटा है कि कन्धे से मुश्किल से छह इंच नीचे तक आ पाया है। चोलीनुमा ब्लाउज में उसकी पूरी-की-पूरी पीठ दिखाई दे रही है।

"तुम कल बाहर गई थीं ?" युवक बहुत ही मुलायम स्वर में पूछता है।

"क्यों ?" बाएँ हाथ की लम्बी-लम्बी पतली उँगलियों से ताल देते-देते ही वह पूछती है।

"मैंने फ़ोन किया था।"

"अच्छा ? पर किसलिए ? आज मिलने की बात तो तय हो ही गई थी।"

"यों ही, तुमसे बात करने का मन हो आया था।" युवक को शायद उम्मीद थी कि उसकी बात की युवती के चेहरे पर कोई सुखद प्रतिक्रिया होगी। पर वह हल्के से हँस दी। युवक उत्तर की प्रतीक्षा में उसके चेहरे की ओर देखता रहा, पर युवती का ध्यान शायद इधर-उधर के लोगों में उलझ गया था। इस पर युवक खिन्न हो आया। वह युवती के मुँह से सुनना चाह रहा था कि वह कल विपिन के साथ स्कूटर पर घूम रही थी। इस बात के जवाब में वह क्या-क्या कहेगा--यह सब भी उसने सोच लिया था और कल शाम से लेकर अभी युवती के आने से पहले तक उसको कई बार दोहरा भी लिया था। पर युवती की चुप्पी से सब गड़बड़ा गया। वह अब शायद समझ ही नहीं पा रहा था कि बात कैसे शुरू करे।

"ओ गॉड !" बाल्कनी की ओर देखते हुए युवती के मुँह से निकला--"यह सारी-की-सारी बाल्कनी किसने रिजर्व करवा ली ?"

बाल्कनी की रेलिंग पर एक छोटी-सी प्लास्टिक की सफ़ेद तख़्ती लगी थी, जिस पर लाल अक्षरों में लिखा था--'रिजर्व्ड'।

युवक ने सिर नीचे झुकाकर एक सिप लिया--"मैं तुमसे कुछ बात करना चाहता हूँ।" उसकी आवाज़ कुछ भारी हो आई थी, जैसे गला बैठ गया हो।

युवती ने सिप लेकर अपनी आँखें युवक के चेहरे पर टिका दीं। वह हल्के-हल्के मुस्करा रही थी और युवक को उसकी मुस्कराहट से थोड़ा कष्ट हो रहा था।

"देखो, मैं इस सारी बात में बहुत गम्भीर हूँ।" झिझकते-से स्वर में वह बोला।

"गम्भीर ?" युवती खिलखिला पड़ी तो उसके बाल आगे को झूल आए। सिर झटककर उसने उन्हें पीछे किया।

"मैं तो किसी भी चीज़ को बहुत गम्भीरता से लेने में विश्वास ही नहीं करती। ये दिन तो हँसने-खेलने के हैं, हर चीज़ को हल्के-फुल्के ढंग से लेने के। गम्भीरता तो बुढ़ापे की निशानी है। बूढ़े लोग मच्छरों और मौसम को भी बहुत गम्भीरता से लेते हैं...और मैं अभी बूढ़ी होना नहीं चाहती।" और उसने अपने दोनों कन्धे जोर से उचका दिए। वह फिर गाना सुनने में लग गई। युवक का मन हुआ कि वह उसकी मुलाक़ातों और पुराने पत्रों का हवाला

देकर उससे अनेक बातें पूछे, पर बात उसके गले में ही अटककर रह गई और वह खाली-खाली नज़रों से इधर-उधर देखने लगा। उसकी नज़र 'रिज़र्व्ड' की उस तख़्ती पर जा लगी। एकाएक उसे लगने लगा जैसे वह तख़्ती वहाँ से उठकर उन दोनों के बीच आ गई है और प्लास्टिक के लाल अक्षर नियॉन लाइट के अक्षरों की तरह दिपू-दिपू करने लगे हैं।

तभी गाना बन्द हो गया और सारे हॉल में तालियों की गड़गड़ाहट गूँज उठी। गाना बन्द होने के साथ ही लोगों की आवाज़ें धीमी हो गईं, पर हॉल के बीचों-बीच एक छोटी टेबल के सामने बैठे एक स्थूलकाय खद्दरधारी व्यक्ति का धाराप्रवाह भाषण का स्वर उसी स्तर पर ज़ारी रहा। सामने पतलून और बुश-शर्ट पहने एक दुबला-पतला-सा व्यक्ति उनकी बातों को बड़े ध्यान से सुन रहा है। उनके बोलने से थोड़ा-थोड़ा थूक उछल रहा है जिसे सामनेवाला व्यक्ति ऐसे पोंछता है कि उन्हें मालूम न हो। पर उनके पास शायद इन छोटी-मोटी बातों पर ध्यान देने लायक समय ही नहीं है। वे मूड में आए हुए हैं—"गाँधीजी की पुकार पर कौन व्यक्ति अपने को रोक सकता था भला ? क्या दिन थे वे भी ! मैंने बिज़नेस की तो ऐसी-की-तैसी की और देश-सेवा के काम में जुट गया। फिर तो सारी ज़िन्दगी पॉलिटिकल-सफ़र की तरह ही गुजार दी।"

सामनेवाला व्यक्ति चेहरे पर श्रद्धा के भाव लाने का भरसक प्रयत्न करने लगा। "देश आजाद हुआ तो लगा कि असली काम तो अब करना है। सब लोग पीछे पड़े कि मैं खड़ा होऊँ, मिनिस्ट्री पक्की है, पर नहीं साहब, यह काम अब अपने बस का नहीं रहा। जेल के जीवन ने काया को जर्जर कर दिया, फिर यह भी लगा कि नव-निर्माण में नया खून ही आना चाहिए, सो बहुत पीछे पड़े तो बेटों को झोंका इस चक्कर में। उन्हें समझाया, ज़िन्दगी-भर के हमारे त्याग और परिश्रम का फल है यह आज़ादी, तुम लोग अब इसकी लाज रखो, बिज़नेस हम सँभालते हैं।"

युवक शब्दों को ठेलता-सा बोला—"आपकी देश-भक्ति को कौन नहीं जानता ?"

वे सन्तोष की एक डकार लेते हैं और जेब से रूमाल निकालकर अपना मुँह और मूँछों को साफ़ करते हैं। रूमाल वापस जेब में रखते हैं और पहलू बदलकर दूसरी जेब से चाँदी की डिबिया निकालकर पहले ख़ुद पान खाते हैं, फिर सामनेवाले व्यक्ति की ओर बढ़ा देते हैं।

"जी नहीं, मैं पान नहीं खाता।" कृतज्ञता के साथ ही उसके चेहरे पर बेचैनी का भाव उभर जाता है।

"एक यही लत है जो छूटती नहीं।" पान की डिबिया को वापस जेब में रखते हुए वे कहते हैं, "इंग्लैंड गया तो हर सप्ताह हवाई जहाज से पानों की गड्डी आती थी।"

जब मन की बेचैनी केवल चेहरे से नहीं सँभलती तो वह धीरे-धीरे हाथ रगड़ने लगता है।

पान को मुँह में एक ओर ठेलकर वे थोड़ा-सा हकलाते हुए कहते हैं, "अब आज की ही मिसाल लो। हमारे वर्ग का एक भी आदमी गिना दो जो अपने यहाँ के कर्मचारी की शिकायत इस प्रकार सुनता हो ? पर जैसे ही तुम्हारा केस मेरे सामने आया, मैंने तुम्हें बुलाया, यहाँ बुलाया।"

"जी हाँ।" उसके चेहरे पर कृतज्ञता का भाव और अधिक मुखर हो जाता है। वह

अपनी बात शुरू करने के लिए शब्द ढूँढ़ने लगता है। उसने बहुत विस्तार से बात करने की योजना बनाई थी, पर अब सारी बात को संक्षेप में कह देना चाहता है।

"सुना है, तुम कुछ लिखते-लिखाते भी हो ?"

एकाएक हाल में फिर संगीत गूँज उठता है। वे अपनी आवाज़ को थोड़ा और ऊँचा करते हैं। युवक का उत्सुक चेहरा थोड़ा और आगे को झुक आता है।

"तुम चाहो तो हमारी इस मुलाक़ात पर एक लेख लिख सकते हो। मेरा मतलब...लोगों को ऐसी बातों से नसीहत और प्रेरणा लेनी चाहिए...यानी..." पान शायद उन्हें वाक्य पूरा नहीं करने देता।

तभी बीच की टेबल पर 'आई...उई...' का शोर होता है और सबका ध्यान अनायास ही उधर चला जाता है। बहुत देर से ही वह टेबल लोगों का ध्यान अपनी ओर खींच रही थी। किसी के हाथ से कॉफ़ी का प्याला गिर पड़ा है। बैरा झाड़न लेकर दौड़ पड़ा और असिस्टेंट मैनेजर भी आ गया। दो लड़कियाँ खड़ी होकर अपने कुर्तों को रूमाल से पोंछ रही हैं। बाकी लड़कियाँ हँस रही हैं। सभी लड़कियों ने चूड़ीदार पाजामे और ढीले-ढाले कुर्ते पहन रखे हैं। केवल एक लड़की साड़ी में है और उसने ऊँचा-सा जूड़ा बना रखा है, बातचीत और हाव-भाव से वे सब 'मिरेंडियंस' लग रही हैं। मेज़ साफ़ होते ही खड़ी लड़कियाँ बैठ जाती हैं और उनकी बातों का टूटा क्रम चल पड़ता है।

"पापा को इस बार हार्ट-अटैक हुआ है सो छुट्टियों में कहीं बाहर तो जा नहीं सकेंगे। हमने तो सारी छुट्टियाँ यहीं बोर होना है। मैं और ममी सप्ताह में एक पिक्चर तो देखते ही हैं, इट्स ए मस्ट फ़ॉर अस। छुट्टियों में तो हमने दो देखनी हैं।"

"हमारी किटी ने बड़े स्वीट पप्स दिए हैं। डैडी इस बार उसे 'मीट' करवाने मुम्बई ले गए थे। किसी प्रिन्स का अल्सेशियन था। ममी बहुत बिगड़ी थीं। उन्हें तो दुनिया में सबकुछ बेस्ट करना ही लगता है। पर डैडी ने मेरी बात रख ली एंड इट पेड अस ऑलसो। रीयली पप्स बहुत स्वीट हैं।"

"इस बार ममी ने, पता है, क्या कहा है ? छुट्टियों में किचन का काम सीखो। मुझे तो बाबा, किचन के नाम से ही एलर्जी है ! मैं तो इस बार मोराविया पढ़ूँगी ! हिन्दीवाली मिस ने हिन्दी नॉवेल्स की एक लिस्ट पकड़ाई है। पता नहीं, हिन्दी के नॉवेल्स तो पढ़े ही नहीं जाते !" वह जोर से कन्धे उचका देती।

तभी बाहर का दरवाज़ा खुलता है और चुस्त-दुरुस्त शरीर और रोबदार चेहरा लिए एक व्यक्ति भीतर आता है। भीतर का दरवाज़ा खुलता है तब तक बाहर का दरवाज़ा बन्द हो चुका होता है, इसलिए बाहर के शोर और गरम हवा का लवलेश भी भीतर नहीं आ पाता।

सीढ़ियों के पासवाले कोने की छोटी-सी टेबल पर दीवाल से पीठ सटाए एक महिला बड़ी देर से बैठी है। ढलती उम्र के प्रभाव को भरसक मेक-अप से दबा रखा है। उसके सामने कॉफ़ी का प्याला रखा है और वह बेमतलब थोड़ी-थोड़ी देर के लिए सब टेबलों की ओर देख लेती है। आनेवाले व्यक्ति को देखकर उसके ऊब-भरे चेहरे पर हल्की-सी चमक आ जाती

है और वह उस व्यक्ति के अपनी ओर मुख़ातिब होने की प्रतीक्षा करती है। ख़ाली जगह देखने के लिए वह व्यक्ति चारों ओर नज़र दौड़ा रहा है। महिला को देखते ही उसकी आँखों में परिचय का भाव उभरता है और महिला के हाथ हिलाते ही वह उधर ही बढ़ जाता है।

"हल्लोऽऽ ! आज बहुत दिनों बाद दिखाई दीं मिसेज़ रावत !" फिर कुर्सी पर बैठने से पहले पूछता है, "आप यहाँ किसी के लिए वेट तो नहीं कर रही हैं ?"

"नहीं जी, घर में बैठे-बैठे या पढ़ते-पढ़ते जब तबियत ऊब जाती है तो यहाँ आ बैठती हूँ। दो कप कॉफ़ी के बहाने घंटा-डेढ़ घंटा मजे से कट जाता है। कोई जान-पहचान का फ़ुर्सत में मिल जाए तो लम्बी ड्राइव पर ले जाती हूँ। आपने तो किसी को टाइम नहीं दे रखा है न ?"

"नो...नो...बाहर ऐसी भयंकर गरमी है कि बस। एकदम आग बरस रही है। सोचा, यहाँ बैठकर एक कोल्ड कॉफ़ी ही पी ली जाए।" बैठते हुए उसने कहा।

जवाब से कुछ आश्वस्त हो मिसेज़ रावत ने बैरे को कोल्ड कॉफ़ी का ऑर्डर दिया–"और बताइए, मिसेज़ आहूजा कब लौटनेवाली हैं ? साल-भर तो हो गया न उन्हें ?"

"गॉड नोज़।" वह कन्धे उचका देता है और फिर पाइप सुलगाने लगता है। एक कश खींचकर टुकड़ों-टुकड़ों में धुआँ उड़ाकर पूछता है, "छुट्टियों में इस बार आपने कहाँ जाने का प्रोग्राम बनाया है ?"

"जहाँ का भी मूड आ जाए चल देंगे। बस इतना तय है कि दिल्ली में नहीं रहेंगे। गर्मियों में तो यहाँ रहना असम्भव है। अभी यहाँ से निकलकर गाड़ी में बैठेंगे तब तक शरीर झुलस जाएगा ! सड़कें तो जैसे भट्टी हो रही हैं।"

गाने का स्वर डायस से उठकर फिर सारे हॉल में तैर गया, 'ऑन संडे आइ एम हैप्पी...'

"नॉन सेंस ! मेरा तो संडे ही सबसे बोर दिन होता है !"

तभी संगीत की स्वर-लहरियों के साए में फैले हुए भिनभिनाते-से शोर को चीरता हुआ एक असंयत-सा कोलाहल सारे हॉल में फैल जाता है। सबकी नज़रें दरवाज़े की ओर उठ जाती हैं। विचित्र दृश्य है। बाहर और भीतर के दरवाज़े एक साथ खुले हुए हैं और नन्हे-मुन्ने बच्चों के दो-दो, चार-चार के झुंड हल्ला-गुल्ला करते भीतर घुस रहे हैं। सड़क का एक टुकड़ा दिखाई दे रहा है, जिस पर एक स्टेशन-बैगन खड़ी है, आसपास कुछ दर्शक खड़े हैं और उसमें से बच्चे उछल-उछलकर भीतर दाखिल हो रहे हैं–'बॉबी, इधर आ जा !'–'निद्धू, मेरा डिब्बा लेते आना...!' बच्चों के इस शोर के साथ-साथ बाहर की गरम हवा, बाहर का शोर भी भीतर आ रहा है। बच्चे टेबलों से टकराते, एक-दूसरे को धकेलते हुए सीढ़ियों पर जाते हैं। लकड़ी की सीढ़ियाँ कार्पेट बिछा होने के बावजूद धम्-धम् करके बज उठी हैं।

हॉल की संयत शिष्टता एक झटके के साथ बिखर जाती है। लड़की गाना बन्द करके मुग्ध भाव से बच्चों को देखने लगती है। सबकी बातों पर विराम-चिह्न लग जाता है और चेहरों पर एक विस्मयपूर्ण कौतुक फैल जाता है।

कुछ बच्चे बाल्कनी की रेलिंग पर झूलते हुए-से हॉल में गुब्बारे उछाल रहे हैं। कुछ गुब्बारे

कार्पेट पर आ गिरे हैं, कुछ कन्धों और सिरों से टकराते हुए टेबलों पर लुढ़क रहे हैं तो कुछ बच्चों की किलकारियों के साथ-साथ हवा में तैर रहे हैं...नीले, पीले, हरे, गुलाबी...

कुछ बच्चे ऊपर उछल-उछलकर कोई नर्सरी राइम गाने लगते हैं तो लकड़ी का फर्श धमू-धमू बज उठता है।

हॉल में चलती फ़िल्म जैसे अचानक टूट गई है !

'एक प्लेट सैलाब' संकलन से

छत बनानेवाले

दरवाज़े के बाईं ओर की दीवार पर लगी नेमप्लेट को दो बार अच्छी तरह पढ़ने के बाद बड़े झिझकते-से हाथों से शरद ने कुंडी खटखटाई।

"कौऽऽन ?" एक दहाड़ता-सा स्वर दरवाज़े से टकराकर बिखर गया। शरद की समझ में नहीं आया कि वह क्या कहे। एक बार तो मन हुआ कि चुपचाप चल दे और होटल में टिक जाए पर रिक्शा जा चुका था। तभी भीतर से खड़ाऊँ की खटपट-खटपट क़रीब आती लगी और भड़ाक् से दरवाजा खुला।

धोती को तहमद की तरह लपेटे, बनियान पहने, ललाट पर लम्बा-सा तिलक लगाए जो व्यक्ति सामने दिखाई दिया, वही ठाकुर ताऊजी हैं, यह समझते शरद को देर नहीं लगी। उनके चेहरे पर फैला प्रश्नवाचक भाव और अधिक गहरा होता, उसके पहले ही शरद ने बड़ी नम्रता से हाथ जोड़कर कहा, "नमस्ते ताऊजी।"

क्षणांश के लिए घनी भौंहों के नीचे आँखों के कटोरे कुछ सिकुड़े, ललाट की तीन सलवटें कुछ और अधिक उभर आईं। सामने रखे सामान की ओर उड़ती-सी नज़र डालकर उन्होंने फिर शरद के चेहरे की ओर देखा और अनुमान लगाते-से स्वर में बोले, "कौऽन, तुम पन्ना हो क्या ?"

बहुत दिनों बाद अपने बचपन का नाम सुनकर शरद को हँसी आ गई। मुस्कराता-सा बोला, "जी हाँ।" और इसके साथ ही सामनेवाले व्यक्ति का तिलक फैल गया, चेहरे के सारे तनाव ढीले पड़ गए और शरद ने अपनी पीठ पर एक स्नेहिल स्पर्श महसूस किया, "कमाल है भाई। कोई ख़बर नहीं सूचना नहीं। मैं ताँगा भेज देता लेने के लिए। आओ...आओ..."

शरद ने अपना सूटकेस और बैग उठाते हुए कहा, "मैंने सोचा, घर तो ढूँढ़ ही लूँगा, सवेरे-सवेरे बेकार ही तकलीफ़ होगी।"

"वाह, इसमें तकलीफ़ की क्या बात है भला।" फिर शरद को सामान उठाए देखकर कुछ परेशान से बोले, "अरे, अरे सामान यहीं रख दो, अभी तुम्हारा कमरा ठीक हो जाएगा तो वहीं पहुँच जाएगा।" और फिर ज़रा व्यस्त भाव से भीतर की ओर झाँककर बोले, "सुनती हो मोटू की माँ, देखो तो कौन आया है ?"

मोटू की माँ ने सुना या नहीं, इसकी तनिक भी चिन्ता किए बिना शरद की पीठ पर हाथ रखकर वे उसे भीतर ले गए। शरद को पिताजी की बात याद आई, 'आदर्श परिवार किसी को देखना हो तो ठाकुर साहब का देखो। क्या डिसिप्लिन है, क्या बच्चे हैं।' और शरद ने एक उड़ती-सी नज़र कमरे पर डाली।

"बैठो" और ताऊजी खिड़कियाँ खोलने लगे। "रामेश्वर मज़े में हैं, तुम्हारी अम्मा, बाल-बच्चे ?" शरद "जी, जी" करता रहा। यह शायद घर की बैठक है, शरद ने अनुमान लगाया। दो तख्त जोड़कर मोटा-सा गद्दा बिछा रखा था, जिसपर हल्की-सी मैली हो आई चद्दर बिछी थी। तीन तरफ़ गोल तकिए पड़े थे। दीवारों पर सुनहरी फ्रेम में मढ़ी कुछ तस्वीरें लगी थीं—गोपियों के साथ होली खेलते हुए कृष्ण, शिव-पार्वती। एक कैलेंडर लटका था जिस पर कल की तारीख़ लगी हुई थी। दीवारों पर दो तरफ़ सिन्दूर से स्वस्तिक चिह्न बने थे। सामने की दीवार के बीचों-बीच दीवाल-घड़ी टँगी हुई थी। तख्त से कुछ हटकर दोनों ओर की दीवारों के सामने दो-दो टीन की कुर्सियाँ रखी थीं, जिनपर रंग-बिरंगी फूल-कढ़ी सफ़ेद गद्दियाँ बिछी थीं।

"तुम आए बड़ी खुशी हुई। पर आने से पहले तुम्हें ख़बर करनी चाहिए थी।" शरद को कुर्सी पर बिठाकर स्वयं तख्त पर बैठते हुए उन्होंने कहा, "वैसे कोई एक महीना पहले रामेश्वर ने लिखा था कि पन्ना एक सप्ताह के लिए यहाँ आकर रहना चाहता है, सो यदि घर में दिक्कत हो तो किसी होटल-वोटल में इंतजाम करवा दीजिए।"

"जी वो..." शरद कुछ कहने ही जा रहा था कि बीच में ही वे दहाड़ उठे, "जी क्या ? घर होते हुए तुम होटल में ठहरोगे ? होटल भी कोई भले आदमियों के ठहरने की जगह होती है ? रामेश्वर बड़ा शहरी हो गया है, अपनापन अब उसमें रहा ही नहीं। वरना जब यहाँ था तो घरों के बीच में ज़रूर दीवार थी, पर हम लोगें के मन एक थे। तुम्हें तो क्या याद होगी उन दिनों की ? मुश्किल से नौ बरस के रहे होओगे।" और जैसे उनकी आँखों के आगे वे ही दिन उभर आए। "छोटू-मोटू, पन्ना-मोती, दशरथ के चारों बेटों की तरह रहते थे।" उनके चेहरे पर ममतामय उल्लास चमकने लगा। शरद, मोटू-छोटू के बारे में पूछने ही जा रहा था कि तभी ठोड़ी तक घूँघट निकाले एक महिला दरवाज़े पर आकर ठिठक गई; इस दुविधा में कि भीतर घुसे या नहीं।

"आओ...आओ...देखो, पहचानती हो इन्हें ?"

शरद ने हाथ जोड़कर उठते हुए बड़ी नम्रता से कहा, "नमस्ते ताईजी।"

पर इस सम्बोधन से भी वे शायद पहचान नहीं पाईं, सो ज्यों-की-त्यों खड़ी रहीं।

"अरे पन्ना है, पन्ना। नहीं पहचान सकीं न ? अपने रामेश्वर का बड़ा बेटा।" और ताऊजी 'हो-हो' करके हँस पड़े।

"ओह, पन्ना है ! ख़बर नहीं दी भैया ? कोई लिवाने चला जाता।" और भीतर आकर ताईजी ने शरद की पीठ पर हाथ फेरा। ताऊजी के मुकाबले में ताईजी की आवाज़ बड़ी धीमी और मुलायम लगी।

"नहीं, कोई जाता तो तकलीफ़ होती। ये शहरी लोग हैं, आराम-तलब। इन्हें हर बात में तकलीफ़ दिखाई देती है।" स्नेह ने व्यंग्य के पैने किनारे को इतना मुलायम बना दिया था कि बात मन में कहीं चुभी नहीं।

"रामेश्वर लाला अच्छे हैं ? अम्मा, मोती, हीरा..."

"अब तो आप घूँघट खोल दीजिए ताईजी।" शरद को इस घूँघट से बड़ी उलझन हो रही थी।

"भई, मेरठ छोटा-सा शहर है, यहाँ बड़े शहरों जैसी बेशर्मी तो चलती नहीं। फिर हमारे

घर की तो...''

''पर मैं तो मोटू-छोटू की तरह हूँ, ताऊजी।''

''नहीं...नहीं...'' ताऊजी नकारात्मक भाव से सिर हिलाते हुए बोले, ''अपना जाया बेटा भी जब जवान हो जाता है तो...नहीं, नहीं, यह सब मुझे पसन्द ही नहीं।'' शरद को बड़ा अजीब-सा लगा। फिर एकाएक प्रसंग बदलकर वे ताईजी से बोले, ''अब तुम कुछ दूध-लस्सी का सिलसिला तो बिठाओ। और हाँ सुनो, छोटी-बड़ी बहू को कहो कि पन्ना के लिए ऊपर का कमरा तैयार कर दें।'' शरद ने आवाज़ की बुलन्दी और रोब को भीतर तक महसूस किया और उसे लगा कि ताऊजी केवल हुक्म ही दे सकते हैं। कभी इन्हें किसी के सामने याचना करनी पड़े तो ? उस समय कैसा रहेगा इनका स्वर ?

ताईजी लौट गईं। ''मोटू-छोटू कहाँ हैं ?'' शरद को खुद आश्चर्य हुआ कि जिस बात को वह सबसे पहले पूछना चाहता था उसे इतनी देर तक कैसे टालता रहा। इस घर में आने का सबसे बड़ा आकर्षण तो उसके हम-उम्र मोटू-छोटू ही थे। बचपन की स्मृतियों को सजीव करने में उसे सबसे ज़्यादा मदद तो उन्हीं से मिलेगी।

''वे दोनों मन्दिर गए हैं।''

''मन्दिर ?''

''हाँ, यहाँ पास ही है।'' शरद के स्वर में लिपटा आश्चर्य का भाव वे शायद पकड़ नहीं पाए। उसी सहज भाव से बोले, ''शाम को आरती के समय चाहो तो तुम भी चले जाना। बस आते ही होंगे, इतने में तुम भी नहा-धोकर निपट लो।''

शरद का मन हो रहा था कि किसी तरह एक प्याला चाय मिल जाए तो हिले-डुले। पर दूध-लस्सी की बात सुनने के बाद उससे कुछ भी कहा नहीं गया।

वह उठा और बरामदे में रखे अपने बैग में से तौलिया, ब्रुश आदि निकाला और सूटकेस में से एक जोड़ी कपड़े। ''वह नल है, वहाँ दातुन कर लेना; उधर ही पखाना और ग़ुसलखाना है।'' इशारे से बताकर ताऊजी फिर बैठक में चले गए। शरद कन्धे पर तौलिया लटकाए, मुँह में पेस्ट लगा ब्रुश दबाए, दो मिनट यों ही निरुद्देश्य-सा देखता रहा। आँगन के बीचों-बीच पक्का चबूतरा बना हुआ है; जिसके ऊपर बने सीमेंट के गमले में तुलसी खूब फूल रही है। गमले के चौड़े से किनारे पर एक बुझा हुआ दीपक रखा है। आँगन के चारों ओर क़रीब पाँच-छः फुट चौड़ा बरामदा-सा बना हुआ है और फिर कमरे।

तभी पायल की झनक से उसका ध्यान टूटा। गुलाबी-पीली साड़ियों में लिपटी, अपने को भरसक समेटती-सी, लम्बा-लम्बा घूँघट काढ़े दो महिलाएँ हाथ में झाड़ू, दरी, सुराही आदि लिए बैठक के ठीक सामने की ओर बने जीने में घुस गईं। 'ये छोटू-मोटू की बहुएँ होंगी' शरद ने अनुमान लगाया और एकाएक उसके सामने कुन्तल का चेहरा घूम गया। बिना बाँहों का ब्लाउज पहने और ऊँचा जूड़ा बाँधे। जाने क्यों उसे भीतर-ही-भीतर हँसी आ गई।

वह ग़ुसलखाने में नहा रहा था कि उसे बाहर आँगन में तीन-चार लोगों के पदचाप सुनाई दिए और फिर ताऊजी का स्वर, ''अरे मोटू-छोटू, पन्ना आए हैं लखनऊ से। अभी नहा रहे हैं।'' स्वर में उल्लास छलका पड़ा रहा था।

''अरे हमारा बेटा चरणामृत लाया है...लाओ, लाओ...इत्ता बड़ा हो।'' ताऊजी शायद किसी बच्चे से कह रहे थे।

एकाएक शरद के मन में मोटू-छोटू को देखने का कौतूहल जाग उठा। उसने जल्दी-जल्दी बदन पोंछकर कपड़े पहने और निकला तो—"अरे पन्ना भैया" और लपककर दोनों ने शरद के पैर छुए। पास खड़े ताऊजी मुग्ध भाव से भरत-मिलाप का यह दृश्य देखते रहे पर शरद बेहद संकुचित हो उठा। उसे ध्यान आया, उसने तो ताऊजी, ताईजी तक के पैर नहीं छुए। "ये लल्ला हैं, मोटू के बेटे और ये मुन्ना हैं छोटू के बेटे। पैर छुओ तो बेटा, ताऊजी के।" और ताऊजी ने हल्के-से बच्चों को शरद की ओर धकेल-सा दिया।

मोटू-छोटू डील-डौल में शायद उससे इक्कीस ही थे। चौड़े ललाट पर चन्दन का टीका; दोनों के हाथ की कलाइयों में कलावा बँधा हुआ था। छोटू के गले में काली डोरी में बँधा ताबीज जैसा कुछ लटक रहा था। शरद उन्हें कुछ इस भाव से देखता रहा, मानो पहचानने की कोशिश कर रहा हो।

"आपने आने की कोई ख़बर नहीं दी भैया, वरना हम ताँगा लेकर स्टेशन आ जाते।"

तीसरी बार भी यही बात सुनकर शरद को लगने लगा जैसे ख़बर न देकर सचमुच ही उसने कोई अपराध कर दिया हो।

दूध और लस्सी के गिलास क्रोशिए से बने जालीदार मेज़पोश से ढकी एक छोटी-सी टेबिल के चारों ओर रखे थे और बीच में एक प्लेटनुमा थाली में मठरी और बेसन के लड्डू।

"तुम दूध लोगे या लस्सी ? हमारे यहाँ इस मामले में छोटे से लेकर बड़े तक सब मन के मालिक हैं। किसी को दूध चाहिए तो किसी को दूध की लस्सी; कोई दही की लस्सी के सिवाए कुछ छूता ही नहीं। सबकी फ़रमाइश पूरी करती हैं तुम्हारी ताईजी।" अपने घर की सारी व्यवस्था को लेकर ताऊजी कुछ अतिरिक्त उत्साह में आए हुए थे।

'मन के मालिक' होने का सहारा पाकर शरद ने झिझकते-से स्वर में कहा, "यदि दिक्क़त न हो तो मैं चाय लेना..."

"ऐसी गर्मी में चाय ?" ताऊजी ने बीच में ही बात काट दी।

"दिक्क़त की तो कोई बात नहीं, पर यह भी कोई चाय का मौसम है भला ?"

"चाय तो शरीर को झुलसा देती है भैया।" छोटू बोला।

"हल्के क़िस्म का नशा ही है, लत लग गई है तो फिर सर्दी-गर्मी क्या ?" यह मोटू का फ़तवा था। ताऊजी ने दोनों की बात का समर्थन करते हुए प्रसन्न मुद्रा में सिर हिलाया और फिर फ़ैसला सुनाने के ढंग से कहा, "इनके लिए गरम-गरम दूध लाओ जी। यहाँ पानी मिला बाज़ार का दूध नहीं है, घर की भैंस का दूध है। चाय पिलाकर तुम्हारी सेहत बिगाड़नी है ?" और उन्होंने तृप्ति युक्त आनन्द से मोटू-छोटू के भरे पूरे शरीरों को देखा।

शरद के भीतर कुछ उमड़ा जिसे उसने भीतर ही दबा लिया।

"क्यों भैया, आप यहाँ क्या ऑफ़िस के काम से आए हैं ?"

"ऑफ़िस ? ऑफ़िस तो मेरा कोई है नहीं।" ताईजी ने दूध का गिलास शरद के हाथ में पकड़ा दिया था, उसकी ओर घूमते हुए उसने कहा और उसे लगा कि अब वही प्रसंग आनेवाला है जिससे वह ऐसे काम-काजी लोगों के बीच बचना चाहता है। वह मन-ही-मन अपने को साधने लगा। "आप शायद अपना ही कोई धन्धा करते हैं।" हथेली से दूध की सनी मूँछों को साफ़ करते हुए छोटू ने जिज्ञासा प्रकट की।

शरद की समझ में ही नहीं आया कि वह क्या कहे। गोद में बैठे अपने दो-तीन साल

के पोते के मुँह में मठरी का चूरा देते हुए ताऊजी ने पूछा, "तुम आजकल वैसे कर क्या रहे हो ?"

दूध का घूँट जैसे-तैसे सटककर आखिर उसने कह ही डाला, "जी बस, यों ही कुछ लिखने-विखने का शौक है।"

"सो तो तुम्हारा शौक हुआ। मैं शौक की बात नहीं, काम की बात पूछ रहा हूँ।" दोनों हथेलियों को आपस में फट-फट करके आपस में रगड़ते हुए उन्होंने मठरी का चिपका हुआ चूरा साफ़ किया। जाने क्यों शरद को लगा कि उसके कुछ कहने के साथ ही ये हथेलियाँ इसी तरह उसकी पीठ फटकारने लगेंगी। कुछ भिनभिनाते से स्वर में बोला, "बस अपना तो काम भी यही है।"

"पर आमदनी का भी तो कोई जरिया होगा या नहीं ?" ताऊजी के चेहरे पर असन्तोष का भाव बढ़ता ही जा रहा था। इतनी देर तक शरद अपने लेखक को भीतर-ही-भीतर दबाए स्वयं बोल रहा था, अब जैसे एकाएक उसका लेखक उभर आया। सारा संकोच और दुविधा एक किनारे रखकर वह कुछ ढिठाई के से स्वर में बोला, "बहुत पैसा कमाने की या जोड़ने की अपनी कोई इच्छा नहीं है, गुजारे लायक इसी से हो जाता है।" और उसने पैर थोड़े सामने को फैलाकर पीठ कुर्सी पर टिका दी। मानो पूरी तरह मोर्चे पर जम गया हो कि लो बोलो, क्या कर लोगे मेरा !

पर शायद ताऊजी पर शरद के इस लहज़े का कोई खास प्रभाव नहीं पड़ा। तैश में बोले, "नो-नो..., यह भी कोई बात हुई भला ? रामेश्वर ने हाड़ पेल-पेलकर तुम्हें एम.ए. करवाया, अब उनके बुढ़ापे में तुम अपना शौक लेकर बैठ जाओ।" फिर स्वर को ज़रा मुलायम बनाकर बोले, "देखो बेटा, बुरा मत मानना पर तुम्हारे सोचने का यह तरीक़ा ही ग़लत है।"

"हाँ भैया, देखिए न, आदमी होकर बस अपना पेट भरने का जुगाड़ कर लिया...यह तो कोई बात नहीं हुई न ?" और समर्थन पाने के लिए मोटू ने ताऊजी की ओर देखा। समर्थन में छोटू का सिर धीरे-धीरे हिल रहा था। खिन्न स्वर में ताऊजी ने कहा, "कुछ समझ में ही नहीं आता...लगता है रामेश्वर ने जैसे अपने घर का सारा सिलसिला ही बिगाड़ लिया। अब यहाँ होते तो..."

कोई और समय होता तो पता नहीं शरद क्या कर बैठता। कम-से-कम अपना सामान लेकर चल तो पड़ता ही। पर इस समय वह केवल मन्द-मन्द मुस्कराता रहा। मुग्ध भाव से सुनने और दाद देने का पार्ट अदा करते हुए मोटू-छोटू और वक्ता ताऊजी...उसके मन में एक विस्मयपूर्ण कौतुक के अतिरिक्त और कोई भाव नहीं आ रहा था।

तभी घड़ी ने टन-टन करके आठ बजाए। घंटों की आवाज़ से ही ताऊजी कुछ याद करते से बोले, "ओ होऽऽ—मैं तो भूल ही गया। चौधरी साहब के यहाँ आज साढ़े आठ बजे लगे चढ़नेवाला है। मोटू, तुम जल्दी से तैयार होकर चले जाओ। दो रुपए देते आना...और देखो, लिखवा ज़रूर देना।"

मोटू चला गया तो ताऊजी ने ज़रा-सा तिरछे खड़े होकर तहमद खोली और क़ायदे से धोती पहन ली और बाहर की ओर मुँह करके बोले, "ये बर्तन ले जाना यहाँ से।" फिर छोटू की ओर देखकर बोले, 'लिखने-लिखाने का शौक हमारे इन छोटू साहब को भी चर्राया था एक ज़माने में। अरे, ये जब पेट में थे तो तुम्हारी ताईजी तुम्हें बहुत खिलाया करती थीं, सो

तुम्हारी ही छाया पड़ गई होगी।" और फिर अपनी ही बात पर हो-हो करके हँस पड़े। "सो भैया, हमने तो शुरू में ही ठीक कर दिया। क्यों छोटू, याद है न ?"

छोटू कुछ ऐसे झेंपा मानो सबके सामने उसकी पोल खोल दी हो। धरती में नज़र गड़ाए धीरे से बोला, "वह तो बचपने की बातें थीं।"

"हाँऽऽ, अब तो बचपने की बातें लगती ही हैं। पर उस समय..."

"पिताजी, ऊपर का कमरा ठीक कर दिया।" एक तेरह-चौदह साल की लड़की साड़ी पहने, गठरी बनी-सी दरवाज़े पर आकर खड़ी हो गई। ताऊजी ने उसे बिना भीतर बुलाए ही कहा, "पन्ना, ये बिट्टी हैं, तुम्हारी सबसे छोटी बहन। पिछले साल आठवाँ दर्जा पास किया था, अब घर का कामकाज सीख रही है। अगले साल तक या हो सका तो आती सर्दियों में ब्याह कर देंगे।"

बिट्टी इस प्रसंग पर सुर्ख होती हुई भाग गई। "छोटू, पन्ना को कमरे में पहुँचा दो, और देख लो इन्हें किसी चीज़ की ज़रूरत तो नहीं है।" फिर उससे बोले, "देखो बेटा, यहाँ संकोच करने की ज़रूरत नहीं है ! यह तुम्हारा अपना ही घर है। और देखो, हमारी किसी बात का बुरा मत मानना। क्या करें, तुम लोगों को पराया नहीं समझ पाते सो जो कुछ बुरा लगता है, कह देते हैं।"

"नहीं...नहीं..." शरद ने उठते हुए कहा।

सीढ़ियाँ चढ़ते हुए उसने सुना, "छोटू, लौटकर तुम हिसाब तैयार कर लेना।" आदेश देते हुए ताऊजी का स्वर मिलिट्री के अफ़सर जैसा लगता है, कमांड करता हुआ। ऊपर पहुँचकर शरद ने देखा, बड़ी-सी खुली छत है, जिसके एक ओर एक कमरा बना हुआ है और दूसरी ओर टीन के शेड के नीचे सीमेंट की बोरियाँ चिनकर रखी हुई हैं।

"सीमेंट का भी कोई कारबार है क्या ?" शरद ने पूछा तो छोटू झेंपता-सा बोला, "नहीं-नहीं।" ऊपर की मंजिल बनवानी है, इसी सप्ताह काम शुरू करवाना है। सीमेंट की तो ऐसी दिक्कत है कि बस। बड़ी मुश्किल से भाग-दौड़ करके इकट्ठी की है।"

शरद उसे ग़ौर से देख रहा था। कैसी गम्भीरता और ज़िम्मेदारी से बात करता है। उसकी पीठ पर धप् मारकर हँसते हुए बोला, "यार छोटू, तुम तो अभी से अच्छे-खासे बुजुर्ग बन गए।"

छोटू झेंप गया।

"और यार, कुछ अपने हालचाल सुनाओ। तुम तो लड़कियों की तरह झेंप रहे हो।"

"नहीं तो। बस सब ठीक चल रहा है।" फिर सीधे शरद की ओर देखकर बोला, "शाम को दुकान की तरफ़ आइए न !"

"किसकी दुकान है ?"

"प्रोविज़न और जनरल स्टोर है। यहाँ का तो सबसे बड़ा स्टोर है।" शरद को लगा जैसे वह अपना स्टोर दिखाने के लिए बहुत उत्सुक है। शायद चाहता है कि शरद देख ले कि...

"अच्छा चलूँ ? आप देख लीजिए सब ठीक तो है न ?"

"सब ठीक है यार, तुम बैठो न थोड़ी देर। तुमसे तो बहुत-सी बातें करनी हैं।" लापरवाही से शरद बोला।

"ज़रा हिसाब ठीक करना था। आप तो अभी यहाँ हैं ही, खूब बातें करेंगे।" छोटू उठ खड़ा हुआ। शरद लौटते हुए छोटू को कुछ इस भाव से देखता रहा मानो उसे पहचानने की कोशिश कर रहा हो। फिर उसने अपना कमरा देखा। एक खाट पर बिस्तर लगा था, जिस पर साफ़ कढ़ी हुई चादर बिछी हुई थी। एक कोने में छोटी-सी टेबल और टीन की कुर्सी। सच, इस तरह की कुर्सियों को तो वह भूल ही चुका था। खिड़की पर सुराही रखी थी, पास में गिलास। नीचे दरी बिछी थी। दीवार के सहारे उसका सामान रखा था। ओह, उसे ख़याल ही नहीं रहा, इसे कौन उठाकर लाया होगा ? मोटू-छोटू की बहुएँ। अपनी लापरवाही पर उसे क्षोभ हुआ।

उठकर उसने दरवाज़े पर लगी चिक को गिरा लिया। कमरे में हल्का-सा अँधेरा हो गया। जब पूरी तरह आश्वस्त हो गया कि वह अकेला है तो बैग में से निकालकर उसने सिगरेट सुलगाई। चाय न मिली तो यही सही और इत्मीनान से धुआँ छोड़ते हुए वह मन-ही-मन मुस्कराया।

कभी कुन्तल यहाँ आए तो ? वह तो ताऊजी को देखकर सीधे ही कह बैठे, "बुढ़ऊ क्रैक है।" उसके होंठ और फैल गए। आज रात को कुन्तल को पत्र लिखेगा।

शाम को निकला शरद घर लौटा तो रात के नौ बजे थे। सारे समय वह उन स्थानों पर घूमता रहा जहाँ उसने बचपन के दिन बताए थे, और जिनकी उजली-धुँधली अनेक स्मृतियाँ उसके मन में लिपटी थीं। छोटे रास्ते से जाने पर बीच में पड़नेवाला वह नाला, उसके पास लगे इमली और जामुन के पेड़ आज भी ज्यों-के-त्यों थे। मोटू-छोटू और वह जामुन तोड़ने में इतने मगन हो जाते थे कि स्कूल में देर हो जाती थी और गणित के काने मास्टरजी उन तीनों को सज़ा देकर बैंच पर खड़ा कर दिया करते थे। जब वे तिरछे होकर बोर्ड पर सवाल समझाते होते तो बैंच पर खड़ा-खड़ा छोटू जीभ निकालकर और मुक्का दिखा-दिखाकर उन्हें चिढ़ाया करता था। उस समय कैसे भीतर से उमड़ती हुई हँसी को जबरन होंठों में ही दबाना पड़ता था।

इम्तिहान में हमेशा तीनों एक-दूसरे की नकल किया करते थे। पतंग उड़ाना, सोडे की बोतलों को पीस-पीसकर माँजा सूतना, घंटों गिल्ली-डंडे और गोलियाँ खेलना, छिपकर ताऊजी की बीड़ी पीना, मन्दिर में से पैसे उठाकर ले आना। हर प्रसंग की अनेक-अनेक घटनाएँ उसकी स्मृति में लिपटी थीं। छोटू शुरू से ही ज़्यादा शरारती था। दिन में दो-तीन बार वह ताऊजी से ज़रूर पिटता था। पिताजी बचाते तो ताऊजी उन्हीं पर बरस पड़ते..."छोड़ दे रामेश्वर, इस समय ढील दी तो आवारा हो जाएगा यह।"

बचपन की उन्हीं सब बातों को, उन्हीं स्थानों के बीच, एक बार फिर से सजीव करने के उद्देश्य से ही वह यहाँ आया था। पर जाने क्यों सारे दिन उसे यही लगता रहा कि बचपन की स्मृतियों के नाम पर उसने जो कुछ भी अपने मन में अंकित कर रखा है, उसमें से कुछ भी नहीं मिलेगा। शायद वह सोचता बहुत है और सोचने की इस प्रक्रिया में बहुत-सी काल्पनिक चीज़ें भी जोड़ता चलता है। पर जब वे सारे-के-सारे स्थान और चिह्न हल्के से परिवर्तन के साथ ज्यों-के-त्यों मिल गए तो उसे बड़ा सुखद आश्चर्य हुआ। यहाँ तक कि हरखू मोदी की वह दुकान भी मिली जहाँ से वे तीनों उधार लेकर चने-मूँगफली खाया करते थे और जब यह बात घर पहुँचती थी तो पिटते थे। बूढ़ा हरखू एक आँख पर हरे फ्लैनल की

थिगली-सी लटकाए उससे मिलकर बड़ा प्रसन्न हुआ। उसने आज भी चने खरीदे तो हरखू ने पैसे नहीं लिए।

"तुम्हारा बेटा कहाँ गया ?"

"भैया, लल्लन ने तो शहर में नौकरी कर ली। मुझको भी बुलाता है पर अपना तो जब तक शरीर चलता है, अपनी दुकान भली।"

रात को वह लौटा तो घर में सन्नाटा छाया हुआ था।

पहले दिन उसके खाने-पीने और सोने की अनियमितता की अभिभावात्मक ढंग से आलोचना करने के बाद ताऊजी ने 'चार दिन को आया है' कहकर उसे स्वीकार भी कर लिया था। पर बाहर जाने से पहले वे एक बार अवश्य ऊपर जाते थे। "क्यों बेटा, किसी चीज़ की ज़रूरत तो नहीं है न ?" से शुरू होकर बात काफ़ी आगे तक चलती थी। उस समय ताऊजी सफ़ेद ब्रिचिस और बन्द गले का सफ़ेद कोट पहने रहते, जिसमें मीने के काम के सोने के बटन लगे होते। सिर पर कलफ़दार साफ़ा। शरद के मन में ताऊजी का यही रूप अंकित था, केवल चेहरा कुछ अधिक चिकना और शरीर कुछ अधिक कसा हुआ। उनके हाथ में क़रीब दो फुट लम्बा, गोल लकड़ी का डंडा रहता, जिसके एक सिरे पर जीभ के आकार का कटा हुआ चमड़े का एक टुकड़ा लटकता रहता। वह डंडा हिला-हिलाकर बात करते तो बहुत रोकने पर भी शरद का मन बात से ज़्यादा चमड़े की लपलपाती उस जीभ पर चला जाता।

बात हमेशा उसके परिवार से शुरू होती और फिर अनायास ही ताऊजी के अपने परिवार पर आ जाती।

"तुम लोग तो लड़के हो, पर यह बताओ उस हीरा को क्यों कुँआरा बिठा रखा है ? छब्बीस की तो होगी ? और क्या लल्ली से दो बरस बड़ी है। जानते हो, लल्ली के तीन बच्चे हैं।" और फिर वे शरद की ओर कुछ इस भाव से देखते मानो उसके तीन बच्चे होना बहुत बड़ी उपलब्धि हो। शरद मुस्कराता-सा कहता, "वह अब डॉक्टर हो गई है—बड़ी और समझदार है। उसका अपना व्यक्तित्व है..."

"अब तो हो ही गई बड़ी, पर पेट में से तो डॉक्टर होकर नहीं निकली थी।" ताऊजी भभकते, फिर बड़े खेद और असन्तोष से सिर हिलाते हुए कहते, "हमारी तो कुछ समझ में ही नहीं आता कि रामेश्वर ने यह सारे घर का सिलसिला क्यों बिगाड़ रखा है। लड़कियों को कहीं यों छूट दी जाती है ? लगता है रामेश्वर ने बच्चों की तरफ़ से आँख मूँद ली है। कच्ची उमर में बच्चों का भविष्य उनके हाथ में छोड़ देने से तो ऐसा ही होता है।" फिर एकाएक स्वर को गिराकर बोले, "तुम विश्वास नहीं करोगे, छोटू ने इस घर में कम तुफ़ैल नहीं मचाए थे। मैट्रिक में फर्स्ट पोजीशन क्या आ गई, अपने को लाटसाहब ही समझने लगा था। आगे पढ़ने के लिए बाहर जाएँगे, घर में नहीं रहेंगे, दुकान पर नहीं बैठेंगे।" फिर एकाएक वे कुछ आत्मीय बातें करने के मूड में आ गए। ज़रा सामने झुककर, शरद को विश्वास में लेते से बोले, "प्रेम-व्रेम के चक्कर में भी पड़ गए थे। वो बावेला मचाया घर में कि बस। कोई कायस्थों की छोकरी थी, आवारा-सी।" एकाएक शरद की जिज्ञासा जागी, पर पता नहीं उन्होंने शरद के सामने वह सब कहना उचित नहीं समझा या कि वह प्रसंग दोहराना ही उन्हें अरुचिकर लगा सो उन्होंने बात को वहीं तोड़कर उसका सार निचोड़कर

सुना दिया, "सो भैया, घर है तो ऊँच-नीच तो लगी ही रहती है। जमाने की हवा है तो बच्चे उससे अछूते थोड़ी ही रहते हैं, पर घर का जमा-जमाया एक सिलसिला हो तो सब ठीक हो जाता है। बच्चे जब भटकने लगें उस समय भी यदि उन्हें ठीक से गाइड न कर सकें तो लानत है हमारे माँ-बाप होने पर।" और एकाएक ताऊजी ने डंडा मेज़ पर जमाया तो चमड़े की वह जीभ एक बार फिर हवा में लपलपा उठी। शरद को लगा कि प्रतिवाद करने के लिए यदि उसने चूँ भी की तो यह जीभ उसे निगल ही लेगी।

पुराने एसोसिएशन्स ताजा होते ही शरद को जैसे लिखने का मूड आ गया। देखे हुए स्थानों का एक-एक डिटेल वह अपनी डायरी में नोट करने लगा। सिनेमा के ट्रेलर की भाँति नीचे से मोटू-छोटू और ताईजी की बातों के प्रसंगहीन टुकड़े उसके कानों में पड़ते रहते। 'अम्मा, महादेव जी के मन्दिर में एक बड़े चमत्कारी महात्मा आए हैं, उन्हीं से लेकर ताबीज बाँधो, वैद्य-हकीमों से यह गठिया नहीं जाएगी'...'मोटू भैया, हाथरसवालों को मैंने जवाब दे दिया कि बिना जायचा जुड़ाए तो हम सम्बन्ध नहीं कर सकेंगे' 'शंकरलाल के लड़के ने किसी बंगालिन से शादी कर ली...माँ-बाप बेचारे झक मार रहे हैं'...'हरदेई चाची के मरने पर बेटों ने कह दिया हम तेरहवीं नहीं करेंगे।' 'सीमेंट के बीस थैलों का इंतजाम और हो गया है, अब काम शुरू करवा देना चाहिए'...मजदूरों के दिमाग़ भी आज-कल आसमान पर चढ़ रहे हैं..."

पर जैसे ही ताऊजी आते, सारे घर में उनका स्वर गूँजने लगता और बाकी स्वर जैसे उसी में डूबकर रह जाते..."मैं कहता हूँ, इन लल्ला, मुन्ना को तो कुछ सिखाया करो, औंधे लेटकर पढ़ रहे हैं, यह कोई ढंग है पढ़ने का ? तुम लोगों को हमने होशियार कर दिया, अब इन्हें तो तुम देखो-भालो !" दुनिया-भर के आदेश, दुनिया-भर की हिदायतें।

"आज बाहर नहीं गए ?" ऊपर चढ़ते हुए ताऊजी ने पूछा।

"बस यों ही कुछ लिखने बैठ गया।" पेन बन्द करके कुर्सी से ज़रा-सा उठते हुए शरद ने दरवाज़े पर खड़े ताऊजी का स्वागत किया।

"शाम को सब लोगों से मिल-मिला आता हूँ, इसी बहाने थोड़ा घूमना भी हो जाता है।"

शरद चुप रहा और वे बाहर छत की ओर देखने लगे। धूप छत पर से कभी की सिमट चुकी थी, इस समय हवा में थोड़ी ठंडक भी आ गई थी। "हवा यहाँ खूब चलती है।" फिर एक मिनट ठहरकर पूछा "रामेश्वर मकान-वकान बनवा रहा है या नहीं ?" शरद को लगा अब वे अपने मकान की बात करेंगे।

"हमने तो भाई, सिर छिपाने और पैर टिकाने के लिए यह मकान बनवा लिया।" होंठ दबा लेने के कारण शरद की हँसी मुस्कराहट बनकर रह गई।

"कुछ भी हो, अपने मकान की होड़ नहीं, क्यों ?"

समर्थन के अतिरिक्त शरद के पास कोई चारा नहीं था।

"दो कमरे छोटू के लिए, दो मोटू के लिए। बिलकुल अलग। अब न किसी का लेना, न देना। साथ रहकर भी हमारे यहाँ सब स्वतन्त्र हैं। मैंने नियम बना दिया है कि रात नौ बजे के बाद कितना ही ज़रूरी काम हो, बेटे और बहुओं को उनके कमरों से नहीं बुलाया जाएगा। फिर काम भी ऐसा बाँट रखा है कि झगड़े की कोई बात नहीं।" फिर गर्दन ज़रा

आगे की ओर झुकाकर पूछा, "तुम्हें आए तीन दिन हो गए, कभी देखा तुमने बहुओं को लड़ते हुए ? सुनी उनकी तू-तू, मैं-मैं ?"

शरद को पहली बार ख़याल आया कि उसे तो आज तक यह भी नहीं मालूम पड़ा कि मोटू की बहू कौन-सी है और छोटू की कौन-सी। उसके कमरे की खिड़की से नीचे के आँगन का जो थोड़ा-सा भाग दिखाई देता है, वहीं से उसे कभी-कभी रंगीन साड़ियों की झलक मिल जाती है, न भी मिलती है तो दूसरे दिन आँख खुलते ही सामने तार पर फैली हुई साड़ियों से वह अनुमान लगा लेता है कि कल ये ही साड़ियाँ उनके शरीरों पर रही होंगी।

"सो भैया, हमने तो शुरू से ही ऐसा सिलसिला बिठा दिया कि झगड़े-टंटे की कोई गुँजाइश ही नहीं।" फिर सामने रखी सीमेंट की बोरियों की ओर देखकर बोले, "भाग-दौड़ करके सीमेंट इकट्ठी की, कि अपने रहते-रहते ऊपर की मंजिल भी बनवा दूँ। कौन जाने आगे क्या हो ? यों भी अब छोटू-मोटू के बच्चे बड़े हो रहे हैं। मैंने तो इसी इरादे से ये छतें छोड़ दी थीं, बच्चे जब तक छोटे रहें, खेल-कूद लें बड़े होने लगें तो सिर पर छतें डलवा दो, कमरे बन गए।" और अपनी ही दूरदर्शिता पर वे मन्द-मन्द मुस्कराते रहे। फिर एकाएक उठते हुए बोले, "कौन जाने इनके बड़े होने तक हम जिन्दा भी रहेंगे या नहीं, सो सिलसिला बिठा ही दूँ।"

आँख खुलते ही शरद ने पहली बात सोची कि आज वह चल देगा। दो बार जोर की अँगड़ाई लेकर वह छत पर निकला तो देखा, सारी छत पर धूप फैली हुई है। सामने सीमेंट की बोरियों के चारों ओर ईंटों के ढेर लगा दिए गए हैं। ज़रा-सा नीचे झाँका तो देखा कि छोटू कमर में पाँयचे खोंसे, कमीज़ की बाँहें मोड़, हाथ में पानी की बाल्टी लिए खड़ा है और फेंटा-सा कसे बिट्टी सींक की झाड़ू से 'शटाक्-शटाक्' करती आँगन धो रही है। शरद को देखते ही बोला—

"उठ गए पन्ना भैया ? आइए आप जल्दी से निपट लीजिए, आपका नाश्ता रखा है।"

"बड़े जोरों से धुलाई हो रही है।" शरद के नीचे उतरते ही बिट्टी सिमटकर एक ओर खड़ी हो गई। दोनों बच्चे लोटे भर-भरकर पानी डाल रहे थे।

"आज मकान का मुहूर्त है सो सत्यनारायण की कथा करवाई है। कल से ऊपर की मंजिल का काम शुरू हो जाएगा। आप बाहर निकलें तो जल्दी आइएगा भैया।" छोटू के स्वर में उत्साह जैसे छलका पड़ रहा था।

"आज तो यार, हम जाने की सोच रहे हैं।"

"नहीं भैया, शंकर पंडित की कथा सुनने तो लोग दूर-दूर से आते हैं। आप कल जाइएगा।"

दूसरे दिन शरद कमरे में अपना सामान ठीक कर रहा था। बाहर छत पर मजदूर गीली सीमेंट की तगारियाँ भर-भरकर दूसरी ओर ले जा रहे थे। धोती की तहमद बाँधे ताऊजी खड़े-खड़े उसी कमांडरी लहज़े में आदेश देते जा रहे थे और नन्हा-मुन्ना ईंट के ढेर पर खड़ा होकर चहक रहा था,। "देखो लल्ला भैया, हम कितने ऊँचे पहाड़ पर..."

'एक प्लेट सैलाब' संकलन से

एक बार और

सारा सामान बस पर लद चुका है। बस छूटने में पाँच मिनट बाकी हैं। ड्राइवर अपनी सीट पर आकर बैठ गया है। सामान को ठीक से जमाकर कुली नीचे उत्तर आया है और खड़ा-खड़ा बीड़ी फूँक रहा है। अधिकतर यात्री बस में बैठ चुके हैं, पर कुछ लोग अभी बाहर खड़े बिदाई की रस्म अदा कर रहे हैं। अड्डे पर फैली इस हल्की-सी चहल-पहल से अनछुई-सी बिन्नी चुप-चुप कुंज के पास खड़ी है। मन में कहीं गहरा सन्नाटा खिंच आया है। इस समय कोई भी बात उसके मन में नहीं आ रही है, सिवाए इस बोध के कि समय बहुत लम्बा ही नहीं, बोझिल भी होता जा रहा है। लग रहा है जैसे पाँच मिनट समाप्त होने की प्रतीक्षा में वह कब से यहाँ खड़ी है। कुंज के साथ रहने पर भी समय यों भारी लगे, यह एक नई अनुभूति है, जिसे महसूस करते हुए भी स्वीकार करने में मन टीस रहा है।

"पान खाओगी ?"

"नहीं।"

"कुछ पिपरमेंट की गोलियाँ पर्स में रख लो।"

"मुझे चक्कर नहीं आते।"

"टिकट ठीक से रख लिया न ?"

"हूँ।"

ये औपचारिक वाक्य दोनों के बीच घिर आए मौन को तोड़ने में कितने असमर्थ हैं, दोनों ही इस बात को जान रहे हैं, पर मौन तोड़ने के लिए शायद कुछ और है भी नहीं।

अब से कोई पाँच घंटे पहले चाय पीते-पीते बिन्नी ने बिना किसी प्रसंग और भूमिका के कहा था, "कुंज, मैं आज ही वापस लौट जाऊँगी।"

"क्यों ?" हल्के-से विस्मय से उसने पूछा था।

"बस, अब लौट ही जाऊँगी ?" चाय के साथ-ही-साथ आँसुओं का घूँट-सा पीते हुए उसने कहा था, तब स्वयं उसके मन में भी शायद यह बात नहीं थी कि आज उसे चल ही देना पड़ेगा।

"तुम तो लम्बा प्रोग्राम बनाकर आई थीं न ?" कुंज के स्वर में जैसे नमी आ गई थी, पर उसे रोकने का आग्रह या मनुहार जैसी कोई बात नहीं थी। उसके चेहरे के रह-रहकर बदलते भावों से उसके मन की दुविधा का आभास ज़रूर मिल रहा था। बिन्नी बूँद-बूँद चाय सिप करके अकारण ही समय को खींच रही थी। तभी बैरा अखबार दे गया तो कुंज को जैसे एक सहारा मिल गया।

बिन्नी उठी और सूटकेस ठीक करने लगी। अधिकतर साड़ियों की तह भी नहीं खुली

थी, फिर भी बिन्नी उन्हें निकाल-निकालकर जमाने लगी। हर क्षण उसे लगा था कि कुंज दोनों के बीच खींच आए इस तनाव को तोड़कर उसे बुरी तरह डाँटेगा और गुस्से में आकर सूटकेस का एक-एक कपड़ा निकालकर बाहर फैला देगा। पर ऐसा कुछ नहीं हुआ। बड़ी देर तक बिन्नी इधर के कपड़े उधर करती रही, फिर जाकर खिड़की पर खड़ी होकर नीचे से गुजरते सैलानियों को देखती रही और कुंज बड़े निरर्थक से कामों में अपने को व्यस्त बनाए रखने का अभिनय करता रहा और उस समय का मौन यहाँ तक खिंचा चला आया।

कंडक्टर ने सीटी बजाई। बिन्नी ने देखा कि एक बड़ी ही निरीह-सी कातरता कुंज के चेहरे पर उभर आई है। बिन्नी का अपना मन बहने-बहने को हो आया, पर अपने को भरसक साधती-सी बस में चढ़ने लगी। कुंज ने हल्के-से उसकी पीठ पर हाथ रखकर उसे सहारा दिया। बस स्टार्ट हुई तो कुंज ने कहा, ''पहुँचकर लिखना।'' बिन्नी से स्वीकृति में सिर भी नहीं हिलाया गया।

बस चल पड़ी तो उसके खाली मन पर आक्रोश, निराशा अवसाद और आत्मग्लानि की परतें जमने लगीं। आँसुओं को आँख की कोरों में ही पीते हुए वह बाहर देखने लगी। मोड़ पर एक बार उसने पीछे की ओर मुड़कर देखा। बस धूल के जो गुबार छोड़ आई थी, उनके बीच कुंज का सिर दिखाई दिया। पता नहीं वह किस ओर देख रहा था। मोड़ के साथ ही बस ढलान पर चलने लगी। चारों ओर फैली हुई पहाड़ियों और उनके बीच अँगड़ाई लेती हुई सुनसान घाटियाँ। कुँज ऊपर ही छूट गया है, और बस उसे तेजी से नीचे की ओर ले जा रही है, नीचे-नीचे।

पीछे कोई बराबर खाँस रहा है, जैसे दमे का मरीज हो। इस लगातार की खाँसी से बिन्नी को बेचैनी होने लगी। उसने पीछे मुड़कर देखा। सबसे पिछली सीट पर एक बूढ़ा पैर ऊपर उठाए, घुटनों में मुँह छिपाए लगातार खाँसे जा रहा है। थोड़ी देर में उसकी खाँसी बन्द हो गई, तो बिन्नी बड़ी बेकली से उसके फिर से खाँसने की प्रतीक्षा करने लगी। जब फिर खाँसी चलने लगी तो उसे जैसे राहत मिली और हर बार यही होता, उसके खाली मन को टिकाने के लिए जैसे एक सहारा मिल गया।

बस से उतरी तो बिन्नी को लगा, जैसे उसका सिर बहुत भारी हो गया है। हवा वास्तव में शायद उतनी गरम नहीं थी, जितनी पहाड़ से आनेवालों को लग रही थी। बिन्नी ने वेटिंग-रूम में जाकर हाथ-मुँह धोया, सिर पर ढेर सारा ठंडा पानी डाला और पंखे के नीचे बैठ गई।

प्लेटफ़ार्म पर इस समय सन्नाटा-सा ही था। बस से उतरे हुए यात्री वेटिंग-रूम में समा गए थे। नीली वर्दीवाला कोई-कोई खलासी इधर-उधर आता-जाता दिखाई दे जाता था।

धीरे-धीरे साँझ उतरने लगी तो बिन्नी की आँखों में कल की साँझ उतर आई।

हवा में काफ़ी ठंडक थी फिर भी चढ़ाई के कारण बिन्नी और कुंज के चेहरे पर पसीने की बूँदें झलक आई थीं। बिन्नी चुपचाप चल रही थी, अपने में ही डूबी, आत्मलीन-सी।

कुंज शायद समझ रहा था कि फूली हुई साँस के कारण उससे कुछ बोला नहीं जा रहा है। पर नहीं, बिन्नी के पास उस समय बोलने के लिए कुछ था ही नहीं। केवल यह अहसास था कि सारी बात खिंचकर ऐसे बिन्दु पर आ गई है, जहाँ शायद कहने-सुनने के लिए कुछ भी नहीं रह जाता।

"कहीं बैठा जाए अब तो..." चुप-चुप चलने से ऊबकर बिन्नी ने कहा।

"बहुत थक गईं ?"

"हाँ, अब तो सचमुच बहुत थक गई।" और जब उसने कुंज की कुछ टटोलती-सी नज़रों को अपने चेहरे पर टिका पाया तो उसे लगा जैसे कुंज ने उसकी बात को किसी और ही अर्थ में ग्रहण किया है।

बैठते ही कुंज ने उसका हाथ अपने हाथ में ले लिया। यह स्पर्श, होश सँभालने के बाद पुरुष-स्पर्श से उसका परिचय इस स्पर्श ने ही कराया था। इसी स्पर्श ने भीतर तक गुद-गुदाकर और रोम-रोम में बसकर उसे उठते यौवन का अहसास कराया था। आज एकाएक ही कितना अपरिचित हो उठा है यह स्पर्श—सर्द और निर्जीव।

फिर भी उसने अपना हाथ खींचा नहीं। सूनी-सूनी नज़रों से सामने फैली पहाड़ियों और नीचे उतरती घाटियों को ही देखती रही। कुंज का हाथ थरथराने लगा। वह समझ गई कि कोई बात है जो उसके भीतर घुमड़ रही है। पहले जब कभी उसे इस बात का आभास भी मिलता था तो कितनी उत्सुक हो उठती थी वह जानने के लिए। आज वह न कोई उत्सुकता दिखा रही है, न आग्रह कर रही है। भीतर-ही-भीतर तो वह जानती भी है कि कुंज क्या बात करेगा। उसने मधु का पत्र पढ़ लिया था। शायद कुंज ने जान-बूझकर ही ड्रेसिंग-टेबिल पर वह पत्र छोड़ दिया था, जिससे कि बिन्नी स्वयं सारी स्थिति समझ ले। फिर भी आशंका और आशा का मिला-जुला भाव बिन्नी के मन में रह-रहकर तैर रहा है। कुंज सारी बात को किस रूप में रखता है ? किस अधिकार से वह कहेगा कि 'बिन्नी तुम लौट जाओ, अपने को काट लो।' वह जानने-सुनने को उत्सुक भी है, साथ ही यह भी चाहती है कि दोनों के बीच कभी वह प्रसंग उठे ही नहीं। बस, ऐसा ही एकान्त हो, ऐसी ही निर्विघ्न शान्ति हो और इसी प्रकार कुंज उसका हाथ अपने हाथ में लिए बैठा रहे। "बिन्नी !" कुंज अटक जाता है। फिर धीरे-धीरे बिन्नी का हाथ सहलाने लगता है। बिना देखे भी बिन्नी जान लेती है कि बड़ी ही दयनीय-सी विवशता उसके चेहरे पर उभर आई है।

"बिन्नी, तुम्ही बताओ मैं क्या करूँ ? मेरी आस्था ही मेरे लिए बहुत भारी पड़ रही है। यह सब अब मुझसे चलता नहीं। यह दुहरी ज़िन्दगी, यह हर क्षण का तनाव-- !" वाक्य उससे पूरा नहीं हो पाता। बचे हुए 'शब्द' स्वर के भर्राएपन में ही डूबकर रह जाते हैं।

बिन्नी कुछ नहीं कहती, केवल अँधेरे में कुंज के चेहरे पर उभर आए भावों को देखने की कोशिश करती है। विश्वास करने की कोशिश करती है कि यह सब कुंज ही कह रहा है। भीतर-ही-भीतर कुंज के ही कुछ वाक्य टुकड़ों-टुकड़ों में गूँजते हैं—"बिन्नी, शादी मुझे इतना संकीर्ण नहीं बना सकेगी कि मैं अपने और सारे सम्बन्धों को झुठला ही दूँ। शादी अपनी जगह रहेगी और मेरा-तुम्हारा सम्बन्ध अपनी जगह !" पता नहीं उस समय इन बातों से उसने अपने को समझाया था या बिन्नी को। कुंज उसके बाद कुछ नहीं कह पाता। थोड़ी देर बाद वह कहता है तो केवल यही, "बहुत अँधेरा घिर आया है, अब लौट चलें, वरना..."

और बिन्नी चारों ओर घिरते हुए इस अँधेरे को मन की अनेक परतों पर उतरता हुआ महसूस करती है, लौट जाने की आवश्यकता को भी महसूस करती है, पर समझ नहीं पाती कि आखिर लौटकर जाए कहाँ ?

रात आधी के क़रीब बीत चुकी है। कमरे के सारे खिड़की-दरवाज़े बन्द हैं। फायर प्लेस में जलती लकड़ियों का चट्ट-पट्ट शब्द ही कमरे के मौन को चीर रहा है। कुंज ने कमरे की बत्ती बन्द कर दी है। केवल लकड़ियों का पीला-पीला आलोक ही कमरे में थिरक रहा है, जिसके साथ दीवालों पर न जाने कैसे बेडौल-से साए काँप रहे हैं। उसे लगा वह जब भी कुंज के साथ होती है ऐसी ही बेडौल छायाएँ उसे हमेशा घेरे रहती हैं। कॉफ़ी के खाली प्याले टेबिल पर पड़े हैं और थकी-सी बिन्नी सोफ़े पर ही तकिया दबाकर अधलेटी-सी पड़ी है। सिगरेट के धुएँ के पारदर्शी बादलों के पीछे से झाँकता हुआ कुंज का चेहरा बिन्नी को एक भावहीन मूर्ति की तरह लग रहा है।

एकाएक बिन्नी को लगा जैसे बड़ी देर से वे चुपचाप बैठे हैं और इस अहसास के साथ ही उसे वह एकान्त बड़ा बोझिल लगने लगा। एकान्तिक क्षणों का मौन यों शब्दों से भी ज़्यादा मधुर होता है, पर लगा इसके पीछे तो कुछ और ही है। शायद चाहकर भी कुछ न कह पाने की विवशता, बिना सुने ही सबकुछ जान लेने की व्यथा।

कुंज सिगरेट का आखिरी कश लेकर उसे मसलकर भरी हुई एश ट्रे में ठूँस देता है। फिर शब्दों को ठेलता हुआ-सा वह कहता है, "बिन्नी, तुम्हें लेकर मैं अपने को बहुत अपराधी महसूस करता हूँ।" और अब अपनी बात की प्रतिक्रिया जानने के लिए बिन्नी के चेहरे की ओर देखने लगता है। बिन्नी का अपना मन हो आता है कि वह देखे कि उस पीले-पीले आलोक में उसका चेहरा कैसा लग रहा है ? कुंज की सीधी नज़रें उसे हमेशा बेचैन कर देती हैं। उसे लगता है जैसे अनायास ही कुंज की नज़रों में तुलना का भाव उभर आया है। यों किसी और के सन्दर्भ में देखे-परखे जाने की भावना हमेशा उसके मन को कचोटती है। पता नहीं कुंज के मन में यह भाव रहता भी है या नहीं, पर वह स्वयं इस भाव से कभी मुक्त नहीं हो पाती।

"तुम शादी कर लो बिन्नी। मेरी दुर्बलता की कीमत आखिर तुम क्यों चुकाओ—मुझे लगता है कि जब तक मैं निर्ममता से अपने को काट नहीं लेता तुम किसी और दिशा में सोचोगी ही नहीं। इस बार मुझे कुछ निर्णय ले ही लेना चाहिए।" और वह जैसे आँखों के आगे छाई धुन्ध को दूर करने के लिए दोनों हाथों से आँखें मसलने लगता है।

एकाएक ही बिन्नी का मन बेहद-बेहद कटु हो जाता है। मन होता है सुलगती नज़रों से एक बार कुंज को देखे, पर वह छत की ओर देखने लगती है। आँखों के आगे मधु के पढ़े हुए पत्र की पंक्तियाँ उभर आती हैं, 'तुमने विवाह से पहले एक बार भी मुझे बता दिया होता कि तुम किसी और के साथ वचनबद्ध हो तो मैं कभी तुम दोनों के बीच नहीं आती। किसी और का अधिकार छीनने की मेरी आदत नहीं। पर जो अधिकार तुमने स्वेच्छा से दिया उसमें बँटवारा करना भी मेरे लिए संभव नहीं। आज भी अपना मन साफ़ करके मुझे बता दो, मैं चुपचाप लौट जाऊँगी। पर उस समय फिर गोद में मुँह छिपाकर आँसू मत बहाना। तुम जानते हो तुम्हारे आँसू मुझे कितना दुर्बल बना देते हैं। मैं तुम्हारे निर्णय की प्रतीक्षा करूँगी, इधर या उधर।'

और कुंज ने शायद निर्णय लेने के लिए ही उसे यहाँ बुलाया है। वह जानती है, निर्णय उधर का ही हुआ है। इधर तो जब होना चाहिए था तब नहीं हुआ, जब हो सकता था, तब नहीं हुआ तो अब क्या होगा। कुंज शायद अपने निर्णय का समर्थन करवाना चाहता है।

चाहता है कि बिन्नी स्वयं कहे कि 'मैं अपने को काट लेती हूँ', और वह इस कटने की ज़िम्मेदारी सीधे बिन्नी पर या 'बिन्नी के हित' पर डालकर अपराध भावना से मुक्त हो सके। निर्णय उधर का हो चुका है, इसीलिए तो कुंज ने गोदी में सिर रखकर रोने के लिए उसे यहाँ बुलाया है। यदि इधर का होता, तो शायद आज मधु की गोदी में सिर रखकर कुंज रो रहा होता।

बात फिर वहीं टूट गई। पर बिन्नी ने अच्छी तरह महसूस किया कि जो कोमल तन्तु उन दोनों को वर्षों से बाँधे चला आ रहा था, आज जैसे वह टूट गया है। उन दोनों के बीच 'कुछ' था, जो मर गया है। टूटने-मरने का यह बोध रात में और भी गहरा हो गया था, जब दो लाशों की तरह वे साथ सोए थे।

कुंज सो सका था या नहीं, पर बिन्नी की नम आँखों के सामने सारी रात जाने कैसे-कैसे चित्र ही तैरते रहे--पिछले साल नैनीताल में कुंज के साथ बिताए हुए दिनों के चित्र। श्री और श्रीमती कुंज श्रीवास्तव के नाम से होटल में कमरा लिया था और बैरा लोग जब मेम साहब कहकर सम्बोधित करते तो उसे न कुछ अस्वाभाविक लगता था, न अनुचित। उसका सारा व्यवहार इतना स्वाभाविक था मानो वह वर्षों से उसके साथ रहती आई है, उसकी एक-एक आदत और आवश्यकता से वह खूब अच्छी तरह परिचित है। झील के किनारे की वे बातें आज भी उसे याद हैं जो शायद कभी उसके जीवन की सच्चाई नहीं बन सकीं, शायद कभी बन भी नहीं सकेंगी--उन्मुक्त प्यार का वह सम्बन्ध जिसे विवाह या किसी ऐसे औपचारिक बन्धन की आवश्यकता नहीं होती।

बिन्नी की आँखों से आँसू चू पड़े। मन बहुत डूबने लगा, तो उसने आँखें खोल दीं। फायर प्लेस की लकड़ियाँ बुझ चुकी थीं। अँगारों पर भी राख जम चुकी थी। केवल हल्की-सी गन्ध कमरे में अब भी फैली हुई थी। उसने धीरे-से करवट ली और मन-ही-मन तय किया, 'कल ही वह लौट जाएगी।'

रेंगती हुई ट्रेन कब प्लेटफ़ार्म पर आ खड़ी हुई--आधी सोती, आधी जागती बिन्नी जान ही नहीं पाई।

"अभी गाड़ी खाली है, अपना बिस्तर लगा लीजिए," कुली ने कहा तो वह चौंकी।

प्रतीक्षालय में बन्द यात्री कुलियों पर सामान लदवाए प्लेटफ़ार्म पर आ-जा रहे थे। दो-तीन बसें और भी अनेक यात्रियों को पहाड़ से नीचे ले आई थीं और हल्का-सा शोर चारों ओर फैलने लगा था।

बिन्नी ने जल्दी से सामान उठवाया और जनाने डिब्बे में घुसकर ऊपरवाली बर्थ पर अपना बिस्तरा फैला लिया। उसे लगा आज रात वह नहीं सोएगी, तो उसका सिर फट जाएगा। थोड़ी देर तक खिड़की के पास बैठी वह प्लेटफ़ार्म की भीड़ को ही देखती रही पर जब भीड़ बढ़ने लगी तो ऊपर चढ़ गई। आँख बन्द करने पर भी उसे रोशनी का चौंधा असह्य लगता है जैसे किसी ने चेहरे के सामने टार्च जला दी हो। उसने साड़ी का पल्ला आँख पर डाल लिया।

नीचे का शोर, बच्चों का रोना-चिल्लाना निरन्तर बढ़ता जा रहा है, पर उस सबसे तटस्थ बिन्नी अपने में ही डूबी है। गाड़ी चली तो पहली बात उसके दिमाग़ में आई--यों चार दिन

में ही लौट आने की क्या सफ़ाई देगी वह सुषी को ? कुंज का पत्र पाकर जब उसने अपने जाने की बात कही थी, तो सुषी विस्मित-सी उसे देखती रह गई थी। रात में सोते समय केवल इतना ही कहा था—"पहले का जाना तो तब भी समझ में आता था बिन्नी, पर अब ? जो आदमी बार-बार वायदा करके मुकर जाए, उससे क्या आशा करती है तू ?"

"आशा ? क्या हमेशा कुछ पाने की आशा से ही सम्बन्ध रखा जाता है।" कहकर ही बिन्नी को लगा था कि वह सुषमा को समझा रही है या अपने मन को ?

"सम्बन्ध ?" सुषमा के स्वर में वितृष्णा-भरी खीज उभर आई। "तू अभी भी समझती है कि तू उसे प्यार करती है या कि यह प्यार है जिसके जोर से तू खिंची हुई चली जाती है ? क्यों अपने को धोखा दे रही है बिन्नी ? अब तेरे सम्बन्ध का आधार प्यार नहीं—प्रेस्टीज है, कुचला हुआ आत्म-सम्मान। तुझे कुंज नहीं मिला, तो तू अपने को बर्बाद करके भी यह सम्भव नहीं होने देगी कि वह मधु को मिले।"

बिन्नी भीतर तक तिलमिला उठी। मन हुआ चीखकर सुषमा को चुप कर दे, पर वह भिंचे गले से केवल इतना ही कह सकी, "तू चुप हो जा सुषमा।" थोड़ी देर तक बिन्नी प्रतीक्षा करती रही थी कि सुषमा कोई और कड़ी बात कहेगी, लेकिन सुषमा सचमुच ही चुप हो गई। बिन्नी समझ गई, सुषी बहुत नाराज है। हल्की नाराज़गी में सुषी खूब लड़ती है, पर जब बात उसके लिए असह्य हो जाती है, तो वह चुप हो जाती है। कुंज ने उन दोनों के बीच एक दीवार खड़ी कर दी है और हर बार ही कुछ ऐसा होता है कि उस दीवार पर अनचाहे ही एक पलस्तर और चढ़ जाता है। बिन्नी सुषमा के आक्रोश को समझती है, पर सुषी है कि उसके मन की बात नहीं समझ पाती—शायद कभी समझ भी नहीं पाएगी।

बिन्नी का मन हुआ सुषमा उससे लड़ ले, कुछ और कटु बातें उसे सुना दे, पर यों चुप न हो। सब घरवालों से अपने को काटकर बिन्नी यहाँ रह रही है—कैसी-कैसी मानसिक यन्त्रणाओं से वह गुजरी है, पर सुषी का सहारा उसे हमेशा मिलता रहा है, ग़लत और सही कामों में उसका समर्थन मिलता रहा है। पर इस बार जैसे वह उस आख़िरी सहारे को भी तोड़कर कुंज के पास चली आई थी।

अब क्या कहेगी वह सुषी को ! उसकी बन्द पलकों में आँसू चू पड़े।

बिन्नी को लेकर ताँगा जब स्टेशन के बाहर निकला, तो पौ भी नहीं फटी थी। सड़क सुनसान थी और हवा सुहानी। जमादार एन भोर की मस्ती में—'हवा तुम धीरे बहो' की तान के साथ सड़क झाड़ रहा था। स्टेशन-रोड से ताँगा झील के रास्ते की ओर मुड़ा तो सड़क के किनारों पर सूने गुलमोहर और अमलतास के पेड़ों की कतार-की-कतार खड़ी दिखाई दी। बिन्नी का मन लौटकर फिर उस सुबह की ओर चला गया, जब गुलमोहर के पेड़ लाल-लाल फूलों से भरे थे और उसका मन विचित्र-से सशंकित उल्लास से।

कुंज ने बाँहों में भरकर, अनेक चुम्बन अंकित करके उसे नैनीताल से विदा किया था—इस आश्वासन के साथ कि वे जल्दी ही एक नई ज़िन्दगी की शुरूआत करेंगे। उस दिन जब उसका ताँगा इस तरफ़ मुड़ा था तो उसे लगा था कि उसकी ज़िन्दगी भी अब फूलों के रास्ते की ओर मुड़ गई है।

इसी तरह सुषी को बिना सूचना दिए वह आई थी पर सारे रास्ते उसे लगता रहा था कि घोड़ा बहुत धीरे चल रहा है, या कि रास्ता खिंच कर बहुत लम्बा हो गया है।

सुषमा ताँगे की आवाज़ से ही जागी थी और उसने उनीदीं आँखों से ही बिन्नी को बाँहों में भर लिया था।

उसके बाद बिन्नी जहाँ कहीं भी जाती उसे गुलमोहर के लाल-लाल फूल ही दिखाई देते। लोगों का कहना था कि उस साल जैसा गुलमोहर शहर में कभी नहीं फूला था।

फिर एक-एक दिन सरकता गया और गुलमोहर के फूल धीरे-धीरे झड़ते चले गए।

दिन ठंडे होते चले गए थे और अकारण ही यह ठंडक सुषमा के मन में पैठती चली जा रही थी। उसने कुंज के पत्र पढ़ना बन्द कर दिया था और कुंज के पत्रों को पढ़कर अकेले झेलना बिन्नी को बहुत भारी लगने लगा था। कुंज को लेकर उसके अपने मन में न जाने कितना आक्रोश और क्षोभ भरा था, पर सुषमा के सामने होते ही उसे कुंज का मुखौटा ओढ़ना पड़ता था। और तब उसका कष्ट कई गुना हो जाता था।

दिसम्बर में सुषमा अपने देवर-देवरानी के आग्रह की बात कहकर कानपुर चली गई थी। बिन्नी का बहुत मन हुआ था कि वह उसे रोक ले, पर उससे कुछ नहीं कहा गया था। चलते समय केवल इतना ही कह पाई थी, "सुषी जल्दी आना, मेरा मन बिल्कुल नहीं लगेगा।" तो सुषमा की आँखों में भी आँसू आ गए थे और बिन्नी को जैसे आश्वासन मिल गया था कि दोनों के बीच कहीं कोई नहीं है, कभी कोई हो भी नहीं सकता है, कि सुषमा जल्दी ही लौटकर आएगी।

ताँगे की आवाज़ सुनकर माँजी निकलीं और उसे देखकर हैरान-सी बोली, "अरे बीवी, तुम कैसे लौट आईं ?"

बिन्नी ने ताँगेवाले को पैसे दिए, माँजी को जवाब नहीं दिया। उसने सोच लिया है कि वह किसी को कुछ नहीं कहेगी, सुषमा को भी नहीं।

माँजी ने होल्डाल उठाया और बिन्नी ने सूटकेस। "सुषमा बीवी कल शाम को ही शर्मा साहब के यहाँ चली गईं। बीवीजी खुद आकर ले गईं। आज दोपहर में आने को कह गई हैं।"

बिन्नी को बड़ी राहत मिली। मित्रता के इतने वर्षों में यह पहला मौक़ा था कि सुषी की उपस्थिति उसे असह्य लग रही थी। पर अपनी इस भावना पर उसका मन ग्लानि से भर उठा।

बरामदा पार करके बिन्नी कमरे में घुसी। वही कमरा, वही सामान। फिर भी उसे लगा कि जैसे दीवालें सिमट आई हैं और कमरा छोटा हो गया है। इस छोटे से कमरे में ही उसे बहुत बड़ी ज़िन्दगी काटनी है। हाथ-मुँह धोकर उसने चाय पी और फिर अपने कमरे के पलँग पर आकर लेट गई। माँजी आईं तो उसने खिड़की खोल दी और परदा एक ओर को सरका दिया। सुबह की कोमल धूप में बिन्नी का शरीर नहा उठा, पर खिड़की की सलाखों ने उसके शरीर को कई टुकड़ों में बाँट दिया और यों कटी-बँटी बिन्नी दोपहर तक ऐसे ही लेटी रही।

सुषमा आई तो हैरान। "तू कैसे लौट आई ?"

"यों ही, मन नहीं लगा इस बार।"

इस बात पर ध्यान दिए बिना सुषी की तेज नज़रें बिन्नी के मन में उतरती जा रही थीं। बिन्नी खुद जानती थी कि जो कुछ उसने कहा, वह विश्वास करने लायक नहीं है।

"लड़ाई हो गई कुंज से ?"

"नहीं तो," कहने को कह तो दिया बिन्नी ने पर भीतर से रुलाई का वेग जैसे फूट पड़ना चाहता था। किसी तरह अपने को संयत करके वह अख़बार पढ़ने की कोशिश करने लगी। सुषमा भीतर गई तो बिन्नी ने सोचा कि अब वह लौटकर नहीं आएगी, वह उससे कोई बात नहीं करेगी, साथ रहकर भी उन्हें अजनबियों की तरह ही रहना पड़ेगा--हो सकता है सुषमा यहाँ से चली ही जाए। पर तभी हाथ में बिनाई लिए सुषमा आकर सामने की कुर्सी पर बैठ गई। सुषमा हमेशा की तरह सहज लग रही थी, मानो चार दिन पहले उनके बीच कुछ हुआ ही न हो।

बिन्नी अख़बार एक ओर पटककर पलँग पर ही बैठ गई। नहीं, सुषमा को वह अपने से यों कटने नहीं देगी। उसने पीठ पर फैले बालों को हथेली पर लपेटकर ढीला-सा जूड़ा बना लिया और सब कुछ बता देने के लिए भीतर-ही-भीतर जैसे अपने को तैयार करने लगी।

"तेरा यों लौट आना बड़ा विचित्र संयोग है, कहूँ कि बड़ा शुभ संयोग।" और सुषमा ने अपनी नज़र बिनाई पर से उठाकर बिन्नी के चेहरे पर गड़ा दी, जहाँ विस्मय का भाव गहरा होता जा रहा था।

"दिनेश भैया का पत्र देख लिया न ?"

"नहीं तो। कहाँ है ?" सुषमा की बात का सूत्र इस पत्र में होगा। इस बात का अनुमान-सा लगाते हुए उसने पूछा।

"तेरी दराज़ ही में तो रख दिया था मैंने।" और सुषमा ने उठकर उसे पत्र पकड़ा दिया। पत्रों की बेसब्री से राह देखनेवाली बिन्नी सवेरे से आकर दराज़ तक न खोले, यह सब उसकी जिस मानसिक स्थिति का सूचक है, सुषी उसे खूब समझ रही है पर उसने सोच लिया है कि वह उस बारे में कोई बात नहीं करेगी।

बिन्नी बन्द लिफ़ाफ़े को यों ही उलट-पलटकर देखती रही और मन में जो सबसे पहली बात उठी वह यह कि क्या सचमुच ही सुषी ने अपने को बिन्नी से एकदम काट लिया है ? वरना सुषमा तो नाराज़ होने से पहले तक कुंज तक के पत्र इस अधिकार से पढ़ती थी, मानो वे उसी के लिए लिखे गए हों। सुषमा के विवाह के पहले तक दोनों का हर काम साझे में चलता था। श्यामजी के विदेश जाने के बाद सुषमा बिन्नी के पास आकर रहने लगी तो यह टूटा हुआ क्रम फिर जुड़ गया था। लेकिन अब ?

बिन्नी ने पत्र पढ़ लिया तो सुषमा ने प्रतिक्रिया जानने के लिए उसकी ओर देखा। बिन्नी भावहीन चेहरा लिए पत्र को मोड़ती-खोलती रही। उसकी कुछ भी समझ में नहीं आया कि वह क्या कहे। पत्र में विशेष कुछ था भी नहीं। इधर-उधर की दो-चार बातों के बाद सूचना थी कि नन्दन अपने काम से आ रहा है। शायद दस-बारह दिन ठहरेगा। उसके साथ रसगुल्ले का एक टिन भेज रहे हैं।

"अच्छा हुआ तू आ गई। मैं तो समझ ही नहीं पा रही थी कि दिनेश भैया को क्या जवाब दूँ ?"

बिन्नी समझ गई कि दिनेश भैया ने सुषमा को अलग से भी पत्र लिखा है। बिन्नी ने अपने को परिवार से काट लिया है, फिर भी कभी-कभी भैया का कर्त्तव्य-बोध जाग ही जाता है। नन्दन के बारे में उन्होंने पहले भी लिखा था—बिन्नी को कई बार आने का आग्रह भी किया था, पर बिन्नी के अपने मन में नन्दन को लेकर कभी कोई दिलचस्पी नहीं जागी। वही नन्दन अब यहाँ आ रहा है। सुषमा का वाक्य मन की किसी अदृश्य परत पर गूँजा—शुभ संयोग।

"गेस्ट-हाउस में ठहरेंगे। तू कहे तो मैं यहीं ठहरने को कह दूँ ?" सुषमा की इस बात से बिन्नी भीतर तक गल गई। क्या हो गया है इस सुषी को ? अपने सारे अधिकार समेटकर यों निरीह बनकर वह बिन्नी से पूछे ? शादी के बाद से सुषमा कैसे अनायास ही उसकी अन्तरंग मित्र से अभिभाविका बन बैठी। यह आज तक वह नहीं समझ सकी थी। पिछले डेढ़ साल से जो सुषमा साधिकार आदेश ही देती आई है, वह निरीह बनकर यों उसकी अनुमति ले ? उसका मन हुआ सुषमा के दोनों कन्धे झकझोर कर पूछे, "तू भी मुझे अपने से काटकर अलग कर देना चाहती है तो साफ़ क्यों नहीं कहती...ये इस तरह की बातें।' पर उससे केवल इतना ही कहा गया, "मुझसे क्या पूछती है, यह तेरा घर नहीं है क्या ?" स्वर में कुछ ऐसी आर्द्रता थी कि सुषमा हैरान-सी देखती रह गई और बिन्नी उठकर भीतर चली गई।

चार बजे के क़रीब घर के सामने जीप रुकी तो एक क्षण के लिए भी अनुमान लगाने की आवश्यकता नहीं हुई। हाथ की बिनाई पलंग पर पटककर स्वागत के लिए सुषमा बाहर निकली। बिन्नी से चाहकर भी दरवाज़े से आगे नहीं बढ़ा गया। सुषमा ने कुछ इस आत्मीयता से नन्दन को लिया मानो उसकी पुरानी परिचिता हो, पर बिन्नी उनके बरामदे में आने और परिचय करवाने के बाद ही नमस्कार कर सकी।

परसों से ही सुषमा ने कमरा अच्छी तरह सजा रखा था। "हम तो कल से ही आपकी राह देख रहे थे।"

नन्दन ने एक उड़ती-सी नज़र कमरे पर डाली तो सुषी के चेहरे पर सन्तोष का भाव उभर आया। उसका सजाना व्यर्थ नहीं गया।

"कल दोपहर में तो पहुँचा ही था—कुछ लोग आ गए, काम का प्लान डिस्कस करना था सो शाम उसी में बीत गई।"

फिर रसगुल्ले का टिन बढ़ाते हुए बोला, "इसे सँभालिए। सारे रास्ते मुश्किल से अपने को रोकता आया हूँ। कलकत्ते में रहकर भी रसगुल्ले मेरी कमजोरी है।" और वह खुलकर हँस पड़ा।

तब बिन्नी के मन में कहीं कुंज की हँसी कौंधी। उसने पहली बार भरपूर नज़र से नन्दन को देखा। अपेक्षाकृत थोड़ा दुबला और लम्बा। रंग थोड़ा साँवला पर चमकता हुआ चौड़ा ललाट और सिर पर घुँघराले बाल। तभी लगा जैसे अदृश्य रूप में कुंज भी नन्दन के साथ-साथ ही आया है।

बिना परिचय के बातचीत का आधार दिनेश भैया का परिवार ही हो सकता था, पर सुषमा ने नन्दन से ही सीधा सूत्र जोड़ा। उसके अनेकानेक आत्मीय प्रश्नों ने अपरिचय के

इस बोध को टिकने नहीं दिया--"सफ़र में तकलीफ़ तो नहीं हुई ? ठहरने की जगह पसन्द है ? असुविधा न हो तो यहाँ आकर ठहरिए, हमें बड़ी खुशी होगी–जैसे दिनेश भैया वैसे आप--कितने दिन ठहरेंगे--क्या कार्यक्रम रहा करेगा ?"

और बिन्नी सोच रही थी कि वह भी इसी सहज भाव से क्यों नहीं हँस-बोल पा रही है। वह तो इस तरह बैठी है, मानो नन्दन उसे देखने आया है और वह लाज से सिमटी जा रही है। इस भावना मात्र से वह बेचैन हो उठी, मन हुआ एक चक्कर भीतर का ही लगा आए। तभी माँजी चाय की ट्रे ले आईं तो बिन्नी को जैसे सक्रिय होने के लिए आधार मिल गया।

"बिन्नी जी, आपको दिनेश बहुत याद करते हैं और मिकी-पिन्टू ने तो आदेश दिया है कि बुआ को साथ ही लेते आइए।"

चाय का प्याला बढ़ाते हुए बिन्नी ने नन्दन को देखा–क्या सचमुच उसे सबने बुलाया है या कि...क्या भैया ने नन्दन को इस तरह का कोई संकेत दे रखा है ?

"यहाँ आपका काम क्या रहेगा ? किस प्रोजेक्ट पर आए हैं आप ?" इतनी देर में बिन्नी की ओर से पहला प्रश्न था।

"हमें विभिन्न प्रान्तों के आदिवासियों की विवाह-पद्धति पर तथ्य इकट्ठे करने हैं।"

"यह तो बड़ा दिलचस्प काम है !"

"ओह, बड़ा दिलचस्प। वेरी इंटरेस्टिंग। मैं तो चकित हूँ कि इस अकेले देश में कितनी तरह के रस्म-रिवाज हैं !" और फिर बातें विभिन्न प्रकार की विवाह-पद्धतियों पर ही चल पड़ीं। नन्दन जब जाने लगा तो यह तय हुआ कि जब भी वह खाली होगा, बिना किसी औपचारिकता के यहाँ आ जाया करेगा। यहाँ के जो तीन-चार दर्शनीय स्थान हैं, वे साथ ही देखे जाएँगे।

उस दिन चले जाने के बाद भी बड़ी देर तक नन्दन उस घर में बना रहा।

बीतते अक्टूबर की साँझ। बिन्नी छत पर चली आई। सामने सड़क पर गायों का एक झुंड सारे वातावरण को मटमैला बनाता हुआ गुज़र गया है। पीछे के मैदान में गुल्ली-डंडा खेलते हुए बच्चों का शोर बहुत साफ़ सुनाई दे रहा है। बिन्नी निरुद्देश्य-सी वही सब देख रही है।

उस दिन के बाद तीन दिन बीत गए, नन्दन नहीं आया। यों वह कह गया था कि दो-दो तीन-तीन दिन के अन्तराल से ही वह आ पाएगा, फिर भी हर दिन सुषमा ने उसकी राह देखी है, शायद बिन्नी ने भी। नन्दन के आगमन ने बिन्नी और सुषमा के बीच आ गए खिंचाव को अनायास ही तोड़ दिया था। पर आज सवेरे जब से कुंज का पत्र आया है, सुषमा फिर चुप है। बिन्नी जानती है कि चौदह साल पुरानी इस घनिष्ठ मैत्री का आज अपना कोई अस्तित्व नहीं रह गया है। दूसरे ही उसके निर्णायक हो गए हैं। बस, सवेरे से वह अकेली अपने कमरे से उठकर कभी सामने के छोटे-से लॉन में गई है तो कभी पीछे के आँगन में। नई आई पत्रिका की हर कहानी उसने शुरू की है, पर पूरा किसी को नहीं किया। दिन में एक घंटा लेटी भी है, पर नींद एक मिनट को नहीं आई। सुषमा तनाव के ऐसे क्षणों में भी

कैसे इतनी सहज रह लेती है ? सवेरे से ही वह श्यामजी के लिए स्वेटर बना रही है। बिन्नी अपना मन ऐसे कामों में ज़रा भी नहीं लगा पाती। आज तो उसे खुद विश्वास नहीं होता कि कभी वह और सुषमा होड़ लगाकर सिलाई, कढ़ाई और बिनाई किया करती थीं। घंटों घूम-घूमकर साड़ियाँ और चूड़ियाँ खरीदती थीं। सुषी को आज भी इन सारे कामों में वैसी ही रुचि है, यह तो बिन्नी ही है जो बदल गई है।

उसने माँजी की खाट बिछाई और बाँह का तकिया बनाकर चित्त लेट गई। कुंज ने उसे अब पत्र क्यों लिखा ? कई बार उसने वह पत्र पढ़ा है। वे ही शब्द–कुछ प्यार के, कुछ मज़बूरी के, कुछ अपनी आस्था और मान्यताओं के। भावनाओं की लाश ढोते हुए वे शब्द उसे अब कहीं नहीं छूते। वह जानती है यह मात्र एक औपचारिकता है, जिसे निभाने के लिए कुंज मज़बूर है। वह आज तक नहीं समझ पाई कि कुंज उससे आखिर चाहता क्या है ? सुषमा की बात तो उसे भीतर तक कँपा देती है। सुषमा कुंज को लेकर बहुत संकीर्ण और कटु हो गई है। आज से पाँच साल पहले तक कुंज दुनिया का सबसे उत्कृष्ट व्यक्ति था। आज सबसे निकृष्ट। सारी मजबूरियों के बावजूद वह उसे माफ नहीं कर पाती। उसे वह मज़बूरी ही नहीं लगती। वह कभी सुषमा की बात से सहमत नहीं हो पाई है, पर सुषमा अपनी हर बात दावे के साथ कहती है–व्यक्तियों का विश्लेषण करने की अपनी क्षमता पर उसे गर्व है। बिन्नी को न कोई ऐसा दावा है, न गर्व। वह तो जितना सोचती है, उतना ही उलझती जाती है और फिर उसका दिमाग़ सुन्न हो जाता है।

"बिन्नी !"

बिन्नी ने ज़रा-सा सिर उठाकर देखा तो सीढ़ियों पर सुषी खड़ी थी।

"नन्दन आए हैं।" और वह जैसे आई थी, वैसे ही लौट गई। बिन्नी क्षण-भर यही सोचती रही कि यह मात्र सूचना है या बुलावा। फिर वह उठी। खड़े होते ही सामने फाटक पर जीप खड़ी दिखाई दी। आश्चर्य है उसने जीप की आवाज़ तक नहीं सुनी !

नीचे उतरकर उसने साड़ी और बाल ठीक किए। ख़याल आया सुषमा ने सूचना देने के लिए ऊपर आने का कष्ट यों ही नहीं किया। वह चाहती है कि नन्दन के सामने बिन्नी ठीक से ही आए। उसका अपना मन हो रहा है कि कम-से-कम वह साड़ी बदल ही ले–पर फिर वह यों ही घुस गई।

बिन्नी के घुसते ही नन्दन ने स्वागत किया, "आइए बिन्नीजी !" तो बिन्नी को लगा यह बात या ऐसी ही कोई बात तो उसे कहनी चाहिए थी। वह मुस्कराकर बैठ गई।

नन्दन बात का टूटा सूत्र जोड़कर फिर सुषमा के साथ व्यस्त हो गया। यहाँ के आदिवासियों की तलाक़ की प्रथा पर बात हो रही थी शायद। बिन्नी का मन बात में नहीं है–रह-रहकर उसकी नज़र नन्दन की बाईं कनपटी पर बने घाव के निशान पर चली जाती है। वह सोच रही है–किस चोट का होगा यह निशान, कैसे लगी होगी ?

"आप लोग अनुमति दें तो एक सिगरेट पी लूँ ?" और अनुमति का अवसर दिए बिना ही उसने जेब से सिगरेट और लाइटर निकाला। लाइटर देखकर बिन्नी चौंकी। कुछ-कुछ इसी तरह का लाइटर उसने कुंज को उपहार में दिया था।

"नहीं, आज वह केवल नन्दन से ही मिलेगी।" भीतर-ही-भीतर उसने जैसे निश्चय किया।

सुषमा किसी बात पर नन्दन से बहस करने लगी है शायद। बिन्नी सुन अवश्य रही है, पर केवल सुन-भर रही है। उसे लग रहा है जैसे कुछ ध्वनियाँ हैं, जो कमरे में तैर रही हैं, कुछ शब्द हैं, जो कमरे में बिखरे हुए हैं—विवाह, प्रेम, तलाक़, आज का जीवन...।

एकाएक बिन्नी अपने चेहरे पर नन्दन की सीधी नज़रें महसूस करती है। उसकी नज़रें हैं कि उसे कहीं भीतर से खींचकर बाहर ले आती हैं।

"आप इस विषय पर क्या सोचती हैं बिन्नी जी ?"

बिन्नी चुप ! उसे पता ही नहीं, विषय क्या है ? पर नन्दन की नज़रें हैं कि हट नहीं रही हैं। तब किसी तरह होंठों पर जबरन हल्की-सी मुस्कराहट खींचकर धीरे से वह कहती है, "मैं इन विषयों पर कुछ भी नहीं सोचती ?"

"लीजिए, तब आप क्या सोचती रहती हैं इतना चुप-चुप रहकर ? आत्मा-परमात्मा की बातें ?" और वह हँसा तो बिन्नी के मन में पहली बात आई—नन्दन जानता है कि वह दर्शन-शास्त्र पढ़ाती है। और क्या-क्या जानता है उसके बारे में ?

"सुषमाजी, आप तो इतना बोलती हैं पर अपनी मित्र को बोलना नहीं सिखाया आपने ?"

और जब सुषमा ने भी हँसते हुए कहा, "दोनों ही इतना बोलने लगेंगे तो फिर सुनेगा कौन नन्दनजी, किसी को तो श्रोता होना ही चाहिए।" तो वह बड़ी देर तक यही सोचती रही कि कितना अच्छा होता यदि यही बात वह कह पाती। उसने एक बार अपने को पूरी तरह झकझोरना चाहा। चाहा कि वह भी उनकी बातों में, उनकी हँसी में खुलकर भाग ले सके। जो कुछ कहा-सुना जा रहा है, उसे मात्र सुने ही नहीं समझे भी।

उसे क्या होता जा रहा है ? आज सबेरे से उसने कितनी बार कुंज का पत्र पढ़ा है, पर हर बार उसे लगा जैसे वे निरे वाक्य हैं, अर्थहीन और बेजान ! केवल आज से ही नहीं, पिछले कुछ दिनों से बराबर उसे यही लग रहा है कि जैसे सब चीज़ों के, सब बातों के, सब सम्बन्धों के अर्थ चुक गए हैं। देखा, सुना, पढ़ा कुछ भी तो उसकी समझ में नहीं आता है। और यही अर्थहीनता फैलते-फैलते उसके जीवन में समा गई है। सामने बैठा यह नन्दन उसे केवल एक आकार मात्र लग रहा है। उससे अधिक उसका या उसकी बातों का कोई भी तो अर्थ उसकी समझ में नहीं आ रहा है। धीरे-धीरे शायद यह फैलती ही चली जाएगी, फैलती ही चली जाएगी...।

बिन्नी एकाएक उठकर भीतर चली गई। भीतर जाकर और कुछ समझ में नहीं आया तो माँजी की मदद करने के लिए रसोईघर में चली गई।

आँखों के आगे गहरी धुँध छा गई थी।

थोड़ी देर बाद एक ट्रे माँजी के हाथ में और एक अपने हाथ में लेकर जब वह चली तो आँखें सूखी थीं और हर चीज़ उसे बहुत साफ़ दिखाई दे रही थी।

इस बीच कमरे में बत्ती जला दी गई थी और उस दूधिया आलोक में वह कमरा, कमरे की हर वस्तु और सामने बैठा नन्दन उसे एक बार बिल्कुल नया-सा लगा।

पता नहीं किस बात पर नन्दन हँस रहा था। उसे देखते ही बोला, "देखिए बिन्नी जी,

मैं इनसे कह रहा हूँ कि कहाँ आपने भी अकेले-अकेले श्यामजी को दो साल के लिए विदेश भेज दिया। कहीं मेम-वेम ले आए तो...।''

बीच में ही सुषमा सुर्ख होती हुई बोली, ''ऐसा कभी हो ही नहीं सकता। वे तो कभी ऐसा कर ही नहीं सकते। दो साल क्या, पाँच साल के लिए भी रह लें तो...!''

और सुर्खी उसके गालों से फैलकर कानों तक को लाल कर गई। चाय बनाते-बनाते बिन्नी के मन का कोई अदृश्य कोना बुरी तरह कराह उठा--काश ! वह भी किसी को लेकर इतने ही विश्वासपूर्ण ढंग से कह पाती। किसी का सम्पूर्ण और एकनिष्ठ प्यार उसके गालों पर भी ऐसी ही सुर्खी पोत पाता।

अनायास ही उसकी नज़र नन्दन की ओर उठ गई।

फाटक पर खड़े-खड़े ही आनेवाली सन्ध्याओं का कार्यक्रम बन रहा है। अभी-अभी सामने से गायों का एक झुंड गुजर चुका है। धूल का गुबार और गले में बँधी घंटियों की आवाज़ धीरे-धीरे दूर होती जा रही है।

तीसरी बार और अन्तिम बार नमस्कार करके नन्दन जीप में बैठ गया। घर्र-घर्र के जोरदार शब्द में एक क्षण को और सारी ध्वनियाँ जैसे डूब गईं।

कच्ची सड़क पर पहियों के गहरे निशान छोड़कर नन्दन की जीप दूर जाकर अदृश्य हो गई।

बिन्नी और सुषमा के बीच में से केवल नन्दन ही नहीं गया, वह अपने साथ दोनों के बीच सवेरे से आए तनाव को भी ले गया।

गायें चली गईं, जीप चली गई। केवल वे शब्द, वे ध्वनियाँ बड़ी देर तक बिन्नी के मन में गूँजती रहीं।

रात में बिन्नी सोई तो सुषमा उसके बालों को सहलाते हुए समझा रही थी, ''देख बिन्नी, अब पागलपन मत करना। नन्दन जैसा आदमी तुझे मिलेगा नहीं। दिनेश भइया ने आखिर कुछ सोचकर ही इतनी बार लिखा। इन हवाई बातों में कुछ नहीं रखा है, ज़िन्दगी अपने ढंग से ही चलती है।''

और मन में कहीं कुंज के शब्द टकरा रहे थे, 'हम उस अभागी पीढ़ी के हैं बिन्नी, जो नए विचारों और नई भावनाओं को जन्म देने में हमेशा ही खाद बन जाती हैं।'

पूरी तरह खाद बना हुआ--किसी भी बात को ग्रहण करने में असमर्थ बिन्नी का मन केवल यही चाह रहा था कि वह खूब-खूब रो ले।

सर्दी के वे दिन बड़े मनहूस और उदास बीते थे। उसने तभी महसूस किया था कि आदमियों की भी अपनी एक गर्मी होती है। सारे घर में किसी को न देखकर सर्दी जैसे फैल-पसरकर बैठ गई थी। नैनीताल जाने से पहले वह 'कुछ सुखों' से अपरिचित थी, पर अब रात में जब शरीर की अपनी भूख जागती तो अपने को साधना उसके लिए कठिन हो जाता।

उसने कुंज को लिखा था कि तुम जैसे भी हो एक सप्ताह के लिए आ जाओ। पर कुंज व्यस्त था और कुंज की व्यस्तता उसकी इच्छा से बड़ी थी। बिन्नी जानती है कि कुंज के

सारे समय पर उसका अधिकार नहीं है, केवल उसका खाली समय ही बिन्नी के लिए है। खाली समय में भी यदि वह चाहे तो। तब उसने मन-ही-मन निर्णय लिया था कि वह जैसे भी होगा अपनी ज़िन्दगी को नया मोड़ देगी, अपने को इस मोह से मुक्त करेगी। पर कुंज के पत्रों के सामने उसके सारे निर्णय गल गए थे और अपने को मोड़कर वह कहाँ ले जाए, इस असमंजस में लौटकर फिर कुंज के पास ही आ गई थी।

पर अब ?

कल नन्दन चला जाएगा।

उसके बाद जब भी नन्दन आया, वे लोग साथ घूमने गए। लौटकर साथ खाना खाया। यह सुषमा का विशेष आग्रह था। सुषमा नन्दन, नन्दन की आत्मीयता, उसके स्वभाव को लेकर बहुत प्रसन्न है। बिन्नी केवल इतना महसूस कर पाई है कि पिछली दो मुलाक़ातों में वह उनके बीच अकेला ही रहा है। कुंज अनुपस्थित होता चला गया।

आज का प्रोग्राम यों बना था कि नन्दन गेस्ट-हाउस से सीधे झील पर पहुँचेगा और ये दोनों घर से जाएँगी। जाने का समय हुआ तो सुषमा ने कहा, "बिन्नी, आज तू अकेली ही चली जा।"

"क्यों ?" आश्चर्य से बिन्नी ने पूछा।

"मैं कह रही हूँ इसलिए।" फिर रुककर बोली, "हो सकता है वे तुमसे कुछ बात ही करना चाहते हों।"

बिन्नी चुप रही। पर इस मौन में सुषमा का प्रस्ताव मानने की स्वीकृति नहीं थी।

"देख बिन्नी, आज तक तू जो कुछ सही-गलत करती आई, मैंने इच्छा या अनिच्छा से तेरा साथ दिया। पर आज मेरा इतना-सा आग्रह तुझे रखना ही होगा।" और बिन्नी की कुर्सी के हत्थे पर बैठकर ही वह उसकी पीठ सहलाने लगी।

सुषमा के इस अभिभावकपन से बिन्नी के अहं को पहले कभी-कभी बड़ी ठेस लगा करती थी, पर अब वह उसकी आदी हो गई है। बल्कि अब तो वह उससे ऐसे व्यवहार की अपेक्षा करती है।

"देख, नन्दन कोई संकेत दे तो पत्थर बनकर मत बैठी रहना।" तो बिन्नी का मन भीतर से हँसा भी, रोया भी। क्या-क्या सोचती है यह सुषमा भी। आखिर सुषमा ने उसे अकेले जाने पर मज़बूर कर दिया।

बिन्नी जब पहुँची तो दूर से ही देखा, नन्दन उसकी प्रतीक्षा कर रहा है। पता नहीं क्या बात है कि चाहकर भी वह कभी समय पर नहीं पहुँच पाती है। एक बार सुषी इतनी खीज पड़ी थी कि बद्दुआ देती-सी बोली थी, 'भगवान करे कभी तुझे ज़िन्दगी-भर प्रतीक्षा करनी पड़े।' तब उसने कल्पना भी नहीं की थी कि किसी पहुँचे हुए ऋषि की तरह उसका शाप बिन्नी के जीवन का सबसे बड़ा, सबसे कटु सत्य बनकर रह जाएगा। सुषी तो शायद भूल भी गई होगी, पर बिन्नी का तो मन ही ऐसा है कि हर बात वहाँ खुद कर रह जाती है।

एक क्षण चुपचाप खड़े रहने के बाद धीरे-से बिन्नी ने कहा, "नमस्कार" तो नन्दन

चौंककर पीछे को घूमा। बिन्नी ने देखा, टी-शर्ट ने उसकी उम्र के दो-तीन साल कम कर दिए हैं।

''सुषमाजी कहाँ हैं ?'' उसने सिगरेट को होंठों से निकालते हुए पूछा।

''सुषी नहीं आई,'' और अपनी बात की प्रतिक्रिया जानने के लिए उसने एक क्षण को नन्दन के चेहरे की ओर देखा। पर तभी उसे स्वयं यों अकेले चला आना बड़ा अज़ीब-सा लगा। क्या सोचेंगे नन्दन ! बात को सँभालते हुए बोली, ''वह आज आपके लिए एक स्पेशल डिश बनाने के लिए घर पर ही रुक गई।''

''लीजिए, आज तो हमारा फेयरवेल-डिनर है। मुझे ठीक आठ बजे गेस्ट-हाउस पहुँच जाना है, वहाँ सब मेरा इन्तजार करेंगे।''

''पर यह तो पहले ही तय हो चुका है कि हम लोग जब भी घूमने का प्रोग्राम रखेंगे, तब आप खाना साथ ही खाएँगे। फिर यों भी आज तो आपका आखिरी दिन है।'' कहने के साथ ही लगा कि कहीं नन्दन अभी सुषमा के पास जाने का प्रस्ताव न रख दे। पर नन्दन ने केवल इतना ही कहा--

''क्या करता, उन लोगों का बहुत आग्रह था।'' और धुआँ छोड़ता हुआ नन्दन झील की ओर देखने लगा। बिन्नी ने सोचा--सुषमा के बिना वह क्या बात करेगी नन्दन से ? नन्दन को क्या सचमुच उससे कुछ कहना है ? आज कुछ कहेगा वह ?

''चलिए हम उसी कच्ची जगह पर बैठें।'' और कहने के साथ ही नन्दन चल पड़ा। बिन्नी चुपचाप उसके बराबर चलने लगी। घाट के आख़िरी सिरे पर थोड़ी-सी जगह कच्ची छूट गई है, जहाँ पानी में पैर डालकर बैठा जा सकता है। वह हिस्सा अपेक्षाकृत सुनसान भी है, लोग अधिकतर पक्के किनारे पर ही घूमते हैं।

वहाँ पहुँचकर नन्दन ने जेब से रूमाल निकाला और बिछाकर बोला, ''आप इस पर बैठिए।''

''नहीं, मैं वैसे ही बैठ जाऊँगी।'' बिन्नी को स्वयं अपना स्वर बहुत मद्धिम लगा।

''आपकी साड़ी खराब हो जाएगी मैडम।'' और उसने भरपूर नज़रों से बिन्नी को ऊपर से नीचे तक देखा तो बिन्नी भीतर तक सिमट गई। चन्देरी की हल्की पीली साड़ी का गहरा चटक बैंगनी बॉर्डर और ज़्यादा मुखर लगने लगा। उसे यह साड़ी पहनकर नहीं आना चाहिए था। क्या सोचा होगा नन्दन ने ? वह अपनी ओर से ऐसी किसी बात का संकेत नहीं देना चाहती। अच्छा हुआ उसने बालों में लगे बैंगनी फूल के गुच्छे को रास्ते में ही निकाल दिया, जो चलते समय सुषमा ने हँसते हुए खोंस दिया था।

ख़याल आया, मेरठ में घरवालों से छिपकर जब वह कुंज से मिलने जाया करती थी तब भी सुषमा इसी तरह अपने घर ले जाकर उसे अपनी चीज़ें पहना दिया करती थी। कुंज हो, नन्द हो, सुषमा के लिए कोई फर्क नहीं पड़ता शायद। और उसे ?

''आप संकोच मत करिए, बैठ जाइए।'' और वह बैठती उसके पहले ही नन्दन पूरा पैर फैलाकर बड़ी बेतकल्लुफी से बैठ गया। तब बिन्नी भी रूमाल पर बैठ गई।''

''आपकी यह झील मुझे बहुत ही पसन्द आई। जानती हैं, कल रात को पता नहीं क्यों नींद उचट गई। बहुत कोशिश करने पर भी जब सो नहीं सका तो उठकर यहाँ चला आया। रात के सन्नाटे में किनारे पर बैठकर बड़ी ही विचित्र अनुभूति हुई। अद्‌भुत !''

और बिन्नी सोच रही थी—नन्दन के नींद न आने का कारण क्या रहा होगा ? रात बारह बजे के क़रीब सुषमा उससे बातें करके सोई थी, पर वह उसके बाद भी बड़ी देर तक सामने लगे युकलिप्टूस के ऊँचे-ऊँचे पेड़ों की कतार में नज़र उलझाए न जाने क्या-क्या गुनती-बुनती रही थी।

अक्सर ही सुषमा जब सो जाती है तो अनचाहे ही कुंज उसके मन में जाग जाता है। आज भी सुषमा की अनुपस्थिति में उसे हल्के-से कुंज की उपस्थिति का अहसास हो रहा है।

नन्दन एकटक सामने की झील को देख रहा था। इस समय भी क्या वह किसी अनुभूति के क्षणों में से गुजर रहा है ! झील का पानी एकदम शान्त था और सामने की त्रिभुजाकार पहाड़ियों की पूरी कतार पानी में तैर रही थी।

"आप और सुषमा जी बहुत ही घनिष्ठ हैं न ? दिनेश बता रहे थे।"

'घनिष्ठ'। बिन्नी को सुषमा के सम्बन्ध के लिए यह शब्द बहुत ही हल्का लगा।

"हूँ। मेरठ में हमारे घर लगे हुए थे सो सारा परिवार ही यों तो बहुत घनिष्ठ हो उठा था। फिर हम हम-उम्र और एक साथ पढ़नेवाले। आठवीं से लेकर एम.ए. तक एक साथ पढ़े। इसके बाद इसने शादी कर ली और मैंने यहाँ नौकरी कर ली। शादी के एक साल बाद ही श्याम जी विदेश चले गए दो साल के लिए, तो मैंने आग्रह करके अपने पास बुला लिया। जनवरी में आकर वे इसे भी अपने साथ ले जाएँगे।" फिर एक क्षण ठहरकर बोली, "मेरे लिए तो फ्रेंड, फिलॉसोफर, गाइड सभी कुछ है।" मन में कहीं कौंधा—पितु-मातु-सहायक-स्वामी-सखा' कुंज कहा करता था।

"इनके जाने से तो आप बहुत अकेली हो जाएँगी ?" और सिगरेट का आखिरी कश खींचकर, ज़रा-सा आगे को झुककर उसने टोंटे को पानी में उछाल दिया। वह जलता हुआ टुकड़ा 'डुप' से पानी में डूब गया और छोटे-छोटे नामालूम से वृत्त पानी की सतह पर फैलते ही चले गए। उन वृत्तों को बिन्नी ने भीतर तक उतरते हुए महसूस किया।

"इसमें सन्देह नहीं कि यह जगह बहुत खूबसूरत है, पर हमेशा यहाँ रहना पड़े तो आदमी शायद बुरी तरह बोर हो जाए। आपको ऐसा नहीं लगता ?" नन्दन के स्वर की आत्मीयता बिन्नी को अच्छी लगी।

"कोई खास नहीं। अब तो कॉलेज खुल गए सो दिन वहाँ गुजर जाता है और शाम अपनी झोंपड़ी में या इस झील के किनारे।"

"आप कलकत्ता क्यों नहीं आ जातीं ? वहाँ दिनेश भी है, फिर काम के अलावा और पचास तरह की एक्टिविटीज हैं। यहाँ तो मुझे कुछ भी नज़र नहीं आता।"

बिन्नी ने गौर से नन्दन को देखा। इस निमन्त्रण के पीछे, इन आग्रह-भरे शब्दों के पीछे कुछ और भी अर्थ लिपटे हैं या नहीं ? क्या नन्दन सचमुच चाहता है कि बिन्नी कलकत्ता चली जाए।

"मुझे बड़े शहरों की भीड़-भाड़ पसन्द नहीं। शुरू से ही छोटी जगहों पर रही हूँ।"

"और कुछ चुप्पी भी हूँ, इसलिए सबकुछ चुप-चुप अच्छा लगता है।" हँसते हुए नन्दन ने बिन्नी के वाक्य को जैसे पूरा किया तो बिन्नी भी हँस पड़ी।

"सचमुच आप बहुत इंट्रोवर्ट हैं। इतना चुप-चुप रहकर दम नहीं घुटता आपका ? इस

उम्र में तो आदमी को खूब बोलना चाहिए, खुलकर हँसना चाहिए। नहीं ? सुषमाजी को देखिए, कितना हँसती-बोलती हैं।'' तो ऊपर से वह मुस्करा दी। भीतर-ही-भीतर लगा, काश ! उसकी ज़िन्दगी भी सुषमा की तरह होती—निश्चिन्त और आश्वस्त।

नन्दन ने जेब से दूसरी सिगरेट निकाली और उसे सुलगाकर कुछ सोचते हुए बोला, ''अच्छा एक बात बताइए।'' फिर जाने क्या सोचकर रुक गया। आँखों में प्रश्नवाचक भाव आँजे बिन्नी एकटक नन्दन को देखती रही।

''देखिए, कुछ ग़लत मत समझिए। यों ही मेरे मन में कुछ जिज्ञासा है।''

बिन्नी को अपने हृदय की धड़कन तक सुनाई देने लगी—सीधे ही कुछ पूछ लिया तो ?

''सुषमाजी और श्यामजी के सम्बन्ध तो बहुत अच्छे हैं न ?''

''हाँ, क्यों ?'' विस्मय से बिन्नी ने पूछा।

''उन्होंने दुनिया-भर की बातें की, पर श्यामजी के बारे में पूछने पर ही कुछ बताया, जबकि औरतों के पास बात करने के लिए पति-पुराण के सिवाए और कोई विषय ही नहीं होता।'' और नन्दन हँस पड़ा।

बिन्नी के मन में मुक्ति और हल्की-सी निराशा की भावना एक साथ ही जागी। ''बहुत-बहुत अच्छे हैं। मैंने तो ऐसा डिवोटेड-कपल नहीं देखा।'' और कहने के साथ ही उसके अपने भीतर कहीं एक बिखरा स्वप्न कसमसा उठा।

''उनको देखकर तो मुझे भी यही लगता है, पर जब-जब वे मिलीं उनकी प्रेम और विवाहवाली बातों से लगा, जैसे ये मात्र जिज्ञासाएँ नहीं हैं, मानो इनका सम्बन्ध कहीं व्यक्तिगत जीवन से जुड़ा हुआ है।''

एक क्षण को बिन्नी भीतर तक सिहर उठी, फिर जल्दी ही अपने को सहज बनाती-सी बोली, ''उसकी तो आदत है कि किसी बात के पीछे पड़ जाती है तो जब तक उसका रेशा-रेशा न उधेड़ दे, उसे चैन नहीं मिलता।'' वह मुस्करा दी।

''रियली शी इज ए नाइस लेडी।'' फिर सिगरेट के दो कश एक साथ खींचकर उसने कहा, ''ये सोलह दिन कैसे निकल गए पता ही नहीं लगा। दिनेश ने मुझे कहा था कि खाली समय के लिए यू विल फाइंड देम ए गुड कम्पनी। आप लोगों के साथ बिताए ये दिन याद आएँगे। खासकर झील के किनारे की ये शामें।'' बिन्नी को लगा जैसे नन्दन का स्वर कहीं दूर से आकर उसके मन की गहराइयों में गूँजता चला जा रहा है और अर्थ है कि खुलते चले जा रहे हैं। सुषमा की बात याद आई, 'कोई संकेत दे तो पत्थर होकर मत बैठना' और उसकी तेज निगाहें नन्दन के मन तक पहुँचने के लिए छटपटाने लगीं। पर नन्दन अपने में ही खोया-सा झील की ओर देख रहा था।

चुपचाप बिन्नी घुटने पर ठोढ़ी टिकाए उँगली से जमीन पर आड़ी-टेढ़ी लकीरें बनाने लगी।

समय के साथ-साथ उसकी बेचैनी बढ़ने लगी। एक बार उसने उड़ती-सी नज़रों से नन्दन की ओर देखा भी और उसे लगा जैसे नन्दन शब्द ढूँढ़ रहा है। ऐसा कुछ कहने के पहले शायद आदमी इसी तरह चुप हो जाता है। वह शब्द ढूँढ़ता है, मन-ही-मन उन्हें दोहराता है, साहस जुटाता है, सामनेवाले पर होनेवाली प्रतिक्रिया के लिए अपने को तैयार करता है। क्या कहेगा नन्दन ?''

"दिनेश आपसे पाँच साल बड़े हैं न ?"

"हूँ," मन की खीज दबाते हुए उसने कहा।

"बहुत बातें किया करते हैं वे आपकी।" तो बिन्नी का मन हुआ कि पूछे कि भैया उसके बारे में क्या-क्या बातें करते हैं।

"आप पिछले दो सालों से कलकत्ता क्यों नहीं आईं ?"

"बस, उधर का प्रोग्राम ही नहीं बना।"

"इस बार क्रिसमस में आइए। उन दिनों कलकत्ता बहुत प्लेजेंट हो उठता है। देखिए तो, उस शोर-शराबे का भी अपना एक आनन्द होता है। फिर मैं आप लोगों को क़तई ऊबने नहीं दूँगा।"

इस आग्रह से बिन्नी कहीं आर्द्र हो उठी। इच्छा हुई खुलकर कह दे--नन्दन, मैं बहुत-बहुत ऊबी हुई हूँ, इस नौकरी से, इसी ज़िन्दगी से। पर वह कुछ नहीं कह पाई, केवल कुछ और सुनने की आशा से नन्दन की ओर देखती रही।

देखते-ही-देखते अँधेरा आसमान से उतरकर सबको धूमिल बनाता हुआ पानी में घुल गया और उसने झील में तैरते हुए पहाड़ों को निगल लिया। तभी एकाएक घाट की सारी बत्तियाँ जल उठीं और झील में एक सिरे से दूसरे सिरे तक सुनहरी खम्भे झिलमिलाने लगे।

"बिन्नी जी," उसे लगा जैसे नन्दन का हाथ उसके कन्धे पर आ गया है। उसने चौंककर देखा--नहीं, नन्दन वैसे ही दोनों फैली हुई हथेलियाँ पीछे टिकाए बैठा है। उसने साड़ी का पल्ला खींचकर अपना कन्धा ढक लिया। उसे ऐसा क्यों लगा ? नन्दन को क्या एक बार भी ख़याल नहीं आया कि वह भी तो एक तरीका हो सकता है।

अभी कुंज होता तो ?

"आप बुरा न मानें तो मैं यहाँ थोड़ी देर लेट लूँ।" और बिन्नी कुछ कहती उसके पहले ही बिना उससे पूछे उसने बिन्नी का पर्स उठाया और उसका तकिया बनाकर चित्त लेट गया।

बिन्नी को हल्की-सी निराशा हुई। क्या वह कुछ देर और बात नहीं कर सकता था ? पर साथ ही वह आश्वस्त भी हुई। वह लौट चलने की बात भी तो कह सकता था। नहीं, वह लेटकर शायद अपने को साध रहा है। बिन्नी को भी समय दे रहा है। हो सकता है कि इस बार उठकर साफ़-साफ़ ही पूछे। बिन्नी ने ज़रा-सा सिर घुमाकर नन्दन की ओर देखा--छाती पर दोनों हाथों का क्रास बनाए आँख बन्द किए नन्दन चित्त लेटा था। एक झटके-से सारा दृश्य बदल गया।

रीगल के सामने के मैदान का ऐसा ही अँधेरा कोना था और ठीक इसी तरह मुँह पर रूमाल डाले कुंज लेटा था। मुड़े हुए दोनों घुटनों को बाँहों में घेरकर उस पर गाल टिकाए बिन्नी बैठी थी।

दुविधा के ऐसे ही क्षण उन दोनों के बीच में से भी गुजर रहे थे। कनॉट प्लेस की सारी चहल-पहल से अछूता उसका मन भी इस बात पर केन्द्रित हो आया था कि कुंज क्या कहेगा ? बात टूटी भी तो ऐसी जगह थी कि...

"बिन्नी, झगड़ा किया तो तीन साल तक मुड़कर ख़बर तक नहीं ली। मैंने लिखा कि तुम यदि मुझसे सम्बन्ध नहीं रखना चाहती हो तो मेरे सारे पत्र लौटा दो और तुमने बिना एक क्षण भी यह सोचे कि मुझ पर उसकी क्या प्रतिक्रिया होगी, सारे पत्र लौटा दिए। मैंने भी समझ लिया कि तुमने पत्र नहीं, मेरी सारी भावनाएँ, मेरा सारा प्यार मुझे लौटा दिया। उस समय मेरे पास था ही क्या ? बेकार, निठल्ला-सा घूमा करता था...तुमने सोचा होगा-कौन लड़की मुझ जैसे व्यक्ति की ज़िन्दगी में आना पसन्द करेगी--बेकारी की मुसीबतों और परेशानियों से भरे वे दिन और ऊपर से तुम्हारा यों कटकर निकल जाना। कितना टूटा-टूटा लगता था उन दिनों मुझे। कितना अकेला हो आया था उन दिनों मैं ! और ऐसे में ही मधु जो आई तो बस आती ही चली गई।"

बिन्नी कुछ नहीं बोली थी। केवल उसकी आँखों से आँसू बहते रहे थे। कुंज उन आँसुओं के सामने जैसे बह-सा आया।

"अच्छा बिन्नी, मान लो मैं अपनी ज़िन्दगी के इन दो सालों को पोंछ दूँ और तुम्हारी ओर हाथ बढ़ाऊँ तो ? पहले की तरह फिर तो छोड़कर नहीं चल दोगी न ? मैं कहीं का भी नहीं रहूँगा।"

"अपनी ही बिन्नी पर तुम्हें विश्वास नहीं ?" भीगे से स्वर से वह केवल इतना ही कह पाई थी। फिर पूछा था, "पर मधु का क्या होगा ?"

"उसे समझाऊँगा, उसे समझना ही होगा।" कहीं दूर खोया हुआ कुंज बोल रहा था। फिर एकाएक ही फूट पड़ा, "पर क्या समझाऊँगा ? उसका दोष ही क्या है जो उसे इतनी बड़ी सज़ा दूँ ?"

और वह मुँह पर रूमाल डालकर घास पर चित्त लेट गया था। बिन्नी निःशब्द रोती रही थी। कनॉट प्लेस का सारा माहौल अपनी रफ्तार से पूरे शोर-शराबे के साथ गुजर रहा था।

थोड़ी देर बाद ही कुंज झटके से उठा था और उसका हाथ अपने हाथ में लेकर बोला था, "व्ही आर मैरिड बिन्नी व्ही आर मैरिड।"

बिन्नी अवाक-सी उसका मुँह देखने लगी--मानो उन शब्दों का अर्थ समझने की कोशिश कर रही हो। और तब कनॉट प्लेस की सारी लाल-नीली जगमगाती बत्तियाँ उसके चारों ओर सिमट आई थीं और आसमान के सारे तारे दिप्-दिप् करके उसी वाक्य को दोहराने लगे थे।

पर ठीक एक महीने बाद ही--

वह औंधी लेटकर रो रही थी--फूट-फूटकर और बिलख-बिलखकर और सुषी गुस्से में बावली हो, हवा में मुट्ठियाँ उछाल-उछालकर चिल्ला रही थी, 'झूठा, नीच, धोखेबाज !'

विवाह की सूचना देते हुए कुंज के पत्र के टुकड़े इधर-उधर छितरे पड़े थे।

"अब चला जाए।"

अपने में ही डूबी बिन्नी नन्दन का उठना नहीं जान सकी। पर इस वाक्य ने जैसे उसे कहीं गहरे पानी से उबार लिया। अनायास ही उसके हाथ आँखों पर चले गए, कहीं आँसू तो नहीं आ गए ?

"यहाँ लेटा तो समय का कुछ ख़याल हीं नहीं रहा, वहाँ खाने पर सब मेरा इन्तजार कर रहे होंगे।" खड़े होकर कमीज़ और पतलून झाड़ते हुए कहा।

तब बिन्नी को ख़याल आया कि नन्दन को तो कुछ कहना था। वह आशा कर रही थी कि नन्दन कुछ कहेगा। उसने बड़ी याचना-भरी दृष्टि से देखते हुए कहा, "इन्तजार तो सुषमा भी कर रही होगी।" और अनमनी-सी बिन्नी उठी।

"मुझे बहुत-बहुत अफ़सोस है, क्या करूँ, आप मेरी ओर से माफ़ी माँग लीजिए। उनसे तो गुड-बाई भी नहीं हो सकी।"

बिन्नी घाट पर फैली रोशनी में धीरे-धीरे सरकती दोनों परछाइयों को देखते-देखते आगे बढ़ रही थी। ज़रा-सा आगे-पीछे होने पर दोनों परछाइयाँ एक-दूसरे में घुल-मिल जातीं।

घाट की अन्तिम बत्ती के नीचे नन्दन ने घड़ी देखी "आठ बीस।" फिर क्षमा याचना के स्वर में बोला, "आज तो मैं आपको छोड़ते हुए भी नहीं जा सकूँगा। रात हो गई है, आप अकेली...!"

"मेरी चिन्ता मत करिए, मैं चली जाऊँगी। खेत पार करके ही तो सड़क मिल जाएगी। शायद कोई ताँगा ही मिल जाए।

दोनों कच्चे रास्ते पर आए तो नन्दन ने जेब से टार्च निकालकर जला ली, "आपके पास टार्च भी नहीं है ? खेत का यह रास्ता तो बड़ा ऊबड़-खाबड़ है। न हो तो आप मेरी टार्च ले जाइए।"

"नहीं-नहीं, आप ज़रा भी परेशान न हों। तीन सालों में इस रास्ते से बहुत परिचित हो गई हूँ। मुझे आदत है।"

और जहाँ दोनों के रास्ते अलग होते थे, नन्दन रुका, "अच्छा बिन्नी जी, अब आप कलकत्ते आएँगी तभी मुलाक़ात होगी। सवेरे तो बहुत जल्दी ही हमको रवाना होना है, मिलने के लिए भी नहीं आ सकूँगा। सुषमा जी को नमस्कार कहिए और मेरा निमन्त्रण उन तक भी पहुँचा दीजिए।" फिर एक क्षण ठहरकर बोला, "धन्यवाद तो क्या दूँ, फिर भी आप लोगों के साथ समय बहुत अच्छा कटा।"

बिन्नी चुपचाप बस नन्दन के चेहरे को देखने की कोशिश करती रही।

"अच्छा बा-बाई," और उसने बिन्नी का हाथ अपने हाथ में लेकर हल्के-से दबाकर छोड़ दिया।

किसी तरह शब्दों को ठेलकर बिन्नी ने कहा, "भैया-भाभी को याद करिएगा।"

"ज़रूर-ज़रूर।" और वह मुड़ गया।

बिन्नी पेड़ की आड़ में खड़ी होकर उसको देखती रही। अँधेरे में नन्दन की आकृति एक बड़े-से धब्बे में बदल गई, जो धूमिल और छोटी होते-होते पेड़ों के झुरमुट में अदृश्य हो गई।

अनमनी-सी बिन्नी खेत पार करके सड़क पर आई । घर अभी यहाँ से भी दूर था।

सड़क के दोनों ओर दूर-दूर तक मैदान फैले थे। सिर के ऊपर साफ़ नीला आकाश तना हुआ था, जिस पर सप्तऋषि मंडल का प्रश्नवाचक दिपू-दिपू करके चमक रहा था।

'एक प्लेट सैलाब' संकलन से

बन्द दराज़ों का साथ

उसकी मेज़ बहुत बड़ी थी और तीन दराज़ों में बँटी हुई थी। बाईं ओरवाली दराज़ व्यक्तिगत थी, बीचवाली पारिवारिक और दाहिनी को चाहें तो सामाजिक कह लें। यह विभाजन मन्जरी का ही किया हुआ था, जो उसने काफ़ी दिनों बाद किया था, उन दिनों जबकि उन दोनों के बीच भी एक विभाजन-रेखा खिंच गई थी। आरम्भ के दिनों में तो उसका ध्यान दराज़ों की ओर क्या जाता, मेज़ की ओर भी नहीं गया था। तब सारे घर में पलँग ही सबसे आकर्षक लगता था और मन करता था कि दिन के चौबीस घंटे किसी तरह रात के आठ घंटों में ही सिमट आएँ। विपिन का शरीर उसके सम्पूर्ण व्यक्तित्व का पर्याय बना हुआ था और यह बात कभी दिमाग़ में भी नहीं आती थी कि शरीर से परे भी उसका कोई व्यक्तित्व और अस्तित्व हो सकता है, सम्बन्ध और सम्पर्क हो सकते हैं, कोई अपना जीवन हो सकता है।

पर यह सब बहुत शुरू की बातें थीं। उन दिनों, जब मनों में कोई भेद नहीं था और इसीलिए जैसे सब तरफ़ के भेद मिट गए थे। सारी ऋतुएँ बसन्त के समान सुहानी लगती थीं। आराम के समय काम की चुस्ती का अहसास होता रहता था और काम करने में भी अजीब तरह का आराम मिलता था।

वह बसन्त की सुहानी सुबह थी। गीलेबालों की ढीली-सी चोटी बाँधकर बड़े मन से मंजरी ने मटर-चिउड़ा बनाया था। हर काम वह बड़े मन से करती थी और उसके गीत सारे घर में गूँजा करते थे। वह ट्रे में सारा सामान सजाकर ले गई, तभी उसने विपिन को कुछ कागज़ों में डूबे हुए पाया।

"इतना मगन होकर क्या पढ़ रहे हो ?" उसने हँसते हुए पूछा था तो विपिन एकाएक सकपका-सा गया और सारी बात को टालते हुए उसने ढेर-सा चिउड़ा अपनी प्लेट में डाल लिया था। मंजरी को लगा कि उस दिन वह कुछ ज़रूरत से ज़्यादा तारीफ़ करने के मूड में आया हुआ है। वह लगातार प्रसंगहीन बातें किए चला जा रहा था, पर सब-कुछ मंजरी के मन को छुए बिना ही निकल गया।

रोज़ की तरह दोनों साथ ही घर से निकले थे, पर वह एक पीरियड के बाद ही सिरदर्द का बहाना करके घर लौट आई। सारे रास्ते उसका सिर चकराता रहा था। घर में घुसते समय जाने क्यों लगा, जैसे वह किसी और के घर में घुस रही है।

वह सीधे टेबल के पास गई। टेबल पर पड़ी पुस्तकें, फाइलें, कागज़-पत्तर सब उसने पलटे, पर वे कागज़ नहीं थे। उसे खुद आश्चर्य हो रहा था, एक झलक-भर में उसने कैसे उन कागज़ों की ऐसी गहरी पहचान कर ली। उसने झटके से पहली दराज़ खोली। उसमें कुछ मित्रों और रिश्तेदारों के पत्र थे। एक-दो विवाह के निमन्त्रण-पत्र थे, अपाइंटमेंट की डायरी

थी, अखबारों की कुछ कतरने थीं। उसने बीच की दराज़ खोली, उसमें पास-बुक और चैक-बुक थीं, मकान और बिजली के बिल की रसीदें थीं। एक ओर तहाए हुए कुछ रूमाल पड़े थे। उसने तीसरी दराज़ खींची तो वह खुली नहीं। उसमें ताला लगा हुआ था। दराज़ में ताला होना न कोई ऐसी अनहोनी बात है, न ही ऐसी भयंकर, फिर भी वह भीतर तक काँप उठी थी। उसने सारा घर छान मारा पर उसे चाबियाँ नहीं मिलीं और तब सचमुच ही उसका सिर बुरी तरह दर्द करने लगा था। वह मुँह पर साड़ी का पल्ला डालकर सारे दिन लेटी रही।

उस रात जब वह सोई तो भीतर-ही-भीतर उसके कुछ घुमड़ता रहा था। रुलाई का वेग जैसे फूट पड़ना चाहता था, फिर भी उसने सोच लिया था कि वह जब तक सारी बात का पता नहीं लगा लेगी, तब तक एक शब्द भी नहीं कहेगी। रोज़ की तरह विपिन ने उसे बाँहों में भर लिया था पर जाने क्यों, उसने भीतर-ही-भीतर महसूस किया कि उसके साथ सोनेवाला, उसे प्यार करनेवाला विपिन सम्पूर्ण नहीं है, केवल एक खंड है, एक टुकड़ा। सम्पूर्ण विपिन उसे हमेशा फूल की तरह हल्का लगता था, पर खंडित विपिन का बोझ उसके लिए जैसे असह्य हो उठा। बार-बार उसका मन करता कि वह उसी से साफ़-साफ़ पूछ ले, लड़ ले, झगड़ ले पर दराज़ का ताला जैसे उसकी ज़बान पर आकर लग गया था। वह सारी रात कसमसाती रही, पर बोला उससे कुछ नहीं गया था।

औरत की नज़र यों ही बड़ी पैनी होती है, फिर उस पर यदि सन्देह की सान चढ़ जाए तो आकाश-पाताल चीरने में भी उसे देर नहीं लगती। दूसरे दिन ही वह बन्द दराज़ उसके सामने खुली पड़ी थी, जो विपिन की निहायत निजी और व्यक्तिगत थी। कुछ डायरियाँ, एक महिला और बच्ची की तस्वीरें, पत्र, काँच की ट्यूब में गोलियाँ और क्रोध, घृणा, दुख की मिली-जुली भावनाओं का तूफ़ान उसके मन में उठ रहा था। सिर थामकर वह घंटों वहीं बैठी रही थी। फूट-फूटकर रोती रही थी। उसे बराबर लग रहा था कि जिसे धरती समझकर उसने पैर रखा था, वहाँ शून्य था, कि जैसे वह एकाएक बेसहारा हो गई है। उसे अपने घर की छत और दीवारें सब हिलती नज़र आने लगी थीं।

क्योंकि दराज़ में विपिन का केवल अतीत ही नहीं था, वर्तमान भी था और उसमें भविष्य की योजनाएँ भी। वह जैसे-जैसे विपिन के व्यक्तिगत जीवन के निकट होती जा रही थी, अनजाने और अनचाहे ही विपिन से दूर होती जा रही थी। धीरे-धीरे मनों की यह दूरी शरीरों में भी फैलती चली गई थी और वे अनायास ही एक-दूसरे के लिए निहायत अपरिचित-से हो गए। फिर उनके हिसाब अलग रहने लगे, सम्पर्क और सम्बन्ध अलग हुए।

दोनों के पास अपने-अपने तर्क थे और दोनों ही इस बात को अच्छी तरह जानते थे कि ये तर्क उन्हें कहीं नहीं ले जाएँगे। फिर भी हर तीसरे दिन घंटों बहसें होती थीं और उसकी समाप्ति मंजरी के आँसू ही करते थे। अब स्नेह का स्थान सन्देह ने ले लिया था और तर्कों ने सद्भावना के रेशे-रेशे उधेड़ दिए थे।

तब मंजरी अपने ही घर में बहुत अकेली हो उठी थी और सबकुछ बड़ा वीरान लगने लगा था। हर काम बोझ लगने लगा था। खाली समय और भी बोझिल। वह घंटों किताब खोले बैठी रहती थी, पर पंक्तियाँ केवल आँखों के नीचे से गुजरती थीं, मन उनसे अछूता रहता था। कापियाँ देखने बैठती तो उसकी साथिनें मज़ाक करती थीं कि वह इम्तिहान की

कापियाँ देख रही है या प्रूफ़। विपिन से सम्बन्ध क्या गड़बड़ाया था उसकी समस्त इन्द्रियों के आपसी सम्बन्ध गड़बड़ा गए थे।

वह घर के सारे खिड़की-दरवाज़े खुले रखती थी फिर भी। लगता रहता था कि साफ़ हवा के अभाव में घर की हवा धीरे-धीरे जहरीली होती जा रही है और कोई है, जो उसके देखते-देखते मरता जा रहा है। न वह उसे बचा सकती है और न ही निर्दयतापूर्वक मार सकती है। यों भीतर-ही-भीतर तरह-तरह के संकल्प करती थी पर उसने उन्हें कभी विचारों से आगे नहीं बढ़ने दिया, क्योंकि घर में बहुत जल्दी ही एक तीसरा प्राणी आनेवाला था। उसने उसके और अपने दुर्भाग्य को साथ-साथ ही कोसा था, पर उसके बावजूद मन में कहीं एक हल्की-सी आशा भी झाँकने लगी थी, शायद यह अनागत ही उनके बीच में कहीं सेतु बन जाए।

पर साल-भर के भीतर-ही-भीतर उसने अच्छी तरह जान लिया कि इस युग में आशा करना ही मूर्खता है, क्योंकि आज ज़िन्दगी का हर पहलू हर स्थिति और हर सम्बन्ध एक समाधानहीन समस्या होकर ही आता है, जिसे सुलझाया नहीं जा सकता, केवल भोगा जा सकता है। जिसमें आदमी निरन्तर बिखरता और टूटता चलता है। वह भी दो साल तक और बिखरी और टूटी थी। विपिन मन में कहीं हलका-सा आश्वस्त महसूस करने लगा था कि मंजरी ने शायद उस सबको स्वीकार लिया है, कि शायद अब वह कटेगी नहीं।

पर ऐसा हुआ नहीं। शादी की पाँचवीं सालगिरह थी। वह दिन अपने सारे अर्थ खो चुकने पर भी दिन तो बना ही हुआ था। यों इस दिन न चाहने पर भी वह अपने को बहुत दुर्बल महसूस करती थी। उसकी यातना कई गुना बढ़ जाती थी। पर इस बार उसने वैसा कुछ भी अनुभव नहीं किया और बड़े आग्रह से विपिन को कहा था कि वह उसे सन्ध्या के पाँच बजे ला-बोहिम में मिले।

ला-बोहीम का अँधेरा कोना। आस-पास की मेज़ें खाली थीं और अपनी मेज़ पर लटकती बत्ती को उसने बुझा दिया था। अँधेरा होने के साथ ही मंजरी के मन में एक क्षण को यह बात आई थी कि आज के इस अँधेरे से ही वे चाहें तो अपनी ज़िन्दगी में कितनी रोशनी ला सकते हैं। उस समय भीतर-ही-भीतर कुछ कसका भी था, पर दूसरे ही क्षण उसने अपने को सहज बना लिया, यह सोचकर कि यह निरी भावुकता है और भावुकता को लेकर आदमी केवल कष्ट पा सकता है, जी नहीं सकता। मंजरी जीना चाहती थी—अपने लिए और अपने बच्चे के लिए।

और तीन घंटे के बाद जब वे वहाँ से निकले तो उसे स्वयं आश्चर्य हो रहा था कि कैसे वह इतने सहज और तटस्थ ढंग से सारी बात कर सकी, मानो ये सारे निर्णय उसने अपने लिए नहीं, किसी और के लिए लिए हों। वह खुद जानती है कि औरतें कभी पूरी तरह तटस्थ नहीं रह सकतीं, खासकर ऐसे सांघातिक क्षणों में तो वे बात भी नहीं कर सकतीं, केवल रो सकती हैं, झार-झार रो सकती हैं।

उससे भी ज़्यादा आश्चर्य उसे तब हुआ था, जब अपने निर्णय को व्यावहारिक रूप देने के लिए वह अपना सारा सामान बटोरकर, दो महीने की छुट्टी ले दिल्ली से बिदा हुई थी। विपिन ने बच्चे को बहुत प्यार किया था और एक बार उसे भी। फिर बहुत ठंडे स्वर में कहा

था—"मैं दिल्ली छोड़ दूँगा। इस सबके बाद मुझसे यहाँ रहा भी नहीं जाएगा। तुम शायद यहीं लौटकर आना पसन्द करोगी। इस घर को अपने नाम ही रहने दो।"

मंजरी तब तक यह तय नहीं कर पाई थी कि उसे कहाँ रहना है, क्या करना है। केवल एक विश्वास था कि जिस सहज ढंग से वह सारी स्थिति से उबरी है, उसी तरह नई ज़िन्दगी का रास्ता भी खोज लेगी। फिर भी उसने घर अपने ही नाम रहने दिया। मानसिक तनाव के ऐसे विकट क्षणों में भी उसकी व्यावहारिक बुद्धि कुंठित नहीं हुई, तभी उसे लगा कि विपिन से ब्याह करके आनेवाली मंजरी पूरी तरह मर चुकी है। यह तो उसकी लाश से पैदा हुई दूसरी ही मंजरी है।

ऐन समय पर बहुत बड़ा नाटक होने की सम्भावना थी। बच्चे को लेकर कुछ हो सकता था पर कुछ नहीं हुआ। ऊपर से बड़े सहज ढंग से कुछ औपचारिकता भरे वाक्यों का आदान-प्रदान हो रहा था पर भीतर से मन मरे हुए थे। ट्रेन, प्लेटफ़ार्म और प्लेटफ़ार्म पर खड़े विपिन को पीछे छोड़कर आगे बढ़ गई थी और सबकुछ मंजरी ने सूखी आँखों से ही देखा था।

जब सब पीछे छूट गया तो भीतर से एक गहरी निःश्वास निकली थी, शायद मुक्ति की। अपने ही शरीर का फोड़ा जब सूख जाता है तो मरी हुई खाल को शरीर से खींचकर अलग करते समय जैसी भावना आती है, कुछ-कुछ वैसी ही।

दो महीने बाद वह उसी घर में लौटी थी। सबने उसे देखकर पूछा था कि क्या वह बीमार रहकर आई है, वह बहुत दुबली हो गई है, उसका चेहरा सूखा और काला हो गया है। उसे स्वयं महसूस होता था, पर उस सबसे कुछ भी अन्तर नहीं पड़ता था। उसने वहाँ आकर सबसे पहले चश्मा लिया, क्योंकि उसकी आँखें एकाएक ही बहुत कमजोर हो गई थीं।

घर ज्यों-का-त्यों था, केवल वे सब चीज़ें वहाँ से हटा दी गई थीं जिनके साथ विपिन की स्मृति लिपटी थी, वह मेज़ भी। मेज़वाला वह कोना खाली रहने पर भी उसके मन में भय और वितृष्णा की मिली-जुली भावना पैदा किया करता था। वह विपिन से मुक्त होकर भी जैसे उस मेज़ से पूरी तरह मुक्त नहीं हो पा रही थी।

घर के बचे हुए सामान पर धूल की परतें जमी हुई थीं। एक दिन तो वह उस घर में कुछ भी नहीं कर पाई, दूसरे दिन ही वह सफ़ाई में जुट गई। विपिन का कोई भी चिह्न वहाँ नहीं था, सिवाए एक-दो भरे हुए एश-ट्रे के। एक बार उन्हें खाली करते समय ज़रूर उसका हाथ काँपा था। घर साफ़ हो गया था। फिर भी उसे बराबर लगता रहा था कि बड़ी ही परिचित गन्ध है, जो उसमें बराबर बनी हुई है। वह किधर भी जाए, कहीं भी रहे, उस गन्ध के अहसास से मुक्त नहीं हो पाती थी।

तब उसने घर के सारे खिड़की-दरवाज़े खुले रखने शुरू कर दिए थे। बाहर की साफ़ हवा, धूप आने के लिए। धीरे-धीरे उन खुले दरवाज़ों से हवा और धूप के साथ-साथ अनेक तरह की गन्ध, अनेक चेहरे और अनेक नज़रें भी झाँकने लगी थीं। कुछ तरस लिए और कुछ आत्मीयता लिए। उसके साहस की प्रशंसा भी की जाती थी और कभी-कभी दबी ज़बान से यह समाचार भी दिया जाता था कि विपिन को किसी बच्ची और महिला के साथ देखा है। विपिन के लिए स्वर में भर्त्सना रहती थी, पर उसे न अपनी प्रशंसा छूती थी, न विपिन की भर्त्सना।

पहले साल परिचित और नए चेहरों की संख्या काफ़ी बढ़ी थी, फिर धीरे-धीरे घटने लगी। हमदर्दों के लिए बात पुरानी हो चुकी थी और उन्हें लगता था कि वे अपना फ़र्ज अदा कर चुके हैं। सिर्फ़ एक चेहरा था जो निरन्तर बना रहा और घर में बहुत भीतर तक प्रवेश कर गया। पर मंजरी किसी प्रकार की हड़बड़ी में नहीं थी। हाँ, इतना ज़रूर हुआ कि एकाएक उसे बहुत-बहुत अकेलापन लगने लगा, नौकरी बोझ लगने लगी और जीवन नीरस।

कभी-कभी वह अकेले क्षणों में सोचती कि नहीं, वह अब ज़िन्दगी की राहों को बदलेगी नहीं। जिस तटस्थता से उसने सबकुछ झेला और अपने को टूटने नहीं दिया, उससे उसे लगने लगा था जैसे वह बहुत बड़ी हो गई है, मैच्योर हो गई है। इस उम्र में यह सब शायद उसके लिए सम्भव नहीं होगा। पर जब भी वह चेहरा क़रीब आता, अनायास ही उसकी उम्र के दस साल कहीं चले जाते तब वह सोचती कि नहीं, कहीं कुछ नहीं बिगड़ा है। दिनों ने गुज़रकर उसकी उम्र की संख्या में ज़रूर वृद्धि कर दी है पर भावनाएँ तो आज भी अछूती ही हैं। ज़िन्दगी के वे सुनहरे दिन, जब उसे अपनी भावनाओं को खर्च करना था, मरे हुए सम्बन्धों की लाश ढोने में ही बीत गए।

फिर भी उसने तीन साल तक कोई निर्णय नहीं लिया। उसने सोचा था, केवल सोचा ही नहीं, चाहा था, बहुत सच्चाई और ईमानदारी से चाहा था कि जैसे वह विपिन के सम्बन्ध से उबर गई थी, इस अकेलेपन से भी उबर जाए। पर उसने पाया कि वह अपने बेटे के सहारे अपने अकेलेपन से लड़ने की कोशिश कर रही है। उसे खुद महसूस हुआ कि असित के प्रति उसका व्यवहार कहीं असन्तुलित होता चला जा रहा है। लोगों ने उसे दबी-दबी ज़बान से सलाह दी थी कि उसे असित को होस्टल भेज देना चाहिए। पहले वह बराबर विरोध करती रही थी—कुछ आर्थिक कारणों से और कुछ इसलिए कि उसे भेजकर वह स्वयं कितनी अकेली हो जाएगी। पर फिर उसे खुद लगा था कि वह अपना अकेलापन ख़त्म करने के लिए, बच्चे का सारा भविष्य ख़त्म किए दे रही है।

तब उसने दो निर्णय एक साथ लिए थे। वह असित को होस्टल भेज देगी। वह अपना अकेलापन समाप्त करने के लिए सही और स्वाभाविक मार्ग ही अपनाएगी।

उसे इस बात पर खुशी भी हुई थी और हल्का-सा गर्व भी कि स्थिति बहुत अधिक बिगड़ने से पहले ही वह एकाएक तटस्थ होकर चीज़ों को उनके सही रूप में देख लेती है और फिर उन्हीं के अनुरूप निर्णय ले पाती है।

दिलीप अब साथ आ गया था और इसलिए ज़िन्दगी के दस वर्ष एकदम चले गए थे। घर बदल गया था और बिल्कुल नए ढंग से सजाया गया था। नए घर की साज-सज्जा में हमेशा कुछ-न-कुछ गुनगुनाते हुए वह काम किया करती थी। नौकरी उसने छोड़ दी थी, क्योंकि साथिनों की नज़रों में झाँकती हिक़ारत उससे बर्दाश्त नहीं होती थी। वैसे भी इस काम से वह बहुत ऊब चुकी थी। अब दिसम्बर की सरदी में सारी रात किसी की बाँहों में गरमाए रहने के बाद जब उसकी अलस आँखें खुलतीं तो सामने की ड्रेसिंग-टेबल पर उसे अपने प्रसाधन की अनेक चीज़ें सजी हुई दिखाई देती थीं, छमाही इम्तिहान की कापियों का गट्ठर नहीं। तब मन बहुत हल्का और आश्वस्त हो आता था।

छुट्टियों में असित घर आया था। दिलीप को वह बराबर घर में देखता रहता था, सो मंजरी को दोनों को परिचित करनेवाला संकट नहीं झेलना पड़ा। असित के आने से मंजरी बहुत प्रसन्न थी और उसे समझ नहीं आता था कि उसे क्या खिलाए, कहाँ घुमाए। दिलीप के जाते ही वह उसे लेकर निकल जाती। दिसम्बर की सुहानी धूप सारी दिल्ली को बेहद सुहाना और उत्फुल्ल बनाकर सड़कों-मैदानों पर फैली रहती थी। शाम को वे लौटते, तो दोनों के हाथों में असित के फ़रमाइशी पैकेट होते थे।

छुट्टियाँ समाप्त होने पर असित लौटने लगा। उसके स्कूल के बच्चों का पूरा ग्रुप था। स्कूल से छः महीने का बिल भी आया था। दिलीप ने यों ही कह दिया--"यह स्कूल काफ़ी महँगा है, इस महीने यों भी काफ़ी खर्च हो गया।" तो मंजरी के चेहरे पर एक हल्की-सी छाया तैर गई। बात साधारण थी और सच्ची भी। असित दिलीप का बच्चा होता तब भी वह यह बात कह सकता था। पर असित दिलीप का बच्चा नहीं था और क्योंकि सन्दर्भ दूसरा था इसलिए बात का अर्थ भी दूसरा हो गया। दिलीप ने शायद स्थिति को भाँप लिया और सारी बात को सहज बनाने के लिए कहा, "क्या जमाना आ गया है, हम इतना पढ़ लिए हैं पर ऐसी लम्बी-चौड़ी फ़ीस नहीं दी।" पर बात फिर भी शायद सहज नहीं हो पाई थी। तब मंजरी को पहली बार अपनी नौकरी छोड़ने पर अफसोस हुआ।

और उसके बाद धीरे-धीरे फिर उस घर में एक दृश्य मेज़ उभर आई थी, पर वह मेज़ इस बार दिलीप के कमरे में नहीं, मंजरी के कमरे में आई थी और वह भी दो दराज़ों में बँटी हुई थी—एक व्यक्तिगत, एक पारिवारिक। व्यक्तिगत दराज़ में असित के फ़रमाइशी-पत्र, उसके चित्र, उसके स्कूल की रिपोर्ट और विपिन के कुछ औपचारिक पत्र थे, जिसमें यह आश्वासन दिया गया था कि असित का आधा खर्च वह दिया करेगा।

और मेज़ का वह विभाजन फिर पहले की तरह मन और शरीर से होता हुआ सारे घर में फैल गया था। बारह से कहीं कुछ नहीं बदला था--न बातचीत में, न व्यवहार में। पर अनजाने और अनचाहे ही भीतर से जैसे मन बँट गए थे, ज़िन्दगी बँट गई थी। इस बार हालाँकि प्रसंग और स्थितियाँ दूसरी थीं, पर बँटने की पीड़ा वही थी, वैसी ही थी।

रात में, दिन में, लेटे-लेटे मंजरी न जाने क्या-क्या सोचा करती ! जब-तब विपिन भी याद आने लगा और आश्चर्य यह कि उसका यों याद आना अब उतना बुरा भी नहीं लगता। फिर भी वह इस अहसास से मुक्त नहीं हो पाती कि विपिन ने केवल अपनी ज़िन्दगी को ही टुकड़ों में नहीं काटा, कितने कौशल से वह उसकी ज़िन्दगी को भी टुकड़ों में काट गया है कि आगे उसे सारी ज़िन्दगी ही इन टुकड़ों की अभिशप्त छाया में काटनी होगी कि वह अब कभी भी अपनी सम्पूर्ण ज़िन्दगी नहीं जी पाएगी।

'एक प्लेट सैलाब' संकलन से

ऊँचाई

दोनों में से शायद कोई भी नहीं सोया था, हाँ उनके बीच का प्यार और अपनत्व सो गया था। सो ही नहीं गया था, शायद मर गया था। एक ही पलंग पर दोनों के शरीर पास-पास लेटे थे पर मन के बीच एक अनन्त दूरी आ गई थी। शिवानी के मन में कहीं बहुत गहरे एक टीस अवश्य थी, पर ऊपर की उस जड़ता को क्या करे जो उस टीस का पूरी तरह अहसास भी नहीं होने देती थी, जिसके नीचे अतीत, वर्तमान और भविष्य सभी कुछ इस प्रकार घुलमिल गए थे कि वह तीनों को अलग-अलग करके देख ही नहीं पा रही थी। आठ वर्ष के सुखद विवाहित जीवन की मधुर घड़ियाँ, किसी भी क्षण टूट जानेवाला वर्तमान का यह तनाव और अनिश्चित भविष्य का अन्धकार उसे न कहीं से पुलकित कर रहा था, न खिन्न, न भयभीत। हाँ, कल सारे दिन उसने यह प्रतीक्षा अवश्य की थी कि शिशिर उससे कुछ बोलेगा; उसे डाँटे-फटकारेगा, सफ़ाई माँगेगा या अपने इस तरह एकाएक चले आने पर पश्चाताप करता हुआ समझौता कर लेगा। बीस घंटे की रेल-यात्रा में उसने आपस में होनेवाली बातों की अनेकानेक कल्पनाएँ की थीं, पर इस जटिल गाँठ को न खोल पा सकनेवाली ये चन्द औपचारिक बातें, यह असह्य तनाव तो अप्रत्याशित ही था।

और ज़ब रात आई तो शिवानी को लगा कि शायद इस रात के ख़ामोश सन्नाटे में ऐसा कुछ होगा, जिसकी वह सारे दिन से प्रतीक्षा करती आई है। बिना एक शब्द भी बोले केवल देह की निकटता और स्पर्श, ये दोनों को कहीं इतना पास ले आएँगे कि सारे तनाव ढीले हो जाएँगे और मन का सारा मैल आँसुओं में बह जाएगा, पर वैसा भी कुछ नहीं हुआ। पास लेटे शिशिर के शरीर की हर हरकत ने पहले उसके मन में आशा जगाई और फिर क्षोभ। जैसे-जैसे समय बीतता गया शिवानी के मन की सारी कोमलता कठोरता और जड़ता में बदलती चली गई और उसे लगने लगा जैसे वह कुछ भी महसूस करने में असमर्थ हो उठी है।

बिस्तर पर लेटे रहना जब असह्य हो गया तो वह उठी, कन्धे पर शॉल और पैरों में चप्पल डालकर बाहर निकल आई। बीतते नवम्बर के कोहरे का धुँधलका चारों ओर छाया हुआ था। बड़ा-सा बगीचा, चारों ओर लम्बे वृक्ष और छोटी झाड़ियाँ ओस में भीगी और अँधेरे में डूबी खड़ी थीं। मन की शून्यता को और गहरा देनेवाला सन्नाटा था। उसने समय का अन्दाजा लगाना चाहा, पर लगा नहीं पाई, हाँ पूर्व की ओर कोहरे को चीरकर सफ़ेदी की हल्की-सी आभा ज़रूर झलक मार रही थी। उसने शॉल को अच्छी तरह अपने चारों ओर लपेटा और चार सीढ़ियाँ उतरकर लाल बजरी की सड़क पर आ गई। अँधेरी सड़क पर पेड़ों की खामोश, उदास छायाएँ गहरे काले रंग के धब्बों के रूप में फैली-बिखरी पड़ी थीं। चलकर

वह फाटक के पास बने कुएँ पर आ गई। कुछ देर इधर-उधर देखती वहीं खड़ी रही, फिर उसी की जगत पर बैठ गई। हवा की ठंडक और नमी से धीरे-धीरे उसकी जड़ता गलने लगी और सबसे पहले उसके मन में आया वह यहाँ क्यों आई ?

पन्द्रह दिन पहले शिशिर बिना कुछ बोले-सुने यहाँ चला आया था। उस दिन उसका बड़ा मन हुआ कि दोनों बाँहों से पकड़कर शिशिर को रोक ले, पर कहीं से वह इतनी अवश हो उठी थी कि उससे हिला तक न गया। जाने का प्रसंग, जाने का ढंग, जैसे सब चीख़-चीख़कर उसे कह रहे थे कि शिशिर केवल उसके घर से ही नहीं, उसके जीवन से भी जा रहा है, पर वह थी कि न उसे समझ पाई, न स्वीकार पाई। मिलकर बिताए हुए सुख-दुख के आठ साल क्या इस तरह झुठलाए जा सकते हैं ? और फिर जो कुछ हो गया वह क्या इतनी बड़ी बात थी जिसके लिए यह सम्बन्ध टूट जाए ? कितना गहरा था उनका यह सम्बन्ध और कितनी गहरी आस्था थी उस सम्बन्ध के प्रति ! उस आस्था ने ही तो उससे बिना किसी दुविधा-संकोच के वह सब करवा लिया था जो किसी भी नारी के लिए शायद असम्भव है। शिशिर के जाने के बाद के पन्द्रह दिन अनमने और उदास-से बीते थे, पर यह तो कभी नहीं लगा था कि वह आएगा नहीं। यह आशंका मन में आती और निकल जाती, दो क्षण को भी तो जम नहीं पाती थी। यों तो दोनों में कितनी ही बार लड़ाई होती थी, कई दिन तक बोलचाल बन्द रहती थी, पर जिस दिन समझौता होता, वे दोनों कहीं और ज़्यादा पास आ जाते। हर बार यह झगड़ा उन्हें निकट-से-निकटतर ही लाया था और इसीलिए जिस दिन उसे शिशिर का पत्र मिला था कि '25 तारीख़ की गाड़ी पकड़कर 26 को राजगिरि पहुँचो, मैं स्टेशन पर तुम्हारी प्रतीक्षा करूँगा' तो एकाएक ही उसके मन का सारा बोझ हल्का हो गया था। एक बार भी उसके मन में नहीं आया कि इस बार की घटना, इस बार का कारण पहले से बिल्कुल भिन्न है, इसलिए इसका परिणाम भी भिन्न ही होगा। 26 को जब वह दो डिब्बों की ट्रामनुमा गाड़ी से राजगिरि स्टेशन पर उतरी तो शिशिर खड़ा था। देखकर यह ज़रूर लगा था कि पन्द्रह दिन में ही जैसे शिशिर कहीं से बहुत बदल गया है—इतना कि पहचानने में भी तकलीफ़-सी हुई थी।

कहीं दूर से भोजपुरी गीत की एक कड़ी हवा की लहरियों पर थिरकती हुई आई और मन के सारे तारों को झनझना गई। शिवानी की इच्छा हुई कि कोई पास बैठकर बहुत ही दर्दनाक गीत उसे सुनाए। पता नहीं कौन...दूर-ही-दूर से गाता हुआ चला गया !

वह आज ही वापस लौट जाएगी। जो कुछ हुआ है उसे स्वीकार कर लेने में ही सार है। निश्चय उसने कर लिया, पर अपने निश्चय के परिणाम की, अपने भविष्य की कोई भी तस्वीर उसके मन में नहीं उभरती थी। शायद अभी भी मन की आस्था ने कल्पना को जकड़कर निश्चेष्ट बना रखा था। एक ठंडी निःश्वास के साथ उसकी आँखें छलछला आईं।

अतुल इस बात को जानेगा तो कितना दुखी होगा, अपने को कितना-कितना कोसेगा और साथ ही एक बड़ी अज़ीब-सी बात उसके मन में आई—मान लो भावावेश में आकर वह कह दे, 'मेरे कारण, मेरी ज़रा-सी खुशी के कारण तुमने अपने को बर्बाद कर लिया शीनू, अब—अब मुझे बनाने का अवसर और अनुमति भी दो...।'

पास की झाड़ियों के पत्तों को हल्के-से सरसराता, कँपाता शीतल हवा का एक झोंका निकल गया। शिवानी ने सिर ढक लिया, उसे कानों पर बड़ी सरदी लग रही थी।

आँखों की तराइयाँ घनी हो उठीं और पलकों की कगारों के बीच आँसू उमड़-उमड़कर आने लगे...और वे क्षण...

पानी, चारों ओर पानी। उमड़ता-घुमड़ता, लहराता समुद्र। प्रिटी रेत में खेल रहा था और वह बड़े अनमने भाव से समुद्र के वक्षस्थल पर उठती-गिरती लहरों को देख रही थी। उसका मन बेहद उदास था। शिशिर हमेशा इसी तरह प्रोग्राम बिगाड़ता है। व्यर्थ ही वह अकेली चली आई, उसे शिशिर के साथ ही आना चाहिए था। अब वह यहाँ नहीं ठहरेगी...एक महीने को ही तो प्रिटी घर आया है, और वह महीना सबको साथ ही बिताना चाहिए। दो दिन में ही वह लौट जाएगी। साँझ खूब गहरा आई, तट निर्जन हो गया और समुद्र का पानी अँधेरा घुल जाने से काला हो गया तो प्रिटी का हाथ पकड़कर वह लौट पड़ी थी।

अचानक अपना नाम सुनकर वह चौंकी और जब मुड़कर देखा तो सामने खड़े व्यक्ति को पहचानने में उसे दो मिनट लग गए थे। पर जब पहचाना तो बेहद आश्चर्य में लिपटा स्वर निकला था, "अरे अतुल ! यहाँ कैसे ?"

"मैं बड़ी देर से तुम्हें बैठा हुआ देख रहा था, पर पता नहीं क्या सोचकर पास नहीं आया। जब तुम जाने लगीं तो लगा अभी भी बात नहीं करूँगा तो फिर तुम्हारा पता पाना भी मुश्किल हो जाएगा। ठहरी कहाँ हो ?" अन्धकार में तीनों धीरे-धीरे चले जा रहे थे।

"पुरी होटल में, तुम कहाँ ठहरे हो ?"

"रामकृष्ण मिशनवालों का एक मठ है, उसी में रहने की व्यवस्था कर ली है। बच्चे को लेकर अकेली आई हो ?"

"हाँ।" और वह सोचने लगी कि क्या प्रिटी की शक्ल उससे इतनी ज़्यादा मिलती है कि उसे उसका बच्चा ही माना जाए ?

और होटल आया उसके पहले ही उसे लगने लगा जैसे उसके पास बात करने के लिए कुछ रह ही नहीं गया है। शिशिर के न आने से वह यों ही उदास हो रही थी, कुछ भी करने को मन नहीं कर रहा था, फिर ग्यारह साल के अन्तराल में अब वह सब कुछ भूल भी तो गई थी। समझ ही नहीं पा रही थी, क्या बात करे। उसके दिमाग़ में कोई भी तो पुरानी बात नहीं उभर रही थी। होटल आ गया तो एक क्षण को ठिठकी, फिर बोली, "चलो कुछ देर बैठकर जाना।"

पर स्वर की उदासी से स्पष्ट ही था कि ये केवल शब्द-भर ही हैं, इनमें ठहरने का कोई आग्रह नहीं। अतुल भी समझ गया।

"नहीं, ठहर तो नहीं सकूँगा।"

"आप अकेले ही हैं न ?" पता नहीं क्या जानने के लिए शिवानी ने पूछा।

"हाँ।"

"तो कल सवेरे चाय पीने इधर ही आइए !" और फिर उसे खुद ही बड़ा विचित्र लगा। अगर वह अकेला नहीं होता तो क्या वह उसे नहीं बुलाती ?

"आप ज़रूर आइए, परसों शायद मैं वापस लौट जाऊँ।"

"अच्छा, आऊँगा।"

दूसरे दिन जब अतुल आया तो पहले दिन की उदासी और औपचारिकता समाप्त हो

चुकी थी। सारे दिन दोनों साथ रहे, तीसरे दिन भी शिवानी नहीं गई और अतुल उसके होटल में ही रहा। ग्यारह साल के अनुभवों को दोनों ने एक बार फिर से दोहरा दिया और हँसती हुई शिवानी बोली, "कहते हैं दुनिया बहुत बड़ी है, पर देखती हूँ दुनिया है काफ़ी छोटी। देखो न, घूम-फिरकर हम लोग आखिर मिल ही गए !"

"हाँ, मिल तो गए लेकिन..."

अतुल हँसा, पर उसकी हँसी में कहीं दर्द था, मानो कह रहा हो, 'जब सबकुछ समाप्त हो गया हो तब मिलना-न-मिलना बराबर ही है।'

एक क्षण को शिवानी की आँखें उसके चेहरे पर स्थिर होकर जम गईं–'क्या अतुल के मन में कहीं कुछ दुख है ?'

"सुनो, तुम मेरे साथ कलकत्ता चलो। शिशिर तुमसे मिलकर बहुत प्रसन्न होंगे। नाम से तो वे तुम्हें जानते ही हैं–शादी के बाद ही मैंने उन्हें सभी कुछ बता दिया था। बोलो चलोगे ?"

"नहीं, कलकत्ता जाकर क्या करूँगा? तुम्हारे शिशिर बाबू को खुश करने के लिए वहाँ तक चला चलूँ, इसमें भी कोई तुक हुई भला ?"

प्रिटी के बाल बनाते-बनाते ही शिवानी ने कहा, "शिशिर के प्रति तुम्हारी इस अरुचि का कारण जान सकती हूँ ?"

"जिस व्यक्ति को मैं जानता ही नहीं, उसमें रुचि-अरुचि का प्रश्न कहाँ से उठता है भला ?"

"ईर्ष्या तो नहीं है ?" एक हाथ में कंघा और दूसरे में प्रिटी की ठोड़ी को पकड़ते हुए उसने अतुल के मन में बैठने का प्रयत्न करते हुए पूछा।

"ऐसे घूर-घूरकर क्या देख रही हो ? हो भी तो कोई अस्वाभाविक नहीं है।" अतुल की हँसी कितनी बदल गई है ! और शिवानी के सामने ग्यारह साल पहले के अतुल के हँसते हुए अनेक चेहरे उभर गए।

"जो व्यक्ति स्वेच्छा से अपनी वस्तु को छोड़कर दो साल तक उसकी कोई ख़बर भी नहीं ले, उसे ईर्ष्या या शिकायत करने का कोई अधिकार तो नहीं है।"

"शिकायत तो मैंने नहीं की। अधिकार-अनाधिकार की अपनी सीमाएँ भी मैं जानता हूँ शीनू, तुम्हें बतानी न होगी।"

अतुल कलकत्ता नहीं गया, पर जब शिवानी कलकत्ता के लिए रवाना हुई तो उसने वायदा किया कि जुलाई में जब वह प्रिटी को उसके स्कूल छोड़ने के लिए जाएगी तो एक दिन के लिए अवश्य इलाहाबाद रुकेगी।

ट्रेन चल पड़ी तो शिवानी इस आकस्मिक मुलाक़ात के संयोग पर ही सोच रही थी। अतुल के एकाकी जीवन के प्रति उसके मन में हल्के-से दर्द का अहसास भी था और सन्तोष का भी...पर वैसा तो कुछ भी नहीं हुआ था इस मुलाक़ात में कि त्रिकोण की कोई समस्या आती। आठ साल का सुखी जीवन बिताकर, दो बच्चों की माँ होकर ऐसी किसी स्थिति की सम्भावना से कितनी दूर जा चुकी है, इसे वह खूब अच्छी तरह समझती थी।

"लो, तुम्हारे मित्र साहब का पत्र भी आ गया।" हल्के पीले रंग का लिफ़ाफ़ा पकड़ाते हुए शिशिर ने मज़ाक किया था। शिवानी को लगा, चेहरे पर लिपटी हँसी स्वर के बिखराव

को छिपा नहीं सकी है। वह एक क्षण को रुकी, ग़ौर से शिशिर के चेहरे को देखा तो बड़ा नामालूम-सा आघात उसके मन पर लगा। फिर भी उसने बड़े सहज-स्वाभाविक ढंग से पत्र लेकर पढ़ा और वापस लिफ़ाफ़े में डाल दिया। पति के मन में उठी हल्के-से संशय की कोर को मिटाने के लिए उसने एक बार भी यह नहीं कहा, 'लो, पढ़कर देख लो क्या लिखा है।'

सन्देह उठे ही क्यों ? और यदि अकारण ही सन्देह उठता है तो फिर ऐसे शंकालु व्यक्ति को थोड़ा-सा कष्ट सहना ही चाहिए।

पर उस दिन जो सन्देह का बीज उगा, उसने शिवानी से कहीं कुछ ग़लत करवा ही लिया। फिर भी, ज़रा-से ठंडे दिमाग़ से सोचो तो सारी बात कितनी तुच्छ है...और फिर शिशिर के लिए, जिसने नैतिकता, प्रेम, विवाह, सेक्स, सबको नापने के लिए अपने अलग गज़ बना रखे थे। एक ही बार नापने का मौक़ा आया तो गज़ छोटा पड़ गया।

"यहाँ सर्दी में क्यों बैठी हो ?" शिवानी चौंक उठी। ओस की उजली आभा चारों ओर फैल चुकी थी, उसे पता ही नहीं लगा। उसने शिशिर की ओर देखा।

"भीतर चलो।" बाहर की सर्दी से भी ज़्यादा सर्द शिशिर का स्वर था। शिवानी कुछ बोली नहीं, चुपचाप शिशिर के पीछे हो ली।

"बिना नहाए ही नाश्ता करके चलते हैं। पहले पहाड़ चढ़ेंगे, फिर उतरकर वहीं गरम पानी के सोतों में नहाकर लौट आएँगे।"

जब चले तो बड़ी सुहानी धूप बिखरी पड़ी थी और चारों तरफ़ का सभी-कुछ एक अज़ीब निखार के साथ चमक रहा था।

"यह विपुलाचल है।" सामने के पहाड़ की ओर संकेत करके शिशिर ने बताया, तो शिवानी ने गर्दन ऊँची करके और पलकों को कपाल पर चढ़ाते हुए उसकी ऊँचाई को नापने का प्रयत्न किया।

"पहले इसी पर चढ़ेंगे। जैनियों का तो यह तीर्थ स्थान है। ऊपर जैन मन्दिर भी है।"

"चलिए।" इस अतिरिक्त आदर से अगली बात शिशिर के गले में ही अटक गई।

पहाड़ पर मार्ग के नाम पर एक पतली-सी पगडंडी बन गई थी, हालाँकि उसका रास्ता भी चारों ओर के झाड़-झंखाड़ से काफ़ी बीहड़-सा ही था, फिर भी जहाँ चढ़ाई एकदम सीधी थी, वहाँ पत्थर डाल-डालकर चढ़ने के लिए सीढ़ियाँ-सी बना रखी थीं। शिशिर ने पगडंडी पर दो कदम रखे ही थे कि शिवानी ने कहा, "पगडंडी से क्या चढ़ना, यहाँ से तो सभी चढ़ते हैं। चढ़ना ही है तो इस जंगली रास्ते से चढ़ो।" और वह जहाँ-की-तहाँ रही। कहा भी उसने ऐसे ही था मानो बस कह दिया, कोई सुने-न-सुने।

शिशिर के पैर थम गए...पीछे घूमा और धीरे-से बोला, "पगडंडी से भी चढ़ाई बहुत ऊबड़-खाबड़ है, बिना पगडंडी के तो आधा रास्ता भी तय नहीं होगा।"

शिवानी कुछ नहीं बोली, बस चढ़ना शुरू कर दिया। चप्पल उसने हाथ में ले ली थी और हाथ टेकती, झाँड़ियों से अपने को बचाती-बचाती वह चढ़ रही थी और उसे कभी मसूरी की याद आ रही थी, जहाँ कैम्टी फॉल पर चढ़ते समय दोनों हाथ पकड़कर चढ़ रहे थे तो कभी चार महीने पहले का वह दिन याद आ रहा था, जब अतुल के पत्र को लेकर शिशिर ने उससे पूछा था, "जो कुछ इसमें लिखा है, वह सच है ?"

शिवानी एक क्षण को विमूढ़-सी उसे देखती रही थी...यह पत्र उसने कहाँ से निकाला ?

और फिर बिना तनिक भी सहमे या स्वर को कँपाए सहज भाव से कहा था, "सच न होता तो लिखता ही क्यों ? और इसके बाद वह तैयार हो गई थी कि शिशिर घर में तूफ़ान मचा देगा, चीज़ें उठा-उठाकर फेंकेगा...अपने और उसके बाल नोचेगा। भिंची हुई मुट्ठियों को हवा में उछाल-उछालकर चीखेगा-चिल्लाएगा...पर वैसा कुछ भी नहीं हुआ था। वह चुपचाप अन्दर चला गया था और दो घंटे बाद उठकर उसने सूटकेस में अपने कपड़े रखे और बिना एक शब्द भी बोले घर से निकल गया था।

मौन भाव से शिवानी सबकुछ देखती रही थी। बड़ी ज़ोर से उसका मन हो रहा था कि दोनों बाँहों से पकड़कर उसे बिठा दे और सारी बात समझा दे, पर बात गले में ही अटककर रह गई, जब सीढ़ियाँ उतरा, तब भी रोक नहीं पाई। जाने कैसी विवशता से जकड़ी बैठी रही !

शिशिर का यह सुलगता गुस्सा, यह मौन गृह-त्याग, सबकुछ उसे बड़े स्वाभाविक लगे थे, पर साथ ही अपने को भी वह एक क्षण तक के लिए भी अपराधी नहीं मान पाई थी। आख़िर मैंने ही ऐसा कौन-सा पाप कर दिया ?

उसके बाद वे उदास, अनमने पन्द्रह दिन भी एक-एक करके उसकी आँखों से गुजर गए। इन दिनों उसने अतुल को एक भी पत्र नहीं लिखा। कुछ भी तो करने को उसका मन नहीं होता था। कहीं से वह बड़ी निर्जीव और पंगु हो उठी थी।

ऊपर पहुँचे तो रास्ते का झाड़-झंखाड़ समाप्त हो चुका था और चौड़ी समतल भूमि थी, जिसके बीच में मन्दिर बना हुआ था। मन्दिर इस समय बन्द था, पर जालीदार दरवाज़ों में से भगवान की संगमरमर की मूर्ति दिखाई दे रही थी और चन्दन, केसर और अगरबत्ती की मिली-जुली सुरभि हवा के साथ चारों ओर लहरा रही थी। पता नहीं वहाँ क्या था कि एक बार सब कुछ भूलकर उसका मन उसमें ही बँधकर रह गया ! सारा शहर वहाँ से दिखाई दे रहा था—धूप में चमकता हुआ शहर। यों शहर के नाम पर वहाँ कुछ नहीं है, फिर भी पता नहीं ऐसा क्या था कि मन की सारी उदासी के बावजूद उसे सब कुछ बड़ा अच्छा लग रहा था! थोड़ी दूरी पर ही पत्थर की एक बैंच बनी हुई थी। चढ़ाई के मारे पैर चाहे पिड़ा रहे थे पर चढ़ते समय मन में जिस बोझ का अहसास हो रहा था, वह यहाँ आकर जैसे समाप्त हो गया।

उसने बिना देखे ही जान लिया कि शिशिर भी उसके पास आकर बैठ गया है। धूप में पड़ती उसकी प्रतिच्छाया के समानान्तर ही एक छाया और लेट गई थी। 'शिवानी !' आठ साल बाद उसने पहली बार शिशिर के मुँह से अपना पूरा नाम सुना। उसकी दृष्टि शिशिर के चेहरे पर स्थिर हो गई। बड़े विवश-से भाव से उसने दोनों हाथों को मसलते हुए कहा, "मेरी कुछ भी समझ में नहीं आ रहा है कि आख़िर बात कहाँ से शुरू करूँ। सच ही तो है, जो बात समाप्त ही हो गई हो उसे कोई भला शुरू भी कहाँ से करे ?"

शिवानी उसी तरह अपलक नेत्रों से उसकी ओर देखती रही, मानो विश्वास करने का प्रयत्न कर रही हो कि क्या बात सचमुच ही समाप्त हो गई ?

"देखो उस दिन आवेश में बिना कुछ कहे मैं चला आया और पिछले पन्द्रह दिन से मैं यहाँ एक तरह से अपने से लड़ ही रहा हूँ। कई तरह से अपने को समझाने का प्रयत्न किया, पर हर बार यही लगा कि बात जैसे बहुत-बहुत आगे पहुँच चुकी है, पीछे लौटने की तो कोई भी राह अब बची नहीं। इसी बात पर आश्चर्य होता है कि अपनी छोटी-से-छोटी

बात को भी यों निर्द्वन्द्व भाव से मुझसे कह देने को आतुर तुम, इतनी आगे बढ़ गई और मैं जान भी नहीं पाया !''

एकाएक ही शिशिर का स्वर भीग उठा। ''दोहरी चोट तुमने मुझ पर की—एक ओर बेवफ़ाई तो दूसरी ओर धोखा, छल...''

''तुम विश्वास कर सकते हो कि मैं तुम्हारे साथ धोखा कर सकती हूँ, तुम्हें छल सकती हूँ ?'' बीच में ही बात काटकर शिवानी ने पूछा। उसकी आँखों की कोर नम हो उठी थी।

''किस आधार पर अविश्वास करूँ, कौन-सा कारण है जो विश्वास न करूँ—तुम अपना शरीर तक एक पुरुष को दे आई और कैसे इतनी बड़ी बात को पचाकर बड़े स्वाभाविक ढंग से चल पड़ी ?'' आवेश में शिशिर की मुट्ठियाँ भिंच गईं, पर स्वर उसका बेहद निर्जीव था...शब्द जैसे उसके गले से निकल ही नहीं रहे थे।

''शरीर देने के बाद औरत के लिए अस्वाभाविक हो जाना क्या अनिवार्य ही है ? और छिपाने के पीछे भी तुम्हें धोखा देने या छलने का उद्देश्य क़तई नहीं था। सिर्फ़ इसलिए छिपाया था कि तुमसे सहा नहीं जाता, तुम बहुत कष्ट पाते। अतुल के पत्रों से ही तुम कहीं कचोट का अनुभव करते थे।''

''पर मुझे कष्ट हो या जिसे मैं सहन नहीं कर पाऊँ, ऐसा काम ही तुमने क्यों किया ? क्यों किया तुमने ऐसा काम ?''

ऊपर हवा ज़्यादा ठंडी थी इसलिए चढ़ाई के कारण जो पसीना चेहरे पर चमक आया था, वह सूख गया और शरीर की गर्मी भी हवा की ठंडक के साथ बह गई। शॉल को अपने चारों ओर अच्छी तरह लपेटते हुए शिवानी ने धीरे-से कहा, ''जैसी स्थिति थी, उसमें लगा कि यदि यह नहीं करूँगी तो मुझे बहुत कष्ट होगा। अपना दायित्व पूरा न कर पाने के कारण शायद मैं अपने को कभी क्षमा नहीं कर पाऊँगी। विश्वास करो शिशिर, जो कुछ भी किया तुम्हें कष्ट देने के लिए नहीं, अपने को कष्ट से बचाने के लिए किया। और तुम्हें कष्ट न हो इसीलिए तुम्हें कुछ बताया नहीं, विश्वासघात की बात तो मेरे मन में थी भी नहीं।...''

''अपनी हर बात को बड़े कौशल से जस्टिफाई करने से ही कोई ग़लत बात सही नहीं हो जाती शिवानी !'' फिर आरी की तरह फँसी हुई दोनों हाथों की उँगलियों को झटके से अलग करके सारी बात को समाप्त करने के अन्दाज़ में उसने कहा, ''कष्ट से बचाया, इसके लिए शुक्रगुज़ार हूँ और सोचता हूँ, इस पर अब अधिक बहस न करके तुम्हें हमेशा के लिए अपने से मुक्त ही कर दूँ। यों यह बात मैं तुम्हें लिखकर भी बतला सकता था, पर जाने क्यों लगा कि जिस तरह विवाह के लिए दोनों की उपस्थिति अनिवार्य है, वैसे ही विच्छेद के समय भी दोनों को ही उपस्थित रहना चाहिए।''

आँसुओं को आँखों में ही पीने का भरसक प्रयत्न करते हुए उसने सीधी नज़रों से शिवानी को देखा—शायद वह अपनी बात की प्रतिक्रिया उसके चेहरे पर देखना चाहता था, पर पानी की हल्की-सी परत के पार दीखते शिवानी के नक़्श बहुत धुँधले हो उठे थे। शिशिर के कान एक मर्म-विदारक सिसकी सुनने के लिए और उसकी बाँहें शिवानी की निर्जीव देह को सँभालने के लिए अधीर-सी हो रही थीं। पर वैसा कुछ भी तो नहीं हुआ—न शिवानी रोई, न कटे पेड़ की तरह उसकी बाँहों में ही आ गिरी। उसने बिना पलक उठाए केवल इतना ही कहा, ''यदि हमारे सम्बन्धों का आधार इतना छिछला है, इतना कमजोर है कि एक हल्के

से झटके को भी सँभाल नहीं सकता, तो सचमुच उसे टूट ही जाना चाहिए।" अपना ऐसा निर्जीव और भाव-विहीन स्वर उसके अपने लिए भी अपरिचित था। उसने आँखें ज़रूर उठाईं पर शिशिर की ओर नहीं देखा, बस यों ही निरुद्देश्य-सी आसमान की ओर देखने लगी।

आसमान में सफ़ेद पक्षियों का एक झुंड बन्दनवार-सा बनाता, धूप में अपने पंखों को झिलमिलाता, उन दोनों के सिर के ऊपर से उड़ गया।

"सम्बन्धों की बात तुम मत करो, तुम्हें तो कोई हक़ भी नहीं है...तुम जैसी औरत क्या समझेगी इस सम्बन्ध की पवित्रता को ?"

शिशिर के मन का सारा ज़हर, सारी कटुता उसके स्वर में भी छलकी पड़ रही थी। उसका मन हो रहा था कि दोनों हाथों से दबोचकर शिवानी को झकझोर डाले...इतना-इतना कि वह चीख़कर कह उठे, 'शिशिर, मुझसे गलती हो गई, मुझे माफ़ कर दो। तुम्हारे बिना मैं नहीं रह सकती...रह भी नहीं सकूँगी।' पर ऐसा कुछ नहीं हुआ तो वह अपना सारा आवेश हथेलियों को मसल-मसलकर निकालने लगा।

"शायद तुम ठीक ही कहते हो, क्योंकि अब तो सचमुच ही मुझे इस सम्बन्ध में कोई पवित्रता नज़र नहीं आती। मैं तो सोचती थी, यह सम्बन्ध इतना ज़्यादा पवित्र है कि सारे संसार की अपवित्रता भी इसमें आकर पवित्र हो जाती है, पर ज़रा-से स्पर्श से यदि..."

"बकवास बन्द करो," शिशिर एक तरह से चीख़-सा पड़ा और फिर दोनों एकाएक ही चुप हो गए। अज़ीब-सा था वह सन्नाटा भी। पथराई-सी नज़रों से शिवानी ने देखा कि उसकी छाया के पास की छाया हल्के से काँपी और फिर धीरे-धीरे सरककर दूर होने लगी। वह अपलक नेत्रों से दूर होती उस छायाकृति को ही देखती रही, तभी सूरज आसमान में फैले एक दूधिया रेशमी बादल के टुकड़े की ओट हो गया और वह छाया बेहद धूमिल हो उठी। शिवानी ने उधर से नज़र हटा ली।

धूप के अभाव में हवा और भी ठंडी लगने लगी। उसने हवा में फरफराते अपने पल्ले को पकड़कर सिर ढक लिया और फिर अच्छी तरह गर्दन के चारों ओर लपेट लिया, जिससे कानों में सर्दी न लगे। बादलों की परत शायद कुछ घनी हो उठी थी, इसीलिए सामने का सारा दृश्य, दूर-दूर तक फैले मैदान और उनकी सीमा निर्धारित करते पहाड़, सभी बड़े धुँधले हो उठे।

पहली बार शिवानी की आँखों में आँसू-भर आए और वे सारी धुँधली अस्पष्ट आकृतियाँ भी मात्र धब्बे-भर रह गईं, जो रह-रहकर काँप जाती थीं। उसने घुटनों में अपना मुँह छिपा लिया। उसे अतुल के साथ बिताए दो दिन याद आए...वे दृश्य, वे बातें, वे स्पर्श...

अपने वायदे के अनुसार प्रिटी को लेकर वह सवेरे इलाहाबाद उतरी थी। अतुल के स्वागत और ख़ातिर से वह कहीं भीतर तक भीग उठी थी। अतुल दोपहर तक बस केवल प्रिटी के साथ खेलता रहा था...उसके लिए उसने ढेर-से खिलौने लाकर रखे थे और जब खाकर प्रिटी सो गया था, तो पहली बार दोनों ने आमने-सामने बैठकर बातें की थी। शिवानी सवेरे से ही अतुल के सजे-सजाए घर को...बच्चे के प्रति उसके प्यार को देख रही थी और सोच रही थी उस अभाव की बात, जो वह उसके जीवन में भरकर चली गई है। पर वह तो उसके लिए उत्तरदायी नहीं। फिर भी जाने क्यों लग रहा था कि इस सबके बीच कहीं वह है।

"शायद इस तरह का प्रश्न पूछने का अधिकार तो मैं खो चुकी हूँ, फिर भी पूछ रही हूँ अतुल कि तुमने शादी क्यों नहीं की ?"

अतुल मुस्कराया था। जाने कैसा दर्द-भरा व्यंग्य लिपटा था उस मुस्कराहट में कि शिवानी बस देखती ही रह गई !

"पता नहीं क्यों उस समय तो शादी की कोई इच्छा ही मन में नहीं जागी...फिर धीरे-धीरे जीवन का यही पैटर्न बन गया।" बड़े हताश-से स्वर में अतुल ने कहा था और शिवानी कुछ देर तक समझ ही नहीं पाई थी कि अब क्या कहे ? फिर बोली, "जो पैटर्न है, उसमें तो देखती हूँ विवाह की बहुत ज़्यादा गुँजाइश है। कॉलेज का अच्छा जॉब है, सजा-सजाया घर है, निश्चित जीवन है, अब कौन-सी बाधा है ? ग्यारह साल पहले का वह अनिश्चित राजनीतिक जीवन भी अब तो पूरी तरह छूट गया है, फिर ?"

अतुल ने कुर्सी की पीठ पर सिर को झुला दिया और आँखें भींच ली। दो क्षण चुप रहने के बाद वह बोला, "मैं खुद नहीं जानता क्या बात है, पर शादी के लिए मन में कोई उत्साह नहीं पाता। ऐसा नहीं कि तुम्हारे बाद मेरे जीवन में कोई आया नहीं...दो लड़कियाँ आईं और बहुत निकट आईं पर तुमसे कटकर मैं शायद कहीं से इतना ज़्यादा टूट चुका था कि फिर किसी के साथ उस तरह से जुड़ नहीं पाया। शायद मैं कहीं से बेहद जड़ हो गया हूँ—आई एम कम्प्लीटली डैड शीनू, कम्प्लीटली डैड। किसी लड़की को देने के लिए मेरे पास कुछ भी तो नहीं है। मरे हुए प्यार की लाश को मैं ढो रहा हूँ और उसे ढोते-ढोते मैं खुद लाश हो गया हूँ।" स्वर भीगा...काँपा और फिर बिखर गया।

शिवानी की आँखों से दो बूँद आँसू चू पड़े थे।

उसके बाद रात को गाड़ी में बैठने तक दोनों में कोई बात नहीं हुई थी। और जब गाड़ी चल पड़ी, अतुल पीछे छूट गया तो वह तकिए में मुँह छिपाकर देर तक आँसू बहाती रही। किस बात पर उसे रोना आ रहा था, वह खुद नहीं समझ पा रही थी।

तीसरे दिन रात को बिना किसी प्रकार की सूचना दिए वह अपनी अटैची हाथ में लिए अतुल के क्वार्टर पर जा पहुँची थी। विस्मित पुलकित-सा अतुल उसे देखता रह गया था..."तुम, तुम कैसे ? तुम तो तीन-चार दिन प्रिटी के साथ रहनेवाली थी न ?"

"नहीं रुकी।" अटैची को एक ओर रखकर कुर्सी पर बैठते हुए उसने जवाब दिया था।

"पर तुम..." खुली हुई क़िताब को उल्टी रखकर कुर्सी को शिवानी की ओर घुमाते हुए अतुल बोला तो आश्चर्य उसके स्वर में छलका पड़ रहा था। "बिना सूचना दिए कैसे आ गई, क्यों आ गई, यही न ?"

अतुल को कुछ भी समझ में नहीं आया कि वह क्या कहे।

"नहा लूँ, तब बात करूँगी।" और वह उठ पड़ी। ऐसे मशीनी ढंग की दृढ़ता से वह बातें कर रही थी कि उसे स्वयं ही अपना व्यवहार बड़ा अपरिचित और पराया लग रहा था।

वह नहाने गई तो उसने नल को पूरा खोल लिया...उसे लग रहा था जैसे पानी के साथ उसके शरीर से केवल सफर की धूल ही नहीं झड़ रही है, और भी बहुत-कुछ पुँछता-बहता चला जा रहा है। बड़ी देर तक वह पानी के नीचे खड़ी रही...मानो कुछ था जिसे वह पूरी तरह धोकर बहा देना चाहती थी।

नहाकर पीठ पर गीले बाल फैलाकर आई तो देखा अतुल ज्यों-का-त्यों बैठा है। सिगरेट

के धुएँ की हल्की-सी परत से उसका चेहरा कुछ अस्पष्ट-सा दिखाई दे रहा था। शिवानी ने ट्यूब लाइट का स्विच बन्द कर दिया तो कमरे का दूधिया प्रकाश अँधेरे में डूब गया...केवल टेबल-लैम्प के बिखरते प्रकाश में सिमटी चीज़ें ही चमकती रह गईं।

"मुझे यह रोशनी जरा भी अच्छी नहीं लगती।" और शिवानी अतुल की कुर्सी के पास आकर खड़ी हो गई।

"खाना ?"

"ट्रेन में खा लिया।" और वह कुर्सी के ही हत्थे पर बैठ गई।

"अतुल !"

अतुल चुप। सद्यःस्नाता शिवानी के शरीर की ताजगी, झरते बालों का गीलापन और बिनाका पाउडर की गन्ध...फिर भी अतुल चुप ही रहा। शिवानी धीरे-धीरे उसके बालों में अपनी उँगलियाँ फेरने लगी।

"तुम जानती हो शीनू, तुम क्या कर रही हो ? यह सब मैं तुम्हें कभी नहीं करने दूँगा...कभी नहीं। मेरे लिए तुम अपना सारा संसार मिटाकर रख दो, तुम्हारी इतनी अनुकम्पा मुझसे सही नहीं जाएगी... ।"

स्वर कहीं दूर घाटियों की गूँज की तरह आ रहा था। शिवानी अतुल के चेहरे को देख रही थी पर अतुल ने अपनी आँखें बन्द कर ली थीं और बाकी चेहरा उसका इतना जड़, इतना निर्विकार था कि शिवानी काँप गई। सिगरेट के धुएँ की पतली-सी लकीर दोनों के बीच में खिंची हुई थी...बस।

"अनुकम्पा की बात न कहो अतुल...इसे और चाहे जो नाम दे लो। तुम ऐसे अकिंचन नहीं कि तुम पर अनुकम्पा करूँ; और अपना सबकुछ मिटाकर देने की उदारता भी मुझमें नहीं है। मेरा कुछ भी मिटनेवाला नहीं है, इसलिए दे रही हूँ।" कहने के साथ ही उसे शिशिर का ख़याल आया, पर उसे जबरन एक ओर ठेलकर उसने अतुल के होंठों पर अपने काँपते होंठ रख दिए।

उँगलियों में दबी हुई सिगरेट की पकड़ इतनी कस गई कि वह कसमसाकर टूट गई।

"मैं जानता हूँ तुम्हारे पति बहुत उदार हैं, महान हैं...बड़े अनकन्वेंशनल भी हैं, पर बार-बार उनकी उदारता की बात कहकर क्यों नाहक ही मुझे छोटेपन का अहसास करा रही हो ?"

"पागल !" हल्के-से शिवानी हँसी थी, "आदमी छोटा अपने मन के छोटेपन से होता है, दूसरे का बड़प्पन किसी को छोटा नहीं बनाता, बना भी नहीं सकता। मेरे लिए जैसे शिशिर, वैसे ही तुम हो।" और उसने फिर हल्के से अतुल के होंठों को छू दिया।

इस बार सिगरेट का टुकड़ा जमीन पर पड़ा था और शिवानी की बाँहें, उसकी सारी देह कसमसा रही थी।...फिर एकाएक झटके से शिवानी को अपने से अलग करके अतुल ने पूछा, "शीनू, तुम यहाँ क्यों आई ? क्यों आई तुम यहाँ ? मैंने तुम्हें सिर्फ़ यह लिखा था कि प्रिटी को लेकर एक दिन के लिए आना...मैं तो सिर्फ़ प्रिटी से खेलना चाहता था। बहुत प्यारा बच्चा है। तुम यों अकेली चली आओगी, इसकी तो कल्पना भी नहीं की थी...इस सबके लिए मैं तैयार भी नहीं था...यह सब मैं चाहता भी नहीं था।"

"हम जो चाहते हैं या जिसके लिए तैयार रहते हैं, जीवन में केवल वही होना चाहिए

ऐसा तो कोई नियम नहीं है। और तुम्हारे निमन्त्रण पर ही तुम्हारे घर आना चाहिए, यह बात कभी मन में आई नहीं इसीलिए चली आई। मेरा आना इतना बुरा लग रहा है तो मैं कल ही चली जाऊँगी।" बड़े सधे हुए स्वर में शिवानी बोली।

"बुरा...शीनू, कभी-कभी अपने बारे में बड़ी ऊँची और मीठी बातें सुनने के लिए हम ऐसी बातें करते हैं। तुम शायद सोच रही हो कि मैं विभोर होकर कहूँगा कि शीनू तुम क्या आई, मेरे जीवन में बहार आ गई...मैं तो चाहता हूँ कि तुम हमेशा-हमेशा मेरे पास रहो... पर ऐसा मैं कुछ भी कहने नहीं जा रहा हूँ। संयम की वज़ह से नहीं, वरना इसलिए कि मैं ऐसा महसूस नहीं कर रहा, पर इतना ज़रूर कहूँगा कि आकर तुमने उचित नहीं किया।"

कहीं हल्के-से आहत होकर भी शीनू हँसी, "उचित-अनुचित का मेरा अपना भी विवेक है और मुझे उसके अनुसार ही चलने दो। अपना विवेक तुम अपने छात्रों को ही बाँटने तक सीमित रखोगे तो ज़्यादा प्रसिद्धि मिलेगी।"

"अपने दिल पर हाथ रखकर पूछो—तुमने शिशिर के साथ अन्याय नहीं किया, यह उसके प्रति छल नहीं है ? आते समय जिस सहजता से तुम अपने ठहरने की बात बताकर आई थी, लौटकर भी उसी तरह बता सकोगी...यहाँ जो कुछ किया, कह सकोगी उसे ?"

अतुल की इस जड़ता और क्रूरता से शिवानी एक तरह से तिलमिला गई। उसे शिशिर का ख़याल आया। उसके हल्के-से स्पर्श तक से वह कैसा उन्मादी हो जाता है और यह...

अतुल ने दूसरी सिगरेट निकाली। माचिस की जलती सींक ने एक क्षण के लिए प्रकाश के बड़े वृत्त के बीच एक छोटा वृत्त और बना दिया। और फिर दोनों के बीच में धुएँ की हल्की-सी परत छा गई...लहरदार धुएँ की।

"हर बात को बुद्धि के गज़ से नापने का मेरा स्वभाव नहीं है। मैं वही करती हूँ जो मेरा मन ठीक समझता है। बस, इतना जान लो कि यहाँ आकर मैंने शिशिर के साथ धोखा नहीं किया...उनको छलने का साहस इस जन्म में तो मैं शायद ही कभी जुटा पाऊँ।"

अतुल केवल सिगरेट के लम्बे-लम्बे कश खींचता रहा। जब वह कश खींचता तो सिगरेट का सिरा सुर्ख अंगार की तरह चमक उठता...उसके बाद धुएँ के हल्के-फुल्के बादल दोनों के बीच तैरने लगते।

"मेरी बात की कोई संगति तुम्हें नज़र नहीं आ रही है ! लगता है शायद मेरे मन की बात कोई समझ भी नहीं पाएगा—तुम भी नहीं, शायद शिशिर भी नहीं। जानती हूँ, अपनी इस बात को प्रमाणित करने के लिए एक तर्क भी मैं नहीं जुटा सकती हूँ...वैसा कोई प्रयास भी नहीं करूँगी...फिर भी इतना जान लेना अतुल, जो कह रही हूँ वह झूठ नहीं है।" और उसका कंठ रुँध गया।

बात से नहीं पर शायद स्वर की आर्द्रता से अतुल बेहद कातर हो आया। शिवानी का हाथ अपने हाथ में लेकर सामने की दीवार पर बड़ी खोई सूनी-सी नज़रों से देखता हुआ वह बोला, "शीनू, कभी सोचा भी नहीं था कि यों ग्यारह साल बाद तुमसे मुलाक़ात होगी। लोग कहते हैं दुनिया बहुत बड़ी है...पर देखता हूँ, यह तो बहुत-बहुत छोटी है। दो प्राणी भी बिना मिले जीवन नहीं बिता सके !" और वह चुप हो गया। थोड़ी देर बाद फिर वैसे खोए-खोए स्वर में बोला, "जब पुरी में मिला था, तब क्या यह सोचा था कि इस मुलाक़ात का यह

परिणाम होगा ! अपने जीवन के अभाव और दुख ने उस दिन मन को कहीं बहुत बेधा था, पर तुम्हें सुखी, प्रसन्न देखकर मैं अपने दुख को भूलने की कोशिश कर रहा था...तुम्हारे सुख से सुखी होने का प्रयत्न कर रहा था।"

"तुम मेरे सुख से सुखी होओ, यह ठीक है...यह जीवन के लिए आदर्श हो सकता है, पर मैं यदि तुम्हारे दुख से दुखी होऊँ, तो यह ग़लत है...अनुचित है, क्यों ? तुम्हें जीवन में अकेलापन नहीं लगता, तन्हाई की घड़ियाँ ज़िन्दगी को बोझिल नहीं बना देतीं...यह सूना-सा घर और उससे भी अधिक सूना मन तुम्हें कहीं से टीसता नहीं ?"

"सब कुछ होता है शीनू...सब-कुछ होता है...पर उससे क्या...उससे..."

"मेरे प्यार की लाश ने तुम्हें जीती-जागती लाश बना दिया है, मेरा प्यार ही तुम्हें नया जीवन भी देगा। मेरे इस अधिकार को मुझसे कोई नहीं छीन सकता है।"

"शीनू !" और उसने शिवानी का हाथ कसकर पकड़ लिया। देर तक शिवानी का हाथ उसके हाथ में काँपता-पसीजता रहा था...उसके आँसू शिवानी के गालों और अधरों को भिगोते रहे थे...शीनू...शीनू...का स्वर मौन कमरे की दीवारों के बीच में काँप-काँपकर गूँजता रहा था।

"शीनू," शिवानी चौंक पड़ी उसने घुटनों में से सिर उठाया। पता नहीं कब से शिशिर उसके पास आकर खड़ा हो गया था। उसने अपनी गीली पलकें उठाकर शिशिर की ओर देखा—रूखे उड़ते केश, फीका मुरझाया चेहरा। धीरे-से वह उसके पास आकर बैठ गया।

धूप फिर निकल आई थी...चारों तरफ़ की चीज़ें फिर चमकने लगी थीं। इस बार शिशिर जब बोला तो उसका स्वर बहुत सधा हुआ था...उसमें न कहीं आक्रोश था, न आवेश !

"एक बात पूछूँ शीनू, अगर मैं किसी दूसरी स्त्री से शारीरिक सम्बन्ध स्थापित करूँ तो तुम बर्दाश्त कर लोगी ?"

शिवानी ने अपनी बड़ी-बड़ी पलकें शिशिर के मुख पर टिका दीं। रात से लेकर अब तक कई बार रोने के कारण काजल की कोर धुल चुकी थी और उसकी आँखें बिना किनारे की साड़ी की भाँति बड़ी फीकी और निस्तेज लग रही थीं। "इसका उत्तर बहुत-कुछ उस परिस्थिति पर निर्भर करता है, जिसमें तुम उससे सम्बन्ध स्थापित करोगे। हाँ, फिर भी इतना कह सकती हूँ कि इस मामले में मैं बहुत संकीर्ण नहीं हूँ, और फिर तुम्हारे और अपने आपसी सम्बन्धों के प्रति आस्था भी इतनी कच्ची नहीं।"

"जान सकता हूँ, तुम्हारी ऐसी कौन-सी परिस्थिति थी, जिसने तुम्हें यों मजबूर कर दिया ? उसने तुम्हें बेहोश कर दिया था, कुछ पिला दिया था, जबर्दस्ती की थी..."

"उस पर व्यर्थ के लाँछन लगाने की आवश्यकता नहीं। जो कुछ कहना हो मुझे कहो। मैं तुम्हारी घृणा, तुम्हारा आक्रोश—सभी कुछ सहने को तैयार हूँ।"

"बहुत दर्द है उसके लिए मन में ?" व्यंग्य बहुत पैना था, फिर भी शिवानी को कहीं से चीर नहीं पाया। बिना तनिक भी विचलित हुए उसने कहा, "दर्द था तभी तो वह सब कर पाई जो एक नारी के लिए शायद असम्भव ही होता है। यदि मैं ज़रा-सा देकर किसी के जीवन में पूर्णता ला सकती हूँ, उसके अभावों को भर सकती हूँ, उसके सारे जीवन का रवैया बदल सकती हूँ, तो उसे देने में क्या हर्ज है ?"

"उसके प्रति दायित्व निभाने में तुम किसी और के प्रति अपने दायित्व को भुला रही

हो, जो दे रही हो वह किसी और का है, यह बात क्या..."

"यह मैं नहीं मानती।" बड़ी दृढ़ता के साथ शिवानी ने बीच में ही बात काट दी—"तुम्हीं बताओ, उस बात को आज शायद चार महीने हो गए, यदि पत्र से तुम न जान पाते तो क्या मेरे व्यवहार से तुम जान पाते? जो तुम्हारे लिए है उसका भागी न कोई हुआ है, न भविष्य में ही कोई हो सकेगा, यह बात भी क्या मुझे कहकर ही जतलानी होगी।" इस बार शिवानी की आँखों से टप्-टप् आँसू टपक पड़े। उसने उन्हें पोंछने का भी कोई प्रयत्न नहीं किया...दोनों गालों पर आँसू की लकीरें बन गईं।

"सच-सच बताना, तो तुम क्या यह कहना चाहती हो कि सिर्फ़ देने की भावना से ही तुमने यह सब किया...शायद दया के वशीभूत होकर...भोगने या पाने की भावना उसमें कहीं नहीं थी ?" और शिशिर उसे ऐसी तीखी नज़रों से देखने लगा मानो वह उसके शरीर को भेदकर मन में छिपे रहस्य को जान लेगा। शायद जो कुछ हुआ, उसका शिशिर को दुख नहीं था...पर-पुरुष के स्पर्श-मात्र से ही नारी अपवित्र हो जाती है, ऐसी बात को प्रश्रय देनेवाली संकीर्णता भी उसमें नहीं थी...वह तो सिर्फ़ यह चाहता था कि जो कुछ हुआ, शिवानी उसके लिए दुख करे, अपराध-भावना और आत्म-ग्लानि में डूबकर प्रायश्चित कर ले।

"सच जानने का तुम्हारा इतना आग्रह है तो सच ही बताऊँगी, यों भी झूठ मैं तुमने आज तक नहीं बोली हूँ, शायद बोल भी नहीं सकती हूँ, पर सहारना तुम्हें होगा।" और शिवानी एक क्षण को रुकी, मानो सामने बैठे शिशिर के सामर्थ्य को तौल रही हो। फिर धीरे से बोली, "जानते हो, देने-पाने का हिसाब रखने की मेरी वृत्ति नहीं। कितना दिया और कितना पाया, यह मैं स्वयं नहीं जानती तो तुम्हें क्या बताऊँ ? और दया की बात भी ग़लत है। जो अकिंचन हो, दयनीय हो, दया उसके प्रति की जा सकती है—पर अतुल में तो ऐसा कुछ नहीं।"

धैर्य और सहन-शक्ति के सारे बाँध टूट गए हो, इस प्रकार हाथों को जोर से झटककर शिशिर ने कहा, "जब सारी बात ही इतनी साफ़ और स्पष्ट है तो व्यर्थ की बहस करने से लाभ ?" फिर एकाएक ही स्वर को अत्यन्त मद्धिम बनाकर बोला, "मैं अभी तक समझे था, तुम मेरी हो, केवल मेरी और मेरे सिवाए किसी की हो नहीं सकती हो...लेकिन अब लगता है कि एक बड़ा खूबसूरत-सा भ्रम ही तो मैंने पाल रखा था।" उसका गला भर्रा गया, अन्तिम शब्द तो जैसे आँसुओं में भीगकर काँप गए थे।

"भ्रम क्यों, ठीक ही तो समझा था। साथ रहें या न रहें, यह विश्वास तो मैं आज भी दिला सकती हूँ कि शीनू तुम्हारी है और केवल तुम्हारी ही। पति के रूप में तो मैं किसी की कल्पना भी नहीं कर सकती हूँ, अतुल की भी नहीं। तुम्हें लेकर मन का कोना-कोना कुछ इस तरह भरा हुआ है कि उसमें और कोई कहाँ से आएगा भला ? सच बोलने का मेरा काम था, मैंने बोल दिया...सहारना तो तुम्हें ही होगा।"

"अच्छा शीनू," और एकाएक ही उसने शिवानी का हाथ पकड़ लिया—"उस समय क्या तुम्हें एक बार भी मेरा ख़याल नहीं आया ?"

"ख़याल !" और इतनी देर बाद पहली बार मुस्कान की एक बहुत ही क्षीण-सी आभा उसके फीके अधरों पर फैल गई...तुम्हारे सिवाए और कोई बात ही मन में नहीं थी। शरीर पर चाहे वह छाया हुआ हो, पर मन पर तुम...केवल तुम ही छाए हुए थे।" शिवानी ने धीरे-से

अपना हाथ शिशिर के हाथ से छुड़ाया और शॉल को उतारकर एक ओर रख दिया।

धूप में कुछ तेज़ी आ गई थी और हवा में हल्की-सी ऊष्मा।

"तुम सच कह रही हो शीनू, बिलकुल सच।" और शिशिर का मन हो रहा था कि शिवानी बार-बार इसी बात को दोहराती जाए।

"जानते तो हो, मैं तुमझे झूठ नहीं बोल पाऊँगी...कोई बात छिपा भले ही जाऊँ, पर झूठ बोलना मेरे लिए सम्भव नहीं। नहीं तो क्या मैं जानती नहीं कि यदि एक बार भी मैं पश्चात्ताप के दो शब्द कह दूँ, तो तुम्हारे मन का सारा मलाल दूर हो जाए, सारा क्रोध बह जाए। पर जो चीज़ मैं महसूस नहीं करती, उसे झूठ बोलकर तुम्हारे सामने स्वीकारा नहीं जाता। एक ज़रा-से झूठ से मेरा सारा भविष्य ज्यों-का-त्यों सुरक्षित रह सकता है, पर वह भी तो नहीं बोला जाता।"

इस बार शिवानी ने शिशिर का हाथ अपनी दोनों हथेलियों में ले लिया और धीरे-धीरे उसे सहलाने लगी।

"मान लो शीनू, वह आज आकर तुम्हें ही माँगने लगे, तो तुम्हारा दायित्व तुम्हें किस ओर ले जाएगा ?"

"ऐसी बात भी तुम्हारे मन में क्यों आती है ? अतुल अपनी सीमा जानता है। जो उसका नहीं, उसे पाने की लालसा भी कभी नहीं करता। अपने को कष्ट देना वह जानता है, दूसरे के लिए कष्ट का कारण बनना उसका स्वभाव नहीं। और मेरे दायित्व की बात उठाकर व्यर्थ ही क्यों अपने को नीचे गिरा रहे हो ? मेरे जीवन में तुम्हारा जो स्थान है, उसे कोई नहीं ले सकता, लेना तो दूर, उस तक कोई पहुँच भी नहीं सकता। किसी के कितनी ही निकट चली जाऊँ, चाहे शारीरिक सम्बन्ध भी स्थापित कर लूँ पर मन कि जिस ऊँचाई पर तुम्हें बिठा रखा है, वहाँ कोई नहीं आ सकता; किसी से उसकी तुलना करने में भी तुम्हारा अपमान होता है।" वह एक क्षण को रुकी, "पर कभी नहीं सोचा था शिशिर कि यह सब मुझे कहकर तुम्हें बतलाना पड़ेगा..." और बात समाप्त करते-करते वह जैसे फूट पड़ी। तभी दो सबल बाँहों के कसाव में उसकी सारी जड़ता सारी तटस्थता एक साथ ही पिघल पड़ी। केवल आँसू...हिचकियाँ...आँसू...

उतने ही भर्राए हुए स्वर में शिशिर ने भी कहा, "शीनू, तुम मेरे जीवन की इतनी बड़ी आवश्यकता और इतनी बड़ी कमज़ोरी हो कि मैं तुम्हारे बिना रह भी नहीं सकता और किसी भी रूप में तुम्हें ज़रा-सा शेअर भी नहीं कर सकता हूँ।" और उसके आँसू शिवानी की साड़ी से छनकर उसके रूखे-बिखरे बालों को भिगोने लगे।

सुनहरी धूप में फैली दो गुँथी हुई छायाकृतियाँ देर तक कसमसाकर सिहरती-काँपती रहीं।

मन्त्रोच्चारण की ध्वनि ने शिशिर का ध्यान आकर्षित किया। घुटने तक धोती और ललाट पर चन्दन पोते हुए दो व्यक्ति हाँप-हाँपकर, मन्त्र बोलते हुए चढ़े आ रहे थे। उसने शिवानी को धीरे-से अपने से अलग कर दिया। वे दोनों शायद मन्दिर के पुज़ारी थे। उन्होंने एक बार उन दोनों की ओर देखा और फिर मन्दिर का घंटा बजाकर द्वार खोल दिया।

"आओ शीनू, अब लौट चलें।" धूप की तेज़ी और गर्मी काफ़ी बढ़ चली थी।

अनमने भाव से शिवानी उठी—दोनों एक क्षण के लिए मन्दिर के सामने रुके, फिर

मन्दिर के पीछे की ओर वहाँ जाकर खड़े हो गए, जहाँ से ढलान शुरू होती थी। दूर-दूर तक मैदान, आपस में उलझी-गुँथी हुई पगडंडियाँ...त्रिकोण, चौकोर आकार के कटे खेत...शहर को चारों ओर से घेरती पहाड़ियाँ...नीचे रेंगते हुए छोटे-छोटे मनुष्य, छोटे-छोटे घर...सभी कुछ बड़ा छोटा-छोटा नज़र आ रहा था।

"हम लोग शायद काफ़ी ऊँचाई पर हैं। कितनी ऊँचाई होगी इस पहाड़ की ?"

"ठीक ऊँचाई तो नहीं मालूम, फिर भी ऊँचा तो है ही...नाम ही है, विपुलाचल।"

"पहाड़ पर खड़े हो जाओ तो सभी-कुछ कितना छोटा-छोटा लगने लगता है न ?" शिवानी के आँसुओं से धुले मुख पर फैली हल्की-सी मुस्कान शिशिर को बड़ी प्यारी लगी। उसके कन्धे पर बड़े प्यार से हाथ रखकर उसने कहा, "चलो शीनू, अब गरमी बढ़ चली है...फिर अभी कुंड पर भी तो चलना है।" पर शिवानी वहीं खड़ी रही।

मन्दिर का घंटा रह-रहकर बज उठता था, जिसकी गूँज उस सन्नाटे में देर तक गूँजती रहती थी। तुरन्त की जलाई हुई अगरबत्तियों की सुगन्ध चारों ओर फैलती जा रही थी।

धीरे-धीरे दोनों लौट आए। शिवानी एक बार फिर मन्दिर के साम़ने ठिठकी, फिर आगे बढ़ती शिशिर के पीछे चली गई। उतरने के लिए शिशिर ने फिर पगडंडी पकड़ी तो शिवानी बच्चों की तरह मचल उठी..."नहीं-नहीं, अब हम पगडंडी से नहीं उतरेंगे।"

"मानो शीनू, बड़ा सीधा-सा पहाड़ है। एकदम ढलान पर उतरा नहीं जाएगा, फिसल पड़ी तो हड्डी-पसली एक हो जाएगी।"

"नहीं फिसलूँगी...फिर तुम तो हो साथ, पकड़ लेना।" और वह झाड़ियों को हाथ से चीरती हुई मार्ग बनाकर आगे बढ़ी। मजबूरन शिशिर को उसके साथ होना पड़ा। दोनों एक-दूसरे का हाथ थामे, एक-दूसरे को सहारा देते, सँभल-सँभलकर पैर बढ़ाने लगे। बीच-बीच में कँटीली झाड़ियों में शिवानी का आँचल उलझ जाता तो शिशिर बड़ी सावधानी से निकालते हुए कहता, "तुम्हारी जिद की भी हद है...सारी साड़ी फाड़ ली न !" जवाब में शिवानी केवल हँस देती।

नीचे उतरते-उतरते शिवानी सचमुच थक गई। थकान शायद चढ़ने की थी, पर उस समय उसका अहसास नहीं हुआ था; अब एकाएक ही लगने लगा कि पैर जैसे झपकने लगे हैं।

"मैं तो थक गई रे," और वह वहीं धम्म से बैठ गई।

"यहाँ नहीं...यहाँ नहीं...अभी गर्म पानी के कुंड में पैर डालकर बैठ जाना, सारी थकान मिट जाएगी।" और हाथ पकड़कर एक झटके में उसने उसे खड़ा कर दिया।

कुंड पर यों तो हमेशा ही भीड़ बनी रहती है क्योंकि गन्धक के उन गर्म सोतों की तासीर कुछ ऐसी ही है कि अनेक रोगी उसमें स्नान करने आते हैं, पर इस समय वहाँ अपेक्षाकृत भीड़ कम ही थी। सवेरे दस बजे तक तो जैसे वहाँ मेला लगा रहता है।

अपने शरीर को खींच-खींचकर शिवानी ने जैसे-तैसे सीढ़ियाँ चढ़ीं और वह ज़ब कुंड के किनारे गई, तब तक तो उसमें खड़े रहने की ताक़त भी नहीं रह गई थी। लम्बी, बोझिल यात्रा करने के बाद देह जैसे एकदम ही निर्जीव हो जाती है, वैसी ही हालत शिवानी की भी हो रही थी।

साड़ी को ज़रा-सा ऊपर चढ़ाकर शिवानी ने जैसे ही पानी में पैर डाला...'हाय' के साथ

वापस निकाल लिया...

"इतना गर्म पानी !"

"शुरू में लगेगा, फिर देखना कितना आराम मिलता है ! एक-दो बार पैर डाल-डालकर वापस निकाल लो तो पैर इस गरमी के अभ्यस्त हो जाएँगे।"

शिवानी पैर हिला-हिलाकर पानी में लहरें उठा रही थी और लहरों के साथ ही जल में पड़ते उनके प्रतिबिम्ब थिरक रहे थे।

धीरे-धीरे सारी थकान मिटने लगी और दोनों की रग-रग में ऊष्मा की लहरें दौड़ने लगीं।

'एक प्लेट सैलाब' संकलन से

नई नौकरी

टाई की नॉट ठीक करते हुए कुन्दन आदेश देता जा रहा था—"सोफ़े का कपड़ा कम पड़ गया है, तुम खुद लाकर दे देना। इनके ज़िम्मे कर दिया तो समझो सब चौपट। दरवाज़े, खिड़कियों का वार्निश आज ज़रूर पूरा हो जाना चाहिए। और देखो, प्लम्बर आएगा तो जहाँ-जहाँ के नल और पाइप खराब हों, सब ठीक करवा लेना।"

रमा पीछे खड़ी सामने के आईने में पड़ते कुन्दन के प्रतिबिम्ब को देख रही थी। उसे लग रहा था नई नौकरी के साथ कुन्दन की सारी पर्सनेलिटी ही नहीं, बात करने का लहजा तक बदल गया है। कितना आत्मविश्वास आ गया है सारे व्यक्तित्व में ! रौब जैसे टपका पड़ता है।

होंठों के कोनों में चुरुट दबाए, जाने से पहले उसने सारे घर का एक चक्कर लगाया। यह भी रोज़ का एक क्रम हो गया था। पीछे के बरामदे में दर्जी सोफ़े के कवर्स सिलाई कर रहा था। कुछ दूर खड़ा मिस्त्री, छोटे-छोटे टिनों में वार्निश तैयार करते लड़के को कुछ आदेश दे रहा था। कुन्दन को देखकर उसने सलाम ठोका। "अब्दुल मियाँ, काम आज पूरा हो जाना चाहिए, तुम्हारा काम बहुत स्लो चल रहा है।"

"काम भी तो देखिए सरकार ! समय चाहे दो दिन का ज़्यादा लग जाए, पर आपको शिकायत का मौक़ा नहीं दूँगा। मैं साहब काम की क्वालिटी पर..."

"अच्छा...अच्छा..." कुन्दन लौट आया। ड्राइंग-रूम के पार्टीशन पर नज़र पड़ते ही कहा—'इन्टीरियर-डेकोरेटर्स' वालों के यहाँ फ़ोन ज़रूर कर देना। यह पार्टीशन बिल्कुल नहीं चलेगा। डिज़ाइन क्या बताया था, बनवा क्या दिया, रबिश।"

कुन्दन गाड़ी में बैठा। रमा पोर्टिको की सबसे निचली सीढ़ी पर खड़ी थी। उसे लगा, जाने से पहले एक बार वह फिर सारे आदेशों को दोहराएगा, पर नहीं। गाड़ी स्टार्ट करके, खिड़की से ज़रा-सा हाथ निकालकर हल्के से हिलाते हुए कहा—'अच्छा, बा..बाई,' तो उसे ख़याल आया कि यह तो उसकी आदत थी कि गाड़ी में बैठकर चलने से पहले वह नौकर के सामने बताए हुए सारे काम फिर से दोहरा दिया करती थी।

तब कुन्दन हँसता हुआ कहता था—"बस भी करो यार, अब कितनी बार दोहराओगी। तुम इतनी बार कहती हो इसी से वह गड़बड़ा जाता है।"

गाड़ी लाल बजरी की सड़क पर तैरती हुई फाटक से बाहर निकली और दूर होती हुई अदृश्य हो गई।

रमा को लगा जैसे कुन्दन उसे पीछे छोड़कर आगे निकल गया है...बहुत आगे। जैसे वह अकेली रह गई है। एक महीने पहले वह भी कुन्दन के साथ ही निकला करती थी, कुन्दन

उसे कॉलेज छोड़ता हुआ ऑफ़िस जाया करता था। पर अकेलेपन की यह अनुभूति तभी तक रहती जब तक वह पोर्टिको में खड़ी रहती। जैसे ही फ्लैट का दरवाजा खोलकर वह भीतर घुसती—लक-दक फ़र्नीचर, शीशों के दरवाजों और खिड़कियों पर झूलते लम्बे-लम्बे परदे, मिस्त्रियों की खटपट, नए-नए डिस्टेम्पर और वार्निश की हल्की-सी गन्ध के बीच न जाने कहाँ डूब जाती।

काम की एक लिस्ट उसके पास होती, जिन्हें उसे पूरा करना होता; काम करते मिस्त्रियों को देखना होता; मार्केट के दो-एक चक्कर लगाने होते...और यह सब करते-करते ही शाम हो जाती ! ट्रिंग-ट्रिंग...ट्रिंग-ट्रिंग...

फ़ोन उठाकर उसने नम्बर बोला, "कौन, मिसेज़ बर्मन ? कहिए-कहिए, क्या ख़बर है ?"

मिसेज़ बर्मन शिकायत कर रही थीं, "कॉलेज छोड़े महीना होने आया, एक बार सूरत तक नहीं दिखाई। आउट ऑफ साइट..."

"अरे नहीं-नहीं," रमा ने बात बीच में ही काट दी। उसने थोड़ा-सा झुककर कोहनी मेज़ पर टिका ली। उलटे हाथ में पैंसिल लेकर वह फ़ोन का सन्देशा लेने के लिए जो पैड रखा था, उस पर यों ही आड़ी-तिरछी लकीरें खींचने लगी।

"आज लंच के समय आओ न, साथ बैठकर खाएँगे। तुम्हारे चले जाने से हमारा डिपार्टमेंट तो सूना ही हो गया। लंच के समय तो तुम्हें बहुत ही मिस करते हैं। और एक तुम हो कि जाने के बाद ख़बर तक नहीं ली..."।

"क्या बताऊँ, इस नए घर को ठीक कराने के चक्कर में इतनी व्यस्त रही कि उधर आ ही नहीं सकी। अच्छा यह बताइए सुधा, मालती, जयन्ती सब कैसी हैं ?"

"कहा न, आज आ जाओ। सबसे मिल भी लेना, खाना भी साथ खाएँगे।"

"आज ?" और एक क्षण को मन के भीतरी-स्तर पर आज के सारे कामों की लिस्ट तैर-सी गई—"आज तो सम्भव नहीं होगा मिसेज़ बर्मन !" क्षमायाचना के-से स्वर में वह बोली, "बस एक सप्ताह और ठहर जाइए, फिर अपने इस नए घर की पार्टी दूँगी...देखिए अपनी रमा का कमाल...देखेंगी तो पता लगेगा कि एक महीने तक क्या करती रही।" फिर और दो-चार इधर-उधर की बातें और हल्की-फुल्की-सी मज़ाकें हुईं और रमा ने फ़ोन रख दिया।

फ़ोन रखने के बाद नए सिरे से इस बात का बोध हुआ कि कॉलेज छोड़े उसे अट्ठाईस दिन हो गए। जाना तो दूर, उसे कभी ख़याल भी नहीं आया वहाँ का। आश्चर्य के साथ-साथ उसे थोड़ी-सी ग्लानि भी हुई ; वह क्यों नहीं गई, कैसे रह सकी बिना गए। आज बर्मन का फ़ोन नहीं आता तो पता नहीं और भी कितने दिनों तक उसे उधर का ख़याल ही नहीं आता। क्या सचमुच वह बड़े अफ़सर की बीवी बन गई है ? उसे मज़ाक में कसा हुआ जयन्ती का रिमार्क याद आया।

एकाएक मन हुआ कि अभी चल पड़े। एक बार सबसे मिल ही आए। मना करने के बाद पहुँचकर वह सबको प्लेजेंट सरप्राइज़ देगी। उसने रसोई में जाकर दस-बारह आलू के पराँठे और चाट तैयार करने को कहा। ये दोनों चीज़ें वहाँ सबको बहुत पसन्द थीं। सारे डिपार्टमेंट में वह और मिसेज़ बर्मन ही विवाहित थीं...बाकी सब कॉलेज हॉस्टल में रहती थीं

और अच्छी-अच्छी चीज़ें खाने की उनकी फ़र्माइशें बनी ही रहती थीं।

उसे अपनी फ़ेयरवैल पार्टी की याद आई। साढ़े दस साल की सर्विस थी। प्रिंसिपल ने अनेकानेक शुभकामनाओं के साथ फूलों के बड़े-बड़े गुलदस्तों के बीच पार्कर पेन का एक सैट रखकर दिया था—"मिसेज़ चोपड़ा, आप इसी पेन से अपनी थीसिस पूरी करिए। जब भी वापस काम करने का मन हो, बिना किसी संकोच के चली आइए, यहाँ आपका हमेशा ही स्वागत है।" उसके डिपार्टमेंट की सभी लेक्चरर्स गाड़ी तक छोड़ने आई थीं—'भई रमाजी, कॉलेज भले ही छोड़ दीजिए, पर लंच के समय खाना लेकर ज़रूर आ जाया करिए' तो उसकी नम आँखों में भी हँसी चमक उठी थी। तब उसे कुन्दन की बात याद हो आई थी—"तुम वहाँ पढ़ाने जाती हो या खाने ! फ़ोन पर भी जब तुम लोगों की बातें होती हैं तो खाना ही डिस्कस होता है।" उसने केवल उन लोगों से ही नहीं कहा था, बल्कि मन में भी सोचा था कि लंच के समय वह कॉलेज चली ही जाया करेगी। आखिर उसे भी तो अपने को कॉलेज से एकदम काट लेने में काफ़ी कष्ट होगा...इस तरह धीरे-धीरे तो फिर भी...

तो क्या कुन्दन ने ठीक ही कहा था ? कॉलेज छोड़ने का निर्णय लेकर वह चुपचाप रो रही थी और कुन्दन उसे समझा रहा था—मैं कह रहा हूँ, तुम्हें क़तई अकेलापन नहीं लगेगा, तुम ज़रा भी कमी महसूस नहीं करोगी ; रादर यू बिल फ़ील रिलीव्ड। कितना स्ट्रेन है तुम पर आजकल !

कुन्दन को एकाएक विदेशी कम्पनी में इतनी बड़ी नौकरी मिल जाएगी, इसकी आशा औरों को चाहे रही भी हो, कुन्दन को बिल्कुल नहीं थी। डॉ. फ़िशर से पिछले आठ-साल से उसके सम्बन्ध थे, विशुद्ध व्यावसायिक सम्बन्ध। उनकी प्रशंसा और सद्व्यवहार को भी वह व्यावसायिक औपचारिकता से अधिक कुछ नहीं मानता था पर...

दस-बारह दिन तक केवल जश्न ही मनाया था रमा और कुन्दन ने। पैसे की उसे इतनी लालसा नहीं थी, पर मारवाड़ी कन्सर्न का काम उसके टेम्परामेंट के बिल्कुल अनुकूल नहीं था। रमा इस नए माहौल से नितान्त अपरिचित नहीं थी—क्लब, डांस, डिनर, कॉक्टेल यह सब वह बचपन से देखती आई थी, पर बस देखती ही आई थी, उसमें अपने को कभी घुला नहीं पाई थी।

डॉ. फ़िशर ने कुन्दन को नौकरी ही नहीं दी थी, धीरे-धीरे वे उसकी सारी ज़िन्दगी का पैटर्न भी तय कर रहे थे। उसे दो-तीन क्लबों का मेम्बर बनना पड़ा। आए दिन दूसरी कम्पनियों के बड़े-बड़े अफ़सरों को एंटरटेन करना पड़ता। विदेशियों को हिन्दुस्तानी खाना खिलाने के बहाने उसे घर में भी बड़ी-बड़ी पार्टियाँ करनी पड़तीं और तीन महीने पहले उसे कम्पनी की ओर से यह फ्लैट मिल गया। उसने सोचा, वह अपने इस नए घर को निहायत ही ओरिऐंटल ढंग से सजाएगा, विदेशियों के लिए तो यही नवीनता होगा।

पर घर के लिए नया फ़र्नीचर बनवाने, चुन-चुनकर चीज़ें खरीदने के लिए दोनों में से किसी के पास भी समय नहीं था। कुन्दन चाहता था यह काम रमा को ही करना चाहिए; क्योंकि यह काम उसी का था...फिर उसकी सुरुचि और सुघड़ता के तो हल्ले भी ये मित्रों के बीच में पर रमा के पास समय ही नहीं रहता। सबेरे उठकर वह बंटी को तैयार करके स्कूल भेजती। फिर खुद तैयार होती। तैयार होते-होते ही वह नौकर को आदेश देती जाती, सारे दिन का काम-समझाती; नाश्ता करते-करते वह अपना लेक्चर तैयार करती, तैयार तो

क्या करती बस सूँघ-भर लेती। फिर नौ बजे कुन्दन के साथ ही निकल जाती। तीन के क़रीब वह लौटती...थोड़ा आराम करती और फिर शाम की तैयारी। बाहर नहीं जाना होता था तो घर में किसी को आना रहता था।

रात ग्यारह-साढ़े-ग्यारह पर वह सोती तो थककर चूर हो जाती। कुन्दन को उस समय हल्की-सी खुमारी चढ़ी रहती, कहता–"डोंट बी सिली। पार्टी में कैसे थक जाती हो ? गाड़ी में बैठकर जाती हो...खाना-पीना, हँसी-मज़ाक, इनमें भी कहीं थका जाता है ? गाड़ी में बिठाकर ले आता हूँ।"

रमा तब केवल सूनी-सूनी आँखों से उसे देखती रहती। मन की भीतरी परतों पर हिस्ट्री के वे टॉपिक्स तैरते रहते जो उसे कल पढ़ाने होते, और जिन्हें वह जबरन ही दिमाग़ से बाहर ठेलने का प्रयास करती रहती। कुन्दन उसे बताता रहता कि डॉ. फ़िशर उससे कितने खुश हैं, कितना इम्प्रेस कर रखा है उसने; एकाएक ही उसे अपना भविष्य बहुत उज्ज्वल दिखाई देने लगा है। पता नहीं थकान के कारण या किसी और वज़ह से वह उतना उत्साह नहीं दिखा पाती तो कुन्दन बिगड़ पड़ता–"क्या बात है, देखता हूँ तुम्हें कोई दिलचस्पी ही नहीं है मेरे राइज में...यू सीम टूबी..."

"क्या बेकार की बातें करते हो, मुझे नींद आ रही है।"

कभी कुन्दन फ़ोन पर कह देता कि ठीक सात बजे तैयार होकर रहना और आकर देखता कि वह तैयार हो रही है तो बिगड़ पड़ता–"रमा, तुम्हें टाइम की सेंस कब आएगी...कभी घर पर खाना होता और कोई कसर रह जाती तो रात में बड़े सँभलकर कहता–"मैं यह नहीं कहता कि तुम खाना बनाओ...तीन-तीन नौकर तुम्हारे पास हैं, पर ज़रा-सा देखभर लिया करो !" ऐसे मौक़ों पर रमा कुछ नहीं कहती।

उस दिन कॉलेज में रमा को एक पेपर पढ़ना था। उसने खुद ही ऑफ़र किया था। सोचा था, इसी बहाने एक टॉपिक तैयार हो जाएगा, पर बिल्कुल भी तैयार नहीं कर पाई। रात में लेटी तो रोना आ गया।

"मुझसे यह सब निभता नहीं।" लौटकर बिना कपड़े बदले ही कटे पेड़ की तरह पलँग पर गिरकर उसने कहा।

"क्या नहीं निभता ?"

"यह रवैया मेरे बस का नहीं है। कितना गिल्टी फ़ील करती हूँ। बिना तैयार किए पढ़ाना, लगता है जैसे लड़कियों को चीट कर रही हूँ। दो घंटे का समय भी तो मुझे अपने लिए नहीं मिलता।"

कुन्दन सोच रहा था कि रात में रमा के साथ वह एक-एक कमरे को अरेंज करने की योजना बनाएगा। कलर-स्कीम के लिए उसने जेन्सन-निकलसनवालों से बात की थी। रमा की बात सुनी तो चुप रह गया।

"बंटी की रिपोर्ट देखी ? हमेशा फर्स्ट आया करता था, इस बार सेविन्थ आया है।"

बगल में लेटकर, रमा को अपनी ओर खींचते हुए कुन्दन ने बहुत प्यार-भरे लहज़े में कहा–"तो तुम उसे पढ़ाया करो !"

"कब पढ़ाया करूँ, तुम्हीं बताओ ? शाम को पाँच से सात बजे का जो समय मिलता है, उसमें वह खेलने जाता है।"

"तो तुम्हीं बताओ मैं क्या करूँ ?" बालों में हाथ फेरते हुए कुन्दन ने बहुत ही मुलायम स्वर में पूछा।

"कल मुझे पेपर पढ़ना है। पन्द्रह दिन पहले टॉपिक मिला था। एक लाइन भी नहीं लिखी है...अब कोई झूठा बहाना ही तो बनाना पड़ेगा।"

कुन्दन की उँगलियाँ बालों पर से उतरकर गालों पर फिसलने लगीं।

"दस साल पूरे हुए...छः, आठ महीने में अपनी थीसिस सबमिट कर देती तो मेरा सिलेक्शन-ग्रेड में आना निश्चित ही था, पर ऐसी हालत रही तो..."

रमा रो पड़ी।

दूर कहीं कुन्दन के कानों में डॉ. फ़िशर के शब्द गूँज रहे थे—जनवरी में जर्मनी से डाइरेक्टर आनेवाले हैं, हमें यहाँ का सारा काम दिखाना होगा। एक नया प्लांट बिठाने की भी योजना है, उसके लिए कुछ रिसपॉन्सिबल लोगों की ज़रूरत होगी...सम स्मार्ट यंग मैन ! बिज़नेस में सोशल कॉन्टेक्ट्स पे करते हैं। यू विल हैव टुबी वैरी सोशल।"

कुन्दन को इन बातों में हमेशा अपने लिए कुछ संकेत, कुछ आश्वासन मिलते।

"लकीली योर वाइफ़..."

"तुम मुझे छोड़ जाया करो। कोई ज़रूरी है कि मैं हर दिन तुम्हारे साथ ही जाया करूँ ?"

कुन्दन कुछ देर उसे यों ही सहलाता रहा, फिर एकएक उसे बाँहों में भरता-सा बोला—"तुम्हें छोड़कर आज तक मैं कहीं गया हूँ, जा सकता हूँ। ऑफ़िस के अलावा हमेशा हम साथ जाते हैं। तुम तो जानती हो कि तुम्हारे बिना मुझे कुछ भी अच्छा नहीं लगता।"

रमा खुद इस बात को जानती है। उनका आठ साल का विवाहित जीवन दोस्तों के बीच ईर्ष्या और प्रशंसा का विषय रहा है। समझ नहीं पाई क्या कहे ! वह जब तक सो नहीं गई, कुन्दन उसे प्यार से थपथपाता रहा था।

"मेम साहब, पराँठे अभी बनेंगे ?"

"...ऐं ?" चौंकते हुए रमा ने पूछा। फिर बोली—"नहीं-नहीं, साढ़े बारह बजे बनाना है, एक बजे हम कॉलेज जाएँगे आज। जितने एक चक्कर बाज़ार का लगा आऊँ और सोफ़े का कपड़ा लाकर दे दूँ।" उसने एक बार भीतर जाकर मिस्त्रियों को याद दिला दिया कि आज पॉलिश हर हालत में ख़त्म कर देनी है।

फिर अपनी डायरी देखी—बाज़ार से और क्या-क्या सामान लाना है। कपड़े बदलने अन्दर गई तो देखा नौकर ने रैके से सारी किताबें निकाल रखी थीं और पोंछकर जमा रहा था।

इनमें से एक किताब भी उसने नहीं पढ़ी है, कुछ पर तो अभी तक अपना नाम भी नहीं लिखा है। कुन्दन ने भी ज़ोश में आकर एक दिन में इतनी ढेर-सी किताबें खरीदकर सामने रख दी थीं।

बात शुरू दूसरे स्तर पर हुई थी। कुन्दर ऑफ़िस से लौटा था तो बिना किसी प्रसंग के रमा ने कहा—"मैं कॉलेज छोड़ दूँगी। इस तरह काम करने से तो नहीं करना ज़्यादा अच्छा है।" स्वर में न कहीं तल्खी थी न शिकायत, बड़े सहज स्वर में उसने कहा था।

कुन्दन देखता रहा। यही वाक्य था जिसे उसने अनेक बार अनेक तरह से मन-ही-मन में दोहराया था, पर कहने का मौक़ा नहीं मिला था। अब तो उसे यह और भी ज़रूरी लग

रहा था, क्योंकि जनवरी तक उसे अपना सारा घर डेकोरेट करना था..ओरिएंटल स्टाइल पर। फिर भी उसने पूछा--"क्या बात हो गई ?"

"कुछ नहीं।"

कुन्दन को इस समय और बात खीचंना अच्छा नहीं लगा। चाय का प्याला हाथ में लिए ही लॉन में निकल गया। कैक्टस की जितनी वैराइटी ला सकता था, लाकर फाटक के दोनों और बड़ी खूबसूरत रॉकरीज़ बनाई थीं। पर लॉन से वह अभी भी सन्तुष्ट नहीं था। चाहता था लॉन पर्शियन कार्पेट में बदल जाए।

रात में फिर वहीं प्रसंग चला। कुन्दन उससे बचना भी चाहता था और जानना भी चाहता था कि रमा ने सचमुच ही यह निर्णय ले लिया है या कि केवल कुन्दन पर अपना आक्रोश प्रकट कर रही है। पर रमा ने केवल इतना ही कहा--"अब निभता नहीं, कल इस्तीफ़ा दे दूँगी।"

स्वर के भीगेपन ने कुन्दन को भी कहीं से छुआ ज़रूर फिर भी सारी बात को एक हल्के मज़ाक में बदलने के लहज़े से उसने कहा, "छोड़ो भी यार, वैसे भी क्या रखा है एंशिएंट हिस्ट्री पढ़ाने में ! चोल वंश, चेदिवंश के बारे में न भी जानेंगे तो कौन-सी ज़िन्दगी हराम हो जाएगी !"

रमा चुप !

"इससे तो तुम खूब किताबें पढ़ो, मैगजीन्स पढ़ो...कुछ छुटपुट क्लासेज़ अटेंड कर लो। बंटी को पढ़ाओ। दुनियाभर के बच्चों को पढ़ाओ और अपना बच्चा निगलेक्ट हो..."

रमा चुप !

कुन्दन उस चुप्पी पर खीज़ आया, फिर भी अपने स्वर को भरसक संयत बनाकर बोला, "तुम्हें शायद लग रहा है कि मेरी वज़ह से, इस नई नौकरी की वज़ह से तुम्हें अपना काम छोड़ना पड़ रहा है...पर यह तो सोचो, मुझे ही इस नौकरी में क्या दिलचस्पी है ? तुम्हारे लिए, बंटी के लिए..."

"मैंने तो ऐसा नहीं कहा। मैं तो यही सोच रही थी कि आखिर मेरे मन के सन्तोष के लिए क्या होगा ?"

"मेरा सन्तोष, तुम्हारा सन्तोष नहीं है, मेरी तरक्की, तुम्हारी तरक्की नहीं है ?"

"है क्यों नहीं ? मेरा यह मतलब नहीं था। दस साल से काम कर रही थी...छोड़ दूँगी तो मेरा मन कैसे लगेगा ?"

"मैं तो सोचता हूँ, तुम्हें यह सब सोचने का समय ही नहीं मिलेगा।" और शाम को उसने तीन बंडल किताबें लाकर उसके सामने रख दी थी।

और सचमुच उसके बाद उसे यह सब सोचने का समय ही कब मिला। आज भी मिसेज़ बर्मन के टेलीफ़ोन ने ही उसे कॉलेज की याद दिलाई, वरना...

सारे दिन गाड़ी में घूम-घूमकर उसने घर का सामान ख़रीदा है। पर्दों के लिए उसने लूमवालों से यह तय किया कि चालीस गज़ कपड़ा बनाकर वह उस डिज़ाइन को नष्ट कर देंगे, जिससे उसके जैसे पर्दे और कहीं देखने को भी न मिलें। डिज़ाइन भी उसने खुद पसन्द करके बनवाया था।

राजस्थान की किसी रियासत का बहुत-सा सामान नीलाम हुआ था। कितने दिनों तक

वह वहाँ जा-जाकर बैठी थी—पुरानी पेंटिंग्ज़, झाड़-फ़ानूस और भी सजावट की छोटी-मोटी चीज़ें उसने खरीदी थीं।

आज दरवाजों का पॉलिश समाप्त हो जाएगा तो सारा सामान जमाना है। डाइरेक्टर मुम्बई आ गए हैं, अगले सप्ताह तक यहाँ आ जाएँगे, तब तक वह सब जमा लेगी। 'इंटीरियर डेकोरेटर्स' वालों के यहाँ से एक आदमी बराबर आता रहा है। तभी उसे फ़ोन करने का ख़याल आया।

लाइन एंगेज्ड थी।

वह बाहर जाने के लिए निकल ही रही थी कि टेलीफ़ोन की घंटी बजी। रमा ने रिसीवर उठाकर अपना नम्बर बोला, "ओह, मैं सोच रहा था। तुम कहीं मार्केट के लिए नहीं निकल गई होओ।"

"बस निकल ही रही थी।"

"सुनो डार्लिंग, लंच पर मेरे साथ एक साहब होंगे, यहीं के हैं, बहुत फॉर्मल होने की ज़रूरत नहीं है, बस ज़रा-सा देख लेना। डेकोरेटर को फ़ोन किया ?"

"किया था, पर लाइन नहीं मिली, लौटकर फिर करूँगी।"

"ओ.के.।" खट !

रसोई में जाकर रमा ने कहा—"थोड़ी सब्ज़ियाँ उबालकर इन उबले हुए आलुओं में मिला दो। पराँठे नहीं बनेंगे, वेजिटेबिल कटलेट बना देना !"

फिर उसने फ्रिज खोलकर देखा—सबकुछ था। जब वह कॉलेज जाती थी तो कुन्दन का लंच ऑफ़िस जाता था, पर आजकल वह लंच के लिए घर ही आता है।

पहली तारीख़ ! लंच के लिए कुन्दन आया। जब भी वह घर आता, एक बार सारे घर का चक्कर लगाता। इस नई साज-सज्जा को हर एंगिल्स से देखता...और उसके चेहरे पर एक सन्तोषमय, गर्वयुक्त उल्लास चमकने लगता। कभी-कभी इसी उल्लास में रमा को बाँह में भरता हुआ कहता—"यू आर रीयली वंडरफुल !"यो खुले में चूमने की मर्यादा वह तोड़ नहीं पाया था, इसी से केवल उसे दबाकर छोड़ देता।

पूरा चक्कर लगाकर बोला—"आई थिंक एवरी थिंग इज़ इन ट्यून ! क्यों ?"

कलफ़ लगा नैपकिन फड़फड़ाता हुआ उसकी गोद में फैल गया।

"अब कोई आए, मुझे चिन्ता नहीं। पाँच तारीख़ को डाइरेक्टर आ रहे हैं—मैं इस बार एक बड़ी पार्टी घर पर ही करूँगा।"

रमा खाती भी जा रही थी और उसकी प्लेट का ध्यान भी रख रही थी। जो चीज़ ख़त्म हो जाती, रख देती।

"बस यार, वो रोब पटकाना है कि डाइरेक्टर की नज़रों में जम जाऊँ...एक बार ये लोग इम्प्रेस हो जाएँ तो रास्ता साफ़ है। डॉ. फ़िशर तो जब भी कोई मौक़ा आएगा, मेरे फेवर में ही राय देंगे।"

रमा कुन्दन के बच्चों-जैसे पुलकमय आवेश पर मन्द-मन्द मुस्कराती रही।

"मेम साहब, आपका फ़ोन है।"

"किसका है ? बोलो बाद में करें। मेम साहब इस समय लंच ले रही हैं।"

कुन्दन इस समय रमा को वह सारी बातें सुनाना चाहता था, जो आज उसके और फ़िशर के बीच हुई थीं। कितने स्पष्ट थे सारे संकेत ! फिर भी वह अपने अनुमानों का रमा से समर्थन करा लेना चाहता था।

"कॉलेज से मिसेज़ बर्मन का है।" बैरा लौटने लगा।

"अरे ठहरो !" और रमा एकदम उठ खड़ी हुई।

बातें शुरू हुईं तो वह भूल ही गई कि कुन्दन खाने की मेज़ पर बैठा है और वह खाना बीच में ही छोड़कर आई है।

"अरे डार्लिंग, आओ न ! तुम औरतों का भी बस एक बार चरखा चल जाए तो ख़त्म ही नहीं होता।"

रमा लौट ही रही थी–"चरखा क्या, कोई इतने अपनेपन से बुलाए तो मैं ठीक से बात भी न करूँ ! यह भी कोई बात हुई भला ?"

"अच्छा-अच्छा, अब अपना खाना ख़त्म करो।"

"तुम्हारा हो गया तो तुम उठो न !"

"नो...नो...यह कैसे हो सकता है भला ?"

खाने के बाद कॉफ़ी लेकर, ईजी चेयर पर आराम करते हुए कुन्दन ने सिगरेट सुलगा ली और गोल-गोल छल्ले के रूप में धुआँ उगलता रहा। फिर रोज़ की तरह पाँच मिनट के लिए आँख मूँद ली। रमा अखबार पलटने लगी।

"अब चलें।" झटके से कुन्दन उठ खड़ा हुआ।

कोट उठाया तो तनख़्वाह की याद आई। भीतर के जेब से नोट के दो बंडल निकाले–एक बड़ा, दूसरा छोटा।

"अरे यह क्या, तनख़्वाह ले आए ? आज क्या पहली तारीख़ हो गई ?" रमा को आजकल तारीख़ और दिनों का कुछ ख़याल ही नहीं रहता।

"ये आया, बैरा और खानसामा के हैं। अस्सी, अस्सी और सौ !" छोटा बंडल बढ़ाते हुए कुन्दन ने कहा। रमा ने बंडल ले लिया।

"और यह तुम्हारा है।" फिर जरा-सा झुककर बोला।

"अब जो मुनासिब समझो, इस गुलाम को पान-सिगरेट के लिए दे देना।" और हँस पड़ा। रमा भी मुस्करा दी।

"बा...बाई...' और लाल बजरी की सड़क पर तैरती हुई कुन्दन की कार रमा को वहीं छोड़कर आगे चली गई।

'एक प्लेट सैलाब' संकलन से

दरार भरने की दरार

मैंने घर में सबको मना कर दिया था कि जब श्रुति दी आएँ तो उस समय कमरे में कोई नहीं आएगा। छोटे भाई-बहनों को इस बात की क़तई तमीज़ नहीं है। कोई भी मेरे पास आएगा, तो आनेवाले के आस-पास वे इस प्रकार मँडराएँगे गोया वह उन लोगों से ही मिलने आया हो।

फिर खिड़की-दरवाजों के मोटे-मोटे पर्दे खींच दिए, जिससे कमरे में ठंडक और नीम अँधेरा-सा हो गया। इस माहौल में वे अधिक आश्वस्त होकर अपनी निजी बात कह सकेंगी।

दोपहर में जब से उनका फोन आया है, मैं एक अजीब-सी मानसिक उलझन में हूँ, अक्सर हँसती-खिलखिलाती रहनेवाली श्रुति दी के भर्राये और रुँधे-से स्वर ने मुझे बहुत परेशान कर दिया है। साथ ही उनकी इस बात से, 'नन्दी, यहाँ तेरे सिवाय मेरा है ही कौन, जिसे मैं अपनी बात कह सकूँ, जिसके साथ अपने को शेयर कर सकूँ, मेरे मन में एक गर्व-भरी तृप्ति की भावना भी तैर गई।

वे उम्र में मुझसे बड़ी हैं, करीब सात-आठ साल और एक नामी चित्रकार हैं। उनके चित्रों की कई प्रदर्शनियाँ हो चुकी हैं, अख़बारों में उन पर रिव्यू आ चुके हैं। कलाकारों के बीच उनका सम्मान है। उनके मिलने-जुलनेवालों की भी कोई कमी नहीं, बल्कि वे उन सबसे कभी-कभी बहुत परेशान तक हो उठती हैं। इस सबके बावजूद मैं, केवल मैं उन्हें ऐसी लगी कि वे अपना निहायत निजी दुःख मेरे साथ शेयर करें, मुझे विश्वास में लेकर, आगे होकर अपनी बात बताने आएँ।

एकाएक मैं अपने को बहुत बड़ा-बड़ा और ज़िम्मेदार-सा महसूस करने लगी। कौन-सा दुःख पड़ा है, श्रुति दी पर ! आर्थिक कष्ट, अगर यही बात है तब तो कोई चिन्ता नहीं। मैंने जल्दी से अपनी पास-बुक देखी। चार हज़ार से कुछ ज्यादा ही थे। ज़रूरत पड़ने पर मैं पाई-पाई निकालकर दे दूँगी। इससे भी काम नहीं चला तो माँ से माँग लूँगी। घर में अपने रौब के बारे में पूरी तरह आश्वस्त हूँ।

पर नहीं, बात पैसे की नहीं होगी ! विभु दा स्वयं अच्छी पोस्ट पर हैं, वे खुद भी कमाती हैं। फिर पैसे के लिए इतने परेशान होनेवाले जीवों में से वे हैं भी नहीं। इस स्तर पर निहायत फक्कड़ और मौजी। जहाँ स्टाफ में और सब साड़ी और जेवरों का रौब पटक-पटककर ढेर किए देती हैं, वहाँ वे बिना संकोच के कुछ भी पहनकर आ जाती हैं ? हम तो गाजर-मूली को ही फल समझकर खा लेते हैं। निहायत स्नॉब लोगों के बीच भी ऐसी धारणाएँ करते उन्हें कभी झिझक नहीं हुई।

तब ? कलकत्ता उन्हें बिल्कुल रास नहीं आया। दो साल से ऊपर ही हो गए, पर इस

बात से वे अभी भी जब-तब दुःखी होती रहती हैं कि वे कहाँ आ फँसीं। कितनी ही बार उन्होंने कहा, "नन्दी, मन होता है कि बोरिया-बिस्तर बाँधकर वापस लौट जाऊँ। यह भी कोई शहर है, टुच्चे लोगों का। सब स्वार्थी और तिकड़मी !" और उनकी आँखों में एक गहरे अवसाद की छाया तैर जाती। तब मुझे हमेशा लगता है कि यह ग़म न छोड़े हुए आत्मीय लोगों का है, न यहाँ के टुच्चे लोगों का...जैसे उसकी जड़ें कहीं और हैं...

पर कभी उन जड़ों तक पहुँचने का साहस नहीं हुआ। सारी मित्रता के बावजूद उम्र के अन्तर की एक दीवार-सी हमेशा ही मैंने महसूस की है। आज वे स्वयं उस दीवार को तोड़कर अपना अन्तरंग मेरे सामने उँडेलने आ रही हैं।

जैसे भी हो, मुझे अपने को इस लायक बनाना ही है कि मैं उनके दुःख को समझ और बाँट सकूँ।

समय से कोई बीस मिनट पहले ही वे अचानक कमरे का पर्दा उठाकर कमरे में दाखिल हो गईं। पढ़ने में मन नहीं लगा तो किताब को यों ही छाती पर टिकाकर मैंने आँखें मूँद ली थीं। उनकी आवाज से ही मेरी आँख खुली। मैं हड़बड़ाकर उठी। मन-ही-मन अपने को कोसा। वे क्या सोचेंगी कि उनके ऐसे संकट की बात जानने के बाद भी मैं मस्त पड़ी सो रही थी। जिसे कोई बात छूती ही नहीं, उसे कैसे कोई अपना दुःख बताएगा ?

चेहरे पर अनायास ही उभर आए अपराध भाव को पीछे ठेलते हुए मैंने एकाएक बड़ों की तरह उनकी पीठ पर हाथ रखकर उन्हें दीवान पर बैठाया। पर फिर मुझे खुद अपना व्यवहार ओवर-एक्टिंग की तरह बनावटी लगा। अतिरिक्त सहानुभूति में नकलीपन की बू आ जाती है। फिर अभी तो पूरी बात भी नहीं मालूम। मैंने जल्दी से अपना हाथ हटा लिया।

श्रुति दी क्रीम रंग की साड़ी पहनकर आई थीं, जिससे उनका चेहरा और भी पीला-पीला लग रहा था। कमरे के अँधेरे ने भी उनके चेहरे की उदासी को और घना कर दिया था। मैंने आज तक कभी उन्हें इतना उदास और बेजान नहीं देखा था। जैसे बहुत घुलने के कारण कपड़े का रंग बदरंग हो जाता है, वैसे ही शायद बहुत रोने के कारण उनकी आँखें बड़ी बुझी-बुझी और फीकी-फीकी लग रही थीं।

मैं एकटक उनके चेहरे की ओर देखने लगी। धीरे-से पूछा, "क्या बात हो गई श्रुति दी ?" वे ज़मीन पर नज़र गड़ाए रहीं। लगा, जैसे बात करने के लिए शब्द टटोल रही हैं। फिर एकाएक मेरी ओर देखकर बोलीं, "समझ में नहीं आता, क्या बताऊँ ? फोन करने के बाद बड़ी देर तक पछताती रहीं कि बेकार ही तुझे परेशान किया। यों भी इस सबमें तू कर ही क्या सकेगी, कोई भी क्या कर सकता है, इतना ही तो होगा कि कहकर मैं हल्की हो जाऊँगी। पर अपने को हल्का करने के लिए तुझ पर बोझ लाद दूँ, यह भी कोई बात हुई भला ?" और एक गहरी, सर्द-सी आह उनके मुँह से निकल गई। आँखें भी नम-सी हो गईं।

क्षणांश के लिए मन में फिर अपना सोना कोंच गया। मुझे यों निश्चिन्त सोता देखकर ही तो यह बात इनके मन में नहीं आई। बड़ी तत्परता से बोली, "आप कैसी बात करती हैं ? मुझे क्या परेशानी होगी भला ? आपकी परेशानी कुछ भी बँटा सकी तो मुझे बहुत खुशी होगी। जब से आपका फ़ोन आया है, तब से किसी भी बात में मेरा मन नहीं लग रहा है। आँखें मूँदकर लेटे-लेटे मैं बराबर आपकी ही बात सोच रही हूँ। (मेरी इस बात पर विश्वास हो जाएगा इन्हें ?) आख़िर बात क्या हुई ? आप परेशान क्यों हैं ?"

"कई दिनों से तुझे सब कुछ बता देना चाहती थी, पर हर बार ज़ब्त कर जाती। लेकिन अब अकेले-अकेले मुझसे भी सब सहा नहीं जाता। फिर अब तो तुझसे यों भी कुछ मदद लेनी होगी। मेरा साथ दोगी न ?" और बड़ी बेबस-सी होकर उन्होंने मेरा हाथ पकड़ लिया। कोरों में जमे हुए आँसू गालों पर लुढ़क आए।

उनके आँसुओं ने मुझे भीतर तक बेध दिया।

उनकी बेबसी ने मुझे एकाएक बड़ा बना दिया।

बड़े स्नेह से उनके हाथों को सहलाते हुए मैंने कहा, "आप इतनी समझदार होकर ऐसे परेशान हो रही हैं। आखिर बात तो बताइए। कुछ-न-कुछ रास्ता तो निकलेगा ही। यों रो-रोकर तो आप अपनी सेहत ही बिगाड़ लेंगी। दो दिन में ही शक्ल कैसी बना ली है !"

मुझे खुद ही लगा कि बहुत ही घिसी-पिटी बात मैंने कही है फिर भी कहने के बुज़ुर्गाना अन्दाज़ पर मुझे भीतर-ही-भीतर बड़ा सन्तोष हुआ। मैं खुद अपने को काफी मैच्योर समझने लगी।

"नन्दी, लगता है, अब कोई निर्णय मुझे लेना ही पड़ेगा, बल्कि यों कहूँ कि मैंने ले लिया है। स्थिति को जबर्दस्ती खींचने से कोई सार नहीं।"

वे बात को खींच-खींचकर कह रही थीं और चाहे उन्होंने सम्बोधित मुझे ही किया हो, पर मुझे लग रहा था जैसे वे अपने किसी लिए हुए निर्णय को बार-बार दोहराकर उसकी दृढ़ता को तौल रही हैं।

"पर कैसा निर्णय ? किस स्थिति को खींचने की बात आप कह रही हैं ?"

एकाएक सीधी नज़रों से उन्होंने मुझे देखा। कुछ इस भाव से जैसे मेरी इस अबोधता पर उन्हें विश्वास नहीं हो रहा हो।

"मेरे यहाँ दो साल से तू बराबर आ-जा रही है, क्या कभी भी तुझे किसी बात का सन्देह नहीं हुआ ? मेरे और विभु के सम्बन्ध क्या कभी तुझे एब्नॉर्मल नहीं लगे ?"

उनकी नज़रें अभी भी मुझ पर टिकी थीं। मेरे चेहरे पर फैले विस्मय में ही मेरा नकारात्मक उत्तर लिखा था। ख़याल आया, ज़रूर मुझे बच्ची और निहायत मूर्ख समझ रही होंगी। हो सकता है, अब वे अपनी कोई बात ही न बताएँ। जिसकी दृष्टि ही इतनी सतही हो, उसे अपना हमराज़ बनाकर होगा ही क्या। अनायास ही मन में एक हल्की-सी निराशा छाने लगी।

पर शायद वे इस तरह सोच ही नहीं रही थीं। "सोचती हूँ, अब अपने लिए एक अलग घर की व्यवस्था कर ही लूँ। दो कमरे का एक ठीक-ठाक-सा मकान मिल जाए तो काम चल जाएगा।" फिर बेहद मिन्नत भरे स्वर में बोलीं, "तू मेरे लिए एक मकान ढूँढ़ देगी नन्दी ?"

"पर क्यों ? विभु दा से झगड़ा हो गया है ? अरे, ऐसे झगड़े तो होते ही रहते हैं। उन सबसे कहीं घर तोड़ा जाता है ?" मैं बेहद उत्सुक हो उठी थी और सामने ऐसी उलझन लग रही थी, जिसका कोई सिर-पैर नज़र नहीं आ रहा था। साथ ही यह भी ख़याल आ रहा था कि जिन बातों से घर तोड़ा जाता है, इस बात का ज्ञान मुझे है ही कहाँ ?

"झगड़ा !" उनके स्वर में अजीब-सी तिक्तता भर गई। "झगड़ा क्या होगा नन्दी, हमारा कभी मेल ही नहीं था। भीतर से कुछ न होकर भी बाहर से निभाए जा रहे थे। पर अब लगने लगा है कि आख़िर घर बनाए रखने की ही ऐसी कौन-सी मजबूरी है ?"

उनकी नम आँखें ज़मीन पर गड़ी हुई थीं और मेरी आँखों के सामने विभु दा की आकृति ही तैर रही थी। बड़ी आत्मीयता-भरा एक खुलापन था उनके व्यवहार में, यों वे बहुत ही कम मिलते थे घर में, पर जब मिलते तो अपनेपन से ! तो यह सब केवल बनावटी था ? बड़ी तकलीफ हो रही थी मुझे विश्वास करने में।

"बहुत दिनों के संघर्ष और द्वन्द्व के बाद आख़िर मैंने अन्तिम रूप से निर्णय ले ही लिया है कि मैं अब अलग ही रहूँगी ! और सच कहती हूँ नन्दी, निर्णय लेने के बाद से ही जैसे मैं हल्की हो गई हूँ, एक तनाव से मुक्त हो गई हूँ।"

पर आँसू थे कि फिर लुढ़क आए।

मुझे उनकी किसी भी बात पर जैसे विश्वास नहीं हो रहा था।

"यह सब आप क्या कह रही हैं श्रुति दी ? इतना बड़ा कारण भी तो होना चाहिए। आप अलग रह सकेंगी ? विभु दा राज़ी होंगे इसके लिए ?"

"नहीं होंगे तो हो जाएँगे। पर इस बार मैं मकान तय करके ही उनसे बात करूँगी। बस, तू मुझे मकान ढुँढ़वा दे। मकान के लिए यहाँ जैसी भागदौड़ करनी होती है, वह मुझसे नहीं होगी ! नन्दी, अब तो मैं बहुत-बहुत थक गई हूँ।"

और सचमुच ही वे निढाल-सी होकर गोल तकिये के सहारे लेट गईं और दोनों हाथ आँखों पर रख लिए।

जाने कैसी-कैसी ममता उमड़ आई उन पर। मैं उनके पास सरककर बहुत धीरे-धीरे उनके बाल सहलाने लगी।

श्रुति दी की ज़िन्दगी के इतने बड़े निर्णय की गवाह मैं हूँ। नयी ज़िन्दगी की शुरुआत करने का भार मुझ पर है। बच्चों की तरह निर्भर कर रही हैं ये मुझ पर, कितना विश्वास है इनको। मुझे अपने को इस विश्वास के लायक बनाना ही होगा, घर में तो यह हाल है कि एक गिलास पानी भी कोई पिलाए तो प्यास मिटे।

एकाएक ख़याल आया, इनके पीने के लिए कुछ ठंडा मँगवाऊँ। संयोग से मैं उठती उसके पहले ही पर्दे के पीछे से छोटी बहन ने आवाज दी, "दीदी, यह ले लीजिए।"

आवाज़ के साथ ही श्रुति दी उठकर बैठ गईं।

"आप लेटी रहिए, यहाँ कोई नहीं आएगा, मैंने पहले ही सबको मना कर रखा है।" अब तो कम-से-कम श्रुति दी समझ ही लेंगी कि बिना जाने ही उनकी बात को मैंने पूरी गम्भीरता से लिया है, उन्हें तसल्ली हो जानी चाहिए कि उन्होंने किसी ग़लत व्यक्ति को अपना विश्वास नहीं दिया है ?

मैंने बीच की टेबल पर ट्रे रखी, एक प्लेट में कटा हुआ तरबूज था और दो गिलासों में स्क्वैश। चलो, ये लोग कभी-कभी तो अक़्ल से काम कर लेती हैं।

"मैं कुछ नहीं लूँगी, मेरी ज़रा भी इच्छा नहीं हो रही है।"

पर मैंने ज़बर्दस्ती करके उन्हे खाने पर मजबूर किया, ठीक वैसे ही जैसे कभी-कभी नाराज होने पर माँ मुझे करती हैं। मैंने सोच लिया था कि नहीं खाएँगी तो डाँट लगाऊँगी—"खाना-पीना छोड़ने से कहीं समस्याएँ पीछा छोड़ती हैं", पर उन्होंने एक-दो बार कहने से ही खा लिया।

खा-पीकर वे थोड़ी स्वस्थ लगीं तो पहली बार ख़याल आया कि शायद उन्होंने सवेरे से ही कुछ नहीं खाया है। मन हुआ, इसी पर डाँट दूँ, मेरा हौसला धीरे-धीरे बढ़ रहा था

और दोनों के बीच आज तक लिहाज़ की जो दूरी रही थी वह अपने-आप सिमट रही थी, पर फिर चुप ही रही, अभी तो बहुत मौके आएँगे।

वे फिर शुरू से अपने और विभु दा के बारे में बताने लगीं। वे कुछ इस ढंग से बता रही थीं, मानो एक बार अपना अतीत दोहराकर, अपने निर्णय को जस्टीफ़ाई कर रही हों, पता नहीं मेरे सामने या अपने खुद के सामने। उनकी आवाज़ में कटुता घुलती जा रही थी और आँखों में अवसाद-भरा आक्रोश।

और मेरे सामने उनकी जिन्दगी के वे पहलू खुलते रहे, जिनका अनुमान भी मैं दो साल तक उनके साथ रहकर नहीं लगा सकी थी। पर अब इस नए सन्दर्भ में रह-रहकर मेरे मन में उनके जब-तब कहे हुए वाक्य, हँसते-खिलखिलाते हुए एकदम उदास हो जाना, पहनने-ओढ़ने या सजने-सँवरने के प्रति एक अरुचि, बात-बात में वापस लौट जाने की बात जैसे इन सबके अर्थ स्पष्ट होने लगे। एक बार उनके बहुत हँसने पर मैंने टोका था तो हँसते हुए जवाब दिया था—जानती है नन्दी, वही आदमी बहुत हँसता है, जिसके भीतर गहरे घाव होते हैं। तब भी मुझे कभी ख़याल नहीं आया, सचमुच मैं तो महामूर्ख हूँ। निहायत ही बच्ची...तभी तो इतने सारे संकेतों से भी कभी असली बात का अनुमान तक नहीं लगा सकी।

साथ ही मन की भीतरी परतों पर कहीं हल्का-सा सन्तोष भी कौंधा—जिन श्रुति दी को हमेशा अपने से बड़ा और श्रेष्ठ समझती आ रही हूँ, वे भीतर से कहीं इतनी दयनीय, इतनी पराजित हैं, इनकी असली स्थिति तो केवल दया के लायक है। पर तभी मन की इस टुच्ची बात को मैंने भीतर-ही-भीतर दबोच लिया।

सारी बात सुनकर जैसे अपने निर्णय पर मेरा समर्थन पाने के लिए उन्होंने पूछा, "अब तू ही बता नन्दी, इन सबके बाद मैंने यह निर्णय लिया तो क्या ग़लत किया?"

मन में पहला उत्तर तो यही उभरा—"ग़लत ! आप इतने दिन रह भी लीं, मैं होती तो कभी की अलग हो गई होती।" पर इस बचकाने और अदूरदर्शितापूर्ण उत्तर को पीछे ठेलकर बड़े सधे हुए स्वर में मैंने कहा :

"ग़लत-सही की बात तो मैं नहीं कहूँगी श्रुति दी, पर फिर भी इतना ज़रूर कहूँगी कि इस स्थिति में भी घर तोड़ना न इतना आसान है, न उचित। निर्णय लेना आसान है, पर उसे अमल में लाना बहुत मुश्किल होगा।"

मुझे खुद अपनी बात बड़ी सन्तुलित और विवेकपूर्ण लगी। स्थिति में भीतर तक इन्वॉल्व हो पाने का नया आत्मविश्वास जागा। उसी से भरी-भरी मैं बोली, "आप कुछ दिन सबर करें, थोड़ा धीरज रखें। मैं एक बार विभु दा से बात करूँगी, उसके बाद ही आप कुछ करेंगी।"

उन्होंने मेरी ओर इस तरह देखा, मानो विश्वास नहीं हो रहा। फिर एक लम्बी साँस छोड़कर, बड़े हताश-से स्वर में बोलीं, "क्या होगा बात करके ? तुझे यह निर्णय आज का लग रहा है, पर जानती नहीं, इसके पीछे कितने अनखाये दिन और अनसोयी रातें हैं। बहसों के लम्बे-लम्बे दौर हैं। जब कहीं भी कुछ बाक़ी नहीं रहा, तभी तो यह निर्णय लिया।"

और उनका स्वर फिर कहीं गहरे में डूब गया। एकाएक वे फूटकर रो उठीं।

उनका रोना मुझे भीतर तक मथ गया। मैंने उनका सिर अपनी गोद में लिया और दुलार से उनके बाल सहलाने लगी। मैं चुप करा रही थी, पर खुद मुझे रोना आ रहा था।

आठ बजे के क़रीब मैंने उनसे खाने के लिए ज़िद की, पर इस बार वे नहीं मानीं। तब टैक्सी करके मैं खुद उन्हें घर तक छोड़ने गई। वे मना करती रहीं, पर मैंने भीतर-ही-भीतर जैसे तय कर लिया था कि जब तक स्थिति सँभलती नहीं, उनकी हर बात का भार मुझ पर ही रहेगा।

खाने के बाद रोज़ की तरह भाई-बहन ताश खेलने के लिए बुलाने लगे, मना करने पर ज़िद करने लगे, तो मुझे गुस्सा आ गया...इन्हें क्या कभी समझ नहीं आएगी ? दुनिया में कहीं कुछ हो जाए, इन्हें अपने खेल से मतलब, पर फिर दया आई, बेचारे बच्चे हैं, ये बात की गम्भीरता को कैसे समझ सकते हैं ?

रात में सोयी तो लगा, पता नहीं मुझे सब कुछ बताकर श्रुति दी हल्की हुईं या नहीं, पर मैं सचमुच बहुत बोझिल हो उठी, कितनी बड़ी जिम्मेदारी है मुझ पर !

विभु दा से छह बजे गरियाहाट क्वालिटी में मिलने की बात हुई। उन्होंने कहा, "यदि वहाँ भीड़ होगी तो लेक्स चले चलेंगे।" वे स्वयं बात करने को उत्सुक लगे।

आगे होकर विभु दा को बात करने का आमन्त्रण दे तो दिया है, पर अब बात क्या करूँगी। कहीं उन्होंने यही कहकर झिड़क दिया कि यह हमारा निहायत ही निजी मामला है, तुम बीच में पड़नेवाली कौन होती हो, तब ? पर नहीं, इतने रूड़ वे हैं नहीं।

सारे दिन मैं मन-ही-मन तर्क गढ़ती रही। क्या-क्या कहकर मैं श्रुति दी का केस रखूँगी...कैसे-कैसे उन्हें कन्विंस करूँगी ? कभी किसी विषय पर बहुत खुलकर उनसे बात करने का मौक़ा नहीं मिला, फिर भी मैंने तय कर लिया कि मैं कतई संकोच नहीं करूँगी।

विभु दा से बात करते ही लग गया कि वे मेरी और श्रुति दी के बीच हुई सारी बात जानते हैं, तो श्रुति दी ने सब कुछ बता दिया ? जाने क्यों मुझे अच्छा नहीं लगा, फिर भी मैं विभु दा की बात ध्यान से सुनती रही।

यह समस्या का दूसरा पहलू था। अपनी दलीलों और तर्कों को भरसक कुशलता से पेश करने के बावजूद उन्हें कहीं अपने पक्ष की कमज़ोरी का एहसास था, वे बार-बार यही कह रहे थे कि श्रुति व्यर्थ ही जिद किये बैठी है, तुम समझाओ। नन्दिता, वह तुम पर बहुत भरोसा करती है, तुम पर बहुत निर्भर भी कर रही है।

विभु दा के स्वर में याचना का स्पर्श जैसे-जैसे बढ़ता जा रहा था, अपनी नज़रों में मेरा महत्त्व भी उतना ही बढ़ता जा रहा था।

अब मेरे बोलने की बारी थी। एक-से-एक ज़ोरदार तर्क और चुस्त वाक्य मेरे दिमाग़ में आए चले जा रहे थे। मैं कभी बहुत ज़्यादा नहीं बोलती पर आज स्वयं अपनी तर्क-शक्ति पर चमत्कृत थी। निश्चित रूप से विभु दा पर मेरी बातों का प्रभाव और मेरा रौब पड़ रहा था।

दस बज गए, पर हम किसी भी निष्कर्ष पर नहीं पहुँच पाए और अब घर पहुँचना बहुत ज़रूरी लग रहा था। विभु दा मुझे घर छोड़ने आए। दरवाज़े पर खड़े-खड़े भी क़रीब बीस-पच्चीस मिनट तक और बातें होती रहीं।

ऊपर पहुँची तो माँ ने आड़े हाथों लिया, "कहाँ थी तू अब तक ? समय का भी कुछ ख़याल है, ग्यारह बज रहे हैं।"

माँ पर गुस्सा आने लगा। वे समझती क्यों नहीं, कितनी बड़ी ज़िम्मेदारी मुझ पर है। क्या समझेंगी—उसके लिए तो घर में क्या सब्ज़ी बनेगी इस बात का फैसला और किसी की जिन्दगी का सबसे महत्त्वपूर्ण फैसला एक-सी अहमियत रखता है।

मैं कपड़े बदलकर लेट गई तो माँ का खीज-भरा स्वर सुनाई दिया, "खाना तो खा ले।"

"मुझे भूख नहीं।"

"यह रोज़-रोज़ तेरी भूख कहाँ चली जाती है?"

सचमुच जैसे मेरी भूख ही मर गई है। रात में नींद भी तो नहीं आती ठीक से। सारे समय आँखों के सामने श्रुति दी का सूखा-मुर्झाया चेहरा, सूजी-सूजी फीकी, निस्तेज-सी आँखें ही घूमती रहतीं। ज़िन्दगी के सबसे मधुर अध्याय ने कैसी कटुता भर दी है उनके जीवन में! जीवन का सारा रस ही जैसे निचुड़ गया!

माँ आजकल रात-दिन मेरी शादी को लेकर ही परेशान रहती हैं। न जाने कहाँ-कहाँ बात चला रखी है। कहीं ऐसा ही मेरे साथ भी हो जाए, तो? मन में जाने कैसा-कैसा भय समाने लगा।

"नहीं, मुझे अभी अपनी बात नहीं, केवल श्रुति दी की बात ही सोचनी है।" यह कहकर ही मैंने व्यर्थ के भय को धकेल दिया।

दूसरे दिन नहाकर निकली तो कमरे में श्रुति दी मेरा इन्तजार कर रही थीं। लगा, जैसे रात इन्होंने मुझसे मिलने की प्रतीक्षा में काटी है। मैंने सारे पर्दे खींचे और उनके पास आ बैठी।

मैं विभु दा से हुई बातें बता रही थी और उनके चेहरे पर तरह-तरह के भाव आ-जा रहे थे। कभी वे भभक-सी पड़तीं और उनकी आँखें पनीली हो जातीं। फिर बड़े भीगे स्वर में बोलीं, "तुझे परेशान कर डाला न नन्दी! तू भी क्या सोचती होगी कि कहाँ फँस गई। पर क्या बताऊँ, घंटे-भर भी तुझसे बात कर लेती हूँ, तो थोड़ा जी हल्का हो जाता है, वरना मन सारे समय घुमड़ता रहता है। सवेरे चार बजे से ही इन्तजार कर रही थी कि कब दिन निकले और तेरे पास आऊँ।"

और एकाएक मुझे ख़याल आया—हो सकता है, उधर विभु दा ने अभी से मुझे मिलने के लिए प्रतीक्षा करना शुरू कर दिया हो?

लाइब्रेरीवाला जब किताबें लेने आया, तो पहली बार मुझे ख़याल आया कि यह सब करते-करते पन्द्रह दिन हो गए हैं। इन दिनों में मुझे ज़रा भी तो होश नहीं रहा। वही लम्बी-लम्बी बहसें और तर्क, पर बात है कि जहाँ-की-तहाँ अटकी हुई है।

अब मैंने महसूस कर लिया है कि यह दो व्यक्तित्व, दो अहं का झगड़ा है, और ये लोग घर तोड़ने को तैयार हैं, अपना अहं नहीं तोड़ेंगे। यों गलती विभु दा की है; पर महसूस करते हुए भी वे मानने को तैयार नहीं हैं। मुझे खुद लगने लगा है कि अब श्रुति दी को अलग ही हो जाना चाहिए।

और इसीलिए जब उन्होंने मुझसे कहा, "तू यह बहसबाजी छोड़ नन्दी और मेरे लिए मकान तलाश कर दे। तर्क-वितर्क करके बहुत समय बीत गया," तो मैं मान गई। हालाँकि मन में पराजय की हल्की-सी कचोट ज़रूर थी।

"विभु यह सोचते हैं कि मैं अलग नहीं रह सकती। स्वभाव से मैं बहुत डिपेंडेंट हूँ, ठीक

है, हर आदमी किसी-न-किसी पर डिपेंड करता है, मैं भी करती हूँ। पर विभु पर नहीं। उन पर निर्भर करूँगी तो कितनी बड़ी क़ीमत माँगेंगे वे, उतना सब देने की सामर्थ्य नहीं है, मुझमें।'' फिर एक क्षण रुकी, ''खाने के लिए अपनी नौकरी पर निर्भर करती हूँ, और जीने के लिए अपनी कला पर।'' फिर मेरी ओर देखकर बोलीं, ''तेरे पास ही घर मिल गया तो संकट-मुसीबत के समय तुझ पर निर्भर करूँगी, विभु इस सबमें आते ही कहाँ हैं?''

पता नहीं यह सब कहकर वे मुझे आश्वस्त कर रही थीं या अपने-आपको।

मैंने तय कर लिया अब उन्हें मकान दिलवाकर ही रहूँगी। विभु दा श्रुति दी को, इनकी कला को कुचलकर रख देना चाहते हैं, यह सब नहीं होगा।

रोज़ सवेरे आठ बजे से ग्यारह बजे तक हम मकान देखते, एक दिन में दलाल हमको दस-बारह घर दिखा देता, लौटते तो टैक्सी का बिल मैं ही देती, श्रुति दी बहुत बिगड़ती, एक-दो बार तो उन्होंने मुझे डाँटा भी, पर वे इतनी पस्त हो चुकी थीं कि उनसे डाँटा भी नहीं जाता था।

रेस्तराँ का या टैक्सी का बिल देकर मुझे कभी कष्ट नहीं होता, बल्कि एक उपलब्धि की ही भावना होती। मिली हुई ज़िम्मेदारी को सफलतापूर्वक निभाने का सन्तोष होता।

आख़िर मकान ठीक हो गया, घर लौटे तो श्रुति दी दीवान पर निर्जीव-सी लेट गईं और जैसे किसी तरह एक लम्बी यन्त्रणापूर्ण यात्रा के छोर तक पहुँची हैं, एक थकान और अवसाद-भरी निश्चिन्तता।

बहुत कहने पर भी उस दिन उन्होंने कुछ खाया-पिया नहीं, चलते समय बोलीं, ''बस नन्दी, अब शाम को तू ही मकान-मालिक के पास जाकर किराया दे देना। कुछ कम कर दे तो बहुत अच्छा वरना यही सही। अब मुझसे तो कुछ भी नहीं होगा।''

और भरसक अपने आँसुओं को पीती-सी चली गईं।

शाम को दलाल ने बताया कि मकान-मालिक बम्बई गया है और दो-तीन दिन बाद लौटेगा, तभी बात होगी। श्रुति दी को सूचना दी तो बड़े थके-से स्वर में बोलीं, ''ठीक है नन्दी, जब हो जाए तो मुझे बता देना। मैंने तो सब कुछ तेरे हाथों में छोड़ दिया है।''

पता नहीं श्रुति दी ने ये दो दिन कैसे काटे, पर मुझे सचमुच समय गुजारना भारी पड़ गया। मैं अपनी ज़िन्दगी से कटकर इन लोगों के साथ कुछ इस प्रकार जा मिली थी कि अब कुछ भी करने में मन ही नहीं लगता था।

कितना अच्छा होता यदि इस घर को बचा पाती। तब केवल श्रुति दी ही नहीं, विभु दा भी कृतज्ञ होते मेरे प्रति।

मैंने लिलुआवाले दादा को राज़ी कर लिया कि वे एक दिन आकर श्रुति दी का सामान शिफ्ट करवा देंगे। सामान ही कितना होगा।

रसोई का ज़रूरी सामान मैं एक ही दिन में लेक-मार्केट से खरीद दूँगी। बाक़ी फिर धीरे-धीरे जमा जाएगा। चाहती तो यही हूँ कि सब कुछ जमा कर ही उन्हें यहाँ लाऊँ। उन्हें कुछ भी न करना पड़े, किसी तरह की कोई परेशानी न उठानी पड़े।

तीसरे दिन सवेरे मैं चाय पीकर उठी ही थी कि श्रुति दी आईं।

"अरे, आप ?" मुझे श्रुति दी बहुत दुबली दिखाई दीं। उनके हाथ मे एक पैकेट था। "विभु भी आए हैं", उनके कहने के साथ ही विभु दा अन्दर घुसे। उनके हाथ में जलजोग का डिब्बा था। मेरी ओर बढ़ाते हुए बोले, "बड़ी मुश्किल से तुम्हारी श्रुति दी का दिमाग ठीक हुआ है। लो, इस खुशी में यह मिठाई खाओ।"

मैं अवाक्-सी कभी श्रुति दी का मुँह देखती, कभी उनका।

"एक तुम बेवकूफ, एक यह बेवकूफ।" और उन्होंने डिब्बा खोलकर मेरी ओर बढ़ा दिया।

मैंने श्रुति दी की ओर देखा, बहुत फीकी-सी मुस्कुराहट उनके चेहरे पर थी, मुझे देखते-देखते उन्होंने नज़र फेर ली। लगा जैसे वे मुझसे कतरा रही हैं।

"देखो, नन्दिता, श्रुति तुम्हारे लिए क्या लाई है।" और उन्होंने जल्दी से पैकेट उठाकर खोल दिया।

टसर सिल्क की हाथ से पेंट की हुई सुन्दर-सी साड़ी थी।

"कल सारे दिन और सारी रात यही बनी है।" उन्होंने पूरी साड़ी खोलकर दीवान पर फैला दी।

"क्या लाजवाब बनी है। पहनोगी तो बस सारे कलकत्ता में तुम्हीं तुम चमकोगी।"

मैं साड़ी की प्रशंसा करना चाहती हूँ, इस सारी बात पर प्रसन्नता व्यक्त करना चाहती हूँ, पर मुँह से एक शब्द तक नहीं निकलता। जाने क्यों मैं अपने को बहुत अपमानित-सी महसूस कर रही हूँ। पर उन्हें शायद मेरे मनोभावों को जानने की फुर्सत नहीं—वे आपस में ही पूर्ण हैं। मैं तो जैसे कहीं रही नहीं।

"चलो श्रुति, जल्दी करो।" और उन्होंने पीठ पर हाथ रखकर श्रुति दी को उठाया।

यह सारी अदा ही मुझे निहायत चीप और छिछोरी लग रही है, अपने सारे खुलेपन के बावजूद विभु दा मुझे नम्बरी चालाक और घाघ लग रहे हैं। मेरा मन वितृष्णा से भर उठा।

"इनके दिमाग़ की गर्मी शान्त करने के लिए इन्हें आज दीर्घा ले जा रहा हूँ। लौटकर मिलेंगे, हाँ !"

बड़ी मुश्किल से मेरे मुँह से निकला, "चलिए, अच्छा हुआ।"

विभु दा विजेता की तरह श्रुति दी को लेकर धड़धड़ सीढ़ियाँ उतर गए। अपने को एक तरह ठेलती हुई मैं भी पीछे-पीछे नीचे आई। टैक्सी खड़ी थी। मीटर पर नज़र गई तो अनायास ही वे सारे आँकड़े आँखों के सामने तैर गए जो मकान ढूँढ़ने के दौरान मीटर पर चढ़े थे।

भीतर बैठकर श्रुति दी ने मेरा हाथ अपने हाथ में लेकर दबाया, उस स्पर्श में कृतज्ञता, स्नेह, आत्मीयता सब कुछ था, पर मैं जैसे कहीं से सुन्न हो गई थी।

पीछे धूल और धुएँ का गुबार छोड़ती हुई टैक्सी आगे बढ़ गई। जाने क्यों मुझे लग रहा था, जैसे कोई मुझे बुरी तरह चीट कर गया है।

बड़े थके-थके कदमों से मैं ऊपर आई। दीवान पर साड़ी फैली पड़ी थी। और मुझे लग रहा था, जैसे बच्चे को पहले तो कोई बहुत बड़ा आश्वासन दे और फिर एक-दो टॉफी से बहलाकर चलता बने।

'त्रिशंकु' संकलन से

रेत की दीवार

धूप ढल गई है, फिर भी आस-पास की छतें सूनी हैं। लोग अभी ऊपर नहीं चढ़े। डूबते सूरज का चौंधा सक्सेना साहब के नए मकान पर पड़ रहा है, जिससे उसकी दीवारें कुछ ज्यादा ही चमक रही हैं।

रवि को याद आया, पिछले साल जब वह छुट्टियों में आया था तभी इस मकान का मुहूर्त हुआ था। उसे भीड़-भाड़ में जाना अच्छा नहीं लगता, खासकर ऐसे आयोजनों में। बाबू को मालूम पड़ा तो बोले, ''रवि भैया, चले चलो बेटा ! ये आस-पास के तीन-चार घर तो ऐसे हैं कि इनके घर का काम अपने ही घर के काम जैसा है। देखो न, कोई यह न समझने लगे कि रवि बाहर जाकर क्या पढ़ने लगा, उसमें अपनापन ही नहीं रहा, उसे घमंड हो गया।'' फिर ज़रा रुककर बोले, ''यों अगर बिल्कुल इच्छा न हो तो रहने दो। मैं कुछ-न-कुछ कहकर बात सँभाल ही लूँगा, जबर्दस्ती की कोई बात नहीं है। हाँ, तुम्हारी अपनी इच्छा की बात है, देख लो।''

और उसे लगा था कि बाबू जबर्दस्ती करते तो वह कभी नहीं जाता। पर बाबू बात उसकी इच्छा पर छोड़कर जाने कैसे उसे अपनी इच्छा के मुताबिक चला लेते हैं।

चेहरे पर सन्तोष और गर्व का मिला-जुला भाव लिए सक्सेना साहब अपनी व्यावहारिक बात का बखान कर रहे थे, ''मकान तो भैया, घर का होना चाहिए। आज का जैसा ज़माना है, उसमें आदमी अपना मकान बना ले तो बुढ़ापे के लिए निश्चिन्त हो जाए--बाकी आज के ज़माने में किसी का भरोसा नहीं।''

तब उसने बड़ी देर तक बाबू की नज़रों को अपने चेहरे पर ही घूमते हुए महसूस किया था।

एकाएक उसे सक्सेना साहब का मकान सिर उठाए, चुनौती देता-सा लगा। उसने उधर पीठ कर ली। सक्सेना साहब की तुलना में उसे अपना घर और भी अधिक पुराना और जर्जर लगा। जहाँ-तहाँ दीवारों पर पलस्तर उखड़ चुका है और काई में लिपटी, झाँकती हुई ऊबड़-खाबड़ ईंटें घर में अजीब-सी मनहूसियत घोल रही हैं।

उसे पिछले साल बराबर महसूस होता रहा कि उसके और घर के बीच का फासला धीरे-धीरे बढ़ता जा रहा है। बाबू ने महीने में दो पोस्टकार्ड से कभी ज़्यादा नहीं लिखे और उसमें भी गिनी-चुनी पंक्तियाँ--मेहनत करके पढ़ना, अपनी सेहत का ख़याल रखना। यहाँ सब कुशल है। हम भगवान से सदा तुम्हारी कुशल मनाते रहते हैं।

पहले की तरह आदेश-उपदेश और घर के विस्तृत समाचार नहीं रहते थे और रवि [illegible] को लगता कि कुछ भी न कह सकनेवाली ये चंद पंक्तियाँ उसके और घर के बीच सेतु [illegible] नहीं बन

पातीं। घर आया तो बढ़ते फासले का यह बोध और भी तीखा होकर उभरा।

टोनी कितना पीला और कमज़ोर हो गया है और उसकी आँखें कैसी बुझी-बुझी और निस्तेज लग रही हैं।

"कितना इलाज करवाया पर कोई दवा नहीं लगती। अब परमानन्द वैद्य की दवाई चल रही है। फिर सच पूछो तो भैया, हमारा तो इन डॉक्टरों पर से विश्वास ही उठ गया। मरीज़ अच्छा हो न हो, मरे चाहे जिए, इन्हें अपनी फीस से मतलब।" शायद उनके मन में टोनी की बीमारी में खर्च किए हुए रुपयों के आँकड़े तैर रहे हैं।

"किसी ज़माने में डॉक्टरों का पेशा बड़ा पुण्य माना जाता था, पर अब तो कसाइयों का हो गया है। मैंने तो सोच लिया है भैया किन डॉक्टरों के हाथ मरने की बजाय मैं तो बीमारी के हाथों मरना ज़्यादा पसन्द करूँगा।"

बाबू का मन गहरी वितृष्णा से भर गया। रवि को लगा, जैसे बाबू टोनी का पूरा इलाज न करवा पाने की अपनी मजबूरी को आक्रोश का जामा पहनाकर ढँकने की कोशिश कर रहे हैं।

नीचे से बराबर अम्मा की आवाज़ आ रही थी। उसने झाँककर देखा, आँगन में कोई दिखाई नहीं दिया। केवल तार पर कपड़े सूख रहे थे—बिन्नी और टोनी के कपड़े, अम्मा और चन्दा की साड़ियाँ, पेटीकोट—पीलापन लिए हुए अधमैले-से। सबसे हटकर किनारे पर सूखता हुआ उसका फ़रवाला तौलिया।

पास की छत पर कुछ हलचल सुनाई दी तो वह नीचे उतरने लगा। अम्मा तुलसी के चबूतरे पर दीया रखकर हाथ जोड़े कुछ प्रार्थना कर रही हैं। वह जानता है, अम्मा केवल एक मनौती मनाही हैं—उसकी सफलता की, उसकी समृद्धि और सम्पन्नता की। अम्मा-बाबू की इन प्रार्थनाओं से उसको बड़ी दहशत होती है। कुछ-कुछ वैसी ही जैसी परीक्षा भवन में घुसते समय होती है।

"रवि भैया, खाना खा लो।"

"बस, अम्मा, पाँच मिनट में, ज़रा नहा लूँ।"

"हाँ, हाँ, ज़रूर। अरे बिन्नी, भैया नहाएँगे, ज़रा नहानघर में झाड़ू मार दे तो। और चन्दा, थोड़ा आटा रहने देना। भैया को गरम फुलके सेंक देना।"

खाना बनाने का काम शायद पूरी तरह चन्दा ने ही सँभाल लिया है। अम्मा अधिकतर टोनी के पास रहती हैं।

रवि नहाकर निकला तो अपना जाँघिया-बनियान धोता लाया। तार पर फैलाने लगा तो अम्मा बिगड़ीं, "यह तुमने क्यों धोए ? अरे मैं हूँ, चन्दा है, तुम्हारे दो कपड़े कोई भी धो-सुखा देता। वहाँ इतनी मेहनत करते हो, छुट्टियों में घर आकर तो थोड़ा आराम किया करो।"

वह जब भी छुट्टियों में घर आता है, अम्मा का व्यवहार उसके प्रति 'विशेष' ही रहता है। पर आज जाने क्यों इस अतिरिक्त दुलार से उसे बड़ी बेचैनी हो रही है। लग रहा है, जैसे अनजाने ही उस पर बोझ लादा जा रहा है। उसने अम्मा को झिड़क दिया, "क्या बेकार की बातें करती हो अम्मा, मैं अपने दो कपड़े नहीं धो सकता ?"

रसोई में घुसा तो चन्दा ने आसन पट्टा लगा रखा था। लोहे की सलाख डालकर अँगीठी खोदी तो कोयले दहकने लगे। चन्दा जल्दी-जल्दी फुलका बेलने लगी।

अम्मा पास आकर बैठ गईं और अपनी चुँधियाई आँखों से वे थाली में झुक-झुककर देखने लगीं, "यह क्या, चटनी नहीं परसी ? प्याज़ के साथ पोदीने की पत्ती कुतर देती तो क्या हो जाता ? इत्ती बड़ी हो गई, ढंग से परसना तक नहीं आता।" अम्मा उठीं और रवि के मना करते-करते प्याज़ काटने बैठ गईं।

"क्या बताएँ भैया, काम में इसका मन ही नहीं लगता। कालेज में भर्ती नहीं करवाया सो साल-भर होने आया, पर अभी जैसे इसका मुँह बना ही रहता है। न किसी से हँसती है, न बोलती है।"

चन्दा के ललाट पर सलवटें उभरीं और ग़ायब हो गईं। लगा, जैसे प्रतिवाद करने के लिए आए हुए शब्दों को उसने पीछे ठेल दिया। वह नीचा मुँह किए रोटी बेलती रही। रवि का मन हुआ कि चन्दा को हँसाए, पहले की तरह खाने की होड़ लगाए, पर उससे कुछ भी नहीं बोला गया।

"एक रोटी तो और ले लेता।" अम्मा कहती ही रह गईं, पर वह उठ गया। "अब नहीं खाया जाएगा अम्मा, बहुत खा लिया।"

अम्मा ने टोनी की खाट बाहर आँगन में निकाल ली। बरामदे में टिमटिमाता हुआ बल्ब का प्रकाश ही अँधेरे में डूबा-डूबा-सा लग रहा था।

रवि टोनी की खाट पर बैठकर धीरे-धीरे उसके बाल सहलाने लगा। टोनी शायद जाग रहा था, फिर भी आँख मूँदे पड़ा रहा।

चन्दा रसोई का काम ख़त्म करके बत्ती के नीचे मुड़िया डालकर बिनाई करने लगी। रवि पहचान गया, वह उसके पुराने स्वेटर की ही ऊन है। पिछले साल ही वह स्वेटर घर पर डाल गया था।

आँगन के किनारे बने नल के पास बैठकर अम्मा बरतन धो रही हैं। उनके लिए शायद अँधेरे-रोशनी में कोई फर्क नहीं रह गया है। बरतनों की खड़खड़ाहट और नल के गिरते पानी के स्वर के बीच से उभरता हुआ अम्मा का स्वर बराबर सुनाई दे रहा है :

"भैया, हमने तो इन महरियों से हार मान ली। क्या ज़माना आया है ससुरा ! अब तो इन नौकर-चाकरों के नौकर बनकर रहो तो काम चले। महीने में आठ-आठ, दस-दस दिन की तो नागा करेंगे, ऊपर से एक बात कहो तो दस सुनो। शरीर से भी घुलो और धन से भी। सो भैया, हमने तो इस झंझट से छुट्टी ही कर दी। आँखों के मारे खाने का काम आजकल नहीं होता, खाली बैठी-बैठी बरतन तो चुटकियों में मल दूँ।"

पता नहीं वे अपने-आप बोल रही थीं या रवि को सुना रही थीं। लगातार बोलनेवाली अम्मा के मुकाबले में चुप-चुप चन्दा और भी ज़्यादा चुप्पी लग रही थी।

टोनी ने करवट बदली।

"ताश खेलोगे टोनी ?" रवि ने बड़े दुलार से उससे पूछा।

"भैया, कोई कहानी सुनाओ।" टोनी की आवाज़ भी कैसी भरी-भरी हो गई है। इसकी हालत ऐसी हो गई है, इसका तो रवि को अन्दाज़ भी नहीं था।

"अच्छा, बताओ तो कैसी कहानी सुनोगे ?" प्यार से उसका हाथ अपने हाथ में लेकर सहलाते हुए कहा।

"जासूसी कहानी या शिकार की कहानी या कोई साहस की कहानी—खूब-खूब बहादुरी

की।...ऐसी कहानियों की किताब ला दोगे भैया ?''

''ज़रूर ला दूँगा, कल की ला दूँगा।''

साथ ही ख़याल आया, बिस्तर पर लेटे-लेटे इन कहानियों को पढ़कर कैसा लगता होगा टोनी को ?

तभी छड़ी टिकाते बाबू आ गए। वही गोल टोपी, बन्द गले का कोट और पाज़ामा। हाँ, कपड़ों के बीच का शरीर इस समय सवेरे से भी ज़्यादा ढीला.और शिथिल लग रहा है।

खाट पर सब्ज़ी का थैला टिकाते हुए बोले, ''भाई-बहनों की भजलिस जमी है।'' उनके थके चेहरे पर वात्सल्य-सा उभर आया।

अम्मा वैसे ही बरतन मलती रहीं और चन्दा बिनाई करती रही। बाबू ने खाट पर बैठकर जूते खोले, टोपी खोली। पसीने और मैल की मटमैली-सी रेखा ललाट के इस छोर से उस छोर तक खिंची हुई थी।

''टोनी, कैसी तबीयत है बेटा ?'' उन्होंने टोनी का हाथ अपने हाथ में लिया और फिर धीरे-से उसका माथा थपथपाकर भीतर चले गए।

रवि टोनी को कहानी सुनाने लगा। अम्मा ने धुले बरतन परात में भरकर एक ओर सरकाए और झाड़ू से वह हिस्सा, 'छपाक-छपाक' धोने लगीं।

बाबू नहाकर निकले। कमर में धोती की तहमद, पाँव में खड़ाऊँ। वे ऊँचे स्वर में गा रहे थे—'जाके प्रिय न राम वैदेही।' उन्होंने अपने धोये कपड़े तार पर फैला दिए और आकर खाट पर बैठ गए। उनके बैठते ही चन्दा उठी। लगा, जैसे वह बँधा हुआ कार्यक्रम है। चन्दा ने एक छोटी-सी थाली में दाल-सब्ज़ी और चार रोटियाँ एकसाथ ही लाकर बाबू के हाथ में थमा दीं।

अम्मा थाली में झाँक-झाँककर देखने के लिए पास आकर नहीं बैठीं। वे थोड़ी दूर एक खाट पर लेटकर मंजू से ही अपनी पीठ खुजला रही थीं।

''तुम्हारी अम्मा की आँख के लिए ऑपरेशन बताया है डॉक्टर ने। करवाना तो है ही पर अगले साल करवाएँगे। तुम्हारी पढ़ाई ख़त्म हो जाएगी तो तुम निश्चिन्त मन से पास रह सकोगे...इन्हें भी तसल्ली रहेगी।''

रवि को लग रहा है कि असली बात कोई नहीं कह रहा, सब जैसे इधर-उधर की बातें करके रह जाते हैं।

''पर आँख और ज़्यादा खराब नहीं हो जाएगी इतने दिनों में ?'' रवि ने डरते-डरते कहा।

''बड़ी बेशरम है भैया, तुम्हारी अम्मा। कुछ नहीं होगा, उनको और उनकी आँखों को। मुझे तो बस चिन्ता टोनी की है। अगले साल तुम आ जाओ तो इसे एक बार सेनिटोरियम में और भर्ती कराके देख लूँ। मेरा क्या, तीन-चौथाई तो बीत ही गई।'' और एक गहरा निःश्वास अम्मा ने छोड़ा।

फिर एक बड़ा बोझिल-सा मौन सबके बीच में छा गया। बाबू को डर हुआ कि अम्मा कहीं बात की असली जड़ को न कुरेदने लगे, इसलिए बोले, ''रवि भैया, तुम्हें पढ़ना-लिखना हो तो ऊपर चले जाओ। ऊपर तुम्हारी सारी व्यवस्था करवा दी है।'' फिर अम्मा ने पूछा, ''क्यों जी, ऊपर के कमरे में साठ पावर का बल्ब लगवा दिया न ? चन्दा, ऊपर एक सुराही

और गिलास रख आना।''

रवि उठकर ऊपर आ गया। कमरे से चटाई खींचकर उसने बाहर निकाल ली और चित लेट गया। आस-पासवालों की नज़रों से बचा रहे तो अच्छा, नहीं तो वे ही उपदेश, वे ही बातें !

बिट्ठल चाचा की छत से ब‍च्चों के खेलने का शोर आ रहा है। अगल-बगल के सभी बच्चे वहीं जमा हैं, शायद बिन्नी भी वहीं गई है। 'हरा समन्दर, गोपी चन्दर, बोल मेरी मछली कित्ता पानी ? का समवेत स्वर। रवि की आँखों के सामने एक-दूसरे को पकड़े गोल-गोल घूमते बच्चे तैरने लगते हैं।

तभी बच्चों के स्वर के बीच में ही टोनी का 'हो...हो...' करता हुआ स्वर उभरा। उसे शायद कै हो रही है। एक बार इच्छा हुई कि नीचे जाकर देखे, पर फिर वहीं लेटा रहा। अम्मा चन्दा को पानी देने के लिए आवाज़ दे रही हैं। अब टोनी की आवाज़ नहीं आ रही। शायद कै बन्द हो गई।

हवा इधर की ही है। आम की कैसी तेज़ महक आ रही है। बनारस का लंगड़ा है शायद। बिट्ठल चाचा को आम का बहुत शौक़ है। पहले की तरह अभी भी आम, खरबूजा रात को ही खाया जाता है। उनकी देखा-देखी बाबू ने भी यही सिलसिला शुरू किया था। खा-पीकर सब लोग ऊपर छत पर आ जाते। फिर अम्मा सबको काट-काटकर देती।

''आम की परख में मेरा मुकाबला नहीं है, कामता बाबू। जिस रेढ़ी से खरीदता हूँ, उसे खाली होने में फिर पाँच मिनट से ज़्यादा नहीं लगते। बचनेवाला हाँक लगाता है—बिट्ठल बाबू ले गए, उनकी पसन्द का आम। ले जाओ, ले जाओ।''

फिर आम की अदला-बदली होती। आम की किस्में बखानी जातीं। अलग जायकों का हवाला दिया जाता।

अब अम्मा-बाबू टोनी के पास ही रहते हैं शायद।

तभी हाथ में सुराही और गिलास लिए चन्दा आई। रवि उठकर बैठ गया,

''आ चन्दा, मैं तेरी ही बात सोच रहा था।''

चन्दा आकर चटाई पर ही बैठ गई।

''चाचा की छत से आम की महक उठ रही है। लगता है, अभी भी खा-पीकर चकाचक रहते हैं चाचा।'' रवि खूब हल्की-फुल्की बातें करना चाहता है। आया है तब से कैसा-कैसा बोझ है मन पर।

''खाएँगे-पिएँगे क्यों नहीं, आजकल तो गहरे में हैं। कैलाश भैया भी तो अच्छा ही कर लेते हैं।''

पता नहीं क्या है कि बात घूम-फिरकर वहीं आ जाती है।

''तुम कुछ पत्रिकाएँ लाए हो तो दो भैया, रात के समय पढ़ ही लिया करूँगी।''

रवि को लगा, जैसे चन्दा के स्वर में पढ़ाई की कसक कहीं अभी भी बाकी है।

''तू ज़िद करके कालेज में क्यों नहीं भर्ती हो गई चन्दा ? मुझे लिखती, मैं वहाँ से ज़ोर लगाता।''

रवि जानता है कि सवेरे से जैसे-तैसे चन्दा ने अपने को बाँध रखा है, ज़रा-सी सहानुभूति पाते ही वह खुल पड़ेगी। शिकायत करेगी कि पढ़ाई-लिखाई सब आपके जिम्मे, हमारे जिम्मे

तो रसोई लिखी है, हम तो घर में सड़ेंगे...और फिर सब कुछ कितना हल्का और स्वाभाविक हो जाएगा। पर चन्दा धीरे-से बोली, ''किस बात की ज़िद करती ? क्या मैं समझती नहीं ? अम्मा-बाबू का दम चलता तो क्या से बिठाते मुझे घर ? टोनी की दवाइयों का खर्चा पूरा करने के लिए बाबू ने शाम का काम लिया, और क्या करते बेचारे ? कितना ही सँभलकर चलती आखिर फीस-किताबें जुटाने जितना तो चाहिए ही था। फिर घर का काम भी तो रहता है आजकल।''

चन्दा उसे अपने से बहुत बड़ी-बड़ी और समझदार लगने लगी। एक बार भी उसने नहीं कहा कि भैया, तुम्हारे अलावा और कोई कुछ भी करने लायक नहीं रह गया है।

बाबू क्यों नहीं साफ़-साफ़ उससे कह देते कि रवि, बहुत हुआ, अब मेरे बस का नहीं हैं, कि तुम्हारी पढ़ाई का खर्चा उठाऊँ। मेरे लिए तुम्हारी पढ़ाई से ज़्यादा टोनी की जान है। तुम्हारी अम्मा की आँखें हैं। पर कहना तो दूर, वे दूर संकेत भी नहीं करते। अम्मा जाने-अनजाने ऐसा इशारा कर भी देती हैं तो झट से प्रसंग बदल देते हैं। उसे लगा, बाबू इस मामले में अतिरिक्त रूप से सावधान हैं।

''पता नहीं क्यों बाबू-अम्मा यह समझते हैं कि मैं घर में रहने से नाराज हूँ। पर सच्ची भैया, मैं बिल्कुल-बिल्कुल नाराज़ नहीं हूँ। क्या हुआ, इस साल नहीं तो अगले साल कालेज ज्वाइन कर लूँगी। लोग ड्राप कर देते हैं। कभी फेल हो जाते हैं या नहीं ? एक साल कौन ऐसी बड़ी बात है ?''

सब कोई सब कुछ करने को तैयार है, पर रवि से कोई कुछ नहीं कहेगा। उसके मन पर एक असह्य-सा बोझ लदने लगा।

''चन्दा !'' तभी नीचे से अम्माँ की आवाज़ आई।

''आई। मेरे लिए पत्रिकाएँ निकालकर रखना।'' और चन्दा नीचे दौड़ गई।

पास की छत से आता बच्चों का समवेत स्वर बन्द हो गया। शायद वह खेल ख़त्म हो गया।

उसे रंजन का ख़याल आया। वह बहुत आग्रह कर रहा था, अपने साथ चलने के लिए। टोनी की वजह से वह नहीं गया। चला जाता तो अच्छा था। रंजन इस बार छुट्टियों में पढ़ाई नहीं करेगा, कुछ ऐसी कोशिश करेगा कि अगले साल इम्तिहान देते ही कहीं बाहर जा सके।

नीचे चौक में बाबू की खड़ाऊँ की आवाज़ सुनाई दी। हो सकता है, ऊपर ही आएँ। वह बाबू के सामने नहीं पड़ता। अपने प्रति बाबू के 'विशेष' व्यवहार से उसे घबराहट होती है। रवि उठा और कमरे में चला गया।

खिड़की से बिट्ठल चाचा की छत दिखाई दे रही थी। उसने बत्ती नहीं जलाई, वह जैसे सभी की नज़रों से बचना चाहता है।

बच्चे अब 'मीरजी की चड्डी' खेल रहे हैं। एक पार्टी के बच्चे घोड़ी बने हुए हैं और दूसरी पार्टी के बच्चे सवार बने उन पर बैठे हैं। घोड़ी बने बच्चों को बस गिरना नहीं है...एक निश्चित समय तक अपने ऊपर बैठे सवारों की हर उछल-कूद और जोर-आजमाइश को जैसे भी हो, झेल जाना है। घोड़ियाँ एक-दूसरे को सहारा दे रही हैं, हौसला बँधा रही हैं—सँभल के, बस दो मिनट हैं...पाँच रह गए...दो...एक...

''हो ऽ ऽ ऽ !'' शोर मचाती हुई घोड़ियाँ विजयी मुद्रा में उलट पड़ीं, ''चलो, अब तुम

घोड़ी बनो, हम सवारी करेंगे।" अदृश्य मूँछों को मोड़-मोड़कर, खम ठोक-ठोककर वे सब सवारी की तैयारी कर रहे हैं। बच्चों के उत्साह पर उसे हँसी आ गई। याद आया, बचपन में यह खेल वे लोग भी कितना खेलते थे।

तभी सीढ़ियों पर खड़ाऊँ की आवाज़ सुनाई दी। बाबू ऊपर आ रहे हैं। एक बार मन हुआ, आँख मूँदकर सो जाए। पर फिर ख़याल आया--इतनी जल्दी सोया देखकर बाबू क्या सोचेंगे ? हो सकता है, वे कुछ न सोचें पर उसे सोना नहीं चाहिए।

उसने जल्दी से बत्ती जलाई और दरवाज़ा उढ़काकर पढ़ने बैठ गया। कहीं बाबू उसी से बात करने तो नहीं आए थे ? हुँह, होगा '

"रवि आया लगता है ?"--बिट्ठल चाचा की आवाज़ बहुत साफ सुनाई दी। ऊपर के कमरे की बत्ती जलती देखकर ही वह समझ गए शायद।

रवि जानता है कि इस समझ का बत्ती जलने से कोई सम्बन्ध नहीं है। बिन्नी पहले ही सारे घरों में ख़बर दे आई है। पहले टोनी किया करता था।

"हाँ, आज ही तो आया है। बस, अगले फाइनल-इयर की तैयारी में जुट गया है।" बाबू शायद उसके मिलने न जाने की सफ़ाई दे रहे हैं।

रवि को कोई कुछ कह दे, बाबू को बर्दाशत नहीं होता। उनका ख़याल है कि सब लोग रवि से, रवि की पढ़ाई से जैसे जलते हैं। मन-ही-मन उसमें कोई ऐब निकालने की कोशिश करते रहते हैं।

"भाई, तुम्हारा जिगरा है कामता बाबू, कि रवि को इंजीनियर बना रहे हो। वजीफा-उज़ीफ़ा मिलता तो और बात थी। हर महीने आधी तनख्वाह निकालकर दे देना कोई हँसी-खेल नहीं। हमसे तो भाई, निभा नहीं। इंटर के बाद ही कैलाश को काम में लगा दिया।"

चाचा के स्वर में व्यंग्य है या सराहना, यह जान पाना बड़ा मुश्किल है।

"अरे यही सोचा बिट्ठल बाबू कि नौकरी के कोल्हू में ज़िन्दगी-भर पिलना ही है। अच्छा पढ़ा-लिखा लेंगे तो ज़िदगी बन जाएगी। इंजीनियर बन जाएँगे तो बड़ी अफ़सरी, मान-सम्मान, पैसा--सभी कुछ तो मिलेगा। पढ़ाई छुड़वा देते तो कहीं क्लर्की-फिलर्की करते।"

बाबू के स्वर में कहीं ज़रा भी शिकायत या दुख नहीं है। यदि कुछ आ रहा है तो सन्तोष और गर्व। बाबू ज़िन्दगी की दौड़ में अपने आस-पासवालों से बहुत पिछड़ गए हैं। एक रवि ही तो है, जिसे लेकर जब-तक वे अपना हीन भाव धोते रहते हैं।

"सो तो ठीक ही कहते हो कामता बाबू, पर घर के और लोगों का भी तो ख़याल रखना पड़ता है।"

क्या हो गया है बिट्ठल चाचा को ?

पर बाबू को कोई चिन्ता नहीं। कैसे हौसले में कह रहे हैं, "अब क्या है, एक साल की बात और है, दुक्खम-सुक्खम निकल ही जाएगा। रवि इंजीनियर हो जाए तो मन में मलाल नहीं रह जाएगा कि हमने अपना कर्तव्य नहीं किया बच्चे के प्रति। माँ-बाप का असली सुख तो बच्चों के सुख में ही होता है।"

अब शायद उसके कर्तव्य की बात आएगी। बाबू चाहे न करें पर बिट्ठल चाचा तो ज़रूर करेंगे। देखें, उसे लेकर किसने क्या-क्या सोच रखा है।

पर बाबू ने बात मेहतरों की हड़ताल, नगर-निगम के चुनाव पर भटका दी। बाबू कभी

ऐसी बात नहीं करेंगे।

उसे पढ़ता जानकर बिना एक भी बात किए, बिना उसके कमरे में झाँके बाबू नीचे उतर आए।

उसने फिर किताब में आँखें गड़ाई तो अपने साथियों की बातें कान में तैरने लगीं—"यार, कितना ही पढ़ लो और मगज मार लो, आखिरकार तो बेकार इंजीनियरों की यूनियन में ही भर्ती होना है।"

और उसके सामने 'अनएम्प्लायड-इंजीनियर्स-यूनियन' की छोटी-छोटी पेम्फ्लेट, पर्चियाँ, नोटिस फरफराने लगे।

'यहाँ कोई भविष्य नहीं है इन लोगों का—आजकल सैकड़ों इंजीनियर्स मारे-मारे फिरते हैं...किसी तरह फॉरेन जाने की तिकड़म भिड़ाओ—कनाडा में बहुत लोगों की आवश्यकता है। इंजीनियर्स के लिए जर्मनी में सबसे ज़्यादा स्कोप है। एक बार जाने को मिल जाए तो ज़िन्दगी बन जाए..पर बच्चू, इस सबके लिए पुल और पुश चाहिए। मैरिट को कोई नहीं पूछता। आज दो कौड़ी की भी..."

और रवि की आँखों में बन्द गले का कोट और गोल टोपी पहने बाबू घूम गए, जो दस से पाँच तक रेलवे दफ्तर में क्लर्की करते हैं और फिर एक दुकान में हिसाब लिखते हैं, जिनके सारे सम्पर्क और सम्बन्ध इस गली तक ही सीमित हैं—बिट्ठल चाचा, सक्सेना साहब. . .

एकाएक बाबू के लिए उसके मन में क्रोध उफनने लगा। क्यों नहीं बिट्ठल चाचा की तरह उन्होंने भी इंटर के बाद उसे काम पर लगा दिया ? क्यों उसे इंजीनियरिंग के लिए भेजा ?

उसे लगा, बाबू-अम्मा की अतिरिक्त सहनशीलता और त्याग, चन्दा की समझदारी सब जैसे एक गुप्त षड्यन्त्र के हिस्से हैं, जो उसके खिलाफ रचा गया है।

यह तो 'मीरजी की चड्डी' वाला खेल हो गया। उसे पता भी नहीं लगने दिया और किस तरह बाबू सबके साथ घोड़ी बनकर उकसा-उकसाकर उससे सवारी करवाते रहे ! और अब जैसे सब चुपचाप उस पर सवारी करने की प्रतीक्षा कर रहे हैं—टोनी की बीमारी...अम्मा की आँखें...चन्दा की पढ़ाई...बाबू का बुढ़ापा...टूटता हुआ घर। पर कोई कुछ बोलता नहीं, सब अतिरिक्त रूप से सावधान हैं। समय से पहले ही कहीं उनमें से किसी का हौसला न पस्त हो जाए।

कैसी महीन चाल चली है बाबू ने ?

किताब बन्द करके वह लेट गया और उसने आँखें मूँद लीं। उसका मन जैसे कहीं गहरे में डूबने लगा। उसे अपने कन्धे काँपते हुए और रीढ़ की हड्डी गलती हुई महसूस हुई।

कोई कमरे में घुसा। शायद अम्मा हैं। उसने आँखें नहीं खोलीं। उसे सोया जानकर, उन्होंने उसके पैरों पर चादर ढँक दी और बत्ती बुझाकर दबे पैरों बाहर निकल गईं।

बत्ती बुझते ही रवि के चारों ओर गहरा अँधेरा छा गया।

'त्रिशंकु' संकलन से

अ-लगाव

बिसेसर की लाश सड़क के किनारे पुलिया पर पड़ी मिली। देखते-देखते सारा गाँव जमा हो गया। तरह-तरह की बातें, तरह-तरह के अनुमान। सारे गाँव मे एक तनाव-भरा सन्नाटा फैल गया।

यह गाँव शहर से ज़्यादा दूर नहीं है। मुश्किल से बीस किलोमीटर। पर यही दूरी कुछ अर्से पहले तक बहुत ज़्यादा थी। इतनी कि गाँव में जो कुछ भी घटता, गाँव का ही होकर रह जाता। शहर उससे एकदम बे-असर रहता। बे-असर और अछूता ! लेकिन इधर तो यह दूरी एकदम सिमट गई है और यही कारण है कि आज गाँव में जो कुछ भी घटता है, उसकी बड़ी पैमानेवाली खलबली शहर में ही मचती है।

कोई डेढ़ महीने पहले की ही तो बात है। गाँव की सरहद से ज़रा परे हटकर जो हरिजन टोला है, वहाँ तीन झोंपड़ियों में आग लगा दी गई थी। आदमियों सहित ! लोग दौड़े-दौड़े थाने पहुँचे तो अजब इत्तेफ़ाक़ कि थानेदार साहब छुट्टी पर थे और जो दो कांस्टेबल वहाँ पर थे, उन्होंने यह कहकर कि थानेदार साहब के आने पर ही मौक़े पर आएँगे और तहक़ीक़ात होगी, बात टाल दी। लेकिन दो दिन बाद जैसे ही ख़बर शहर पहुँची, वहाँ से नेताओं, मन्त्रियों और अख़बारनवीसों की गाड़ियों का ताँता-सा लग गया। विरोधी दल के नेताओं ने सरकार की धज्जियाँ बिखेरकर रख दीं तो मन्त्री महोदय ने आश्वासन दिया कि मुज़रिमों को पकड़ने में किसी तरह कि कोई कसर नहीं उठा रखेंगे ! आग से उठनेवाली धूल के बादल तो एक ही दिन में बिला गए पर शहर से आनेवाली गाड़ियों से उठनेवाली धूल के बादल और भाषणों की अनुगूँज कई दिनों तक वहाँ मँडराती रही।

अख़बारनवीस आए तो दनादन राख के उस ढेर की फोटो खींचकर ले गए। ठठरियों के कुछ क्लोज़-अप भी लिए और मन में यह साध लेकर ही चले गए कि काश ! जलती हुई झोंपड़ियों का चित्र ले पाते या किसी अधजली लाश का दिल दहलानेवाला शॉट ही मिल जाता। पर जो भी मिला उसी को अख़बार में छापकर घर-घर पहुँचा दिया इस घटना का सचित्र ब्यौरा। लोगों ने पढ़ा तो ढेर सारी सहानुभूति और दुःख में लिपटकर निकला–'ओह, हॉरिबल...सिम्पली इनह्यूमन...कब तक चलता रहेगा यह सब यहाँ पर ?...और पन्ना पलट गया। थोड़ी देर बाद गाँववालों की ज़िन्दगियों की तरह ही अख़बार भी रद्दी के ढेर में जा पड़ा।

ठोस प्रमाण के अभाव में तुरत-फुरत कोई मुज़रिम तो नहीं पकड़ा गया पर थानेदार और दोनों कांस्टेबल ज़रूर सस्पेंड कर दिए गए। गाँववालों की तसल्ली और गहरी छानबीन के लिए मामला पुलिस के ऊँचे अफ़सरों के पास पहुँचा दिया गया। ऊँचे अफ़सर अभी गहरे

में से असलियत का मोती निकालकर ला भी न पाए थे कि यह घटना और घट गई। वैसे बिसेसर कोई ऐसी बड़ी हस्ती नहीं, न उसका मरना ही कोई ऐसी महत्त्वपूर्ण घटना है कि बात तुरत-फुरत शहर पहुँचे। पर बात पहुँची। इधर लाश चीर-फाड़ के लिए शहर गई, उधर घटना की चीर-फाड़ का सिलसिला शुरू हुआ। इस बार थानेदार भी एकदम चौकस ! तुरन्त मौक़े पर हाज़िर हुए हैं। कितने लोगों के बयान लिए गए हैं...सबके पेट से कितना कुछ उगलवाया गया है। सबकी उगलन को काग़ज़ पर पोत लिया है, असलियत का पता लगाने के लिए।

सच पूछा जाए तो बड़ा न आदमी होता है, न घटना। यह तो बस मौक़े-मौक़े की बात होती है। मौक़ा ही ऐसा आ पड़ा है। इस समय तो गाँव के पत्ते का हिलना भी एक घटना की अहमियत रखता है। कुछ सवा महीने बाद ही तो मध्यावधि चुनाव है इस क्षेत्र में। बहुत महत्त्वपूर्ण है यह चुनाव और इसी ने छोटी-छोटी घटनाओं को भी महत्त्वपूर्ण बना दिया है। इतना महत्त्वपूर्ण कि अपने अत्यन्त व्यस्त कार्यक्रम में से किसी तरह चार घंटे का समय निकालकर मुख्यमन्त्री दा साहब ख़ुद आए हैं भाषण देने और उन्हें जब पता लगा कि लोग सन्तुष्ट नहीं हैं थानेदार के लिए हुए बयानों से और यह आत्महत्या का नहीं, सरासर हत्या का मामला है तो तुरन्त आश्वासन दिया कि वे जाते ही पुलिस के किसी बड़े अफ़सर को तैनात करेंगे इस काम पर। ख़ास कचहरी लगेगी, जिससे लोग फिर से बयान दे सकें। लोगों से अनुरोध किया था कि वे खुलकर अपनी बात कहें...निडर होकर बयान दें।

भाषण के बाद बिसेसर के घर गए दा साहब और उसके बूढ़े बाप की पीठ पर हाथ रखकर तसल्ली दी उसे। फ्लैश चमके और खटाक-खटाक जाने कितनी छवियाँ उतर आईं इस दृश्य की। दूसरे दिन के दैनिक अख़बार के मुखपृष्ठ पर दा साहब और हीरा अंकित थे तो अन्दर के पृष्ठ पर दा साहब का भाषण सुनती हुई भीड़। अख़बार गाँव में पहुँचा तो हलचल मच गई गाँव में। कुछ समय के लिए लोग बिसू की बात भूलकर या तो हीरा से ईर्ष्या कर रहे थे या उस भीड़ में से अपने को ढूँढ़ निकालने की निरर्थक कोशिश।

बात के पक्के निकले दा साहब। यह नहीं कि कहने को तो कह दिया और बात आई-गई हो गई। कल एस. पी. आ रहे हैं शहर से और ख़ास कचहरी लगेगी थाने पर। जोगेसर साह, हीरा और महेश बाबू के बयान होंगे। एस. पी. कोई मामूली आदमी नहीं...बहुत बड़ा अफ़सर होता है पुलिस का। अब असलियत सामने आएगी। बड़े अफ़सर की नजर भी बड़ी पैनी ही होती होगी। सब भाँप लेगा—दूध का दूध, पानी का पानी ! लोगों के मन में बड़ा आदर जाग रहा है दा साहब के लिए, वरना ग़रीबों के लिए कौन इतना सोचता है ?

सवेरे से कसकर सफ़ाई हुई थाने की। कलफ लगी वर्दियाँ निकल आई हैं सबकी। ब्रासो से पेटियाँ और पालिश से जूते चमकाए गए हैं कसकर ! सब कुछ चुस्त-दुरुस्त और चमचमाता हुआ। गाँववालों को आगाह कर दिया गया है कि बस, जिन लोगों के बयान होने हैं, वे ही आएँगे। भीड़ नहीं लगानी है थाने के पास। यह कोई नौटंकी का तमाशा नहीं कि जिसे देखो, मुँह उठाए चला आ रहा है देखने के लिए। पर इन गाँववालों को लाख समझाओ, भेजे में कुछ घुसता ही नहीं। तीस-चालीस लोग आ ही गए। थानेदार ने झिड़का, "इत्ता मना किया, फिर भी चले आए ? कोई मरे चाहे जिए, तुम्हारी तमासबीनी की आदत नहीं

जाएगी...बेशरम कहीं के..." तो रिरियाते हुए बोले, "यहाँ दूर बैठे रहेंगे सरकार—बैठने दो।" और वे थाने से थोड़ी दूर एक घने पेड़ की छाया में झुंड बनाकर बैठ गए। और कोई मौक़ा होता तो दो-चार डंडे जमाकर धकिया देता पर आज डंडा हवा में ही भाँज रहा है थानेदार। ऊपर से सख़्त आदेश है—किसी के साथ, किसी तरह की सख़्ती न बरती जाए। ठीक है, उसका क्या है, वह नहीं कहेगा किसी से कुछ भी। शहरी लोग भले ही नरमी से काबू में आ जाते हों, पर ये देहाती भुच। डंडे के बिना रास्ते पर ला सकता है इनको भला कोई।

तभी जीप की आवाज़ सुनाई दी। थानेदार एकदम अटेंशन की मुद्रा में खड़ा हो गया और जीप से उतरते ही एस.पी. को एक कड़कदार थानेदारी सैल्यूट मारा। एस.पी. के साथ तीन कांस्टेबल भी आए हैं। एस.पी. सक्सेना ने माहौल को सूँघते हुए चारों ओर एक नज़र दौड़ाई। नहीं, किसी तरह के तनाव या सरगर्मी की गन्ध तो नहीं है हवा में। तब दा साहब की हिदायत का मतलब ? वैसे सामान्यतः ऐसा कभी होता नहीं, पर दा साहब ने उसे खुद बुलाकर कहा था—'देखो भाई, बहुत धीरज और सहानुभूति से पेश आना लोगों के साथ। ऐसे कि उनका विश्वास जागे। जो बात आप जानते हैं, उसे भी पूछिए और धैर्य से सुनिए। मरीज़ को उसी डाक्टर पर भरोसा होता है जो उसकी पूरी बात सुनता है, ध्यान से, धीरज से। एक बार विश्वास जमाकर चाहे तो फिर डाक्टर ज़हर भी पिला सकता है। पी लेंगे बिना दुविधा के। बड़ी चीज़ होती है विश्वास। इसलिए लोगों के मन में विश्वास जगाइए। असन्तोष नहीं होना चाहिए गाँववालों के मन में किसी तरह का।'

भीतर जाकर कांस्टेबल ने फटाफट मेज़ पर काग़ज़-पत्तर और फ़ाइलें जमा दीं और थानेदार के आदेश की प्रतीक्षा में एक ओर खड़ा हो गया। सक्सेना ने कुर्सी सँभाली और आँख के इशारे से ही कार्यवाही शुरू करने का आदेश दे दिया। बयान देनेवालों में पहला नाम जोगेसर साहू का है।

बड़े अफ़सर के सामने फिर से बयान देना होगा। जब से यह सुना, जोगेसर साहू का दिल तो तभी से धक-धक कर रहा था। अपने नाम की आवाज़ सुनकर लगा कि जैसे दिल की धड़कन ही बन्द हो जाएगी। ज़िन्दगी में कभी तो थाने-पुलिस का काम नहीं पड़ा। जाने कहाँ से मुसीबत गले आ पड़ी। पता नहीं किस बुरी साइत में बिसू की लाश देख ली ! थरथराते क़दमों से वह भीतर घुसा और काँपते हुए ही उसने नमस्कार किधा।

सक्सेना ने एक बार ऊपर से नीचे तक उसका मुआयना किया और फिर अपनी कार्यवाही शुरू की। नाम, उम्र और पेशे की ख़ानापूरी करने के बाद पहला प्रश्न आया :

"तुमने बिसेसर की लाश किस समय देखी ?"

"यही कोई सवेरे साढ़े चार का समय रहा होगा सरकार !"

"उस समय तुम उधर क्या करने गए थे ?"

"जी, दिसा-मैदाम के लिए उसी रास्ते जाना पड़ता है।"

"हूँ। उस समय तो अँधेरा रहा होगा...फिर दूर से ही तुम्हें कैसे पता लग गया कि पुलिया पर लेटा आदमी मरा हुआ है ?"

"नहीं, बिल्कुल पता नहीं लगा साहब ! लग रहा था जैसे आदमी सो रहा है।"

"फिर ?"

"पुलिया के नीचे नाला है न साहब, मुझे लगा, करवट ली तो गिर पड़ेगा यह

आदमी...जाकर चेता दूँ। पास जाकर देखा कि अरे, यह तो बिसू है। मरने की बात तो तब भी पता नहीं लगी। वह तो जगाने के लिए जैसे ही मैंने छूआ...''

''हूँऽ!'' कलम चल रही है सक्सेना की।

''मैं तो भला करने गया था साहब, और मैं ही फँस गया। पर सच कहता हूँ सरकार, इस सारे मामले में मेरा कोई कसूर नहीं। मुझे तो न बिसू से कुछ लेना-देना, न बिसू की मौत से।''

''जितनी बात पूछी जाए उसी का जवाब दो।'' लिखते-लिखते ही सक्सेना ने कहा।

''हाँ, ज़्यादा बक-बक की ज़रूरत नहीं।'' थानेदार ने घुड़का तो सक्सेना ने हाथ के हल्के-से इशारे से उसे भी चुप कर दिया।

''बिसू को जानते थे तुम ?''

''जी, गाँव में सभी तो एक-दूसरे को जानते हैं। छोटी जगह है, न चाहो तो भी जानना ही पड़ता है।'' बड़ी कातरता से जोगेसर ने बिसू को जानने की अपनी मजबूरी बताई।

''किस तरह का लड़का था बिसू ?''

''अरे एकदम सिरफिरा साहब। हम तो कहें, सारे गाँववालों के लिए बला था ससुरा।'' सक्सेना ने सिरफिरे को रेखांकित किया।

''सिरफिरे से तुम्हारा क्या मतलब है ? पागल था ? गाँववालों को परेशान करता था ?...'' सक्सेना ने नज़र जोगेसर के चेहरे पर गड़ाकर पूछा। नज़र के पैनेपन से ही हकबका गया जोगेसर। गले से आवाज़ ही नहीं निकली।

''बोलो-बोलो।'' हौसला बँधाते हुए सक्सेना ने कहा।

''और क्या, पागल तो था ही। आप ही सोचिए, दिमाग़ खराब नहीं होगा तो कुछ काम-धाम करेगा जवान आदमी। धन्धा-रोज़गार करेगा, चार पैसा कमाएगा। पर सो सब कुछ नहीं, वहाँ हरिजन टोला में घूमा करता था आवारों की तरह। यह कोई समझदार आदमी का काम है भला ?''

पागल और आवारा रेखांकित।

''हरिजन टोला में क्या करता था सारे दिन ?''

''क्या करेगा...खुद तो कुछ करता नहीं था... मज़दूरों को और भड़काया करता था कि तुम काम मत करो...मालिक से झगड़ा करो...वही सब पागलपन की बातें।''

''हूँ !'' एक क्षण चुप रहकर बात को दूसरी ओर मोड़ा सक्सेना ने, ''जब तुमने लाश देखी तो आस-पास किसी और आदमी को भी देखा था घूमते-टहलते या कुछ और करते ?''

''नहीं, साहब किसी को नहीं देखा। निपट सन्नाटा था वहाँ !''

''कोई चीज देखी वहाँ, जैसे कोई डंडा, चाकू, पिस्तौल या कोई भी ऐसी चीज़ जिससे मारा जा सके ?''

''नहीं साहब, हमने नहीं देखा कुछ। हम क्यों इतनी छानबीन करेंगे ? हमें क्या मतलब ?''

''अच्छा, लाश देखने के बाद तुमने क्या किया ?''

''करना क्या था साहब, मैं तो एकदम डर गया। उल्टे पैरों लौटकर उसके बाप को ख़बर दी।'' फिर जैसे अपने को ही कोसते हुए बोला, ''बेकार ही अपने को फँसाया। चुपचाप आगे

बढ़ जाना चाहिए था। पर डर के मारे हाज़त ही खतम..."

थानेदार ने आँख से ही घुड़का तो वाक्य अधूरा ही छूट गया।

कुछ देर तक लिखते रहने के बाद सक्सेना ने नज़र फिर जोगेसर के चेहरे पर गड़ा दी और घूरता रहा।

"अच्छा, यह बताओ कि तुम्हारी जानकारी से रंजिश थी उसकी किसी से ?" सक्सेना की नज़रों के पैनेपन से भीतर तक थरथरा गया जोगेसर। कहना तो चाहता था कि दुश्मन तो थे ही साहब...जब दूसरों के मामलों में बिला वजह टाँग अड़ाएगा तो कौन बरदाश्त करेगा...पर आवाज़ जैसे भीतर ही भिंचकर रह गई। बोला नहीं गया कुछ।

"बोले ! साफ-साफ बताओ। डरने की कोई बात नहीं। गाँव में कोई दुश्मनी थी उसकी ?"

सक्सेना ने हौसला बँधाया तो जोरावर का नाम उभरा मन में, पर थानेदार की आँखों से लपटती कौंध ने एक क्षण में ही परे धकेल दिया उसे। आवाज़ में बड़ी बेबसी और मासूमियत लपेटकर बोला, "हमने कहा न साहब, हमें कुछ नहीं मालूम ! न उसकी दुश्मनी, न उसकी दोस्ती, ऐसे लोगों से हम तो दूर ही रहते हैं।"

"तो तुम्हारी जानकारी में कोई दुश्मन नहीं था उसका ?"

"नहीं साहब।" रेखांकित।

सक्सेना ने फिर नज़रें जोगेसर के चेहरे पर गड़ा दीं और दो क्षण घूरते रहने के बाद पूछा, "तुम्हें किसी पर शक है कि बिसू को किसी ने मरवाया है ?"

"हम क्यों झूठ-मूठ किसी पर शक करेंगे ?"

"अच्छा, तुम क्या सोचते हो ? तुम्हारी राय में बिसू की मौत कैसे हुई ?"

"हमें नहीं मालूम ! हमने कहा न सरकार, हम दूसरों के मामले में पड़ते ही नहीं। परचून की छोटी-सी दुकान है हमारी और घर से दुकान और दुकान से घर—बस, यही ज़िन्दगी है। और हम तो कहे हैं सरकार कि लोग अपने-अपने धन्धे से लगे रहें तो कैसा अमर-चैन हो जाए सब तरफ़ ! सब अपनी-अपनी सुलटो भाई, दूसरों की बात में टाँग..."

कुछ नोट करते-करते सक्सेना का डंडा मेज पर पड़ा तो जोगेसर की जबान की लगाम खिंच गई। एक मिनट सक्सेना यों ही शून्य में कुछ देखता रहा, फिर कहा, "अच्छा, अब तुम जा सकते हो।"

पर गया नहीं जोगेसर। हाथ जोड़कर रिरियाता हुआ बोला, "हम आपसे फिर कहते हैं सरकार, इस मामले में हमारा कोई लेना-देना नहीं। आप तो हमारे माई-बाप हैं, आपसे हम झूठ नहीं बोलेंगे। हम एकदम बेकसूर हैं। अब आप ही सोचिए साहब, हम नियम से पूजा-पाठ करनेवाले आदमी...इस नालायक के चक्कर में थाना-कचहरी में खड़ा होना पड़ा हमें। पर आप सच मानिए..."

संकेत पाकर थानेदार ने धीरे से बाँह पकड़कर बाहर किया जोगेसर को।

"किस तरह का आदमी है यह ?" पूछा सक्सेना ने।

होठों पर ढाई-इंची मुस्कान लपेटकर बड़े अदब से जवाब दिया थानेदार ने, "बहुत सीधा और भला आदमी है सर, एकदम गऊ !"

"हूँ !" सक्सेना ने वहीं विराम लगा दिया।

"हीरा को बुलवाओ।"

थोड़ी देर में हीरा लाठी टेकता हुआ धीरे-धीरे आया। उसका छोटा भाई गनेसी भी साथ आया। पर जैसे ही वे भीतर घुसने लगे, थानेदार ने टोक दिया, "बस सिर्फ, हीरा अन्दर जाएगा।"

"आने दो सरकार। बिसुआ की मौत ने बहुत थका दिया है दद्दा को। मेरे रहते थोड़ा हौसला रहेगा।" याचना करते हुए गनेसी ने कहा।

"हौसले का क्या करना है ? यहाँ कोई..."

"आने दो उसे भी।" सक्सेना ने थानेदार की कड़क आवाज़ को वहीं रोक दिया।

चुप तो हो गया थानेदार पर भीतर-ही-भीतर सक्सेना के लिए एक ज़ोरदार गाली उभरी–"साला मेरे अपने ही लोगों के बीच बेइज़्ज़ती कर रहा है मेरी जब से। यह तो कल को चलता बनेगा, थानेदारी तो मुझे करनी है इनके सिर पर।" लेकिन ज़हर का घूँट भीतर ही ठेलकर बड़ी नरमाई से बोला, "आओ-आओ, तुम भी आ जाओ। देखा, हमारे सर कितना ख़याल रखते हैं सबका।"

दोनों भीतर आकर हाथ जोड़कर खड़े हो गए।

सक्सेना कुछ देर तक हीरा के भाव-शून्य चेहरे को देखता रहा, फिर बोला, "बैठ जाओ, तुम बैठकर ही बयान दो।" और जब वे दोनों बैठ गए तो बड़ी दिलासा देते हुए बोला, "देखो, जो कुछ पूछा जाए, साफ-साफ कहना। डरने की कोई बात नहीं। सब बात सच-सच कहो।"

"हम झूठे काहे बोली सरकार, जो कहेंगे, सच ही कहेंगे।"

सक्सेना ने जल्दी से नाम, जाति, उम्र आदि भर दिए पिछले बयान में से। फिर पूछा, "बिसेसर तुम्हारा बेटा था ?"

"जी सरकार ! सबसे बड़ा बेटवा था हमार !"

"उसकी उम्र ?"

"एक बीसी और आठ बरस ! भादों का ही तो जनम रहा सरकार।"

"और कितने बच्चे हैं ?"

"ओकर पाछे ही एक बिटिया और सबसे छोटा बेटवा। बिटिया तो ब्याह दीनी सरकार और सिधेसर पढ़त है दर्जा आठ में।"

"बिसेसर भी कुछ पढ़ा हुआ था ?"

"बहुतै पढ़े रहा सरकार। चौदह किलास पास। सहर भेजिके पढ़ावा रहा हम आपन बिसुवा के। बिसु के बारे मा जाने कउन-कउन सपनाओं देखे रहा...बड़ा आदमी बनिहै...कुर्सी पर बइठ के काम करिहै...मुला सब निपुड़िगवा..." हीरा का गला भर्रा जाता है और आँखें पनियाली हो उठती हैं।

एक क्षण रुककर सक्सेना ने फिर अपना सिलसिला जारी किया, "काम क्या करता था बिसू ?"

"का करता सरकार...किछुओ नाहीं करत रहा।"

"क्याऽऽ? अट्ठाइस साल का जवान आदमी और कुछ नहीं करता था ?" सक्सेना के ललाट पर सलवटें उभर आईं।

"नाहीं साहब, पहिले तो हियाँ आपन स्कूल खोले रहा। लरकन, बड़न सबका पढ़ावा

रहा....बहुतै सौक रहा पढ़ावे का...अउर भी जाने का-का समझावत रहा।''

"क्या-क्या समझाया करता था ?" हल्का-सा पैनापन उभर आया सक्सेना की नज़र में।

"अब हम ऊ सब बातें का जानी सकें सरकार ! आप जानौ, हम फावड़ा-कुदाली चलावेवाले मजूर ठहरे...चौदह किलास पास की बात का समझि सकें सरकार ?"

"हूँऽऽ।"

"हरिजन-टोला मा तो रात को भी खुदै जाकर पढ़ावा करे था साहेब ! बहुते सौंक था पढ़ावे का—पर फिर तो वह सब छूटौ गवा।"

"क्यों, छूट क्यों गया ?"

"जेहल चला गवा न सरकार। पीछे चार साल मा सब मटियामेट हुई गवा ! लौटे के बाद फिर पहिले जस इसकूल जमबे नहीं बा !" बिसू की निराशा जैसे हीरा की आवाज़ में छलछला आई।

"जेल ?" कुछ इस भाव से चौकन्ने हुए सक्सेना, जैसे असली सूत्र का कोई सिरा हाथ लगा हो। कुरेदते हुए पूछा, "जेल क्यों गया बीसू ?"

"सो तो आपै जानौ सरकार। आपै लोग ही पकरि के ले गए रहे।" सरलता में लिपटे हीरा के उत्तर ने सक्सेना को दुविधा में डाल दिया।

"अरे पर कुछ तो किया होगा—लड़ाई-झगड़ा, मार-पीट, दंगा-फसाद ?"

"नाहीं-नाहीं..." जोर से हाथ हिलाते हुए बोला हीरा, "हमार बिसुआ कौनो दिन काऊ से मार-पीट नाहीं किए रहा।"

"तो फिर ऐसे ही जेल कैसे हो गई ?"

"का जानी सरकार ? बस, एक दिन भिनसारे आए अउर बाँधिके ले गए।"

"कितने दिन की सजा हुई ?" इस बार सक्सेना के स्वर में सख्ती का पुट आ मिला।

"सज़ा तो कउनो भई नहीं सरकार। कौनो मुकदमाओं नाहीं चला। दुई महीना तलक तो सरकार हमका पतो ही नाहीं लागा कि कहाँ है हमारा बिसुआ। बहुत छटपटाए हम... पर कउन पूछत है हम गरीबन का दुख-दरद ! कीड़ा-मकोड़न जस हमारी जिनगानी..." गला भर्रा गया हीरा का। धोती के कोर से आँसू पोंछते हुए उसने वाक्य पूरा किया, "सब कोई हमका धकियाय देत रहा..."

"कब छूटा जेल से ?" सक्सेना के चेहरे पर ही नहीं, स्वर में भी थोड़ा असमंजस उभर आया था।

"पूरा चार साल तो रहा जेहल मा। बस, आठ महीना ही तो भवा छूटे का।"

"हूँ...तो पिछले चुनाव के बाद छूटा ?" सक्सेना ने प्रसंग को दूसरी ओर मोड़ दिया।

"हाँ साहेब ! हम तो बड़ा जस गाई है इस सरकार का—हमार बिसू को छोड़ा। अउर दा साहब तो देवता आदमी...हम गरीबन को कइसा तो मान दिया...हमार पीठ पर हाथ फेरा...दिलासा दिहिन..." हीरा का गला फिर भर्रा आया। कुछ दुख से, पर उससे ज़्यादा कृतज्ञता से।

सक्सेना कुछ समय के लिए चुप हो गया। हीरा को दा साहब की गरिमा में पूरी तरह डूबने का मौका दिया, फिर थोड़ी देर बाद पूछा, "जेल से छूटने के बाद क्या करता था...आखिर कुछ तो करता ही होगा ?"

''का करता सरकार...एक-दो महीना तो बिल्कुल गुमसुमओ बइठा रहत रहा। ना काहू से बोलत ना चालत...ना आवत न जात। बस, गोड़ मा मुँह दिए बइठा रहत तो घंटो ही बइठा रहत। का बताई सरकार, अइसी फुर्ती-चुस्ती रही हमार बिसुआ मा...मुला सब निचुडि गवा। हमको तो लगत ही नाहीं रहा कि ई हमारा वाही बिसुआ है...''

''काम धंधा रोजगार कुछ नहीं ? अट्ठाइस साल का जवान आदमी गोड़ में मुँह दिए ही बैठा रहे तो इस पर कोई कुछ कहता-सुनता नहीं था उससे ? माँ भाई...?

''नाहीं सरकार, भाई तो बड़ा आदर करे रहा बिसुआ का। माँ जरूरे कभी-कभी कहा करे थी, पर झगड़ा तो कौने दिन नाहीं हुआ सरकार।''

''घर में कोई पुश्तैनी झगड़ा तो नहीं था ? ज़मीन-जायदाद या किसी और बात को लेकर...कोई पुरानी दुश्मनी ?''

''नाहीं सरकार ! जमीन-जायदाद ही नाहीं तो झगड़ा कइसा ?''

''हूँऽऽ।'' कुछ देर रुका सक्सेना, फिर पूछा, ''गाँव में किसी से दुश्मनी थी उसकी ?''

''अब का बताई सरकार ?'' हीरा अचकचाकर चुप हो गया।

''बोला...डरो नहीं। कोई दुश्मन था उसका गाँव में ?''

''दुसमन तो नाहीं सरकार...बस, यों ही कहा-सुनी हो जाया करे थी मालिक लोगन से।''

''मालिक लोग कौन ?''

''अरे ई जो बड़ा-बड़ा खेतन का मालिक लोगन हैं न, वाही से।''

''किस बात पर ?''

''बस, बचपना रहा हमार बिसुआ का। वो सरकार, खेत पे काम करे वालन मजूरों को कहा करे था कि इत्ती कम मजूरी पे काम मत करो...मजूरी बढावे का खातिर लड़ो...बेगारीओ न करो...उधार पे इत्त-इत्ता सूदौ ना दो। ई सब ऊ लोगन को बुरा लागत रहा सरकार।'' एक क्षण रुककर, ''अउर ठीकौ है सरकार, ई सब बातन तो बरसन से चली आवत रहीं...''

''कभी मारपीट भी हुई इस बात को लेकर ?''

''नाहीं सरकार, मारपीट तो कबौ नाहीं भई, पर...'' बात अटक गई हीरा के गले में।

''हाँ-हाँ बोलो, क्या किया ?''

''बऽस, जोरावर धमकावत रहा कि देख रे बिसुआ, अब की जो तू हमार मजूरन का हड़काई तो ई बार जेहल भिजवाय देव और ई बार जनम भर का वास्ते।''

''जोरावर कौन ?'' नाम को लिखकर रेखांकित भी किया सक्सेना ने।

''अरे जोरावर को नाहीं जानत सरकार ?'' हीरा एक पल आश्चर्य और अविश्वास से सक्सेना का मुँह ही देखता रहा। फिर बोला, ''राजा रहे ई गाँव का सरकार...आधा गाँव का मालिक।''

''इधर कुछ कहा-सुनी हुई थी जोरावर से ? कोई लड़ाई-झगड़ा...मार-पीट ?''

''नाहीं सरकार ! जब से झुपड़ियन मा आग लागि रही, तब से तो बिसुआ अइसो गुमसुम भइ गवा कि झगड़ा-फसाद का ऊ तो बातओ करन छोड़ दिहिस। बड़ा दुख-दर्द रहा गरीबन का वास्ते ऊ का मन मा...'' और उस दुख से हीरा का गला फिर भर आया।

''तुम कहते हो, उसकी कभी किसी से मार-पीट नहीं हुई—न अभी, न पहले लेकिन

डाक्टरी जाँच के मुताबिक तो बिसू के शरीर पर कई ज़ख्मों के निशान थे--बाकायदा घाव के।"

"नाहीं साब, नाहीं...ऊ निसान तो सरकार, जेहल से जब छूटिके आवा रहा तबै के हैं। जब आवा रहे न साब, तब कलाई और टखनन पर तो घवै रहा--उनते खून और मवाद आवत रहा। घी आउर हल्दी का फाहा रखि-रखिके बड़ी मुश्किल से घाव ठीक किहिस रहा वाकी महतारो। चार साल तक जेहल मा हथकड़ी-बेड़ी नाहीं खोली गई हमार बिसू का हाथ-पाँवन से...सरीर पर ओ बहुते मार लगायी रहि। सारे सरीर मा जखमे-जखम रहे रहा...बहुतै मुलायम रही खाल हमार बिसू की साहब....बहुतै मुलायम।" और एकाएक हीरा घुटनों में सिर देकर फूट-फूटकर रोने लगा।

सक्सेना कुछ देर के लिए चुप हो गया। पता नहीं, उसके दुख से कातर होकर या कि हीरा को अपने भीतर का उमड़ता हुआ आवेग निकाल देने का अवसर देने के लिए ! थानेदार ने राहत की साँस ली। उसे लगा कि चलो, जोरावर के नाम की सारी सम्भावना भी हीरा के आँसुओं के साथ बह जाएगी और किस्सा खतम। लेकिन सक्सेना ने तो बात के सूत्र को फिर पकड़ा...उसे तो पूरा विश्वास जीतना है लोगों का--किसी के मन में कोई संदेह नहीं रह जाए।

"अच्छा, यह बताओ, मरने के एक दिन पहले वह कहाँ-कहाँ गया--किस-किससे मिला ?"

"ई हम का जानी सरकार ! हम तो कौने दिन वासे पूछतओ नाहीं रहा कि ऊ कहाँ जात...का करत..."

"रात को जब लौटा तो उसकी तबीयत ठीक थी ?"

"हमको तो ठीकओ लगी थी सरकार !"

"खाना खाया था उसने ?"

"संझा बेला तो ऊ कौनो दिन खावत ही नाहीं रहा सरकार। जेहल से छूटे के बाद पेट तो बहुत गड़बड़ाय गया ओकर। दुई टैम का खाना हजमे नाहीं होता रहा।"

"तुम्हारे सामने सोया था घर में ?"

"हाँ सरकार, बाहर खुला मा ही तो सोवत रहा।"

"रात में उसे बाहर जाते या घर में किसी को आते देखा ?"

"नाहीं सरकार।"

"किसी तरह की बातचीत, आवाज़ या शोरगुल जैसा कुछ सुना रात में ?"

"नाहीं सरकार, कुछौ नाहीं सुने रहा हमतो...ई मुदा नींद..." फिर गला भर्रा आया हीरा का।

थोड़ी देर रुका सक्सेना, फिर बोला, "देखो बाबा, डॉक्टरी जाँच में बिसू के पेट से ज़हर निकला है। ऐसा नहीं हो सकता कि बिसू ने ज़हर खाकर खुदकुशी की हो--बेकारी की वजह से या फिर किसी और..."

"नाहीं सरकार, नाहीं..." बीच में ही बोल पड़ा हीरा, "खुदकुसी तो हमार बिसुआ करत ही नाहीं सकत--कौनो दिन नाहीं कर सकत। ओकर तो बड़ी प्यारी रही आपन जिनगानी...आपन कीओ अउर औरन कीओ ! हमार बिसुआ आपन मौत नाहीं मरा है

सरकार–ज़रूरै कौनो...'' आवाज़ रुँध गई हीरा की–पता नहीं आवेश से या भय से।

''किसी पर शक है तुम्हें ?''

अपनी कुर्सी पर बैठे-बैठे थानेदार की गर्दन आगे को निकल आई।

''बोलो, डरो नहीं–किसी पर शक है तो नाम बताओ।''

''हम का बताई सरकार पर सारा गाँव...'' बोलते-बोलते रुक गया हीरा।

थानेदार कसमसा रहा है कि बस, किसी तरह एक बार उसकी ओर देख ले हीरा तो आँख से ही ऐसा घुड़क दे कि आगे की बांत गले में ही अटककर रह जाए।

''हाँ-हाँ बोलो। डरो नहीं...'' हौसला बँधाया सक्सेना ने।

''सारा गाँव जोरावर सिंह का नाम लेइ रहा सरकार !'' सक्सेना के हौसले की डोर पर चढ़े-चढ़े आखिर नाम निकल ही गया हीरा के मुँह से।

अब चुप नहीं रह सका थानेदार। इतनी देर की कुलबुलाहट निकल ही गई। ज़ब्त करते-करते भी घुड़क ही दिया, ''तुम अपनी बात बोलो। गाँववालों की बात गाँववाले कहेंगे। तुमको... ''

डंडे के हल्के-से इशारे से थानेदार की ज़बान की लगाम खींच दी सक्सेना ने। भीतर-ही-भीतर ऐंठकर रह गया थानेदार और मन-ही-मन सक्सेना की सात पुश्तों को रगड़ दिया–''ससुरा चार घंटे से बयान के नाम पर पुराण बँचवा रहा है बुड्ढे से, उसने एक बात खोल दी तो...'' एक मोटी-सी गाली और जड़ी सक्सेना के नाम।

सक्सेना बड़ी विचारपूर्ण मुद्रा में अपनी कलम ठोकता रहा मेज़ पर। थानेदार के एक वाक्य और सुलगती आँखों ने कुछ ऐसा हौल जमाया हीरा के मन में कि बरबस ही उसके मुँह से निकल पड़ा, ''अब हमसे कुछौ नाहीं पूछो सरकार...हमार बिसुआ तो चला ही गवा...''

''अच्छा बाबा, इस समय तुम जा सकते हो। ज़रूरत होने पर फिर बुलाएँगे।'' फिर थोड़ा रुककर दिलासा देते हुए कहा, ''और देखो, भरोसा रखो। कोई कसर नहीं उठा रखेंगे हम लोग असलियत का पता लगाने में।''

''आप तो बड़े नीक मनई साहेब–आप ज़रूरै हम गरीबन की मदति करिहै। नियाव मिलिहै ई बार हम गरीबन काओ।'' इतनी देर से चुप बैठे गनेसी ने अपनी हार्दिक कृतज्ञता जताई और हीरा को सहारा देकर उठाया। दोनों फिर धीरे-धीरे बाहर निकल गए।

उनके जाते ही थानेदार ने बड़े अदब से आगे झुककर पूछा, ''अब थोड़ा रेस्ट हो जाए सर ? चाय का एक राउंड...आप थक गए होंगे...''

बिना उसकी बात पर तनिक भी ध्यान दिए सक्सेना ने कहा, ''महेश शर्मा को बुलाओ।''

थोड़ी देर बाद महेश शर्मा हाज़िर हुए। शहरी लिबास, शहरी अदा। सक्सेना ने पहले ऊपर से नीचे तक महेश शर्मा को अपनी नज़र से समेटा फिर पूछा, ''आप यहाँ के तो नहीं मालूम पड़ते मिस्टर शर्मा ?''

''जी नहीं, मैं दिल्ली से आया हूँ...।''

''किस सिलसिले में ?''

''अपने रिसर्च-प्रोजेक्ट के सिलसिले में। गाँव में क्लास-स्ट्रगल और कास्ट-स्ट्रगल...''

सक्सेना की क़तई दिलचस्पी नहीं है इसमें, बात बीच में ही तोड़कर पूछा, "कब से हैं आप यहाँ ?"

"कोई पच्चीस दिन हुए।"

"बिसेसर से कैसे परिचय हुआ आपका ?"

"अपने काम के सिलसिले में हम गाँव के अलग-अलग लोगों से मिलते थे...बात करते थे, तभी हुआ।"

"हम कौन ? क्या और लोग भी आपके साथ हैं ?"

"जी हाँ, एक और साथी भी है–अखिलन रामचंद्रन।"

"क्या रोज़ बातचीत होती थी आपकी बिसेसर से ?"

"रोज़ तो नहीं...पर शुरू में अक्सर आता था वह।"

"किस तरह की बातें करता था वह आप लोगों से ?"

"बहुत परेशान रहता था वह उन दिनों।" महेश एक क्षण रुका, जैसे समझ नहीं पा रहा हो कि किस तरह अपनी बात रखे। फिर बोला, "असल में हम लोग जब यहाँ आए, उसके पहले ही यहाँ हरिजन बस्ती में आग लगने की घटना होकर चुकी थी। उसी को लेकर वह बहुत दुःखी और परेशान रहता था। उसका कहना था कि सारा मामला जान-बूझकर दबा दिया गया है क्योंकि...जोरावर और मुख्यमन्त्री की गहरी साँठ-गाँठ हैं, दोनों जात-भाई ! ऊपर से चुनाव।"

"हूँऽऽ और क्या कहता था ?"

"यही कि यह थोड़े-से आदमियों के मरने की बात नहीं है महेश बाबूऽ...समझ लीजिए, पूरी-की-पूरी बस्ती का हौसला मर गया। अब ये गरीब लोग बहुत दिनों तक अपने हक के लिए लड़ने की हिम्मत नहीं जुटा पाएँगे..."

"तब आप लोग क्या कहते थे ?"

"हम ?" थोड़ा रुका महेश। फिर हिचकते हुए बोला, "देखिए, बात यह है मिस्टर सक्सेना कि हम लोगों को गाँव के व्यक्तियों, गाँव की समस्याओं या गाँव की घटनाओं के साथ इनवॉल्व होने की अनुमति नहीं है। हमारे काम की पहली शर्त ही यह होती है कि हम सारी बातों से एकदम तटस्थ रहेंगे।"

सक्सेना के चेहरे पर हल्की-सी शिकन उभरी। बात को साफ करते हुए महेश ने फिर कहा, "आप गलत मत समझिए सर ! हमारी मजबूरी है यह। बिसू को भी यही समझाते थे पर समझ ही नहीं आती थी उसको यह बात। बहुत नाराज़ रहता था इस बात पर।"

"नाराज़ ! क्यों ?"

"अरे, केवल नाराज़ ही नहीं, लड़ता था बाक़ायदा हमसे कि आप जैसे पढ़े-लिखे लोग तमाशबीन ही बनकर बैठे रहेंगे तो इन गरीबों की लड़ाई कौन लड़ेगा ? नेताओं का हाल तो देख ही रहे हैं...वे तो हज़ारों-हज़ारों ज़िन्दगियों से कुर्सी का मोल-भाव करते हैं, बस। कुर्सी मिलने के बाद उन्हें कोई मतलब नहीं। आप लोग इसी तरह अलग-थलग बैठे काग़ज पोतते रहेंगे और गरीबों के साथ इसी तरह जुलुम होते रहेंगे..." बहुत मुश्किल होता था उसको समझाना।

"हूँऽऽ" फिर थोड़ा रुककर बोला, "अच्छा, यह बताइए, जिस रात को वह मरा, उस

दिन भी आया था वह आपके पास ?''

''नहीं, मरने के दो दिन पहले ही आखिरी मुलाकात हुई थी उससे। उस दिन भी करीब पाँच-छह दिन बाद आया था।''

''क्या बातें की थीं उसने उस दिन ?''

''बहुत उत्साहित था उस दिन वह। कह रहा था कि बहुत भाग-दौड़ करके जैसे-तैसे उसने बहुत प्रमाण जुटा लिए हैं उस आगजनी की घटना के। यहाँ पुलिस के हवाले बिल्कुल नहीं करेगा, इन प्रमाणों को, बल्कि दिल्ली जाकर जैसे भी होगा, जहाँ से भी होगा, वह इस मामले को खुलवाएगा ज़रूर। बता रहा था जेल के एक-दो साथी हैं दिल्ली में, वे ज़रूर मदद करेंगे उसकी। साथ ही यह भी कहा था कि आप लोगों से तो मदद की उम्मीद करना बेकार है।''

''क्या प्रमाण जुटाए थे ?''

''वह सब हमने नहीं पूछा, सर बताया न आपको...''

''अच्छा, अच्छा, ठीक है।'' फिर एक क्षण रुककर पूछा, ''अच्छा, यह तो बता सकते हैं कि बिसू कैसा लड़का लगता था आपको ? क्या राय है आपकी उसकी बारे में ?''

''देखिए, वह...'' हिचकिचाने लगा महेश।

''बोलिए, बोलिए, इसमें तो ऐसी कोई बात नहीं है।''

''बहुत अच्छा लड़का था...बेहद सिंसियर। गरीबों के कॉज़ के लिए पूरी तरह इन्वॉल्व्ड।'' गला भर्रा गया महेश का और आँखों की कोरें नम हो आईं।

सक्सेना एकटक देखता रहा महेश के चेहरे को। फिर पूछा, ''माना कि एक स्टूडेंट की हैसियत से आपको बिल्कुल अलग रहना है...पर एक व्यक्ति की हैसियत से तो आपकी कोई राय होगी ही। आखिर आप पच्चीस दिन से लोगों से मिल रहे हैं...स्थितियों का अध्ययन कर रहे हैं... आपकी राय में बिसू की मौत का कारण क्या हो सकता है ?''

''नहीं सर...बहुत मुश्किल है कुछ कहना। बात यह है कि...देखिए, इन सब चीज़ों के साथ जुड़ने का मतलब ही होता है व्यवस्था में हस्तक्षेप...और हम यह सब कर नहीं सकते। वी आर रीयली कमिटेड टू अवर प्रोजेक्ट...'' फिर एक क्षण रुककर बोला, ''बस इतना ही कह सकते हैं कि उसकी मौत से बहुत सदमा लगा सर...भीतर तक हिला देनेवाला सदमा।'' और उसकी आँखें फिर नम हो आईं। नमी को कोरों में ही पीते हुए उसने कहा, ''इसे तो ऑफ दी रिकार्ड रहने दीजिए सर...बस।''

''अच्छा मिस्टर शर्मा, जा सकते हैं अब आप। आपको तो शायद दुबारा बुलाने की भी ज़रूरत न पड़े।''

''थैंक्यू सर !'' महेश चला गया।

महेश के जाने के बाद उस दिन की कार्यवाही समाप्त हुई और फिर 'यस सर, यस सर' के अलाप के बीच स्पेशल खाना खिलाया गया सक्सेना को।

दूसरे दिन के लिए कुछ ज़रूरी हिदायतें देकर सक्सेना ने विदा ली तो थानेदार सैल्यूट की मुद्रा में खड़ा हो गया और जब तक पूरे थाने में धूल उड़ाती हुई जीप दिखती रही, उसी मुद्रा में खड़ा रहा। जैसे ही जीप आँखों से ओझल हुई...उसने सारे बदन को एकदम ढीला छोड़कर वर्जिश की मुद्रा में ज़ोर-ज़ोर से हाथ-पैर हवा में हिलाए, ''स्साला ऽ !...सूअर की

औलाद। घंटे-भर से बुत बनाकर बिठा दिया। सारा बदन अकड़ गया...''

इसी तरह दो दिन तक और बयान होते रहे और गाँव सक्सेना की प्रशंसा से लबालब भर गया। पूरा विश्वास जीत लिया सक्सेना ने गाँववालों का...ऐसा पुलिस अफ़सर तो आज तक देखा ही नहीं। कैसे प्यार से, धीरज से, हौसला बँधा-बँधाकर बात पूछता था। कौनो डाँट-डपट नाहीं–कौनो गाली-डंडाओ नाहीं।

गाँववालों की प्रशंसा में सक्सेना को अपना भविष्य दिखाई देने लगा क्योंकि वह जानता था कि गाँववालों के मन में विश्वास जमा लेने की पूरी कीमत चुकाने में अब दा साहब भी कोताही नहीं करेंगे।

पूरे दो सप्ताह बाद सक्सेना ने अपनी रिपोर्ट दी। सारे ब्यान, डॉक्टरी जाँच की रिपोर्ट, तथ्यों की गहरी छानबीन और विश्लेषण–सब इसी बात की पुष्टि करते हैं कि बिसेसर ने ज़हर खाकर आत्महत्या की।

उड़ती-उड़ती ख़बर गाँव में भी जा पहुँची। सुना तो विश्वास नहीं हुआ गनेसी को। बोला, "नाहीं...नाहीं, खुदकुसी तो करत ही नाहीं सकत हमार बिसुआ। कौनो दिनओ नाहीं कर सकत !" फिर बड़े कातर स्वर में बोला, "हिंया भी हमका नियाव नाहीं मिले रहा दद्दा !" पर हीरा के भाव-शून्य चेहरे पर कोई प्रतिक्रिया नहीं हुई–न विश्वास की, न अविश्वास की !

हाँ, पास बैठे सुमेरा ने ज़रूर कहा, "नहीं-नहीं बड़े अफ़सर की रपट में गड़बड़ नहीं हो सकती। इत्ती तो तहकीकात की थी साब ने...सबके बयान लिए...सारी खोजबीन की। बेकारी ने हौसला तोड़ दिया बिसू दादा का...ज़िंदगी बोझ ही लगने लगी थी उनको।" फिर स्वर को थोड़ा भारी बनाकर बोला, "पर खुदकुसी करके अच्छा नहीं किया बिसू दादा...सोचा नहीं कि नरक भोगना पड़ेगा वहाँ ?"

एक गहरा निःश्वास निकला हीरा के कलेजे से। धीरे-से बोला, "का बताई...हमार बिसुआ का तकदीर मा नरकै लिखा रहा...जब तलक ज़िंदा रहा हिंया नरक भोगिस...अब मरै के बाद ओ नरकै भोगिहै।"

'त्रिशंकु' संकलन से

आकाश के आइने में

कभी मित्र लोग जब 'तीसरे सदस्य' का मज़ाक करते, तो जाने क्यों उसका मन एक अव्यक्त-से बोझ से दबने लगता...इस बात को वह महज़ मज़ाक में नहीं ले पाता। पर इस समय उसके मन में सामने बैठी लेखा पर जाने कैसा प्यार उमड़ने लगा...कितनी क़मजोर हो गई है बेचारी ! कितना परिश्रम किया है...।

"शिप्रा के स्कूल की बात सुनकर मुझे कितनी खुशी हो रही है, मैं बता नहीं सकती। क्यों न हम लोग आज ही उसके यहाँ चलें ?" प्लेट में नाश्ता लगाकर दिनेश की ओर बढ़ाते हुए लेखा ने कहा।

"चलो।"

"हिम्मतवाली लड़की निकली, आखिर स्कूल खोल ही लिया ! मुझे तो आज भी वह दिन याद आता है, जब हेमेंद्र से अलग होकर वह बीनू की गोद में सिर रखकर फूट-फूटकर रोई थी। जाने क्यों, उस दिन लगा था कि बस, अब यह ज़िन्दगी-भर यों ही रोती-बिलखती रहेगी। पर कितनी जल्दी सँभाल लिया उसने अपने-आपको...।"

"मैं अन्दर आ जाऊँ, लेखा जी ?" परदा हटाकर चमकते दाँतों की एक झलक मारते हुए सुषमा ने पूछा।

"अरे, आओ...आओ !" लेखा ने बिना कुर्सी से उठे ही स्वागत किया।

खिड़की के सामने के कमरे की ओर झाँकते हुए दिनेश ने पूछा, "क्या बात है, आज महिम अभी तक नहीं लौटा क्या ?"

महिम सामने के कमरे में ही रहता है। इधर जब-जब सुषमा उससे मिलने आई है, तो उससे मिलकर ही चली गई है, दिनेश के पास नहीं आई। उसी का उलाहना दिनेश ने दिया, तो सुषमा झेंप गई।

"वाह, आप तो ऐसे कह रहे हैं जैसे उनके रहने पर मैं आपके पास आती ही नहीं।"

लेखा ने ज़रा छेड़ने के लहज़े में कहा, "आती तो नहीं है आजकल, पर खैर, तुझे दोष नहीं देंगे...यह उमर ही ऐसी होती है।" फिर नए प्याले में चाय डालते हुए पूछा, "और सुना, घर की क्या ख़बर है ?"

"घर की ?" और सुषमा दो मिनट को चुप हो गई। फिर मेज़ पर ही नज़रें टिकाए बोली, "हमने अपनी शादी की तारीख़ तय कर ली है और मैंने कल घर में भी सबको बता दिया है।"

"ओ होऽऽ, यह बात है ! तब तो मुबारक हो, सुषमा ! लो, इस खुशी में मैं मिठाई की जगह एक चम्मच चीनी ही खा लेता हूँ।" और हँसते हुए दिनेश ने सचमुच ही एक चम्मच

चीनी फाँक ली।

"घरवाले मान गए अब तो ?" लेखा ने सुषमा के चेहरे पर छाई हल्की-सी उदासी को लक्ष्य करके पूछा।

"कल से ही घर में कोहराम मचा हुआ है। पिताजी गुस्से से बावले हुए घूम रहे हैं और अम्मा ने रो-रोकर सारा घर सिर पर उठा लिया है।"

"अरे, वह सब ठीक हो जाएगा...शुरू में सब ऐसे ही करते हैं।" खाली प्याला दिनेश ने लेखा के सामने सरका दिया।

"हाँ, ठीक तो हो ही जाएगा, पर इस समय घरवाले भी साथ देते, तो..." बरबस ही आँखों में आए आँसुओं को पीते हुए सुषमा ने कहा, "पिछले तीन साल से मैं केवल घरवालों के लिए ही मर-खप रही हूँ। नौकरी के साथ दो-दो ट्यूशन करके मैंने घर का सारा ख़र्च चलाया। अब पिंकी ने बी.ए. पास कर लिया, तो अपनी बात सोचना शुरू किया। पर इन लोगों से इतना भी नहीं होता कि मेरी हँसी-खुशी में साथ दें।" सुषमा रुकी। दिनेश उसे तसल्ली देने के लिए कुछ कहने जा ही रहा था कि उसने फिर शुरू कर दिया, "इन लोगों के ख़याल से मैं बहुत सुन्दर हूँ। पढ़ी-लिखी तो हूँ ही, सो ये सोचते हैं कि इस आधार पर तो ये मुझे बड़ी आसानी से किसी सम्पन्न परिवार में ब्याह सकते हैं—ऐसे परिवार में जहाँ जाकर मैं छोटी बहन का बोझ अपने ऊपर ले सकूँ। पर मेरी समझ में नहीं आता कि वे..." और आवेश में आकर उसने अपना होंठ काट लिया।

"हम लोग करेंगे तुम्हारी शादी, तुम चिन्ता क्यों करती हो ? दुनिया-भर की हिम्मत तुममें है इस बात पर यों घबरा रही हो, धत्त तेरे की !" दिनेश ने सारी बात को कुछ ऐसे हल्के ढंग से उड़ा दिया, मानो कोई बात नहीं, "लेखा, आज तो मिठाई मँगवाओ तुम इसी खुशी में।"

"कौन-सी तारीख़ तय की ?" लेखा ने नौकर को रुपए देते हुए पूछा।

"तेईस अप्रैल ! बस, अब तो दस दिन बाकी रह गए हैं।" कुछ लजाते हुए सुषमा बोली।

"महिम ने हमें नहीं बताया। यों रोज़ ही घंटों बैठकर गप्पें मारेगा, और इतनी ज़रूरी बात पी गया।" दिनेश ने एक बार फिर बाहर की ओर झाँका। सामने महिम के कमरे में अभी भी ताला लटक रहा था। "अभी तक लौटे ही नहीं हैं हज़रत !"

मिठाई की प्लेट सुषमा की तरफ़ बढ़ाते हुए दिनेश ने कहा, "कल शिप्रा के स्कूल का उद्घाटन है, वहीं बैठकर तुम्हारी शादी की व्यवस्था भी कर देंगे। लो, इसी बात पर मिठाई खाओ।" सुषमा गुलाबजामुन तोड़ने लगी, तो रोकते हुए बोला, "नहीं-नहीं तोड़कर नहीं, पूरा-का-पूरा उठाकर खा जाओ।"

सुषमा ने गुलाबजामुन मुँह में भर लिया, तो उसके दोनों गाल फूल गए। रुमाल सामने लगाकर उसने जैसे-तैसे उसे निगल लिया।

"हाँ, ऐसे !" हँसते हुए दिनेश ने कहा, "अब ज़रा हँस भी दो। शादी की बात भी कोई ऐसे रोकर सुनाता होगा। हँसो, हँसो..."

सुषमा हँस दी।

"कोर्ट में अर्ज़ी तो दे ही दी होगी ?"

"हाँ, कल ही दे दी।"

"बस, तब क्या ! गवाहों की कोई कमी नहीं है और सब मित्र लोग मिलकर एक पार्टी कर देंगे, हो गई सुषमा की शादी। बोलो, अब किस बात की चिन्ता है ?"

"सुहागरात का कमरा मैं सजा दूँगी !" हँसते हुए लेखा ने कहा तो सुषमा के गालों में एकाएक ही गुलाब खिल आए।

शिप्रा के स्कूल के उद्‌घाटन पर जब लेखा पहुँची, तो उस पर जैसे स्नेह-भरे उलाहनों की बौछार-सी हो गई।

"ओ हो ! धन भाग हमारे लेखा, जो तुम आई हो ! वरना आजकल तो तुम्हारे दर्शन भी दुर्लभ हो गए हैं ?" कुर्सियाँ जमाते हुए बीनू बोली।

लेखा हल्के से मुसकराई, तो गालों की हड्डियाँ कुछ और उभर आईं और आँखों के पास की झुर्रियाँ कुछ अधिक स्पष्ट, अधिक गहरी हो उठीं।

"कौन ? लेखाजी आई हैं क्या ?" स्टूल पर खड़ा तसवीर टाँगता वर्मा घूमा और दोनों हाथ जोड़कर प्रणाम की मुद्रा में खड़ा हो गया, "चलिए, इसी बहाने आपसे मुलाक़ात तो हुई ! क्या बताएँ, आपने तो हम सब "मित्तर" लोगों को इस बेरहमी से काट दिया है कि बस !" और उसने हँसते हुए एक हथेली पर दूसरी हथेली का आरा चला दिया।

तभी दिनेश माथे का पसीना पोंछता हुआ घुसा, "क्या गर्मी है कम्बखत ! हवा का कहीं नाम तक नहीं !" और धम्म से ठीक पंखे के नीचेवाली कुर्सी पर बैठ गया।

"क्यों रे दिनेश, लेखाजी को खाना-वाना भी देते हो या नहीं ? क्या हड्डियाँ-हड्डियाँ निकल रही हैं !" स्टूल से नीचे उतरकर वर्मा दिनेश के पीछे जा खड़ा हुआ और अपनी लगाई हुई तस्वीर देखने लगा।

"क्यों कैसी लग रही है यह तस्वीर ?"

"एक्सीलेंट !" दिनेश ने सिगरेट का धुँआ छोड़ते हुए कहा और फिर काम में लगे हुए लोगों पर एक सरसरी-सी नज़र डालते हुए पूछा, "शिप्राजी कहाँ हैं ?"

दिनेश की बगलवाली कुर्सी पर बैठते हुए वर्मा ने कहा, "वे कुछ सामान खरीदने गई हैं, आती ही होंगी।" और सिगरेट निकालकर सुलगाने लगा।

"तुम्हारी कम्पनी का क्या तय हुआ ?" दिनेश ने पूछा, तो दो क्षण वर्मा चुप ही रहा, फिर धीरे से बोला, "तय हो गया है कि जून में बन्द हो जाएगी !"

"तब ?"

"क्या बताएँ यार, बड़ी मुसीबत है। इस उमर में नई नौकरी ढूँढ़ना, नए सिरे से जमना...सोचता हूँ तो मेरी कुछ समझ में ही नहीं आता !"

"कोशिश तो कर ही रहे होगे...कहाँ-कहाँ बात चल रही है ?"

"चल तो रही है दो-तीन जगह...कई जगह अर्जियाँ भी दे रखी हैं, पर मन लायक बात अभी कहीं नहीं है।" वर्मा के स्वर में चिन्ता-सी उतर आई, "दो-दो बच्चों की जिम्मेदारी, फिर रहन-सहन के स्टैंडर्ड भी जो बन गए, घटाए नहीं जा सकते। सबसे बड़ी मुसीबत तो यह है कि दो महीने भी बिना काम के बैठना पड़ गया तो खाएँगे क्या...? हालत तो तुम

जानते ही हो।"

जाने क्यों दिनेश को लगा कि इस समय यह प्रसंग छेड़कर उसने अच्छा नहीं किया। वह चुप हो गया। वर्मा सिगरेट पीता रहा।

मंच के सामने अल्पना बनाते हुए प्रीति बोली, "लेखा, तुम तो सचमुच बहुत ही कमज़ोर हो गई हो। अरे, हम लोगों से मिलना-जुलना छोड़ दिया तो छोड़ दिया, पर अपनी सेहत का तो ख़याल रखा करो।"

"क्या करूँ, कुछ तो यहाँ की आबहवा ही ऐसी है। न खुली, न साफ हवा मिलती है, न अच्छा खाने-पीने को। फिर इधर कुछ..."

लेखा की बात को बीच में ही काटकर मेहरा बोला, "अरे साहब, कॉलेज और घर के काम के साथ-साथ दो साल में थीसिस लिख डालना कोई सरल काम है क्या ? हम तो आपकी लगन और परिश्रम की दाद देते हैं, लेखा जी !"

सभी ने इस बात को महसूस किया कि मेहरा के लहज़े में लेखा की प्रशंसा कम और प्रीति के निकम्मेपन पर आरोप ज्यादा थे।

प्रीति ख़ून का घूँट पीकर रह गई। वह जानती है कि जब से उसने स्कूल छोड़ा है, मेहरा उसे जब-तब यों ही ताने सुनाया करता है। उससे घर का और स्कूल का काम साथ-साथ नहीं होता, तो वह क्या करे ? नौकरों का तो यह हिसाब है कि चार दिन रहते हैं, तो आठ दिन ग़ायब। फिर वह लेखा की तरह अकेली भी नहीं कि चाहे जैसे रह लिए, चाहे जैसा खा लिया। सास-ससुर के साथ रहती है। घर के काम में ज़रा-सी कसर हुई नहीं कि महाभारत मच जाता है। हारकर उसने नौकरी छोड़ दी तो अब मेहरा नाराज़ ! उसकी आय भी घर का एक सहारा थी, पर वह क्या करे...यह दोहरी मेहनत उससे नहीं होती। वह काम करती थी, तब भी खुश नहीं थी, छोड़कर और दुखी हो गई। मेहरा के मन में यह भाव है कि वह उसके माता-पिता के साथ रहने से प्रसन्न नहीं है। बात कुछ हद तक ठीक भी है और इसीलिए मेहरा उससे खिंचता चला जा रहा है। दिनों-दिन बढ़ते इस तनाव को वह स्वयं महसूस कर रही है, पर नहीं जानती, कैसे इस तनाव को दूर करे।

दोनों हाथों में ढेर सारे रजनीगन्धा के फूल और दो आदमियों के सिर पर कोकाकोला की पेटियाँ लदवाए शिप्रा घुसी।

"शिप्राजी, लीजिए, सब तैयार है। देखिए, देखकर पास कर दीजिए और मेहनताने के रूप में कोकाकोला की एक-एक बोतल इधर बढ़वा दीजिए। क्या गर्मी पड़ रही है कम्बख्त ! गला एकदम सूख गया है।" वर्मा ने फरमाइश की। शिप्रा हँसी। उसने पेटियों में से बोतलें निकालकर एक-एक के हाथ में थमाना शुरू किया और बोली, "मैं तो आप लोगों के भरोसे एकदम ही निश्चिंत हूँ, वर्मा भाई !" और फिर सरसरी-सी नज़र सारे हॉल पर डाली...सारा हॉल जगमगा रहा था। शिप्रा का अपना मुख भी जैसे चमकने लगा। तभी उसकी नज़र कोने पर बैठी लेखा पर पड़ी। "अरे, तू आ गई, लेखा ? तुझसे तो मुझे इतनी लड़ाई करनी है कि बस !" और आगे बढ़कर हाथ के सारे फूल उसकी गोदी में पटककर बोली, "ले चल, फूल लगा सब।"

लेखा फूल लेकर उठी तो शिप्रा उसी कुर्सी पर बैठ गई।

दिनेश ने हँसते-हँसते कहा, "शिप्राजी, कल मुझे तो आप फोन पर इस क़दर डाँट रही

थीं...अब लड़िए न लेखा से ?"

शिप्रा कुछ कहती, उसके पहले ही लेखा बोल पड़ी, "एक महीने बाद तेरे स्कूल की ड्यूटी बजाया करूँगी, शिप्रा ! बस, एक महीने और रुक जा।"

"एक महीने बाद तेरी यह घुलती काया रह भी जाएगी, मुझे इसी में संदेह है...क्या सूरत बना रखी है !" एकटक लेखा की ओर देखते हुए शिप्रा बोली।

दिनेश ने देखा, लेखा के गालों और गले की हड्डियाँ बेहद उभर आई हैं। नहीं, अब ऐसा नहीं चलेगा।

बातचीत के सारे प्रसंग को अपने पर से हटाने के उद्देश्य से लेखा ने सबको सम्बोधित करते हुए कहा, "आप लोगों को पता है, सुषमा और महिम इसी तेईस तारीख को शादी कर रहे हैं ?"

"सच ! तारीख तय कर ली ? गुड।" वर्मा ने कोकाकोला की बोतल से घूँट सिप करके बोतल को एक ओर सरकाते हुए कहा।

"बात तो उससे कल ही हुई थी...आज के प्रोग्राम में उसका गाना जो है। पर कल तो उसने कुछ नहीं बताया। अभी तक वह आई भी नहीं।" और शिप्रा ने घड़ी देखी, "खैर, अभी तो समय है। घरवाले उसकी शादी नहीं कर रहे...सो यह पुण्य कार्य भी हम लोगों को ही करना है। मैंने उसे कह दिया है कि तू निश्चिंत रह, हम लोग तेरी शादी कर देंगे। पार्टी के लिए चन्दा कर लेंगे। बस, और करना ही क्या है !"

"कांग्रेचुलेशंस, शिप्राजी !" चिल्लाते हुए माथुर और मीना ने प्रवेश किया।

"आओ माथुर ! यार, तुम वड़े उस्ताद हो। काम के समय तुम्हारा कहीं पता ही नहीं चलता। बस, मेहमान की तरह चले आ रहे हैं !" देखते ही वर्मा चिल्लाया।

"शागिर्दों को भेज तो दिया था पहले ही काम करने के लिए। देखो, सब काम हो गया !" और पंखे के नीचे वाली कुर्सी पर बैठकर रूमाल से पसीना पोंछने लगा, तो वर्मा ने पीठ पर धौल जमाते हुए कहा, "इन्हें पसीना आ रहा है ! काम-धाम कुछ किया नहीं और पसीना सुखा रहे हैं !"

"शिप्राजी, कोई आदमी भेजिए हारमोनियम उतारने के लिए।" बाहर से ही चिल्लाती हुई सुषमा घुसी। उसने हल्के गुलाबी रंग की साड़ी और उसी रंग का ब्लाउज पहन रखा था।

"बड़ी पिंकी बनकर आई है !...सुना, तू बड़ी जल्दी मिठाई खिला रही है ?...अकेली कैसे है ? महिम को कहाँ छोड़ आई ?"

बिना एक भी प्रश्न का उत्तर दिए सुषमा नौकर को लेकर बाहर चली गई।

"आज तो इसका चेहरा ही बदला हुआ है। कल आई थी, तब तो बात-बात पर जैसे आँखें भर-भर आ रही थीं। लगता है..."

गाने की एक कड़ी गुनगुनाती सुषमा घुसी, तो दिनेश के अधूरे वाक्य पर विराम लग गया।

"शिप्राजी, यदि आप अनुमति दें, तो एक घंटे को ज़रा घूम आएँ। प्रोग्राम शुरू होने के ठीक आध घंटे पहले पहुँच जाएँगे। यहाँ बैठे-बैठे तो दम घुटा जा रहा है।" दिनेश ने पूछा।

"बाहर की हालत तो और भी बदतर है। यहाँ कम-से-कम पंखे तो हैं। टैक्सी के लिए

इन्तज़ार करने में मेरी तो जान ही निकल गई...! आज तो बला की गर्मी है...हवा एकदम बन्द !" सुषमा के ललाट पर पसीने की बूँदें एक-दूसरे से मिलकर धारा के रूप में बहने लगी थीं।

"पंखें...पंखे...चौबीस घंटे पंखों के नीचे रहते-रहते मेरा तो सिर भन्ना जाता है कम्बख्त !" दिनेश शायद सबसे अधिक कष्ट पा रहा था।

"अरे, कलकत्ता की यही तो विशेषता है !" और सुषमा एकाएक ऊँचे स्वर में गा उठी :

"शोनो बन्धु शोनो प्राणहीन ऐ शहरेर इतिकथा
ईंटेर पांजोड़े लोहार खांचाए दारुण मर्म व्यथा
एखाने आकाश नाइं, एखाने बाताश नाइं
एखाने अन्धगलीर नरके मुक्तिर व्याकुलता..."

और सभी उसके स्वर में स्वर मिलाकर गाने लगे : "एखाने आकाश नाइं, एखाने बाताश नाइं..." सारा हाल संगीत से गूँज उठा और सारी घुटन और बेचैनी स्वर-लहरियों पर थिरक-थिरककर इधर-उधर बिखरने लगी।

उद्‌घाटन-समारोह समाप्त होने पर लेखा लौटी, तो वह बेहद थक गई थी। बिना कपड़े बदले वह ज्यों-की-त्यों पलंग पर जा पड़ी। दिनेश उसके सिरहाने बैठकर दो क्षण तक उसके क्लांत चेहरे को देखता रहा। पसीने से सारा पाउडर पुँछ चुका था और एक अजीब सी चिपचिपाहट चेहरे पर छायी हुई थी। बड़े स्नेह से लेखा के सिर को सहलाते हुए दिनेश ने कहा, "लेखा, आज तो मुझे एकाएक ही लग रहा है कि तुम बहुत कमज़ोर हो गई हो। देखो तो हड्डी-हड्डी निकल रही है ! पिछले छह-सात महीने के परिश्रम ने तुम्हें तोड़ दिया है। सोचता हूँ, तुम कुछ दिनों को बाहर चली जाओ।"

लेखा धीमे से मुस्कुराई ! दिनेश को याद आया, मुस्कुराती लेखा कभी कितनी आकर्षक लगती थी और अब...

"पहली मई से तुम्हारा कालेज बन्द हो रहा है...बस, उसी दिन चली जाओ। मैं भी छुट्टी के लिए अप्लाई कर देता हूँ। जैसे ही छुट्टी मंजूर होगी, आ जाऊँगा।"

"पागल हो गए हो ? आज सबने कह दिया, तो तुम्हें बस..."

"अरे, कह क्या दिया ? मुझे क्या दिखाई नहीं देता ?" और एक बार दिनेश ने लेखा की आँखों के पास पड़े गड्ढों को छूकर देखा...चेहरे पर पड़ी हुई झुर्रियों को महसूस करके देखा।

"सोचता हूँ, न हो तुम कुछ दिनों को घर ही चली जाओ। अम्मा भी बड़ी खुश होंगी, और वहाँ की तो आबहवा ही ऐसी है कि एक बार मुर्दा भी जी उठे। छुट्टी मंजूर होते ही मैं भी पहुँच जाऊँगा। कुछ समय सबके साथ रहकर फिर हो सका तो हम लोग थोड़े दिनों के लिए कहीं पहाड़ पर चले जाएँगे।"

"अब थोड़ा-सा काम बचा है इसे कर लेने दो न ?"

"नहीं...नहीं, अब मैं कुछ नहीं सुनूँगा। अब ऐसा क्या काम है जिसके लिए यहाँ रहना ज़रूरी है ? टाइप किए हुए चैप्टर वहाँ बैठकर भी रिवाइज़ किए जा सकते हैं। मैं कल ही

बाबूजी को लिख दूँगा...सुरेश और रमेश को भी लिख दूँगा। तुम्हारी सारी व्यवस्था कर देंगे वे लोग। पहली तारीख को तुम्हें जाना ही है।"

गाड़ी जब प्लेटफॉर्म पर पहुँची, तो सूरज डूब चुका था। सारे आसमान पर सोने में घुली सिन्दूर पुत रही थी और वातावरण में सुनहरी आभा छाई हुई थी। लेखा ने खिड़की से सिर निकालकर देखा, उसकी उत्सुक आँखें रमेश और सुरेश को खोज रही थीं। रेंगती गाड़ी, आठ-दस अजनबी चेहरे, दो चार कुली, प्लेटफार्म की मामूली-सी चहल-पहल। गाड़ी ठहरने के बाद भी लेखा कुछ देर तक खिड़की में से ही झाँककर देखती रही, पर किसी भी परिचित को न देखकर उसने स्वयं कुली को बुलाकर सामान उतरवाया।

लेखा को लिए हुए ताँगा चरमर-चरमर करता खेत-खलिहानों से गुज़र रहा था। ऊपर दूर-दूर तक फैला नीला-चमकीला आसमान और नीले हरे-भरे मैदान, पेड़ों के झुरमुट, छोटे-छोटे पोखर--पोखरों में नहाते नंग-धड़ंग बच्चे। कहीं ट्राम-बस, हल्ला-गुल्ला शोर-शराबा नहीं। उसे गरियाहाट चौराहे की याद हो गई--गति...गति...गति। वहाँ की अविराम गति को देखकर लेखा को कभी-कभी चक्कर-सा आने लगता था। उसने फिर चारों ओर देखा। मन को डुबो देनेवाली शान्ति और क्लांत-थके दिमाग़ को सहला देनेवाले दृश्य। अमलताश और गुलमोहर के पेड़ों की फूलों से लदी टहनियाँ ताँगे की छत को छू-छूकर लेखा की अगवानी कर रही थीं।

चाची आ गई...चाची आ गई...के शोर में ही लेखा घुसी। सिर पर पल्ला ओढ़ते हुए उसने अम्मा और भाभी के पैर छुए।

"बहू, तुम्हारा तो तार कोई दो बजे मिला, पर न घर में सुरेश न रमेश। मैं तो इन निगोड़ों के मारे ऐसी परेशान हूँ कि क्या बताऊँ !"

साड़ी के पल्ले से ही हाथ पोंछती हुई गौरा रसोई से निकली, "नमस्ते भाभी !" लेखा ने बड़े दुलार से गौरा की पीठ पर हाथ फेरा, पर उसे लगा, जैसे गौरा पहले से कहीं बहुत बदल गई है। चेहरे पर न वह चमक है, न कान्ति। रूखे-बिखरे केश, मटमैली-सी साड़ी और कान्तिहीन चेहरा।

"तुम्हें तकलीफ तो नहीं हुई, बहू ? तुम्हारे बाबूजी सुनेंगे तो दोनों की हड्डी-पसली एक कर देंगे।"

"नहीं अम्मा, तकलीफ कैसी ! सीधा तो रास्ता है।"

"यही तो तुम पढ़ी-लिखियों का आराम है। हम जैसे हों, तो वहीं टेसुए बहाने लगें।"

लल्ला-बिट्टू ने मिलकर सामान भीतर रख दिया। गौरा ने चूल्हे पर से दाल उतारकर चाय का पानी चढ़ा दिया। लेखा सबके स्वागत और स्नेह को सिर-आँखों पर झेलती आँगन में बिछी खाट पर बैठ गई। आँगन के किनारे-किनारे पेड़ लगे थे और उनकी टहनियाँ हिल-हिलकर पंखा झल रही थीं। गर्मी या उमस का कहीं नाम तक नहीं था।

"भैया की छुट्टी कब तक मंजूर होगी, बहू ?" अम्मा ने पूछा।

"दरख्वास्त तो दे दी...देखिए, कब मिलती है।"

"और तुमने ये हड्डी-हड्डी क्यों निकाल रखी हैं ? दो जनों का तुम्हारा परिवार, ऐसा क्या

काम रहता है तुम्हें भला जो यों बुढ़ापा आ गया ? देखो तो, क्या सूरत बना रखी है !''

''काम तो कुछ नहीं, पर वहाँ की आबहवा ही कुछ ऐसी है अम्मा कि...''

''तभी तो हम कहे हैं भाई कि यहीं रहो।'' बात को बीच में ही काटकर अम्मा बोलतीं, ''क्या फायदा तुम्हारी कमाई का ! यहाँ जो रूखा-सूखा मिले, सो ही खाओ। दोनों जने कमाते हैं और सूरत तो देखो, जैसे छह महीने से रोटी नहीं मिली हो ! भैया को देखो, वे तो आधे रह गए। यहाँ का तो पानी भी दूध की तरह गुनकारी है।''

लेखा केवल मुस्कराई, पर ज़रा दूर बरामदे में बैठी तरकारी काटती हुई भाभी बोलीं, ''कलकत्ता के सैर-सपाटे छोड़कर कौन इस घनचक्कर में फँसेगा। यह तो हमारे ही खोटे भाग हैं, जो रात-दिन कोल्हू के बैल की तरह पिले रहते हैं ?''

भाभी के स्वर की तल्खी और आक्रोश से लेखा अवाक्-सी रह गई। उसने बड़े झिझकते हुए अम्मा के चेहरे की ओर देखा।

तभी आँगन का पिछला दरवाजा खोलकर अपने साल-भर के लड़के को गोदी में लटकाए हुए चाची ने प्रवेश किया।

''आ गई क्या बहू ?''

लेखा ने चट से उठकर चाची के पैर छुए पर घर के और लोगों के चेहरों पर आए उपेक्षा भाव ने स्पष्ट कर दिया कि उनका आना वहाँ किसी को अच्छा नहीं लगा।

''आइए, बैठिए चाचीजी।'' थोड़ा साहस करके लेखा ने आग्रह किया। चाची और अम्मा के झगड़े की बात उसे मालूम थी, फिर भी...

''मैं तो सिर्फ तुम्हें देखने चली आई थी। भैया ने तो मुझे कभी पराया नहीं समझा। खा-पी लो तो तुम ही कुछ देर को उधर आना।'' और वे वैसे ही लौट पड़ीं। जब तक दरवाज़ा बन्द नहीं हो गया, अम्मा की कुपित दृष्टि उनका पीछा करती रही।

घर के सब लोग लेखा के सामान के चारों ओर ही मँडरा रहे थे। उसने उठकर बक्स खोला। वह सभी के लिए कुछ-न-कुछ लाई थी। अम्मा, भाभी, चाची और गौरा के लिए साड़ियाँ, बच्चों के लिए खिलौने, सुरेश और रमेश के लिए पेन...

चाची वाली साड़ी अम्मा ने अपनी ओर सरकाकर कहा, ''कोई ज़रूरत नहीं है उसे देने की। पहले ही मेरा तो सारा घर खाए बैठी है चुड़ैल ! मुकदमेबाज़ी कर रही है हम पर—उस तहसीलदार के साथ मिलकर। ऐसे लक्षण हैं, तभी तो छोड़ रखा है खसम ने। मैं तो कहूँ, लाख रुपए के हैं लालाजी, पर चुड़ैल ने उनकी ज़िन्दगी हराम कर दी। हारकर उन्ने भी दूसरी कर ली। इत्ते पर भी चैन थोड़े ही है निगोड़ी को ! यहाँ बैठी-बैठी मूँग दल रही है !''

''अरे भाभी, आप !'' आँखों में विस्मय और होंठों पर हँसी लपेटे सुरेश ने घर में घुसते हुए कहा, ''न कोई ख़बर, न सूचना।''

''तुम घर में रहो तो तुम्हें ख़बर भी मिले।'' अम्मा बिगड़ीं और हाथ नचाते हुए बोलीं, ''मैं पूछूँ कि घरवालों ने तुम्हारा कर्ज़ा खाया है जो दोनों जून रोटियों के मिस वसूलने आ जाते हो ? सवेरे के निकले-निकले लाट साहब अब चले आ रहे हैं !''

भाभी के सामने यों छोटे बच्चों की तरह झिड़का जाना सुरेश को कुछ असह्य-सा जान पड़ा। झल्लाकर बोला, ''कॉलेज गया था और क्या ! मुझे क्या मालूम कि भाभी आ रही हैं।''

''सात बजे तक कॉलेज में बैठा था। अरे, पढ़ी-लिखी नहीं हूँ तो क्या निरा उल्लू ही

समझ रखा है तूने ?" साड़ियों को बगल में दबाकर उठती हुई अम्मा बोलीं।

"लाइब्रेरी गया था। इस घर में पढ़ने की कहीं जगह भी है जो आऊँ ! सारे दिन तो किचकिच मची रहती है।"

"महल चिना लो अपने लिए ! लाट साहब ही बने जा रहे हैं !" बड़बड़ाती अम्मा भीतर चली गई।

गौरा चाय बनाकर लाई और प्याला लेखा के सामने बढ़ा दिया। सबके बीच बैठकर यों अकेले चाय पीते हुए लेखा को बड़ा अजीब-सा लग रहा था। यों वह इस घर की बहू है, पर पढ़ी-लिखी है, कमाती है और ऐसे भिन्न वातावरण से आई है कि उसके साथ यहाँ शुरू से ही विशेष सम्मानित अतिथि का-सा व्यवहार होता है।

"आप भी चाय पीजिए, सुरेश भैया।" प्याला उसकी ओर बढ़ाते हुए लेखा ने कहा। लौटती हुई अम्मा की ओर उपेक्षा भाव से देख उसने कहा, "नहीं भाभी," और वह धड़ाधड़ सीढ़ियाँ चढ़ गया।

लेखा ने चाय का प्याला मुँह से लगाया, तो सारे दिन के थके-हारे दिनेश का कुम्हलाया-सा चेहरा उसके आगे घूम गया। उसे याद आया, कभी वह रात में देर तक जागती, तो दिनेश खुद उसके लिए कॉफी बना लाता था...वह कितनी नाराज़ होती थी, फिर भी...

जाने क्यों उसके मुँह का स्वाद भी बिगड़ गया।

नहा-धोकर गीले बालों की एक ढीली-सी चोटी बाँध लेखा नीचे उतरी, तो भाभी और गौरा रोटियाँ सेंक रही थीं और अम्मा बच्चों को खाना परोस रही थीं।

"तुम्हारे बाबूजी आ गए, मिल लो।" अम्मा ने कहा, तो जाने क्यों लेखा को लगा, जैसे यहाँ अभी-अभी कुछ कहा-सुनी हो चुकी है। रसोई में कुछ धुआँ भी था और कुछ तनाव भी। लेखा ने चुपचाप जाकर पैर छुए और आशीर्वाद का सेहरा ओढ़ती हुई फिर रसोई में लौट आई।

"आप उठिए भाभी, मैं रोटी बेल देती हूँ।"

"रहने दो बाबा, दो दिन आराम करके आदत नहीं बिगाड़नी है। तुम बाहर हवा में बैठो, तुम्हें तो आदत भी नहीं होगी।"

लेखा से जवाब देते नहीं बना, उसने गौरा से कहा, "तुम उठो गौरा।"

"नहीं भाभी," धुएँ से जलती आँखों को आँचल से रगड़ते हुए गौरा ने कहा। भाभी की इनकारी में जितनी तिक्तता थी, गौरा की इनकारी में उतनी ही नम्रता।

खाना-पीना समाप्त हुआ तो लेखा छत पर चली गई। ऊपर के कमरे में ही उसका सामान रखवाया गया था। सुरेश और रमेश वहीं पढ़ते भी थे। छत की मुँडेर पर खड़े होकर उसने देखा, चारों ओर खुले मैदान फैले पड़े हैं। दूर-दूर बने हुए मकानों की मंद-मंद बत्तियाँ टिमटिमा रही हैं। ऊपर स्वच्छ नीले आकाश में तारे झिलमिला रहे हैं। गुलमोहर की टहनियाँ छत की मुँडेर को ढकती हुईं छत पर आ गई थीं और चारों ओर फूल और पत्तियाँ बिखरी पड़ी थीं। ठंडी महकती बयार हौले-हौले चल रही थी। धुएँ से घुटा हुआ कलकत्ता याद आया, जहाँ छत नहीं हैं, ऐसे खुले मैदान नहीं हैं, ऐसी प्यारी हवा नहीं है, तारों की ऐसी जगमगाती

दीवाली नहीं है। वह आकर खाट पर लेट गई तो पेड़ों की डालियाँ उसे पंखा झलने लगीं।

उसकी आँखों के आगे दिनेश उभर आया—कमरे में फुल स्पीड पंखे के नीचे भी पसीने से भीगा, बेचैनी से करवटें बदलता, छटपटाता।

सवेरे चार बजे ही लेखा की नींद खुल गई। पिछले कई दिनों से वह नियमित रूप से चार बजे उठ रही है। आज उसे पढ़ना नहीं था, कोई काम भी नहीं था, फिर भी नींद खुल ही गई। वह उठी। उसके बिस्तरे पर पत्तियाँ और फूल की पँखुड़ियाँ झरी पड़ी थीं। थोड़ी ही दूर गौरा, सुरेश, रमेश, लल्ला, बिट्टू सोए हुए थे—निश्चिंत, बेखबर। वह खाट से नीचे उतरी। मुँडेर पर अमलताश और गुलमोहर के फूल इठला रहे थे। भोर के हल्के-फीके प्रकाश में उनका रंग बड़ा चटकीला लग रहा था। लेखा ने फूलों को छुआ। अजीब-सी पुलक से उसका रोम-रोम भर गया। अपने कमरे में वह बहुत फूल लगाती है, पर पेड़ों पर लगे फूलों को यों बाँहों में भरने का आनन्द उसके लिए नया था।

चिड़ियों के कलरव से धरती-आसमान के ओर-छोर मिल गए और आसमान का कोना सिन्दूरिया आभा से दीप्त हो उठा। मैदानों में खिले रंग-बिरंगे जंगली फूलों में चटकीलापन आने लगा और चारों ओर एक नई स्फूर्ति का आभास मिलने लगा। मन में एक विचित्र-सी पुलक और ताज़गी लिये लेखा नीचे उतर आई।

दोपहर के सारे कामों से छुट्टी पाकर अम्मा ऊपर आकर लेखा के पास ही बैठ गईं।

"बहू, बड़ी के लच्छन तो तुम देख ही रही हो। उठते-बैठते कोसती है। उसे तो घर के हम सब ज़हर लगे हैं। हमें तो भई उससे अब कोई उम्मीद नहीं रही। अब तो तुम्हीं इस घर को ढर्रे पर लगाओ तो लगे। हम तो हार गए।"

अम्मा के स्वर में व्यथा और निराशा उभर आई और उनका स्वर टूट गया।

"गौरा का ब्याह करना है। हम तो बहुत कहते थे कि इसे इतना मत पढ़ाओ-लिखाओ। कोई नौकरी तो करवानी नहीं है इससे।" फिर एकाएक रुकीं, शायद ख़याल आया कि लेखा भी नौकरी करती है। बात सँभालती हुई बोलीं, "सब तो तुम्हारी जैसी होती नहीं। फिर कलकत्ता की तो बात ही और है। कुछ करो, कोई कहने-सुननेवाला नहीं, पर यहाँ तो पचास बातें देखनी पड़ती हैं। बड़ी को छठा दर्जा पास कराकर ब्याह दिया, तो आज घरबार लेकर सुखी है। पर इसके लिए तो एम.ए. लड़का चाहिए कि नहीं ? अब तुम्हीं बताओ कहाँ से लाऊँ ? तुम्हारे पिताजी में तो अब दर-दर ठोकरें खाने का दम-खम रहा नहीं...लड़के को दुकान से ही फुर्सत नहीं। यों भी उन दोनों का हम पर तो सदा कोप ही बरसता रहता है। अब तुम्हारे आदमी ने तरक्की नहीं की तो हम क्या करें ? रहे सुरेश-रमेश, सो उनकी तो [illegible] ही न्यारी है। पढ़ते-लिखते क्या हैं, हम पर अहसान करते हैं। ये भले इनकी किताबें [illegible]ती। घरवाले इनकी बला से, मरो चाहे जिओ।"

"यों भी अम्मा, वे बेचारे इस विषय में कर ही क्या सकते हैं ! उनकी तो अभी उमर ही पढ़ने-लिखने की है।"

"सबकी अपनी-अपनी उमरें हैं, तो लड़की को कौन पार लगावेगा ? तुम लोग यों ही घर से कट-छँटकर रहते हो—बिरादरी के चार आदमियों को तुम नहीं जानते होओगे। मैं तो भैया, चिन्ता के मारे रात-दिन घुली जाती हूँ।"

लेखा समझ ही नहीं पा रही थी कि वह क्या जवाब दे ? वह अपने को ही अपराधी महसूस करने लगी।

"अब आजकल एक नई धुन सवार हुई है—कहती है, मैं तो नौकरी करूँगी। इसी जुलाई से स्कूल में कोई जगह खाली होनेवाली है, सो रात-दिन यही रट लगा रखी है कि पढ़ाऊँगी। अब तुम्हीं बताओ, इस छोटी-सी जगह में वह नौकरी करेगी, तो अच्छा लगेगा ?"

"क्या हर्ज़ है अम्मा ? समय भी अच्छा बीतेगा और कुछ मदद भी हो जाएगी।"

"माफ करो बाबा, हमें नहीं चाहिए ऐसी मदद !" हाथ नचाते हुए अम्मा भड़क पड़ीं, "जवान लड़की, एक बार पैर घर से बाहर पड़ गया, तो फिर बाहर की ही हो रहेगी। आज और चाहे कुछ हो, कम-से-कम अपनी इज़्ज़त तो ओढ़े बैठे हैं। अब तो लगता है मुँह दिखाने लायक भी नहीं रहेंगे। तुम कलकत्ता की बात छोड़ो। मैं कहती हूँ, इस बार भैया आएँ, तो इसका कहीं जुगाड़ बिठा दो।"

लेखा को अचानक ही मीना की याद आ गई, जो अपनी सोलह साल की लड़की से जब-तब कहती रहती है—"देख रीती, तू अपनी शादी अपने आप तय कर लेना। इस भरोसे रहना ही मत कि हम तेरे लिए लड़का ढूँढ़ते फिरेंगे। बस, ख़बर कर देना, तो धूमधाम से शादी कर देंगे।" और वहाँ सबको इस बात का अंदेशा हो गया है कि अवश्य रीती किसी दिन कोई ग़लत काम कर बैठेगी। फिर भी...

बड़ी सशंकित-सी नज़र चारों ओर डालकर और कुछ पास सरककर अम्मा ने धीरे से कहा, "अब तुमसे क्या छिपाऊँ बहू...तुम्हारे पिताजी के पास वह पाठकजी का लौंडा आया करै है कभी-कभी। मैं सोचती थी, आता होगा यों ही। मुझे क्या पता, यहाँ कोई अलग ही खिचड़ी पक रही है ! आज किताबें आ रही हैं, तो कल कुछ !" फिर स्वर को और धीमा करके बिल्कुल ही फुसफुसाते हुए बोलीं, "चिट्ठी भी पकड़ी एक-दो तो।" और अम्मा अपनी बात की प्रतिक्रिया जानने के लिए लेखा के चेहरे की ओर बड़े गौर से देखने लगीं। इतनी बात सुनकर भी लेखा का यों निर्विकार भाव से बैठे रहना उन्हें अच्छा नहीं लगा। आगे कुछ कहने का उत्साह ही जैसे जाता रहा। सारी बात को समाप्त करने के लहज़े में बोलीं, "क्या करें, कुछ समझ में नहीं आता। यह तो समझ लो, बात तुम्हारी चाची और बड़ी तक नहीं पहुँची, नहीं तो सारे गाँव में हंगामा मच जाता।" अम्मा का गला भर्रा गया।

शाम को पिताजी ने आते ही ख़बर दी कि बड़की की लल्ली की शादी पक्की हो गई। सप्तमी को लगन जा रही है।

"कहाँ हुई ? लड़का कौन है ?" अम्मा ने उत्सुकता से पूछा।

"चन्दौसी के कालेज में प्रोफेसर है। घर-वर सभी अच्छा है।"

"यह भी किस्मत की बात है। लो, लल्ली तो दसवीं पास ही है। अरे भई, करनेवाले चाहिए। बिरादरी में अच्छे लड़कों का कोई टोटा थोड़े ही है। चलो, अच्छा है, लल्ली भी अपनी ही है।" पर अपनेपन की भावना के बावजूद अम्मा के कलेजे से एक गहरा निःश्वास फूट पड़ा।

"भात की तैयारी करो, भात की तैयारी।" कमीज़ उतारकर खूँटी पर टाँगते हुए पिताजी बोले, "इन्होंने तो चट मँगनी पट ब्याह कर दिया, पर अब हम कैसे इतनी जल्दी तैयारी करें ? पहला ही मौक़ा है। कसर रह गई तो भद्द पड़ेगी या नहीं ?"

पिताजी सीधी-सी बात भी करते हैं, तो लेखा को लगता है कि जैसे वे शिकायत कर रहे हैं...उनके स्वर और लहज़े से कुछ ऐसा लगता है, जो शिकायत का आभास देता रहता है। कभी-कभी तो लेखा को यह भी लगने लगता है जैसे यह शिकायत दिनेश और उसके प्रति है जो घर से कटकर रहते हैं।

रात लेखा जब छत पर पहुँची, तो देखा, गौरा अकेली लेटी सूनी आँखों से आसमान को निहार रही है। लेखा को देखते ही गौरा उठ बैठी, "आइए भाभी !"

"लेटी रहो, गौरा। सारे दिन काम करते-करते थक भी तो जाती होगी।" लेखा का मन हुआ, गौरा का सिर सहलाए, उसे खूब-खूब प्यार करे; पर गौरा लेटी ही नहीं। दो साल में ही कितनी बदल गई है गौरा। चेहरा कितना फीका पड़ गया है।

"और सुनाओ, क्या ख़बर है ? तुमसे तो कुछ बात ही नहीं हुई !"

"सब ठीक है।" दबे गले से गौरा ने कहा और फीकी-सी मुस्कराहट उसके सूखे होठों पर फैल गई, पर स्वर की व्यथा लेखा से छिपी नहीं रही। वह समझ ही नहीं पा रही थी कि गौरा से क्या कहे। उसे लगा, जैसे गौरा उससे कहना चाह रही है पर कह नहीं पा रही है। कहना तो वह भी बहुत कुछ चाह रही है...बहुत कुछ वह गौरा से पूछना चाहती है, पर पूछ नहीं पाती। हवा में हिलती हुई पेड़ों की टहनियाँ ही छत की निंस्तब्धता को तोड़ रही हैं। लेखा पाठकजी के लड़के के बारे में पूछना चाहती है, पर केवल इतना ही कहकर रह जाती है, "यहाँ तो गर्मी का नाम भी नहीं।" और उसे एकाएक ही दिनेश की याद आने लगी। ऐसी खुली छतों के लिए कितना तड़पता है दिनेश। लेखा ने चारों ओर देखा, हल्की-सी चाँदनी बिखरी थी, और चटक नीले आसमान पर दिप्-दिप् करके तारे चमक रहे थे।

तभी अचानक बड़ी तेज दुर्गन्ध का झोंका आया और धीरे-धीरे वह बदबू हवा में फैलने लगी। साड़ी का पल्ला नाक पर लगाते हुए लेखा ने कहा, "यह बदबू किधर से आ रही है ?"

"पीछे की तरफ़ एक पोखरा है—बड़ा-सा। उसके पानी में दुनिया-भर का कूड़ा-करकट सड़ा करता है और जब हवा इधर की बहती है, तो दुर्गन्ध आती है। पहले तो इतनी सड़ी बदबू आती थी कि मुझे कै हो जाया करती थी, अब तो फिर भी आदत हो गई है।"

"म्यूनिसिपैलिटी सफ़ाई क्यों नहीं करवाती ?" लेखा के लिए यह बदबू सचमुच ही असह्य हो रही थी।

"क्या पता !" और दोनों फिर चुप हो गईं। पर दो क्षण बाद जैसे अपनी सारी शक्ति बटोरकर गौरा एकाएक पूछ बैठी, "भाभी, मुझे कलकत्ता में नौकरी नहीं मिल सकती क्या ? यहाँ तो अम्मा-पिताजी मुझे कुछ नहीं करने देते, करने भी नहीं देंगे और सारे दिन घर में मेरा मन नहीं लगता। आप मुझे अपने साथ ले चलिए भाभी ! मैं भी कोई नौकरी कर लूँगी। यहाँ तो कभी पढ़ने-लिखने के लिए एक पत्रिका मँगा लो, तो जैसे सारे घर में तूफान मच जाता है, यही सब करवाना था तो मुझे पढ़ाने-लिखाने..."

"बहू...ओ बहू !" छत के पिछले हिस्से से चाची की छत जुड़ी हुई थी, वहीं से खड़ी होकर चाची आवाज़ दे रही थीं।

गौरा की बात को बीच में छोड़कर लेखा उधर गई।

"तुम तो आई ही नहीं बहू ! मैंने तो कल भी तुम्हारी राह देखी।" चाची ने उलाहना दिया, "तुम तो कम-से-कम पराया मत समझो। भैया पर मेरा मन जिठानीजी से कम नहीं है। उन्होंने भी मुझे कभी कम नहीं माना। जब भी आते, मेरे लिए वैसी ही साड़ी लाते जैसी जिठानी के लिए लाते। तुम तो..."

"मैं भी लाई हूँ, चाचीजी। उधर आऊँगी तो दूँगी। आप भला पराई कैसे हो सकती हैं। वे तो हमेशा ही आपको याद करते हैं।"

"मैं तो खुद ही आ जाती, पर क्या करूँ, इन लोगों को तो मैं फूटी आँखों नहीं सुहाती। जाकर खड़ी नहीं होऊँगी कि सबको साँप सूँघ जाएगा।" फिर बड़े बुझे-बुझे स्वर में बोलीं, "अब अपना आदमी ही नहीं पूछे, तो दूसरों को क्या दोष दूँ। तुम्हारी तरह पढ़ी-लिखी होती, तो मैं भी कमाकर खा लेती। अब तो समझ ही नहीं आता, यह पहाड़ जैसी ज़िन्दगी कैसे कटेगी। कैसे इस छोरे को बड़ा करूँगी। मकान के इस हिस्से के सिवा मेरे पास तो कुछ भी नहीं है। हिस्से का थोड़ा-बहुत पैसा है, पर सब दबा लिया। माँगती हूँ, तो सबको काँटे जैसे लगती हूँ। गौरा को लखनऊ में मैंने साल-भर तक अपने पास रखा, पढ़ाया-लिखाया। इस छोरे की कसम खाकर कहती हूँ जो एक पैसा भी लिया हो या उसे तकलीफ दी हो। तुम्हें तो याद होगा, तुम शादी होकर आई थीं तब कैसी दिखती थी गौरा...। अब देख लो, कैसी हो गई है। पर आज मुझ पर संकट पड़ा तो..."

"बहू...ओ बहू !" अम्मा की आवाज़ सुनते ही लेखा घूम पड़ी और चाची का प्रवाह रुक गया। अपनी बात को बीच में ही तोड़कर बोली, "कल आना बहू, ज़रूर आना।"

"क्या पट्टी पढ़ा रही थी ? कोस रही होगी हमें और क्या !" चाची की छत पर कुपित दृष्टि से देखते हुए अम्मा बोलीं। फिर खाट पर बैठते हुए गौरा को आदेश दिया, "जा दूध चढ़ाकर आई हूँ, उसे उतारकर जमा देना। दोनों नवाबजादे भी आ गए हैं...उन्हें खाना देती आना।"

गौरा उठकर चली गई और लेखा को फिर अम्मा के पास बैठना पड़ा।

"बहू, अब तो भात की तैयारी करनी है, बस। तीन साड़ियाँ तो तुम्हारी लाई..."

"अम्मा !" सुरेश की आवाज़ से अम्मा की बात बीच में ही टूट गई।

"क्या है ?" अम्मा के स्वर ने ही बता दिया कि उन्हें सुरेश का यों टोकना अच्छा नहीं लगा।

"इस बार जैसे भी हो, मुझे पंद्रह रुपए दो। चश्मा बदलवाए बिना पढ़ना-लिखना असम्भव हो गया है। आजकल तो सारे दिन बस सिर भन्नाता रहता है। आँखों से पानी बहता रहता है।"

"आए दिन तुम्हारे चश्मों के नम्बर ही बदलते रहते हैं। मैं तो दुःखी हो गई।"

"अरे सुरेश, ज़रा अपनी अम्मा को नीचे भेजना।" बाबूजी ने आवाज़ लगाई, तो अम्मा वैसे ही बड़बड़ाती हुई नीचे उतर गई। सुरेश भी उनके पीछे-पीछे ही उतर गया।

अकेली होते ही लेखा ने महसूस किया, जैसे इन सबके बीच वह बहुत परायी है। उस

घर की एक सदस्या होकर भी वह घर से अलग है। यहाँ आकर उसे बराबर ही लगता रहा है जैसे वह बहुत फ़िजूलख़र्च है जैसे उसका बहुत-सा कर्तव्य इस घर और घर के व्यक्तियों के प्रति है, पर जिसे वह पूरा नहीं कर रही है। वे दोनों सौ रुपए भेजकर समझते हैं कि सब कुछ कर दिया। दो साल तक अपने काम और पढ़ाई में डूबे रहकर वह तो भूल ही गई थी कि उसका लम्बा-चौड़ा परिवार है, उस परिवार की समस्याएँ हैं। उसके सामने तो उसका अपना भविष्य था, कैरियर था, बड़े-बड़े अरमान थे।

लेखा यों ही खाट पर लेटकर आसमान की ओर निहारने लगी। उसे कलकत्ता याद आने लगा। वर्मा और बीनू, शिप्रा, मीनाक्षी, माथुर—एक-एक करके सब याद आए। सुषमा-महिम के साथ दार्जिलिंग में कहीं घूम रही होगी। जिस दिन विदा किया था, उस दिन सचमुच सुषमा बहुत सुन्दर लग रही थी। दिनेश की छुट्टी कब मंजूर होगी। उसने तार से अपने पहुँचने की सूचना दे दी थी, पत्र अभी नहीं लिख पाई थी। कल वह दिनेश को पत्र लिखेगी। टाइप किया हुआ चैप्टर उसके बक्स में रखा है, कल उसे भी निकालेगी। पर कर पाएगी यहाँ ? कल तो उसे चाचीजी के पास भी जाना है। कल वह गौरा से बात करेगी। रमेश और सुरेश को जैसे भी होगा, अपने पास बिठाएगी। वह इस परिवार के लोगों के साथ घुलेगी-मिलेगी। आखिर वह भी तो इसी परिवार की एक सदस्या है।

रविवार को सुरेश और रमेश ने प्रस्ताव रखा, ''भाभी, शाम को घाट पर चलिए। कुछ देर नाव पर ही सैर की जाए।''

''हाँ भाभी, आज घाट पर ही शाम बिताई जाए। खाना खूब जल्दी बना लेंगे, और क्या !'' प्रफुल्लित-सी गौरा बोली।

''अम्मा, चले जाएँ ?'' इज़ाजत के लहज़े में लेखा ने पूछा।

''चले जाओ, सब लोगों का मन है, तो घूम आओ।'' तार पर फैली हुई साड़ी को समेटते हुए अम्मा ने कह तो दिया, पर उनके स्वर में कोई विशेष उत्साह नहीं था। लेखा जानती है, आज ही उसने भात के लिए अम्मा को एक अँगूठी और पचास रुपए दिए हैं। आज चाहकर भी उनसे मना करते नहीं बनेगा।

''भाभी, आज तो आपको भी चलना ही होगा।'' लेखा ने बड़े मनुहार-भरे स्वर में कहा।

भाभी बरामदे में बैठी अपनी सबसे छोटी लड़की को दूध पिला रही थी। सुनते ही भभक उठी, ''तुम्हीं करो नाव के सैर-सपाटे ! हमारी किस्मत में तो रसोई के ही सैर-सपाटे लिखे हैं।''

''कहा न, आज खाना जल्दी ही बना लेंगे। मैं अकेली ही बना लूँगी, बस।'' उत्साहित सी गौरा बोली, पर भाभी नहीं मानी। लेखा घर के काम में बहुत पटु नहीं है, फिर भी जानती ज़रूर है। पर जाने क्यों यहाँ उससे कोई काम नहीं करवाता। यों छोटा-मोटा काम वह कर देती है। उसे भाभी पर गुस्सा तो नहीं आता, वह भाभी की जगह होती, तो शायद उसकी भी यही स्थिति होती, पर घर का तनाव और हमेशा ही कहा-सुनी मन को बोझिल ज़रूर बना देती है। लेकिन क्या किया जाए !

बहती नदी में विहार करते हुए गौरा का मन जैसे बहने लगा था। वह मुग्ध भाव से नदी को देख रही थी। ढीली चोटी में से निकलते हुए उसके केश हवा के साथ उड़ रहे थे। उसकी साड़ी का पल्ला उड़ रहा था। शायद उसका मन भी उड़ रहा था। लेखा ने पहली बार गौरा को इतना प्रसन्न, इतना चंचल देखा। सुरेश और गौरा ने मिलकर एक सहगान गाया। साँझ की सूनी दिशाएँ संगीत से गूँज उठीं। लेखा का मन हुआ, वह भी इनके साथ गाए, पर उसे वह गीत नहीं आता था। उसे सुषमा की याद आई। वह भी अच्छा गाती है। पर कितनी पूछ है उसके गाने की ! गौरा के गले में भी लोच है, आवाज़ में सुरीलापन है।

नदी बह रही थी, उस पर नाव बह रही थी, उस पर रमेश, सुरेश और गौरा बह रहे थे। चारों ओर संगीत की स्वर-लहरियाँ बह रही थीं, और आसमान में बादलों के छोटे-छोटे टुकड़े बह रहे थे। इस बहाव में गौरा के मन की उदासी और खिन्नता न जाने कहाँ बह गई थी। सुरेश का सिर-दर्द भी बह गया था।

लेकिन रात को लेखा ऊपर चढ़ी तो देखा, सुरेश सिर पर रूमाल बाँधे औंधा लेटा हुआ था।

"क्या बात है भैया ? सिर दर्द कर रहा है ?" सिरहाने बैठते हुए लेखा ने पूछा।

"यों ही ज़रा-सा।" झट उठते हुए सुरेश ने कहा और एक झटके से सिर पर बंधा रूमाल खींच लिया।

"अरे लेटे रहो...लेटे रहो। आप लोग मेरे साथ इतना तक़ल्लुफ क्यों करते हैं ?" लेखा के स्वर में शिकायत थी। सुरेश धीमे से मुस्कराया।

"चश्मे का नम्बर बढ़ गया है, इसलिए यों तो आजकल सारे दिन ही सिर दर्द करता रहता है, पर ज़रा-सा पढ़ लूँ, तो दर्द बहुत बढ़ जाता है। अम्मा रुपए देगी तब तक तो यों ही चलाना पड़ेगा।" सुरेश दूसरी ओर देखने लगा।

लेखा जानती है, अम्मा ने रुपए भात की तैयारी में लगा दिए हैं। लेखा के पास जो कुछ था, वह भी उसने अम्मा को दे दिया।

"भाभी, यदि मैं कलकत्ता आ जाऊँ तो कुछ ऐसा प्रबन्ध नहीं हो सकता कि कुछ काम भी मिल जाए और पढ़ाई भी चलती रहे ? वहाँ तो रात के कॉलेज हैं। उसी में पढ़ लिया करूँगा। मैं आप लोगों पर बोझ नहीं बनूँगा।"

सुरेश के स्वर की मायूसी लेखा को कचोट गई। बोझ...लेखा ने महसूस किया कि इन तमाम बच्चों के दिलों में अभी से यह बात कितने गहरे बैठ गई है कि ये बोझ हैं...अभी इन लोगों की उम्र ही क्या है ! गौरा भी तो उसके साथ-साथ जाना चाहती है। गौरा से फिर बात नहीं हो पाई। अम्मा उसे किसी के पास बैठने ही नहीं देतीं। वह जानना चाहती है कि क्या सचमुच गौरा पाठकजी के लड़के से...

"ऐसा नहीं हो सकता है क्या, भाभी ?" सुरेश उसके उत्तर की प्रतीक्षा कर रहा था।

"हो क्या नहीं सकता। पर यह तो तुम्हारा फाइनल इयर है। अगले साल आना। सभी इन्तजाम हो जाएगा। यों छुट्टियों में एक बार आओ। कुछ घूमना-फिरना ही हो जाएगा।"

"छुट्टियों में ?" सुरेश चुप हो गया। लेखा को लगा, छुट्टियोंवाली बात उसे नहीं करनी थी। कलकत्ता तक आने-जाने का किराया...

"बहू...ओ बहू ! सो गई क्या ?" छत पर चढ़ते हुए अम्मा ने कहा।

लेखा ने सिर से पल्ला खींचते हुए कहा, "नहीं अम्मा।" और वह खाट पर से उठ खड़ी हुई। सुरेश दोनों हाथों में सिर छिपाकर फिर औंधा लेट गया। अम्मा लेखा की खाट पर बैठ गईं और कमर से साड़ी का खुँसा हुआ पल्ला निकालकर बोलीं, "आज तुम लोग घाट पर गए थे, तो मैं भी एक काम कर आई।" और फिर एक मोटे-से धागे में बँधी हुई एक छोटी-सी पोटली लेखा के हाथ में देते हुए बोलीं, "कल सोमवार है। नहा-धोकर इसे बाँध लेना।"

"यह क्या है अम्मा ?" आश्चर्य से पोटली को उँगलियों में नचाते हुए लेखा ने पूछा।

"अब ज़्यादा पूछताछ तो करो मत, बाँध लेना।" अम्मा बड़े गद्‌गद् स्वर में बोलीं, "भई, तुम लोग चाहे सोचो-न-सोचो, हम लोग तो इस चिन्ता में भी घुले जाते हैं। तुम्हारे ब्याह को चार-चार साल होने आए और घर में बाल-गोपाल तक नहीं। भरी जवानी में ही कोख रुझ जाए, यह भी कोई बात हुई भला।"

लज्जित, अपमानित, अवाक्-सी लेखा अम्म. का मुँह ही देखती रह गई। क्या कह रही हैं अम्मा !

"यहाँ एक पीर है। नीम के नीचे बैठते हैं, सो उन्हें सब नीम-तले का पीर कहते हैं। ऐसा तावीज़ देते हैं कि बस ! आज तक उनका तावीज़ अकारथ नहीं गया। लोग दूर-दूर से आते हैं। पाँच रुपए और एक गज़ लाल कपड़ा...सो तुम्हारा घर आबाद हो, पाँच रुपए तो बहुतेरे आ जाएँगे।"

लेखा ने बाँहों में मुँह छिपाए दर्द से छटपटाते सुरेश की ओर देखा। उसका मन क्षोभ से भर गया।

आज भात जानेवाला है। अम्मा ने बिरादरी में बुलावा फिरवाया है। सवेरे से ही घर में धमाचौकड़ी मची हुई है। भात सजाकर रख दिया गया। ग्यारह जोड़ी कपड़े और चार तोला सोना रखा है। कुछ नक़द रुपए भी हैं। लेखा आश्चर्य कर रही है, इतना सब अम्मा ने कहाँ से कर लिया ! पर अम्मा बहुत खुश हैं। शाम को औरतें देखने आएँगी। भात की सराहना होगी। गीत गवेंगे, बताशे बँटेंगे। बड़ी भाभी कई बार रो चुकी हैं। चाची ने कई बार झाँक-झाँककर देख लिया है। वे शायद बराबर उम्मीद कर रही हैं कि उन्हें इस अवसर पर तो बुलाया ही जाएगा।

चौके का सारा काम जल्दी-जल्दी समाप्त करके गौरा लेखा के पास आई। बड़े सकुचाते-सकुचाते बोली, "भाभी, कोई अच्छी साड़ी दीजिए पहनने के लिए।" संकोच के आधिक्य से वह लेखा से आँखें नहीं मिला पा रही थी। लेखा ने अपनी साड़ी उसे पहनाई। गले में हार और कानों में टॉप्स भी पहनाए। उसका जूड़ा भी बना दिया। गौरा झेंप रही है। वह प्रसन्न है। लेखा को गौरा का रूप बहुत अच्छा लगता है। वह चाहती है, गौरा हमेशा ऐसे ही प्रसन्न रहा करे।

गीत चल रहे हैं। पता नहीं, कहाँ से पाठकजी का वही लड़का आ गया। अम्मा के तेवर चढ़ गए। गीतों से उठकर वे भीतर गईं। फिर एक कठोर स्वर आया, "गौरा, भीतर आ !"

गौरा साड़ी उतार रही थी और अम्मा बक रही थीं, "ये तेरे चरित्तर तुझे अच्छे रस्ते नहीं ले जाएँगे गौरा, मैं कहे देती हूँ ! अब समझ में आया कि क्यों सवेरे से यह नखरा हो रहा

था...क्यों बात-बात पर हँसी फूट रही थी...बदन थिरक रहा था।''

लेखा अवसन्न-सी जहाँ की तहाँ खड़ी रह गई, जैसे जम गई हो।

गीत गाकर, बताशे लेकर औरतें चली गईं। भात का सामान लेकर बड़े भैया चले गए। ख़ुशी का मौक़ा था, फिर भी एक अजीब-सी मायूसी, एक ख़ामोश-सी उदासी सारे घर में छा गई। रात को लेखा, सुरेश और रमेश सब चुप-चुप अपनी-अपनी खाट पर जा लेटे। सुरेश सिर पर रुमाल बाँधे वैसे ही औंधा लेटा है। गौरा दोनों बाँहों से आँखें मूँदे चित्त लेटी है...वह शायद रो रही है। पासवाली छत पर रात के सन्नाटे में चाची का बड़बड़ाना स्पष्ट सुनाई दे रहा है। आज इतनी औरतों को बुलाया और उन्हें नहीं बुलाया। वे अपनी बेसहारा पहाड़-सी ज़िन्दगी और फूल-से बच्चों को कोस रही हैं। भाभी ने अपना दिन-भर का ग़ुस्सा अकारण ही बच्चों पर निकाल डाला और वे पिटकर इतने रोए, कि हमेशा चुप रहनेवाले पिताजी को भी डाँटना पड़ा। और फिर भाभी रोईं, उन्होंने अपनी किस्मत को कोसा, अपने बच्चों को कोसा। अब शायद वे लोग सो गए हैं...नीचे से किसी की आवाज़ नहीं आ रही है।

लेखा ने करवट बदली। उसने सोचा, वह कल दिनेश को लिखेगी कि वह जल्दी-से-जल्दी आने की कोशिश करे। उसे एकाएक ही दिनेश की याद आने लगी। गहरे नीले आसमान के तारे अभी भी वैसे ही झिलमिला रहे थे पर इस बार लेखा को लगा, जैसे एक आइना चूर-चूर होकर बिखर गया है।

'त्रिशंकु' संकलन से

आते-जाते यायावर

कभी सोचा भी नहीं था कि महज मज़ाक में कही हुई बात ऐसा मोड़ ले लेगी। मोड़, और इस शब्द पर मुझे खुद ही हँसी आने लगी। मेरी ज़िन्दगी में अब न कोई उतार-चढ़ाव आएगा, न मोड़। वह ऐसे ही रहेगी; सीधी, सहज और सपाट। हाँ, कभी-कभी उस सपाट ज़िन्दगी में एक दरार डालकर उसके पार बसी दुनिया को देखने के लिए जी ललच उठता है, पर जब-जब ऐसा किया, मन का बोझ बढ़ा ही है। फिर भी कल जो कुछ हुआ उसमें जीना अच्छा लग रहा है। खासकर इस आश्वासन के साथ, नहीं, आश्वासन नहीं, न जाने क्यों मुझे सही शब्द नहीं सूझ रहे और मैं ग़लत शब्दों का ही प्रयोग करती जा रही हूँ—आमंत्रण या कहूँ कि साग्रह मनुहार के साथ कि मैं आज भी मिलूँ।

ख़याल आया, रमला सुनेगी तो हँसती हुई कहेगी, "लगा लिया तुझे भी क्यू में ? भई, कमाल है ?"

रात बारह बज गए थे, तो रमला ने पूछा नहीं था, एक तरह से आदेश-सा देते हुए ही कहा था, "नरेन, मिताली को छोड़ने का जिम्मा आपका। आप इसे छोड़ते हुए निकल जाइए।"

उसने कुछ ऐसे सहर्ष भाव से स्वीकृति दी मानो वह इसी बात की प्रतीक्षा कर रहा था। टैक्सी-स्टैंड पर कई टैक्सियाँ खड़ी थीं, पर वह उधर नहीं बढ़ा। इस आदमी से काफी दूरी रखनी है और इसकी हर बात को केवल ऊपर से निकाल देना है, इस बात के प्रति बेहद चौकस होने के बावजूद, आधी रात को उसके साथ पैदल चलने का ख़याल मुझे कहीं अच्छा लगा। चारों ओर निपट सन्नाटा था और सड़क के दोनों ओर दूर तक लैंप-पोस्ट बाँहें फैला-फैलाकर रोशनी उँड़ेल रहे थे।

"यहाँ बारह बजे ही कैसा सन्नाटा हो जाता है ! विदेशों में तो बारह के बाद से ही असली ज़िन्दगी शुरू होती है।" और मुझे लगा कि अब यह लगातार विदेश की बातों से बोर करेगा। इस देश की लड़कियों पर रौब डालने के लिए कितना अच्छा हथियार है यह !

पर ऐसा हुआ नहीं। वह फिर अपने बारे में बताने लगा। अपने शौक, अपनी महत्त्वाकांक्षाएँ और खासकर अपनी यायावरी वृत्ति !

"लगता है, मेरे भीतर एक जिप्सी बैठा है, जो मुझे घुमाता है। पिछले सात साल से मैं केवल घूम रहा हूँ, भटक रहा हूँ, नए-नए स्थान, नए-नए लोग ! पता नहीं कहाँ जाकर अन्त होगा, कब अन्त होगा !"

वह जैसे बहकने लगा था। मुझे ख़याल आया, इसने बहुत पी रखी है, केवल नीट ! बल्कि जब रमला दरवाजे तक छोड़ने आई, तो कहा भी था, "आज आप बहुत पी गए हैं।

ठीक से छोड़ तो देंगे न मिता को ?''

वह हँसा था, ''आप तो जानती ही हैं कि कितना भी पी लूँ, मुझ पर रंग नहीं चढ़ता।''

''काला कंबल,'' रमला ने कहा था और हँस पड़ी थी। बातों के नीचे छिपे अर्थ मैं समझ रही थी, फिर भी अनजान बनी खड़ी रही पर क्षण-भर के लिए तीव्र आकांक्षा का एक झोंका ऊपर से नीचे तक जैसे चीरता हुआ निकल गया—एक बार मैं भी रंग चढ़ाने की कोशिश करके देखूँ, और कुछ नहीं, केवल एक चैलेंज की तरह ! सचमुच अब बातें या तो चैलेंज के रूप में आती हैं या बदला लेने की क्रूर भावना के साथ। रमना, डूबना—ये सारे शब्द तो जैसे एक-एक करके निरर्थक होते चले गए।

''जानती हैं, यूनिवर्सिटी की इन सड़कों पर मैं कितना घूमा हूँ ? ज़िन्दगी के कितने दिन इन पर गुज़ारे हैं ?'' तो उसी के स्वर-में-स्वर मिलाकर बोली, ''और जाने किन-किन के साथ ?''

वह हँस पड़ा, ''लगता है, रमला ने मेरे बारे में बहुत कुछ उलटा-सीधा बता रखा है आपको।''

मैं हल्के से मुस्कुराई। सचमुच रमला ने इतना कुछ बता रखा था उसके बारे में कि बिना किसी विशेष परिचय के भी वह मुझे अपरिचित नहीं लग रहा था। धीरे-से बोली, ''कुछ ग़लत तो नहीं बताया न ?''

वह फिर हँस पड़ा, ''कभी-कभी सोचता हूँ, आदमी अपने भीतर कितना कुछ समेटे होता है, वह खुद नहीं जानता और एक बँधी-बँधाई लीक पर चलकर मर जाता है। बिना अपने को जाने, बिना अपने को समझे ! ह्वाट ए पिटी !''

बिना उसकी ओर देखे ही मैंने जान लिया कि स्वर की तरह उसके चेहरे पर भी एक हिक़ारत-भरी दया फैल गई होगी।

पर मैं एकाएक ही बहुत कटु हो आई। मन हुआ, कहूँ, 'लीक तोड़ना', 'संस्कारों से मुक्त होना'—इन सारे मुहावरों का चारा डालने के लिए कैसी खूबसूरती से प्रयोग किया जाता है आजकल। पर कहा केवल एक निहायत ही पिटा-पिटाया वाक्य, ''लीक तोड़कर ही आदमी क्या बहुत कुछ पा लेता है ?''

मैं जानती थी, वह क्या उत्तर देगा। फिर भी उसके मुँह से सुनने का मोह हो आया।

''अच्छा, आप ऐसा नहीं मानतीं कि हम जितनी तरह की ज़िन्दगी जीते हैं, जितने सम्पर्क और सम्बन्ध बनाते हैं, उनसे हमारे व्यक्तित्व के उतने ही पहलू उभरकर आते हैं ? नई-नई जगह देखना, नए-नए लोगों से मिलना, उनके निकट होना, उनको अपने निकट लाना—और खुद-ब-खुद भीतर एक नई दुनिया खुलती चलती है। तब एक मुग्ध विस्मय के हाथ हम देखते हैं—अरे, यह सब भी हमारे भीतर था !''

मैं बड़े तटस्थ और कुछ ऐसे चौकन्ने भाव से उसकी बात सुनती रही, मानो यह सब पहली बार सुन रही होऊँ। हालाँकि रमला यह सब मुझे बता चुकी थी।

''और यदि यह सम्बन्ध ऑपोजिट-सेक्स के साथ हो, तब तो व्यक्तित्व के रगो-रेशे तक उभरकर आ जाते हैं।''

और उसने एक निस्संकोच, सीधी नज़र मेरे चेहरे पर टिका दी, जिस पर अपनी बात का समर्थन करवाने का साग्रह अनुरोध अटका हुआ था।

हूँ, तो ये अब मुझ पर ही चालू हुए। पर लगा, आदमी दिलचस्प भी है, और औरों से भिन्न भी। सब लोग ऐसे मौकों पर बात करते हैं 'तुम' से। जैसे जो हो, बस तुम ही हो, बाक़ी दुनिया बेकार। उसने बात दुनिया से शुरू की है, अब शायद 'तुम' पर आएगा—धीरे-धीरे, सीढ़ी-दर-सीढ़ी। नवीनता का भी तो अपना एक आकर्षण होता है। सचमुच आदमी तेज़ है और किसी को भी फँसाने के सारे हथकंडों से लैस।

फिर भी बात करने का नाटकीय अन्दाज़ मन को भाया। रह-रहकर कन्धों का उचकना, हथेलियों का हवा में फैलना-सिकुड़ना और पल-पल चेहरे की बदलती मुद्राएँ।

'अमेरिकी लटका !' एकाएक ही मन में उभरा। ये अदाएँ ही तो सम्पर्क-सम्बन्ध बनाने का सबसे सशक्त साधन होती होंगी।

भीतर-ही-भीतर कहीं हँसी उमड़ने लगी। रमला ने इस नाटकीय अन्दाज़ की हू-ब-हू नक़ल करते हुए ये ही सब बातें बताई थीं और फिर हँसते हुए कहा था, "बोलो, मिला दें तुम्हें नरेन से ? तुम भी उसके व्यक्तित्व का एक पहलू उजागर कर दो, या अपना करवा लो।"

भीतर-ही-भीतर मन में कुछ कुलबुलाने लगा। मैंने बड़ी ही तौलती-सी नज़र से एक बार उसे देखा।

सारी बात रमला को सुनाने के लिए एक मज़ाक बनकर रह जाती, यदि फाटक पर विदा लेते समय वह यह नहीं कहता, "कल शाम को आप क्या कर रही हैं ? खाली हों तो मिलें ?"

एक क्षण को हाँ-ना किए बिना मैं असमंजस में खड़ी रही। तभी सुना, वह हँसते हुए कह रहा था, "आप बहुत गालियाँ दे रही होंगी मुझे ! आज आपको भी थोड़ी-सी पिला देने का पाप कहिए या पुण्य, मुझसे हो ही गया। हमेशा याद रखिएगा कि आपके कुछ दायरों में से एक दायरा मैंने भी तोड़ा।"

अन्तिम बात ने एकाएक ही जैसे मुझे कहीं बहुत भीतर, गहरे में धकेल दिया। मैं सुन्न हो गई। ख़याल ही नहीं रहा कि उसे कुछ जवाब देना है, पर वह खुद ही बोला, "कल फ़ोन करके मैं खुद तय कर लूँगा।" और हाथ हिलाकर मुड़ गया, मैं जहाँ-की-तहाँ खड़ी रह गई।

मन की न जाने कौन-सी अदृश्य परतों के नीचे दबा एक वाक्य पूरे दृश्य के साथ उभर आया—अपने शरीर से अलग करते हुए उसने कहा था, "आज तुम्हें एक अँधेरे कुएँ से निकालकर खुली-फैली दुनिया में ले आया हूँ। अब जानोगी कि जीना क्या होता है !"

तब वह पुलकित होने के साथ-साथ भीतर तक कृतज्ञ भी हो आई थी।

और बहुत दिनों बाद उसी ने फिर कहा था, "खींचकर लाना मेरा काम था, अब इस खुली दुनिया में चलना और अपना रास्ता तलाश करना तुम्हारा काम है।" क्योंकि अपने साथ चलने के लिए उसने एक लिपी-पुती, बड़ी-सी बिन्दी लगानेवाली गुड़िया जैसी लड़की चुन ली थी। एक बार परिचय भी करवाया था, "ये हैं मिताली ठाकुर, हमारे साथ पढ़ती थीं। बहुत ही होशियार और ग़ज़ब की बोल्ड।" 'बोल्ड' शब्द कहते समय हल्की-सी भर्त्सना का पुट आ मिला था उसके स्वर में। पत्नी के सामने शायद मित्र कहने का तो वह साहस तक न जुटा पाया था।

तब एक बार बड़ी ज़ोर से इच्छा हुई थी कि वह मुझे अँधेरे कुएँ से खींचकर लाया था, तो मैं भी इसकी शराफ़त का यह खोल खींचकर उतार दूँ, जिसे यह बड़ी मासूमियत के साथ अपनी पत्नी के सामने ओढ़े बैठा है।

पर मैं कुछ नहीं कर पाई थी। बस, भीतर-ही भीतर उफनते ज़हर को चुपचाप पीती रही थी और आँखों से उमड़ते आँसुओं को जबरन पीछे ठेलती रही थी।

तब मुझे मालूम हुआ था कि संस्कार तोड़ने के बहाने कितनी खूबसूरती से वह मुझे ही तोड़ गया है !

अब एक ये आए हैं दायरे तोड़ने। ठीक है, कल ये भी आएँ। अब मैं भी पहले की तरह मूर्ख नहीं रह गई हूँ। और भीतर-ही-भीतर एक बड़ी ही क्रूर-सी इच्छा कुलबुलाने लगी।

अब तक की सारी मिठास एक कड़वाहट में बदल गई।

लेटी तो नींद नहीं आ रही थी। व्यक्ति अब अलग-अलग याद नहीं रहते। शायद सभी कहते हैं, 'मिता बहुत रिज़र्व्ड है, मिता इनिशिएटिव नहीं लेती, मिता अपने को कहीं भी प्रोजेक्ट नहीं करती।'

तो भीतर-ही-भीतर सबको धोखा देने का, छलने का एक क्रूर सन्तोष मन में जगता है। तुम कभी जान नहीं सकते कि मिता भीतर से क्या है ? मिता ने तो सब कुछ किया है, आज भी कर सकती है, पर बर्दाश्त होगा तुमसे ? तब तुम्हीं सबसे पहले थू-थू करते हुए हिक़ारत-भरे प्रहार करोगे और अपने-अपने दड़बों में लौट जाओगे।

नहीं, मैंने तो बहुत पहले ही तय कर लिया था कि अब मैं कुछ नहीं करूँगी। अपने को वापस दायरे में समेट लूँगी। इस निर्णय के साथ ही मैंने वह शहर ही नहीं छोड़ा था, अपना अतीत भी छोड़ दिया था। एक बार बाहर आकर भीतर की ओर लौटने की यातना, भीतर से बाहर की ओर आने की यातना से कितनी ज़्यादा है, यह भी मैंने तभी जाना था। बाहर आने में कितनी उमंग, कितना उत्साह था और भीतर लौटने में कितनी निराशा, कितनी टूटन !

फिर भी एक अदृश्य संकल्प मेरे मन में धीरे-धीरे आकार लेने लगा।

ठीक समय पर वह आ गया। कमरा वैसा ही पड़ा है। एक बार भी मैंने उसे सजाने-सँवारने का प्रयत्न नहीं किया। मैं अपनी हर बात से उसे यह दिखा देना चाहती हूँ कि मैं उसे ज़रा भी महत्त्व नहीं दे रही हूँ। न उसके इस प्रकार चले आने को कुछ विशेष समझ रही हूँ। मैंने मन-ही-मन तय कर लिया है कि मैं निहायत ही देशी ढंग से व्यवहार करूँगी और अंग्रेज़ी का एक शब्द भी नहीं बोलूँगी। अपनी विदेशियत के रौब को यों धूल में लोटते हुए देख उसे कैसी तिलमिलाहट होगी, यही तो इनकी सबसे बड़ी तुरुप होती है। उस काल्पनिक तिलमिलाहट से मुझे भीतर-ही-भीतर एक सन्तोष मिलने लगा।

"और जब सारी स्थिति बर्दाश्त के बाहर हो गई, तो हम लोगों ने उस सम्बन्ध को नकारकर नए सिरे से अपने-अपने व्यक्तित्व को स्वीकार किया। बताइए ज़रा, आदमी सिवाय एक औरत के पति के और कुछ रह ही नहीं जाए ! यह भी कोई ज़िन्दगी हुई भला !"

वह अपनी अमेरिकी पत्नी से अलग होने की बात बता रहा था। पर किसी बहुत ही

आत्मीय या नाजुक के टूटने की हल्की-से-हल्की व्यथा भी उसके चेहरे पर नहीं थी। तोड़ना क्या इतना आरान भी हो सकता है ! अतीत के सम्बन्ध से क्या सचमुच आदमी इस तरह मुक्त हो सकता है ? पर जो जुड़ता ही नहीं, उसके लिए टूटने की अहमियत ही क्या होती होगी भला ?

फिर भी अतीत की किसी भी छाया या व्यथा से इसका यों मुक्त होना मुझे अच्छा लग रहा है। 'खाली स्लेट पर ही तो रंग अच्छा चढ़ता है'—एकाएक ही मन में उभरा और जैसे मैं भीतर-ही-भीतर अपने एक-एक कदम के लिए सतर्क और चौकन्नी हो गई।

वह लगातार कुछ-न-कुछ बोले जा रहा था और मैं विस्मित-सी यह सोच रही थी—आदमी इस तरह उँडेल पाए, तो मन का कितना बोझ छँट जाए ! कितना हल्का हो जाए ! इसका मुझसे परिचय ही कितना है भला ? फिर भी कैसे विश्वास में लेकर सब कुछ बताए जा रहा है, मानो मैं कोई बहुत ही घनिष्ठ होऊँ, इसकी अन्तरंग !

अनायास ही इस शब्द का यों मन में आ जाना मुझे अच्छा लगा, क्या इसके मन में इस समय मुझे लेकर कोई ऐसा ही भाव नहीं होगा ? बस, यही अनुकूल अवसर है, मुझे चूकना नहीं चाहिए। स्वर को बहुत ही मुलायम बनाकर मैंने पूछा, "अच्छा, एक बात बताइए ! लगातार यों घूम-घूमकर, भटक-भटककर आप थक नहीं जाते ?"

उसने एक भेदती-सी नज़र से मुझे देखा, जैसे इस प्रश्न के पीछे का मक़सद जानना चाहता हो। मैं भीतर तक सिहर उठी, मानो चोरी करती हुई पकड़ी गई होऊँ। पर नहीं, उसका ध्यान शायद उधर था ही नहीं। वह बड़े ही सहज स्वर में बोला, "सचमुच कभी-कभी थक जाता हूँ। लगता है, जैसे अपने से ही हार रहा हूँ। यहाँ से वहाँ, वहाँ से कहीं और, कहीं और...निरुद्देश्य और निरर्थक। और तब मन करता है कि इस भटकन को समाप्त कर दूँ। किसी एक के साथ, एक जगह बैठकर ज़िन्दगी जिऊँ, सुरक्षित और बँधी हुई।"

और उसने बड़े हारे-थके भाव से सिर कुर्सी की पीठ पर टिका दिया, मानो सचमुच ही वह घूम-घूमकर, भटक-भटककर एकदम निढाल हो गया हो। छत की ओर एकटक देखते हुए होंठों को गोल बनाकर वह धीरे-धीरे धुएँ के छल्ले उड़ाने लगा। रेशमी धुएँ के वृत्त बड़े हो-होकर उसके ही चारों ओर फैलते-लिपटते चले गए। धुएँ के उस झीने-से आवरण के पीछे उसका चेहरा मुझे बड़ा कातर और दयनीय-सा लगने लगा। कुछ इतना ज़्यादा कि मुझे तरस-सा आने लगा। कहीं ये अनेक-अनेक सम्बन्ध बनने-बिगड़ने के किस्से मनगढ़ंत तो नहीं हैं ? आजकल इन सबका बखान करना भी तो आधुनिक फ़ैशनों में से एक है। किसी भी लड़की के लिए अनेक प्रेम-प्रसंगों में लिप्त आदमी आजकल ज़्यादा आकर्षण का कारण होता है। एक जीता-जागता और ललकारता हुआ चैलेंज।

"पर छह महीने भी एक जगह बैठ लूँ तो दम घुटने लगता है। भीतर का जिप्सी कोड़े मार-मारकर मुझे ढकेलने लगता है और फिर यात्रा शुरू..."

"कभी आप आगे के बारे में सोचते हैं, जैसे दस साल बाद की बात ! जब न इस तरह घूमना सम्भव होगा, और न कोई दो बात करने-पूछनेवाला रह जाएगा। शायद तब किसी के पास इतना समय भी नहीं होगा कि दो मिनट आपके लिए थम ही जाए।"

मैं उसे आतंकित कर देना चाहती हूँ। वह जान ले कि ऐसी ज़िन्दगी का एक पहलू यह भी है।

"कभी-कभी ख़याल ज़रूर आता है, पर आगे के बारे में मैं ज़्यादा सोच नहीं पाता।"

"क्यों, क्या बूढ़े हो गए ? आगे से मुँह मोड़कर पीछे देखना तो बूढ़ों का काम है।" वह खिलखिलाकर हँसने लगा। मुझे हर बार ऐसा लगता है, मानो मेरी सारी सतर्कता के बावजूद वह मेरे भीतर उठने-बैठनेवाले हर भाव को पढ़ रहा है। मुझे अजीब-सी बेचैनी होने लगी।

"नहीं, मैं पीछे भी नहीं देखता। केवल सामने देखता हूँ और शायद यह यूथ की निशानी है।" वार खाली जाने की झल्लाहट ज़रूर मेरे मुँह पर आ गई होगी।

"मैं चाहूँ, तो भी यह भटकन समाप्त नहीं होगी। आख़िर उसने शाप भी तो बड़े सच्चे मन से दिया था।"

मेरी आँखों में प्रश्नवाचक भाव तैर आया तो फिर एक और प्रेम-प्रसंग खुल पड़ा।

यूनिवर्सिटी की सड़कें, हॉस्टल के बन्धन, यह सारा माहौल उस प्रसंग के साथ भी जुड़े हुए थे। अमेरिकी पत्नी की अपेक्षा इस प्रसंग में प्रेम की ऊष्मा भी ज्यादा थी और टूटने की व्यथा भी। एकाएक मुझे लगा, यह मुझसे मिलने नहीं आया है, मेरे माध्यम से अपने अतीत के उस टुकड़े को दोहराने आया है। मेरा अहं बुरी तरह तिलमिला गया। मुझसे कोई भी न मिले, यह मुझे मंज़ूर है...पर यों मात्र माध्यम की तरह !

'उसका रोना, उसका शाप, आज भी सब कुछ याद है।' भावुकता की ये बातें करते समय उसकी सारी चुस्ती, सारी स्मार्टनेस जैसे गल गई और वह बड़ा दयनीय और बड़ा साधारण-सा लगने लगा।

"अब वह कहाँ है ?" कुछ रुखाई से मैंने पूछा।

"उसने शादी कर ली। खूब प्रसन्न है। मुझे बुलाकर अपना सुख, अपना वैभव और अपनी प्रसन्नता दिखा भी दी।"

"और आपकी पत्नी ?"

"सम्बन्ध टूटने के साल-भर बाद तक़ तो उससे सम्पर्क रहा था। उन दिनों वह अपने किसी अफ़ेयर में व्यस्त थी। हो सकता है, अब तक उसने शादी भी कर ली हो या किसी नए अफ़ेयर में व्यस्त हो गई हो।"

मेरी तिलमिलाहट एक क्रूर आनन्द में बदल गई। लगा, जैसे मेरे भी सारे बदले इन औरतों ने चुका दिए।

तो सब ओर से हारे-पिटे ये यहाँ आए हैं मेरे दायरे तोड़ने। और मेरा मन उसके भीतर का सब कुछ जान लेने को अकुलाने लगा। यह सिर्फ एक नाटक है या कि इसके पीछे एक हारे हुए मन की कहीं टिक बैठने की आकांक्षा। पर कहीं से भी तो हारा-पिटा नहीं लगता। क्या टूटे सम्बन्ध इसे कहीं से भी नहीं तोड़ते ? क्या मन की टूटन से यों असम्पृक्त रहा जा सकता है?

"इस बार जाऊँगा, तो ज़रूर मिलूँगा उससे। अब मिलना शायद अच्छा ही लगेगा।"

"आप वापस कब जाएँगे?" स्वर में आई उत्सुकता को भरसक दबाते हुए मैंने कुछ ऐसी लापरवाही से पूछा, मानो इसके उत्तर से मेरा कोई सम्बन्ध ही न हो।

"परसों यहाँ से कलकत्ते जाऊँगा और वहाँ से फिर पन्द्रह को मास्को के लिए उड़ना है।"

एक क्षण को मैं जैसे हवा में लटक आई। लगा, थोड़ी देर पहले जो दयनीयता और कायरता उसके चेहरे पर आई थी, वह मेरे चेहरे पर पुत गई है और वह बैठा वैसे ही हँस रहा है, सहज, मुक्त और निर्द्वंद्व। लगा, मैं फिर छली गई हूँ, अपनी सारी सावधानी के बावजूद। एकाएक ही मन सुलगने लगा। तब ये यहाँ करने क्या आया है ? किस्से सुना-सुनाकर मन हल्का करने के लिए मैं ही मिली थी इसे ? घनिष्ठता क्या बिना परिचय के भी जो किसी को अपना सब कुछ बता सकता है, उसके लिए तो माध्यम कोई भी हो सकता था।

वह फिर चहकने लगा था। नई-नई जगह, नए-नए लोग और नए-नए अनुभवों को पाने का कौतूहल-भरा उत्साह उसके चेहरे पर थिरक रहा था।

पर उसके बाद उसकी बातें, उसकी उपस्थिति, बात करने का उसका नाटकीय अन्दाज, सब कुछ मेरे लिए निरर्थक हो उठा। स्वादहीन और बेमतलब ! बल्कि उसका होना-भर मुझे भारी लगने लगा। मन हुआ, उठकर बुरी तरह झिड़क दूँ। पर किस बात पर ? आखिर उसने किया क्या है, यही समझ नहीं आ रहा था।

"तुम हर सम्बन्ध में भविष्य की सम्भावना खोजती हो, इसीलिए वर्तमान को भी नहीं भोग पातीं।" एक बार मृणाल दी के पति ने कहा था, तो लड़ने-लड़ने को मन हो आया था। जब भी मैं वहाँ जाती हूँ, तो बड़े दुलार से मेरे हाथ अपनी दोनों हथेलियों में लेकर सहलाएँगे, बाँह दबाएँगे, ज़रा-सा इशारा करूँ, तो मृणाल दी से छिपकर कॉफी पिलाने भी ले जाएँगे। कई बार ऐसा संकेत कर चुके हैं। कुछ और ढील दूँ, तो और भी आगे बढ़ सकते हैं, पर उसी सीमा तक, जहाँ किसी चीज़ का रिस्क न लेना पड़े। उनका सब कुछ सहज और सुरक्षित रहे, वे जानते हैं कि उन्हें सिर्फ पाना ही है, जो भी मिल जाए, खोना तो कुछ है नहीं। और मैं भी जानती हूँ कि मुझे पाना कुछ नहीं है। आधुनिकता के नाम पर कैसी-कैसी सूडरी ये लोग झाड़ते हैं !

"मैं पत्र लिखूँगा, तो जवाब देंगी न ?"

"नहीं, हमें नहीं आता पत्र-वत्र लिखना," खीज-भरे स्वर में मैंने कहा। एक ये ही तो रह गए हैं पत्र लिखने के लिए ! इस आदमी के लिए व्यक्तियों और सम्बन्धों का महत्त्व ही क्या है, सिवाय इसके कि एक किस्सा सुनाने को मिल जाए उसमें से। अब विदेश में किसी औरत के साथ शराब पीते हुए या कौन जाने किसी की बगल में लेटे-लेटे सुनाएँगे, 'हिन्दुस्तान की लड़कियाँ यहाँ की तरह नहीं होतीं। न जाने कितने संस्कारों में बँधी, दायरों में घिरीं।' उस समय भी मेरा नाम इसकी जीभ पर भले ही हो, मैं इसके दिमाग़ में कहीं नहीं होऊँगी। बस, कुछ-न-कुछ निरन्तर बोलते जाने की हविस से ही वह बोलता चला जाएगा।

"अच्छा, पत्र लिखना नहीं आता, तो खाली कागज़ ही भेज दीजिए। मैं उसी से सब समझ लूँगा।"

जाते-जाते कैसे लटके बघार रहा है ! फ़िल्मी डायलॉग ! अब सचमुच मेरा धैर्य जवाब देने लगा था और मन हो रहा था, मैं सामने बैठे इस आदमी को फटकार दूँ।

तभी चपरासी ने आकर जैसे मेरा उद्धार कर दिया। मैंने बताया, "आठ बजे के बाद यहाँ पुरुष कमरे में नहीं रह सकते।"

"प्राध्यापिकाओं के लिए भी इतने बन्धन !" और वह हँसने लगा, तो मैं भीतर-ही-भीतर

बुरी तरह कुढ़ गई।

"हाँ, और नहीं तो क्या, यह अमेरिका नहीं है।" मन-ही-मन कहा—'अमेरिका का दुम कहीं का !"

मैं एक क्षण को भी यह नहीं बताना चाहती थी कि परसों ही उसके जाने की बात सुनकर मैं विचलित हो गई हूँ या कि उसे लेकर...

बड़े सहज कदमों से मैं उसके साथ नीचे फाटक तक गई।

"यहाँ कोई खाली टैक्सी नहीं मिलेगी।" मेरे इतना कह देने के बावजूद वह टैक्सी की प्रतीक्षा का बहाना लेकर खड़ा बातें करने लगा।

"मान लीजिए, कभी एक दिन आपके दरवाज़े पर खट-खट हो ! आप खोलें और देखें कि मैं खड़ा हूँ, तो कैसा लगेगा ?"

खाक-धूल लगेगा ! क्यों अब भी नाटक किए जा रहे हो ? क्या मतलब है इन सब बातों का ? कहने को मैं भी कह दूँ—'दरवाज़ा खुले और आप देखें कि कोई और चेहरा झाँककर बता रहा है कि मिताली तो शादी करके चली गई, तो आपको कैसा लगेगा ?' फिर ख़याल आया, इसे लगना ही क्या है ? उसी के साथ बैठ जाएगा और मेरा क़िस्सा ऐसी आत्मीयता के साथ बताएगा, जैसे वह कोई इसकी अन्तरंग हो।

पर मैंने कुछ भी नहीं कहा—बस, गुमसुम खड़ी रही।

"लगता है, टैक्सी तो यहाँ मिलेगी नहीं, मुझे मेन रोड तक जाना होगा।" उसने कन्धे उचकाए। फिर बड़ी अदा से हाथ जोड़कर होंठों पर ढेर सारी मुस्कान और चेहरे पर आत्मीयता पोतकर कहा, "इस आते-जाते यायावर का नमस्कार !"

मैं चाहकर भी मुस्करा न पाई। बस, यंत्रवत् हाथ जोड़ दिए।

वह मुड़ गया। जैसे सहज और सधे कदमों से वह चल रहा था, उससे लगा, इन दो दिनों का सब कुछ झाड़-पोंछकर वह इस फाटक पर ही छोड़ गया है और बेहद हल्का होकर जा रहा है। हल्का और निर्द्वंद्व। सच पूछो, तो इन दो दिनों में आखिर हुआ ही क्या है ! पर मैं हूँ कि इस न कुछ हुए को भी अब न जाने कितने दिनों तक गुनती-बुनती रहूँगी। फिर एकाएक ही रमला पर खीज आने लगी। पता नहीं किस-किससे मिला देती है। उनके घर कोई भी आए, मुझे ज़रूर बुलाएगी। बड़ी गार्जियन बनी फिरती है।

निरन्तर दूर होती हुई उसकी आकृति धुँधली हुई, थरथराई और फिर लुढ़क गई।

'त्रिशंकु' संकलन से

शायद

जहाज़ की बत्तियाँ जलीं तो लगा, जैसे पानी में बिछी अँधेरे की चादर में अनेक दरारें पड़ गई हों। चारों ओर बल्बों की झूलती बन्दनवार देखकर ही राखाल को ख़याल आया कि इस बार वह दीवाली घर पर ही मनाएगा। कितना अच्छा होता, किसी तरह वह पूजा पर ही पहुँच पाता।

सारे यात्री ऊबे हुए हैं। पर ऊपर से सबने अपने को ऐसा व्यस्त बना रखा है कि किनारा आने पर लगेगा, जैसे अप्रत्याशित रूप से ही किनारा आ गया हो। प्रतीक्षा का बोझिल समय काटने के ये कितने पुराने नुस्खे हैं, पर फिर भी हर यात्री इन्हें ही अपनाता है। सिर्फ रेलिंग के साथ लगकर खड़ी वह औरत न ताश खेल रही है, न पढ़ रही है। पिछले एक घंटे से उसने तीन बार अलग-अलग लोगों से समय पूछा है, कुछ इस भाव से मानो महज़ घड़ी मिलाना चाह रही हो। हालाँकि हाथ में विदेश से ख़रीदी हुई कोई नई घड़ी है, जिसके ग़लत समय देने की सम्भावना कम है। हो सकता है, किनारे पर भी कोई इतनी ही व्यग्रता से प्रतीक्षा कर रहा हो।

"अच्छा किया, उसने किसी को ख़बर नहीं दी..." आठ के क़रीब जहाज़, किनारे पर लगेगा। राखाल छह बजे से ही अपनी वर्दी उतारकर ऊपर आ गया था। काम के दौरान भी ऊपर आते हैं, पर उन दैत्याकार मशीनों से मुक्ति, पूरे दो महीने के लिए मुक्ति पाने की भावना से ऊपर आने का अपना ही एक आनन्द है। उसे खुद लग रहा है, जैसे वह जहाज़ का एक अदना-सा कर्मचारी नहीं, वरन् एक सम्भ्रान्त यात्री है, जो तीन साल विदेश रहकर घर लौट रहा है।

एकाएक घर की तस्वीर उसकी आँखों के सामने उभर आई—ग़राज पर बना हुआ नीची छतवाला लम्बा-सा कमरा। वह घर पहुँचेगा, तब तक बच्चे ज़रूर सो चुके होंगे। माला किसी-न-किसी काम में लगी होगी। वह अपना हर पत्र इसी पंक्ति से शुरू करती है—"उत्तर जल्दी नहीं दे सकी, क्योंकि समय ही नहीं मिला" और अन्त में लिखती है—"अब बस करती हूँ, बहुत काम पड़ा है।" बीच में घर की कठिनाइयों की, बढ़ती महँगाई और बच्चों के बढ़ते आवारापन की बातें होती हैं, जिससे राखाल अब बहुत ऊबने लगा है। हर पत्र में मशीनी ढंग से लिखा हुआ "प्राणनाथ" सम्बोधन पूरी तरह निष्प्राण हो चुका है।

पहली बार जब वह ज़हाज पर आया था, तो माला के पत्रों को कई-कई बार पढ़ता था। उस सबके बीच में दस साल का लम्बा समय गुज़र चुका है। फिर भी सोए हुए बच्चे और जागती हुई माला की कल्पना ने उसके मन में हल्की-सी गुदगुदी पैदा कर दी। उसे अपने साथियों की याद आई। जब वह नीचे कपड़े बदल रहा था, सब-के-सब बिना किसी शरम-हया

के फब्तियाँ कस रहे थे, "मशीनों के बीच रह-रहकर साला मशीन बन गया है। अब ऊपर जाकर फेफड़ों में साफ हवा भरेगा, जिससे कुछ ताक़त आए, कुछ जान आए...नहीं तो टाँय-टाँय फिस्स नहीं हो जाएगी।"

उसके दो साथी कुँवारे हैं और एक की बीवी किसी और के साथ रहने लगी है। जब वह अपनी तनख़्वाह का बड़ा भाग घर भेजता था, तो सब उसे चिढ़ाते थे, पर माला का पत्र आने पर सब पढ़ते थे। जॉन को अपनी बीवी नए सिरे से याद आ जाती थी और वह फूट-फूटकर रोने लगता था। ऐसे मौक़ों पर राखाल ही उसे तसल्ली देता था...पर जितनी तसल्ली वह देता था, उससे ज्यादा तसल्ली उसके मन में रहती थी कि माला उसे कभी छोड़कर नहीं जा सकती। निहायत उबा देनेवाले पत्र भी उसे कहीं हल्के-से आश्वस्त तो करते ही थे।

उसे याद आया कि पिछली बार छुट्टी से आने के आठ महीने बाद बुलबुल पैदा हुई थी और दस महीने जीकर वह मर गई। माला ने उसे ख़ूब कोस-कोसकर सूचना दी थी। अभी तो छोटू भी सवा साल का है। दो छोटे बच्चों को घर के सारे काम-काज के साथ वह नहीं सँभाल सकती, फिर बढ़ती महँगाई। कहाँ से खिलाए, कहाँ से पहनाए ? और जब वह मर गई, तब फिर कई पत्र उसी की ख़बर से भरे हुए थे—'हाय, इससे तो मैं मर जाती, तो अच्छा था ! सबसे सुन्दर थी। ऐसा तो एक भी बच्चा नहीं हुआ। भगवान को लेना ही था, तो दिया ही क्यों था ?'

राखाल को न उसके होने की ख़ुशी थी, न मरने का कोई ग़म। एक हल्की-सी भावना यही थी कि चलो, अच्छा हुआ कि सब कुछ उसके पीछे ही हो गया। साथ में मन में कहीं उभरा, अच्छा हुआ कि इस बात को भी अब तो डेढ़ साल हो गया, वरना सारी छुट्टियाँ मातमपुर्सी में ही बीत जातीं।

दूर किनारे की बत्तियाँ दिखाई देने लगीं तो ताश में डूबा वह पूरा-का-पूरा दल रेलिंग के सहारे आ खड़ा हुआ। सबके चेहरों पर उल्लास थिरकने लगा। बच्चे दूर खड़ी छोटी-छोटी आकृतियों को ही रूमाल हिलाने लगे। भीड़ से कटकर खड़ी वह अकेली महिला बाइनाकूलर लगाकर किसी को ढूँढ़ रही है। एकाएक राखाल की नंगी आँखों के सामने माला की आकृति तैर गई।

वह अपने साथियों और अफ़सरों से विदा लेकर बाहर आया और टैक्सी में बैठा। हर समय जहाज़ के तहख़ानों में बन्द रहने के बाद दूर-दूर तक फैला हुआ कलकत्ता, रात-दिन चारों ओर लरज़ती और थिरकती लहरों के बाद लम्बी-लम्बी मौन और स्थिर सड़कें और उन पर उन्मुक्त भाव से प्रकाश उँड़ेलती बत्तियों को देखकर उसे नए सिरे से अपने होने का बोध होने लगा।

टैक्सी लेंसडाउन मेन रोड से बाई लेन में मुड़ी और चार मकान छोड़कर खड़ी हो गई। वह उतरकर ग़राज पर बने अपने मकान को देखने लगा। खिड़की से बहुत ही मन्दी रोशनी बाहर आ रही है, शायद भीतर जीरो पावर का बल्ब जल रहा है।

टैक्सी के ठहरने से, फाटक के खुलकर बन्द होने से, भीतर किसी तरह की हलचल नहीं हुई। हाँ, सामने कपूर साहब के घर की खिड़की से एक कटा हुआ धड़ झाँका, दो क्षण रुका और फिर ग़ायब हो गया। माला के घर शायद कभी कोई टैक्सी आकर ठहरी ही नहीं।

"रानी !" राखाल ने आवाज़ दी, तो "कौऽऽन ?" के साथ ही माला बाहर निकल आई

और राखाल को देखते ही उसके चेहरे पर आश्चर्य-भरा उल्लास फैल गया।

''यह क्या, तुम ? कोई ख़बर नहीं, सूचना नहीं,'' और एक तरह से झपटकर उसने राखाल के हाथ से होल्डाल ले लिया। टैक्सीवाले को पैसे देकर एक बड़ा और एक छोटा बक्सा सँभालते राखाल सँकरी-सी सीढ़ियाँ चढ़ने लगा। उसके पीछे माला होल्डाल को ठेलती हुई। बीच में पहुँचते ही राखाल ने बक्सा सीढ़ी पर टिकाया और घूमकर अँधेरे में ही माला का हाथ पकड़कर जोर से दबाया। ''चलो, चलो, यह गिर जाएगा।'' हाथ छुड़ाते हुए माला ने कहा। उसके हाथ में कोई प्रतिक्रिया, कोई हरकत नहीं हुई। राखाल को माला का हाथ बड़ा सर्द और निर्जीव-सा लगा और वही ठंडक जैसे उसकी अपनी रगों में समाने लगी।

कमरे में घुसते ही माला ने मरकरी लाईट जलाई। चौदह फ़ुट लम्बा कमरा और ज़मीन पर सोते तीन बच्चे उजागर हो गए। नाक-नक्श के साथ माला के चेहरे की झुर्रियाँ...गालों पर पड़े काले-काले चकत्ते और रूखे-सूखे बालों में से झाँकते कई सफेद बाल...।

''तुमने ख़बर क्यों नहीं दी...? ख़बर देते तो हम सब लोग लेने आते। बच्चे कितने ख़ुश होते...'' वह जैसे एकाएक राखाल का स्वागत करने में अपने को असमर्थ पा रही थी।

''अच्छा, तुम ज़रा सुस्ताकर हाथ-मुँह धोओ, मैं जल्दी से खाने को कुछ बना देती हूँ।''

''खाना मैं खाकर आया हूँ, कुछ भी बनाने की ज़रूरत नहीं है।''

पर माला फिर भी ''अभी आई'' कहकर नीचे उतर ही गई।

बच्चे बिना चद्दर के गन्दे और पैबन्द लगे बिस्तरों पर लेटे हैं। रीना करवट लेकर सो रही है, इसलिए उसका चेहरा दिखाई नहीं दे रहा है। बच्चू और छोटू चित सो रहे हैं। छोटू नंगा है और उसका मुँह भी काफी गन्दा है। खिड़की पर फटी साड़ी का पर्दा एक ओर को सरककर झूल रहा है।

एकाएक मरकरी लाइट का दूधिया आलोक उसकी आँखों में चुभने लगा। उसने बत्ती बुझा दी। कमरे का नंगापन क्षण-भर को अँधेरे में डूब गया। राखाल बच्चों को बचाता हुआ आया और खिड़की पर बैठ गया। इस घर में यही उसकी स्थायी सीट है।

''यह क्या, बत्ती क्यों बुझा दी ?'' अँधेरे में राखाल को माला की केवल आकृति-भर दिखाई दी, पर वह आकृति उसे पूरे नाक-नक्शवाली माला से ज्यादा परिचित महसूस हुई...

''रहने दो, बच्चों को परेशानी होगी।''

''लो, थोड़ा-सा दूध है, तुम पी लो।'' और अँधेरे में ही बढ़कर उसने प्याला राखाल के हाथ में थमा दिया। फिर बड़े जतन से वह उसका बिस्तर लगाने लगी। घर की शायद सबसे साफ़ चादर बिछाई। उसके हर काम से उसके मन का उल्लास छलक पड़ रहा था। वह लगातार कुछ-न-कुछ बोले चली जा रही थी।

''मुझे तो दो साल काटना ही इतना भारी पड़ता था, इस बार तुमने पूरे तीन साल लगा दिए। पूजा पर कीतनी-कीतनी राह देखी। बेचारे बच्चों को एक-एक नया कपड़ा तक न दिलवा सकी। दादा की बिजली की दुकान ख़ूब अच्छी चलने लगी है, सो यह लाइट तो जरूर लगवा दी, पर इतना नहीं हुआ कि बहन के बच्चों को एक-एक कपड़ा ही दिलवा देते। टुकुर-टुकुर मेरे बच्चे दूसरों के घरों में ताकते रहे।'' माला का गला रुँध गया।

यह सब तो राखाल को छुट्टी-भर सुनना ही है, पर आज वह नहीं सुनना चाहता।

बिस्तर पर लेटकर उसने माला को अपने पास लिटा लिया। उसका ध्यान माला की बातों से ज़्यादा माला की देह पर लगा हुआ है।

"क्या करता, पूजा पर जहाज़ इस तरफ़ था ही नहीं। प्राइवेट शिपिंग कम्पनी है, छुट्टी के क़ायदे-क़ानून पर झगड़ा भी नहीं किया जा सकता।" फिर उसे तसल्ली देता-सा बोला, "कोई बात नहीं, बच्चों को कल ख़ुश कर दूँगा।"

और फिर उसने माला को अपनी बाँहों में दबोचना चाहा तो वह छिटककर दूर हो गई, "माफ़ करो बाबा, तुम्हारा क्या है ? तुम तो अपने कर-कराके चल देते हो। पीछे जो गुज़रती है मैं जानती हूँ।" फिर भरे गले से बुलबुल का प्रसंग शुरू हो गया।

"उस बेचारी ने तो जाना ही नहीं, बाबा किसे कहते हैं। बीमारी की हालत में टुकुर-टुकुर ऐसे ताकती थी, मानो कह रही हो कि 'माँ, बचा लो !' कपूर साहब ने अपने डॉक्टर जमाई से खूब इलाज करवाया। शंकर ने दवाइयों के लिए रुपए उधार दिए। ख़ूब ख़ूब दौड़-धूप भी की, पर यह तो अपना कर्ज वसूल करके चली ही गई..." और माला फूट-फूटकर रोने लगी।

राखाल का सारा शरीर शिथिल हो गया। उसे माला पर क्रोध-सा आने लगा। जो चली गई, उसका ख़याल है और जो आया है, उसकी कोई चिन्ता नहीं ! जाने क्यों उसे लगने लगा, जैसे वह किसी और के बारे में सुन रहा है। मानो उस मृत बच्ची से, माला के दुख से, उसका अपना कोई सम्बन्ध ही नहीं है।

रो-धोकर माला तो सो गई, पर राखाल को किसी तरह नींद नहीं आई। उसे भी तो नहीं लग रहा कि वह घर में है। अभी भी यही लग रहा है, मानो वह जहाज़ में बैठा है और उसके और माला के बीच बहुत-बहुत दूरी है।

सवेरे नींद खुली, तो धूप कमरे में भर गई थी। बच्चों के बिस्तर सिमट गए थे। नीचे से माला और बच्चों की मिली-जुली आवाज़ें आ रही थीं। भरी धूप में उसे यह कमरा कुछ नया-नया लगा। उसने जोर की अँगड़ाई ली और एक सिगरेट सुलगा ली।

दीवार पर हमेशा की तरह माँ दुर्गा की तस्वीर है। उस पर लगी रोली और चंदन के छींटे कुछ ताज़ा लग रहे हैं। शायद इसी पूजा पर लगाए होंगे। उस तस्वीर के पास ही दीवार पर एक छोटा-सा चौकोर निशान बना है। राखाल को याद आया, यहाँ हमेशा उसकी तस्वीर लगी रहती थी, अब वह तस्वीर नहीं है। वह इधर-उधर देखने लगा। कमरे में ठीक-ठाक चीज के नाम पर एक छोटी-सी अलमारी मात्र है—शीशे के दरवाज़ेवाली। इसमें उसकी बाहर से लाई हुई चीज़ें रखी हैं, उन्हीं के बीच उसे अपनी तस्वीर दिखाई दी। उसका फ्रेम टूट चुका था।

तभी रीना ने कमरे में झाँका और उसे जगा हुआ देखकर शरमाते हुए नमस्ते की।

"रीना, यहाँ आओ बेटा !" और उसने दोनों हाथ फैला दिए। रीना उसकी सबसे लाडली बिटिया है। पर रीना पहले की तरह दौड़कर उसकी बाँहों में नहीं समा गई। बस, मुस्कुराती हुई उसके पास आ खड़ी हुई।

तीन साल में रीना सचमुच बहुत बड़ी हो गई है—तेरह साल की। उसकी नज़र रीना की हल्की-सी उभरी छाती पर पड़ी। बेटी की जवानी की कल्पना ही उसके लिए नया अनुभव थी।

रीना नीचे दौड़ गई और दो मिनट बाद ही बच्चू आकर उसकी गोद में लद गया। पीछे-पीछे माला ट्रे में बड़े करीने से सजाकर चाय लाई और रीना चार साल के छोटे को

लादकर। राखाल को लगा, जैसे सब लोग उसके जागने की प्रतीक्षा कर रहे थे।

रात को मैले कपड़ों में लिपटे और बिखरे बालोंवाले बच्चे इस समय धुले-साफ कपड़ों में थे। छोटू की आँखों में मोटा-मोटा काजल था और टाँगों में निकर। माला की माँग में सिन्दूर की लाली पीछे तक चली गई थी। एक औपचारिक मेहमान की तरह उसकी खातिर हो रही थी। फिर भी यह सब उसे अच्छा लगा। आने के बाद पहली बार लगा कि वह अपने घर आया है। चाय के साथ-साथ अपने बीवी-बच्चों के साथ होने की गर्मी भी उसने महसूस की।

बाँहें फैलाकर उसने छोटे को गोद में लेना चाहा। पिछली बार वह साल-भर के छोटू को सारे समय पेट पर बिठाकर खिलाया करता था, पर अब छोटू उसे पहचान नहीं पाता। राखाल ने उसे जबरदस्ती खींचा तो वह रो पड़ा और छिटककर माला के पास चला गया।

''छोटू, बाबा, बाबा ! जाओ बेटा, प्यार करेंगे !''

रीना भी समझाती है, ''छोटू। बाबा, जाओ, चीज़ देंगे ''

''एक-दो दिन में पहचान लेगा, तो फिर एक मिनट भी नहीं छोड़ेगा।'' राखाल को लगा, जैसे माला तसल्ली दे रही है।

बच्चू बराबर रट लगाए हुए है, ''बाबा, क्या लाए हमारे लिए ?'' वैसे सभी की आँखों में यही उत्सुकता छलक रही है।

राखाल ने बक्खा खोलकर चीज़ें निकालनी शुरू कीं। तीनों बच्चे बक्से के इर्द-गिर्द सिमट आए। कपड़े, खिलौने, पेन, रिबन, जरसी, मोजे...बच्चू हर चीज पर झपटता, तो माला उसे डाँट देती। फिर भी भीतर-ही-भीतर गद्गद होने के कारण उसकी झुर्रियों में कोमलता और स्निग्धता भर आई है। रीना को जो कुछ दिया, उसने चुपचाप ले लिया। पहले रीना और बच्चों में कितना झगड़ा होता था। रीना का यों बड़ा हो जाना उसे कहीं कष्ट देने लगा।

''यह तुम्हारे लिए है,'' और बक्स की सबसे कीमती चीज़ निकालकर उसने माला की ओर बढ़ा दी।

डिबिया खोलकर एकटक घड़ी की ओर देखते हुए माला बोली, ''मैं अब क्या घड़ी लगाऊँगी ! चलो, रीना के काम आएगी।''

बच्चे अपनी-अपनी चीज़ें बटोरकर दौड़ गए। आसपास के घरों में शायद उसके आने का समाचार पहुँच चुका था। सामनेवाले कपूर साहब की लड़की बरामदे में से ही झाँक रही है।

''नमस्कार दादा !'' हँसता हुआ शंकर उसके सामने आ खड़ा हुआ। राखाल को लगा, उसके होंठ और दाँत पहले से भी ज्यादा कत्थई हो गए हैं। जाने क्यों, राखाल इस आदमी को कभी पसन्द नहीं कर पाया।

बड़े ठंडे लहजे में उसने जवाब दिया, ''कहो, अच्छे तो हो ?''

''हाँ दादा, सब आपकी मेहरबानी है।''

''चाय पियो, शंकर !'' मनुहार करती-सी माला बोली।

''आज तो मिठाई खिलाओ, बोउ दी, दादा आए हैं !'' शंकर के होठों का कत्थई रंग और फैल गया।

''दादा, इस बार तो आपने तीन साल लगा दिए। बोउ दी ने भारी कष्ट सहा। बुलबुल

को तो आपने देखा भी नहीं, पर बोउ दी को तो वह बूढ़ी कर गई।''

चुभती-सी नजरों से राखाल ने देखा। मन में कहीं उभरा—''तो तुझे भी अब माला के जवानी-बुढ़ापे की चिन्ता हो गई है।''

''शंकर नहीं होता तो मैं कुछ न कर पाती। तुम्हारा अहसान मैं कभी नहीं भूलूँगी, वरना आज के जमाने में...''

''बस, मुझे तुम्हारी यही बात अच्छी नहीं लगती। मुसीबत में अपने लोग ही तो काम आते हैं।''

शंकर ने टेरेलिन की कमीज पहन रखी थी। एकाएक राखाल की नज़र खूँटी पर टँगी अपनी विदेशी कमीज पर गई। उसने उठकर कमीज़ पहन ली। मन-ही-मन संदेह को तोड़ता एक हल्का-सा सन्तोष भी जागा। तभी सिगरेट का ख़याल आया। उठकर बोला, ''लो शंकर, सिगरेट पिओ। देखो, इस सिगरेट का जायका कैसा है ?''

चाय के बरतन समेटती हुई माला बोली, ''इस बार शंकर के रुपए ज़रूर चुका देना। हर महीने बहुत काट-छाँट करके भी दस रुपए से ज़्यादा नहीं दे पाती। यह तो बेचारा शंकर है, जो...''

और राखाल को लगा, जैसे माला ने एकाएक घसीटकर उसे शंकर से नीचे ले जाकर पटक दिया हो। यह बात अभी ही कहनी थी। तुम दुनिया-भर का कर्जा करो और मैं चुकाता फिरूँ ? बेइज्जती अलग।

''अच्छा, दादा बाबू, अभी तो चला,'' और होंठ फैलाकर चारों ओर कत्थई रंग बिखेरता हुआ शंकर भी नीचे उतर गया।

राखाल तौलिया लेकर बाथरूम में घुस गया।

बाथरूम में ज़रूरत से ज्यादा देर लगाकर वह ऊपर पहुँचा, तो कमरा ख़ाली था। हाँ, कोने में एक स्टूल पर टेबल-फैन रखा था। ज़रूर यह शंकर ने लाकर रखा होगा, शायद माला ने ही माँग लिया हो।

उसने एक सिगरेट सुलगाई और नीचे जाने की बजाय खिड़की पर आकर बैठ गया। सामने कपूर साहब के बरामदे में रीना उनकी पम्मी के साथ खड़ी किसी बात पर खिलखिलाकर हँस रही थी। उसके हाथ में राखाल की लाई हुई चीज़ें हैं।

कपूर साहब के मकान से ही सटा हुआ शंकर का ग़राज है। ग़राज, लगता है, पहले से बहुत बढ़ गया है। कई गाड़ियाँ खड़ी हैं मरम्मत के लिए, तभी एक गाड़ी के पीछे से शंकर निकलकर आया। उसके कन्धे पर छोटू बैठा है। उसे कन्धे पर बिठाए-बिठाए शंकर कुछ काम कर रहा है। एकाएक उसे ख़याल आया, तीन साल पहले जब वह आया था, तब उसी तरह बच्चू उस पर चढ़ा रहता था।

खिड़की पर बैठे-बैठे राखाल को लगने लगा, जैसे सारा घर हिचकोले खा रहा है। नहीं, शायद लगातार जहाज़ पर रहने के कारण ही ऐसी अनुभूति हो रही है। एक-दो दिन में ठीक हो जाएगा।

पसीने से लथपथ माला आई, ''मछली का झोल और भात बना रही हूँ। बोलो, और क्या बनाऊँ ?''

''कुछ भी बना लो, जो तुम्हारी इच्छा ?''

''अपनी इच्छा से तो रोज़ ही बनाती हूँ, जब तक तुम हो तुम्हारी इच्छा का बना दूँ। जहाज़ का खाना खा-खाकर शरीर तो आधा रह गया।''

''तुम्हारे हाथ का कुछ भी खाऊँगा तो सेहत ठीक हो जाएगी।'' राखाल हल्के से मुस्कराया।

''छोड़ो भी, अब कुछ भी अच्छा खिला सकूँ, ऐसी स्थिति ही नहीं,'' और एक निःश्वास छोड़कर माला उसी व्यस्त भाव से उतर गई।

राखाल को लगा, जैसे उसी के पास करने को कुछ नहीं है। बच्चे अपने में मस्त हैं, माला अपने में।

सिगरेट समाप्त करके वह नीचे उतरकर ग़राज में बनी हुई रसोई में चला गया।

''तुम यहाँ गर्मी में क्यों आए ? चलो, ऊपर चलकर बैठो।'' आसन बिछाकर वहीं बैठते हुए राखाल को याद आया—पहले जब वह जहाज़ पर से आया करता था, तो माला हर समय उसे अपने पास ही बिठाए रखना चाहती थी।

खाने पर फिर सारा परिवार जुट गया। इस समय बच्चों के लिए राखाल से ज़्यादा महत्त्व राखाल के बहाने मिलनेवाले इस खाने का है।

खाना-पीना समाप्त हुआ, तो माला ने बच्चों से कहा, ''जाओ, दादा के यहाँ जाकर ख़बर कर दो कि बाबा आए हैं। और देखो, धूप में लौटकर मत आना। वहीं खेलते रहना, शाम को हम लोग आएँगे तो लेते आएँगे।''

बच्चों ने राखाल के लाए हुए कपड़े चढ़ाए और इतराते हुए दौड़ गए। माला नीचे बरतन साफ करने लगी।

राखाल ने कमरे की खिड़की बन्द कर दी और ज़मीन पर चटाई डालकर चित लेट गया। माला ने शायद जान-बूझकर ही बच्चों को आने के लिए मना कर दिया है।

जहाज़ से उतरकर टैक्सी में बैठे-बैठे माला से मिलने की जैसी अकुलाहट हो रही थी, वैसी ही अकुलाहट उसे फिर होने लगी।

शायद फिर नीचे कोई आ गया है। माला के बात करने की आवाज़ आ रही है। कोई महिला-स्वर ही है। पता नहीं, किस-किसको पाल रखा है। थोड़ी देर वह बेचैनी से राह देखता रहा, फिर ज़ोर से आवाज दी, ''मा ऽ लाऽ !''

अपने स्वर का रौबीलापन उसे स्वयं बड़ा अच्छा लगा।

''आई,'' और मिनट बाद साड़ी से ही हाथ पोंछती हुई, पसीने से भीगी माला आ खड़ी हुई—''पिशी माँ तुम्हें प्रणाम करने आई हैं।''

''कौन पिशी माँ ?'' लेटे-लेटे ही उसने खीजे-से स्वर में पूछा। पर तभी एक वृद्ध-सी विधवा दरवाजे पर हाथ जोड़कर खड़ी हो गई।

''प्रणाम जमाई बाबू।''

''तुम नहीं जानते, पर पिशी माँ नहीं होतीं तो बुलबुल की बीमारी में मेरे बच्चे भूखे मर गए होते, पूरे छह महीने तक पिशी माँ ने खाना बनाया, घर सँभाला। आज भी मेरा आधा काम तो वे ही करती हैं, बिल्कुल माँ की तरह मेरा ख़याल रखती हैं।''

गद्‌गद होती-सी पिशी माँ बोलीं, ''अच्छा, अभी चलूँगी, कोई काम हो तो बता दो, कुछ सौदा लाना हो तो...''

"सवेरे ही गौरी से मँगवा लिया था, कुछ होगा तो बता दूँगी।"

पिशी माँ धीरे-धीरे सीढ़ियाँ उतर गईं। लगा, बुढ़िया समझदार है।

"यह क्या तुम्हें गर्मी नहीं लग रही है ? खिड़की बन्द कर दी और पंखा भी नहीं चला रखा है।" और माला ने उठकर भड़ाक से खिड़की खोल दी।

"बन्द कर दो खिड़की, बहुत चौंधा लगता है।" नहीं, माला के मन में शायद कहीं कोई इच्छा नहीं बची रह गई है।

माला ने खिड़की बन्द कर दी। पंखा चला दिया, "शंकर तुम्हारे लिए ही रख गया है। हर बात का इतना ख़याल रखता है कि क्या बताऊँ ?" और माला पास आकर बैठ गई।

"शाम को दादा के यहाँ से लौटकर आएँ तो कपूर साहब से मिल आना। आज के ज़माने में ऐसे भले लोग मिलते नहीं। इतना पैसा है, पर घमंड तो छू तक नहीं गया। तुम कहो तो तुम्हारी लाई हुई चीजों में से एक-एक चीज पम्मी और शंकर के बच्चों को दे दूँ। उनके अहसान तो क्या उतार सकेंगे, फिर भी।"

माला के पास क्या और कोई बात नहीं है करने के लिए ?

"तुम कितने रुपए लाए हो साथ में ? शंकर के तीन सौ रुपए और चुकाने हैं। बुलबुल की दस महीने की बीमारी ने तो मुझे तन-मन और धन से एकदम ही कंगाल कर दिया, फिर भी बच जाती, तो सबर करती..." माला का स्वर फिर भर्रा आया।

कौन थी यह बुलबुल ? कौन थी ? सुना था, बच्चे सेतु होते हैं, पर यह तो बने हुए सेतु को तोड़ गई ! माला कितनी दूर जा पड़ी है उससे ! शंकर, कपूर साहब, पिशी माँ...सबके बीच राखाल का अपना अस्तित्व जैसे घुलने लगा।

"तुम भी सोचोगे कि मैं जब-तब बस पैसे का ही रोना रोती हूँ। पर तुम्हीं बताओ, क्या करूँ, महँगाई का तो कोई ठिकाना ही नहीं। तीन बच्चों का और अपना पेट कैसे भरती हूँ, मैं ही जानती हूँ।"

माला क्या जानती नहीं कि राखाल कुछ नहीं कर सकता है ? अधिक-से-अधिक रुपया वह घर ही भेज देता है। फिर भी वह यह सब क्यों सुना रही है ? शायद उसे गवाह बनाकर अपनी तकलीफ़ों को दोहरा रही है—सिर्फ अपने को हल्का करने के लिए। अच्छा होता, वह राखाल न होकर ब्लाटिंग पेपर होता, जो माला के सारे दुखों को सोख लेता।

शाम को दादा के घर पहुँचे, तो दादा और बोउ दी बड़े तपाक से मिले, "आओ जमाई बाबू, आओ ! इस बार तो आपने तीन साल लगा दिए ! बहुत दुबले हो गए हैं। जहाज़ का खाना भी कोई खाना है भला ! नमकीन हवा हड्डियों तक को गला देती होगी।"

राखाल का मन हुआ, कह दे—"नमकीन हवा क्या हड्डियाँ गलाएँगी, हड्डियाँ तो तुम्हारे घर में गली थीं, जब बेकारी के छह महीने तुम्हारे यहाँ बिताए थे।" राखाल के मन में वे दिन खुदे हुए हैं...।

तभी दादा के तीनों बच्चे दौड़ते हुए आए। बोउ दी ने हँसते हुए कहा, "जब से रीना-बच्चू ने ख़बर दी है कि बाबा आए हैं, तभी से ऐसे उछल रहे हैं, जैसे इन्हीं के बाबा आए हों। माला के घर को तो ये कभी दूसरा समझते ही नहीं।"

"बुआ का घर क्या दूसरा होता है ?" दादा ने दाँत दिखाते हुए कहा।

"बड़ी उतावली हो रही है न देखने के लिए कि क्या लाए ? अरे सबर करो, अभी आए

देर नहीं हुई कि अपना टैक्स वसूलने आ खड़े हुए !" और अपने मज़ाक पर खुद ही खी-खी करके हँसने लगी।

राखाल ने जेब से निकालकर एक-एक कंघा और रिबन दोनों लड़कियों को पकड़ा दिया और एक सस्ता-सा पेन लड़के को।

लगा, बोउ दी को काफी निराशा हुई, जिसका प्रमाण चाय के समय मिल गया—एक प्लेट में दो संदेश और एक कप चाय बस !

बाहर खेलते रीना-बच्चू को शायद वह भी नहीं मिला। भीतर आकर वे खाली प्लेट के बचे हुए चूरे से शायद यह अंदाज लगाने की कोशिश कर रहे थे कि बाबा ने क्या खाया।

"कमीने कहीं के !" वह बाहर निकलकर बच्चों को ज़रूर मिठाई खिलाएगा।

कमरे के सामनेवाले आँगन में बच्चे दौड़-दौड़कर खेल रहे थे। राखाल ने देखा, बच्चू दाहिनी टाँग से थोड़ा लँगड़ाता है। सवेरे से उसने बच्चू को एक बार भी इस तरह चलते हुए नहीं देखा, या शायद गौर नहीं किया।

"अरे बच्चू, ठीक से क्यों नहीं चलते ?" राखाल ने वहीं से झिड़का, बच्चू ठिठककर खड़ा हो गया।

"लो, और सुनो, चलेगा कैसे बेचारा ! हड्डी तोड़कर चार महीने खाट पर रहा ! अब तो ज़रा-सी कसर रह गई है, धीरे-धीरे ठीक हो जाएगी," बोउ दी ने कहा। फिर वह एक गहरी साँस लेकर बोली, "इस बार क्या-क्या कष्ट सहा है बेचारी माला ने ! मेरा तो कलेजा मुँह को आता था। बुलबुल तो जाती ही रही..." और झुठ-मूठ को उन्होंने आँचल से आँखें पोंछ लीं।

बच्चू की हड्डी टूट गई। पर अब ? माला ने तो उसे कभी ख़बर नहीं दी। एक बार फिर उसने पत्रों की बातें याद करने की कोशिश की। नहीं, इतनी बड़ी बात वह नहीं भूल सकता था। एक अजीब-सी बेचैनी उसे होने लगी।

बाहर निकलते ही उसने माला को आड़े हाथों लिया, "तुमने मुझे बच्चू के पैर की हड्डी टूटने की ख़बर तक नहीं दी ! कब टूटी हड्डी ? कैसे टूटी ?"

"क्या करती ख़बर करके, तुम कर ही क्या लेते सिवाय परेशान होने के ?"

"फिर भी तुमको लिखना तो चाहिए था। पीछे जो कुछ होता है, मुझे मालूम तो रहे। मेरे बच्चे का पैर टूट गया और इसकी ख़बर मुझे दूसरे लोग दें...आखिर मैं।" आगे राखाल से कुछ कहा नहीं गया।

"पीछे जो कुछ होता है, वह भोगना तो मुझे ही पड़ता है। दूर रहकर तुम चिन्ता करने के सिवाय कर ही क्या सकते हो ? बेकार ही परेशान होते," माला का स्वर कातर हो आया।

राखाल समझ नहीं पाया कि माला उस पर आरोप लगा रही है, या अपना अपराध स्वीकार कर रही है।

सचमुच उसके पीछे क्या-क्या नहीं हो गया। बुलबुल हुई और मर गई। रीना की सारी चंचलता और बचपना ऐसा गया कि उसने बेझिझक होकर उससे बात तक नहीं की। बच्चू के पैर ही हड्डी टूटी और जुड़ गई। छोटू इतना बड़ा हो गया कि उसे पहचानता नहीं और माला ?

लौटकर वह घर नहीं आया। सबको लेकर देशप्रिय पार्क में बैठ गया। बच्चों के माँगने

के पहले ही सबको एक-एक आने की मुड़ी दिलवाकर उसने उन्हें अपने पास बिठाया और उनकी पढ़ाई-लिखाई के बारे में पूछने लगा।

''यह बच्चू तो सारे दिन आवारागर्दी करता है। चार महीने बिस्तर पर रहा सो पढ़ाई-लिखाई तो यों चौपट है, उस पर भी मज़ाल है जो किताब लेकर बैठ जाए। शंकर के लड़के को पढ़ाने के लिए मास्टर आता है, कई बार उसने कहा भी कि बच्चू, तू भी बैठ जाया कर, पर बच्चू को खेलने-कूदने से फुरसत हो तब न ?''

आक्रोश और खीज माला के स्वर का स्थायी भाव हो गया है। राखाल ने बच्चू को बाँहों में भरकर अपने पास खींचते हुए कहा, ''देखना, अब बच्चू कैसे पढ़ता है, कोई शंकर-वंकर का मास्टर नहीं, मैं पढ़ाऊँगा इसे। क्यों बेटा, अच्छे नम्बरों से पास होना है न तुम्हें ?''

बच्चू ने गरदन हिलाकर 'हाँ' कर दी। फिर राखाल रीना से बतियाने लगा, वह पहले की तरह ही झेंप-झेंपकर जवाब देती रही।

पर छोटू उसके पास अभी भी नहीं आया। उसे देखकर मुस्कराता ज़रूर था, पर जब राखाल हाथ बढ़ाता, तो वह माला की गोद में दुबक जाता।

''एक-दो दिन में पहचान जाएगा। पहले तो जब तुम गए थे, तब बहुत दिनों तक तुम्हारी फोटो को देखकर 'बाबा-बाबा' किया करता था। अब इतने दिन हो गए कि भूल गया।''

दो घंटे पार्क में बिताकर जब रात में वे लोग घर लौटे तो राखाल का मन बहुत हल्का हो आया था। केमिस्ट के यहाँ से खरीदा गोल सिक्का रात के बारे में भी उसे आश्वस्त कर रहा था।

गली में कल की तरह आज भी अँधेरा था। फिर भी वह गली, नीची छतवाला कमरा एकाएक उसे अधिक आत्मीय और अपने लगने लगे। अभी भी जैसे उसके फेफड़ों में पार्क की हवा भरी थी।

माला को लस्त-पस्त करके छोड़ा, तब पहली बार 'घर' आने का बोध उसकी रग-रग में तैर गया।

थोड़ी देर में माला की नाक बजने लगी। उसे बड़ी देर से सिगरेट की तलब महसूस हो रही थी। उसने सिगरेट निकाली और खिड़की पर बैठ गया।

इस बार जब राखाल सोया तो मकान हिचकोले नहीं खा रहा था।

दूसरे दिन उठकर ही राखाल ने रीना-बच्चू को बैठाकर पढ़ाया और जब वे स्कूल चले गए, तो कमरे की सफ़ाई शुरू की। माला उसे मना करती रही, फिर खुद भी आकर जुट गई।

उसके पास कुछ रुपए और होते, तो घर में थोड़ा सामान डलवा जाता। दो-तीन गोल मूढ़े, एकाध कुर्सी--खैर छोड़ो, खुद भूख काट-काटकर जो थोड़ा-बहुत पैसा उसने बचाया है, उससे यहाँ बाल-बच्चों को खिलाएगा, थोड़ा-बहुत घुमाएगा, सबको एक सिनेमा दिखाएगा। बच्चे ही नहीं, आस-पास के लोग भी जान लें कि वह आया है।

चौका-बरतन करके माला ऊपर चढ़ी तो उससे रहा नहीं गया, ''तुम सारे काम से छुट्टी पाकर नहा तो लिया करो।'' पसीने से लथपथ माला को देखकर उसका आधा उत्साह ही मर जाता।

''कितनी बार नहाऊँ, अब मुझे कुछ नहीं अखरता, आदत हो गई है।'' और पसीना

सुखाने के लिए वह पंखे के सामने जा बैठी।

"सुनो।"

राखाल ने माला की ओर देखा।

"पिशी माँ का एक भांजा है, इंटर पास है, कहीं फैक्टरी में काम करता है, रात में बी.ए. की पढ़ाई करता है...।"

राखाल बात को पकड़ नहीं पाया।

"पिशी माँ रीना के सम्बन्ध के लिए कह रही है कभी से। घर में ज़्यादा लोग नहीं हैं, और लेने-देने का भी खटराग नहीं होगा।"

राखाल जैसे आसमान से गिर पड़ा।

"तुम्हारा दिमाग़ तो ठीक है ? अभी रीना है ही कितनी बड़ी ? पढ़ेगी-लिखेगी नहीं क्या ?"

"इसमें दिमाग ख़राब होने की क्या बात है भला ? आखिर शादी तो करनी ही है। सम्बन्ध जितनी जल्दी हो जाए, अच्छा है। तुम दूर रहते हो, लड़का ढूँढ़ेगा ही कौन ? यह तो भाग से घर बैठे ही लड़का मिल रहा है। तुम बुलाकर मिल लो, देख सुन लो, तसल्ली कर लो..."

माला थी कि बोले चली जा रही थी और राखाल की यह समझ में नहीं आ रहा था कि वह उसे कैसे चुप करे।

"दादा ने कहा कि एक बार लड़के को बुलाकर देख लो, कुछ बात कर लो, तो कतरा गए—शादी ब्याह का मामला है, जमाई बाबू के आने से ही ठीक रहेगा। अरे, मैं खूब समझती हूँ। बुलाएँगे, तो कुछ खिलाना-पिलाना पड़ेगा। कौन खर्चा करे ?"

"माला, पर रीना क्या बहुत छोटी नहीं है ?" राखाल के स्वर में अजीब-सी बेबसी आ गई।

"क्या छोटी है ? तेरह पूरे होनेवाले हैं। और कौन आज ही ब्याह होने जा रहा है ? कुछ न करके दो-तीन हज़ार तो चाहिए ही। मुझे तो रात-दिन यही चिन्ता लगी रहती है।"

राखाल की आँखों के सामने जाने कैसी धुंध छाने लगी और थोड़ी देर पहले का जमाया हुआ कमरा फीका लगने लगा।

"दादा बाबू, आपने बुलाया ?" अपने कत्थई होंठ फैलाए हुए शंकर सामने आ खड़ा हुआ।

"बैठो, बैठो," हजामत बनाते हुए राखाल ने कहा।

"लो, आपने तो कमरे की शक्ल ही बदल दी। अब लग रहा है कि घर का मालिक आ गया।" शंकर हँसने लगा। पर राखाल को अब शंकर की हँसी उतनी बुरी नहीं लगी।

एक अधमैले तौलिए से रगड़कर मुँह पोंछते हुए राखाल ने कहा, "माला तुम्हारा कुछ हिसाब बता रही थी। मुझे पहले तो मालूम नहीं था, वरना पूरे का ही प्रबन्ध करके लाता।" स्वर में घर के मालिकवाला रौब पूरी तरह था।

"अरे दादा बाबू, आप चिन्ता न करिए, रुपए कौन भागे जा रहे हैं।"

"नहीं भाई, कर्ज जितनी जल्दी चुक जाए, अच्छा।" और राखाल ने अपना छोटा-सा

सन्दूक खोलकर उसमें से सौ रुपए का नोट निकालकर दे दिया।

शंकर ने नोट जेब में रखा और चल दिया। राखाल ने बचे हुए गिने। अस्सी। पहली तारीख़ को तनख़्वाह मिलेगी, उसमें से माला को घर खर्च के लिए रुपए देने के बाद पचास रुपए बचेंगे। कुल हुए एक सौ तीस। इन्हीं रुपयों से उसे दो महीने तक अपने बीवी-बच्चों को घुमाना-फिराना और फिर लौटकर जाना है।

अनायास ही रंजू की बात याद आई कि जहाज़वालों को तो शादी करनी ही नहीं चाहिए। यहाँ रात-दिन मशीनों से सिर फोड़ो, पैसा मिले, तो घरवालों की हाज़िरी में भेज दो। भैया, हम अच्छे हैं, जिस घाट उतरे, तफरी कर ली...। न किसी का देना, न लेना। तब उसकी आँखों के आगे माला और बच्चे तैर जाते थे।

वह तौलिया लेकर नहाने चला गया।

आज पिशी माँ का भाँजा आनेवाला है अपने चाचा के साथ। राखाल के मना करने पर भी माला ने बुला ही लिया। साथ में दादा से भी कह दिया कि वह भी आ जाएँ।

दादा चार बजे ही आ धमके। कलफ लगा कुरता और चुन्नटदार धोती। एक जगह बैठे-बैठे ही कुछ ऐसे सक्रिय लग रहे हैं, जैसे घर के मालिक, कर्ता-धर्ता वही हों, राखाल तो मात्र आगन्तुक है। राखाल को दादा की उपस्थिति-भर ही बहुत कष्ट देती है, पर माला की जिद, "बात जम गई और पीछे कुछ भी करना हुआ, तो रो-झींककर दादा से ही तो करवाना होगा। पैसे का मामला न हो तो भाग-दौड़ थोड़ी-बहुत कर ही देंगे।"

कपूर साहब के यहाँ से बरतन, दरी, चादर और थोड़ा-बहुत टीम-टाम का सामान लाकर माला ने भरसक कमरे को ठीक कर दिया। माला के मन में उत्साह है। राखाल ने काम में मदद जरूर की, पर बड़े बे-मन से।

पता नहीं रीना को पता भी है या नहीं ? ज़रूर होगा। इन बातों की गन्ध पाने के लिए लड़कियों के पास छठी इंद्रिय होती है। कैसा लग रहा होगा उसे ? रीना ने राखाल और अपने बीच संकोच की एक दीवार खड़ी कर ली है, वरना वह खुद ही पूछ लेता।

लड़का आया—गहरा साँवला रंग और चेचक के दाग। राखाल का रहा-सहा उत्साह भी जाता रहा। राखाल ने वैसे तय कर लिया था कि इन लोगों के आने के बाद वह दादा को इतना मुखर नहीं रहने देगा। घर के मालिक की हैसियत से वही सारी बातचीत करेगा। पर लड़के की सूरत देखकर यह निर्णय अपने-आप पिघल गया।

दादा बात भी कर रहे हैं और धोती का छोर उठाकर ऊपर-नीचे आ-जा भी रहे हैं।

"करने दो जो मर्जी आए। अन्तिम निर्णय तो मैं ही दूँगा। दादा और माला, किसी की नहीं चलने दूँगा।"

"हम तो कभी से मिलना चाह रहे थे, पर आपके लौटने का इंतज़ार था।" चाचा ने कहा, तो राखाल को थोड़ा सन्तोष हुआ। पहली बार होंठों पर मुस्कुराहट आई। चलो, कम-से-कम यह तो मालूम हुआ कि घर का मालिक मैं हूँ।

फिर इधर-उधर की बातचीत चलने लगी। चाचा ने पूछा, "अच्छा, राखाल बाबू, आप तो बहुत देश-विदेश घूमते हैं, अपने देश जैसी संस्कृति कहीं देखने को मिलती है ?" राखाल

को लगा, चाचाजी उसके विदेश घूमने से काफी प्रभावित हैं।

वह कुछ कहता, उसके पहले ही दादा बोले, "अरे नहीं, गांगुली बाबू, जमाई बाबू का काम तो जहाज़ का है। देश-विदेश कहाँ घूम पाते हैं, बेचारे। जहाज़ पर ही तो रहना पड़ता है। फिर भी कुछ मालूम हो तो बोलो जमाई बाबू, अपने देश जैसी संस्कृति कहीं देखी ?"

राखाल भीतर-ही-भीतर भुन गया—जहाज़ पर नौकरी नहीं करते, कहो, जहाज़ में पाखाना साफ करते हैं। कमीना कहीं का। इस माला को मना कर दो, फिर भी मरेगी इस दादा के पीछे। आज वह माला की अच्छी तरह ख़बर लेगा।

बात संस्कृति से नौकरी पर आ गई और लगे हाथ ही बेकारी की समस्या और सरकार की धुनाई भी हो गई।

ऐसे संकट के दिनों में भी अपने भतीजे को फैक्टरी में नौकरी दिलवा देने की सफलता पर अपार गर्व महसूस करते हुए गांगुली बाबू रसगुल्ले पर रसगुल्ले खाते रहे। 'लड़कीवाले भले ही हों, पर खाने में बराबरी के ही उतरेंगे' के भाव से दादा मुकाबला करते रहे।

"खाए जा कम्बख्त, मुफ्त का माल है। अपने घर तो संदेश देकर छुट्टी कर दी।"

उन लोगों के जाते ही खुलकर राखाल ने घोषणा कर दी, "यह लड़का बिल्कुल नहीं चलेगा। पिशी माँ से कह देना, बात ख़त्म कर दे," अपने स्वर की दृढ़ता पर राखाल स्वयं विस्मित था।

"जमाई बाबू, ऐसा लड़का आपको मिलेगा नहीं। लड़कों का भी कोई रंग-रूप देखा जाता है। रंग का है भी क्या—गोरा या काला। बाकी नौकरी करता है, बी.ए. की पढ़ाई कर रहा है। परिवार का खटराग नहीं, रीना अकेली राज करेगी। सबसे बड़ी बात लेने-देने का झमेला नहीं, दहेज दिया जाएगा आपसे ?"

"मैंने कहा न कि यह सम्बन्ध नहीं होगा। मुझसे क्या होगा, क्या नहीं, यह मैं समझ लूँगा। कोई चेहरा है लड़के का ?"

राखाल के इस रूप से माला स्तब्ध। दादा भुनभुनाकर चले गए, "आप तो बाहर रहते हैं, यहाँ बीवी-बच्चे हमारे नाम को झींकते रहते हैं। आज के ज़माने में अपना घर चलाना ही मुश्किल, किस-किसका करते फिरो !"

"और बुलाओ दादा को ! मेरा अपमान कर गए खूब अच्छी तरह, अब तो कलेजा ठंडा हो गया ? जैसा भाई, वैसी बहन !"

माला रो पड़ी।

माला को यों ही रोता छोड़कर राखाल बाहर निकल गया। सामने ही कोनेवाले स्टाल से पान लगवाकर खाया और डंडी से चूना चूसता हुआ पार्क में टहलने लगा।

परम संतुष्ट-सा वह घर पहुँचा...

कपूर साहब का सामान जा चुका था और कमरा बड़ा उखड़ा-उखड़ा लग रहा था। माला नीचे रसोई में थी और बच्चे बाहर।

लड़के को ना-पास करके ही उसे लग रहा था, जैसे घर में उसने अपने को पूरी तरह पास कर लिया है। गांगुली मोशाय और दादा के साथ-ही-साथ उसके अपने मन की खिन्नता और जड़ता भी चलती गई। एक नया आत्मविश्वास जागा।

'यह मेरा घर है, इसमें मेरी इच्छा के खिलाफ कुछ नहीं हो सकता।'

राखाल ने सबका कार्यक्रम ठीक कर लिया।

सवेरे रीना उसके सिर में तेल डालकर आधा घंटे तक चम्पी करती। बच्चू अंग्रेज़ी की स्पेलिंग याद करता और सवाल करता।

अब सब्ज़ी गौरी या पिशी माँ नहीं लाती, राखाल खुद बाज़ार करने जाता। हफ़्ते में एक दिन मछली भी लाता।

छोटू का लिवर बढ़ा हुआ था, तो खुद उसे अस्पताल ले गया। उसे नहीं पसन्द कि हर बात में दूसरों का अहसान लिया जाए।

शाम को बच्चू खड़े होकर उसके पैर दबाता और साथ ही पहाड़े भी याद करता। खाने के बाद बच्चों को वह पढ़ाने बैठ जाता।

मशीनों के बीच रहते समय उसे कभी याद नहीं रहता कि वह बी.एस-सी. है। उसकी अपनी ज़िन्दगी तो बरबाद हो गई, पर वह चाहता है कि कम-से-कम बच्चों की ज़िंदगी तो बना दे।

उसे आज भी याद है कि जब वह कलकत्ते में ही नौकरी करता था और रीना हुई थी, तो माला की एक आकांक्षा थी कि वह अपनी बिटिया को डॉक्टर बनाएगी...और अब ?

रविवार की शाम को माला और बच्चों को लेकर घूमने जाता। उस समय शंकर या कपूर साहब दिख जाते तो वह दो मिनट ठहरकर ज़रूर उनसे कुछ बात करता, फिर बड़ी लापरवाही से कहता, ''ज़रा बच्चों को घुमा लाऊँ। अक्तूबर समाप्त हो रहा है, पर अब भी गर्मी ख़त्म नहीं हुई ! शाम को घर में घुटन हो जाती है।''

पहली तारीख़ को आफ़िस जाकर तनख़्वाह ले आया। माला को हर महीने की तरह रुपए दिए और पचास रुपए अपने पास रख लिए।

''लाओ, इस बार तो ये रुपए मुझे दे दो, तुम क्या करोगे ? न हो तो शंकर को दे दो।''

माला हमेशा उसे ख़र्चा करने के लिए टोकती रहती, पर वह हमेशा झिड़क देता। इस बार भी उसने इनकार कर दिया, ''नहीं कुछ रुपया मेरे पास चाहिए। बच्चों को घुमाना-फिराना, खिलाना-पिलाना तो है, वे बेचारे क्या जानेंगे कि उनका बाबा आया है।''

पैसे के मामले में वह माला पर क़तई निर्भर नहीं रहना चाहता, बल्कि चाहता है माला उस पर निर्भर करे।

धीरे-धीरे राखाल की छुट्टियाँ और पास के रुपए समाप्त होने आए। राखाल ने छोटू का नाम भी रजिस्टर करवा दिया। जनवरी से वह भी स्कूल जाने लगे।

सरकारी स्कूल में फीस ज़्यादा नहीं लगती, पर कापी-किताब, पैंसिल आदि के खर्चे की ही माला को चिन्ता है। राखाल ने समझा दिया, ''इस बार बीस रुपए की तरक्की मिलेगी, वह सब तुम्हारे पास भेज दिया करूँगा, तुम बच्चों को ठीक से पढ़ने दो।

''और देख रीना, माँ स्कूल छुड़वाए, तो छोड़ना मत। मुझे लिख देना। तू मुझे बराबर चिट्ठी लिखा कर, सारे हाल-चाल, समझी !

''बच्चू बेटा, मेरे पीछे मन लगाकर पढ़ना। अच्छे नम्बरों से पास होओगे तो इनाम भेजूँगा। बच्चू तो मेरा राजा-बेटा है।

''छोटू बाबा, इस बार लौटकर आऊँ तो भूलना मत। हम आए, तो छोटू बाबू हमको पहचानते नहीं, हमारे पास आते नहीं, और अब हम नहाने जाएँ तो बाहर खड़े होकर रोते

हैं। अब तो नहीं भूलोगे न बेटे ? हमारी तस्वीर के सामने खड़े होकर बातें किया करना।"

और राखाल भर्राए गले से हँस दिया।

उसके बाद खाना बनाती माला की ओर नज़र गई, तो समझ में नहीं आया कि क्या कहे ? केवल इतना ही कह पाया, "देखो, तुम हर बात की सूचना ज़रूर देना। यह ठीक है कि मैं दूर रहकर कुछ नहीं कर सकता, पर कम-से-कम जान तो सकता हूँ।"

उसके बाद बड़ा बोझिल-सा मौन वहाँ पर छा गया।

तीन दिन बाद वह चला जाएगा और माला अभी से उदास रहने लगी है। उसका अपना मन जैसे कहीं से डूबने लगा है।

रात में माला उससे सटकर सो रही है, "इतना खर्चा यहाँ न करते और शंकर के बचे हुए दो सौ रुपए चुका देते तो अच्छा होता। पहले तो यही कहकर टालती रही कि तुम आओगे तो दे दूँगी...अब कौन-सा बहाना बनाऊँगी।"

राखाल इस समय यह बात नहीं करना चाहता। फिर भी माला को तसल्ली देने के लिए कह दिया, "मैं जाते ही रुपए भेज दूँगा।"

कल उसे अपनी जाइनिंग रिपोर्ट देनी है और परसों सवेरे दस बजे जहाज़ खुलेगा। आज कुछ और भी तो किया जा सकता है।

दूसरे दिन ऑफिस से लौटकर वह शंकर से मिल लिया। दादा के यहाँ अब वह नहीं जाएगा। कपूर साहब से वह शाम को मिल आएगा।

आज आखिरी शाम है। खाना साथ लेकर सारा परिवार लेक्स पर जा बैठा। खाने में वही मछली का झोल और भात। सब चुप-चुप बैठे हैं। बच्चू मछली पर वैसे ही टूट पड़ रहा है। सिर्फ छोटू इस समय माला की गोद में नहीं, राखाल की अपनी गोद में है।

शाम का अँधेरा उसके मन पर उतरता आ रहा है। माला की आँखें इस बात की गवाह हैं कि दिन में वह कई बार रो चुकी है।

दूसरे दिन राखाल सबको लेकर आठ बजे ही जहाज़ पर पहुँच गया। उसने अपनी हाज़िरी लगवा दी। तीन साथियों में से केवल रंजू इस बार साथ है, दो किसी और जहाज़ में चले गए।

वर्दी पहनकर वह फिर बच्चों और माला के पास आ खड़ा हुआ। रीना चुपचाप रो रही है। माला रोने के साथ-साथ उसे याद दिला देती है, "शंकर के रुपए जैसे भी हो, भेज देना।"

और राखाल की आँखों के सामने बहुत दिनों बाद जैसे शंकर के होंठों और दाँतों का रंग एकाएक कौंध गया।

छोटू उसकी गोद में ही लदा हुआ है। वह बार-बार उसे प्यार कर लेता है।

जहाज़ खुलने का समय क़रीब आ रहा है। राखाल ने छोटू को माला की गोद में दिया, तो वह मचल पड़ा। दोनों हाथ बढ़ा-बढ़ाकर और पैर पछाड़कर वह रो रहा है, "बाबा के पास जाऊँगा।"

माला ने गले में आँचल डालकर राखाल के पैर छुए, तो राखाल भी जैसे अपने को नहीं सँभाल सका। छोटू के गाल पर प्यार करके और रीना, बच्चू के सिर पर हाथ फेरकर राखाल मुड़ गया।

हिचकियों के बीच माला के शब्द सुनाई दे रहे थे, "अपना खयाल रखना...चिट्ठी जल्दी-जल्दी भेजना...शंकर के रुपए जाते ही भेजना...इस बार तीन साल मत लगाना..."

जहाज़ छूट गया। दहाड़ मारती लहरों की आवाज़ और आस-पास के सारे शोर-शराबे के बीच भी उसे पछाड़ खाते हुए छोटू के रोने की आवाज़ सुनाई दे रही है। किनारा धीरे-धीरे दूर होता जा रहा है। किनारे की आकृतियाँ धुँधली होती जा रही हैं। पर उसकी आँखों के सामने चारों प्राणी ज्यों-के-त्यों खड़े हैं।

अब किनारा बिल्कुल नहीं दिखाई दे रहा है। दिखाई दे रहा है लैंसडाउन का घर।

माला ने गद्दे उठाकर दोनों बक्से निकाल दिए होंगे। बक्से दब जाने से उसे बड़ी असुविधा होती थी, पर वह जैसे-तैसे चला ही रही थी, शायद इसी दिन की प्रतीक्षा में। टेबल-फैन और स्टूल वापस शंकर के गराज में चला गया होगा।

शंकर सारा अपनापन दिखाकर माला को तसल्ली दे रहा होगा—'रोती क्यों हो बोउ दी ! मैं तो हूँ।'

कपूर साहब के बरामदे में से उनकी लड़की पम्मी चिल्लाकर कह रही होगी—'माशी माँ, डॉक्टर बाबू के पास जाना हो तो तैयार रहिए, पापा दस बजे निकलेंगे।'

पिशी माँ घर का छोटा-मोटा सामान लाते-लाते रीना के लिए फिर कोई लड़का खोज लाएगी। कौन जाने फिर वही लड़का आ जाए ! सभी तो उसके पक्ष में थे।

एकाएक उसे लगने लगा, शायद वह एक बहुत ही नकली-से माहौल में रहकर लौटा है।

शायद माला कई बातों में केवल उसके डर के मारे ही चुप रही है। बच्चू मन मारकर पढ़ने बैठता था। अब वह पहले की तरह निश्चिंत होकर, बस्ता कोने में पटक, शंकर के गराज या फुटपाथों पर खेलता फिरेगा। रीना घर के काम से छुट्टी पाते ही कपूर साहब के बरामदे में खड़ी होकर बतियाया करेगी। छोटू शंकर के कन्धे पर टँगकर उसके सिर पर तबला बजाया करेगा।

बच्चे खेल-खेल में तस्वीर का शीशा न फोड़ दें, इस डर से माला उसकी तस्वीर को फिर आलमारी में बन्द कर देगी। और छोटू के मन में उसकी याद बहुत धुँधली हो जाएगी।

"अब नीचे भी चलोगे या यहीं टँगे रहोगे ?" पूरे हाथ का धौल जमाकर रंजू हँस रहा था।

राखाल नीचे उतर आया। मशीनों के बीच पहुँच उसे एक अजीब-सी राहत मिली। वही परिचित गन्ध, वे ही चिर-परिचित मशीनें। लगा, जैसे अपनी असली जगह आ गया।

"यार, तुम जैसे लोगों को बहुत घुलना-मिलना नहीं चाहिए बीवी-बच्चों में। इतनी शिक्षा देता है यह गुरु, तुम लोग फिर भी सीखते नहीं हो। बेटा, अपनी ज़िन्दगी तो इन मशीनों के साथ बँधी है, समझे ! इनको तेल पिलाओ और चलाओ।"

और फिर उसके हाथ में तेल की कुप्पी थमाते हुए बोला, "इधर के हिस्से की ऑइलिंग तो कर बे ज़रा लपक के।"

राखाल ने कुप्पी ली और मशीन के सामने खड़े होकर कुप्पी की नोक छेदों में लगाकर पूरे मनोयोग से तेल डालने लगा।

'त्रिशंकु' संकलन से

असामयिक मृत्यु

सब कुछ जहाँ का तहाँ थम गया।

गति महेश बाबू के हृदय की बन्द हुई थी, पर चाल जैसे सारे घर की ठप्प हो गई। अधूरा बना हुआ मकान और अधकचरी उम्र के तीन बच्चे।

सच पूछो तो यह भी कोई उम्र है मरने की भला ? कुल जमा चवालीस साल। पर मौत कौन किसी से पूछकर आती है !

फिर हुआ भी तो सब कुछ कितने आकस्मिक ढंग से। ऑफिस की कुर्सी पर बैठे-बैठे ही महेश बाबू का हार्ट फेल हो गया। घर ख़बर पहुँची तो शारदा अवाक् ! बस, पड़ोसन ताई की चीत्कार घर बनाते मज़दूरों के समवेत संगीत को चीरती हुई यहाँ से वहाँ तक फैल गई। देखते-ही-देखते सारा मोहल्ला आ जुटा। शव लाकर बीच आँगन में रखा गया। चारों ओर भीड़ और दार्शनिक मुद्रा में उछाले गए वाक्य...

'ज़िन्दगी का कोई भरोसा नहीं भैया ! अच्छे-भले घर से गए थे। कौन जानता था कि लौटकर ही नहीं आएँगे...राम तेरी माया...'

'मकान और दीपू को लेकर कैसे-कैसे सपने देखे थे...अरे, आदमी सोचता क्या है और होता क्या है ?'

'अधूरा मकान और तीन-तीन बच्चों की कच्ची गृहस्थी। तिनके तक का कोई सहारा नहीं। अब तो भगवान ही पार लगाए तो लगे ! हे प्रभो, तेरा ही आसरा है...'

हर मौत पर दोहराए जानेवाले वही पिटे-पिटाए वाक्य, वही भाषा ! सिर्फ मरनेवाला आदमी बदलता रहता है।

पर इस सबसे अनछुई-सी शारदा की सूनी-सूनी आँखें और भावहीन चेहरा ! न एक बूँद आँसू, न छाती-फाड़ क्रन्दन ! और इन सबसे ऊपर और इन सबसे अलग दीपू को बाँहों में भरे पड़ोसन ताई का प्रलाप—'अब तेरा नाटक देखकर किसकी छाती गज़-भर की होगी रेऽऽ...अख़बार में तेरी फोटू देखकर कौन मोहल्ले-भर में दिखाता फिरेगा रेऽऽ...मुझे मीठे चीले खिलाने को कौन कहेगा रेऽऽ...'

शव उठा और कुछ समय पहले तक हँसती-बोलती काया जलकर राख का ढेर हो गई।

और रात तक जैसे सब कुछ शान्त हो गया। बस, शारदा, जहाँ जैसी बैठी थी, वैसी ही बैठी रही। तीनों बच्चे रो-धोकर आँगन में ऐसे ही पसर गए।

जून की उमस-भरी रात। एक तरफ़ ईंट, रेत और चूने के ढूह बिखरे पड़े थे और दूसरी तरफ़ बच्चे। सामने घना अन्धकार।

दूसरे दिन शारदा के बड़े भाई आ गए। बहन के सिर पर हाथ रखकर और बच्चों को

छाती से चिपका-चिपकाकर रोए :

'अरे महेश बाबू, यह किस जनम का बदला निकाल गए हमसे...अरे, तुम्हारी नेकी के गुण तो सारी दुनिया गाती थी...यह किसकी हाय लग गई रेऽऽ...'

पर दो घंटे में ही उन्होंने रोने-धोने का काम ख़त्म किया ! आँखों से आँसू पोंछे और दुनियादारी आँज ली ! जो घर ऐसे अधर में लटक गया हो, जहाँ आगे नाथ न पीछे पगहा, वहाँ फुर्सत में बैठकर शोक मनाने की गुंजाइश कहाँ भला ! मातमपुर्सीवाले लोग चले गए तो शारदा और दीपू को लेकर वे भीतर आए।

"तेरहवीं करने की क्या ज़रूरत है ? चौथे दिन हवन करके उठाला कर दो और आगे की सोचो कि कैसे क्या होगा ?"

पर आगे सोचने के जितने भी रास्ते थे, थोड़ी दूर जाकर ही बन्द दिखाई देते थे।

बैंक-बैलेंस ?

निल !

इंश्योरेंस ?

जो भी था, मकान बनवाने के लिए तीन-चौथाई उधार ले लिया !

प्रोविडेंट फंड ?

उसमें से भी आधा कर्ज़ ले लिया, फिर भी वही एक रक़म है ! पर उससे तो यह मकान पूरा हो जाए तो ग़नीमत ! इसे तो अब पूरा करना ही होगा, वरना अभी तक जितना पैसा लगाया वह भी पानी ! पर समस्या तो यह है कि चार प्राणियों की यह गृहस्थी चलेगी कैसे ?

और सारे बन्द रास्तों से लौटकर उनकी नज़र दीपू पर आकर टिक गई।

"बी.ए. का इम्तहान दिया है न ! रिज़ल्ट भी आता ही होगा। अच्छे डिविज़न में तो पास हो ही जाओगे। हूँऽऽ...!"

वह हुंकार शारदा के मन में जाने कैसा आतंक जमाती-सी भीतर तक उतर गई। उसने एक बार घुटनों पर ठोड़ी टिकाए दीपू के चेहरे की ओर देखा। उसकी अँसुवाई आँखों के आगे दीपू की आकृति थरथराती हुई धुँधली होती चली गई।

चौथ के दिन हवन हुआ। दीपू के सिर पर पगड़ी पहनाई गई थी, "इसे केवल रस्म ही मत समझना दीपू बेटे ! आज से बाबू की इज़्ज़त, बाबू की प्रतिष्ठा और बाबू का भार तुम्हारे सिर पर। अब इस घर की सारी ज़िम्मेदारी तुम्हें ही निभानी है..." मामा की आँसुओं से रुँधी हुई वाणी आवेग के कारण भिंच गई।

दीपू ने मामा के पैर छुए तो मामा ने अपने पैरों से उठाकर उसी वेश में दीपू को महेश बाबू के जनरल मैनेजर के चरणों पर झुका दिया।

"अट्ठारह साल तक महेश बाबू ने आपकी कम्पनी की खिदमत की, अब दीपू को मौका दीजिए ! उसका हक समझकर दीजिए, चाहे कृपा करके...पर करना अब आपको ही है।"

और रात को उन्होंने कुछ-कुछ क़िला फ़तह करने के अंदाज में सूचना दी :

"लो, दीपू की नौकरी पक्की कर दी। चार सौ देंगे। मैंने भी गरम लोहे पर चोट की। दीपू बेटा, कल ही जाकर मैनेजर साहब से मिल लो और नियुक्ति-पत्र ले आओ। फिल कल, परसों जब से कहें, काम पर जाना शुरू कर दो।"

बात ख़त्म करने के साथ ही एक गहरा निःश्वास उनके सीने से निकला...ज़िम्मेदारी

निभा देने का—एक विकट समस्या का समाधान कर देने का—एक आश्वासन का।

गहरा निःश्वास शारदा की छाती से भी निकला, पर एक गहरे अवसाद का। भर्राये गले से पूछा, "दीपू नौकरी करेगा—अभी से ?" चार दिनों में यही पहला वाक्य उसके मुँह से निकला।

"अभी से ? नहीं तो बाद में कौन पूछता है ? यह मत भूलो कि ताज़े घाव पर दिखाई गई सहानुभूति ही वज़नदार होती है ! फिर आजकल एम.ए. पास तक तो दो सौ रुपल्ली की नौकरी के लिए जूतियाँ चटकाते फिरते हैं। यह तो महेश बाबू की मौत का लिहाज़..."

पर शारदा घुटनों में सिर छिपाए बिसूरती ही रही।

"मैं नौकरी करूँगा मामा !" बड़े दृढ़ और निर्णयात्मक स्वर में दीपू ने कहा।

"शाबाश ! यह हुई न बात ! तुम इस गृहस्थी की गाड़ी को गुड़का ले जाओगे !" फिर एकाएक स्वर को बेहद स्नेहिल और कोमल बनाकर बोले, "और उपाय भी क्या है बेटा ! जो कुछ मुझसे बन पड़ेगा, ज़रूर करूँगा पर..." और वे दीपू के सिर पर हाथ फेरने लगे।

इसके बाद अनेक हिदायतें, अनेक आदेश—पैसा हाथ में आते ही मकान बनवाना तुरन्त शुरू कर देना...राजू, मीनू की फीस माफ करवा लेना...सारे खर्चे में कटौती कर देना।

शारदा केवल सुनती रही। जिस घर में आज तक कोई भी काम उसकी इच्छा के ख़िलाफ़ नहीं हुआ...उसकी सलाह के बिना नहीं हुआ, वहाँ अब उसे केवल दूसरों के आदेश पर चलना है। पहली बार उसे स्थिति की भयानकता का अहसास हुआ। पहली बार लगा कि उसके पति मर गए हैं...उसके सुख-चैन और अधिकारों की सीमा समाप्त हो गई है।

रात शायद आधी से अधिक बीत गई है। चारों ओर निपट सन्नाटा, कहीं पत्ता तक नहीं हिल रहा। पर शारदा के मन में जैसे तूफान उठा हुआ है। एक-दूसरे पर उभरते हुए दृश्य—एक-दूसरे को काटते हुए वाक्य।

नाटक समाप्त हो गया। उत्पल दत्त प्रमुख अतिथि के रूप में भाषण दे रहे हैं। दीपक की अभिनय-कला...दीपक की प्रतिभा...दीपक के उज्ज्वल भविष्य की कामना ! फिर प्रशंसा और बधाइयों का दौर—'आपका बेटा बहुत बड़ा कलाकार बनेगा।'

'बनेगा ? अरे, ही इज़ ए बार्न आर्टिस्ट !'

दूसरे दिन सारे अख़बारों में दीपक की फोटो...दीपक की सराहना ! महेश बाबू घर-घर जाकर अख़बार दिखाते फिर रहे हैं।

पिछले तीन सालों में यह क्रम कई बार दोहराया गया है और हर बार महेश बाबू का पुलकित गद्गद् स्वर :

"जीनियस है तुम्हारा बेटा ! देखना इतना नाम करेगा...इतना नाम करेगा कि..."

'लोग अपने बेटों को डॉक्टर, इंजीनियर बनाने के सपने देखते हैं...मेरा बेटा कलाकार बनेगा !'

तापस बाबू कह रहे हैं—'इस लड़के के बारे में ट्रेडीशनल ढंग से सोचने से काम नहीं चलेगा। इसे इस बार पूना भेजिए। अभिनय की ट्रेनिंग लेने के बाद फिल्मवाले लोग हाथों-हाथ

उठा लें...ये सब नामी एक्टर झख मारेंगे इसके सामने !'

पिछले तीन नाटकों में कुन्तल ही हीरोइन का रोल कर रही है। अक्सर घर आती रहती है। महेश बाबू रसभीनी आवाज़ में कहते हैं, 'देख लेना, घर में भी यही हीरोइन बनकर आएगी।' शारदा केवल मुस्कुराती है।

दीपू की आँखों में कैसे-कैसे सपने तैरने लगे हैं ! उसके सपनों की छाया हर किसी की आँखों में दिखाई देने लगी है। मीनू अपने दीपय्या को अमिताभ बच्चन समझने लगी है। दीपू की सफलता और यश से छाती फुलाए-फुलाए राजू अपने दोस्तों में हीरो बना घूमता है।

एक नए नाटक की तैयारी हो रही है, दीपू को न खाने का होश है न पीने का। पागलों की तरह उसमें जुटा है। गर्मी में थके-मांदे महेश बाबू ऑफिस से आकर ठेकेदार से सिर फोड़ने बैठते हैं—सीमेंट, लोहा, लक्कड़—तो शारदा दीपू पर ही बरस पड़ती है—'सारा दिन नाटक-नाटक, यही नहीं कि बाबू का थोड़ा-सा हाथ ही बँटा दो।'

दीपू कुछ कहे, उसके पहले ही महेश बाबू रोक देते हैं—'अरे, उसे कहाँ इस पचड़े में डालती हो। यह सब क्या उसके बस का है ?'

और इन सारे दृश्यों और आवाज़ों को चीरता हुआ दीपू का दृढ़ निर्णयात्मक स्वर—'मैं नौकरी करूँगा मामा !'

शारदा के तन-मन को झकझोरता, मरोड़ता हुआ आवेश का एक गोला-सा उमड़ता है, फिर आँसुओं की बाढ़, हिचकियों का सैलाब...

घर की ठप्प हो गई गाड़ी को किसी तरह गुड़काने का इन्तज़ाम करके दूसरे दिन बड़े भैया चले गए।

घर की गाड़ी घिसटती हुई जैसे-तैसे चल पड़ी।

दीपू की नौकरी का पहला दिन ! मीनू ने दीपय्या के कपड़ों पर इस्तरी की, राजू ने बाबू का ब्रीफकेस खाली किया, पर समझ में नहीं आया कि इसमें आख़िर रखे क्या, तो बाबू के ही कुछ कागज-डायरी रख दिए। कम-से-कम लगे तो कि ऑफिस जा रहे हैं। चलने से पहले पड़ोसन ताई ने आकर दीपू की बलैया ली, उसे दही-पेड़ा खिलाया।

इस सारे आयोजन में बस शारदा ही जैसे आँख चुराती रही, सामने पड़ने से कतराती रही और जब दीपू चला गया तो इतनी देर से थमा हुआ मन का आवेग आँसुओं के रूप में फूट पड़ा।

''यह क्या बहू, तुम तो ख़ुशी के मौक़े को भी आँसुओं में सानकर मिट्टी कर देती हो। बेटा नौकरी पर गया, यह रोने की बात है भला ? खैर मनाओ कि भगवान ने बिगाड़ा तो सब समेट भी लिया। किसके नसीबों से होते हैं ऐसे बेटे ?'

शाम को दीपू की प्रतीक्षा में सब बैठे हैं ! ''कैसा लगा दीपय्या ?'' राजू उछलकर पूछता है। मीनू बढ़कर ब्रीफकेस रख देती है।

''लगता क्या, खूब अच्छा लगा। सब लोग खूब प्यार से बोलते-बतलाते रहे। मैनेजर साहब ने अपने पास बैठाकर चाय पिलाई।'' फिर चुटकी बजाते हुए बोला, ''देखना अम्मा, यों काम सीखता हूँ। और हाँ...एक बड़े मज़े की बात हुई, मैं काम कर रहा था, पीछे से किसी से आवाज़ दी 'मिस्टर अग्निहोत्री...मिस्टर अग्निहोत्री।' यहाँ दीपूराम को पता ही नहीं कि

उन्हें ही बुलाया जा रहा है।" फिर आवाज़ को ज़रा-सा भारी बनाकर बोला, "सो अम्मा, अब तुम्हारा दीपू मिस्टर अग्निहोत्री बन गया है, समझीं !"

सब चुप।

तो बाबू की हू-ब-हू नकल करते हुए बोला, "मीनू बिटिया, एक कप चाय तो पिलाओ गरमागरम।"

राजू-मीनू के चेहरों पर ज़रूर हल्की-सी मुस्कुराहट आई, पर शारदा इस पर भी चुपचाप तरकारी काटती रही तो दीपू एकदम फट पड़ा :

"अम्मा, बाबू की नकल करने पर तुमने मुझे डाँटा क्यों नहीं ? क्यों नहीं हमेशा की तरह उठकर मेरी पीठ पर धौल जमाया ?"

"चाय के साथ क्या खाएगा, पराँठा बना दूँ ?"

"नहीं ! पहले बताओ, तुमने मुझे डाँटा क्यों नहीं ?"

"अब क्या तू दीपू है जो डाँटू ? अभी तूने ही तो कहा कि अब से मैं मिस्टर अग्निहोत्री बन गया !" रुँधे हुए कंठ से शारदा ने कहा और आटा लेने के लिए उठकर भंडार घर में चली गई।

"नहीं अम्मा...नहीं ! तुम बोलती नहीं, डाँटती नहीं...कुछ भी तो नहीं करतीं। तुम इस तरह रहोगी तो मुझसे भी कुछ नहीं किया जाएगा, बताए देता हूँ...हाँ।"

हँसी-मज़ाक करके सबको बहुत सहज बनाने के प्रयास में दीपू खुद कहीं बहुत असहज हो गया !

शारदा भीतर गई तो वहीं घुटनों में सिर देकर बैठ गई।

किससे बोले वह पहले की तरह ?

खाने के समय तरह-तरह की फमाईशें करनेवाले और बने खाने में दुनिया-भर की मीन-मेख निकालनेवाले ये बच्चे, बिना चूँ-चपड़ किए, दाल से रोटी निगल लेते हैं ! दस बार कहने पर भी हर काम को टाल जानेवाली यह मीनू...बिना कहे उसके काम में हाथ बँटाती रहती है...करने-न करने के सब कार्य करती रहती है ! दिन-भर में रुपया-दो रुपया झटककर ले जानेवाला राजू, आँगन में बैठा-बैठा सिर्फ उड़ती हुई पतंगों को देखता रहता है, पढ़ाई और नाटक के सिवाय जिसने दीन-दुनिया के बारे में न कुछ जाना, न समझा, वही दीपू बाबू के रजिस्टरों से हिसाब-किताब समझने की कोशिश करता रहता है...अब से ऑफिस का काम जो किया करेगा।

कितने अपरिचित हो उठे हैं उसके अपने बच्चे ! उनसे क्या बोले, कैसे बोले ?

यह घर उसका है ? जिसका आँगन शाम को हँसी-मज़ाक और नकलों से गूँजता रहता था। नाटकों के आधे रिहर्सल यहीं होते हैं। रिहर्सल नहीं होता तो नकलें उतारी जातीं। राजकपूर के संवाद, दिलीपकुमार के संवाद...आँखें बन्द कर लो तो पहचान नहीं सकते कि दीपू बोल रहा है या दिलीपकुमार। कॉलेज के लेक्चरर्स की नकल होती...पड़ोस के बूढ़ों की नकल होती और फिर एक दिन बाबू की नकल उतरी ! हू-ब-हू वही आवाज़, वही लहजा। राजू, मीनू हँसते-हँसते लोटपोट ! शारदा ने हँसी भीतर ही घोटते हुए पीठ पर धौल जमाया—"बस, अब बाप की ही नकल उतारा कर, बेशरम कहीं के !'

"पीठ ठोकी है न, कुछ अच्छी नकल करने के लिए ? अरे अम्मा, जीनियस है तुम्हारा

बेटा, जीनियस। अम्मा, अगर कोई बढ़िया मेकप कर दे तो बाबू का रोल ऐसे अदा करूँ कि तुम पहचान ही न सको कि दीपू कौन और बाबू कौन ?"

दीपू पार्ट याद कर रहा है। नाटक की एक प्रति राजू को पकड़ा दी–"डॉक्टर वाला पार्ट तू बोलता चल !" पाँच मिनट बाद ही दीपू बिगड़ पड़ता है–"अरे यार राजू, दो डायलाग तक तू ठीक से नहीं बोल सकता...गधा कहीं का !"

राजू कापी हवा में उछाल देता है–"मुझे कौन तुम्हारी तरह एक्टर बनना है, मैं तो डॉक्टर बनूँगा।"

"हूँऽऽ, बनेगा डॉक्टर ! डॉक्टर की एक्टिंग तक तो की नहीं जाती, असली डॉक्टर बनेगा ! शक्ल देखो इसकी !"

राजू की शिकायत है बाबू से–जब देखो दीपय्या की तारीफ करते रहते हैं। उनकी बात करते रहते हैं–दीपू को यह बनाना है, दीपू ये करेगा...जैसे हम तो कुछ हैं ही नहीं।

रूठे हुए राजू को बाबू अपने पास खींच लेते हैं–"देख भैया, मैं दीपू को एक्टर बना दूँ और दीपू तुझे डॉक्टर बना देगा। अरे, किसी फिल्म में दाँव लग गया न...और अब लगा ही समझ...तुझे बाहर भेजेगा मेडिकल के लिए !"

राजू को एक गोदी में बैठाकर मीनू दूसरी गोद में जा लदती है। शारदा डपटती है–"यह उमर है। तुम लोगों की गोद में लदने की ? बड़े-बडे धींगड़े हुए..."

"माँ-बाप के लिए भी बच्चों की कोई उमर होती है..."

और बच्चों पर बरसता हुआ महेश बाबू का लाड़ सारे आँगन में महकने लगता।

दिन में लू से झुलसता हुआ और रात को उमस-भरी मायूसी में डूबा रहनेवाला यह आँगन, उसके अपने घर का आँगन है ?

कोई दो सप्ताह बाद दीपू का रिज़ल्ट आया। फर्स्ट डिवीज़न ! मायूसी में लिपटी ख़ुशी का एक हल्का-सा अहसास सबके मन में जगा और बिला गया।

बड़े मामा का पत्र आया। बधाई और आशीर्वाद के बाद लिखा था–इस ख़बर से जो सबसे ज़्यादा खुश होता, गर्व करता, वह तो आज हमारे बीच है नहीं, फिर भी तुम अपना रिज़ल्ट ऑफिस में बता देना। मैनेजर साहब यह न समझें कि उन्होंने केवल कृपा ही की है...एक योग्य व्यक्ति को ही काम दिया है।

...पी.एफ. के पैसे के लिए पीछे लगे रहना। मिलते ही मकान का काम शुरू करवा देना। सबसे ज़्यादा चिन्ता मुझे मकान की ही है। वह बन जाएगा तो तुम लोगों का आधा संकट टल जाएगा। मैं जल्दी ही आने की कोशिश करूँगा।

कल भास्कर, कपिल और दवे आए थे, पर शायद संकोचवश असली बात नहीं कर पाए। आज तापस बाबू खुद आए हैं। तुरूप का पत्ता हाथ लेकर–कुन्तल। स्थिति की नज़ाकत को समझते हैं इसलिए स्वर में संकोच ज़रूर है, पर आग्रह जैसा कुछ नहीं। मिठास से लिपटा आदेश ही है–"अब रिहर्सल में आना शुरू करो। दिल्ली में होनेवाले ऑल इंडिया कॉम्पटीशन

के लिए एंट्री भेज चुके हैं। समय बहुत कम रह गया है।"

शारदा के चेहरे पर घिर आई भय की हल्की-सी छाया को उनकी तेज़ आँखें भाँप लेती हैं।

"आप चिन्ता न करें भाभी ! पहले की तरह रात-दिनवाले रिहर्सल अब नहीं होंगे। दीपू ऑफिस के बाद ही आया करेगा।"

फिर एक क्षण रुककर बोले, "इसे नाटक से कटने मत दीजिए वरना...आप तो जानती हैं, नाटक ही इसका प्राण है। ऑफिस का काम जितना ज़रूरी है, नाटक का काम भी उतना ही ज़रूरी है।"

तापस और कुन्तल दीपू को अपने साथ ही ले गए।

शारदा जानती है कि नाटक दीपू के लिए काम नहीं है—नशा है। जब चढ़ता है तो भूत की तरह सवार हो जाता है, फिर उसे दीन-दुनिया किसी का होश नहीं रहता। शारदा जब कभी इसे पागलपन कहती थी तो महेश बाबू कहा करते थे :

"यह लगन है शारदा, लगन ! कहाँ होती है इस उमर में बच्चों में ऐसी लगन। फिर बिना लगन के कोई बड़ा काम होता है भला..."

लेकिन अब यदि दीन-दुनिया को भूल गया तो ? और यदि दीन-दुनिया के चक्कर में नाटक से कट गया तो ?

और इन दो 'तो' की जकड़ में शारदा का मन ऐंठने लगता है।

दूसरे दिन शारदा उठी तो देखा, दीपू आँगन में टहल-टहलकर कुछ पढ़ रहा है।

"इतनी सवेरे-सवेरे उठकर क्या पढ़ रहा है ?"

"अपना पार्ट याद कर रहा हूँ। सचमुच तापस दा ने बहुत बढ़िया नाटक लिखा है। यह रोल करने के बाद देखना अम्मा, हल्ले हो जाएँगे दीपक अग्निहोत्री के..."

और शाम को ऑफिस से आते ही ब्रीफकेस, जूता-मोजा, अलग-अलग दिशाओं में उछले, "आ जाओ राजू, मीनू रिहर्सल शुरू। अम्मा, तुम बैठकर देखना !"

राजू, मीनू दूसरे पात्रों के संवाद पढ़ रहे हैं और दीपू अपने ! इतने दिनों से शारदा के चेहरे की रेखाओं का तनाव अपने-आप पिघलने लगा और घर पर फैले अवसाद की एक परत जैसे किसी ने हटा दी !

पहली तारीख़ !

दीपू ने शारदा के हाथ में तनख़्वाह रखते हुए कहा, "ये मेरे पन्द्रह दिन की तनख्वाह के दो सौ रुपए और ये बाबू की पाँच दिन की तनख़्वाः के ढाई सौ रुपए ! वाह रे दीपू मास्टर, क्या क़ीमत है तुम्हारी !"

फिर एकदम गम्भीर होकर बोला, "अम्मा अब से इन्हीं रुपयों से घर चलाना हैं। सब कटौती कर दो। पी.एफ. का चेक भी कल मिल जाएगा। बस, दो दिन बाद से मकान शुरू। राजू को भेजकर मिश्रा काका को बुलवा लो...आकर अपनी ठेकेदारी सँभालें !"

रुका हुआ मकान फिर बनने लगा। मज़दूरों की आवाजाही...ठेकेदार मिश्राजी की गुहार-पुकार।

शाम को दीपू आया तो मिश्राजी ने कहा, "भैया, चलकर मज़दूरों को मज़दूरी बाँट दो और आज का काम भी ज़रा नज़र से गुज़ार दो।"

"कौन, मैं ?"

"और नहीं तो क्या ? हमारा तो महेश बाबू से भी कौल था। पैसा-कौड़ी के हाथ नहीं लगाएँगे। मज़दूरी तुम बाँटो...सामान तुम लाकर दो। काम देखो, और कसर हो तो हमें बताओ।"

"पर काका, मैं कुछ जानता नहीं, समझता नहीं...यह सब मुझसे कैसे होगा ?"

"होगा कैसे नहीं ? महेश बाबू करते थे कि नईं ?"

"पर मैं तो बाबू नहीं हूँ, काका..."

"हमारे लिए तो भैया, तुम्हीं महेश बाबू हो और हो क्यों नहीं ? जिस दिन महेश बाबू की पगड़ी सिर पर धर ली, उसी दिन महेश बाबू बन गए ?"

और उन्होंने सामान की एक लिस्ट पकड़ाते हुए कहा, "तुम खाची लो, हम साथ चलेंगे, सब सामान दिलवा देंगे। चार दिन में तुम खुद लायक बन जाओगे !"

और आठ बजे के करीब दीपू जब लोहा-लक्कड़, कील-काँटों की दुकानों के चक्कर लगाकर लौटा तो एकदम पस्त हो चुका था।

"काका, रोज़-रोज़ अब क्या मुझे यही सब करना पड़ेगा ?"

"अरे भैया, अपने मरे बिना भी कहीं स्वर्ग दिखा है ?"

और मिश्रा काका ने कोई दस दिन में ही दीपू को स्वर्ग दिखा दिया।

रुका हुआ मकान फिर बनना शुरू हो गया, पर जो नाटक शुरू हुआ था, वह जहाँ का तहाँ रुक गया।

मामा आए तो गद्गद्। मकान का मुआयना करने के बाद बड़े सन्तुष्ट भाव से दीपू की पीठ थपथपाते रहे।

"शारदा, तेरा बेटा तुझे पार लगा देगा। कितनी होशियारी से सारा काम सँभाल लिया। लगता ही नहीं, कि महेश बाबू नहीं..." फिर जाने क्या सोचकर वाक्य अधूरा ही छोड़ दिया।

राजू-मीनू के स्कूल खुल गए तो उनकी ज़िन्दगी फिर लौट आई। नई कक्षाओं में जाने का उल्लास...नई किताबें ख़रीदने का उत्साह...हमउम्र साथियों का साथ।

पर दीपू ! शारदा बोलती कुछ नहीं, सिर्फ देखती है—महेश बाबू के कमरे में बैठकर सवेरे-सवेरे ऑफ़िस की फाइलों में डूबे हुए दीपू को...ऑफ़िस जाते हुए दीपू को...मिश्रा काका के साथ मगज़ मारते हुए दीपू को...ट्रक से कभी सीमेंट की बोरियाँ उतरवाते हुए तो कभी ईंटें गिनकर रखवाते हुए दीपू को ! रात में देर तक हिसाब लिखते हुए दीपू को।

और उसके मन में जाने क्या कुछ कचोटता रहता है। रह-रहकर एक घटना मन में उभर आती है।

वह रसोई में कुछ काम कर रही थी कि बाहर से दीपू के खाँसने की आवाज़ आई।

खाँसी क्या, जैसे खाँसी का दौरा ही पड़ा हो। शारदा झपटकर बाहर आई। घुटनों में पेट दबाए, हथेलियों में माथा थामे, दीपू खाँसता रहा—बुरी तरह। चेहरा लाल, आँखों में आँसू...खाँसी क्या, लगता था, अँतड़ियाँ ही बाहर निकल आएँगी।

सकते में आई शारदा पीठ मलने लगी, "कब हुई तुझे ऐसी खाँसी...पहले तो कभी नहीं सुनी !"

घबराहट के मारे उसकी आँखों में आँसू आ गए ! खाँसते-खाँसते कहीं साँस ही न उखड़ जाए दीपू की।

दो मिनट तक शान्त रहकर दीपू ने अपने को साधा, फिर झटके से खड़े होकर हँसता हुआ बोला, "रिहर्सल...रिहर्सल..."

"क्याऽऽ !" फटी-फटी आँखों से उसकी ओर देखती हुई शारदा चीखी।

"एक बूढ़े, भयंकर दमे के मरीज़ का रोल करना है, समझीं।"

फिर सामने हँसता हुआ बोला, "मानती हो अब तो कि तुम्हारा बेटा जीनियस है।"

"जीनियस की दुम ! प्राण ही निकल गए मेरे तो।"

"इसका मतलब मेरी एक्टिंग कमाल की।" लाड़ में आकर दीपू ने अपनी दोनों बाँहें माँ के गले में डाल दीं और हँसने लगा।

दीपू की हँसी से एक क्षण पहले का तनाव झटके से गायब हो गया और सब कुछ सहज हो गया।

पर अब न तो कोई झटका लगता है, न ही कुछ सहज होता है।

ईंट पर ईंट धरी जाने लगीं और दूसरे तल्ले की दीवारें ऊपर उठने लगीं, लेकिन नीचेवाला तल्ला जैसे और नीचे धसकने लगा।

पन्द्रह सौ में चलनेवाली गृहस्थी को कुल चार सौ में चलाना कोई आसान काम नहीं था। बरसों की आदतें अंकुश लगाने पर भी दगा दे जातीं।

जब तक कड़की का कोड़ा नहीं पड़ा था, सबका मन एक-दूसरे के लिए उमड़ता रहता था, एक-दूसरे को सँभालता रहता था, लेकिन अब ?

"अम्मा, तुमने दो सौ रुपए पी.एफ. के रुपयों में से खर्च कर दिए ?"

"क्या करती ? राजू, मीनू की किताबें...मीनू की दो जोड़ी यूनिफार्म..."

"यह सब बताने की ज़रूरत नहीं है," बीच में ही बात काटकर दीपू तेज़ी से कहता, "बस, इतना जान लो कि इस पैसे को छुओगी भी नहीं। जानती हो, मिश्रा काका के बताए हिसाब से तो बाबू के इन रुपयों से भी मकान पूरा नहीं होगा—और तुम हो कि...कहाँ से आएगा पैसा ?"

"मुझे क्या कहते हो, सब अपने पेट पर पट्टियाँ बाँध लो !" शारदा का दो टूक जवाब।

और खर्च कम करो। दूध बन्द, खाने में कटौती। साठ की जगह पच्चीस पावर के बल्ब...पर इस दमतोड़ मँहगाई में खर्चा है कि चलता ही नहीं और न-न करके भी सौ-पचास रुपए मकान के रुपयों में से निकल जाते हैं।

दीपू खीजता है...चिल्लाता है, फिर हताश हो जाता है, पर जब शारदा हताश होती है,

तो हौसला बँधाता है, "बस, कुछ महीनों की बात है अम्मा। मकान ख़त्म होते ही नीचे का मकान किराए पर उठा देंगे। छः सौ न मिले तो साढ़े पाँच सौ तो कहीं नहीं गए। ऊपर का तीन कमरोंवाला सेट तीन सौ में और हम दो वाले में रहेंगे। बस, फिर पहले जैसे ठाट !"

और यह हवाई आश्वासन ही आठ-दस दिनों के लिए सबके मन का पैनापन काट देता है। राजू-मीनू अपनी ज़रूरत की चीज़ों की सूची कुछ महीनों के लिए स्थगित कर देते...शारदा फिर कतर-ब्यौंत में लग जाती।

चार महीनों में दीवारें उठ गईं...छत भी पड़ गई, पर रुपया खत्म।

बनता मकान फिर ठप्प हो गया। दीपू परेशान। उसे क़र्ज भी कौन देगा ? बस, मामा का ही भरोसा है। उनके आश्वासन-भरे पत्र आते—'पूरी कोशिश कर रहा हूँ, इन्तजाम होते ही पैसे भेजूँगा।"

पर रुपए नहीं आते।

मकान बन रहा था तो सबके पास जैसे अपनी उम्मीदें टिकाने का एक सहारा था। वह बन्द हुआ तो गहरी निराशा ने सबको पूरी तरह काट दिया...अपने भीतर से भी...आपस में एक-दूसरे से भी।

राजू, दीपू की अनुपस्थिति में खुले आम चिल्लाता, "मकान...मकान। गाड़ दो इसे इस मकान में। सारा रुपया इन दीवारों में फूँक दिया..."

शारदा झिड़कती तो उसे भी टके-सा जवाब पकड़ा देता। दीपू ऑफ़िस से आकर राजू-मीनू को नहीं देखता तो पूछता है :

"कहाँ जाते हैं ये आजकल रोज़-रोज़ ?"

"पड़ोस में !"

"जब देखो वहाँ घुसे रहते हैं ! पढ़ना-लिखना नहीं रहता इन्हें ?"

शारदा चुप रह जाती, पर राजू चुप नहीं रहता, "पढ़ना-लिखना। इन दीयों जैसे चुँधे बल्बों में पढ़ सकता है भला कोई ? किताबें हैं हमारे पास जो पढ़ लें ?"

दीपू तमतमाकर रह जाता है।

राजू थाली सरकाकर उठ जाता है, "रोज़-रोज़ वही आलू की रसेदार सब्जी और सूखी रोटी, नहीं खाना हमें।" मीनू आजकल उसकी चेली हो रही है, वह भी उठ जाती है।

"खैर मनाओ कि यह भी खाने को मिल रहा है, वरना भीख माँगते नज़र आते।"

"माँग लेंगे भीख ! तुम लोग ताजमहल चिनाओ बैठकर।"

शारदा गुस्से से थरथराते हाथ को थाम लेती है किसी तरह, पर आँखों से जैसे अंगारे बरसने लगते हैं।

रात नौ बजे राजू और मीनू घर में घुसे।

"कहाँ गए थे ?" प्रश्न की बन्दूक दगी।

"सिनेमा !" बिना झिझक के राजू ने एक-एक अक्षर पर ज़ोर देकर कहा और साथ ही जोड़ दिया, "पैसे अम्मा से नहीं लिए थे, शिबू ने दिखाया है अपनी तरफ़ से...वरना एक लेक्चर और सुनो।"

तड़ाक ! दीपू का एक भरपूर हाथ राजू के गाल पर।

"देख रहा हूँ, बदतमीज़ और ढीठ हुआ जा रहा है दिन-पर-दिन : लाट साहब समझने लगा है अपने-आपको..."

शारदा राजू को घसीटकर अन्दर ले जाती है।

पर लौटकर दीपू के पलंग के सामने खड़े होकर पूछती है, "दीपू, राजू पर हाथ क्यों उठाया ?"

शारदा का यह रूप, यह आवाज़, यह प्रश्न सब कुछ एकदम अप्रत्याशित !

"सिनेमा देखने चला गया तो कोई गुनाह कर दिया ? इस उम्र में किसे शौक नहीं होता देखने का ? पहनना, हँसना-खेलना सभी कुछ तो छोड़ दिया है मेरे बच्चों ने।" और बिना जवाब की अपेक्षा किए शारदा जैसे आई थी चली गई।

'मेरे बच्चे !' दीपू की खोपड़ी पर यही शब्द घनघनाता रहा।

लेकिन दो दिन बाद ही जब राजू ने शारदा से कहा, "अगले हफ़्ते इम्तिहान के फॉर्म भरने हैं, मिस्टर बोर से कह देना इम्हिान दिलवाना है तो रुपयों का इन्तज़ाम करके रखें..." तो शारदा ने भी थप्पड़ जड़ दिया उसके गाल पर।

"बेशरम, बदतमीज़ कहीं के ! तुम लोगों के पीछे उसने अपने को झोंक दिया...बिल्कुल मार दिया और तुम लोग ही कहोगे बोर !"

पर आपसी दुर्भावना मिटाने के ये प्रयास कड़की के कोड़े के नीचे सहमकर रह जाते हैं।

'जल्दी ही रुपयों का प्रबन्ध होने की उम्मीद है' के आश्वासनवाले पत्र अब किसी का हौसला नहीं बँधाते और मन की निराशा खीज बनकर एक-दूसरे पर निकलती रहती है। हारकर एक दिन शारदा कहती है, "दीपू मेरे लिए किसी काम का जुगाड़ कर दे। दसवीं पास तो मैं भी हूँ...कुछ न कुछ तो कर ही लूँगी !"

पर काम का जुगाड़ शारदा के लिए नहीं, दीपू ने अपने ही लिए किया। शाम को किसी के यहाँ चिट्ठियाँ टाईप करनी, हिसाब लिखना। दो घंटे, डेढ़ सौ रुपया !

शारदा से सुना तो राहत की साँस ली, "करो बेटा, करो ! कुछ तो हाथ खुलेगा !"

आज दीपू को छःमाही बोनस मिला। एक महीने की अतिरिक्त तनख़्वाह। लग रहा है जैसे घर के सारे तनाव ढीले हो गए।

लौटते हुए रास्ते से उसने गाजर का हलवा बँधवाया। आधी सर्दी बीत गई, एक बार भी हलवा नहीं खाया।

इन रुपयों से वह सबकी छोटी-मोटी इच्छाएँ पूरी करेगा। सिनेमा दिखाएगा। पिछले छह महीने से कल की चिन्ता में वह आज तक मरता ही आया है। राजू ठीक ही कहता है। पर उसे रास्ते पर ज़रूर लाना है...थोड़ा भटक रहा है।

मीनू को सलवार-कुर्ता बनवा देगा और अम्मा के लिए शॉल। अगले महीने तो वैसे भी

डेढ़ सौ रुपया ज़्यादा ही मिलेगा।

चार सौ रुपए में उसने सबके मन में पड़ी चार सौ सलवटों को सीधा कर दिया।

रात में शारदा दूध का गिलास लेकर सामने आ खड़ी होती है।

"यह क्या है ?"

"दूध !"

"दूध किसलिए ?"

"क्यों, सवेरे से रात तक मशीन की तरह जुटा रहता है...एक घूँट दूध गले के नीचे नहीं उतरना चाहिए ?"

"तुम भी कमाल करती हो अम्मा ! घर में राजू और मीनू पढ़नेवाले बच्चे हैं...उनके इम्तिहान भी पास हैं...दे सको तो उन्हें दूध दो।"

शारदा जैसी की तैसी खड़ी रह जाती है। दीपू की आवाज़, दीपू के चेहरे में से कुछ ढूँढ़ती सी।

दो महीने बाद एक दिन अवतार की तरह मामा प्रकट हुए। पक्का और बढ़िया इन्तज़ाम करके।

"अग्रवाल ट्रेडिंग कम्पनी है—खासी बड़ी। वे अपना एक ऑफिस यहाँ भी खोलना चाहते हैं। उन्हें चार-पाँच कमरों का एक महान चाहिए मेन मार्केट के पास। बस, एक मकान मैंने उनके गले उतार दिया। अग्रवाल साहब से पुराना रसूख है। सारी स्थिति समझाकर कह दिया कि हमें बीस हजार रुपया एडवांस दे दें और तीन महीने बाद मकान ले लें ! तीन महीने से ज़्यादा का काम है भी नहीं।"

"वे मान गए ?" दीपू को जैसे विश्वास ही नहीं हो रहा था।

"मानेंगे क्यों नहीं ? गौरीशंकर की बात और न मानी जाए।" आत्मविश्वास और दर्प उनकी आवाज़ में छलका पड़ रहा था।

मकान फिर बनने लगा।

"अम्मा, हमारे रहने का हिस्सा तो जैसा-तैसा बन ही गया—इन रुपयों से किराये पर उठानेवाला सेट पूरा करवा देता हूँ ऊपर का। पलस्तर, दरवाजे और टीम-टाम में डेढ़ महीने से ज़्यादा नहीं लगेगा। पूरा करते ही इसे भी किराए पर उठा देते हैं...किराया आना शुरू हो जाएगा।"

"अब मिश्रा काका को बुलाकर भी क्या होगा ? दिन-भर काम की निगरानी तुम रख लेना...बाकी मैं अकेला ही कर लूँगा, अब तो सब समझ गया। क्यों उन पर बेकार ही रुपए खर्च किए जाएँ !"

"किराएवाले सेट में टीम-टाम थोड़ी ज़्यादा करवा देते हैं, किराया अच्छा मिलेगा।"

शारदा सुनती रहती है और मुग्ध भाव से देखती रहती है दुनियादारी में पटु हो आए अपने इस बेटे को।

और मकान पूरा हो गया।

मामा मिस्टर गुप्ता के साथ-साथ ही आए हैं। हफ्ते-भर में नीचे की रँगाई-पुताई पूरी हो जाएगी तो वे अपना सामान जमाना शुरू कर देंगे।

ऊपर का तीन कमरों का सेट भी उन्होंने ही किराये पर ले लिया अपने मैनेजर के लिए।

ऊपर छत पर पूरा परिवार बैठा है।

मामा बेहद प्रसन्न। दीपू को उन्होंने एक बाँह में समेटकर अपने पास ही बिठा रखा है। राजू-मीनू शारदा के अगल-बगल बैठे हैं। सन्तोष और तृप्ति के भाव में लिपटा मामा का प्रवचन चालू है :

"दीपू बेटे, तूने महेश बाबू का सपना पूरा कर दिया। रोम-रोम आशीर्वाद दे रहा होगा उनका। बड़ी हौंस थी मकान की उनको। अगले सप्ताह 5 जून को ही तो बरसी है उनकी। नए मकान में ही करना...आत्मा जुड़ा जाएगी उनकी।

"शारदा, एक साल और इसी तरह खींच-तान करके चला लो ! अगले साल कर्ज़ चुक जाएगा तो राजू की मेडिकल की पढ़ाई का खर्चा करने में आसानी हो जाएगी।

"अब दूसरा सपना तू पूरा कर दे राजू ! बस, डॉक्टर बन जा ! चार साल बाद फिर सब ऐश करना..."

"कहाँ, फिर मीनू आकर खड़ी हो जाएगी। इसे भी तो पार लगाना है !" दीपू ने बुजुर्गों की तरह कहा तो मामा हो-हो करके हँस पड़े।

"देखा शारदा, कैसा दुनियादार बन गया है तेरा बेटा ! सारी जिम्मेदारी समझता है अपनी !" फिर दीपू को लाड़ से सहलाते हुए बोले, "दुनियादारी का जंजाल ही ऐसा है बेटा ! बस, आदमी सोचता ही रहता है कि यह हो जाए तो छुट्टी...यह हो जाए तो छुट्टी। पर इस प्रपंच में पड़े आदमी के लिए कहाँ पड़ी है छुट्टी !"

फिर एक भाषण आजकल के लड़कों पर :

"मैं तो कहता हूँ, घर-घर में दीपू का उदाहरण देना चाहिए जाकर। ये आजकल के वाहियात, नाकारा लौंडे-लपाड़े कुछ सीखें तो ! नालायक सारे दिन बाल काढ़ेंगे, कूल्हें मटकाएँगे ! माँ-बाप जाएँ जहन्नुम में, इनकी बला से !"

सब प्रसन्न !...सब गद्‌गद्। एक बड़ी उपलब्धि का सन्तोष...कुछ और कर डालने के हौसले !

राजू और मीनू सामान ढो-ढोकर ऊपर ला रहे हैं। शारदा ने आज दीपू की छोटी-सी कोठरी खोली है। साल-भर से ताला पड़ा था इसमें। सामान के नाम पर कबाड़ा ही भरा था, फिर भी, खाली तो करनी है।

नाटक के उतरे हुए सेट्स...लकड़ी के दरवाज़े, पेंट किए हुए पेड़...कैनवास के टुकड़े...बेतरतीबी से इधर-उधर बिखरे पड़े हैं। धूल से अटे, जालों से घिरे। शारदा ने खींच-खींचकर बाहर निकाला।

अलमारी खोली। एक कतार में नाटकों में जीते हुए कप और मैडिल्स रखे थे। एक क्षण को शारदा उस कतार को ही देखती रह गई। काम करने के लिए तत्पर हाथ...एकाएक जैसे ढीले पड़ गए।

उस कतार को बिना छुए ही उसने नीचे के खाने से पाँच-छः फाइलें निकालीं। किसी में नाटक के टाइप किए हुए संवाद लगे थे तो किसी में अखबारों की ढेर सारी कटिंग्ज !

दीपक अग्निहोत्री ! अभिनय के क्षेत्र में उभरती हुई एक नई प्रतिभा। 'अनुश्री' संस्था का सबसे सफल और समर्थ कलाकार—दीपक अग्निहोत्री।

कहीं तस्वीरें—इनाम लेते हुए...किसी से हाथ मिलाते हुए...उत्पल दत्त से पीठ ठुकवाते हुए...

पूना का एडमिशन फार्म ! भरकर भेजने की तो नौबत ही नहीं आई। साथ ही तापस बाबू की बात—"आप इसे नाटक से मत काटिए वरना...आप तो जानती हैं, नाटक इसका प्राण है।"

तीन-चार नीले लिफ़ाफ़ों में बन्द आठ-दस छोटी-छोटी चिटें—'आज ग्रीनरूम में हाथ पकड़कर जो कुछ कहा था, वह नाटक का संवाद तो नहीं था न ? उसे सच ही समझूँ ?—के।

'रिहर्सल के दौरान भी जब तुम देखते हो तो भीतर का सबकुछ थरथरा जाता है। घर लौट आती हूँ, फिर भी तुम्हारी नज़र उसी तरह पीछा करती रहती है। अपनी नज़र को समझाओ—प्लीज़ !—के.

'आज तुमने यह क्या कर डाला ? नहीं दीपू, अभी यह सब नहीं ! तुम पूना चले जाओगे तो पीछे इस लायक तो छोड़ो कि प्रतीक्षा कर सकूँ।—के.

आँसुओं के सैलाब में शारदा और कुछ नहीं पढ़ पाई ! बस, सुन्न-सी जहाँ की तहाँ बैठी रह गई। उसके आसपास का सबकुछ जड़ होता चला गया और भीतर एक दूसरी ही दुनिया खुलती चली गई—अनेक दृश्य, अनेक बातें, अनेक सपने...

'तुम्हारा बेटा जीनियस है शारदा, जीनियस ! देखना, इतना नाम करेगा ...'

"अम्मा...अम्मा !" राजू का स्वर कहीं दूर से आता लगा।

"अम्मा, पंडितजी पूछ रहे हैं, बरसी पर कल कितने ब्राह्मणों को बुलाना है ?"

बरसी ? और एक क्षण शारदा जैसे समझ ही नहीं पाई है कि किसकी बरसी की बात कर रहा है राजू !

'त्रिशंकु' संकलन से

तीसरा हिस्सा

शेरा बाबू हवा में मुट्ठियाँ उछाल-उछालकर भन्नाते हुए कमरे में इधर से उधर घूम रहे हैं, "नहीं, अब और नहीं चलेगा। बहुत बर्दाश्त कर लिया मैंने। इन लोगों ने समझ क्या रखा है..."

वास्तव में इनका नाम शेरा बाबू नहीं। 1962 में चुनाव के दौरान इन्होंने एक पाक्षिक पत्रिका निकाली थी। बहुत बड़ा रिस्क लिया था। लगी-लगाई नौकरी छोड़ दी। पत्रिका के लिए जमा पूँजी थी—पी.एफ. का थोड़ा-सा पैसा और मित्रों के बड़े-बड़े आश्वासन। पत्रिका क्या थी, एकदम आग का गोला ! ऐसे बेलाग और दहाड़ते हुए सम्पादकीय लिखे कि दोस्तों और पाठकों ने पीठ थपथपाकर दाद दी—'वाह रे शेर !' और बस, तब से ही वे शेरा बाबू हो गए।

पर पैसे के अभाव में शेरा बाबू की सारी गर्जना-तर्जना और दहाड़ भी पत्रिका को बारह अंकों से ज्यादा ज़िन्दा नहीं रख पाई। बन्द हो गई। परिणाम—ढेर सा कर्ज़।

मित्रों का द्वेष।

पूरे अस्तित्व के टुकड़े-टुकड़े। बीवी की जीभ में छुरी-कैंचियों की पैदाइश। बोलती है तो शेरा बाबू को लहूलुहान करके छोड़ती है।

'ग्यारह बज रहे हैं, अभी तक साहबजादे का पता नहीं है। आने दो, आज साफ-साफ ही कहूँगा। घर को तो होटल समझ रखा है नालायक ने। सवेरे जो कुछ मिला, पेट में ठूँसा और निकल गए मटरगस्ती को। सारे दिन आवारागर्दी करना, रात को देर-सवेर जब भी मन हुआ आ गए टाँग फैलाकर सोने के लिए...और वे माँ हैं, नौ बजे से ही भैंस पसरी पड़ी हैं। उन्हें चिन्ता ही नहीं कि सपूत साहब कहाँ कबड्डी खेल रहे हैं।'

गुस्सा शेरा बाबू के मन में लावे की तरह खौल रहा है। ठीक है, सारी कोशिशों के बावजूद पत्रिका वे फिर से नहीं निकाल पा रहे हैं, पर इसका यह मतलब तो नहीं कि शेरा बाबू के लेबिल के नीचे एकदम गीदड़ी ज़िन्दगी जिएँ। कोई गिनता ही नहीं, उनको घर में, जैसे वे मिट्टी का लौंदा हों !

घूम-घूमकर उन्होंने उन सारे वाक्यों को कई बार दोहरा लिया जिनकी बौछार करके आज वे अपने बेटे को पस्त करेंगे। एक बार तो उन्होंने जोर से बोल-बोलकर भी देख लिया। नहीं, आवाज़ में कड़क है। आखिर जाएगी कहाँ ? इस आवाज़ के सामने न उसकी टाँगें थरथरा जाएँ तो ! और क्षणांश को उनकी आँखों के आगे वह दृश्य कौंध गया जब भरी सभा में उन्होंने नेहरू सरकार की छज्जियाँ बिखेर कर रख दी थीं। क्या बुलंदी थी आवाज़ में ! अपने को ही भाषण देते देखकर एक हल्की-सी मुग्ध मुस्कान उनके होठों पर थिरक गई।

कितना लम्बा अर्सा बीत गया। पूरे पन्द्रह साल। उसके बाद से तो बस—गुस्सा, नफ़रत, हिकारत, धिक्कार सब कुछ मन में ही खदबदाता रहता है।

दरवाज़े पर साइकिल की खड़खड़ाहट सुनकर वे चौकस हुए। ''आ गया लगता है।'' वे तनकर दरवाज़े पर आ खड़े हुए। उनकी मुद्रा देखकर ही वह अपने को सँभाल ले और थोड़ा सहम जाए तो अच्छा है।

पर अँधेरे की वजह से या तो लड़के ने उन्हें देखा ही नहीं या फिर देखने के बाद भी उनके हाव-भाव और तेवर का उस पर कोई असर नहीं हुआ। निहायत लापरवाही से उसने स्टैंड नीचे गिराया और साइकिल खड़ी करके सीटी बजाते हुए...

''सुधीर !'' अपने हिसाब से उन्होंने आवाज़ को काफ़ी कड़क बनाकर ही कहा, पर उधर से मौन।

''जानते हो कितने बजे हैं ?''

''ग्याऽरहऽ !'' झिझक और संकोच का लेश नहीं। एक-एक अक्षर पर ज़ोर और आवाज़ में शेरा बाबू से भी कहीं ज़्यादा कड़क।

हो गई शेरा बाबू की तो ऐसी की तैसी। इतनी बार की दोहराई बातें भीतर ही भीतर गड्ड-मड्ड होने लगीं और जीभ तो जैसे लटपटाने लगी। फिर भी उन्होंने अपने को समेटा और पूरी हिम्मत के साथ प्रश्न दागा :

''यह टाइम है घर लौटने का ?''

''टाइम ! अरे घर लौटने के टाइम का नियम तो एमरजेंसी के दौरान भी नहीं बना था। जाइए, जाकर सो रहिए।'' और सारी बात से बेअसर वह कमरे में दाख़िल हो गया।

लड़के के पैर तो नहीं थरथराए पर ग़ुस्से और आवेश से शेरा बाबू के पैर लड़खड़ाने लगे।

'नालायक...बद्तमीज...हरामी...' एक के बाद एक गालियाँ उभरने लगीं। पर मन की आवाज़ तो जैसे कुंद हो गई।

'मैं इस स्साले का बाप हूँ। लानत है मुझ पर।'

और उनके सामने अपने बाप की तस्वीर घूम गई। लम्बा-चौड़ा कद्दावर जिस्म। ऐंठी हुई मूँछें। जब बोलते थे तो आदमी तो क्या, घर की दीवारें भी थरथराने लगती थीं। मज़ाल है जो उलटकर कोई जवाब दे। उनके मुँह से निकली हुई बात, अन्तिम बात। न उसके इधर कुछ हो सकता है, न उधर। घर का नियम ही बन गया था, शाम को जैसे ही वे घर आते तो सबकी ज़बानें अपने-आप कटकर उनकी जेब के हवाले हो जातीं। बस, अब केवल सुनो। सवेरे काम पर जाते तो सबकी ज़बानें वापस लगा दी जातीं। अब कुछ देर बोल लो। कई बार बड़ी घुटन होती थी। हुआ करे—पर एक शब्द तक बोलने की जुर्रत नहीं कर सकता था कोई।

एक स्साला मैं हूँ। बाप होकर भी आप कुछ कह नहीं सकते। एक कहिए, दस सुनिए।

बस, खुलकर कहने का मौक़ा तो उन्हें तब मिला था, जब उन्होंने पत्रिका निकाली थी। जहाँ कुछ अनुचित देखा, ग़लत सुना, छज्जियाँ बिखेरकर रख दीं। न किसी का डर, न खौफ़।

पत्रिका का ख़याल आते ही वे घर की चहारदीवारी से मुक्त होकर जैसे आसमान में तैरने लगे—व्यापक, विस्तृत। 'छीः कितनी छोटी बात पर वे दुखी हो रहे हैं ! बात अकेले

सुधीर की तो नहीं है। आज हर तीसरे घर में एक सुधीर मौजूद है—निष्क्रिय, आवारा और भटका हुआ। कितनी बड़ी समस्या है और वे सुधीर को लेकर बिलबिला रहे हैं। एकाएक दिमाग में कौंधा—कितना मौजूँ विषय है ! मौजूँ और महत्त्वपूर्ण ! एक पूरा विशेषांक निकाला जा सकता है। और देखते ही देखते उनकी आँखों के सामने बड़े-बड़े अक्षरों में लिखा—'दिग्भ्रमित युवा-पीढ़ी' कौंध गया।

बेटे के व्यवहार से निर्जीव हो आए शरीर में दिपदिपाते इस शीर्षक ने बिजली की-सी फुर्ती भर दी। लपककर उठे और अपनी अलमारी खोली। पत्रिका के बारह अंकों को जिल्द में बँधवाकर कोई बीस प्रतियाँ उन्होंने बड़े करीने से सजा रखी हैं। एक क्षण वे उन्हें देखते रहे। फिर बड़ी ममता से उन पर हाथ फेरा, सहलाया। इस स्पर्श से ही थोड़ी देर पहले के सारे तनाव ढीले हो गए। एक नया आत्मविश्वास जागा।

नीचे के खाने से एक मोटी-सी फाइल निकालकर कुर्सी पर आ गए।

एक पाक्षिक पत्रिका निकालने की पूरी योजना मय-बजट के नत्थी की हुई है। कितनी मेहनत से यह योजना उन्होंने तैयार की है। दस साल पहले बजट पैंतालीस हजार था, आज एक लाख हो गया। उसके बाद टाइप की हुई एक लम्बी सूची है उन सब नामों की, जिन्होंने कभी आश्वासन दिया था कि पत्रिका निकालने पर वे विज्ञापन देंगे। फिर कुछ विशेषांकों की विस्तृत योजना।

बड़ी अजीबो-गरीब स्थितियों में इन विशेषांकों की योजना शेरा बाबू के दिमाग़ में आई थी। योजना कभी भी बनाई हो, कैसी भी स्थिति में बनाई हो, पर ये विषय कभी पुराने नहीं पड़ेंगे। पहला विशेषांक था :

"देश का नया जन्म ! भ्रष्ट नौकरशाही का अन्त !" बड़े-बड़े अक्षरों में लिखा था।

मन में फिर कुछ रड़कने लगा। तीन साल हो गए पर आज भी सारी बात इस तरह मन में खुदी हुई है जैसे कल ही घटी हो। कितना अपमान किया था उस दिन स्साले मल्होत्रा ने और वह भी मिस दास के सामने। बिना एक भी शब्द बोले, भीतर ही भीतर सौ-सौ जख़्मों का दर्द लिये कैसे वह घिसटते हुए अपनी कुर्सी तक आए थे। हरामी कहीं का। सारे दिन मिस दास की साड़ी में घुसा रहता है। बीवी तो बना नहीं सकता अपनी उस बारह मन की धोबन के रहते, असिस्टेंट मैनेजर बनाकर बिठा लिया अपनी गोद में। एक वो मिस दास हैं, पूछो भला, क्या तुम्हारा अनुभव, क्या तुम्हारी लियाकत ! डेबिट-क्रेडिट का मतलब तक तो आता नहीं तुमको...अकाउंट्स-डिपार्टमेंट की मैनेजरी करने आ गई। पर करना क्या है लियाकत का। ऊँचे ओहदों पर पहुँचने के लिए दो ही लियाकत होनी चाहिए औरत में—बड़े बाप की बेटी, या अफ़सर संग लेटी।

और फोहश गालियों का फव्वारा छूट पड़ा। सारे भ्रष्ट अफ़सरों के नाम...उनकी रखैलों के नाम। एक से एक वज़नदार गाली। पर आख़िरी गाली शेरा बाबू ने अपने ही नाम दागी। लानत है इस ज़बान पर ! लेकिन क्या करें ? इन घिन्नौने और ज़लील लोगों की बात सोचते ही उनकी अपनी ज़बान कैसी ज़लालत में लिपट जाती है ! थूऽऽ ! ज़बान साफ़ करने के चक्कर में थड़ाक से थूककर उन्होंने अपना ही कमरा गन्दा कर दिया।

इस भ्रष्ट नौकरशाही को जड़ से उखाड़ देने की भयंकर ललक और इसे तिल-भर भी हिला न पा सकने की मजबूरी के बीच शेरा बाबू का मन कुछ इस तरह ऐंठा की उन्होंने

वह फाइल ही बन्द कर दी।

सामने एक नया काग़ज फैलाया। खाली और साफ़। मन को भी सारी कटुता से खाली किया और क़लम पकड़कर एक क्षण को आँखें बन्द कीं। लिखने को वे पूजा की तरह पवित्र मानते हैं।

रात दो बजे तक उन्होंने इस नए विशेषांक की विस्तृत योजना बनाई। विभिन्न लेखों के शीर्षक...परिचर्चा का विषय... अलग-अलग क्षेत्रों के महारथियों के इस समस्या पर विचार और फिर अपना लम्बा, विचारोत्तेजक सम्पादकीय।

मन में एक गहरा आत्मतोष और शरीर में हल्की-सी थकान लेकर वे सोए तो सारी रात उन्हें सपने ही आते रहे। चारों ओर से लड़के-लड़कियाँ चले आ रहे हैं—थके, हारे, पस्त। धीरे-धीरे सारी भीड़ एक जुलूस में बदल गई। संयत और अनुशासित। शेरा बाबू नेतृत्व कर रहे हैं। कहीं से सुधीर आता है, हाथ में पानी का गिलास लिए, ''पापा, पानी पीजिए, आप थक गए होंगे।''

''जिस आदमी की खोपड़ी पर कोई जिम्मेदारी नहीं, वही आठ-आठ बजे तक सो सकता है।'' बीवी की लताड़ ने नींद को ही नहीं, शेरा बाबू को ही चीरकर खड़ा कर दिया। आठ बज गए, पता नहीं चला।

''मैं जा रही हूँ। मेहरी तो आज भी नहीं आई। सब्जी बनाकर रख दी है। मुझे देर हो रही है, रोटी खुद सेंक लेना।'' और कूल्हे मटकाती हुई वह निकल गई।

अच्छा तमाशा है। जहाँ तीन रोटी अपनी सेंकीं, मेरी भी सेंक सकती थी, पर नहीं सेंकेंगी। कमाऊ बीवी का रौब कैसे पिलाए ! और इस महरी को भी पता नहीं क्या हुआ है ?

जल्दी-जल्दी शेरा बाबू ने अपना निजी काम निपटाया। एक बार बीवी के कमरे में झाँका—पलंग पर पड़ा अस्त-व्यस्त ओढ़ना, बिछौना, आधी कुर्सी और आधी ज़मीन पर फैली बीवी की उतरी हुई साड़ी। कोने में उतरे हुए पजामे के दो गोले। तो सपूत साहब माँ से भी पहले सटक लिए। यह घर है या स्साला घूरा ? हज़ार बार कहा कि सवेरे और कुछ नहीं तो अपना कमरा ही थोड़ा ठीक कर लिया करो। पर नहीं, सवेरे तो उन्हें तगण-मगण-भगण का तर्पण जो करना रहता है। पूछो भला—इस तगण-मगण-भगण से किसका कल्याण होने जा रहा है आज ? क्यों अपनी और बच्चों की ज़िन्दगी ख़राब करने में लगे हो ? पर इन भैंसिया अक्लवाले हिंदी के पंडितों को कौन समझाए ?

और शेरा बाबू की दुनाली हिंदीवालों की ओर घूम गई। 'देस स्साला रसातल को जा रहा है, पर इन गधों को कोई चिन्ता नहीं। लगे हुए हैं रासो की जान को। रासो प्रामाणिक है या नहीं ? मान लो तुमने प्रामाणिक सिद्ध कर ही दिया तो कौन तुम्हें कलक्टरी मिल जाएगी। जहाँ हो, वहीं पड़े सड़ते रहोगे। तुम बस हो ही इस लायक कि दंड पेलो और गधों की जमात पैदा करते जाओ।'

समय ने लंगी लगाई तो शेरा बाबू चारों खाने चित। बाप रे, नौ बज गए। उन्होंने दोनों गालों पर चपत लगाई...असली गधे तो शेरा बाबू तुम खुद हो। यह स्साला दिमाग़ है या चूँ-चूँ का मुरब्बा ! अब न खाने का समय, न पकाने का। अब भूखे ही दंड पेलना आफ़िस में।

बस में लंद-फंदकर आफिस पहुँचे। वही परिचित चेहरे, परिचित गन्ध, परिचित माहौल।

नया कुछ भी नहीं जो मन को बाँध सके और इसीलिए कुर्सी पर बैठने के थोड़ी देर बाद ही भूख ने सताना शुरू कर दिया। उन्होंने अपने पर ही तरस खाते हुए कहा--शेर-शेर बनकर ही दूसरों को खा सकता है...गीदड़ बनकर तो ससुरा अपने को ही खाएगा।

तभी जगत दिखाई पड़ गया--ऑफ़िस का चपरासी। पाँच-छह दिन से नहीं आ रहा था।

"अरे जगत, कैसे हो भइया ?" बड़ी आत्मीयता से उन्होंने पूछा।

"बुखार तो टूट गया पर कमज़ोरी बड़ी है।" जगत सामने हाथ जोड़कर खड़ा हो गया।

"तो और दो दिन आराम करके आते।" उन्होंने स्नेह से जगत के जुड़े हुए हाथ अपने हाथ में ले लिए।

"अरे साब, यों ही दो दिन की छुट्टी ज़्यादा हो गई है। हम लोगों के लिए क्या काम, क्या आराम ! बस, पेट में दो जून डालने के लिए रोटी का जुगाड़ हो जाए, यही सबसे बड़ा आराम है साब !"

"जानते हो, मैं परसों तुम्हारे घर की तरफ़ गया। सोचा, देख आऊँ, कैसे हो। पर तुम्हारा घर ही नहीं मिला।"

कृतज्ञता के मारे जगत की आँखों में तराइयाँ आ गईं, "अरे आपने बेकार में तकलीफ़ की साब।"

पर तभी चारों ओर से जगत पर तरह-तरह के आदेशों की मार पड़ने लगी और वह दौड़ गया।

कोई इतनी-सी बात भी नहीं सोचेगा कि बेचारा बीमारी से उठकर आया है तो थोड़ा-सा ख़याल ही रख लें। ये घिस्सू क्लर्क। चपरासियों को पेल-पेलकर ही तो इन्हें कुर्सी पर बैठने का अहसास होता है। अफ़सरों से झड़ो, चपरासियों को झाड़ो। शेरा बाबू का तो तजुर्बा है कि इस तबके के आदमी को तुम बस आदमी समझो, बदले में ये तुम्हें ख़ुदा समझेंगे।

पर शेरा बाबू के तजुर्बे का कोई मोल रह गया है आजकल। टके को नहीं पूछता कोई। सब उन्हें सिनिक कहते हैं, कहो ! इस चहुँतरफी सड़ाँस को देखकर हर समय जिसके दिमाग़ की नसें फटती रहती हों, खून खौलता रहता हो, वह सिनिक तो हो ही जाएगा।

जो ज़िंदा है, वही सिनिक है। एकाएक उनके मन में उभरा और अपनी इस उक्ति पर वे खुद मुग्ध हो गए। वाह रे शेरा, क्या दिमाग़ पाया है...कुछ उपयोग कर पाता इस दिमाग़ का तो बात भी थी, वरना तो भेजे के भीतर ही स्साले का सिरका बन रहा है।

शाम को ऑफ़िस से निकलकर वे सीधे लाइब्रेरी पहुँचे। उनकी दिनचर्या का सबसे सुखद समय। अख़बार और पत्रिकाएँ पढ़ने के बाद थोड़ी देर मिश्राजी से गप्प कर लेते हैं। दिन भर ऑफ़िस में बैठकर छाती में धुआँ-सा भर जाता है। किसी के सामने निकाल लें तो जी हल्का हो जाता है, वरना घर...। उन्होंने दिमाग़ से घर को परे सरकाया और एक साप्ताहिक खोल लिया।

'जनता पाटी के मंत्रियों की तस्वीरें...उनकी जीवनियाँ...उनके इंटरव्यूज...उनकी प्रशंसा...प्रशस्ति...'

'लानत है स्साले इस सम्पादकों पर ! दोगले और बेपेंदी के ! अच्छा है बेटा, तुम यही करो। जो शक्ति-स्थान पर बैठा है, उसके चरण चाँपो और अपनी सात पुश्तों को तार लेने

का सिलसिला बिठा लो। अरे, कम-से-कम कुछ करके चरण थकने तो देते इनके, फिर चाँपते। पर इतना सबर किसको ? लेखक, सम्पादक, अध्यापक, सब-के-सब चले जा रहे हैं लाइन लगाकर। जय कुर्सी मैया ! यह तो शेरा बाबू ही स्साला उल्लू का पट्ठा है जो सिद्धांतों की दुम पकड़े-पकड़े सबका लतियाव सहता रहता है। एक दिन ऐसे ही दफा भी हो जाएगा...कोई दो आँसू बहाने भी नहीं आएगा।'

सौ-सौ धिक्कार फूटने लगे इन गिरगिटिए चरण-चाँपियों पर।

"अरे शेरा बाबू, आप कब आकर बैठ गए ! मैं तो आपके लिए जेब में खुशख़बरी लिए घूम रहा हूँ।" शेरा बाबू को देखकर लाइब्रेरियन मिश्रा अपने कटघरे में से बाहर निकल आया।

"खुशख़बरी ?" शेरा बाबू के लिए तो यह शब्द ही अपरिचित हो चला है।

"गुप्ता जी का जवाब आ गया। अगले महीने वे खुद ही आनेवाले हैं।" और मिश्राजी ने एक चिट्‌टी शेरा बाबू के सामने फैला दी, "इनके साथ अगर बात बन गई तो जैसा आप चाहते हैं, वह हो जाएगा।"

चिट्ठी पढ़ते-पढ़ते शेरा बाबू के हाथ काँपने लगे।

"आप कल ही अपनी योजना मय-बजट इनके पास भेज दीजिए। आने से पहले वे भी एक-दो लोगों को देख-दिखा लें। वैसे आदमी बहुत खरे हैं गुप्ताजी।"

घर लौटे तो पैदल चलते हुए ही उन्हें लग रहा था जैसे मोटर पर सवार हैं। फाइल में नत्थी किए हुए विशेषांक छप-छपकर उनके आगे-पीछे तैरने लगे। एक विशेषांक और उसकी होनेवाली प्रतिक्रिया के सैकड़ों दृश्य उनकी आँखों के सामने से गुज़रने लगे। एकाएक ही उन्हें लगा जैसे वे कुछ विशिष्ट हो गए हैं...कुछ ऊपर उठ गए हैं...ज़मीन से डेढ़ इंच ऊपर।

घर में घुसते ही देखा—चिल्ल-पों। बीवी अपनी धाड़-फाड़ आवाज़ में महरी पर जुटी हुई थी। वह सफ़ाई पेश कर रही थी, "क्या करती बीवीजी, घर का एक-एक आदमी बीमार। मरे इस मलेरिया ने छोड़ा भी है किसी को इस बार ?"

"ठीक है, मलेरिया ने नहीं छोड़ा तो मैं भी नहीं छोड़ने की इस बार। आठ नागा हुई हैं, इस महीने में तनख़्वाह कटेगी। यहाँ भी कोई मुफ़्त का..."

"क्या कोहराम मचा रखा है घर में ?" डेढ़ इंच ऊपर से ही शेरा बाबू ललकारे।

बीवी ने बड़ी पैनी नज़रों से शेरा बाबू के इस तेवर को देखा।

"ठीक तो है। बीमारी तो किसी की बस की नहीं। इसके लिए पैसे काटना कोई इन्सानियत है..."

"एऽहेंऽ ! चार सौ रुपल्ली पानेवाला आदमी पहले खुद तो इन्सान बनकर दिखा दे।...इन्सानियत की बातें करेंगे..." शटाक् से छुरी चली और शेरा बाबू टुकड़े-टुकड़े होकर धड़ाम से ज़मीन पर।

"यहाँ काम करते-करते हड्डियाँ चटक गईं और ये ऑफ़िस के बाद मटरगश्ती करके आए हैं। इन्सानियत का पाठ पढ़ाने। ऐसे निखट्‌टू..."

और फिर छुरी-कैंची का एल.पी. चला तो शेरा बाबू की धज्जी-धज्जी बिखेर कर रख दी।

हवा निकले गुब्बारे की तरह किसी तरह अपना किरचा-किरचा समेटकर भीतर आए

और धम्म से कुर्सी पर बैठ गए।

'ये स्साली बीवी है। बीवी और औरत के नाम पर कैसी-कैसी लफ़्फ़ाज़ियाँ झाड़ रखी हैं—सब बकवास। एक वो प्रसादजी हो गए...ऐसी एक भी घुड़की खा लेते तो सारी श्रद्धा-वृद्धा पीछे के रास्ते निकल जाती।'

कोई विश्वास करेगा कि शादी के बाद यही औरत कैसे आगे-पीछे घूमा करती थी उनके ? शेरा बाबू की छोटी-सी इच्छा सीधा आदेश बन जाती थी इसके लिए। पहली तारीख़ को हज़ार रुपए पकड़ाते थे और वह हज़ार जान से कुर्बान रहती थी उन पर। कर्जा न चुका पाने के कारण जब कुर्की आई तो बिना चेहरे पर शिकन लाए अपने दस तोले का सतलड़ा हार निकालकर दे दिया था। हालाँकि वह हार उनके पिता का ही दिया हुआ था, फिर भी शेरा बाबू तो एकदम बिक गए। यह तो बाद मैं मालूम पड़ा कि शेरा बाबू को ख़रीदने के लिए ही उसने यह हार दिया था। उसके बाद शेरा बाबू—बीवी के जरख़रीद ग़ुलाम।

सचमुच अपने व्यक्तित्व के एक हिस्से पर उन्होंने 'सोल्ड' की चिप्पी लगाई और बीवी के हाथों में सौंप दिया—ले घिस, छील, काट...

वितृष्णा का ज्वार कुछ ऐसे ज़ोर से उमड़ा कि ऊपर से नीचे तक सराबोर। दो-तीन डुबकियाँ लगाकर ऊपर आए तो एकदम दार्शनिकी मुद्रा में।

'कुऽऽ नहीं...सब बेकार। कोई किसी का नहीं—न बीवी, न बच्चे। सब मन भरमाने के चोंचले हैं।'

अभी कुछ देर पहले मिश्रा की बात से जिस उत्साह और उमंग के पंख लगाकर वे उड़ते हुए घर आए थे, वे भी झाड़कर फेंक दिए।

नहीं, कुछ नहीं होगा। पहले की अनेक बातों की तरह यह बात भी ढिस्स होकर रह जाएगी। जब-जब कहीं से ज़रा-सी बात का सुराग भी मिला है...किसी ने कोई आश्वासन दिया है...उन्होंने ज़मीन-आसमान एक कर दिया है। महीनों भाग-दौड़ की कि बात बन जाए...हफ्तों सपने देखे कि बात जमने पर वे क्या-क्या करेंगे।

पर हुआ कुछ आज तक ?

एक वो पटेल साहब आए थे। उनको पत्रिका की पॉलिसी समझाओ...उद्‌देश्य समझाओ टेक की तरह। बस, एक बात दोहराते थे—'यह तो ठीक है जी, पर इसका व्यावसायिक पक्ष तो समझाओ। हम व्यापारी आदमी ठहरे, वहीं पैसा लगाएँगे जहाँ दो की जगह चार होकर मिले।'

'बैठ स्लाले सट्टे बाजार में। व्यापारी की...' सँभलते-सँभलते भी एक मोटी-सी गाली उनके दार्शनिक चोले में से फूटकर बाहर आ ही गई।

एक वो पनिकर साहब ! 'देखिए मिस्टर शेरा बाबू आपकी बोल्डनेस ने हमें एकदम फ्लैट कर दिया। ऐसी ही बोल्डनेस हम चाहते हैं। पैसा भी इतनी बड़ी प्राबलम नहीं होगा। बस, एक बात है...मैगज़ीन में आपको पार्टी का लैंस ज़रूर लगाना होगा। हर चीज़ पार्टी के एंगिल से आए।'

'शेरा बाबू से बात कर रहा है पार्टी के एंगिल की। लैंस लगा ले अपने पैंदे में। रोज़ सवेरे पेट साफ़ करने के बाद देखा करना कीड़े कितने बढ़ गए कि दिमाग़ तक झड़ गया स्साले का।'

शेरा बाबू को समझौता ही करना होता या किसी के आदेश पर ही चलना होता तो अख़बारी नौकरियों की कमी थी उस समय कोई। पत्रिका बन्द होते ही ऑफर आए थे उनके पास। पर नहीं, उन्होंने ढाई सौ रुपल्ली की नौकरी चुनी। नौकरी थी गीदड़ की और उन्होंने शेरा बाबूवाले तेवर से शुरू की। शुरू-शुरू के दिन थे। अपने को मारने में समय तो लगता है न ! हो गई एक दिन सेक्रेटरी से झड़प। स्साले की ऐसी की तैसी कर दी। आज भी शेरा बाबू को याद है, उसने बिना आदेश के पत्थर जैसी जमी हुई कठोर आवाज़ में कहा था–'गेट आउट ऑफ दी रूम।' और दूसरे दिन ही ऑफ़िस से भी गेट आउट होने का नोटिस थमा दिया गया था उन्हें।

तब उन्होंने अपने एक हिस्से को मारकर, घिस-घिसकर गैंडे की खाल चढ़ाकर नौकरी के लिए तैयार कर लिया। जब नई नौकरी की तो इस हिस्से को मल्होत्रा को सौंप दिया था–मार, पीट, छील।

उसके बाद की ज़िन्दगी–ज़लालत का इतिहास।

उन्होंने बीवी से समझौता कर लिया...नौकरी से समझौता कर लिया। पर पत्रिका ? नहीं, वहाँ वे कोई समझौता नहीं करेंगे–किसी भी क़ीमत पर नहीं। एक यही तो जगह है जहाँ वे शेरा बाबू होकर जी सकते हैं। यहीं तो खुलकर अपनी बात कहने की आस रख सकते हैं...डटकर विरोध करने का हौसला रखते हैं...बड़े-से-बड़े की धज्जियाँ बिखेरने का साहस रखते हैं। यहाँ वे शेरा बाबू होकर ही जिएँगे...शेरा बाबू होकर ही लिखेंगे। इस एक-तिहाई हिस्से को लेकर ही तो लगता है कि वे भी ज़िन्दा हैं, इतना सब होने पर भी अपने पूरे वजूद के साथ ज़िन्दा हैं, वरना तो इस ज़िन्दगी में रह ही क्या गया है !

भावुकता और आवेश के मारे उनका सारा बदन जैसे थरथराने लगा। हर किसी के नाम फूटती गालियों की बौछार न जाने कहाँ बिला गई। थोड़ी देर पहले ही दार्शनिक मुद्रा पर कुछ-कुछ आध्यात्मिक पवित्रता का-सा लेप चढ़ गया और वे सिद्धावस्था को पहुँच गए। पर भूखे पेट बहुत देर तक सिद्धावस्था में भी तो नहीं रहा जा सकता। सो जल्दी ही नीचे उतर आए।

ख़याल आया, आज सवेरे भी तो कुछ नहीं खाया था। पर अभी तो तुरन्त की खाई हुई चोट से खून रिसना भी बन्द नहीं हुआ है। कैसे खाने पहुँच जाएँ ! ठीक है, आज वे नहीं खाएँगे। जहाँ मन को इतना मारा, वहाँ पेट को भी मार सकते हैं। पर पेट स्साला बवंडर कुछ ज़्यादा ही मचाता है अँतड़ियाँ कैसी कुलबुला रही हैं ! यह कुलबुलाहट दिमाग़ को भी ऐंठने लगी। उन्होंने कसकर अपने दोनों गालों को चपतियाया।

कुछ नहीं शेरा बाबू, तुमसे कुछ नहीं होने का। यह पत्रिका की बात दिमाग़ को स्साले आसमान पर ले जाकर बिठा देती है। भूल ही जाते हो कि खड़ा तो ज़मीन पर ही होना है। और जब औंधे मुँह गिरते हो तो इसी तरह लहूलुहान। पकड़ो कान और खाओ क़सम की पत्रिका की बात सोचना भी छोड़ दोगे। ज़मीन पर रहोगे तो ज़मीन की ज़िन्दगी जिओगे। अपने दिमाग़ी फितूर छोड़ो और अपने वजूद का तीसरा हिस्सा ज़मीन के ही नाम लिख दो। यह रस्समकश ही ख़तम हो।

और भूखे पेट में क़सम के दो कौर डालकर शेरा बाबू अपनी खटिया पर लेट गए, लेटे रहे...लेटे रहे। कभी इस करवट, कभी उस करवट। पता नहीं पेट की कुलबुलाहट थी या

कि गुप्ताजी के पत्र की पंक्तियाँ कि नींद ही नहीं आ रही थी। मन के चारों ओर अच्छी तरह नाकेबन्दी करने के बावजूद गुप्ताजी के पत्र की पंक्तियाँ सपनों के छोटे-छोटे टुकड़ों के रूप में लपक-लपक उनकी आँखों के सामने कौंध जातीं। तब वे हताश से, सफ़ाई देते हुए जैसे अपने को ही समझाते...क्या हर्ज़ है, जीने का एक बहाना ही मिल जाता है।

आज शनिवार है। ऑफ़िस एक बजे बन्द हो जाएगा। पर मल्होत्रा साहब की इच्छा है कि चार बजे सब लोग यहीं इकट्ठा हों। कारण–मन्त्री महोदय के निवास स्थान पर जाकर उन्हें जन्मदिन की बधाई देना। मल्होत्रा साहब कि इच्छा है यानी बाक़ी सब लोगों के लिए आदेश। ऐसा आदेश जिसे टालना जुर्म है। भारी जुर्म...माफ़ी के परे का जुर्म।

मल्होत्रा साहब आते ही मिस दास को लेकर बुके और फूलमालाओं का आर्डर देने निकल गए। मन्त्री महोदय के चरणों में अर्पित होनेवाला बुके बहुत नफ़ीस होना चाहिए। नफ़ीस और लाजवाब। ये कलमघिस्सू क्लर्क नफ़ासत क्या समझें इसलिए ऑफ़िस की सबसे नफ़ीस चीज़ को बगल में बिठाकर खुद गए हैं।

उनके जाते ही कलमघिस्सू क्लर्क जीभघिस्सू हो गए। बढ़ते दामों से लेकर जनता पार्टी, कांग्रेस–सबका ही तर्पण कर डाला। वही नंगी भाषा...वही जहर-घुले वाक्य। भारी-भरकम गालियों के कन्धे पर चढ़ा दो-तीन बार मल्होत्रा का ज़नाजा भी निकाल डाला। सबसे बड़ा ग़म तो इस बात का कि इस मन्त्री के चक्कर में आधे दिन की छुट्टी की छुट्टी हो गई।

काम कर रहा है तो केवल तापस। कोई दस दिन पहले ही दूसरे विभाग से बदली होकर आया है। शेरा बाबू की मेज़ पर बैठता है। दुबला-पतला निरीह-सा बंगाली लड़का। बुझा हुआ चेहरा। मल्होत्रा के केबिन में जाएगा तो पैर थरथराते रहते हैं...लौटता है तो आँखें छल-छलाई रहती हैं। लगता है, जैसे किसी बहुत अपने को दफनाकर आ रहा हो। शेरा बाबू को पहले ही दिन से इस लड़के से कुछ ममता-सी हो गई है, वरना आज तक जगत के सिवाय उनका और किसी से तालमेल ही नहीं बैठा। इसे देखकर जब-तब दिमाग़ में सुधीर टकराता रहता है। पर अजीब बात है–सुधीर की आवारागर्दी और गैर-ज़िम्मेदारी को लेकर जितना गुस्सा उनके मन में है...तापस को देखकर वह सब छँट जाता है। केवल छँटता ही नहीं, एक सुकून-सा मिलता है। इस कुर्सी पर बैठने से तो आवारागर्दी करना कहीं ज़्यादा अच्छा है।

खटाक से जैसे माइक पर बजते रिकार्ड का स्विच किसी ने बन्द कर दिया हो। यहाँ से वहाँ तक सुई-पटक सन्नाटा। साहब केबिन में–सबके सिर फाइलों में।

थोड़ी देर में ही जगत ने फ़रमान पेश किया, "तापस बाबू, बड़े साहब।"

बड़ी कातर-सी नज़र शेरा बाबू पर डालकर तापस जगत के पीछे घिसट लिया। शेरा बाबू भीतर की आहट लेने को एकदम चौकस होकर बैठ गए।

थोड़ी देर तक भीतर चुप्पी रही फिर एक गुर्राहट।

"पढ़ लिया अपना लिखा नोट?"

एक अस्पष्ट-सी रिरियाहट।

"तीन दिन के बाद ये नोट तैयार किया है तुमने ?" लानत में लिपटा एक प्रश्न।

रिरियाहट में अब रुआँसापन भी मिल गया।

"नो आर्ग्यूमेंट्स...गो !" एक दहाड़ती हुई दुत्कार।

चुप्पी।

"लाइनों को पढ़ लेना ही पढ़ना नहीं होता। बिटवीन दी लाइंस भी कुछ पढ़ा जाता है, समझे। जाओ, जाकर शुक्ला से गाइड-लाइन लो और फिर से नोट तैयार करो।"—धिक्कार भरा आदेश।

दरवाज़ा खोलकर तापस ने पहला क़दम बाहर किया ही होगा कि—"तापस, तुम इस तरह घिसट-घिसटकर क्यों चलते हो ? जब देखो ऐसी मुहर्रमी सूरत बनाकर रहते हो ? और सुनो, शाम को ठीक से ड्रेस होकर आना...यों पसीने में चिपचिपाते हुए नहीं। यंगमैन हो...बी स्मार्ट...बी ब्राइट..."—उद्बोधन।

शेरा बाबू के भीतर कुछ खौलने लगा—'स्मार्टनैस के बच्चे, उपदेश झाड़ रहा है। मोटर-बंगले के साथ तीन हज़ार पाकेट में डाल दे और एअर कंडिशंड कमरे में बिठा दे फिर देख अंग-अंग से कैसी स्मार्टनैस टपकती है। ढाई सौ रुपल्ली में तो पसीना ही टपकेगा। स्साला बिटवीन दी लाइन समझा रहा है। अरे, तेरे बिटवीन दी लेग्ज जो है, वह भी समझ में आता है...खूब समझ में आता है। सीधे से क्यों नहीं कहता कि निगम आकर हलक के नीचे उतार गया है नोटों का बंडल ? ठीक है, कौन हमारे बाप की जेब से कुछ जाता है। करो लीपा-पोती। पर उस ग़रीब को क्यों धुनक दिया नाहक ही ?'

तापस धिसटता हुआ आकर धीरे-से बैठ गया। वही पनियाली आँखें...लगा, अब रोया, तब रोया।

"शेरा बाबू, हमने बहुत ध्यान से सारा फाइल स्टडी किया था...बहुत मेहनत करके नोट तैयार किया था...आपको भी तो दिखाया था।"

शेरा बाबू ने दिलासा देते हुए कंधा थपथपाया, "अरे, कोई बात नहीं, तुम शुक्ला के पास चले जाओ। वह गाइड-लाईन नहीं, लिखा-लिखाया नोट ही तुम्हें दे देगा। बस, लाकर टाइप करो और लगा दो।"

तापस उठा तो मन-ही-मन उभरा—शुक्ला स्साला मल्होत्रा की मींगनी। हिकारत से उन्होंने वेस्ट-पेपर बास्केट में ही थूक दिया।

एक बजे ऑफ़िस से निकल शेरा बाबू लाइब्रेरी चले आए। घर आना-जाना यानी दो घंटे की बरबादी। यों भी कोई तुक नहीं था घर जाने का।

मिश्रा देखते ही चिल्लाया, "अरे शेरा बाबू, दो दिन से आप आए ही नहीं। मैं तो आपके घर आनेवाला था।"

शेरा बाबू सीधे मिश्रा के कटघरे में ही घुस गए।

"गुप्ताजी की चिट्ठी आई है। चिट्ठी नहीं, बस समझ लीजिए, पत्रिका शुरू करने का आदेश। आपके भेजे हुए प्रोजेक्ट को उन्होंने एकदम पास कर दिया। अगले सप्ताह वे खुद आ रहे हैं। सारी बात को अन्तिम रूप देने के लिए।"

पत्र पढ़कर शेरा बाबू के रोम-रोम में जैसे भूचाल-सा उठ पड़ा। समझ ही नहीं पा रहे थे कि इस आवेश को कैसे सँभालें। मिश्रा पर ही एक के बाद एक प्रश्नों की बौछार कर दी।

काम में डूबा मिश्रा इस बिन बादल की बौछार से हड़बड़ा गया। कन्नी काटते हुए बोला,

''गुप्ताजी आएँ तब सब बात हो ही जाएगी। इस समय मैं ज़रा इन किताबों को दर्ज कर लूँ।''

''हाँ...हाँ, ठीक तो है...'' अपने आवेश को अपने में ही समेटे वे बाहर निकल आए। बाहर लॉन में पेड़ के नीचे पड़ी बेंच पर लेट गए। उन्हें लगा, इस समय शायद शरीर की निष्क्रियता से ही मन की सक्रियता को झेला जा सकता है।

गुप्ताजी को योजना भेजने के बाद उन्होंने दोनों हाथों से दबोचकर अपने भीतर के शेखचिल्ली को चित कर दिया था और खुद उस पर चढ़ बैठे थे। नहीं, वे बिल्कुल नहीं सोचेंगे पत्रिका की बात।

पर इस समय...लग रहा है कि वे खुद चारों खाने चित पड़े हैं और भीतर का शेखचिल्ली उन पर चढ़ा बैठा है...पूरे आवेश और आक्रोश के साथ।

इस मल्होत्रा की तो ऐसी की तैसी करके रख दूँगा। स्साले के इतने घपले हैं कि बँधा-बँधा फिरेगा। सबके प्रमाण जुटाकर निकलूँगा यहाँ से, फिर बड़े-बड़े अक्षरों में...

घिघियाता हुआ आएगा तो उतनी ही धाँसू आवाज़ में—'गेट आउट ऑफ दी रूम।'

सौ सुनार की, एक लुहार की। तेरे पत्तों से ही तेरा हिसाब साफ़।

फिर तो पूरी रेलगाड़ी चल पड़ी—सम्पादक, नेता, मन्त्री, भ्रष्टाचार, बढ़ती महँगाई, पिसती जनता...नई सरकार...

और तब उन्होंने अपने पर अंकुश लगाया—बस करो शेरा बाबू, बस करो...

घड़ी देखी तो पौने चार। लो इतनी देर से लन्तरानियाँ ही झाड़ रहे हैं। चार बजे ऑफ़िस पहुँचना है। पर मल्होत्रा और उस सारे माहौल का ख़याल आते ही मन में भारी कोफ़्त उठी—कौन जाए स्साले उन जनखों की टोली में। मन्त्री महोदय के सामने तालियाँ बजा-बजाकर नाचना ही तो है। ऐसी की तैसी !

वे उठे। हिकारत के साथ उन्होंने अपने दो-तिहाई हिस्से को बेंच पर ही छोड़ दिया और बड़ी एहतियात के साथ अपने एक-तिहाई हिस्से को पुचकारा, सहलाया, समेटा, और चल पड़े। इन दो-तिहाई हिस्सों के चक्कर में कितना अजनबी हो उठा है उनका यह एक-तिहाई हिस्सा।

एक बार पत्रिका जम गई तो बीवी से नौकरी छुड़वा दूँगा। असल में पैसे और काम की मार ने ही उसका मिज़ाज ख़राब कर दिया है। वह भी क्या करे बेचारी...वरना पहले तो...

हाँ, कहीं तापस मिल जाता तो उसे पूरी तरह आश्वस्त कर देते। आज बहुत झुलस गया बेचारा। दूसरे काइयाँ क्लर्कों की तरह अभी गैंडे की खाल नहीं चढ़ी है उस मासूम के...भीतर तक थरथरा जाता है। नहीं-नहीं, और परेशान होने की ज़रूरत नहीं है। बहुत जल्दी ही वे उसे इस संडास से मुक्त कर देंगे। मेहनती और ईमानदार बच्चा है...प्यार मिलेगा तो कुछ कर दिखाएगा।

उनके सामने तापस का बुझा हुआ मुर्झाया चेहरा घूम गया और उन्होंने कुछ ऊँचाई से उसके सिर पर अपना वरदहस्त रख दिया।

पर अब कहाँ जाएँ ? एकाएक ख़याल आया, जगत के घर चलना चाहिए। उस दिन उसने पता दिया था। देखते ही चौंक जाएगा—अरे साब, आप यहाँ ? आप लोगों को तो मन्त्री

महोदय के...

उसे भी कह ही दें कि अब सवेरे से शाम तक एक पैर पर नाचने की और बात-बात पर फटकार खाने की ज़रूरत नहीं है। पहली नियुक्ति वे जगत की ही करेंगे। बेचारा कितना ख़याल रखता है...कितना आदर करता है। एक बार वे कोई काम कह दें तो मल्होत्रा की बात भी अनसुनी कर देता है...फिर चाहे उनकी झिड़कियाँ ही खाता रहे।

अब शेरा बाबू के साथ काम करके देखे कि काम करना क्या होता है। अच्छी तनख़्वाह, काम की सब सुविधा और सबसे बड़ी बात इन्सानियत का व्यवहार। यहाँ तो बहुत दुखी होता रहता है बेचारा।

शेरा बाबू के ये आश्वासन तापस और जगत तक तो नहीं पहुँचे पर इनसे वे खुद कहीं बहुत आश्वस्त हो आए।

'त्रिशंकु' संकलन से

स्त्री-सुबोधिनी

प्यारी बहनो,

न तो मैं कोई विचारक हूँ, न प्रचारक, न लेखक, न शिक्षक। मैं तो एक बड़ी मामूली-सी नौकरीपेशा घरेलू औरत हूँ, जो अपनी उम्र के बयालीस साल पार कर चुकी है। लेकिन इस उम्र तक आते-आते जिन स्थितियों से मैं गुज़री हूँ, जैसा अहम अनुभव मैंने पाया...चाहती हूँ, बिना किसी लाग-लपेट के उसे आपके सामने रखूँ और आपको बहुत सारे खतरों से आगाह कर दूँ। मैं जानती हूँ कि अपने जीवन के निहायत ही निजी अनुभवों को यों सरेआम कहकर मैं खुद अपने लिए बहुत बड़ा खतरा मोल लूँगी। मेरे मात्र पाँच साल के अल्पकालीन विवाहित जीवन पर भी संकट आ सकता है। पर क्या करूँ, मेरा नैतिक दायित्व मुझे ललकार रहा है कि अपनी हज़ार-हज़ार मासूम किशोरी बहनों को....जो या तो ऐसी ही स्थिति में पड़ी हैं या कि कभी भी पड़ सकती हैं...अपने अनुभव से कुछ नसीहत दूँ, बरबादी की ओर जाने से बचा लूँ, खतरा उठाकर भी यदि मैं दो-चार बहनों की....

क्या कहा, आपकी दिलचस्पी बेकार की लफ़्फ़ाजी में नहीं है ! आप असली बात जानना चाहती हैं ! बहुत अच्छे। लफ़्फ़ाजी के प्रति यदि आपके मन में अरुचि है, तो यह शुभ लक्षण है। बहुत शुभ। आप शर्तिया बहुत सारे खतरों से बची रहेंगी। साँप का काटा और बातों का मारा व्यक्ति बेचारा उठ नहीं पाता। मुझे ही देखिए, मेरी जो दुर्दशा हुई थी, उसका कारण...

अच्छा-अच्छा, अब एक भी बेकार की बात नहीं। बिना किसी लाग-लपेट के सीधी बात सुनिए। सीधी और सच्ची।

मेरा अपने बॉस से प्रेम हो गया। वाह ! आपके चेहरों पर तो चमक आ गई। आप भी क्या करें ? प्रेम कम्बख्त है ही ऐसी चीज़। चाहे कितनी ही पुरानी और घिसी-पिटी क्यों न हो जाए...एक बार तो दिल फड़क ही उठता है....चेहरे चमचमाने ही लगते हैं। खैर, तो यह कोई अनहोनी बात नहीं। डॉक्टरों का नर्सों से, प्रोफेसरों का अपनी छात्राओं से, अफ़सरों का अपनी स्टेनो-सेक्रेटरी से प्रेम हो जाने का हमारे यहाँ आम रिवाज है। यह बात बिल्कुल अलग है कि उनकी ओर से इसमें प्रेम कम और शग़ल ज़्यादा रहता है। पर यह बात तो मुझे बहुत बाद में समझ में आई। मैंने तो अपनी ओर से ईमानदारी के साथ ही शुरू किया था। ईमानदारी और समर्पण के साथ।

शिंदे नए-नए तबादला होकर हमारे विभाग में आए थे। बेहद खुशमिज़ाज और खूबसूरत। आँखों में ऐसी गहराई कि जिसे देख लें, वह गोते ही लगाता रह जाए। बड़ा शायराना अन्दाज़ था उनका और जल्दी ही मालूम पड़ गया कि वे कविताएँ भी लिखते हैं।

पत्र-पत्रिकाओं में वे धड़ाधड़ छपती भी रहती हैं और इस क्षेत्र में उनका अच्छा खासा नाम है। आयकर विभाग की अफ़सरी और कविताएँ। हैं न कुछ बेमेल-सी बात ! पर यह उनके जीवन की हक़ीकत थी।

मैं स्थितियों और उम्र के उस दौर से गुज़र रही थी, जब लड़कियों में प्रेम के लिए विशेष प्रकार का लपलप भाव रहता है। बूढ़ी माँ तीनों छोटे भाई-बहनों को लेकर गाँव में रहती थी और मैं इस महानगरी में कामकाजी महिलाओं के एक होस्टल में। न घर का कोई अंकुश था और न इस बात की सम्भावना कि कहीं मेरा ठौर-ठिकाना लगा देंगे। मेरा ठिकाना वे लगाते भी क्या, उनकी ज़िन्दगियाँ ठिकाने लगी रहें, और घर की मशीन जैसे-तैसे चलती रहे, इसके लिए मुझे ही हर महीने मनीआर्डर में तेल डालकर भेजना पड़ता था। सब ओर से असुरक्षित और असहाय होकर ही मैंने ज़िन्दगी के सत्ताईस साल पूरे कर लिए और एकाएक ही मुझे लगने लगा कि नहीं, इस तरह अब और नहीं चलेगा। हर रोज़ हज़ार-हज़ार इच्छाएँ मुँह बाये खड़ी रहतीं और मैं उनके सामने ढेर हो जाती। आखिर मैंने अपनी नाक और आँखों को कुछ अधिक सजग और तेज़ कर लिया। बस, ऐसा करते ही मुझे हर नौजवान की नज़रों में अपने लिए विशेष संकेत दिखने लगे और उनकी बातों में विशेष अर्थ और आमंत्रण की गंध आने लगी। तभी भिड़ गया शिंदे। उसके तो संकेत भी बहुत साफ थे...निमंत्रण भी बहुत खुला। लगा, किस्मत ने छप्पन पकवानों से भरी थाली मुझ भुक्कड़ के आगे परोसकर रख दी है। सो मैंने न उसका आगा-पीछा जानने की कोशिश की और न अपना आगा-पीछा सोचने की। बस, आँख मूँदी और प्रेम की डगर पर चल पड़ी।

हर प्रेम की शुरुआत क़रीब-क़रीब एक-सी होती है। प्रेमियों को वे सारी बातें चाहे जितनी रोमांचकारी और गुदगुदानेवाली लगें, देखने-सुननेवालों को बड़ी उबाऊ और सपाट लगने लगती हैं। घबराइए नहीं, मैं आपको उन बातों से क़तई बोर करने नहीं जा रही। बस, इतना ही समझ लीजिए कि शामें हमारी किसी रेस्तराँ के नीम-अँधेरे कोने में बीततीं, तो कभी बाग के झुरमुट के बीच। कभी हम आपस में उँगलियाँ उलझाए रहते, तो कभी वह मेरी लटों से खिलवाड़ करता रहता। एक बार उसने कविता में मेरे बालों की उपमा बदली से दे दी। बस, फिर क्या था, मैं जब-तब गोदी में रखे उसके सिर पर झुककर बदली छितरा देती और वह उचककर...

यह क्या, आपकी आँखों में तो अविश्वास भर आया। मैं समझ गई। एक सीनियर अधिकारी और ऐसी छिछोरी फिल्मी हरक़तें। पर सच मानिए, अब भी मैं दावे के साथ कह सकती हूँ कि यहाँ के हर पुरुष के भीतर एक ऐसा ही फिल्मी हीरो आसन मारे बैठा रहता है जब तक वह पूरी तरह तृप्त न हो जाए, मरता नहीं। उम्र के किसी भी दौर पर, उस समय चाहे वह छह बच्चों का बाप ही क्यों न हो...ज़रा सा मौक़ा मिलते ही भड़भड़ाकर जाग उठता है और पूरी तरह अपनी गिरफ्त में जकड़ लेता है। फिर तो बड़ी-बड़ी तोपें तक ऐसी बचकाना और बेवकूफ़ाना हरकतें करती हैं कि बस, तौबा ! न कोई शर्म, न उम्र का लिहाज ! आजकल की लड़कियों ने इस राज़ को अच्छी तरह समझ लिया है, इसलिए वे शादी करते ही हनीमून जाने को लग जाती हैं। फिर किसी पहाड़ी जगह में, सारे नाज़-नखरों के साथ, फ़िल्मी अदाकारी की तर्ज पर प्रेम के ऐसे-ऐसे दिलकश दाँवपेंच दिखाती हैं कि हीरो साहब पूरी तरह ढेर ! कम-से-कम आगे के दस साल तो सुरक्षित। पर हनीमून की नौबत तो शादी के बाद

ही आती है न। मैं तो उन बहनों को सावधान करना चाहती हूँ, जो शादी के पहले ही से इस हीरो के चंगुल में आकर अपने को चौपट कर लेती हैं।

माफ़ कीजिए, फिर बहक गई ! क्या करूँ ? चाहती हूँ इस प्रसंग की एक-एक बारीक़ी आपको समझा दूँ। वरना इस चक्कर में फँसने के बाद तो समझ एकदम भोंथरी हो जाती है, जैसे मेरी हो गई थी। हाँ, तो मेरा और शिंदे का प्रेम चल निकला। एक बात साफ कर दूँ, बहुत ज़रूरी है। आप कहीं यह न समझ लें कि मैं शिंदे से इसलिए प्रेम करने लगी थी कि वही मेरा बॉस था और उसके प्रेम के प्रकाश में मुझे अपना कैरियर दिपदिपाता हुआ दिखाई देता। नहीं, प्रेम जैसी पवित्र चीज़ को मैं घटिया क़िस्म के स्वार्थों से अलग करके ही देखती थी। तभी तो पूरे आठ साल तक शिंदे के प्रेम की अखंड जोत जलाए अपने को होम करती रही।

लीजिए, आप हँस रही हैं। क्या करूँ, मुश्किल यह है कि टुच्चे लोगों ने प्रेम में निहायत ही घटिया किस्म की घालमेल करके उसे इतना हल्का, झूठा और बाज़ारू बना दिया है कि उसके असली रूप की बात करते ही लोग हँसने लगते हैं। पर आप मेरी बात का यक़ीन मानिए...मेरा प्रेम क़तई-क़तई कैरियर-ओरिएंटेड नहीं था। बड़ी मुश्किल से पाए हुए अपने इस विवाहित जीवन को दाँव पर लगाकर, अपनी जो यह दुःख भरी गाथा सुना रही हूँ, वह भी केवल उन्हीं बहनों के लिए, जो प्रेम को मीराबाई के भाव से ग्रहण करती हैं।

हाँ, तो मैं पूरी तरह शिंदेमयी हो गई, पर तभी एक भयंकर झटका लगा। बल्कि कहूँ कि जो लगा, उसके लिए झटका शब्द हल्का ही है। मालूम पड़ा कि शिंदे के एक अदद बीवी है, जो पहली बार पुत्रवती बनकर पाँच महीने बाद अपने मैके से लौटी है यानी एक अदद बीवी और एक अदद बच्चा। मुझे तो सारी दुनिया ही लड़खड़ाती नज़र आने लगी। लगा, मैं बहुत बड़ा धोखा खा गई हूँ। मेरे भीतर गुस्सा बुरी तरह बलबलाने लगा। इसने यह बात बताई क्यों नहीं ? और बीवी-बच्चे के रहते मेरी ओर प्रेम का हाथ बढ़ाने का मतलब ? मैंने जब भी उससे घर और घरवालों के बारे में पूछा, वह तीन-चार शेर दोहरा दिया करता था, जिनका शाब्दिक अर्थ होता था, "मेरा न कोई घर है न दर, न कोई अपना न पराया। इस ज़मीन और आसमान के बीच मैं अकेला हूँ, बिल्कुल अकेला", पर मेरे लिए इन शेरों का सीधा-सादा अर्थ था—हरी झंडी, लाइन क्लीयर। सो मैं सपाटे से चल पड़ी। बल्कि चलने में थोड़ी फुर्ती भी की। आप तो जानती ही होंगी कि इस उम्र तक शादी न होने पर लड़कियों में एक खास तरह की हड़बड़ाहट आ जाती है। चाहती हैं, जैसे भी हो, जल्दी-से-जल्दी प्रेमी को पूरी तरह क़ब्ज़े में करके, पति बनाकर अपनी टेंट में खोंस लें। झूठ नहीं बोलूँगी। मैं भी इसी नेक इरादे से लपक रही थी कि बीच में ही औंधे मुँह गिरी।

पर गिरने नहीं दिया शिंदे ने। हाथों-हाथ झेल लिया। गुस्से से मैं पगला रही थी और आँखों से आँसुओं की झड़ी लगी हुई थी। मन हो रहा था, सामने बैठे इस आदमी की चिंदिया बिखेरकर रख दूँ और फिर कभी इसकी सूरत नहीं देखूँ। पर उसने बिना किसी बात का मौका दिए मुझे बाँहों में भर लिया और धुआँधार रोने लगा, "पिता के दबाव में आकर की हुई शादी मेरे जीवन की सबसे बड़ी ट्रेजेडी बन गई...बीवी के रहते भी मैं कितना अकेला हूँ...दो अजनबियों की तरह एक छत के नीचे रहने की यातना..." ऐसी-ऐसी बातों के न जाने कितने टुकड़े आँसुओं से भीग-भीगकर टपक रहे थे। मेरा विवेक मुझसे संकल्प करवा रहा

था कि लौट जाओ, इस दिशा में अब एक कदम भी आगे मत बढ़ो। मैं रो-रोकर अपना संकल्प दोहरा रही थी। वह रो-रोकर अपना दुख दोहरा रहा था।

इसी तरह हम दो-तीन बार और मिले। वही बातें, वही रोना। मैंने सोचा था कि आँसुओं के साथ मैं अपना सारा प्रेम और ग़म भी बहा दूँगी और हमेशा के लिए अलविदा कहकर लौट जाऊँगी। पर हुआ एकदम उल्टा। आँसुओं के जल से सिंचकर प्रेम की बेल तो और ज़्यादा लहलहा उठी। अब देखिए न, मीरा का पद—'अँसुवन जल सींच-सींच...' बचपन से पढ़ा था। पर हम सबकी ट्रेजेडी यही है कि स्कूली शिक्षा को जीवन में गुनते नहीं। शिक्षा एक तरफ़, जीवन एक तरफ़ इसीलिए ठोकर खाते हैं। यही हुआ। उसका दुखी और दयनीय चेहरा देखकर मेरे मन में प्रेम का ज्वार उमड़ने लगा। उसके आँसुओं ने प्रेम को इतना गीला और रपटीला बना दिया कि वापस मुड़ने को तैयार मेरा पैर, अपने-आपको स्वाहा करने के लिए आगे बढ़ गया।

पर इतना सब करने के बावजूद मेरी आँखों में जब-तब संदेह और आशंका के डोरे उभर आते। मेरी पकड़ में पहले जैसी मज़बूती नहीं रह गई, शिंदे इस मैदान का पक्का खिलाड़ी था। मेरे असमंजस और दुविधा को चट भाँप गया। केवल भाँप ही नहीं गया, वरन उसने यह भी महसूस कर लिया कि बीवी की उपस्थिति से हमारे प्रेम में आपातकालीन स्थिति पैदा हो गई है। अब यदि उसे बचाकर रखना है, तो प्रेम करने के तरीके में एक क्रांतिकारी परिवर्तन लाना होगा। बिना उसके मामला चलनेवाला नज़र नहीं आ रहा था। रेस्तराँ और बाग-बगीचों के बीच तो यह परिवर्तन आ नहीं सकता था, इसलिए बड़ी शिद्दत के साथ एक कमरे की तलब महसूस होने लगी। वैसे पहले भी कई बार वह इस अपनी तरह की इच्छा और ज़रूरत का इज़हार कर चुका था, पर मैंने हमेशा दो टूक जवाब पकड़ा दिया। आप विश्वास करें या न करें, पर निश्चय ही मैं पहले बड़े संस्कारोंवाली लड़की थी। हर तरह की मर्यादा में मेरा पूरा विश्वास था। उस तरह के आमंत्रण को मैं स्वीकार कर ही नहीं सकती थी। पर स्थिति ने मुझे बेहद-बेहद कमज़ोर बना दिया था और मैं सोचने लगी थी कि यदि पूरी तरह पाना है तो अपने को पूरी तरह देना भी पड़ेगा।

तीन-चार कमरा-मुलाक़ातों में ही मैंने समझ लिया कि इन मुलाक़ातों के कारण उसके भीतर किसी तरह का अपराध-बोध, या कुछ ग़लत करने का भाव लेशमात्र भी नहीं है। वह काफी तृप्त और छका हुआ लगता था। मुझे समझते देर नहीं लगी कि शरीर के स्तर पर भी मैंने अपने को उसके लिए अनिवार्य बना लिया है। मुझे पक्का विश्वास हो गया कि मेरा यह समर्पण तुरूप के इक्के की तरह कारगर सिद्ध होगा और बाज़ी मेरे हाथ। निश्चय ही इन मुलाक़ातों ने मेरे प्रेम को बड़ी मज़बूत बैसाखियाँ थमा दीं और मेरे लड़खड़ाते क़दम फिर जम गए।

वह मेरे साथ भविष्य की योजनाएँ बनाता, पर उन्हें अमल में लाए, तब तक के लिए एक मौन समझौता हम लोगों के बीच हो गया। अपना शरीर, अपनी भावनाएँ उसने मेरे ज़िम्मे कर दीं और घर, बच्चा, बूढ़ा बाप और सारी पारिवारिक खिचखिच बीवी के जिम्मे। इस विभाजन में मैं कुछ समय के लिए परम प्रसन्न। यों भी इस उम्र में आदमी को सबसे ज़्यादा भरोसा अपने शरीर पर ही होता है। शरीर पा लिया, समझो दुनिया-जहान हथिया लिया। ऊपर से मुझे वह कभी बातों से, तो कभी कविताओं से समझाता रहता कि मन और शरीर की पवित्र भूमि पर ही असली प्रेम पनपता है। घर ही चहारदीवारी के बीच निरंतर होनेवाली

खिचखिच में तो वह मरता ही है। मैं समझती रहती और अपने को बहुत पुख़्ता ज़मीन पर महसूस करती। वह बातें ही ऐसी करता कि संदेह की कोई गुंजाइश नहीं छोड़ता। मुझे पूरा विश्वास था कि एक दिन वह खूँटे से उखड़कर मेरी गिरफ्त में आ जाएगा।

बीवी की याद और बात से ही शिंदे अपना चेहरा एकदम मायूस बना लेता और बिना कहे ही मेरे दिमाग़ में यह बिठाने की कोशिश करता कि बीवी बनते ही औरत बहुत उबाऊ और त्रासदायक बन जाती है...कि रिश्तों में बँधते ही प्रेम नीरस और बेजान हो जाता है...कि सच्चे प्रेमियों को तो हमेशा मुक्त ही रहना चाहिए। मैं इन सब बातों को सुनती-समझती तो सही, पर गले नहीं उतार पाती, क्योंकि बीवी बनने की ललक जब-तब मेरे भीतर जोर मारती थी। सच बात है, मुझे तो घर भी चाहिए था, पति भी और बच्चे भी। पर उसे तो जैसे बीवी नाम से ही चिढ़ हो गई थी। कभी-कभी तो वह अपनी बीवी के कर्कश स्वभाव और तुनकमिज़ाजी की बात करते-करते रो तक पड़ता। तब मैं लपककर उसे बाँहों में भरती, अपने होठों से उसके आँसू पोंछती और उसे हौसला बँधाती कि जल्दी ही हम कुछ ऐसा करेंगे कि वह इस दुख से मुक्त हो...कि मैं उसे एक सही, सुखद जिन्दगी दूँगी। यह आश्वासन उसके लिए कम, मेरे अपने लिए ज्यादा होता था।

दिन सरकते जा रहे थे और अपने प्रेम के तरीके में क्रांतिकारी परिवर्तन लाने के बावजूद स्थिति जहाँ-की-तहाँ थी यानी कि मैं अपने हॉस्टल के कमरे में बन्द, शिंदे अपनी बीवी की मुट्ठी में। साल-भर पहले का जागा आत्मविश्वास फिर डगमगाने लगा और मुझे लगा कि अब कोई धाँसू कार्यक्रम अपनाना पड़ेगा।

आज सोचती हूँ तो अपने पर ही सौ-सौ धिक्कार के साथ आश्चर्य भी होता है कि कैसे मेरी बुद्धि पर ऐसा मोटा परदा पड़ गया था कि यह भी नहीं सोच सकी कि उसकी बीवी भी आखिर मेरी तरह ही एक स्त्री है...अपने पति के छलावे और मक्कारी की शिकार। पर नहीं, यह तो तब समझ में आया जब उसकी मक्कारी ने मुझे तबाही के कगार पर ला पटका। झूठ नहीं बोलूँगी, उस समय तो उसके प्रेम में अंधी होने के कारण, वह जो कुछ भी कहता-समझाता, मुझे उस पर पूरा यकीन ही नहीं होता बल्कि मैं भी उसी की तरह दुनिया-भर के छल-छंद सोचा करती। तभी तो मैंने सोचा कि उसकी बीवी को हमारे प्रेम-प्रसंग की जानकारी तो अवश्य होगी...वह काफी दुखी भी होगी...क्यों न मैं जब-तब वहाँ उपस्थित होकर उसके त्रास को इतना बढ़ा दूँ कि वह खुद ही इस अपमानजनक स्थिति को नकारकर अलग हो जाए। रक़ीब को सामने देखकर अच्छों-अच्छों के हौसले पस्त हो जाते हैं, फिर अपमान और उपेक्षा की आग में झुलसी इस औरत का हौसला ही क्या होगा ! और यही सोचकर आखिर मैं एक दिन शिंदे के घर जा धमकी।

एक सुहागिन औरत की सारी नियामतों यानी कि बूढ़े ससुर के वरदहस्त की छत्र-छाया और बच्चे के पोतड़ों की बन्दनवार के बीच, दूधों नहाई पूतों फली भाव से वह कुर्सी पर विराजमान थी। मुझे देखकर उसके चेहरे पर किसी तरह का कोई विकार नहीं आया। बस, सहजता में लिपटा एक प्रश्नवाचक उभरा और 'हरखू, इन्हें बिठाओ और साहब से बोलो, कोई मिलने आया है' के साथ बिला गया। विकार तो मुझे देखकर शिंदे के चेहरे पर आया, जिसे उसने थोड़ी-सी कोशिश करके अफ़सरी नकाब के नीचे ढक लिया। दफ़्तरी भाषा में दफ़्तरी बातें करके उसने मुझे चलता किया। पर बाहर निकलते समय हाथ दबाकर लाड़ में

लिपटी हल्की-सी फटकार के साथ शाम को कमरे पर आने का निमंत्रण भी दे दिया।

मैं उसकी बीवी को त्रस्त करने गई थी, पर खुद ही त्रस्त और पस्त होकर लौटी। मुझे आश्चर्य हो रहा था कि वह औरत है या माँस का लौंदा ? इसका आदमी तीन साल से एक दूसरी लड़की के साथ मस्ती मार रहा है और इसे न कोई तकलीफ़, न कष्ट ! मैं इसकी जगह होऊँ तो शायद एक दिन भी इस तरह की अपमानजनक स्थिति को बर्दाश्त न करूँ। इसके शरीर पर चमड़ी लिपटी है, या गैंडे की खाल ? यह तो मुझे बाद में अपने अनुभव ने सिखाया कि अधिकतर शादी-शुदा औरतें ऐसी होती हैं, जिन्हें अपने घर की दीवारों से बेहद लगाव होता है। इतना ज्यादा कि धीरे-धीरे उन दीवारों को ही अपने शरीर के चारों ओर लपेट लेती हैं। फिर मान-सम्मान के सारे हमले उनसे टकराकर बाहर ही ढेर हो जाते हैं और वे उनसे बे-असर सती-साध्वी-सी भीतर सुरक्षित बैठी रहती हैं।

शाम को शिंदे मुझ पर एकदम बरस पड़ा कि मैंने उसके घर जाने की मूर्खता क्यों की ? कितना चौकस रहना पड़ता है उसे हर समय, जिससे उसकी बीवी को इस प्रसंग की हवा भी न लग सके, वरना तो वह शूर्पनखा की तरह ऑफिस, परिवार और सारे शहर में हड़बौंग मचाकर रख देगी। मौका लगा तो मेरा झोंटा पकड़कर सड़क पर जूते लगवाएगी, और बड़ी चालाकी से उसने मेरे मन में अपनी पत्नी के लिए, जिसे वह अक्सर कोतवाल कहता था—ढेर सारी नफ़रत और आक्रोश भर दिया। साथ ही जल्दी करने की अपनी नादानी-भरी मूर्खता पर मुझे बेहद शर्मिंदा भी किया।

देखा आपने कि कैसे शातिराना अंदाज से पुरुष नफ़रत और गुस्से की सुई अपनी ओर से सरकाकर दोनों औरतों की ओर घुमा देता है। वे ही आपस में लड़ें-भिड़ें, कोसें-गलियाएँ और वह जो असली गुनाहगार है, अपने पर आँच आए बिना आराम से दोनों का सुख भोगता रहे। पर उस समय तो मैं जब-जब बहुत अधीर होती, वह समझाता कि सहजीवन का मधुरतम पक्ष तो हम भोग ही रहे हैं, मैं क्यों बेकार में शादी-ब्याह और घर में जकड़कर इस मधुर सम्बन्ध का गला घोंटना चाहती हूँ। और इसी चक्कर में वह मधु उँड़ेलती हुई तीन-चार फड़कती कविताएँ मेरे नाम ठोंक देता। मीठी-मीठी पप्पियों के बीच बड़ी ऊँची-ऊँची बातें मेरे ज़हन में बिठा देता। कुछ समय के लिए मुझे लगने लगता कि मैं आम औरत से कुछ अलग, कुछ विशिष्ट, कुछ ऊँची हूँ। मेरे कंधों पर स्त्री-पुरुष के सम्बन्धों को एक नई दिशा देने का दायित्व है। अगली पीढ़ी अधिक स्वस्थ, अधिक मुक्त ज़िन्दगी जी सके, इसके लिए हमें पहल करनी होगी, एक उदाहरण रखना होगा—चाहे उसके लिए हमें खाद ही क्यों न बनना पड़े। शिंदे तो ये बातें झाड़कर मज़े से अपनी बीवी का बगलगीर हो जाता और मैं असली अर्थों में खाद बनी अपने कमरे में सड़ती रहती।

तभी शिंदे का तबादला हो गया। मैं एक बार फिर डगमगा गई। मुझे लगा कि बस, अब यह मेरी ज़िन्दगी से निकला। रो-रोकर मेरा बुरा हाल था, पर फिर उसने मुझे हाथों-हाथ झेल लिया। एक नई योजना से मेरे आँसू पोंछ दिए। तय हुआ कि नई जगह अभी वह अकेला ही जाएगा और उसके जाने के तीन-चार दिन बाद मैडिकल-लीव लेकर मैं उसके पास पहुँच जाऊँगी। उसने मुझे बताया कि उसने यह तबादला करवाया ही इसलिए है कि शहरी तबादला उसकी जिन्दगी के तबादले की भूमिका बन जाए। यह तो मुझे बाद में मालूम पड़ा कि शिंदे ने तबादला इसलिए करवाया था कि हमारे सम्बन्धों की सुरसुराहट उसकी बीवी के कानों

तक पहुँचने लगी थी। बात पूरी तरह खुले, उसके पहले ही वह शहर छोड़ देना चाहता था। पर मैं तो यह समझकर कि केवल मेरी खातिर शिंदे ने बड़े शहर की बड़ी सम्भावनाओं को छोड़ छोटी जगह चुनी है, एकदम निहाल हो गई और उसकी बातों के जादू में बँधी-बँधी एक सप्ताह बाद ही उसके पास पहुँच गई।

आपको बहुत ग़लत लग रहा है न ? लगना ही चाहिए। अब तो मुझे भी लगता है। पर उस समय तो बस, शिंदे में ही प्राण बसते थे...लगता था, उसके बिना जी नहीं सकूँगी। ग़लत-सही की समझ ही कहाँ रह गई थी। मैं उसे पाना चाहती थी और वह मुझे खोना नहीं चाहता था।

उसके साथ होटल में गुज़ारे वे दिन। मैं तो भूल ही गई कि हम दोनों के बीच कोई तीसरा भी है। तबीयत एकदम लहलहा उठी। इस बार उसने बाक़ायदा योजना बनाई कि पत्नी को अब यहाँ न बुलाकर उसके पिता के घर भेज देगा। और धीरे-धीरे उसे कानूनी कार्रवाई करने के लिए राजी कर लेगा...यदि नहीं हुई तो, मजबूर करेगा।

पंखों पर सवार होकर मैं लौटी थी। आँखों में उसने ढेर सारे सपने आँज दिए थे और उठते-बैठते मुझे अपना स्वीट-होम ही दिखाई देता। मैंने उसे एक फड़कता हुआ प्रेम-पत्र लिखा। बातों का तो वह बादशाह था ही, पत्र लिखने में भी उसे कमाल हासिल था। शरीरों में जो दूरी आ गई थी, उसे वह पत्रों की भाषा में पाटता रहा। पत्रों में मुझे वह 'दिव्य-प्रेम' का दर्शन समझाता। मेरे जन्म-दिन पर अपने इसी दिव्य-प्रेम में डुबोकर उसने एक खूबसूरत-सा तोहफा मेरे लिए भेजा। कभी वह चाँदनी रात के गीत लिखकर भेजता, तो कभी साथ बिताए मधुर क्षणों की याद को ताजा करनेवाली कविताएँ।

जानता था कि इन बातों से मुझे तसल्ली नहीं होगी, इसलिए तसल्ली देने के लिए वह खुद सशरीर आ पहुँचा। ऑफिस का काम निकालकर वह जब-तब आ ही जाया करता था। उसने आँखों में सचमुच के आँसू भरकर कहा कि मैं ही शिंदे की प्राण हूँ, शिंदे की प्रेरणा हूँ। घर-परिवार के अतिरिक्त शिंदे का जो कुछ भी है—और वही तो असली शिंदे है—वह उसने मुझे पूरी तरह सौंप रखा है और तुरन्त उसने अपनी बात का प्रमाण पेश कर दिया—मुझे समर्पित किया हुआ अपना नया कविता-संग्रह। हाथ से लिखा हुआ था—'प्राण को'।

उसकी प्रेरणा और प्राण बनने का हश्र यह हुआ कि वह तो दिन-दूना, रात-चौगुना फलत-फूलता रहा। धन-यश-सफलता, मान-सम्मान—सभी का मालिक और मैं भीतर-ही-भीतर झुलसकर काठ का कुन्दा हो गई। सब ओर से मरी, मुरझाई, टूटी और पस्त ! मैं समझ गई कि मैं बुरी तरह ठगी गई हूँ।

धीरे-धीरे उम्र की बढ़ोत्तरी और ऑफिस और दुनियादारी की निरंतर बढ़ती ज़िम्मेदारियों के बीच शिंदे की रोमानी ज़रूरत घटती चली गई। परिणाम यह हुआ कि हमारे बीच चलनेवाले पत्रों की संख्या कम और मज़मून मौसम के सर्द-गर्म होने पर आकर टिक गया। और फिर एक दिन उसके पास से गृह-प्रवेश का निमंत्रण-पत्र मिला। जाने का कोई तुक नहीं था, फिर भी मैं चली गई। महज़ सारी स्थिति का ज़ायजा लेने के लिए।

लम्बा-चौड़ा आधुनिक ढंग का बना हुआ मकान। लकदक फर्नीचर। बीवी निकलकर आई, तो लगा, यह कोई दूसरी औरत है। शरीर पर चर्बी की तीन-चार परतें चढ़ी हुईं और परम तृप्ति का एक डकार भाव सारे चेहरे पर पुता हुआ। आठ साल का एक सुन्दर-सा बच्चा भी निकलकर

आया। लगा, जैसे शिंदे ने ही अपने को पूरी तरह उँडेल दिया हो उसमें। हू-ब-हू शिंदे।

और मेरा मन हो रहा था कि शिंदे के दोनों कंधे झकझोरकर पूछूँ—राम धुन की तरह 'तुम मेरी हो, तुम मेरी हो' की रट लगानेवाले शिंदे साहब, बताइए तो, आपकी ज़िन्दगी के इस सारे तामझाम में मैं कहाँ हूँ...मैं कितनी हूँ ?

पर पूछकर अब होना ही क्या था ? मैं लौट आई, इस अहसास के साथ कि प्रेम के इस खेल में वह सधे हुए खिलाड़ी की तरह खेला और मैं निहायत अनाड़ी की तरह। आठ साल तक चलनेवाला प्रेम-प्रसंग महज़ एक खिलवाड़ था जिसकी बाज़ी बड़ी होशियारी से शिंदे ने बाँटी। भ्रमजाल के कटते ही नज़र साफ़ हुई तो बाज़ी में बँटे हुए पत्तों का यह नक्शा रह-रहकर आँखों में उभरने लगा :

तुरूप का इक्का यानी घर...उसके पास
तुरूप का बादशाह यानी बच्चा...उसके पास
तुरूप की बेगम यानी बीवी और
प्रेम करने के लिए प्रेमिका....उसके पास
तुरूप का गुलाम यानी नौकर-चाकर
गाड़ी-बंगला....उसके पास

लब्बो-लुबाब यह कि तुरूप के सारे पत्ते उसके पास और मुझे मिले उसके दिए हुए छक्के-पंजे, यानी टोटके की तरह पुड़िया में बँधे, दार्शनिक लफ़्फ़ाजी में लिपटे हवाई प्यार के चंद चुमले। इन टटपूँजिया पत्तों के सहारे मैं ज्यादा-से-ज्यादा इतने ही कर सकती थी कि ज़िन्दगी-भर उसकी पूँछ पकड़े रहती और उसे ही अपनी उपलब्धि समझ-समझकर सन्तोष करती। मन बहुत घबराता, तो उसी पूँछ से हवा करके उसके साथ बिताए मधुर क्षणों पर जमी समय की धूल उड़ाकर कुछ समय के लिए अपना खालीपन भर लेती।

पर भला बताइए, इससे कहीं जिन्दगी चल सकती थी ? यह तो लाख-लाख शुक्र है खुदा का कि मेरी तहस-नहस ज़िन्दगी को नए सिरे से सँवारने के लिए...

लेकिन छोड़िए, इस प्रसंग की कोई ज़रूरत नहीं। निहायत हवाई बातें पल्ले से बाँधे-बाँधे मैंने अपनी ज़िन्दगी को बरबादी के कगार पर ला पटका था। अब चाहती हूँ, ठेठ दुनियादारी की बातें अपनी हज़ार-हज़ार मासूम किशोरी बहनों के पल्ले से बाँध दूँ, जिससे वह मेरी तरह भटकने से बच जाएँ।

- इस देश में प्रेम के बीज मन और शरीर की 'पवित्र भूमि' में नहीं, ठेठ घर-परिवार की उपजाऊ भूमि में ही फलते-फूलते हैं।
- भूलकर भी शादीशुदा आदमी के प्रेम में मत पड़िए। 'दिव्य' और 'महान' प्रेम की खातिर बीवी-बच्चों को दाँव पर लगानेवाले प्रेम-वीरों की यहाँ पैदावार ही नहीं होती। दो नावों पर पैर रखकर चलनेवाले शूरवीर ज़रूर सरेआम मिल जाएँगे।
- हाँ, शादीशुदा औरतें चाहें, तो भले हीं शादीशुदा आदमी से प्रेम कर लें। जब तक चाहा प्रेम किया, मन भर गया तो लौटकर अपने खूँटे पर।
- न कोई डर, न घोटाला, जब प्रेम में लगा हो शादी का ताला।

'त्रिशंकु' संकलन से

त्रिशंकु

'घर की चहारदीवारी आदमी को सुरक्षा देती है पर साथ ही उसे एक सीमा में बाँधती भी है। स्कूल-कालेज जहाँ व्यक्ति के मस्तिष्क का विकास करते हैं, वहीं नियम-कायदे और अनुशासन के नाम पर उसके व्यक्तित्व को कुंठित भी करते हैं...बात यह है बंधु, कि हर बात का विरोध उसके भीतर ही रहता है।'

ये सब मैं किसी किताब के उदाहरण नहीं पेश कर रही। ऐसी भारी-भरकम किताबें पढ़ने का तो मेरा बूता ही नहीं। ये तो उन बातों और बहसों के टुकड़े हैं जो रात-दिन हमारे घर में हुआ करती हैं। हमारा घर यानी बुद्धिजीवियों का अखाड़ा। यहाँ सिगरेट के धुएँ और काफी के प्यालों के बीच बातों के बड़े-बड़े तूमार बाँधे जाते हैं...बड़ी-बड़ी शाब्दिक क्रांतियाँ की जाती हैं। इस घर में काम कम और बातें ज़्यादा होती हैं। मैंने कहीं पढ़ा तो नहीं, पर अपने घर से यह लगता ज़रूर है कि बुद्धिजीवियों के लिए काम करना शायद वर्जित है। मातुश्री अपनी तीन घंटे की तफरीहनुमा नौकरी बजाने के बाद मुक्त। थोड़ा-बहुत पढ़ने-लिखने के बाद जो समय बचता है वह या तो बात-बहस में जाता है या फिर लेट लगाने में। उनका ख़याल है कि शरीर के निष्क्रिय होते ही मन-मस्तिष्क सक्रिय हो उठते हैं और वे दिन के चौबीस घंटों में से बारह घंटे अपना मन-मस्तिष्क ही सक्रिय बनाए रखती हैं। पिताश्री और भी दो क़दम आगे ! उनका बस चले तो वे नहाएँ भी अपनी मेज़ पर ही।

जिस बात की हमारे यहाँ सबसे अधिक कताई होती है, वह है—आधुनिकता ! पर ज़रा ठहरिए, आप आधुनिकता का ग़लत अर्थ मत लगाइए। यह बाल कटाने और छुरी-काँटे से खानेवाली आधुनिकता क़तई नहीं है। यह है ठेठ बुद्धिजीवियों की आधुनिकता ! यह क्या होती है सो तो ठीक-ठीक मैं भी नहीं जानती—पर हाँ, इसमें लीक छोड़ने की बात बहुत सुनाई देती है। आप लीक को दुलत्ती झाड़ते आइए, सिर-आँखों पर—लीक से चिपककर आइए, दुलत्ती खाइए।

बहसों में यों तो दुनिया-जहान के विषय पीसे जाते हैं पर एक विषय शायद सब लोगों का बहुत प्रिय है और वह है शादी। शादी यानी बर्बादी। हल्के-फुल्के ढंग से शुरू हुई बात एकदम बौद्धिक स्तर पर चली जाती है—विवाह-संस्था एकदम खोखली हो चुकी है...पति-पत्नी का सम्बन्ध बड़ा नकली और ऊपर से थोपा हुआ है...और फिर धुआँधार ढंग से विवाह की धज्जियाँ उड़ाई जाती हैं। इस बहस में अक्सर स्त्रियाँ एक तरफ़ हो जातीं और पुरुष एक तरफ़ और बहस का माहौल कुछ ऐसा गरम हो जाया करता कि मुझे पूरा विश्वास हो जाता कि अब ज़रूर एक-दो लोग तलाक दे बैठेंगे। पर मैंने देखा कि ऐसा कोई हादसा कभी हुआ नहीं। सारे ही मित्र लोग अपने-अपने ब्याह को खूब अच्छी तरह तह-समेटकर, उस पर जमकर

आसन मारे बैठे हैं। हाँ, बहस की रफ़्तार और टोन आज भी वही है।

अब सोचिए, ब्याह को कोसेंगे तो फ्री-लव और फ्री-सेक्स को तो पोसना ही पड़ेगा। इसमें पुरुष लोग उछल-उछलकर आगे रहते—कुछ इस भाव से मानो बात करते ही इनका आधा सुख तो वे ले ही लेंगे। पापा खुद बड़े समर्थक ! पर हुआ यों कि घर में हमेशा चुप-चुप रहनेवाली दूर-दराज की एक दिदिया ने बिना कभी इन बहसों में भाग लिये ही इस पर पूरी तरह अमल कर डाला तो पाया कि सारी आधुनिकता अड़ड़ड़धम ! वह तो फिर ममी ने बड़े सहज ढंग से सारी बात को सँभाला और निरर्थक विवाह के बंधन में बाँधकर दिदिया का जीवन सार्थक किया। हालाँकि यह बात बहुत पुरानी है और मैंने तो बड़ी दबी-ढकी ज़बान से इसका ज़िक्र ही सुना है।

वैसे पापा-ममी का भी प्रेम-विवाह हुआ था। यों यह बात बिलकुल दूसरी है कि होश सँभालने के बाद मैंने उन्हें प्रेम करते नहीं केवल बहस करते ही देखा है। विवाह के पहले अपने इस निर्णय पर ममी को नाना से भी बहुत बहस करनी पड़ी थी और बहस का यह दौर बहुत लम्बा भी चला था शायद। इसके बावजूद यह बहस-विवाह नहीं, प्रेम-विवाह ही है, जिसका जिक्र ममी बड़े गर्व से किया करती हैं। गर्व, विवाह को लेकर नहीं, पर इस बात को लेकर है कि किस प्रकार उन्होंने नाना से मोर्चा लिया। अपने और नाना के बीच हुए संवादों को वे इतनी बार दोहरा चुकी हैं कि मुझे वे कंठस्थ से हो गए हैं। आज भी जब वे उसकी चर्चा करती हैं तो लीक से हटकर कुछ करने का सन्तोष उनके चेहरे पर झलक उठता है।

बस, ऐसे ही घर में मैं पल रही हूँ—बड़े मुक्त और स्वच्छंद ढंग से। और पलते-पलते एक दिन अचानक बड़ी हो गई। बड़े होने का यह अहसास मेरे अपने भीतर से इतना नहीं फूटा, जितना बाहर से। इसके साथ भी एक दिलचस्प घटना जुड़ी हुई है। हुआ यों कि घर के ठीक सामने एक बरसाती है—एक कमरा और उसके सामने फैली छत ! उसमें हर साल दो-तीन विद्यार्थी आकर रहते...छत पर घूम-घूमकर पढ़ते, पर कभी ध्यान ही नहीं गया। शायद ध्यान जाने जैसी मेरी उम्र ही नहीं थी। इस बार देखा, वहाँ दो लड़के आए हैं। थे तो वे दो ही, पर शाम तक उनके मित्रों का एक अच्छा-खासा जमघट हो जाता और सारी छत ही नहीं, सारा मोहल्ला तक गुलज़ार ! हँसी-मज़ाक, गाना-बजाना और आस-पास की जो भी लड़कियाँ उनकी नज़र के दायरे में आ जातीं, उन पर चुटीली फब्तियाँ। पर उनकी नज़रों का असली केंद्र हमारा घर...और स्पष्ट कहूँ तो मैं ही थी। बरामदे में निकलकर मैं कुछ भी करूँ, उधर से एक न एक रिमार्क हवा में उछलता हुआ टपकता और मैं भीतर तक थरथरा उठती। मुझे पहली बार लगा कि मैं हूँ....और केवल हूँ ही नहीं...किसी के आकर्षण का केंद्र हूँ। ईमानदारी से कहूँ तो अपने होने का यह पहला अहसास बड़ा रोमांचक लगा और अपनी ही नज़रों में मैं नई हो उठी...नई और बड़ी !

अजीब-सी स्थिति थी। जब वे फब्तियाँ कसते तो मैं गुस्से से भन्ना जाती—हालाँकि उनकी फ़ब्तियों में अशिष्टता कहीं नहीं थी...थी तो केवल मन को सहलानेवाली एक चुहल। पर जब वे नहीं होते या होकर भी आपस में ही मशगूल रहते तो मैं प्रतीक्षा करती रहती...एक अनाम-सी बेचैनी भीतर-ही-भीतर कसमसाती रहती। आलम यह है कि हर हालत में ध्यान वहीं अटका रहता और मैं कमरा छोड़कर बरामदे में ही टँगी रहती।

पर इन लड़कों के इस हल्ले-गुल्लेवाले व्यवहार ने मोहल्लेवालों की नींद ज़रूर हराम कर दी। हमारा मोहल्ला यानी हाथरस-खुरजा के लालाओं की बस्ती। जिनके घरों में किशोरी लड़कियाँ थीं वे बाँहें चढ़ा-चढ़ाकर दाँत और लात तोड़ने की धमकियाँ दे रहे थे क्योंकि सबको अपनी लड़कियों का भविष्य खतरे में जो दिखाई दे रहा था। मोहल्ले में इतनी सरगर्मी और मेरे ममी-पापा को कुछ पता ही नहीं। बात असल में यह है कि इन लोगों ने अपनी स्थिति एक द्वीप जैसी बना रखी है। सबके बीच रहकर भी सबसे अलग।

एक दिन मैंने ममी से कहा, "ममी, ये जो सामने लड़के आए हैं, जब देखो मुझ पर रिमार्क पास करते हैं। मैं चुपचाप नहीं सुनूँगी, मैं भी यहाँ से जवाब दूँगी।"

"कौन लड़के ?" ममी ने आश्चर्य से पूछा।

कमाल है, ममी को कुछ पता ही नहीं। मैंने कुछ खीज और कुछ पुलक के मिले-जुले स्वर में सारी बात बताई। पर ममी पर कोई विशेष प्रतिक्रिया ही नहीं हुई।

"बताना कौन हैं ये लड़के..." बड़े ठंडे लहजे में उन्होंने कहा और फिर पढ़ने लगीं। अपना छेड़ा जाना मुझे जितना सनसनीखेज लग रहा था, उस पर माँ की ऐसी उदासीनता मुझे अच्छी नहीं लगी। कोई और माँ होती तो फेंटा कसकर निकल जाती और उनकी सात पुश्तों को तार देती। पर माँ पर जैसे कोई असर ही नहीं।

दोपहर ढले लड़कों की मज़लिस छत पर जमी तो मैंने ममी को बताया :

"देखो, ये लड़के हैं जो सारे समय इधर देखते रहते हैं और मैं कुछ भी करूँ उस पर फब्तियाँ कसते हैं।" पता नहीं मेरे कहने में ऐसा क्या था कि माँ एकटक मेरी ओर देखती रहीं, फिर धीरे से मुस्कराईं। थोड़ी देर तक छतवाले लड़कों का मुआयना करने के बाद बोलीं :

"कॉलेज के लड़के मालूम होते हैं, पर ये तो एकदम बच्चे हैं !"

मन हुआ, कहूँ कि मुझे बच्चे नहीं तो क्या बूढ़े छेड़ेंगे ? पर तभी ममी बोलीं, "कल शाम को इन लोगों को चाय पर बुला लेते हैं और तुमसे दोस्ती करवा देते हैं।"

मैं तो अवाक् !

"तुम इन्हें चाय पर बुलाओगी ?" मुझे जैसे ममी की बात पर विश्वास ही नहीं हो रहा था।

"हाँ; क्यों, क्या हुआ ? अरे, यह तो हमारे ज़माने में होता था कि मिल तो सकते नहीं, बस, दूर से ही फ़ब्तियाँ कस-कसकर तसल्ली करो। अब तो ज़माना बदल गया।"

मैं तो इस विचार-मात्र से ही पुलकित। लगा, माँ सचमुच कोई ऊँची चीज़ हैं। ये लोग हमारे घर आएँगे और मुझसे दोस्ती करेंगे। एकाएक मुझे लगने लगा कि मैं बहुत अकेली हूँ और मुझे किसी की दोस्ती की सख्त आवश्यकता है। इस मोहल्ले में मेरा किसी से विशेष मेल-जोल नहीं और घर में केवल ममी-पापा के दोस्त ही आते हैं।

दूसरा दिन मेरा बहुत ही संशय में बीता। पता नहीं ममी अपनी बात पूरी भी करती हैं या यों ही रौ में कह गईं और बात ख़त्म ! शाम को मैंने याद दिलाने के लिए ही कहा :

"ममी, तुम सचमुच ही उन लड़कों को बुलाने जाओगी ?" शब्द मेरे यही थे, वरना भाव तो था कि ममी जाओ न—प्लीज़ !

और ममी सचमुच ही चली गईं। मुझे याद नहीं, ममी दो-चार बार से अधिक मोहल्ले में किसी के घर गई हों। मैं साँस रोककर उनके लौटने की प्रतीक्षा करती रही। एक विचित्र-सी

थिरकन मैं अंग-प्रत्यंग में महसूस कर रही थी। कहीं ममी साथ ही लेती आईं तो ? कहीं वे ममी से बदतमीजी से पेश आए तो ? पर नहीं, वे ऐसे लगते तो नहीं हैं। कोई घंटे-भर बाद ममी लौटीं। बेहद प्रसन्न !

"मुझे देखते ही उनकी तो सिट्टी-पिट्टी ही गुम हो गई। उन्हें लगा, अभी तक तो लोग अपने-अपने घरों से ही उनके लात-दाँत तोड़ने की धमकी दे रहे थे, मैं जैसे सीधे घर ही पहुँच गई उनकी हड्डी-पसली एक करने। पर फिर तो इतनी ख़ातिर की बेचारों ने कि बस ! बड़े ही स्वीट बच्चे हैं। बाहर से आए हैं—हॉस्टल में जगह नहीं मिली इसलिए कमरा लेकर रह रहे हैं। शाम को जब पापा आएँगे तब बुलवा लेंगे !"

प्रतीक्षा में समय इतना बोझिल हो जाता है, यह भी मेरा पहला अनुभव था। पापा आए तो ममी ने बड़े उमगकर सारी बात बताई। सबसे कुछ अलग करने का सन्तोष और गर्व उनके हर शब्द में से जैसे छलका पड़ रहा था। पापा ही कौन पीछे रहनेवाले थे। उन्होंने सुना तो वे भी प्रसन्न।

"बुलाओ लड़कों को ! अरे खेलने-खाने दो और मस्ती मारने दो बच्चों को।" ममी-पापा को अपनी आधुनिकता तुष्ट करने का एक जोरदार अवसर मिल रहा था।

नौकर को भेजकर उन्हें बुलवाया गया तो अगले ही क्षण सब हाज़िर ! ममी ने बड़े क़ायदे से परिचय करवाया और 'हलो—हाऽई' का आदान-प्रदान हुआ।

"तनु बेटे, अपने दोस्तों के लिए चाय बनाओ !"

धत्तेरे की ! ममी के दोस्त आए तब भी तनु बेटा चाय बनाए और उसके दोस्त आएँ तब भी ! पर मन मारकर उठी।

चाय-पानी होता रहा। खूब हँसी-मज़ाक भी चली। वे सफ़ाई पेश करते रहे कि मोहल्लेवाले झूठ-मूठ ही उनके पीछे पड़े रहते हैं...वे तो ऐसा कुछ भी नहीं करते। 'जस्ट फार फन' कुछ कर दिया वरना इस सबका कोई मतलब नहीं।

पापा ने बढ़ावा देते हुए कहा, "अरे, इस उमर में तो यह सब करना ही चाहिए। हमें मौका मिले तो आज भी करने से बाज न आएँ।"

हँसी की एक लहर यहाँ से वहाँ तक दौड़ गई। कोई दो घंटे बाद वे चलने लगे तो ममी ने कहा, "देखो, इसे अपना ही घर समझो। जब इच्छा हो, चले आया करो। हमारी तनु बिटिया को अच्छी कम्पनी मिल जाएगी...कभी तुम लोगों से कुछ पढ़ भी लिया करेगी और देखो, कुछ खाने-पीने का मन हुआ करे तो बता दिया करना, तुम्हारे लिए बनवा दिया करूँगी..." और वे लोग पापा के खुलेपन और ममी की आत्मीयता और स्नेह पर मुग्ध होते हुए चले गए। बस, जिससे दोस्ती करवाने के लिए उन्हें बुलाया गया था, वह बेचारी इस तमाशे की मात्र दर्शक-भर ही बनी रही।

उनके जाने के बाद बड़ी देर तक उनको लेकर ही चर्चा होती रही। अपने घर की किशोरी लड़की को छेड़नेवाले लड़कों को घर बुलाकर चाय पिलाई जाए और लड़की से दोस्ती करवाई जाए, यह सारी बात ही बड़ी थ्रिलिंग और रोमांचक लग रही थी। दूसरे दिन से ममी हर आनेवाले से इस घटना का उल्लेख करतीं। वर्णन करने में पटु ममी नीरस बात को भी ऐसा दिलचस्प बना देती हैं, फिर यह तो बात ही बड़ी दिलचस्प थी। जो सुनता वही कहता—वाह, यह हुई न कुछ बात ! आपका बड़ा स्वस्थ दृष्टिकोण है चीज़ों के प्रति, वरना लोग बातें तो

बड़ी-बड़ी करेंगे पर बच्चों को घोटकर रखेंगे और ज़रा-सा शक-शुबह हो जाए तो बाकायदा जासूसी करेंगे। और ममी इस प्रशंसा से निहाल होती हुई कहती—'और नहीं तो क्या ? मुक्त रहो और बच्चों को मुक्त रखो। हम लोगों को बचपन में 'यह मत करो...यहाँ मत जाओ' कह-कहकर कितना बाँधा गया था ! हमारे बच्चे तो कम-से-कम इस घुटन के शिकार न हों !'

पर ममी का बच्चा उस समय एक दूसरी ही घुटन का शिकार हो रहा था और वह यह कि जिस नाटक की हीरोइन उसे बनना था, उसकी हीरोइन ममी बन बैठीं।

ख़ैर, इस सारी घटना का परिणाम यह हुआ कि उन लड़कों का व्यवहार एकदम ही बदल गया। जिस शराफ़त को ममी ने उन पर लाद दिया, उसके अनुरूप व्यवहार करना उनकी मजबूरी बन गया। अब जब भी वे अपनी छत पर ममी-पापा को देखते तो अदब में लपेटकर एक नमस्कार और मुझे देखते तो मुस्कान में लपेटकर एक 'हाऽइ' उछाल देते। फ़ब्तियों की जगह बाकायदा हमारा वार्तालाप शुरू हो गया...बड़ा खुला और बेझिझक वार्तालाप। हमारे बरामदे और छत में इतना ही फासला था कि जोर से बोलने पर बातचीत की जा सकती थी। हाँ, यह बात ज़रूर थी कि हमारी बातचीत सारा मोहल्ला सुनता था और काफ़ी दिलचस्पी से सुनता था। जैसे ही हम लोग चालू होते, पास-पड़ोस की खिड़कियों में चार-छह सिर और धड़ आकर चिपक जाते। मोहल्ले में लड़कियों के प्रेम-प्रसंग न हो, ऐसी बात तो थी नहीं, बाकायदा लड़कियों के भागने तक की घटनाएँ घट चुकी थीं। पर वह सब कुछ बड़े गुप्त और छिपे ढंग से होता था। और मोहल्लेवाले जब अपनी पैनी नज़रों से ऐसे किसी रहस्य को जान लेते थे तो बड़ा सन्तोष उन्हें होता था। पुरुष मूँछों पर ताव देकर और स्त्रियाँ हाथ नचा-नचाकर, खूब नमक-मिर्च लगाकर इन घटनाओं का यहाँ से वहाँ तक प्रचार करतीं। कुछ इस भाव से कि अरे, हमने दुनिया देखी है...हमारी आँखों में कोई धूल नहीं झोंक सकता है। पर यहाँ स्थिति ही उलट गई थी। हमारा वार्तालाप इतने खुलेआम होता था कि लोगों को खिड़कियों की ओट में छिप-छिपकर देखना-सुनना पड़ता था और सुनकर भी ऐसा कुछ उनके हाथ नहीं लगता था जिससे वे कुछ आत्मिक सन्तोष पाते।

पर बात को बढ़ना था और बात बढ़ी। हुआ यह कि धीरे-धीरे छत की मजलिस मेरे अपने कमरे में जमने लगी। रोज़ ही कभी दो, तो कभी तीन या चार लड़के आकर जम जाते और दुनिया-भर के हँसी-मज़ाक और गपशप का दौर चलता। गाना-बजाना भी होता और चाय-पानी भी। शाम को ममी-पापा के मित्र आते तो इन लोगों में से कोई बैठा ही होता। शुरू में जिन लोगों ने 'मुक्त रहो और मुक्त रखो' की बड़ी प्रशंसा की थी, उन्होंने मुक्त रहने का जो रूप देखा तो उनकी आँखों में भी कुछ अजीब-सी शंकाएँ तैरने लगीं। ममी की एकाध मित्र ने दबी ज़बान में कहा भी—'तनु तो बड़ी फास्ट चल रही है।' ममी का अपना सारा उत्साह मंद पड़ गया था और लीक से हटकर कुछ करने की थ्रिल पूरी तरह झड़ चुकी थी। अब तो उन्हें इस नंगी सच्चाई को झेलना था कि उनकी निहायत ही कच्ची और नाजुक उम्र की लड़की तीन-चार लड़कों के बीच घिरी रहती है। और ममी की स्थिति यह थी कि वे न इस स्थिति को पूरी तरह स्वीकार कर पा रही थीं और न अपने ही द्वारा बड़े जोश में शुरू किए इस सिलसिले को नकार ही पा रही थीं।

आख़िर एक दिन उन्होंने मुझे अपने पास बिठाकर कहा, "तनु बेटे, ये लोग रोज़-रोज़ यहाँ आकर जम जाते हैं। आखिर तुमको पढ़ना-लिखना भी तो है। मैं तो देख रही हूँ कि

इस दोस्ती के चक्कर में तेरी ५ढ़ाई-लिखाई सब चौपट हुई जा रही है। इस तरह तो यह सब चलेगा नहीं।''

''रात को पढ़ती तो हूँ !'' लापरवाही से मैंने कहा।

''खाक पढ़ती है रात को, समय ही कितना मिलता है ? और फिर यह रोज़-रोज़ की धमा-चौकड़ी मुझे वैसे भी पसन्द नहीं। ठीक है, चार-छह दिन में कभी आ गए, गपशप कर ली, पर यहाँ तो एक न एक रोज़ ही डटा रहता है।'' ममी के स्वर में आक्रोश का पुट गहराता जा रहा था।

ममी की यह टोन मुझे अच्छी नहीं लगी, पर मैं चुप।

''तू तो उनसे बहुत खुल गई है, कह दे कि वे लोग भी बैठकर पढ़ें और तुझे भी पढ़ने दें। और तुझसे न कहा जाए तो मैं कह दूँगी।''

पर किसी के भी कहने की नौबत नहीं आई। कुछ तो पढ़ाई की मार से, कुछ दिल्ली के दूसरे आकर्षणों से खिंचकर हॉस्टलवाले लड़कों का आना कम हो गया। पर सामने के कमरे से शेखर रोज़ ही आ जाता...कभी दोपहर में, तो कभी शाम को ! तीन-चार लोगों की उपस्थिति में उसकी जिस बात पर मैंने ध्यान नहीं दिया, वही बात अकेले में सबसे अधिक उजागर होकर आई। वह बोलता कम था, पर शब्दों के परे बहुत कुछ कहने की कोशिश करता था और एकाएक ही मैं उसकी अनकही भाषा समझने लगी थी...केवल समझने ही नहीं लगी थी, प्रत्युत्तर भी देने लगी थी। जल्दी ही मेरी समझ में आ गया कि शेखर और मेरे बीच प्रेम जैसी कोई चीज़ पनपने लगी है। यों तो शायद मैं समझ ही नहीं पाती पर हिन्दी फिल्में देखने के बाद इसको समझने में खास मुश्किल नहीं हुई।

जब तक मन में कहीं कुछ नहीं था, सब कुछ बड़ा खुला था पर जैसे ही 'कुछ' हुआ तो उसे औरों की नज़र से बचाने की इच्छा भी साथ ही आई। जब कभी दूसरे लड़के आते तो सीढ़ियों से ही शोर करते आते...ज़ोर-ज़ोर से बोलते। लेकिन शेखर जब भी आता, रेंगता हुआ आता और फुसफुसाकर हम बातें करते। वैसे बातें बहुत ही साधारण होती थीं...स्कूल की, कॉलेज की। पर फुसफुसाकर करने में ही वे कुछ विशेष लगती थीं। प्रेम को कुछ रहस्यमय, कुछ गुपचुप बना दो तो वह बड़ा थ्रिलिंग हो जाता है वरना तो एकदम सीधा-सपाट ! पर ममी के पास घर और घरवालों के हर रहस्य को जान लेने की एक छठी इंद्रिय है जिससे पापा भी काफी त्रस्त रहते हैं...उससे उन्हें यह सब समझने में ज़रा भी देर नहीं लगी। शेखर कितना ही दब-छिपकर आता और ममी घर के किसी भी कोने में होतीं...फट् से प्रकट हो जातीं या फिर वहीं से पूछतीं—'तनु, कौन है तुम्हारे कमरे में ?'

मैंने देखा कि शेखर के इस रवैये से ममी के चेहरे पर एक अजीब-सी परेशानी झलकने लगी है। पर ममी इस बात को लेकर यों परेशान हो उठेंगी, यह तो मैं सोच भी नहीं सकती थी। जिस घर में रात-दिन तरह-तरह के प्रेम-प्रसंग ही पीसे जाते रहे हों—कुँआरों के प्रेम-प्रसंग, विवाहितों के प्रेम-प्रसंग दो-तीन प्रेमियों से एक साथ चलनेवाले प्रेम-प्रसंग—उस घर के लिए तो यह बात बहुत ही मामूली होनी चाहिए। जब लड़कों से दोस्ती की है तो एकाध से प्रेम भी हो ही सकता है। ममी ने शायद समझ लिया था कि यह सारी स्थिति आजकल की कलात्मक फिल्मों की तरह चलेगी—जिनकी वे बड़ी प्रशंसक और समर्थक हैं—पर जिनमें शुरू से लेकर आखिर तक कुछ भी सनसनीखेज घटता ही नहीं।

जो भी हो, ममी की इस परेशानी ने मुझे भी कहीं विचलित ज़रूर कर दिया। ममी मेरी माँ ही नहीं मित्र और साथिन भी हैं। दो घनिष्ठ मित्रों की तरह ही हम दुनिया-जहान की बातें करते हैं—हँसी-मज़ाक करते हैं। मैं चाहती थी कि वे इस बारे में कोई बात करें, पर उन्होंने कोई बात नहीं की। बस, जब शेखर आता तो वे अपनी स्वभावगत लापरवाही छोड़कर बड़े सजग भाव से मेरे कमरे के इर्द-गिर्द ही मँडराती रहतीं।

एक दिन ममी के साथ बाहर जाने के लिए मैं नीचे उतरी तो दरवाज़े पर ही पड़ोस की एक भद्र महिला टकरा गई। नमस्कार और कुशलक्षेम के आदान-प्रदान के बाद वे बात के असली मुद्दे पर आईं।

"ये सामने की छतवाले लड़के आपके रिश्तेदार हैं क्या ?"

"नहीं तो।"

"अच्छा ? शाम को रोज़ ही आपके घर बैठे रहते हैं तो सोचा, आपके ज़रूर कोई लगते होंगे।"

"तनु के दोस्त हैं।" ममी ने कुछ ऐसी लापरवाही और निःसंकोच भाव से यह वाक्य उछाला कि बेचारी तीर निशाने पर न लगने का ग़म लिये ही लौट गई।

वह तो लौट गई पर मुझे लगा कि इस बात का सूत्र पकड़कर ही ममी अब ज़रूर मेरी थोड़ी धुनाई कर देंगी। कहनेवाली का तो कुछ न बना पर मेरा कुछ बिगाड़ने का हथियार तो ममी के हाथ में आ ही गया। बहुत दिनों से उनके अपने मन में भी कुछ उमड़-घुमड़ तो रहा ही है पर ममी ने इतना ही कहा :

"लगता है, इनके अपने घर में कोई धंधा नहीं है...जब देखो, दूसरे के घर में चोंच गड़ाए बैठे रहते हैं।"

मैं आश्वस्त ही नहीं हुई बल्कि ममी की ओर से इसे हरा सिगनल समझकर मैंने अपनी रफ़्तार कुछ और तेज़ कर दी। पर इतना ज़रूर किया कि शेखर के साथ तीन घंटों में से एक घंटा ज़रूर पढ़ाई में गुज़ारती। वह बहुत मन लगाकर पढ़ाता और मैं बहुत मन लगाकर पढ़ती। हाँ, बीच-बीच में वह काग़ज की छोटी-छोटी पर्चियों पर कुछ ऐसी पंक्तियाँ लिखकर थमा देता कि मैं भीतर तक झनझना जाती। उसके बाद भी उन पंक्तियों के वे शब्द....शब्दों के पीछे भाव मेरी रग-रग में सनसनाते रहते और मैं उन्हीं में डूबी रहती।

मेरे भीतर अपनी ही एक दुनिया बनती चली जा रही थी—बड़ी भरी-पूरी और रंगीन। आजकल मुझे किसी की ज़रूरत ही महसूस नहीं होती। लगता जैसे मैं अपने में ही पूरी हूँ। हमेशा साथ रहनेवाली ममी भी आउट होती जा रही हैं और शायद यही कारण है कि इधर मैंने ममी पर ध्यान देना ही छोड़ दिया। रोज़मर्रा की बातें तो होती हैं, पर केवल बातें ही होती हैं—उसके परे कहीं कुछ नहीं।

दिन गुज़रते जा रहे थे मैं अपने में ही डूबी, अपनी दुनिया में और गहरे धँसती जा रही थी—बाहर की दुनिया से एक तरह से बेखबर-सी।

एक दिन स्कूल से लौटी, कपड़े बदले। शोर-शराबे के साथ खाना माँगा, मीन-मेख के साथ खाया और जब कमरे में घुसी तो ममी ने लेटे-लेटे ही बुलाया :

"तनु, इधर आओ।"

पास आई तो पहली बार ध्यान गया कि ममी का चेहरा तमतमा रहा है। मेरा माथा

ठनका। उन्होंने साइड-टेबल पर से एक किताब उठाई और उसमें से काग़ज़ की पाँच-छः पर्चियाँ सामने कर दीं। 'तौबा !' ममी से कुछ पढ़ना था सो जाते समय उन्हें अपनी किताब दे गई थी। ग़लती से शेखर की लिखी पर्चियाँ उसी में रह गईं।

"तो इस तरह चल रही है शेखर और तुम्हारी दोस्ती ? यही पढ़ाई होती है यहाँ बैठकर...यही सब करने के लिए आता है वह यहाँ ?"

मैं चुप ! जानती हूँ, गुस्से में ममी को जवाब देने से बढ़कर मूर्खता और कोई नहीं।

"तुमको छूट दी...आज़ादी दी, पर इसका यह मतलब तो नहीं कि तुम उसका नाजायज़ फायदा उठाओ !"

मैं फिर भी चुप।

"बित्ते-भर की लड़की और करतब देखो इनके ! जितनी छूट दो उतने ही पैर पसरते जा रहे हैं इनके ! झापड़ दूँगी तो सारा रोमांस झड़ जाएगा दो मिनट में..."

इस वाक्य पर मैं एकाएक तिलमिला उठी। तमककर नज़र उठाई और ममी की तरफ़ देखा—पर यह क्या, यह तो मेरी ममी नहीं हैं। न यह तेवर ममी का है, न यह भाषा। फिर भी ये सारे वाक्य बहुत परिचित से लगे। लगा, यह सब मैंने कहीं सुना है और खटाक् से मेरे मन में कौंधा—नाना ! पर नाना को मरे तो कितने साल हो गए, ये फिर ज़िंदा कैसे हो गए ? और वह भी ममी के भीतर...जो होश सँभालने के बाद हमेशा उनसे झगड़ा ही करती रहीं....उनकी हर बात का विरोध ही करती रहीं।

ममी का 'नानई' लहजेवाला भाषण काफी देर तक चालू रहा, पर वह सब मुझे कहीं से भी छू नहीं रहा था...बस, कोई बात झकझोर रही थी तो यही कि ममी के भीतर नाना कैसे आ बैठे ?

और फिर घर में एक विचित्र-सा तनावपूर्ण मौन छा-गया—खासकर मेरे और ममी के बीच। नहीं, ममी तो घर में रही ही नहीं, मेरे और नाना के बीच। मैं ममी को अपनी बात समझा भी सकती हूँ, उनकी बात समझ भी सकती हूँ—पर नाना ? मैं तो इस भाषा से भी अपरिचित हूँ और इस तेवर से भी—बात करने का प्रश्न ही कैसे उठता ? पापा जरूर मेरे दोस्त हैं, पर बिल्कुल दूसरी तरह के। शतरंज खेलना, पंजा लड़ना और जो फरमाइश ममी पूरी न करें, उनसे पूरी करवा लेना। बचपन में उनकी पीठ पर लदी रहती थी और आज भी बिना किसी झिझक के उनकी पीठ पर लदकर अपनी हर इच्छा पूरी करवा लेती हूँ। पर इतने 'माई डियर दोस्त' होने के बावजूद अपनी निजी बातें मैं ममी के साथ ही करती आई हूँ। और वहाँ एकदम सन्नाटा—ममी को पटखनी देकर नाना पूरी तरह उन पर सवार हैं।

शेखर को मैंने इशारे से ही लाल झंडी दिखा दी थी सो वह भी नहीं आ रहा और शाम का समय है कि मुझसे काटे नहीं कटता।

कई बार मन हुआ कि ममी से जाकर बात करूँ और साफ़-साफ़ पूछूँ कि तुम इतना बिगड़ क्यों रही हो ? मेरी और शेखर की दोस्ती के बारे में तुम जानती तो हो। मैंने तो कभी कुछ छिपाया नहीं। और दोस्ती है तो वह सब तो होगा ही। तुम क्या समझ रही थीं कि हम भाई-बहन की तरह—पर तभी ख़याल आता कि ममी हैं ही कहाँ, जिनसे जाकर यह सब कहूँ।

चार दिन हो गए, मैंने शेखर की सूरत तक नहीं देखी। मेरे हल्के से इशारे से ही उस

बेचारे ने तो घर क्या, छत पर भी आना छोड़ दिया। हॉस्टल में रहनेवाले उसके साथी भी छत पर न दिखाई दिए, न घर ही आए। कोई आता तो कम-से-कम उसका हालचाल की पूछ लेती। मैं जानती हूँ वह बेवकूफी की हद तक भावुक है। उसे तो ठीक से यह भी नहीं मालूम कि आखिर यहाँ हुआ क्या है ? लगता है ममी के गुस्से की आशंका मात्र से ही सबके हौसले पस्त हो गए थे ?

वैसे कल से ममी के चेहरे का तनाव कुछ ढीला ज़रूर हुआ है। तीन दिन से जमी हुई सख़्ती जैसे पिघल गई हो। पर मैंने तय कर लिया है कि बात अब ममी ही करेंगी।

सवेरे नहा-धोकर मैं दरवाज़े के पीछे अपनी यूनिफार्म प्रेस कर रही थी। बाहर मेज़ पर ममी चाय बना रही थीं और पापा अखबार में सिर गड़ाए बैठे थे। ममी को शायद मालूम ही नहीं पड़ा कि मैं कब नहाकर बाहर निकल आई। वे पापा से बोलीं :

"जानते हो, कल रात को क्या हुआ ? पता नहीं, तब से मन बहुत खराब हो गया—उसके बाद मैं तो सो ही नहीं पाई।"

ममी के स्वर की कोमलता से मेरा हाथ जहाँ का तहाँ थम गया और कान बाहर लग गए।

"आधी रात के करीब मैं बाथरूम जाने के लिए उठी। सामने छत पर घुप्प अँधेरा छाया हुआ था। अचानक एक लाल सितारा-सा चमक उठा। मैं चौंकी। गौर से देखा तो धीरे-धीरे एक आकृति उभर आई। शेखर छत पर खड़ा सिगरेट पी रहा था। मैं चुपचाप लेट गई। कोई दो घंटे बाद फिर गई तो देखा, वह उसी तरह छत पर टहल रहा था। बेचारा... मेरा मन जाने कैसा हो आया। तनु भी कैसी बुझी-बुझी रहती...है" फिर जैसे अपने को ही धिक्कारती-सी बोलीं, "पहले तो छूट दो फिर जब आगे बढ़े तो खींचकर चारों खाने चित कर दो। यह भी कोई बात हुई भला।"

राहत का एक गहरा निःश्वास मेरे भीतर से निकल पड़ा। जाने कैसा आवेग मन में उमड़ा कि इच्छा हुई, दौड़कर ममी के गले लग जाऊँ। लगा, जैसे अरसे के बाद मेरी ममी लौटकर आई हों। पर मैंने कुछ नहीं कहा। बस, अब खुलकर बात करूँगी। चार दिन से न जाने कितने प्रश्न मन में घुमड़ रहे थे। अब क्या, अब तो ममी हैं, और उनसे तो कम-से-कम सब कहा-पूछा जा सकता है।

पर घर पहुँचकर जो देखा तो अवाक् ! शेखर हथेलियों में सिर थामे कुर्सी पर बैठा है और ममी उसी कुर्सी के हत्थे पर बैठ उसकी पीठ और माथा सहला रही हैं। मुझे देखते ही बड़े सहज स्वाभाविक स्वर में बोलीं :

"देखा, इस पगले को ! चार दिन से साहब कालेज नहीं गए हैं। ना ही कुछ खाया-पीया है। अपने साथ इसका भी खाना लगवाना।"

और फिर ममी ने खुद बैठकर बड़े स्नेह से मनुहार कर-करके उसे खाना खिलाया। खाने के बाद कहने पर भी शेखर ठहरा नहीं। ममी के प्रति कृतज्ञता के बोझ से झुका-झुका ही वह लौट गया और मेरे भीतर खुशी का ऐसा ज्वार उमड़ा कि अब तक के सोचे सारे प्रश्न उसी में बिला गए।

सारी स्थिति को सम पर आने में समय तो लगा, पर आ गई। शेखर ने भी अब एक-दो दिन छोड़कर आना शुरू किया और आता भी तो अधिकतर हम लिखाई-पढ़ाई की ही बातें

करते। अपने किए पर शर्मिंदगी प्रकट करते हुए उसने ममी से वायदा किया कि वह अब कोई ऐसा काम नहीं करेगा, जिससे ममी को शिकायत हो। जिस दिन वह नहीं आता, मैं दो-तीन बार थोड़ी-थोड़ी देर के लिए अपने बरामदे से ही बात कर लिया करती। घर की अनुमति और सहयोग से यों सरेआम चलनेवाले इस प्रेम-प्रसंग में मोहल्लेवालों के लिए भी कुछ नहीं रह गया था और उन्होंने इस जानलेवा ज़माने के नाम पर दो-तीन लानतें भेजकर, किसी गुल खिलने तक के लिए अपनी दिलचस्पी को स्थगित कर दिया।

लेकिन एक बात मैंने ज़रूर देखी। जब भी शेखर शाम को कुछ ज्यादा देर बैठ जाता या दोपहर में भी आता तो ममी के भीतर नाना कसमसाने लगते और उसकी प्रतिक्रिया ममी के चेहरे पर झलकने लगती। ममी भरसक कोशिश करके नाना को बोलने तो नहीं देतीं, पर उन्हें पूरी तरह हटा देना भी शायद ममी के बस की बात नहीं रह गई थी।

हाँ, यह प्रसंग मेरे और ममी के बीच में अब रोज़मर्रा की बातचीत का विषय ज़रूर बन गया था। कभी वे मज़ाक में कहतीं, "यह जो तेरा शेखर है न, बड़ा लिजलिजा-सा लड़का है। अरे, इस उम्र में लड़कों को चाहिए घूमें, फिरें...मस्ती मारें। क्या मुहर्रमी-सी सूरत बनाए मजनू की तरह छत पर टँगा सारे समय इधर ही ताकता रहता है।"

मैं केवल हँस देती !

कभी बड़ी भावुक होकर कहतीं, "तू क्यों नहीं समझती बेटे, कि तुझे लेकर कितनी महत्त्वाकांक्षाएँ हैं मेरे मन में ! तेरे भविष्य को लेकर कितने सपने सँजो रखे हैं मैंने।"

मैं हँसकर कहती, "ममी, तुम भी कमाल करती हो। अपनी ज़िन्दगी को लेकर भी तुम सपने देखो और मेरी ज़िन्दगी के सपने भी तुम्हीं देख डालो...कुछ सपने मेरे लिए भी छोड़ दो !"

कभी वे समझाने के लहज़े में कहतीं, "देखो तनु, अभी तुम बहुत छोटी हो। अपना सारा ध्यान पढ़ने-लिखने में लगाओ और दिमाग से ये उल्टे-सीधे फितूर निकाल डालो। ठीक है, बड़े हो जाओ तो प्रेम भी करना और शादी भी। मैं तो वैसे भी तुम्हारे लिए लड़का ढूँढ़नेवाली नहीं हूँ—अपने-आप ही ढूँढ़ना, पर इतनी अक्ल तो आ जाए कि ढंग का चुनाव कर सको।"

अपने चुनाव के रिजेक्शन को मैं समझ जाती और पूछती, "अच्छा ममी, बताओ जब तुमने पापा को चुना था तो वह नाना को पसन्द था ?"

"मेरा चुनाव ! अपनी सारी पढ़ाई-लिखाई ख़त्म करके पच्चीस साल की उमर में चुनाव किया था मैंने—खूब सोच-समझकर और अक्ल के साथ, समझी।"

ममी अपनी बौखलाहट को गुस्से में छिपाकर कहतीं। उम्र और पढ़ाई-लिखाई—ये दो ही तो ऐसे मुद्दे हैं जिस पर ममी मुझे जब-तब धाँसती रहती हैं। पढ़ने-लिखने में मैं अच्छी थी और रहा उम्र का सवाल, सो उसके लिए मन होता कि कहूँ—ममी, तुम्हारी पीढ़ी जो काम पच्चीस साल की उम्र में करती थी, हमारी उसे पंद्रह साल की उम्र में ही करेगी, इसे तुम क्यों नहीं समझतीं। पर चुप रह जाती। नाना का जिक्र तो चल ही पड़ता, कहीं वे ही जाग उठे तो ?

छःमाही परीक्षाएँ पास आ गई थीं और मैंने सारा ध्यान पढ़ने में लगा दिया था। सबका आना और गाना-बजाना एकदम बन्द ! इन दिनों मैंने इतनी जमकर पढ़ाई की कि ममी का मन प्रसन्न हो गया। शायद कुछ आश्वस्त भी। आखिरी पेपर देने के पश्चात् लग रहा था

कि एक बोझ था, जो हट गया है। मन बेहद हल्का होकर कुछ मस्ती मारने को कर रहा था। मैंने ममी से पूछा :

"ममी, कल शेखर और दीपक पिक्चर जा रहे हैं, मैं भी साथ चली जाऊँ ?" आज तक मैं इन लोगों के साथ कभी घूमने नहीं गई थी—पर इतनी पढ़ाई करने के बाद अब इसकी छूट तो मिलनी ही थी।

ममी एक क्षण मेरा चेहरा देखती रहीं, फिर बोलीं, "इधर आ, यहाँ बैठ। तुझसे कुछ बातें करनी हैं।"

मैं जाकर बैठ गई पर यह न समझ आया कि इसमें बात करने को क्या है—हाँ कहो या ना। लेकिन ममी को बात करने का मर्ज जो है। उनकी तो हाँ-ना भी पचास-साठ वाक्यों में लिपटे बिना नहीं निकल सकती।

"तेरे इम्तिहान ख़त्म हुए, मैं तो खुद पिक्चर का प्रोग्राम बना रही थी। बोल, कौन-सी पिक्चर देखना चाहती है ?"

"क्यों उन लोगों के साथ जाने में क्या है ?" मेरे स्वर में इतनी खीज भरी हुई थी कि ममी एकटक मेरा चेहरा ही देखती रह गईं।

"तनु, तुझे पूरी छूट दे रखी है बेटे, पर इतनी ही तेज़ चल कि मैं भी साथ तो चल सकूँ।"

"तुम साफ कहो न कि जाने दोगी या नहीं ? बेकार की बातें...मैं भी साथ चल सकूँ—तुम्हारे साथ चल सकने की बात भला कहाँ से आ गई ?"

ममी ने पीठ सहलाते हुए कहा, "साथ तो चलना ही पड़ेगा। कभी औंधे मुँह गिरी तो उठानेवाला भी तो चाहिए न।"

मैं समझ गई कि ममी नहीं जाने देंगी, पर इस तरह प्यार से मना करती हैं तो झगड़ा भी तो नहीं किया जा सकता। बहस करने का सीधा-सा मतलब है कि उनका बघारा हुआ दर्शन सुनो—यानी पचास मिनट की एक क्लास। पर मैं क़तई नहीं समझ पाई कि जाने में आखिर हर्ज क्या है, हर बात में न-नुकुर। कहाँ तो कहती थीं कि बचपन में, 'यह मत करो, वहाँ मत जाओ' कहकर हमको बहुत डाँटा गया था, और खुद अब वही सब कर रही हैं। देख लिया इनकी बड़ी-बड़ी बातों को। मैं उठी और दनदनाती हुई अपने कमरे में आ गई। हाँ, एक वाक्य ज़रूर थमा आई, 'ममी, जो चलेगा, वह गिरेगा भी और जो गिरेगा, वह उठेगा भी और खुद ही उठेगा, उसे किसी की ज़रूरत नहीं है।'

पता नहीं, मेरी बात की उन पर प्रतिक्रिया हुई या उनके अपने मन में ही कुछ जागा कि शाम को उन्होंने खुद शेखर को उसके कमरे पर आए तीनों-चारों लड़कों को बुलवाकर मेरे ही कमरे में मज़लिस जमवाई और खूब गरम-गरम खाना खिलवाया। कुछ ऐसा रंग जमा कि मेरा दोपहरवाला आक्रोश धुल गया।

इम्तिहान ख़त्म हो गए थे और मौसम सुहाना था। ममी का रवैया भी अनुकूल था सो दोस्ती का स्थगित हुआ सिलसिला फिर शुरू हो गया और आजकल तो जैसे उसके सिवाय कुछ रह ही नहीं गया था। पर फिर एक झटका।

उस दिन मैं अपनी सहेली के घर से लौटी तो ममी की सख्त आवाज़ सुनाई दी।

"तनु, इधर आओ तो !"

आवाज़ में ही लगा कि यह ख़तरे का सिगनल है। एक क्षण को मैं सकते में आ गई। पास गई तो चेहरा पहले की तरह सख़्त।

"तुम शेखर के कमरे पर जाती हो ?" ममी ने बन्दूक दागी। समझ गई कि पीछे गली में से किसी ने अपना करतब कर दिखाया।

"कब से जाती हो ?"

मन तो हुआ कि कहूँ जिसने जाने की ख़बर दी है, उसने बाकी बातें भी बता ही दी होंगी...कुछ जोड़-तोड़कर ही बताया होगा। पर ममी जिस तरह भभक रही थीं, उसमें चुप रहना ही बेहतर समझा। वैसे मुझे ममी के इस गुस्से का कोई कारण समझ नहीं आ रहा था। दो-तीन बार यदि मैं थोड़ी-थोड़ी देर के लिए शेखर के कमरे में चली गई तो क्या गुनाह हो गया ? पर ममी का हर काम सकारण तो होता नहीं—बस, वे तो मूड पर ही चलती हैं।

अजीब मुसीबत थी—गुस्से से ममी से बात करने का कोई मतलब नहीं...और मेरी चुप्पी ममी के गुस्से को और भड़का रही थी।

"याद नहीं है, मैंने शुरू में ही तुम्हें मना किया था कि तुम उनके कमरे पर कभी नहीं जाओगी। तीन-तीन घंटे वह यहाँ धूनी रमाकर बैठता है, उसमें जी भरा नहीं तुम्हारा ?"

दुःख, क्रोध और आतंक की परतें उनके चेहरे पर गहरी होती जा रही थीं और मैं समझ नहीं पा रही थी कि कैसे उन्हें सारी स्थिति समझाऊँ।

"वह तो बेचारे सामनेवालों ने मुझे बुलाकर आगाह कर दिया—जानती है, यह सिर आज तक किसी के सामने झुका नहीं, पर वहाँ मुझसे आँख नहीं उठाई गई। मुँह दिखाने लायक मत रखना हमको कहीं भी। सारी गली में थू-थू हो रही है। नाक कटाकर रख दी।"

ग़ज़ब।

इस बार तो सारा मोहल्ला ही बोलने लगा ममी के भीतर से। आश्चर्य है कि जो ममी आज तक अपने आस-पास से बिल्कुल कटी हुई थीं...जिसका मजाक उड़ाया करती थीं—आज कैसे उसके सुर-में-सुर मिलाकर बोल रही हैं।

ममी का भाषण बदस्तूर चालू...पर मैंने तो अपने कान के स्विच ही ऑफ कर लिए। जब गुस्सा ठंडा होगा...ममी अपने में लौट आएँगी तब समझा दूँगी—ममी, इस छोटी-सी बात को तुम नाहक इतना तूल दे रही हो।

पर ज़ाने कैसी डोज़ ले आई हैं इस बार कि उनका गुस्सा ठंडा ही नहीं हो रहा है और हुआ यह कि अब उनके गुस्से से मुझे गुस्सा चढ़ने लगा।

फिर घर में एक अजीब-सा तनाव छा गया। इस बार ममी ने शायद पापा को भी सब कुछ बता दिया है। कहा तो उन्होंने कुछ नहीं...वे शुरू से इस सारे मामले में आउट रहे...पर इस बार उनके चेहरे पर भी एक अनकहा-सा तनाव दिखाई ज़रूर दे रहा है।

कोई दो महीने पहले जब इस तरह की घटना हुई थी तो मैं भीतर तक सहम गई थी, पर इस बार मैंने तय कर लिया है कि इस सारे मामले में ममी को यदि नाना बनकर ही व्यवहार करना है तो मुझे भी ममी की तरह मोर्चा लेना होगा उनसे...और मैं ज़रूर लूँगी। दिखा तो दूँ कि मैं तुम्हारी ही बेटी हूँ और तुम्हारे ही नक्शे-क़दम पर चली हूँ। खुद तो लीक से हटकर चली थीं...सारी जिन्दगी इस बात की घुट्टी पिलाती रहीं, पर मैंने जैसे ही अपना पहला क़दम रखा, घसीटकर मुझे अपनी ही खींची लीक पर लाने के दंद-फंद शुरू हो गए।

मैंने मन में ढेर-ढेर तर्क सोच डाले कि एक दिन बाकायदा ममी से बहस करूँगी। साफ-साफ कहूँगी कि ममी, इतने ही बंधन लगाकर रखना था तो शुरू से वैसे पालतीं। क्यों झूठ-मूठ आज़ादी देने की बातें करती-सिखाती रहीं। पर इस बार मेरा भी मन सुलगकर इस तरह राख हो गया था कि मैं गुमसुम-सी अपने ही कमरे में पड़ी रहती। मन बहुत भर आता तो रो लेती। घर में सारे दिन हँसती-खिलखिलाती रहनेवाली मैं एकदम चुप होकर अपने में ही सिमट गई थी। हाँ, एक वाक्य ज़रूर बार-बार दोहरा रही थी--'ममी, तुम अच्छी तरह समझ लो कि मैं भी अपने मन की ही करूँगी।' हालाँकि मेरे मन में क्या है, इसकी कोई भी रूपरेखा मेरे सामने न थी।

मुझे नहीं मालूम था कि इन तीन-चार दिनों में बाहर क्या हुआ ? घर-बाहर की दुनिया से कटी, अपने ही कमरे में सिमटी, मैं ममी से मोर्चा लेने के दाँव सोच रही थी।

पर आज दोपहर मुझे कतई-कतई अपने कानों पर विश्वास नहीं हुआ जब मैंने ममी को अपने बरामदे से ही चिल्लाते हुए सुना :

"शेखर, कल तो तुम लोग छुट्टियों में अपने घर चले जाओगे, आज शाम अपने दोस्तों के साथ खाना इधर ही खाना।"

नहीं जानती, किस जद्दोजहद से गुज़रकर ममी इस स्थिति पर पहुँची होंगी।

और रात को शेखर दीपक और रवि के साथ खाने की मेज़ पर डटा हुआ था। ममी उतने ही प्रेम से खाना खिला रही थीं...पापा वैसे ही खुले ढंग से मज़ाक कर रहे थे, मानो बीच में कुछ घटा ही न हो। अगल-बगल की खिड़कियों में दो-चार सिर चिपके हुए थे। सब कुछ पहले की तरह बहुत सहज-स्वाभाविक हो उठा था...।

केवल मैं इस सारी स्थिति से एकदम तटस्थ होकर यही सोच रही थी कि नाना पूरी तरह नाना थे—शत-प्रतिशत—और इसी से ममी के लिए लड़ना कितना आसान हो गया होगा। पर इन ममी से लड़ा भी कैसे जाए जो एक पल नाना होकर जीती हैं तो एक पल ममी होकर !

'त्रिशंकु' संकलन से

नायक खलनायक विदूषक

अमित यहाँ बैठे-बैठे भी अच्छी तरह जानता है कि भीतर के कमरे में पारुल इस समय खींच-खींचकर बाल झाड़ रही होगी। उसके बाद बड़ी बेरहमी से बालों को हथेली पर लपेटेगी, कसकर सिर के पीछे जूड़ा थोपेगी और फिर अन्धाधुन्ध आठ-दस काँटे इधर-उधर दे घोंपेगी...जैसे बाल और जूड़ा उसके अपने नहीं, किसी और के हों और वह भरसक उनसे बदला ले रही हो ! वह अच्छी तरह जानता है कि रात-दिन भीतर ही भीतर उफनती इस खीज और गुस्से का असली कारण और लक्ष्य वह खुद ही है और पारुल दिखाना भी उसे ही चाहती है, पर उसने तो गैंडे की खाल का ऐसा अभेद्य कवच अपने ऊपर चढ़ा रखा है कि उस पर किए गए सारे वार उलटकर पारुल को ही बेंधते-छीलते रहते हैं और वह विजय के एक अनकहे से आह्लाद में सराबोर, अपने में ही मस्त रहता है—सामनेवाले की सारी हेकड़ी को ठेंगे पर रखने का परम सुख भोगते हुए।

साड़ी पहनने के बाद चेहरे पर बड़ी सावधानी से सहज-स्वाभाविकता का लेप चढ़ाएगी पारुल, मधुरता और मुस्कान की मोटी-मोटी परतें पोतेगी जिससे कोई सपने में भी नहीं सोच सके कि भीतर ही भीतर कितने स्तरों पर, कितनी तरह के युद्ध झेल रही है वह। यह एक कुशल अभिनेत्री होने का कमाल कतई नहीं है बल्कि शालीनता और आभिजात्य की जो घुट्टी जन्म के साथ ही उसके हलक के नीचे उतार दी गई थी, उसी की वजह से मन का दुःख यों सरेआम बिखेरते चलने जैसी फूहड़ और घटिया हरक़त वह कर ही नहीं पाती। बाहरवालों को चाहे वह चकमा देती रहे पर अमित तो उसका नस-नस पहचानता है। सबके सामने लगाव और अपनत्व में सने, मधुरता की चाशनी में पगे जो संगीतमय शब्द पारुल के मुँह से झरते रहते हैं, उनके पीछे भीतर ही भीतर उसके लिए जिन फोहश गालियों और कोसनों की जैसी बौछार निरन्तर होती रहती है—उसे अमित, सिर्फ अमित ही जानता है और चाहे तो उन्हें अक्षरशः शब्द भी दे सकता है। 'शालीनता और आभिजात्य—स्साले नकली और ढोंगी जिन्दगी जीने के टुच्चे टोटके'...कटुता और व्यंग्य से उसके होंठ टेढ़े हो गए। अच्छा हुआ जो उसने शुरू से ही इस उबाऊ और दमघोंटू सोफेस्टिकेशन के सारे लटकों और नुस्खों की ऐसी की तैसी कर दी। सब स्सालों को नीचे के रास्ते से निकालकर उनकी असली जगह पहुँचा दिया। एक बार फिर विजयी होने के गर्व से उसका सीना फूल उठा।

उसने जल्दी से अपना चार्ट-पेपर उठाया और नाटक के सेट का अधूरा स्केच पूरा करने बैठ गया—कुछ ऐसी तल्लीनता के साथ मानो इस समय इस कागज और अपने सिवाय उसके जहन में दुनिया का कोई अस्तित्व ही नहीं है...कम से कम पारुल का कोई अस्तित्व तो नहीं ही है। आँखें उसकी कागज पर ज़मी हुई हैं लेकिन उसकी पीठ साफ देख रही है कि परदा

हटाकर पारुल दरवाजे पर खड़ी हो गई है, एक असमंजस की स्थिति में कि बिना कुछ कहे कृतार्थ करके निकल जाए या कम-से-कम जाने की सूचना तो दे ? मन चाहे बिल्कुल भी नहीं हो रहा होगा बोलने का लेकिन पत्नीत्व के फर्ज की मारी कहेगी जरूर–"अच्छा, मैं जा रही हूँ।" 'ऑफिस' शब्द का प्रयोग भूलकर भी नहीं करेगी। निठल्ले पति के सामने अपने ऑफिस जाने की बात कहना कितनी घटिया हरकत है...पति का सम्मान सुरक्षित रखनेवाला उसका सुघड़ संस्कार इस बात को खूब अच्छी तरह जानता है।

"तुम आज चार बजे के करीब घर ही रहोगे...?"

इस अनपेक्षित-से वाक्य को सुनकर न चाहते हुए भी अचानक उसका चेहरा उठ गया। वाह, कैसा सही सटीक है उसका अन्दाज़ ! समाने खड़ी इस सजी-सँवरी, बिल्कुल ताजा-टटकी लड़कीनुमा औरत को देखकर कोई सपने में भी अन्दाज लगा सकता है भला कि इसने सारी रात छटपटाते, करवटें बदलते काटी है ? वह चाहे उसकी तरफ़ पीठ किए ही लेटा था पर फिर भी अच्छी तरह जानता है कि रातभर वह बिना बिसूरे चुपचाप टसुए ही बहाती रही थी। मान गए साहब ! मन के भावों को छिपाने की भी जरूर कोई ट्रेनिंग होती होगी वरना यहाँ तो अभिनय कला में दक्ष होने के बावजूद मन में कोई बात उठी नहीं कि चेहरा तो चेहरा, स्साला रोम-रोम जैसे डंका पीटने को बेचैन रहता है। क्या करें, हमारे माँ-बाप ने तो म्युनिसिपैलिटी के स्कूल में डालकर सिर्फ ककहरा सिखा दिया...अब ये कॉन्वेंटी सुपर-सोफेस्टिकेशन हम कहाँ से लाएँ ?

"अम्मा इधर आएँगी...अगर तुम हुए तो मिलना चाहती हैं।"

मन तो हुआ कि कहे, 'अगर लगाकर जो सम्मान बख्शा, उसके लिए शुक्रिया, वरना सीधे-सीधे हुक्म देती कि तुम निखट्टू को तो जाना ही कहाँ होगा...अम्मा आएँगी चार बजे, बैठकर बात करना !' पर सॉरी, यह फूहड़ भदेस शब्दावली तो इनकी हो ही नहीं सकती...मन में चाहे इससे भी बदतर बातें कुलबुला रही हों।

"इसको लेकर अपना प्रोग्राम गड़बड़ करने या परेशान होने की कोई ज़रूरत नहीं है। अम्मा को तो अपने किसी काम से इधर आना ही है...तुम नहीं हुए तो लौट जाएँगी।"

"क्या बात करनी है मुझसे ?"

"पता नहीं, न मैंने पूछा, न उन्होंने कुछ बताया। फोन पर सिर्फ इतना ही कहा था कि चार बजे अमित घर पर रहेंगे क्या ?...रहें तो कह देना, मैं आऊँगी मिलने।" फिर बेहद लापरवाही से, "बात क्या होगी, इधर आ रही होंगी तो बतियाने का मन हो आया होगा तुमसे।"

वाह रे लापरवाही के ये लटके ! किसी और को चलाना इनसे। सीधे-सीधे क्यों नहीं कहतीं कि लू उतारने आ रही हैं तुम्हारी। उनकी लाड़ली इकलौती बेटी से ब्याह करने के बाद भी जिन्दगी जीने के ये जो निहायत गैर-जिम्मेदाराना और खुराफाती तरीके अपना रखे हैं...वे चल नहीं सकेंगे अब।

"नाश्ता तैयार करवा दिया है, काम के बीच या काम के बाद, जब भी मन हो, मँगवा लेना, (क्योंकि समय से और क़ायदे से खाना तो तुम सीख ही नहीं सकते) अच्छा, मैं अब चली।" और एक बहुत ही भीनी हल्की-सी सुगन्ध का झोंका उसके पास से गुजर गया।

जल जाए पर ऐंठन जा सकती है भला कभी इन लोगों की !

नायिका का प्रस्थान। अब खलनायिका के प्रवेश तक वह बिल्कुल स्वतन्त्र है। स्वतन्त्र और मुक्त !

उसने जोर से पेंसिल हवा में उछाली, सारे बदन को मरोड़कर एक झटकेदार अँगड़ाई ली, तीन-चार गहरी-गहरी साँसें लीं और एक जोरदार हाँक लगाई, "मुरारी, कॉफी लाओ, एकदम गरमागरम..." और फिर बिल्कुल हल्का होकर पलंग पर पसर गया। ओफ, कितनी देर से वह कैसी जकड़न और घुटन महसूस कर रहा था ! सारी कोशिशें के बावजूद, कैसे ये दोनों उसके अस्तित्व के रेशे बिखेरती हुई उसकी नियति ही बनती जा रही हैं ? दर्द की एक तीखी-सी लहर उसे ऊपर से नीचे तक टीस गई। उसे अपना कमरा याद आया—अस्त-व्यस्त, उखड़ा-बिखरा लेकिन जिसमें वह निहायत कड़की के दिनों में भी बादशाह की तरह रहता था, जिसकी एकमात्र खिड़की पर जो गली दिखती थी, वह उसे कभी राजमार्ग से कम नहीं लगी।

उसे भेड़ा बनाकर रखने के बेटी के सारे अस्त्र चुक गए तो अब अम्माजी आ रही हैं उस पर अपना जोर आजमाने। ठीक है, आ जाएँ वे भी...आज उनसे भी निपट ही लिया जाए और माँ-बेटी दोनों को उनकी जगह दिखा ही दी जाए और साथ ही अपनी असली जगह भी ठोककर उनके जहन में बिठा दी जाए। हमेशा के लिए किस्सा ही खतम। वे तो सोच रही होंगी कि रेशमी दुशाले में लपेटकर ऐसी मीठी मार करेंगी कि रेशम की नरमी और उनके अहसानों के बोझ तले दबा यह निरीह प्राणी तो बोल भी नहीं सकेगा और वे चार-छह जुमलों में ही इस सिरफिरे का सारा नजला झाड़कर, विजय-पताका फहराती हुई लौट जाएँगी।

महज उसकी कृपा से थोड़े-से नाटकों में अभिनय करके घर में पर्दे कुशन की सजावट करके बेझिझक होकर अपने को कलाकारों में शुमार करनेवाली बिटिया तो अब अच्छी तरह समझ गई है कि असली कलाकार की ठसक क्या होती है ? वह शायद जानती नहीं कि उसका अहं और स्वाभिमान क्या होता है ? बड़ी से बड़ी सुख-सुविधाओं (हालाँकि उसकी नज़रों में निहायत टुटपूँजिया) पर न बिकनेवाली उसकी स्वतन्त्रता क्या होती है ? आज अम्माजी को भी उसकी एक झलक दिखा ही दी जाए। जनम का अभिनेता—संवाद की अदायगी में कोई उसका क्या मुकाबला करेगा भला ? उसके लिए शालीनता नहीं, कला और हुनर चाहिए, जिसकी मालिक अम्माजी नहीं, वह है। न आज चारों खाने चित कर दिया तो देखना !

अमितोष का रोम-रोम इसकी कल्पना से ही एक नए आत्मविश्वास से भर गया। उसे लगा, जैसे अपने भीतर वह एक अद्‌भुत शक्ति का संचार होते महसूस कर रहा है—एक ऐसी शक्ति जिसने उसके पूरे वजूद को ऊपर उठाकर वज़नी बना दिया है, वरना न जाने कितने दिनों से तो वह बिल्कुल बूदम जैसी ज़िन्दगी जी रहा था। अचानक बाढ़ की तरह उफन आए इस आत्मविश्वास ने फटाफट उसके दिमाग के सारे पर्दे भी खोल दिए। बिना सुने ही वह अम्माजी के सेर-सेर भर के सारे आरोप जान गया और फटाफट उसने सवा-सेरी जवाब भी तैयार कर डाले। केवल तैयार ही नहीं बल्कि पूरी नाटकीयता के साथ दो-चार बार उनका रिहर्सल भी कर डाला। बस, अब आज हो ही जाए 'खुला खेल फर्रुखाबादी'! अपने को भारी फिरंगी तोप समझनेवाली माँ-बेटी आज अच्छी तरह जान लें कि उसकी ज़िन्दगी और नज़रों

में उन दोनों की क्या औकात है ! उसके रहन-सहन, आदतें और खास करके उसकी स्वतन्त्रता (अगर उनके अनकहे आरोप को शब्द दिया जाए तो 'खुले साँड' वाली) को लेकर जो एक शीत-युद्ध सारे समय चलता रहता है, वह हमेशा के लिए समाप्त हो—पटाक्षेप।

पटाक्षेप करने के लिए वह पर्दा उठने का बेचैनी से इन्तज़ार करने लगा। बोझिल हो आए समय को काटने के लिए उसने एक किताब उठा ली। रोज़ तो डाँट खाने के बाद उस समय वह टाँग फैलाकर सोता है और आदतन पारुल का एक अनकहा संवाद ज़रूर उसके कानों से टकराता है...'केवल निखट्टुओं को ही दिन में सोने का सुख नसीब होता है !'

दरवाज़ा खुला ही छोड़ दिया था इसलिए हल्की-सी खटखट हुई और 'आइए' के साथ ही खलनायिका का मंच पर प्रवेश लेकिन वेशभूषा में वही सलीका, सौजन्य और गरिमा, वही मधुरता में लिपटी मुस्कान, हूबहू अपनी बेटी की माँ...जैसे हाड़-मांस की औरतें नहीं, साँचे में ढली पुतलियाँ हों ! तभी तो ये कभी जान ही नहीं सकतीं कि व्यक्तित्व, अपने पूरे वजूद के साथ ठोस व्यक्तित्व आख़िर होता क्या है ?

"चलो, तुम घर पर ही मिल गए...मुझे डर था कि कहीं रिहर्सल के लिए निकल न गए होओ। पारुल से कहला तो दिया था लेकिन जवाब मिलने की गुंजाइश तो थी नहीं, फिर भी चान्स तो लेना ही था।"

अमितोष चुप।

"इस बार कितने दिन हो गए, उधर आए ही नहीं तुम लोग..." प्यार का शीरा टपकाता हुआ उलाहना।

"माना कि बहुत व्यस्त हो, फिर भी कम से कम थोड़ा-सा समय तो निकाल लिया करो, जानते तो हो, मैं अकेली जान बिना मिले कितनी बेचैन हो जाती हूँ।"

अमित चुप लेकिन मन में उभरा...'गुस्ताखी माफ़ हो तो शालीनता में लिपटे इन चिकने-मुलायम जुमलों के बीच जो अनकहा रह गया है और जो आपका असली मन्तव्य है, उसे पूरा अपनी भाषा में करता चलूँ—'बिना काम-धन्धेवाले के पास समय की तो कोई कमी नहीं, पर आओ कैसे...कतराते जो हो मुझसे। तुम्हारे चक्कर में बेचारी पारुल भी नहीं आ पाती। सारे दिन तो वह ऑफिस में खटती रहती है...शाम को मेरे पास आकर बैठ जाए तो तुम्हारी तो पौ-बारह...पूरी खुली छूट मिल जाए खुराफ़ातों के लिए।'

अम्माजी ने चारों तरफ़ नज़र दौड़ाई तो चेहरे पर रौनक और आँखों में गदगदाई-सी प्रशंसा का भाव उमड़ आया।

"तो लगा लिए पारुल ने नए पर्दे...कमरा कैसा खिल उठा ! घर को खूब सजा-सँवारकर रखने का तो शुरू से ही बड़ा शौक रहा है पारुल को..." बेटी पर सौ जान-सा निहाल होते हुए, "अब कोई भले ही कहे कि अपनी ही बेटी की तारीफ करती रहती है लेकिन इतना तो जरूर कहूँगी कि बड़ी कलात्मक रुचि वाली है मेरी बिटिया...चुन-चुन कर ऐसी चीज़ें लाती है कि बस...रीयल आर्टिस्ट!"

तौबा ! रीयल आर्ट की ऐसी तौहीन !

जो आर्ट का 'ए' भी न जानता हो, उसके लिए शायद पर्दे लटकाना और छुरी-काँटे, नैपकिनवाली मेज़ सजा देना ही रीयल आर्ट हो गया ? इस बार कोई कड़वी-सी बात निकलने के लिए आकार ले रही थी कि अम्माजी ने सीधे तुरुप का इक्का फटकारकर अपना वाक्य

पूरा किया, "और सबसे बड़ा परिचय तो दिया तुमको चुनकर। सारे नाटक-जगत के गिने-चुने तीन-चार आर्टिस्टों में से एक बल्कि मैं तो कहूँगी कि सबके सिरमौर !"

हाथों में बिना ज़रा-सी हरक़त हुए भी भीतर जैसे अमितोष की मुट्ठियाँ भिंच गईं— सामनेवाले के गुस्से को पूरी तरह ध्वस्त करने के ये शातिराने लटके उसके ऊपर कारगर नहीं होनेवाले हैं और न इनसे उसके भीतर का उबाल ही ठंडा होनेवाला है।

फिर दोनों चुप; जैसे असली बात कहने के लिए एक-दूसरे को तौल रहे हों !

"अमित, तुमसे एक बात कहने आई हूँ।" आवाज़ की थोड़ी देर पहलेवाली खुशी, गर्व, चुहल और लाड़ सब गायब।

हूँ...तो अब आई गाड़ी पटरी पर ! वह भीतर से पूरी तरह चौकन्ना हो गया...पर फिर विराम। शायद धार दी जा रही है बात को। वह खूब अच्छी तरह जानता है कि बहुत ही नाप-तौलकर लेकिन बेहद तीखे निकलेंगे बोल...जो सीधे बेंधकर उसे छलनी-छलनी कर दें।

"समझ में नहीं आता कि कैसे शुरू करूँ ?"

अरे नाटककार के सामने तो कम से कम ये नाटक मत करो। मेरी खुराफ़ातों का जो खर्रा थमाया होगा बेटी ने...और जिसे चार दिन से घोट-घोटकर रटा होगा तुमने...उसे खोल दो...ऐसी मुसीबत क्या है शुरू करने में...ओह, समझा, शालीनता की नफ़ीस शब्दावली में मेरी टुच्ची हरकतें समा नहीं पा रही होंगी। त...त...त...सचमुच विकट संकट है...बेचारी अम्मा !

"पारुल ने तो मुझे बिल्कुल मना कर दिया था कि मैं तुमसे भूलकर भी ऐसी बात न करूँ लेकिन..."

गनीमत है, बेटी ने कम से कम इतना तो पहचान लिया कि वह उन रीढ़-हीन मांस के लौंदों में से नहीं है जो इन लोगों के बड़प्पन (?) के आगे सिफ़र बनकर दुम हिलाता फिरे।

"मेरा मन ही नहीं माना..."

हाँ, मातृत्व ज़ोर मार रहा होगा...बेचारी बेटी का दुख बर्दाश्त नहीं हो रहा होगा।

"क्या होगा, ज्यादा से ज्यादा लड़ ही तो लोगे। सो बच्चों का लड़ना भी कोई लड़ना होता है भला !"

यह तो बाद में पता लगेगा।

"क्या बात है अमित, तुम इतने चुप-चुप क्यों हो ? जब से आई, कुछ बोले ही नहीं।"

क्या बोलूँ ? पहले आप अपनी शीन काफ से दुरुस्त, नक्काशीदार सौ-सुनारी कह डालिए, फिर मैं अपनी एक ही लट्ठमार लोहारी ठपकारूँगा !

"सुना, तुम्हारा नया नाटक बीच में ही रुका पड़ा है..."

मेरे नाटक की चिन्ता छोड़िए...आप अपना नाटक शुरू करिए न। ये सूत्रधारी-संवाद तो अब उबाने की हद तक खिंच गए हैं।

"मैं जानती हूँ, तुम बहुत स्वाभिमानी हो और सच पूछो तो मुझे तुम्हारे इस स्वाभिमान पर ही अभिमान है..."

गुस्ताखी माफ़...लेकिन हिम्मत जुटाइए और शब्दों का सही इस्तेमाल कीजिए—'अभिमान' नहीं, कहिए भयंकर कष्ट है। सम्पन्न होने के कितने ही मुगालते हों लेकिन हिम्मत में कितने दरिद्र हैं आप लोग...सचमुच तरस आता है।

"लेकिन बेटा, स्वाभिमान की भी तो एक हद होती है।"

और जिसे शायद आप तय करने आई हैं।

"सबसे बड़ी मुश्किल तो यह है कि पारुल भी कम स्वाभिमानी नहीं।"

ओह, तो पारुल के स्वाभिमान की पैरवी करने आई हैं ! कीजिए ! माँ होने के नाते बहुत जायज है !

लेकिन चुप क्यों ? क्या हिम्मत नहीं पड़ रही या कि फिर वही शालीनता आड़े आ रही है ? इज़ाजत हो तो मैं कहे देता हूँ आपकी तरफ़ से। सुनिए और अगर कुछ गलत लगे तो टोक दीजिए, मैं कतई बुरा नहीं मानूँगा। हाँ, बात आपकी, लेकिन भाषा मेरी अपनी होगी।

"पारुल के साथ दो साल तक काम करने, उसे पूरी तरह जानने-समझने के बाद ही तो शादी की तुमने...वह भी किसी के दबाव में नहीं, बिल्कुल अपनी इच्छा से।"

कहिए, शुरुआत तो ठीक हुई है न ? अरे, हू-ब-हू नकल न निकालकर रख दी, तो अभिनेता ही क्या हुआ ?

"कितने मन से घर जमाया-सजाया और कैसी निष्ठा के साथ घर की सारी आर्थिक-पारिवारिक ज़िम्मेदारियाँ खुद ओढ़ीं सिर्फ तुम्हें पूरी तरह मुक्त कर देने के लिए, जिससे तुम अपने को पूरी तरह नाटक पर समर्पित कर सको।"

अरे जनाब, ताली नहीं तो प्रशंसात्मक ढंग से गर्दन ही हिला दीजिए। बेटी का दुःख आड़े आ रहा है शायद। चलिए, मैं भी चार लाइन में किस्सा काटूँ।

'इतनी नियामतें पाने के बाद कम से कम इतना फर्ज तो तुम्हारा बनता ही था कि तुम ताजिन्दगी मेरी बेटी के अहसानों के नीचे दबे उसकी बलैयाँ लेते। लेकिन तुम ऐसे नाशुक्रे और अहसान फरामोश (कहें तो कमीना और जोड़ दूँ) हो कि अपने नाटक में इसकी जगह नई हीरोइन ले रहे हो...और केवल ले ही नहीं रहे, सरेआम उससे और मंच की निहायत चालू लड़कियों से इश्क लड़ाकर मेरी बेटी को ज़लील कर रहे हो। ऐसी हिमाकत हुई कैसे तुम्हारी ?'

बोलिए, यही कहने आई हैं न आप ? साथ ही शायद अल्टीमेटम भी देने आई हैं कि अब यह हरकत एक दिन भी बर्दाश्त नहीं की जाएगी। या तो सीधे-सीधे रास्ते पर आओ वरना बेटी को ससम्मान वापस ले जाऊँगी। कोई रास्ते पड़ी लड़की नहीं, जो उसे कहीं ठौर न हो !

तो सुनिए !

नए नाटक की हीरोइन नन्दा ही होगी क्योंकि मेरे हिसाब से उसमें बड़ी संभावनाएँ हैं, और जिन्हें मैं भरसक विकसित करूँगा। निर्देशक के नाते मेरा फर्ज़ है कि उभरती हुई प्रतिभाओं को सामने लाऊँ, उन्हें आगे बढ़ाऊँ। अगर मंच के साथ जुड़ी होने के बावजूद पारुल इतनी-सी बात नहीं समझती कि एक निर्देशक का फर्ज़ और ज़रूरत क्या है और बेवजह कष्ट पाती है तो उसके लिए कुछ नहीं किया जा सकता। कितने परिश्रम और लगन से रिहर्सल करती है नन्दा ! मेरे एक-एक निर्देश को वेद-वाक्य की तरह मानती है, मेरे लिए आदर और सम्मान उसके रोम-रोम से जैसे झरता रहता है...मेरे हल्के से इशारे पर अपने को पूरी तर होम करने को तैयार रहती है तो क्यों नहीं लूँ उसको ?

आपका चेहरा इतना तन क्यों गया ?

ओह, समझा ! यही सोच रही हैं न, कहाँ कस्बई हुलियावाली भदेस नन्दा और कहाँ पारुल ! सूरत-सीरत, प्रतिभा, गुण किसी में भी कोई मुकाबला है ? चाहें तो राजा-भोज और गंगू तेलीवाला मुहावरा भी चस्पाँ कर सकती हैं आप, छूट है आपको ! हर बात में ही तो नन्दा कितनी हल्की उतरती है पारुल के सामने !

बिल्कुल बज़ा फरमाया आपने लेकिन यह भी जान लीजिए कि हर बात में हल्की नन्दा का साथ मेरे अपने व्यक्तित्व को कितना वज़नदार बना देता है ! वज़नदार और ठोस। आत्मविश्वास से भरा हुआ—लबालब ! और पारुल का साथ...छोड़िए, बर्दाश्त नहीं होगा !

लेकिन अमितोष प्रतीक्षा ही करता रहा कि उसकी लू उतारते हुए हिकारत और कड़वाहट से भरे हुए इस तरह के कुछ जुमले उछालें तो वह भी इस छोटी-सी टिप्पणी के साथ अपना यह लम्बा स्वगत-कथन उनके भेजे में उतार दे; पर लम्बी चुप्पी के बाद अम्मा बोलीं भी तो निहायत बेमेल सुर में।

"देखो, तुमने पारुल से शादी की..."

सिर्फ शादी। जनम भर की गुलामी करने का पट्टा कतई नहीं लिखा।

"तो पारुल तुम्हारी हो गई। अब तुम दो अलग कहाँ रहे ? मुझे तो अफसोस सिर्फ इतना है कि..."

लाड़ली बेटी की ज़िन्दगी बर्बाद हो गई।

"तुमने और पारुल ने मुझे इतना गैर समझा। सोचो ज़रा, पारुल के पापा के बाद से ये चार फ्लैट, दो ऑफिस और जितना भी जो कुछ है, वह सब तुम्हारा और पारुल का ही तो है, लेकिन ऑफिस में काम करने के एवज़ में तनख्वाह लेने के सिवाय एक पैसा तक नहीं लेती पारुल मुझसे। तनख्वाह में से हर महीने दो सौ रुपए कटवाकर रुपए जोड़ रही है तुम्हारे लिए टैरेस-थिएटर बनवाने के लिए...सारे समय यही तो सोचती रहती है कि तुम्हारे लिए क्या-क्या कर डाले।"

टैरेस-थिएटर, वाह ! लेकिन मुझे तो अब सिर्फ नुक्कड़ नाटक करने हैं।

"थोड़े-से रुपयों के लिए तुम्हारा नाटक रुका रहे और तुम लोग मुझसे कहो तक नहीं और मालूम पड़ने पर पारुल मुझे कसम दिला दे कि मैं तुमसे बात तक न करूँ। ठीक है, तुम्हारे आत्म-सम्मान की उसे बहुत चिन्ता है लेकिन यह सब तो तुम्हारा अपना पैसा है...इसे लेने में कैसा संकोच और कैसा आत्म-सम्मान ! बस, अब न मैं कुछ कहूँगी और न ही कुछ सुनूँगी...अपना रुका हुआ नाटक शुरू करो।"

बिना कोई अर्द्धविराम तक लगाए, एक ही साँस में यह सारा संवाद बोलकर...रूमाल में बँधी नोटों की गड्डी मेज़ पर पटक, अमितोष को बिल्कुल सकते की हालत में छोड़कर अम्मा झटके से उठीं और धड़धड़ाती सीढ़ियाँ उतर गईं...।

एक क्षण को अमित सकते में आ गया। वे तो अपनी शीनकाफ़ से दुरुस्त नक्काशीदार-सौ सुनारी बरसाकर चली गईं और यह जिस लट्ठमार-लोहारी को ठपकार कर उनका भेजा ठोकनेवाला था, वह अब उलटकर इसकी अपनी खोपड़ी पर ही ठुके जा रही है, जिसने इसके पूरे वजूद को बेहद करुण, दयनीय और हास्यास्पद बना दिया है। एकाएक ख़याल आया कि कैसे वह आज तक इस सच्चाई को नज़र-अन्दाज़ कर सका कि नायक का ताज पहने इन दोनों महिलाओं की नज़र में तो शुरू से ही उसकी भूमिका एक विदूषक की ही रही

है—करुण और हास्यास्पद। एकाएक उसका खून खौलने लगा। मन हुआ, नोटों की इस गड्डी की चिन्दी-चिन्दी बिखेरकर जाती हुई इस औरत पर ही उछाल दे लेकिन एक अबाल खाकर उसका सारा ख़ून जैसे बिल्कुल पानी हो गया। उसका सारा अस्तित्व, सारा सत्त्व, सारा पुंसत्व और पौरुष एकाएक ही गलकर कहीं बह गया और वह बिल्कुल लुंज-पुंज, अपाहिज-सा, निरे मांस के बेजान लोथड़े की तरह हो गया।

जीते-जी मरना शायद इसी को कहते हैं।

उसे लगा, नस-नस को तोड़ देनेवाली इस शब्दातीत, नारकीय यातना से उसे अगर तुरन्त मुक्ति नहीं मिली तो वह यहीं बैठे-बैठे समाप्त हो जाएगा...पूरी तरह समाप्त—हमेशा-हमेशा के लिए।

मुक्ति ! और नन्दा उसके सामने कौंध गई। पिछले कुछ महीनों से नन्दा उसके लिए व्यक्ति का नहीं, मुक्ति का पर्याय बन गई है। वह नहीं जानता कि पारुल के अनकहे बोल...उसकी अप्रकट सदाशयता में भी ऐसा क्या कुछ है जो उसके सारे सत्त्व को सोखकर उसे बिल्कुल होनोलूलू ही बना देती है। तब उसपर पूरी तरह निछावर होने को उत्सुक नन्दा की एक-एक अदा उसके अदृश्य घावों पर मलहम का काम करती है। वह फिर से जी उठता है...पूर्ण पुरुष की तरह। इस समय उसे इस त्रास से नन्दा, केवल नन्दा ही मुक्त कर सकती है। उसके ख़याल मात्र से उसके निर्जीव हो आए शरीर में बिजली भी दौड़ गई।

एक निहायत ही क्रूर और प्रतिहिंसात्मक संकल्प उसके मन में आकार लेने लगा। बड़ी फुर्ती से सामने पड़ी नोटों की गड्डी को उसने जेब के हवाले किया। सारे संकोच और सीमाओं को तोड़कर आज वह अपने पैसे से (कम-से-कम नन्दा की नज़रों में तो वह इस पैसे का मालिक है ही) बढ़िया होटल में कमरा बुक कराएगा...पूरे रौब और अधिकार के साथ खाने-पीने की एक से एक लज़ीज और महँगी चीज़ों का ऑर्डर करेगा और फिर पूरे स्वामित्व के साथ नन्दा को भोगेगा और महसूस करेगा कि 'वह' है—अपने पूरे दमखम और पौरुष के साथ वह है। साथ ही रोती-विसूरती पारुल की कल्पना ने उसे 'ठिकाने लगा दिए जाने' के सुख-सन्तोष से भी भर दिया।

और मंच पर हमेशा नायक की भूमिका अदा करनेवाला अमित आज वैसे ही संकल्प के साथ खलनायक की भूमिका अदा करने के लिए खटाखट सीढ़ियाँ उतर गया।

'हंस' पत्रिका के प्रवेशांक से, अगस्त, 1986

नमक

पौ फटने से काफी पहले ही भीमा कहार ने कावड़ सँभाली थी और अब तो साँझ ढलनेवाली है लेकिन उसने एक पल का भी विराम नहीं लिया। विराम क्या, न तो अभी तक पेट में अन्न का एक दाना डाला, न ही बीड़ी-चिलम का एक सुट्टा ही मारा। बस, दे-दनादन पानी खींच रहा है। जैसे ही दोनों डोल भरते कि कावड़ कन्धे पर रखकर हवेली के अहाते की ओर दौड़ जाता है। रस्सी की रगड़ से हथेलियों पर पड़े गट्टे लाल सुर्ख हो गए हैं और पिंडलियों की नीली नसें ऐसे उभर आई हैं जैसे कई छोटे-बड़े केंचुए उनसे चिपट गए हों !

पानी भरने की यह अफ़रातफ़री उसने कोई ज्येष्ठ की आग बरसाती लू में प्यास से छटपटाती किसी अकूत भीड़ को पानी पिलाने के लिए नहीं मचा रखी है बल्कि उसे तो रात से पहले-पहले तक हवेली के सामने वाला सारा अहाता तर-ब-तर कर देना है। इतना तर-ब-तर कि छोटे कुँवर की गाड़ी जब अहाते में घुसे और वे गाड़ी से उतरें तो धूल का एक जर्रा भी उड़कर उनकी देह पर न लगे।

छोटे कुँवर सात समुन्दर पार से कोई बहुत ऊँची पढ़ाई करके आ रहे हैं। भीमा नहीं जानता कि सात समुन्दर पार कहाँ है और ऊँची पढ़ाई क्या होती है। वह तो बस इतना जानता है कि छोटे कुँवर कोई आदमी के बस से बाहर का काम करके आ रहे हैं, तभी तो ठाकुर साहब के पाँव ज़मीन पर नहीं पड़ रहे। मन का उछाह है कि समेटे नहीं सिमट रहा, सारे गाँव में फैला-पसरा पड़ा है और गाँव के सारे लोग उसी में डूब-उतरा रहे हैं।

छोटे कुँवर तो आज पहुँचेंगे लेकिन पिछले पाँच दिनों से जश्न की जैसी तैयारियाँ हो रही हैं सारे गाँव में और जैसा जश्न होगा, वैसा तो इस गाँव के लोगों ने न कभी देखा, न सुना। हाँ, चार महीने पहले आज़ादी मिलने पर पूरे देश ने जरूर ऐसा जश्न मनाया था पर उस जश्न की तो यहाँ भनक तक नहीं मिली थी। तीन सौ पैंसठ दिनों जैसा ही था वह भी...बिलकुल सामान्य, साधारण, रोज के ढर्रे में बँधा हुआ। और ठीक भी है, आज़ादी का जश्न तो वे मनाएँ जिन्होंने गुलामी के दुख उठाए हों। ठाकुर हरनाम सिंह के राज में कैसी तो गुलामी और कैसे उसके दुख ? हाड़-तोड़ मेहनत के बदले में सबको पेट भरने को अन्न, तन ढकने को कपड़ा और सिर छिपाने को छाजन तो मिलता ही है। पाँच हाथ की इस काया को और चाहिए ही क्या भला ! ठाकुर साहब गाँववालों के माई-बाप, अन्नदाता और ठाकुर साहब की हवेली गाँववालों की दुनिया। इस हवेली के परे भी कोई दुनिया है, यह तो उन लोगों ने कभी जाना ही नहीं। इसीलिए उनका हँसना-रोना अपने सुख-दुख से ज्यादा हवेली के सुख-दुख से जुड़ा हुआ है। हवेली में दुख तो हर झोंपड़ी का आँगन आँसुओं से गीला, हवेली में खुशी तो हर झोंपड़ी में उसकी थिरकन।

अरे, पर मुझे तो भीमा कहार की कहानी कहनी है। ये ठाकुर-ठीकरों और उनकी हवेलियों की कहानी लिखने पर यदि अपने क्रान्तिकारी बन्धुओं के सामने पेशी हो गई तो क्या जवाब दूँगी उनको और क्या ही जवाब दूँगी अपने मन को, जो आजकल रात-दिन 'हैव-नॉट्स' की माला जपते-जपते अघाता नहीं ?

हाँ, तो ये भीमा कहार जो सबेरे से पागलों की तरह पानी भरे जा रहा है, इसकी पाँच पुश्तें हवेली में पानी भरने का ही काम करती आ रही हैं।

जब वह छोटा था तो उसके दादा बड़े विस्तार और हाव-भाव के साथ उसे वह कहानी सुनाया करते थे जो कभी उनके पड़दादा ने उन्हें सुनाई थी और जिसका लब्बो-लुबाब यह था कि जब वे छोटे थे तो उनके गाँव में भारी अकाल पड़ा। चार साल तक गाँववालों ने बादलों की सूरत ही नहीं देखी...अन्न की कौन कहे, घास के एक तिनके तक को तरस गए लोग। आदमियों और जानवरों का कलपना देखकर बड़े-बड़े दुख झेल जानेवाली धरती माता का कलेजा भी टुकड़े-टुकड़े हो गया। गाँव में रोज ही पाँच-सात मौतें हो जातीं। मरे लोगों के शरीर पर थोड़ा-बहुत मांस भी होता तो जिन्दा लोग उसे ही नोच-खसोटकर खा लेते, पर जिन्दा हड्डी की ठठरियाँ मरी हड्डी की ठठरियों को कैसे चूसते-चबोड़ते ? बस, लाशें सड़ती रहतीं—कहीं मरे आदमियों की, तो कहीं मरे जानवरों की।

तभी एक दिन एक अजूबा घटा। गाँव के किनारे ठाकुर जगभान सिंह का लाव-लश्कर आकर ठहरा। ऊँटों की, बैलगाड़ियों की कतार की कतार। ऊँटों पर धान की बोरियाँ लदी। गाँव के लोग रगड़ते-घिसटते गए और ठाकुर साहब के चरणों में लोट गए, पर ठाकुर साहब कोई दान-पुन्न करने तो निकले नहीं थे—व्यौपार करने निकले थे। फिर कोई एक-दो हो तो दे दें, पूरे गाँव को क्या दें और कैसे दें ? फिर भी ठाकुर साहब का मन पसीजा तो उन्होंने चार छोकरे पकड़कर गाड़ी में डाले और उनके घरवालों को एक-एक बोरी अनाज दे दिया। अनाज पाकर घरवालों ने तो अपने छोरों की तरफ़ देखा तक नहीं। पेट की पापी आग नाते-रिश्ते, माया-ममता सबको ऐसे ही निगल लेती है।

'किस्मत के घनी उन चार बच्चों में एक मैं था। सो समझ ले कि ठाकुर साहब की दया ने मौत के मुँह से बचा लिया मुझे। ठाकुर साहब की दया से ही आज मैं हूँ, तेरा बाप है, तू है और आगे तेरे बेटे-पोते होंगे। सो एक बात गाँठ बाँध लेना बेटा कि हमारी रगों में लहू नहीं, हवेली का नमक बहता है। हवेली के लिए कभी जान भी देनी पड़े तो हिचकना मत। जान देकर भी हवेली के ऋण से उऋण नहीं हो सकते हम।' आजकल यही कहानी भीमा का बाप भीमा के छह साल के बेटे को सुनाया करता है। बस, कहानी में दो पीढ़ियाँ और जुड़ जाती हैं और हवेली का नमक कुछ और ज्यादा गाढ़ा हो जाता है।

अब जिसकी रगों में हवेली का गाढ़ा-गाढ़ा नमक बहता हो, उसके लिए बिना खाए-पिए मशीन की तरह पन्द्रह-अठारह घंटे पानी खींचना और दौड़-दौड़कर हवेली का अहाता गीला करना कौन बड़ी बात है ? फिर ठाकुर साहब की खुशी के आगे यह कष्ट तो कुछ भी नहीं। हरनाम सिंह की तीन पीढ़ियों ने आठ गाँव की इस जागीर को बढ़ाते-बढ़ाते सत्तर गाँव के राजपाट में बदल दिया और तीन पीढ़ियों पहले की यह हवेली बढ़ते-बढ़ते पूरा किला बन

गई। ठाकुर साहब को आज तक शायद ही किसी ने सीधी नज़रों से देखा हो।

जब कभी वे घोड़े पर बैठकर निकलते तो आधे लोग जहाँ के तहाँ झुककर दोहरे हो जाते हैं, तो आधे साष्टांग दंडवत में ज़मीन पर लोट जाते हैं—बिना हिले-डुले, साँस रोककर, आदमी तो क्या, पेड़-पौधे तक हिलना-डुलना छोड़ देते हैं—ऐसा रौब है ठाकुर साहब का। चेहरा कोई देख भी ले तो झेल सकेगा उसके ओज-तेज को ? सूरज देखा है कभी किसी ने नंगी आँखों से ? शेर जैसी दहाड़ती आवाज़ जरूर सुनी है कभी-कभी उनकी—भीड़ इकट्ठी करके कोई फरमान सुनाते या किसी भारी गुनाह के लिए जुर्म का फैसला सुनाते। आवाज़ सुनते ही लोगों के पैर पत्ते की तरह थरथराने लगते और बच्चों का अक्सर गोदी में ही मूत निकल जाता।

रौब-दाब और अकूत लक्ष्मी का भंडार है यह हवेली, पर विद्या आज तक किसी के बस में नहीं आई। ठाकुर साहब खुद बही-खाता बाँच लेते हैं पर इससे आगे कुछ नहीं। बहुत जोर लगाया तो बड़े कुँवर ने चिट्ठी-पत्री लिखना-बाँचना सीख लिया पर इससे आगे उनका भी जोर नहीं चला। आज वही किला फ़तह करके आ रहे हैं छोटे कुँवर। ठाकुर साहब ने इस मुबारक मौके पर अपनी थैली का मुँह खोल दिया है। सारा गाँव न्योता जाएगा और हवेली में काम करनेवालों की पूरी फौज को मुँहमाँगी बख़्शीश दी जाएगी। माँग ले, जिसे जो माँगना हो। कोताही नहीं करेंगे ठाकुर साहब किसी को देने में।

अरे, मैं फिर ठाकुर साहब की ओर चालू हो गई। क्या करूँ, आजकल यह जो जड़ों की ओर लौटने की हवा चली हुई है, यही शायद मुझे बार-बार हवेली की ओर ले जाती है। अब यह तो जरूरी नहीं कि सबकी जड़ें झुग्गी-झोंपड़ियों में ही हों। हवेलियों-महलों में भी तो हो सकती हैं। जड़ों पर तो किसी का बस नहीं, मेरा भी नहीं। वैसे, इन हवेलियों और वहाँ की जिन्दगी से पूरी तरह नाता टूटे दो पीढ़ियाँ बीत चुकी हैं। यहाँ तक कि मैं तो वहाँ की भाषा भी भूल चुकी हूँ, तभी तो यह कहानी ही नहीं, पात्रों के संवाद तक मुझे हिन्दी में लिखने पड़ रहे हैं। आज तो मेरा सारा लगाव सम्बन्ध और सरोकार महानगरों की झुग्गी-झोंपड़ियों और उनमें रहनेवाले लोगों से ही है। इसीलिए सच मानिए, कहानी मुझे भीमा कहार की ही लिखनी है। केवल लिखनी ही नहीं है बल्कि अपनी कलम से उसकी रगों में जमे हुए नमक को खून में भी बदलना है—गरम-गरम खून में, जिसमें क्रान्ति की लपट उठ सके और उसे एहसास हो कि वह भी इन्सान है—एक जीता-जागता इन्सान और उसकी जिन्दगी पर उसका अपना अधिकार है, किसी ठाकुर-ठीकरे और हवेली का नहीं।

हाँ, तो अहाता तर करके भीमा कुएँ की जगत पर ही बैठ गया। उसका मन न कुछ खाने को कर रहा था, न घर जाने को। किसी भी समय कुँवर साहब की गाड़ी आ सकती है। सात समुन्दर पार से लौटकर कैसे हो गए होंगे कुँवर साहब ? जहाँ और सब लोगों की दिलचस्पी बख़्शीश की जोड़-तोड़ करने में लगी हुई है, भीमा का मन कुँवर साहब में अटका हुआ है। बड़े भाग थे उसके जो इत्ते बच्चों में मुनीम जी ने उसे चुना था इस काम के लिए। दद्दा-माँ ने सुना तो निहाल हो गए, माँ ने पत्थर से रगड़-रगड़कर उसके शरीर का दलिद्दर उतारा था और आँखों में काजल और सिर में तेल डालकर चाकरी के लिए तैयार कर दिया

हाथ फेरने लगा। जैसे ही उसकी हथेलयों पर हाथ फेरा, वह चौंक उठा। यह क्या, इसकी लेयों के पोर अभी से गुठलियों जैसे सख़्त ! वह झटके से उठ बैठा। ओह, ये तो उसकी नी हथेलियों के पोर हैं। बच्चे की हथेलियाँ तो वैसी ही नरम-मुलायम हैं। पर कब तक ? ी के बैल जैसी जिन्दगी, कावड़ कंधे पर रखकर कुएँ से हौदियों तक की दौड़ लगाते-लगाते तो जिन्दगी बितानी है उसे भी...उसके बच्चे को भी। एक सर्द-सी आह उसके सीने से कली और वह फिर लेट गया। धीरे-धीरे एक संकल्प आकार लेने लगा उसके मन में। उसे हीं चाहिए हँसली-कड़े, घाघरा-लुगड़ा, धोती-मिरजई। कुछ नहीं, कुछ भी नहीं चाहिए उसे। स, यही माँगेगा कि कुँवर जी उसे तो नहीं ले गए पर अब उसके बेटे को शहर ले जाकर ढ़ा-लिखा दें, आदमी बना दें। पाँच पीढ़ियों की लीक तोड़कर अपने बेटे से कुछ अलग रवाने की कल्पना से ही वह थरथरा उठा। एकाएक ही उसे लगा, जैसे नमक जमी उसकी डी-ठस रगों में कुछ बहने लगा है—गरम-गरम, जिसकी ऊष्मा ने धीरे-धीरे उसके थके शरीर को सुला दिया—एक गहरी नींद !

मर्दानखाने के बाहरवाले छोटे अहाते में माँगनेवालों की लाइन लगी है। ऊँचे चबूतरे पर शामियाने के नीचे एक ओर मुनीम जी बैठे हैं, अपने बही-खाते लेकर। बीच में ऊँची चौकी पर ठाकुर साहब और कुँवर जी बैठे हैं। अहाते से चबूतरे पर पहुँचने के लिए छह सीढ़ियाँ बनी हैं। हर सीढ़ी पर एक-एक आदमी खड़ा है। नाम की गुहार होते ही छठी सीढ़ीवाला हाथ जोड़े, कमर दोहरी किए चबूतरे पर चढ़ता है और नीचे की सीढ़ियोंवाले एक-एक सीढ़ी ऊपर। फरमाइश पूछे जाने पर सहमी आवाज़ और दबी ज़बान से वह अपनी माँग रख देता है और ठाकुर साहब के 'मंजूर' कहते ही 'धणी खम्मांऽऽ', 'धणी खम्मांऽऽ' कहता हुआ ज़मीन पर लोट जाता है। मुनीम जी उसका नाम और माँगी हुई चीज़ अपने खाते में टीप लेते हैं, फिर अगला नाम।

लाइन में धीरे-धीरे सरकते हुए भीमा अपना संकल्प दोहराए जा रहा है। कहीं जबान न लड़खड़ा जाए, शब्द न गड़बड़ा जाएँ। नहीं, कुछ नहीं होने देगा वह आज। बरसों बाद तो आज वह अपनी ठंडी-ठस रगों में कुछ बहता हुए महसूस कर रहा है। सीढ़ियों तक आते-आते हाथ भले ही उसके जुड़ गए पर लग उसे यही रहा है, जैसे उसकी मुट्ठियाँ भिंची हुई हैं, छठी सीढ़ी तक पहुँचते ही कमर भी उसकी झुककर दोहरी हो गई पर महसूस वह यही कर रहा है जैसे उसका सारा शरीर तना हुआ है।

"माँगो, क्या चाहिए तुम्हें ?" ये भाषा, ये आवाज़ तो कुँवर जी की है। ऊपर से नीचे तक सिहर उठा वह।

"ये वो ही भीमा है कुँवर साहब, जिसने बचपन में एक साल तक यहाँ आपकी चाकरी की थी। याद है आपको ?"

'अच्छाऽऽ, वो छोरा !' सुनने के लिए भीमा का रोम-रोम सजग हो उठा। साँस रोककर बुत बना-सा वह प्रतीक्षा करने लगा। शायद याद कर रहे हैं। अगर याद आ गया तो ? एक पुलक-भरी सिहरन उसे ऊपर से नीचे तक सहला गई; पर उधर से कोई आवाज़ नहीं आई। निपट सन्नाटा ! एकाएक सन्नाटे-भरे उस माहौल की दहशत उसके मन में समाने लगी। इतनी देर से शरीर में वह जिस कड़क को महसूस करता रहा था, वह ढीली पड़ गई। सोचे हुए सारे शब्द गड़बड़ा गए और उसे लगा, जैसे उसकी हथेलियों की गाँठें उसकी जीभ पर

था। दद्दा सारे दिन हवेली में पानी भरते, पर पानी की बड़ी-बड़ी हौदियाँ और गाय-बैलों की नाँदें सब हवेली के बाहर थीं। माँ सारे दिन जूठे बरतन माँजती, गोबर थापती पर सब हवेली के बाहर। हवेली के भीतर तो आज तक किसी ने पैर तक नहीं रखा था। अब भीमा छोटे कुँवर की चाकरी में रहेगा, हवेली के भीतर, ऐसा भाग भीमा का।

भीमा को आज भी याद है, हिदायतों की कैसी तो झड़ी लगा दी थी दद्दा ने : 'नज़र हमेशा ज़मीन में गाड़कर रखना और कमर थोड़ी झुकाकर। काम कहें, उसके पहले ही दौड़ जाना करने के लिए। कान हमेशा खुले रखना और ज़बान हमेशा बन्द। कभी किसी चीज़ को हाथ मत लगाना।'

कैसी तो दहशत समा गई थी भीमा के मन में कि जब मुनीम जी के साथ जनानखाने के दरवाज़े पर पहुँचा तो पाँव वहीं जम गए थे। मुनीम जी ने घसीटकर भीतर किया और कहा, 'छोटे कुँवर जी, ये छोरा आपकी चाकरी में रहेगा आज से। आपके जित्ता ही आपका चाकर...' तो एक बार कुँवर जी को देखने की इच्छा जरूर हुई, पर हिम्मत नहीं पड़ी।

'क्यों रे छोरे, क्या नाम है तेरा ?' के जवाब में ताला-ठुकी जीभ से शब्द नहीं निकल सके थे। बस, आँखों से आँसू टपक पड़े थे और डर से वह थरथराने लगा था।

कुँवरजी की धाय माँ ने उसे काम समझाया था। यों काम कुछ खास था भी नहीं। ऐन सबेरे ऊपर के कमरे से मास्टर जी जब नीचे के कमरे में आते तो दौड़कर उनका बस्ता ले आता और जितनी देर तक कुँवर जी पढ़ते, उनके पास बैठकर पंखा झलता। कुँवर जी के कहीं भी पसीना न आ जाए इसलिए वह इतनी ज़ोर-ज़ोर से पंखा झलता कि उसका अपना शरीर पसीने से नहा जाता। पंखा झलते-झलते अनजाने ही कभी सरककर कुँवर जी की गद्दी से सट जाता तो दरवाज़े पर बैठी धाय माँ घुड़कती, 'अरे-अरे, इस कहार के छोरे को तो देखो, कुँवर जी की छाती पर ही चढ़ा चला आ रहा है !' और घसीटकर पीछे कर देती। वह बुरी तरह सहम जाता और जो ध्यान अभी तक पूरी तरह हाथ और पंखे पर ही टिका था, इस पर भी टिक जाता कि उसकी और कुँवर जी की दूरी बराबर बनी रहे।

पढ़ाई ख़त्म होते ही मास्टर जी ऊपर चले जाते तो भीमा जल्दी-जल्दी बस्ता समेट देता। धाय माँ कुँवर जी के हाथ में कलेवे की तश्तरी थमाती और वह ज़मीन में नज़रें गड़ाए अगले आदेश की प्रतीक्षा में खड़ा रहता, पर आदेश उसे नहीं, धाय माँ को मिलता, 'धाए माँ, इस छोरे को भी कलेवा दो ना,' तो कृतज्ञता में लिपटा एक गद्गदाता भाव उसे ऊपर से नीचे तक नहला देता। बहुत मन होता कि ऐसी कृपा करनेवाले कुँवर जी को एक बार आँख उठाकर देख ले पर हिम्मत नहीं होती। धाय माँ ऊपर से ही आवाज़ लगाती, 'किसनी, कमीनों की रोटी में से दो रोटी ला दे ऊपर।'

जब भी वह कभी अकेला होता तो हिम्मत करके नज़रें उठाकर चारों ओर देखता। ऐसी जादुई नगरी...ये सब क्या है, ऐसा भी होता है ? शाम को कुँवर जी बाहर बगीचे में खेलने निकलते तो दौड़-दौड़कर उनकी गेंद ला देता। पेड़ के नीचे बने चबूतरे पर पढ़ने बैठते तो फिर पंखा झलने लगता। इस समय वह कुँवर जी का चेहरा देखने के लिए धीरे से सिर उठाने की कोशिश करता तो धाय माँ के अदृश्य हाथ उसकी खोपड़ी नीचे झुका देते।

लेकिन धीरे-धीरे यह सिलसिला ख़त्म हो गया और कुँवर जी बाकायदा उससे बातचीत करने लगे। अपनी कविता याद करते तो कहते, 'ऐ छोरे, तू भी बोल,' पाठ याद करते तो अपनी किताब में से तस्वीरें दिखाते। वह भौंचक भाव से कुछ तस्वीरें देखता, कभी कुँवर जी को। अब पढ़ाई के समय भी हाथ उसके मशीन की तरह चलते, पर ध्यान पंखे से हटकर मास्टर जी और कुँवर जी की बातों की ओर जाने लगा। इन लोगों की भाषा से भी उसकी थोड़ी-थोड़ी पहचान बनने लगी। मास्टर जी जब कविता याद करवाते तो मन ही मन वह भी बोलने की कोशिश करता। एक-दो शब्द बोल भी लेता, बिना अर्थ समझे।

रात को वह घर लौटता तो ज़मीन से दो इंच ऊपर होता। दद्दा और माँ को हवेली की बातें बताता तो उसका चेहरा गर्व से दिपदिपाता रहता और माँ-बाप का चेहरा पुलक-भरे सन्तोष से। लेकिन एक दिन दद्दा को चमत्कृत करने के लिए उसने बताया कि उसने भी कुँवर जी का पाठ सीख लिया है और एक कविता की टूटी-बिखरी पंक्ति सुनाने लगा तो दद्दा के हाथ का भरपूर झाँपड़ पड़ा उसके गाल पर, 'मत मारी गई है रे तेरी। मालि[illegible] बराबरी...'

'कुँवर जी ही तो याद कराते हैं रोज...बोलने को कहते हैं,' कनपटी की झनझनाहट को झेलते हुए उसने सफ़ाई पेश की तो फिर एक झाँपड़, 'अरे, वे कराते हैं तो बड़प्पन है उनका, पर तू भी क्या अपनी औकात भूल जाएगा ? भाग समझ अपना कि दया करके उन्होंने तूझे अपनी चाकरी में रखा और तू है कि ठाकरी करने चला...'

ठाकरी करने तो नहीं चला पर एक अजीब-सी इच्छा जरूर उसके मन में पंख फड़फड़ाने लगी कि कुँवर जी उसे नाम लेकर बुलाएँ...भीमा...कि कभी कुँवर जी उसका हाथ पकड़ लें या कि वही कुँवर जी के कंधे पर हाथ रख दे। जब भी कुँवर जी 'ऐ छोरे' कहकर बुलाते, अपने नाम की याद दिलाने के लिए उसके होंठ भी...भी...करके फड़फड़ाते, पर आवाज़ गले में ही कुंद होकर रह जाती।

सर्दी आई और पंखा झलने का काम छूट गया तो भीमा ने अपना सारा ध्यान मास्टर जी और कुँवर जी की बातों पर लगा दिया। लय में बोली गई कविता की एक-दो पंक्तियों को याद करने के अलावा समझ में तो शायद ही कुछ आता पर इतना वह जरूर जान गया कि कुँवर जी कहीं जानेवाले हैं। एक दिन हिम्मत करके उसने कुँवर जी से पूछ भी लिया तो इतराते हुए कुँवर जी ने बताया कि वह जल्दी ही शहर जाएँगे। वहीं रहकर पढ़ेंगे। और फिर वह उसे शहर के बारे में तरह-तरह की बातें बताते। 'शहर' नाम से या उनकी बातों से शहर की कोई तस्वीर भीमा के मन में नहीं उभरती पर यह बोध जरूर हुआ कि इस गाँव के बाहर भी कोई दुनिया है। पर वह कैसी है, कहाँ है, इसका कोई ओर-छोर वह कभी नहीं पा सका। हाँ, आजकल उसके सपनों में हवेली घूमा करती थी, हवेली का रंग-बिरंगी, अजब-अनोखी जादुई चीज़ें लेकिन आजकल वह देखता कि कुँवर जी भीमा...भीमा कहकर उसे बुला रहे हैं...कि शाम को बगीचे में भायले की तरह उसके कंधे पर हाथ रखकर उससे बातें कर रहे हैं। कुँवर जी के साथ वह जाने कहाँ-कहाँ घूम रहा है। सबेरे वह उठता तो मन में न जाने कैसी पुलक और रगों में सनसनाहट महसूस होती, जैसे अभी तक की ठस रगों में एकाएक तेज़ी से कुछ बहने लगा हो ! हालाँकि हक़ीक़त में वह 'छोरा' ही रहा और उसका दायरा जनानखाने में बने कुँवर जी के कमरे और बगीचे से कभी नहीं बढ़ा।

सपने और सच के बीच डोलते-डोलते कब एक साल बीत गया, पता ही
एक दिन कुँवर जी ने बताया कि वह मास्टर जी के साथ शहर जा रहे हैं,
पढ़ाई करेंगे यानी कि जो भी, जैसी भी हक़ीक़त थी वह भी छिन जाएगी।
जी नहीं गए, वह रोज़-रोज़ कितना रोया, गिड़गिड़ाया, पाँव पड़ा कि कुँवर जी,
ले चलें। वह रात-दिन उनकी चाकरी करेगा। कुँवर जी ने कहा, 'ठीक है पह
चला जाऊँ, फिर तुझे बुला लूँगा।'

और जाने से पहले उन्होंने उसे अपनी किताब, स्लेट-पेंसिल, तस्वीर देते हु
छोरे, किताब में से देख-देखकर स्लेट पर लिखना और जो भी सीखा सब
समझे ?' और वे चले गए। लेकिन वह दिन भर हवेली के बाहर ही चक्कर लग
पता नहीं, कब कोई सन्देश आ जाए, कोई आदेश आ जाए ! घर में आता तो
[illegible] हुई स्लेट पर कुछ आड़ा-तिरछा लिखने की कोशिश करता। उनकी दी हुई
[illegible]करता। उन चीज़ों पर हाथ फेर-फेरकर उसे लगता, जैसे वह अभी भी कुँवर ज
है ! रात में सोता तो उस अनदेखे शहर के सपने देखता।

तीन महीने बीत गए पर न कोई सन्देश आया, न आदेश। हाँ, माँ रात-दिन
'धींगड़ा हुआ, काम का न काज का !' और बाप जब-तब झपड़िया देते, 'कावड़
करमजले ! तेरी रोटियों का क्या हिसाब दूँगा हवेली में ?'

और आखिर में एक दिन गुस्से में आकर उसने स्लेट-पेंसिल-किताब-तस्वीरें
पोटली बाँधी और कुएँ में फेंक दी। घंटों वह वहाँ बैठा-बैठा रोया और आँसुओं के सा
दिन के देखे सब सपने भी बहा दिए। दूसरे दिन उसने कंधे पर वही छोटी कावड़ र
जो उसके बाप ने अपने बचपन में रखी थी। उसके बाद से उसकी जिन्दगी कुएँ से
हौदियों तक सिमटकर रह गई। रगों में बहनेवाली वह सनसनाहट फिर से जमकर ठ
गई।

क्यों उसे आज एक-एक बात याद आ रही है ? कुएँ का सारा पानी खाली कर
बाद भी कुँवर जी की दी हुई चीज़ें तो नहीं निकलीं पर उनके साथ गुजारे दिनों की एक-
याद जरूरी निकल आई।

तभी हवा में बन्दूक छूटी। नगाड़े बजने लगे। हवेली के दरवाज़े पर भारी हलचल
गई—'कुँवर जी आ गए, कुँवर जी आ गए !' कुँवर जी के स्वागत में दरवाज़े की भीड़ दंडव
की मुद्रा में लेट गई। भीतर से खील-बताशे और सिक्कों की बौछार होने लगी। भीमा उठ
पर ऐसे में क्या वह पास जा, कुँवर जी का चेहरा देखने की हिम्मत कर सकता है भला
थोड़ी दूर एक पेड़ के पीछे खड़े रहकर भी वह सिर उठाने की हिम्मत नहीं जुटा पा रहा है
कुँवर जी के जाने के बाद यह सिर जो झुका तो फिर कभी उठ नहीं सका। लेकिन आज
उसे कुँवर जी का चेहरा देखना है। झटके से उसने सिर उठाया। अरे, ऐसा दिपू-दिपू चेहरा !
ये कुँवर जी ही हैं ! बाहर जाकर आदमी ऐसा हो जाता है ? मन्त्रमुग्ध-सा वह उन्हें देखता
ही रहा। कुँवर जी तो भीतर भी चले गए पर वह चेहरा उसके मन में अंक गया।

रात में वह सोया तो उसके शरीर का पोर-पोर पिरा रहा था और मन का रेशा-रेशा एक अनचीन्ही व्यथा से तिलमिला रहा था। जाने किस आवेग में आकर उसने पास लेटे अपने छह साल के सोए हुए बेटे को बाँहों में भर लिया। उसका माथा सहलाने लगा। उसके शरीर

था। दद्दा सारे दिन हवेली में पानी भरते, पर पानी की बड़ी-बड़ी हौदियाँ और गाय-बैलों की नाँदें सब हवेली के बाहर थीं। माँ सारे दिन जूठे बरतन माँजती, गोबर थापती पर सब हवेली के बाहर। हवेली के भीतर तो आज तक किसी ने पैर तक नहीं रखा था। अब भीमा छोटे कुँवर की चाकरी में रहेगा, हवेली के भीतर, ऐसा भाग भीमा का।

भीमा को आज भी याद है, हिदायतों की कैसी तो झड़ी लगा दी थी दद्दा ने : 'नज़र हमेशा ज़मीन में गाड़कर रखना और कमर थोड़ी झुकाकर। काम कहें, उसके पहले ही दौड़ जाना करने के लिए। कान हमेशा खुले रखना और ज़बान हमेशा बन्द। कभी किसी चीज़ को हाथ मत लगाना।'

कैसी तो दहशत समा गई थी भीमा के मन में कि जब मुनीम जी के साथ जनानखाने के दरवाज़े पर पहुँचा तो पाँव वहीं जम गए थे। मुनीम जी ने घसीटकर भीतर किया और कहा, 'छोटे कुँवर जी, ये छोरा आपकी चाकरी में रहेगा आज से। आपके जित्ता ही आपका चाकर...' तो एक बार कुँवर जी को देखने की इच्छा जरूर हुई, पर हिम्मत नहीं पड़ी।

'क्यों रे छोरे, क्या नाम है तेरा ?' के जवाब में ताला-ठुकी जीभ से शब्द नहीं निकल सके थे। बस, आँखों से आँसू टपक पड़े थे और डर से वह थरथराने लगा था।

कुँवरजी की धाय माँ ने उसे काम समझाया था। यों काम कुछ खास था भी नहीं। ऐन सबेरे ऊपर के कमरे से मास्टर जी जब नीचे के कमरे में आते तो दौड़कर उनका बस्ता ले आता और जितनी देर तक कुँवर जी पढ़ते, उनके पास बैठकर पंखा झलता। कुँवर जी के कहीं भी पसीना न आ जाए इसलिए वह इतनी ज़ोर-ज़ोर से पंखा झलता कि उसका अपना शरीर पसीने से नहा जाता। पंखा झलते-झलते अनजाने ही कभी सरककर कुँवर जी की गद्दी से सट जाता तो दरवाज़े पर बैठी धाय माँ घुड़कती, 'अरे-अरे, इस कहार के छोरे को तो देखो, कुँवर जी की छाती पर ही चढ़ा चला आ रहा है !' और घसीटकर पीछे कर देती। वह बुरी तरह सहम जाता और जो ध्यान अभी तक पूरी तरह हाथ और पंखे पर ही टिका था, इस पर भी टिक जाता कि उसकी और कुँवर जी की दूरी बराबर बनी रहे।

पढ़ाई ख़त्म होते ही मास्टर जी ऊपर चले जाते तो भीमा जल्दी-जल्दी बस्ता समेट देता। धाय माँ कुँवर जी के हाथ में कलेवे की तश्तरी थमाती और वह ज़मीन में नज़रें गड़ाए अगले आदेश की प्रतीक्षा में खड़ा रहता, पर आदेश उसे नहीं, धाय माँ को मिलता, 'धाए माँ, इस छोरे को भी कलेवा दो ना,' तो कृतज्ञता में लिपटा एक गद्गदाता भाव उसे ऊपर से नीचे तक नहला देता। बहुत मन होता कि ऐसी कृपा करनेवाले कुँवर जी को एक बार आँख उठाकर देख ले पर हिम्मत नहीं होती। धाय माँ ऊपर से ही आवाज़ लगाती, 'किसनी, कमीनों की रोटी में से दो रोटी ला दे ऊपर।'

जब भी वह कभी अकेला होता तो हिम्मत करके नज़रें उठाकर चारों ओर देखता। ऐसी जादुई नगरी...ये सब क्या है, ऐसा भी होता है ? शाम को कुँवर जी बाहर बगीचे में खेलने निकलते तो दौड़-दौड़कर उनकी गेंद ला देता। पेड़ के नीचे बने चबूतरे पर पढ़ने बैठते तो फिर पंखा झलने लगता। इस समय वह कुँवर जी का चेहरा देखने के लिए धीरे से सिर उठाने की कोशिश करता तो धाय माँ के अदृश्य हाथ उसकी खोपड़ी नीचे झुका देते।

लेकिन धीरे-धीरे यह सिलसिला ख़त्म हो गया और कुँवर जी बाकायदा उससे बातचीत करने लगे। अपनी कविता याद करते तो कहते, 'ऐ छोरे, तू भी बोल,' पाठ याद करते तो अपनी किताब में से तस्वीरें दिखाते। वह भौंचक भाव से कुछ तस्वीरें देखता, कभी कुँवर जी को। अब पढ़ाई के समय भी हाथ उसके मशीन की तरह चलते, पर ध्यान पंखे से हटकर मास्टर जी और कुँवर जी की बातों की ओर जाने लगा। इन लोगों की भाषा से भी उसकी थोड़ी-थोड़ी पहचान बनने लगी। मास्टर जी जब कविता याद करवाते तो मन ही मन वह भी बोलने की कोशिश करता। एक-दो शब्द बोल भी लेता, बिना अर्थ समझे।

रात को वह घर लौटता तो ज़मीन से दो इंच ऊपर होता। दद्दा और माँ को हवेली की बातें बताता तो उसका चेहरा गर्व से दिपदिपाता रहता और माँ-बाप का चेहरा पुलक-भरे सन्तोष से। लेकिन एक दिन दद्दा को चमत्कृत करने के लिए उसने बताया कि उसने भी कुँवर जी का पाठ सीख लिया है और एक कविता की टूटी-बिखरी पंक्ति सुनाने लगा तो दद्दा के हाथ का भरपूर झाँपड़ पड़ा उसके गाल पर, 'मत मारी गई है रे तेरी। मालिक के बराबरी...'

'कुँवर जी ही तो याद कराते हैं रोज...बोलने को कहते हैं,' कनपटी की झनझनाहट को झेलते हुए उसने सफ़ाई पेश की तो फ़िर एक झाँपड़, 'अरे, वे कराते हैं तो बड़प्पन है उनका, पर तू भी क्या अपनी औकात भूल जाएगा ? भाग समझ अपना कि दया करके उन्होंने तूझे अपनी चाकरी में रखा और तू है कि ठाकरी करने चला...'

ठाकरी करने तो नहीं चला पर एक अजीब-सी इच्छा जरूर उसके मन में पंख फड़फड़ाने लगी कि कुँवर जी उसे नाम लेकर बुलाएँ...भीमा...कि कभी कुँवर जी उसका हाथ पकड़ लें या कि वही कुँवर जी के कंधे पर हाथ रख दे। जब भी कुँवर जी 'ऐ छोरे' कहकर बुलाते, अपने नाम की याद दिलाने के लिए उसके होंठ भी...भी...करके फड़फड़ाते, पर आवाज़ गले में ही कुंद होकर रह जाती।

सर्दी आई और पंखा झलने का काम छूट गया तो भीमा ने अपना सारा ध्यान मास्टर जी और कुँवर जी की बातों पर लगा दिया। लय में बोली गई कविता की एक-दो पंक्तियों को याद करने के अलावा समझ में तो शायद ही कुछ आता पर इतना वह जरूर जान गया कि कुँवर जी कहीं जानेवाले हैं। एक दिन हिम्मत करके उसने कुँवर जी से पूछ भी लिया तो इतराते हुए कुँवर जी ने बताया कि वह जल्दी ही शहर जाएँगे। वहीं रहकर पढ़ेंगे। और फिर वह उसे शहर के बारे में तरह-तरह की बातें बताते। 'शहर' नाम से या उनकी बातों से शहर की कोई तस्वीर भीमा के मन में नहीं उभरती पर यह बोध जरूर हुआ कि इस गाँव के बाहर भी कोई दुनिया है। पर वह कैसी है, कहाँ है, इसका कोई ओर-छोर वह कभी नहीं पा सका। हाँ, आजकल उसके सपनों में हवेली घूमा करती थी, हवेली का रंग-बिरंगी, अजब-अनोखी जादुई चीज़ें लेकिन आजकल वह देखता कि कुँवर जी भीमा...भीमा कहकर उसे बुला रहे हैं...कि शाम को बगीचे में भायले की तरह उसके कंधे पर हाथ रखकर उससे बातें कर रहे हैं। कुँवर जी के साथ वह जाने कहाँ-कहाँ घूम रहा है। सबेरे वह उठता तो मन में न जाने कैसी पुलक और रगों में सनसनाहट महसूस होती, जैसे अभी तक की ठस रगों में एकाएक तेज़ी से कुछ बहने लगा हो ! हालाँकि हक़ीक़त में वह 'छोरा' ही रहा और उसका दायरा जनानखाने में बने कुँवर जी के कमरे और बगीचे से कभी नहीं बढ़ा।

सपने और सच के बीच डोलते-डोलते कब एक साल बीत गया, पता ही नहीं चला और एक दिन कुँवर जी ने बताया कि वह मास्टर जी के साथ शहर जा रहे हैं, अब वहीं रहकर पढ़ाई करेंगे यानी कि जो भी, जैसी भी हक़ीक़त थी वह भी छिन जाएगी। जब तक कुँवर जी नहीं गए, वह रोज़-रोज़ कितना रोया, गिड़गिड़ाया, पाँव पड़ा कि कुँवर जी, उसे भी साथ ले चलें। वह रात-दिन उनकी चाकरी करेगा। कुँवर जी ने कहा, 'ठीक है पहले मैं तो वहाँ चला जाऊँ, फिर तुझे बुला लूँगा।'

और जाने से पहले उन्होंने उसे अपनी किताब, स्लेट-पेंसिल, तस्वीर देते हुए कहा, 'देख छोरे, किताब में से देख-देखकर स्लेट पर लिखना और जो भी सीखा सब याद करना, समझे ?' और वे चले गए। लेकिन वह दिन भर हवेली के बाहर ही चक्कर लगाता रहता। पता नहीं, कब कोई सन्देश आ जाए, कोई आदेश आ जाए ! घर में आता तो कुँवर जी [illegible] हुई स्लेट पर कुछ आड़ा-तिरछा लिखने की कोशिश करता। उनकी दी हुई चीज़ों पर [illegible] फेरता। उन चीज़ों पर हाथ फेर-फेरकर उसे लगता, जैसे वह अभी भी कुँवर जी के साथ है ! रात में सोता तो उस अनदेखे शहर के सपने देखता।

तीन महीने बीत गए पर न कोई सन्देश आया, न आदेश। हाँ, माँ रात-दिन हड़काती, 'धींगड़ा हुआ, काम का न काज का !' और बाप जब-तब झपड़िया देते, 'कावड़ सँभाल रे करमजले ! तेरी रोटियों का क्या हिसाब दूँगा हवेली में ?'

और आखिर में एक दिन गुस्से में आकर उसने स्लेट-पेंसिल-किताब-तस्वीरें सबकी पोटली बाँधी और कुएँ में फेंक दी। घंटों वह वहाँ बैठा-बैठा रोया और आँसुओं के साथ इतने दिन के देखे सब सपने भी बहा दिए। दूसरे दिन उसने कंधे पर वही छोटी कावड़ रख ली जो उसके बाप ने अपने बचपन में रखी थी। उसके बाद से उसकी जिन्दगी कुएँ से लेकर हौदियों तक सिमटकर रह गई। रगों में बहनेवाली वह सनसनाहट फिर से जमकर ठस हो गई।

क्यों उसे आज एक-एक बात याद आ रही है ? कुएँ का सारा पानी खाली करने के बाद भी कुँवर जी की दी हुई चीज़ें तो नहीं निकलीं पर उनके साथ गुजारे दिनों की एक-एक याद जरूरी निकल आई।

तभी हवा में बन्दूक छूटी। नगाड़े बजने लगे। हवेली के दरवाज़े पर भारी हलचल मच गई—'कुँवर जी आ गए, कुँवर जी आ गए !' कुँवर जी के स्वागत में दरवाज़े की भीड़ दंडवत की मुद्रा में लेट गई। भीतर से खील-बताशे और सिक्कों की बौछार होने लगी। भीमा उठा, पर ऐसे में क्या वह पास जा, कुँवर जी का चेहरा देखने की हिम्मत कर सकता है भला ? थोड़ी दूर एक पेड़ के पीछे खड़े रहकर भी वह सिर उठाने की हिम्मत नहीं जुटा पा रहा है। कुँवर जी के जाने के बाद यह सिर जो झुका तो फिर कभी उठ नहीं सका। लेकिन आज उसे कुँवर जी का चेहरा देखना है। झटके से उसने सिर उठाया। अरे, ऐसा दिप्-दिप् चेहरा ! ये कुँवर जी ही हैं ! बाहर जाकर आदमी ऐसा हो जाता है ? मन्त्रमुग्ध-सा वह उन्हें देखता ही रहा। कुँवर जी तो भीतर भी चले गए पर वह चेहरा उसके मन में अंक गया।

रात में वह सोया तो उसके शरीर का पोर-पोर पिरा रहा था और मन का रेशा-रेशा एक अनचीन्ही व्यथा से तिलमिला रहा था। जाने किस आवेग में आकर उसने पास लेटे अपने छह साल के सोए हुए बेटे को बाँहों में भर लिया। उसका माथा सहलाने लगा। उसके शरीर

पर हाथ फेरने लगा। जैसे ही उसकी हथेलयों पर हाथ फेरा, वह चौंक उठा। यह क्या, इसकी हथेलियों के पोर अभी से गुठलियों जैसे सख्त ! वह झटके से उठ बैठा। ओह, ये तो उसकी अपनी हथेलियों के पोर हैं। बच्चे की हथेलियाँ तो वैसी ही नरम-मुलायम हैं। पर कब तक ? घानी के बैल जैसी जिन्दगी, कावड़ कंधे पर रखकर कुएँ से हौदियों तक की दौड़ लगाते-लगाते ही तो जिन्दगी बितानी है उसे भी...उसके बच्चे को भी। एक सर्द-सी आह उसके सीने से निकली और वह फिर लेट गया। धीरे-धीरे एक संकल्प आकार लेने लगा उसके मन में। उसे नहीं चाहिए हँसली-कड़े, घाघरा-लुगड़ा, धोती-मिरजई। कुछ नहीं, कुछ भी नहीं चाहिए उसे। बस, यही माँगेगा कि कुँवर जी उसे तो नहीं ले गए पर अब उसके बेटे को शहर ले जाकर पढ़ा-लिखा दें, आदमी बना दें। पाँच पीढ़ियों की लीक तोड़कर अपने बेटे से कुछ अलग करवाने की कल्पना से ही वह थरथरा उठा। एकाएक ही उसे लगा, जैसे नमक जमी उसकी ठंडी-ठस रगों में कुछ बहने लगा है—गरम-गरम, जिसकी ऊष्मा ने धीरे-धीरे उसके थके शरीर को सुला दिया—एक गहरी नींद !

मर्दानखाने के बाहरवाले छोटे अहाते में माँगनेवालों की लाइन लगी है। ऊँचे चबूतरे पर शामियाने के नीचे एक ओर मुनीम जी बैठे हैं, अपने बही-खाते लेकर। बीच में ऊँची चौकी पर ठाकुर साहब और कुँवर जी बैठे हैं। अहाते से चबूतरे पर पहुँचने के लिए छह सीढ़ियाँ बनी हैं। हर सीढ़ी पर एक-एक आदमी खड़ा है। नाम की गुहार होते ही छठी सीढ़ीवाला हाथ जोड़े, कमर दोहरी किए चबूतरे पर चढ़ता है और नीचे की सीढ़ियोंवाले एक-एक सीढ़ी ऊपर। फरमाइश पूछे जाने पर सहमी आवाज़ और दबी ज़बान से वह अपनी माँग रख देता है और ठाकुर साहब के 'मंजूर' कहते ही 'धणी खम्मांऽऽ', 'धणी खम्मांऽऽ' कहता हुआ ज़मीन पर लोट जाता है। मुनीम जी उसका नाम और माँगी हुई चीज़ अपने खाते में टीप लेते हैं, फिर अगला नाम।

लाइन में धीरे-धीरे सरकते हुए भीमा अपना संकल्प दोहराए जा रहा है। कहीं जबान न लड़खड़ा जाए, शब्द न गड़बड़ा जाएँ। नहीं, कुछ नहीं होने देगा वह आज। बरसों बाद तो आज वह अपनी ठंडी-ठस रगों में कुछ बहता हुए महसूस कर रहा है। सीढ़ियों तक आते-आते हाथ भले ही उसके जुड़ गए पर लग उसे यही रहा है, जैसे उसकी मुट्ठियाँ भिंची हुई हैं, छठी सीढ़ी तक पहुँचते ही कमर भी उसकी झुककर दोहरी हो गई पर महसूस वह यही कर रहा है जैसे उसका सारा शरीर तना हुआ है।

"माँगो, क्या चाहिए तुम्हें ?" ये भाषा, ये आवाज़ तो कुँवर जी की है। ऊपर से नीचे तक सिहर उठा वह।

"ये वो ही भीमा है कुँवर साहब, जिसने बचपन में एक साल तक यहाँ आपकी चाकरी की थी। याद है आपको ?"

'अच्छाऽऽ, वो छोरा !' सुनने के लिए भीमा का रोम-रोम सजग हो उठा। साँस रोककर बुत बना-सा वह प्रतीक्षा करने लगा। शायद याद कर रहे हैं। अगर याद आ गया तो ? एक पुलक-भरी सिहरन उसे ऊपर से नीचे तक सहला गई; पर उधर से कोई आवाज़ नहीं आई। निपट सन्नाटा ! एकाएक सन्नाटे-भरे उस माहौल की दहशत उसके मन में समाने लगी। इतनी देर से शरीर में वह जिस कड़क को महसूस करता रहा था, वह ढीली पड़ गई। सोचे हुए सारे शब्द गड़बड़ा गए और उसे लगा, जैसे उसकी हथेलियों की गाँठें उसकी जीभ पर

लिपट गई हैं।

"गूँगे ठूँठ-सा क्या खड़ा है, माँग न..." ठाकुर साहब की फटकार-भरी दहाड़ ने सारे माहौल को थरथरा दिया। उसके पैर तो इतनी बुरी तरह लड़खड़ाए कि वह अपने को सँभाल ही नहीं पाया और बिना कुछ माँगे–पाए ही 'घणी खम्मांऽऽ', 'घणी खम्मांऽऽ' कहते हुए ज़मीन पर लोटकर पत्ते की तरह काँपने लगा।

लो, मेरे सारे सोच-संकल्प और प्रयत्न की ऐसी की तैसी करके भीमा तो फिर ठाकुर साहब के चरणों में जा लेटा। नहीं-नहीं, लगता है, मुझसे ही कहीं चूक हो गई। शायद अन्त ग़लत हो गया। ठीक है, मैं अन्त ही बदल देती हूँ।

"ये वो ही भीमा है कुँवर साहब, जिसने बचपन में एक साल तक आपकी चाकरी की थी।"

मुनीम जी की यह बात सुनते ही उनके प्रति कृतज्ञता से भर उठा भीमा। 'अच्छाऽऽ, वो छोरा !' सुनने के लिए उसका रोम-रोम सजग हो उठा। साँस रोककर बुत बना-सा वह प्रतीक्षा करने लगा। इत्ते बरसों बाद कहाँ याद होगा वो छोरा...उसकी चाकरी, पर तभी...

"वो भीमा, जो मेरा बस्ता लाया करता था ?" कुछ याद करते-से कुँवर जी बोले।

भीमा...कुँवर जी उसे नाम से बुला रहे हैं, भीमा कह रहे हैं। पुलक उठा भीमा।

"क्यों रे, तू तो मेरे साथ गेंद भी खेला करता था न ?" कुँवर जी को जैसे सब कुछ याद आने लगा, "मुनीम जी, देखो, यह जो कुछ भी माँगे उसके अलावा इसे मेरी तरफ़ से भी कुछ जरूर देना, उन दिनों तो दोस्त था यह मेरा।"

'दोस्त...भायला !' यह कुँवर जी कह रहे हैं उसके लिए...ऐसा हेत ! जाने कैसा तो आह्लाद-भरा आवेग उमड़ा भीमा के मन में कि वह अपने को सँभाल ही नहीं पाया और अपना सोचा-चाहा माँगने के बजाए गदगदाते हुए कुँवर जी के चरणों में लोटकर 'घणी खम्मांऽऽ', 'घणी खम्मां' की गुहार लगाने लगा।

ओफ़ ! कुछ नहीं हो सकता...पाँच पीढ़ियों से जिसकी रगों में हवेली का नमक बह रहा है, उसके लिए कोई कुछ नहीं कर सकता...!

इंडिया टुडे साहित्य-वार्षिकी, 1996 से

●●●